后汉通俗演义

蔡东藩◎著

陕西新华出版传媒集团
三　秦　出　版　社

图书在版编目(CIP)数据

后汉通俗演义 / 蔡东藩著. —西安 ：三秦出版社，2018. 7

ISBN 978-7-5518-1667-0

Ⅰ. ①后… Ⅱ. ①蔡… Ⅲ. ①章回小说-中国-现代 Ⅳ. ①I246. 4

中国版本图书馆 CIP 数据核字（2017）第 296417 号

后汉通俗演义

蔡东藩 著

出版发行	陕西新华出版传媒集团　三秦出版社
社　　址	西安市雁塔区曲江新区登高路 1388 号
电　　话	（029）81205236
邮政编码	710061
印　　刷	三河市同力彩印有限公司
开　　本	640mm×920mm　1/16
印　　张	51
字　　数	757 千字
版　　次	2018 年 7 月第 1 版
	2019 年 6 月第 1 次印刷
印　　数	1-3000
标准书号	ISBN 978-7-5518-1667-0
定　　价	60. 00 元

网　　址　http：//www. sqcbs. cn

《中国历朝通俗演义》序

●霍松林

毛泽东在红军长征到达陕北不久，即致电李克农："请购整个《中国历朝通俗演义》两部。"当内战未已、外患方殷、戎马倥偬、日理万机之际，犹急于阅读这部巨著，充分说明它能够发挥巨大的历史借鉴作用。时过半个多世纪，改革开放，百废俱兴，人们依然需要阅读它。三秦出版社的朋友们有鉴于此，决定据会文堂原版整理重印，这的确是读书界的大喜事，值得欢迎。

我国历史悠久，历史著作浩如烟海。仅就其中的"正史"而言，清乾隆时所定的"二十四史"，包括《史记》《汉书》《后汉书》《三国志》《晋书》《宋书》《南齐书》《梁书》《陈书》《魏书》《北齐书》《周书》《隋书》《南史》《北史》《旧唐书》《新唐书》《旧五代史》《新五代史》《宋史》《辽史》《金史》《元史》和《明史》，共3259卷。再加上《新元史》257卷和《清史稿》536卷，共4052卷。这种代代相衔，自成体系，记载我国从上古至清末几千年历史的皇皇巨著，世界罕有其匹，是巨大的精神财富。然而卷帙浩繁，文义精奥，令非专业的广大读者望洋兴叹。因此，民间艺人和文人中的有识之士，早就注意做通俗化、趣味化的工作。《三国演义》和《东周列国志》就是这方面的代表作。

晚清以来，列强入侵，国势陵夷，爱国志士们从各方面谋求救国之道，"小说救国""演义救国"的理论和实践，也层出不穷。1897年创刊的《演义白话报》连载《通商原委演义》（共24回），专写鸦片战争历史，后来出单行本，题为《罂粟花》。1912年上海书局印行自由生著的《新汉演义》（共40回），写辛亥革命史。同一年，广益书局刊行雪巷著的《神州光复志演义》（共120回），写明亡至民国成立的历史。《太平天国演义》《洪秀全演义》等也纷纷问世。著名谴责小说《二十年目睹之怪现状》的作者吴沃尧（1866～1910）更"发大誓愿编撰历史小说"（《历史小说总序》），可惜他只写了半部《西晋演义》就搁笔了。而真正完成规模宏大的历史小说《中国历朝通俗演义》的创作的，则是比吴沃尧晚生11年的蔡东藩。

蔡东藩（1877～1945），名郕，字椿寿，笔名东帆，是一位诗人、教育家、编辑、历史学家、演义作家与医生，浙江萧山县临浦镇戴家桥人。十七岁中秀才，二十七岁时以优贡生朝考入选，调遣江西省以知县候补，因看不惯官场恶习，称病归里。辛亥革命前夕，曾一度去福建，不久即归。民国元年，同乡友人邵伯棠把他介绍给上海会文堂书局的主持人汤涤先，参与书局的编辑工作，修改邵著《高等小学论说文范》，自己另撰《中等新论说文范》，并开始为会文堂撰写《中国历朝通俗演义》。

《中国历朝通俗演义》上起秦始皇，下至1920年，共写了2166年的历史，包括《前汉通俗演义》《后汉通俗演义》《两晋通俗演义》《南北史通俗演义》《唐史通俗演义》《五代史通俗演义》《宋史通俗演义》《元史通俗演义》《明史通俗演义》《清史通俗演义》《民国通俗演义》共11部、1040回，约600万字，均由上海会文堂书局陆续印行。其中的《民国通俗演义》共120回，写至1920年。其后书局请许廑父续写40回，写至1924年。许廑父初为小学教员，后来当报社记者，编过杭州《东南日报》副刊，抗战初期，曾写过一本《镜花新缘》讽刺小说问世。

蔡东藩最先撰写的是《清史通俗演义》，1916年9月问世，最后完成的是《后汉通俗演义》，1926年秋季脱稿。在大约11年的时间里完成了11部演义，而每写一部演义，都得搜集、研读有关的大量史料。前面谈过，光"正史"就有4052卷，但光研读"正史"还远远不够。例如他写《元史通俗演义》，除了根据《元史》，还参考了《元秘史》《蒙鞑备录》《蒙古源流》《元史译文补证》与国外有关蒙古史的译文。由此可见，蔡东藩为了完成这部普及祖国历史知识的通俗演义，付出了多么艰巨的、几乎令人难以想象的精神劳动。

蔡东藩写这部历史演义，有明确的宗旨。其宗旨可概括为：普及历史知识，揭示历史经验、教训，“为通俗教育之助”。

《前汉通俗演义序》云：

> 所有前汉治乱之大凡备载而无遗，而于女祸、外戚之兴衰，尤再三致意，揭示后人。非敢谓有当史学，但以浅近之词，演述故乘，期为通俗教育之助云尔。

《五代史通俗演义序》云：

> 五代之祸烈矣，而推厥祸胎，实始于唐季之藩镇。病根不除，愈演愈烈，因此有五代史之结果。今则距五季已阅千年，而军阀乘权，争端迭起，纵横捭阖，各戴一尊，几使全国人民涂肝醢脑于武夫之腕下，抑何与五季相似欤！况乎纲常凌替，道德沦亡，内治不修，外侮益甚，是又与五季之世有同慨焉者。殷鉴不远，覆辙具存，告往而果能知来，则泯泯棼棼之中国，其或可转祸为福，不致如五季五十余年之忧乱也欤！

《两晋通俗演义序》云：

> 不有内讧，即有外侮，甚矣哉，有史以来未有若两晋祸乱之烈也！夫内政失修，则内讧必起；内讧起，则外侮即乘之而入。木朽虫生，墙罅蚁入，自古皆然，晋特其较著耳。鄙人愧非论史才，但据历代之事实，编为演义，自南北朝以迄民国，不下十数册，大旨在即古证今，惩恶劝善，而于《两晋演义》之着手，则于内讧、外侮之所由始，尤三致意焉。盖今日之大患，不在外而在内，内讧迭起而未艾，吾恐五胡十六国之祸，不特两晋为然，而两晋即今日之前车也。天下宁有蚌鹬相争而不授渔人以利乎？若夫辨忠奸、别贞淫、抉明昧、核是非，则为书中应有之余义，非敢谓上附作者之林，亦聊以寓劝戒之意云尔。

《清史通俗演义序》云：

> 择其关系最大者编为通俗演义，……至关于帝王专制之魔力，尤再三致意，悬为炯戒，……以之供普通社会之眼光，或亦

国家思想之一助云尔。

其他几部演义的序，也体现了同样的精神。可以看出：作者以史为鉴、古为今用的写作意图，表现得十分突出。而通读《中国历朝通俗演义》，便可验证他的这种写作意图，是贯彻始终的。

蔡东藩的写作宗旨决定了他的写作体例。罗贯中的《三国演义》在吸取陈寿《三国志》和裴松之注及范晔《后汉书》史料的同时，还吸取了民间艺人几百年“说三分”的艺术积累（如《三国志平话》），并运用了艺术虚构和夸张，对于三国历史来说，“七实三虚”，是一部故事性极强、又塑造了许多生动的人物形象的文学名著。而蔡东藩的写作宗旨使他不能走罗贯中的创作道路。他在《后汉通俗演义序》中说：

> 若罗氏所著之《三国志演义》，则脍炙人口，加以二三通人之评定，而价值益增。然与陈寿《三国志》相勘证，则粉饰者十居五六。寿虽晋臣，于蜀魏事不无曲笔，但谓其穿凿失真，则必无此弊。罗氏第巧为烘染，悦人耳目，而不知以伪乱真，愈传愈讹，其误人亦不少也。

在《后汉通俗演义》写三国历史的部分，便经常与罗贯中抬杠。而他自己在历史取材和语言表述方面的原则，则是：

> 事必纪实，语不求深，合正稗为一贯，俾雅俗之相宜。
>
> ——《后汉通俗演义序》

> 以正史为经，务求确凿；以轶闻为纬，不尚虚诬。
>
> ——《唐史通俗演义序》

> 取其易知易解，一目了然，无艰僻渊深之虑。……几经搜讨，几经考证，巨政固期核实，琐录亦必求真。
>
> ——《清史通俗演义序》

> 鄙人之撰历史演义也有年矣，每书一出，辄受阅者欢迎，得毋以辞从浅近，迹异虚诬，就令草草不工，而于通俗之本旨，固尚不相悖者欤！
>
> ——《南北史通俗演义序》

> 若夫燕词郢说，不列正史，其有可旁证者，则概存之；其无

可旁证而太涉荒唐者，则务从略，或下断语以明之。文不尚虚，语惟从俗。

——《明史通俗演义序》

他反复强调两点：一、以“正史”为主，兼采稗史、轶闻，而出于稗史、轶闻者须有旁证，对史料“几经考证”“务求确凿”；二、语言力求浅近、通俗，“易知易解”。这两点，都是从普及历史知识、提供历史借鉴，有助于“通俗教育”的角度考虑的。

《中国历朝通俗演义》的体例还有一点值得一提。《水浒传》有金圣叹的批语，《三国演义》有毛宗岗的批语，而蔡东藩则自批自注。批注有夹批夹注和总批，涉及许多方面：一、对有关的虚诞说法加以批驳，如《明史通俗演义》第11回写朱元璋欲火攻陈友谅舟师而无东北风，铁冠道人说：“真人出世，鬼神效灵。”周颠说：“今日黄昏便有东北风。”夹批云：“此系测算所知，莫视他能呼风唤雨。”二、对于某些史料的运用注明出处和异同，如《宋史通俗演义》第33回写到朱寿昌弃官寻母时，夹注云：“《宋史·寿昌本传》谓刘氏方娠即出，寿昌生数岁还家。但王偁《东都事略》、苏轼《志林》，皆云寿昌三岁出母，今从之。”三、对于古代的某些官制、法制、地理、器物、名号乃至方言俚语，加以通俗的解释，如《前汉通俗演义》第82回写霍光出葬时“用辒辌车载灵柩”，夹注云：“辒辌车为天子丧车，车中有窗，闭则温，开则凉，故名辒辌车。”四、对所写某些人物或褒或贬，如《明史通俗演义》第三回写马氏多次向朱元璋进谏，夹批云：“好马氏，好贤妇，我愿范金事之。”如《民国通俗演义》第75回总批云：“袁氏一生之目的，莫过于为帝，而袁氏一生之大误，亦莫甚于为帝。小言之，则有背盟之咎；大言之，则有叛国之愆。”五、对自己的构思、布局、笔法、见解等自夸自赞，如《前汉通俗演义》第1回痛斥秦始皇为“绝对专制”，而称“集思广益，依从舆论，好民所好，恶民所恶”的“圣帝明王”为“开明专制”，夹评云：“声大而闳。”至于“别具只眼”“眼光四射”“插入此段，包含无数笔墨”“摹写有致”“用虚写法，比实写大有神采”之类的评语，更多处可见。总之，种种批注，都有助于读者理解正文、弄清历史，是和进行“通俗教育”的写作宗旨一致的。

蔡东藩是一位热诚的爱国主义者。他的这部《中国历朝通俗演义》在许多地方体现了反对专制、反对割据、反对内讧、反对外来侵略和爱国、爱民、爱民主的思想。

这部用章回小说体裁写成的《中国历朝通俗演义》不是像《三国演义》那样创造了一系列艺术形象的文学作品，而是史实力求确凿的通俗历史书。当然，写通俗的历史书，也需要有文学修养。蔡东藩早年有“神童”之誉，才思敏捷，文笔雄健，博览群书，其后又在诗词、散文、楹联等方面有丰富的创作实践。未出版的诗词有《风月吟草》《写忧草》和《劫后余生》(长篇叙事诗)，已出版的著作有《中等新论说文范》《客中消遣录》《楹联大全》《续增唐著新尺牍》和《新幼学琼林》等。他的文笔，是经过多方面锻炼的。因此，《中国历朝通俗演义》的正文、批注、章回题目、咏史诗、下场诗等，都明畅、工稳，其写景摹人，也不乏精彩之处。问世以来颇受读者欢迎，并非偶然。

作者历史观的局限性和某些错误思想，也不可避免地表露于这部巨著之中。例如对农民起义和少数民族运动横加诬蔑，对妇女的看法充溢着封建气味，在人事休咎、朝代兴亡问题上未能跳出天命论、因果报应论的泥坑等等，虽然与全书的民主性精华和巨大成就相比只处于次要地位，但毕竟是白璧之玷。我们渴望有一部观念先进、文笔优美、足以充分反映历史真实的新的中国历代通俗演义问世，但在尚无此类新著问世的今天，蔡东藩的这部巨著仍然是迫切需要的。只要以分析的、批判的态度阅读它，便会在普及历史知识、提供历史借鉴方面发挥积极作用。

1996 年 10 月中旬写于陕西师范大学文研所

序

客岁编《前汉演义》，就二百一十年间之事迹，撮要演述，而于女宠外戚之祸，独详载无遗，举前辙所以戒后车也。乃者赓续汉事，复及东京，并暨西蜀。而窃按东京，历数与西京略同，而其亡国之厉阶，则亦肇自女宠，成于外戚。或者谓后汉之亡，宦寺方镇实尸之，于女宠外戚似无与焉。岂知木朽则虫生，墙罅则蚁入，不有女宠外戚之播弄于先，何有宦寺方镇之交讧于后？四星耀斗，百桷摧栋，阳弱阴强，刘轻曹重，其所由来者渐矣，繇辨之不早辨也。昔范蔚宗作《后汉书》，于后妃列传中，一则曰权归女主，再则曰委事父兄，三则曰终于陵夷，大运沦，神宝亡，盖嗟叹之不足，故长言之。他如《外戚》《党锢》等传中，且连类并书，又复特创新例，作《宦者传》，冠其文曰："邓后以女主临政，帷幄称制，下令不出闺闱之间，不得不委用刑人，寄之国命。"又曰："自曹腾说梁冀，竟立昏弱，魏武因之，遂迁龟鼎。"夫邓后，女宠也；梁冀，外戚也；曹腾，宦寺也；魏武，方镇也；穷原尽委，举一例百，不已昭然揭橥欤？洎乎昭烈偏安，聊延一线，而其后复为一黄皓所误，则宦官之流毒使然。诸葛公所痛恨于桓灵者，不意于后主时又见之，良可慨已！惟史册浩繁，谁遑卒阅？至若编年纪事，各书不一而足，阅者更未免有汪洋之叹，反不若近代之通行《东西汉演义》暨《三国志演义》，则脍炙人口，俗之欢迎也。夫东西汉之叙事脱略，且多臆造，应为有识者所鄙夷。若罗氏所著之《三国志演义》，则脍炙人口，加以二三通人之评定，而价值益增。然与陈寿《三国志》相勘证，则粉饰者十居五六。

寿虽晋臣，于蜀魏事不无曲笔，但谓其穿凿失真，则必无此弊。罗氏第巧为烘染，悦人耳目，而不知以伪乱真，愈传愈讹，其误人亦不少也。本编续《前汉演义》之体例，始于新莽之篡汉，终于司马氏之代魏，中历东汉蜀汉之二百数十年，事必纪实，语不求深，合正稗为一贯，俾雅俗之相宜，而于兴亡之大关键，如女宠，如外戚，酿而为阉祸，迫而为兵争，尤三致意焉。先民有言，“文不苟作”，鄙人固无当斯言，特以视附会荒唐，无关世道者，则相去殆有间欤？海内君子，幸鉴正之！

中华民国十五年秋节古越蔡东藩叙

目录

第一回　假符命封及卖饼儿　惊连坐投落校书阁

有汉一代，史家分作两撅，号为前后汉，亦称东西汉，这因为汉朝四百年来，中经王莽篡国，居然僭位一十八年，所以王莽以前，叫作前汉；王莽以后，叫作后汉。且前汉建都陕西，故亦云西汉；后汉建都洛阳，洛阳在关陕东面，故亦云东汉。《前汉演义》，由小子编成百回，自秦始皇起头，至王莽篡国为止，早已出版，想看官当可阅毕。此编从《前汉演义》接入，始自王莽，结局三国。曾记陈寿《三国志》，谓后汉至献帝而亡，当推曹魏为正统。司马温公沿袭寿说，也将正统予魏，独朱子《纲目》黜魏尊蜀，仍使刘先主接入汉统，后人多推为正论。咳！正统不正统，也没有什么一定系绪，败为寇，成为王，古今来大概皆然，何庸聚讼？（一部廿四史从何说，便是此意。）不过刘先主为汉景帝后裔，班班可考，虽与魏、吴分足鼎峙，地方最小，只是就汉论汉，究竟是一脉相传，必欲拘拘然辨别正统，与其尊魏，毋宁尊蜀。罗贯中尝辑《三国演义》，名仍三国，实尊蜀汉，此书风行海内，几乎家喻户晓，大有掩盖陈寿《三国志》的势力。若论他内容事迹，半涉子虚，一般社会，能有几个读过正史？甚至正稗不分，误把罗氏《三国演义》，当作《三国志》相看，是何魔力？摄人耳目。小子不敢訾议前人，但既编《后汉演义》，应该将三国附入在内。《前汉演义》附秦朝，《后汉演义》附三国，首尾相对，却也是个无独有偶的创格。（可谓戛戛独造。）惟小子所编历史演义，恰是取材正史，未尝臆造附会；就使采及稗官，亦思折衷至当，看官幸勿诮我迂拘呢！

若要论及后汉的兴亡，比前汉还要复杂：王莽篡国，祸由元后，外戚为害，一至于此。光武中兴，惩前毖后，亲揽大权，力防外戚预政。明帝犹有父风，国势称盛。章帝继之，初政可观，史家比诸前汉文、景，不意后来宠任后族，复蹈前辙。和帝以降。国事日非，外立五帝，（安帝、顺帝、质帝、桓帝、灵帝。）临朝六后（章帝后窦氏，和帝后邓氏，安帝后阎氏，顺帝后梁氏，桓帝后窦氏，灵帝后何氏。）妇人无识，贪揽国权，定策帷帝，委政父兄，嗣主积不能容，势且孤立，反因是倒行逆施，委心阉竖。于是宦官迭起，与外戚争持国柄，外戚骄横不慎，动辄为宦官所制，辗转消长，宦官势焰熏天，横行无忌，比外戚为尤甚，正人君子，被戮殆尽。天变起，人怨集，盗贼扰四方，不得已简选重臣，出为州牧，内轻外重，尾大不掉。势孤力弱的外戚，欲借外力为助，入清君侧，结果是外戚宦官，同归于尽，国家大权，归入州牧掌握。一州牧起，群州牧交逼而来，又酿成一番州牧纷争的局面，或胜或败，弱肉强食，董卓、曹操，先后逞凶，天子且不知命在何时，还有什么汉家命令？当时中原一带，尽被曹氏并吞，惟东南有吴，西南有蜀，力保偏壤，相持有年，曹丕篡汉，仅存益州一脉，不绝如缕，又复出了一个庸弱无能的呆阿斗，终落得面缚出降，赤精衰歇，都随鼎去，岂不可悲？岂不可叹？（慨乎言之！）总计自光武至章帝，是君主专政的时代；自和帝至桓帝，是外戚宦官更迭擅权的时代；自桓帝至献帝，是宦官横行的时代；若献帝一朝，变端百出，初为乱党交讧时代，继为方镇纷争时代；终为三国角逐时代，追溯祸胎，实启宫闱。母后无权，外戚宦官，何得专横？外戚宦官无权，乱党方镇，何得骚扰？古人有言：“哲夫成城，哲妇倾城。”这是至理名言，万世不易呢！（即如近数十年间之乱事，亦启自清慈禧后一人，可谓古今同慨。）

大纲既布，须叙正文。且说王莽毒死汉平帝，又废孺子婴，把一座汉室江山，平白地占据了去，自称新朝，号为始建国元年，佯与孺子婴泣别，封他为定安公，改大鸿胪府为定安公第，设吏监守。所有乳母佣媪，不得与孺子婴通语，一经乳食，便把他锢置壁中。尊孝元皇后为新室文母，命孝平皇后为定安太后，一是姑母，一是女儿，所以仍得留居深宫。当下封拜功臣，先就金匮策书，按名授爵。这金匮是梓潼人哀章，私造出来，持至高庙，欺弄王莽，（见《前汉演义》末回。）王莽视为受命的符瑞，就借此物欺弄吏民。计金匮中所列新朝辅佐，共十一人，首列王舜、平晏、刘歆、哀章，莽号为四辅，令舜为太师安新公，晏为太傅就新公，歆为国师嘉新公，章为国将美新公；四辅以后，就是甄邯、王寻、王邑，莽又号为三公，令邯为大司马承新公，寻为大司徒章新公，邑为大司空隆新公；尚有四人号为四将，甄丰为更始将军，孙建为立国将军，王兴为卫将军，王盛为前将军，这一道新朝诏旨颁将出来，哀章是喜得如愿，买得一套朝衣朝冠，昂然诣阙，三跪九叩，谢恩就封。余如王舜、平晏、刘歆、甄邯、王寻、王邑、甄丰、孙建等八人，本是王莽爪牙，即日奉命受职。只有王兴、王盛两姓名，乃是哀章随笔捏造，当然无人承认，好几日没有影响，哀章不敢直陈，只是背地窃笑。偏王莽遣人四访，无论贫富贵贱，但教与金匮中姓氏相符，便命诣阙授官。事有凑巧，访着一个城门令史，叫做王兴，还有一个卖饼儿，叫做王盛，当即召他入朝，赐给衣冠，拜为将军。这两人凭空贵显，还道身入梦境，仔细审视，确是无讹，无端富贵逼人来，也乐得拜爵登朝，享受荣华。（天落馒头狗造化。）

莽又因汉家制度，未免狭小，特欲格外铺张，自称为黄帝虞舜后裔，尊黄帝为初祖，虞舜为始祖，凡姚、妫、陈、田、王五姓，皆为同宗，追尊陈胡公为陈胡王，田敬仲为田敬王，齐王建孙济北王安，为济北愍王。其实齐王建本姓田氏，齐亡后尚沿称王家，因以为姓。莽借端附会，故由齐追及虞舜，由虞舜追及黄帝。（硬要夸张。）立祖庙五所，亲庙四所，称汉高祖庙为文祖庙，凡惠、景以下诸园寝，仍令荐祀。惟汉室诸侯王三十二人，贬爵为公，列侯一百八十一人，贬爵为子，所有刚卯金刀的旧例，不得再行。向来汉朝吏民，于每年正月卯日，制符为佩，或用玉，或用金，或用桃木，悬以革带，一面有文字镌着云“正月刚卯”，谓可避一年疫气。金刀乃是钱名，形如小刀，通行民间，莽以刘字左偏，有卯有金，右偏从刀，故将刚卯金刀一律禁止，另铸小钱通用，径只六分，重约一铢。又欲仿行井田遗制，称天下田曰王田，人民不得私相买卖。如一家不满八口，田过一井，应将余田分给九族乡党。且不准私鬻奴婢，违令重罚，投御魑魅。后从国师刘歆奏议，遵照周制，立五均司市泉府等官。此外所有官职，多半改名，大约是不古不今的称号，胡弄一番，（换名不换人，有何益处？后世亦多蹈此辙。）惟俸禄尚未酌定，往往有官无俸。后来又欲踵行封建，封了好几千诸侯，但用菁茅及四色土，作为班赏，并没有指定采邑，但给月钱数千，使居都中。看官试想，这种制度，果可行不可行呢？

正在喜事纷更的时候，忽由徐乡侯刘快，起兵讨莽，进攻即墨，莽方拟遣将往御，那即墨已传来捷报，刘快已经败死了。原来快系汉胶东恭王授次子，（恭王授系景帝五世孙。）有兄名殷，嗣爵胶东王，莽降殷为扶崇公，殷未敢叛莽，独快却志在讨逆，纠众数千人，从徐乡趋即墨城，意欲踞城西向。偏即墨城中的吏民，闭城拒守，快众多系乌合，不能久持，渐渐溃散。守吏趁势杀出，把快击走，快竟窜死长广间。殷闻弟快起兵，惶恐得很，紧阖城门，自系狱中，一面上书谢罪。莽既得捷报，只命快妻子连坐，赦殷勿问。越年为始建国二年，莽恐刘氏余波，仆而复起，索性将汉室诸侯王，一体削夺，废为庶人。只有前鲁王刘闵，中山王刘成都，广阳王刘嘉，曾颂莽功德，侈陈符命，故仍得受封列侯。（无耻之徒。）嗣复由立国将军孙建等，奏言："汉氏宗庙，不当复在长安，应与汉室一同罢废。"莽欣然许可，惟言国师刘歆等三十二人，夙知天命，夹辅新朝，可存宗祀。歆女为皇子妃，使仍刘姓，余三十一人皆赐姓王氏，并改称定安太后为黄皇室主，示与汉绝婚。

定安太后虽是莽女，却与乃父性情不同，自从王莽篡位以后，镇日里闷坐深宫，愁眉不展，就是莽按时朝会，亦屡次托病，未尝一赴。莽还道她年方二九，不耐孀居，所以将她改号，好与择配，暗思朝中心腹，虽有多人，惟孙建最为效力，建有子豫，又是个翩翩少年，若与黄皇室主配做夫妻，恰是一对佳偶。当下召入孙建，与他密商，建欣然受命，归询子豫，也是喜出望外。（得皇后为妻室，且是现成帝婿，有何不愿?）于是想出一法，由豫盛饰衣冠，装束得与子都宋朝相似，带着医生，托词问疾，竟至黄皇室主宫中。宫中侍女，不敢拦阻，将他放入。豫得进谒黄皇室主，说是奉旨探视。黄皇室主大为惊异，又见他一双色眼，尽管向自己脸上瞟将过来，料知来意不佳，慌忙退入内室，传呼侍女，责她擅纳外人，亲加鞭扑。豫立在外面，听得内室有鞭扑声，当然扫兴而去，报知王莽。莽始知女儿志在守节，打消前议。

谁知此事一传，偏有一个纨袴郎君，艳羡黄皇室主，要想与她做个并头莲。这人为谁?乃是更始将军甄丰子甄寻。寻素来佻达，专喜渔色，前闻王莽要招孙豫为婿，不由得因羡生妒，背地含酸。后来豫事无成，寻私心窃幸，还道是大好姻缘，应该轮着自己身上，（死在目前，还想快活。）朝夜思想，定下一计，便悄悄地自去施行。从前寻父甄丰，与王舜、刘歆等，同佐王莽，不过依莽希荣，尚未欲导莽篡位，至符命诸说，纷然并起，丰等也不得不顺风敲锣，争言符瑞。莽既据国，尝遣五威将帅，分使五方，颁示符命四十二篇，笼络人心，因此符命诸说，充满天下。且内外官吏，一陈符命，往往封侯，有几个不愿捏造。辄互相嘲戏道："汝奈何没有天帝除书?"统睦侯司命陈崇，（司命，官名，由莽创造。）密白王莽道："符命可暂用，不可久用，若长此过去，奸人都好借此作福，反致生乱。"莽点首无言，俟崇退出，即颁出命令，谓非五威将帅所颁，尽属无稽，应下狱论罪。嗣是符命伪谈，渐渐绝口。甄丰本为大司空，资格名位，不亚王舜、刘歆，就是甄寻亦得受封茂德侯，官居侍中，兼京兆大尹。至莽封功臣，依照金匮符命，但拜丰为更始将军，使与卖饼儿王盛同列，不但与王舜、刘歆等人相去太远，甚且也不及弟，连甄邯都出丰上，丰父子当然怏怏。实在由丰素性刚强，平时未免唐突莽前，所以莽有意贬抑，借着符命为名，把丰贬置下列。丰子寻垂涎莽女，错疑莽真信符命，遂从符命上做出文章，先借别事一试，只说新室应当分陕，设立二伯，甄丰可为右伯，太傅平晏可为左伯，得周公、召公故事。这道符命呈将进去，竟得王莽批准，令甄丰为右伯，使他西出。丰尚未行，寻越觉符命有效，又是一篇进陈，内言："故汉氏平帝后，应为甄寻妻。"满望王莽再行准议，好教黄皇室主下嫁过来，做个乘龙娇客。哪知宫中传出消息，很是不佳，据言："王莽怒气勃勃，谓黄皇室主为天下母，怎得妻寻?"寻才知弄巧成拙，若再不走，必被逮捕，当下密取金银，一溜烟似的逃出家门。不到半日，果有许多吏卒，来围甄第，入捕甄寻。甄丰尚未知寻所犯何罪，及问明情由，也吓得魂飞天外，急忙自己寻觅，意欲绑子入朝，为自免计。偏偏四觅无着，又经朝使坐索，迫令交出，一时无法对付，只好拼着老命，服毒自尽。朝使见甄丰已死，又入室搜捕，终不得寻，乃回去复命。

莽闻寻出走，下令通缉，一面穷究党羽，查得国师刘歆子侍中刘棻，棻弟长水校尉刘泳，及歆门人骑都尉丁隆，与大司空王邑弟左关将军王奇等，统是甄寻好友，一古脑儿拿入狱中，逐加讯问。数人因甄寻在逃，无从对质，自然极口抵赖，不肯承认。案情悬宕多日，那在逃未获的甄寻，竟被获到。寻本跟着一个方士，逃入华山，蛰居多时，想到外面询探音信，适被侦吏遇着，便将他一把抓住，解入长安。他与刘棻等虽是友善，惟此番想娶故后，假托符命，全是他一人作主，未曾商诸别人，既经到案，却也自作自认，供称刘棻等不过相识，并未通谋。偏问官有心罗织，严刑逼供，没奈何将刘棻等牵扯在内。刘棻等已被扳入，百喙难辞，遂都连坐罔上不道的罪名，谳成死罪。(倒是生死朋友，患难与共。)还有刘棻的问业师，系是莽大夫扬雄，(莽大夫三字头衔，乐得叙出。)也做了此案的嫌疑犯，竟遭传讯。雄字子云，蜀郡成都人，素来口吃，却具才思，平时尝慕先达司马相如，每有著述，辄为摹仿。汉成帝时，由大司马王音举荐，待诏宫廷，献入《甘泉》《河东》二赋，得邀成帝特赏，授职为郎，嗣经哀、平两朝，未获超迁，平居抑郁无聊，但借笔墨消遣，著成《太玄经》及《法言》。《法言》是摹拟《论语》，文尚易解；《太玄经》摹拟《周易》，语多难明。独刘歆借阅一周，尝语扬雄道："《太玄经》词意深奥，非后生小子所能知，将来恐不免覆瓿呢！”（瓿音部，是贮酱小瓮。）话虽如此，意中却很重雄才，特令子棻拜雄为师，学习奇字。此时雄得为莽大夫，方在天禄阁校书，忽闻被刘棻案情牵连，要去听审。自思年过七十，何苦去受严刑，不如一死为愈，乃即咬定牙龈，竟从阁上跃下，跌了一个半死半活。（我说他是条苦肉计。）朝吏见他老年投阁，撞得头青面肿，很觉可怜，慌忙将他扶起，令人看守，自去返报王莽，具述惨状，且说他并未知情。莽才令免议，但命将甄寻、刘棻等，一并诛死。

更有一种可笑的事情，莽欲仿行虞廷故事，流刘棻至幽州，放甄寻至三危，殛丁隆至羽山，三人已经就戮，却将他尸首载入驿车，辗转传致，号为“三凶”。此外牵连朝臣，也不下数百人。独扬雄九死一生，想去趋奉王莽，特著一篇《剧秦美新文》，谨敬呈入。时人因此作谣道：“惟寂寞，自投阁，爰清静，作符命。”为此一谣，文名鼎鼎的扬子云，遂致贻讥千古。雄至王莽天凤五年，方才病死。小子有诗咏扬雄道：

才高依马算文豪，一落尘污便失操。
赢得头衔三字在，千秋笔伐总难逃。

扬雄投阁以后，却有一位铁中铮铮的老成人，为汉殉节，亘古流芳，与扬雄大不相同。欲知此人为谁，待至下回说明。

本回除楔子外，叙入王莽封拜功臣，爰照金匮符命，分授四辅、三公、四将，连卖饼儿亦得厕入。夫以王莽之狡诈，宁不知金匮之为伪造？其所以依书封拜者，无非为欺人计耳。不知欺人实即欺己，以卖饼儿为将军，宁能胜任？多见其速亡而已，宁待法令纷更，激成众怒，而始决莽之必亡耶？莽女为汉守节，不类乃父，尚有可称，何物甄寻，欲妻故后，其致死也固宜。刘棻、丁隆等人，不免枉死，史家因其同为逆党，死不足惜，故不为辨冤。扬雄甘为莽大夫，投阁不死，反为“美新”之文以谄媚之，老而不死是为贼，区区文名，何足道乎？揭而出之，亦维持廉耻之一端也。

第二回 毁故庙感伤故后 挑外衅激怒外夷

却说前汉哀帝时候，有个光禄大夫龚胜，年高德劭，经明行修，他因王莽擅权，上书乞休，退归楚地原籍，家食自甘，不问世事。及莽已篡位，意欲罗致老成，特遣五威将帅，赍着羊酒，问候胜家，嗣又召为讲学祭酒，胜一再托疾，不肯应命。莽立夫人王氏为皇后，（即王盛女，见《前汉演义》。）生有四男，长子宇为了卫姬一案，被莽逼死；（卫姬系平帝生母，莽不令入宫，宇谋近卫姬，事泄被杀，亦见《前汉演义》。）次子获无故杀奴，亦由莽迫使自杀；三子安向来荒荡，为莽所嫌，因立四子临为太子。且为临招致师友各四人，一是故大司徒马宫，令为师疑；一是故少府宗伯凤，令为傅丞；一是博士袁圣，令为阿辅；一是故京兆尹王嘉，令为保拂，（音弼。）这便叫做四师。又用故尚书令唐林为胥附，博士李充为奔走，谏大夫赵襄为先后，中郎廉丹为御侮，这便叫做四友。（胥附、奔走、先后、御侮，语见《诗经》。莽假古立官，故有是名。）四师、四友以外，还欲添设师友祭酒，因再派吏至楚，使持玺书印绶，征胜入都。

吏奉莽命，到了楚地，料知胜不愿就征，预先邀同郡守县吏，及三老诸生，约千余人，齐集胜门，强为劝驾。胜自称病笃，奄卧床上，首向东方，朝服拖绅，方邀朝使入室，朝使入付玺书，并给印绶，胜当然辞谢，经朝使先劝后迫，定要胜应召入朝，胜喟然叹道："胜素愚昧，更兼老病侵寻，朝不保暮，若迫令起行，必死途中，转负新朝养老盛意，如何是好？"朝使听了，倒也不敢硬逼，退居郡舍，每阅五日，必与郡守一问起居，且向胜子及胜徒高晖，屡言朝廷厚意，将加侯封，就使病不能行，亦当出居传舍，示有行意，此事关系子孙，不可错过等语。晖等颇为所动，入内白胜，胜作色道："我受汉家厚恩，愧无以报，今年已老迈，旦暮入地，难道尚好出事二姓么？"说罢，即命二子预备后事，自己绝粒不食，饿至十有四日，气绝而亡，年终七十九岁。朝使闻得死耗，尚疑胜有诈谋，亲与郡守往吊，审视尸体，果已绝气，方才慨然辞去。胜家当即开丧，门徒毕集，代为料理。忽有一老翁策杖前来，径至灵帷前哭了一场，哭毕又叹惜道："薰以香自烧，膏以明自销，呜呼龚生，竟夭天年，非吾徒也！非吾徒也！"一面说，一面走，扬长自去。（确是一奇。）大众莫名其妙，也不知他何姓何名，后来到处查问，有人识他是个彭城隐士，年约百岁，姓名不传，但共号为彭城老父罢了。

朝使复报王莽，莽也为唏嘘。（未必真情。）转思唐林、唐尊、纪逡诸人，俱系一时名士，幸已罗置朝端。尚有齐人薛方，著名已久，亦应遣使招徕。乃更命安车驷马，往迎薛方，方向来使拜谢道："尧舜在上，且有巢由，今明主方著唐虞盛德，小臣愿守箕颍高风，请善为我辞。"（措词甚妙。）使人回复朝命，备述方言，莽听他称颂自己，很觉惬意，遂不复再征。南郡太守郭钦，兖州刺史蒋翊，常因廉直得名，当王莽居摄时，已皆托病辞职，终身不起。又有沛人陈咸，（此非前汉时陈万年子。）曾为哀帝时尚书，莽杀何武、鲍宣，（见《前汉演义》。）咸即惊叹道："《易》称见机而作，不俟终日，我亦好从此去了。"当下谢职归田。莽篡汉后，召为掌寇大夫，仍称病不就。咸有三子参、丰、钦，俱已出仕，由咸陆续召归，杜门不出。平时尚用汉家祖腊，或说他未合时宜，咸勃然道："我先人怎知王氏腊呢？"遂家居以终。此外还有齐人栗融，北海人禽庆、苏章，山阳人曹竟，并以儒生为吏，因莽辞官。这都是洁身自好的志士，可法可传，比诸莽大夫扬雄，原是清浊不同呢！（历举志士，维持风节。）惟孝元皇后死后诔文，还是莽大夫扬雄所作，语虽寥寥，尚将她列入汉家，不把那新室文母四字，提叙出来。曾记得诔语有云："太阴之精，沙麓之灵，作合于汉，配元生成，著其协于元城。"

相传孝元皇后王政君，初生时曾有奇异，母李氏梦月入怀，方孕政君，所以诔文中说为太阴之精。政君为元城人，元城郭东，有五鹿墟，就是春秋时代的沙麓地方，春秋鲁僖公十四年，沙麓崩，（《春秋传》作沙鹿。）晋史卜得爻辞，见有“阴为阳雄，土火相乘”二语，尝叹为六百四十五年后，宜有圣女兴起，大约应在齐国田氏。（是一个亡国妇人，何有圣女？）王氏为齐王建后裔。（见前回。）王贺徙居元城，正当沙麓西偏，孙女便是王政君，为元帝后，经元、成、哀三朝，尚然健在。哀帝时由政君摄政，正与鲁僖公十四年，相隔六百四十五载，所以诔文中说为沙麓之灵。扬雄援据故事，叙入诔文，原为颂扬元后起见。但汉无元后，或不致为王莽所篡，是元后实系亡汉罪魁，何足称道！不过她见莽篡位，也觉悔恨，且莽改称元后为新室文母，与汉绝体，越令元后不安。莽又毁坏刘氏宗庙，连元帝庙亦被拆去，独为新室文母预造生祠，就将元帝庙故殿基址，作为文母纂食堂。（纂音撰，具也。）建筑告成，号称长寿宫。特请元后过宴，元后至新祠中，见元帝庙废彻涂地，不禁惊泣道：“这是汉家宗庙，当有神灵，为何无端毁去，颓坏无余？若使鬼神无知，何必设庙？倘或有知，我乃汉家妃妾，怎得妄踞帝堂，自陈馈食呢？”王莽听了，毫不介意，仍请元后入席，元后不得已坐下，勉强饮了几杯，便即起身告归，私语左右道：“此人慢神太甚，怎能久叨天祐？我看他败亡不远哩！”（语虽近是，但试问由何人纵成？）

莽见元后怏怏回去，料她心怀怨恨，不得不格外巴结，卖弄殷勤，所有一切奉养，常亲往检视，不使少慢。那元后却愈加愁闷，镇日里不见笑颜，汉制令侍中诸官，俱著黑貂，莽独使改著黄貂，独元后宫中的侍御，仍著黑貂，且不从新莽正朔，每遇汉家腊日，自与左右相对，饮酒进食，总算度过残年。好容易过了五载，至王莽始建国五年二月，得病告终，享寿八十有四。（若早死一二十年，当可少许免咎。）莽为元后持三年服，奉柩出葬渭陵，虽与元帝合墓，中间却用沟夹开。所建新室文母庙中，岁时致祭，反令元帝配食，设座床下，这真叫做阴阳倒置，妇可乘夫了。（想就是阴为阳雄之验。）

惟元后在日，曾云王莽不得久安，莽总道是老妪恨语。哪知元后殁时，已经内外变起，岌岌不宁。先是莽遣五威将帅王骏，率同右帅陈饶等，北抚匈奴，使单于交出汉玺，改换新朝图印，镌文为新匈奴单于章。匈奴乌珠留若鞮单于，（即囊知牙斯。）问明情由，才知汉朝绝统，另易新皇，却也没甚话说，就将图印换讫。陈饶恐单于变计，再求故印，即将原印用斧劈毁。到了次日，果由单于遣人持印，出语王骏道："我闻汉朝制度，凡诸侯王以下印绶，才称为章，我虽受汉册封，原是称玺，今易去玺字，又加新字，是与中国臣下，毫无分别了！我不愿受此新章，仍须还我旧印为是。"陈饶闻言，将原印取示，已经分作数片，且与语及新朝体制，与汉不同。番使返白单于，单于知已受欺，待至莽将南归，便即勒兵朔方，伺隙入寇。

警报到了长安，莽正欲耀武塞外，特改号匈奴单于为降奴服于。（莽生平无甚奇巧，不过善改名目。）简派立国将军孙建等，募兵三十万人，约期大举，进击匈奴。且分匈奴国土为十五部，饬立前单于呼韩邪子孙十五人，同为单于。呼韩邪子孙，散处朔漠，各有职使，哪个肯来应命？莽乃再遣中郎将蔺苞、副校尉戴级，率兵万人，多赍金帛出塞，招诱呼韩邪诸子，前来听封。匈奴右犁汗王咸，居近中国，闻有金帛相赠，不免心动，因率子助、登二人，来会蔺苞、戴级，蔺、戴即传述莽命，拜咸为孝单于，赐给黄金千斤，杂缯千匹，助为顺单于，赐给黄金五百斤，咸受金后，便欲挈子同归，不意蔺苞、戴级，将他二子截留，只准咸一人归庭，咸怏怏自去。蔺苞、戴级，遂把助、登传送长安，王莽大喜，封苞为宣威公，拜虎牙将军。级为扬威公，拜虎贲将军。事为乌珠留单于所闻，顿时大怒道："先单于受汉宣帝恩，原不可负，今天子非宣帝子孙，如何得立！我岂肯从他伪命么?"当下纵兵入塞，大杀吏民。莽得知消息，更选出十二部统将，令分率募兵三十万众，各赍三百日粮草，分道并出，为灭胡计。将军严尤，亦奉命与征，独上书谏莽道：

臣闻匈奴为害，所从来久矣，未闻上世有必征之者也。后世如周、秦、汉征之，亦未闻有得上策者。周得中策，汉得下策，秦无策焉。当周宣王时，猃狁内侵，至于泾阳，命将征之，尽境而还。其视戎狄之侵，譬犹蚊虻之螫，驱之而已，故天下称明，是谓中策。汉武帝选将练兵，约赍轻粮，深入远戍，虽有克获之功，胡辄报之，兵连祸结三十余年，中国罢耗，（罢音疲。）匈奴亦创艾，而天下称武，是谓下策。秦始皇不忍小耻而轻民力，筑长城之固，延袤万里，转输之行，起于负海，疆境虽完，中国内竭，卒丧社稷，是谓无策。今天下遭阳九之厄，比年饥馑，西北边尤甚，若发三十万众，具三百日粮，必东援海代，南取江淮，然后乃备，计其道里，一年尚未集合，兵先至者聚居暴露，师老械敝，势不可用，此一难也。边既空虚，不能奉军粮，内调郡国，不相及属，此二难也。计一人三百日食，须用粮十八斛，非牛力不能胜，牛又当自赍食料，加二十斛，重矣。胡地沙卤，辄乏水草，以往事揆之，军出未满百日，牛必尽毙，余粮尚多，人不能负，此三难也。胡地秋冬甚寒，春夏多风，多赍釜鍑薪炭，重不可胜，兵士又不服水土，动有疾疫之忧，故前世伐胡，不过百日，非不欲久，势有不能，此四难也。辎重自随，则轻锐者少，不得疾行，虏徐逃遁，势不能及，幸而逢虏，又累辎重，如遇险阻，衔尾相随，虏要遮前后，危且不测，此五难也。大用民力，功不可必立，臣窃忧之，今既发兵，宜纵先至者，今臣尤等深入霆击，但期创艾胡虏足矣。若必穷兵累日，转饷经年，非臣之所敢闻也。（严尤助逆，本不足取，但其言可采，故录之。）

王莽得书，不肯听从，仍饬照前旨办理。看官试想，这三十万兵士，三百日粮草，岂是容易所能办到？百姓又最怕当兵，最怕输粮，地方官刑驱势迫，东敲西逼，招若干壮丁，备好若干刍粟，还要陆续转运出去，不是雇船，就是装车，舟子车夫，又没有多少工资，统皆畏缩不前，眼见得有年无月，不能成事。严尤所言，还多从塞外立说，其实内地已不堪征求，民皆疲命，始终总是一死，不如去做盗贼，还可劫掠为生。（国家之乱，大率如此。）莽待了数月，闻得兵粮尚未办齐，更遣中郎绣衣执法各官，四面督促，勒定严限，一班似虎似狼的奸吏，乐得依势作威，压迫州郡，于是法令愈苛，地方愈乱。那匈奴却屡为边寇，外患日甚一日，莽所遣派各将帅，都因兵饷未集，不敢出击，一听胡骑纵横边境，饱掠而去。从前北方一带，自汉宣帝后，好几代不见兵革，户口浸繁，牛马满野。至莽与匈奴构衅，人畜不及迁避，多被掠夺，又害得尸骸盈路，朔漠一空。莽尚望孝单于咸，肯为效力，牵制匈奴，所以咸子助、登，入都以后，还是好生看待，优赐廪饩。助不幸病死，莽令登代为顺单于，哪知孝单于咸，前次出塞归廷，自恨为莽将所欺，便去告诉乌珠留单于，涕泣谢罪。乌珠留单于，贬咸为于粟置支侯，且令他入寇中国，将功补过。咸乃令子角出没塞上，会同匈奴部众，骚扰不休。莽将陈钦、王巡，出屯云中，分兵防堵，捕得匈奴游骑，讯知为咸子角部下，忙即报达王莽。莽当然发怒，立将顺单于登拿下，枭首市曹。

一波未平，一波又起，西夷钩町王弟承，起兵攻杀牂牁大尹周钦，扰乱西陲。钩町与牂牁相近，汉武帝时，征服西南，建置郡县，但蛮夷部酋，往往使仍王号。钩町王亡波，曾助汉兵平乱，得受册封，传至王莽时候，被莽派出五威将帅，传达朝命，硬要他贬王为侯。钩町王邯，系亡波支裔，自思未曾得罪，何故遭贬？免不得与五威将帅，略有违言。偏莽得了五威将帅报告，遽使牂牁大尹周钦，诱杀钩町王邯，（全是鬼蜮手段。）邯弟承为兄报仇，倾国大举，攻入牂牁，把钦击死。牂牁附近诸州郡，慌忙连合拒守，飞章上闻。莽正想专力灭胡，不防西夷也这般厉害，只好另简冯茂为平蛮将军，往讨钩町。茂方起行，又得益州警耗，乃是蛮夷部落，响应钩町，攻杀益州大尹程隆。莽闻蛮夷迭叛，恐冯茂兵少势孤，不足平蛮，乃令茂大发巴蜀犍为吏士，就地征饷，分讨蛮夷。这消息传到西域，各国亦皆有贰心。车师先叛，降入匈奴。戊己校尉刁护，（戊己校尉，系汉时所置。）遣吏属陈良、终带，扼守要害，免得匈奴车师串同入寇。陈良、终带潜怀反侧，竟将刁护刺死，胁掠吏士二千余人，也去投降匈奴。匈奴收纳良、带，使为乌贲都尉。莽方想扫平匈奴，谁料到变端百出，连西域也是生乱，边吏胆敢刺死校尉，去做胡奴，那时无名火高起三丈，更派使至高句骊国，征发兵民，要他速渡辽河，夹攻匈奴。高句骊为汉武所灭，夷作郡县，虽遗种尚受侯封，却没有什么兵甲，急切如何成行？偏王莽一再催逼，恼动高句骊遗众，索性拒绝莽使，也为寇盗。

嗣是东西南北诸边疆，无一不乱，弄得王莽顾此失彼，跼蹐不安。未几，焉耆国又叛，西域都护但钦被戕，越使王莽焦急，临朝时常带愁容。群臣见莽有忧色，还要当面献谀，只说是夷狄为乱，无伤圣德，不久便可荡平。莽亦意气方张，未肯悔过，但务剿袭古制，粉饰太平，自从小钱颁行，民感不便，莽更作金银龟贝钱布诸品，号为宝货，种类错杂，名目纷繁，民间愈觉烦扰，屏诸不用，但将汉朝遗留的五铢钱，卖买交易。莽乃将宝货停办，另铸五十大钱，使与一文小钱并行，所有汉朝的五铢钱，概令销毁，如百姓尚敢私藏，罪当投荒。官吏藉端搜索，闹得鸡犬不宁，偶被搜出，即将全家充戍，如有私铸铜钱，责令五家连坐，一并充军。最可恶的是犯人夫妇充发出去，不准完聚，竟将妇女另行改配，或罚做军人奴婢，永不放还，这真是古今罕有的虐政。莽仿行周官王制，（周官即《周礼》，王制即《礼记》。）特置卒正连率，（同帅。）及大尹属令属长州牧，更分六乡六尉六队六服，合为万国，所有郡县名称，辄为变易，一郡易至五名，官吏都不能记忆。莽且自为得计，以为制度改定，天下自然平定。因此召集公卿，日夕会议，聚讼纷纭，甚至各处案件，申报上来，无暇批发出去，就是守、令各官，也不遑考绩，听他作恶舞弊，贻害闾阎。每岁虽有绣衣执法，与十一公士，（十一公，即前四辅三公四将等官，公之掾属称士。）特节出巡，名为察吏善恶，稽民勤惰，实是纵他出刮地皮，到处索贿，死要铜钱。地方官怎肯破囊？无非是取诸民间，移作赆仪。有几处吏民抱屈，诣阙诉冤，亦被尚书搁置，连年守候，不得告归。至若拘系郡县，无故待质，也是沉滞得很，往往至莽下赦文，然后得出。（这是乱时通病，不特新莽时为然。）就是内外卫兵，本可一年交代，或且迟至三年，边兵陆续招赴，不下一二十万，都要仰食县官，县官无从取给，只好暴敛横征。五原、代郡诸民，受祸最烈，为乱最早。莽不问民生疾苦，只知遣兵征剿，百姓外遭胡寇，内受兵灾，除死以外，几无他法。还亏匈奴乌珠留单于，一病遂死，右骨都侯须卜当，方执大权，素与于粟置支侯咸友善，把他拥立，劝咸与中国和亲，咸自称乌累若鞮单于，颇怨乌珠留将他贬号，也把乌珠留诸子降职，且尚未知子登死状，所以依着须卜当计议，遣使入塞，有意请和。

莽查得须卜当妻，就是王昭君女须卜居次，因此封昭君兄子王歙为和亲侯，王飒为展德侯，使他赍着金币，往贺单于即位，伪言侍子登无恙，但教单于送出陈良、终带诸人，便可将登遣归。单于贪得莽赂，又欲与登相见，遂捕交陈良、终带，及手杀刁护贼芝音等人。王歙兄弟，将良、带等押解长安，莽援《周易》“焚如死如”的遗训，放起一把大火，把良、带等推入火中，烧成灰烬！（良、带等原是该杀，但必用火烧，亦是过虐。）下令召还诸将，罢归屯兵，一番劳师动众的大祸，总算暂时打销。是年王莽改元号为天凤元年。小子有诗咏道：

未谙武略想平胡，功未成时万骨枯。

买得罪人付一炬，可怜民命已难苏。

莽与单于言和，单于遣使报谢，并迎侍子登归国。登已早死，如何遣还？欲知王莽对付情形，容待下回再表。

偏爱者不明，好诈者必败，是二语好为王氏姑侄，作一注脚。孝元皇后之宠莽，全为爱莽而起，莽以媚术博姑母之欢，使之堕入计中而不之觉。迨莽篡窃汉祚，始悔偏爱之失策，晚矣。夫帝可弑，国可盗，则汉室宗庙，何不可毁？孝元后之且惊且泣，料莽不永，纯是妇人咒詈口吻，岂真能预测先几？且黑貂汉腊，何益夫家，大事已去，小节无论已。莽挟诈以欺国人，而不足以欺外夷，匈奴发难，边警迭闻，尚不肯从严尤之请，竟欲大举平胡，北征之师未出，而东西南三面，变端迭起，莽已旰食之不遑，尤复师心稽古，一何可笑。孔子所谓“反古之道，灾必及身”，况如莽之身为乱贼，无在非诈乎？好诈必败，王莽其已事也。

第三回 盗贼如猬聚众抗官 父子聚麀因奸谋逆

却说乌累单于，遣使至长安报谢，拟即迎登回国，王莽如何交得出？只托言登方病死，当令人送丧出塞，一面厚赆胡使，遣令归报。乌累单于，又觉得为莽所欺，但因自己新立，威信未行，不能不暂时容忍，姑与言和。不过近塞戍兵，仍听劫掠，未尝禁止。莽闻边境未靖，还想讨伐匈奴，适值天变迭兴，彗星出现，乃不敢动兵。既而灾异不绝，日食无光，莽不知责己，但知责人。太师王舜，大司马甄邯，已经早死，莽独咎太傅平晏，免去尚书事省侍中兼职；又将继任大司马逯并，一并策免。哪知变异越多，时有所闻：当夏陨霜，草木枯死，盛暑时黄雾四塞；新秋后大风拔树，雨雹杀牛羊。至天凤二年仲春，日中现星，都下人民，讹言黄龙堕死黄山宫中，相率往观。莽自称黄德，不免寒心，令有司捕系百姓，问及讹言缘起，亦无从证实。适匈奴又遣使到来，求登尸骸，莽因复遣王歙等送登棺木，出至塞下，当由须卜当子大且渠奢，来迎登丧。歙等将棺木交讫，复传述莽命，另赠乌累单于金帛，叫他改号匈奴为恭奴，单于为善于。（用了若干金帛，买出恭、善两字，有何益处？）并封须卜当为后安公，大且渠奢为后安侯，各给印绶，并赐多金。大且渠奢称谢而返，报知乌累单于。乌累单于利得金帛，就依了莽命，遇有使节往来，暂称恭奴善于。（既得实惠，何惜虚名？莫谓胡儿不智！）惟部兵入塞寇掠，仍然如故。

越年夏季，长平坂西岸堤崩，泾水不流，莽遣大司空王邑巡视。邑还朝奏状，偏有几个媚臣谐子，向莽上寿道："《河图》所谓'以土填水'，应该匈奴灭亡，速讨勿迟！"（如何附会上去？）莽以匈奴虽然言和，尚是寇盗不息，非大加惩创，不足示威。凑巧群臣有这种计议，正好趁势发兵，乃遣并州牧宋弘，及游击都尉任明等，先出屯边，准备北讨。复令五威将帅王骏，西域都护李崇，率同戊己校尉郭钦等，往抚西域，也欲仿汉武遗计，截断匈奴右臂，免得相连。王骏等到了西域，诸国多出郊迎接，奉献方物。骏因焉耆国前杀但钦，意欲乘便袭击，为钦报仇，当下使戊己校尉郭钦，与偏将何封，另率精兵后进，自与李崇先行。焉耆国王，刁猾得很，佯遣人恭迓骏、崇，谢罪乞降。骏以为乐得前进，好使焉耆无备，可以得志。哪知焉耆境内四布伏兵，一俟骏兵入境，突然杀出，把骏围住。李崇见不是路，拍马返奔，单剩骏陷入围中，冲突不出，竟致毙命。焉耆兵复追赶李崇，幸喜郭钦、何封，率兵驰至，才得将崇救免，复麾众敌焉耆兵，焉耆兵也即退去，遗下老弱数百人，被郭钦等杀得精光，引兵归报。莽拜钦为填外将军，（填同镇。）封剼胡子；（剼音芟，绝也。）何封为集胡男；令李崇退镇龟兹，静待后命。

天下不如意事，十常八九，那平蛮将军冯茂，往击钩町，差不多已两三年，兵马调动了好几万，赋敛民财，值十取五，弄得怨声载道，仍一些儿没有功劳，反报称部下士卒，多染疫病，十死六七。顿时触动莽怒，立将冯茂召还，下狱论死。别遣宁始将军廉丹，统兵往剿。大发天水陇西骑士，及巴蜀吏民十万人，浩荡前进，转输相望。初至时还算得手，斩馘数千；后来蛮夷据险死拒，丹军渐至疲困，疫气熏蒸，粮道不继，仍落得无功而还。越雋蛮酋任贵，见官军再举无成，也乘隙为乱，杀死太守枚根，自称邛谷王。莽再想发兵继进，哪知内地乱民，已经蜂起，骚扰得了不得，还有什么余力，与蛮夷角逐呢？（这叫做剥皮及肤。）

先是莽有事四夷，岁需浩大，特设出六筦名目，课税民间：一盐税，二酒税，三铁税，四名山大泽采办税，五赊贷税，六铜冶税。如有人违法不纳，即科重罪，贫民无自谋生，富民亦不能自保，当时草泽中间，已多伏莽，再加蠹胥猾吏，代为驱迫良民，叫他去投盗贼，于是愈聚愈众，到处揭竿。临淮人瓜田仪，依据会稽长洲，首先发难。未几，即有琅琊妇人吕母，也聚党数千人，入海为盗。吕母是一个老妪，为何胆敢作乱？她本来家况小康，未尝犯法，只因有子为海曲县吏，被县宰冤枉杀死，遂致吕母忿起，散财募士，招致少年百余人，攻入海曲，杀死县宰，取首祭子。自思祸已闯大，不能中止，索性逃入海中，明目张胆，去做强盗。就近的亡命无赖，陆续趋附，竟至一万多人。未几，又有新市人王匡、王凤，也纠结徒众，出没江湖。

原来荆州岁饥，人民无谷可食，都到野田间去采凫茈，（即荸荠。）烹食为生，你抢我夺，免不得有争斗情事。王匡、王凤，本是就地土豪，出与排解，处置公平，大众统皆悦服，愿受指挥。独地方官罔恤民艰，非但不知赈给，还要向他加征，饥民忿恨异常，遂推匡、凤两人为首领，反抗官吏，聚众起事。南阳人马武，颍川人王常、成丹，也是著名盗目，闻风趋集，一同入伙，就借洞庭湖北的绿林山，作为巢窟。绿林山势甚险峻，可居可守，党徒聚至七八千人，四出打劫，搬回山中。官吏虽派兵往捕，终因山高势险，不敢深入。一班绿林豪客，竟得快活逍遥。（后世称盗薮为绿林，便本此事。）同时南郡人张霸，江夏人羊牧，亦分头为盗，党羽亦不下万人。王莽连闻盗警，没奈何遣使招抚，叫他急速解散，方可赦罪。群盗方兴高采烈，怎肯听命？使臣只好返报，莽问及盗贼情形，使臣禀白道："百姓因法禁烦苛，不得安居，力作所得，又不敷租税，就使闭门自守，还要被铸钱挟铜的邻伍牵连犯罪，大众无从求生，只得去做盗贼了。"莽见他出言不逊，立即撵逐出朝，革职为民，另遣他人查办。他人不敢实报，复称乱民狡黠，应该捕诛。或谓时运适然，不久必灭。莽很觉惬意，辄命超迁，自己亲往南郊，祷天禳灾，采办五彩药石，镕一铜斗，像北斗形，长二尺五寸，号为威斗，谓可厌胜众盗。斗既铸成，付司命官掌管，莽出巡时，令他背负前行，入令在旁相随，仿佛与儿戏一般。（无非欺人。）

好容易混过一两年，已是天凤五年了。前此诸盗，一处不得荡平，反增添了好几处警耗。琅琊人樊崇，勇猛绝伦，为群盗所敬惮，奉为盗魁，盘踞莒县，一岁间聚至万余人。又有樊崇同郡人逄安，及东海人徐宣、谢禄、杨音，亦皆起应樊崇，转掠青、徐二州间。再加刁子都，（《汉书》作力子都。）横行东海，独张一帜，亦在徐、兖二州，打家劫舍，出没无常。莽改抚为剿，屡遣兵吏防御。偏是这班兵吏，只能欺贫压懦，不能获丑歼渠，一遇盗贼，大都畏缩不前，反被盗贼击退，这真徒唤奈何了。

天凤六年春月，莽因盗贼四起，特令太史推算三万六千岁历纪，决定六岁一改元，下书布告天下，自言当如黄帝升天，意在诳耀百姓，销解盗贼。谁知百姓已瞧透机关，知莽专事欺人，无一尊信，反加诽笑，群盗更无所畏忌，越聚越多。会匈奴乌累单于病死，弟舆继立，号为呼都而尸道皋若鞮单于。他因乌累单于在世时，常得中国厚赂，至此也想骗取金银，特令须卜当子大且渠奢，入报嗣位日期，并献各种方物。莽又想入非非，召入和亲侯王歙，阴嘱秘谋，使他照计行事。歙依了莽命，带着一队人马，托词送奢，偕行出塞，使奢往召须卜当，同来领赏。须卜当转告单于，单于眼巴巴地望得财帛，一闻赏赐颁来，当然心喜，便令须卜当父子，往会和亲侯王歙。不意王歙见了须卜当，说是朝廷有旨，要他入都觐见。须卜当不禁诧异，但手下没甚兵士，只有两子随来，长子大且渠奢，又被王歙管束，不得脱身，乃命次子回报单于，自与奢入都见莽。莽见须卜当父子入朝，格外优待，面拜须卜当为须卜善于，兼后安公。看官道莽怀何意？无非欲诱服匈奴，他想匈奴易主，未见得服从中国，只有须卜当为王昭君女夫，素主和亲，若将须卜当立为单于，自然感恩降服，又恐须卜当身在匈奴，不便应允，所以将他诱来，特赐尊号，并拟出兵护送，使他归国为王。（实是呆想。）哪知呼都而尸道皋若鞮单于，接得须卜当次子归报，非但不得财帛，且将须卜当父子劫去，气得两目圆睁，立即调动兵马，入寇边疆。

是时，严尤为大司马，知莽失计，曾劝莽勿迎须卜当，莽不肯听尤。及闻匈奴侵入边界，欲遣尤与廉丹，共击匈奴，赐姓征氏，号为二征将军，且面加慰勉，大致说是诛舆立当，（舆即单于，名见上文。）可使匈奴久服，一劳永逸。严尤独面驳道："陛下且先忧山东盗贼，匈奴事且置作后图。"莽闻言变色，竟将严尤免官，改擢降符伯董忠为大司马，广募天下丁男，及死罪囚吏民奴，充作锐卒，并税天下吏民家资，三十取一，厚兵聚饷，出讨匈奴，又征集天下奇能异士，为冲锋选。说也可笑，竟有数人应召前来，或言能渡水不用舟楫，只用马匹接连，足渡百万兵士；或言出兵不费斗粮，但教服食药物，便能永久不饥；或言插翅能飞，一日远翔千里，不难窥探敌情。首二说未便立试，只自言能飞的技士，叫他当场试演。那人取出两翼，乃是鸟羽编成，系诸身上，两翼中间，绾住机纽，用手一扳，果然徐徐飞起，约数十步，便即堕落，不能再飞。（也是后世飞机的滥觞，不可蔑视。）莽亦明知无用，但欲激励他人，夸示外国，不得不随便收纳，使为理军，赏给车马。忽有夙夜（即东莱不夜城，莽时改为夙夜。）连帅韩博，保荐一人，用着大车四马，装载入都。这人叫做巨毋霸，生长蓬莱海滨，身长一丈，腰大十围，卧尝枕鼓，箸尝用铁，轺车不能载，三马不能胜，所以特用大车四马，载至阙下。王莽召见巨毋霸，果然是个硕大无朋的人物，却也暗暗称奇。待巨毋霸行过了礼，略问数语，便叫他充当卫士，随侍銮舆。巨毋霸谢恩退朝，那王莽忽然踌躇起来，暗思自己表字，叫做巨君，韩博应亦知悉，如何不令巨毋霸改名，公然敢触犯忌讳？并且毋霸两字，也觉可疑，莫非叫我毋行霸道，故意替他取这名字，侮弄朕躬？越想越恨，竟不管他是是非非，传旨召博入都，从重处罪。博还道荐贤有功，特蒙宠召，匆匆地赴都听命，不料一到阙下，便见卫士趋出，宣读莽诏，说他慢上不敬，绑出斩首。可怜博希旨求荣，反害得身首两分，不明不白。（谁叫你去巴结逆莽。）博既杀死，由莽命巨毋霸改名，号为巨母氏，取义在文母授玺，助己霸王的意思。（巨字犯讳，何故不改？）

越年本为天凤七年，莽依六岁改元的诏命，改号为地皇元年。春夏二季，只是筹备兵马，想击匈奴。适须卜当寄寓长安，不得回国，愁病而亡。莽令须卜当子大且渠奢，袭爵后安公，且将庶女陆逯任，嫁为奢妻，陆逯系莽女封邑，莽改称公主为任，故名陆逯任。奢得为莽婿，倒也安心住下。莽更加意抚慰，谓俟兵马调齐，总当送他回国，立为单于。无如莽有此想，天不相容，莽尝改称未央宫前殿，叫做王路堂，忽被一阵极大的秋风，吹倒许多墙壁。莽以为天变告儆，或由临为太子，安独向隅，舍长立幼，因致上干天怒。乃封安为新建王，临为统义阳王，撤销皇太子名称，聊自解嘲。

先是临母王氏，因二子宇、获被杀，时常悲悼，涕泣失明。宇子名宗，曾封功崇公，私服天子衣冠，擅刻玺章，又由莽查出情弊，迫令自尽。宗姊妨为卫将军王兴夫人，诅姑杀婢，莽使中常侍蠆(蠆音带）恽责妨，并及王兴，兴夫妇又皆自杀。（莽自娶王氏，又将孙女亦嫁王家，好古者奈何如是?）莽后王氏，既哭二子，又哭孙儿孙女，遂致悲上加悲，激成疾病，奄卧不起，莽令临入侍母疾，日夕在侧。偏有一个黠婢原碧，生有三分姿色，楚楚动人，更兼口齿伶俐，眉目轻佻，王氏倚为心腹，宠爱逾恒。该女却不安本分，常向莽殷勤献媚，引得莽欲火上炎，往往瞒着王氏，与她演几出秘戏图。至临入宫奉母，时与原碧相见，原碧又卖弄风骚，勾动临心。临虽已娶刘歆女为妻，他觉得原碧姿容，比妻尤艳，况由她自来勾引，乐得移篙近舵，兜搭成欢。（父子聚麀，倒是古训。）俗语说得好：“月里嫦娥爱少年。”临年正少壮，与原碧谐欢鱼水，比乃父大不相同，原碧很是快意。不过原碧既为莽所幸，怎得再与临私通?倘或发觉，坐致送命，因此喜中带忧，有时与临欢卧，装出一种嗟叹声，说出几句蹊跷话。临不禁心疑。搂住细问，才知她怕着这老厌物，自己也不觉吃惊。原碧又故意撤手，欲与临中断情缘，此时临已为所迷，怎肯中止？辗转思想，只有弑父一法，尚可免患。当下告知原碧，正中原碧心坎，既得除去眼中钉，复好做个现成妃子，哪有不赞成之理？于是两人商定，待时下手。

临妻刘愔，得父歆家传，能观星象，夜见金木二星，聚会一处，心知有异，趁着临回至东宫，即与临语道：“星象告变，恐宫中将有白衣会。”临听了“白衣会”三字，想是指着丧服，大约莽命该死，谋将有成，心下当然暗喜，却未便与妻说明，支吾一番，又跑入中宫，告知原碧。原碧得了此信，正拟安排毒药，俟莽入宫，加入茗中，把他毒死。偏莽颁下诏书，贬临为统义阳王，迁出宫外。临只好向母告辞，又与原碧流涕诀别，姑从缓图。莽因妻病未痊，虽将临迁出东宫，尚未遣令就国。临既不得见慈母，又不得会情女，满怀怅望，愁极无聊，乃寄书与母，略言父皇待遇子孙，很是严酷，前次兄侄等多壮年早死，臣儿年亦及壮，恐母后不测，儿亦不知命在何时。王氏见书，愈增伤感，就将临书掷置案上，可巧莽入宫问疾，览着临书，又起了一种疑心，意欲彻底查问，及见妻病垂危，不便发作，因将临书藏入袖中，忿然趋出。过了数日，莽妻竟死，由莽饬令左右收殓，不准临入宫会丧，待至丧葬已毕，就要将临事追究，仔细考察。得知临与原碧通奸，当下召入法吏，拿下原碧，把她刑讯起来。原碧是个柔弱女子，禁不起粗鞭大杖，一经敲扑，就一五一十，供出实情，通奸以外，还有逆谋。当由问官详报，莽立命捶死原碧，并嘱心腹人刺毙问官，把尸首并埋狱中，省得他传扬出丑。（掩耳盗铃，徒滋人怨。）一面赐临鸩毒，逼命饮下，临不肯取饮，宁可自刭，拔刀刺胸，须臾毕命，莽赐谥曰缪。又有诏书付与刘歆，谓临本不明星学，事由临妻刘愔妄言，致临犯罪云云。这数语明是归咎刘愔，叫歆转嘱女儿。歆自恐坐罪，慌忙将女儿召去，责备一番。愔无从诉冤，含泪回来，服药自尽。这是地皇二年正月间事。这一月内，莽子新建王安，及莽孙公明、公寿，统皆病死，匝月四丧，莽还不自恐惧，反毁坏汉武、汉昭两帝庙室，腾出空址，作为子孙葬地。看官试想王莽所为，恶不恶，凶不凶呢？小子有诗叹道：

> 亲生骨肉且寻仇，事到其间也可休。
> 祸变至斯犹未悟，恶人到底不回头。

莽既这般凶恶，报应不远，自然要东反西乱，来杀这逆莽了。欲知后来乱事，且看下回再详。

古人有言："外宁必有内忧。"独王莽则先挑外衅，而内忧乃因之而起，此则莽自欲速祸，故有此变例耳。莽不欲用兵夷狄，则租税当不至过苛，租税不苛，则盗贼亦不至过繁，天下方受莽欺而不之察，若莽能噢咻示惠，逆取顺守，其或能保全身家，亦未可知。乃外夷未叛而莽独迫之，平民未乱而莽又殴之，何其悖谬若此！意者其天夺之魄而益其疾欤？况内有逆子，又有淫婢，暗设机谋，欲行大事，祸机伏于肘腋，莽之不死亦仅矣。然天不欲莽之死于儿女子手，姑使之自翦子孙，然后孤危莫救，供人脔割，足快众心。恶愈稔者报愈酷，非药死所足蔽辜也。

第四回　受胁迫廉丹战死　图光复刘氏起兵

却说钜鹿地方，有一男子马适求，闻莽暴虐不道，意欲纠合燕赵壮士，入都刺莽，事为大司空掾属王丹所闻，立即上告，莽即发兵捕到马适求，把他磔死。又遣三公大夫，穷治党与，辗转株连，杀毙郡国豪杰数千人。于是人心益愤，共思诛莽。魏成大尹李焉，素与卜人王况友善，况进语李焉道："新室将亡，汉家复兴，君姓李，李音属徵，（音止。）徵有火象，当为汉辅，不久必有应验了。"焉深信况言，厚自期许。况又东凑西掇，集成谶文十万言，出示焉前。焉奉为秘本，嘱吏抄录，吏竟窃书逃走，入都报莽，莽忙命捕焉及况，下狱杀死。汝南人郅恽，研究天文历数，知汉必再受命，慨然上书，劝莽还就臣位，求立刘氏子孙，方能顺天应人，转祸为福。莽自然动怒，饬将恽拘系诏狱，转思恽未起逆谋，不过妄言无忌，情迹还有可原，因此格外加恩，下令缓决，后来下诏大赦，才得将恽释放，想是恽命未该死，故得重生。（真正侥幸。）莽见人心思汉，越起恶心，索性遣虎贲将士，携着刀斧，驰入汉高庙中，左斫右劈，毁损门窗户牖，又用桃汤赭鞭，鞭洒屋壁，即将高庙作为兵营，使轻车校尉住着。又记起王况谶文，谓汉室当兴，李氏为辅，因特拜侍中李棽为大将军、扬州牧，赐名为圣，遣令统兵击贼。上谷人储夏，自请招降盗首瓜田仪，莽即授官中郎，使他招抚。储夏去了一趟，取得仪降书，返报王莽，请莽加恩封赏。莽又令储夏召仪入朝，面授官爵。谁知储夏再往，仪已死去，只得向莽复命。莽再命往求仪尸，厚加棺殓，代为起冢设祠，赐谥瓜宁殇男，想借此羁縻余盗。偏偏一盗甫死，又添出男女强盗两人，男强盗叫做秦丰，在南郡间纠众人，劫掠良民；女强盗叫做迟昭平，家居平原，粗通文字，擅长博弈，居然招集亡赖少年，约数千人，也想入山落草，做个一时无两的女大王。（前有吕母，后有迟昭平，可谓无独有偶。）莽闻报惊心，召集群臣，详询平盗方略。群臣尚应声道："这都是天囚行尸，命在漏刻，何必多忧？"独左将军公孙禄抗声道："盗贼蜂起，咎在官吏，现在太史令宗宣，迷乱天文，贻误朝廷；太傅唐尊，崇饰虚伪，偷窃名位；国师刘秀，（即刘歆，详见后文。）颠倒五经，毁灭师法；明学男（官名。）张邯，地理侯孙阳，造作井田，使民弃业；羲和（亦官名。）鲁匡，创设六筦，毒虐工商；说符侯崔發，阿谀取容，壅塞下情，为陛下计，亟应诛此数人，慰谢天下。更宜罢讨匈奴，仍与和亲，休兵息民，方可图治。臣看新室大患，不在匈奴，却在这封域间呢！"（对牛弹琴，徒失人格。）这一席话，说得莽跷起短须，现出一张哭丧脸，遽命殿前虎贲，将禄驱出，但严令内外牧守，督捕盗贼。

荆州盗王匡、王凤等，盘踞绿林，气焰甚盛，牧守接到莽诏，不敢违慢，只好选募壮士二万人，往讨绿林。王匡等出来迎击，大破官军，荆州牧自去督战，又被王匡等击败，夺去许多辎重，吓得荆州牧屁滚尿流，慌忙返奔。约行里许，忽突出一大队强徒，截住去路，为首一位彪形大汉，须眉似戟，手持一竿长矛，厉声呼道："好汉马武在此，尔等快留下头来！"（后来马武降汉，称为中兴名将，故此处独留身份。）荆州牧魂飞天外，忙命驱车旁逸，哪知马武的长矛，已刺入车中，回手一钩，立将车辕钩倒，把一个金盔铁甲的荆州牧，复出地上。荆州牧已拼着一死，又听马武大叫道："我等为饥寒所迫，苛政所驱，不得已落山为盗，并非敢戕杀命官，怎奈汝等蠹吏，不思救民，反要虐民，岂不可恨！我今权寄下汝首，叫汝知过必改，勿再肆虐，如若不信，请看此人！"说着，手中矛起，刺死骖乘一将，呼啸而去。荆州牧方敢爬起，旁顾左右，已皆散走，只有一尸首横在地上，越觉得胆战心寒，勉强按定惊魂，呆立片刻，才见逃兵陆续趋回，七手八脚地竖起覆车，请令乘坐，急急地奔归州署，此后再不敢轻出击贼，但闭门高卧罢了。

王匡等杀败官军，复攻破竟陵城，转掠云杜、安陆，掳得妇女数十人，仍回绿林山中，纵欢取乐。百姓失去妻女，无从追寻，报官也是无益，徒落得家离人散，十室九空，皇天有眼，也不使绿林盗贼，安享温柔，蓦然降下一场大疫，把绿林山中的喽啰，瘟死无数，（可见盗贼亦有恶报。）盗目乃不敢安居绿林，分途引散。王常、成丹西入南郡，号为下江兵。王匡、王凤、马武，及支党朱鲔、张卬等北入南阳，号为新市兵。莽遣司命大将军孔仁，出徇豫州，再起严尤为纳言大将军，与秩宗大将军陈茂，同略荆州。两路已发，又接东海警报，盗魁樊崇，势甚猖狂，乃更命太师王匡，与更始将军廉丹，率兵讨崇。（莽曾改更始将军为宁始将军，至此复称更始。）是时郡国官吏，多畏盗如虎，不敢进剿，惟冀平连帅田况，素称勇敢，募得壮丁四万人，各给库械，明定赏格，刻石为约，樊崇等闻风知惧，相戒不入。况上书自请击贼，所向皆克，莽擢况领青、徐二州牧事。况又上书白莽，略言："盗贼始发，为势甚微，咎在地方长吏，不以为意，县欺郡，郡欺朝廷，实百言十，实千言百，朝廷忽略，不加督责，遂致蔓延连州。及遣发将帅，出击盗贼，又索郡县供张，竭资迎送，犹恐不足，尚有何心再顾盗贼？将帅复不能躬率吏士，奋勇前敌，每战辄为贼所创，遂致罢兵豢寇，酿成巨变。今洛阳以东，连年饥馑，米石数千钱，臣闻朝廷复遣太师与更始将军，东向讨贼，二人为爪牙重臣，兵多人众，沿途饥匮，何处供求？愚以为不如慎选牧、尹，明定赏罚，叫他收合灾民，徙入大城，积藏谷食，并力固守，贼来攻城，急不得下，退亦无从掠食，势难久存，然后可剿可抚，攻必破，招必降。若徒然多遣将帅，劳苦郡县，恐为害且过盗贼，请陛下即日征还各使，俾郡县少得休息。臣况既蒙委任，二州以内，自可平定，愿陛下俯允臣言，定能奏效。"这一篇奏章，正是当时良策，偏莽阴加猜忌，疑他阻挠军心，遽召况为师尉大夫，另派别人替代。

况一入都，齐地遂空，樊崇等只畏田况，闻况奉调入朝，相率庆贺。可巧女盗吕母病死，余盗多散归樊崇，党羽益盛，遂有意窥齐，严申约束，杀人抵命，伤人偿创，居然定出军律，檄示山东。那莽太师王匡，与将军廉丹，奉命东征，就择定地皇三年孟夏，辞行出都，文武百官，都至都门外饯行。适值天下大雨，全军皆湿，有几个老成练达的长者，看着兵士带水拖泥，不禁背地长叹道："是谓泣军，泣军不祥。"（天雨也是常事，实因人心怨莽，才有是言。）王匡、廉丹，共率锐士十万人，长驱东进，沿途征饷索械，备极严苛，东人作歌谣云："宁逢赤眉，莫逢太师；太师尚可，更始杀我。"原来樊崇闻匡、丹东来，必有大战，恐党徒与官兵混斗，致不相识，因令徒众用朱涂眉，作为记号，嗣是号作赤眉。崇自申明纪律以后，稍禁掳掠，反不若官军过境，驱胁吏民，廉丹颇得军心，惟纵兵为虐，比匡尤甚，故时人有此歌谣。百姓恐慌得很，更兼饥不得食，大率扶老携幼，奔入关中。关吏次第报闻，差不多有数十万人，莽不得已开发仓廪，派吏赈饥，吏多贪污，窃取廪粟，饥民仍不得一饱，十死八九。中黄门王业，掌管长安市政，有事白莽，莽问及饥民情形，业诡答道："这等皆是流民，并非真由饥荒，臣看他流寓都门，还是持粱齿肥呢！"乃出取市上所卖粱饭肉羹，入宫示莽，说是流民所食，大概如是。莽信作真言，遂以为关东饥荒，全是虚报，乃一再遣使至军，催促廉丹，赶紧剿贼。丹得书惶恐，夜召掾属冯衍，出书相示。衍乘间进说道："海内人民，怀念汉德，好比周人追思召公，人所鼓舞，天必相从，将军今日，莫若屯据大郡，镇抚吏士，选贤与能，兴利除害，方可显扬功烈，保全福禄，何必冲锋陷阵，委身草野，反弄得功败名丧，贻笑后人呢？"丹摇首不答，衍乃退出。越宿即拔营再进，到了无盐，正值土豪索卢恢等，据城附贼，丹与王匡，麾兵进攻，一鼓直入，杀死索卢恢，斩首万余级。当即飞书告捷，莽遣中郎将赍着玺书，慰劳军士，晋封匡、丹为公，赏赐有功将吏十余人。

王匡既得荣封，急思荡平盗贼，探得赤眉别校董宪等，聚众数万，据住梁郡，乃遽令出兵击宪。廉丹进谏道："我军新拔坚城，不免劳乏，今且休士养威，徐徐进行！”匡忿然道：“行军全靠锐气，既得胜仗，正好鼓勇深入，君若胆小，我愿独进。”说着，便号令军士，速赴梁郡，自己一跃上马，扬鞭出城。丹不好坐观，也只得带领亲兵，随后继进。行至成昌，望见前面排着贼阵，几与泰山相似，军士不战先慌，纷纷倒退，王匡连声喝阻，尚不肯止。那贼众已驱杀过来，势如潮涌，锐不可当。匡知不能支，也即退走，（惯说大话，往往无能。）贼众在后追赶，杀毙官军无数。匡抱头逃回，正与廉丹相值，高声说道：“贼势浩大，不可轻敌，快逃走罢！”丹不觉瞋目道：“能战方来，不能战便死，奈何遽走！”匡满面怀惭，俯首无言。丹越觉气愤，从怀中取出印绶符节，掷付与匡道：“小儿可走，我为国大将，除死方休！”一面说，一面即跃马前进，突入贼军。贼一拥齐上，把丹困住垓心，丹格杀贼徒数十人，终因寡不敌众，力尽身亡。（为莽战死，殊不值得。）麾下校尉汝云、王隆等二十余人，同声说道：“廉公已死，我等何为独生？”当即拼命血斗，并皆战死。只王匡已经走脱，不得不据实报闻，莽下书哀悼，谥丹为果公。国将哀章，自愿赴军平贼，（也要出去送死了。）莽即遣章东行，与王匡合力御盗。又使大将军阳浚屯兵敖仓，大司徒王寻统兵十万，镇守洛阳，嗣闻严尤、陈茂一军，先胜后败，未见得利，免不得焦灼万分，乃拟遣风俗大夫司国宪等，（俱是莽时官名。）分巡天下，饬除井田奴婢山泽六筦诸禁，与民更始。

书尚未发，忽觉得一声霹雳，突出一位汉家后裔，起兵南阳白水乡，（即舂陵封地。）要来讨灭王莽，索还汉室江山。（真命天子出现，应该大书特书。）这人为谁？乃是汉景帝七世孙，为长沙定王發嫡派，本姓是刘，单名为秀，表字文叔，身长七尺三寸，美髯眉，大口隆准，确是汉朝龙种，比众不同。从前景帝生长沙王發，發生舂陵节侯买，买生鬱林太守外，外生钜鹿都尉回，回生南顿令钦，钦娶潮阳樊重女为妻，生下三子，长名縯，次名仲，又次名秀。秀生时，适有嘉禾一茎九穗，因以秀字为名。九龄丧父，寄居叔父刘良家，成童后好稼穑。长兄縯，表字伯升，独有大志，好侠养士，常笑秀为耕佣，比诸高祖兄仲。秀受兄揶揄，也觉业农非计，乃入都求学，拜中大夫许子威为师，肄习《尚书》，能通大义，嗣因资用乏绝，仍然归家。秀有一姊，曾适新野人邓晨，彼此谊关郎舅，时相往来。一日邀秀至穰人蔡少公家，适值宾朋满座，叙谈朝事，晨与秀都是后生，幸得少公招呼，参坐末席。少公素习图谶，与大众述及谶语道："将来刘秀当为天子！"座中有一人起问道："莫非就是国师刘秀么？"原来莽臣刘歆，也尝究心谶纬，依着谶文，故意改名为秀，（回应上文。）所以座客闻少公言，还道是秀为国师，容易得为天子，故有是问。少公尚未及答，但听末座上笑声忽起，接说一语道："怎见得不是仆呢？"大众闻声瞧着，乃是刘秀发言，都不禁哄堂大笑。（谁知果然是他。）秀扬长趋出，晨亦告退。

宛人李守，曾为莽宗卿师，素好星历谶纪，尝私语子通道："刘氏不久当兴，李氏必将为辅。"通将父语记诸心中，也想做个攀龙附凤的功臣。至新莽地皇三年，新市兵窜入南阳，平林人陈牧、廖湛，也聚众千余人，起应王匡、王凤，号平林兵，闹得南阳境内，风鹤皆惊。李通从弟李轶，因向通进说道："今日四方扰乱，想是汉室当兴，南阳宗室，只有伯升兄弟，泛爱容众，可与共谋大事，愿兄勿失此机！"通欣然道："我意也是如此。"可巧刘秀来宛买谷，通与轶乘便迎入，与商起义，秀并不推辞，即与订约，归告兄縯。縯自王莽篡位后，常怀不平，暗中散财倾产，结交豪杰，约莫有百余人，至此一齐召集，面与计议道："王莽暴虐，海内分崩，今复枯旱连年，兵革并起，这是天亡逆莽的时候，我等正好举事，起复高祖旧业，平定万世了！"众豪杰统拍手赞成，乃分遣亲友四出，招募士卒，自发舂陵子弟，指日兴师，子弟视为畏途，各谋躲避，竞言伯升造反，必将杀我。嗣见刘秀亦穿着军装，披绛衣，戴大冠，不由得惊疑道："他是有名谨厚，为何也这般装束，莫非果好起事么？"（究竟是谨厚的好处。）乃稍稍趋集，共得子弟七八千人，縯自称柱天都部，秀年方二十有八，助兄举义，专待李通兄弟到来。通使弟轶出招徒众，自在宛城暗暗布置，准备起应。

不料事机未密，被人发觉，当由守吏带着兵役，来捕李通。通闻风逃去，通父守与全家眷属，不及奔避，尽被拘去。官吏立即报莽，莽立即下令族诛。共死六十四人。（一事未成，便至倾家，也觉可怜。）缜探得李通家属，俱被捕戮，料知通不能起应，乃使族人刘嘉，往说平林、新市诸头目，求他帮助。嘉素有口才，凭着那三寸舌，说动了两路兵，彼此定议，合兵进攻长聚，又捣入唐子乡，诱杀湖阳县尉。沿途夺取财物，却是不少，盗众欲据为己有，刘氏子弟，也要分肥，两下里争夺起来，势且决裂。亏得刘秀临机应变，好言劝解族人，令将所得财物，尽畀两路盗兵，盗众方才喜欢，愿与刘秀共攻棘阳。棘阳守兵寥寥，两三日即得夺下，李轶、邓晨，亦从他处招得壮丁，来会刘缜。缜拟进取宛城，率众至小长安聚，忽来了莽将甄阜、梁丘赐，带领兵马，截住中途。缜怎肯退还？自然麾众接战，已杀得难解难分，蓦见天空中降下大雾，笼住两军，咫尺不辨南北，莽军多系骑兵，趁势蹴踏，缜众统是徒步，如何支持？一时纷纷四散，溃走各方，此次缜倾寨前来，连家眷都带在后面，满望顺风顺势，直达宛城，不防途中遇着这般败仗，只好各走各路，顾不得家属存亡。刘秀亦匹马奔逃，路旁碰着女弟伯姬，急忙唤令上马，并骑前奔。走了半里，又与姊遇，复促令上马同逃。姊即邓晨妻室，单名为元，见秀已挟妹同走，怎好三人一马？便扬手一挥道："弟、妹快走！此时已不能顾我了！毋令一齐丧命！"秀还想要劝，怎奈后面喊声震地，有追兵驱杀过来，那时只得急走，可怜姊元及三女儿，尽被追兵杀死。还有秀从兄刘仲，及族人数十，亦败死乱军中。

缜退保棘阳，收集残兵，十去四五，及见秀与妹到来，心中稍慰。秀与述及姊元兄仲，陷入敌兵，恐怕不能生还，缜待了许久，未见踪迹，想是已死，禁不住涕泪交并。俄而新市、平林两路贼目，入见刘缜道："莽将甄阜、梁丘赐，已渡过潢淳，屯兵沘水，闻他兵势浩大，不下十万，所有辎重，悉数留住蓝乡，他却断桥塞路，示无还心，眼见得来夺棘阳，与我拼命，我等寡不敌众，弱不敌强，如何抵御？不如弃城先走，还可保全生命！”刘縯听了，很是焦急，只得好言劝慰，教他少安毋躁，另筹良谋。正惶惑间，忽有一人驰入，朗声呼道：“下江兵已到宜秋，何不前去乞援呢？”刘秀在旁接口道：“李兄前来，好了好了！”（却是一条生路。）縯尚未知来人为谁，及刘秀与他说明，才知便是李轶的从兄李通。当下延通入座，问及下江兵来历，通答说道：“通未曾起事，家属先亡，只剩得孑身孤影，奔走四方。探闻下江兵帅王常，颇有贤名，特地致书相招，邀他来攻宛城，今彼已到宜秋，又知君困守棘阳，所以急忙赶来，请君往会下江兵。”縯问通曾否熟识王常，通答说道：“素来相识，何妨往见？我等俱有口舌，还是怕他不成？”刘縯大喜，即与通同行，并嘱秀随往，一径至宜秋军营。营兵见縯等驰至，问明来意，縯即答说道：“愿见下江一位贤将，与议大事。”兵士当即入报。此时下江营内，王常以外，尚有成丹等人，共推王常出见，常乃迎入縯等，见縯兄弟姿表不凡，已是起敬。两下问答姓名，叙及军事，縯口讲指画，词辩滔滔，再加李通从旁参议，常顿时大悟道：“王莽残虐，百姓思汉，今刘氏复兴，就是真主，常愿助君一臂，佐成大功。”（豪爽得很。）縯笑答道：“事若得成，难道我家独享么？”当下面订契约，起座告别，常送出营外，还白党徒，成丹等齐声道：“大丈夫既经起事，当思自主，何必依人？”常摇首道：“王莽苛酷，致失众心，现在人皆思汉，蠢然欲动，所以我等得乘机起事，但欲建大功，必须应天顺人，若徒负强恃众，虽得天下，亦必复失，试想秦皇项羽，何等威武，尚致覆亡，何况我等布衣，啸聚草泽呢？今南阳诸刘，举族起兵，我看他来议诸人，统是英雄，非我辈所能及，若与并合，必成大功，这是上天保佑吾侪，不可错过！”成丹、张卬，方才悦服，即与常引兵至棘阳，与縯相会，新市、平林诸兵，见有援兵到来，亦皆欢跃。这一番有分教：

漫道鲸鲵吞海甸，好看龙虎会风云。

欲知刘縯如何调度，且至下回叙明。

食人之禄，忠人之事，此为古今通论。但如廉丹之战死成昌，史家不予其死节，或反大书特书曰：“赤眉诛廉丹。”夫赤眉贼耳，廉丹助逆，亦不过一贼而已，以贼杀贼，独书曰诛，词似过激。然即此可以见出处之大防，助逆而死，死且遭讥，为人臣者，顾可不择主而事乎？刘縯倡义，秀乃辅之，阅史者必以为秀之中兴，实赖长兄，不知秀亦非真事田产、无志光复者，观其安知非仆之言，已见雄心；乃绛衣大冠，身服军装，而族中子弟，谓谨厚者亦复如是，此正所以见秀之权略耳。遵养时晦，一飞冲天，秀之才实过乃兄，宜乎兄无成而弟独得国也。

第五回　立汉裔淯水升坛　破莽将昆阳扫敌

却说刘縯会合下江兵，气势复振，连新市、平林诸兵，亦改易去志，摩拳擦掌，专待厮杀。縯令各路兵分作六部，休息三日，大排筵宴，与各将士痛饮一宵，申立盟约，时已为新莽地皇三年十二月中。各将士过了三日，便请縯发令出兵，縯谓出兵尚早，当再缓数天。好容易到了除夕，大众方预备守岁，忽由縯传发军令，叫他潜师夜起，进袭蓝乡。蓝乡距棘阳城约数十里，莽将甄阜、梁丘赐，曾在该处留屯辎重，（见前回。）縯为劫粮起见，留秀守城，自率各路人马，偃旗息鼓，悄悄地行至蓝乡。蓝乡辎重屯聚，非无守兵，只因除夕守岁，大都饮酒至醉，睡梦甚酣，蓦被縯军攻入，连逃避都是不及，还有何心保守辎重？有几个脚长手快的，披衣急起，开步就逃，侥幸保住头颅；若少许迟慢，便做了刀下鬼奴。縯等扫尽守兵，就将所屯辎重，一古脑儿搬运回城，天色不过黎明，已经是正月元日了。縯又点齐军士，置酒犒劳，大众喜气洋洋，巴不得立攻泚水，诛死莽将。縯见士气可用，立命毕饮，引军再出，直向泚水进发。莽将甄阜、梁丘赐，方接得蓝乡败报，辎重尽失，急得仓皇失措，不意敌众复到眼前，没奈何出兵抵敌。縯分部兵为左右翼，使下江兵攻东南，自率本部攻西南。甄阜、梁丘赐，也分队接仗，阜拒縯众，赐敌下江兵。下江兵锐厉无前，才阅半时，便把赐阵突破，赐望后退走。甄阜方督兵奋斗，望见赐军已溃，不禁气沮，部下愈加汹惧，一动百动，尽皆散走，阜禁遏不住，随势返奔。偏后面有潢淳水阻住，急切无从飞渡，一大半不顾死活，纷纷投水，一小半是尚在徘徊，被后面追兵赶到，乱戳乱剁，杀毙了万余人。甄阜、梁丘赐心慌意乱，先后毙命。潢淳水中，又溺毙无数。尚有残众好几万人，得渡彼岸，统觅路逃生去了。（寥寥数语，却写得有声有色。）

莽将严尤、陈茂，闻知下江、新市诸兵，连合刘縯，杀毙甄阜、梁丘赐，料知宛城垂危，慌忙引着大军，前来守宛。早有探马报达刘縯。縯因宛城坚固，尚被莽兵守住，与前途大有妨碍，因即陈师誓众，焚积聚，破甑釜，鼓行直前。两军在淯阳相遇，縯匹马当先，持槊陷阵，各将士奋勇继进，一当十，十当百，百当千，杀得莽兵东逃西散，人仰马翻。严尤、陈茂，从未经过这般利害，只恐丧掉性命，拍马走还，连部兵都不暇顾及。兵士见无主将，多半投械乞降，逃去的不过二三成。縯乘胜进攻宛城，查点降卒，不下二三万，自己部兵也有一二万，加入新市、平林、下江三大部，差不多有十万人，此外尚有陆续投附，今日数十，明日数百，真是多多益善，如火如荼。縯即扎下大营，命各军分布城外，把一座宛城，围得铁桶相似。诸将以兵多无主，不便统一，欲立刘氏为主，借从人望。南阳豪杰，均拟立縯，独新市、平林诸头目，惮縯威明，选出一个庸懦无能的人物，奉为汉帝。这人也是刘氏宗室，名玄字圣公，系是春陵侯买长子熊渠曾孙，（前回所叙鬱林太守外，就是熊渠少弟。）与刘縯兄弟系出同支，曾在平林军中，列入头目，号为更始将军，生性懦弱，无甚勇略，新市渠帅王匡、王凤、朱鲔、张卬，平林渠帅陈牧、廖湛，都欲利用刘玄，暗中定议，叫他做个傀儡皇帝，方好任所欲为。縯尚未闻知，及各渠帅与縯说明，縯始慨然道："诸将军欲推立汉裔，厚情可感，惟愚见略有不同，目下赤眉啸聚青、徐，有众数十万，若闻得南阳，已立宗室，必然照样施行，彼一汉帝，此一汉帝，两帝不能并立，怎能不争？况王莽未灭，宗室先自相攻，坐失威权，如何再能破莽？自古以来，首先称尊，往往不能成事，陈胜、项羽可为前鉴，今春陵去宛三百里，尚未攻克，便想尊立，是使后人得乘吾敝，宁非失策？愚意不如暂称为王，号令军中，若赤眉所立果贤，我等不妨往从，当不至夺我爵位。否则西破王莽，东收赤眉，然后推立天子，也不为迟。”（刘縯此议，未尝轻玄，而轻玄之意，自在言外。）南阳诸将，听了縯语，当然称善，就是王常亦极口称同。不料新市党徒张卬，怒目起座，拔剑击地，且悍然道：“疑事无功，今日我等已经定议，不得再有二言！”縯只好含忍过去，默然无语。诸将见縯且如此，乐得做个好好先生，于是决议立玄，就在淯水岸上，筑起一坛，择期二月朔日，立刘玄为皇帝。玄首戴帝冕，身服皇袍，由诸将帅拥登坛上，南面升座，大众都称臣拜贺。玄不敢坐定，战兢兢地起立座前，心中七上八下，好似小鹿儿乱撞。听得众人山呼万岁，不由得面庞发赤，冷汗直流。（如此无用，何不固辞？）待至朝贺礼毕，惘然下坛。回入营中，自有一班捧戴的臣工，预先拟定国号，称为更始。又封拜王匡、王凤为上公，朱鲔为大司马，刘縯为大司徒，陈牧为大司空，刘秀为太常偏将军，此外诸将，亦各有职使，不及备述。史家载是年为更始元年，削去王莽地皇年号。但是十月，莽亦被诛，事见后文。（划清眉目。）

且说王莽闻刘縯起兵，大加震惧，特悬出重赏，购缉刘縯，如有人将縯擒住，封邑五万户，赐金十万斤，位居上公。又令长安中官署，及天下乡亭，各绘縯像，每旦起射，作为厌胜。（呆贼。）一面佯示镇定，命有司广选淑女，得一百二十一人，送入都中，莽亲自审视，个个是美貌娉婷，最看中有一丽姝，乃是杜陵人史谌女儿，轻盈袅娜，艳冶无双，（可惜薄命！）当下选为继后，召入史谌，特给黄金三万斤，当作聘礼，还有车马奴婢，杂帛珍宝，不可胜计。莽年已六十有八，须发尽白，他却用煤涂发，用墨染须，假充壮年男子。且使史氏女出外复入，载以凤辇，直至殿前下舆，由莽行亲迎礼，出殿迓女，至上西堂同牢合卺，备极隆仪。封史谌为和平侯，拜宁始将军，谌子二人，并授官侍中。又将一百二十名淑女，悉数纳入后宫，赐号和、嫔、美、御，和为上号，计三人，禄秩如公；嫔为次号，计九人，禄秩如卿；又次为美，计二十七人，禄秩如大夫；又次为御，计八十一人，禄秩如元士。（既要纵乐，何必附会古制，多设名目？）这一百二十人添居宫内，意欲轮流召幸，可奈年力已衰，不能如愿。乃再征方士入宫，叫他制合仙药，务使返老为童，可御诸女。方士等有何仙术？无非把提神兴阳的药品，熔合成丸，供莽服食。莽略觉有济，勉力合欢，也是这一百二十个美人儿，数合遭晦，无端做那老贼的玩弄品！（想莽贼亦自知速死，乐得肆淫。）莽又大赦天下，饬令四方盗贼，一律解散，不咎既往，若有迷惑不返，将遣百万雄师，一体剿绝。复命各路将士，赶紧进兵，沿途遇贼来降，不得妄杀，否则合力殄灭云云。此等文书，连日颁发，约莫有好几十万。偏文告日多一日，乱端亦日盛一日，俄而刘玄称帝的消息，传入宫中，又俄而刘縯围宛，刘秀等又别攻颍川，下昆阳，拔郾县，入定陵，急得王莽无心纵乐，不得不召集群臣，会议发兵。当时只有大司空王邑，大司徒王寻，系莽心腹子弟，最算效忠，当由莽遣令至洛，大发郡国兵马，拟召集百万，号为虎牙五威兵，使邑便宜行事，得专封赏。邑乘驿先行，寻复继进，既到洛阳，分头征兵，好容易调动四十二万人，号称百万，直指昆阳。莽又选募知兵能人，得六十三家，人数有好几百，使至军前参谋。再命巨毋霸为垒尉，归王邑、王寻节制。巨毋霸能役使猛兽，特至上林兽圈内，放出许多虎豹犀象，使作前驱，一路上张牙舞爪，耀武扬威，直抵王邑、王寻营中。就是严尤、陈茂，收合败兵，尚有二三万人，一并与王邑、王寻会合，旌旗辎重，千里不绝，自从秦汉以来，没有见过这般大军，几乎好横行天下，无人敢当。（反跌下文。）

刘秀正奉更始皇帝命令，带同王凤、王常、李轶等，连下数城，留守昆阳，闻得莽军大至，乃遣偏师数千人，往截阳关。数千人到了关前，正值莽兵远远驰来，望将过去，好似蚂蚁攒集，不胜指数。更奇怪的是前驱大将，身长体伟，面丑髯张，坐下一乘极大的兵车，两面插着虎旗，带领一大群猛兽，摇尾前来，汉兵见所未见，不知是何妖魔，来助新莽，你也惊，我也慌，索性回头就跑，逃还昆阳。刘秀问他何故逃归？大众一片哗声，说得莽军如何厉害，如何怪异，不但守兵闻言大骇，连王凤、王常、李轶诸人，也是面面相觑，形色仓皇。（衬跌刘秀。）独刘秀从容自若，还像没事一般。王凤忍不住说道："莽兵如此奇悍，来迫我城，小小昆阳，眼见是固守不住，何如知难先退，还得共保身家？"众皆应声如响，无一异词，刘秀慨然道："今兵谷既少，突遇强寇，全靠将士并力抵御，方可图功，若望风解散，必至玉碎，万难瓦全。况宛城未下，不能相救；再加昆阳一破，寇众长驱直进，恐在宛诸部，亦被灭亡。诸公不思同心合胆，共立功名，反欲牢守妻子财物，难道妻子财物，果能就此保全么？"（眼界独超。）王凤等闻言发恨道："刘将军有何胆略，竟敢如此？"秀一笑而起，诸将各分头理装，亟欲出走，忽又有探马报入，莽兵已至城北，迤逦数百里，不见后队，大约总有数十万人。诸将听了，越加失色，转思敌临城下，走亦嫌迟，只可别图良策，暂济眉急。当下无人可商，只有刘秀纡徐不迫，究未知他有何良谋，乃再与秀计议。秀答说道："诸公若听我言，未必有败无成，今日城中只有八九千人，势难出战，幸亏城坚濠阔，尚可相持。但外无救兵，内乏现粮，最多亦不过守住旬余，眼前只有派出数人，至郾与定陵两县，招集守兵，背城一战，方可解围。究竟谁守谁出，还请诸公自认。"王凤因敌已凭城，不敢轻出，因高声答应道："我愿居守！"秀再问何人敢出，好多时不闻声响，乃毅然直任道："诸公既都愿守城，由秀自往。"言未毕，又有一将道："我亦愿往！"（全是激出来的。）秀见是李轶应声，遂邀与同行，留王凤、王常居守，自率壮士十人，束装停当，待夜乃发，还有将军宗佻，见秀义勇可嘉，亦愿从行。共计有十三人，乘着天昏月黑，潜开南门，跨马衔枚，向南疾走。莽军初临城下，统在城北驻扎，休息一宵，约定诘旦攻城，未尝顾及城南，秀等十三骑竟得驰脱。（也有天幸。）

到了翌晨，王邑纵兵围攻昆阳，严尤向邑献议道："昆阳虽小，城郭甚坚，今刘玄盗窃尊号，乃在宛城，我军不若乘锐趋宛，彼必骇走，宛城得胜，哪怕昆阳不服哩！"邑摇首道："我前为虎牙将军，围攻翟义，一时不得生擒，便遭诘责；今统兵百万，遇城不拔，如何示威？我当先屠此城，喋血再进！"说着，即指挥部众，环绕昆阳城，约数十匝，列营百数，钲鼓声达数十里。一面竖起楼车，高十余丈，俯瞰城中，且用强弩乱射，箭如飞蝗，城中守兵，辄受箭伤，甚至居民汲水，统是背着门户，不敢昂头。再用冲车撞城，泥土纷坠如雨。王凤等提心吊胆，寝食不遑，没奈何投书乞降。王邑不许，自谓旦夕可下此城，要想杀个痛快，表扬声威。严尤复进谏道："兵法有言，围城必阙一角，宜使守兵出走，免得死斗，况有兵逃出，亦可使宛下伪主望风破胆，岂不更善？"邑勃然道："我正要屠尽此寇，还好纵令逃走么？"又不听尤言，意气甚豪。是夜，有流星坠入营中，到了诘旦，复有黑气蔽营，状如山倒，当营陨下，营兵统皆惊伏，诧为奇事。（覆败之兆。）

约莫过了旬余，已是六月朔日，城中守卒，待援不至，已觉得无法再生，可巧刘秀、李轶等，悉发郾、定陵两邑守兵，冒险进援。两邑兵也不过万人，由秀自为前锋，领着步骑千人，向着王邑大营，远远挑战。王邑在营中遥望，见来兵寥寥无几，不值一扫，因只遣数千人出敌。秀麾兵猛进，斩首数十级，竟把敌兵吓退，诸将不禁喜跃道："刘将军生平，见小敌尚有惧容，今遇大敌，反觉勇气百倍，真正奇极，我等愿前助刘将军。"（不如是不成为刘将军。）于是人人思奋，个个争先，随着刘秀追杀过去，又枭得数百颗头颅。邑闻前军败退，再遣数千人援应，也阻不住汉兵，反被他砍倒无数，只好纷纷倒退。刘秀得直抵城下，遥呼守兵道："汝等无恐！宛下兵已悉数来援了！"看官听着，这是秀故意伪言，安定城中士心。城上守兵，虽略有所闻，但见来兵不多，尚未敢出城夹击。秀又使弁目佯堕军书，使王邑部兵拾去，书中无非说是宛兵大至，请守吏无恐等语。王邑得书，也觉惊心，但尚自恃人多势旺，足敷抵御，下令诸营不得妄动，自与王寻等列阵城西，依水待着。（也欲摆背水阵么？）昆阳城西北有滍川，东流入汝，王邑就在岸上踞住。刘秀选得敢死士三千人，直冲邑阵，统是以一当百，不顾死生。从来行军接仗，越惜命越是要死，越拼命越是得生，秀部下都是拼命，邑部下都是惜命，所以邑兵虽众，反不及秀军的厉害，好容易突入中坚，杀得邑兵七零八落。呆头呆脑的王寻，还想上前拦截，被刘秀大喝一声，吓退三步，秀部下的敢死士，知是敌营大将，一拥上去，你一刀，我一枪，把王寻砍落马下，立时毙命。王邑见王寻被杀，无心恋战，只有退走一法。各营复守着军令，不便出援，那汉兵胆气越壮，喊杀声震动天地，再加昆阳城内的守兵，望见援军得胜，也由王凤等带同出城，来凑顺风。莽军垒尉巨毋霸，本尚依令守营，耐心待命，及闻王寻阵亡，王邑退却，不由得咆哮起来，当即驱出猛兽，冲突汉兵。汉兵倒也着忙，只恐为兽所噬，稍稍住脚。蓦听得雷声大震，雨势狂奔，豁喇喇的几阵怪风，竟将虎豹犀象等吹转，反去冲动巨毋霸。巨毋霸弄得没法，也只好向后退走，后面就是滍川，退无可退，偏猛兽不省人事，尽管向巨毋霸挤去，巨毋霸立脚不住，扑通一声，坠入水中，身重脚沉，不能上跃，简直是无影无踪，漂入水国去了。（这叫做巨而毋霸，名足副实。）巨毋霸一死，各营皆震，统是不待军令，弃营乱跑。虎豹犀象等兽，还在岸边狂窜，往往连人带兽，并堕入水。水复骤涨，就使素善泅水的兵士，也落得无技可施，活活溺死。王邑、严尤、陈茂等，跨马凫水，亏得水中有许多死尸，替他填底，才得渡过彼岸，狂奔而去。刘秀传令军士，不必穷追，但命将敌营辎重，搬运入城，一时不能尽取，听令遗留，待至明日再取。所有数十万莽兵，除死亡数万人外，任他四逸，自与诸将缓辔入城。（真是好整以暇。）次日再令兵士出搬辎重，仍然不尽，接连搬运了好几日，还有零碎什物剩下，付诸一火。这便是昆阳大捷，成就了汉室光复的首功。小子有诗赞道：

身当大敌反从容，一鼓能销百万锋。
水涨血流风效顺，天公毕竟助真龙。

昆阳解围，群情鼓舞，更可喜的是一座宛城，早由刘縯攻下了。欲知宛城攻克情形，待看下回分解。

刘伯升知首事之难成，劝诸将不必立玄，言固甚是。但伯升亦自犯首事之戒，若稍示退让，姑且韬晦，则使他人当其咎，而一己受其成，亦未始非权宜之善策。惜乎其英锋太露，为人所嫌，卒至宵小播弄，不得其死，可悲亦可悯也。若乃弟文叔，则深知此道矣，见小敌反怯，见大敌独奋，令人无从端倪。昆阳一战，以十不及一之兵士，能摧王邑、王寻之军锋，是何神勇，得此奇捷，虽天心助顺，风雨齐来，然必有义勇之过人，始得仰邀天佑耳。史称昆阳一役，为汉室中兴之基础，本回摹写声容，亦觉笔酣墨舞，有其事不可无其文，勿遽以小说目之可也。

第六回 害刘縯群奸得计 诛王莽乱刃分尸

却说昆阳大捷以前，宛城守将岑彭，已经出降。彭字君然，系是棘阳人氏，居守本县。棘阳为刘縯所夺，彭率家属奔往甄阜，阜责他不能固守，拘彭母妻，令他立功赎罪。至阜败死，彭得挈领母妻，奔入宛城，与副将严说共守。刘縯等进军攻宛。约经数月，城中粮食已尽，望援不至，累得势穷力竭，只得与严说一同出降。诸将欲将彭处斩，縯独劝阻道："彭系宛城吏士，尽心固守，不失为义！今既举大事，当表义士，不如封他官爵，方可劝降。"刘玄乃封彭为归德侯，隶縯麾下。（岑彭亦中兴名臣，故详叙履历。）宛城既下，再加昆阳解围，汉威大震，海内豪杰，往往起应，杀死牧、守，自称将军，用刘玄更始年号，静待诏命。刘秀由昆阳出略颍川，屯兵巾车乡，擒住郡掾冯异，面加讯问。异字公孙，颍川郡父城人，少好读书，颇通兵法，曾为颍川郡掾，监督五县。当时留居父城，与父城县长苗萌，为莽拒汉。及闻刘秀出兵略地，料他必来攻父城，父城守兵甚少，因欲向旁县招兵，孑身外出，不料被秀军擒住。押入见秀，异既供述姓名履历，复申说道："异孑然一身，无关强弱，死亦何妨，但有老母留居城中，若明公肯释异见母，异愿归据五城，聊报公恩！"秀听他语诚意美，即纵令回去。异返至父城，对着苗萌，极言刘秀仁明，不如归降，萌依了异言，即与异出降刘秀，异为传檄四城，尽令归汉，秀即留异与萌，共守父城。

嗣视縯、秀二人，威名日盛，新市、平林诸将，阴怀猜忌，尝向刘玄处进谗，以为刘縯不除，必为后患。刘玄本不识好歹，又被他一番浸润，当然动心，乃与诸将商定密谋，待机发作。会王凤、李轶等，自昆阳城输运粮械，接济宛城，诸将以为时机已至，即入献狡谋，借着犒军名目，大会将吏，縯当然在列。刘玄见縯佩剑，故意地说它奇异，欲即取视，縯性情豪爽，不知有诈，当即拔剑出鞘，付与刘玄。玄接剑在手，把玩不释，新市、平林诸将，不禁着急，忙使绣衣御史申屠建，献上玉玦，玄仍然不发一言。（我说他还是厚道。）诸将无可奈何，只暗怨刘玄无能，未几罢会，玄将剑仍付与縯，返身入内，縯携剑趋出，大众皆散。縯舅樊宏，私下语縯道："我闻鸿门大会，范增尝三举玉玦，阴示项羽，今日申屠建复献玉玦，我看他居心叵测，不可不防！"縯似信非信，微笑无言。其实刘玄向縯取剑，明是有人教他，待縯将剑奉上，便好诬他谋弑罪名，把他杀死。偏玄迟疑未决，不敢照行，申屠建献入玉玦，就是叫玄速决的意思，玄又不省，总算縯命尚未绝，才得脱身。但縯以为刘玄庸弱，不足深虑，因此一笑作罢。独新市、平林诸将，未肯就此罢休，又去联络李轶，一同设法。轶本在刘縯部下，不属新市、平林党派，偏他谄事新贵，卖友希荣，竟甘心做那两党爪牙，与谋除縯。从前刘秀在宛，曾见轶行为奸诈，劝縯不可信任，縯以为用人不疑，待遇如故，谁知他反复无常，果如秀言。（这是刘縯粗豪之失。）有部将刘稷，勇冠三军，当刘玄称帝时，稷怒说道："此次起兵讨逆，全是伯升兄弟两人做成，更始何功，乃敢称尊号呢？"玄颇有所闻，特授稷为抗威将军。稷不肯受命，玄遂与诸将陈兵数千人，召稷入问，不待开口，便将他拿下，喝令推出斩首。恼动了刘縯一人，挺立玄前，极力固争。玄又觉没有主意，俯首踌躇。不意座旁立着朱鲔、李轶，左牵右扯，暗中示意，逼出刘玄说一"拿"字，道声未绝，已有武士十余人，跑到縯前，竟将縯反绑起来。縯自称无罪，极口呼冤，偏偏人众我寡，不容分说，立被他推至外面，与稷同斩。一位首先起义的豪杰，竟枉送性命，徒落得三魂渺渺，驰入鬼门关去了。（阅至此不禁长叹。）

刘秀时在父城，闻得阿兄遇害，痛哭一场，当即起身诣宛，见了刘玄，并不多言，只引为己过。司徒官属，向秀迎吊，秀亦惟依礼答拜，不与私谈。又未敢为缜服丧，一切起居饮食，仍如常时。有人问及昆阳战事，他却归功诸将，毫不自矜。（何等深沉？原非乃兄所能及。）刘玄见秀不动声色，反觉得自己怀惭，乃拜秀为破虏大将军，封武信侯，再遣王匡进攻洛阳，申屠建、李松等进攻武关。

两路兵马，领命去讫。那王莽闻得昆阳大败，险些儿心胆俱碎，还想诡托符命，镇压人心。明学男张邯，进言符命，妄引《易经》同人卦九三爻辞云："伏戎于莽，升其高陵，三岁不兴。"这三语说作当代的谶文，莽系帝名，升即刘伯升，高陵即高陵侯子翟义，伯升与义，在新室下暗伏兵戎，最多不过三岁，终不能兴。（亏他援引，亏他解释。）群臣听邯满口荒唐，未免窃笑，不过对着莽前，还只得顺旨阿谀，齐呼万岁。莽又令东方将士，解送罪犯数人入都，途次扬言是刘伯升等，已经擒获，特送入正法云云。百姓也知他是骗语，无人轻信，付诸一笑。（假面具总要戳破。）时有莽将军王涉，素信道士西门君惠，惠好谈天文谶记，尝语王涉道："谶文谓刘氏复兴，国师公姓名，就当应谶文了。"涉记着惠言，往告大司马董忠，复与忠屡至国师殿中，谈及谶纬，国师不应。既而王涉屏人与语道："涉欲与公共安宗族，奈何公不肯信涉呢？"国师就是刘歆，早已晓得谶文，因改名为秀。他见涉语真情挚，才答说道："我仰看天文，俯察人事，东方必能有成。"涉接口道："我知新都侯幼年多病，（指莽父。）功显君平素嗜酒，（指莽母。）未见得定有生育，现在新室皇帝，恐非我家所出。（涉与莽同宗，故自称我家。）现在董公（指董忠。）主中军，涉领宫卫，公长子伊休侯主殿中（歆长子名叠，封伊休侯，为莽中郎将。），若能同心合谋，劫帝降汉，彼此宗族，都可保全，否则难免夷灭了！"歆不禁心动，赞成涉议，且语涉道："当待太白星出现，方可举事。"涉将歆言转告董忠，忠因司中大赘（莽时官名。）起武侯孙伋，亦尝主兵，不得不邀令同谋。伋却也许诺，归至家中，神色顿变，食不下咽，伋妻瞧着，料有他事，一经研诘，伋竟和盘说出。伋妻大惊，劝伋速去讦发，（一对混账夫妻。）伋尚觉不忍，经妻舅陈邯得知，从旁怂恿，且云伋不自首，邯当独告，伋无可奈何，只得同去告发。莽忙使卫士分召忠等，忠方阅兵讲武，忽闻诏使到来，便欲应召，护军王咸进说道："谋久不发，恐致漏泄，不如斩使起事，免为人制！"忠不敢遽发，当即入朝。刘歆、王涉，也是奉召前来。莽先召忠入，使黄门官萱恽问状，忠含吾对答，即由中黄门把忠拿住，忠正拟拔剑自刎，又听得侍中王望传旨，但说出"大司马反"四字，已被中黄门锋刃交下，将忠砍死。莽意欲厌凶，再使虎贲诸士，持斩马剑分砍忠尸，盛以竹器，使用醯醢毒药白刃丛棘，掺杂器中，掘坎埋着，（又是奇想。）一面下令收捕忠族。惟不闻传召歆、涉二人，歆、涉已知忠被诛，料亦难免，并皆自杀，莽亦不加查究。看官道是何故？他因歆为勋戚，涉系宗室，统是心膂重臣，若将他声罪定罚，反致张扬内乱，不如令他自尽，反好暗瞒过去，因此不愿明言。且查得歆子伊休侯，素性恭谨，实未与谋，但免去中郎将官职，另授中散大夫。歆本汉宗正刘向子，饶有才名，能承父业，平居尝汇集群书，编成《七略》，上达汉廷：一辑略，二六艺略，三诸子略，四诗赋略，五兵书略，六术数略，七方技略。都下人士，无不因他广见博闻，啧啧称赏，只是助莽为逆，热中富贵，终弄到身死名裂，贻笑后人，这岂不是一朝失足，千古衔悲呢？（语重心长，为文人者其听之！）话休叙烦。

且说王莽内遭离叛，外复师臣，愁得坐卧不安，未遑顾及军事，乃征还王邑为大司马，进张邯为大司徒，崔發为大司空，苗䜣为国师，自己但饮酒啖鱼，排遣愁闷，暇时又披览军书，倦辄假寐，不复就枕，连那一百二十个美人儿，也是无心顾及。忽又接得外来警报，乃是成纪人隗崔、隗义，起兵应汉，推崔兄子嚣为上将军，移檄郡国，号召四方，所有雍州牧、安定大尹，俱被杀死，凡陇西、武都、金城、武威、酒泉、敦煌等郡县，统被夺去。急得莽愁上加愁，长叹了好几声，转思檄文上面，不知如何说法？密令心腹卫士西出，取得一纸，还都呈阅。莽见檄文所说，历数自己罪恶，约十余条，第一条就是鸩杀平帝。当下出坐王路堂，召集公卿，启示从前为安汉公时，代帝请命的策书，并装出一种涕泣情形，晓谕群臣。

（平帝有疾，莽仿周公遗事，藏策金縢。事见《前汉演义》。）正在装腔作势的时候，又有两处急报传来，一是导江郡卒正公孙述，起兵成都；一是故锺武侯刘望，起兵汝南。莽以成都较远，公孙述又不是汉裔，倒还无甚要紧，只是刘玄未平，又出了一个刘望，却是可忧。未几，又闻望自立为帝，连故将严尤、陈茂，统去投降，不由得失声大叫道："反了反了。"（叫杀也是无益。）亟派亲信将吏出都，探听虚实。好几日得了回报，方知刘望已死，严尤、陈茂并皆伏诛。莽又觉手舞足蹈，连声呼道："好！好！"才说到第二个好字，复听得将吏接口道："不好哩！刘望与严尤、陈茂，统被刘玄部将刘信击死，现在刘信占住汝南了！"莽复惊起道："有这等事么？"忽又有人驰入道："不好了！不好了！"（莽只说两个"好"字，反引出三个"不好"来。）莽大骇道："为什么大惊小怪？"那人说道："刘玄部将王匡攻洛阳，申屠建、李松攻武关，已是猖獗得很，今又有析县人邓晔、于匡，起兵相应，自称辅汉左、右将军，攻入武关。武关都尉朱萌，已投降了他，右队大夫宋纲阵亡，连湖县都失守了！"（索性将四方乱事，并作一束，随笔写下，较为突兀得势。）莽闻武关攻破，已觉得藩篱撤去，势甚可危，再加湖县是京兆属县，也致失守，简直是寇入堂奥，祸等燃眉。

当下无可为计，慌忙召入王邑、张邯、崔發、苗䜣四大臣，及一班文武百官，商量御寇要策。王邑等仓皇失色，不知所出，崔發独进言道："臣闻《周礼》及《春秋左传》，俱言国有大灾，宜哭以厌之，故《易》亦云'先号咷而后笑'，今事变至此，正宜号泣告天，亟求救解！"（好一条良策。）莽不待说毕，便起座道："快去快去！"说着即下殿乘舆，由群臣簇拥出城，直至南郊，降舆跪祷，自陈符命本末，且仰天泣语道："皇天既将大命授与臣莽，何不殄灭众贼？若使臣莽有罪，愿下雷霆殛死臣莽！"（天将假手磔汝，不屑雷霆。）说罢，拊胸大哭，哭止再祷，磕了无数响头，然后起立，再命词臣作告天策文，自陈功劳千余言，一面召集诸生小民，使他朝夕会哭，特命有司给与粥饭，视有哭得悲哀，并能朗诵策文，即拜为郎官。于是登舆回朝，策拜将军九人，号为九虎，令率北军精兵数万人，东出御寇。（好像儿戏。）待九虎临行时，要他送入妻子，作为抵押，每人又只给钱四千。此时宫中尚藏有六十匮黄金，一匮约万斤，此外各官署中，统有好几匮藏着，珠玉珍宝，尚不胜计，莽越加吝惜，只有每人四千文，作为赏赐。试想这般，将士尚肯为莽效力么？

九虎将至华阴回溪，据险自守，于匡率弓弩手数千人，登高挑战，邓晔率二万余众，从阌乡南出，绕道北行，直出回溪后面，突入九虎营垒。九虎将顾前失后，顿时慌乱，于匡从高阜望见晔军，当即驰下夹击，杀得九虎将大败亏输，夺路四逸。二虎将史熊、王况，诣阙待罪，莽问他余众何在？史熊、王况对答不出，抽刀自刭。尚有四虎将窜去，不知下落，只郭钦、陈翚、成重三虎将，收集散卒，退保京仓。邓晔开了武关，迎入汉将李松兵马，共攻京仓，数日不下。晔使弘农掾王宪为校尉，率数百人渡过渭水，攻城略地，所过皆降。李松亦遣偏将韩臣等，西出新丰，杀败莽将波水将军，追奔至长门宫。诸县大姓，亦纠众来会，各称汉将，王宪乘势招集，直逼长安都城。莽赦城中囚犯，各给兵械，杀豨（大猪名豨。）与盟道："如有与新室异心，社鬼当记罪不贷。"盟毕饮血，令后父宁始将军史谌，带领出敌。谌至渭桥，各罪犯一哄而散，单剩谌一人一马，如何御寇？立即拍马逃回。城外各路兵士，乐得恃众横行，发掘莽祖父妻子坟墓，毁去棺椁，并将莽九庙明堂辟雍，尽付一炬，火光照彻城中，昼夜不绝。十月朔日，各兵攻入宣平城门，正值莽司徒张邯出巡，被大众劈头乱砍，立即倒毙。莽司马王邑，带回王林、王巡、蘴恽等，分头堵御，哪里抵得住一班乱兵？勉强支持了一日，乱兵汹涌异常，各官府邸第，尽行逃亡。到了次日，城中少年朱弟、张鱼等，恐被掳掠，也投入乱兵，充作前导，火烧作法门，斧劈敬法闼，（敬法殿之小门。）哗声大呼道："反虏王莽，何不出降？"连呼了好几声，里面仍绝无声响。各少年恐有埋伏，不敢遽进，但烦劳那祝融氏作了先锋，接连放火，火势窜入掖廷，延及承明宫。宫中为莽女黄皇室主所居，就是汉平帝的皇后，（莽女自投火中，还算节烈，故特为叙明后号。）她见火已向迩，不能避免，遂望火泣下道："我何面目再见汉家？"说着竟奋身一跃，自投火中，眼见得乌焦巴弓，随那祝融氏去了。莽避居宣室前殿，但见宫人妇女等，披头散发，踉跄奔入道："奈何奈何？"莽亦没法相救，但披着绀服，（青赤色为绀。）佩着玺绂，手持虞帝匕首，令天文郎持栻在前，（栻即近时星盘之类。）自己回旋坐席，随着斗柄所在，且坐且语道："天生德于予，汉兵其如予何？"（到死还要做作，可笑。）

转眼间又过了一夜，乱兵愈逼愈近，群臣仓皇趋进，劝莽避入渐台。莽已二日不食，头眩目晕，一时不能起行，由群臣扶掖出殿，南下阁道，西出白虎门，门外已有轻车待着，由莽登车前行，少顷已到渐台。渐台筑在池中，上架桥梁，四面皆水，群臣以有水可阻，因劝莽至此暂避。莽下车后犹抱持符命、威斗，过桥登台，从官尚有千余人。司马王邑，日夕战守，累得人困马乏，返奔入宫，四处寻莽，不见形影，乃辗转至渐台，途中遇见子王睦，脱去衣冠，意欲逃生，邑怒叱道："我为大司马，汝为侍中，应该为主死节，为何逃去？"睦不得已退至台下，邑亦随入，父子共替莽固守。时乱兵已杀入殿中，狂呼狂叫道："反贼王莽何在？"适有宫女出室，颤声答应道："已往渐台。"大众遂赶至台前，围绕至数百重，望见桥梁已断，一时不能进去，只用强弩乱射。台上众官，亦接连放箭，两下里对射一阵，矢已皆尽。乱兵见台上无箭，便用板迭桥，蜂拥而入。王邑父子，及蘣恽、王巡等，还想堵住台门，奋力接战，战至天暮，究竟众寡不敌，并皆战死。（死得无名。）乱兵攻入台门，拾级登台，台上尚有众官守着，又接斗了好多时，陆续毕命。著名的是苗䜣、唐尊、王盛、王揖、赵博，（卖饼儿也结果了。）以及中常侍王参等，均皆被杀。台上已无莽臣踪迹，单不见莽一人，校尉公宾就，已与众兵混做一淘，想去杀莽报功，蓦见有一人持着玺绶，从内室中出来，便问说道："玺绶从何处得来？"那人回顾道："就在内室！"正问答间，又有众兵到来，便由公宾引入室中，寻至西北角上，果有尸身卧着，仔细一认，正是王莽。当下乱刀分尸，劈做数十段，只有莽首为公宾所枭，持报王宪。其实下手杀莽，便是夺取玺绶的人物，那人本是商民，姓杜名吴。莽年三十八岁为大司马，五十一岁居摄，五十四岁称尊，六十八岁诛死，自居摄至伏诛，居然改元四次，共计一十八年。小子有诗叹道：

粉身碎骨有谁怜，死后还教臭万年。

用尽机心翻速祸，才知翘首有苍天。

王宪得了莽首，遂自称汉大将军，拥兵入宫。欲知王宪如何处置，待至下回叙明。

有大过人之材智，方有大过人之功业，观刘文叔之所为，而益信矣。当其昆阳大战，冒险直前，何等奋勇？及闻兄縯被害，束身诣宛，独能不动声色，躁释矜平，奸党不能害，刘玄不能杀，乃知刘縯之死，非无自取之咎，令乃弟处之，亦何至死于非命乎？莽至死且欲欺人，乱兵四逼，尚欲效法周孔，卒至身膏锋刃，授首他人，作伪心劳日拙，如莽其尤甚者也。而后世之机械变诈者，亦可以知返矣。

第七回　杖策相从片言悟主　坚冰待涉一德格天

却说王宪拥兵入宫，官吏已皆逃散，只有一班妇女，无从趋避，统是缩做一堆，抖得杀鸡相似。宪见妇女们多有姿色，免不得惹起淫心，当令众兵出外驻扎，只说是妇女无辜，不宜侵犯，但发出库藏金帛，分犒众兵。大众得了犒赏，却也应令趋出，独王宪住下东宫，到了夜间，就去传召一班美女，叫她们侑酒侍寝，就是王莽继后史氏，偷生怕死，也只好出见王宪，供他糟蹋，直闹得一塌糊涂。（胜似嫁与老夫。）宪居然穿帝服，乘法驾，向商人杜吴处，取得天子玺绶，出警入跸，也想做起皇帝来了。京仓守将郭钦等，闻得京师失守，王莽毙命，没奈何出降汉营。李松、邓晔，驰入都城，将军申屠建、赵萌，从后继至，查得王宪私怀玺绶，奸占后宫，即把他捕出斩首，宪只快活了三四日，也落得身首两分。（乐极悲生，奈何不慎？）当下取莽首级，派人传送至宛。刘玄命将莽首示众，百姓恨莽切骨，多去掷击，甚至将莽舌割下，切作数片，分啖立尽。刘玄因都城已下，会议行止，忽由洛阳传到捷报，乃是上公王匡，已将洛阳收降，缚住莽太师王匡，国将哀章，械送宛城。（王匡缚王匡却是异闻。）刘玄乃待了数日，等到囚犯解入，遣刑官问讯数语，立命诛死。（哀章挟诈得官，至此也送命了。）又闻得莽将李圣、孔仁，（并见前文。）俱皆败亡，豫洛肃清，诸将都劝玄暂都洛阳，不必远诣长安。玄本来没有决断，就依了众议，命破虏大将军刘秀，行司隶校尉事，先往洛阳整修宫府，以便定都。

秀自遭兄丧，不愿与闻政事，尝在官舍中闲居度日，想起从前游学长安时，曾自明志愿，留有二语云："仕宦当作执金吾，（官名。）娶妻当得阴丽华。”现在身为大将军，比长安城中的执金吾，似乎还胜过一筹，独阴丽华年约及笄，未知她曾否适人，遂着人往探消息。丽华系南阳新野人，秀前适新野，见过一面，虽是淡妆素服，却生得姿容韶秀，落落大方，秀心中时常记着，以为娶妻不得如丽华，宁可终鳏，（自古英雄多好色。）所以在舂陵时，年至二十有八，尚未成婚。也是丽华应配真龙，到了十有九岁，尚未许字，至刘秀着人探问，与丽华兄阴识谈及，识已无父，乐得与阿妹作主，叫她去做汉大将军妻室。丽华亦喜逢佳配，便由阴识与来人说明，托他还报。秀欣如所望，当即聘娶，六礼告成，两美合璧，自然如鱼得水，好合无尤。及秀奉玄命为司隶校尉，乃与阴氏告别，仍使归居新野，自率吏士径赴洛阳。于是置僚属，作文移，从事司察，一秉旧章。待至宫府修成，报知刘玄，玄择日起行。当时三辅官吏，（京兆，左冯翊，右扶风，号为三辅。）东迎刘玄，见玄麾下诸将，首戴冠帻，服近妇人，莫不暗中窃笑，惟见了司隶僚属，都不禁心喜道：“不图今日复见汉官威仪。”嗣是皆归心刘秀，不愿属玄。

玄既都洛阳，遣使招降赤眉。樊崇等闻汉室复兴，却也有心归汉，因留部众分驻青、徐，自与部目二十余人，径投洛阳，入见刘玄。玄并封为列侯，未给国邑。崇等见刘玄没甚威仪，已失所望，又不得采邑分封，更难如愿，厮混了一二旬，乘隙出走，返入老营。分为二部，崇与逄安为一部，尚有徐宣、谢禄、杨音等党羽，另成一部，仍然反抗汉命，略地称兵。此外又出了一个淮南王，乃是庐江连帅李宪，曾由王莽命为偏将军，出徇江淮，因闻王莽被杀，遂据住庐江，自称淮南王。刘玄诸将，却无意东讨，独谋北略，当下议派遣大将，往定河北。大司徒刘赐，继縯后任，系是刘玄从兄，独谓刘秀才可大用，应即遣往，朱鲔等意在阻秀，语多蹊跷，赐却一力保举，驳去众议，乃令秀行大司马事，持节渡河，镇抚州郡。（蛰龙出海了。）秀不带多兵，但率亲从数百骑逾河，沿途无犯，察官吏，明黜陟，赦囚徒，革除王莽苛禁，规复前汉官名，吏民大悦，争持牛酒迎接道旁，秀一律却还，婉言慰谕，无不欢呼。再前行至郧城，有一士人杖策追来，报名求见，秀立命延人，下座相迎。这人为谁？乃是南阳人邓禹，系东汉佐命元功，为将来云台二十八将的领袖。（郑重言之。）他少时游学长安，曾与秀同学，气谊相投，至是久别重逢，当然欢慰，寒暄甫毕，秀却笑问道："我得承制封拜，仲华远来，莫非想做官么？"原来仲华是邓禹表字，故秀有是称。禹笑答道："禹不愿为官。"秀又笑说道："官不愿为，何苦仆仆风尘，前来寻我？"禹应声道："但愿明公威加四海，禹得效尺寸功劳，垂名竹帛，便足称快了。"（并非不愿做官，实想做个功臣。）秀鼓掌大笑，就留禹同食同宿，与语军情。禹乘势进言道："现今山东未安，赤眉等到处扰乱，动辄万计，更始乃是庸才，不能刚断，部下诸将，又没有什么豪杰，不过志在财帛，但顾目前，明公试想这等庸奴，岂能深谋远虑？尊主安民，将来四方分崩，必致败亡！从来帝王崛兴，必须天时人事，相与有成，今更始方立，天变不绝，便是不得天时；且中兴大业，岂凡夫所能胜任？便是不协人事。明公虽得为藩辅，终属受制他人，不能自主，依禹愚见，如公盛德大功，为天下所响服，何不延揽英雄，收服人心，立高祖大业，救万民生命，一反掌间，天下可定，胜似俯首依人，事事受制哩！"秀不觉大悦，（"安知非仆"之志愿，从此激成。）令禹常居左右，事必与商，且饬部众呼禹为邓将军。

先是秀居兄丧，阳为谈笑，阴寓悲伤，枕席间常有泪痕。父城留守冯异，当秀入洛阳时，路过父城，异尝开门出迎，奉献牛酒，秀乃令为主簿，使前县长苗萌为从事。异遂从秀至洛，且荐举同里铫期、（铫音姚。）叔寿、段建、左隆等，并为掾吏。嗣是异一心事秀，秀亦推诚倚任。异见秀平时纳闷，料知秀不忘乃兄，时为劝解。秀摇手道："卿勿多言。"及秀往河北，得遇邓禹说了一篇独立的计议，异亦稍有所闻，也向秀进说道："更始乱政，百姓失依，譬如人当饥渴，一遇饮食，容易充饱，今公专任方面，宜急分遣官属，徇行郡县，理冤结，布惠泽，方好收拾人心！"秀点首称善，依议施行。复北向至邯郸，骑都尉耿纯，出城迎谒，秀温颜接见，偕纯入城。纯字伯山，钜鹿宋子县人，父艾为王莽济平尹，至刘玄称帝，使李轶招抚山东，艾即请降，纯亦随见，轶使艾为济南太守，并因纯应对不凡，承制拜为骑都尉，授纯符节，令他抚集赵、魏各城。纯奉令往抚，留寓邯郸，因此得迎谒刘秀。秀待遇有恩，自然惬意，及趋退后，复见秀部下官属，各有法度，益加敬服，意欲格外结纳，特献马及缣帛数百匹。（纯亦中兴名臣之一。）故赵缪王子刘林，（缪王为景帝七世孙，名元。）尚在邯郸，入见刘秀道："赤眉现在河东，但教决水灌去，就使他众至百万，也好使作鱼鳖了。"秀以为此计太忍，默然不应，竟留耿纯守邯郸，自率邓禹、冯异等出徇真定。

刘林因计不见听，怏怏不乐，自思卜人王郎，向与友善，不若就去问卜，使决后来吉凶。郎素好诞言，见了刘林，便为道贺。林愕然问故，郎说道："谁不知刘氏当兴？君系刘氏宗室，难道不就此复封么？"林与言献计刘秀，不得见从，甚是可惜，郎又说道："君可径自称尊，何必仰仗别人？"林颇有难色，郎复进策道："我闻得王莽在日，曾由将军孙建，谓有妄男子武仲，冒充成帝子子舆，已经诛讫，君本姓刘，何妨就作为子舆，号召四方？"（《汉书·王莽传》，曾有武仲冒充子舆，谓为成帝小妻所生，今特借口补叙。）林笑说道："我自我，子舆自子舆，怎可混充？如我可冒充子舆，君亦尽可冒充了！"郎跃起道："君若肯助我起事，我就冒充刘子舆。"（好好卖卜，也想称尊，真是该死。）这一席笑语，竟至弄假成真，遂去连结赵国大豪李育、张参等，决议起兵。育与参本认识王郎，平时常向郎卜《易》，却有几句被郎说着，所以信郎甚深。此次郎欲起事，想他必有把握，因此慨然允许，就将家中私财，搬取出来，招募壮丁，不到旬日，就聚集至数千人。当下拥戴王郎，就在邯郸城内，据住官舍，南面称尊。邯郸百姓，晓得什么真假子舆，并且无拳无勇，如何反抗？只好让他去做皇帝。独有耿纯不服，与从吏夤夜出走，手中尚持着汉节，发取驿舍车马数十乘，载与俱驰，奔归宋子。至王郎派人捕纯，纯早已扬去。郎遂假称刘子舆，传檄郡国，略言圣公未知，误称帝号，翟义不死，已诣行宫，一派荒诞无稽的文告，布示远近，吏民哪里知晓？闻风响应。于是赵国以北，辽河以西，多半向郎上表，自请投诚。上谷太守耿况，已受刘玄使命，遣子弇驰赴长安，贡献方物。弇字伯昭，年方二十有一，与属吏孙仓、卫包偕行，道出宋子县，正值耿纯带领从兄䜣、宿、植等，约有数百人，起程北趋，弇与纯本不认识，见纯从行多人，不由得诧异起来，探问行人，才知邯郸有独立消息，称尊的叫做刘子舆，耿纯不肯从命，所以他往。弇乃与孙仓、卫包两人，共商行止，仓与包应声道："刘子舆既为成帝后人，应承正统，我等舍此不归，还想远行，果将何往？"弇不以为然，按剑叱责道："子舆小丑，终为降虏，我今至长安，与国家说明，渔阳、上谷的兵马，勇悍可用，然后求得使节，还出代郡，大约在途数十日，便可归至上谷，征发突骑，驱除小寇，好似摧枯拉朽，立见扫平，两君不识去就，恐误投匪人，转眼间就要灭族了！"（弇未识破假子舆，又欲去投刘玄，亦非良策，惟知邯郸不能成事，也觉有识。）仓、包未信弇言，竟悄然逃去，亡归王郎。只剩弇踯躅道旁，孤踪西向。忽有途人传说，谓刘秀转赴卢奴，自思卢奴与上谷相近，不如还投刘秀，较为得计，乃即返辔北行。

时耿纯已与秀相会，报知王郎为乱，势甚猖獗，秀恐幽、蓟一带，为郎所欺，因拟先定幽、蓟，还击王郎，可巧耿弇亦至，遂留为长史，与他同行至蓟州。既得入蓟州城，乃令功曹王霸，募兵市中，将攻邯郸。霸字元伯，系颍阳人氏，少为狱吏，慷慨有大志，前时秀略颍川，道出颍阳，得霸与俱，命为功曹令吏，至此奉令募兵，偏市人无一应募，转用冷语相侵，霸不禁怀惭，还白刘秀。秀见人心未附，便拟南归，官属也都有归志，独耿弇进谏道："明公从南方到此，大势未定，奈何南行？现在渔阳太守彭宠，与公有同乡谊，弇虽家世茂陵，但弇父方为上谷太守，（耿弇籍贯，借他自述，省得另表。耿弇、王霸皆中兴之名臣，故叙笔不略。）若征发两郡兵马，控弦万骑，直捣邯郸，还怕什么假子舆呢？"秀乃有留意，惟官属统思南归，相率喧哗道："死且南首，奈何北行入囊中？"秀笑指耿弇道："这是我北道主人，何用多忧?"随即依了弇议，致书渔阳、上谷，征发援兵，时已为更始二年春月了。

秀尚留住蓟城，专待两郡兵马到来，进击王郎。不料王郎移文至蓟，购索刘秀，标明十万户为赏格。有一个故广阳王刘嘉子接，（嘉系武帝五世孙。）贪得厚赏，纠众应郎，全城扰乱，讹言百出，纷纷说是邯郸兵至，将捉刘秀。秀因兵单将寡，不便久留，当即带领亲信将士，出南城门，城门已闭，由铫期斩关夺路，方得走脱。晨夜南驰，未敢轻入城邑，行至芜蒌亭，天寒风烈，食尽肠鸣，冯异至民间乞得豆粥，取供刘秀，秀勉强食讫，复起行至饶阳。一班从吏，连豆粥都不得觅食，真是饿肠辘辘，无力再行。秀乃伪称邯郸使人，趋入驿舍，索供饮食，驿吏依言进供。偏是这班从吏，好像地狱中放出饿鬼，争先抢食，顷刻便尽。那驿吏当然动疑，自去槌鼓数十通，托言邯郸将军，不久便到，众皆失色，秀亦升车欲驰，忽然情急智生，徐徐还坐道："既系邯郸将军到来，我等应当相见，不妨从缓!"一面说，一面传语驿吏道："请邯郸将军入见!"（催一句，愈妙。）驿吏本是假语，偏刘秀要当起真来，哪里寻得出邯郸将军? 只好含糊对答。秀方知驿吏诈谋，安坐了好多时，才起身呼众道："邯郸将军，想是路上逗留，我等也不便久待了。"众皆应声而出，秀即上车驰去。（赖有机变。）仍然昼夜兼行，一路上蒙犯霜雪，冻得面无人色，肤皆破裂。（吃得苦中苦，方为人上人。）到了下曲阳，传闻邯郸追兵，即在后面，大众又惊慌得很，急趋至滹沱河。前驱候吏，还言河水长流，无船可渡，秀再命王霸往视，霸驰至河滨，但见流水潺潺，寒风猎猎，东西南北，并无一船，不由得嗟叹起来。转思追兵在后，死生总须一渡，不如扯一个谎，叫他齐至河边，再作计较。乃趋还白秀道："河冰方合，正好速渡。"（此君也有应变才。）众闻言大喜，开步便走。说也奇怪，待至大众临河，果然冰坚可涉，当即依次渡河，渡到对岸，冰又解散，霸暗暗称奇，一时也无暇说明。（莫非人定胜天。）及抵南宫，兜头刮起一阵大风，雨随风下，滴沥不绝，累得大众衣衫尽湿，冷不可当。（又是一番苦楚。）秀见道旁有一空舍，当即下车避入，好在空舍中贮有积薪，复有宿麦，并且厨灶兼全，邓禹、冯异，就做了两个火夫，一爇火，一抱薪，锅中煮饭，灶上烘衣。秀脱去外袍，烘了片时，略觉干燥，麦饭亦已煮熟，便由异盛了一碗，奉与刘秀，尚有余饭未尽，与众同食，不够半饱，但稍稍得过饭瘾，已算幸事。此时也不遑寻问主人，由秀登车复走，众亦随出，趋至下博，四面各有歧路，不知所从，俄有白衣老人，踉跄前来，并未问及行踪，即举手指示道："努力努力！此去南行八十里，就是信都，信都太守，尚为长安守住此城，可以前往。"秀正要向他称谢，不意白衣老人回头急走，倏忽不见，大众不胜惊异，秀亦知白衣老人不是凡品，遂依他指导，径往信都。

信都太守任光，表字伯卿，籍隶宛县，素性谨厚，少为县吏，汉兵至宛，见光衣服鲜明，意欲加害，亏得光禄勋刘赐，替他救免，荐为安集掾，寻拜偏将军，随秀至昆阳，同破王邑、王寻，得迁信都太守。及王郎僭号，传檄信都，光不肯服从，独与都尉李忠，县令万修等，协力固守。郡掾持檄劝光，光将他斩首示众，招集精兵四千人，为死守计。适刘秀狼狈到来，光正虑孤城难全，得秀亲至，喜出望外，立即开城迎入，吏民素闻秀仁名，亦皆欢呼万岁。秀略述途中苦况，并言王郎势大，恐难与敌，意欲还见刘玄，请兵北讨。任光见秀兵寥寥，自己亦不过数千部众，只有护秀西行的能力，没有助击王郎的军容，心下颇费踌躇，李忠、万修，亦谓不若派兵送秀，以便请兵。正迟疑间，忽报和戎太守邳彤来会，光当然出迎，与同见秀。彤字伟君，家世信都，曾为莽和成卒正，居下曲阳，前次秀徇河北，彤举城出降。因改名和成为和戎，使彤居守。彤感念秀德，故与任光同无贰心。（两人皆隶名云台，故分叙履历。）彼此相见益欢，共商行止。彤闻秀议定西行，慨然谏阻道："海内吏民，歌吟思汉，已有数年，所以更始称尊，天下响应。今卜人王郎，假名乘势，集众乌合，虽得牢笼燕、赵，究属根本未固，若明公号召二郡兵民，仗义往讨，何患不克？今欲舍此西归，非但空失河北，必且惊动关洛，堕威失机，甚非良策！试想明公西去，邯郸无事，必且缮兵整甲，长驱南来，吏民谁肯千里送公？统皆系念妻孥，中途逃归，人心一散，尚可复收么？”秀恍然道：“伟君所言甚是，我当照行。”遂留住信都，光即行文旁县，征发兵士，好几日只得四千人，秀尚嫌不足，欲向城头子路及刁子都两处借兵，当有一人闪出道：“不可不可！”正是：

莫呼将伯求为助，毕竟男儿当自强。

欲知何人出谏刘秀，待至下回报明。

邓禹杖策追秀，相见之下，从容计划，即进秀以兴汉之谋，此为中兴名臣所未及。故虽智不及良、平，勇不及韩、彭，而后人推为功臣之冠，良有以也。王郎僭号，刘林助虐，秀狼狈南趋，几不得免，豆粥麦饭，何等困穷？孟子所谓“天降大任于斯人，必先苦其心志，劳其筋骨，饿其体肤，然后动心忍性，增益其所不能”。彼刘秀亦犹是耳！必至如滹沱河之不得济，乃出神力以助之，河冰甫合，复继以大风雨，此正天之巧为磨炼也！非历过诸艰，宁能造成真主乎？

第八回　投真定得婚郭女　平邯郸受封萧王

却说刘秀欲向城头子路，及刁子都处乞援，即有一人出为谏止，那人就是信都太守任光。光进说道："城头子路、刁子都，俱是亡命盗贼，何足深恃？兵不在多，但教协力同心，自能成功。明公前破莽将时，尝以一敌十，何患王郎？"秀乃罢议。究竟这城头子路，乃是何人？他姓爰名曾，字子路，本东平人，曾与肥城人刘诩，起兵卢县城头，因号为城头子路，聚众至二十万，寇掠河、济间。刘玄初立，曾与诩亦上表称贺，玄拜曾为东莱太守，诩为济南太守，皆行大将军事，暂示羁縻。刁子都起兵东海，前文已经叙及，（见第三回。）惟刁子都亦受刘玄封爵，拜扬州牧。后来城头子路、刁子都，皆为部下所杀，这且慢表。（随笔了过。）惟刘秀既听了任光，不愿乞援，遂拜任光为左大将军，兼信都都尉；李忠为右大将军；邳彤为后大将军，仍任和戎太守；万修为偏将军，并封列侯。李忠字仲都，东莱黄县人，万修字君游，扶风茂陵人，（补叙履历，不略功臣。）这数人皆身任军将，从秀出城，留南阳人宗广领信都太守事。耿纯自请回乡招兵，前来会师，秀即令去讫。任光多作檄文，颁示河北，文中伪云"大司马刘公，率城头子路、刁子都各兵，有众百万，从东方来，击诸反虏"等语。河北吏民，本多为王郎所欺，望风听命，此次得了檄文，又不禁惶惑起来，转相告语，未知适从。秀挈众至堂阳县境，时已昏暮，趁着天色昏黑，扬旗纵火，散骑泽中，吓得堂阳县吏，魂魄飞扬，急忙开城迎降。转至贯县，县吏无法抵敌，也照堂阳一般，出城迎入。

昌城人刘植，方聚兵数万，据城自守，当由秀使人招抚，植即投诚。秀使植为骁骑将军，仍领旧部，于是兵威少震。可巧耿纯亦招集宗族宾客，共二千余人，连老幼男女一并带来，与秀相见。秀使为前将军，封耿乡侯，纯从兄䜣、宿、植，并皆授职偏将军，拨兵为助，令他兄弟前抚宋子城，县吏却也听命。纯使䜣、宿归烧庐舍，然后返报。秀问纯何故毁及家庐，纯答说道："明公单车出使，镇抚河北，本没有什么重赏，可以饵人，不过靠着平时德惠，曲示怀柔，才见士众乐附，所过皆降。今邯郸自立，北州疑惑，纯虽举族归命，老弱皆行，犹恐宗人宾客，或有异心，仍然逃归，因此烧去庐舍，绝他返顾，方能使他凝神一志，服事明公哩！"秀不禁赞叹。再命纯带领前军，北向出发，降下曲阳，进攻中山。秀亦率众继进，得拔卢奴，再传檄至边郡，令他共击邯郸，郡县又陆续响应。惟故真定王刘扬，聚众十余万，联合王郎，未肯归附。秀颇以为忧，骁骑将军刘植献议道："植与扬有一面交，愿借三寸不烂的舌根，说使归降！"秀闻言大喜，便令植往说刘扬。植只带得随身数骑，径往真定，过了数日，便即返报道："扬已被植说下了，但扬欲与公结为姻亲，植亦替公承认，事同专擅，特来请罪。"秀惊疑道："我尚无子女，如何联姻？有妹伯姬，又许字李通为继室，已有成议了。"（应上起下。）植答说道："扬有甥女郭氏，愿奉箕帚。"秀又以曾娶阴氏为嫌，植笑答道："天子一娶九女，诸侯且一娶三女，两妻也不得为多，况刘扬新附，若不与结为姻亲，如何可恃？植所以擅事代允哩！"（谢媒酒稳当了。）秀乃心喜，即令植赍着金币，送作聘礼，自己也即随往，扬率众迎接，开馆延宾，择了一个黄道吉日，即将甥女郭圣通，装束停当，送至宾馆，与秀成婚。秀见郭氏丰容盛鬋，华服靓妆，虽不及阴丽华的秀雅，却也纤秾合度，不等凡姝。当下行过了礼，洞房合卺，并枕交欢，不消细叙。嗣闻女父郭昌，素有义行，曾将田宅财产数百万，让与异母兄弟，名著全国。女母刘氏，乃是真定恭王普女儿，（普为景帝七世孙。）生长王家，独循礼教，持身节俭，有贤母风。秀想父母如此，该女当必不俗，因此由爱生敬，由敬生宠，比从前待遇阴氏，加厚三分。（叙明郭氏家族，复伏下被废祸根。）

过了数日，就出击元氏、房子二县，先后攻下。再进至鄗，鄗城县长，却也不敢迎敌，投书请降；偏有大姓苏氏，不愿迎秀，竟去召入王郎将吏李恽，率兵来敌汉军。当有探马报知耿纯，纯请秀暂留驿舍，自领前军埋伏城隅，专待李恽到来。恽不防有伏，昂然驰至，被纯挺马突出，兜头一枪，把李恽刺落马下，各兵惊溃，纯乘胜抢入城中，得将鄗城据住。查得大姓苏氏头目，杀死数人，余皆崩角稽首，不敢违命。鄗城一下，移军进攻柏人，王郎大将李参，方在柏人驻扎，听得汉军前来，便引兵至要路截击，两下交锋，汉军很是奋勇，杀得李参招架不住，奔还柏人。刘秀麾兵追赶，直抵城下，扑攻数日，不能得手。适有汉中校尉贾复，长史陈俊，奉着汉中王刘嘉命令，诣营下书。（此刘嘉与前文广阳王同名异人。）秀立即召见，取阅来书，才知嘉已得势，定都南郑，收降武当山草寇延岑，集众数十万人，此次与秀通问，意在联盟，且将贾复、陈俊，荐入秀营，俾作臂助。秀览毕大悦，赐令二人旁坐。问明履历，二人答称同居南阳，不过互分县籍，复字君文，系南阳冠军县人；俊字子昭，系南阳西郑县人。（书法见前。）秀与嘉系出同支，嘉为舂陵侯刘买玄孙，是秀族兄，王莽时被黜为民，刘玄即位，封嘉为汉中王，秀因族兄举荐人材，定必不谬，且看他英姿吐属，确非庸常，乃即拜复为破虏将军，俊为安集掾。两人方拜命趋出，忽有弁目入报道："舍中儿犯法不谨，被军令祭遵格毙了！"（祭，读如债）秀勃然道："祭遵敢擅杀我舍儿么？"说着，顾令左右，即欲捕遵。主簿陈副在侧，忙进说道："公尝欲军队整齐，今遵奉法不避，明明是仰承公令，怎得言罪？"秀乃省悟，赦遵不究，且进拜遵为刺奸将军。尝语诸将道："诸卿当慎防祭遵，他敢杀我舍中儿，必不肯私庇诸卿哩！"（甚得用人之道。）诸将听了，当然畏服祭遵。遵字弟孙，颍川颍阳人，少好经书，家本饶富，独遵如贫人，恶衣菲食，及丧母时，亲自负土起坟，县吏目为鄙吝，屡加侵侮，遵乃散财结客，击杀县吏，时人因此惮遵，至秀破王邑、王寻，还过颍阳，遵孑身投谒，居秀门下，遂得逐渐知名。（遵亦中兴名臣。）

秀军久围柏人，兼旬不克，或劝秀留此无益，不如移军钜鹿，进图东北，秀乃引兵略钜鹿郡，拔广阿城。夜间披览地图，见邓禹在旁，便指示道："天下郡国甚多，现在什只得一，汝前言反掌可定，谈何容易？"禹答说道："方今海内扰乱，人望明君，如望慈母，总教有德便兴，不在大小缓急哩！"（要言不烦。）秀一笑而罢。越宿再拟进兵，忽闻外面哗声不绝，急忙传问，有人报称渔阳、上谷兵马，已到城外，恐是由王郎遣来。帐下诸将，听了此言，未免失色。秀将信将疑，亲登城楼，俯首诘问，蓦见来军中跃出一人，倒身下拜，仔细审视，不是别人，乃是蓟城相失的耿弇。当下大喜过望，即命开城延入，详问一番。弇备述颠末，方知渔阳、上谷兵马，实是耿弇招来。先是蓟城乱起，弇迟走一步，未及相随，待至混出城门，追了数里，仍然不及，自思前行无益，不如北还上谷，发兵助秀。当下掉头急走，归见父况，请发兵急攻邯郸。况正接得王郎檄文，踌躇莫决，既闻弇言，便即集众会议，功曹寇恂，门下掾闵业同声道："邯郸猝起，未可信响，今闻大司马秀，系刘伯升母弟，尊贤下士，何不相从？"况皱眉道："邯郸方盛，我不能独拒，如何是好？"寇恂道："今上谷完固，控弦万骑，正可详择去就，恂愿再东约渔阳，齐心合众，邯郸便可荡平了。"况颇以为然，乃遣恂东往渔阳。

时渔阳太守彭宠，亦由王郎移檄，促令归附，宠部下多欲从郎，独安乐令吴汉，护军盖延，狐奴令王梁，劝宠从秀，宠也觉狐疑。吴汉出止外亭，尚欲设法谏宠，适有一儒生趋至，面目文秀，汉召与共食，询及道路传闻。生言邯郸所立，实非刘氏，只有大司马刘公，所至归心。吴汉大喜，便诈为秀书，征发渔阳兵士，嘱生持往见宠，且使具述所闻。生如言持去，汉复随入，两人先后白宠，方将宠心说动。可巧寇恂驰到，证明邯郸伪主，请宠速发突骑二千人，步兵千人，与上谷会师，同攻邯郸。宠依言发兵，即令吴汉、盖延、王梁为将，与恂偕行。南经蓟郡，偏遇王郎大将赵闳，并力杀去，将闳砍死。恂使吴汉等守待界上，匆匆报知耿况，况即照渔阳兵数，调发出来，亦令三人为将，一是寇恂，一是耿弇，一是上谷长史景丹。三人领兵出境，与吴汉等相会，六条好汉，所向无前，沿途击斩王郎将士，约三万级，连下涿郡、中山、钜鹿、清河、河间等二十二县，直抵广阿。（摹写声容，数语已足。）遥见城上遍悬大汉旗帜，便由景丹勒马高呼道："城守为谁？"守兵答道："是汉大司马刘公！"（其声震耳。）丹等大喜，便令耿弇前导，共至城下。适值刘秀登城，弇一见便拜，起身入城，具述大略。秀即使弇迎入诸将，诸将一一参见，秀看他个个威武，统系将才，便依次问明籍贯姓字。寇恂答称昌平人，字子翼；景丹答称栎阳人，字孙卿；吴汉答称宛人，字子颜；盖延答称安阳人，字巨卿；王梁字君严，与盖延籍贯相同；（俱是二十八将中人，籍贯姓氏由他自述，与初叙耿弇时略同。）耿弇前已从秀，当然不必问答了。秀问毕大悦道："邯郸将帅，屡言发渔阳、上谷兵，我亦谓将发二郡兵马，聊与相戏，不意二郡将吏，果为我前来，我当与诸君共图功名便了。"于是宰牛设宴，大飨将士，待至饮毕，立即开城出兵，东赴钜鹿，令景丹、寇恂、耿弇、吴汉、盖延、王梁六人，俱为偏将军，一面承制封拜，遥授耿况、彭宠为大将军，并封列侯。

军至钜鹿，正遇刘玄所遣尚书仆射谢躬，亦率兵来讨王郎，两下会合，将钜鹿城团团围住，守将王饶，固守不下。忽由信都传来急报，乃是城中大姓马宠，潜降王郎，迎纳郎将，执住留守宗广，及右大将军李忠家属，忠不禁大怒，因马宠弟随为校尉，当即召入，把他格死，诸将皆大惊道："君家属在人手中，奈何格死人弟？"忠慨然道："为国忘家，敢纵贼不杀么？"秀闻言赞美，便使忠还救家属，忠尚不肯往，旋闻刘玄已遣兵攻破信都，乃使忠还行太守事。王郎又遣将倪宏、刘奉，率数万人来救钜鹿，秀率部将至南䜌。（音怜。）逆战，前军失利，景丹麾使突骑出击，纵横驰骤，大破敌兵，倪宏等仓皇遁去，秀欣然道："我闻朔方突骑，乃天下精兵，今果所见不虚了！"道言甫毕，即由耿纯献议道："久围钜鹿，徒致疲敝，不若往攻邯郸，邯郸一破，钜鹿不战自服了！”（说得甚是。）秀乃留将军邓满攻钜鹿，自督将士进攻邯郸，连战皆捷，直抵邯郸城下。王郎势穷力蹙，使谏议大夫杜威至军，奉书乞降。秀责王郎伪充刘氏，罪在不赦，杜威不肯承认，还说王郎是成帝遗体，秀奋然道：“就是成帝复生，天下且不可得，况是个假子舆呢？”（快语。）威复说道：“明公以仁信著名，今日邯郸既降，亦应封邯郸主为万户侯。”秀又答道：“他敢冒充汉裔，待以不死，也算宽仁，还要想做万户侯么？”威知不可说，转身自去。秀督兵猛攻，又过了二十多日，城内不能支持，王郎少傅李立，夜开城门，纳入汉兵，王郎、刘林，从后门出走，觅路窜去。秀将王霸，与臧宫、傅俊等人，夤夜追郎，郎被追及，一介卜人，何来武勇？立被王霸一刀劈死，枭了首级。只有刘林不知去向，无从追寻。当即携首归报，秀录霸功劳，加封王乡侯，连臧宫、傅俊等，亦并给厚赏。臧宫字君翁，颍川郏人，初为亭长，继入下江兵中，转从刘秀，屡立战功；俊字子卫，亦为颍川襄城县亭长，襄城为俊故里，合族聚居，及秀至襄城，俊投入秀军，家族被莽吏收诛，故秀与王邑交战时，俊争先突阵，杀敌最多。（两人俱列入云台。）两人与霸同郡，甚是投契，在军中常与霸同营。惟霸善驭士卒，恤死抚伤，事必躬亲，所以后来刘秀即位，任霸为偏将军，兼领宫、俊两部兵马，另用宫、俊为骑都尉，事见后文。

且说刘秀既收复邯郸，诛死王郎，所有郡县吏民，与王郎往来文书，悉令毁去，顾语诸将道：“好使反侧子自安。”一面部署吏卒，支配各营，众言愿属大树将军。看官道大树将军为谁？原来是偏将军冯异。异为人谦退不矜，与诸将相遇，常引车避道，进退皆有表识，秩序井井；每当休息时候，诸将并坐论功，独异屏居大树下，毫不置议，因此军中呼异为大树将军。秀闻众言，也为赞许，待异益厚。护军朱祐，系南阳宛人，素与刘秀兄弟交游，留居幕中，至是从容语秀道：“更始不君，未能定国，惟公有日角相（中庭骨起状如日，故云日角），天命所归，不宜自误！”秀不待说毕，便笑语道：

"快召刺奸将军，收逮护军。"（文叔也会使诈。）祐乃不敢复言。会由长安使至，持入刘玄封册，封秀为萧王，即令罢兵西归，另派苗曾为幽州牧，韦顺为上谷太守，蔡充为渔阳太守。秀暗暗惊异，面上却未曾流露，照常迎入使人，依册受封。又复细询来使，始知刘玄迁都长安，大封功臣，所以自己亦得封拜。究竟刘玄如何迁都？如何授封？应该就此叙明：自从刘玄由宛迁洛，居住了四个月，长安军将申屠建、李松，屡遣人请玄入关，玄乃令刘赐为丞相，入关缮修宫室，更始二年二月，宫室复旧，遂由申屠建、李松等，迎玄至长安，入长乐宫，升坐前殿，郎吏两旁站立，玄面有怍容，惟俯首摩席，不敢仰视。（实是无用。）诸将朝贺已毕，李松、赵萌，劝玄封功臣为王，朱鲔独抗议道："从前高祖有约，非刘氏不王，今宗室且未曾加封，如何得封他人？"松与萌乃请先封宗室，后封诸臣，于是封刘祉为定陶王，（祉系刘玄族兄。）刘庆为燕王，（庆系刘秀族兄。）刘歙为元氏王，（歙为刘秀族父。）刘嘉为汉中王，（嘉并见前。）刘赐为宛王，（赐亦刘秀族兄。）刘信为汝阴王。（信为赐从子。）宗室毕封，乃封王匡为泚阳王，王凤为宜城王，朱鲔为胶东王，王常为邓王，申屠建为平氏王，陈牧为阴平王，张印为淮阳王，廖湛为穰王，胡殷为随王，李通为西平王，李轶为舞阴王，成丹为襄邑王，宗佻为颍阴王，尹尊为郾王。独朱鲔辞不受命，乃令鲔为左大司马，又使赵萌为右大司马，李松为丞相，共秉内政。命刘赐、李轶镇抚关东，李通镇荆州，王常行南阳太守事。赵萌有女，颇具姿色，由萌纳入后宫，大得玄宠。因此玄委政赵萌，萌专权自恣，任情予夺，群小膳夫，都向萌极力逢迎，萌各授官爵，俱着锦衣，长安有歌谣云："灶下养，中郎将。烂羊胃，骑都尉。烂羊头，关内侯。"为此种种腐败，遂致关中人士，大失所望。

至刘秀得平邯郸，遣使告捷，玄乃封秀为萧王。秀受命后，不由得惶惑不定，昼卧邯郸宫温明殿中，默想方法。耿弇乘间趋入，向秀说道："吏民死伤甚多，弇愿归上谷，添招兵马。"秀应声道："王郎已破，河北略平，还要添什么兵马？"弇答道："王郎虽破，兵革方兴，圣公无才，定难成事，恐不久便将败灭了。”秀惊起道：“卿失言了，我当斩卿！”弇又说道：“大王待弇，情同父子，弇所以敢披赤心。”秀半晌才说道：“我何忍害卿？卿且说明！”弇申说道：“百姓患苦王莽，复思刘氏，闻汉兵起义，莫不欢腾，如脱虎口，复归慈母。今圣公为天子，诸将擅命山东，贵戚纵横都内，政治昏乱，比莽更甚，怎能不败？大王功名已著，天下归心，若决计自取，传檄可定，否则恐转归他姓了！”（前有邓禹，后有耿弇，前推后挽，自见成功。）秀听了弇言，点头无语。忽又有一人进言道：“大王请听弇言，幸勿迟疑！”秀瞧将过去，乃是虎牙将军铫期。小子有诗咏道：

明良会合最称难，要仗臣心一片丹。

莫道攀龙原易事，庸才何自庆弹冠？

欲知铫期如何陈词，容至下回再叙。

刘秀既娶阴丽华，复纳郭氏女为室，阴先郭后，理应以阴为正妻，郭为次妻。乃以刘赐见助之故，加宠郭氏，厥后且立郭氏为后，名不正，则言不顺，无怪其凶终隙末也。本编于秀娶阴氏，不过标题，而独于郭女之成婚，特为揭出，所以志先事之未慎耳。王郎之败，本意中事，以之敌秀，不亡何待？惟玄于入关以后，委政宵小，不思笼络刘秀，徒假以萧王之虚名，令秀速归，是正所以促其离心耳。蛟龙得势，志在奔腾，宁待耿弇、铫期之谏阻乎？

第九回 斩谢躬收取邺中 毙贾强扬威河右

却说虎牙将军铫期，趁着耿弇进言的时候，也入内白秀道："河北地近边塞，人人习战，号为精勇，今更始失政，大统垂危，明公据有山河，拥集精锐，如果顺从众心，毅然自主，天下谁敢不从？请明公勿疑！"秀闻言大笑道："卿尚欲如前称"趩"么？"原来铫期出蓟州城时，为众所阻，期奋戟大呼道："趩！"众皆披靡，方得出城。看官道趩字何义，古时惟天子出入，才得警跸，趩与跸同，乃是辟除行人的意思。秀因期直前勇往，气敌万夫，平时很加器重，所以有此戏言。于是决计自立，出见长安来使，与言河北未平，不便还都，来使只好辞去。其实邯郸内外，原已早平，就是钜鹿，也相继投降，秀不过设词拒复，未肯西归。从此秀自据一方，竟谢绝了更始皇帝。（句中有刺。）是时梁主刘永，擅命睢阳，（永为梁孝王八世孙，更始元年由刘玄使永袭封。）公孙述称王巴蜀，（见第六回。）李宪自立为淮南王，（见第七回。）秦丰自号楚黎王，（见第四回。）张步起琅玡，董宪起东海，延岑起汉中，田戎起夷陵，并置将帅，侵略郡县。又有铜马、大彤、高湖、重连、铁胫、大抢、尤来、上江、青犊、五校、檀乡、五幡、五楼、富平、获索等贼，乘势蜂起，名目繁多，多约一二十万，少约数万，大约不下数十万众，所在寇掠。秀拟出兵四讨，先遣吴汉北往，调发各郡兵马，幽州牧苗曾已到，不肯听命，被吴汉拔剑出鞘，乘曾不备，把他砍死。当下夺得兵符，四处征调，北州震慑，莫不望风景从，发兵来会，共计得数万骑，由汉引兵南行。还有耿弇亦奉着秀令，至渔阳、上谷二县征兵，亦收斩韦顺、蔡充，（苗曾、韦顺、蔡充共见前回。）招得许多突骑，南下返报。可巧秀出至清阳，接着两路人马，自然喜慰。便拜吴汉、耿弇为大将军，往讨铜马贼。铜马贼帅东山荒秃、上淮况等，方在鄡城，（鄡音枭。）闻得刘秀引军进攻，意欲先发制人，立即遣众挑战。秀却令各军坚壁不动，伺贼至他处劫掠时，却潜出偏师，截击要路，夺回财物，一面断贼粮道。贼求战不得，求食无着，勉强支持数日，累得饥乏不堪，黉夜遁去。汉军从后追蹑，到了馆陶，大破贼众，一大半弃械乞降，尚有余众四窜。适值高湖、重连两路贼兵，从东南来，与铜马余众会合，又来抵御汉军。秀乃鼓励兵士，进至蒲阳交战，复将贼众杀得大败。贼势穷力蹙，只好投降。秀封贼目为列侯，贼尚不自安，只恐将来有变。秀窥知贼意，饬令各军归营，自乘轻骑巡行各寨，降众方相语道："萧王推心置腹，亲疏无二，我等能不替他效死么？"嗣是全体悦服。秀因将降众分配各营，得众数十万，因此关西号秀为铜马帝。（莫非权略。）

秀又探得赤眉别帅，与青犊、上江、大彤、铁胫、五幡，合十余万众，在射犬城，当即乘锐进击，连毁数十营垒，贼皆西遁。秀顺道南略，招谕河内吏民。河内太守韩歆，举城出降。歆同邑人岑彭，前曾受刘玄封爵，得为归义侯，（见第六回。）嗣为淮阳都尉，道阻不得就任，乃至河内依歆。歆既出降，彭亦进见，面语刘秀道："彭蒙前司徒矜全，未曾报德，今复得遇大王，愿为大王效力！"秀温语奖勉，即令彭与吴汉，往击邺城。邺城由谢躬居守，从前与刘秀共定邯郸，还屯邺中，（见前回。）秀南击青犊，曾使人语躬道："我追贼至射犬，必能破贼，尤来在射犬山南，必当惊走，若仗君威力，击此散虏，定可一鼓歼灭了！"躬亦称好计。及秀破青犊，尤来果北走隆虑山，躬留将军刘庆，及魏郡太守陈康守邺，自率将士往击尤来。偏偏穷寇死斗，锋不可当，躬反吃了一大败仗，遁还邺城。秀因躬留邺中，动遭牵掣，此次乘躬外出，先遣辩士说下陈康，然后轻兵继进，径入城中。谢躬尚全无所闻，还至城下，门正开着，便纵辔进去，不意城门左右，埋伏汉军，一声鼓号，便把躬拖落马下，用绳捆住。岑彭尚欲数躬罪状，独吴汉瞋目道："何必再与鬼徒说话？”道言未绝，已从腰间拔出佩剑，手起剑落，把躬劈作两段。当下枭首徇众，众皆慑伏，不敢异言。躬亦南阳人氏，与刘秀同乡，前曾与秀相识，同事刘玄，至此积不能容。躬妻尝密诫道：“君与刘公积有嫌隙，乃不知预备，恐遭暗算！”躬视为迂谈，终为所戮。就是躬妻亦被陈康拘禁，连将军刘庆也被拘住，结果是难免一死，同归于尽。（臣殉主，妻殉夫，也似不可厚非。）

吴汉、岑彭，既平定邺城，仍使太守陈康留戍，自引部兵回报刘秀。秀欲乘胜北上，略定燕、赵，自思长安孤危，将来必为赤眉所破，因又拟遣兵西出，伺衅并吞。乃拜邓禹为前将军，特分麾下精兵二万人，属禹调度，所有偏裨以下，许得自选，指日西行。禹即部署粗定，向秀告辞，秀复问禹道：“更始虽入关中，朱鲔、李轶等，尚据守洛阳，若我辈北去，将军又复西行，他必来窥我河内。河内新定，地方完富，不可不择人居守。究竟是何人可使，还请将军教我。”禹答说道：“偏将军寇恂，文武全材，足当此任。”秀点首称善，遂召恂入帐，面授恂为河内太守，行大将军事。恂先辞后受，并请任贤为助。秀因申说道：“从前高祖尝任用萧何，关中无阻。我今举河内委公，愿公坚守转运，给足军粮，率厉士马，能勿使他兵北渡，便是现今的萧酂侯。（萧何曾封酂侯。）至若扼住河上，为公外援，我自当另遣良将便了。”恂拜谢而去。秀再命冯异为孟津将军，使统魏郡、河内各兵马，屯守河上，拒遏洛阳，异亦受命启行。既至孟津，择要筑垒，屏蔽河内，河内太守寇恂，越得安心筹备，具糇粮，治器械，接济北军，源源不绝。萧王刘秀，自然放胆北进，往击北寇去了。

是时，刘玄方封李轶为舞阴王，田立为廪丘王，使与大司马朱鲔，白虎公陈侨，带领部曲，号称三十万众，保守洛阳，又令武勃为河南太守，管领粮食。闻得刘秀北行，将乘虚进攻河内，冯异早已料着，特写了一书，遣人投与李轶，书中略云：

> 愚闻明镜所以照形，往事所以知今。昔微子去殷而入周；项伯叛楚而归汉；周勃迎代王而黜少帝；霍光尊孝宣而废昌邑，

彼皆畏天知命，睹存亡之符，见废兴之事，故能成功于一时，垂业于万世也！苟令长安尚可扶助，延期岁月，亦恐疏不间亲，远不逾近，公岂真能安居一隅哉？今长安坏乱，赤眉临郊，王侯构难，大臣乖离，纲纪已绝。四方分崩，异姓并起，是故萧王跋涉霜雪，经营河北。方今英俊云集，百姓风靡，虽邠岐慕周，不足以喻。公诚能觉悟成败，亟定大计，论功古人，转祸为福，在此时矣！若待猛将长驱，严兵围城，虽有悔恨，亦无及已！

李轶得书，踌躇了好多时，暗想从前起事，本与刘秀兄弟，很相亲爱，悔不该陷没刘縯，构成嫌隙。现在刘玄庸弱，不足有为，赤眉渠帅樊崇、逄安、谢禄、杨音等，分道入关，（樊崇等见第七回。）西兵连败，长安危急，眼见他不能久存，若又事刘秀，恐触彼前嫌，复难自全，不得已含糊作复，交与来使带回。冯异正待使归报，既得复书，忙展开一阅，但见书中写着：

轶本与萧王首谋造汉，结死生之约，同荣枯之计；今轶守洛阳，将军镇孟津，俱据机轴，千载一会，思成断金，惟期转达萧王，愿进愚策，以佐国安人。

冯异览罢，已知轶意，当然喜慰。（反间计已得告成了。）遂只留数千人屯守，自督锐卒万余，北攻天井关，连拔上党两城，再回师河南，略定成皋以东十三县，削平各堡，收降至十余万众。河南太守武勃，闻得成皋一带，俱降冯异，不由得愤惧交乘，忙率兵万人，往徇成皋。到了士乡亭边，正值冯异引兵到来，两下相见，不及答话，便即彼此交锋。异军素皆整练，又皆是百战雄师，无人可敌，偌大武勃，怎能抵挡得住？大约交战了一二时，勃众多半败退，独有勃不顾死活，还想上前厮杀，巧巧碰着大树将军，（见前。）横刀拦住，刀戟相交，不到几个回合，但听得砉的一声，勃首已经落地，（太不经杀。）败兵慌忙逃散，一半儿做了刀头鬼，冯异趁势攻下河南。果然李轶在洛，不发一兵，坐听武勃授首，袖手旁观。异因李轶践言，才将轶原书报知刘秀。秀此时已至河北，连破尤来、大枪、五幡等贼，追至顺水北面，突被贼众袭击，仓猝抵御，竟为所败。秀只率数骑急走，后面有群贼追来，刃及马腹，马负痛欲倒，亏得秀纵身一跃，投落岸下。说时迟，那时快，将军耿弇，带同突骑王丰等，前来寻秀，见秀危急万分，当即奋力杀贼，砍死贼目数人，方将余贼击退。王丰见秀在岸下，忙下马引秀，把他扶起岸上，执辔相授。秀足已受伤，抚住丰肩，方得上马。耿弇上前请安。秀顾弇微笑道："几为贼笑！"（是镇定语。）言未已，又有贼众鼓噪前来，耿弇忙弯弓力射，箭无虚发，射倒前驱贼数名，贼始骇退，弇乃保秀入范阳。余众为贼所迫，前已四散，及贼已退归，才敢趋集，诸将大半聚首，互问主子，都云不见，众皆错愕，不知所为。大将吴汉道："卿等但期努力，就使我王失踪，尚有王兄子等在南阳，何患无主呢？"诸将听着，稍稍安心。过了数日，才知秀已退保范阳，乃相偕往会。秀得收集将士，搜乘补阙，不到旬日，军势复振，乃复进兵安次，再击贼众。贼众飘忽无常，一党败去，一党复来，秀军虽连日得胜，终究相持不下，五校贼尤为猖獗，竞斗不退。恼动了一位强弩将军，姓陈名俊字子昭，籍隶南阳，目无北虏，杀到难解难分的时候，挺身突出，与贼渠短兵相搏，掩贼下马，格去贼手利刃，挥拳击贼，中脑毙命。再持短刀杀入贼队，所向披靡，贼方才胆落，纷纷窜去。俊又当先追击，直赶至二十余里，斫死贼目数人，然后驰还。刘秀望见叹息道："战将若尽能如此，还有何忧？"（力赞陈俊，与前文分叙中兴功臣，同体异文。）正赞叹间，陈俊已到面前，报称贼众已退入渔阳。秀且喜且忧道："渔阳险固，贼若负嵎自守，倒也未易荡平！"俊答说道："贼众轻佻，无粮可因，全恃剽掠为生计，最好是我出轻骑，绕过贼前，谕令百姓坚壁清野，阻绝贼锋，贼进不得食，退无所据，自然解散，不战可平了！"秀依计而行，即遣俊带领轻骑，驰出贼前，巡视民间堡寨，劝令缮守，且代为瞭望保护，所有田野积聚，一并收藏。贼众无从掠取，果然饥乏，逐渐散去，刘秀益称俊为神算。

正要遣将平贼，适接到冯异捷报，附上李轶原书，秀览罢后，即手书报异，略言季文多诈，切勿轻信。（季文即李轶字。）一面将原书颁示守尉，饬令戒备，部将多以为非策。哪知萧王秀是计中有计，将乘此借刀杀人，报复兄仇。（也是李轶自取其祸，不得谓刘秀忌刻。）约阅月余，轶竟被人刺死。主使的乃是朱鲔。鲔与轶同守洛阳，分领部曲，本来是没甚嫌隙，至轶书宣露，鲔始知轶有异谋，使人㨃轶。复遣部将苏茂、贾强，领兵三万余人，渡过巩河，直攻温邑，再由鲔自率数万兵马，进捣平阴，牵制冯异。警报与雪片相似，迭传河内，太守寇恂，当即勒兵出城，移文属县，谕令发卒御敌，同会温下，军吏都向恂谏阻，谓宜待众军毕集，方可前往。恂慨然道："温邑为郡城屏蔽，失去温邑，郡城将如何保守呢？"遂不从众议，驱兵急进。既至温下，诸县兵亦陆续到来，就是冯异也遣兵来援，士马四集，旌旗蔽空。恂令士卒乘城，大呼刘公兵到，接连喧噪了好几声。望见敌军阵动，便麾兵出击，踊跃直前，敌军里面的苏茂，最是胆怯，不战先溃；贾强勉力支持，禁不住恂军奋迅，只好退去。一经退走，阵伍便乱，那寇恂如何肯舍？自然招呼各军，并力追来，渐渐逼至河滨。苏茂渡河先遁，茂部下多半溺死；贾强迟了一步，即被恂军围住，一时冲突不出，竟至战死。（武勃不武，贾强不强，何况一庸弱的刘玄呢？）残众不及渡河，都为恂军所获。恂长驱渡河，拟迫洛阳，可巧冯异亦引兵过河击朱鲔，途次与恂会师，同至洛阳城下，环攻了一昼夜。见城上守兵尚盛，料非旦夕可下，乃收兵退归，各向刘秀处报捷。秀闻河内有警，唯恐失守，及恂书传入，方大喜道："我原知寇子翼可重任呢！"（子翼即寇恂字，见前文。）诸将联翩入贺，并上尊号，秀摇首不答。忽有一将闪出道："大王自甘谦退，难道不顾宗庙社稷么？今宜先即尊位，然后可言征伐，否则彼此从同，究竟谁王谁贼？"（快人快语。）秀闻声审视，见是前锋将马武，不禁作色道："将军休得妄言，莫谓钢刀不利呢！"（想是言不由衷。）武乃趋退。

先是武为绿林豪客，表字子张，也是南阳人氏。自从刘玄称尊，武与刘秀同事刘玄，共破王寻，因此倾心刘秀，后来又随谢躬同攻王郎，王郎破灭，谢躬受诛，武乃投入刘秀麾下，充当前锋。秀爱他材勇，颇加信任，至此独拒绝所请，引军还蓟。（马武履历至此补出。）复令马武为先驱，耿弇、景丹等为后应，吴汉为统帅，出兵数万，穷追尤来等贼，斩首至三千余级，直至俊靡，方才班师。余贼窜入辽西、辽东，为乌桓貊人所抄击，杀掠殆尽。惟都护将军贾复，追五校贼至真定，十荡十决，大破贼党，身上亦受了许多创痕，退卧营中，几不能起。当下报达刘秀，秀大惊道："贾复勇敢绝伦，我尝不令他自统一军，正恐他轻敌致伤，今果至此，岂不是失我名将？我闻他妻室有孕，如若生女，将来即为我子妇，幸得生男，我女即嫁彼为媳，不使他忧及妻子呢！"（叙得得体。）这一番言语，传入复耳，复格外感激，静心调养，竟得渐痊。因即驰赴蓟城，与秀相见，秀慰劳甚厚，待遇益隆。复字君父，亦南阳人，少时习《尚书》学，师事舞阴人李生，李生见复英姿卓荦，许为将相器。后事汉中王刘嘉，任为校尉。及刘秀出略河北，复辞嘉从秀，战必先登，不顾身家，真定一战，受伤颇重，危而复安，好算得一大幸事。（复亦二十八将之一。）小子有诗赞道：

摧锋陷阵敢争先，勇士轻生不受怜。
幸有天心阴鉴佑，伤痕复合庆生全。

贾复至蓟，正值同僚诸将，共议劝进，复当然列名，究竟刘秀曾否允议，待看下回自知。

刘秀之出师河北，为蛟龙出水之权舆，而其危难之处，亦不亚于昆阳遇敌之时。东北有群贼，西南有群敌，秀以孤军支柱其间，一或失算，即有跋前疐后之虞，岂非危难交迫乎？幸而吴汉、岑彭，诱斩谢躬，邺城下而不忧牵掣；寇恂、冯异，击毙贾强，河内固而不患侵陵，故本回事迹颇繁，而独以二事为标目，揭其要也。若夫贼众乌合，本不足道，驱而逐之，尚非难事，然顺水一役，以智勇深沉之汉光武，且为贼党所乘，几不得免，战事岂可轻言乎？故刘氏之得中兴，虽曰人事，岂非天命？

第十回 光武帝登坛即位 淮阳王奉玺乞降

却说刘秀在蓟，诸将又共思劝进，表尚未上，偏秀又下令启行，从蓟城转至中山，大众只好整装随行。及已到中山城下，秀尚无意逗留，不过入城休息，权宿一宵，诸将趁此上表，请秀速上尊号。秀仍不许，诘旦复出城南趋，行至南平棘城，又经诸将面申前议，秀答说道，“寇贼未平，四面皆敌，奈何遽欲称尊呢？”诸将见秀无允意，正欲退出，将军耿纯奋进道：“士大夫捐亲戚，弃乡土，来归大王，甘冒矢石，无非欲攀龙附凤，借博功名，今大王违反众意，不肯正位，士大夫望绝计穷，尽有去志，恐大众一散，不能复合，大王亦何苦自失众心呢？”秀沉吟半晌，方答说道：“待我三思后行。”（口吻已渐软了。）

说着，复前行至鄗，沿途接得两处军报，一是平陵人方望等，从长安劫取孺子婴，到了临泾，立婴为帝，自称丞相，当被刘玄闻知，遣部将李松往攻，一场交战，望被击毙，连孺子婴亦死乱军中，婴自被王莽废黜，锢居定安公第中，及年近弱冠，尚不能识猪狗，莽尝以女孙妻婴，（即王宇女。）及莽已受诛，婴才得自由，不料方望等把他劫去，硬加推戴，做了一个月傀儡皇帝，竟致毙命，这真叫做祸不单行呢！（了过孺子婴。）还有一个公孙述，击走刘玄部将李宝，已自立为蜀王，此时复听了功曹李熊谀言，僭称帝号，纪元龙兴。述字子阳，本系茂陵人氏，因自成都发迹，遂号为成家，即用李熊为大司徒，使弟光为大司马，恢为大司空，招集群盗，奄有益州。

刘秀闻得孺子婴惨死，尚为叹惜，惟公孙述胆敢称帝，未免不平，因思一不做，二不休，不如依了诸将的计议，乘时正位，免落人后。主见已定，再召冯异至鄗，与决可否。异奉命进谒，从容献议道：“更始必败，天下无主，欲保宗庙，惟仗大王，大王正应俯从众请，表率万方！”秀答说道：“我昨夜梦赤龙上天，醒后尚觉心悸，恐帝位是不易居呢！”异听言甫毕，忙下席拜贺道：“天命所归，精神相感，还有什么疑义？若醒后心悸，这是大王素来慎重，乃有此征，不足为凭。”秀尚未及答，忽有军吏入报道：“有一儒生从关中来，自称为大王故人，愿献祥符。”秀问及姓名，军吏答称姓强名华。秀猛然记着，便向军吏说道：“我少年游学长安，曾有同舍生强华，今既到此，应该由他进见便了。”军吏闻言，便返身出帐，引入强华。秀起座相迎，顾视强华，形容非旧，状态犹存，当然有几分认识，便向他寒暄数语，然后询及来意。强华从袖中取出一函，双手捧呈，秀接过一阅，封面上标明“赤伏符”三字，及披阅内文，开首有三语云：

刘秀发兵捕不道，四夷云集龙斗野，四七之际火为主。

秀看这三语，已觉费解，乃复质问强华。强华道：“大汉本尚火德，赤为火色，伏有藏意，故名赤伏符。所云四七之际，四七为二十八，自从高祖至今，计得二百二十八年，正与四七相合。四七之际火为主，乃是火德复兴，应该属诸大王，愿大王勿疑！”（借口释义。）秀开颜为笑道：“这果可深信么？”强华道：“谶文相传，为王瑞应，强华何敢臆造呢？”（究是何人所造，我愿一问。）秀乃留华食宿，与谈古今兴废事宜。夜半乃寝。翌晨即由诸将递入表文，大略说是：

受命之符，人应为大，万里合信，不议同情，周之白鱼，曷足比焉？今上无天子，海内淆乱，符瑞之应，昭然著闻，宜答天神，以塞群望。

秀批准众议，乃命有司就鄗南设坛，择日受朝。有司至鄗城南郊，看定千秋亭畔，五成陌间，筑起坛场，高约丈许。并拣选六月己未日，为黄道吉辰，请萧王刘秀即皇帝位。届期这一日，巧值天高气爽，旭日东升，萧王刘秀，戴帝冕，服龙袍，出乘法驾，由诸将拥至南郊，燔柴告天，禋六宗，祀群神，祝官宣读祝文。文云：

皇天上帝，后土神祇，眷顾降命，属秀黎元，为人父母，秀不敢当。群下百辟，不谋同辞，咸曰：王莽篡位，秀发愤兴兵，破王寻、王邑于昆阳，诛王郎、铜马于河北，平定天下，海内蒙恩，上当天地之心，下为元元所归。谶记曰：刘秀发兵捕不道，卯金修德为天子。（与赤伏符又不同？）秀犹固辞，至于再，至于三，群下佥曰：皇天大命，不可稽留。秀敢不敬承？钦若皇天，祗承大命。

祝文读毕，祭礼告终，萧王刘秀，缓步登坛，南面就座，受文武百官朝贺，改元建武，颁诏大赦，改名鄗邑为高邑。是年本为更始三年六月，史家因刘秀登基，汉室中兴，与刘玄失败不同，所以将正统归于刘秀，表明建武为正朔，且因秀后来庙号，叫做光武，遂沿称为光武皇帝。小子依史演述，当然人云亦云，此后将刘秀二字搁起，改名光武帝，看官不要驳我前后矛盾呢！（特笔叙明。）

且说刘玄称尊三载，毫无建树，部下诸将，多半离心。再加赤眉称兵入关，守将闻风瓦解，因此关中大震。河东守将王匡、张卬，又为汉前将军邓禹所破，奔回长安，私下语诸将道：“河东已失，赤眉且至，我等不如先掠长安，径归南阳，事若不成，复入湖池为盗，免得在此同尽呢！”诸将均以为然，遂由张卬入白刘玄，劝玄为东归计。玄默然不应，面有愠色，卬乃退出。是夕即由刘玄下令，使王匡、陈牧、成丹、赵萌等出屯新丰，李松移军陬城，守边拒寇。张卬心甚怏怏，复与将军申屠建等密谋，欲劫刘玄出关，仍行前计，建等亦皆赞成。还有御史大夫隗嚣，就是前时自称上将军，应玄招抚，入关受职，（隗嚣见第六回。）至是闻光武即位，也劝玄见机让位，归政河北。玄哪里肯从？嚣因与张卬等通谋，指日劫玄，不料为玄所闻知，竟诱申屠建入殿，伏甲出发，把建杀死。一面遣人召器，器早已防着，称疾不入。玄遂使亲兵围住嚣第，并捕张卬，嚣与门客突围夜出，奔还天水。卬却号召部曲，返击玄宫。玄亲督卫士，且守且战，哪知卬纵火烧门，烈焰飞腾，急得刘玄走投无路，慌忙开了后门，挈领妻子车骑百余人，奔往新丰，投依赵萌。萌女为刘玄夫人，（见第八回。）见玄夫妇狼狈来奔，当即迎纳。玄与谈及张卬叛乱，并疑王匡等亦有异志，意欲一并除去。萌乃替玄设计，诡传玄命，并召王匡、陈牧、成丹三人，入营议事。陈牧、成丹，闻召即至，突被萌兵杀出，砍死了事。只有王匡命未该绝，偏偏迟了一步，当有人通知风声，匡急忙拔营入都，与张卬合兵拒玄。（玄既庸弱无能，还要猜忌他人，安得不亡？）玄遣赵萌收抚陈牧、成丹两营，往攻长安。张卬、王匡据城相持，连日未下。玄再遣使至掫城，召还李松，自与松督兵援萌，猛扑长安城门。张卬、王匡，出战败绩，分头窜去。玄乃得返入长安，故宫被毁，残缺不全，因徙居长信宫。

怎奈内讧未平，外寇又至，那赤眉渠帅樊崇等，竟从华阴长驱驰入，迫近长安。先是赤眉部众，分道西进，（见前回。）连败刘玄诸将，会集华阴。适有方望弟方阳，欲为兄望报仇，因迎谒樊崇，乘间献议道："更始荒乱，政令不行，故使将军得至此地，今将军拥众甚盛，西向帝都，乃尚无一定名号，反使人呼为盗贼，如何可久？计不如求立宗室，仗义讨罪，那时名正言顺，自不致有人反抗了！"崇徐答道："汝言亦自有理，我当照行。"原来崇部下有一齐巫，尝托词景王附身，为崇所信。景王就是高帝孙刘章，当时曾与平吕氏，复安刘宗，得由朱虚侯晋封城阳王，殁谥曰景。齐巫借此惑众，或笑巫妄言不道，动辄致病。因此部众亦惮服齐巫，并及景王。崇得方阳计议，颇思求立景王后裔。齐巫亦乘机怂恿，乃决意探访景王后人。可巧军中掠得刘氏子二名，一名茂，一名盆子，二人原是一门弟兄，盆子最幼，为樊崇右校刘侠卿牧牛，呼为牛吏。侠卿查问盆子履历，确是景王嫡派，当下报知樊崇。崇尚嫌他出身卑微，不足服众，因再四觅景王支裔，共得七十余人，及与盆子兄弟，互叙世系，惟前西安侯刘孝，及盆子兄弟，总算是直接景王。崇乃率众进至郑县，令在城北筑起坛场，设立景王神主，祷告一番，然后书札为符，共备三份，置诸箧中。两份系是空札，惟一份写着上将军三字。上将军的名义，系是樊崇创说，以为古时天子将兵，尝称上将军，因将这三字作为代名。刘孝年长，先就箧中摸取，启视札中，不得一字。刘茂继进，也摸了一个空札。独盆子取得上将军符号，樊崇遂扶盆子南向，领众朝谒，再拜称臣。盆子年仅十五，被发跣足，敝衣垢面，蓦见诸将下拜，不禁大骇，惶急欲啼。（比刘玄还要不如。）樊崇忙劝慰道："不必惊恐，好好藏符！"盆子因惧成愤，竟将符号啮破，掷弃坛下，仍然还依侠卿。侠卿为制绛衣赤帻，轩车大马，使得服御乘坐，盆子反视为不便，往往偷易旧衣，出与牧儿闲游。侠卿乃将盆子锢居一室，不准出入，就是樊崇等亦未尝问候，不过假名号召，愚弄人民。崇本欲自为丞相，因不能书算，才将丞相职衔，让与徐宣，自为御史大夫，使逄安为左大司马，谢禄为右大司马，他如杨音以下，尽为列卿，或称将军。于是向西再进，直抵高陵，张卬、王匡便往迎降，反导樊崇等入攻长安。刘玄闻赤眉到来，亟遣将军李松，领兵出御，自与赵萌闭城拒守。侍郎刘恭，系是刘盆子长兄，前曾入关事玄，受封式侯，此次闻赤眉拥弟为帝，来攻都城，不得不诣狱待罪。玄无暇究治，但望李松杀退赤眉，尚可求全。哪知李松败报，传入都中，不但松军败死多人，连松都被活擒了去。玄心慌意乱，忙召赵萌入议战守，偏是待久不至，再四催促，反报称不知去向，累得玄仓皇失措，顿足呼天。忽又有一吏入报道："陛下快走！赤眉已入都城了！"玄颤声道："何人敢放赤眉入城？"吏答说道："就是李松弟李汎。"玄不及再问，抢步出宫，上马独行。奔至厨城门，门已大开，加鞭急驰，蓦听后面有妇女声，连呼陛下，且云陛下何不谢城？于是速忙下马，向城门拜了两拜。（这是何礼？令人不解。）再上马出城，落荒遁去。

樊崇等既得李松，使人走语城门校尉李汎，叫他速开城门，方活乃兄。汎为救兄起见，当然开门纳入，赵萌等统皆投降。（补叙明白。）刘恭尚留狱中，及闻刘玄出走，乃脱械出狱，追寻玄至渭滨，才得相见。右辅都尉严本，托词从玄，阴怀叵测，欲将刘玄献与赤眉。为邀功计，因此劫玄至高陵，领兵监守。樊崇等虽入长安，不得俘玄，遂颁令远近，说是圣公来降，（圣公即刘玄字，见前。）封为长沙王，若过二十日，虽降勿受。玄已穷蹙得很，得此命令，只好遣刘恭往递降书。当由樊崇等准令投降，使谢禄召玄进见。玄随禄还都。肉袒登殿，殿上坐着十有五龄的小牛吏，倒也没甚凶威，只两旁站着许多武夫，统是粗眉圆眼，似黑煞神一般，吓得刘玄不敢抬头，没奈何屈膝殿庭，奉上玺绶。（何如一死？）刘盆子不发一言，旁有丞相徐宣，代为传命，总算说了“免礼”二字，玄始敢起立。张卬、王匡等人，怒目视玄，手中按着佩剑，各欲拔刀相向。还是谢禄心怀不忍，急引玄退坐庭下，卬等尚未肯甘休，又经谢禄代为说情，刘恭极力吁请，仍然无效。卬与匡同白盆子，必欲杀玄报怨。盆子有何主见？只是闭口无言，卬不待应允，便挥玄出去。玄含泪趋出，刘恭追呼道：“臣已力竭，愿得先死！”说罢，即拔出佩剑，意图自刎。亏得樊崇眼快，慌忙下殿阻恭。恭请崇赦免刘玄，方可不死。崇乃还告盆子，请赦玄为畏威侯。盆子自然许可，就是张卬等亦惮崇势力，未便遽抗，玄始得暂保头颅，就借谢禄居宅，作为寄庐。刘恭又进告樊崇，谓应实践前言，封玄为王，借示大信。崇也以为然，方封玄为长沙王。惟光武帝闻玄破败，犹怀前谊，有诏封玄为淮阳王，所以史家相传，但把淮阳王三字，作为刘玄的头衔。至若赤眉授玄的封爵，却搁过不提，这且毋庸絮表。（看官莫视作闲笔。）惟刘玄既依着谢禄，更兼刘恭随时保护，幸得苟且偷生。（也不过是个寄生虫。）无如赤眉暴虐，苛待吏民，京畿三辅，（即京兆，左冯翊，右扶风。）不堪受苦，还觉得刘玄为主，较为宽平，因拟纠众入都，将刘玄救出虎口，仍把他拥戴起来，好与赤眉为难。可巧光武帝所遣的邓禹，扫平河东，渡河西进，沿途严申军律，不犯秋毫。关中人民才将救取刘玄的计策，暂从搁置，专待邓禹到来。外如关西一带的百姓，已是扶老携幼，往迎禹军，禹辄停车慰勉，俯从民望，百姓无不感悦，真个欢声载道，喜气盈衢。

禹部下亟请入关，偏禹老成持重，不欲速进，独面谕诸将道：“我兵虽多，不耐久战，且前无寇粮，后乏馈运，一或深入，反多危险！赤眉新拔长安，粮足气盛，未可猝图，必须待他群居致变，方得下手，现不若往略北道，就食养兵，俟衅乃动，一鼓可下，何必劳敝将士，与这盗贼拼命呢？”部将才不复多言。禹即北徇栒邑，所过郡县，陆续归附。惟长安人民，眼巴巴地望着王师，不意禹军迂回北去，愈望愈远，好多时没有影响，又欲试行前计，盗取刘玄。张卬等恨玄切骨，一得消息，正好借这名目，把玄杀死，当下与樊崇等说明利害。崇亦觉得留玄贻患，乃召谢禄入商，嘱使杀玄。禄尚不忍许，卬勃然道：“诸营长多欲篡取圣公，一旦失去，合兵来攻，公岂尚能自存么？”说得谢禄也为所动，退至宅中，伪言至郊外阅马，邀玄同行。玄只得从去，及出诣郊外，由禄指示兵士，将玄挤落马下，用绳缢死。是夕为刘恭所闻，方把尸骸收殓，草草藁葬，两年有余的过渡皇帝，弄到这般结局，也觉可怜。（莫非自取。）后来邓禹入长安，接奉光武帝诏谕，为玄徙葬霸陵。玄有三子求、歆、鲤，奉母往洛阳，俱得封爵。求受封为襄邑侯，承玄遗祀；歆为谷孰侯；鲤为寿光侯，这都是光武帝的例外隆恩。小子有诗叹道：

> 不是真龙是假龙，玄黄血战总成凶；
> 圣公一死犹称幸，妻子安然沐帝封。

刘玄死时，光武帝已入洛阳。欲知光武帝入洛情形，且至下回再叙。

少康复夏，宣王绍周，历史上传为美谈，若汉光武之中兴，亦夏少康、周宣王之流亚耳。自鄗南即位，而帝统有归，当时之盗名窃字者，至此始逐渐湮没。盖明月出而爝火无光，理有固然，亦何足怪？必假强华之呈入谶文，资为号召，得毋犹迹近欺人乎？彼庸弱如刘玄，与光武相差甚远，乃欲拥众称尊，是真所谓不度德、不量力者。况古人有言，无为祸首，将受其咎。项羽百战百克，犹难免垓下之败亡，何物刘玄，敢贪天位？无惑乎其肉袒奉玺，逃死不遑也。然玄以弱败，非以暴亡，子若孙得受世禄，虽曰幸事，亦有由来，项王无嗣，更始有儿，读史者可知所鉴矣。

第十一回　刘盆子乞怜让位　宋司空守义拒婚

却说光武帝即位以后，曾授大将军吴汉为大司马，使率朱鄗、岑彭、贾复、坚镡等十一将军，往攻洛阳。洛阳为朱鲔所守，拼死拒战，数月不下。光武帝自鄗城出至河阳，招谕远近。刘玄部将廪丘王田立请降。前高密令卓茂，爱民如子，归老南阳，光武帝特征为太傅，封褒德侯。（茂为当时循吏，故特夹叙。）一面遣使至洛阳军前，嘱岑彭招降朱鲔。彭尝为鲔校尉，持帝书入洛阳城，劝鲔速降。鲔答说道："大司徒被害时，鲔曾与谋。（指刘縯冤死事。）又劝更始皇帝，毋遣萧王北伐，自知罪重，不敢逃死，愿将军善为我辞！"彭如言还报，光武帝笑说道："欲举大事，岂顾小怨？鲔果来降，官爵尚使保全，断不至有诛罚情事。河水在此，我不食言！"彭复往告朱鲔，鲔因孤城危急，且闻长安残破，无窟可归，乃情愿投诚。当由彭遣使迎驾，光武帝遂自河阳赴洛。鲔面缚出城，匍匐请罪。光武帝令左右扶起，替他解缚，好言抚慰。鲔当然感激，引驾入城。光武帝驻跸南宫，目睹洛阳壮丽，与他处郡邑不同，决计就此定都。洛阳在长安东，史称光武中兴为后汉，亦称东汉，便是为此。（回应前文，语不厌烦。）光武帝封朱鲔为扶沟侯，令他世袭。（这也未免愧对乃兄。）鲔不过一个寻常盗贼，侥幸得志，但教保全富贵，已是满意，此后自不敢再有贰心了。

御史杜诗，奉着诏命，安抚洛阳人民，禁止军士侵掠。独将军萧广，纵兵为虐，诗持示谕旨，令广严申军纪，广阳奉阴违，部兵骚扰如故，遂由诗面数广罪，把他格死，然后具状奏闻。光武帝嘉诗除害，特别召见，加赐棨戟。棨戟为前驱兵器，仿佛古时斧钺，汉时惟王公出巡，始得用此；杜诗官止侍御，也得邀赐，未始非破格殊荣。嗣是骄兵悍将，并皆敬惮，不复为非，洛阳大安。惟前将军邓禹，已由光武帝拜为大司徒，令他迅速入关，扫平赤眉。禹尚逗留栒邑，未肯遽进，但遣别将分攻上郡诸县；更征兵募粮，移驻大要，留住冯愔、宗歆二将，监守栒邑。谁知冯愔、宗歆，权位相等，彼此闹成意见，互相攻杀，歆竟被愔击毙。愔非但不肯服罪，反欲领兵攻禹。累得禹无法禁遏，不得已奏报洛阳。（邓禹实非将才。）光武帝顾问来使道："冯愔所亲，究为何人？"使臣答称护军黄防。光武帝又说道："汝可回报邓大司徒，不必担忧；朕料缚住冯愔，就在这黄防身上呢！"来使唯唯自去。光武帝便遣尚书宗广，持节谕愔，并嘱他暗示黄防。果然不到月余，防已将愔执住，交与宗广，押送都门。是时赤眉肆虐，凌辱降将，王匡、成丹、赵萌等，不为所容，走降宗广。广与共东归，行至安邑，王匡等又欲逃亡，为广所觉，一一诛死，但将冯愔缚献朝廷，愔膝行谢罪，叩首无数。光武帝欲示宽大，贷罪勿诛；（叛命之罪，不可不诛，光武虽智足料人，究难为训。）一面再促邓禹入关。

禹自冯愔抗命，军威稍损，又复徘徊河北，未敢南行。于是梁王刘永自称为帝，（见第九回。）招致西防贼帅佼强，联络东海贼帅董宪，琅琊贼帅张步，据有东方。还有扶风人窦融，累代仕宦，著名河西，尝与酒泉太守梁统等友善，归附刘玄，授官都尉，至是因刘玄败死，为众所推，号为大将军，统领河西五郡，（武威、张掖、酒泉、敦煌、金城，称为河西五郡。）抚结豪杰，怀辑羌胡。此外又有安定人卢芳，诈称武帝曾孙刘文伯，煽惑愚民，占据安定，自称上将军西平王，且与匈奴结和亲约。匈奴迎芳出塞，立为汉帝，复给与胡骑，送归安定，声焰渐盛。就是隗嚣奔还天水，（见第十回。）仍然招兵买马，蟠踞故土，自为西州上将军。三辅耆老士大夫，避乱往奔，嚣无不接纳，引与交游，以范逡为师友，赵秉、苏衡、郑兴为祭酒，申屠刚、杜林为持书，马援、王元等为将军，班彪、金丹等为宾客，人才济济，称盛一时。邓禹闻他名震西州，乃遣使奉诏，命嚣为西州大将军，使得专制凉州、朔方事宜。嚣答书如礼，与禹连和。禹乃放心南下，往击赤眉。

赤眉将帅，虽奉刘盆子为主，但不过视同傀儡，无一禀命。建武元年腊日，赤眉等置酒高会，设乐张饮，刘盆子出坐正殿，中黄门等持兵后列。酒尚未行，大众离座喧呼，互相争论。大司农杨音，拔剑起詈道："诸卿多系老佣，今日行君臣礼，反敢扰乱至此，难道宫殿中好这般儿戏么？若再不改，格杀毋悔！"大众听了，并皆不服，霎时间闹做一堆，口舌纷争，拳械并起。刘盆子慌得发抖，幸经中黄门扶他下座，躲入后庭。杨音见不可当，只好却走。乱众大掠酒肉，饱嚼一顿，还想入内杀音。卫尉诸葛稚，勒兵入卫，格毙乱党百余人，方得少定。余众陆续散去，稚始引兵退出，杨音亦得驰归。惟刘盆子遭此一吓，不敢出头，但与中黄门同卧同起，苟延性命。当时掖庭里面，尚有宫女数百人，赤眉置诸不问。（不去掠做婢妾，还算有些礼义。）可怜这班宫女，镇日幽居，无从得食，或在池中捕鱼，或就园中掘芦菔根，（即萝卜根。）胡乱煮食，终究是不得疗饥，死亡累累，积尸宫中。尚有乐工若干人，衣服鲜明，形容枯瘦，出见刘盆子，叩首求食。盆子使中黄门觅得粮米，每人给与数斗，才得一时救饥。未几又复绝粮，仍做了长安宫中的饿鬼。俗语说得好："宁做太平犬，毋为乱世人。"照此看来，原非虚言。

建武二年元旦，赤眉等又复大会，聚列殿庭。式侯刘恭，料知赤眉无成，已在前夜密教盆子，嘱使让位。是日樊崇以下，俱请盆子登殿受朝。盆子尚有惧意，勉强跟着刘恭，慢步出来。恭即开口语众道："诸君共立恭弟为帝，厚意可感；但恭弟被立一年，扰乱日甚，恐将来徒死无益，情愿退为庶人，更求贤才为主，惟诸君省察！"崇等随声作答道："这皆崇等罪愆，与陛下无涉！"恭复固请让位。突有一人厉声道："这岂是式侯所得专主？请勿复言！"恭被他一驳，惶恐避去。盆子记着兄言，急解下玺绶，向众下拜道："今蒙诸君推立天子，仍无一定纪律，党徒四掠，人民怨愤，盆子自知无能，所以愿乞骸骨，退避贤路。必欲杀死盆子，下谢臣民，盆子亦无从逃避。若承诸君不弃，曲赐矜全，贷我一死，感且无穷！”说着，涕洒如雨。（亏他记忆，不忘兄教。）樊崇等见他情词悱恻，不禁生怜，乃皆避席顿首道：“臣等无状，辜负陛下，从今以后，不敢放纵，请陛下勿忧！”语毕皆起，抱持盆子，仍将玺绶佩上，盆子号呼多时，终由樊崇等竭力劝解，护送入内。待大众退出后，各闭营自守，不复出掠。三辅同声称颂，所有避乱的百姓，争还长安，市无虚舍。不意赤眉等贼心未改，连日不得劫掠，已皆仰屋唏嘘，且人民返集都中，免不得携筐提篋，载货同归。赤眉越加垂涎，又复出营打劫，一倡百和，索性大掠一番，无论财货粮食，一古脑儿取夺得来。蓦闻汉大司徒邓禹，领兵西来，大众无心对敌，遂收取珍宝，纵火焚阙，把宫廷付诸一炬，方将刘盆子载出，拔队西行。众号百万，自南山转掠城邑，驰入安定、北地，沿途所过，鸡犬皆空。邓禹已经入关，探得长安空虚，倍道进兵，径入长安，屯兵昆明池，大飨士卒。嗣率诸将斋戒三日，礼谒高庙，收集十一帝神主，遣使奉诣洛阳。光武帝加封禹为梁侯，此外各功臣亦晋封侯爵，各赐策文。文云：

在上不骄，高而不危；制节谨度，满而不溢。敬之戒之，传尔子孙，长为汉藩！

封赏已毕，便就洛阳建置宗庙社稷，并在城南设立郊天祭坛，始正火德，色仍尚赤。正在制礼作乐的时候，突接到真定警报，乃是真定王刘扬，与绵蔓县贼勾通，私下谋反。光武帝乃遣前将军耿纯，持节往幽、冀间，借着行赦为名，探验虚实，便宜行事。扬为郭夫人母舅，从前光武帝尝投依真定，得纳郭氏，结为姻亲。（见第八回。）至光武即位，扬忽阴生异志，不愿称臣。他与光武帝世系相同，均为高祖九世孙，又尝项上患瘿，故诡造谶文，说是赤九之后，瘿扬为主，意欲借此欺人，传闻远近。纯既至真定，留宿驿舍，探得扬造作讹言，谋反属实，乃邀扬相见。扬因纯母为真定刘氏，颇有亲谊，料纯不敢为难，且胞弟让与从兄绀，俱各拥兵万人，势亦不弱，怕什么一介朝使？于是带领将士，及兄弟二人，昂然出城，亲至驿舍中拜会。纯出舍相迎，延扬入内，备极敬礼，复请扬兄弟一同面谈。扬兄弟不以为意，就令将士留待门外，大踏步趋入舍中，纯与他周旋片刻，只说有密诏到来，当闭门宣读，俟门已扃闭，立即指麾从吏，把扬兄弟三人拿下。扬兄弟还自称无罪，经纯详诘反状，说得他有口难分。诏命一传，三首骈落。当下开门径出，宣布扬兄弟逆案，举首示众，众皆瞠目无言。纯又谓汝曹无罪，应该奏闻天子，立扬亲属，仍为汝主。众情尤为悦服，喏喏连声，遂引纯入真定城。纯慰抚刘扬家属，叫他静听后命，方才还报。光武帝果封扬子德为真定王，使承宗祀，真定复平。（想仍为了郭夫人面上。）

上党太守田邑，举部请降。光武帝使邑持节，招降河东军将鲍永。永即前司隶校尉鲍宣子，宣为王莽所杀，永伏居上党，以文学知名。更始二年，征永出仕，迁擢尚书仆射，行大将军事，镇抚河东。永领兵赴任，击破青犊等贼，得超封中阳侯。至刘玄破败，三辅道绝，光武帝遣使招谕，永尚有难意，拘系使人。及田邑持节招降，方知刘玄已死，乃释放来使，遣散部曲，封上将军列侯印绶，但与故客冯衍等，幅巾束首，径诣河内见驾。光武帝召永入问道："卿拥有重兵，今已何往？"永离席叩首道："臣前事更始，不能保全故主，负惭实甚，若再拥众求荣，更觉无颜。所以一并遣散，束身来归。"光武帝作色道："卿言亦未免自大呢！"说着，即挥永使退。时怀县守吏为刘玄亲将，负固不服，光武帝遣将往击，多日不克，乃更召永与语，使永招降。永与守吏素来相识，奉命往抚，片言即下。帝始大喜，拜永为谏议大夫，引令对食，且赐他上商里宅，永拜辞不受。寻闻东海盗帅董宪，分兵扰鲁，因拜永为鲁郡太守，拨兵数千，使他平乱。永受命即行，独永客冯衍，向有才名，与永来归，也想博取爵位，借展才能。偏光武帝恨他迟迟来降，废黜不用，衍未免失望。永就职时，私自慰衍道："从前高祖诛丁公，赏季布，俱有微权，今我与君同遇明主，何必过忧？"衍意终未释。后来做了一任曲阳令，诛获剧盗，仍然不得超迁，坎壈终身，惟著述甚富，传诵当时。后人谓光武知人，尚失冯衍，几拟衍为贾长沙、（即贾谊。）董江都一流人物，说亦难信。看官但阅《冯衍列传》，自有分晓，毋庸小子哓哓了。（叙入鲍永，所以阐扬桓鲍夫妇之前行，至附评冯衍，阴短文人，亦自有特见。）

且说光武帝援据谶文，始登大位，因见人心悦服，诸事顺手，乃将“赤伏符”作为秘本，事多仿行。符中曾有谶语云：“王梁主卫作玄武。”玄武系水神名号，光武帝以为司空一职，管领水土，想符中玄武名目，当是司空代词。可巧王梁为野王县令，当即遣使召入，擢梁为大司空。（王梁履历已见第八回中。）梁自随光武帝，平定邯郸，便令他出宰野王。至入任司空，才未称职，年余罢去，改用长安人宋弘。弘曾为哀、平时侍中，王莽使为共工，及赤眉入关，胁弘就职，弘投入渭水，经家人救出，佯作死状，始得免归。光武帝闻他清正有操，特征为太中大夫。弘正色立朝，仪容端肃，更为光武帝所称赏，乃迁为大司空，使代王梁后任，加封栒邑侯。弘持身俭约，所得俸禄，分赡九族，因此位列公卿，不啻寒素。光武帝体贴入微，徙封弘为宜平侯。宜平采邑，比栒邑为多。弘仍分给族里，家无余资。尝荐沛人桓谭为给事中，为帝鼓琴，辄作繁声。弘朝服坐府第中，召谭加责，不稍徇情。既而光武帝大会群臣，复使谭入殿弹琴。弘正容直入，惹得谭手足失措，弹不成声。光武帝未免惊异，顾问桓谭。谭尚未及答，弘离席免冠，顿首谢罪道：“臣荐谭入侍，无非望他忠诚辅主，称职无惭。不料他诡道求合，反令朝廷耽悦郑声，这是臣所荐非人，理应坐罪！”光武帝闻言改容，仍令戴冠，嘱谭退席，不复听琴。弘更别求贤士，引为侍臣。一夕入宫进谒，见御座旁所列屏风，尽绘列女。光武帝屡次顾及，弘即从旁进规道：“未见好德如好色，圣训果不谬呢！”光武帝听着，即命将屏风撤去，向弘微笑道：“闻善即改，卿以为何如？”弘答说道：“陛下德业日新，臣不胜喜庆呢！”光武帝有二姊一妹，长姊名黄，次姊名元。元即邓晨妻室，先已殉难。（见前文第四回。）妹名伯姬，已嫁李通为继室。建武二年，追封次姊元为新野长公主，又封长姊黄为湖阳长公主，妹伯姬为宁平长公主。召通入卫，封固始侯，拜大司农。独湖阳长公主，方在寡居，光武帝怜她岑寂，特与语及大臣优劣，微窥姊意。公主说道："我看朝上大臣，莫如大司徒宋公，威容德器，非群臣所可及！"光武点首道："我知道了。"（光武颇重名节，奈何欲姊再醮？）待至宋弘进见，乃令公主坐在屏后，自出语弘道："俗语有言：'贵易交，富易妻。'这也是常有的人情，卿可知此否？"弘正色道："臣闻贫贱交，不可忘；糟糠妻，不下堂！"光武帝不待说毕，便回顾公主道："事不谐了！"公主怏怏返入，弘亦徐徐引退，一场婚议，从此打消。小子有诗赞宋弘道：

夫宜守义妇宜贞，礼教昌明化始成；
毕竟宋公能秉正，糟糠不弃两全名。

帝姊不得再婚，帝后却已册定。欲知何人为后，请看下回再详。

刘永、刘扬，虽系汉家支裔，与盗贼不同，然皆非帝王气象，不足有为，遑问一刘盆子？但盆子固非欲为帝者。一介童子，为盗所掠，得充牧牛小吏，幸全生命，已自知足。无端被迫，胁使为帝，惶怖之念，出自真诚，观其承受兄教，向众宣言，亦非蚩蚩无知者比。厥后之得保首领，廪禄终身，亦天之所以报其谨厚耳。永、扬皆死，而盆子不死，有由来也。彼湖阳长公主之寡居，度其年已逾三十，就令不耐守孀，光武亦宜正言晓谕，完彼贞节。万一不可，亦惟有代为择偶已耳。乃使之自择大臣，且令其坐诸屏后，公然炫鬻，微宋弘之守正不阿，岂非导人为不义之行，使之易妻娶孀乎？光武为中兴令主，犹有此失，而宋公之威容德器，诚哉其不可及欤！

第十二回 掘园陵淫寇逞凶 张扶伐降王服罪

却说建武二年五月，册立郭贵人为皇后，子强为皇太子。郭氏即刘扬甥女，随驾入洛。当光武帝即位时，得产一男，取名为强。时阴丽华也迎入洛阳，（阴丽华见第七回。）与郭女同受封贵人。丽华容色，实过郭女，并且性情和顺，毫无妒意，光武帝本欲立她为后，她却以为郭氏有子，理应正位中宫，且郭氏生长王家，与自己出身不同，所以情甘退逊，将后位让与郭氏。（看到后来，实可不必。）光武帝乃立郭氏为后，就将二岁幼儿，作为储君。这且待后再表。帝又分封宗室，封叔父良为广阳王；（后来徙封赵王。）族父歙为泗水王；族兄祉为城阳王；歙子终为淄川王；追谥兄縯为齐武王；仲为鲁哀王；縯子章授封太原王；（后来徙封齐王。）仲殁无子，命縯次子兴过继，袭封鲁王。封爵已定，乃再拟荡平群寇。惟一时人心未靖，乱端不已，除上文所述诸渠魁外，尚有渔阳太守彭宠，破虏将军邓奉，相继造反，警信频闻。（提叙一笔，暗伏下文。）光武帝虽遣将出讨，但尚无暇全力对付，只好先就近处着手，次第廓清。自从刘玄败死，诸将吏散处南方，未肯归命洛阳。光武帝召集诸将，会议出师，当下向众宣言道："郾城最强，次为宛城，何人敢率兵进击？"语未绝口，即有一人突出道："臣愿攻郾城！"光武帝见是执金吾贾复，就笑说道："执金吾前去击郾，朕复何忧？宛城当属大司马便了！"复领兵自去。另遣大司马吴汉，往略宛城。郾城守将尹尊，曾由刘玄封为郾王，与贾复相持月余，城中食尽，因即出降。就是宛城为宛王刘赐所守，一经吴汉兵到，退保淯阳，未几亦即归降。两处先后报捷，光武帝因赐本族兄，前曾共事，所以召赐入见，封为慎侯。再命贾复进略召陵、新息，统得平定。

复有部将过颍川郡，妄杀良民，正值河内太守寇恂，调往颍川，立即拘复部将，枭首示众。复引为已耻，顾语左右道："寇恂敢杀我部将，藐我太甚，我当前去见恂，手刃此仇！"遂向颍川进发。（粗莽可笑。）恂闻复挟怒前来，料无好意，故不愿与见。姊子谷崇语恂道："崇为军将，应带剑侍侧，就使有变，也可抵挡得住，相见何妨！"恂摇首道："我闻蔺相如不畏秦王，独为廉颇屈志，彼区区赵国，尚知先公后私，难道我反悍然不顾么？"（好寇君。）乃饬属县盛设酒肴，遇有执金吾军入界，全体供给，一人须兼二人饮食，县吏自然遵令，不敢怠慢。恂托辞出迎，行至中途，因疾折回。复正勒马待着，按剑欲试，不意恂已驰归，惹得怒上加怒，亟欲勒兵追恂。偏部兵已皆被酒，不愿进行，复亦孤掌难鸣，只好罢休。恂使谷崇具状奏闻，光武帝召复班师，并征恂入朝。恂奉命进谒，见复在御座前，急起欲避。光武帝与语道："天下未定，两虎怎得私斗？朕当与两卿和解，互释前嫌。"说着，赐令共坐，宴叙甚欢。及退出殿外，复令同车并出，两人曲体主心，自然释怨平争，言归于好，恂复辞回颍川去了。

大司马吴汉，方自宛城往略南阳，忽报檀乡贼与五校贼会合，寇掠魏郡清河。光武帝召汉还师，自督诸将至内黄，进击五校贼，大破贼众，收降至五万余人。适值吴汉领兵来会，乃将军事付汉，折回都中。汉与檀乡贼连战数次，无不获胜，斩馘数万，降服数万。先是檀乡贼徒，统是刁子都余党，（刁子都见前文。）子都为部曲所杀，余众转走檀乡，后纠集他处盗匪，号为檀乡贼，共计得十余万名。及为吴汉所败，或死或降，所余无几，遁入西山，再推贼目黎伯卿为渠帅。伯卿负嵎数月，仍被吴汉捣破，窜死崖谷间，河右复安。光武帝接得捷书，亲往慰抚，增封吴汉采邑，由舞阳侯晋封广平侯。此外随汉同征，尚有建义大将军朱祐，大将军杜茂，执金吾贾复，扬化将军坚镡，偏将军王霸，骑都尉刘隆、马武、阴识等，亦各有功绩，俱得奖叙。朱祐字仲先，南阳宛人，曾从刘氏起义，转战有年。杜茂字诸公，南阳冠军人，自光武帝出徇河北，投入麾下，效力戎行。坚镡字子伋，颍川襄城人，尝为郡县掾吏，颇有干才，或向帝前推荐，方得召用，积功为扬化将军。惟刘隆字元伯，本与光武帝同宗，乃父名礼，前与安众侯刘崇讨莽，并皆败死，隆年尚幼，幸得免祸，后来游学长安，刘玄召为骑都尉，隆见玄不能成事，托词迎取家眷，转至河内从光武帝，光武帝使仍旧职，加封列侯。（四人俱列二十八将中，故特提叙。）至若贾复、王霸、马武履历，已见前文，不复追叙。独阴识为阴贵人兄，受封阴乡侯，光武帝因他从军有功，拟加封邑。识叩头固让道："臣托属掖庭，累加爵土，不可以示天下，幸勿加恩！"光武帝见他意诚，乃不复加封。识小心谨慎，未尝以贵戚自骄，就是出征有功，亦谦退不伐，因此为士论所称。（却是难得。）

光武帝慰劳已毕，复遣汉还定南阳，连下涅阳、郦穰、新野诸城。复与偏将军冯异，北击五楼、五幡诸残贼，所向皆捷。偏大司徒邓禹，入关抚民，又经赤眉还寇长安，屡战不利，竟从长安退至高陵，兵士饥困，几难成军。于是光武帝另费踌躇，不得不改遣他将，往讨赤眉。赤眉前次出关西行，意欲入陇，（回应前回。）陇右方为隗嚣所据，遣将杨广统率锐卒，迎头截击。杀得赤眉七零八落。慌忙回走，所掠财物，抛弃殆尽。道出阳城山谷中，适遇大雪，冻死多人，尸骸满道，没奈何再返长安。他想长安内外，十室九空，无从再掠，且长安已由邓禹守住，料不易入，不如往发汉朝陵寝，或可劫取遗藏，免致落空。乃一哄而往，闯入园陵，守陵吏民，逃得精光，赤眉得任意掘坟。最注意的是后妃各冢，连棺椁尽被劈开，有几椁用玉匣为殓，尸皆未烂，面目如生。查汉制收殓后尸，自腰以下，用玉为札，长一尺，阔二寸半，垂至两足，用黄金缕缀系，叫做玉匣，尸骸得借宝玉精华，历久不朽。谁知这种奢华的制度，反使各女尸身后不安，当时短命致死，颜色未衰，却被赤眉贼触动淫心，竟把她剥去衣服，赤条条地卧在地上，侮辱一番。（这也可谓生死交。）更可怪的是吕后遗骸，全然不变，面色反比生时娇嫩，至此也竟受污。待到污辱以后，尸才变色，这难道是生前淫妒，应该受此恶报么？（吕后死时，年已将迈，乃遭此报，定是天道恶淫，故孔圣谓丧欲速朽。）独霸陵为文帝遗冢，文帝素尚俭德，如所幸慎夫人等，衣不曳地，想来总没有什么厚殓，故赤眉不去发掘，幸得保全。更有杜陵为宣帝墓所，却由汉中豪帅延岑，引众居守，赤眉不敢过犯，安然如故。延岑系南阳人，也是一个绿林流亚，起兵汉中，杀败汉中王刘嘉，据境称雄。刘嘉向关中乞师，刘玄尚未败没，特遣部将李宝，领兵往会，与嘉并击延岑。岑寡不敌众，乃由汉中北出散关，进屯杜陵。他虽往来剽掠，迹同盗贼，但与赤眉相比，尚觉得稍有纪律，差胜一筹。邓禹闻赤眉发掘陵寝，亟令将士往击，反为赤眉所败，伤亡甚众。禹乃督兵自出，行至云阳，又接长安警耗，被赤眉乘虚捣入，长安失守，累得禹无路可归。会闻赤眉将逢安，往攻延岑，也想伺隙进袭。好容易到了长安城下，正要麾兵攻扑，偏又来了赤眉将谢禄，一场交战，禹又败走，不得已退至高陵。军中随带粮食，本属有限，渐渐地食尽囊空，势难久持，因特奏报洛阳，急求接济。光武帝筹划再四，已知邓禹兵敝，不堪再用。此时惟有偏将军冯异，智勇兼优，可代禹任，乃特召异入见，嘱令西征。异拜命出都，光武帝亲送至河南，赐异车马宝剑，并面嘱道："三辅人民，迭遭变乱，生灵涂炭，无所依诉，今遣卿讨贼，并非欲卿略地屠城，期在平定安集，救民疾苦。朕看诸将亦多健斗，往往未善抚循，独卿平日能驭吏士，所以委卿重任，卿此行须除暴安良，勿负朕望！"（保民而王，莫之能御。）异顿首受教，拜别车驾，向西进发。途中宣布威德，民皆畏服，群盗多降。光武帝还居洛阳，连接冯异军书，知异威爱并用，定能胜任，乃决计召还邓禹，专任冯异。会得邓禹奏称，刘玄旧将廖湛，联合赤眉，并攻汉中，汉中王刘嘉，出谷迎战，大破寇众，阵斩廖湛，嘉因军士乏食，就谷云阳，正好乘便招抚云云。光武帝准禹所请，令禹传诏谕嘉，禹当然照行。嘉妻为来歙女弟，歙系光武帝姑子，与帝戚谊相关，因即劝嘉从命。嘉始浼禹转达表文，自请效顺，将表文驿递洛阳，并言廖湛一死，赤眉失势，近日赤眉将逄安，又被延岑击败，约毙十余万人，臣料赤眉不久必灭，俟臣筹足军食，便可一鼓歼灭等语。（先生休矣！何必妄想？）光武帝已遣异代禹，不改初衷，因复颁诏寄禹，略云：

卿慎毋与穷寇争锋，赤眉无谷，自当东来，吾以饱待饥，以逸待劳，折棰笞之，非诸将忧也，卿其速归，无得复妄进兵！

邓禹得诏，尚以无功为耻，未肯遽归洛阳。可巧三辅大饥，人自相食，城郭皆空，白骨蔽野，赤眉无从掳掠，果然东下，余众还有二十万人。光武帝得知消息，使破奸将军侯进等，出屯新安，建威大将军耿弇等出屯宜阳。出发时复传谕道："贼若东走，可引宜阳兵会新安：贼若南走，可引新安兵会宜阳。"一面令冯异择险邀击，决歼此虏。（创业之主，必有良谟。）异奉命进驻华阴，正值赤眉东来，即扼要拒击，先后六十余日，交战至数十仗，多胜少败，收降赤眉将卒五千余人。

未几已是建武三年，朝命异为征西大将军，节制西行人马，且促邓禹交代，限期还都。禹还想鼓励饥卒，邀击赤眉，仍然失利，才率车骑将军邓弘等东归。途次与冯异相遇，又欲与异共攻赤眉。（贪功之心，何竟至此？）异从容道："异与贼相拒数十日，虽得俘获贼将，但贼众尚多，须推示恩信，徐徐招诱，未可遽劳兵力！且皇上已遣诸将分屯渑池，使异在西夹击，彼此并力，一举聚歼，乃是万全的计策。公不若遵旨东还，待异荡平此虏便了。"禹听了异言，还道异不肯分功，益加猜忌。就是邓弘亦有此私意，决欲一战，遂自请为先锋，引兵遽进。赤眉齐来接仗，交战多时，见弘军微有饥容，却不望前进，反向后退。弘军当然追逼，赤眉抛弃辎重，纷纷却走，弘军尚不知是计，但见辎重车上，有豆载着，争相掬食，顿致行伍散乱，无心恋战。不防赤眉翻身杀转，猛击弘军，弘军已经乱伍，仓猝间不能成列，自然四溃，弘亦只得返奔。邓禹在后面望着，忙邀冯异一同往援。两人并辔驰往，麾动部兵，截杀赤眉。复酣斗了好一歇，赤眉稍稍退去。（还是诱敌。）异亟向禹进谏道："赤眉小却，并非真败，我军已多饥倦，宜暂休息，毋使前进！"禹不肯听异，反驱兵急进。异未便停马，相偕进军，蓦听得几声胡哨，赤眉等四面兜集，踊跃来前。禹与异慌忙对敌，怎禁得赤眉涌至，驰突入阵，把禹、异两军冲作数截。禹、异两军，已是饥乏得很，望见敌势汹涌，统皆怯战，觅路乱逃。禹亦自知不支，但率亲兵二十四骑，冲开血路，径向宜阳奔去。邓弘已早经遁走，不知去向，单剩得冯异一军，也是东逃西散，如何支持？异急走至回溪阪，溪长四里，旁有峭壁，状甚陡峻。异弃马逾溪，与麾下数人跃登峻阪，方得驰脱。

这番战仗，汉军死伤至三千余人，余皆散逸。还亏冯异脱身回营，下令收集溃卒，军士方知异无恙，夤夜奔投，复得万人，守住营壁。越日，复由异整兵募众，遍召各处城堡戍卒，一并会聚，再与赤眉约期会战。赤眉恃胜生骄，轻视冯异，待至战期已届，便令万人为前驱，凌晨挑战。异早经部署，申定号令，一闻寇至，但使锐卒一二千人，出营交锋。赤眉见异军寥寥，越加蔑视，存了一种灭此朝食的妄想，悉众来围异军。异乃纵兵大出，与赤眉鏖战一场，两下里旗鼓相当，兵刃交接，呐喊声震动远近，好容易杀到日昃，还是未分胜败，相持不舍。异却把红旗一招，突有一支人马，向赤眉阵中搅入，衣服与赤眉相同，赤眉错认是自己党羽，慌忙招呼，谁料到劈头一撞，都害得颈血模糊，十死五六。赤眉后队，顿时大乱。再经异麾军纵击，杀毙赤眉，不可胜计。看官道这支人马，究从何处杀来？原来冯异知赤眉势盛，但凭力敌，未易杀退，所以预先设计，令壮士千人，改服赤眉衣饰，夜伏道旁，约用红旗为号，叫他捣乱贼军。果然赤眉中计，一败涂地。当由异军追至崤底，截住男女八万人，谕令降者免死。八万男女，一体匍匐，束手归诚。尚有残众十余万，东走宜阳。（将恃谋，不恃勇，于此可见。）异驰书报捷，光武帝特赐玺书云：

赤眉破平，士卒劳苦，始虽垂翅回溪，终能奋翼渑池，可谓失之东隅，收之桑榆，方论功赏，以答大勋。

玺书既下，光武帝复亲率六军，至宜阳截住赤眉。赤眉正拼命东走，到了宜阳，见前面戈铤耀日，旌旗蔽天，当中拥着汉天子御驾，黄屋大纛，八面威风。吓得赤眉叫苦不迭，如樊崇、逄安等人，经过百战，杀人未尝眨眼，至此亦仓皇失措，不知所为。当下经众会议，只有乞降一法，乃遣刘恭持书请降。恭既至汉营，得见光武帝，行过了礼，呈上降表。光武帝准令降顺，恭面请道："盆子率百万众降陛下，敢问陛下如何待遇？"光武帝接说道："待他不死便罢。"（王言如纶。）恭因即返报，盆子率徐宣以下三十余人，肉袒归降，献上所得传国玺绶，并将所有兵甲，悉数缴付，堆积宜阳城外，高与熊耳山相齐。光武帝令县厨赐食，降众正苦饥馁，随到随食，总算十万余人，并得一饱。

光武帝见降贼甚多，恐有反复，特就次日清晨，大陈兵马，遍布洛水岸旁，令盆子等随驾观兵，且顾语盆子道："汝自知当死否？"盆子跪答道："罪原当死，但求陛下恩赦呢！"光武帝微笑道："儿亦太黠，宗室中原无愚人！"说至此，又顾问樊崇等道："汝等曾悔降否？朕愿遣汝等回营，鸣鼓相攻，再决胜负，可好么？"（好权术。）徐宣等叩头道："臣等出长安东都门，君臣计议，已愿归命圣德，惟百姓可与图成，难与虑始，所以未曾遍告。今日得降，如脱去虎口，得依慈母，诚喜诚欢，还有什么悔恨呢？"光武帝语徐宣道："卿可谓铁中铮铮、庸中佼佼了！"乃敛兵归营。更谕诸降将道："汝等大为不道，所过成墟，屠老弱，溺社稷，污井灶，残暴已极，本应骈诛。但朕念汝等尚有三善：攻破城邑，几遍天下，妻妇未尝弃易，算是一善；立君能用宗室，算是二善；他贼乘乱立君，待至危急，往往弑君持首，乞降邀功，独诸卿尚知大义，奉主来降，算是三善。朕所以网开三面，法外行仁，此后总宜洗心革面，共享太平！"降将都一齐跪下，齐呼万岁。（光武辩论善恶，亦俱得当。）光武帝挥众令起，启行还都，令降将分居洛阳，每人赐宅一区，田二顷，余众给资遣归。惟杨音与帝叔刘良有旧，良先依刘玄，玄败没时，独良得杨音礼待，才得免害。因此光武帝为叔报德，封音为关内侯，得与徐宣安享天年。刘恭替刘玄报仇，刺死谢禄，系狱自首，亦得贷死。独樊崇、逄安，居洛数月，又想造反，谋泄被诛。（不死胡为？）光武帝矜怜盆子，赏赐甚厚，使为叔父良部下郎中。盆子病目失明，方令免官，尚给荥阳均输官地，食税终身。小子有诗咏道：

牛吏何堪作帝王，崤山一跌便沦亡；

得全首领犹云幸，总为童儿质尚良。

赤眉已平，余寇犹炽，免不得再加征伐，劳动王师。欲知后来情事，且看下回续叙。

项羽掘始皇冢，后人以凶残嫉之，顾未有如赤眉之甚者。赤眉不法，发掘园陵，裸辱女尸，阅《汉书·刘盆子传》中，载入此事，谓有玉匣附殓者，多被淫秽，姓氏不概传，独于吕后则标明之。意者其亦嫉吕后生前之奢淫，特揭此以为后人戒欤？邓禹已入长安，不能捍卫陵寝，咎实难辞，乃复以饥疲之卒，贪功邀战，屡致失利，甚且累及冯异，同致覆师。微异之奋翼渑池，则赤眉东来，众尚二十万，即如光武之勒兵亲征，截击宜阳，胜负亦未可料，安能不战屈人乎？光武能专任冯异，卒成大功。至若刘盆子之降，待以不死，陈兵示威，笑语屈贼，光武固一英辟也欤？而樊崇、逄安之自外生成，终遭诛殛，何一非恶贯满盈之果报也！

第十三回　诛邓奉惩奸肃纪　戕刘永献首邀功

却说赤眉既降，关中无主，盗贼又乘机蜂起，各据一隅。下邽有王歆，新丰有芳丹，霸陵有蒋震，长陵有公孙守，谷口有杨周，陈仓有吕鲔，汧骆有角闳，长安被张邯占住，各称将军，互相攻击。独延岑屯据杜陵，击破赤眉将逄安，意气自豪，再移部众入蓝田，僭称武安王，分置牧守，居然想做关中霸主。闻得征西大将军冯异进兵，亟诱同张邯等众，共攻异军，一番接仗，竟被异军杀毙千余人。张邯等战败先逃，延岑亦向东南窜去。异进驻上林苑中，号令远近，先抚后剿，所有前时附近诸堡寨，附属延岑，至此都向异投诚。异又遣复汉将军邓晔，辅汉将军于匡，领兵追岑。到了析县，正值岑督众围城，一遇邓晔等到来，慌忙解围对敌，偏部众惩着前败，不敢再战，裨将苏臣等投械先降。岑不敢再持，奔归南阳，又被汉建威大将军耿弇等，迎头截击，斩首三千余级，生擒将士五千余人。岑势孤力竭，但率数骑奔投秦丰，嗣复转诣西蜀，下文自有交代。惟邓奉本光武帝姊夫邓晨兄子，从征有功，官拜破虏将军。自吴汉出略南阳，兵多侵暴，连邓奉故乡新野县中，亦遭蹂躏。奉返省乡里，庐舍荡然，不由得怒气填胸，竟纠合流氓，造起反来。（乡里遭殃，何妨劾奏吴汉，奈何造反?）当即攻入淯阳，逐去守兵。（顾应前回。）尚有堵乡人董䜣，杏聚人许邯，亦纠众应奉，四出骚扰。董䜣攻入宛城，拘住南阳太守刘驎，幸汉扬化将军坚镡，尚未远去，一闻宛城失守，便引兵夜至城下，使壮士悄悄登城，斩关纳入兵士，一鼓而进。䜣未曾防备，势难招架，只好弃城窜去，逃归堵乡。光武帝时已闻警，亟授岑彭为征南大将军，使讨邓奉、董䜣，且拟添将助彭。适值王常自邓来归，常即前时下江帅，与光武帝同破莽军，转事刘玄。玄曾命常为廷尉大将军，封知命侯，进爵邓王。至是方挈眷入洛，谒见光武。光武帝与语道："王廷尉良苦，每念前时与同艰险，无日忘怀！奈何至今始来相见哩？"常顿首谢道："臣蒙大命，得效鞭策，始遇宜秋，继会昆阳，幸赖陛下威武，终破大敌。更始不量臣愚，委任南州。赤眉入关，伤心失望，以为天下复失纲纪。今闻陛下即位河北，如日重明，臣等得见阙廷，虽死亦无遗恨了！"光武帝笑说道："我与卿戏言，不必介意，今得见卿，南顾无忧了。"遂指常语诸将道："王将军曾率下江诸将，辅翼汉室，心如金石，真好算是忠臣呢！"于是面授常为汉忠将军，使与朱祐、贾复、耿弇、郭守、刘宏、刘嘉、耿植等，一同南下，由征南大将军岑彭节制。彭率众至杏聚，击破许邯，邯穷蹙始降。再顺便进攻堵乡，董䜣向邓奉乞援，奉率锐卒万余，往救董䜣，两人并力拒守。岑彭等连攻数月，尚不能克。到了建武三年夏间，光武帝下诏亲征，带领六军出都。行至叶县，适遇董䜣别将数千人，沿途拦阻，车驾不得前进，正要麾兵开道，巧值彭亦引兵杀到，前后夹攻，一霎时扫得精光。光武帝进军堵阳，邓奉不禁胆怯，夜奔淯阳。董䜣独力难支，自缚出降。积弩将军傅俊，骑都尉臧宫，奉着帝命与岑彭等追赶邓奉，驰抵小长安，得及奉兵，当然再战。奉抵死格拒，酣斗经时，互有杀伤。蓦闻光武帝亲来接应，车骑大至，汉军越加奋勇，杀死奉兵无数，奉欲逃无路，迫急乃降。光武帝记奉前功，且由吴汉起衅，拟从赦宥。岑彭与耿弇进谏道："邓奉背恩造反，致王师暴露经年，罪无可逭！若不诛奉，何以惩恶？"说得光武帝不便徇情，乃将奉正法示众。（国法原是难容。）惟许邯、董䜣，幸得贷免。光武帝启驾还都，但使岑彭与傅俊、臧宫等三万余人，南击秦丰去了。

过了月余，得虎牙大将军捷报，说是刘永授首，睢阳报平。究竟刘永如何败死？应该详叙情形。永在睢阳僭称帝号，专据东方。（见第十一回。）内有沛人周建等为爪牙，外有佼强、董宪、张步等为羽翼，除国都睢阳外，如济阴、山阳、沛楚、淮阳、汝南等二十八城，俱归管辖，差不多将青、兖、徐三州包括了去。光武帝曾拜盖延为虎牙大将军，使与降将苏茂，相偕东征。茂本刘玄部将，前与朱鲔共守洛阳，鲔既出降，茂亦归命。及随盖延东行，独不肯受延节制，分军自去，掠得数县，据住广乐，反向刘永处遣使称臣。永拜茂为大司马，封淮阳王。盖延独进攻睢阳，且奏达苏茂叛状，光武帝再遣驸马都尉马武，骑都尉刘隆，护军都尉马成，偏将军王霸等，往助盖延，为延副将，合攻睢阳城。彼此经过好几次战仗，城中兵不能取胜，闭门死守。两下里复相持数旬，延尽收田间禾麦，作为军粮，守兵无粮可因，渐生恟惧，当被延军窥出间隙，缘梯夜登，入城击永。永不知所措，亟引兵走出东门，延等追杀一阵，横尸遍野，只剩得骑士数十人，保住刘永家属，奔往虞城，虞城人不愿纳永，反将永母及妻子，一并杀死，永仓皇走脱，得抵谯邑。永将苏茂、佼强、周建等，合兵三万余人，至谯救永，永复得成军，再拟拒延。延连拔薛城、沛城，斩鲁郡太守梁丘寿，及沛郡太守陈修，长驱追永，永率苏茂等三将军，至沛西逆战，又吃了一大败仗。不得已再弃谯城，转奔湖陵，苏茂奔还广乐，惟佼强、周建，还是与永同行，未曾舍去。

盖延乘胜略地，收抚沛楚、临淮各城。光武帝也遣太中大夫伏隆，持节使青、徐二州，招谕郡国。青、徐群盗，多望风请降。就是琅玡盗帅张步，亦迎谒伏隆，敛兵听命。隆许为归报，嘱步静候朝旨，步乃使掾吏孙昱，随隆诣阙，贡献鳆鱼。（鳆似蛤，即石决明。）光武帝迁隆为光禄大夫，仍使隆赍着诏书，拜步为东莱太守。隆即与步掾孙昱，仍向东行。哪知为刘永所闻，忙遣人立步为齐王，并封东海贼帅董宪为海西王。步贪得王爵，欲背隆约。及隆持诏前来，竟摆起国王的架子，拒诏不受。隆探悉情隐，因向步晓谕道："高祖与天下约，非刘氏不得封王；今君果去逆效顺，总不失为万户侯，何必贪受伪封，但顾目前，不顾日后哩？"步不以为然，惟留隆共守青、徐二州，隆愤然道："君不受朝命，必有后悔！我奉命到此，谕君反正，岂肯随君附逆？我就此返报便了。"说着，持节欲行，步却麾动左右，把隆拘住，锢居一室。隆缮就密书，交付从吏，嘱使乘间脱身，归报朝廷。从吏一住数日，觑得步兵防检少疏，乘夜逸出，好容易奔还洛阳，把隆书呈递进去。光武帝立即展阅，但见书中写着：

臣隆奉使无状，受执凶逆，虽在困厄，授命不顾。步固桀骜，属吏知其反叛，心不附之，愿以时进兵，无以臣隆为念！臣隆得生到阙廷，受诛有司，此其大愿；若令殁身寇手，以父母昆弟长累陛下。愿陛下与皇后、太子永享万国，与天无极！臣隆待死上言。

光武帝览罢，知隆已陷入寇中，亟召隆父伏湛，示隆来书，且流涕与语道："隆节同苏武，忠诚贯日，朕却恨他不如姑许，自求生还哩！"（这是无聊慰语，莫被光武瞒过。）湛泣拜而退。湛为济南伏胜九世孙，世传经学。（伏胜为秦时耆儒，见《前汉演义》。）高祖伏孺，徙居琅玡郡东武县；父伏理曾为高密太傅。湛承父荫，补充博士；弟子员，王莽时为绣衣执法；刘玄入关，使为平原太守；光武帝即位，闻湛才名，征拜尚书，令订旧制。至是因伏隆被执，意欲加慰湛心，擢任公卿。时邓禹已早还都中，自愧无功，缴上大司徒及梁侯印绶，光武帝赐还侯印，但将大司徒一职，悬缺不补。（回应前回。）此次拟迁擢伏湛，正好使他代任大司徒，乃即日锡命，使行大司徒事。未几即命他实授，加封阳都侯，一面调遣大司马吴汉，率同骠骑大将军杜茂等，会攻刘永。并拟另派别将，专讨张步。忽由幽州牧朱浮，驰使告急，请速济师。顿令光武帝不遑东顾，又要筹及北防。

这朱浮告急的原因，便是为了彭宠造反，逼迫幽州。彭宠本为渔阳太守，尝发突骑助光武军，得平王郎。至光武正位，封赏功臣，如宠所遣的吴汉、王梁，皆位跻三公，宠仍守原官，不获超迁，因此不平。（光武帝也未免负宠。）幽州牧朱浮，年少好客，尝向渔阳征取银米，充作廪饩。宠不肯照发，且有怨言。浮致书责宠，讥他为辽东白豕，只好夸示辽阳，不足比衡河右。宠得书越加恨浮，浮更密表谮宠，光武帝乃征宠入都。宠请与浮一同就征，奉诏不许，宠遂怀疑惧。宠妻素好干政，劝宠不必应征，尽可自主；此外属吏亦无人劝行，于是迁延不发。宠有从弟子后兰卿，随光武帝居洛阳，光武帝因遣令谕宠，宠留住子后兰卿，竟出兵二万余人，往攻朱浮。又因上谷太守耿况，也是功高赏薄，与己相同，不妨诱与同反。于是一再遣使，驰诣上谷。哪知有去无来，所遣使人，俱被耿况斩首了。（彭宠造反，前回已曾提及，此外所叙各事，参观前文便知。）光武帝闻朱浮被攻，曾遣游击将军邓隆，引兵援浮。隆与浮立营太远，呼应不灵，被宠兵突破隆营，隆仓猝走脱，部下多死。浮不能相救，只好还守蓟城，与宠相拒。既而涿郡太守张丰，也与宠连兵，自称无上大将军。宠得一帮手，气焰越张，索性大举围蓟。朱浮不敢出战，惟飞章入洛，乞请援师。

光武帝得报，想了数日，一时腾不出兵马粮饷，乃令来使还报，教他静守毋战，俟筹足军实，方可来援等语。浮又固守了好几月，城中粮尽，人自相食，那外面却攻扑甚急，险些儿陷没全城，就使弃城不顾，也是无路可出，眼见得危急万分，朝不保暮。亏得上谷太守耿况，遣到两三千骑兵，冲破围城一角，浮得趁此机会，开城杀出，由上谷兵在外接应，才得走脱。只蓟城吏民，不及随行，上谷兵又复退去，无人相救，没奈何出降宠军。宠既得蓟城，复陷右北平、上谷数县，遂自称燕王，北通匈奴，南结张步，又收集朔方遗贼，称雄一隅。光武帝时思北讨，但恐刘永未平，一或远征，免不得顾此失彼，患生眉睫，所以耐心待着，只望盖延、吴汉两军，早日平永，便好移师北行。偏偏事多周折，波浪层生，前次睢阳城已经攻下，只逃脱了刘永一人。及盖延往略沛楚，永又从间道还至睢阳，睢阳人又反城迎永。盖延再去围攻，急切又不能得手。惟吴汉一军，行至广乐，与永将苏茂连战数次，（茂奔广乐见上文。）茂败入城中。吴汉督兵猛攻，四面架起云梯，将要登城，不防来了一个周建，带着大队十多万人，救茂击汉。汉自率轻骑，前去截击，虽是敌众我寡，倒也未尝胆怯。一场混战，毕竟杀不过茂众，看看将败退下去，汉不禁性起，怒马向前，挺戟突阵，刺死敌兵数人。蓦然来了一箭，射中马首，马负痛一蹶，把汉掀翻地下，幸亏左右将士，抢前力救，才得将汉扶归。汉膝上受伤，不能起立，困卧榻上，诸将只得闭垒自固，一听周建入城。到了日晚，吴汉尚病不能兴，未免呻吟。杜茂等入语道："大敌在前，公乃因伤久卧，恐致摇动众心，还请详察。"汉听言未毕，便跃然起坐，裹创出帐，椎牛飨士，下令军中道："贼众虽多，统皆乌合，胜不相让，败不相救，并没有什么忠义。今日为诸君立功时候，杀贼封侯，在此一举，望诸君勉力。"麾下不禁鼓舞，齐称得令，（将士同心，不忧不胜。）于是士气复振，待旦厮杀。到了昧爽，城中已有鼓角声，传入汉营。汉知周建等又来挑战，遂选四部精兵黄头吴河等，（黄头系首戴黄巾，为敢死士。）及乌桓突骑三千余人，作为先驱，自督诸将随出，号令全军，闻鼓齐进，退后立斩。当下大开营门，严阵以待。望见周建领兵出来，即由汉亲自擂鼓，蓬蓬勃勃，激励士气，前驱奋勇杀出，后军继进，一古脑儿冲入建军。建军抵挡不住，立即返奔，被汉军快马追上，守卒不及闭门，顿至门前挤住，彼此争入，结果是全城捣毁，周建、苏茂，夺路遁去。汉入城安民，留杜茂、陈俊居守，自率兵追蹑建、茂，直抵睢阳。建与茂入城见永，相偕守御。汉会同盖延，昼夜急攻，城中被困，已将百日，兵吏皆有菜色，再加建、茂败兵，从外窜至，人数虽是较多，粮食越加不济，没奈何保住刘永，溃围出走。延军截住辎重，从后追击。永等拼命乱跑，将抵酂城，众已四散，连建、茂亦自去逃生。只有永将庆吾，还是跟着，眉头一皱，计上心来，竟悄悄地拔出佩刀，向永脑后劈去，永未曾预防，当然被杀，庆吾遂枭了永首，迎献延军。延令庆吾携首入都，伏阙呈报，庆吾得受封为列侯。（好侥幸。）

永弟防尚守住睢阳，闻得永已毙命，也开城出降。独永子纡随着建、茂，同至垂惠。建、茂因立纡为梁王，收合余烬，再图起复。永将佼强走保西防，仍与建、茂等，遥为声援，共保刘纡。纡且使人至剧城，传报嗣立情状，剧城为张步所居，正在拥兵拓土，夺得齐地十二郡，侈然自大。既接刘纡使命，意欲尊纡为帝，自称定汉公。（也想摹仿王莽么？）独琅玡太守王闳谏阻道："梁王尝归附刘宗，所以山东听命，今若尊立彼子，恐众情未必翕从。且齐人多诈，不可不防！"步乃罢议，但将来使遣归。王闳即王莽从弟，（王谭子。）颇有胆略，为莽所忌，遣为东郡太守。至刘玄为帝，闳率东郡三十余万户，拜表降玄，玄因令闳移守琅玡。张步起事，受永封爵，闳与战不胜，单骑见步，步陈兵相见，怒目视闳道："步有何过，乃为君所不容，屡次见攻？"闳按剑道："闳为大汉太守，奉命守土，今文公（张步字。）拥兵相拒，不服朝命，闳只知讨贼，管什么有过无过呢？"步为闳所折，不禁心服，遂离席跪谢，陈乐献酒，待遇如上宾礼，仍使闳守郡如故。闳此次进谏，是知刘纡不能成事，意欲张步仍归顺洛阳。步但不愿帝纡，未肯从洛，且杀死洛阳使臣伏隆，据境自雄。正是：

狐鼠徒知争窟穴，蟪蛄原不识春秋。

张步尚是专横，彭宠却已速死。究竟宠何故毙命，请看官续阅下回。

邓奉为邓晨兄子，与光武帝戚谊相关，乃以新野被掠之嫌，遽敢造反，实属罪无可贷。光武帝之欲加赦宥，未免循私。岑彭、耿弇，共请正法，所言甚当。卒之叛臣伏罪，国法得伸，光武帝之曲从众请，诚哉其以公灭私也。刘永亦高祖后裔，名位与光武相类，光武可帝，永亦未尝不可帝；但永之才智，不逮光武，必欲据有青、齐，抗衡河、洛，不败何待？不死胡为？惟庆吾既为永臣，乃乘永穷蹙之时，遂加手刃，携首求功，光武帝竟封为列侯，毋乃过甚。帝尝语盆子诸臣，谓其奉主来降，不失为善，是明知弑臣之非义，奈何犹加封赏也？耿弇诸将，能谏阻光武之赦奉，不知谏阻光武之封吾，其亦一得一失也欤！

第十四回　愚彭宠卧榻丧生　智王霸举杯却敌

却说彭宠僭称燕王，已阅年余。光武帝意欲亲征，预备六军出发，文武百官，未敢异议。独大司徒伏湛上疏谏阻，略云：

臣闻文王受命，而征伐五国，（犬戎、密须、耆、邗、崇。）必先询之同姓，然后谋于群臣，加占蓍龟，以定行事，故谋则成，卜则吉，战则胜，然后俟时而动，三分天下而有其二。陛下承大乱之后，受命而兴，出入四年，灭檀乡，制五校，降铜马，破赤眉，诛邓奉之属，不为无功。今京师空匮，资用不足，未能服近而先事边外，似属非宜。且渔阳之地，逼接北狄，黠虏困迫，必求其助。又今所过县邑，尤为困乏，大军远涉二千余里，士马疲劳，转粮艰阻。今兖、豫、青、冀，中国之都，寇贼纵横，未及归化。渔阳以东，本备边塞地，贡税微薄，安平之时，尚资内郡，况今荒耗，岂足先图？而陛下舍近务远，弃易就难，四方疑怪，百姓怨惧，诚臣之所惑也。愿远览文王重兵博谋，近思征伐前后之宜，顾问有司，使极愚诚，采其所长，择之圣虑，以中土为忧念，则不胜幸甚！

光武帝览疏，方才罢议。但使建义大将军朱祐，建威大将军耿弇，征虏将军祭遵，骁骑将军刘喜等，出略北方。涿郡太守张丰，叛应彭宠，为宠屏蔽，祭遵以张丰不除，无从灭宠，乃引军先行。倍道至涿郡城下，一鼓登城，城中大乱，张丰仓猝欲奔，被功曹孟厷缚住，献与遵军。丰素信方术，有道士向丰谀媚，谓丰当为天子，且用五彩囊裹住一石，令丰系诸肘后，伪云石中有玉玺，俟得就尊位，方可剖取。丰信为真言，因即谋反。此次做了罪囚，推至遵前，遵诘问反状，丰尚述道士讹言，举肘示遵。遵令将五彩囊解下，取出一石，用椎击破，并无玉玺，便掷石示丰，丰始知被诈，仰天叹道："当死无恨。"（真是呆鸟。）遵即命推出斩首，传诣洛阳。光武帝闻张丰伏诛，撤去渔阳羽翼，当然心慰。惟因岑彭往击秦丰，数月不得捷音，（见前回。）乃将朱祐调回，使助岑彭。留祭遵屯良乡，刘喜屯阳乡，使耿弇进击渔阳。弇因父况与宠同功，迹近嫌疑，且无兄弟留侍京师，益恐遭忌，未敢独进。因上书求还洛阳，愿将渔阳事让与祭遵。光武帝览悉内容，即下诏赐弇道："将军尝举宗相依，为国忘家，功效卓著，今何嫌何疑，反欲求征？且屯兵涿郡，勉图方略，平叛课功。"弇接到诏谕，乃暂驻涿郡，并作书禀父，请况为国效力，夹攻彭宠。况得书后，已知弇意，便遣弇弟耿国入侍。光武帝嘉况忠诚，晋封况为隃糜侯。会因彭宠出兵两路，分攻祭遵、刘喜，一路由宠引兵数万，自击祭遵；一路使弟纯领着匈奴骑兵，约有好几千人，往击刘喜。纯行至军都，忽刺斜里突出一彪人马，大刀阔斧，拦住厮杀，纯不及措手，慌忙倒退。有两个匈奴统将，不识利害，向前接战，谁知上谷骑士，比胡骑还要厉害，左冲右突，无人敢当。且有一位青年骁将，横槊当先，飘飘飞舞，锋刃到处，流血淋漓，两个匈奴军将，都做了无头鬼奴，余众自然骇散，纯亦逃归。看官道来将为谁？就是耿况次子耿舒。（倒戟而出。）况曾遣谍骑，往探渔阳消息，既知彭纯出发，即遣次子耿舒，率锐邀截。纯却不曾防备，适被耿舒横击一阵，败回渔阳。军都乃是县名，本已附属彭宠，此次由耿舒乘胜进攻，也是垂手得来。宠闻彭纯败还，军都失守，不由得心惊胆落，连忙引兵折回，自保巢穴，尚恐祭遵、刘喜，与耿况连兵捣入，日夕不安。就是渔阳城内的百姓，也是担忧得很，未遑宁处。

蹉跎过了数月，已是建武五年。彭宠妻夜卧床间，恍恍惚惚，觉得自己裸体登城，被髡徒推堕城下，骇极大呼，才得惊寤，醒后始知是一场恶梦，大为惶惑。越夕由宠升堂，闻火炉下有虾蟆声，阁阁乱鸣，宠将火炉移开，并不见有虾蟆形迹，再令左右掘地寻觅，亦无影响。为此种种怪异，便召卜人筮易，术士望气，统云不必防外，但当防内，宠闻言细思，只有从弟子后兰卿，由洛阳到来，（见前回。）莫非蓄有阴谋，潜图为变？乃将他调戍边防，不令居内。且欲祀神禳灾，先期斋戒，移居静室。苍头子密等三人，见宠心绪烦乱，后必无成，遂暗中密谋，拟将宠夫妇杀死，往降汉营。当下伺宠卧着，趋将进去，把宠缚住床上，再出告外吏，说是大王斋禁，令众归休。待外吏散去，又伪传宠命，收缚奴婢，分置密室，然后召出宠妻。宠妻不知何因，趋入斋室，蓦见宠被绳捆住，忍不住惊叫道："叛奴造反！"说到"反"字，已被子密等揪住头发，用掌击颊，打得宠妻面目红肿，不敢作声。（谁叫你嗾宠造反？）宠慌忙大呼道："快为诸将军办装，不必多言！"子密等乃释放宠妻，随她入取宝物，但留一奴守宠。宠顾语道："汝为我所爱，想为子密胁迫至此，若肯解我缚，当使女珠嫁汝，家中财物，与汝同分！"守奴颇为所动，出视户外，见子密尚未他去，因不敢替宠释缚。子密等取得金玉珍宝，复将宠妻牵入宠室，迫使缝两缣囊，盛贮各物，宠妻不敢不从。到了缣囊缝就，已经夜半，子密又放开宠手，使他亲写手敕，谕告城门将军，但言今遣子密等往报子后兰卿，速即开门，毋令稽留。宠已同傀儡一般，如言写就，子密便拔刀在手，剁落宠头；转身把宠妻也是一刀，首随刀落。当即取两首盛入囊中，与宠书一并携着，出室跨马，赚开城门，径奔洛阳。斋室门至晓不开，外吏敲门不应，逾垣进去，见宠夫妇尸身委地，各无头颅，不禁大骇。当下召齐官属，查缉凶手，早已不知去向。尚书韩立等，收殓宠夫妇遗尸，立宠子彭午为王，召入子后兰卿为将军。才经数日，又被国师韩利，枭取午首，持献汉征虏将军祭遵。遵驰诣渔阳，夷宠家族，然后遣使奏闻。就是子密亦驰至阙下，呈上宠夫妇首级，光武帝封子密为不义侯。（既云不义，如何封侯？）

北方既平，只有东南一带，尚未告靖。征南大将军岑彭，与秦丰部将蔡宏相持，累月不见胜负，光武帝已遣朱祐往助，复传诏责彭逗留。彭且惧且奋，不待祐至，便夜勒兵马，佯云当西向进击，又故意纵去俘虏，使他还报秦丰。丰即悉众西行，邀击彭军。彭却引兵潜渡沔水，悄悄东进，袭破丰将张扬。又从川谷间伐木开道，进捣黎丘。黎丘是秦丰巢穴，在西方接得警报，慌忙还救。彭与诸将驻营东山，严兵待着。丰与蔡宏夤夜攻彭，彭开营迎击，大破丰军，丰遁还黎丘。蔡宏被彭军追及，回马再战，一个失手，头已落地，彭遂进逼黎丘。秦丰相赵京，方守宜城，惧威出降。彭据实上奏，光武帝进封彭为舞阴侯，拜赵京为成汉将军。彭引京同围黎丘，就是建义大将军朱祐，也领兵会彭，共攻秦丰。丰有女夫田戎，尝拥众夷陵，自称扫地大将军，闻得秦丰被围，惊惶得很，即欲降服洛阳。惟丰有数妻，一妻母家姓辛，有兄辛臣，曾在田戎帐下，入谏田戎道："今四方豪杰，各据郡国，洛阳地处四塞，未必稳固，不如按甲敛兵，静待时变！"戎摇首道："强大如秦王，尚为征南所围，何况是我？我已决计降汉了！"（本意原是不错。）乃留辛臣守夷陵，自率众沿江溯沔，进向黎丘，拟至岑彭处请降。不意辛臣盗取珍宝，弃去夷陵，先从间道降彭，但作书招戎。戎恨他前后反复，且恐他先进谗言，祸将不测，因此未敢降汉，反说是往救秦丰，与丰合兵，表里相应。岑彭留朱祐围城，自引兵攻击戎营，又是好几月不下。后来戎支持不住，连战皆败，部将伍公投降彭军，戎逃归夷陵。

光武帝亲至黎丘，慰劳吏士，封赏至百余人。探得城中势弱，兵只千余，粮亦将尽，不久可克，乃令朱祐独攻黎丘，使彭与积弩将军傅俊，往讨田戎。一面谕令秦丰，出降免死。丰复命不逊，乃将军事委任朱祐，期在必克，自己启驾还都。彭与俊移军夷陵，尽力攻扑。戎出兵搏战，伤亡无算，遂将夷陵弃去，向西逃走。彭追至秭归，因戎越山奔蜀，不便穷追，方才班师。独朱祐围攻秦丰，丰自知孤危，忙向外郡飞召党羽，还援巢穴。适有丰将张康，从蔡阳进援，与祐军鏖战兼旬，并将粮食输送秦丰，城内又复得食，拼命坚守。祐分兵绕出张康营后，先断张康粮道，然后鼓动部曲，捣入康营，康军自然溃乱，不战便走。祐从后追击，将抵蔡阳，巧值截粮军回来，拦住康前，康进退无路，免不得手忙脚乱，被祐赶至马前，一刀砍死。祐枭取康首，回示黎丘守兵。守兵俱有惧色，但因粮食未尽，还想坐守过去。

至建武五年夏间，兵尽粮竭，丰无法可施，只得与母妻九人，肉袒出降。祐囚丰入都，光武帝责他负嵎不服，罪无可赦，因即谕令正法，敕祐还师。（又了结一个盗首。）另遣捕虏将军马武，骑都尉王霸，往攻垂惠，再击刘纡。纡向海西王董宪求救。宪正拟率众赴援，不意兰陵守将贲休，举城降汉，遂致宪怒气上冲，先去围攻兰陵。虎牙大将军盖延，方屯楚郡，闻得兰陵被围，愿与平狄将军庞萌，同援兰陵。光武帝答诏道："宪巢窟在郯，若直捣郯城，兰陵自可解围了。"（这却是釜底抽薪的妙计。）盖延奉诏，领兵出发，途次屡接兰陵警报，危在旦夕，不得已先诣兰陵。董宪但遣偏将挑战，由延军一阵击退，长驱入城。（入城也是失着。）过了一宵，宪竟纠合大队，合围兰陵。延始知中计，引兵突出，方去攻郯。（一误再误。）光武帝得报，急传谕责延道："朕令将军先去攻郯，无非欲掩他不备，使他情急还援，将军失算，先救兰陵，不能击退贼众，尚欲往攻郯城，贼既知备，兰陵益危，岂不是一举两失么？"延等已至郯城，不能复返，只好奋力督攻，果然守备甚固，累攻不下。那兰陵城已被宪陷入，贲休战死，枉送了一条性命。独刘纡待宪不至，使苏茂出招徒党。茂收得五校遗众，还救垂惠，约有四千余人，截击汉军粮路。汉骑都尉马武，闻信驰救，见茂来军不多，意在轻视，正在交战时候，城中复突出周建，引兵夹击，武腹背受敌，慌忙冲开血路，奔至王霸营前，大呼求救。霸佯作痴聋，坚壁不出。军吏统劝霸出军，霸摇首道："茂招集亡命，来势甚锐，马都尉已经败还，但望我军出援，士无斗志，若我军开营接战，军心不一，势必两败。今我闭营固守，示不相援，贼必乘胜轻进，逼压马军，马军无援可恃，不得不拼死与战，待至贼众疲乏，我出乘彼敝，何忧不胜？诸君但听我号令便了！"军吏方才退去，整甲待命。

已而苏茂、周建，带着两路兵马，围裹马军。马武见霸不肯出救，愤然下令，与茂、建决一死斗，两下里喊杀连天，撼动山谷。

约有两三个时辰，霸尚按兵不动，营中壮士路润等，忍耐不住，截发请战，霸乃下令出救，却不开前门，独引精骑潜出后帐，绕至敌军背后，喧呼入阵。茂与建正双战马武，蛮横得很，谁料后队已乱，来了一位金盔铁甲的大将军，摆动一干方天画戟，左挑右拨，破入中坚。建急忙回马接战，未及三合，胁上已为戟所伤，负痛亟走。苏茂瞧着，也即舍了马武，觅路退回。马武正危急万分，见来将击退茂、建，当然大喜，仔细审视，正是王霸。便将前时恨霸的心思，变作感激，索性再奋余勇，驱杀一阵。霸部下统是生力军，踊跃追击，杀得敌众大败亏输，奔入城中，霸与武才收兵回营。又越两日，茂、建复鼓众出来，独至王霸营前挑战，霸却安坐营中，与军吏饮酒作乐，谈笑自如。（又要作怪。）突有一贼箭飞来，将近霸颊，霸用手中所执的酒杯，轻轻格去。杯系铜制，但听得“叮当”一声，箭坠席前，军吏统皆变色，霸镇定如故，徐语军吏道：“苏茂带着客兵，来救此城，我料他粮食不足，所以一再挑战，幸图一胜。今我闭营休士，以逸待劳，便是不战屈人，指日可下了。”军吏似信非信，好容易俟至日暮，营外已无哗声，敌皆退尽。夜半有逻骑入报，谓茂、建不得入城，奔往他方。霸拈须微笑道：“我已知他不能久持了。”军吏又请发兵往追，霸又笑道：“穷寇勿追，况在昏夜？料他亦无能为呢！”越宿由城中守将周诵，递到降书，霸慨然允降，与马武勒兵入城。周诵当然迎谒，不必絮述。惟周诵究是何人？为何不顾茂、建，径来降汉？原来诵系周建兄子，与建有嫌，且因苏茂招来贼众，不守法度，徒耗粮食，城中积粟已罄，势必俱尽，因此拒绝茂、建，决计降汉。惟刘纡本在城中，猝然闻变，亟率卫士数十骑，夺门出走，奔往西防，投依佼强。周建负创未愈，又恨兄子为变，怒不可遏，激动创痕，流血不止，就在途中毙命。茂走至下邳，与董宪合军。时盖延攻郯未克，顿兵城外，忽由平狄将军庞萌，起了歹意，竟嗾动军士，反袭延营。延猝不及防，仓皇走脱，北渡泗水，沉舟毁桥，方得截住庞萌。萌本为下江盗首，转依刘玄，玄令为冀州牧，使随谢躬同攻王郎，郎死后躬亦被戮，（见前文。）乃归降光武。平时颇知逊顺，为光武帝所信爱，尝谓托孤寄命，非萌莫属，因拜为平狄将军。（知人则哲，惟帝其难之。）至是与盖延共讨董宪，诏书独不及庞萌，萌暗里怀疑，且因延违诏无功，恐延嫁祸己身，所以遽叛。延具状奏闻，光武帝不禁大愤，且与诸将玺书道："我尝称庞萌为社稷臣，卿等能勿笑我妄言否？老贼罪当族诛，愿卿等各厉兵秣马，会集睢阳，待我亲往督战！"这玺书颁发出去，随即启跸亲征，行抵蒙城，闻知彭城失陷，太守孙萌，为萌所执，几至被杀。还亏郡吏刘平，伏住太守身上，泣求代死，方得释免。光武帝不遑休息，留下辎重，竟率轻骑驰赴亢父。日已将暮，从臣奏请停跸，不得邀允，再驰越十余里，始至任城留宿。庞萌自号东平王，探悉车驾亲征，飞报董宪。宪令刘纡入兰陵，苏茂、佼强，合助庞萌。萌亟移屯桃城，阻住车驾来路。桃城距任城仅六十里，总道御跸亲临，定有一场恶战，谁料待了三日，并无音响，不由得大惊道："前闻汉帝远来，昼夜兼行，疾驰至数百里，今乃高坐任城，不发一兵，究是何意？真正令人不解呢！"乃与茂、强等猛攻桃城，城中已知帝驾在迩，可以无恐，自然安心静守。萌连攻二十余日，仍不能下。忽由光武帝亲督大军，前来援应，车骑如云，驺从如雨，所有吴汉、王常、盖延、马武、王霸等百战良将，一齐会集，尽抵桃城。庞萌等望尘先怯，没奈何硬着头皮，率众迎敌，仿佛似卵敌石，如蛾扑火，不消半日，已经十死四五。苏茂、佼强，引兵先溃，庞萌也落荒窜去。小子有诗咏道：

用人容易识人难，误把忠奸一例看。

犹赖庙谟能补过，叛臣一举便摧残。

桃城围解，光武帝入城犒赏，休军数日，复启行南下。欲知驾幸何地，且至下回再表。

彭宠与耿况，同助光武，宠因功高赏薄，怏怏失望，且又为朱浮所激，卒至反戈，情迹虽似可原，然耿况不反，而宠独反，宠将何以自解乎？宠妻一妇人耳，不以大义劝夫，反且促成叛乱，祸生梦寐，衅起帷墙，其夫妇同死也宜哉！惟宠为逆，而光武讨之，子密既为宠奴，竟敢手刃其主，亦一逆也！光武明知其非义，乃封以侯爵，又以不义为名，不义可侯，谁愿守义？以视庆吾之得受侯封，其误尤甚。及秦丰伏诛，董宪未灭，刘纡以睢阳余孽，奔赴宪军，死灰复燃。盖延失计，马武又败，幸有智勇深沉之王霸，能战能守，谈笑却戎。光武帝录取人才，胜任者多，不胜任者少，此所以一失之彭宠，再失之庞萌，而终无碍于中兴也。

第十五回　奋英谋三战平齐地　困强虏两载下舒城

却说光武帝自桃城启行，转幸沛郡，亲祠高庙，复进至湖陵，探得董宪、刘纡，合众数万，屯据昌虑，因即督兵往攻。到了蕃县，与昌虑相隔百里，忽又由探马走报，董宪招诱五校余贼，进逼建阳。诸将以贼来较近，请即出击，光武帝面谕道："五校远来，粮必不继，食尽自退，何必与群贼争命呢？不如坚壁待敝，自足制胜！"（与前回王霸义意，大致相同。）诸将乃奉谕静守。过了数日，五校食尽，果然引去。惟庞萌、苏茂、佼强三人，自桃城败走后，辗转奔依董宪。宪拥众生骄，不甚戒备，光武帝却探知消息，督率将士，驰至昌虑。不待安营布阵，便使将士分攻宪营，四面并举。宪慌忙分兵四防，勉强支持了三昼夜，被汉军捣破营壁，一齐突入，刀枪杂进，好似斫瓜切菜一般。宪不能再持，跨马急奔，庞萌亦与宪同走，逃往缯山。苏茂不及偕行，走依张步，刘纡乱窜出营，惟佼强解甲请降。光武帝既得大捷，再遣吴汉率军追剿，宪与萌复自缯山潜出，招集散卒百余骑，还入郯城。吴汉等从后追至，宪、萌兵微将寡，自知不能守郯，再奔朐城。吴汉不肯遽舍，仍然追去。朐城属东海郡，形势险固，储粮颇多，宪、萌依次扼守，就是吴汉乘间围攻，倒也不能遽下。惟刘纡穷无所归，东跑西走，厮混了好几日，被随兵高扈，剁落头颅，持献汉营。

光武帝因梁地已平，还幸鲁地，致祭孔子。且使建威大将军耿弇，进兵向剧声讨张步。步闻耿弇将至，亟遣部将费邑屯兵历下，又分兵驻守祝阿，另就泰山、钟城等处，列营数十，专待交锋。耿弇渡河直进，先攻祝阿，半日即下，却故意开城一角，纵令守兵逸去。守兵齐奔钟城。钟人闻祝阿失陷，当然恟惧，你也逃，我也走，只剩得空垒数所，阒寂无人。弇却不往夺取，反引兵转攻巨里。巨里为费邑弟费敢所守，当然报闻费邑。弇使人到处砍树，扬言将填塞坑堑，一面严令军中，促修战具，限期三日，当力破巨里城。这消息又为费邑所闻，邑恐乃弟失守，自率锐卒三万余人，来救巨里。耿弇得报，喜语诸将道："我正欲诱他前来，今他果中我计，是自来送死了！"遂派将士三千人，直压巨里城下，自引精兵万人，往截费邑来路，择得一座高山，上冈伏着。那费邑仗着锐气，驱兵过来，才到山前，只听山上一声鼓响，竖起一面大旗，上书一个"耿"字，随风飘荡，却没有一人下山。邑伫望多时，不见人影，便顾语部曲道："这是疑兵，不必怕他！"说着，仍挥军前进，哪知山上的鼓声，又复继起，并有数百人出现山顶，持械欲下。邑又待了半晌，仍然不见下来，又要纵辔前行，偏是鼓声越紧，旗帜越多，迷眩耳目，令人莫测。（原是一条疑兵计。）猛听得一声呐喊，已有无数人马，冲入军中。邑急忙对敌，怎禁得来兵势盛，好似生龙活虎，不可捉摸；且军心已经散乱，无复行列，越弄得手足无措，血肉横飞。邑正要退走，不防一大将跃马来前，劈头一刀，不及趋避，慌忙把头一偏，却晦气了左臂，竟被砍断。邑痛彻心腑，自然昏晕过去，撞落马下，再由来将顺手砍下头颅，了结性命。好头颅已被人取去了，军中失了主帅，顿时大溃，迟逃一步的，都登鬼箓。看官不必细猜，便可知汉将耿弇，计斩费邑，先用旗鼓乱彼耳目，然后从山旁绕出，骤入彼阵，使邑措手不迭，马到成功。费敢在巨里城中，已知乃兄来援，拟即出兵接应，无奈城下有汉兵数千，堵住城门，未便轻出，（弇之拨兵压城，原是为此。）只好登陴遥望，守待援军。蓦见汉兵大至，先驱执着长竿，血淋淋地悬着一颗首级，急切里尚难辨认，但闻汉兵高呼道："这是费邑头颅，汝等细看，若再不出降，也要与这头颅相似了！"费敢审颜察貌，果是兄首，不由得涕泪交流。守卒莫不惊慌，无心守御，夤夜出走，敢亦遁归剧城。弇入城收取积聚，又分兵连下四十余垒，得平济南。

张步亟使弟蓝，率兵二万守西安，更征集诸郡吏士万余人守临淄，两城相隔四十里。弇进抵画中，居二城间，饬诸将校部署人马，约五日后会攻西安。（与前计大同小异。）至五日期届，诸将校齐集听命，弇令大众蓐食，（夜食床蓐间，故曰蓐食。）待旦至临淄城。护军荀梁，因军令与前不符，入帐申请道："攻临淄不如攻西安，临淄有急，西安必且往救；西安有急，临淄却不能赴援，且前令原会攻西安，何必改约？"弇喟然道："汝不知兵机，无怪相疑。西安虽小，却甚坚固，蓝兵又精，未易攻克。若临淄名为大城，守兵乃是乌合，一鼓可下。我前言将攻西安，明是声东击西的计策，今我不攻西安，独攻临淄，掩人无备，容易得手。临淄一下，西安亦孤，张蓝与步隔绝，必且亡去，一举两得，莫如此计。否则顿兵坚城，死伤必多，就使得克，张蓝必还奔临淄，并兵合势，与我相持，我深入敌地，复无转输，不出旬月，便是束手坐困了。奈何攻西安，不攻临淄？"荀梁方默然退去。弇即乘夜出兵，径攻临淄，城内果不及备，半日即下。再拟移攻西安，那张步已弃城遁去，奔回剧城。于是荀梁等拜服弇谋。弇乃揭榜安民，严禁军中掳掠，惟张步罪在不赦，若自来受死，毋得轻纵，手到擒来。这数语传入剧城，步不禁大笑道："我自兴兵以来，战胜攻取，如尤来、大枪十数万众，我且踹营破灭，今大耿兵不如彼，又皆转战疲劳，反说出这般大言，要想擒我，岂不可笑？看我与彼一战，究竟谁胜谁负？"（正要诱你出来。）当下与三弟张蓝、张弘、张寿，及大枪降盗重异等兵，号称二十万，进至临淄城东，连营数里，指日攻城。弇闭城严守，不与争锋。事为光武帝所闻，恐弇寡不敌众，驰书劳问。弇复奏道："臣得据临淄，深沟高垒，守备有余，张步从剧县来攻，疲劳饥渴，臣不与交战，待他气竭欲归，当发兵追击，用逸待劳，用实击虚，约阅旬日，步首可坐致了。"这复文已呈递在行，弇乃出兵淄水，列阵岸旁。重异领着旧部，径来挑战。弇军即欲迎战，偏弇故意示怯，反令各军退回小城，但使都尉刘歆，及泰山太守陈俊，分兵列阵，驻扎城下。重异疑弇军怯战，越逼越紧，就是张步，亦自恃兵众，随后涌至，冲动刘歆、陈俊两军，歆与俊不得不战，遂即督兵接仗，奋斗起来。临淄本属齐都，旧有王宫，宫中有台，半已圮毁，惟基址尚存。弇登台瞭望，见城外两军交战，势甚汹涌，因即下台跨马，麾动健卒，跃出东门，向步军横突过去。步连忙拦阻，阵势已乱，被弇兵一场蹂躏，伤毙甚多。急得步招架不住，忙令弓弩手放箭射弇，弇用盾遮护，且战且进，突有一流矢穿入弇股，弇仍不惊慌，但执刀截去箭镞，督兵如故。毕竟步兵多势盛，虽然杀伤不已，还是不肯退去，战至日暮，方才败却。弇亦鸣金收军，翌晨复勒兵出列城下。

光武帝时在鲁地，接得弇书，尚自放心不下，因引军东行，亲往救弇，先遣人向弇报知。弇方拟与步再战，陈俊进说道："强寇势盛，不如闭营休士，静待驾至，再与决斗未迟！"弇奋然道："乘舆且至，臣子当椎牛酾酒，接待百官，奈何反以贼虏遗君父呢?"说毕，遂出兵待战。适值步众趋至，便接住厮杀，自旦及暮，大破步众，积尸满壕。弇料步将退，特令偏师绕出步背，分伏两旁。待至天昏月黑，步果引退，才行半里，两面伏兵突出，纵横驰骤，所向披靡，步众都有归志，不意冤家路狭，竟碰着两支催命军，并且昏黑不辨，如何对敌？只好夺路乱奔。偏弇军很是厉害，在后力追，逃得越快，追亦愈紧，步抱头先窜，后队往往剩落，都做了无头的僵尸，直至钜昧水上，去临淄城已八九十里，追兵方渐渐缓行；但沿路收截辎重，约有二千余车，饱载而回。（究竟谁胜谁负?）过了数日，光武帝驾至临淄，弇率诸将从容迎谒，拜伏道旁，当由帝面慰数语，令弇等起身入城。及车驾进至齐王故宫，下舆升座，大飨群臣。酒酣席散，再由光武帝赐谕耿弇，嘉奖功绩，略云：

> 昔韩信破历下以开基，今将军攻祝阿以发迹，此皆齐之西界，功足相仿。而韩信袭击已降，（见《前汉演义》。）将军独拔劲敌，其功乃难以信也！又田横烹郦生，及田横降，高帝诏卫尉，（即郦商。）不听为仇，张步前亦杀伏隆，若步来归命，吾当诏大司徒释其怨，又事尤相类也。将军前在南阳，建此大策，常以为落落难合，有志者事竟成也！

先是光武帝尝幸春陵，亲祠园庙，大会故人父老，置酒旧宅，欢宴竟日，耿弇曾扈驾同行。及启驾还都，弇曾向驾前献议，请收上谷兵，定彭宠，取张丰，平张步等。光武帝大为嘉纳，依议进行。后来张丰受擒，彭宠授首，弇皆与征有功。至是弇受命专征，复得击走张步，所以末数语中，说他有志竟成。弇再拜谢奖。光武帝休息一宵，便即与弇进攻剧城。步经过一番大创，才知耿弇多谋，不可力敌。（晓得迟了。）且闻光武帝亲来督攻，越加惊慌。张蓝、张弘、张寿，比步还要胆小，分兵自去；步亦停足不住，弃城出奔。城中无主，待到御跸临城，自然开门迎降。弇不暇进城，再引兵穷追张步，步往奔平寿。可巧苏茂出招旧部，得万余人，来援张步。步与语及战败情形，茂作色道："善战如延岑，又率着南阳健卒，尚被耿弇击走，（见第十三回。）大王奈何遽攻彼营？茂一出即还，难道不能少待么？步赧然道："负负，事已至此，也不必再说了。"已而弇军大至，纷纷薄城，步不敢出战，惟与茂婴城拒守。光武帝使人招步，嘱令斩茂来降，不失封侯。步竟将茂杀死，自奉茂首，出诣弇营，肉袒请降。弇送步至剧城，请光武帝发落，自入城中安抚兵民。见步众尚有十多万人，因特竖起十二郡旗帜，鸣鼓示众，使步兵各自认旗上郡名，分立旗下。步兵依令分投，再由弇检点名数，嘱令毋哗。一面收验辎重，尚有七千余车，当即酌给步众，使他得资归乡，众皆拜谢去讫。步至剧城，匍匐谢罪，光武帝不食前言，封步为安丘侯，并传诏赦免步弟，步弟蓝、弘、寿相继归降。就是琅玡太守王闳，亦诣剧投诚。光武帝迁陈俊为琅玡太守，并使弇荡平余贼，自率张步还都，令与妻子同居洛阳。陈俊入琅玡境，盗贼皆散。弇略地至城阳，尽降五校余党，齐地悉平，乃振旅还朝。张步居洛未久，复起异心，潜挈妻子逃奔临淮，意欲再招旧部，入海为盗，被琅玡太守陈俊截住，立即击死；妻子一体骈诛。（可为伏隆雪恨。）

话分两头。且说齐地告平以后，忽忽间又阅一载，就是建武六年，一交春令，便得了两处捷音。小子不能双管齐下，只好依次写来。自从李宪据住庐江郡，僭号淮南王，（见第七回。）至建武三年，居然自称为帝，也设立九卿百官，管辖九城，有众十余万。（区区九城，也想做皇帝么?）越年由汉扬武将军马成，奉诏讨宪。马成字君迁，系南阳郡棘阳县人，少为县吏，光武帝前徇颍川，使成守郏，至光武移军河北，成弃官渡河，屡从征伐。建武纪元，迁官护军都尉，越四年授扬武将军，使率诛虏将军刘隆，振威将军宋登，射声校尉王赏，调发会稽、丹阳、九江、六安四郡兵马，进攻舒城。（马成为二十八将之一，前文已叙过二十七将，至成乃毕。）舒城为李宪根据地，设守甚严，马成到了城下，巡阅一周，见他城高壕阔，已觉得不易攻取，并且城上守兵，多半雄壮，甲仗等又很鲜明，断非指日可下。乃择地安营，但求自固，不求进取。一面上表洛阳，具述情势，谓须俟一二年后，方可报功。光武帝复谕马成，准他便宜行事。成遂坚壁不动，宪屡出挑战，始终严守，数月不接一仗。惟分兵袭宪粮道，截夺了好几次，于是逐渐围城，四面筑栅，还是以守为攻。宪复遣兵冲突，屡被击退。直至建武六年，城中食尽，乃鼓励将士，并力扑城，不到旬日，便即攻入。宪拼命杀出，连妻子都不及带走，落荒窜逸。马成将李氏家属，全体诛戮，更遣将追捕李宪。隔了两日，有人持首来献，问明底细，乃是宪部吏帛意杀宪来降。马成乃传首诣阙，乘势略定九城，江淮悉平。成奏凯班师，晋封平舒侯，帛意亦得邀封渔浦侯。同时吴汉亦攻下朐城，擒住董宪妻孥。宪与庞萌夜走赣榆，乘虚袭入，偏为琅琊太守陈俊所闻，亟引兵往攻。宪、萌无兵可守，再走泽中，途穷日暮，四顾仓皇，随从只有数十骑，又都是刀残械缺，甲胄不全。宪不禁唏嘘道："数年称王，一朝覆灭，妻被人掳，子被人掠，家亡国破，尚有何言?"说至此，顾语从骑道："诸卿依我数年，为我所累，流离辛苦，竟弄到这般结局，岂不可怜？此后请各择羁栖，努力自爱!"骑士等听了此言，并皆涕下。猛觉得后面尘起，又有追兵杀来，宪、萌忙即飞奔，行近方舆，竟被来将追及，一阵扫荡，宪即毙命，首级为来将取去。来将乃是吴汉部下的校尉韩湛，湛枭取宪首，复追觅庞萌。萌从乱军中逃出，夜无可归，趋入方舆人黔陵家内。黔陵见他狼狈情形，一再盘诘，由萌说出真名真姓，陵佯为留宿，趁他睡熟时候，取刀杀萌，把首级送往吴汉军前。汉即将宪、萌二首，传诣洛阳，并报明韩湛、黔陵两人的功劳，两人俱得沐封侯。山东亦平，（黔陵封侯，比诸庆吾，帛意等较为得当。）各将吏奉诏西归。小子有诗咏道：

扰扰中原太不平，真人崛起渐澄清。

鼠偷狗窃俱无效，才识兴王莫与京。

东征已毕，光武帝乃续议西征。欲知西征详情，容至下回再叙。

张步拥兵数年，据有齐地，初事刘玄，继臣刘永，彼亦以尊刘为得计，奈何托身非人，独于白水真人而忽之。意者其亦如朱鲔等之戴圣公，樊崇等之戴盆子，知其易与而阳奉之欤？伏隆被杀，耿弇出征，彼尚恃强生骄，大言不惭。迨三战以后，铩羽请降，宜其惩前毖后，安老洛阳；乃犹潜逃临淮，妄图入海，一误再误，不死何待？大盗毙而良将功成，此识时者之所以为俊杰也。马成攻舒，两载乃下，智略似未及耿弇，然卒能扫锄强虏，肃清江淮，其亦一人杰矣哉！彼吴汉等之得平董宪、庞萌，未始无功，但宪与萌已成弩末，汉犹积久而后平之，其功尤出马成下。观本回叙事之有详略，便知功绩之有高下云。

第十六回　诣东都马援识主　图西蜀冯异定谋

却说建武六年夏月，光武帝因关东平定，乃拟西略陇蜀，先抚后攻。蜀地为公孙述所据，称王称帝，自霸一方。惟陇西一带，要算隗嚣为西州领袖，名盛一时。（公孙述两见前文，隗嚣为西州大将军，见第十一回。）嚣前曾附汉，助击赤眉，尝受汉大司徒邓禹署爵，号为西州大将军，专制凉州、朔方事宜。及赤眉平定，嚣特遣使上书，称颂功德。光武帝答书示谦，用敌国礼。会陈仓人吕鲔拥众数万，与公孙述联合，入寇三辅。汉征西大将军冯异，且战且守；嚣复遣兵助异，击走吕鲔。异与嚣俱上书言状，光武帝手书报嚣，格外嘉奖。书中有云：

慕乐德义，思相结纳。昔文王三分，犹服事殷，但驽马铅刀，不可强扶。数蒙伯乐一顾之价，（伯乐为古时之善相马者。）而苍蝇之飞，不过数步，即托骥尾，得以绝群。将军南距公孙之兵，北御羌胡之乱。（指卢芳。）是以冯异西征，得以数千百人，踯躅三辅。微将军之助，则咸阳已为他人禽矣。今关东寇贼，往往屯聚，志务广远，多所不暇，未能观兵成都，与子阳角力。（子阳系公孙述表字。）如或子阳到汉中、三辅，愿因将军兵马，旗鼓相当。倘肯如言，蒙天之福，即智士计功割地之秋也。管仲曰："生我者父母，成我者鲍子。"自今以后，手书相闻，勿惑旁人谗构之言。

看官阅到此书，应知光武帝待遇隗嚣，也好算是推诚相与了。时公孙述已经称帝，特用大司空扶安王印绶，遣使授嚣。嚣因光武帝相待不薄，未便背汉，特将来使斩首，出兵防边。述闻报大怒，即日发兵击嚣，嚣连破述军，述亦无可如何，置作缓图。适关中汉将，屡上书请攻西蜀，光武帝将原书寄嚣，意欲使嚣会师同讨。嚣以为时机未至，因遣长史上书，极言三辅单弱，刘文伯在边，（卢芳诈称刘文伯，见第十一回。）未宜谋蜀。光武帝始疑嚣阴持两端，音问渐疏，就使略通信使，也与对待群臣一般，不少假借。因此嚣亦改易初衷，渐有异图。嚣有部将马援，表字文渊，系扶风郡茂陵县人，曾祖父马通，尝仕汉为重合侯，因坐兄马何罗叛案，伏法受诛。（见《前汉演义》。）援再世不显，少年又复丧父，依兄为生，具有大志。长兄况另眼相看，尝谓援当大器晚成。未几况竟病殁，援守制期年，不离墓侧，又敬事寡嫂，不正衣冠，未敢相见。（叙此以告人弟。）嗣为扶风郡督邮，押送罪犯至司命府，（王莽尝置司命官，纠察吏民。）罪犯辗转哀号，援不觉动怜，纵使他去，自己亦亡命北地。会遇王莽行赦，乃寓居牧畜。过了几年，得有牛马羊数千头，谷数万斛，附近人士，多往归附。援尝语宾客道："大丈夫穷当益坚，老当益壮！"宾客亦叹为至言。及王莽末年，四方兵起，援复叹息道："人生积蓄财产，须要赒济亲朋；否则徒为守钱奴，有何益处？"（鄙吝者其听之！）乃将家产分给兄弟故旧，自着羊裘皮裤，转游陇汉间，后来寄寓西州。适值隗嚣奔还天水，收揽人才，因即招援入幕，使为绥德将军，与参谋议。援与公孙述少同里闬，素相认识，至是嚣满怀犹豫，联汉联蜀，未能决定，特使援先往蜀中，觇察虚实。援既到成都，总道述相见如旧，欢语平生。谁知述盛设仪仗，方延援入，彼此一揖，略谈数语，便令援出居客馆。一面替援制就衣冠，向宗庙中大会百官，特设宾座，邀援入宴。述坐着銮驾，旗旄警跸，呵道前来，既入庙门，才下舆见援，屈躬示敬。当下开筵相待，备极丰腆。酒至半酣，便令左右取入衣冠，送至援前，愿授援侯，封官大将军。援起座语述道："天下久乱，雌雄未定，公孙不吐哺走迎国士，与图成败，乃徒知修饰边幅，如木偶相似，这般情形，怎能久留天下士呢？"说罢，就拱手告辞，掉头径去。

匆匆返至西州，入语隗嚣道："子阳乃井底蛙，未知远谋，妄自尊大，不如专意东方为是！”（独具只眼。）嚣乃使援再奉书洛阳。援行抵阙下，报过了名，即由中黄门引见光武帝。光武帝在宣德殿下，袒帻坐迎，笑颜与语道：“卿遨游二帝间，今来相见，令人生惭！”援顿首称谢道：“当今时代，不但君择臣，臣亦择君；臣本与公孙述同县，少相友善，前次臣往蜀中，述乃盛卫相见，今臣远来诣阙，陛下安知非刺客奸人，为何简易若此？”光武帝复笑说道：“卿非刺客，乃是一个说客呢。”援答说道：“天下反复，盗名窃字的，不可胜数，今见陛下恢廓大度，同符高祖，才知帝王自有真哩。”光武帝因留援在都，常使从游。过了数月，方使太中大夫来歙，持节送援，西归陇右。隗嚣见援回来，很是欢昵，与同卧起，详问东方流言，与京师得失。援因进说道：“前到洛都，引见十余次，每与汉帝接谈，自朝至暮，确是一位英明主子，比众不同。且开心见诚，毫无隐蔽，阔达多大略，与高帝智识相同。又博览政事，文辩无比，真是古今罕见哩！”嚣复问道：“究竟比高帝何如？”援答说道：“略觉不如，高帝无可无不可，今上颇好吏士，动必如法，又不喜饮酒。”说到此句，嚣不禁作色道：“如卿所言，比高帝还胜一筹！怎得说是不如呢？”既而太中大夫来歙，去后复来，传旨谕嚣，并劝嚣遣子入侍。嚣闻刘永、彭宠，均已破灭，乃遣长子恂随歙诣阙。马援亦挈家偕往，同至洛阳。光武帝使恂为胡骑校尉，封镌羌侯。惟马援居洛数月，未得要职，自思三辅地旷，最宜屯垦，因上书求至上林苑中，自去屯田。光武帝准如所请，援乃辞去。（光武帝不遽用援，未知何意？）独隗嚣虽遣子入侍，终不免心怀疑贰，尝与部吏班彪，谈及秦汉兴亡沿革，且谓应运迭兴，不当再属汉家。彪却谓汉德未衰，必当复兴。嚣尚不以为然，彪退作《王命论》，反复讽示。论文有云：

昔尧之禅舜曰：“天之历数在尔躬。”舜亦以命禹。洎于稷契，咸佐唐虞，至汤武而有天下。刘氏承尧之祚，尧据火德而汉绍之，有赤帝子之符，故为鬼神所福飨，天下所归往。由是言之，未见运世无本，功德不纪，而可崛起在此位者也。俗见高祖兴于布衣，不达其故，至比天下于逐鹿，幸捷而得之，不知神器有命，不可以智力求也。悲夫！此世之所以多乱臣贼子者也。夫饿莩流隶，饥寒道路，所愿不过一金；然终转死沟壑，何则？贫穷亦有命也！况乎天子之贵，四海之富，神明之祚，可得而妄处哉？故虽遭罹厄会，窃其权柄，勇如信、布，强如梁、籍，成如王莽，然卒润镬伏锧，交醢分裂。又况幺么，远不及数子，而欲暗干天位者乎？昔陈婴之母，以婴家世贫贱，猝富贵不祥，止婴勿王。王陵之母，知汉王必得天下，伏剑而死，以固勉陵。夫以匹妇之明，犹能推事理之致，探祸福之机，而全宗祀于无穷，垂策书于春秋，而况大丈夫之事乎？是故穷达有命，吉凶由人，婴母知废，陵母知兴，审此二者，帝王之分决矣。英雄陈力，群策毕举，此高祖之大略，所以成帝业也。若乃灵瑞符应，其事甚众，故淮阴留侯，谓之天授，非人力也。英雄诚知觉寤，超然远览，渊然深识，收陵、婴之明分，绝信、布之觊觎，拒逐鹿之瞽说，审神器之有授，毋贪不可冀，为二母之所笑，则福祚留于子孙，天禄其永终矣！

嚣见了此文，仍然未悟。彪见他执迷不返，遂托故辞去，避迹河西。河西五郡大将军窦融，与彪同籍扶风郡，（窦融见第十一回。）闻彪去嚣来游，即遣使延入，辟为从事，待若上宾。彪乃替融划策，知无不言。先是融僻居河西，与洛阳隔绝音问，惟随着隗嚣，遵受建武正朔，嚣尝发给将军印绶，与通往来。及嚣有异志，特遣辩士张玄，游说河西，劝融联络陇蜀，为合纵计。融曾召部属计议，部吏多谓汉承尧运，历数延长，今皇帝姓名，实应图谶，且宅中主治，兵甲最强，将来必当统一天下，务请倾心结纳，毋惑异言云云。融乃婉谢张玄，遣令回去。及得见班彪，听他计议，更决意事汉，使他撰成表文，交与长史刘钧，驰诣洛阳。光武帝将有事陇蜀，亦发使招谕河西，途次与钧相遇，乃即偕钧同还。钧入阙上书，由光武帝好言慰劳，特赐盛宴，并令折回复谕，授融为凉州牧，赐金二百斤。融自是有绝嚣意，虽尚通使节，不过虚与应酬。嚣矜已饰智，自比周父，每欲僭称王号。河南开封人郑兴，曾为凉州刺史，免官寓居，得嚣敬礼，引为祭酒，兴因一再谏嚣毋徒自尊。嚣意虽不怿，倒也未敢遽违正议，毅然称王。兴已窥悉嚣意，特借归葬父母为名，辞嚣东归。（见机而作。）还有茂林人杜林，素有志节，由嚣破格优待，引为治书。林见嚣反复无常，不愿屈事，屡次托疾告辞。嚣不肯令归，且出令道："杜伯山，（林字伯山。）天子不能臣，诸侯不能友，譬如伯夷叔齐，耻食周粟，今且暂为师友，待至道路清平，必使遂志！"到了建武六年，三辅早平，林弟成正当病逝，乃许送丧回籍。林已东去，嚣复生悔，密遣刺客杨贤，追杀杜林。（即此可见嚣之必败。）贤追至陇坻，见林亲推鹿车，护送弟丧，不由的感叹道："现当乱世，谁知行义，我虽小人，何忍杀义士？"乃随林出陇，掉头亡去，林始得安抵扶风。

看官听说，隗嚣部下的豪杰，第一个要推马援，马援以外，如班彪、郑兴、杜林，统是博学多闻，饶有见识。嚣不能慰留，自失羽翼，遂至黄钟毁弃，瓦釜雷鸣。一班贪功邀利的鄙夫，怂恿嚣前，要想他为皇为帝，迫入阱中。当时有一个部将王元，靠着三分膂力，藐视中原人物，便乘机语嚣道："从前更始入关，四方响应，天下喁喁，相望太平，一旦败坏，大王几无处安身。（竟称嚣为大王。）今南有子阳，北有文伯，江湖海岱，王公十数，尚欲信儒生迂谈，弃千乘宏基，羁旅危国，希图万全。这真是覆辙相循，求得反失。现在天水完富，士马精强，元请以一丸泥，为大王东封函谷关，乃是万世一时的机会。否则蓄养士马，据险自守，旷日持久，静待世变，就使图王不成，也足称霸。总之大鱼不可离渊，神龙失势，穷等蚯蚓，愿大王三思为是。"嚣未曾听罢，已经颔首，及听毕以后，不由得眉飞色舞，意气洋洋。独治书申屠刚进谏道："愚闻人与必天归，汉帝乃是天授，非全是人力所能为。今玺书屡至，委国全信，欲与将军共同吉凶，试想一介布衣，尚且不负然诺，况万乘至尊，何致背约？将军若疑虑却顾，自招祸变，恐不免上负忠孝，下愧当世呢！"嚣听了刚言，又觉得愀然不乐，俯首沉吟。（实是一个多疑少断的人物。）刚乃趋出，元亦引退。嚣总不欲终事汉室，且依了王元的后策，徐起图功。乃再遣部吏周游诣阙，佯表殷勤。

游道出关中，过征西大将军冯异营前，竟为仇家所杀。于是谣言纷起，谓异将自为咸阳王，不服汉命，故杀嚣使。甚至有人上书劾异，居然以假当真。异入关已三年有余，除暴安良，人民悦服，闻得流言摇惑，心不自安，因上书乞请还都，亲侍帷幄。光武帝优诏不许，但使宋嵩西往，赍示弹章。异惶恐陈谢，申请入朝。光武帝方图陇蜀，欲与异面商，乃准令入谒。异既至阙下，叩首行礼，光武帝顾语群臣道："这是我起兵时主簿，为我披荆棘，定关中，功劳很大呢！"说着，又旁令中黄门，取出珍宝衣服钱帛，当面赐异。异受赐再拜，光武帝谕令起坐，温言与语道："芜蒌亭豆粥，滹沱河麦饭，至今不忘，恨尚无以报卿。"（事见前文。）异复起身拜谢道："臣闻管仲对齐桓公，愿君毋忘射钩，臣无忘槛车，君臣相勉，终霸齐国！臣今愿陛下毋忘河北时，臣亦不敢忘陛下隆恩！"（异被获邀赦，亦见前文。）光武帝大喜，召异同入内庭，与商陇蜀事宜。光武帝说道："朕因将士久劳，本欲将二子置诸度外，怎奈公孙述未肯敛迹，隗嚣又阴持两端，将来必为朕患，卿意究应如何处置？"异答说道："臣看两人分据西南，非大加惩创，终难降服，臣虽不才，愿为国家效力！"光武帝又说道："关中为陇蜀要冲，最关紧要，卿亦未便遽离，必不得已，朕当亲至长安，调度兵马，先行讨蜀。"异乃申陈陇蜀地势，及行军纪略，差不多有数千言，至日昃方才退出。嗣复引见数次，定议讨蜀，始辞回关中。前时异受命，西征，未挈家眷，至此接奉特旨，令带妻子同行，无非是坦怀相待的意思。

是时公孙述方收集延岑、田戎两军，令岑为大司马，封汝宁王；戎亦邀封翼江王。（延岑奔蜀，见第十三回；田戎奔蜀，见第十四回。）特使部将任满，与戎同出江关，沿途收戎旧部，窥取荆州诸郡。一面妄引谶纪，说是孔子作《春秋》，尊周尚赤，（周尚赤。）共得十二公；汉亦用赤帜，自汉高至平帝，中加吕后称制，也是十二代，历数已尽，一姓不能再兴。又引《录运法》中遗语，谓"废昌帝，立公孙”，尚有《括地象》云：“帝轩辕受命公孙氏握”，《援神契》云：“西太守，乙卯金。”述曾任蜀郡太守，故把“西太守”三字，作为己证，且将“乙”字作“轧”字讲解，谓将轧绝卯金。种种附会，诱惑人心。再因掌文中常刻“公孙帝”三字，诩作奇瑞，移书远近。光武帝尚不欲遽讨，作书贻述，内云：

图谶言公孙即宣帝也，代汉者当涂高，君岂高之身耶？乃复以掌文为瑞，王莽何足效乎？君非吾乱臣贼子，仓猝中人皆欲为君事耳，何足数也！君日月已逝，妻子弱小，当早为定计。可以无忧。天下神器，不可力争，宜留三思！（是书原不能折服公孙述。）

书后署名，称述为“公孙皇帝”，（称呼亦误。）述置诸不答。部下有骑都尉荆邯，向述献议，请急速发兵东向，令田戎出据江陵，延岑出汉中，定三辅，又收降天水、陇西，与汉争衡。述召问群臣，博士吴柱等，多言不宜远出；有弟名光，亦劝述依险自固。累得述欲前又却，瞻顾彷徨。（也是隗嚣一流人。）延岑、田戎，屡请发兵，述又以为降将难恃，未足深信。惟出入警跸，添置仪卫，夸示表面上的威风。且立两幼子为王，使食犍为、广汉各数县。左右谓成败难定，将士暴露，不应遽封皇子，专顾私恩，述亦不从。于是人心懈体，阴兆土崩。光武帝恨述倔强，势难罢手，当即亲幸长安，谒祠园陵。各陵前被赤眉毁掘，已由冯异入关，修葺告成。（回应第十二回，亦不可少。）及光武帝谒祠已毕，遂命建威大将军耿弇，虎牙大将军盖延等七军，从陇道伐蜀。兵将启行，先遣来歙赍奉玺书，往谕隗嚣，令他即日发兵，夹击公孙述。歙已迁官中郎将，一到天水，即将玺书交付与嚣，嚣阅书后，好多时不发一言。歙问他愿否出兵，嚣仍不应。歙不禁愤起，奋然责嚣道：“朝廷以君知臧否，识废兴，并将手书赐示足下，足下曾效忠国家，遣子入侍，今乃接书不决，忽思背约，上叛君，下负子，忠信何在？恐不久便要族灭哩！”说得隗嚣作色起座，投袂欲入。歙欲拔剑刺嚣，究竟嚣多卫士，无从下手，乃杖节出厅，登车欲行。偏由嚣将王元，目顾兵士，意图害歙；嚣亦怒不可遏，竟使牛邯追歙，用兵围住。还是他将王遵谏阻，谓两国相争，不斩来使，况歙为汉帝外兄，郑重将命，（歙为光武姑子，见前。）加刃无益，徒激彼怒！伯春（嚣子恂字。）留质洛阳，何苦以一子易一使，不如遣归为是！嚣尚以爱子为念，乃纵歙使归，惟使王元领兵万骑，出据陇坻，伐木塞道，阻住汉军前行。这一番有分教：

一著误施全局去，三军尽覆满城哀。

隗嚣既抗阻汉军，免不得有一场战事。欲知胜负如何，待至下回再详。

公孙述据蜀自雄，隗嚣负陇自固，当其号令一隅，延揽物望，亦若庸中佼佼者流，以视赤眉、铜马，固相去有间矣。然述多夸而嚣多疑，疑与夸，皆非霸王器也。马援笑述为井底蛙，而劝嚣事汉，已料二子之不足有为。及东至洛阳，见光武帝之脱帻相迎，即有君择臣、臣择君之语，一见倾心，愿效奔走，援诚不愧智士，抑光武帝之驾驭英雄，令人心服故也？至若冯异之遭人谗构，而光武不以为疑，且以河北故事相劝勉，然后进图讨蜀，与定密谋。大树将军，原非彭宠、庞萌可比。然非光武之推诚相与，亦安能感人肺腑乎？且光武不忘河北之难，异不忘巾车之恩，君臣一德，安不忘危，以此定国，有余裕矣。彼隗嚣、公孙述辈，曷足以知之？

第十七回 抗朝命甘降公孙述 重士节亲访严子陵

却说王元奉着隗嚣命令，出据陇坻，阻遏汉军。汉军尚未知确音，贸然前往，途次遇着来歙，也不过说是隗嚣拒命，未及王元出兵情形。耿弇、盖延诸将，以为陇坻一带，尚无阻碍，待至来歙别归，即匆匆赶路，期在速进。哪知王元已安排妥当，静待汉军。汉军行近陇坻，见前途塞住木石，已觉惊心，但尚未遇兵将，还想进去。当下将木石搬徙，徐徐引入，好容易开通一路，走了一程，又是七枒八杈，横截道路；再辟再走，费去了许多气力，还是不能尽通。并且羊肠峻阪，逐步崎岖，害得军不成伍，马不成群。蓦闻陇上鼓角齐鸣，一彪军从高趋下，持着长枪大戟，奔向汉军。汉军已人困马倦，如何抵敌？没奈何倒退下去。那敌势很是凶悍，再加领兵主将，就是隗嚣部下主战的王元，锐气方张，迫人险地，满望一鼓荡平汉军，怎肯轻轻放过？汉军叫苦连天，慌忙退走，已是不及，前队多被杀死，后队自相蹴踏，又伤毙了许多。耿弇、盖延，虽都是能征惯战，怎奈势不相敌，无法可施，也只好引兵出险，且战且行。（何故轻进？）王元紧追不舍，又来了隗嚣大队，漫山蔽谷，悉众前来。汉军只恨脚短，逃得不快。嚣与元步步进逼，一些儿不肯放松，恼了汉捕虏将军马武，激励勇士，返身断后，手持一干长戟，向嚣兵冲杀过去，勇士一齐随上，击毙追兵数百人。嚣兵乘兴进来，不防有这场回马阵，倒吓得脚忙手乱，一齐退去，嚣与元也恐有失，鸣金收回，汉军才得退入长安。

光武帝时已还都，闻诸将败还，亟令耿弇移军漆邑，祭遵移军汧城，使吴汉等保守长安，另遣冯异出屯栒邑。异奉命即往，行至半路，有探马报称嚣将行巡，来攻栒邑，兵已下陇。异申令将士，倍道亟进。部将统言虏兵方盛，不可与争，宜择地安营，徐思方略。异勃然道：“虏兵临境，幸得小胜，便思深入，若栒邑被取，三辅动摇，岂不可虑？兵法有言：‘攻者不足，守者有余。’我若得先至据城，用逸待劳，便可阻住虏马，并不是急欲与争呢！”（确是有识之言。）乃长驱急驰，竟得入城，但使将士静守，偃旗息鼓，待着敌军。行巡引众至城下，见城上毫无守备，总道是唾手可取，不如休息片时，再行督攻。部众得令，并皆下马散坐，无复纪律。异从城楼上悄望，备悉虏情，当即击鼓扬旗，麾兵杀出。行巡未及防备，当然着忙，部下越加惊乱，上马亟奔，被异追杀数十里，斩获无算，方才收军回城。同时祭遵在汧，亦得击走王元军，汉军复振。北地诸豪长耿定等，俱闻风献表，背嚣降汉。马援在上林苑屯田，上书阙廷，具陈破嚣计划，且言：“臣非负嚣，嚣实负臣，臣初次诣阙，嚣曾与约事汉，不料他反复如此，所以臣愿献密议，决除此虏。”光武帝因召援进见，面询方略。援请先翦羽翼，继攻腹心。光武帝乃给发突骑五千，带领前往，便宜从事。援即往来游说，离间嚣将高峻、任禹等人。嚣自觉势孤，始上书谢过，略云：

> 吏民闻大兵猝至，惊恐自救，臣嚣不能禁止。兵有大利，不敢废臣子之节，亲自追还。昔虞舜事父，大杖则走，小杖则受。臣虽不敏，敢忘斯义！今臣之事，在于本朝，赐死则死，加刑则刑。如遂蒙恩，更得洗心，死骨不朽！

书至阙下，诸将以嚣虽陈谢，言仍不逊，请光武帝诛嚣质子，大举入讨。光武帝心尚未忍，复使来歙至汧，传递复谕。谕云：

> 昔柴将军（柴武。）与韩信书云：（信系韩王信，非淮阴侯。）“陛下宽仁，诸侯虽有亡叛而后归，辄复位号，不诛也。”以嚣文吏，晓义理，故复赐书。深言则似不逊，略言则事不决。今若束手听命，复遣恂弟诣阙，则爵禄获全，有浩大之福矣。吾年垂四十，在兵中十载，不为浮语虚词，如不见听，尽可勿报！

嚣得谕后，已知光武帝察破诈谋，竟不作答。凉州牧窦融，遣弟友上书，自陈忠悃。适因隗嚣叛命，道梗不通，友从中途折回，另遣司马席封，从间道至长安，呈上书奏。光武帝答书慰藉，情意兼至。融乃贻书责嚣，语多剀切，由小子再录如下：

伏惟将军国富政修，士兵怀附，亲遇厄会之际，国家不利之时，守节不回，承事本朝。后遣伯春（即嚣子恂，见上。）委身于国，无疑之诚，于斯有效。融等所以欣服高义，愿从役于将军者，良为此也。而忿悁之间，改节易图，君臣分争，上下接兵，委成功，造难就，去纵义，为横谋，百年累之，一朝毁之，岂不惜乎？殆执事者贪功建谋，以至于此，融窃痛之。当今西州地势局迫，民兵离散，易以辅人，难以自建。计若失路不返，闻道犹迷，不南合子阳，则北入文伯耳。夫负虚狡而易强御，恃远救而轻近敌，未见其利也。融闻智者不违众以举事，仁者不违义以要功，今以小敌大，于众何如？弃子徼功，于义何如？且初事本朝，稽首北面，忠臣节也。及遣伯春，垂涕相送，慈父恩也。俄而背之，谓吏士何？忍而弃之，谓留子何？自起兵以来，转相攻击，城郭皆为丘墟，生民转于沟壑。今其存者，非锋刃之余，则流亡之孤。迄今伤痍之体未愈，哭泣之声尚闻。幸赖天运少还，而将军复重其难，是使积疴不得遂瘳，幼孤复将流离，其为悲痛，尤足愍伤，言之可为酸鼻，庸人且犹不忍，况仁者乎？融闻为忠甚易，得宜实难。忧人太过，以德取怨，知且以言获罪也。区区所献，惟将军省焉！（想是班彪手笔。）

融既贻嚣书，专待使人返报。过了旬日，使人回来，甚是懊怅，报称被嚣斥归。融也觉动怒，召集河西五郡太守，部署兵马，并上疏行在，请示师期。光武帝优诏褒美，且因融七世祖广国，为孝文皇后亲弟，（文帝后窦氏，见《前汉演义》。）曾封章武侯，谊关姻戚，特赐汉祖外属图等，表示情好。一面敕令右扶风太守，修理融父坟墓，祭用太牢。所有四方贡献珍物，往往转赐与融，使命不绝。融当然感激，毁去嚣所给将军印绶，令武威太守梁统，刺死嚣使张玄，更发兵攻入金城，大破嚣党先零羌封何，夺得牛马羊万头，谷数万斛，充作军实，守候车驾西征。嚣因汉军压境，河西失和，自觉孤立无助，不得已遣使诣蜀，称臣乞援。（仍要向人称臣，何苦背汉？）述封嚣为朔宁王，遣兵往来，与为犄角。嚣正拟发兵内犯，又闻得汉将冯异，夺去安定、上郡各城，因即率步骑三万人，往攻安定。行抵阴槃，适与冯异相遇，交战数次，不获一胜，怏怏引还。再令别将攻汧，又为祭遵所破，退回天水。两番跋涉，统是空劳，反丧失了若干士卒，若干刍粮。嚣将王遵，屡次进谏，俱不见纳，会得来歙招降书，因潜挈家属径投洛阳，诣阙请降，得拜太中大夫，封向义侯。光武帝欲亲往讨嚣，偏遇日食告变，乃暂罢军事。诏求直言，并敕公卿以下，举贤良、方正各一人。先是建武五年，光武帝尝访求高士，得周党、王良等人，三征始至。周党字伯况，籍隶太原，素有清节，王莽篡位，更托疾杜门，足迹不涉乡里。及征车迭至，不得已奉命诣阙，布衣敝巾，坦然入见。到了光武帝座前，虽然跪伏，却是未尝呼谒，但自言山野布衣，不谙政事，仍请放还云云。光武帝并未加责，叫他退朝候命。独博士范升，上疏奏劾道：

臣闻尧不须许由、巢父，而建号天下；周不待伯夷、叔齐，而王道以成。伏见太原周党等，蒙受厚恩，使者三聘，乃肯就车；及陛见帝廷，党不以礼屈，伏而不谒，偃蹇骄悍，有失臣道。党等文不能演义，武不能死君，钓采华名，希得三公之位。臣愿与坐云台之下，考试图国之道。倘不如臣言，臣愿伏虚妄之罪；果党等敢私窃虚名，夸上求高，亦当罪坐不敬，为天下戒。臣昧死上闻。

光武帝览毕，将原疏颁示公卿，另行下诏道：

自古明王圣主，必有不宾之士，伯夷、叔齐，不食周粟；太原周党，不受朕禄，亦各有志焉。其赐帛四十匹，许遂所志。

党受诏即归，与妻子隐居渑池，著书成上下篇，寿考终身。邑人共称党为贤，设祠致祭，岁时不绝。惟东海人王良，受官沛郡太守，迁任太中大夫，进为大司徒司直，在位恭俭，妻子不入官舍，布被瓦器，如寒素时。司徒史鲍恢，因事至东海，过候王家，良妻布裾曳柴，方从田间归来，恢素未相识，错疑是良家佣妇，便昂然与语道："我为司徒掾属，便道至此，欲见王司直夫人！"良妻答道："妾身便是！掾史得无劳苦么？"恢不禁惊讶，慌忙下拜，并问良妻有无家书。良妻答称："在官言官，不敢以家事相烦。"恢叹息而还。（贤妇风范，比义夫尤为难得。）后来良因病辞归，病愈后应征复起，道出荥阳，探访故友。故友不肯出见，但传语道："不有忠言奇谋，乃窃取大位，岂不可耻？奈何尚仆仆往来，不自惮烦呢？"良听了此言，未免自惭，乃谢病归里，终不就征。此外尚有太原人王霸，隐居养志，亦被征入都，引见时称名不称臣，有司向霸诘问，霸答道："天子有所不臣，诸侯有所不友，原是儒生本分呢！"时大司徒伏湛免官，进用尚书令侯霸为大司徒，侯霸素重王霸名，情愿推贤让能，王霸独乞病告归，偕妻逃隐，茅屋蓬户，安享余年。又如北海人逄萌，雁门人殷谟，累征不起，并为逸民。

最著名的乃是七里滩边的钓夫，羊裘一袭，遗范千秋，小子述及姓名，想看官应亦早有所闻，此人非别，本姓是庄，单名为光，表字子陵，会稽郡余姚县人。汉史避明帝名讳，改庄为严。因此后人只称他为严子陵先生，不叫他做庄子陵。（特别提出，复特别辨明。）光武帝少时游学，曾与他一同肄业。到了光武即位，他却移名改姓，避家他去。光武帝忆念故人，令会稽太守访问踪迹，不见下落；再令海内各处搜求，亦无影响。光武帝终不肯忘怀，口述形容，使画工绘成肖像，到处物色。"天下无难事，总教有心人"，果然有人奏报，说在齐国境内，有一男子身披羊裘，屡钓泽中，面目与画图相似。光武帝大喜道："这定是子陵无疑了！"（仿佛得宝。）忙命有司备安车，携玄纁，往齐礼聘。严光接着，尚未肯自道姓名，只说是："朝廷误征。"使臣哪里肯放？不论他是真是假，定要请他上车，三请三却，毕竟一难当十，被朝使手下的随员，前推后挽，竟将他拥至车上，飞驰入都。光武帝闻光到来，尚防他乘间逸去，特命就舍北军，妥给床褥，使太官（主膳之官。）朝夕进膳，奉若神明。大司徒侯霸，与光为旧识，忙使部属侯子道，奉书问候。光踞坐床上，启书读讫，半晌才顾问道："我与君房相别已久，（侯霸字君房。）君房素有痴疾，今得为三公，痴疾可少愈否？"（奇人奇语。）子道答道："位居鼎足，怎得再痴？"光正色道："既无痴疾，为何遣汝来此？"子道接口道："司徒闻先生辱临，本欲即来问候，适因公务匆忙，未能脱身，愿俟日暮稍闲，前来受教。"光又笑道："汝言君房不痴，这岂不是痴想么？天子使人征我，三请方来，我尚不欲见人主，难道就先见人臣？"子道听罢，也不便多与絮聒，但求光复书还报。光托言手不能书，只好口授，因接说道："君房足下，位至鼎足，甚善。怀仁辅义天下悦，阿谀顺旨要领绝！"说到末语，便即住口。子道再欲请益，光大笑道："君莫非来买菜么？求益何为？"（原是够了。）子道乃返报侯霸。霸将光语录出，封奏进去。光武帝微哂道："这也是狂奴故态，不足计较！"说着，即命驾出宫，亲往访光。

早有人向光报闻，光置诸不理，高卧如故，佯作闭目熟睡状。（亦太矫情。）光武帝亲至床前，见光袒腹卧着，因用手抚腹道："咄咄子陵，何故不肯相助为理？"光仍然不起，良久，始张目熟视，也不陈谢，但答说道："从前唐尧有天下，帝德远闻，尚有巢父洗耳。士各有志，奈何相迫如是？"光武帝喟然道："子陵，我竟不能屈汝么？"乃升舆还宫。既而令侯霸邀光入阙，略迹谈情，与叙旧事，光始从容坐论，不复倨傲。光武帝婉颜问光道："君看我比前日何如？"光答道："似胜往时！"光武帝鼓掌大笑，留光食宿，与同寝卧。光用足加帝腹上，伪作鼾声，好一歇方才移去。到了诘旦，即由太史入奏，谓客星侵犯御座，状甚危迫。光武帝笑说道："朕与故人子陵共卧，难道便上感天象么？"因面授光为谏议大夫，光并不称谢，亦不辞行，拂袖自去。返至富春山中，仍旧做那耕钓生涯，年至八十乃终。今浙江省桐庐县南，有严陵濑，与七里滩相接，背后有山，叫做严山，山下有石，能容十人，就是严光钓鱼处，俗呼为严子陵钓台。地因人传，流芳百世，可见得亮节高风，比那封侯拜相，还要光荣十倍哩！（热中者可以返省。）这且搁过不提。

且说渔阳告平以后，光武帝尝使茂陵人郭伋，就任渔阳太守。伋镇抚百姓，纠除群盗，境内咸安。惟卢芳窃据北塞，屡引匈奴兵入寇，大为边患。伋复整勒士马，修缮堡砦，阻绝胡骑南下，一尘不惊，人民得安居乐业，户口日蕃，中外都称为贤太守。会因大司空宋弘，有事免职，朝臣多举伋代任。光武帝以卢芳未平，不便将伋内调，所以未曾允议。建武七年春三月晦日，太史又奏称日食，有诏令百官各上封事，毋得言圣。当时杜林、郑兴等人，弃器归乡，（见前回。）统由光武帝闻名召入，各授官职：林为侍御史，兴为太中大夫。此次因变陈言，谓应俯从众议，调任郭伋为大司空，且言日月交会，数应在朔，今日食每多在晦，乃是月行太速，故有此变。君为日象，臣为月象，君亢急故臣下促迫，致见咎征，望陛下垂意洪范，勉思柔克等语。光武帝也优诏褒答，惟仍不愿调回郭伋，却令妹夫李通代任。通首先倡义，弼成大业，身尚公主，仍然谦恭自持，不敢骄盈，故得保全爵位，以功名终。（富贵寿考，全赖谦冲。）太傅褒德侯卓茂，已经病殁，特赐棺茔地，表彰耆硕。（叙笔载明生卒，亦无非阐扬名士。）并因前侍御史杜诗，累任沛郡、汝南各都尉，所在称治，乃更调任南阳太守。南阳为光武帝故乡，从龙诸臣，半出南阳，历任太守，反视为畏途，只恐得罪贵戚。及杜诗莅郡，兴利除害，政治清平，无论贵贱，一体翕服。又修治陂池，广拓土田，在郡数年，家给人足，时人比诸前汉的召信臣。信臣曾为南阳太守，也是一位施德行惠的好官。南阳人所以传出两语云："前有召父，后有杜母。"小子亦有一诗，录述于后：

> 黄堂太守一麾来，万汇全凭只手栽；
> 召父已亡推杜母，养民毕竟仗贤才。

转眼间又是一年，光武帝顾念陇西，又要遣将往讨了。欲知何人西征，待至下回发表。

隗嚣据有西州，自称上将军，因时乘势，崛起图功，原不必定居人下。迨既受邓禹之承制封拜，则君臣之名义已定，又何得再怀反侧乎？设当光武讨蜀之时，率兵效命，功且十倍窦融，他日即不得封王，公侯可坐致也。乃惑于蜚言，反复不定，始则助汉而诛蜀使，继且叛汉而为蜀臣，同一屈膝，朝秦暮楚胡为者？况洛阳如旭日，而蜀如朝露，一可恃，一不可恃，于可恃者而背之，不可恃者而亲之，甚矣其愚也！彼如严子陵之孤身高蹈，抗礼阙廷，后世不讥其无君，反称其有节，诚以其敝屣富贵，超出俗情，云台诸将，且不能望其项背，遑论隗氏子哉！若周党、王霸、逢萌诸人，亦子陵之流亚，而王良其次焉者也，然亦足以风矣。

第十八回 借寇君颍上迎銮 收高峻陇西平乱

却说建武八年春月，中郎将来歙，与征虏将军祭遵，奉命西征，进取略阳。遵在途遇病，折回都中，独歙率精兵二千余人，伐山开道，绕出番须、回中，直抵略阳城下。守将叫做金梁，在城安坐，一些儿没有豫备。等到城外鼓声大作，方才登陴瞭望，足未立定，头已不见。（怪语。）原来歙远道进行，实为偷袭城池起见，途中并未声张，到了城下，还是悄悄地整备云梯，架住城堞，一经办妥，方击鼓麾众，缘梯直上。可巧金梁跑上城来，正好凑那歙兵的快手，一刀劈去，适中头颅，呜呼哀哉！城中失了统将，或逃或降，才阅片时，便由歙据住略阳城。有溃卒走报隗嚣，嚣大惊道："这军从何处进来？有这般神速哩！"话尚未毕，王元、行巡诸部将，已闪出两旁，请即发令出军。嚣使元拒陇坻，巡守番须口，王孟塞鸡头道，牛邯戍瓦亭，自率大众数万人，围攻略阳。

略阳为西州要冲，自为歙所攻入，飞章奏捷，光武帝闻报大喜，笑语诸将道："来将军得攻克略阳，便是捣入隗嚣腹心，心腹一坏，肢体自然渐解了！"忽又由吴汉等，呈上表章，报称出师应歙。光武帝又复懊恨道："谁叫他进兵？须知隗嚣失去要城，必悉锐往攻，略阳城坚可守，旷日不下，嚣兵必敝，那时方好乘危进兵了！"（知己知彼，百战不殆。）说着，忙遣使持节西出，追还吴汉等人，听令来歙独守略阳。（并非弃歙，实已早知歙才。）隗嚣率众往攻，把略阳城团团围住，四面攻扑，终不能下。公孙述亦遣部将李育、田弇，助嚣攻歙，亦不能克。好容易过了两三月，一座略阳城，仍然无恙，惹得隗嚣发急，斩木筑堤，决水灌城，费尽无数计划。歙督兵固守，随机肆应，箭已放尽，即毁屋断木，作为兵器，誓死不去。光武帝闻略阳围急，乃下诏亲征，部署既定，便即启行，光禄勋郭宪进谏道："东方初定，车驾未可远征。"光武帝摇首不答，宪拔出佩刀，截断乘舆中马缰，帝终不从。西行至漆邑，诸将亦多言王师重大，不宜深入险阻，累得光武帝也费踌躇，不能遽决。适值马援夤夜到来，报名求见，光武帝立即召入，与商军情，且述及群议，使定行止。援驳去众口，独伸己见，力言隗嚣将士，已兆土崩，王师一进，必破无疑，又在帝前聚米为山，指划形势，详陈路径，何处可攻，何处可守，说得明明白白，昭然可晓。光武帝不禁大悟道："虏已在我目中了！"次日早起，即麾军大进，抵高平第一城。凉州牧窦融，率领五郡太守，及羌虏小月氏等番兵前来相会，共计得步骑数万人，辎重五千余车。光武帝置酒待融，遍犒来军，趁着兴高采烈的时候，合兵上陇，分道深入，势如破竹。隗嚣闻报，自知不能抵敌，退保天水，略阳城才得解围。太中大夫王遵，自弃嚣归汉后，得帝宠眷，参与军谋，（王遵降汉，见前回。）此次随驾西征，因与嚣将牛邯，素相友善，遂奏明光武帝，作书招邯。书云：

遵前与隗王歃盟为汉，自经历虎口，践履死地，已十数矣。于时周洛以西，无所统一，故为王策，欲东收关中，北取上郡，进以奉天人之用，退以惩外夷之乱。数年之间，冀圣汉复存，当挈河陇奉旧都以归本朝。生民以来，臣人之势，未有便于此时者也。而王之将吏，群居穴处之徒，人人抵掌，欲为不善之计。遵与孺卿（即邯字）。日夜所争，害几及身者，岂一事哉？前计抑绝，后策不从，所以吟啸扼腕，垂涕登车，幸蒙封拜，得延论议。每及西州之事，未尝敢忘孺卿之言。今车驾大众，已在道路，吴、耿骁将，云集四境，而孺卿以奔离之卒，拒要扼，当军冲，其形势何如哉？夫智者睹危思变，贤者泥而不滓，管仲束缚而相齐，黥布仗剑以归汉，去愚就义，功名并著。今孺卿当成败之际，遇严兵之锋，宜断之心胸，参之有识，毋使古人得专美于前，则功成名立，在此时矣。幸孺卿图之！

牛邯得书，观望了好几日，觉得西州一隅，终非汉敌，不如依书投降，乃谢绝士众，奔诣行在。光武帝慰勉有加，亦拜为太中大夫。邯为隗嚣部下的骁将，一经归汉，全体瓦解，不待王师云集，已是望风趋附。约阅一月，嚣将十三人，属县十六城，兵士十余万，俱向行在乞降。嚣惶惧得了不得，亟使王元赴蜀求援，自挈妻子奔往西城，投依大将军杨广。就是蜀将田邽、李育，一时也不能还蜀，退保上邽。光武帝到了略阳，来歙率众出郊，迎驾入城。当下置酒高会，因歙攻守有功，赐坐特席，位居诸将上首，至欢宴已毕，又赐歙妻缣一千匹，歙当然拜谢。光武帝又进幸上邽，驰诏告嚣道："汝若束手自归，保汝父子相见，不咎既往，必欲终效黥布，亦听汝自便！"嚣仍不答报。（甘为黥布，有死而已。）光武帝传诏诛恂，（即嚣子。）使吴汉、岑彭围西城，耿弇、盖延围上邽，加封窦融为安丰侯，融弟友为显亲侯，此外五郡太守，亦俱封列侯，一古脑儿遣令还镇。融尚自请从军，另求派员代镇凉州，光武帝复谕道："朕与将军如左右手，乃屡执谦退，转失朕望，其速返原镇，勉抚士民，毋擅离部曲！"这数语柔中寓刚，反令融爽然若失，拜辞行在，率众西去。光武帝调度各军，满拟即日平嚣，然后凯旋。忽接到都中留守大司空李通奏报，略言颍川盗起，河东守兵亦叛，京师骚动，请即回銮靖寇云云。光武帝不禁叹息道："悔不从郭子横言，今始觉费事了！"（子横即郭宪字，语见上文。）说罢，即自上邽起程，昼夜东行，马不停蹄。途次赐岑彭等书云："两城若下，便可将兵南击蜀虏。人生苦不知足，既平陇，复望蜀，每一发兵，头发皆白，未知何日能肃清哩！"（这是聪明人口吻。）及既还洛阳，幸尚安谧，前颍川太守寇恂，已入任执金吾，扈跸往还，随侍左右。光武帝因与语道："颍川逼近京师，亟应平乱，朕思卿前守颍川，盗贼屏迹，今仍委卿前往，当可立平。卿忠心忧国，幸勿辞劳！"恂答说道："颍川人民，素来轻狡，闻陛下远逾险阻，有事陇、蜀，遂不免为匪徒所惑。乘间思逞；今若乘舆南向，先声夺人，贼必惶怖归死，怎敢抗命？臣愿执锐前驱便了。"光武帝乃使命驾南征，使恂先驱。直至颍川，果然盗贼尽骇，沿路跪伏，自请就诛。恂禀命驾前，但诛盗首数人，余皆赦免。郡中父老，夹道迎恂，且共至驾前匍匐，乞复借寇君一年。（为官者，不当如是耶？）光武帝勉从众请，乃留恂暂居长社，安抚吏人，收纳余降，自率禁军还宫。适东郡济阴县亦有盗贼，警报入都，光武帝再遣大司空李通，与大将军王常，领兵剿捕。又因东光侯耿纯，尝为东郡太守，威信并行，因召他诣阙，拜为太中大夫，使与大兵共赴东郡。东郡闻纯入界，无不欢迎，盗贼九千余人，皆诣纯乞降，大兵不战而还。诏即令纯为东郡太守，连任五年，境内帖然。后来病殁任所，赐谥成侯。（东汉功臣，多能牧民，如纯，如恂，其尤著者。）

且说吴汉、岑彭，围住西城，月余未下，光武帝传诏至军，叫他遣归羸卒，但留精锐，免得虚糜粮食等语。汉情急邀功，未肯遽遣，又探得杨广病死，城中失恃，越想并力攻城，日夕不息，军令倍严，吏士日久苦役，不免逃亡。嚣将王捷，登城大呼道："汉军听着！我等为隗王守城，誓死无二，必欲与我相持过去，愿以颈血相易，我为首倡，请汝等看来！"说到末语，竟拔刀挥颈，血溅头殊，身尚立着，好一歇方才仆倒。（何故乃尔？）汉军见他无故自杀，统皆诧异，又想他人人拼命，就使攻下城池，亦必有一场恶斗。眼见是性命相搏，彼此俱难免伤亡，惧心一起，不觉气馁，遂致易勇为怯，懈弛下去。岑彭因持久不克，想出一计，分兵至谷水下流，用土堵住，使水势涌入城中。谷水由西至东，绕过西城，下流被遏，水无去路，自然向城中灌入，渐涨渐高，距城头仅及丈许，守兵虽然恟惧，却还未肯出降。蓦听得城南山上，鼓声四震，有一大队披甲勇士，长驱驰下，先行执着一杆大旗，上书一个斗方大的"蜀"字，炫人眼目，且乘风大呼道："蜀兵有百万人到来了。"一面说，一面直迫汉垒。汉军猝不及防，竟被冲破，且因来军大声恫吓，多半骇散。（暮气已深，怎能再战？）吴汉、岑彭，也不能支持，觅路退去。就是谷水下流的汉兵，都一哄儿逃得精光。其实蜀兵只有五千人，由嚣将王元借来，用了一条虚喝计，竟得吓退汉军，安然入城，城内水已骤退，复得安居。王元且勒兵复出，来追汉兵。汉兵已经乏粮，且恐蜀兵大至，无心恋战，遂由吴汉下令，焚去辎重，逐步退走。待至王元追来，还亏岑彭返斗一阵，击走王元，才得全师东归。惟校尉温序，为嚣将苟宇所获，迫令降嚣，序怒叱道："叛虏怎敢迫胁大汉将军？"说着，持节乱挝，打倒数人。宇众大愤，争欲杀序，宇摆手道："这是当代义士，可给彼剑！"乃拔剑付序，序接剑在手，亟拈须衔入口中，顾语左右道："既为贼所杀，毋令须污血！"说毕，把剑一横，魂归天上。（不没忠臣。）从事王忠，随序陷虏，苟宇却令他收殓序尸，送归洛阳。光武帝特赐墓地，并召序三子为郎。序本太原人氏，留葬洛中，乃是旌示忠臣的意思。

自从吴汉等引兵退还，耿弇、盖延亦撤围引归，独祭遵尚留屯汧城。未几已是建武九年，遵病殁营中，讣至洛阳，光武帝悲悼异常，令冯异驰领遵营，派员护丧东归。遵为人廉约小心，克己奉公，所得赏赐，尽给士卒，家无私财，身无华服，取士专用儒术，对酒设乐，必雅歌投壶，饶有儒将风规。遵妻裳不加缘，相夫克俭，惟生男不育，终致无嗣。遵兄午买女送遵，使为遵妾，遵为国忘家，却还不受，临殁时不言家事，但遗嘱从吏，只用牛车载丧，薄葬洛阳。及丧至河南，有诏令百官先会丧所，然后由车驾素服亲临，哭奠尽哀，予谥曰成，葬后尚就墓御祭，顺道存问家属。遵妻当然拜谒。光武帝见他家无婢妾，室宇萧条，不由得悲感道："怎得忧国奉公，如祭征虏一流名将呢？"嗣后帝思遵不忘，辄加叹息。（无非是借励诸将。）惟自冯异接任，吏士亦俱悦服，驻守如故。独隗嚣不愿再居西城，移居冀邑，复遣兵分略各城，于是安定、北地、天水、陇西，复为嚣有。只因粮饷不继，屡患乏食，嚣又积劳成病，多卧少起，没奈何出城谋食，惟得了数斛大豆，粗粝不堪下咽，越觉恚愤得很，还入城中，病即加剧，不久便死。部将王元、周宗等，立嚣少子纯为王，总兵据冀，仍向公孙述处称臣乞援。述将田弇、李育，已经归蜀，述复使田弇北行，惟将李育留住，换了一个赵匡，与弇同至冀城，援助隗纯。汉将冯异，奉诏进讨，相持未下。公孙述欲大举攻汉，为纯纾忧，特使翼江王田戎，大司徒任满，南郡太守程汎，率兵数万人下江关，攻入巫峡，拔夷陵、夷道二县，据住荆门、虎牙两山，横江架桥，并设关楼，面水倚山，结营自固，差不多有进窥两湖、退挟三川的威势。汉大司马吴汉等，尚屯兵长安，光武帝特使来歙监军，马援为副，观察陇、蜀情势，取示进止。歙因上书献策道：

公孙述以陇西、天水为藩蔽，故得延命假息，今若平荡二郡，则述智计穷矣。宜益选兵马，储积资粮。昔赵之将帅多贾人，高帝悬之以重赏。今西州新破，兵民疲馑，若招以财谷，则其众可集。臣知国家所给非一，用度不足，然有所不得已也。

光武帝览奏，乃诏令有司备谷六万斛，用驴四百头输运，尽至汧城交卸，积作西征军输。到了秋高马肥，兵精粮足，特遣歙为统帅，率同征西大将军冯异、建威大将军耿弇、虎牙大将军盖延、扬武将军马成、武威将军刘尚等，共攻天水。冯异已与蜀将田弇、赵匡，会战数十次，蜀兵伤亡过半，再加耿弇等率兵会集，士气百倍，大破蜀兵，阵斩田弇、赵匡。独隗纯留居冀城，使王元等驻扎落门，依险拒守；还有高平第一城，又为嚣将高峻所据，未肯服汉。于是冯异等进攻落门，耿弇等进攻第一城，两路分攻。越年未下，冯异且在军抱病，竟至谢世，光武帝赐谥节侯，令异长子彰袭爵，且复议亲征西州。执金吾寇恂，已自长社还洛，仍然随驾起行。既至关中，恂叩马谏阻道："长安道里居中，应接近便，安定、陇西，闻车驾出驻长安，必然震惧，自当望风来降，若必以万乘之尊，亲履险阻，实非所宜，颍川前辙，不可不戒！"（也说得是。）光武帝不以为然，驱车再进，直抵汧城，方使恂招降高峻。峻本已由马援说下，受汉封为关内侯，拜通路将军，所以汉军出入，峻常为引导，不致阻碍。（援说高峻，见前回。）及吴汉等败还长安，峻乃复归故营，据住高平，坚守不下。寇恂奉诏谕峻，峻遣军师皇甫文出谒，语多倨傲，貌亦骄盈，两下里辩驳一番，惹动寇恂怒意，顾令左右缚文，拟置死刑。文尚不肯服礼，反唇相讥，诸将向恂进谏道："高峻拥兵万人，且多强弩，西遮陇道，连年不下，今欲将峻招降，奈何反杀峻使？”恂瞋目道：“要斩便斩，怕他什么？”说着，即命把文处斩，将首级交文随员，使他带归。且嘱令传语道：“军师无礼，已经正法，欲降即降，不降固守！”（斩钉截铁。）这数语传将进去，峻竟开城出降，迎纳汉军。诸将莫名其妙，都向恂请问道：“杀死来使，反得降峻，究是何因？”恂答说道：“皇甫文系峻腹心，受遣来会，我看他辞意不屈，必无降志。我若将他放还，反损军威，惟杀死了他，使峻胆落，自不得不降了。”诸将才拜贺道：“寇君神算，我等不及。”恂将峻解往行在，幸得免诛。中郎将来歙，因落门尚未攻破，即与耿弇、盖延等，鼓励将士，猛扑不休，守兵不能再支，各有降意，周宗、行巡、苟宇、赵恢，拥着隗纯，开门出降；独王元引着残部，突围奔蜀，陇右乃平。光武帝令将隗氏宗族，徙居京师，自率寇恂等还朝。后来隗纯复与宾佐数十人，潜逃朔方，行至武威，被地方官捕住，杀死了事。小子有诗咏道：

敢将螳臂当王车，一举三年便覆家；
父死子降犹受戮，可怜全族半虫沙。

得陇望蜀，光武帝已操成算。至建武十一年春间，遂遣大司马吴汉，率同刘隆、臧宫、刘歆三将，与征南大将军岑彭，会师伐蜀。毕竟蜀地能否荡平，再至下回分解。

陇右未平，颍川又乱，处兴亡绝续之交，其欲制治也难矣。幸有寇恂扈驾南征，节钺一临，盗贼四伏，非素得民心者，其能若是乎？父老遮道，乞借寇君，莫谓小民果蚩蚩也。厥后西赴高平，斩皇甫文于城下，成算在胸，卒收劲敌，不战屈人，寇君有焉。他若耿弇七军，轻进致败，吴汉诸将，劳师无功，谋之不臧，乌能制胜？视寇君有愧色矣。独祭征虏公而忘私，国而忘家，人皆去而彼独留，功未竟而命先殒，何怪光武帝之哀恸逾恒乎？要之云台诸将，非无优劣，本书叙人述事，自有阳秋，阅者于夹缝中求之，即知所区别矣。

第十九回　猛汉将营中遇刺　伪蜀帝城下拼生

却说征南大将军岑彭，自引兵下陇后，不与陇西战事，但在津乡驻兵，防御蜀军。津乡地近江关，江关为蜀兵所踞，堵塞水陆，负嵎自雄。岑彭屡督兵往攻，终因江关险阻，不能奏功。光武帝乃遣大司马吴汉，率同刘隆、臧宫、刘歆三将，调发荆州兵六万余人，骑五千余匹，行抵荆门，与彭会师。彭曾备有战舰数十艘，所用水手，统从各郡募集，不下一二千名。吴汉谓水手无用，多费粮食，拟酌量遣归。（想是惩着西域前辙，哪知情势不同。）彭独言蜀兵方盛，今靠水战得利，方可深入，怎宜遽减水手？两下里互有龃龉，特表达洛阳，请旨定夺。光武帝复谕道“大司马惯用步骑，未习水战，荆门事决诸征南公，大司马毋得掣肘”云云。（明见千里。）彭得伸己见，越加感奋，当下号令军中，募攻浮桥，有人先登，应受上赏。俗语说得好：“重赏之下，必有勇夫。”遂由偏将军鲁奇，应募前驱，鼓棹直上。可巧东风狂急，吹满征帆，奇船顺势向前，直冲浮桥。桥旁设有欑柱，（丛木为柱。）柱上有反扎钩，钩住奇船，早被蜀兵瞧着，齐来截击。奇拼死与斗，且令随兵燃着火炬，飞掷桥楼，火随风猛，风促火腾，那桥楼是用木造成，一经燃烧，势不可遏。复有许多黑焰，迷乱蜀兵眼目，如何再能打仗？又加岑彭等率着众舰，顺风并进，所向无前，蜀兵大乱，溺毙至数千人。蜀大司徒任满，措手不及，被鲁奇一刀砍死。蜀南郡太守程汎，下桥欲奔，被刘隆跃登岸上，手到擒来。只有蜀翼江王田戎，飞马逃生，得还江州。

岑彭等驰入江关，禁止军中掳掠，沿途人民，都奉献牛酒，迎劳彭军。彭辞还不受，面加慰谕，百姓大悦，开门争降。当下露布告捷，举刘隆为南郡太守，并录叙鲁奇首功。有诏悉依彭议，命彭为益州牧，所下各郡，即由彭兼行太守事。彭进军江州，探得城内积粮尚多，料不易下，但留偏将冯骏围攻，自引兵直指垫江，攻破平曲，取得粮米数十万斛，分给各军。大司马吴汉，攻克夷陵，筹备露桡数百艘，（露桡，船名。桡系小楫，露系在外，故名露桡。）在后继进。还有护军中郎将来歙，虎牙大将军盖延等，亦引兵入蜀。蜀中大震，公孙述忙授王元为大将军，使与领军环安，出拒河池。凑巧来歙、盖延，两路杀到，即与元、安两军接战，自午至暮，大破蜀兵，斩馘数千。元与安狼狈奔回，歙等复捣破下辨城，麾军再进，至夜深时，方才下营。军中不遑安寝，但凭几假寐，守待鸡鸣。不料双目蒙眬的时候，忽觉心中一阵奇痛，惊醒睡魔，用手抚胸，有物格住，不瞧犹可，剔灯审视，乃是亮晃晃的匕首，插入胸前，血流不止，连忙叫起帐后卫士，使请盖将军入营。盖延闻信，飞奔进来，见歙已遭毒手，禁不住泪下潸潸，不能仰视。歙瞋目叱延道："虎牙何敢作此态！今我为刺客所伤，无从报国，故呼君嘱托军事，乃反效儿女子哭泣么？须知刃虽在身，尚能勒兵斩公，奈何不察？"（歙之不得其死，恐亦由性暴所致。）延勉强收泪，愿听歙遗命。歙乃使从吏取过纸笔，自写遗表道：

> 臣夜人定后，为何人所贼伤，中臣要害，不敢自惜，诚恨奉职不称，以为朝廷羞。夫理国以得贤为本，太中大夫段襄骨鲠可任，愿陛下裁察。又臣兄弟不肖，终恐被罪，陛下哀怜，数赐教督。

写到末句，实已忍不住苦痛，把笔掷去，抽刃出胸，大叫一声，竟尔气绝。盖延大恸一场，替他棺殓，立遣人赍歙遗表，驰奏殿庭。光武帝闻报大惊，省书流涕，特赐给策文，追赠歙征羌侯印绶，予谥节侯。另命扬武将军兼天水太守马成，继歙后任。一面部署六军，亲出征蜀，由洛阳进次长安。公孙述闻得车驾亲征，亟使部将王元、延岑与吕鲔、公孙恢等，悉众出拒广汉及资中要隘；又遣他将侯丹率二万余人，屯守黄石。岑彭令臧宫领兵五万，从涪水至平曲，截住延岑，自分兵引还江州，另溯都江上流，往袭侯丹，出丹不意，把他击走。当即倍道急进，日夕不停，直驰二千余里，径抵武阳。武阳守吏，立即骇走，只有一座空城，被彭安然据住。彭再使锐骑进击广都，距成都仅数十里，势若风雨，无人敢当。公孙述高坐成都，总道汉兵尚相持平曲，隔离尚远，不料岑彭从黄石进兵，数日间即至广都，反绕出延岑等背后，不由得慌张万分，举手中杖掷击地上，顿足狂呼道："汉军有这般迅速，莫非神兵不成?"（你已倒运，自然有此急变。）当下募兵出守广都，并飞报延岑等人，叫他分兵还援。延岑方陈兵沅水，与臧宫相持不决。宫因兵多食少，转输不继，正觉得进退两难，不能持久，适光武帝遣使诣岑彭营，有马七百匹。宫得知此信，情急智生，竟伪传诏命，截留来马，使骑士跨马张旗，登山鼓噪，一面麾动战船，逆流而上，两岸夹着步骑各军，进薄蜀营，呼声动地，旗影蔽天。延岑正接到成都警信，忐忑不定，又见汉军水陆大集，越觉惊忙。登高遥望，对山复有许多敌骑，由高趋下，几不知有多少兵马，会集来攻。大众都是股栗，回头就跑，延岑亦急忙返奔，霎时间旗靡辙乱，好似风卷残云，向西四散。臧宫纵兵追击，但教刀快戟长，乐得把头颅多剁几颗。蜀兵怎敢还手?尽管向前急奔。越是逃得快，越是死得多，最便宜的是弃械乞降，倒还有一条生路，不致毙命。所有辎重粮草，统让送了汉军。（总算慷慨。）延岑只引了数十骑走回成都。臧宫军至平阳乡，收得降兵，差不多有十多万人。全蜀精锐，已经荡尽，就是一向主战的王元，也束手无策，举众来降。（非但对不住隗嚣，也恐对不住公孙述。）光武帝连得捷音，尚欲招降公孙述，遣使致书，晓示祸福，并举大义相勉，誓不相害。述览书叹息，出示心腹将常少、张隆，少与隆俱劝述降汉。述瞿然道："废兴由命，天下岂有降天子么?"（还要夸口。）少、隆不敢再言，自思亡在旦夕，相率忧死。

光武帝因平蜀有日，不必亲往督军，下令回銮，将入都城，忽有急报传来，乃是征南大将军舞阴侯岑彭，又被公孙述遣人刺死。

彭自进军广都，所驻营地，叫作彭亡，当时未知地名，因即下寨，及有人传报，彭始知地名不祥，拟即徙往别处。适有一弁目来降，自称为公孙述亲随，被挞来奔。彭不防有诈，收入帐下，到了夜半，竟被降卒混入，把彭刺死。当由太中大夫郑兴，代领部曲，飞使奏闻。彭治军有法，秋毫无犯。邛谷王任贵，闻彭威信，数千里驰使输诚，并贡方物。光武帝方重加倚任，满望他进扫成都，特授懋赏；一闻被刺，当然生悲，遂将任贵所献各物，尽赐彭妻子，且赐谥彭为壮侯。一面敕大司马吴汉，即日进军。继彭入讨。

吴汉接诏，便由夷陵出发，率三万人溯江直上，至鱼涪津。述已遣将魏党、公孙永，踞住津口，结筏自固。吴汉挥动将士，一鼓击退，乘胜进围武阳。又遇述婿史兴来援，把他痛击一阵，扫得精光，兴单骑逃免。会有诏令至吴汉营，嘱汉直取广都，据蜀心膂，汉奉命急进，捣入广都城，守兵尽遁。再遣轻骑烧成都市桥，成都吏民，无不震惊，将士等陆续夜遁，述虽严刑示惩，尚不能止。那光武帝虽屡次闻捷，还恐成都兵众，总有一番鏖斗，所以必欲降述，因复颁书谕述道："勿以来歙、岑彭，受害自疑，今若亟来诣阙，保汝宗族安全，否则后悔难追！"述得书后，仍无降意。（总要做个死皇帝。）甚至江州为冯骏所夺，田戎已被擒去，还想坚持到底，不肯转头。光武帝待述复报，始终不至，乃复传谕吴汉道："成都虽困，守兵尚有十余万，不可轻敌！卿但坚据广都，勿与争锋，待他力屈计穷，前去奋击，自然一战可下了！"吴汉急欲邀功，未肯依谕，竟率步骑二万人，进逼成都。去城约十余里，阻江为营，中架浮桥，自引兵立营江北，使副将武威将军刘尚，率万余人，屯江南，相去二十余里。当下奏达朝廷，具陈进兵安营情状，且谓可立破成都。光武帝大惊失色，忙亲书手谕道："近敕公千条万端，奈何临事错乱？既已轻敌深入，又与尚隔江立营，缓急不能相倚。若贼出兵缀公，别遣大众攻尚，尚营一破，公还能站得住么？速速引还广都，幸勿急攻！"（英主见识，毕竟过人。）这道手谕，交付亲将，叫他飞寄吴汉，究竟途程辽远，朝发不能夕至，那吴汉果为述将所困，险些儿败没虏中。

原来公孙述因汉军相迫，特遣部将谢丰、袁吉，率众十余万，分作二十余营，并出攻汉。又命别将万余人，渡江击尚，使他不能相救。汉与谢丰等大战一日，竟至挫衄，退入营中。谢丰、袁吉，便将汉营围住。汉待尚不至，料知尚被牵制，无法驰援，乃召集将士，面加鼓励道："我与诸君逾越险阻，转战千里，无攻不胜，得入深地。今与刘尚两处受围，声援隔绝，祸且不测，计惟潜师救尚，并力御贼，诚能同心合力，人自为战，大功可成；否则一败无遗，如何报命？成败在此一举，愿诸君努力！"诸将齐声应诺。（赖有此尔。）于是飨士秣马，闭营三日，固守勿出。谢丰等攻扑数次，亦不得入，索性不去挑战，专待汉军食尽，然后再攻。哪知汉伺他懈弛，夜半开营，引军疾走，竟得渡过江南，驰入尚营。谢丰等尚未察觉，等到天明，望见汉营中旗帜高张，烟火不绝，还道汉营如故，哪知吴汉已与刘尚合军，击退江南蜀兵，蜀兵走入谢丰营中，丰等才悔中计，（莫非半死不成？）不得已分兵南渡，攻击汉、尚。汉与尚早已守候，见他越江过来，不待蜀兵成列，便张开左右两翼，夹击过去。蜀兵仓猝，接仗已觉着忙，再加两面受敌，越发招架不住，不过人数众多，总想勉力支撑，幸图一胜。偏汉兵越斗越勇，蜀兵愈战愈怯，渐渐地势不相当，败退下去。袁吉一个失手，竟被汉将砍倒，结果性命。两将中死了一人，顿时全军慌乱，如山遽倒。谢丰麾军急退，自为后拒。恰巧吴汉追到，与谢丰交战数合。砉的一声，已把丰头脑劈去，倒毙马下，蜀兵大溃。汉与尚追杀一阵，毙敌无算，获甲首五千余级，方才勒兵回营。适值朝使亦至，交付光武帝手书。吴汉阅罢，不禁伸舌，幸亏转败为功，还好有言相答。乃即留尚拒述，自领兵还驻广都，具状奏闻，深自引责。光武帝又复谕道："公还广都，很属得宜，述必不敢舍尚击公，若彼先攻尚，公可从广都赴援，彼此相应，破述无疑了。"汉懔遵谕旨，不敢违慢，待至蜀兵来攻，方才应敌。

果然述兵屡出，由汉率军屡击，八战八克，复逼成都。还有臧宫一支人马，也得拔绵竹，破涪城，斩公孙恢，长驱直达，与吴汉共会成都城下，并力合攻，捣入外郭。急得公孙述不知所措，慌忙召入汝宁王延岑，向他问计。岑答说道："男儿当死中求生，怎可束手待毙？今唯有倾资募士，决一死战。若能击退汉兵，财物复可积聚，何足介怀？"述乃悉出金帛，募得敢死士五千人，充作前锋，使岑统领残兵，作为后继。一声号令，麾众齐出，几似疯狗一般，逢人便噬。吴汉见来势凶猛，勒军遽退，至市桥中拣一旷地，列阵待着。岑令前锋鸣鼓挑战，暗率部众绕道，袭击吴汉背后。汉只遏前敌，不及后顾，竟被延岑冲破后队，搅乱阵势。汉军腹背受敌，当然溃散，汉被挤入水中，几至灭顶，亏得眼明手快，攀住马尾。马系汉素常骑坐，能识人意，方得将汉徐徐引出。好在臧宫兵尚未遽溃，百忙中援应一阵，蜀兵始退，汉得安回营中。（兵事真不可测。）检查兵士，丧失尚不过千余人，只是粮食将尽，不过七日可支，乃令阴具船只，伺隙欲归。谒者张堪，方奉使命劳军，输送缣帛，在途又受官蜀郡太守，驰诣成都，闻得军中乏粮，汉有退志，因亟往见汉，谓述亡在即，不宜退师。汉勉从堪议，使臧宫屯兵咸门，自在营中偃旗息鼓，故意示弱，诱令蜀兵出战。

约阅三日，公孙述亲出搏战，直攻汉营；令延岑往敌臧宫，两路并举。岑拼命死斗，三合三胜，宫几难支持，忙使人向汉求援。汉与述已战了半日，未分胜负，急切不便援宫，但见述兵已有饥色，特使护军高午、唐邯，领着锐卒万人，向述众横击过去。这支兵马，乃是汉留住营中，故意不发，待至述兵已疲，才令突出。述不防有此生力军挺击过来，连忙号召将士，拦阻兵锋，已是不及。高午持槊急进，猛刺述胸，述痛不可耐，撞落马下，左右抵死救护，才得扶起述身，舁至车上，逃入城中。延岑在咸门酣战，得知述负伤消息，当然惶急，鸣金退回，反被臧宫还杀一阵，伤了许多人马。好容易入城见述，述已晕过两次，经岑唤醒，勉强睁眼一看，不禁下泪，模糊说了数语，无非是嘱咐后事，挨到日暮，便即毙命。岑为具棺殓，草草办就，到了翌晨，自觉无术拒守，乃开城出降。吴汉等纵辔入城，枭述尸首，传诣洛阳，尽屠公孙氏家族，并将延岑处斩，戮及妻孥，再纵火烧述宫室，付诸一炬，是为建武十二年事。述欲称帝时，曾梦有人与语云："八厶子系，十二为期。"醒后告知妻室，妻答说道："朝闻道，夕死尚可，况期限十二呢?"（想是急思为后，故有此语，但不知杀头时候，可追悔否?）述因即僭号。至是全家灭亡，刚刚应了十二为期的梦兆。（妖梦是践。）光武帝闻汉入城屠掠，遣使责汉，又谕副将军刘尚道："城降三日，吏民从服，孩儿老母，人口万数，一旦纵兵放火，居心何忍？汝系宗室子孙，尝居吏职，奈何亦为此残虐？仰视天，俯视地，未必相容，大非朕伐罪吊民的初意呢！"（一将功成万骨枯，故王者耀德不观兵。）

先是述尝征广汉人李业为博士，业称疾不起，述惭不能致，使人持药酒相迫。业抚膺叹道："古人云：'危邦不入，乱邦不居。'我情愿饮药便了。"遂服毒自尽。述又聘巴郡人谯玄，玄亦不应，述又劫以毒药。玄慨然道："保志全高，死亦何恨?"遂对使受药。玄子瑛叩头泣血，愿出千万钱赎父，方得幸免。至成都残破，玄已早终。更有蜀人王皓、王嘉，亦不肯事述。述先将他妻子系住，胁令出仕。皓对来使说道："犬马尚且识主，况我非犬马，怎得妄投?"说着，竟拔剑自刎。述竟将他妻子杀死。王嘉闻皓自杀，也即戕生。犍为人费贻，漆身为癞，佯狂避征；同郡任永、冯信，都伪托青盲，巧辞征命。此次光武帝因蜀地告平，申命吴汉等访求遗逸，方得查出数人志节，奉诏表李业闾，祀谯玄以中牢，为王皓、王嘉伸冤，抚恤后裔，特诏费贻、任永、冯信入都，面授官职。永、信同时病殁，惟贻入见，后拜为合浦太守。此外如述将程乌、李育，颇有才能，亦由光武帝下诏叙用，不令向隅。又追赠述故臣常少为太常，张隆为光禄勋。（常少、张隆，见前文。）于是西土悦服，莫不归心。小子有诗咏道：

抚我为君虐我仇，安民有道在怀柔；
井蛙小丑何知此？身死家亡地让刘。

蜀地平定，吴汉等振旅还朝。欲知后事如何，且看下回再表。

公孙述一夸夫耳，无他功能，乘乱窃据，但以僻处西陲，依险自固，故尚得苟延岁月，僭号至十有二年。及关东已平，王师西指，述不能用荆邯之策，空国决胜，乃徒豢二三刺客，戕来歙，害岑彭，何济于事？彼既不愿为降天子，何勿堂堂正正，与决胜负？成固甚善，败亦有名，仅恃此鬼蜮伎俩，暗杀汉将，汉将岂能一一被刺乎？来歙、岑彭，不幸遇刺，而吴汉、臧宫诸将，长驱直前，进捣成都，述尚欲死中求生，背城借一，卒至洞胸坠马，亡国覆宗。诈术果可恃耶？不可恃耶？项羽谓天实亡我，非战之罪；公孙述谓废兴有命，是皆不度德，不量力，一败涂地，乃诿诸天命，无聊之语，可笑亦可悯也！

第二十回 废郭后移宠阴贵人 诛蛮妇荡平金溪穴

却说蜀地告平，全军凯旋，凉州牧窦融，上表称贺，有诏令融与五郡太守，一同入朝。融遂与武威太守梁统、张掖太守史苞、酒泉太守辛肜、敦煌太守竺曾、金城太守库钧，奉诏入都。既抵阙下，即缴上安丰侯凉州牧印绶。光武帝赐还侯印，即日召见，赏赐恩宠，无与伦比。寻拜融为冀州牧，融辞不就任。适大司空李通，因病去职，由扬武将军马成，暂行代理，未尽胜任，乃进融为大司空；并授梁统为太中大夫。凉、冀二州，另行简员镇守。好在陇、蜀已平，西北无事，只有卢芳伪称刘文伯，连结匈奴、乌桓，常为边患。（屡见前文。）骠骑大将军杜茂等，奉诏往讨，历久未平，芳部将随昱留守九原，阴通汉军，欲胁芳降汉。芳与十余骑逃入匈奴，昱即诣阙请降，得拜五原太守，封镌胡侯。后至建武十六年间，芳复入居高柳，遣使奉上降书。光武帝乃立芳为代王，令他和辑匈奴。芳申请入朝，奉诏批准。及芳南至昌平，又遇朝使传谕，叫他折回。芳不免疑惧，仍背汉投胡，既而病死。自是函夏无尘，全国统一。光武帝增封功臣，得三百六十五人，外戚封侯，计四十五人，惟宗室诸王，却为了将军朱祐计议，反降封为公侯。如赵王良、（由广阳徙封。）齐王章、（即刘縯长子。）鲁王兴，（縯子过继刘仲，均见前。）三人统称为公。长沙王兴、真定王德、（即刘扬子。）河间王邵、中山王茂四人，（俱景帝后裔。）统称为侯。更封孔子后裔孔安为宋公，周公后裔姬常为卫公，此外宗室封侯，共一百三十七人。

光武帝久在兵间，厌心武事，且知天下疲耗，益欲息肩，自陇、蜀平定后，非遇急警，不复言兵。皇太子强，年已十余，有时侍侧，问及攻战方略，光武帝正色道："从前卫灵公问陈，孔子不对，此事非尔所宜问呢！"（此实一权宜之语，并非至训。）邓禹、贾复，知帝欲偃武修文，不愿功臣拥众京师，乃投戈讲道，修明儒学。耿弇等亦缴还大将军印绶，并以列侯就第。朱祐尝荐贾复端重，可为宰相，光武帝置诸不答。惟移封邓禹为高密侯，使食四县。贾复为胶东侯，使食六县。李通已封固始侯，位兼勋戚，因得与邓禹、贾复，参议国家大事，恩遇从隆。其余功臣数百人，不过给与廪禄，令他安享太平，不复重用。（保全功臣，莫如此策。）至若朝廷宴会，辄召功臣集饮，济济盈堂，无不守礼。光武帝当大宴时，历问群臣道："卿等若不得遇朕，果有何为？"邓禹起答道："臣尝学问，可做一文学掾吏。"光武帝笑道："这也未免太谦了！卿志行修整，可官功曹。"及问至马武，武答言："臣粗具膂力，可为守尉，督捕盗贼。"光武帝又笑说道："且自己不为盗贼，做个亭长罢了！"武平素嗜酒，任气使性，常在御前折辱同列，故光武帝随事加诫，略示裁抑。但功臣稍有过失，帝必曲为优容，所有远方进贡珍甘，亦尝先赐列侯，不少悭吝。故功臣皆怀德畏威，不生怨望，安上全下，比那高祖时代，迥然不同。这是光武帝的识量过人，故有是良法美意，卓越古今。（应该称扬。）

独骠骑大将军杜茂，尚留守北方，备御匈奴。光武帝不欲劳兵，特使吴汉等北往，督徙边民，尽入内地，但谕茂缮治城障，阻住胡烽。茂令兵士屯田筑堡，毋敢少疏。会因军吏冤杀无辜，遂致连带免官，减削食邑，由修侯降为参蘧乡侯，另命蜀郡太守张堪为骑都尉，使他往领茂营。匈奴闻茂去职，乘隙进攻，兵至高柳，被张堪督兵邀击，大破胡兵，飞章告捷。光武帝因令茂为渔阳太守，兼辖军民。茂赏善罚恶，公正无私，吏士并乐为用。匈奴以高柳被挫，再图报复，竟发万骑入渔阳。才入境内，即有数千健卒，当头截住，仿佛与长城相似，丝毫不能动摇。再加张堪领着后队，鸣鼓继进，锐厉无前，把胡骑冲得七零八落。匈奴将帅，连忙奔还，十成中已丧失了四五成，从此畏堪如神，不敢近塞。堪乃劝民耕稼，特就狐奴地方，开稻田八千余倾，不到数年，桑麻菽麦，遍地芃芃。百姓踊跃作歌道："桑无附枝，麦穗两歧；张公为政，乐不可支！"总计堪守郡八载，户口蕃庶，物阜民康。光武帝欲征堪内用，堪竟病逝，有诏褒扬政绩，赐帛百匹。堪字君游，系南阳郡宛县人，少时已有志操，号为圣童。入蜀时不私秋毫，布被终身。中兴循吏，杜诗以外，要算张堪。（赞美循吏，借以风世。）

沛郡太守韩歆，亦刚直有声，建武十三年间，大司徒侯霸病逝，特擢歆为大司徒。歆就职后，每好直言，尝在帝前指天画地，不少隐讳。光武帝未免动怒，歆仍不少改，在任二年，坐被谴归。未几又颁诏申责，歆愤激自杀，子婴亦死。都人士替他呼冤，为帝所闻，乃追赐钱谷，具礼安葬。（遇主如光武，且以直言贾祸，遑问他人。）后来欧阳歙、戴涉，相继为大司徒，俱坐罪论死，光武帝亦稍稍严急了。最错误的是废后一事，为光武帝平生大累。事在建武十七年间。光武帝既立郭氏为皇后，嫡子强为皇太子，相安有年，（见第十二回。）郭后复生子四人，一名辅，一名康，一名延，一名焉。阴贵人亦生五子，长名阳，次名苍，次名荆，又次名衡，名京。尚有一子名英，为许美人所出。许美人无宠，当夕甚稀，故只生一男。就中总算这位阴贵人，最得宠爱，光武帝有时出征，尝命阴贵人随行。阴贵人初次生男，曾在元氏县中分娩，彼时从征彭宠，适当有娠，故在行辕中产儿，取名为阳，两颊甚丰，至十岁时能通《春秋》，光武帝目为奇童。（夺嫡之兆，已寓于此。）建武十五年，大司马吴汉等，上书请封皇子，三奏乃许。使大司空窦融告庙，封皇子辅为右翊公，英为楚公，阳为东海公，康为济南公，苍为东平公，延为淮阳公，荆为山阳公，衡为临淮公，焉为左翊公，京为琅玡公。（这是因年序封，故与上文叙次不同。）诸子受封，才及月余，有诏令天下州郡，检核垦田户口。刺史、太守，依诏施行，次第奏报。独陈留吏牍中夹入一纸，上书二语云："颍川弘农可问，河南南阳不可问。"光武帝瞧着，问所从来，吏人谓由长寿街上拾取，误夹牍中。（这是因光武好谶，引惹出来。）光武帝因疑生怒，顿有愠色。东海公阳，年才十二，适侍帝后，便乘间进言道："河南帝城，必多近臣，南阳帝乡，必多近亲；田宅逾制，不便细问，故有是言！"光武帝大悟，再使虎贲将穷诘吏人，吏人无从隐蔽，所对如东海公语。光武乃更遣谒者巡行河南南阳，纠察长吏，实地钩考，免得徇私。但自此爱阳有加，自悔立储太早，不得使阳为冢嗣。天下事不宜生心，一有芥蒂，免不得形诸词色。郭皇后暗中窥透，当然怀嫌，因此对着帝前，往往冷嘲热讽，语带蹊跷。光武帝积不能容，遂致夫妻反目，动有违言。到了十七年冬月，竟突然下诏道：

皇后怀势怨怼，数违教令，不能抚循他子，训长异室。宫闱之内，若见鹰鹯，既无关雎之德，而有吕霍之风，岂可托以幼孤，恭承明祀？今遣大司徒戴涉，（时涉尚未坐罪。）宗正刘吉，持节往谕，其上皇后玺绶。阴贵人乡里良家，归自微贱，自我不见，于今三年。（两句援引《诗经》，为追忆之词。）宜奉宗庙为天下母。异常之事，非国休福，不得上寿称庆，特颁诏以闻。

诏既颁发，群臣互相错愕，莫敢发言。郭皇后只好缴出印绶，徙居别宫。那色艺兼优的阴贵人，竟得超居中宫，母仪天下。（句中有刺。）殿中侍讲郅恽进奏道："臣闻夫妇情好，父子间尚且难言，况属在臣下，怎敢参议？但望陛下慎察可否，勿令天下贻议社稷，方可无忧！"光武帝答道："卿能曲体朕意，朕亦不为已甚哩！"乃暂不易储，更进郭后次子辅为中山王，号郭后为中山太后。余如东海公阳以下，俱进封为王。嗣且命赵、齐、鲁三公，均复王爵，这且待后再表。

且说光武帝即位以后，尝出幸春陵，亲祠先人园庙，旋又改春陵乡为章陵县，永免徭役，比拟高祖时代的丰沛。至建武十七年冬季，复至章陵祭祖，治旧宅，观田庐，置酒作乐，大会宗室，无论男妇老幼，并得列席。酒至半酣，诸母相与絮语道："文叔（光武帝小字，见前文。）少时谨信，与人交际，无甚款曲，不过柔顺有容，素无争忤。谁料今日尊荣至此！"光武帝凑巧听见，不由得接口道：

"我御天下，亦欲以柔道为治，并不致后先矛盾哩！"说着，鼓掌大笑。诸宗室相率腾欢，至日暮方才散席。越宿由光武帝谕令有司，为宗室尽建祠堂，然后命驾起行，还至宫中，已将残腊。

倏忽间又是建武十八年了，孟春无事，过了一月，忽得蜀郡警报，乃是守将史歆，据住成都，自称大司马，猝攻太守张穆，穆逾城走入广都，飞书乞援。光武帝亟令大司马吴汉，率同臧宫、刘尚二将，领兵万余，往讨史歆。汉至武都，再发广汉、巴、蜀三郡兵马，进围成都，数旬即下，把史歆擒斩了事。宕渠人杨伟，朐䏰倪人徐容等，本已为史歆诱惑，各纠众数千人，与歆相应。吴汉等既收复成都，再乘桴沿江，进至巴郡。杨伟、徐容，闻风骇走，终被汉军擒诛，余党皆降，徙居南郡、长沙。蜀郡复平，汉等还朝复命。

不意南方交阯，突出了两个蛮女，公然聚众造反，寇掠岭南六十余城。（吕母、迟昭平后，复出了两个蛮女，甚是奇特。）两蛮女叫做征侧、征贰，本是一对姊妹花，为麊泠县洛将女儿。（麊泠音糜零，交阯僻处南海，从前未设郡县，为土人所分据，随地垦田，有洛王、洛将、洛民等名。）面貌不过寻常，身材很是长大，力举千钧，霸占一方。侧尤骁勇，已嫁与朱鸢人诗索为妻，她却不安家室，惟与妹征贰玩刀耍枪，练习武艺。及刀枪纯熟，自谓技艺无敌，想做一个南方女大王。（可号为井底雌蛙。）于是号召徒众，待机即发。适交阯太守苏定，执法相绳，饬令缴械散众，不得生事。侧与贰遂愤然发难，攻陷郡城，苏定出走，南方大乱。九真、日南、合浦各蛮夷，哗然起应，郡守纷纷内避，被她闹得一塌糊涂，所有岭南六十余城，并罹兵厄。侧竟自立为王，令贰为大将，两蛮女振动雌威，名闻远近。

警报传到洛阳，光武帝怎能坐视？便选出虎贲中郎将马援，使为伏波将军，令与扶乐侯刘隆，督率楼船将军段志等，南下讨贼。援前为太中大夫，与来歙同为监军。（见第十八回。）歙尝奏言陇西侵残，羌种杂沓，非马援不能平定。光武帝因拜援为陇西太守，援连破叛羌，征服余众，缮城治坞，辟田劝耕，陇西以安。嗣被召为虎贲中郎将，屡得进见，尝与光武帝谈论兵法，意俱相合。再出讨皖城妖人李广，一鼓即平。（这是补叙之笔。）至是复受命南征，航海前进。军至合浦，段志得着急病，竟至逝世。援令弁目护丧归葬，自与刘隆并领水军，水尽登岸，辟山通道，得达浪泊。征侧方安据交阯，南面称尊，总道是天高地回，任所欲为，蓦闻汉军已至浪泊，也不禁吃了一惊。当下升帐点兵，得数万人，使妹征贰为先锋，自为后应，至浪泊中搦战。两阵相交，金鼓连天，约莫有两三个时辰，蛮众究竟乌合，敌不过百战雄师，一败便走，势若散沙。征侧、征贰，但靠着两臂蛮力，目无中原，至此才知王师厉害，觅路逃生。援驱军追杀，斩首数千级，收降万余人，（女流究属无用，不堪一战。）趁势至交阯城下，四面围攻。征侧自觉孤危，即与征贰商议道："我与汝奋臂一呼，远近响应，不到数月，得攻克六十余城，满望杀往岭北，进据中原，哪知中朝天子，遣到精兵猛将，锐不可当，现今坐困危城，如何是好？"征贰想了多时，才答说道："据妹子看来，此城断不可守，不如奔往金溪穴中，扼险自固，就使猛将如云，亦不能捣破此穴，待他粮尽引退，我等复好出据此城了。"征侧点首称善，随即弃城夜遁。

马援闻知，率众力追，行抵金溪，连战数阵，蛮众除杀死外，多半溃散。惟征侧、征贰两姊妹，拼命逃走，得入金溪穴中。穴甚深邃，四围有大山包住，只有一口可通，也是险仄得很。侧与贰窜入此穴，使残众堵住穴口，大有一夫当关、万夫莫开的形势。援率众到了穴前，察视四周，除穴口外，竟是无缝可钻，倒也踌躇得很。自思航海南来，费尽千辛万苦，得入此地，倘若畏难即退，岂不是尽隳前功？况且留此两妇，终究是将来祸祟，理应斩草除根，方免后患。于是下令军士，随山伐木，就谷口筑起巨栅，容纳全师；再命游骑巡弋四围，截掳蛮众，想得几个俘虏，询问路径，或有一线可通，便好令他向导，捣杀进去。谁知一住半月，竟无人迹，山上瘴气熏蒸，军士一不小心，往往触瘴致疾，真个是欲退不得，欲进不能。援却抱定主意，誓灭此虏，勉令将士围住谷口，一面分兵略定各郡，收聚粮食，输运军前。征侧、征贰总以为汉军无法，定必速退，且穴中曾备有粮草，足资一年，但教安心耐守，自可解围。（螺蚌缩入壳中，能长此不开么？）不意过了数月，汉兵不退，又过数月，仍然不退，直至岁暮年阑，汉兵尚在谷外扼住，未曾退去。穴内粮食，已将告罄，且水道亦被汉兵塞断，涓滴不见流入，害得又饥又渴，无可为生。

勉强过了残冬，已是建武十九年正月。侧与贰不能再伏穴中，只得驱众杀出，众兵已困惫不堪，没奈何硬着头皮，冲出谷口，汉兵早已出栅待着，见一个，杀一个，见两个，杀一双，吓得蛮众又复倒退。马援知蛮众不济，传令投降免死，蛮众听着，遂一齐抛去兵械，匍匐乞降。惟征侧、征贰两人，罪在不赦，只得不管死活，舍命格斗，结果是跌倒地上，双双就擒，当由汉军缚住，推至马援面前，两人跪倒磕头，哀求饶命。马援作色道："无知贱婢，也想抗拒天朝，今日还想求生么？"说毕，即令刀斧手将两人推出，一同枭首，献入都中。（恐洛阳城中，难得见此好头颅？）有诏封援为新息侯，食邑三千户。援乃宰牛酾酒，大飨将士，且笑且语道："我从弟少游，与我志趣不同，尝谓人生在世，但教饱食暖衣，乘下泽车，跨款段马，做一个郡县掾吏，老守坟墓，乡里间称为善人，也好知足，何必奔波劳碌，妄求功名？我当初意不谓然，今至浪泊、西里，转战年余，下潦上雾，毒气弥漫，仰视飞鸢摇摇，似堕水中，卧念少游平生时语，几不可得。还亏诸君戮力，得破二妇，乃先受恩赏，独得佩金拖紫，食采封侯，真令我且喜且惭了！"将士等都离席跪伏，喧呼万岁。援复令起饮，至醉方散。越日又率楼船大小二千余艘，战士二万余名，四处搜捕余孽，斩获五千余人，岭南乃平。援再至交阯，设立铜柱，上书："大汉伏波将军马援建此。"然后振旅而还。小子有诗咏道：

何来蛮女敢称雄？负险经年扼谷中；
幸有老成操胜算，坚持到底庆成功。

欲知马援还朝情形，待至下回再详。

光武帝能容功臣，独不能容一妻子，废后之举，全出私意，史家多讥其不情。吾谓光武之误，不在于废后之时，而在于立后之始。阴氏女娶于先，郭氏女纳于后，岂可因出身之贵贱，为后先之倒置乎？况“娶妻当得阴丽华”，光武帝已有成言，本昵爱之初衷，得相攸于微贱，正应立彼为后，不负前盟。故剑可求，杜陵之遗规犹在，何得以郭氏之早生皇子，超列中宫？古人有言：“慎厥初，惟厥终。”未有初基不慎，而可与之图终者也。彼征侧、征贰，以南方之妇女，敢尔称兵，想亦由戾气所钟，故有此异事耳。幸而伏波往讨，务绝根株，千里奔波，一年耐久，卒得擒二妇于窟穴之间。倘非坚持不敝、贯彻始终者，亦安能若是耶？伏波铜柱，照耀千秋，宜哉！

第二十一回 洛阳令撞柱明忠 日逐王献图通款

却说马援讨平交阯，振旅还朝，将抵都门，朝中百官，或与援素有交谊，并皆出都远迎。待援到来，彼此下马欢叙，就在驿馆中休息片时。平陵人孟冀，系援老友，亦在座中，当即起身称贺。援笑说道："我望先生劝善规过，奈何亦作此俗谈？从前伏波将军路博德，开置南方七郡，（见《前汉演义》。）不过受封数百户，今我不过擒斩二妇，略具微劳，乃得叨封大邑，滥沐恩荣，功薄赏厚，如何持久？究竟先生如何教我？"（谦谦君子。）冀答谢道："愚实未足知此。"援又说道："方今匈奴、乌桓，尚扰北边，我还想自请出击，男儿要当拼死边野，用马蓐裹尸还葬。怎能僵卧床上，在儿女子手中讨生活呢？"（老当益壮，此公固不负前言；但亦未始非后来谶语。）冀接入道："既为烈士，原该如此。"大众亦无不赞叹。随即相偕入都，由援诣阙复命，奏明一切。光武帝当然慰劳一番，特赐援兵车一乘。援谢恩退朝，复因从征军士，除战死外，遇疫身亡，差不多十中四五，乃具录上闻，请得许多银粮，抚恤兵士家属，慰死安生，这且无庸细表。

且说建武十九年正月，五官中郎将张纯，及太仆朱浮等计议，谓人子当事大宗，降私亲，应为本支先祖，增立四庙。光武帝览奏后，自思昭穆次第，当为元帝后裔，乃追尊宣帝为中宗，更祀昭帝、元帝于太庙，成帝、哀帝、平帝于长安，舂陵节侯（买。）以下于章陵，各设太守令长，为典祠官。正在制礼作乐的时候，忽报河南原武县中，出了一班妖贼，为首的叫做单臣、傅镇，拘住守吏，据有县城，自称大将军。光武帝特遣前辅威将军臧宫，发黎阳营兵数千人，往讨贼众。原武城内，积粟甚多，贼得据粮坚守，累攻不克，反丧亡了若干士卒。光武帝未免忧劳，特召集公卿王侯，商议方略。群臣多请悬赏购募，东海王阳独进说道："妖巫胁众为乱，势难久持，就中必有心中悔恨，意欲出亡，只因外围紧急，无从脱身，没奈何拼命死守。今宜敕军前缓围，纵令出城，贼众解散，渠魁孤立，一亭长亦足擒斩了。"（足智多谋，可称肖子。）光武帝甚以为然，即遣使传谕军前，令臧宫缓围纵贼，果然，贼众陆续出奔，顿致城内空虚。宫得一鼓入城，击毙单臣、傅镇，原武遂平。嗣是光武帝愈爱东海王，只有皇太子强，自母后被废后，常不自安；又见东海王逐日加宠，越觉生忧。殿中侍讲郅恽，遂进白太子强道："殿下久处疑位，上违孝道，下近危机。从前殷高宗为一代令主，尹吉甫亦千古良臣，尚因纤芥微嫌，放逐孝子。（《家语》载：曾参出妻，不复再娶，尝谓高宗以后，妻杀孝子，尹吉甫以后，妻放伯奇，吾上不及高宗，中不比吉甫，何如不娶？）至若《春秋》大义，母以子贵，为殿下计，不如引愆让位，退奉母氏，方为不背所生，毋亏圣教呢！"太子强听了恽言，便表请让位，愿为外藩。光武帝不忍遽许，强又密托诸王近臣，再三恳请，乃决意易储，当即下诏道：

《春秋》之义，立子以贵。东海王阳，皇后之子，宜承大统。皇太子强，崇执谦退，愿备藩国，父子之情，重久违之，其以强为东海王。此诏。

强奉诏后，便缴上太子印绶，即日册立东海王阳为太子，改名曰庄。惟郭后母子，虽皆被废，光武帝顾念郭氏亲属，恩尚未衰。郭况为故后亲弟，受封绵蛮侯；郭竟为故后从兄，尝官骑都尉，从征有功，受封新郪侯；竟弟匡亦得封发干侯；郭梁为故后从父，早死无子，有婿陈茂，且因外戚贻恩，封南緜侯。（緜读若绵。）况谦恭下士，颇得声誉，光武帝亦格外恩宠，更徙封况为阳安侯，食邑比前加倍。至建武二十年间，徙封中山王辅为沛王，即令中山太后郭氏为沛太后，（即郭皇后，见前文。）又进况为大鸿胪，车驾屡至况第，会集公卿列侯，一同宴饮，赏赐况金银缣帛，不可胜计。京师称况家为金穴。况母刘氏，素号郭主，至病殁时，由光武帝临丧送葬，百官大会，并迎况父郭昌遗柩，由真定至洛阳，与郭主合葬。追赠昌为阳安侯，予谥曰思。这也算是光武帝不忘旧情，所以有此恩遇呢！（虽属厚恩，究难补憾。）

话休絮烦，惟帝姊湖阳长公主，经宋弘拒婚后，（见第十一回。）总算守孀全节，光武帝格外怜悯，厚赐财物。因此公主得豢养家奴，数以百计。家奴中良莠不齐，有几个狡悍苍头，往往倚势作威，横行都市，甚至白日杀人，避匿主家，地方官不便往捕，致成悬案。会公主出外闲游，即令苍头骖乘，昂然从行。（究竟不似节妇行为。）洛阳令董宣，正因前案未了，屡次候着，可巧碰见了公主苍头，正是杀人要犯，便即驻车下马，拦住公主辇前，不令前行。公主不免动怒，欲叱董宣。宣拔出佩刀，划地有声，直斥公主纵奴为暴，罪当连坐。一面令苍头下车，词色甚厉，苍头无奈，下车谢罪。哪知董宣竟不容情，把手中宝刀一挥，将苍头劈作两段，然后放公主过去。公主究是女流，一时不便与争，只好悻悻地驰还宫中，向帝前哭诉一番。（妇人不知己过，专用这般伎俩。）光武帝也不禁动怒，立召宣入，责他冲撞公主，令左右执箠挞宣。宣叩头道："愿乞容臣一言，然后处死！"光武帝勃然道："汝尚有何言？"宣答说道："陛下圣德中兴，乃令长公主纵奴杀人，如何制治天下？臣不须棰，请自杀便了！"说着，用头撞柱，血流满面。光武帝听言辨色，也觉得董宣理直，怒为少平，因嘱小黄门（官名。）将宣扶住，不使再撞，但令他叩谢公主。宣不肯依谕，再由小黄门揿住宣头，叫他对公主叩首。宣两手据地，终不肯俯。公主顾光武帝道："文叔为布衣时，藏匿亡命，吏役不敢至门。今贵为天子，反不能威行一令么？"光武帝笑答道："天子与布衣不同。"（究竟是聪明主子。）说至此，复语宣道："强项令可即出去！"宣依谕即出。寻复有诏嘉宣守法，特赐钱三十万。宣拜受恩赐，散给诸吏。从此宣搏击豪强，威震都下。宣字少平，陈留人，都人为作歌道："桴鼓不鸣董少平。"后来在任五年，因病去世，年已七十四岁。有诏遣使临视，只一布被覆尸，妻子相向对泣，内室惟大麦数斛，敝车一乘，使人还报光武帝。帝很是叹惜，命用大夫礼安葬。史家因他历任守令，好刚任杀，特列入《酷吏传》中，虽是尚宽禁暴的意思，但看他不畏豪强，非常廉洁，究竟是一位好官。试问古今以来的守令，能有几个似董少平呢？（可为董君吐气。）

光武帝待遇董宣，还算不薄，惟对着三公，却是不肯轻轻放过。自从大司徒韩歆，逼令自杀；（见前文。）继任大司徒戴涉，又为了太仓令奚涉罪案，失察下狱，竟坐死刑；并将大司空窦融，牵入在内，亦令罢官。独大司马吴汉，就职有年，未尝遇谴，平时谨慎小心，持重不苟，一经出师，朝受诏，夕即就道，并没有什么留滞。至若从驾出征，或有挫失，诸将皆惶惧不安；惟汉意气自如，仍然整理器械，训勉士卒。光武帝尝使人觇视，得知情状，每叹为吴公大材，隐若敌国，所以一心委任，到老不衰。汉妻孥因汉出兵，偶买田宅，汉还家诘责道："将士在外，粮饷不足，奈何多买田宅哩？"说着，即将田宅分给兄弟外家。总计汉居官二三十年，不筑一第；夫人先死，薄葬小坟。至建武二十年间，一病不起，光武帝亲往临视，问所欲言，汉答说道："臣本愚蒙，无甚知识，但愿陛下慎勿轻赦哩！"（"轻赦"二字，怎能包括大政？汉此语亦未免有失。）及车驾还宫以后，汉即谢世，有诏予谥曰忠。发北军五校轻车甲士送葬，如前汉大将军霍光故事。另任中郎将刘隆为骠骑大将军，行大司马事。擢广汉太守蔡茂为大司徒，太仆朱浮为大司空，这也不必细表。

单说伏波将军马援，有志从戎，不遑宁处，尝因匈奴、乌桓，屡扰北方，震惊三辅，因此复自请防边。光武帝乃令援出屯襄国，令百官祖饯都门，黄门郎梁松、窦固，时亦在列。援顾语二人道："人生幸得贵显，当使可贱，如卿等长欲富贵，须居高思危，小心自保，幸勿轻弃鄙言！"两人口虽答应，心中却未以为然。原来松为太中大夫成义侯梁统长子，曾尚帝女舞阴公主，固为窦融弟显亲侯友长子，亦尚帝女涅阳公主。两人俱得为馆甥，贵宠逾恒，总道是与国同休，怕什么意外变故？援与梁统、窦友，同官为僚，尝相来往，因恐他嗣子青年，挟贵致骄，故出言相诫。（未始非一片好意，谁知反种下祸根。）语毕即行，引兵自去。

说起这个乌桓国，本是东胡支裔，西汉初年，匈奴单于冒顿，翦灭东胡，余众奔回乌桓、鲜卑二山，分为二部，在乌桓山一支，就号作乌桓国，在鲜卑山一支，亦号作鲜卑国。（《前汉演义》中亦曾叙及。）二部苟延残喘，仍不得不臣服匈奴。及武帝时卫（青。）霍（去病。）为将，屡破胡虏，匈奴乃衰，乌桓乃徙入内地，分居上谷、渔阳、右北平、辽东诸郡间，背胡事汉，生齿渐蕃。昭帝元凤年间，乌桓欲报前仇，出掘匈奴单于祖墓，匈奴复击破乌桓。大将军霍光，曾遣度辽将军范明友，率二万骑往辽东，邀击匈奴。匈奴兵已早出境，明友转袭乌桓，斩获甚多。嗣是乌桓复与汉有隙，匈奴部酋，乘间引诱乌桓，连兵寇汉，直至光武中兴，仍然不息。（事迹虽已见《前汉演义》，但此书亦不能不叙。）马援出屯襄国，部署兵马，越年领三千骑出五院关，掩袭乌桓。乌桓兵先已扬去，援追赶一程，只斩得虏首百级，收兵南归。乌桓却狡黠得很，伺援班师，复来尾追。还亏援星夜趋还，才得全师；但马已死了千余匹。

鲜卑与中国，本不相通，因见乌桓扰边，屡有劫掠，也不禁暗暗垂涎；再加匈奴亦遣人招诱，自然利欲熏心，同来生事。建武二十一年秋间，鲜卑引万余骑入塞，寇掠辽东。太守祭肜，系故征虏将军祭遵从弟，素有勇略，能开三百斤强弩。至是闻鲜卑入境，自率数千人迎击，披甲持刀，当先陷阵，部兵一拥齐上，杀死虏众多人，虏兵统皆骇走，急不择路，各跃入断涧中，溺毙过半。祭肜穷追出塞，斩首至三千余级，获马好几千匹。于是鲜卑震怖，不敢入犯。可巧匈奴亦连年旱荒，人畜多死，也不能南下寇汉，朔方少安。先是西域各国，已为汉属；王莽篡位，贬易侯王，西域因此瓦解，转降匈奴。匈奴征求无厌，诸国皆不堪命，且闻光武中兴，汉威再震，乃复遣使入洛，乞请内附。光武帝因天下初定，未遑外事，竟谢绝番使，不从所请。莎车王贤，承袭祖父遗业，雄长西域，未肯臣事匈奴，特与鄯善王安，贡献方物，再求属汉。廷臣如窦融等，并上言莎车王事汉，初终不改，宜加赐位号，毋失彼望。光武帝乃赐贤西域都护印绶，及车旗锦绣等物。（前汉本有西域都护，中经莽乱，此官乃废。）偏敦煌太守裴遵，得知此事，独奏称夷狄无信，不可假以大权，遂致光武帝翻悔前言，收还西域都护印绶，另命贤为汉大将军。（出尔反尔，亦属不合。）贤从此怀恨，虽将印绶缴还，尚诈称大都护，蒙骗各国。各国未识真假，只得听命。贤逐渐骄横，意欲并吞西域，先向各国苛求赋税，稍不如意，便发兵相迫。各国敌他不过，没奈何请命洛阳，遣子入侍，愿另简都护，镇定西陲。无如光武帝坚持初意，见了各国侍子，但用金帛为赏，一律遣归。各国闻信，忙与敦煌太守裴遵檄文，托他代为申奏，仍请留侍子，置都护，威惩莎车。遵当然代奏，光武帝迁延不报，各国侍子，久留敦煌，均怀归志，竟分途潜返。莎车王贤，知汉廷无意西方，遂致书鄯善，劝令绝汉。鄯善王安，不纳贤书，且将来使杀死，贤因发兵报怨，攻入鄯善。鄯善王迎战败绩，逃往山中。贤复移兵袭杀龟兹王，并有龟兹国土，气焰益张。鄯善王安，再上书洛阳，复请遣子入侍，速简西域都护。光武帝使人复谕道："朝廷方偃武修文，不欲劳师勤远，若诸国力不从心，东西南北，尽请自便。"（这也太觉迂拘。）鄯善王得此复谕，乃与车师等国，悉附匈奴。

匈奴在前汉时代，呼韩邪单于入朝归命，与汉和亲，娶得汉宫美人王昭君，产下一男，叫做伊屠知牙师。惟呼韩邪已有二妻，生了数子，故伊屠知牙师不得继立，至呼韩邪死后，长子雕陶莫皋嗣为单于，号称复株累若鞮单于。雕陶莫皋奉母遗训，传国与弟，弟且麋胥，得嗣立为搜谐若鞮单于。且麋胥再传弟且莫车，为车牙若鞮单于。且莫车又传弟囊智牙斯，为乌珠留单于。囊智牙斯在位时，正值王莽篡汉买嘱匈奴，改授新匈奴单于章。至囊智牙斯病殁，弟咸入嗣，名乌累若鞮单于。咸复传弟呼都而尸道皋若鞮单于，名叫做舆。舆弟就是伊屠知牙师，应由右谷蠡王进为左贤王，左贤王即匈奴储君，累世单于，往往经过此职。偏舆心想传子，诬杀伊屠知牙师。当时恼动了一个贵官，系是日逐王比，为乌珠留单于长子，私下怨恨道："依兄终弟及的制度，右谷蠡王应该序立，否则我为前单于长子，应该由我继承，怎得诬杀右谷蠡王，妄思立子呢？"（差不多似吴公子光。）自是与舆有嫌，庭会稀疏。舆竟立子乌达鞮侯为左贤王。且派遣心腹，监领比部下士卒。既而舆死，乌达鞮侯立为单于。未及一年，又复病逝，弟蒲奴进承兄位。适值旱蝗为灾，赤地数千里，人马死亡大半，蒲奴恐中国出师，乘隙进击，乃遣使入塞，至渔阳乞求和亲，复敦旧好。光武帝亦遣中郎将李茂，传达复命。独日逐王比，满怀怨望，无从发泄，也密遣汉人郭衡，赍奉匈奴地图，南诣西河，恳请内属。前时由舆所派的心腹将士，监领比众。至此忙报知蒲奴，请即诛比。比弟渐将王（亦一官名。）在蒲奴帐下，得悉风声，慌忙驰报乃兄，比且惧且愤，遂召集八部兵四五万人，说明蒲奴兄弟，不当为主；并为伊屠知牙师伸冤。八部酋长，相率赞成，遂即联同一气，共抗蒲奴。蒲奴遣兵讨比，见比护众自固，不敢进攻，靡然退去。于是八部共推比为主，仍袭先祖遗名，叫做呼韩邪单于，一面款塞通诚，愿为藩蔽。光武帝闻报，询问公卿，众谓天下初定，中国空虚，不应受此降虏。惟五官中郎将耿国，援据孝宣帝故事，力请受降。光武帝依耿国言，许令归附。比遂自称呼韩邪单于，向汉称臣，作为外藩。匈奴从此分为南北了。小子有诗咏道：

招携怀远本仁声，况复胡人自款诚；
夷狄浸衰中国利，朔方从此少兵争。

南匈奴奉藩称臣，汉廷上下，共相庆贺。忽由南方传来急报，乃是武威将军刘尚，战殁蛮中。究竟如何战殁，待至下回叙明。

兼听则明，偏听则阇，人情大都如此，而抚有国家者，尤不可不三复斯言。试观光武帝为中兴令主，犹以女兄一言，几欲置董宣于死地。曾亦思皇亲犯法，庶民同罪？公主纵奴杀人，罪应连坐，乃反欲因董宣之守法，加以不测之诛，可乎不可乎？微董宣之直言无隐，拼死撞柱，则光武且为公主所蒙，而宣且枉死矣！此偏听之所以最易生憎也。尤可怪者，西域内附，一再却还，至日逐王比，款塞通诚，议者犹以拒绝为得计，夫不能自强，即闭关坚守，亦难免外侮之内侵。幸耿国排除众议，独伸己见，而光武帝亦恍然知悟，慨允投诚，可见西域之谢绝，实由无人为之谏诤耳。兼听则明，斯事亦其一证乎？

第二十二回　马援病殁壶头山　单于徙居美稷县

却说洞庭湖西南一带，地名武陵，四面多山，山下有五溪分流，就是雄溪、樠溪、酉溪、沅溪、辰溪。这五溪附近，统为蛮人所居，叫作五溪蛮。相传蛮人是槃瓠种，槃瓠乃是犬名。古时高辛氏帝喾，屡征犬戎，犬戎中有个吴将军，勇敢绝伦，无人可敌。帝喾乃悬赏购募，谓有人能得吴首，当配以少女。部下尚无人敢去，独有一犬，为宫中所蓄，毛具五采，取名槃瓠，它虽然不能人言，却是能通人性，竟潜至犬戎寨下，啮死吴将军，衔首来归。帝喾以犬虽有功，究竟人畜两途，不便践约，还是少女为父守信，自愿下就槃瓠。槃瓠负女入南山，作为夫妇，生了六男六女，互相配偶，辗转滋生，日益繁盛。（这是无稽之谈，不足尽信。）历代多视为化外，听他自生自养，只有他出来骚扰，不得不用兵征剿，稍平即止。

建武二十三年，蛮酋单程等，又出掠郡县，由武威将军刘尚，奉诏往征，沿途遇着蛮众，一击便走，势如破竹。（安知非诱敌计？）尚以为蛮众无能，乐得长驱深入，好乘此捣穴平巢。谁知越走越险，越险越艰，满眼是深山穷箐，愁雾浓烟。此时正是建武二十四年春季，（点明年月。）天方暑湿，瘴气熏人，军士不堪疲乏，尚亦自觉难支，正拟回马退归，忽蛮峒中钻出许多蛮人，持刀执械，蜂拥前来。那时尚不及奔回，只好舍命与争。怎奈蛮众四至，数不胜计，霎时间把尚军围住，尚冲突不出，力竭身亡；手下都被杀尽，无一生还。（未始非平蜀时候，屠戮蜀人之报。）蛮众得了胜仗，愈无忌惮，便出寇临沅。临沅县令飞章告急，并陈明刘尚败没情形。光武帝又遣谒者李嵩，及中山太守马成，引兵前往，虽得保住临沅一城，终究是惩尚覆辙，未敢轻进。光武帝待了数月，不见捷音，免不得与公卿谈及，面有忧容。伏波将军马援，已自襄国还朝，闻得蛮众不平，复向光武帝前，自请出征。（兵乃凶事，何苦常行。）光武帝沉吟半晌，方与语道："卿年已太老了！"援不待说毕，便答说道："臣年虽六十有二，尚能披甲上马，不足言老。"光武帝仍然沉吟，援急欲一试，便走至殿外，取得甲胄，穿戴起来，再令卫士牵过战马，一跃登鞍，顾盼自豪，示明可用。光武帝在殿内瞧着，不禁赞叹道："矍铄哉是翁！"乃命援出征。带同中郎将马武、耿舒、刘匡、孙永等人，并军士四万余人，经秋出发，故友多送援出都，援顾语谒者杜愔道："我受国厚恩，年老日暮，常恐不得死所，今得受命南征，万一不利，死亦瞑目；但恐权豪子弟，在帝左右，或有蜚言，耿耿此心，尚不能无遗恨呢！"（实是谶语。）杜愔闻言，也觉得援语不祥，惟不便出口，只好劝慰数语，珍重而别。

看官阅过前回，应知援前次北征，曾规诫梁松、窦固二人，二人不能无嫌，其实援与二人，积有嫌隙，尚不止为此一事。从前援尝有疾，梁松往援家问候，直至援榻前下拜，援高卧如故，不与答礼。及松去后，诸子并就榻问援道："梁伯孙（松字伯孙。）系是帝婿，贵重朝廷，公卿以下，无不惮松，大人奈何不为答礼？"援慨然道："我为松父友，彼虽贵，难道可不识尊卑么？"诸子才不敢再言。但松即从此恨援。援有兄子严、敦，并喜讥议廷臣，援引为已忧。当出军交阯时，亦尝致书诫勉，教他谨言慎行，勉效龙伯高，毋效杜季良。伯高名述，当时为山都长；季良名保，为越骑司马。会保有仇人上书，劾保蔽群惑众，并连及梁松、窦固，说他与保交游，共为不法；一面觅得马援诫兄子书，作为证据。光武帝览奏后，召责松、固，且示及援书，松、固叩头流血，方得免罪，但将保褫职，擢述为零陵太守。自经此两番情事，松与固并皆嫉援，松且尤甚。援亦知两人挟嫌，恐他从中谗构，故与杜愔谈及后患。（既知两人为患，何必定要出征。）不过因皇命在身，未遑他顾，所以引军南下，冒险直前，途中饱历风霜，到了下隽，已是腊尽春来的时候。援在下隽县城中，度过残年，即使人探明武陵路径，计有两道可入，一从壶头山进去，路近水险；一从充县进去，路远地平。中郎将耿舒，谓不如就充县进行，较为妥当。援却拟舍远就近，免得旷日费粮。将帅各持一议，再由援上书奏明，无非说是急进壶头，扼贼咽喉，成功较速等语。光武帝当然从援，复诏依议。援遂由下隽出发，行至临乡，距壶头山约数十里，蛮众已闻援将至，出来堵截，被援驱杀一阵，斩获至二千余人，蛮众四散，尽向竹林中逃去。援命军士四处追寻，不见一贼，乃即进诣壶头山。壶头山高一百里，广袤至三百里，是第一著名的天险；再加急湍深滩，千回百折，几乎没有一片坦途，费了若干时日，才寻出一块平原，扎下营寨。举头相望，见蛮众已在高冈守着，堵住隘口，虽有千军万马，一时也杀不上去，援只得耐心静守，俟机再动。怎奈一住数日，并无机会，天气忽尔暴热，瘴疠交侵，士卒多染疫身亡，援亦不免困惫，乃穿壁为屋，入避炎气。有时闻蛮众鼓噪，不得不力疾出来，防备不测，甚至喘息频频，还要三令五申，亲励将士。左右见他尽瘁王事，无不叹惜，有几个且为涕下。中郎将耿舒，系建威大将军耿弇胞弟，因见前议不用，终致顿兵壶头，饱尝艰苦，心中很觉不平，遂寄书与弇，大略说是：

> 前舒上书当先击充，粮虽难运，而兵马可用，军人数万，争欲先奋。今壶头竟不得进，大众怫郁，行且坐死，诚可痛惜！前到临乡，贼无故自至，若夜击之，即可殄灭。伏波类西域贾胡，到一处辄止，以是失利。今果疾疫，皆如舒言。

耿弇得书，恐舒困顿蛮中，连忙将原书入奏。光武帝乃授梁松为虎贲中郎将，使他赍诏责援，且代监军。（这个差事，想是由梁松运动得来。）及松行抵壶头，援已病殁，松正好借端报怨，飞书上闻，不但劾援贻误军机，并诬援在交阯时，曾取得无数珍宝，满载而归，甚至与援同行的马武，及于陵侯侯昱等，（昱系前大司徒侯霸子。）亦交章毁援，俱云援载宝还朝，确有此事。光武帝信以为真，立遣使收还新息侯印绶，还想追论援罪。至援柩运归，妻子不敢报丧，惟在城西买田数亩，草草藁葬，宾客故人，莫敢往吊。援妻子尚恐被谴，与援兄子严草索相连，诣阙请罪。光武帝方颁出松书，令他自阅。妻子才知为松所诬，连忙上书诉冤，书上至第六次，辞甚哀切，方得从宽。原来援在交阯时，尝饵薏苡仁，（俗呼米仁。）得祛风湿，轻身益气，后来功成将归，特因南方薏苡，颗粒较大，因收买数斛，载回家中。哪知松等诬为珠宝，几遭奇祸，僚友不为一言，还是前云阳令朱勃，与援同郡，独诣阙上书，为援讼冤。书云：

臣闻王德圣政，不忘人之功；采其一善，不求备于众。故高祖赦蒯通，（即蒯彻，避汉武讳，改彻为通。）而以王礼葬田横，大臣旷然，咸不自疑。夫大将在外，谗言在内，微过辄记，大功不计，诚为国之所慎也！昔章邯畏口而奔楚，燕将据聊而不下，岂其甘心末规哉！（末规犹言下计。）悼巧言之伤类也！窃见故伏波将军新息侯马援，拔自西州，钦慕圣义，间关险难，触冒万死，孤立群贵之间，旁无一言之佐！驰深渊，入虎口，宁自知得邀七郡之使、膺封侯之福耶？建武八年，车驾西讨隗嚣，国计狐疑，众营未集，援建宜进之策，卒破西州。及吴汉下陇，冀路断隔，惟狄道为国坚守，士民饥困，寄命漏刻；援奉诏西使，镇慰边众，乃招集豪杰，晓谕羌戎，卒救倒悬之急，存几亡之城，兵全师进，因粮敌人。陇、冀略平，而独守空郡，兵动有功，师进辄克。诛锄先零，缘入山谷，猛怒力战，飞矢贯胫。又出征交阯，土多瘴气，援与妻子生诀，无悔吝之心，遂斩灭征侧，克平一州。间复南讨，立拔临乡，师已有功，未竟而死，吏士虽疫，援不独存。夫战或以久而立功，或以速而致败，深入未必为得，不进未必为非。人情岂久乐屯绝地，不思生归哉？惟援得事朝廷二十二年，北出塞漠，南渡江海，触冒蛮瘴，为国捐躯，乃名灭爵绝，国土不传。海内不知其过，众庶未闻其毁，卒遇三夫之言，横被诬罔之谗，（三夫见《韩子》，即三人，言市中有虎之讹。）家属杜门，葬不归墓，怨隙并兴，宗亲怖栗，死者不能自讼，生者莫为伸冤，臣窃伤之！臣闻《春秋》之义，罪以功除，圣王之祀，臣有五义，若援，所谓以死勤事者也。愿下公卿平援功罪，宜绝宜续，以厌海内之望！臣年已六十，常伏田里，窃感栾布哭彭越之义，冒陈悲愤。战栗阙庭，伏乞明鉴。

这书呈入，光武帝始许援归葬旧茔。好在武陵蛮亦已乞降，由监军宋均奏报，于是援事更不追问了。看官阅此，应疑前次征蛮，何等艰难，后来收降蛮众，为何又这般容易？说将起来，仍不得不归功马援。援在壶头数月，军士原劳顿不堪，蛮众登高拒守，不得下山，也是饥困得很。谒者宋均，本在援营监军，探得蛮众疲敝，意欲矫制归降，得休便休。惟援已病殁，军中无主，何人敢赞同均议？均却毅然说道："忠臣出境，有计议可安国家，何妨专命西行！"乃矫制调伏波司马吕种，赍着伪诏，驰入蛮营，晓示恩信；一面鸣鼓扬旗，作进攻状。蛮酋相单程，不免惶惧，因与吕种定约，情愿投降。种返报宋均，均复邀相单程出见，好言宣抚，特为设置长吏，事毕班师。途次先遣使上书，自言矫制有罪，听受处分。光武帝略罪论功，待均还朝，敕赐金帛。惟马援四子，不得嗣封，援葬后亦无赠恤明文，但置诸不论罪罢了。（未免寡恩。）

是时，大司空朱浮免官，进光禄勋杜林为大司空，林受任数月，又复去世，大司徒蔡茂亦殁。乃更擢陈留太守玉况为大司徒，太仆张纯为大司空。既而玉况又卒，光武帝又记起前议，要想变易旧章。原来故建义大将军朱祐，曾奏称唐虞时代，契作司徒，禹作司空，并无"大"字名号，圣贤且未敢称"大"，后人岂易当此？应令三公并去"大"名，以法经典，奏入不报。此时朱祐已殁，遗疏尚存，又值蔡、杜等人，接连病逝，光武帝以"大"字不祥，不如追从祐议，令二司不得称"大"，并改大司马为太尉。即日将行大司马事刘隆，免去职衔，另授太仆赵熹为太尉，大司农冯勤为司徒。（特叙此事，为下文叙述各官标明沿革。）熹与勤无甚奇勋，特以从驾有年，积劳已久，得膺上选。惟司空张纯，为前汉富平侯张安世玄孙，世袭封爵，敦谨有守，建武初先来朝谒，故仍使复国。建武五年，拜为太中大夫，使率颍川突骑，安集荆、徐、扬各州，管领粮道，接济诸将帅军营，颇称有功。嗣又屯田南阳，迁五官中郎将。有司奏称前代列侯，若非宗室，不宜复国，光武帝因纯有勋劳，未忍削夺，但徙封武始侯，比富平禄食减半。及继杜林为司空，志在萧规曹随，(即萧何、曹参，见《前汉演义》。)清静无为，故亦无特迹可纪。光武帝亦注重安民，不喜纷更，故自中原平定以后，惟简用二三老成人，作为三公。如蔡茂、杜林诸徒，半是清廉有操，靖共尔位，虽与开国功臣，劳逸不同，但太平时候，得此守法奉公的大吏，也可谓称职无惭了。(持论平允。)至若守令中间，却有几个著名的循吏：桂阳太守卫飒，九真太守伍延，庐江太守王景，都是为民兴利，教养有方。还有江陵令刘昆，遇着火灾，向火叩头，火竟灭熄。再迁为弘农太守，弘农多山，山中有虎，并皆负子渡河。事为光武帝所闻，特召昆入问道："前在江陵，反风灭火，后守弘农，虎北渡河，究竟有何德政，能致是事？"昆答说道："这也不过偶然遇此呢！"(却是真话。)左右听了，不禁窃笑。光武帝独赞叹道："这真是忠厚长者，言无虚饰，若他人作答，不是自夸，便是贡谀了！"遂命书诸策中，面授昆为光禄勋，昆始谢恩退去。未几，又有前京兆掾第五伦，管领市政，素有清名。光武帝召伦入见，与语政事，伦奏对称旨，遂拜伦为会稽太守。伦莅政后，为政廉平，民皆称颂。(备述贤吏，不没循声。)光武帝也有意劝廉，增置吏俸，禄养既足，方使专心牧民。这未始非上以是求，下以是应呢！(重禄劝官，本是要道。)

且说匈奴日逐王比，既自立为单于，向汉称藩，时人遂称比为南单于。光武帝特遣中郎将段郴，(音琛。)副校尉王郁，往授南单于玺绶，且准令入居云中。南单于欣然受命，一面遣子入侍，奉表谢恩。光武帝复嘉谕南单于，使得徙居西河郡美稷县，并授段郴为中郎将，王郁为副，嘱他留戍西河，拥护南单于。南单于亦设置诸侯王，助汉捍边。凡云中、五原、朔方、北地、定襄、雁门、上谷、代八郡边民，前时避寇内徙，至此各赐钱谷，悉数遣归。独北匈奴单于蒲奴，恐南单于导引汉兵，乘间进击，乃将从前所掠汉民，陆续放还，且遣使至武威郡，乞请和亲。武威太守据实奏闻，光武帝令群臣集议，连日不决。皇太子庄进言道：“南单于新来归附，北虏自恐见伐，故前来请和；若遽尔允许，恐南单于将有贰心，不如勿受为是。”光武帝乃复谕武威太守，谢绝来使。朗陵侯臧宫，扬虚侯马武，却联名上书，请击北匈奴，略谓匈奴贪利，不知礼信，穷乃稽首，安即侵盗，现在北虏饥荒，疲困乏力，万里死命，悬诸陛下，诚使命将出塞，招募羌胡，厚加购赏，并力攻击，不出数年，定可平虏等语。光武帝不愿依议，独下诏答复道：

《黄石公记》曰：“柔能制刚，弱能制强。舍近谋远者，劳而无功；舍远谋近者，逸而有终。故曰：务广地者荒，务广德者强，有其有者安，贪人有者残。残灭之政，虽成必败。”今无善政，灾变不息，百姓惊惶，人不自保，而复欲远事边外乎！孔子曰：“吾恐季孙之忧，不在颛臾。”且北狄尚强，而屯田警备，传闻之事，恒多失实。诚能举天下之半，以灭大寇，岂非自愿！苟非其时，不如息民。诸王侯公卿，其各知朕意！

越年为建武二十八年，北匈奴又遣使诣阙，贡马及裘，更请和亲，并请音乐，且求率西域诸国胡客，一同朝贡。光武帝再令三公以下，商议可否。当有一位文学优长的掾史，胪陈计议，拜表上闻。正是：

明主倦勤惟偃武，词臣弭笔且和戎。

欲知何人具奏，所奏何词，容待下回再叙。

光武帝优待功臣，独于伏波将军马援，轻信梁松之谗，立收印绶，不使归葬，后人多讥光武之寡恩，为盛德累，固矣！夫马援之进军壶头，尝上书奏闻，明邀俞允，即使失策，光武亦不能辞责，况不过兵士劳顿，并无败军覆师之罪，光武何嫌？乃以梁松一言，暴怒至此。意者其由松为帝婿，有舞阴公主之媒孽其间，乃激成此举欤？援既知蜚言之可惧，而不先引身乞退，自蹈祸机，殆亦明于料人，昧于责己耳！南单于款塞通诚，不妨受降，惟不宜徙入内地，华夷之界，不可不严，一或溃防，后患匪浅。汉虽未遭其害，而典午适当其祸，推原祸始，不能不为光武咎。光武对内则失之伏波，对外则失之南单于，为政固非易事哉。

第二十三回 纳直言超迁张佚 信谶文怒斥桓谭

却说北匈奴一再求和，公卿等聚议纷纷，尚难解决。独司徒掾班彪，陈述己见，请光武帝暂与修和，并为草拟诏书，大略如下：

臣闻孝宣皇帝敕边守尉曰："匈奴大国，多变诈，交接得其情，则却敌折冲；应对失其宜，则反为所欺。"今北匈奴见南单于来附，惧谋其国，故屡乞和亲；又远驱牛马，与汉合市，重遣名王，多所贡献，斯皆外示富强，以相欺诞也。臣见其贡益重，其国益虚；求和愈数，为惧愈多。然今既未获助南，则亦不宜绝北，羁縻之义，理无不答。谓可颇加赏赐，略与所献相当，明加晓告以前世呼韩邪、郅支行事。报答之辞，必求适当，今立稿草并上曰：（下文是代诏书口吻。）"单于不忘汉恩，追念先祖旧约，欲求和亲，以辅身安国，计议甚高，为单于嘉之！往者匈奴数有乖乱，呼韩邪、郅支，自相仇隙，并蒙孝宣帝垂恩救护，故各遣侍子，称藩保塞。其后郅支忿戾，自绝皇泽；而呼韩附亲，忠孝弥著。及汉灭郅支，遂保国传嗣，子孙相继。今南单于携众向南，款塞归命。自以呼韩嫡长，次第当立，而侵夺失职，猜疑相背，数请兵将，归扫北庭，策谋纷纭，无所不至。惟念斯言不可偏听，又以北单于比年贡献，欲修和亲，故拒而未许，将以成单于忠孝之义。汉秉威信，总率万国，日月所照，皆为臣妾。殊俗百蛮，义无亲疏，服顺者褒赏，叛逆者诛罚，善恶之效，呼韩邪、郅支是也。今单于欲修和亲，款诚已达，何嫌而欲率西域诸国，俱来献见！西域国属匈奴，与属汉何异！单于数连兵乱，国内虚耗，贡物裁以通礼，何必献马裘！今赍杂缯五百匹，弓鞬韇丸一，矢四发，遣遗单于；又赐献马左骨都侯、右谷蠡王，（并匈奴官名。）杂缯各四百匹，斩马剑各一。单于前言先帝时，所赐呼韩邪竽、瑟、箜篌皆敝，愿复裁赐。念单于国尚未安，方厉武节，以战攻为务，竽瑟之用，不如良弓利剑，故未以赍。朕不爱小物，于单于便宜所欲，遣驿以闻。”

光武帝得书后，颇觉彪言有理，即照他所拟草诏，缮发出去，所有赏赐各物，亦俱如彪言。北匈奴受诏而去。会值沛太后郭氏，（即废后。见第二十一回。）得病身亡，光武帝命从丰棺殓，使东海王强奉葬北邙。并使大鸿胪郭况子潢，得尚帝女淯阳公主，进潢为郎。（亲上加亲，还是不忘故后的意思。）且因东海王强去就有礼，加封鲁地，特赐虎贲、旄头、钟虡等物，徙封鲁王兴为北海王。（兴系齐武王刘縯子，见前文。）惟自东海王强以下诸兄弟，虽俱受王封，还是留居京都，未尝就国。当时诸王竞修名誉，广结交游，门下客多约数百，少亦数十人。王莽从兄王仁子磐，自莽被灭后，幸得免祸，家富如故，平时雅尚气节，爱士好施，著名江淮间。旋因游寓京师，与士大夫往来，名誉益盛，列侯公卿，喜与接谈，就是诸王邸中，亦常见王磐足迹。故伏波将军马援，有一侄女，嫁磐为妻。援却不甚爱磐，且闻他出入藩邸，愈为磐忧，尝与姊子曹训道：“王氏已为废族，为子石计，（磐字子石。）理应屏居自守，乃反在京浪游，妄求声誉，我恐他不免遭殃呢！”已而复闻磐子肃来往北宫，及王侯邸第，乃复语司马吕种道：“国家诸子并壮，不与立防，听令交通宾客，将来必起大狱！卿等须预先戒慎，免得株连！”（观人不可谓不审。料事不可谓不明。）吕种似信非信，总道诸王势大，可以无虞，因此将援言撇诸脑后，也在藩邸中奔走伺候，曲献殷勤。哪知郭氏殁后，便有人诣阙上书，说是王肃父子，漏网余生，反得为王侯宾客，终恐因事生乱，亟宜加防。光武帝览书生愤，便饬郡县收捕王肃父子，并及诸王宾佐，辗转牵引，系狱至千余人。吕种亦遭连坐，不禁悔叹道：“马将军真神人呢！”但祸已临头，嗟亦无及，就使没有什么大罪，到此已玉石不分，无从辩诉。冤冤相凑，又出了一种杀人的巨案。从前刘玄败没，光武帝尝封玄子鲤为寿光侯。鲤记念父仇，迁怨刘盆子兄弟，因将盆子兄故式侯刘恭，乘间刺死。鲤与沛王辅友善，案情且连及沛王。故鲤坐罪下狱，沛王亦一同被系。光武帝恨上加恨，遂将王肃父子，并诸王宾客，相率处死。沛王系狱三日，经王侯等力为救请，才得释出，乃一并遣令归国，不得仍留京师。诸王奉诏，不得不入朝辞行，分道去讫。

皇太子庄，春秋渐高，留居东宫，光武帝欲为选师傅，辅导储君，因向群臣咨问，令他各举所知。太子舅阴识，已受封原鹿侯，官拜执金吾，群臣俱上言太子师傅，莫如阴侯。独博士张佚进说道："今陛下册立太子，究竟为天下起见呢？还是为阴氏起见呢？为阴氏起见，阴侯原可为太子师傅；若为天下起见，应该选用天下贤才，不宜专用私亲！"光武帝点头称善，且顾语张佚道："欲为太子置师傅，正欲储养君德，为天下计；今博士且能正朕，况太子呢？"当下拜佚为太子太傅，佚直任不辞，受职而退。还有太子少傅一缺，另任博士桓荣，各赐辎车乘马等物。荣沛郡人，资望比张佚为优，少时游学长安，师事博士朱普，习《尚书》学，家贫无资，佣食自给，十五年不归问家园。及朱普病殁，送丧至九江朱家，负土成坟，遂在九江寓居，教授生徒，多至数百人。王莽末年，天下大乱，荣怀藏经书，与弟子逃匿山谷，虽时常饥困，尚是讲学不辍。待乱事既平，乃复出游江淮，仍以教授为生。建武十九年，始得辟为大司徒掾属，年已六十有余。弟子何汤，为虎贲中郎将，在东宫教授《尚书》。光武帝尝问汤师事何人，汤以荣对，乃召荣入见，令他讲解《尚书》，确有特识，因即擢为议郎，亦使教授太子。寻复迁为博士，常在东宫留宿，朝夕讲经。太子庄敬礼不衰，及为太子少傅，荣已七十余岁，乃大会诸生，具列车马印绶，欢颜语众道："今日得蒙厚恩，全由稽古得力，诸生可不加勉么？"（以学术博取富贵，志趣亦卑，桓荣一得自矜，不足为训。）越二年复改任太常，事见后文。

且说建武三十年仲春，光武帝命驾东巡，行至济南，从驾诸臣，俱表陈光武帝功德，宜就泰山行封禅礼，光武帝不许，毅然下诏道：

朕即位三十年，百姓怨气满腹，吾谁欺，欺天乎！曾谓泰山不如林放乎！何事污七十二代之编录！若郡县远遣吏上寿，盛称虚美，必髡，令屯田。特诏。

诏书既下，群臣既不敢复言，待至光武帝东巡已毕，即奉驾还宫。好容易过了两载，已是建武三十二年，光武帝偶读《河图会昌符》，（谶记书名。）有云："赤刘之九，会命岱宗。"不由得迷信起来，暗想前次东巡，群臣都劝我封禅，彼时我未见此书，还道封禅无益，所以驳斥。今谶文如此云云，莫非真要我行此古礼？乃命虎贲中郎将梁松等，按索河洛谶文，计得九世封禅，共三十六事。（不知从何书查出。）司空张纯等，即希旨上书，奏请封禅，略云：

自古受命而帝，治世之隆，必有封禅，以告成功焉。《乐·动声仪》曰：（《动声仪》，系《乐纬》篇名。）"以雅治人，风成于颂。"有周之盛，成、康之间，郊祀封禅，皆可见也。《书》曰："岁二月，东巡狩，至于岱宗柴。"则封禅之义也。（说得牵强。）伏见陛下受中兴之命，平海内之乱，修复祖宗，抚存万姓，天下旷然，咸蒙更生，恩德云行，惠泽雨施，黎元安宁，夷狄慕义。《诗》曰："受天之祜，四方来贺。"今摄提之岁，（《尔雅》云："太岁在寅。曰摄提格。"）苍龙在寅，德在东宫。（太岁号苍龙。）宜及嘉时，遵唐帝之典，继孝武之业，以二月东巡狩，封于岱宗。明中兴，勒功勋，复祖统，报天神，禅梁父，祀地祇，传祚子孙，万世之基也。谨拜表上闻。

这书呈入，便蒙批准。（未免自相矛盾。）司空张纯，忙将汉武帝封禅旧例，纂辑成编，呈将进去。光武帝以汉武故事，尝有御史大夫从行，此次援照旧仪，就命纯比御史大夫，伴驾东出。择定二月初吉，启行出都，沿途仪仗，比前较盛。既到东岳，便柴望岱宗，封泰山，禅梁父，俱如汉武成制。惟刻石文，另行撰就，无非是歌功颂德的套话，小子无暇记录。但封禅礼告成以后，准备回銮，不料张司空骤然得病，医药罔效，延挨了三五日，一命呜呼。（想是东岳请他修文去了。）光武帝不免扫兴，当即拨司空从吏，护丧西归，自己亦匆匆还宫。惟既行封禅礼，不得不循例大赦，蠲免泰山郡一年田租，且改建武三十二年为中元元年。擢太仆冯鲂为司空，使继纯职。哪知司徒冯勤，也是一病不起，惹得光武帝越加懊怅，暂时不令补缺，直至孟冬时候，方授司隶校尉李䜣为司徒。群臣尚一意贡谀，竞言祥瑞，或谓京中有醴泉涌出，或谓都下有赤草丛生，就是四方郡国，也奏称甘露下降，说得百灵效顺，四海蒙庥。（君有骄心，必有佞臣。）一班公卿大夫，且上言天下清宁，祥符显庆，宜令太史撰集，传诸来世。还是光武帝虚灵不昧，未肯听许，所以史官只略载一二，不尽铺张。会值孟冬蒸祭，（冬祭曰蒸，见《礼记》。）光武帝使司空告祠高庙，先日颁诏云：

昔高皇帝与群臣约，非刘氏不王。吕太后贼害三赵，（赵幽王友，赵恭王恢，赵隐王如意。）专王吕氏。赖社稷之灵，禄、产伏诛，天命几坠，危朝更安。吕太后不宜配食高庙，同祧至尊。薄太后母德慈仁，孝文皇帝贤明临国，子孙赖福，延祚至今。其上薄太后，尊号曰高皇后，配食地祇。迁吕太后庙主于园，四时上祭，垂为永典，毋怼尔仪。

嗣是起明堂，筑灵台，作辟雍，又在北郊设立方坛，主祀地祇，略与南郊祭天坛相似，惟形式不同。费了若干工役，才得告成，乃宣布图谶，昭示天下。先是光武帝从强华言，援据《赤伏符》谶文，乃即帝位。（见前文。）及四方寇乱，依次削平，越觉得谶文不爽，迷信甚深，给事中桓谭，尝上书规谏道：

臣闻人情忽于见事，而贵于异闻。观先王之所记述，咸以仁义正道为本，非有奇怪虚诞之事。盖天道性命，圣人所难言也，自子贡以下，不得而闻，况后世浅儒，能通之乎？今诸巧慧小才伎数之人，增益图书，矫称谶记，以欺惑贪邪，诖误人主，焉可不抑远之哉！臣谭伏闻陛下穷折方士黄白之术，甚为明矣；而乃欲听纳谶记，又何误也！其事虽有时合，譬犹卜数只偶之类。陛下宜垂明听，发圣意，屏群小之曲说，述五经之正义，略雷同之俗语，详通人之雅谋，则不必索诸虚无，太平自庶几矣！臣自知愚戆，谨冒死上陈。

光武帝览疏，甚是不怿。及建筑灵台，择视地点，又欲决诸谶文，谭复极言谶文不经，光武帝大怒道："桓谭非圣不法，罪当处死！"谭不胜惊惧，叩头流血，方蒙宽宥，惟尚降谭为六安郡丞。谭怏怏就道，得病即死，年已七十余岁。（何不早去？）又有太中大夫郑兴，因光武帝语及郊祀，拟从谶文取断，兴直答道："臣不览谶文。"光武帝作色道："卿不览谶文，莫非不信谶么？"兴慌忙叩谢道："臣素愚昧，书多未读，并非不信谶文。"光武帝方才无语，但终不留任内用。后来兴被侍御史讦奏，说他出使成都时，私买奴婢，应该加罪，遂谪兴为莲勺令。兴赴任后，正欲缮修城郭，以礼教民，又奉朝命免官，归老开封原籍。兴素好古学，尤通《左氏》《周官》，善长历数，如杜林、桓谭诸人，往往向兴问业，取承意旨，故世言《左氏春秋》，多半宗兴学说。兴归里后，但至阌乡授徒，三公屡加征辟，不肯复起，得以寿终。（识见比桓谭为高。）子众能承父学，下文自有交代。

未几已是中元二年，光武帝已六十三岁，还是昧爽视朝，日昃乃罢，暇时辄召入公卿郎将，与谈经义，至夜静方才就寝。皇太子庄，常伺间进言道："陛下明若禹汤，独不似黄老养性，未免过劳，愿从此颐养精神，优游自适。"光武帝摇首道："我乐为此事，并不觉疲劳呢！"话虽如此，究竟年老力衰，不堪烦剧，竟于中元二年二月间，染病日剧，在南宫前殿中，寿毕归天。总计光武帝在位，共三十三年，起兵舂陵，迭经艰险，终能光复旧物，削平群雄，可见他智勇深沉，不让高祖。至天下已定，务用安静，退武臣，进文吏，明慎政体，总揽权纲。并且崇尚气节，讲求经义，耳不听郑声，手不持玩好，与王侯等持盈保泰，坐致太平，比那高祖谩骂儒生，诛夷功臣，纵吕后祸刘，实是相差得多哩！（也是确评。）惟妻妾易位，嫡庶乱序，嬖幸梁松，薄待马援，晚年尚迷信图谶，侈志东封，这虽是瑕不掩瑜，免不得有伤盛德呢！小子有诗咏道：

郁葱佳气早呈祥，（苏伯阿善望气，顾视春陵乡，尝叹语云："气佳哉，郁郁葱葱然！"）帝业重光我武扬；三十三年膺大统，功多过少算明王。

光武帝崩，太子庄当然嗣位，是为孝明皇帝。欲知明帝即位情形，待至下回再详。

光武帝惩诸王之滥交，并令就国，乃慎选太子师傅，为储养计。阴识本太子母舅，原不宜为太子师，张佚斥群臣之谬论，请择用天下贤才，议固近是，乃其后居然自任，未闻有至德要道，进勖东宫，岂太子果不必指导欤？《后汉书》不为张佚列传，想因其无行可述，故略而不详。至少傅桓荣，独详为记载，有褒美意，但观其夸示诸生，称为稽古之力，但亦一借学沽名，骏而不醇。荣且如此，佚更可知，光武之因言举人，得毋为佚所欺乎？桓谭以善琴干进，尤不足道；及论图谶之不经，却是持正之谈。彼郑兴之学识，较谭为优，而光武帝俱斥而远之，亦思依谶东封，有何效益。匝月而张纯病死，逾年而车驾宾天，谶语果可信耶？不可信耶？光武邈矣！后之人幸勿过事迷信也。

第二十四回　幸津门哭兄全孝友　图云台为后避勋亲

却说明帝继承大统，即日正位，年已三十，命太尉赵熹主持丧事。时经王莽乱后，旧典多散佚无存，诸王前来奔丧，尚与新天子杂坐同席，藩国官属，亦得出入宫省，与朝廷百官无别。熹独正色立朝，横剑殿阶，扶下诸王，辨明尊卑；复奏遣谒者，监视藩吏，不得擅入，诸王且并令就邸，只许朝夕入临；整礼仪，严门卫，内外肃然。（不可谓非赵熹才能。）尊皇后阴氏为皇太后，奉葬光武帝于原陵，庙号世祖。光武帝曾有遗言：一切葬具，俱如孝文帝制度，务从节省，不得妄费。因此多从朴实，屏去纷华。（志此以见光武之俭。）山阳王荆，为明帝同母弟，性独阴刻，专喜害人。当闻丧入临时，哭亦不哀，且伪作飞书，用函密封，嘱使苍头冒充郭况家奴，送交东海王强。强展开一阅，大为惊异。但见书中写着：

君王无罪，猥被斥废，而兄弟至有束缚入牢狱者；（指沛王辅事，见前文。）太后失职，别守北宫，及至年老，远斥居边，海内深痛，观者鼻酸。及太后尸柩在堂，洛阳吏以次捕斩宾客，至有一家三尸伏堂者，痛亦甚矣！今天下有丧，弓弩张设甚备。梁松饬虎贲史曰："吏以便宜从事，见有非法，而拘常制封侯，难再得也！"郎官窃悲之，为王寒心屏息。今天下方欲思刻害王以求功，宁有量耶？若归并二国之众，（东海与鲁。）可聚百万，君王为之主，鼓行无前，功易于泰山破鸡子，轻于四马载鸿毛，此汤、武兵也。今年轩辕星有白气，星家及喜事者，皆云白气者丧。轩辕女主之位。又太白前出西方，至午犹现，主兵当起。又太子星色黑，日辄变赤，黑为病，赤为兵，请王努力从事！

高祖起亭长，先帝兴白水，何况于王为先帝长子，本故副主哉？上以求天下，事必举；下以雪沉没之耻，报死母之仇。精诚所加，金石为开。当为秋霜，毋为槛羊；虽欲为槛羊，又可得乎？窃见诸相工言王贵，天子法也。人主崩亡，闾阎之伍，尚为盗贼，欲有所望，何况王耶？夫受命之君，天之所立，不可谋也。今嗣帝乃人之所置，强者为右，愿君王为高祖、先帝所志，毋为扶苏、（秦始皇长子。）将闾，（秦始皇庶子。）徒呼天也。

是书却无署名，不过来人传言，谓是大鸿胪郭况亲笔。强亦不暇细讯，但将来使执往，解送阙下，并将原书呈入。明帝命将使人系狱，不令穷治，惟留心访察。知系山阳王荆所为，谋害东海王，自思荆为胞弟，未便举发，不如暂从隐秘。但遣荆出止河南宫，至丧葬事毕，首先令荆还国。一面颁发诏令道：

方今上无天子，下无方伯，若涉渊水，而无舟楫。夫万乘至重，而壮者虑轻，实赖有德左右小子。高密侯邓禹，元功之首；东平王苍，宽博有谋；其以禹为太傅，苍为骠骑将军。弼予小子，钦哉惟命！

原来东平王苍，系明帝同母长弟，少好经书，具有智略，明帝素与友爱，因特留任骠骑将军，位居三公上。高密侯邓禹，年已垂老，自从关中东归，深居简出，不求荣利。有子十三人，各使学成一艺，修整闺门，教养子孙，俱可为后世法则。光武帝在位时，曾因他杖策定谋，足为功首，所以特加宠异。至是复拜为太傅，进见时却令东向，待若宾师。（臣当北面，东向系宾师之位。）禹就职逾年，已是永平纪元，朝贺以后，即患癃疾，好容易延至五月，禄寿告终。明帝优加赙赠，予谥曰元。分禹封为三国，令禹长子震嗣爵高密侯，次子袭封昌安侯，三子珍封夷安侯。接连是东海王强，亦已病故，讣至阙下，明帝从阴太后出幸津门亭，遥为举哀，使司空冯鲂持节至鲁，护理丧事。诸王及京师亲戚，一体会葬，予谥恭王。强本封东海，嗣加鲁地。（见前。）从前鲁恭王余，（景帝子。）好筑宫室，建造灵光殿，规模宏敞，虽经变乱，此殿独存。光武帝怜强无罪，自愿逊位，故特加给鲁地，令他徙居鲁殿，安享天年。偏强寿命不永，殁时只三十四岁。遗疏以子政不肖，未便袭封，愿仍还东海郡，让还鲁地。明帝不忍依议，仍使政承袭旧封。果然政纵淫渔色，行检不修。后至中山王焉病逝时，（焉系郭后所出，见前。）政往中山送葬，见焉妾徐姬，姿容韶秀，竟将她诱取了去，据为己妾。又盗迎掖庭出女，载入都中，日夕图乐。鲁相及豫州刺史，奏请诛政，有诏但削去薛县，薄惩了事，政幸得令终。这是后话不表。（已为章帝时事。）

且说西海一带，（西海即青海。）向为羌人杂居地，秦初有无弋爰剑，为秦所拘，乘间脱去，匿居岩穴间。嗣出与劓妇相遇，谐成夫妇，劓女自耻失容，常用发覆面，羌人遂沿为习俗。且因爰剑匿穴不死，必有后福，遂共推为酋长，徙居河湟。后来子孙日蕃，各自为种，或因地得名，或因人得名。秦汉时叛服靡当，汉武帝始遣将军李息，讨平群羌，特置护羌校尉。宣帝因先零羌寇边，复使后将军赵充国，击破先零，屯田设戍。元帝时又有叛羌，再遣右将军冯奉世出剿，才得平定。自从爰剑五传至研，颇称豪健，威服诸羌，子孙遂以研为种号。再传八世，又出了一个烧当，雄武与研相同，子孙更自名为烧当种。王莽末年，中原大乱，四夷内侵，羌人亦还据西海，入寇金城。时隗嚣据有陇西，不能平羌，索性发粟接济，诱他拒汉。嗣经来歙、马援两将军，一再征讨，羌势少衰。独烧当玄孙滇良，为先零、卑湳诸羌所侵，发愤图强，招携怀远，竟得收集各部，袭破先零、卑湳，据有两羌土地。滇良死后，子滇吾嗣，辗转收抚各羌种，教他攻取方略，作为渠帅。（羌种沿革，已见大略。）

中元二年秋间，滇吾与弟滇岸等，带着步骑五千人入寇陇西。陇西太守刘盱，出兵拒战，为羌所败，丧亡五百余人。滇吾得了胜仗，趁势号召诸羌，于是为汉役属的羌人，亦起应滇吾，相率犯边。明帝方才嗣立，忙遣谒者张鸿，领兵出塞，会同陇西长史田飒，共讨滇吾。哪知到了允吾县唐谷间，中了滇吾的埋伏计，四面兜击，全军覆没。于是再起马武为捕虏将军，使与监军使者窦固，中郎将王丰，右辅都尉陈䜣等，调集兵士四万人，大击滇吾。行至金城郡浩亹，正值羌众前来，马武系百战老将，便当先冲锋，奔杀过去。羌众不能抵敌，向后退去，武得斩首六百级，乘胜追抵洛都谷。谷中两面削壁，不便驱驰，羌人却得依险返攻，来战汉军，汉军措手不及，前队多死。还亏马武行军有律，不致自乱，徐徐地退出谷外，安就坦途。羌众却也狡黠，掉头自去，相引出塞。武检点军士，已伤毙了千余人，尚幸全军锐气，未尽消失，乃复整阵追击，直抵塞外。羌人总道汉军败退，不致再追，乐得放心安胆，解甲韬弓，信口唱着番歌，向西归去。不意汉兵从后杀到，吓得羌众魂散魄驰，人不及甲，马不及鞍，又没有山谷可以暂避，偏偏在东西邯间，碰着大敌。东西邯有水分流，中央筑亭，叫作邯亭，邯亭左右，邯水分绕，因名东西邯。这乃是往来大道，并无险阻，汉兵正好纵击，大杀一阵，剁落四千六百颗头颅，擒住一千六百个生口。滇吾、滇岸拼命逃生，余众或降或奔，不在话下。武乃振旅还朝，得增封邑七百户。越二年，武即病终。（垂暮得功，比伏波福运为优。）

同时辽东太守祭肜，亦遣偏将讨赤山乌桓，斩将搴旗，大获胜仗，威声四震，绝塞无尘。所有沿边屯卒，各请罢归，俾得休息。明帝因羌胡远遁，四海无惊，正好追承先志，修明礼教。乃与东平王苍等，议定南北郊祀礼仪，及冠冕车服制度，宗祀光武帝于明堂，登灵台，望云物，临辟雍，行大射礼。（总算是父作子述。）嗣复援照古制，就辟雍养老，创设三老、五更；三老知天地人三事，五更知五行更代，并不是有三人五人。当下拜李躬为三老，桓荣为五更。三老服都纻大袍，（织纻为美布，故曰都纻。）戴进贤冠，（即古缁布冠。）扶玉杖；（杖端刻玉为鸠，故称鸠杖，亦号玉杖。）五更衣冠，与三老相同，惟玉杖不扶。明帝先至辟雍礼殿，就坐东厢，遣使用蒲轮安车，往迎三老五更。待他到来，由宾阶升堂，明帝亦起座相迎，作揖如仪。三老就东面，五更就南面，三公设几，九卿正履，明帝亲袒割牲，执酱而馈，执爵而酳，祝哽在前，祝噎在后，实行那夏商周的遗制。及养老礼成，始引太学弟子升堂，由明帝自讲经义，徐为引伸，诸儒执经问难，冠带搢绅，都来观听，环列桥门，以亿万计。于是赐荣爵关内侯，三老五更，皆以二千石禄养终身。(李躬事不见列传，且未得侯封，不知何故令为三老?）荣年已逾八十，屡因衰老乞归。明帝但加赏赐，不令告退，且始终以师礼相待，未尝失敬。荣由少傅调任太常，明帝犹随时存问，往往亲临太常府中，使荣就东面坐着，特设几杖，召集公卿百官，及荣门生数百人，向荣问业。诸生或向帝请益，帝辄谦让道："太师在是，不必问我!"至罢讲散归，尽把太官供具，移赐与荣。荣有疾病，太官、太医奉诏往视，陆续不绝。既而疾笃，由荣上疏谢恩，让还爵土。明帝又亲往问候，入街下车，拥经而前，抚荣垂涕，面赐床茵帷帐、刀剑衣被，好多时方才别归。自是公卿问疾，不敢复乘车到门，步至荣室，悉拜床下。及荣寿终，明帝亦亲自变服，临丧举哀，赐葬首阳山。荣长子雍早殁，少子郁应当袭爵，郁愿让封与兄子汎，明帝不许，郁乃受封，所得租赋，仍畀兄子，明帝甚以为贤，召为侍中。(郁之贤，实过乃父。）惟明帝既尊礼师傅，复追忆功臣，特就南宫云台中，图绘遗像，共得二十八将，再加王常、李通、窦融、卓茂四侯，合成三十二人。当时诸人多已物故，赖有云台遗迹，表著千秋，特将官爵姓名，照录如下：

太傅高密侯邓禹	中山太守全椒侯马成
大司马广平侯吴汉	河南尹阜成侯王梁
左将军胶东侯贾复	琅琊太守祝阿侯陈俊
建威大将军好畤侯耿弇	骠骑大将军参蘧侯杜茂
执金吾雍奴侯寇恂	积弩将军昆阳侯傅俊
征南大将军舞阴侯岑彭	左曹合肥侯坚镡
征西大将军阳夏侯冯异	上谷太守淮陵侯王霸
建义大将军鬲侯朱祐	信都太守阿阳侯任光
征虏将军颍阳侯祭遵	豫章太守中水侯李忠
骠骑大将军栎阳侯景丹	右将军槐里侯万修

虎牙大将军安平侯盖延	太常灵寿侯邳彤
卫尉安成侯铫期	骁骑将军昌城侯刘植
东郡太守东光侯耿纯	城门校尉朗陵侯臧宫
捕虏将军扬虚侯马武	骠骑将军慎侯刘隆
横野大将军山桑侯王常	大司空固始侯李通
大司空安丰侯窦融	太傅褒德侯卓茂

这三十二人的籍贯，小子在前文中，俱已叙明，故不赘述。惟自邓禹至刘隆，共二十八将，并佐光武帝中兴，相传为上应二十八宿，或竟说他是星君下凡，这未免穿凿附会，不值一辩，所以小子亦不敢妄录。但将云台所纪，史官所采，依次列入罢了。尚有伏波将军马援，也是个中兴功臣，光武帝误听梁松，把他薄待，难道明帝也将他失记么？说来又有原因，还请看官听着：马援元配贾氏，早殁无子，继娶蔺氏，生有四子三女。少子客卿，幼即歧嶷，六岁能应接诸公，专对宾客，援甚加钟爱，因名为客卿。自援家遭谗失势，客卿亦哭父病亡，蔺夫人不胜悲悼，尝患怔忡，外事由援子廖、防等主持，内事由援女料理。少女年仅十岁，才逾二姊，独能整办家事，驾驭僮仆，且勤且俭，事若成人；惟因生性好劳，常患疾苦。蔺夫人令卜人占验，卜人说道："此女虽有小恙，将来必当大贵，卜兆实美不胜言。"旋又召相士审视诸女，相士又言少女极贵，他日当为国母，不过子嗣稍艰，若养他人子为子，比亲生还要加胜哩！蔺夫人虽然心喜，但因遭际多艰，也未敢信为真言。援兄子严，见叔父被谗，祸由梁松、窦固，不胜悲愤，本来与窦家结婚，为此将她离绝。且闻从妹生有贵相，特为求进掖庭，是时光武帝尚未崩逝，严即上书吁请道：

臣叔父援辜恩不报，而妻子特获恩全，戴仰陛下，为天为父。人情既得不死，便欲求福。窃闻太子、诸王妃匹未备，援有三女，大者十五，次者十四，小者十三，仪状发肤，上中以上；皆孝顺小心，婉静有礼。愿下相工，简其可否。如有万一，援不朽于黄泉矣。又援姑姊妹，并为成帝婕妤，葬于延陵，臣严幸得蒙恩更生，冀因缘先姑，当充后宫。谨冒死以闻。

这书呈入，总算蒙旨恩准，派遣宫监，至援家选女，仔细端详，第三女最为韶秀，乃将她选入东宫。女年尚只十三，却能奉承阴后，旁接同列，礼仪修备，人无间言。后来年渐长成，越加颀晰，又生成一头美发，光润细长，常笼发四起，梳成大髻，尚觉有余，再将发梢绕髻三匝，方无余发。眉不施黛，惟左眉角稍有小缺，略加点染。身长七尺二寸，亭亭玉立，袅袅花姿，又能不妒不悍，上下咸安。看官试想如此淑媛，能不令人怜爱么？明帝未即位时，已是宠爱异常，至嗣承大统，便册为贵人。永平二年，竟立贵人马氏为后。可巧云台绘像，与立后同时，东平王苍至云台观图，独不见有马援遗容，便转问明帝道："何故不画伏波将军遗像？"明帝但微笑不答。揣明帝的用意，无非因援为后父，不便列入，省得他人滋议，其实是举不避亲，何妨列入？明帝意欲示公，反觉得不免怀私呢！小子有诗咏道：

薏苡冤深已掩忠，云台又复未铭功；

伏波若有遗灵在，地下应悲主不公。

马援不列云台，马后却传名千古。欲知马后懿行，待至下回续叙。

储君被废，往往不得其死，独东海王强，随遇而安，乃得令终。强固贤者，明帝亦未尝非贤，观其不信蜚言，亲爱如故；及闻强病殁，奉母后至津门亭，哭泣尽哀，宁非情义兼至者耶？然强年方逾壮，即致病殁，亦何莫非由几经忧虑，乃促天年，追溯厉阶，吾犹不能无咎于光武也！惟明帝嗣位以后，功臣多已凋谢，邓禹、马武，岿然仅存，一则进为太傅，半载即终；一则出平叛羌，未几亦殁。明帝追念功臣，绘像云台，共得三十二人，垂为纪念，此亦未始非扬激之方。但以马伏波之关系后戚，特为避贤，未免为一偏之见，彰善瘅恶，当示大公，若必以亲疏别之，则陋矣。

第二十五回 抗北庭郑众折强威 赴西竺蔡愔求佛典

却说马皇后正位中宫，尚无子嗣，惟后前母姊女贾氏，亦得选列嫔嫱，产下一男，取名为炟。后爱炟如己出，抚养甚勤，尝语左右道："人未必定自生子，但患爱养不至呢！"嗣又因皇子不多，每加忧叹，见有后宫淑女，辄为荐引，既得进御，待遇尤优。阴太后尝称她德冠后宫，故命立为后。平居能诵《周易》，好读《春秋》《楚辞》，尤喜阅《周官》、董仲舒书，持躬节俭，但用大练为裙，不加缘饰。每月朔望，诸姬入朝，见后袍衣粗疏，反疑是绮縠制成，就近注视，方知是寻常粗帛，禁不住微笑起来。后已知众意，随口解嘲道："这缯特宜染色，所以取用，幸勿多疑。"后宫莫不叹息。明帝尝欲试后才识，故意将群臣奏牍，令后裁阅，后随事判断，并有条理，独未敢以私事相干。（幸遇贤后，不妨相试，否则启后宫干政之渐。）有时明帝出游，后辄谓恐冒风寒，婉言规谏。一日车驾往游濯龙园，六宫妃嫔，多半相随，独皇后不往。妃嫔等素蒙后爱，俱请明帝召后同行，明帝笑说道："皇后不喜逸乐，来亦不欢，不如由他自便罢！"后来后闻帝言，也不以为愠，但遇帝游览，往往称疾不从。

是时国家全盛，海内承平，明帝政躬有暇，屡至濯龙园消遣。园近北宫，因欲增筑宫室，与园相连，当下传谕有司，召集工匠，大加兴筑。适值天气亢旱，盛夏不雨，尚书仆射锺离意，特诣阙免冠，上疏切谏道：

伏见陛下以天时小旱，忧念元元，降避正殿，躬自克责。而比日密云，终无大润，岂政有未得天心者耶？昔成汤遭旱，以六事自责曰："政不节耶？使人疾耶？宫室荣耶？女谒盛耶？苞苴行耶？谗夫昌耶？"窃见北宫大作，人失农时，此所谓宫室荣也。自古非苦宫室小狭，但患人不安宁，宜且罢止，以应天心。臣意以匹夫之才，得叨重禄，擢备近臣，不胜愚款，昧死上闻。

明帝览疏，当即答谕道："汤引六事，咎在一人，其冠履，勿谢。"意乃整冠而退。是日，即下诏停止工作，减省不急，果然天心默应，即沛甘霖。会明帝赐降胡十缣，尚书郎误十为百，转交大司农。大司农登入计簿，复奏上去，被明帝察破过误，顿时大怒，立召尚书郎入责，将加笞杖。锺离意慌忙入谒，叩头代请道："过误乃是小失，不足重惩；若以疏慢为罪，臣当首坐。臣位大罪重，郎官位小罪轻，请先赐臣谴便了！"说罢即解衣待缚。明帝闻言，怒始渐平，仍令衣冠如故，并贷免尚书郎。意乃拜谢趋出。惟明帝素好讥察，发人隐私，每遇大臣有过，辄加面斥，近侍尚书以下，且亲手提曳，不肯少恕。尝因事怒斥郎官药崧，甚至自执大杖，欲加敲扑；崧惧走床下，明帝怒甚，连声疾呼道："郎出！郎出！"崧答说道："天子穆穆，诸侯煌煌，未闻人君，自起撞郎！"（紧急时，尚能韵语，却是绝好口才。）明帝听着，倒也转怒为笑，掷杖赦崧。崧才出床下，谢恩乃去。但朝臣唯恐忤旨，莫不惴栗，独锺离意犯颜敢谏，屡次封还诏书，同僚有过被谴，辄为救解。明帝亦知他忠诚，终因直道难容，出为鲁相。意本会稽郡山阴人，以督邮起家，至鲁相终身。药崧河内人，性亦廉直，官终南阳太守。

虎贲中郎将梁松，永平初已迁官太仆，松恃势益骄，屡作私书，请托郡县，致被明帝发觉，饬令免官。松尚不知改省，反阴怀怨望，捏造飞书，讪谤朝廷，结果仍事发坐罪，下狱论死。（终为马伏波所料。）先是明帝为太子时，常与山阳王荆，令梁松持取缣帛，往聘郑众。众即前太中大夫郑兴子，有通经名，（见第二十三回。）性独持正，既与梁松晤谈，便慨然答道："太子储君，无外交义，就是藩王，亦不宜私交宾客。旧防具在，还请为我婉辞！"松复劝驾道：

"长者有意，不宜故违。"众正色道："犯禁触罪，何如守正致死?"遂将缣帛却还，不肯就聘。及松罹死罪，松友连坐多人。众虽与松相识，终因却聘一事，得免干连，明帝且召众为明经给事中，再迁众为越骑司马，仍兼给事如故。会北匈奴又乞请和亲，明帝特遣众北行，持节报命。

南匈奴须卜骨都侯，闻知汉与北庭修和，内怀嫌怨，意欲叛汉。因通使北匈奴，请他发兵相迎。众出塞后，探悉情形，遂缮好奏牍，嘱从吏驰递阙廷，大致谓宜速置大将，防遏二虏交通。明帝乃命就塞外置度辽营，使中郎将吴棠行度辽将军事，出驻五原；再遣骑都尉秦彭，出屯美稷，监制南北两匈奴。惟郑众径诣北庭，见了北单于，长揖不拜，北单于面有愠色，左右喧呼道："汉使何不下拜!"众勃然答道："众为汉臣，只拜天子，不拜单于。"北单于益怒，令左右曳众出帐，派兵围守，不与饮食。众语虏众道："单于不欲与大汉和亲，倒也罢了；既欲和亲，应该优待汉使。须知和亲以后，谊关甥舅，不啻君臣，奈何与使人为难呢？如必迫众下拜，众宁可自杀，不愿屈膝。"说着，拔出佩刀，意欲自刎。虏众不禁慌张，一面劝众息怒，一面转报单于。单于恐众或自尽，有碍和议，乃改颜相待，更遣使人随众还都。朝议又拟遣众往报，众不愿再行，因上书陈请道：

> 臣伏闻北单于所以要致汉使者，欲以离南单于之众，坚西域三十六国之心也。又当扬汉和亲，夸示邻敌，令西域欲归化者，局促狐疑，怀土之人，绝望中国耳！汉使既到，便偃蹇自骄；若复遣之，虏必自谓得谋，其群臣之劝虏归汉者，亦不敢复言。如是则南庭动摇，乌桓亦有离心矣。南单于久居汉地，具知形势，万一离析，必为边害，今幸有度辽之众，扬威北陲，虽勿报答，不敢为患。惟陛下裁察！

明帝览书，不肯照准，仍令众即日北往。众复上言道"臣前奉使北庭，不为匈奴下拜，单于尝遣兵围臣，幸得脱免，今衔命再往，必见陵折。臣诚不忍持大汉节，屈膝毡裘，如令臣为匈奴所屈，实损大汉威灵，故请陛下俯察愚忠，收回成命”云云。明帝依然不听，（一味专制。）众不得已出发，途中尚再四上书，固争不已，惹得明帝性起，竟饬使召还，系众下狱。后因匈奴使至，面问众与单于争礼情形，匈奴使臣据实对答，且言众意气壮勇，不亚苏武，明帝乃赦免众罪，遣归田里。

东平王苍，以至亲辅政，声望日隆，不免有位高震主的嫌疑，乃连上数疏，奉还骠骑将军印绶，情愿退守屏藩。明帝不忍拂意，许他归国，仍将骠骑将军印发还，使得兼职。此外三公却改易数人，永平三年，太尉赵熹，司徒李䜣，皆免官，另任南阳太守虞延为太尉，左冯翊郭丹为司徒。越年丹复免职，连司空冯鲂，一并罢去，改用河南尹范迁为司徒，太仆伏恭为司空。又越二年，皇太后阴氏寿终，年已六十，尊谥光烈，合葬原陵。

九江太守宋均，（即前伏波监军，矫制平蛮。）自莅任后，政宽刑简，百姓乂安。向来郡中多虎，随处安设槛阱，终难免患，均命将槛阱撤去，虎患反息。有人谓虎已渡江东行，故得弭患。后来邻郡多蝗，独飞至九江境，辄东西散去，不害禾稼，因此名传远近。明帝闻均贤名，征拜尚书令，每有驳议，多合上意。均尝语僚友道：“国家每喜文法廉吏，以为足以止奸。均见文吏好为欺谩，廉吏只知洁身，实与百姓无益；常思伏阙谏诤，无如积习难返，一时尚未可进言，他日总当一伸素愿呢！”未几均被调为司隶校尉，终不得言，有人向明帝报闻，明帝亦为称善，但也未能遽改旧俗，只好迁延过去。忽夜间梦一金人，顶上含有白光，驰行殿庭，正要向他诘问，那金人突然飞升，向西径去，不由得惊醒转来，开目一瞧，残灯未灭，方知是一场春梦。诘旦视朝，向群臣述及梦境，群臣俱不敢率答。独博士傅毅进言道：“臣闻西方有神，传名为佛，佛有佛经，即有佛教。从前武帝元狩年间，骠骑将军霍去病，出讨匈奴，曾得休屠王所供金人，置诸甘泉宫，焚香致礼，现在已经乱后，金人当不复存，今陛下梦见的金人，想就是佛的幻影呢！”（梦兆亦何足凭，傅毅乃以佛对，也是多事。）这一席话，引起明帝好奇思想，遂遣郎中蔡愔、秦景，西往天竺，求取佛经。

天竺就是身毒国，（身毒读如捐笃，即天竺之转音，今印度国便是。）距洛阳约万余里，世称为佛祖降生地。佛祖叫作释迦牟尼，为天竺迦维卫国净皈王太子，母摩耶氏梦天降金人，方才有娠，生时正当中国周灵王十五年，天放祥光，地涌金莲，已有一种特别预兆。及年至十九，自以为人生在世，离不开“生老病死”四字，欲求解脱方法，惟有屏除嗜欲，自去静修。乃弃家入山，日食麻麦，参悟性灵。经过了十有六年，方得成道，独创出一种教旨，传授生徒。教旨又分深浅，浅义的名小乘经，深义的名大乘经。小乘经有地狱轮回诸说，无非劝化愚民；大乘经有明心见性诸说，乃是标明真谛，这也是一种独得的学识。不过与儒家不同，儒家讲修齐平治，佛氏主清净寂灭；修齐平治，是人己兼顾的，清净寂灭，是专顾自己的。（也是确论。）相传佛祖释迦牟尼，尝在鹿野苑中，论道说法。又至灵山会上，拈花示众，借灯喻法。从前天竺多邪教，能使水火毒龙，好为幻术，当释迦苦修时，邪教多去诱惑，释迦毫不为动。及道术修成，摧制一切，众邪帖服，都信心皈依，愿为弟子。男号比丘，女号比丘尼，剃须落发，释累辞家。释迦教他防心摄行，悬示五大戒：一戒杀；二戒盗；三戒淫；四戒妄言；五戒饮酒。这五戒外，尚有许多细目，男至二百五十戒，女至五百戒。总计释迦在世，传教阅四十九年，甚至天龙人鬼，并来听法。后至拘尸那城圆寂，圆寂便是尸解的意思。或说他圆寂以后，复从棺中起坐，为母说法，待至说毕，忽空中现出三昧火，把棺焚去，本体化作丈六金身，涌起七尺圆光，顶上肉髻，光明透彻，眉间有白毫，毫中空右旋，宛转如琉璃筒，俄而不见。（语太荒唐，不足听信。）弟子大迦叶与阿难等五百余人，追述遗绪，辑成经典十二部，嗣是辗转流传，渐及西域。

惟中国在秦、汉以前，未闻有佛教名目，武帝时始携入金人，才有佛像。哀帝元寿元年，西域大月氏国，使伊存至长安，能诵佛经，博士弟子秦景宪，请他口授，语多费解，因此也不以为意。至蔡愔、秦景，奉了明帝诏令，出使天竺，经过了万水千山，饱尝那朝风暮雾，方才到天竺国，访问僧徒。天竺人迷信佛教，僧侣甚多，闻有中国使人到来，却也欢迎得很，彼合掌，此拱手，虽是言语不通，尚觉主宾相洽；且有翻译官互传情意，更知中使奉命求经，于是取出经典，举示二人。愔与景学问优长，在洛阳都城中，也好算是文人领袖，偏看到这种经典，字多不识，还晓得什么经义？

幸有沙门摄摩腾、竺法兰，略知中国语言文字，与愔、景二人讲解，尚可模糊领略，十成中约晓一二成。沙门就是高僧别号，住居寺中，愔、景与他盘桓多日，好似方外交一般，遂邀他同往中原，传授道法。两沙门也欲观光，慨然允诺，遂绘就释迦遗像，及佛经四十二章，用一白马驮着，出寺就道。绕过西域，好容易得至洛阳，愔、景入阙报命，并引入摄、竺两沙门，谒见明帝。两沙门未习朝仪，奉旨得从国俗，免拜跪礼，（何必如此？）惟呈上佛像佛经，由明帝粗阅大略。佛像与梦中金人，未必适符，但也不暇辨别异同。所有佛经四十二章只看了开卷数语，已是莫名其妙，急切不便索解，想总是玄理深沉。遂命就洛城雍门西偏，筑造寺观，供置佛像，即使摄、竺两沙门，作为住持，就是驮经东来的白马，亦留养寺中，取名为白马寺。寺内更造兰台石室，庋藏佛经，表明郑重的意思。这便是佛经传入中国的权舆。（表明眉目。）

明帝日理万机，有什么空闲工夫，研究那佛经奥义？王侯公卿以下，多半是不信佛道，当然不去顾问，只有楚王英身处外藩，闻得佛经东来，意欲受教，特遣使入都，向二沙门访求佛法。二沙门录经相示，楚使亦茫乎若迷，不过将如何斋戒，如何拜祭，得了一些形式，返报楚王英。英遂照式持斋，依样膜拜，在楚宫中供着佛像，朝夕顶礼，祈福禳灾。适当永平八年，有诏令天下死罪，得入缣赎免。楚王英也遣郎中赍奉黄缣白纨三十匹，托鲁相转达朝廷。表文有云：

托在藩辅，过恶累积，欢喜大恩，奉送绵帛，以赎愆罪。

明帝瞧着，很觉诧异。（煞是奇怪。）当即颁下复谕道：

楚王诵黄老之微言，尚浮屠之仁祠，洁斋三月，与神为誓，何嫌何疑？恐有悔吝，其将缣帛发还，以助伊蒲塞桑门之盛馔。特此报闻。（伊蒲塞亦僧徒别名，语本天竺，桑门即沙门。）

楚王英接得复谕，颁示国中，于是借信佛为名，交通方士，创制金龟玉鹤，私刻文字，冒作祯祥。哪知后来竟求福得祸，化祥为灾，好好一位皇帝介弟，反弄得削藩夺爵，亡国杀身。小子有诗叹道：

无功无德也封王，只为天潢属雁行；

我佛有灵宁助逆，贪心不足总遭殃。

楚狱将起，先出了一种藩王逆案。欲知何人构逆，容待下回表明。

郑众出使匈奴，抗礼不屈，幸得脱身南归，是固可谓不辱使命者矣。明帝必欲令众再往，是使之复入虎口，于国无益，于身有害，无惑乎众之一辞再辞也。况众已具陈情迹，言之甚详，而明帝犹未肯听纳，强迫忠臣于死地，果胡为者？及召还系狱，嫉众违命，微虏使言，则罪及忠臣，几何不令志士短气耶？明帝对于药崧，欲自杖之，对于郑众，乃轻系之，虽其后闻言知悟，而度量之褊急，可以概见，盖已不乃父若矣。洎乎梦见金人，即令蔡愔、秦景等，万里西行，往求佛法，夫修齐平治之规，求诸古训而已足，奚必乞灵于外族？就令佛家学说，亦有所长，究之畸人之偏身，未及王道之中庸，而明帝乃引而进之，反开后世无父无君之祸，是亦一名教罪人耳。邱琼山之讥，岂刻论哉？

第二十六回　辨冤狱寒朗力谏　送友丧范式全交

却说广陵王荆，自奉诏还国后，仍然怀着异图，（应第二十四回。）暗中引入术士，屡与谋议，且日望西羌有变，可借防边为名，称兵构乱。事为明帝所闻，特将他徙封荆地。荆越加恚恨，至年已三十，复召相工入语道："我貌类先帝，先帝三十得天下，我今亦三十岁，可起兵否?"相工支吾对付，一经趋出，便向地方官报明。地方官当即奏闻，朝廷遣使责问，荆因逆谋发觉，不免惊惶，自系狱中。明帝尚不忍加罪，仍令衣租食税，惟不得管属臣吏，另命国相中尉，代理国事，慎加约束。荆犹不肯改过，潜令巫祝祈祷，为禳解计。国相中尉只恐自己坐罪，详报上去，廷臣即劾他诅咒，立请加诛。诏尚未下，荆已自杀，（胆小如此，何必主谋?）明帝因荆为同母弟，格外怜恕，仍赐谥为思王。嗣且封荆子元寿为广陵侯，食荆故国六县，又封元寿弟三人为乡侯。荆死逾年，东平王苍入朝，（时在永平十一年。）寓居月余，辞行归国。明帝送至都门，方才与别。及还宫后，复怀思不置，特亲书诏命，遣使赍给东平太傅，诏曰：

辞别之后，独坐不乐，因就车归，伏轼而吟，瞻望永怀，实劳我心。诵及《采菽》，以增叹息。（《采菽》见《诗经》，系天子答诸侯诗。）日者问东平王：处家何等最乐？王言：为善最乐。其言甚大，启予多矣。今送列侯印十九枚，诸王子年五岁以上能趋拜者，皆令带之，王其毋辞。

原来光武帝十一子，惟临淮公衡，未及王封，已经殇逝，尚有兄弟十人，除明帝得嗣统外，要算东海王强，及东平王苍，最为循良。强逾壮即殁，事见前文；苍却持躬勤慎，议政周详，比东海王更有才智，所以保全名位，备荷光荣。独楚王英为许美人所生，许氏无宠，故英虽得沐王封，国最贫小。明帝嗣祚，系念亲亲，却也屡给赏赐，并封英舅子许昌为龙舒侯。偏英心怀非望，居然有觊觎神器的隐情，前次访求佛法，并不是有心清净，实欲仗那佛氏灵光，呵护己身。嗣是私刻图印，妄造灵符。到了永平十三年间，忽有男子燕广，诣阙告变，弹劾楚王英，说他与渔阳人王平、颜忠等，造作图书，谋为不轨等语。明帝得书，发交有司复查。有司派员查明，当即复奏上去。略称楚王英招集奸猾，捏造图谶，擅置诸侯王公将军二千石，大逆不道，应处死刑。明帝但夺英王爵，徙英至丹阳泾县，尚赐汤沐邑五百户；又遣大鸿胪持节护送，使乐人奴婢妓士鼓吹随行。英仍得驾坐辎軿，带领卫士，如有游畋等情，准卫兵持弓挟矢，纵令自娱。子女既受封侯主，悉循旧章，楚太后许氏，不必交还玺绶，仍然留居楚宫。时司徒范迁已殁，调太尉虞延为司徒，复起赵熹行太尉事。

楚王谋泄，先有人告知虞延。延因藩戚至亲，未便举发，延捱了好几日，即由燕广上告，惹动帝怒，且闻虞延搁住不奏，传诏切责，延惧罪自尽。（又枉死了一个。）楚王英至丹阳，得知延不为奏明，尚且遭谴，自己恐再撄奇祸，索性也自杀了事。事闻阙下，有诏用侯礼葬祭，赙赠如仪，封燕广为折奸侯。一面且穷治楚狱，历久不解，自京师亲戚，及郡国吏士，辗转牵连，嫌重处死，嫌轻谪徙，差不多有千人；尚有数千人被系，淹滞狱中。（何必兴此大狱？）

先是光武帝舅樊宏，曾受封寿张侯，（光武帝母为樊重女，见前文。）宏子儵承袭父爵，累世行善，戒满守谦。明帝因东平王苍，亲而且贤，特将寿张县移益东平，改封儵为燕侯。儵弟鲔尝求楚王英女为子妇，儵从旁劝阻道："前在建武年间，我家并受荣宠，一门五侯，（樊宏兄弟，并得封侯。）当时只教一语进谏，便是子得尚主，女得配王，不过天道忌盈，贵宠太过，适足招灾，所以可为不为。今我家已不如前，怎得再联姻帝族？且尔只有一子，为何弃诸楚国呢？"鲔不愿从谏，竟为子赏娶得英女。及楚狱一起，儵已早逝，明帝曾闻儵前言，且追怀旧德，令儵诸子俱得免坐。英尝私录天下名士，编成簿籍，内有吴郡太守尹兴姓名，是簿被有司取入，按名逮系，不但将尹兴拘入狱中，甚且连掾史五百余人，俱执诣廷尉，严刑拷讯。诸吏不胜痛楚，多半致死，惟门下掾陆续，主簿梁宏，功曹驷勋，备受五毒，害得肌肤溃烂，奄奄一息，终无异词。续母自吴中至洛阳，烹羹馈续。续虽经毒刑，却是辞色慷慨，未尝改容，及狱吏替续母进食，续不禁下泪，饮泣有声。狱吏诧问原因，续且泣且语道："母来不得相见，怎得不悲？"狱吏本未与续说明，又怪他何由得知？还要细问，续答说道："这羹为我母所调，故知我母必来。我母平日截肉，未尝不方，断葱以寸为度，今见羹中如是，定由我母到此，亲调无疑。"说至此，更涕泪不止。（孝思可嘉。）狱吏乃转达有司，有司具状奏闻，明帝也不觉动怜，才将尹兴等一并释放，使归原籍，禁锢终身。（虽得不死，痛苦已吃得够了。）

颜忠、王平，连坐楚狱，情罪最重，自知不能幸生，索性信口扳诬，竟将隧乡侯耿建、朗陵侯臧信、护泽侯邓鲤、曲成侯刘建等，一古脑儿牵引进去。四侯到庭对簿，俱云与颜忠、王平，素未会晤，何曾与谋？问官不敢代为表白，还想将他诬坐。侍御史寒朗，亦尝与问，独以为四侯蒙冤，使他们退处别室，再提平、忠二人出讯，叫他们说明四侯年貌。二人满口荒唐，无一适符，朗遂入阙复陈，力为四侯辨诬。明帝作色道："汝言四侯无罪，平、忠何故扳引？"朗亦正容答道："平、忠两人，自知犯法不赦，所以妄言牵引，还想死中求生！"明帝又问道："汝既知此，何不早奏？"（越问越呆。）朗答说道："臣虽察知四人冤情，但恐海内再有人告讦，故未敢遽行奏陈。"明帝不禁怒骂道："汝敢首持两端么？"（竟是使气。）说着，即回顾左右道："快将他提出去！"左右不敢怠慢，便牵朗欲出。朗又说道："愿伸一言而死，小臣不敢欺君，无非欲为国持正罢了！"明帝道："他人有否与汝同情？"朗答言无有。明帝复问道："汝何故不与三府共商？"（三府，即三公府。）朗申说道："臣自知罪当族灭，不敢多去累人。"明帝问他何故族灭？朗复说道："臣奉诏与讯罪犯，将及一年，既不能穷极奸状，乃反为罪人讼冤，料必将触怒陛下，祸且族灭；但臣终不敢不言，尚望陛下鉴臣愚诚，翻然觉悟！臣见决狱诸人，统说是妖恶不道，臣民共愤，与其失出，宁可失入，免得后有责言，因此问一连十，问十连百。就是公卿朝会，陛下问及得失，亦无非长跪座前，上言旧制大逆，应该惩及九族，今蒙陛下大恩，止及一身，天下幸甚。及退朝归舍，口虽不言，却是仰屋叹息，暗暗呼冤，惟无人敢为直陈。臣自知死罪，理在必伸，死亦无恨了。”明帝意乃少解，谕令退去。

过了两日，车驾亲幸洛阳，按录囚徒，得理出千余人。时适天旱，俄而大雨，明帝亦为动容，起驾还宫。夜间尚恐楚狱有冤，彷徨不寐，起坐多时，马皇后问明情由，亦劝明帝从宽发落，于是多半赦免。唯颜忠、王平，不得邀赦，竟在狱中自尽。侍御史寒朗，自悔监狱不严，就系廷尉，明帝不欲穷治，只将朗免去官职，释归薛县故乡。

任城令袁安，擢为楚郡太守。莅任时，不入官府，先理楚狱，查得情迹可矜，即具奏请赦。府丞掾吏，并叩头力争，谓纵容奸党，应与同罪，断不宜率尔上陈。安奋然道：“如有不合，太守愿一身当罪，决不累及尔曹！”（也是一条硬汉。）到了复谕下来，果皆许可，得全活四百余家。明帝且下诏大赦，凡谋反大逆，及诸不应宥诸囚犯，尽令免死，许得改过自新。一面敬教劝学，尚德礼贤，凡皇太子及王侯公卿子弟，莫不受经。又为外戚樊氏、郭氏、阴氏、马氏诸子立学南宫，号为四姓小侯，特置五经师，讲授经义。他如期门羽林诸吏士，亦令通《孝经》章句。此风一行，人皆向学，连匈奴亦遣子肄业，愿沐陶镕。义士如范式、李善等，俱由公府辟举，破格录用。

式字巨卿，山阳人氏，少游太学，与汝南人张劭为友，劭字元伯，游罢并告归乡里。式与语道：“二年后拟过拜尊亲。”劭当然许诺。光阴易过，倏忽两年，劭在家禀母，请具馔候式，母疑问道：“两年阔别，千里结言，难道果能践约么？”劭答说道：“巨卿信士，必不误期。”母乃为备酒餐，届期果至，升堂拜饮，尽欢乃去。已而劭疾不起，同郡人郅君章、殷子征，日往省视，劭叹息道：“可惜不得见我死友！”子征听了，却忍耐不住，便问劭道：“我与君章，尽心视疾，也可算是死友了，今尚欲再求何人？”劭呜咽道：“君等情谊，并非不厚，但只可算为生友，不得称为死友；若山阳范巨卿，方可为死友哩！”郅、殷两人，未曾见过范式，并觉得似信非信。越数日，劭竟告终，时式已为郡功曹，梦见劭玄冠垂缨，曳履前呼道：“巨卿！某日我死，某日当葬，君若不忘，能来会葬否？”式方欲答言，忽然惊觉，竟至泣下。翌日具告太守，乞假往会，太守不忍拂意，许令前往。式即素车白马，驰诣汝南。劭家已经发丧柩至圹旁，重量逾恒，不肯进穴，劭母抚棺泣语道：“元伯莫非另有他望么？”乃暂命停柩。移时见有单车前来，相距尚远，劭母即指语道：“这定是范巨卿！”及素车已近，果然不谬。式至柩前，且拜且祝道：“行矣元伯！死生路异，永从此辞。”（寥寥十二字，已令人不忍卒读。）众闻式言，并皆泣下。式即执绋引柩，柩已改重为轻，当即入穴。式又留宿圹间，替他监工，待至墓成，并为栽树，然后辞去。（如此方不愧死友。）

后来式又诣洛阳，至太学中肄业，同学甚众，往往不及相识。有长沙人陈平子，与式未通謦欬，却已知式为义士。一夕罹疾，服药无效，逐日加剧，势且垂危，妻子含泪侍侧，平子唏歔与语道：“我闻山阳范巨卿，信义绝伦，可以托死。我殁后，可将棺木舁置巨卿户前，必能为我护送归里，汝切勿忘！”言毕再强起作书，略说旅京得病，不幸短命，自念妻弱儿幼，未能携榇归籍，素仰义士大名，用敢冒昧陈请，求为设法，倘得返葬首丘，存殁均感云云。书既写就，嘱妻使人送与范式，掷笔即逝。妻子依嘱办理。式方出门，未遇使人，至事毕归寓，见门前遗置棺木，已觉惊异，及入门省视案上，拾得平子遗书，展阅一周，竟至平子寓所，替他妻子安排。令得引柩回家，且亲送至临湘，距长沙止四五里，乃将平子原书取出，委诸柩上，哭别而去。平子尚有弟兄，闻知此事，亟往追寻，那范式已早至京师，不及相见了。（此事比前事尤难。）长沙官吏，也有所闻，因乘掾属上计时，（汉制郡国州县，每岁应入呈计簿，故称上计。）表奏范式行状，三公争欲罗致，驰书征召，式尚不肯起；嗣经州吏举为茂才，方才诣阙受官，累迁至荆州刺史。

式既到任，行巡至新野县，县吏当然相迎。前有导骑一人，伛偻前来，式似曾相识，就近审视，确是同学友孔嵩，便把臂与语道："汝莫非孔仲山么？"仲山系嵩表字，嵩南阳人，家贫亲老，特隐姓埋名，为新野县佣卒，至此不便再讳，只好直认。式复叹息道："尔我尝曳裾入都，同游太学，我蒙国厚恩，位至牧伯，尔乃怀道隐身，下侪卒伍，岂不可惜？"嵩笑答道："侯嬴长守贱业，（侯嬴，系战国时魏人，年七十，为大梁门卒，信陵君闻名，往聘，嬴不肯起。）晨门自愿抱关，（见《论语》。）孔子欲居九夷，士不得志，贫贱乃是本分，何足叹息呢？"（也是一个志士。）式敕县吏派人代嵩，嵩以为受佣未毕，不肯退去。及式还官舍，当即上登荐牍，未几即由公府辟召。嵩就征赴都，途次投宿下亭，有数盗前往窃马，闻知为嵩所乘，互相责让道："孔仲山乃南阳善士，怎可盗他坐骑呢？"（盗亦有道。）遂将马送还，当面谢罪。后来式迁庐江太守，嵩亦官至南海太守，并有循声。可见得义士所为，穷达不移，正自有一番德业哩！

就是李善亦南阳人氏，从前本为李元家奴。建武中南阳患疫，元家相继病殁，惟孤儿续才生数旬，家资却有千万，诸奴婢互相计议，欲将婴儿杀死，分吞财产。善独力难支，潜负续逃隐瑕丘，亲自哺养，乳竟流汁，得饲孤儿，历尽许多艰苦，方得将续逐渐养成。续稍有知识，即奉善若严父，有事辄长跪请白，然后敢行。闾里都为感化，相率修义。及续年十岁，善挈续归里，诉诸守令，守令乃捕系诸奴婢，一鞫即服，分别诛戮，仍将旧业归续收管，嗣是善义声远闻。时锺离意方为瑕丘令，上书荐善，有诏令善及续并为太子舍人，公府复引善入幕，委治烦剧，事无不理，因再迁至日南太守。善从京师赴任，道出南阳，过李元墓，预脱朝服，持锄刈草，亲治鼎俎，供诸墓前，跪拜垂涕道："君夫人！善在此！"及祭毕后，尚留居墓下，徘徊数日，然后辞去。既至日南，惠爱及民，怀来异俗。再调为九江太守，途中遇病，仓猝寿终。续为善持服，如丧考妣，后来亦官终河间相，以德报德，两贻令名，岂不是行善有福么？（唤醒世人。）

独叶令王乔，具有幻术。每月朔望，尝自县诣阙入朝，独不见有车骑相随，朝臣并惊为异事，明帝亦为动疑，密令太史伺乔踪迹。太史复称乔将至时，辄有双凫从东南飞来，于是静待凫至，举网抛凫，变做一舄。诏令尚方（官名。）验视，乃是前时赐给尚书官属，舄尚如新。尤奇怪的是当乔入朝，叶县门下鼓自能发声，响彻京师。后来空中有一玉棺，徐降至叶县大庭，吏人用力推移，终不能动。乔恍然曰："想是天帝召我呢！"乃沐浴衣服，僵卧棺中。俄而属吏就视，已无声息，越日才为盖棺，舁葬城东，土自成坟。是夕县中牛皆流汗喘乏，好似负重过甚，疲惫不堪，百姓益以为神，替他立庙，号叶君祠。吏民祈祷，无不应验；若有违犯，立致祸殃。或说他即仙人王子乔，（即周灵王太子晋，相传为吹笙缑岭，跨鹤升天。）是真是假，小子亦无从证实，但究不如范式、李善等人，可为世法呢！小子有诗咏道：

淑世应当先淑身，子臣弟友本同伦；
试看义士临民日，不藉仙转化自神。

还有高尚不仕的志士，也有数人，待至下回再表。

广陵王荆，与楚王英罪案相同，而楚狱独连坐数千人，岂楚事更甚于荆事耶？荆有三十举兵之言，见诸史传，谅必非后人虚诬。英则私造图书，而镌刻之为何文，未尝详载，是荆之罪证已明，而英之罪证，尚有可疑。英死而案已可了矣，乃辗转牵引，连累无穷，至寒朗拚生力辩，方得少回君意，何明帝之嫉视楚狱若此？意者其以英为许氏所出，不若荆之为同母弟欤？然以同母异母之嫌，意为轻重，明帝亦未免不明矣。若范式、李善，信义可风，为古今所罕有，类叙以风后世，著书人固自有苦心也。

第二十七回　哀牢王举种投诚　匈奴兵望营中计

却说东汉初年的高士，最著名的是严子陵，子陵已见前文。后来复有扶风人梁鸿，与妻孟光，偕隐吴中。鸿字伯鸾，父让尝为王莽时城门校尉，迁官北地，使奉少皞祭祀，遭乱病殁。鸿无资葬父，用席裹尸，草草瘗埋。后来受业太学，博通经籍，因落魄无依，不得已至上林苑中替人牧豕。偶然失火，延及邻居，当即过问所失，用豕作偿，邻主人尚嫌不足，乃愿为作佣，服劳不懈。乡间耆老，见鸿非常人，免不得代为气忿，交责佣主，佣主人始向鸿谢过，将豕还鸿。鸿不受而去，仍归扶风。里人慕鸿高义，争与议婚，鸿一一辞谢。惟同县孟氏有女，年已三十，体肥面黑，力能举臼，尝择配不嫁，父母问为何因？女答说道："须得贤洁如梁伯鸾，方可与婚。"（貌陋而心独明。）父母闻言，便托人代达女言，传入鸿耳。鸿喜得知己，就向孟女家纳聘。女既许字，即预制布衣、麻屦，及筐筥织绩等具，及吉期已届，不得不盛饰前往。

相处七日，鸿不与答言，孟女乃跪请道："妾闻夫子高义，择偶颇苛，妾亦谢绝数家，今得为夫妇，两意相同，乃七日不答，敢不请罪？"鸿方与语道："我欲得布衣健妇，俱隐深山，今乃着绮罗，敷粉黛，岂鸿所愿？鸿所以不便与亲呢！"孟女道："夫子深甘高隐，妾自有衣服预备，何必劳心？"说着，即退入内室，不消片时，已将盛饰卸尽，改易布衣、椎髻，操作而前，鸿大喜道："这才不愧为梁鸿妻，能与我同志了！"因名孟女曰光，字曰德曜。同居数月，毫无间言，孟光独发问道："妾闻夫子欲隐居避患，今奈何寂然不动，莫非欲低头相就么？"鸿从容答道："我正欲徙居哩！"一面说，一面即摒挡行李，搬入霸陵山中，耕织为业，琴书自娱；暇时搜集前代高士，如四皓以来二十四人，共为作颂，借以为励。（四皓，并隐居商山，见《前汉演义》。）后来复隐姓改名，与妻子避居齐鲁间，转适吴中，依居富家皋伯通庑下，替人赁舂。每日归餐，孟光已具食以待，不敢在鸿前仰视，举馔相饷，案与眉齐。事为皋伯通所闻，不禁诧异道："彼既为人作佣，能使妻相敬如此，定非凡人。"乃邀鸿在家食宿，鸿得闭门著书，共十余篇。已而病剧，始将真姓名相告，且出言相托道："我闻延陵季子，曾葬子嬴博间，不归乡里，亦愿举此相托，幸勿令我子奔丧回乡。"伯通面为许诺。及鸿已殁，伯通为寻葬穴，至吴要离冢旁，得有隙地，便欣然道："要离烈士，伯鸾清高，可令相近，地下当不致岑寂了。"（恐怕是志趣不同。）安葬已毕，孟光挈子拜谢，仍回扶风去讫。

鸿有友人高恢，少好黄老，尝隐居华阴山中，与鸿互相往来，及鸿东游思恢，尝作诗云："鸟嘤嘤兮友之期，念高子兮仆怀思，想念恢兮爰集兹。"嗣终因道远音稀，不复相见，恢亦终身不仕，相继告终。还有扶风人井大春，单名为丹，少时亦在太学受业，通五经，善谈论，京中人相语云："五经纷纶井大春。"建武末年，沛王辅等，留居北宫，皆好宾客，遣使请丹，并不能致。信阳侯阴就，为阴皇后弟，向五王求钱千万，谓能使丹应召。五王即出资相给。阴就却暗嘱吏役，出丹不意，把他强劫至府，故意用菜饭饷食。丹推案起立道："丹以为君侯能供甘旨，故强邀至此，奈何如此薄待呢？"就闻言后，乃改给盛馔，并亲自陪食。食毕就起，左右进辇。丹从旁微笑道："夏桀常用人驾车，君侯岂也愿为此么！"两语甫毕，盈庭失色，就不得已用手挥辇，徒步趋入；丹亦扬长自去，卒得寿终。这且不消细叙。

且说明帝在位十余年，国家方盛，四海承平，只有汴渠历年失修，常患河溢，兖、豫百姓，屡有怨咨。明帝意欲派员修治，适有人荐乐浪人王景，善能治水，乃召景诣阙，令与将作谒者（官名。）王吴，调发兵民数十万，往修汴堤。汴渠自荥阳东偏，至千乘河口，延袤约一千余里。王景量度地势，凿山开涧，防遏要冲，疏决壅积，每十里立一水门，使水势更相回注，不致溃漏，于是修筑堤防，得免冲激。好容易缮工告竣，已是一年有余，糜费以百亿计。但东南漕运，全赖汴渠，从前河、汴合流，水势泛滥，运船往往出险，至王景监工修治，分泄河、汴水道，漕运方可无忧了。

是时哀牢夷酋柳貌，率众五万余户，乞请内附，明帝当然照准，遣使收抚，乘便勘验地形。哀牢先世有妇人沙壹，独居牢山，捕鱼为生。一日至水中捕鱼，偶触一木，感而成孕，产下男孩十人。忽水中木亦浮出为龙，飞向牢山，九孩骇走，一孩尚未能行，背龙坐着，龙伸舌舐儿，徐徐引去。沙壹时亦惊避，待龙去后，返觅十孩，却是一个不少，惟幼孩从容坐着，毫不慌张。沙壹系是蛮人，声同鸟语，常谓背为九，坐为隆，因名幼孩为九隆。（语近荒诞。）后来诸孩长大，九兄以幼弟为父所舐，必有吉征，乃共推为王。可巧牢山下有一夫一妇，生得十女，适与沙壹十儿相配，遂各娶为妻室，（真是无巧不成话。）辗转滋生，日益繁衍。九隆回溯所生，不忘本来，因令种裔各刻画身体，状似龙鳞，且背后并垂一尾，缀诸衣上。到了九隆病死，世世相继，遂就牢山四面，分置小王，随地渔猎，逐渐散处，惟与中国相距甚远，未尝交通。

至建武二十三年间，哀牢王贤栗，督率部众，乘筏渡江，击邻部鹿爹，鹿爹人不及预备，多被擒获。不意天气暴变，雷雨交作，大风从南方刮起，撼动江心，水为逆流，翻涌至二百余里，筏多沉没，哀牢人溺死数千名。贤栗心尚未死，再遣六部酋进攻鹿爹。鹿爹部酋正拟兴兵报怨，闻得哀牢又来扰境，当即倾众出战。这番接仗，与前次大不相同，鹿爹人个个愤激，个个勇敢，杀得哀牢部众东倒西歪。哀牢六王，不知兵法，还想与他蛮斗，结果是同归于尽。残众抢回尸骸，分别藁葬，当夜被虎发掘，把尸骸一顿大嚼，食尽无遗。贤栗得报，方才惊恐，召集部众与语道：“我等攻掠边塞，也是常事，今进击鹿爹，偏遭天谴，摧残至此，想是中国已有圣帝，不许我等妄动，我等不如通使天朝，愿为臣属，方算上策。”大众齐声应诺。乃于建武二十七年间，率众东下，至越嶲太守郑鸿处乞降。鸿当即奏闻，有诏封贤栗为哀牢王，令他镇守原地。嗣是岁来朝贡。

到了永平十二年，哀牢王贤栗早死，嗣王叫做柳貌，又挈五万户内附。明帝遣使勘抚，得接复报，遂决议建设郡县，即将柳貌属境，分置哀牢、博南二县，罢去益州西部都尉，特置永昌郡，并辖哀牢、博南，始通博南山，度兰沧水。惟山深水湍，跋涉维艰，行人多视为畏途，尝作歌云："汉德广，开不宾；度博南，越兰津；度兰沧，为他人。"（中国人素惮冒险，即此可见一斑。）歌谣虽是如此，但往来使人，每岁不过数次，却也无甚关碍。再加西部都尉郑纯，调任永昌太守，为政清平，化行蛮貊，自哀牢王柳貌以下，各遵约束，岁贡惟谨，西南一带，帖然相安，不在话下。

惟北匈奴阳为修和，阴仍寇掠，（回应第二十三回。）仆射耿秉，（耿弇从子。）屡上书请击北匈奴，明帝尚不欲遽讨，令显亲侯窦固，及太仆祭肜等，商议进止。众议以为应遣将出屯，相机进取。明帝乃拜耿秉为驸马都尉，副以骑都尉秦彭，窦固为奉车都尉，副以骑都尉耿忠，（弇子。）并为置从事、司马，出屯凉州。转瞬间已是永平十六年，耿秉等急欲邀功，奏请出塞北伐，明帝因命祭肜出征，使与度辽将军吴棠，征集河东、西河、羌胡各兵，及南单于兵万一千骑，出高阙塞；再遣窦固、耿忠，率酒泉、敦煌、张掖甲卒，及卢水羌胡万二千骑，出酒泉塞；耿秉、秦彭率武威、陇西、天水募兵，及羌胡万骑，出居延塞；骑都尉来苗，护乌桓校尉文穆，率太原、雁门、上谷、渔阳、右北平、定襄各郡兵马，及乌桓、鲜卑兵万余骑，出平城塞，四路兵共伐北匈奴。

窦固、耿忠行至天山，适与北匈奴西南呼衍王相遇，一番交绥，斩首至千余级，追杀至蒲类海，取得伊吾卢地，特置宜禾都尉，留吏士屯田伊吾卢城。耿秉、秦彭，袭击北匈奴南部勾林王，颇有杀获，进至绝漠六百余里，直抵三木楼山，四望无人，乃收兵南归。来苗、文穆，至匈河水上，虏皆奔走，无从截夺，也即退回。祭肜、吴棠与南匈奴左贤王信，出高阙塞，驰行九百余里，不见一虏，只前面有一山相阻，山势不甚高峻，信却指为涿耶山，说是冈峦回阻，不便前进，因勒马下寨，好几日不闻动静，只好却还。

其实信与祭肜，两不相合，所以妄言误事。嗣经朝廷察觉，说棠与肜逗留畏懦，将他革职，召还系狱。肜系故征虏将军祭遵从弟，素性沉毅，屯边有年，信及外夷，此次坐罪被系，当然有人替他救解，不过数日，便即释出。肜且惭且恨，竟至呕血不止，临终嘱语诸子道："我蒙国厚恩，奉命出征，不能立功报国，死且怀惭；从前所得赐物，理应一律呈还，汝等能承我志，当自诣军营，效死戎行，聊补我恨！"言讫遂逝。（遗恨无穷。）长子逢依嘱上簿，具呈遗言。明帝已知肜忠诚，再拟任用，陡闻肜病重身亡，不胜惊悼，因召逢入见，详问乃父病状，悲叹不已，抚恤有加。及肜葬后，次子参遵父遗命，投入奉车都尉窦固营中，随征车师，后文另表。乌桓、鲜卑，统慕祭肜威信，有时使人入京，每过肜冢，必拜谒号泣。辽东吏民，因肜前为太守，却寇安边，追怀功德，特为立祠致祭，四时不懈。生虽失荣，死俱含哀，可见得公道尚存，虽死犹生呢！（好作后人榜样。）

是年秋季，北匈奴复大举入寇，直指云中，太守廉范，督率吏士，出城拒敌。吏见虏众势盛，恐自己兵少难支，乃请范回城保守，移书他郡求援。范微笑道："我自有却敌的方法，何用多忧！"说着，遂令军士安营静守，不准妄战。好在虏兵初至，倒也有意休息，未尝相逼。俄而日暮，范令军士各交缚两炬，三头爇火，环绕营外，好似有千军万马，趋集拢来。虏兵远远望见，总道是汉救兵至，不禁惶骇，正拟待旦退兵，不防汉营中已扬旗鸣鼓，出兵前来。那时不知有多少兵马，还是走为上计，一声哗噪，弃营尽走，却被范驱杀一阵，送脱了几百颗头颅。尚恐汉兵追蹑，狼狈急奔，甚至自相践踏，伤亡至千余人，嗣是不敢再向云中。

范字叔度，系杜陵人，世为边郡牧守。独范父客死蜀中，范年十五，闻讣哀恸，往迎父丧。蜀郡太守张穆，为范祖廉丹故吏，厚资赆范，范一无所受。携榇东行，路过葭萌，载船触石，竟致破没，范两手抱柩，随与俱沉。幸由旁人怜范孝义，并力捞救，才得免死。柩亦捞起，舁归安葬。乃诣都求学，师事博士薛汉，终得成名。既而薛汉连坐楚狱，伏法受诛，（楚狱，见前回。）故人门生，莫敢过问，惟范收尸殓葬，为有司所奏闻。明帝大怒，召范入责道："薛汉与楚王同谋，交乱天下，汝不与朝廷同心，反敢收殓罪人，难道不畏王法么？"范叩头道："臣自知无状，但以为汉等受诛，身已伏辜，尸骸暴露，臣与汉谊属师生，不忍漠视，因此草草收殓，罪当万死！"明帝听着，怒亦少平，因复问道："卿是否廉颇后人，与前右将军褒、大司马丹，有亲属关系否？"范答说道："褒系臣曾祖，丹系臣祖考呢。"明帝叹道："怪不得有此胆量，朕嘉卿知义，权贳卿罪！"范乃叩谢而退。（孝义可风，故特详叙。）自是义声益著，得举茂才，再迁为云中太守。却敌有功，名扬中外，嗣复历任武威、武都二郡太守。随俗化导，并有政绩，再调守蜀郡。蜀俗素尚词辩，互讼短长，范每以醇厚相励，禁止告讦。成都民物丰盛，邑宇逼仄，旧制禁民夜作，冀免火灾，百姓更相隐蔽，屡兆焚如。范撤销旧令，但严令储水，火一触发，得水即灭，百姓称便。乃讴歌范德，编成数语云："廉叔度，来何暮？不禁火，民安作，平生无襦今五裤！"范在蜀数年，坐事免归，居家考终。先是范与洛阳人庆鸿为刎颈交，始终不渝，时人谓前有管、鲍，（管仲，鲍叔。）后有庆、廉。庆鸿亦慷慨好义，位至琅玡、会稽二郡太守，所至俱有政声，不消絮述。

会由益州刺史朱辅，报称白狼王唐菆等，（菆音丛。）慕化归义，献上歌诗三章，重译以闻。明帝颁下史官，备录歌诗，第一章是《远夷乐德歌》，歌云：

大汉是治，与天合意。吏译平端，不从我来。闻风向化，所见奇异。多赐缯布，甘美酒食。昌乐肉飞，屈伸悉备。蛮夷贫薄，无所报嗣。愿主长寿，子孙昌炽！

次章为《远夷慕德歌》，歌云：

蛮夷所处，日入之部。慕义向化，归日出主。圣德深恩，与人富厚。冬多霜雪，夏多和雨。寒温时适，部人多有。涉危历险，不远万里。去俗归德，心向慈母。

末章为《远夷怀德歌》，歌云：

荒服之外，土地硗确。食肉衣皮，不见盐谷。吏译传风，大汉安乐。携负归仁，触冒险狭。高山岐峻，缘崖磻石。木薄发家，百宿到洛。父子同赐，怀抱匹帛。传告种人，长愿臣仆！

白狼以外，又有槃木等百余部落，俱在西南寨外，素与中国不相往来，至此皆举种称臣，奉献方物。端的是东都昌盛，不让西京。小子有诗咏道：

哀牢内附白狼归，万里蛮荒仰汉威；
读罢夷歌三迭曲，炎刘火德庆重辉。

南夷既已归附，乃更从事西戎，又出了一位大名鼎鼎的英雄，底定前功。欲知此人为谁，待至下回发表。

哀牢为西南夷之一部，龙种之说，实属讹传。彼夷人未知文教，数典忘祖，故诞言以夸示部众耳。“班书”虽援有闻必录之例，但以讹传讹，愈足滋惑。近儒谓中国无信史，说虽过甚，要亦不能无讥。历代史家，首推迁、固，彼且如此，遑论自郐以下乎？祭肜等四路出兵，无功而返。肜竟因此坐罪，呕血致死，论者惜之。廉范独以寡击众，有却敌之大功，而且历任郡守，迭著循声，此正当亟为褒扬，风励后世。较诸梁鸿、井春诸人，第知正己，未及正人者，固尤为有关世道也。

第二十八回　使西域班超焚虏　御北寇耿恭拜泉

却说奉车都尉窦固，前与诸将出讨北匈奴。他将俱不得功赏，独固军至天山，斩获颇多，加位特进。固本前大司空窦融从子，父友曾受封显亲侯，友殁固嗣，又曾尚涅阳公主，显荣无比。明帝因他旧住河西，熟悉边情，所以委令北伐。及天山战胜，功出人上，复有诏令耿秉诸将，并受固节度。固得有专阃权，遂欲踵行汉武故策，招抚西域，截断匈奴右臂，用夷制夷。当下派使西行，特选出一个智勇深沉的属吏，令与从事郭恂，同往西域。这人为谁？乃是故文吏班彪少子超。

彪擅长文辞，官至望都长而终。长子固，字孟坚，九岁即能属文，及年已成人，博通书籍，所有九流百家诸言，无不穷究。明帝召诣校书部，使为兰台令史，撰述史传。有弟名超，字仲升，少有大志，不修细节。当兄固应诏时，自与母随入都中，至官署中充作书佣，终日劳苦，所得寥寥，尝投笔愤慨道："大丈夫无他志略，尚当效傅介子、张骞，立功异域，博取侯封！怎能郁郁久事笔墨间呢？"（傅、张立功，并见《前汉演义》。）左右听了，都不禁暗笑，超奋然道："小子怎知壮士志，奈何笑人？"（男儿当自强。）既而与相士叙谈，问及将来穷达，相士道："今日一布衣，他日当封侯万里！"超笑问原因，相士指超面道："君燕颔虎颈，飞行食肉，这就是万里侯相呢！"未几果得朝廷特诏，令超与兄固同官，亦得拜兰台令史。就职年余，又复因事免官，独窦固器重超才，殷勤款接，及出握兵符，遂调超为假司马。前次追虏至伊吾卢城，超尝执戈前驱，得胜回营，（事见前回。）至此与郭恂同使西域，奉令即行。

自光武帝修文偃武，不愿用兵，西域一带，由他自主。因此车师、鄯善等国，又去依附匈奴。（见第二十一回。）莎车王贤，恃强用兵，并吞于阗、大宛诸国，使部将君得率兵监守。于阗遣将休莫霸，收合余众，攻杀君得，自立为王。莎车王贤，当即大愤，督领诸国数万人，往攻休莫霸。偏又为休莫霸所败，伤亡过半，贤脱身走归。休莫霸进围莎车，身中流矢，方才退兵，途次殒命。国相苏榆勒等，共立休莫霸兄子广德为王。时龟兹王则罗，为国人所杀，则罗本莎车王贤少子。国人既敢杀死则罗，当然不服莎车，（龟兹为莎车所并，亦见第二十三回。）又恐莎车往攻，索性联属匈奴，先击莎车。两下里争战不休，互有杀伤。于阗王广德，正好乘他疲乏，使弟仁督兵万人，直逼莎车城下。莎车王贤连被兵革，不堪再增一敌，没奈何遣使出城，至广德营中请和，愿将己女配与广德。广德踌躇半晌，方才允诺。待贤将女送交，便一拥而去。

好容易过了一年，莎车城外，复来了于阗兵马，差不多有三四万人。莎车王贤登城俯眺，遥见广德押住阵后，跨马扬鞭，指挥如意，乃高声呼语道："汝为我女夫，无端兴兵相犯，究欲何为？"广德答说道："正因王为我妇翁，久不相见，所以前来问候！今愿请王出城结盟，再修前好。"贤听了此言，又似广德无意构衅，但既欲修盟，为何带来许多人马？当下狐疑不决，因向国相且运商议。且运忙说道："广德为大王女婿，谊关至戚，何妨出见？"贤遂释去疑团，坦然出城。广德跃马相迎，彼此问答，未及数语，忽由广德一声暗号，突出壮士数十名，拥至莎车王贤马前，把贤拖落马下，捆绑起来。贤尚想且运出救，哪知且运正私召广德，叫他前来捉贤，一见广德得手，便大开城门，纳入于阗兵马，趁势将贤妻子，一并拿下。当即由广德留下将士，与且运同守莎车，自押贤等归国，未几竟将贤杀死。（大约是妆奁未足，故将头颅赔送。）

匈奴闻莎车被灭，恐广德乘此强盛，将为己害，乃征发龟兹、焉耆、尉黎等国骑兵，得三万人，统以五将，合围于阗。广德料不能敌，遣使乞降，并出长子为质，每岁贡给罽絮等物。匈奴乃退，另立莎车王贤子齐黎为莎车王，广德心惮匈奴，未敢与争。惟西域诸国，要算广德最强，次为鄯善国王。鄯善自服属匈奴后，国内无事。（见二十一回。）

嗣王广休养生息，势亦日昌，班超与郭恂等先到鄯善，国王广却殷勤款待，礼意甚周。越数日忽渐疏懈，超密语吏属道："诸君可知鄯善薄待么？我想鄯善王广，必因有北虏使来，未识所从，故礼不如前，智士能明几知微，况已情迹昭著呢？"道言甫毕，适有鄯善役使，来饷酒食，超故意问道："匈奴使来已数日，今在何处？"鄯善本讳莫如深，不意被超一口道破，还道超已有所闻，只好和盘说出。超将役使留住，闭门不放，潜集吏士三十余人，与共饮酒，酒至半酣，蹙然语众道："卿等与我共来绝域，本欲建立大功，邀取富贵。今虏使才到数日，国王广礼意浸衰，倘彼见我吏属寥寥，出兵拘拿，械送匈奴，恐我等骸骨，徒为豺狼所食，奈何！奈何！"吏士闻言，俱愁眉相答道："事已如此，只得甘苦同尝，死生愿从司马！"（遣将不如激将。）超奋起道："不入虎穴，怎得虎子？为今日计，惟有乘着昏夜，火攻虏使，彼不知我等多少，定然惊骇，我若得将虏使击毙，鄯善自然胆落，功成名立，在此一举了！"大众听着，又觉得危疑起来，半晌才说道："请与郭从事熟商！"超瞋目道："吉凶决在今夜，郭从事系文俗吏，闻此必恐！一或谋泄，反致速死，如何算得壮士呢？"（仍是激将。）

众见超面带怒容，未免慑服，乃愿从超计。超即命吏士整束停当，待至夜半，率众三十余人，径奔匈奴使营。可巧北风大起，吹彻毛骨，众且前且却，尚有惧容，超与语道："这正是天助成功，尽可放胆前行，无庸顾虑！"说着，遂令十人持鼓，绕出虏帐后面，且密嘱道："如见有火光，即当鸣鼓大呼，万勿失约！"十人领命去讫。又使二十人各持箭械，趋至虏帐，夹门埋伏。超自率数骑，顺风纵火，前后鼓噪声同时响应，虏使从梦中惊醒，走投无路，仆从越加惶怖，顿致大乱。超首先突入虏营，格毙三人，吏士一拥齐上，竟将虏使击毙，并杀虏使随兵三十余人，一面纵火焚营，把虏众百余名，一齐烧死。时已天明，超率众返告郭恂，恂方得闻知，不禁大骇。（真是饭桶。）既而俯首沉吟，超已知恂意，举手与语道："从事虽未同行，但休戚与共，超亦岂欲独擅己功？"恂乃心喜，面有欢容。（因人成事，还想分功。）超即召鄯善王广，取示虏使首级，广吓得面色如土，再经超宣汉威德，叫他从今以后，勿得再与北虏交通，否则虏首可作榜样，幸毋后悔！广连忙伏地叩头，唯唯听命，遂纳子为质，随超还报。窦固大喜，且陈超功，并请选使再抚西域。

明帝览奏，欣然说道："智勇如超，何不再遣，还要派什么别人？"当下拜超为军司马，令他续成前功。窦固奉命，因复遣超西往于阗，并欲拨兵为助。超答说道："于阗国大路遥，就使带兵数百，亦不足济事，多反为累，超但将前时从行三十六人，往彼宣抚，相机处置，便已敷用了。"言毕遂行。

好多日才抵于阗，于阗王广德，雄视西域，虽尝接见超等，却是傲然自若，不甚敬礼，且召巫入问向背。巫假意祷神，费了许多做作，方张目说道："神有怒意，谓于阗王何故竟欲向汉？汉使有騧马骑来，可取以祠我！"广德素来迷信，即使人向超求马。超已侦得巫言，谓须巫亲自来取，巫竟如言趋至。超不与多言，突拔佩刀劈巫，砉然一声，巫首落地，（有胆有识。）便持了巫首，进示广德，且将前时制服鄯善情形，当面陈述，令广德自择进止。广德惊出意外，派人调查鄯善，果有虏使被杀、遣子入质等情，乃亦决计附汉，不属匈奴。匈奴本有将吏留守于阗，监护广德，广德即暗地发兵，攻杀匈奴将吏，携首献超。超随身带有金帛，当即出赠广德，与广德以下诸官属。夷人素性贪利，得了馈遗，自然额手相庆，愿听约束。于阗、鄯善为西域望国，两国既已归汉，余国多半听从，依次遣子入侍。西域与汉绝交，已有六十五年，至此乃复与汉往来，奉汉正朔。

独龟兹王建，为匈奴所立，未从汉命，并据有天山北道，攻杀疏勒王，另使龟兹贵人兜题为疏勒王。疏勒在于阗西北，超意欲袭取，就从间道入疏勒境，先遣从吏田虑，往抚兜题，拨吏士十余人随往，临行嘱虑道："兜题非疏勒种，国人必不用命，卿前去招抚，若彼不即降，可乘虚执取，切勿有误！"虑也有干略，应声即往。到了兜题所居的槃橐城，报名进见，兜题却无降意，语多含糊。虑见他卫卒寥寥，即回引从士，抢步上前，立将兜题拖下，用绳捆住。兜题左右，不过数人，没一个前护兜题，统去躲闪一旁。虑得将兜题牵出，飞驰白超。超亟往疏勒，尽招该国将吏，慷慨与语道："龟兹无道，横行劫杀，汝等正当为故主报仇，奈何降虏？"国人答以力不从心，只好缓图。超又说道："我乃大汉使臣，来抚汝国，汝能从我号令，何患狡虏？现在故主有无遗裔，应该迎立为王！"国人答言故主无子，只有兄子榆勒尚存。超即命迎入，使王疏勒，更名为忠，国人大悦。当下牵入兜题，遍问大众道："此人可杀否？"众齐称可杀，超却喟然道："杀一庸夫，有何益处？不如把他放还，使龟兹知大汉威德，不在多诛。"众又相率赞成。超乃命将兜题释缚，叫他归告龟兹王，速即降汉。兜题幸得免死，诺诺连声，拜谢而去。（此等人，原不值污刀。）

超既抚定疏勒，遣人往报窦固。固正奉诏出师，往讨车师，因檄超暂留疏勒，不必遽归，自与驸马都尉耿秉，骑都尉刘张，领兵出敦煌，越塞至蒲类海，击破白山虏兵，直入车师。车师向分前后二庭，前王居交河城，后王居务涂谷，相去约数百里，从前尝附属西汉，汉衰乃转归匈奴。窦固入车师境，因虑后王道远，山路崎岖，不如就近攻击前王。独耿秉谓车师前王，乃后王安得子，若先攻后王，并力取胜，那时前王自服，不待劳师。固沉吟未决，秉奋身起座道："秉愿前行！"说着，即出营上马，挥兵北进，众军不得已随行。至务涂谷相近，攻破虏垒，斩首数千级，后王安得大恐，慌忙出门迎秉，脱帽长跪，抱秉马足，俯首乞降。秉引与见固。固令安得招降前王，前王当然听命。车师全定，乃奏请复置西域都护，分设戊己校尉。当下简选陈睦为都护，司马耿恭为戊校尉，留屯车师后王部金蒲城，谒者关宠为己校尉，留屯前王部柳中城。固班师入塞，静候朝命，朝旨令他罢兵还京，固不敢违慢，自然南归。

未几已是永平十八年仲春，北匈奴闻汉兵已归，便遣左鹿蠡王率二万骑兵，往攻车师后庭。车师后王安得，本来庸弱，不能抵拒，当即飞使至金蒲城，向耿恭处乞援。恭部下不过二三千人，未便多出，但令司马领兵三百，往救安得。看官试想，三百人如何济事？一至务涂谷旁，不值虏军一扫。匈奴兵杀尽汉兵，气焰愈盛，立即捣入务涂谷，乱斫乱杀，可怜车师后王安得，也被剁死乱军中。虏骑乘胜长驱，进薄金蒲城，耿恭乘城搏战，预用毒药涂上箭镞，待至虏骑蚁附，即令吏士四射，且射且呼道："汉家箭有神助，若被射着，必有奇变！"虏骑不免中矢，顾视创痕，果皆沸裂，于是人人皆惊。凑巧天起狂风，继以暴雨，恭军正在上风，顺势逆击，杀伤甚众。匈奴兵益疑恭为神，相顾错愕道："汉兵深得神佑，我等枉送性命，不如罢休！"乃相率引去。

恭料匈奴必再窥西域，乃巡视疏勒城旁，（此非疏勒国城。）见有涧水可固，因即引兵据住。到了春去夏来，虏骑果复大至，来攻疏勒城。恭悬赏募士，得壮夫数千名，前驱陷阵，自率兵吏随后继进，击破虏骑，杀获颇多。虏尚未肯弃去，屯驻城下，堵住涧水，不使流入城中。恭回城拒守，因军士无从得水，也觉焦灼，急命在城中阱井，掘地深十五丈，不得涓滴，害得全军皆渴，不得已压笮马粪，取汁为饮。恭仰天长叹道："我闻从前李贰师，（即李广利。）尝拔佩刀刺山，涌出飞泉，今汉德重昌，岂无神明默佑？我当虔诚祷祝便了！"遂整肃衣冠，向井再拜，且拜且祝，约阅片时，竟有泉水奔出，滔滔不绝，大众皆称万岁。（是即至诚格天。）恭令吏士暂且勿饮，运水上城，和泥涂补，并沃水示虏，虏兵诧异道："汉校尉真是神灵。何可再犯？"一声喧哗，万骑齐遁。恭也不去追赶，缮城自固罢了。

且说明帝在位，已阅一十八年，皇子炟为马后所爱，已早立为太子，年已二九。此外尚有八子，俱系后宫妃嫔所出，长名建，封千乘王，幼年殇逝；次名羡，封广平王；又次名恭，封钜鹿王；又次名党，封乐成王；又次名衍，封下邳王；又次名畅，封汝南王；

又次名昞，封常山王；最幼名长，封济阴王。诸王年皆童稚，均留居京师，未曾就国。明帝尝亲定封域，每国不过数县，比诸兄弟所封，才得一半。马皇后进言道："诸子只食采数县，得毋太嫌减损么？"明帝答道："我子岂宜与先帝子相同？但得岁入二千万，供彼衣食，已不为不足了。"（意在言外，非徒俭约而已。）当时司空伏恭，已经罢职，改任大司农牟融为司空。司徒邢穆，接续虞延后任。（回应第二十五、第二十六回。）就职两年，适值淮阳王延，骄恣无度。（延系明帝异母弟，为废后郭氏所出，已见前文。）有人上书劾延，说他与姬兄谢弇，及姊婿韩光，招致奸猾，造作图谶，尝有祷禳咒诅等情。事下案验，连邢穆也受嫌疑，下狱论死，弇与光并皆伏法，惟延得因亲减罪，徙封阜陵、止食二县。另用大司农王敏为司徒。未几敏又病殁，召汝南太守鲍昱入都，擢为司徒。

昱即故司隶鲍宣孙，前鲁郡太守鲍永子。宣娶桓少君为妻，鹿车回里，善修妇道，时人称为桓鲍，与梁孟齐名。（梁鸿、孟光见前回。）永与昱先后出仕，桓少君尚福寿康宁，昱尝从容进问道："太夫人可忆挽鹿车时否？"少君应声道："先姑有言，存不忘亡，安不忘危，我怎敢相忘呢？"（可巧鲍宣女，亦一贤妇。）既而少君寿终，永丁忧回籍，服阕复入任司隶校尉，守法不阿，权戚敛手，终因抗直忤旨，出为东海相，病终任所。昱初为高都长，诛暴安良，再迁为司隶校尉，奉法守正，有祖父风。（三世为司隶校尉，却是难得。）旋出为汝南太守，筑陂捍田，政绩卓著。及代王敏为司徒，明帝特赐他钱帛什器，彰奖功能，昱子德亦得除为郎官，可见得善人遗泽，数世不衰。鲍宣虽然枉死，子孙终得显官，扬名后世，乃祖有知，也应含笑。就是桓少君的四德三从，从此亦扬徽彤管，并美留芳。小子有诗赞道：

修德由来获报隆，蝉联三代振家风；
须眉巾帼同千古，挽鹿齐心贯始终。

鲍昱得列三公，甫经年余，国内忽遭大丧，乃是明帝驾崩。事须详表，试看下回自知。

西汉有张骞，东汉有班超，皆一时人杰，不可多得。吾谓超之功尤出骞上，骞第以厚赂结外夷，虽足断匈奴右臂，而浪糜金帛，重耗中华，虽曰有功，过亦甚矣。超但挈吏士三十六人，探身虎穴，焚杀虏使，已见胆力；厥后执兜题，定疏勒，指挥任意，制敌如神，而于中夏材力，并不妄费，此非有大过人之才智，宁能及此？耿恭以孤军屯万里外，两却匈奴，始以药矢吓虏，具征谋略，继以拜井得泉，更见精诚，守边如恭，何需长城为哉？惜乎陈睦、关宠，皆不恭若，车师将定而仍未定，此古人之所以闻鼙思将也。

第二十九回　拔重围迎还校尉　抑外戚曲诲嗣皇

却说永平十八年秋月，明帝患病不起，在东宫前殿告崩，享年四十八岁。遗诏无起寝庙，但在光烈皇后更衣别室，庋藏神主。（光烈皇后，即阴皇后，见第二十五回。）前时所筑寿陵，椁广一丈二尺，长一丈五尺，不得逾限，万年后只许扫地为祭，四时设奠，如有违命，当以擅议庙制加罪。故宫廷遵照遗言，未敢加饰。在位十八年，谨守建武制度，不稍逾越。外戚不得封侯干政，馆陶公主系明帝女弟，为子求郎，明帝不许，惟赐钱千万，并语群臣道："郎官上应列宿，出宰百里，一或失人，民皆受殃，所以不便妄授呢！"群臣齐称帝德，百姓亦安居乐业，共庆承平。不过明帝好尚刑名，察察为治，所有楚王英及淮阳王延狱案，牵累多人，未免冤滥。至如求书天竺，也觉多事，反启邪说诬民的流弊，这也是美中不足，隐留遗憾哩！（抑扬悉当。）

话休叙烦，且说太子炟年已将冠，即日嗣位，是为章帝。奉葬先帝于显节陵，庙号显宗，谥曰孝明皇帝，尊马皇后为皇太后。迁太尉赵熹为太傅；司空牟融为太尉，并录尚书事；进蜀郡太守第五伦为司空。伦履历已见前文，在蜀郡时，政简刑清，为各郡最，故章帝擢自疏远，俾列三公。忽由西域迭传警报，乃是焉耆、龟兹二国，连结北匈奴，攻没都护陈睦。北匈奴亦出兵柳中城，围攻汉校尉关宠。朝廷方有大丧，未遑发兵救急。车师亦为北匈奴所诱，叛汉附虏，与匈奴兵共攻疏勒城。校尉耿恭，督励军士，登陴拒守，好几月不得解围，储粟已空，没奈何煮铠及弩，取食筋革。恭与士卒推诚相与，誓无贰志，所以众虽饥疲，仍然死守。北单于知恭已困，必欲生降，因遣使招恭道："如肯降我，当封为白屋王，妻以爱女！"恭佯为许诺，诱使登城，用手格毙，焚磔城上。北单于大怒，更益兵围恭；恭再接再厉，坚守如故，一面遣使求援。柳中城亦危急万分，再三乞救。有诏令公卿会议，司空第五伦谓嗣君初立，国事未定，不宜劳师远征。（似是而非。）独司徒鲍昱进议道："今使人置身危地，急即相弃，外增寇焰，内丧忠臣，岂非大失？若使权时制宜，后来得无边事，尚可自解；倘匈奴藐视朝廷，入塞为寇，陛下将如何使将？望彼效忠？况两部兵只有数千，匈奴连兵围攻，尚历旬不下，可见他兵力有限，不难击走。今诚使酒泉、敦煌二太守，各率精骑二千人，多张旗帜，倍道兼行，出赴急难，臣料匈奴疲敝，必不敢当，大约四十日间，便可还军入塞了！"章帝依议，乃使征西将军耿秉，出屯酒泉，行太守事；即令酒泉太守段彭，与谒者王蒙、皇甫提，调发张掖、酒泉、敦煌三郡人马，及鄯善骑士，共得七千余人，星夜赴援，终因道途辽远，未能遽至。时已改岁，下诏以建初纪元。适值京师及兖、豫、徐三州，连月不雨，酿成旱灾，章帝令发仓赈给，且下咨消灾弭患的方法。

校书郎杨终上疏，略谓近时北征匈奴，西开三十六国，百姓频年服役，转输烦费，怨苦所积，郁为戾气，请陛下速行罢兵，方足化戾成祥云云。司空第五伦，亦赞同终议，独太尉牟融，与司徒鲍昱，上言征伐匈奴，屯戍西域，乃是先帝遗政，并非创行，古人有言，三年无改，方得为孝，陛下不必因此加疑，但当勤修内政，自可回天。昱又专名上书，谓："臣前为汝南太守，典治楚狱，（即楚王英事。）逮系至千余人，或死或徙，窃念大狱一起，冤累过半，且被徙诸徒，骨肉分离，孤魂不祀，更为可悯；今宜一切赦归，蠲除锢禁，能使死生得所，当必上迓休祥！"章帝乃诏令楚案连坐，及淮阳事牵累，流戍远方，尽可回里，共计得四百余家，相率称颂。

会接酒泉太守段彭捷书，报称进击车师，攻交河城，斩首三千八百级，获生口三千余人，北匈奴骇退，车师复降。章帝阅毕，当然心慰，不再发兵，但交河城与柳中相近，同在车师前庭。段彭等所得胜仗，只能救出关宠，未遑顾及耿恭。适值关宠积劳病殁，谒者王蒙等，欲引兵东归，独耿恭军吏范羌，时在军中，固请迎恭同还。诸将不敢前进，惟给范羌兵二千人，从山北绕行。途次遇着大雪，平地约高丈许，还亏羌不辞艰险，登山过岭，吃尽辛苦，方得到疏勒城。城中夜闻兵马声，疑是虏骑凭陵，登城俯瞰，互相惊哗。范羌忙遥呼道："我就是范羌，汉廷遣我来迎校尉哩！"城上闻言，始欢呼万岁，开门出迎，相持涕泣。越宿恭与俱归，只挈亲吏二十六人，出疏勒城，余众任他逃生。恭行未里许，后面尘头大起，虏骑陆续追至，当由恭率范羌等，且战且走，经过许多危险，才生入玉门关。亲吏已死了一半，只余一十三人，统是衣履穿决，困顿不堪。中郎将郑众守关，乃为恭等具汤沐浴，并出衣冠相赠，一面上疏奏陈恭功略云：

> 耿恭以单兵固守孤城，当匈奴之冲，对数万之众，连月逾年，心力困尽，凿山为井，煮弩为粮，出于万死，无一生之望；前后杀伤丑虏，数千百计，卒全忠勇，不为大汉耻。恭之节义，古今未有，宜蒙显爵，以厉将帅，不胜幸甚。

章帝得奏，尚未答复，恭已驰入洛阳，司徒鲍昱，复奏恭节过苏武，应加爵赏。乃拜恭为骑都尉，恭司马石修，为洛阳市丞，张封为雍营司马，范羌为共丞，余九人皆补授羽林军将。（赏亦太薄。）恭母先殁，恭追行丧制，有诏使五官中郎将马严，赍赐牛酒，劝令释服，夺情就职。（恭既退闲，奈何不许追服？）寻复迁恭为长水校尉，恭只得受命，莅任去讫。章帝不欲再事西域，诏罢戊、己校尉，及都护官，召还班超。超尚寓居疏勒国，奉诏将归，疏勒国全体惊惶，不知所措。都尉黎弇流涕道："汉使弃我，我必复为龟兹所灭，与其后日死亡，不如今日魂随汉使，送与东归！"说罢，即引刀自刎。超虽然悲叹，究因皇命在身，未敢迟留，便启行至于阗国。国中王侯以下，闻知超越境东归，并皆号泣，各抱超马脚，相持不舍。超大为感动，留抚于阗，越旬日复至疏勒。疏勒两城，已投降龟兹，与尉头国连兵背汉。超率吏士斩捕叛徒，击破尉头，疏勒始得复安。

于是拜本陈状，仍请留屯西域，章帝才收回前命，准超后议，事且慢表。

且说马太后平素谦抑，从未举母家私事，有所干请，就是兄弟马廖、马防、马光，虽得通籍为官，终明帝世未尝超迁，廖止为虎贲中郎，防与光止为黄门郎。及章帝嗣位，即迁廖为卫尉，防为中郎将，光为越骑校尉。廖等倾身交结，冠盖诸徒，争相趋附。司空第五伦恐后族过盛，将为国患，因抗疏上奏道：

臣闻忠不隐讳，直不避害，不胜愚狷，昧死自表。《书》曰："臣有作威作福，其害于而家，凶于而国。"《传》曰："大夫无境外之交，束脩之馈。"近代光烈皇后，虽友爱天至，而卒使阴就归国，徙废阴兴宾客。其后梁、窦之家，互有非法，明帝即位，竟多诛之。自是洛中无复权戚，书记请托，一皆断绝。又谕诸戚曰："苦身待士，不如为国，戴盆望天，事不两施。"臣常刻著五脏，书诸绅带。而今之议者，复以马氏为言。窃闻卫尉廖以布三千匹，城门校尉防以钱三百万，私赡三辅衣冠，知与不知，莫不毕给。又闻腊日亦遗其在洛中者钱各五千。越骑校尉光，腊日用羊三百头，米四百斛，肉五千斤。臣愚以为不应经义，惶恐，不敢不以闻。陛下情欲厚之，亦宜所以安之！臣今言此，诚欲上忠陛下，下全后家，伏冀裁察。

疏入不报，且欲加给诸舅封爵，独马太后不从。建初二年四月，久旱不雨，一班谄附权戚的臣工，且奏称不封外戚，致有此变；（未知他从何处说起。）有司请援照旧典，分封诸舅。章帝即欲依议，马太后仍坚持不许，且颁敕晓谕道：

凡言事者，皆欲媚朕以邀福耳！（一语道着。）昔王氏五侯，同日俱封，黄雾四塞，不闻澍雨之应。（见《前汉通俗演义》）夫外戚贵盛，鲜不倾覆，故先帝防慎舅氏，不令在枢机之位；又言我子不当与先帝子等，今有司奈何欲以马氏比阴氏乎？且阴卫尉（即阴兴，系阴后兄弟。）天下称之，省中御者至门，未尝不衣冠相见，此蘧伯玉之敬也！（伯玉，春秋时卫人。）新阳侯

（指阴兴弟就，曾封新阳侯。）虽刚强，微失理法，然有方略，据地谈论，一朝无双。原鹿贞侯，（指阴兴兄识，曾封原鹿侯，殁谥曰贞。）勇猛诚信。此三人者，天下选臣，岂可及哉？是马氏不逮阴氏远矣！吾不才，夙夜累思，常恐亏先后之法，有毛发之罪，故不惮屡言，而亲属尤犯之不止，治丧起坟，又不时觉，是吾言之不立，而耳目为之塞也！吾为天下母，而身服大练，食不求甘，左右但着帛布，无香薰之饰者，欲以身率下也！以为外亲见之，当伤心自敕，但笑言太后素好俭耳。前过濯龙门上，见外家问起居者，车如流水，马如游龙，苍头衣绿褠，领袖正白，顾视御者，不及远矣。故不加谴怒，但绝岁用而已，冀以默愧其心，而犹懈怠，无忧国忘家之虑。知臣莫若君，况亲属乎？吾岂可上负先帝之旨，下亏先人之德，重袭西京败亡之祸哉？特此布诏以闻。

这诏传出，群臣自不敢复言。惟章帝览着，不胜感叹，再向太后面请道："汉兴以后，舅氏封侯，与诸子封王相同，太后原谦德虚衷，奈何令臣独不加恩三舅呢？且卫尉年高，两校尉常有疾病，如或不讳，使臣遗恨无穷，今宜及时册封，不可稽留！"马太后怃然道："我岂必欲示谦，使帝恩不及外戚？但反复思念，实属不应加封。从前窦太后欲封王皇后兄，（窦太后，即文帝后；王皇后，即景帝后。）丞相周亚夫，上言高祖旧约，无军功不侯；今马氏无功国家，怎得与阴、郭两后，佐汉中兴，互相比拟？试看富家贵族，禄位重迭，譬如木再结实，根必受伤，决难持久。况士大夫私望侯封，无非为上奉祭祀，下图温饱起见。今祭祀已受大官赐给，衣食更叨御府余资，如此尚嫌不足，还想更得一县，岂非过贪？我已深思熟虑，决勿加封，幸毋多疑！从来人子尽孝，安亲为上。今屡遭变异，谷价数倍，正当日夕忧惶，不安坐卧，奈何先营外封，必欲违反慈母苦衷？我素性刚急，有胸中气，不可不顺！待至阴阳调和，边境清静，然后再行汝志，也不为迟。我庶可含饴弄孙，不再预闻政事了！"（义正词严，不意宫廷中有此贤母。）章帝听了，只好俯首受教，唯唯而退。马太后又手诏三辅，凡马氏姻亲，如有嘱托郡县，干乱吏治，令有司依法奏闻。太后母蔺氏丧葬，筑坟微高，太后即传语弟兄，立命减削。外亲有义行上闻，辄温言奖勉，赏给禄位，否则召入加责，不假词色。倘或车服华美，不守法度，即斥归田里，杜绝属籍。于是内外从化，被服如一，诸戚震恐，不敢逾僭。又在濯龙园中，左置织室，右设蚕房，分派宫人学习蚕织；太后尝亲去监视，饬修女工。又与章帝晨夕相叙，谈论政事，并教授小王《论语》经书，雍容肃穆，始终不怠。（备录后德，可作彤史之助。）

至建初三年，册立贵人窦氏为皇后。后为故大司空窦融曾孙女，祖名穆，父名勋，并骄诞不法，坐罪免官。融年近八十乃殁，赐谥戴侯，赙赠甚厚；独因子孙不肖，尝令谒者监护窦家。嗣由谒者劾穆父子，居家怨望，乃勒令窦氏家属，各归扶风原籍。惟勋曾尚东海王强女沘阳公主，许得留住京师。偏穆又赂遗郡吏，乱法下狱，与子宣俱死，勋亦坐诛。惟勋弟嘉颇尚修饰，从未违法，乃授爵安丰侯，使奉融祀。勋遗有二女，貌皆丽姝。女母沘阳公主，常忧家属衰废，屡次召问相士，详叩二女吉凶。相士见了长女，俱言后当大贵。女年六岁，即能为书，家人皆以为奇。至建初二年，二女并选入后宫，风鬟雾鬓，丰姿嫣然，并且举止幽娴，不同凡艳。（家虽中落，尚不脱大家风度。）章帝已闻女有才色，屡问傅母，及得见芳容，果然倾城倾国，美丽无双。当下引见太后，太后亦不禁称赏，另眼相看。时宫中已有宋、梁诸贵人，为章帝所宠爱；至二窦女入宫后，压倒群芳，居然夺宠。长女性尤敏慧，倾心承接，不但能曲承帝意，直使宫廷上下，莫不想望丰采，相率称扬。次年三月，竟得立为皇后，女弟亦受封贵人。可惜两女虽有美色，却未宜男，入宫承宠，倏已两年有余，不得一子。惟宋贵人已有一男，取名为庆，章帝急欲立储，乃立庆为皇太子。窦皇后未便阻挠，但心中很是怏怏，免不得从此挟嫌了。（貌美者，心多阴毒，试看下文自知。）

会因烧当羌豪滇吾子迷吾，连结诸种，入寇金城，杀败太守郝崇诏，（烧当羌，见第二十四回。）转寇陇西、汉阳，杀掠尤甚。章帝乃命马防为车骑将军，令与长水校尉耿恭，调集兵士三万人，出讨叛羌。司空第五伦谓贵戚不宜典兵，上书谏阻，章帝不从。防即受命专征，大破羌人，斩首虏四千多名，余众或降或溃；惟封养种豪布桥等二万余人，尚屯驻望曲谷，负嵎不下。防又与恭进击，复得大胜，布桥亦穷蹙请降。当下露布告捷，奉诏征防还都，留恭剿抚余种。恭复迭有斩获，声威远震，所有众羌十三种，约数万人，皆诣恭投诚。

先是恭出陇西，曾奏称故安丰侯窦融，前在西州，甚得羌胡腹心，子固复击白山，功冠三军，宜使他镇抚河西；车骑将军马防，不妨屯军汉阳，借示威重。这也是为防画策，免他远劳，哪知防反恨恭荐引他人，夺他权威，因此奉诏还都，即嗾令监营谒者李谭，劾恭不忧军事，被诏怨望。章帝不察真伪，反将有功无罪的耿校尉，严旨催归，遽令下狱；侥幸得免死罪，褫职回里，饮恨而终。（汉待功臣，毕竟刻薄。）马防竟得逞志，权焰愈张。

到了建初四年，海内丰稔，四境清平，有司复请加封诸舅，章帝遂封防为颍阳侯，廖为顺阳侯，光为许侯。马太后未曾豫闻，及封册已下，才得知晓，不由得喟然道："我少壮时，但愿垂名竹帛，志不顾命；今年已垂老，尚谨守古训，戒之在得，所以日夜惕厉，思自降损，居不求安，食不念饱，长期不负先帝，裁抑兄弟，共保久安。偏偏老志不从，令人唏嘘，就使百年以后，也觉得赍恨无穷了！"廖、防、光等闻太后言，乃上书让邑，愿就关内侯。章帝不许，始勉受侯封，退位就第。是年太后寝疾，不信巫祝小医，戒绝祷祀，未几竟崩，尊谥为明德皇后，合葬显节陵。小子有诗赞道：

俭节高风已足钦，谦尊更见德深沉；
东都母范能常在，国柄何由属妇壬。

明德太后葬后，章帝顾及私恩，加封生母。欲知封典如何，待至下回再表。

耿恭以孤军出屯塞外，部下吏士，不过数千，累撄强虏之口，能战能守，百折不挠，此诚为东汉良将，非人可及。为章帝计，正宜亟选大员，拔恭出围；乃段彭等第救关宠，不救耿恭，微范羌，恭之不遭陷没者仅矣。至郑众、鲍昱，相继上请，犹第拜恭为骑都尉，未就侯封；而于马氏私戚，必欲与之爵赏，何其私而忘公，不顾大局耶？马太后谦抑为怀，始终不欲加封兄弟，观其殷勤教诲，语语出自至诚，不第为皇室计，抑亦为母家计。而章帝终违慈训，致贻长恨之叹，甚且信马防之谗间，屈死耿恭，章帝其亦有惭为子、有愧为君矣乎？而明德马后，则固足千古矣！

第三十回 请济师司马献谋 巧架诬牝鸡逞毒

却说章帝生母，本是贾贵人，（见第二十五回。）因为马太后所抚养，故专以马氏为外家，未尝加封生母；就是贾氏亲族，也无一人得受宠荣。至马太后告崩，乃策书加贾贵人赤绶，（汉制贵人，但服绿绶，惟诸侯王得用赤绶。）安车一驷，宫人二百，御府杂帛二万匹，大司农黄金千斤，钱二千万，安享终身。这也毋庸细说。

惟校书郎杨终，上言国家少事，应即讲明经义，近年文士破碎章句，往往毁裂大体，不合圣贤微旨，当仿宣帝博征群儒，讲经石渠阁故事，永为后世模范云云。于是召令诸儒集白虎观中，考订五经，辩论异同，使五官中郎将魏应承制发问，侍中淳于恭应制条奏。章帝亲自临决，汇编白虎议案，辑成一书；后世所传《白虎通》，就是本此。当时有侍中丁鸿，表字孝公，系是颍川郡人。父名綝，曾受封陵阳侯，綝殁后，鸿当袭封，独托称有疾，愿将遗封让弟，朝廷不许。鸿奉父安葬，把缞绖悬挂坟前，私下逃去。行至东海，与友人鲍骏相遇，骏问明行踪，出言相责道："古时伯夷、季札，身居乱世，权行己志。今汉室重兴，正当宣力王事，汝但因兄弟私恩，绝父遗业，如何可行?"鸿不禁感动，垂涕叹息，乃还就陵阳。鲍骏复上书荐鸿，具陈经学至行，乃有诏征鸿为侍中，并徙封鲁阳乡侯。及白虎观开门讲经，鸿亦列席，据经论难，陈义最明，诸儒俱自愧不逮，时人因为传扬云："殿中无双丁孝公。"此外尚有少府成封，校尉桓郁，（即桓荣子。）兰台令史班固，（见前。）与雍丘人楼望，平陵人贾逵，以及广平王羡，（明帝子，见前。）并皆得与讲席，著有令名。

越年为建初五年，二月朔日食，诏求直言极谏，大略说是：

朕新离供养，愆咎众著，上天降异，大变随之，《诗》不云乎，亦孔之丑；又久旱伤麦，忧心惨切。公卿以下，其举直言极谏，能指朕过失者各一人；遣诣公车，将亲览问焉。其以岩穴为先，勿取浮华！

未几又诏令清理冤狱，虔祷山川，略云：

《春秋》书“无麦苗”，重之也。去秋雨泽不适，今时复旱，如炎如焚，为备未至。朕之不德，上累三光，震栗忉忉，痛心疾首。前代圣君，博思咨诹，虽降灾咎，辄有开匮反风之应。今予小子，徒惨惨而已。其令二千石理冤狱，录轻系，祷五岳四渎及名山，能兴云致雨者，冀蒙不崇朝遍雨天下之报，务加肃敬焉！

到了五月，复下诏云：

朕思迟直士，（迟读若治，有待望之意。）侧席异闻，其先至者各以发愤吐懑，略闻子大夫之志矣；皆欲置于左右，顾问省纳。建武诏书尝曰：“尧试臣以职，不直以言语笔札。”（直犹但也。）今外官多旷，并可以补任，有司其铨叙以闻！

看官览到此诏，可知章帝诏求直士，亦无非虚循故事，非真出自至诚；否则直士征庸，理应置诸左右，常令补过，为什么调补外官呢？（讥评得当。）内外臣僚，窥透意旨，待至得雨以后，即由零陵献入芝草，表称祥瑞。既而泉陵地方，又说有八黄龙出现水中。正在铺张扬厉的时候，太傅赵熹，遽尔病终。司徒鲍昱，已代牟融后任，（融于建初四年病殁。）进任太尉，另用南阳太守桓虞为司徒。自赵熹病殁逾年，昱复随逝，乃更擢大司农邓彪为太尉。老成迭谢，何足称祥？忽由西域留守军司马班超，拜本入朝，大致在请兵西征，原文录后：

臣窃见先帝欲开西域，故北击匈奴，西使外国，鄯善、于阗，即时向化。今拘弥、莎车、疏勒、月氏、乌孙、康居，复愿归附，欲共并力，破灭龟兹，平通汉道。若得龟兹，则西域未服者，百分之一耳。臣伏自念卒伍小吏，荷蒙拔擢，愿从谷吉效命绝域，庶几张骞弃身旷野。（谷吉为元帝时人，张骞为武帝时人，俱见《前汉通俗演义》）昔魏绛列国大夫，尚能和辑诸戎；况臣奉大汉之威，而无铅刀一割之用乎？前世议者，皆曰取三十六国，号为断匈奴右臂，今西域诸国，自日之所入，莫不向化，大小欣欣，贡奉不绝，惟焉耆、龟兹，独未服从。臣前与官属三十六人，奉使绝域，备遭艰厄。自孤守疏勒，于今五载，胡夷情意，臣颇识之，问其城郭大小，皆言倚汉与依天等。以是观之，则葱岭可通，龟兹可伐。今宜拜龟兹侍子为其国王，（系前时入侍者。）以步骑数百送之，与诸国连兵进讨，数月之间，龟兹可平。以夷狄攻夷狄，计之善者也。（超之得计在此。）臣见莎车、疏勒，田地肥广，不比敦煌、鄯善间也。兵可不费中国，而粮食自足。且姑墨、温宿二王，特为龟兹所置，既非其种，更相厌苦，其势必有为我所降者；若二国来降，则龟兹自破。愿下臣章，参考行事，诚有万分，死复何恨？臣超区区，特蒙神灵，窃冀未便僵仆，目见西域平定，陛下举万年之觞，荐勋祖庙，布大喜于天下，则臣超幸甚，国家幸甚！

原来超在疏勒，已与康居、于阗、拘弥三国，合兵万人，击破姑墨石城，斩首七百级，因此欲乘势进兵，荡平西域，所以恳切陈词，亟请济师。章帝也知超非虚言，拟派吏士助超。适有平陵人徐干，与超同志，奋身诣阙，愿往为超助。章帝即令干为假司马，率领弛刑及义从千人，即日西行。（弛刑，谓课功赎罪诸徒；义从，谓奋愿从行之士。）超日夜待兵，已是望眼将穿，并因莎车叛附龟兹，顾虑疏勒都尉番辰亦有异志，更觉得优劳，凑巧干军驰至，遂相偕出击番辰，一鼓破敌，斩首千余级，番辰遁去。超更欲进攻龟兹，自思西域诸国，乌孙颇强，正好借他兵力，与约夹攻。乃奏称乌孙大国，控弦十万，故武帝尝妻以公主，至宣帝时，终得彼力，远逐匈奴；今正可遣使招慰，与其合兵，用夷攻夷，莫如此举。章帝也以为然，方遣使慰谕乌孙。

使节未归，流光易逝，倏忽间已是建初七年，正月初吉，沛王辅，济南王康，东平王苍，中山王焉，联翩入朝。章帝先遣谒者出都远候，分给貂裘食物珍果，又使大鸿胪持节郊迎，再由御驾亲视邸第，预设帷床，钱帛器物，无不具备。至四王入都诣阙，赞拜不名，且由章帝起座答礼。礼毕入宫，再用辇迎接四王，至省阁乃下。帝亦兴席改容，欢然叙旧，使皇后出宫亲拜，四王皆鞠躬辞谢，不敢当礼。嗣是款留多日，直至春暮，方许诸王归国。但因东平王苍，老成重望，弁冕天潢，用再手诏挽留。直至仲秋已届，大鸿胪窦固，奏请将苍遣归，才得允许。特给苍手诏云：

骨肉天性，诚不以远近为亲疏，然数见颜色，情重昔时。念王久劳，思得还休，欲署大鸿胪奏，不忍下笔，顾授小黄门，（系受诏颁发之官。）中心恋恋，恻然不能言。

苍得诏后，入阙谢赐，随即辞行，章帝亲送至都门，流涕叙别，复赐乘舆服御，珍宝钱帛，以亿万计。苍还国遇疾，逾年竟殁，赙赠独隆，派使护丧，且令四姓小侯，及诸国王主，一体会葬，予谥曰宪，子忠袭爵。（叙笔特详，无非善善从长之意。）总计光武帝十一子，至苍殁后，仅留四人，为沛王辅，济南王康，中山王焉；以外尚有阜陵王延，在明帝时已曾削封，（见第二十八回。）建初中复被人讦发，说他谋为不轨，又贬爵为侯。（琅玡王京，时已病逝。）后来惟沛王辅最贤，身后留名。济南王康，及中山王焉，屡有过失，还幸章帝顾念亲亲，不忍加罪，才得保全。就是阜陵侯延，亦仍复王爵，安享余年。这也是章帝的厚德。只是夫妇父子间，凶终隙末，终害得不夫不父，有累贤明。说来又有特因，应该约略补叙。

章帝已立太子庆，庆母为宋贵人，已见前回。惟宋贵人父名扬，为文帝时功臣宋昌八世孙，原籍平林，扬以恭孝著名，隐居不仕。胞姑为马太后外祖母，马太后闻扬有二女，才艺俱优，因选入东宫，得侍储君。章帝即位，并封二女为贵人，大贵人生庆，立为太子；杨因此入为议郎，赏赐甚厚。尚有前太仆梁松二侄女，亦入宫为贵人，小贵人生皇子肇，这四贵人位置相同，并承恩宠。惟宋大贵人素善侍奉，前时供应长乐宫，（即马太后所居之宫。）躬执馈馔，为马太后所垂怜，子庆得为储嗣，也是马太后从中主张。惟窦皇后暗怀妒忌，视宋贵人母子，仿佛眼中钉一般。至马太后崩逝，后得恃宠生奸，尝与母沘阳公主，图害宋氏。外令兄弟窦宪、窦笃，伺扬过失，内令女侍、阉竖，探刺宋贵人动静，专谋架陷。

俗语说得好：“明枪易躲，暗箭难防。”宋贵人偶然得病，欲求生菟为药饵，（菟即药品中菟丝子。）特致书母家，嘱令购求。谁料此书被窦后截住，竟将它作为话柄，诬言宋贵人欲作蛊道，借生菟为厌胜术，咒诅宫廷。当下在章帝前，装出一副愁眉泪眼的容态，日夜谮毁宋贵人母子，且言宋贵人必欲为后，情愿将正宫位置，让与了他。（曲摹妒妇口吻。）章帝正与窦后非常恩爱，怎能不为所惑？遂将宋贵人母子，渐渐生憎，不令相见。窦皇后见章帝中计，辗转图维，想把那太子庆捽去，方好除绝根株，终免祸患。只是自己虽得专宠，终无生育，女弟轮流当夕，也总觉闭塞不通，毫无怀妊消息。（这叫做秀而不实。）百计求孕，始终无效，不得已求一替代的方法，把那小梁贵人所生的皇子，移取过来，殷勤抚育，视若己生。（移花接木，终非良策。）一面复阴使掖庭令，诬奏宋贵人通书前情，请加案验。章帝为色所迷，已弄得神昏颠倒，就批准掖庭令奏议，使他钩考。天下事欲加人罪，何患无辞？不但将宋贵人说成大恶，并连那太子庆亦诬作穷凶，一篇复奏，便由章帝下诏，废太子庆为清河王，立子肇为皇太子。诏书有云：

> 皇太子有失惑无常之性，爰自孩乳，至今益彰。恐袭其母凶恶之风，不可以奉宗庙，为天下主。大义灭亲，况降退乎？今废庆为清河王。皇子肇保育皇后，承训襁褓，导达善性，将成其器，盖庶子慈母，尚有终身之恩，岂若嫡后事正义明哉？今以肇为皇太子，使得谨守宗祧，钦哉惟命。

太子既废，复出宋贵人姊妹，锢置丙舍，再依小黄门蔡伦考验。二姊妹当然不肯诬服，偏蔡伦阴承后旨，曲为锻炼，竟说二贵人咒诅属实，请付典刑。当即奉到复诏，移徙二贵人至暴室中。（暴室，署名，为宫女疾病时所居。）可怜姊妹花自悲命薄，愤不欲生，彼仰药，此服毒，同时毙命。宋扬削职归里。最可恨的是郡县有司，投井下石，更将扬砌入罪案，捕系狱中，还亏扬友人张峻、刘均等，替扬奔走解释，方得免罪。扬虽得出狱，悲伤憔悴，当即病亡。清河王庆，年尚幼弱，却能避嫌畏祸，不敢提及宋氏。太子肇本与相亲，晨夕过从，庆越加谦谨，勉博太子欢心。太子肇尝入白章帝，言庆并无恶意，章帝乃嘱皇后抚视，所有一切衣服，令与太子齐等，庆始得幸全。

惟梁氏自松得罪后，家属并坐徙九真，（松事，见第二十五回。）大小二梁贵人，系没入掖庭，得承恩宠，小梁贵人幸得一男，进为储君，合家亦蒙赦还，欣然相庆。哪知为诸窦所闻，又恐梁氏得志，急忙转报窦后。窦后本已加防，一闻消息，就再掉动长舌，谗毁梁氏二贵人。并言贵人父竦，潜图不轨，欲为兄松复仇。章帝竟令汉阳太守郑据，捕竦入狱，冤冤枉枉，构成罪名，竦坐是瘐死，家属复徙九真。看官试想！这大小二梁贵人，尚能安然无恙么？美人善忧，况经此父死家亡，怎得不五中崩裂，两命同捐，呜呼哀哉。（四贵人相继毕命，何若为平民妻，尚得相安！）

阴贼险狠的窦皇后，陷害了宋、梁二家，尚嫌不足，更追恨及明德马太后，纳入大小梁贵人，先得专宠；并且马氏兄弟，均列枢要，也欲趁势除尽，省得夺权。于是与兄弟内外毗连，构陷马氏。马氏已失内援，未知敛抑。马廖颇能自守，但秉性宽缓，不能约束子弟。防与光尝大起第观，食客常数百人，奴婢仆从，不可胜计，积资巨亿，往往购置洛阳美田，防且多牧马畜，赋敛羌胡。（不念乃父裹尸时么？）为此种种骄盈，已不免惹人讥议，更有窦氏从中媒孽，自然上达九重。章帝不忍惩治，但再三加诫，随时监束。嗣是马氏威权日替，宾客亦衰。廖子豫贻书友人，语多怨诽，适为窦氏私党所闻，上表弹劾，并奏称马防兄弟，奢侈逾僭，浊乱圣化，应悉令免官，徙就封邑。章帝准议。惟因光前遭母丧，哀毁逾恒，比二兄较为尽孝，因特留住京师，助祭先后；不过一切要职，已经褫去，眼见是前盛后衰，远不相符了。（天下无不散的筵席。）窦后兄宪，得进任虎贲中郎将，弟笃亦迁授黄门侍郎。兄弟亲幸，并侍宫省，一班豪门走狗，朝秦暮楚，又竞至窦氏兄弟门前，奔走伺候，趋承惟谨。

窦宪恃势日横，凡王侯贵戚，莫不畏惮。沁水公主（明帝女。）有园田数顷，颇称肥美，宪强欲购买，但给钱值，公主不敢与较，只好饮泣吞声。此外尚有何人敢与争论？独司空第五伦不甘缄默，上疏陈请道：

臣得以空疏之质，当辅弼之任，素性驽怯，位尊爵重，拘迫大义，思自策励，虽遭百死，不敢择地，又况亲遇危言之世哉？伏见虎贲中郎将窦宪，椒房之亲，典司禁兵，出入省闱，年盛志美，卑谦乐善，此诚其好士交结之方。然诸出入贵戚者，类多瑕衅禁锢之人，尤少守约安贫之节；士大夫无志之徒，更相贩卖，云集其门，众煦飘山，聚蚊成雷，盖骄佚所从生也！三辅论议者至云，以贵戚废锢，当复以贵戚浣濯之，犹解酲当以酒也。诐险趋势之徒，诚不可亲近。臣愚愿陛下中宫，严饬宪等闭门自守，无妄交通士大夫，防其未萌，虑于无形，令宪永保福禄，君臣交欢，无纤介之隙。此臣之所至愿也！臣不胜愚戆，谨此上闻。

章帝得疏，颇为留意，会与窦宪偕出巡幸，路过沁水公主园田，故意指问，急得宪满口支吾，不敢详对，章帝始知传闻是实。及还宫后，召宪严责道："汝擅夺公主园田，可知罪否？朕恐汝如此骄横，与赵高指鹿为马，有何大异？从前永平年间，先帝尝令阴党、阴博、邓叠三人，互相纠察，故豪戚莫敢犯法；当时诏书切切，犹以舅氏田宅为言。今贵如公主，尚被枉夺，何况平民？国家弃汝，不啻孤雏腐鼠，有何足惜！汝自想该不该呢？"这数语很是严厉，几把窦宪的魂灵儿，撵往九霄云外，慌忙匍匐磕头，好似捣蒜一般。正在惶急万分，忽听得屏后微动，莲步悠扬，走出一位袅袅婷婷的丽姝，前来解围。（好了！好了！救苦救难的观世音来了！）正是：

外戚横行终忤主，内言巧啭竟回天。

欲知丽姝为谁，待至下回说明。

用夷攻夷，原攘夷之上策，但亦必才如班超，方足收功，否则平虏不足，启衅有余，几何而不丧师偾事耶！章帝驭将用人，不为无识，至待遇亲族，亦尚有恩。独于朝夕相亲之窦皇后，不能察知情伪，屡受其欺而不觉。始则二宋贵人，死于非命；继则二梁贵人，又复遭诬，并以忧死。同一抱衾与裯之妇女，岂无情谊之相关，乃以色艺之少差，竟使后来居上，坐被谗间，何其薄幸若此？宋氏废，梁氏徙，而马氏亦间接夺权，色之蛊人，顾若是其甚耶？盖自章帝溺爱衽席，开子孙无穷之祸，而后之好色者不知所鉴；无惑乎牝鸡败家，代有所闻也。

第三十一回　诱叛王杯酒施巧计　弹权戚力疾草遗言

却说窦宪被章帝切责，非常震惧，叩首不遑，幸从屏后走出丽姝，冉冉至章帝前，毁服减妆，代为谢罪。这人为谁？便是六宫专宠的窦皇后，外戚窦宪的亲女弟。他闻阿兄遭责，恐致受谴，因即趋出外庭，仗着一副媚容，替兄乞怜，力图解免。章帝见她愁眉半蹙，粉面微皱，一双秋水灵眸，含着两眶珠泪，几乎垂下，就是平时的百啭莺喉，至此也呜咽欲绝，卿真多虑，我见犹怜，不由得把满腔怒意，化作冰消。窦皇后又半折柳腰，似将下跪，当由章帝连呼免礼，轻轻把她扶住；一面令窦宪起来，叫他退去。宪得了这护身符，当然易惧为喜，再行叩谢，然后起身趋出。章帝挈着窦后，返入后宫，不消细述。惟窦宪虽得免罪，却已为章帝所憎嫌，不复再加重任。所以宪在章帝时代，只做了一个虎贲中郎将，未闻迁调，但守着本身职务，旅进旅退罢了。（这还是章帝一隙之明。）

新任洛阳令周纡，持正有威，不畏强御，甫行下车，即召问属吏，使报大族主名。属吏止将闾里豪强，对答数人，纡厉声道："我意在详问贵戚，如马、窦两家，子弟若干？照汝所说，统是卖菜佣姓名，何足计较？"属吏闻言，不禁惶恐，才将马、窦子弟，约略报了数名。纡又嘱咐道："我只知国法，不顾贵戚，如汝等卖情舞弊，休来见我！"属吏唯唯，咋舌而退。纡乃严申禁令，有犯必惩。贵介子弟，却也不敢犯法，多半敛迹，京师肃清。一夕黄门侍郎窦笃，出宫归家，路过止奸亭，亭长霍延，截住车马，定要稽查明白，方许通过。笃随身有仆从数人，倚势作威，不服调查，硬将霍延推开。延拔出佩剑，高声大喝道："我奉洛阳令手谕，无论皇亲国戚，夜间经过此亭，必须查究。汝系何人？敢来撒野！”（也是个硬头子。）窦氏仆从哪里肯让，还要与他争论，笃亦不免气忿，在车中大叫道：“我是黄门侍郎窦笃，从宫中乞假归来，究竟可通过此亭否？”亭长听了，才将剑收纳鞘中，让他过去。笃心尚不甘，再加仆从怂恿，即于次日入宫，劾奏周纡纵吏横行，辱骂臣家。章帝明知笃言非实，但为了皇后情面，不能不下诏收纡，送入诏狱。纡在廷尉前对簿，理直气壮，仍不少挠，廷尉也弄得没法，只好据实奏陈。章帝竟批令释放，暂免洛阳令官职，未几又擢任御史中丞。可见章帝原有特识，不过曲为调停，从权黜陟，此中也自有苦衷呢！（若抑若扬，措词甚妙。）

建初八年，乌孙国遣使入朝，乞请修好，就是招谕乌孙的汉使，也同与东归。（回应前回。）章帝甚喜，即授超为将兵长史，特赐鼓吹幢麾，并擢徐幹为军司马，别遣卫侯李邑，护送乌孙使人返国，且赐乌孙大小昆弥等锦帛。（大小昆弥，系乌孙国王名，详见《前汉演义》）。李邑方到于阗，闻得龟兹将攻疏勒，恐道途中梗，不敢前行，反上书奏称西域难平，长史班超拥娇妻，抱爱子，安乐外国，无内顾心，所有先后奏请，均不可从等语。事为班超所闻，不禁长叹道：“身非曾参，乃蒙三至谗言，恐不免见疑当世了！”（曾参事，见《战国策》。）当下将妻斥去，上书沥陈苦衷。章帝知超忠诚，因传诏责邑道：“超果拥妻抱子，属下千余人，岂不思归，怎能尽与同心？汝但当受超节度，就商行止，不必妄言！”又复书谕超，谓邑若至卿处，可留与从事。邑无奈诣超，超不露声色，另派干吏与乌孙使臣，同至乌孙，劝乌孙王遣子入侍。乌孙王惟命是从，即出侍子一人，送至超处。超令李邑监护乌孙侍子，偕往京师。军司马徐幹语超道：“邑前曾毁公，欲败公功，今何不依诏留邑，另遣他吏入京，护送乌孙侍子？”超微笑道：“我正为邑有谗言，留彼无益，所以令他回京，且内省不疚，何恤人言？如必留邑在此，称快一时，如何算得忠臣呢？”及邑返京后，却也不敢再毁班超。

章帝因乌孙内附，侍子入朝，益信超言非虚。越年改号元和，特遣假司马和恭等，率兵八百，西行助超。超既得增兵，复征发疏勒、于阗人马，共击莎车。莎车闻超出兵，特想出一法，阴使人赍着重赂，往饵疏勒王忠，叫他联合莎车，背叛班超。（此计却是厉害。）疏勒王忠果为所愚，竟将重赂收受，与超反对，出保乌即城。超猝遭此变，忙立疏勒府丞成大为王，召回出发兵士，假道攻忠。乌即城本来险阻，不易攻入，超军围城数月，竟未攻下。忠复向康居乞援，康居出兵万人，往救乌即城，累得超进退彷徨，愈难为力。于是分头侦察，探得康居国与月氏联姻，往来甚密，乃亟派吏多赍锦帛，往馈月氏王，托使转告康居，毋为忠援。月氏王也是好利，当即允许，立将超意转达，（财可通神，莫怪夷狄。）康居顾全亲谊，还管什么疏勒王忠？一道密令，转至乌即城中，反使部众将忠缚归。乌即城既失援兵，又无主子，只得举城降超。

惟忠被康居执去，幸得不死，羁居了两三年，与康居达官交好，费了若干唇舌，又得借兵千人，还据损中，且与龟兹通谋，欲攻班超。龟兹却令忠向超诈降，然后发兵进击，以便里应外合。忠依计施行，遂缮好一封诈降书，写得恭顺异常，使人投呈超前。超展书一阅，已知情意，因即召语来使道："汝主既自知悔悟，誓改前愆，我亦不追究既往，烦汝代去传报，请汝主速回便了！"来使大喜，即去返报。超密嘱吏士，叫他如此如此，勿得有误。吏士奉令，自去安排，专待忠到来受擒。

忠还道班超中计，只率轻骑数十人，贸然前来。超闻忠已至，欣然出迎，两下相见，忠满口谢罪，超随口劝慰。彼此谈叙片刻，似觉得胶漆相投，很加亲昵。（好一个以诈应诈。）吏士早已遵着超嘱，陈设酒肴，邀忠入席，超亦陪饮，帐下更作军乐，名为侑酒，实是助威。酒过数巡，超把杯一掷，即有数壮士持刀突出，抢至忠前，如老鹰抓小鸡一般，把忠拿下，反绑起来。忠面色如土，还要自称无罪。超怒目责忠道："我立汝为疏勒王，代汝奏请，得受册封。浩荡天恩，不思图报，反敢受莎车煽惑，背叛天朝，擅离国土，罪一。汝盗据乌即城，负险自固，我军临城声讨，汝不知愧谢，抗拒至半年有余，罪二。汝既至康居，心尚未死，尚敢借兵入据损中，罪三。今又诈称愿降，投书诳我，意图乘我不备，内外夹攻，罪四。有此四罪，杀有余辜，天网昭彰，自来送死，怎得再行轻恕哩？”这一席话，说得忠哑口无言，超即令推出斩讫。不到半刻，已由军士献上忠首，超令悬竿示众。立传将士千人，亲自督领，驰往损中。损中留屯康居兵，守候消息，不防班超引军趋到，一阵斩杀，倒毙至七百余人，只剩了二三百残兵，命未该绝，仓皇遁去，南道乃通。

越年又改元章和，超复调发于阗诸国兵二万余人，往击莎车。莎车向龟兹乞师，龟兹王与温宿、姑墨、尉头三国，联兵得五万人，自为统帅，驰救莎车。超闻援兵甚众，未便力敌，筹画了好多时，便召入于阗王及将校等与语道：“敌众我寡，势难相持，不若知难先退，各自还师。于阗王可引兵东行，我却从西退回。但须待至夜间，听我击鼓，方好出发，免得为敌所乘呢！”说至此，便有侦骑入报道：“龟兹诸国兵马，已经到来，相距不过数里了！”超令于阗王及将校等各归本营，闭垒静守，听候鼓号。大众如言退去。超进攻莎车时，沿途已获住侦谍数人，系诸帐后。到了黄昏时候，故意释放，令得还报军情。龟兹王闻报大喜，亲率万骑，西向击超；使温宿王率八千骑，东向截于阗王。超登高遥望，见各虏营喧声不绝，料他已出发东西，便返入营中，密召亲兵数千人，装束停当，待至鸡鸣，悄悄地引至莎车营前，一声号令，驰马突入。莎车营兵，因闻超军将还，放心睡着，哪知帐外冲进许多兵马，惊起一瞧，统是汉军模样，急得东奔西窜，不知所措。超麾令部众，四面兜击，斩首五千余，尽夺财物牲畜，且令军士大呼道：“降者免死！”莎车兵无路可走，相率乞降；就是莎车王亦势孤力竭，只好屈膝投诚。超收兵入莎车城，再去传召全营将校，及于阗国王。于阗王等正因夜间未得鼓声，不免诧异，及得超传召，才知超计中有计，格外惊服。遂共入莎车城中，向超贺捷。龟兹、温宿诸王，探闻消息，也觉为超所算，未战先怯，各退归本国去了。

自经超有此大捷，西域都畏超如神，不敢生心；就是北匈奴亦闻风震慴，好几年不来犯边。章帝得专意内治，巡视四方，修贡举，省刑狱，除妖恶党禁，免致株连；戒俗吏矫饰，务尚安静；赐民胎养谷，每人三斛；婴儿无父母亲属，及有子不能养食，俱廪给如律，不得漠视。

临淮太守朱晖，善政得民，境内作歌称颂道："强直自遂，南阳朱季。"（晖为南阳宛人。）章帝幸宛闻歌，即擢为尚书仆射。鲁人孔僖，涿人崔骃，同游太学，并追论武帝尊崇圣道，有始无终，邻舍生即讦骃、僖诽谤先帝，讥刺当世。事下有司，骃诣吏受讯；僖上书自讼，略言武帝功过，垂著《汉书》，自有公评。陛下即位以来，政教未失，德泽有加，臣等亦何敢寓讥？就使陛下视为讥刺，有过当改，无过亦宜含容，奈何无端架罪云云。章帝得书省览，下诏勿问；且拜僖为兰台令史，旌美直言。

庐江毛义，素有清名，南阳人张奉，慕名往候。才经坐定，忽有吏人传入府檄，召义为安邑令。义喜动颜色，捧檄入内。奉转目义为鄙夫，待义复出，即起座辞归。后闻义遭母丧，丁艰回籍，及服阕后，屡征不起。奉乃赞叹道："贤士原不可测，往日捧檄色喜，实是为亲屈志。今乃知毛君节操，实异常人！"章帝亦得闻义名，征义就官，义仍然谢绝。乃赐谷千斛，并令地方官随时存问，不得慢贤。

还有任城人郑均，洁身自好。有兄尝为县吏，贪赃受贿，屡谏不悛，均竟脱身为人佣，积得工资若干，归授乃兄，且垂涕与语道："财尽尚可复得，为吏坐赃，终身捐弃，不能复赎了！"兄闻言感动，改行从廉。未几兄殁，均敬事寡嫂，抚养孤侄，情礼备至。州郡交章举荐，均终不应征。建初三年，司徒鲍昱，致书辟召，又不肯赴。至六年时，由公车特征，不得已入都诣阙。章帝即使为议郎，再迁为尚书，屡纳忠言。旋即因病乞休，解组回里，一肩行李，两袖清风，仍然与寒素相等。章帝东巡过任城，亲至均舍，见均家室萧条，感叹不已，因特赐尚书禄俸，赡养终身。时人号为白衣尚书，垂名后世。（看似赞美章帝，实是阐表诸贤。）

只会稽人郑弘，为宣帝时西域都护郑吉从孙，少为灵文乡啬夫，（乡官名。）爱人如子，迁官驺令，勤行德化，道不拾遗。再迁淮阳太守，境内适有旱灾，弘循例行春，课农桑，赈贫乏，随车致雨，（汉制各郡太守，当春巡行属县，是谓行春。）又有白鹿群至，夹毂护行。弘问主簿黄国道："鹿来夹毂，主何吉凶？"国拜贺道："仆闻三公车辐，尝绘鹿形，明府他日必为宰相！"弘付诸一笑，亦无幸心。建初八年，奉调为大司农，奏开零陵、桂阳岭路，通道南蛮。先是交阯七郡，贡献转运，必从东冶航海，风波不测，沉溺相继，至南岭开通，舍舟行陆，得免此患。弘在职二年，省费以亿万计。时海内屡旱，民食常苦不足，国帑却是有余，弘又请省贡献，减徭役，加惠饥民。章帝亦颇以为然，下诏采行。元和元年，太尉邓彪免官，即令弘继任太尉。弘见窦氏权盛，恐为国害，常劝章帝随时裁抑。言甚剀切，章帝亦温颜听受，但优容窦氏，仍然如常。（无非碍着牝后。）虎贲中郎将窦宪，职兼侍中，出入宫禁，虽未敢公然骄恣，却是密结臣僚，引为心腹。尚书张林，洛阳令杨光，党同窦宪，贪残不法。弘忍无可忍，至元和三年间，极言弹劾，嘱吏缮陈。吏与杨光有旧交，先往告光，光闻言大惧，亟诣窦门求救。窦宪忙入白章帝，劾弘泄漏枢机，失大臣体。章帝问为何因？窦即先将弘所上弹章，约略陈述。已而弘奏呈上，果如宪言。章帝不能无疑，便令左右传诏责弘，且收弘印绶，另任大司农宋由为太尉。弘始知为属吏所卖，径诣廷尉待罪。旋复有诏赦弘，弘因乞骸骨归里，好几日不得复诏，顿令弘积愤成疾，奄卧不起。临危时尚强起草疏，力斥窦宪，仿古人尸谏的遗意。（是卫史鱼故事。）疏中有数语最为扼要，录述如下：

> 窦宪奸恶，贯天达地，海内疑惑，贤愚嫉恶，谓宪何术以迷主上？近日王氏之祸，昞然可见！陛下处天子之尊，保万世之祚，而信谗佞之臣，不计存亡之机；臣虽命在晷刻，死不忘忠，愿陛下诛四凶之罪，以餍人鬼愤结之望！

这书呈入，章帝始遣医往视，弘已病终。妻子遵弘遗嘱，悉还从前赐物，但将布衣为殓，素木为棺，轻车减从，奔丧还乡。章帝亦不加赙赠，听令自便。这却未免辜负好官，有私外戚哩！郑弘既殁，司空第五伦，也老病乞休，有诏准令退位，惟终身赏给二千石俸秩，而加赐钱五十万，公宅一区。伦奉公尽节，言事不肯模棱，性质悫，少文采，在位以贞白见称，时人比诸前朝贡禹，后来寿逾八十，考终家中。太仆袁安，奉命继任。安字邵公，汝阳县人，祖父良，习《易》著名，安少承祖训，得举孝廉，累任阴平任城令长，迁守楚郡，再为河南尹，政号严明，吏民畏服。嗣由太仆超迁司空，守正如故。未及期月，又代桓虞为司徒，光禄勋任隗继为司空。隗字仲和，系故信都太守阿陵侯任光嗣子，好黄老言，品性清廉，与袁安并为三公，时称得人。

博士曹褒，奏请考成汉礼，诏下公卿集议，安与隗各无异言，独词臣班固，谓宜广集诸儒，共议得失。章帝叹道："古谚有言：'筑室道谋，三年不成。'今欲集儒议礼，必致聚讼不休，互生疑异，笔不得下。从前帝尧作《大章》乐，一夔已足，何必多人？"乃即拜褒为侍中，举汉初叔孙通所订《汉仪》十二篇，令褒改订，且与褒语道："此制散略，多不合经，今宜依礼条正，使可施行！"褒乃援据古典，参入《五经》谶记，依次辑录，自天子至庶人，凡冠婚丧祭各制度，具列无遗，共成百五十篇。匆匆奏入，章帝未遑详阅，也不令有司平议，当即收付礼官，遽令施行。及章帝崩后，群臣多言褒擅更礼制，不足为法，因将新礼百五十篇，一并弃掷败字簏中。小子有诗叹道：

绵蕞朝仪不足征，操觚改制亦难凭；
一朝大礼谈何易，草草宁堪作准绳？

欲知章帝何时告崩，待至下回再表。

疏勒王忠，为超所立，乃以莎车之厚赂，甘心背超，戎狄之贪利忘义，可见一斑。幸超能将计就计，不烦血刃，缚而诛之，南道复通。或谓超专以诈计御虏，故虏亦报以诈谋。讵知兵不厌诈，本诸古训，宋襄陈余，为千古笑，况施诸戎狄间乎？厥后拔莎车，却龟兹诸国，老成胜算，游刃有余，而西域乃为之胆落。盖御虏之道，智略为先，兵力次之，不知是不足以挫彼凶横也！超真一人杰矣哉！章帝明知窦宪之奸，未能远斥，至郑弘一再进谏，又不见用，反且为窦宪所欺，收弘印绶，何其自相矛盾一至于此？意者其宁违忠谏，毋负椒房，而因有此刺谬欤？“范书”谓孝章以下，渐用色授，恩隆好合，遂忘淄蠹。数语实抉透章帝一生之大病。吕东莱讥其优柔寡断，盖犹非真知章帝者也。

第三十二回　杀刘畅惧罪请师　系郅寿含冤毕命

却说章帝在位十三年，已经改元三次，承袭祖考遗业，国势方隆，事从宽简，朝野上下，并称乂安。章帝春秋方富，做了十余年的太平皇帝，优游度日，好算是福禄两全。偏至章和二年孟春，忽然得病，竟至弥留，顾命无甚要嘱，但言毋起寝庙，如先帝旧制。俄而崩逝，年只三十一岁。窦皇后素性机警，即召兄弟入宫，委任枢要；一面立太子肇为帝，当日嗣位，是谓和帝，和帝甫及十龄，怎能亲政？当由窦宪兄弟，召集公卿，提出要议，尊窦皇后为皇太后，临朝训政。公卿等畏惮权威，不敢生异。当即酌定临朝典礼，颁诏施行。到了春暮，奉葬章帝于敬陵，庙号肃宗。窦太后欲令兄宪秉政，宪尚有所顾忌，未敢遽握总枢，因让诸前太尉邓彪，召为太傅。彪字智伯，与中兴元勋高密侯邓禹同宗，父名邯，曾官渤海太守，受封鄳乡侯。彪少有至行，见称乡里，旋遭父丧，愿将遗封让与异母弟，因此益得令名，为州郡所辟召；累迁至桂阳太守，亦有政声，入为太仆，升任太尉，居官清白，为百僚式。后来因病乞休，回籍已有四五年，至是复由公车征入，接奉窦太后特诏道：

先帝以明圣奉承祖宗至德要道，天下清静，庶事咸宁。今皇帝以幼年茕茕在疚，朕且佐助听政，外有大国贤王，并为藩屏，内有公卿大夫，统理本朝，恭己受成，夫何忧哉？然守文之际，必有内辅，以参听断，侍中宪，朕之元兄，行能兼备，忠孝尤笃，（是阿妹个人私言。）先帝所器，亲受遗诏，当以旧典辅斯职焉！（遗诏亦未必及宪。）宪固执谦让，节不可夺。今供养两宫，宿卫左右，厥事已重，亦不可复劳以政事。故太尉邓彪，元功之族，三让弥高，海内归仁，为群贤首；先帝褒表，欲以崇化。今彪聪明康强，可谓老成黄耇矣！其以彪为太傅，赐爵关内侯，录尚书事。百官总己以听，朕庶几得专心内位。於戏！（读如呜呼。）群公其勉率百僚，各修厥职，爱养元元，绥以中和，称朕意焉！

彪受命供职，名为朝中领袖，但国家大权，实操诸窦氏手中。窦宪虽守侍中原职，却是内干机密，出宣诏命。窦笃升任虎贲中郎将，笃弟景、瓌，并得入为中常侍。宫廷内外，只知有窦氏兄弟，不知有太傅邓彪。彪且做了窦氏的傀儡，窦氏有所施为，辄令彪代奏，彪不能不依，窦遂得任所欲为。宪父勋尝坐罪致死，（见前文。）谒者韩纡，与劾勋案，此时纡已病殁，宪却为父报仇，潜令门客刺杀纡子，割得首级，往祭父墓。窦太后亦为快意，置诸不问。

都乡侯畅，系齐武王刘縯孙，入京吊丧，多日不归，私与步兵校尉邓叠亲属，互相往来。叠有母名元，出入宫中，为窦太后所亲爱，畅即厚礼馈遗，托她入白太后，为己吹嘘。元直任不辞，入宫一二次，即为说妥，由太后特旨召见。畅喜如所愿，进见太后，极力谄媚，叩了好几个响头，说了好几句谀词。妇人家最喜奉承，见畅口齿伶俐，礼貌谦卑，不由得引动欢肠，当作好人看待，问答了好多时，才令退去。未几复蒙召入，历久始出。又未几再蒙召入，居然有说有笑，格外投机。（莫非要演吕后、审食其故事么？）宫中谁敢多嘴，只有窦宪瞧着，很是不悦，暗想太后一再召畅，定有隐情，畅若得宠，必致夺权，（宁止夺权而已。）不如先发制人，结果性命，再作后图。主见已定，便暗嘱壮士，伺畅行踪，乘机下手。畅正满志踌躇，专望太后赐他好处。按日至屯卫营中，听候好音，不防背后跟着刺客，一不见机，竟致饮刃，晕倒地上，断命送终。刺客早已扬去。卫兵见了畅尸，当然骇愕，立即报闻。

窦太后得知消息，很是惊悼，（与汝有何关系？）即令窦宪严拿凶手。宪反将杀人大罪，卸到畅弟利侯刚身上，说他兄弟不和，因有此变。窦太后信为真言，就饬侍御史与青州刺史，查究刚等罪状。

原来刚封邑在青州，故兼令青州刺史考治。尚书韩棱，上言贼在京师，不宜舍近就远，恐为奸臣所笑。窦宪得了此语，恐棱疑及己身，急请太后下诏责棱。（究竟贼胆心虚。）棱虽然被责，仍旧坚执前言。三公皆袖手旁观，莫敢发议，独太尉何敞，进说太尉宋由道："畅系宗室肺腑，茅土藩臣，来吊大忧，上书须报，乃亲在武卫，致此残酷。奉法诸吏，无从缉捕，踪迹不明，主名不定。敞得备股肱，职典贼曹，意欲亲往纠察，力破此案！偏二府执事，（二府谓司徒、司空。）以为朝廷故事，三公不与闻贼盗，公纵奸慝，无人问咎。敞不忍坐视，愿充此役！"宋由乃许令查缉。司徒、司空二府，闻敞前往钩考，亦遣侦吏随行，"天下无难事，总教有心人"结果查得刺畅凶手，实系窦宪主使，当即奏白太后。太后勃然大怒，立向窦宪问状。（何必盛怒至此？）宪亦无从抵赖，匍匐谢罪。太后竟将宪锢置内宫，有意加谴。宪恐遭诛戮，自请出击北匈奴，图功赎死。

是时北匈奴岁饥，部众离叛，邻国四面侵扰，优留单于为鲜卑所杀，北庭大乱。南单于屯屠何新立，上表汉廷，请乘北虏纷争，出兵征伐，破北成南，并为一国，令汉家无北顾忧。窦太后得表，取示执金吾耿秉，秉极言可伐，独尚书宋意上书谏阻，因未定议，窦宪乃想此出去，为逃死计。究竟窦太后顾念同胞，未忍将长兄处死，不过一时气愤，把他锢禁；转思宪既有志图功，乐得遣他出去，得能立功异域，也好塞住众口，免诮失刑。于是依了宪议，且命为车骑将军，使执金吾耿秉为征西将军，为宪副将，发兵讨北匈奴。宪得出宫部署，仍然威震一时。兵尚未出，忽接护羌校尉邓训捷报，乃是击走羌豪迷唐，收服群羌等语。

先是元和三年，烧当羌迷吾与弟号吾率领羌众，复来犯边。陇西郡督烽掾李章，颇有智略，独不举烽火，暗地号召戍卒，埋伏要隘。号吾见陇西无备，轻骑入境，陷入伏中，慌忙突围返奔，偏值李章紧紧追来，强弓一发，射伤号吾坐骑，号吾被马掀下，为章所擒。章执住号吾，将献诸郡守，号吾乞怜道："我既被擒，也不畏死，但杀死一我，无损羌人，不如放我生还，我当永远罢兵，不再犯塞了。”章以为说得有理，遂转禀太守张纡，纡乃放还号吾。号吾果解散羌众。各归故地，迷吾亦退居河北归义城。至章和元年，护羌校尉傅育，贪功启衅，募人阴构诸羌，令他自斗。羌人不肯从令，复生异心，走依迷吾。育发诸郡兵数万人，即欲击羌，大兵未集，仓猝出师，迷吾徙帐远去。育尚不肯罢休。自率三千骑穷追，恼动迷吾毒性，设伏三兜谷旁，邀截育军。育夜至谷口，尚不设备，顿致伏兵齐起，两面掩击，把育军杀死无算，育亦做了无头鬼奴。（真是自去送死。）还幸各郡兵赴救，拨出残众一二千人，迷吾引去。

败报到了京师，有诏令张纡为护羌校尉，出驻临羌。迷吾复入寇金城，纡遣从事司马防，领兵截击，大破迷吾，迷吾乃致书乞降。纡佯为允许，待迷吾挈众到来，陈兵大会，置酒犒众，密将毒药置入酒中，羌众饮酒中毒，陆续倒地。迷吾亦筋软骨酥，不省人事，纡得指麾兵士，一一屠戮，且剁落迷吾首级，祭傅育墓，再发兵袭击迷吾余众，斩获数千人。（诱杀迷吾计，与班超相同，但超诛诈降，纡戮真降，情迹悬殊，不能并论。）迷吾子迷唐，独得逃脱，恨父被害，有志复仇，遂与诸羌种结婚交质，誓同休戚，据住大、小榆谷，与纡为难。纡不能制服，拜表请兵，朝廷因纡赚杀诸羌，很是失计，因将纡免官召还，改任故张掖太守邓训代为护羌校尉。训字平叔，系故高密侯邓禹第六子，少有大志，厌文尚武，禹尝斥为不肖。哪知训训习韬略，善抚兵民，章帝时已任乌桓校尉，与士卒同甘苦，大得众心，番虏惮训恩威，不敢近塞。嗣复调任张掖太守，边境清宁。及张纡免职，公卿多举训往代，因令改官。

训莅任未几，迷唐即领兵万骑，来至塞下，一时未敢攻训，先胁令小月氏胡人，从早投服。小月氏胡，尝散居塞内，约有数千名，就中多勇健富强，不服羌种。汉吏辄随时羁縻，令拒羌人，他却能用少制众，为汉效力；只因平时有功少赏，所以依违两可，向背无常。此次迷唐招降，威驱利迫，胡人倒也不愿相从，誓与死斗。训察知情迹，便派吏安抚诸胡，叫他不必致死，自当一体保护。吏佐以为羌胡相攻，于我有利，待他两下俱疲，正好出兵尽灭，为何无端禁护，留下后患？训却出言指驳道："近因张纡失信，群羌大动，屡来犯边。综计塞下屯兵，多至二万，按时给饷，空竭府藏，尚不能有备无患，凉州吏民，命悬呼吸。今尚欲羌胡相攻，羌败胡盛，胡亡羌兴，终为我害，哪能一举灭尽？且诸胡反复无定，俱因我恩信未厚，所以致此！今若因彼迫急，用德怀柔，彼必感激厚恩，乐为我用。服胡平羌，就在此着，汝等亦怎知大计哩？"（成竹在胸。）当下大开城门，召入群胡妻子，安处城中，严兵守卫。羌人无从胁掠，相继引去。

胡人果然感德，并言汉吏常欲图我，今邓使君待我有恩，开门纳我妻子，使免兵刃，这却是我重生父母，怎得不依？于是群集训前，跪伏叩头道："唯使君命！"训乃简选壮丁，择得数百人，使为义从，推诚相待。胡俗耻言病死，每遇病危，即用刀自刭，训闻降胡有疾，辄使人拘持缚束，禁令自裁，但给他医治，往往服药得痊，胡人愈加感动，无论男妇长幼，莫不归仁。旋复赏赂诸羌，使相招诱。迷唐叔父号吾，便率种人八百户来降。训全数收纳，妥为抚慰；一面征发湟中秦胡羌兵四千人，出塞掩击迷唐，斩首虏六百余级，得马牛羊万余头。迷唐抵敌不住，弃去大、小榆谷，逃入颇岩谷中，羌众亦逐渐散去。训方上书奏捷，汉廷共庆得人。

既而和帝改年号为永元，春光初转，塞外雪消，迷唐欲复归故地，屡遣侦谍，往来榆谷，为训所闻，训亟发湟中兵六千人，使长史任尚为将，叫他缝革为船，置诸筏上，乘夜渡河，袭取颇岩谷。迷唐猝不及防，被任尚乘隙掩入，斩首千余，获生口二千人，马牛羊三万余头。迷唐仓皇走脱，收集余众，西奔千余里，诸羌种遂尽叛迷唐。烧当种豪酋东号，情愿内附，稽颡归命，余众亦款塞纳质。训抚绥诸羌，威信大行，随即遣散屯兵，各令归郡，惟留弛刑徒二千余人，分田屯垦，兼修城堡，务为休息罢了。（实是邓禹肖子。）

且说车骑将军窦宪，部署人马，已将就绪，便拟辞阙请行。因恐出征以后，子弟犯法，特使门生赍书，投递尚书郅寿，托他回护家属，毋令得罪。哪知郅寿铁面无私，竟将窦氏门生，拘送诏狱，且上书极陈宪罪，比诸王莽。宪当然大愤，便欲设法害寿。寿尚不以为意，入朝遇宪，当面讥刺，说他大起第宅，擅兴兵甲，种种不法，显犯国章。宪怎肯服罪？自然争论廷前。偏是寿始终不让，仍是厉声正色，侃侃直谈。宪理屈词穷，转向太后前进谗，劾寿私买公田，诽谤宫廷。窦太后正在临朝，听得寿声浪甚高，也嫌他倨嫚无礼，便褫去寿职，命左右执送廷尉。廷尉阿旨承颜，谳成死罪，当即复奏，廷臣莫为解免。独太尉掾何敞，破案有功，得升任侍御史，此时又不忍袖手，即上书进谏，略云：

寿以机密近臣，匡救为职，若怀默不言，其罪当诛！今寿违众正议，以安宗社，岂其私耶？臣所以触死瞽言，非为寿也！忠臣尽节，以死为归，臣虽不知寿，度其甘心安之。但不欲圣朝行诽谤之诛，以伤晏安之化，杜塞忠直，垂讥无穷！臣敞谬与机密，言所不宜，罪名明白，当填牢狱，先寿僵仆，万死有余！

窦太后接阅敞书，才命减寿死罪，谪徙合浦。寿愤不欲生，竟致自刎；家属幸得免徙，仍归西平故乡。（寿即郅恽子，郅恽事，见前文。）窦宪既害死郅寿，气焰越盛，且因启行在即，越摆出大将威风，颐指气使。三公九卿，也有些看不过去，因联名上书，谏阻北伐。接连奏了好几本，终不见报，太尉宋由，未免惊疑，不敢再行署奏，诸卿亦多半退缩。惟司徒袁安，司空任隗，还是守正不移，甚至免冠朝堂，极力固争，仍不见从。侍御史鲁恭，素怀忠直，因再详陈利害，抗疏切谏道：

陛下亲劳圣思，日昃不食，忧在军役，诚欲以安定北陲，为民除患，定万世之计也。臣伏独思之，未见其便。社稷之计，万人之命，在于一举。数年以来，秋稼不熟，民食不足，仓库空虚，国无储积；又新遭大忧，人怀恐惧。陛下方在谅阴，（阴读如暗，天子居丧之名。）三年听于冢宰，百姓阙然，三时不闻警跸之音，莫不怀思皇皇，若有求而不得。今乃以盛春之月，兴发军役，扰动天下，以事戎夷，诚非所以垂恩中国，改元正时，由内及外也，万民者，天之所生；天爱其所生，犹父母爱其子，一物有不得其所者，则天气为之舛错，况于人乎？故爱人者必有天报。昔太王重人命而去邠，故获上天之祐。夫戎狄者，四方之异气也，蹲夷踞肆，与鸟兽无别，若杂居中国，则错乱天气，污辱善人，是以圣王之制，羁縻不绝而已。今边境无事，正宜修仁行义，尚于无为，令家给人足，安业乐产。夫人道乂于下，则阴阳和于上，祥风时雨，覆被远方，夷狄自重译而至矣！盖以德胜人者昌；以力胜人者亡！今匈奴为鲜卑所创，远藏于史侯河西，去塞数千里，而欲乘其虚耗，利其微弱，是非义之所出也！前太仆祭肜，远出塞外，卒不见一胡而兵已困，白山之难，不绝如綖，都护陷没，（指陈睦。）士卒死者如积，（读若胔。）迄今被其辜毒。孤寡哀思之心未弭，奈何复袭其迹，不顾患难乎？今始征发，而大司农调度不足，使者在道，分部督促，上下相迫，民间之急，亦已甚矣！三辅、并、凉少雨，麦根枯焦，牛死日甚，此其不合天心之验也！群僚百姓，咸曰不可，陛下独奈何以一人之计，弃万人之命，不恤其言乎？上观天心，下察人志，足以知事之得失。臣恐中国且不为中国，岂徒匈奴而已哉？惟陛下留圣恩，休罢士卒，以顺天心，天下幸甚！

这篇奏章，也好算是痛哭流涕，说得激切，偏窦太后情深骨肉，置若罔闻，鲁恭亦只好罢论。惟鲁恭颇有异政，脍炙人口。他系扶风郡平陵县人，童年丧父，哀毁逾成人，嗣入太学习鲁诗，讲诵不辍，因此成名。章帝初年，召恭至白虎观讲经，为太尉赵熹所荐举，拜中牟令，专务德化，不尚刑罚。邻境有蝗虫为灾，独不入中牟界内。袁安方为河南尹，恐传闻失实，特遣掾属肥亲往视，果然不谬。恭与肥亲偕行阡陌，并坐桑下，见白雉过集座前，适有童儿在侧，亲顾语童儿道："何不捕执此雉？"童儿笑道："雉方怀雏！"亲不待说毕，瞿然起立，向恭告别道："我奉公到此，实欲觇君政绩，今虫不犯境，便是一异；化及鸟兽，便是二异；我若久留，反劳贤令供给，多致不安，请从此别！”言讫自行，返报袁安，安亦大为惊异。嗣又闻得中牟署内，生有嘉禾，乃即奏报朝廷，极言恭以德化民，屡迓天庥。章帝因征恭入阙，擢为侍御史。后人尝称鲁恭“三异”，作为口碑。小子亦有诗赞道：

鲁公德政起中牟，阖邑兴仁俗不偷；
草木昆虫皆沐化，一时三异足千秋！

窦太后不从恭奏，仍遣窦宪等北征；且迁窦笃为卫尉，窦景为奉车都尉，颁发国帑，为造邸第。免不得物议沸腾，又有人出来谏阻了。欲知何人进谏，待至下回表明。

刘畅以外藩奔丧，事毕即当返镇，乃恋恋不去，求见太后，果何为者？窥其意不特具幸进心，并且为求欢计。窦太后以美丽闻，度其年不过三十，色尚未衰，畅之欲为审食其也明矣。史称其素行邪僻，言简意赅，太后屡次召见，几已入彀，微窦宪之从旁下手，几何而不为雄狐之刺耶？然宪究不当擅杀藩臣，讳无可讳，乃欲出师徼功，自赎死罪；太后又为所惑，竟允宪议；杀一人且不足，尚欲举千万人之生命，作为孤注，何其忍也？郅寿直言谏诤，反致得罪，蒙冤自尽，而三公九卿，又屡谏不从，偏憎偏爱，固妇人之常态，而国纪已为之毁裂矣！太傅邓彪，名为总己，乃片言不发，袖手旁观，其负国也实甚，国家亦焉用彼相为哉？

第三十三回 登燕然山夸功勒石 闹洛阳市渔色贪财

却说窦太后许兄北征，又为弟筑宅，当有一位正直著名的大臣，再加谏阻。看官欲知他姓名，就是侍御史何敞，谏草中大略说是：

臣闻匈奴之为桀逆久矣！平城之围，嫚书之耻，此二辱者，臣子所为捐躯而必死，高祖、吕后，忍怒含忿，舍而不诛。伏惟皇太后秉文母之操，（文母，即周文王妃太姒。）陛下履晏晏之姿，匈奴无逆节之罪，汉朝无可惭之耻，而盛春东作，兴动大役，元元怨恨，咸怀不悦！而猥复为卫尉笃、奉车都尉景缮修馆第，弥街绝里。臣虽斗筲之人。窃自惊异。以为笃、景亲近贵臣，当为百僚表仪。今众军在道，朝廷忧劳，百姓愁苦，而乃遽起大第，崇饰玩好，非所以垂令德、示无穷也！宜且罢工匠，专忧北边，恤民之困，保存元气。匪惟为宗庙至计，抑亦窦氏之福也！自知昧死，不敢不闻。

奏入不省。敞亦平陵人氏，与鲁恭同乡，两人谏草，并光史乘。还有尚书仆射朱晖，已经乞病告归。亦上疏力阻北征，仍不见从。晖字文季，籍贯已见前文，（在第三十一回中。）幼年丧父，具有至性，年十三，适遭世乱，与外家奔入宛城。道遇贼党，劫掠妇女衣饰，众皆股栗，晖独舞刀向前道：“财物可取，诸母衣不可得，今日为朱晖死日，愿与拼命！”贼见其身小志壮，倒也惊怜，哑然失笑道：“童子可收刀，我从汝！”说罢，呼啸自去。（强盗也有善心。）后来入朝为郎，乘便入太学肄业，进止有礼，名重儒林。新阳侯阴就，慕晖贤名，躬自往候，晖避匿不见。及东平王苍，辟为掾吏，晖知苍为贤王，方才应召。苍格外敬礼，待若上宾。同邑耆儒张堪，素有学行，尝在太学见晖，与为忘年交，且把臂与语道："他日当以妻子托朱生！"晖因堪为先达，不敢遽对，别后不复相见。及堪殁后，晖闻堪妻子贫困，乃自往问候，给赡养资。晖少子颉怪问道："大人未与堪为友，何故赈给?"晖答谕道："堪虽不与我久交，但尝以知己相托，我不忍忘怀，所以有此一举呢！"晖又与同郡陈揖友善，揖早逝世，有遗腹子，尝由晖出资赒济，使得成人。及桓虞为南阳太守，召晖长子骈为吏，晖却另荐他友，不使骈往。虞叹为义士，名誉益隆。嗣由临淮太守，入为尚书仆射，以谠直闻；告老后尚因事陈言，真所谓进思尽忠，退思补过了！（补述朱晖轶事，亦为通俗教育之一则。）

且说车骑将军窦宪，奉了皇太后的宠命，与耿秉等同出朔方。至鸡鹿塞，度辽将军邓鸿，自稒阳塞来会，就是南单于屯屠何，亦由满夷谷出兵，来迎汉将。各军大集涿邪山，当由宪调动人马，分遣副校尉阎盘，司马耿夔、耿谭，与南单于合兵万骑，进抵稽落山。适值北单于领众到来，两下交战，自午至暮，大败北虏。北单于抱头窜去，余众奔溃。窦宪得前驱捷报，亲率大军追击，诸部直至私渠北鞮海，斩名王以下万三千级，获生口马牛羊橐驼百余万头，收降北匈奴种落八十一部，约得二十余万人。（史传虽有此语，恐亦未免夸张。）宪与秉共登燕然山，出塞已三千余里，自谓声威远震，旷古无伦，遂令中护军班固，作文录石，表扬功德。固本擅长文辞，曾由兰台令史，迁官玄武司马，丁母丧去官。服阕后，正遇窦宪出征，招令同行，使为中护军，并兼参议。此时奉着宪命，遂得抒展长才，撰了一篇冠冕堂皇的铭词，冠以序文。文云：

惟永元元年秋七月，有汉元舅车骑将军窦宪，寅亮圣明，登翼王室，纳于大麓，惟清缉熙。乃与执金吾耿秉，述职巡御，理兵于朔方。鹰扬之校，螭虎之士，爰该六师，暨南单于、东乌桓、西戎氐羌侯王君长之群，骁骑三万。元戎轻武，长毂四分，云辎蔽路，万有三千余乘，勒以八阵，莅以威神，玄甲耀日，朱旗绛天。遂陵高阙，下鸡鹿，经碛卤，绝大漠，斩温禺以衅鼓，血尸逐以染锷；（温禺、尸逐，并匈奴诸王名号。）然后四校横徂，星流彗扫，萧条万里，野无遗寇。于是域灭区单，返旆而旋。考传验图，穷览其山川，遂逾涿邪，跨安侯，（水名。）乘燕然，袭冒顿之区落，（冒顿读若墨特，系匈奴先世祖名，见《前汉演义》。）焚老上之龙庭。（冒顿子稽粥，号老上单于。）上以摅高、文之宿愤，光祖宗之玄灵；下以安固后嗣，恢拓境宇，振大汉之天声。兹所谓一劳而久逸，暂费而永宁者也！乃遂封山刊石，昭铭上德，其辞曰："铄王师兮征荒裔，剿凶虐兮截海外，夐其迭兮亘地界，封神丘兮建隆碣，熙帝载兮振万世。"

文既撰就，当即镌刻石上，班师南归。但遣军司马梁讽等，带领千骑，并携金帛，再向北方进行。沿途宣扬国威，服从有赏，不服从加诛。北虏甫经荒乱，闻得此令，自然争相趋附，求给赏赐，先后招降万余人。进抵西海，北单于正在避匿，探得汉官前来行赏，也即出迎。讽宣传诏命，嘱令归化天朝，拜受恩赐，北单于稽首受命。讽因劝导北单于，教他修复呼韩邪故事，保国安民。（呼韩邪事，见前文。）北单于甚喜，即率众与讽俱还。至私渠海，才知汉兵已经入塞，乃只遣弟右温禺鞮王奉贡入侍，随讽诣阙。宪因北单于未肯亲来，竟将他侍弟遣还，不与修和。南单于屯屠何馈宪古鼎，鼎容五斗，旁有篆文云："仲山甫鼎其万年，子子孙孙永保用。"（仲山甫，周人。）宪将鼎进呈太后。太后大喜，且因宪立有大功，即使中郎将持节慰劳，拜宪为大将军，封武阳侯，食邑二万户。宪还想沽名，辞还封爵，太后未许，经宪再三固辞，乃暂罢侯封，但使为大将军。旧制大将军位置在三公下，独宪立功回朝，威震宫廷，朝臣多阿谀取容，奏请宪位次太傅，居三公上。窦太后自然乐从，颁诏如议。于是大开仓府，分赐将吏，查得从征诸军士，系是诸郡二千石子弟，悉令为太子舍人。越年七月，复由窦太后下诏道：

大将军宪，往岁出征，克灭北狄，朝加封赏，固让不受，舅氏旧典，并蒙爵土。其封宪冠军侯，邑二万户；笃为郾侯，景为汝阳侯，瓌为夏阳侯，各六千户，以示懋赏。其毋辞！

窦笃、窦景、窦瓌，并皆受封，惟宪仍让还，更率兵出镇凉州。征西将军耿秉，自班师回朝后，亦得封美阳侯，官拜光禄勋。另遣侍中邓叠行征西大将军事，佐宪赴镇。北单于以侍弟遣还，复使车偕储王等，款塞请朝，愿见大使。宪据实奏闻，即令中护军班固署中郎将，与司马梁讽，出迎北单于。偏南单于欲扫灭北庭，只恐北单于受汉保护，不得逞志，因发兵掩击北单于。北单于负创遁去，妻子被擒。

班固等至私渠海，未得与北单于相见，折回凉州。南单于致书与宪，请即乘胜扫北。宪本来贪功，乐得依他计议，筹备兵马。至永元三年仲春，风和草长，复遣左校尉耿夔，司马任尚，出居延塞，往击北单于。星夜驰行，已出塞好几千里，未见北单于踪迹，再令侦骑四出探寻，方知北单于远驻金微山。山在漠北，去塞约五千多里，从前汉兵北征，从未到过此地。北单于挈领家属，至此匿踪，总道是个安乐窝，可以无恐。哪知汉将耿夔，执戈前驱，穷搜虏穴，竟趋至金微山下，围住虏庭，任尚等又随后继进，并力杀入。虏众不及措手，顿时乱窜，北单于慌忙逃避，已为流矢所伤，忍痛奔命，竟尔走死。所有名王以下五千余人，或被杀，或被拘，连单于母阏氏，也一古脑儿做了囚奴。（老番妇，有何用处？）耿夔等扫荡虏庭，乃收兵南归。窦宪拜本奏捷，叙夔首功，有诏封夔为粟邑侯。

惟窦宪既平北匈奴，功勋无比，势倾朝野，用耿夔、任尚等为爪牙，邓叠、郭璜为心腹，班固、傅毅为羽翼，刺史、守、令，多出窦门，苞苴公行，毫无忌惮。司徒袁安，司空任隗，却还有一些刚骨，不肯从风尽靡，因联名举发二千石等因赂得官，共四十余人。窦太后不便回护，只好将他罢去。惟窦氏兄弟，引为大恨，不过因安、隗两人，素负重望，未敢中伤。（还想顾全名誉，未可厚非。）河南尹王调，洛阳令李阜，谄媚窦氏，得叨禄位，莅任后举动自由，却被尚书仆射乐恢，上书奏弹。窦瓌闻知，欲替二人说情，往候乐恢，恢竟拒绝不见，瓌怏怏回车。恢妻从旁劝谏道："古人尝容身避害，何必多言取祸？”恢叹息道：“我在朝为官，怎忍素餐？非但王、李二人，不宜轻纵，就是窦氏一家，我亦要直言纠弹呢！”说着，因复上疏抗谏道：

臣闻百王之失，皆由权移于下，大臣持国，常以势盛为咎。伏念先帝圣德未永，早弃万国。陛下富于春秋，纂成大业，诸舅不宜干正王室，以示天下之私！《经》曰：“天地乖迕，众物夭伤；君臣失序，万人受殃；政失不救，其极不测。”方今之宜，上以义自割，下以谦自引，则四舅可长保爵土之荣，皇太后永无惭负宗庙之忧，诚策之上者也！

看官试想，窦太后方宠任兄弟，怎肯为了乐恢一疏，便将他权位削去。恢待了数日，不见批答，乃再称病乞休。诏令太医视疾，恢遽称疾笃，另荐任城人郭均，成阳人高凤为代。偏又有诏令为骑都尉，恢复上疏辞谢道：

臣受国厚恩，无以报效。夫政在大夫，孔子所嫉；世卿持权，《春秋》所戒。圣人恳恻，不虚言也。近世外戚富贵，必有骄溢之败。今陛下思慕山陵，未遑政事，诸舅宠盛，权行四方。若不能自损，诛罚必加。臣寿命垂尽，临死竭愚，惟蒙留神！

这书呈将进去，竟邀批准，听还印绶，恢乃缴印归里。他本京兆长陵人，幼有孝行。父亲为县吏，身犯重罪，下狱待刑，恢年才十一，日至狱门，昼夜号泣，县令不禁垂怜，释亲出狱。及恢年渐长，笃志好学，成为名儒。京兆尹张恂，召恢为户曹史，秉公守法，请托不行。后任郡守，坐法被诛，故人莫敢往吊，恢独奔丧，致干吏议，终因义侠可风，从宽减免。后为功曹，同郡杨政，常当众毁恢，恢反举政子为孝廉。自是声容益著，为众所称。（想是政子果可举孝廉，否则，亦未免矫情。）朝臣亦交章荐举，征拜议郎，迁至尚书仆射。偏因直言遭谴，免官还乡。更可恨的是大将军窦宪，恨恢不休，又嘱托京兆尹严加管束，不使自由。京兆尹希承宪旨，越觉得狐假虎威，督饬吏属，时去监察。恢虽居住家中，仿佛与囹圄无二，不由得郁愤填胸，仰药自尽。门弟子俱往吊丧，缞绖送葬，不下数百人；就是乡间百姓，无不衔哀。

惟窦宪前杀郅寿，后杀乐恢，威焰逼人，炙手可热，还有何人不顾生死，再去老虎头上搔痒？窦氏得愈加骄横，兄弟四家，竞营台榭，穷极土木。窦笃且得加位特进，窦景迁官执金吾，窦瓌升授光禄勋，蟠踞内外，倾动京师。瓌少读经书，尚知敛范，笃与景并皆恣肆，景且尤甚。汉制执金吾属下，向有缇骑二百人，景尚嫌不足，加入家童门役。游行都市，见列肆有珍宝玩物，辄强行夺取，不给价值。民间妇女，具有姿色，便勒令送入府中，作为妾媵；倘若不从，即将家属硬行扳诬，充作罪犯。甚至童仆等亦贪财渔色，相率效尤，强取人物，霸占民妇，不可胜计。商廛民宅，往往关门闭户，如避寇仇。有司莫敢举奏，还是窦太后留心外事，稍有所闻，乃免去景官，使就朝请。（景爵如旧，故仍得朝请。汉制春曰朝，秋曰请。）出瓌为魏郡太守。但窦氏族中，尚有十余人得为显宦：城门校尉窦霸，乃是窦宪叔父，霸弟褒，为将作大匠，褒弟嘉为少府，此外为侍中及大夫郎。就是宪婿郭举，亦得为射声校尉，举父郭璜，并为长乐少府。（即长乐宫之少府。）互相连结，表里为奸。

永元三年十月中，和帝出幸长安，宣召窦宪，至行宫相会。宪奉命后，自凉州入关，谒见车驾，尚书以下，统至十里外迎接，且拟向宪跪伏，齐称万岁。（丑极。）独尚书韩棱正色道："古人有言：'上交不谄，下交不渎！'窦大将军虽功勋赫耀，究竟是个人臣，如何得呼为万岁呢？"（明明白白。）大众闻言，倒也知惭，因即罢议。尚书左丞王龙，私向窦宪车从，奉献牛酒，被棱察出情弊，奏明和帝，罚为城旦。棱颍川人，素有胆略，与仆射郅寿、尚书陈宠并称。宪得知消息，虽然怀恨，却也无可如何。待至谒见已毕，仍回凉州，和帝亦即还宫。越年由宪奏称北单于走死，弟右谷蠡王于除鞬自立为单于，率众数千，款塞投诚，应即赐给册封，特置中郎将领护，如南单于故事云云。（忽欲灭虏，忽欲存虏，究属何为？）有诏令公卿会议，太尉宋由等，以为可行，独袁安、任隗谓北虏既灭，当令南单于返居北庭，并领降众，不必再立北单于，多增一虏。说本甚是，偏廷臣多逢迎权戚，互有异言。安恐宪议得行，又独出奏驳道：

臣闻功有难图，不可豫见；事有易断，较然不疑。伏惟光武帝之立南单于者，欲为安南定北之策也！恩德甚备，故匈奴遂分，边境无患。孝明皇帝奉承先意，不敢失坠，赫然命将，爰伐塞北。洎乎章和之初，降者十万人，议者欲置之滨塞，东至辽东，太尉宋由，光禄勋耿秉，皆以为失南单于心，决不可行，先帝从之。陛下奉承鸿业，大开疆宇，大将军远师讨伐，席卷北庭，此诚宣扬祖光，崇立弘勋者也，宜审其终，以成厥初。伏念南单于屯，先父举众归德，自蒙恩以来，四十余年，三帝积累，以遗陛下，陛下深宜遵述先志，成就其业。况屯首倡大谋，空尽北虏，辍而弗图，更立新降，以一朝之计，违三世之规，失信于所养，建立于无功。由与秉本与旧议，而欲背弃先恩，夫言行君子之枢机，赏罚理国之纲纪，《论语》曰："言忠信，行笃敬，虽蛮貊行焉。"今若失信于一屯，则百蛮不敢复保誓矣！又乌桓、鲜卑，新杀北单于，凡人之情，咸畏仇雠，今立其弟，则二虏怀怨，兵食可废。信不可去。且汉故事，供给南单于，费值岁亿九十余万，西域岁七千四百八十万；今北庭弥远，其费过倍，是乃空尽天下，而非建策之要也。言虽愚昧，实关至计，伏惟裁察！

这篇奏章，乃是司徒府掾周荣属稿。荣庐江人，学行俱优，安有所奏，多出荣手。窦氏门客徐齮，私下吓荣道："窦氏已遣刺客图君，君奈何不思保身，尚为司徒尽言？"荣慨然道："荣一江淮孤生，得备宰士，就使被害，也所甘心！已有言谨诫妻孥，若猝遇飞祸，不必殡殓，任令尸骸暴腐，冀得感悟朝廷，此外尚有何求呢？"这数语斥退徐齮，却也未尝招灾。（越是拼死，越是不死。）惟窦宪闻安奏驳，亦再三陈请，与安辩难，甚至引光武诛韩歆、戴涉故事，为恫喝计。安终不少移。但窦氏有太后作主，终从宪议。竟遣大将军左校尉耿夔，持册封于除鞬为北单于；并令任尚为中郎将，持节屯伊吾，监护北庭，如南单于旧例。惹得司徒安忧愤成疾，竟致不起。

小子有诗叹道：

徒知扫虏已非谋，况复兴戎更启忧；

尽有危言终不用，老臣遗恨几时休？

欲知司徒安病殁情事，容待下回叙明。

窦宪请伐北匈奴，袁安以下，多半谏阻，而窦太后独违众议，假宪以权，竟立大功，似乎儒臣之守经，未及权戚之达变。不知章、和之交，北匈奴已将衰灭，一南单于即足以制之，奚必劳大众，兴大役，然后有成？窦宪贪天之力，以为己功，勒铭燕然，虚张声势，何其诞也？且阳辞侯封，阴攫兵柄，兄弟姻戚，满布朝堂，害直臣，植私党，而窦景更纵使家奴，略人妇女，夺人财货。稔恶至此，未闻宪有言相诫，宪之为宪可知矣！至若除一北单于，更立一北单于，出尔反尔，说更不经。吾料窦宪当日，必有私取赂遗之举，特史家未之载耳。天道恶盈，几何而不倾覆哉？

第三十四回 黜外戚群奸伏法 歼首虏定远封侯

却说司徒袁安，郁郁告终，汉廷失了一位元老，都人士无不痛惜，只有窦氏一门，却称快意。（也不长久了。）太常丁鸿，代袁安为司徒。鸿系经学名家，砥砺廉隅，为和帝所特拔。和帝年已十四，也知窦氏专权自恣，必为后患，故选鸿代安，倚作股肱。会当季夏日食，鸿即借灾进规，上书言事道：

> 臣闻日者阳精，守实不亏，君之象也；月者阴精，盈毁有常，臣之表也。故日食者，臣乘君，阴陵阳；月满不亏，下骄盈也。昔周室衰季，皇甫之属，专权于外，党类强盛，侵夺主势，则日月薄食。故《诗》曰："十月之交，朔日辛卯；日有食之，亦孔之丑。"《春秋》日食三十六，弑君三十二，变不空生，各以类应。夫威柄不以放下，利器不以假人。览观往古，近察汉兴，倾危之祸，靡不由之。是以三桓专鲁，田氏擅齐，六卿分晋，诸吕握权，统嗣几移，哀、平之末，庙不血食。故虽有周公之亲，而无其德，不得行其势也。今大将军虽欲束身自约，不敢僭差；然而天下远近，皆惶怖承旨。刺史二千石，初蒙除授，虽已奉符印，受台敕，不敢便去，久者至数十日，背王室而向私门，此乃上威损，下权盛也。人道悖于上，效验见于天，虽有阴谋，神照其情，垂象见戒，以告人君。间者月满先节，过望不亏，此臣骄溢背君，专功独行也。陛下未深觉悟，故天重见戒，诚宜畏惧，以防其祸。《诗》云："敬天之怒，不敢戏豫。"若敕政责躬，杜渐防萌，则凶妖销灭，害除福凑矣。夫坏崖破岩之水，源自涓涓；干云蔽日之木，起于葱青；

禁微则易，救末者难。人莫不忽于微细，以致其大；恩不忍诲，义不忍割，去事之后，未然之明镜也。臣愚以为左官外附之臣，依托权门，谄谀以求容媚者，宜行一切之诛。间者大将军再出，威振州郡，莫不赋敛吏人，遣使贡献。大将军虽云不受，而物不还主，部署之吏，无所畏惮，纵行非法，不伏罪辜。故海内贪猾，竞为奸吏，小民嗟吁，怨气满腹。臣闻天不可以不刚，不刚则三光不明；王不可以不强，不强则宰牧纵横。宜因大变，改政匡失，以塞天意！

这封奏章，若被窦太后接阅，当然不欢。偏和帝已留心政治，密嘱小黄门收入奏牍，须先呈阅一周，再白太后，因此丁鸿一疏，得达主知。即命鸿兼官卫尉，屯南北宫。是时邓叠已受封穰侯，与窦宪同镇凉州。叠弟步兵校尉磊，与母元出入长乐宫，为窦太后所宠爱；宪婿郭举，亦得邀宠。彼此互争权势，两不相容，势将决裂。和帝已有所闻，很是焦灼，默想内外大臣，多是窦氏耳目，只有司空任隗，与司徒丁鸿，不肯依附窦氏，尚可与谋。但若召入密商，必致机关漏泄，转恐速祸。想来想去，惟有钩盾令郑众，素有心计，不事豪党，且平时尝随侍宫中，可免嫌疑。因此俟众入侍，屏去左右，与议弭患方法。（十四岁的小皇帝，便能谋除权戚，可谓明聪，特惜商诸宦官，未及老成，终致流弊无穷。）众请先调回窦宪，一体掩戮，方可无虞。（计固甚是，然已可见中官之毒谋。）和帝依言，仍颁诏凉州，但言南北两匈奴，已皆归顺，可弛边防，大将军宜来京辅政为是。一面往幸北宫，借白虎观讲经为名，召入清河王庆，共决大计。

庆即前时废太子，为窦太后所谮，贬爵为王。（见前文。）和帝素与相爱，留居京师。此时召庆入议，也知他衔怨窦氏，必肯相助。庆果代为设法，欲援据前朝《外戚传》，作为引证，免致太后违言。惟《外戚传》不便调取，只千乘王伉，藏有副本，当由庆前往借阅，托言备查。原来章帝遗有八子，除和帝及清河王外，尚有伉、全、寿、开、淑、万岁六人。伉年最长，为后宫姬妾所出，生母无宠，史不留名，章帝时已封为千乘王。全已早殇。寿母为申贵人，开、淑、万岁母氏，亦未详史策，大约与伉母相同。和帝永元二年，封寿为济北王，开为河间王，淑为城阳王，万岁尚幼，至永元五年，始封广宗王，一病即殇。（补叙章帝子嗣，笔不渗漏。）惟和帝因伉为长兄，常相尊礼。伉见庆借取《外戚传》，也不问明底细，立即取给。庆得书便归，夜纳宫中，和帝仔细披阅，如文帝诛薄昭，武帝诛窦婴，昭帝诛上官桀，宣帝诛霍禹等故事，（并见《前汉演义》。）虽俱载及，却是简略得很，因复令庆转告郑众，使他钩考详情。

正在秘密安排的时候，窦宪、邓叠等奉诏还都，和帝亟使大鸿胪持节郊迎，赏犒军吏，多寡有差。时已天晚，宪等不及诣阙，须待翌日入朝。文武百官，已皆夤夜往候，如蝇附膻。哪知是夜已有变动，把邓叠兄弟，郭璜父子，一古脑儿拘系狱中。（仿佛天空霹雳。）自从和帝与郑众等定谋，专待宪至，即行发作。一闻宪已入都，立由郑众奉御车驾，夜入北宫，传命司徒兼卫尉官丁鸿，严兵宿卫，紧闭城门，速调执金吾、五校尉等，分头往拿邓叠兄弟及郭璜父子。邓叠方回家卸装，与弟磊等畅叙离情；郭璜父子，正迎谒窦宪，事毕归家，执金吾等奉诏往拿，顺手牵来，一个没有逃脱。窦宪尚倦卧家中，未曾闻知，一到天明，门外已遍布缇骑，由门吏传报进去，方才惊起。出问情由，偏已趋入谒者、仆射，宣读诏书，收还印绶，改封为冠军侯，促使就国。宪只得将印绶缴出。待至朝使出门，使人探问兄弟消息，俱已勒还官印，限令就封。俄而邓氏、郭氏诸家，统来报知凶信，累得窦宪瞠目结舌，不知所为。（也只有这般伎俩么？）嗣复闻邓叠兄弟，郭璜父子，俱皆绑赴市曹，明正典刑。又不多时，来了许多吏役，查明宗族宾客，一齐驱出，撵归原籍。已而执金吾到来，传布严诏，催宪启行，就是窦笃、窦景、窦瓌三人，亦俱促就道，不准逗留。宪拟至长乐宫告辞，面乞转圜，偏执金吾不肯容情，催趱益急。再密令家人通书长乐宫，又被外兵搜出，拿捉了去。于是力尽计穷，没奈何草草整装，出都自去。笃、景、瓌亦分路前往。随身只许挈领妻孥，所有广厦大宅，一律封闭，豪奴健仆，一律遣散。都中人民，统皆称快，偌大的侯门贵戚，倏忽成空。（傥来富贵，原同幻梦。）

和帝策勋班赏，称郑众为首功，封为大长秋。（官名。）更钩考窦氏余党，贬黜多人，连太尉宋由，亦遭连坐，饬令罢职。由惧罪自尽。太傅邓彪，慌忙告病乞休，和帝因他年老龙钟，不忍苛求，听令辞职归里，彪幸得考终。司空任隗，亦即病逝。当时惟大司农尹睦，宗正刘方，常与袁安、任隗，同抗窦氏，和帝乃擢睦为太尉，兼代太傅，方为司空。并特简严能吏员，嘱使往督窦宪兄弟，逼令自杀。河南尹张酺，奉职无私，常因窦景家奴，击伤市卒，立派吏役多人，捕奴抵罪。景又使缇骑侯海等五百人，殴伤市丞，复由酺拿住侯海，充戍朔方。至窦氏得罪，朝旨森严，酺却请从宽典，慨然上疏道：

臣实蠢愚，不及大体，以为窦氏既伏厥辜，而罪刑未著，后世不见其事，但闻其诛，非所以垂示国典，贻之将来，宜下理官与天下平之。方宪等宠贵，群臣阿附，惟恐不及，皆言宪受顾命之托，怀伊、吕之忠；今严威既行，又皆言当死，不复顾其前后，考折厥衷。臣伏见夏阳侯瓌，每存忠善，前与臣言，常有尽节之心，检敕宾客，未尝犯法。臣闻王政骨肉之刑，有三宥之义，宁过厚，毋过薄。今议者为瓌选严能相，恐其迫切，必不完全，宜量加贷宥，以崇厚德！

和帝览疏，乃有意免瓌，惟将宪、笃、景三人，遣吏威迫，先后毕命。光禄勋窦固早死，未及坐罪；安丰侯窦嘉，本奉前司空窦融祭祀，入为少府，至是亦免官就国，总算还保存食邑，尚得自全。中护军班固，为窦氏党与，和帝但将他褫职了事。偏是洛阳令种竞，前被固家奴醉骂，怀恨未忘，此次正好假公济私，竟将固捕系狱中，日加笞辱。固年已六十有余，怎禁得这般凌虐？一时痛愤交迫，遂至捐生。竞自知闯祸，不得不罗织固罪，奏明死状，有诏将竞免官，狱吏抵死。固曾为兰台令史，奉诏修撰《前汉书》（见前文。）大致粗备，尚缺八表及天文志，他人不能赓续，只有固妹班昭，博学多才，特征入东观藏书阁中，属令续成。班昭字惠班，一名姬，为同郡扶风人曹寿妻。寿字世叔，不幸早亡，（佳人多薄命，但不如是不足成班昭之名。）昭誓志守节，行止不苟。及奉诏入宫，贞操如故，后宫多奉为女师，号曰大家。（家读如姑。）

惟西域长史班超，虽系班固兄弟，但在外有年，鲜与窦氏往来，当然不致得罪，且已积功升官，拜为西域都护。超自攻克莎车后，威扬西域，远近震慑。（回应第三十一回。）独月氏国王曾遣兵助汉，击破车师，因此致书班超，欲与汉朝和亲，求尚公主。超不肯转奏，竟将来书掷还。月氏王心下不平，即于永元二年，遣副王谢领兵七万，进攻班超。超部下不过数千，欲召集各国兵马，又是缓不济急，遂致士心惶惶，相惊失色。超独从容镇静，并无忧容，且召语吏士道："月氏兵势虽盛，但东逾葱岭，远道至此，粮运定然不继，怎能久持？我若固守城堡，坚壁清野，彼必饥蹙求降，不过数十日，便可无事，何容过虑呢？"吏士亦无他策，只好依令奉行。

月氏副王谢，自恃骁勇，前驱挑战；超督众坚守，旬月不出一兵。谢屡攻不下，又未得与超接仗，决一胜负，看看粮食将尽，不得不分兵抄掠。谁知四面都是荒野，并无粮草可取，一时情急思援，特遣使赍着金银珠玉，往赂龟兹，向他乞粮济师。偏早被班超料着，预遣兵往伏东境，待月氏使经过路旁，齐出袭击，尽行杀毙。当即枭了首级，并金银珠玉，悉数取回，向超缴令。超却把月氏使首，悬出城外，使谢闻知。谢果然大惊，遣使请罪，愿得生还。超语来使道："汝国无故犯我，罪有所归。我已知汝粮尽势穷，本当发兵乘敝，令汝片甲不回。但我朝方主怀柔，不尚屠戮，且汝既知罪，我亦乐得放汝回去。但此后须要每年贡献，休得误期，否则明日决战，莫怪无情！"来使唯唯听命，回营报谢。谢已但望生还，还有何心恋战？因即再遣使致书，愿如超约。超遂纵令西归，并不出追。（恩威两尽，不怕月氏不降。）谢当然感激，返告国王，说得超如何智勇，还是岁贡方物，尚可无忧。月氏王也觉惊心，依了谢言，岁贡如仪。

这消息遍传西域，龟兹、温宿、姑墨三国，并皆震恐，也遣人谢罪乞降，超乃据实奏闻。前次都护陈睦败殁，汉廷拟弃去西域，撤销都护，及戊己校尉等官。至超复收服西域，乃将旧官重设，即擢超为西域都护，军司马徐幹为长史。并使龟兹侍子白霸归国为王，特令司马姚光，护送西行。光至西域，与超会商进止。超以龟兹本有国王，叫作尤利多，若使立白霸，尤利多必将抗拒；计惟带兵同往，方足示威，压倒尤利多。光闻言大喜，即与超同往龟兹，龟兹国王尤利多果欲拒绝白霸，嗣见来兵甚众，料知难敌，只好俯首贴耳，推位让国。超即使尤利多随着姚光共诣京师。尤利多不敢不从，便偕光出龟兹城，东往洛阳。超尚恐龟兹反复，特留居龟兹它乾城，使徐幹屯驻疏勒。于是西域诸国，大半归顺。只有焉耆、危须、尉犁三国，因前时攻没陈睦，未敢遽降。

至永元六年孟秋，超发龟兹、鄯善等八国兵马，合七万名，并及吏士贾客千四百人，共讨焉耆。兵入尉犁国境，先遣使晓谕三国道："汉都护率兵前来，无非欲镇抚三国，如三国果改过向善，宜遣酋长迎师，都护当为国宣恩，赏赐王侯以下，各有彩帛；若再执迷不悟，敢抗天威，恐大兵入境，玉石俱焚，虽欲面缚出降，也已无及了！"焉耆王广，听到此语，即遣人探视超军，果然兵多将众，如火如荼，当下望风胆怯，忙遣左将北鞬支赍奉牛酒，出迎超军。超闻北鞬支曾为匈奴侍子，归秉国权，乃面加诘责道："汝为匈奴侍子，莫非尚欲臣事匈奴么？我率大兵到此，汝王不即出迎，想是汝在旁挠阻，所以迟来？"北鞬支慌忙答辩，不肯认罪。超反回嗔作喜道："汝既未曾挠阻，可即归告汝王。自来犒军！"说着，即令取帛数匹，赏给北鞬支，北鞬支拜谢而去。军吏向超进议道："何不便杀北鞬支？"超摇首道："汝等但知张威，未知立功。北鞬支在焉耆国中，威权甚重，若未入彼国，先将他杀死，适令彼国惊疑，设备守险，拼死相争，我如何得至焉耆城下呢？"（无往不用智谋。）军吏始皆拜服。

超即麾军进行，至焉耆国界，为河所阻。河上本架桥梁，叫做苇桥，本是焉耆国第一重门户。北鞬支回国，恐超军随入，故将桥梁拆去，杜绝交通。超在桥旁虚设营寨，但留老弱数百人，使他在营外司爨，晨夕为饮，自率大队绕道驰入。越山度岭，得于七月晦日，至焉耆城二十里外安营立寨，遣人促焉耆王犒师。焉耆王广，方因北鞬支返报，与商迎超事宜，不防超军已经深入，将到城下，那时心乱神昏，急欲挈众入山，共保性命。北鞬支以为无虞，但教广出城迎超，奉献方物，便可保全。（已入班超计中。）议尚未定，焉耆左侯元孟，从前尝入质京师，得蒙放归，心中尚感念汉德，乃密遣人报超，谓国王将入山保守。超不待说完，驱出斩首，示不信用，并与诸国王定一会期，扬言当重加赏赐。焉耆王广，遂与北鞬支等三十人，如期出会；惟国相腹久等十七人，惧诛远遁。尉犁王汎，也闻令趋至，独危须王不至。超大陈军士，传召二王入帐，甫经坐定，超即怒目诘广道："危须王何故不至？腹久等何故逃亡？"两语说出，便顾令吏士，把二王以下诸人，全数拿下，押至陈睦所居故城，设立陈睦神主，就香案前绑住俘虏，一刀一个，杀得干干净净。（陈睦有知，当亦喜出意外。）当将二叛王首级，解送京都；一面纵兵抄掠，斩首五千余级，获生口万五千人，马畜牛羊三十余万头，更立焉耆左侯元孟为焉耆王。自留焉耆城半年，抚定人民。自是西域五十余国，俱纳质内附，重译来庭。和帝下诏酬庸，特封超为定远侯。诏曰：

往者匈奴独擅西域，寇盗河西，永平之末，城门昼闭。先帝深愍边氓，婴罹寇害，乃命将帅击右地，破白山，临蒲类海，取车师城。诸国震慑，相率响应，遂开西域，置都护。而焉耆王舜，舜子忠，独谋悖逆，恃其险隘，复没都护，并及吏士。先帝重元元之命，惮兵役之兴，故使军司马班超，安集于阗以西。超遂逾葱岭，迄县度，出入二十二年，莫不宾从，改立其王，而绥其人，不动中国，不烦戎士，得远夷之和，同异族之心，而致天诛，蠲宿耻，以报将士之仇。《司马法》曰："赏不逾月，欲人速睹为善之利也。"其封超为定远侯，邑千户，以示国家报功之至意。

超受封拜爵，宿愿终偿，万里侯相的预言，至是果验。小子有诗赞道：

投笔从戎胆略豪，积功才得换征袍；
漫言生相原应贵，要仗胸中贯六韬。

西域已为超所平，北虏西羌，尚是叛服无常，屡劳征讨。欲知详情，试看下回续表。

先王立法，凡仆从侍御诸臣，悉选正士为之，所以弼主德，杜祸萌也。后世不察，乃以阉人充选，名为禁掖设防，实为宫廷养患。如和帝之欲除窦氏，不能直接外臣，但与郑众设策，计虽得行，而宦官窃权之祸，自此始矣。窦宪等俯首服罪，实属无能，孤雏腐鼠之言，不为不验；设非窦太后之纵容姑息，宪等皆不过碌碌庸才，何至骄横不法，自取覆亡乎？班固文人，党附窦氏，终至杀身；独班超能立功异域，终得封侯。大丈夫原应自奋，安能久事笔砚间？观于超之有志竟成，而固之无志可知，一荣一辱，优劣判焉。乃知人生处世，立志为先，慎毋媚世谐俗为也！

第三十五回 送番母市恩遭反噬 得邓女分宠启阴谋

却说北单于於除鞬，本由窦宪主议，因得嗣立。宪本欲派兵护送，使归北庭，嗣因召还得罪，乃致中止。於除鞬闻窦氏伏辜，竟不待朝命，叛汉自去。汉廷得报，亟令将兵长史王辅，会同中郎将任尚，率领数千骑穷追。途中尚托词护送，使於除鞬不生疑心。於除鞬探悉谣传，果然中计，遂被汉兵追及，冲杀过去。於除鞬还疑汉兵误认，拍马向前，用言分辩。谁知汉长史王辅舞动大刀，抢步出阵，一声吆喝，竟将於除鞬劈落马下，结果性命。虏众慌忙四走，已是不及逃生，汉兵四面兜杀，但见得头颅滚滚，血肉横飞，霎时间便屠尽残虏，阒寂无人了。（实为窦宪所害。）王辅等还兵报捷，当有优诏褒奖，不消絮叙。

惟南单于屯屠何，忽然病死，由宣弟左贤王安国嗣立；安国素乏声威，国人不甚信服。左谷蠡王师子，为安国从兄，狡黠多力，屡与汉兵掩击北庭，受汉赏赐，因此国中多敬惮师子，轻视安国。安国得为单于，师子当然为左贤王，因恐功高遭忌，不就左贤王庐帐，独徙居五原界中。安国果然怀嫌，笼络北庭降胡，欲图师子。每召师子会议，师子辄称病不往。汉度辽将军皇甫棱，亦保护师子，使得安居。安国怀愤益甚，上表汉廷，指斥皇甫棱，汉廷将棱免官，改任执金吾朱徽，行度辽将军事。但尚有一个中郎将杜崇，与皇甫棱同镇北方，未曾掉换，仍然守棱遗制，反对安国。安国再上书讦崇。崇却先令西河太守截住北使，不许通使，且转告朱徽谓安国有叛汉意，徽即与崇联衔会奏，略称安国疏远故胡，亲近新降，欲杀左贤王师子等，背叛汉廷，请饬西河、安定、上郡一带，严兵固守，以防不测。和帝览奏，令公卿集议方法。公卿等复言夷情难测，应派干员至单于庭，与杜崇、朱徽等，观察动静，如有他变，即令便宜从事云云。和帝如言施行。

徽、崇闻命，立即发兵击单于庭，安国闻汉兵猝至，弃帐遁去。待至汉兵南归，复引众往攻师子，师子预先察悉，急率部众入曼柏城，及安国追到城下，门已早闭，不能攻入，乃移驻五原，与师子相持。朱徽遣吏调停，安国不从，因与杜崇发诸郡兵马，往讨安国。安国两面受敌，支持不住，当然惊惶。安国舅骨都侯喜为等，恐并遭诛灭，不得已格杀安国，迎立师子。南庭原无异议，独北庭降胡，感念安国遗惠，欲与复仇，夤夜袭师子庐帐，师子几为所乘。还亏汉安集掾王恬，率卫士往援师子。击走北庭降胡。怎奈降胡愈聚愈众，共计有十五部，二十余万人，统皆蠢动，另立前单于屯屠何子逢侯为单于，肆行焚掠，奔驰出塞。（若先使屯屠何北归就令，彼有内乱，亦不至扰动边疆。）汉廷再遣光禄卿邓鸿行车骑将军事，与越骑校尉冯柱，会合朱徽、任尚等，统领汉、胡兵四万余众，出讨逢侯。

南单于师子，与杜崇同屯牧师城，专待汉兵到来，会师北进。偏逢侯先发制人，竟率万余骑围牧师城，连日攻扑。可巧邓鸿至美稷县，距牧师城不过数十里，逢侯乃闻风解围，向满夷谷退去。邓鸿至牧师城下，再与师子、杜崇等，共追逢侯至大城塞，斩首三千余级，得生口万余人。冯柱亦自率偏师，追击逢侯别部，斩首四千余级。任尚更率乌桓、鲜卑等众。往满夷谷邀击逢侯，复得大捷，先后斩首万七千余级。逢侯带着残众，向北窜去，汉兵不能远追，只好退归。朝议以邓鸿沿途逗留，致失逢侯，召还论罪。旋复因朱徽、杜崇，轻挑边衅，并皆逮归，统令下狱，鸿、徽、崇三人，前后致死。但留冯柱屯守五原，另任雁门太守庞奋，行度辽将军事。但从此朔漠一带，又分作南北二部，扰攘频年，后文再表。

且说匈奴纷争的时候，羌人亦乘机思逞，再行犯边。前次羌众慑伏，全仗护羌校尉邓训，恩威两济，驾驭有方，所以全羌畏怀，不敢叛乱。永元四年，训竟病殁，羌胡如丧父母，朝夕哭临，且家家为训立祠，祷祀不绝。独迷唐回居颇岩谷，阴生幸心。（回应第三十二回。）蜀郡太守聂尚，奉调为护羌校尉，他见邓训得羌人心，也想设法羁縻，沽恩市惠，乃遣译使招抚迷唐，叫他洗心归化，仍得还住大、小榆谷。（真是多事。）迷唐常思规复故地，唯恐后来校尉，与邓训智勇相同，因此未敢遽发；凑巧来了译使，招回榆谷，正是喜出望外，当即挈领部属，仍至大、小榆谷中居住。且使祖母卑缺，至聂尚处拜谢厚恩。聂尚大喜，统道迷唐受抚，出自真诚，即遣人迎入卑缺，格外优待，并出金帛相赠。及卑缺辞归，复亲送至塞下，为设祖帐饯行；又令译使田汜等五人，护送至榆谷中。看官试想，这狼子野心的迷唐，岂是区区小惠，所可牢笼？他遣祖母入谢，明明是巧为尝试，来觇虚实，既见聂尚无威可畏，乐得乘此反侧。于是拘住田汜等人，召集诸羌，把汜等当做牛羊，破胸取血，滴入酒中，使大众各饮一杯，约为同心，再图入寇。羌众本没有什么知识，忽散忽聚，可从即从，当下奉迷唐为酋长，听从命令，进扰金城。聂尚不能制服，反向朝廷乞援。廷议自然归咎聂尚，把他褫职，改命居延都尉贯友代任。

贯友惩尚覆辙，主张讨伐，先遣译使分谕诸羌，诱以财帛，令他解散。诸羌又贪得贿赂，与迷唐背盟，不肯相从。贯友乃遣兵出塞，掩击大、小榆谷，擒住首虏八百余人，夺得麦数万斛。惟迷唐又得幸免，逃出谷外。贯友未肯罢休，特在榆谷附近的逢留河旁，筑城坞，作大航，建造河桥，为大举计。迷唐却也惊恐，率众远徙，至赐支河曲避居。到了永元八年，友复逝世，令汉阳太守史充，继任护羌校尉。充决计扫灭迷唐，大发湟中羌胡出塞进攻，不意人多势杂，趋向不同，反被迷唐击败，伤亡至数百人。（聂尚以主抚败事，史充又以主剿丧师，统是无材所致。）充坐罪免归，再调代郡太守吴祉往代。

越年迷唐又率众八千人，入犯陇西，胁迫塞内诸羌，共为盗寇。诸羌复多与联合，共得步骑三万名，击破陇西守兵，杀死大夏县长，蹂躏人民。警报传达京都，诏遣行征西将军事刘尚，及越骑校尉赵世，调集汉羌胡兵三万人，出讨迷唐。尚屯狄道，世屯枹罕，再由尚司马寇盱，督诸郡兵，四面并进，声势甚盛，吓得迷唐胆战心惊，忙将老弱弃去，奔入临洮南山。尚等从后追蹑，好容易攻入山谷，与迷唐鏖斗一场，斩虏千余人，获马牛羊万余头，迷唐败走。汉兵死伤，却也不少，未敢再进，乃收兵退回。

是年皇太后窦氏告崩，尚未及葬，忽由梁松子扈，令从兄禅（古禅字。）上书三府，（即三公府。）略称汉家旧典，崇贵母氏，梁贵人亲育圣躬，不蒙尊号，乞求申议等语。先是梁贵人自尽，由宫人草草藁葬，并不发丧；和帝时尚幼稚，向由窦后抚养，还道窦后是自己生母，不复忆及梁贵人。宫廷内外，都畏惮窦氏势力，何人敢与和帝说明隐情？至窦氏既败，方有人约略提及，但窦太后尚是生存，究竟还未便尽言。待到梁禅上书，正值太尉尹睦病终，由张酺进任太尉，酺召禅讯明颠末，方才入白和帝。和帝始知为梁氏所生，不禁悲恸，且泣且问道："卿意以为何如？"酺答说道："《春秋》大义，母以子贵，故汉兴以来，帝母无不尊显。臣愚以为宜亟上尊号，追慰圣灵，并应存录诸舅，顾全亲谊，方为两安。和帝点首道："非卿言，朕几罹不孝了！"酺退出后，又有奏章呈入，署名为南阳人樊调妻梁嫕，（音意。）就是和帝生母梁贵人的胞姊，和帝当即披阅，但见纸上写着：

> 妾嫕同产女弟贵人，前充后宫，蒙先帝厚恩，得见宠幸，皇天授命，诞生圣明。而为窦宪兄弟所见谮诉，使妾父竦冤死牢狱，骸骨不掩；老母孤弟，远徙万里。独妾幸免，逸伏草野，常恐没命，无由自达。今遭值陛下神圣之运，亲统万几，群物得所，窦宪兄弟奸恶，既伏辜诛，海内旷然，各获其宜。妾得苏息，拭目更视，乃敢昧死自陈所天。妾闻太宗即位，（指汉文帝。）薄氏蒙荣；（即薄太后。）宣帝继统，史族复兴。（宣帝祖母史良娣遭难，嗣封史恭三子为侯。）妾门虽有薄、史之亲，独无外戚余恩，诚自悼伤。妾父既冤，不可复生。母氏年逾七十，

及弟棠等，远在绝域，不知死生。愿乞收竦朽骨，使母、弟得归故郡，则施过天地，存殁幸赖矣！

和帝看到末句，亟命中常侍掖庭令，传召梁嫕入宫。嫕已在阙下候命，一经宣召，当即入宫陈明。情词确凿，并无欺饰，掖庭令复报和帝，和帝因即引见。嫕举止大方，谈吐明白，说到母家蒙冤情事，禁不住珠泪盈眶，和帝亦为流涕。遂留嫕止宫中，旬月乃出，赏赐衣被钱帛，第宅奴婢，加号梁夫人。擢樊调为羽林左监。调系樊宏族孙，宏即光武帝母舅，曾为光禄大夫。是时司徒丁鸿，早已病逝，由司空刘方继任司徒，用太常张奋为司空。三公联名上奏，（太尉张酺亦列在内。）请依光武帝黜吕后故事，请贬窦太后尊号，不准与章帝合葬。和帝踌躇再四，究竟抚育有年，不忍依议，乃下诏答复云：

窦氏虽不遵法度，而太后常自减损。朕奉事十年，深惟大义：礼，臣子无贬尊上之文，恩不忍离，义不忍亏。案前世，上官太后亦未闻降黜，（昭帝后上官氏，父安谋反被诛，后位如故。）其勿复议！

手诏既下，群臣无复异言，乃奉窦太后梓宫，与章帝合葬敬陵，（和帝此举，不失忠厚。）尊谥为明德皇后。复将生母梁贵人，改行棺殓，追服丧制，与姊梁大贵人俱葬西陵，谥曰恭怀皇后。且追封梁竦为褒亲侯，予谥曰愍。即遣中使与嫕及梁松子扈，同赴汉阳，迎回竦丧，（竦死汉阳狱中，见前文。）特赐东园画棺，玉匣重衾，（东园，署名，主司棺椁。）就恭怀皇后陵旁，建造坟茔，由和帝亲自送葬，百官毕会。征还梁竦家属，封竦子棠为乐平侯，棠弟雍为乘氏侯，雍弟翟为单父侯；食邑各五千户，位皆特进，赏赐第宅奴婢车马兵弩等类。就是梁氏宗族，无论亲疏，俱得补授郎官。梁氏复转衰为盛，宠遇日隆。（皇恩不可过滥，矫枉过正，又种下一段祸根。）清河王庆，亦乞诣生母宋贵人茔前，祭扫致哀，和帝当然允许，并诏有司四时给祭。庆垂涕语左右道："生虽不获供养，终得奉承祭祀，私愿已足。倘再求作祠堂，恐与恭怀皇后相似，复涉嫌疑。欲报母恩，昊天罔极，此身此世，遗恨无穷了！”嗣又上言外祖母王氏，年老罹忧，病久失医，乞恩准迎入京师，使得疗疾。有诏许如所请，宋氏家属，亦得并至都中。庆舅衍、俊、盖、暹等，并补授为郎。惟窦氏从此益衰，夏阳侯窦瓌，就国后虽得幸存，终因贷给贫人，致遭廷谴，徙封罗侯，不得役属吏士。（贵盛时，受人货贻，尚且无罪；衰落时，出资货人，反触朝章，世态炎凉，即此可见。）及梁棠兄弟，奉诏还都，路过长沙，与罗县相距甚近，竟顺道往胁窦瓌，逼令自杀。和帝方加恩诸舅，不复查问。可见得天道无常，一反一复，荣耀时不知谦抑，总难免家破身亡，贻讥后世呢！（当头棒喝。）

且说和帝春秋日盛，尚未立后。后宫里面已选入数人，入宫最早，承宠最隆，要算是前执金吾阴识的曾孙女儿。识为光烈皇后阴氏兄，（即光武帝继后阴丽华。）世为帝戚。阴女年少聪慧，知书识字，面貌亦秀丽动人，因此亦选入掖庭，即邀恩宠，受封贵人，永元八年，立为皇后。偏又有一位世家闺秀，相继充选，门阀不亚阴家，姿色且逾阴后，遂令施、旦争妍，（施、旦即西施、郑旦。）尹、邢斗艳，（尹、邢两婕妤，皆武帝时宫妃，事见《前汉演义》。）正宫不免摇动，终落得桃僵李代，燕去鸿来。

是女为谁？乃是故护羌校尉邓训女，前太傅高密侯邓禹孙。母阴氏，系光烈皇后侄女，生女名绥，五岁时已达书礼。祖母很加钟爱，亲为剪发，因年高目昏，误伤女额，女忍痛不言。旁人见她额上有血，未免惊问，女答说道：“非不知痛，实因太夫人垂怜及我，倘若一呼，转伤老人初意，所以只好隐忍哩！”（五岁弱女，能体贴老人心意，却是难得。）左右俱为叹羡，六岁能作篆书，十二岁通《诗经》《论语》，诸兄每读经传，辄从旁问难。母阴氏常嘲语道：“汝不学针黹，专心文学，难道想做女博士么？”女乃昼习妇工，暮读典籍，家人戏呼为女学生。父训亦另眼相看，事无大小，辄与详议。当阴后入选时候，女亦与选；适值父训病殁，在家守制，因此谢却。女日夕哭父，三年不饮酒食肉，憔悴毁容，几至人不相识，又共称为孝女。女尝梦两手扪天，荡荡正青，若有钟乳状，乃仰首舐饮。醒后亦自以为奇，询诸占梦，占者谓尧梦登天，汤梦咶天，（咶与舐通。）这统是帝王盛事，吉不胜言。又有相士得见女容，也是极口夸奖，称为成汤骨相。（可惜是个女身。）家人闻言，私相庆贺，不过未敢明言。太傅邓禹在世时，常自叹道："我统兵百万，未尝妄杀一人，后世必有兴旺的子孙。"禹从子陔，亦谓兄训为谒者时，修石臼河，岁活数千人，天道有知，家必蒙福。及女年十六，丧服早阕，衣食如常，竟出落得丰容盛鬋，广额修眉，（如此方为福相。）身长七尺二寸，肌肤莹洁，好似玉山上人。宫中复将他选入，大小粉黛，俱相对无颜。和帝年将及冠，正是好色华龄，一经瞧着，怎肯放过？当晚即挈入寝室，谐成好梦。一宵恩爱，似漆投胶，越日即册为贵人。

好在这邓贵人承宠不骄，恭慎如故，平时进谒阴后，必小心伺候，战战兢兢，待遇同列，务极㧑谦；就是侍女隶役，亦皆好意抚驭，毫无倨容。因此阖宫悦服，誉满一时。（只有一人未惬，奈何？）偶然感冒，竟致罹疾，和帝忙令邓氏家属，入视医药，许得自由往来，不限时日。邓贵人反屡次陈请道："宫禁甚重，乃使外家得自由出入，上令陛下弛防，下使贱妾蒙谤，这乃是上下交损，妾实不愿叨此异恩！"和帝不禁赞叹道："他人以得见亲属为荣，今贵人反以为忧，深自抑损，真非常人可及哩！"嗣是益邀帝眷，宠逾正宫。邓贵人仍然谨饬，并不矜张。每当六宫宴会，诸妃妾竞加修饰，簪珥衣服，焕然一新，独邓贵人淡妆浅抹，自在雍容。平时衣服，或与阴后同色，当即解易；若与阴后同时进见，不敢并行，不敢正坐；每承上问，必逡巡后对，不敢与阴后同言。和帝知他劳心曲体，辄顾语道："贵人修德鸣谦，幸毋过劳！"既而阴后不育，邓贵人亦未得怀妊，后宫虽间有生产，辄致夭殇，贵人乃屡称有疾，另选她女入御，冀得孳生。独阴后相形见绌，妒恨日深，外祖母邓朱，出入宫掖，阴后常密与计议，拟令巫祝咒死邓贵人，然后泄恨。

谁知邓贵人未曾遇祸，和帝却抱病垂危，阴后忿极，密语左右道："我若得志，不使邓氏再有遗类！"（外祖母亦曾姓邓，且邓贵人由阴氏所出，彼此戚谊相关，岂无香火情？乃存心如此，何妇人之阴狠乃尔？）偏宫人多得邓贵人厚惠，竟将密语传告，邓贵人流涕道："我尝竭诚尽心，侍奉皇后，乃不为所谅，竟致获罪于天！妇人虽不必从死，但周公请代，（武王有疾，周公祷告三王，愿以身代死，事见《周书》。）越姬自杀，（越姬为勾践女，楚昭王妃，昭王有疾，姬先自杀，事见《列女传》。）传为盛德，我当先自引裁，上报帝恩，中免族祸，下不使阴氏贻讥人彘，虽死亦得瞑目了！"（人彘即戚夫人事，见《前汉演义》。）说着，即欲仰药自尽。适宫人赵玉在旁，慌忙劝阻，且诈言帝疾已痊，可以无虞，贵人乃止。越日和帝果瘳，渐渐地把阴后密言，传入帝耳，于是阴后愈为和帝所憎。眼见得长秋宫中，要让与他人作主了！（汉称中宫，为长秋宫。）小子有诗叹道：

> 螽斯麟趾尽呈祥，樛木怀仁百世芳；
> 试看桐宫终饮恨，何如大度示包荒！（阴后废居桐宫，详见下回。）

毕竟阴后被废与否，待至下回再详。

夷狄无亲，非贪即狡，与其失之过爱，毋宁失之过威。窦宪既灭北匈奴，复立於除鞬，卒有后来之叛去；幸而王辅一出，叛虏授首，而北寇复平。至南单于之纷争，亦由杜崇等之左袒师子，致启兵戎。若聂尚之护送卑缺，见好迷唐，更不足道矣。迷唐为邓训所逐，徙居穷谷，防之且不暇，何可招之使归，与跖蹻言仁义？匪徒无益，反且招尤，聂尚遗事其明证也。窦太后崩而梁氏复盛，邓贵人进而阴氏浸衰，外戚之兴亡，莫非由于妇女之播弄。自作之而自受之，故梁、窦易势，阴、邓易位。观于此而知妒妇之不可为也！史称邓贵人德冠后宫，称扬不绝；然观于后日之称制终身，不肯还政，意者其入宫之始，毋亦心灵手敏，巧于夺嫡欤？而阴后之褊浅难容，自诒伊戚，则固出邓氏下矣。

第三十六回 鲁叔陵讲经称帝旨 曹大家上表乞兄归

却说阴皇后妒恨邓贵人，已被和帝察觉，随时加防，到了永元十四年间，竟有人告发阴后，谓与外祖母邓朱等，共为巫蛊，私下咒诅等情。和帝即令中常侍张慎，与尚书陈褒，会同掖庭令，捕入邓朱，并二子邓奉、邓毅，及后弟阴轶、阴辅、阴敞，一并到案，严刑拷讯。三木之下，何求不得？当即录述口供，证明咒诅属实，应以大逆不道论罪，定谳奏闻。和帝已与阴后不和，见了张慎等复奏，也不愿顾及旧情，便命司徒鲁恭，持节至长秋宫中，册废皇后阴氏，徙居桐宫。鲁恭由侍御史擢至光禄勋，累蒙宠信。会司徒刘方，坐罪自杀，继任为光禄勋吕盖，不久又罢，遂升恭为司徒。恭奉命废后，后已无计可施，只得缴出玺绶，搬向桐宫居住。长门寂寂，闷极无聊，即不气死，也要愁死。况复父纲仰药，弟辅毙狱，外祖母邓朱，及母舅奉、毅，并皆为刑杖所伤，陆续毙命。阴、邓两姓家属，都被充戍日南，单剩了自己一身，凄惶孤冷，且悔且愤，且愤且悲，镇日里用泪洗面，茶也不饮，饭也不吃，终落得肠断血枯，遽登鬼箓。（谁叫你度量狭窄。）宫人报闻和帝，总算发出一口棺木，草草殓讫，即日舁出宫外，藁葬平亭。

邓贵人闻阴后被废，却还上书劝阻，（太觉得假惺惺了。）和帝当然不从。贵人即自称疾笃，不敢当夕，约莫有好几旬，有司请续立皇后，和帝说道："皇后为六宫领袖，与朕同体，承宗庙，母天下，岂可率尔册立？朕思宫中嫔御，只邓贵人德冠后庭，尚可当此！"这数语为邓贵人所闻，连忙上书辞谢，让与后宫周、冯诸贵人，好容易又是月余，和帝决计立邓贵人为后，贵人且让至再三，终因优诏慰勉，方登后位。（也好算得大功告成了。）宫适内外，相率庆贺；梦兆相法，果如前言。

小子因一气叙下，未便间断，免不得中多阙漏，因再将和帝亲政后事，略述数条：和帝崇尚儒术，选用正士，颇与乃父相似。沛人陈宠，系前汉尚书陈咸曾孙，咸避莽辞职，隐居不仕，（见《前汉演义》。）常戒子孙议法，宁轻毋重。及东汉中兴，咸已早殁，孙躬出为廷尉左监，谨守祖训，未敢尚刑。宠即躬子，少为州郡吏掾，由司徒鲍昱辟召，进为辞曹，职掌天下讼狱，多所平反；且替昱撰《辞讼比》七卷，由昱上呈，颁为《三府定法》。嗣复累迁为尚书，与窦氏反对，出为泰山、广汉诸郡太守，息讼安民。窦氏衰落，宠入为大司农，代郭躬为廷尉。躬通明法律，矜恕有声，任廷尉十余年，活人甚众。及躬病逝，由宠继任，往往用经决狱，务在宽平，时人以郭、陈并称，交口揄扬。惟司空张奋免职，后任为太仆韩棱，棱以刚直著名，迭见前事，当然为众望所归。

太尉张酺，因病乞休，尝荐魏郡太守徐防自代，和帝进大司农张禹为太尉，征徐防为大司农。禹襄国人，族祖姑曾适刘氏，就是光武帝祖母；祖况随光武北征，战殁常山关；父歆为淮阳相。禹笃厚节俭，师事前三老桓荣，得举孝廉，拜扬州刺史。尝过江行巡，吏民谓江有伍子胥神灵，不易前渡，禹朗声道："子胥有灵，应知我志在理民，怎肯害我？"（甚是。）言毕，鼓楫径行，安然无恙。后来历行郡邑，决囚察枉，民皆悦服。嗣转兖州刺史，亦有政声。入为大司农，吏曹整肃，及擢拜太尉，正色立朝，为朝廷所倚重。徐防沛人，亦有令名，祖宣、父宪，皆通经术，至防世承家训，举孝廉，乃入为郎。体貌矜严，品行慎密，累迁至司隶校尉，又出为魏郡太守。和帝因张酺荐引，召为大司农。适司空韩棱逝世，太常巢堪代任，未能称职，乃进防为司空。防留意经学，分晰章句，经训乃明。

就是司徒鲁恭，亦以通经致用。恭弟丕更好学不倦，兼通五经。章帝初年，诏举贤良方正，应举对策，约有百余人，独丕同时应举，得列高第，除为议郎，迁新野令，视事期年，政绩课最。擢拜青州刺史，后复调为赵相。门生慕名就学，追随辄百余人，关东人互相传语云："五经复兴鲁叔陵。"叔陵即丕表字。（东汉自光武修文，历三传而并尚经学，故士人多以此见誉，亦以此致荣。）旋复调任东郡、陈留诸太守，坐事免官，侍中贾逵，独奏称丕道艺深明，宜加任用，不应废弃，和帝乃再征为中散大夫。永元十三年，帝亲幸东观，取阅藏书，召见侍中贾逵，尚书令黄香等，讲解经义，丕亦在列。贾逵为贾谊九世孙，累代明经，至逵复专精古学，尝作《左氏传》《国语解诂》五十一篇，献入阙廷，留藏秘馆，入拜为郎；又奉诏撰《尚书古文同异》，及《齐、鲁、韩诗与毛氏异同》，（前汉时，辕固为齐诗，申公为鲁诗，韩婴为韩诗，毛苌为毛诗。）并作《周官解诂》，凡十数卷，皆为诸儒所未及道，因此名重儒林。和帝迁逵为左中郎将，改官侍中，邻骑都尉，内参帷幄，兼职秘书，甚见信用，盈廷俱推为经师。（逵以经学成名，故特从详叙。）黄香为江夏人，九岁失母，号泣悲哀，几致灭性，乡人称为至孝。年十二，为太守刘护所召，使居幕下，署名门下孝子，香得博览经典，殚精道术，京师称为"天下无双，江夏黄童"。嗣入为尚书郎，超迁至尚书令。看官试想！这贾侍中、黄尚书两人，一个是累代家传，一个是少年博学，平时讲贯有素，一经问答，统是口若悬河，不假思索。偏鲁叔陵与他辩难，却是独出已见，持论明通，转使贾、黄两宿儒无词可驳，也不免应对支吾。和帝顾视鲁丕，不禁称善，特赐冠帻履袜，并衣一袭。（此时却难为贾、黄。）丕谢赐而退，越日复上疏道：

臣以愚顽显备大位，犬马气衰，猥得进见，论难于前，无所甄明，衣服之赐，诚为优过。臣闻说经者传先师之言，非从己出，不得相让；相让则道不明，若规矩准绳之不可枉也。难者必明其据，说者务立其义；浮华无用之言，不陈于前，故精思不劳，而道术愈章。法异者，各令自说师法，博观其义，览诗人之旨意，察"雅颂"之终始，明舜、禹、皋陶之相戒，显周公、箕子之所陈，观乎人文，化成天下。陛下既广纳謇謇，以开四聪，无令刍荛以言得罪，既显岩穴以求仁贤，无使幽远独有遗失，则言路通而人才进，人才进而经说明，天下可不劳而理矣！

为此一疏，和帝乃下诏求贤，令有司选举明经洁行，使侍经筵，且敕边郡各举孝廉。敕书有云：

幽、并、凉州户口率少，边役众剧，束修良吏，进仕路狭。朕惟抚接夷狄，以人为本，其令缘边郡口十万以上，岁举孝廉一人，不满十万，二岁举一人，五万以下，三岁举一人。

看官阅此，应疑和帝既令边郡各举孝廉，何故限人限岁，严格如此？哪知孝不易得，廉亦难能，且边郡人民，华夷杂处，性质多半愚蒙，尚未开明文化，能有几个孝子、几个廉士呢？这且无容细叙。

且说凉州西偏，屡有寇患，叛羌迷唐，自被刘尚、赵世等击走，奔往塞外，汉兵引归。（回应前回。）廷议且谓尚、世畏懦，不敢穷追，应该坐罪，乃逮入诏狱，并令免职。（议亦太苛。）谒者王信，代领尚管，屯驻枹罕；谒者耿谭，代领世营，屯驻白石。谭复悬赏购募，招诱羌人，羌众又陆续来归。（天下无难事，总教现银子。）迷唐见部众离散，复起惊慌，因遣人乞降。谭令迷唐自至，方可允许。迷唐不得已趋诣汉营，谭与信会同受降，且遣迷唐诣阙投诚；余众不满二千，统皆饥乏，暂入居金城，拨给衣食。及迷唐入京，朝谒已毕，和帝令他还居榆谷，不得再叛。迷唐未便多言，拜辞西行。（奈何复纵之使去？）到了塞下，却不肯再回故地，他想榆谷附近，汉人已造河桥，往来甚便，如何保守得住？因致书护羌校尉吴祉，托言种人饥饿，不肯远归。吴祉得书，还道他是真言，多赐金帛，令得籴谷购畜，便即出塞。不料迷唐心变，至金城挈领部众，顺便抄掠湟中诸胡，满载而去。王信、耿谭、吴祉，统皆坐罪，又致夺职还乡，改用酒泉太守周鲔为护羌校尉。

永元十三年秋季，迷唐复至赐支河曲，率众犯塞。周鲔与金城太守侯霸，调集诸郡兵士，湟中小月氏胡，合三万人出塞，行至允川，未见羌踪。鲔安营驻扎，使侯霸前往探哨。霸骁勇敢战，在途巡逻，忽与迷唐相遇，毫不畏缩，即向前突阵，锐不可当，羌众慌忙退走，已晦气了四百多人，做了枉死的无头鬼。霸复驱兵追剿，急得羌众走投无路，多半匍匐乞降，共计有六千余口。迷唐只带了数百残骑，奔往赐支河北，伏匿岩谷间。及霸飞章告捷，汉廷因周鲔逗留，未曾与战，饬令还都论罪；擢霸为护羌校尉。（置校尉如弈棋，也属不宜。）既而安定降羌烧当种叛乱，由郡守发兵剿灭，没入妇女，尽为奴婢。于是四海及大、小榆谷，无复羌寇。隃麋相（隃麋为东汉侯国。）曹凤上书献议道：

西戎为害，前世所患，臣不能纪古，且以近事言之：自建武以来，其犯法者常从烧当种起事。所以然者，以其居大、小榆谷，土地肥美，又近塞内，诸种易以为非，难以攻伐，南得杂种以广其众，北阻大河，因以为固，又有西海鱼盐之利，缘山滨水，以广田畜，故能强大。常雄诸种，恃其拳勇，招诱羌胡；今者衰困，党援坏沮，亲属离叛，余兵不过数百人，窜走穷荒。臣愚以为宜及此时，建复西海郡县，规固二榆，广设屯田，隔塞羌、胡交关之路，遏绝狂狡窥伺之谋；又殖谷富边，省委输之役，国家可无西顾之忧矣！

和帝览书，发交公卿会议，俱云可行。乃复置西海郡，即拜凤为金城西部都尉，出屯龙耆。嗣金城长史上官鸿，复开置归义、建威屯田二十七部，霸亦增置东、西邯屯田五部，及留、逢二部，总计得三十四部。功将垂成，后因安帝永初元年，诸羌复叛，竟至中辍。惟迷唐孤弱失援，终至病死。有一子款塞来降，户口不满数千，西陲暂得少安。至若西北一带，自从班超抚定西域，各国归命，变乱不生。惟超由明帝永平十六年，奉命西行，直至和帝永元十二年，尚未得归，先后约三十载，超年将七十，思归故里。适值超掾史甘英，奉超令欲赴大秦，（即罗马国。）行至条支，（即阿剌。）西临大海，为安息人所劝阻，中道折回；安息国献入狮子，及条支大鸟，超因遣子勇偕同外使，共诣洛阳，特拜疏乞归道：

臣闻太公封齐，五世葬周。狐死首丘，代马依风。（《韩诗外传》云："代马依北风，飞鸟扬故巢。"）夫周、齐同在中土，千里之间，犹且如此，况远处绝域如小臣，能无依风首丘之思哉？蛮夷之俗，畏壮侮老。臣超犬马齿歼，常恐年衰，奄忽僵仆，孤魂弃捐。昔苏武留匈奴中，尚十九年，今臣幸得奉节，带金银，护西域，如自以寿终屯部，诚无所恨；然恐后世或因臣沦没西域，举以为戒。臣不敢望到酒泉郡，但愿生入玉门关。老病衰困，冒死瞽言。谨遣子勇随献物入塞。及臣生在，令勇目见中土，亦所慰心。望阙哀鸣，伏冀垂鉴。

这疏呈入，和帝因超居西域，得外人心，急切无人可代，只得暂从搁置，俟后再图。转眼间又是二年，超久待朝命，杳无消息。但闻妹昭入宫续史，为后宫师，因特寄与一书，浼令设法求归。昭本善文，援笔立就奏章，伏阙上陈。略云：

妾同产兄西域都护定远侯超，幸得以微功特蒙重赏，爵列通侯，位二千石，天恩殊绝，诚非小臣所当被蒙。超之始出，志捐躯命，冀立微功，以自陈效。会陈睦之变，道路隔绝，超以一身奔走绝域，晓譬诸国。因其兵众，每有攻战，辄为先登，身被创痍，不避死亡。赖蒙陛下神灵，尚得延命沙漠。至今积三十年，骨肉生离，不复相识，所与相随时人士，皆已物故。超年最长，今且七十，衰老被病，头发无黑，两手不仁，耳目不聪明，扶杖乃能行，虽欲竭尽其力，以报塞天恩，迫于岁暮，犬马齿索。蛮夷之性，悖逆侮老，而超旦暮入地，久不见代，恐开奸宄之源，生逆乱之心。而卿大夫咸顾目前，莫肯远虑，如有猝变，超之气力，不能从心，便为上损国家累世之功，下弃忠臣竭力之效，诚可痛也！故超万里归诚，自陈苦急，延颈遥望，三年于今，未蒙省录。妾窃闻古者十五受兵，六十还之，亦有休息，不任职也。缘陛下以至孝理天下，得万国之欢心，不遗小国之臣，况超得备侯伯之位，故敢触死为超求哀，匄超余年，一得生还，复见阙庭，使国家永无劳远之虑，西域无仓猝之忧，超得长蒙文王葬骨之恩，子方哀老之惠。（子方姓田，为战国时魏文侯师，文侯弃老马，子方为弃马非仁，收而养之。）《诗》云："民亦劳止，汔可小康；惠此中国，以绥四方。"超有书与妾生诀，恐不复相见。妾诚伤超以壮年竭忠孝于沙漠，疲老则便捐死于旷野，诚可哀怜。如不蒙救护，超后有一旦之变，如国家何？妾冀幸超家得蒙赵母、卫姬先请之贷。（赵母谓赵括母，惧括败，先请得不坐罪。卫姬系齐桓公姬，桓公与管仲谋伐卫，桓公入，姬先请卫罪。并见《列女传》。）愚戆不知大义，触犯忌讳。无任翘切待命之至。

和帝见了此奏，不禁感动，乃召超还朝，命中郎将任尚代为都护。超欣然奉命，与尚交代。尚问超道："君侯在西域三十余年，远近畏怀，末将猥承君后，任重才浅，还求明诲！"超喟然道："超已年老，耳目失聪，任君屡当大任，经验必多，何待超言？但既承明问，敢不竭愚！塞外吏士，本非孝子顺孙类，皆因平时犯罪，徙补边屯；戎狄又性同禽兽，难养易败。今君来此抚驭，他不足虑，只性太严急，还宜少戒。水清无大鱼，察政不得下和，宜改从简易，宽小过，总大纲，便可收效了！"尚虽然谢教，心下却未以为然，待超去后，私语亲吏道："我以为班君必有奇谋，谁料他所言止此，平淡无奇，何足为训？"（平淡中却寓至理，奈何轻视？）遂把超言置诸脑后，不复记忆。超至洛阳，诣阙进谒，和帝慰劳数语，令为射声校尉。超素患胸疾，至是益剧，入朝不过月余，便致告终，年七十一。和帝遣使吊祭，赗遗颇厚，令长子班雄袭爵。小子有诗咏道：

久羁外域望生还，奉诏登途入玉关；
老病已成身遽逝，此生终莫享余闲！

班超如此大功，生虽封侯，死不予谥；那宦官郑众，居然得加封为鄛乡侯，真是有汉以来，闻所未闻了！欲知后事，试看下回续叙。

经者常也，六经即常道也。圣贤之所以垂训，国家之所以致治，于是乎在。自秦火一炬以后，简残编断，得诸煨余者，往往阙略不全。汉儒重兴经学，意为笺注，已失古人精义；但先王之道，未坠于地，则犹赖汉儒之力耳。鲁丕在东观讲经，能折贾、黄二宿儒之口，当非强词夺理者可比。本回特从详叙，所以表章经术，风示后世。经废则常道不存，安在而不乱且亡也？班超有抚定西域之大功，年老不得召归，幸有同产女弟之博学贞操，为后宫所师事，方得以一篇奏牍，上感九重。至超归而月余即殁，狐死首丘，吾犹为超幸矣！夫苏武归而仅为典属国，班超归而仅得射声校尉，至病逝后，并谥法而且靳之，汉之薄待功臣久矣！无惑乎李陵之降虏不返也！

第三十七回 立继嗣太后再临朝 解重围副尉连毙虏

却说郑众封侯，乃是汉廷创例，和帝因他诛窦有功，班赏时又辞多就少，所以格外宠遇，竟给侯封。哪知刑余小人，只可备供洒扫，怎得视若公卿？就使郑众驯良可取，有功不矜，究不能封他为侯。贻讯作俑，这便是教猱升木，引蚁决堤。光武帝辛苦经营的天下，要为了郑众封侯，自启厉阶，终落得七乱八糟，不可收拾呢！（引起下文乱事。）话休叙烦，且说永元十五年间，孟夏日食，有司以阴气太盛，奏遣诸王就国。（日食，乃天道之常，就使果应人事，亦为邓后临朝预兆，奈何归咎诸王，请令就国？穿凿附会，殊属可笑。）原来和帝性情友爱，遵遁乃父故事，令兄弟留居京师。及有司奏请遣发，和帝尚不忍分离，有诏作答道：

> 日食之异，责由一人。诸王幼稚，早离顾复，弱冠相育，常有《蓼莪》《凯风》之哀。（《蓼莪》《凯风》见《诗经》。）选懦（仁弱之意。）之恩，知非国典，且复须留。

未几又是冬日，和帝出祠章陵旧宅，（光武帝改春陵乡为章陵县，事见建武六年。）令诸王一律从行。祠毕后大会宗室，饮酒作乐，备极欢洽。嗣又顺道进幸云梦，至汉水滨方拟再诣江陵，忽接到留守太尉张禹奏章，乃是谏阻远游，和帝乃还。清河王中傅卫䜣，与清河王庆并同随驾，沿途索赃，得千余万缗，事被和帝察觉，派吏鞫治，并责庆不先举发。庆答复道："䜣位居师傅，选自圣朝，臣本愚昧，但知言从事听，不便纠察，所以未得先闻。"和帝听了，颇以奏对合宜，待抄出卫䜣私赃，一并赐庆。庆辞让不许，乃拜受而退。太尉张禹，亦得蒙特赏；此外留守诸官，及随从诸臣并各赐钱帛有差。会岭南例贡生龙眼荔枝，十里一置，（马递曰置。）五里一侯，（司望曰侯。）互相传送，昼夜不辍。临武县长唐羌，具陈贡献劳苦情形，且请和帝勿重滋味。乃有诏禁止贡献，饬太官毋受珍羞。（这是和帝美政，故特表明。）越年司徒鲁恭，因事免官，迁司空徐防为司徒，进大鸿胪陈宠为司空。（宠已由廷尉进官大鸿胪。）又越年改号元兴，大赦天下，凡宗室因罪削籍，并得赐复。既而雍地忽裂，时人讶为不祥。待至十二月间，和帝不豫，逐日沉重，竟至告崩，享年只二十七岁，在位一十七年。

当时储君未立，后宫生子多殇，往往视宫中为凶地，遇有生育，辄使乳媪抱出宫外，寄养民间。及车驾将崩，群臣尚未知皇嗣下落，无从拥立，不得不禀明邓后，请旨定夺，邓后却知后宫生子，遗存二人，长子名胜，素有痼疾，未便迎立；少子名隆，生才百日，已在宫外寄养，乃即令迎入，立为太子。当夜即位，尊邓后为皇太后，临朝听政。不到半月，便已改岁，定年号为延平元年，进太尉张禹为太傅，司徒徐防为太尉，参录尚书事，百官总已以听。邓太后以帝在襁褓，欲令重臣入居禁内，乃令张禹留卫宫中，五日一归府；并擢光禄勋梁鲔为司徒，使继徐防后任，备位三公。封皇兄胜为平原王，奉葬和帝于慎陵，庙号穆宗。总计和帝在位十七年，英明仁恕，有祖父风，少年即能摈除窦氏，收揽权纲；后来尊儒礼士，纳谏爱民，凡蠲租减税，赈饥恤贫诸诏，史不绝书；遇有灾异，辄延问公卿，谕令极言得失，前后符瑞，得八十一处，皆自称德薄，抑而不宣。可惜天不假年，未壮即殁。只晚年荣封郑众，以致宦官继起用事，这乃是和帝一生遗累，种下绝大祸根。（祸足亡国，故不惮烦言。）丧葬既毕，清河王庆等，始俱令就国。庆追念和帝德惠，衔哀不已，甚至呕血数升，力疾就道。邓太后格外体恤，许得置中尉内史，所赐什物，皆取自和帝乘舆，俾作纪念。且因嗣皇幼弱，恐有不测，乃留庆长子祜，与嫡母耿姬，仍居清河邸中，以备非常。（既有此虑，不如先立皇子胜，何必舍长立幼？）一面使宫人归园，特赐周、冯两贵人策书道：

朕与贵人托配后庭，共欢等列，十有余年。不获福祐，先帝早弃天下，孤心茕茕，靡所瞻仰，夙夜永怀，感怆发中。今当以旧典分归外园，惨结增叹，《燕燕》之诗，曷能喻焉？（《燕燕》为卫庄姜送戴妫诗。）其赐贵人以王青盖车采饰辂骖马各一驷，黄金三十金，杂帛三千匹，白越四千端；（布名。）冯贵人未有步摇环珮，亦加赐各一具，聊为赠别，不尽唏嘘。

周、冯两贵人，奉策拜赐，辞别出宫，至园寝中陪侍山陵去了。邓太后复接连下诏，大赦天下，凡建武以来得罪被锢，皆复为平民。又减节太官、导官、尚方、内署所供服食，（太官掌御厨，导官掌择御米。）自非陵庙祭祀，食米不得导择，朝夕惟一肉一饭，不得妄加。郡国贡献，悉令减半，斥卖上林鹰犬，蠲省离宫别馆米炭，所有掖庭侍女，及宗戚没入诸官婢，一律遣归，各令婚嫁。会因连月下雨，郡国或患水灾，即敕二千石据实详报，为除田租刍藁，不得欺隐。各处淫祀，不入祀典，概令罢免。这都是邓太后初次临朝的美政。（总束一语。）既而司空陈宠病殁，命太常尹勤为司空，且进虎贲中郎将邓骘为车骑将军。骘系邓训长子，为邓太后亲兄，表字昭伯，少时为窦宪府掾，及女弟立为贵人，乃与诸弟并为郎中，和帝尝欲加封邓骘，为邓后所推让，故迁官止虎贲中郎。及后既临朝，遇有一切政务，不能不引骘入议，较免嫌疑，因擢骘为车骑将军，仪同三司。三司就是三公，汉官中向无此名，自骘为始。（太后临朝，势必引用外戚，后来一跌赤族，可慨可叹！）骘颇知敛抑，且受祖父邓禹遗训，居安思危。但女弟既为太后，年仅花信，不便屡见大臣，自己托在同胞，出入较便，只好勉强受命，就职任事。光阴易过，又是仲秋，那小皇帝竟感冒风寒，仓猝夭殇，年仅二岁，殡殓崇德前殿中。邓太后忙与骘密商，议及继统事宜。好在清河王庆子祜，尚留邸中，当由邓太后创议迎立，骘亦赞成。再由骘商诸公卿，亦无异言，便夤夜使骘持节，用王青盖车迎祜入宫，先授封长安侯，然后准备嗣位。邓太后即下诏道：

先帝圣德淑茂，早弃天下，朕奉嗣皇，夙夜瞻仰日月，冀望成就。岂意猝然颠沛，天年不遂，悲痛厥心！朕惟平原王素婴痼疾，未便继承。念宗庙之重，思继嗣之统，惟长安侯质性忠孝，小心翼翼，能通诗论，笃学乐古，仁惠爱下，年已十三，有成人之志。亲德系后，莫宜于祜。《礼》："昆弟之子犹己子。"《春秋》之义："为人后者为之子。"不以父命辞王父命，其以祜为孝和皇帝嗣，奉承祖宗，案礼议奏。

公卿等依诏定议，复奏进去；又由宫中撰就策命，交付太尉张禹，引祜受策。当由禹对祜宣读道：

惟延平元年秋八月癸丑，皇太后曰：咨长安侯祜，孝和皇帝，懿德巍巍，光于四海。大行皇帝，（古称帝丧，为大行，大行者，不返之意。）不永天年，朕惟侯系孝章帝世嫡皇孙，谦恭慈顺，在孺而勤，宜奉宗庙，承统大业。今以侯嗣孝和皇帝后，其君临汉国，允执厥中，一人有庆，万民赖之！皇帝其勉之哉！

张禹读罢，持策与祜，祜拜受后，再由禹奉上玺绶，乃拥祜即皇帝位，是为安帝。公卿以下，循例谒贺。但因安帝年甫十三，未能亲政，仍由邓太后临朝。越月将崇德前殿的殡宫，奉葬康陵，幼主无谥，且无庙号，只称作殇帝罢了。安帝本与嫡母耿姬，同居清河邸中，帝既入承大统，耿姬不便独留，邓太后即使中黄门送她归国。惟安帝生母叫作左姬，左姬字小娥，有姊字大娥，系犍为人，伯父圣坐妖言伏诛，家属俱没入掖庭，二娥当然在列，并有才色，小娥更善史书，能辞赋，为众所称。会和帝命赐诸王宫人，清河王庆素闻二女艳名，特贿托宫中保姆，求得二娥。好容易得遂心愿，将二娥拨至清河邸中，庆得左拥右抱，其乐陶陶。（废太子也想纵欢么？）小娥有娠生子，便是安帝。相传安帝幼时，屡有神光照室，又有赤蛇蟠护床中，近视又复不见，因此称奇。（这多是附会之谈，实则安帝入嗣，由乃父无辜被废，天道有知，巧为转移而已。）年至十岁，好学史书，和帝亦叹为奇童，暇辄召见，与谈文字。只大小二娥，却是始终薄命，做了清河王的姬妾，还是没福消受，一对姊妹花，相继沦谢。（好花不久长。）到了安帝入嗣，二娥已逝世有年了。

清河王庆，就国逾年，也是形销骨损，病入膏肓，至耿姬返后，病即垂危，乃嘱清河中大夫宋衍道："清河土薄，不堪茔葬，我意欲至我母坟旁，掘穴下棺。自思朝廷大恩，尚应赐筑祠室，俾得母子并食，魂灵有所依庇，死后亦无遗恨了！"说至此，即令宋衍缮就遗表，乞将骸骨赐葬亡母宋贵人旁，越宿竟逝，年才二十有九。遗表传达京师，邓太后也觉含哀，函遣司空尹勤持节，与宗正同往吊祭，特赐龙旗九旒，虎贲百人，饰终典仪，尽仿东海王强故事。一面使掖庭令送左姬遗棺，与庆合葬广丘，谥曰孝王，长子虎威袭封。越年为永初元年，邓太后又封宋衍为盛乡侯，并分清河为二国，封虎威弟常保为广川王，这且待后再表。

且说车骑将军邓骘，自与太后定策立嗣后，不欲常居禁中，屡求还第，太后乃准如所请。骘有四弟，长弟京时已去世；次弟悝得升任城门校尉；三弟弘亦得为虎贲中郎将；季弟阊尚为郎中。邓太后复增封骘为上蔡侯，悝为叶侯，（叶音摄。）弘为西平侯，阊为西华侯，食邑各万户。骘以定策有功，加邑三千户。（邓太后前为兄弟辞封，此时何遽封为侯？）骘表辞不获，出都谢使，复恳切上陈，大略说是：

> 臣兄弟庸秽，无能可采，谬以外戚，遭值明时，托日月之末光，被云雨之渥泽，并统列位，光昭当世，不能宣赞风美，补助清化，诚惭诚惧，不胜疚心。陛下躬天然之姿，体仁圣之德，遭国不造，仍罹大忧，开日月之明，运独断之虑，援立皇统，奉承太宗，圣策定于神心，休烈垂于不朽，本非臣等所能补效万一。而猥推嘉美，并享大封，伏闻诏书，惊惶惭怖。追睹前世倾覆之诫，退自思念，不寒而栗。臣等虽无逮及远见之虑，犹有庶几戒惧之情，常聚母子兄弟，内相敕厉，冀以端悫畏慎，一心奉戴，上全天恩，下完性命。刻骨定分，有死无二，终不敢横受爵土，以增罪累，惶窘征营，昧死待命。

邓太后接阅骘书，尚不肯许，骘再申前请，且欲窜迹穷荒，于是太后收回成命，召令还都。惟封生母阴氏为新野君，以万户供汤沐邑。虎贲中郎将邓弘，素治《欧阳尚书》，（欧阳生字伯和，师事伏生，为前汉武帝时人。）太后乃令他入傅安帝，自己亦从曹大家受经，兼习天文算数，昼治政事，夜览书籍，习以为常。（好算是巾帼丈夫，可惜阴盛阳衰。）偏是内忧少靖，外患又迭起不休，西域都护任尚，不肯依从班超遗诫，专务苛察，致失众心，西域诸国又相率叛汉，围攻任尚。尚上书求救，汉廷令北地人郎中梁慬为西域副校尉，使率河西四郡羌胡五千骑，星夜赴援。慬尚未至，尚已解围，因复据实报闻，有诏征尚还都，另任骑都尉段禧为都护，西域长史赵博为骑都尉，同驻龟兹它乾城。城中形势狭隘，梁慬往阅一周，谓西域方有变志，此城如何可守？乃特访龟兹王白霸，与述朝廷厚恩，嘱使勿负，且言龟兹势孤，当邀都护等入城共守。白霸本由汉廷遣归，得立为王，（见第三十四回。）听了梁慬议论，当然乐允；惟吏士同声谏阻，霸乃不从。梁慬见众有贰心，急命从吏飞报段禧，请即引兵入龟兹城。禧遂与赵博率兵八九千至龟兹国都。

龟兹部众，恨王招入汉军，却去联结温宿、姑墨两国兵马，来攻白霸，共计有数万人，环绕龟兹城下，势甚汹汹。白霸原是惊惶，连段禧、赵博两人，亦自悔仓猝失图，被他围住。独梁慬毫无惧色，慷慨誓师，出城奋击，三战三胜。叛众自恃势盛，虽屡经败衄，尚未肯退。慬出战一次，还守数日，出战两次，又还守数日，相持至好几月，看得叛众疲敝，索性与段禧、赵博等，并力出战，大杀一阵，刀过处血风乱洒，槊落处胡马齐倾，叛众抵挡不住，自然尽溃，温宿、姑墨两国败兵，也即散走。慬复引兵追击，大振余威，复枭得许多头颅，夺得许多牲畜。总计先后斩虏首万余级，获生口千余人，骆驼牛羊万余头，（力写梁。）龟兹乃定。慬等自然奏捷。无如龟兹以外，余国尚未肯服从，遂致道路梗塞，奏报不通，待至捷书到达，差不多有百余日。一班公卿大夫，统是顾近忽远，并言西域遥隔，向背无常，朝廷多耗饷糈，吏士屯田，连年劳苦，为费亦巨，不如取消都护，迎师回朝为是。邓太后亦不欲劳兵，依了众议，就遣骑都尉王弘，发关中兵，及西陲羌胡，往迎段禧、赵博、梁慬等，及伊吾卢、柳中屯田诸吏士。

看官听着！班定远数十年的劳绩，至此乃甘心弃去，尽隳前功，说将起来，统是任尚一人，贻误大事。可见得安内攘外，全仗人才，一或误用，未有不立时败坏呢！（慨乎言之。）朝廷大臣，不知另举才能，出镇西域，反以为撤销都护，可无外患。谁知一误不足，还要再误，为了迎还西师一役，又惹出羌人的变乱来了。先是烧当羌酋东号，挈众内附，（见第三十二回。）有子麻奴，随父同降，寓居安定。东号死后，麻奴继立，种人滋生日繁，散居河西诸郡县。吏人豪右，往往目为贱种，随时差役，积成众怨。及王弘奉命征调，发遣金城、陇西、汉阳诸羌，使迎西师，羌人还疑是调署西域，往往裹足不前。郡县官吏，严行逼迫，约有数千百骑，到了酒泉，复不愿出关，陆续逃避。官吏当作叛羌相待，发兵邀截，非杀即拘，或把他旧居庐落，尽行毁去。于是诸羌益惊，哄然尽溃，麻奴亦支撑不住，也西走出塞。先零别种滇零，与锺羌诸种，反得乘隙为乱，据住陇道，大为寇掠。一时不得兵械，就将竹竿当作戈矛，板案充作盾牌，四出滋扰。郡县官无法抵敌，不得不连章奏闻，邓太后乃使车骑将军邓骘，发兵征羌；再用任尚为征西校尉，令归邓骘节制，一同西行。小子有诗叹道：

良言不纳总无成，轻隳前功罪岂轻；
如此庸材犹屡用，边陲何日得澄清？

邓骘、任尚西行征羌，究竟能否制服羌人，待至下回再叙。

邓后以贤德见称，迹其行谊，殆亦得半失半，瑜不掩瑕。和帝崩后，应援立嗣以长之大经，咨询群臣，然后定议，奈何遽以生经百日之婴儿，骤使嗣位？谓非贪立幼主，希揽政权，其谁信之？及幼主已殇，又徒与亲兄定策，迎立清河王子祜，一朝元首，乃出自兄妹二人之私意，试问国家建置三公，果何为乎？且临朝未几，即封兄弟四人为侯，违反祖制，专顾私亲，而其他之煦煦为仁，转不足道。微邓骘等之犹知退让，几何而不为窦氏也？洎乎西域变起，措置失常，梁慬有却寇之材，不使专阃，反听朝臣鄙议，甘举西域而尽弃之，定远有知，能无隐恫？况弃西域而复构西羌，虽属内外之失人，究由宫廷之失策！《诗》曰：“哲夫成城，哲妇倾城。”邓后虽非倾城之妇人，其亦不能无讥乎？

第三十八回　勇梁慬三战著功　智虞诩一行平贼

却说车骑将军邓骘，与征西校尉任尚等，出讨诸羌，因各郡兵马尚未到齐，乃留屯汉阳，但遣前哨数千骑，窥探诸羌动静。不意到了冀西，突与锺羌相遇，急切不能抵敌，竟被杀死千余人，余众狼狈逃归。可巧西域副校尉梁慬驰归，行抵敦煌，奉诏为邓骘援应，因即引兵转赴张掖，击破诸羌万余人，斩获过半。再进至姑臧，羌豪三百余人，畏威乞降，慬曲为晓谕，遣还故地，各羌豪喜跃而去。是年边疆未靖，腹地多灾。郡国十八处地震，四十一处雨水，二十八处大风雨雹。太尉徐防，司空尹勤，相继引咎，上书辞职。邓太后准令免官，（三公以灾异罢免，实自此始。）命太傅张禹为太尉，太常周章为司空。宦官鄛乡侯郑众，及尚方令蔡伦，乘机干政，为邓太后所宠幸。（外戚宦官，更迭干政，有何好处？）司空周章，屡次规谏，并不见用。章素性戆直，因见外戚宦官，内外蒙蔽，邓太后始终未晤，免不得愤激起来，当下密结僚友，谋诛邓骘兄弟，及郑众、蔡伦诸人，并且废去太后嗣皇，改立平原王胜。事尚未发，竟致漏泄机关，把章褫职。章自知不免，忙即服毒自尽。（是何等事，乃敢仓猝妄行？死不累家，尚是侥幸！）颍川太守张敏，入为司空；司徒梁鲔病逝，仍起鲁恭为司徒。（鲁恭免官，见前回。）

越年二月，遣光禄大夫樊准、吕仓，分巡冀、兖二州，赈济灾民。准上移民政策，谓赈给不足济事，应将灾民徙置荆、扬熟郡。邓太后依准所议，民得少苏。会仲夏大旱，邓太后亲幸洛阳寺，令若卢狱中囚犯，解入寺中，面加讯问。（官之所居曰寺，若卢狱为少府所掌，主鞫将相大臣。）有一囚徒犯杀人罪，实是屈打成招，冤枉牵累，当时已奄奄一息，由吏役扛抬至前，可怜他举头四顾，尚不敢言，太后察出情隐，温言讯鞫，具得实情，乃将囚徒释免，收系洛阳令抵罪。行未还宫，甘霖大降，群臣喧呼万岁。（太后虽有心恤囚，但以一妇人，亲加讯鞫，究非国法所宜。）未几又接任尚败报，复致忧劳。原来车骑将军邓骘，出屯经年，因使任尚及从事中郎司马钧，带领各部兵马，出讨羌豪滇零，到了平襄，与滇零等接仗多时，尚军大败，伤亡至八千余人，慌忙遁回。（此人原不堪典军。）滇零得了胜仗，竟自称天子，招集武都、参狼、上郡、西河诸羌种，东犯赵、魏，南入益州，攻杀汉中太守董炳，转掠三辅，气焰甚盛。湟中诸县，粟石万钱，百姓死亡，不可胜计。朝廷既要转饷输兵，又欲发粟赈民，弄得日夜彷徨，不知所措。故左校令庞参，坐法遭谴，充作若卢狱中工作，特令子俊上书道：

> 方今西州流民扰动，而征发不绝，水潦不修，地力不复，重之以大军，疲之以远戍，农功消于转运，资财竭于征发，田畴不得垦辟，禾稼不得收入，搏手困穷，无望来秋，百姓力屈，不复堪命。臣愚以为万里运粮，远就羌戎，不若总兵养众，以待其疲。车骑将军邓骘，宜且振旅，留征西校尉任尚，使督凉州士民，转居三辅，休徭役以助其时，止烦赋以益其财，令男得耕种，女得织纴，然后蓄精锐，乘懈沮，出其不意，攻其不备，则边民之仇报，奔北之耻雪矣。臣身负罪戾，自知昧死，区区一得，不敢不闻，伏希赐鉴。

邓太后得书后，尚在踌躇，适光禄大夫樊准，自冀州回京复命，闻得庞参上书言事，具属可行，且素知参材足任事，因上疏荐参道：

> 臣闻鸷鸟累百，不如一鹗。昔孝文皇帝悟冯唐之言，而赦魏尚之罪，使为边守，匈奴不敢南向。夫以一臣之身，折方面之难者，选用得也！臣伏见故左校令河南人庞参，勇谋不测，卓尔奇伟，高材武略，有魏尚之风，前坐微法，输作经时，今羌戎为患，大军西屯，臣以为如参之人，宜在行伍。惟明诏采前世之举，观魏尚之功，免赦参刑，以为军锋，必有成效，宣

助国威不难矣！谨此上陈，惟陛下裁察之。

为此一疏，参得蒙恩赦罪，进拜谒者，奉使西行，监督三辅诸军，屯田防边。且诏令梁慬进屯金城。慬得三辅军报，知叛羌随处骚扰，迫近园陵，乃即引兵往击，转战武功、美阳间，（武功、美阳皆县名。）身先士卒，连败羌众，夺还被掠生口多人，截获马畜财物，不可殚述。邓太后得慬捷书，心下少慰，特用玺书劳勉，委慬剿抚诸羌，节制各军；一面从庞参计议，征还邓骘，但留任尚屯兵汉阳。骘奉诏东归，途次又接太后恩诏，拜为大将军。（骘并无功劳，何得升官？可见太后全是为私。）既至都门，大鸿胪持节出迎，中常侍赍牛酒犒劳，王侯以下，相率候望，络绎道中。及诣阙入谒，复特赐束帛车马，真是宠灵显赫，震耀京师。（若使扫平诸羌，不知如何待遇？）太后既优待邓骘，不得不加赏任尚，遂封尚为乐亭侯，食邑三百户。（败军之将，且得封侯，邓太后真是愦愦。）惟将护羌校尉侯霸召还，说他不能驭羌，黜为庶人，（也是冤枉。）即令前西域都护段禧，代为护羌校尉。怎奈羌势日盛，终不能制，永初三年孟春，三辅告急，因复遣骑都尉任仁，督领诸郡屯兵，往援三辅。仁屡战屡败，羌众越加猖獗，当煎、勒姐种羌，攻陷破羌县，锺羌攻陷临洮县，连陇西南部都尉，都被擒去。

司徒鲁恭，年近八十，乞请致仕，乃改任大鸿胪夏勤为司徒。勤既就职，日虑国用不足，往往仰屋兴嗟，不得已商诸太尉张禹，及司空张敏，援照前汉入粟拜爵的故例，联名上奏，许令吏民纳入钱谷，得为关内侯，或虎贲、羽林郎，及五官、大夫、府吏、缇骑、营士各有差。邓太后见三公同意，自然准议。无如天灾屡降，常患饥荒，上半年河洛水溢，京师大饥；下半年并、凉水溢，人自相食。接连又传到许多警报，海贼张伯路等，寇掠沿海九郡，渤海、平原剧贼刘文河、周文光等，遥与勾连，搅乱得一塌糊涂。还有代郡、上谷、涿郡间，又由乌桓、鲜卑两路叛胡，一再入犯，杀败五原太守，伤毙郡中长吏。南匈奴骨都侯，阴助乌桓、鲜卑，也是逆焰滔天，不可收拾；甚且南单于亦背叛汉朝，把美稷守将耿种围住，危急非常。那时汉廷将相，无从隐讳，当然奏白邓太后。

邓太后很是着忙，只好与亲兄邓骘等会议，一路一路地调遣人马，前去征讨。出剿海贼的一路，委任了侍御史庞雄；出救五原一路，委任了车骑将军何熙；出击南单于一路，委任了辽东太守耿夔；又调梁慬行度辽将军事，使出为耿夔后应。军书四达，鼙鼓齐鸣，不但汉廷当日，忙乱得什么相似，就是小子一枝秃笔，从今追叙，也觉得东顾西应，煞费精神了。（我说是好看得很。）侍御史庞雄，出剿海贼，究竟贼众乌合，不能抵敌王师，张伯路屡败乞降；渤海、平原等剧贼，也望风瓦解，四处避匿。庞雄遽报肃清，有诏迁雄为中郎将，令他引兵西行，往副车骑将军何熙。那辽东太守耿夔，与行度辽将军事梁慬，统皆百战名将，一经会师，便向美稷城进发，行至属国故城，遇着南匈奴部酋奥鞬日逐王，约有三千余骑，截住途中，夔当先冲阵，慬在后继进，两将似生龙活虎一般，搅入匈奴阵中，三千人不值一扫，奥鞬日逐王单骑走脱，所有辎重什物，尽被汉军夺来。

此时南单于师子，已早病亡，从弟檀嗣立为单于。永初三年六月间，曾诣阙入朝，随从有一降虏的汉人，叫作韩琮，朝毕还国，琮与语道："关东水潦为灾，兵民统皆饥死，若发兵进击，必可得志！"单于檀为琮所惑，因此叛汉兴兵，围攻美稷。至日逐王孑身败还，才知汉军仍然厉害，但还以为未曾亲睹，总要自己督兵，与汉军决一雌雄，方肯罢休。乃将美稷撤围，亲率精骑八千人，来敌汉军。凑巧与梁慬相遇，慬部下不过二三千人，单于大喜，总道以众敌寡，无患不胜，当下麾动骑兵，将慬围住。哪知慬全不惧怕，披甲持槊，跃马突阵，部曲各持械随上，一荡一决，十荡十决，把虏骑冲作数截，不能成围，只好退去。南单于檀，也是顾命要紧，奔还虎泽，未几又移寇常山。梁慬与耿夔合兵万人，倍道往援，南单于又复却还。车骑将军何熙，已到五原，击退乌桓、鲜卑叛胡，庞雄亦至，熙适撄疾，闻得常山被攻，因遣雄驰救。及雄到常山，虏兵已退，遂与梁慬等会合，共得万六千人，进攻虎泽。南单于两番败走，已经胆落，又见汉军连营并进，布满旷野，越吓得魂魄飞扬，遂召责韩琮道："汝言汉人尽死，今是何等人到来，有此声威哩?"琮无辞可答，匍匐谢罪，当被单于斥退。(琮本汉人，乃敢诳虏为寇，死有余辜，南单于轻信琮言，也是笨鸟。)即遣奥鞬日逐王，至梁慬营中乞降；慬训斥一番，且令单于檀自来谢过，方可赦罪。

单于檀接得复报，已是无可奈何，只得徒跣面缚，出来投诚。慬与庞雄、耿夔等，排开兵马，列成数大队，各执兵械站着，然后传出号令，召檀进见。檀到了案前，不待斥责，已是把头乱捣，爆得怪响。经慬责他忘恩负义，不堪污刃，所以贷死，此后不得再作妄想，且须遣子为质，方才还军。檀慌忙承认，誓不复叛。方由慬等许令起来，改容相待，叫他回帐送出侍子。檀诺诺而去，不到半日，便遣子为质，且缴还前时所掠的汉民。慬等乃班师就道，移至五原。五原地方，尚有乌桓余党，出没往来，再经梁慬等领兵回击，斩获多人，残众乃降。车骑将军何熙，病不能起，竟致去世，汉廷实授梁慬为度辽将军，镇守塞下，召还中郎将庞雄，擢为大鸿胪。惟耿夔得功最少，且因他不能穷追单于，在道逗留，应该处罚，乃左迁为云中太守。北方一带，总算弭平。

惟海贼张伯路，悔罪乞降，隔了一年，又复与渤海、平原贼相连，攻入厌次县，戕杀长官。诏遣御史中丞王宗，督同青州刺史法雄，征集幽、冀兵数万人，大举从事，连破贼党。会有赦书到来，解散贼众，贼众以军未解甲，不敢投诚。王宗听部佐计议，意欲乘间出击，法雄独进谏道："兵系凶器，战乃危机，勇不足恃，胜不可必。贼若航海入岛，未易荡平，今正可宣布赦书，罢兵解严，使他解散胁从，然后轻兵裹甲，歼除贼首，这乃所谓事半功倍呢!"(确是弭盗良策。)宗方才称善，收兵敛迹，但将赦书宣示贼党，令将所掠人物，一体交还，许令免死。贼遵令而行，嗣见东莱郡兵，尚未解甲。因复遁匿海岛中，惟胁从多半散去，只剩了张伯路等几个头目。过了月余，岛中无粮可用，乃入内地劫掠，法雄早已严兵待着，把他截住，见一个，杀一个，见两个，杀一双，伯路等并皆授首，海贼乃平。(三路并了。)

是时独叛羌未服，屡扰西陲，羌豪滇零，且进寇褒中。汉中太守郑勤，移兵驻防。汉廷因任尚久戍无功，传旨召归，令率吏民还屯长安。谒者庞参，复致书邓骘，谓宜徙边郡难民，入居三辅。骘颇以为然，且欲弃去凉州，专戍朔方。因召公卿等会议，公卿等尚有异辞，骘慨然道："譬如敝衣已破，并二为一，尚可完补；若非如此办法，恐两不可保了！"大众听了此言，只得勉强赞成。光禄勋李修，方因张禹病免，代为太尉。幕下有一个智士，方拜郎中，姓虞名诩，字升卿，系陈国武平县人。（诩以谋略见称，故履历从详。）少时失怙，孝养祖母，县吏举为顺孙。及既为郎中，闻邓骘决弃凉州，甚以为疑，自觉官小职卑，未便入朝驳议；只有新任太尉李修，本是当道主人，不妨直言相告，托他挽回，因即向修建议道：（《通鉴辑览》误作张禹，此时禹已免官，应从《虞诩列传》。）

窃闻公卿定策，当弃凉州，求之愚心，未见其便。先帝开拓土宇，劬劳后定，而今惮小费，举而弃之，一不可也。凉州既弃，即以三辅为塞，则园陵单外，二不可也。谚曰："关西出将，关东出相。"观其习兵壮勇，实过余州。今羌胡所以不敢入据三辅，为心腹之患者，以凉州在后故也。凉州士民，所以摧坚折锐，蒙矢石于行阵，父死于前，子战于后，无返顾之心者，为臣属于汉故也。今若弃其疆域，徙其人民，安土重迁，必生异志。倘猝然发难，因天下之饥乱，乘海内之虚弱，豪雄相聚，席卷而东，虽贲、育为卒，太公为将，犹恐不足以御之。如此则函谷以西，园陵旧京，非复汉有，此不可三也！议者喻以补衣犹有所完，诩恐其疽食浸淫而无限极也。

李修既得诩议，大为感悟，便进诩与语道："若非汝言，几误国家大事；但欲保凉州，须用何策？"诩答说道："今凉州扰动，人情不安，防有他变。诚使朝中公卿，收罗该州豪杰数人，作为掾属，又引牧守子弟，授为散官；外示激扬，令他感激，内实拘致，防他为非，凉州有何难保呢？"这一席话，说得李修频频点首，当即入朝再议，公卿等俱同声称善。（好似墙头草一般。）邓骘见口众我寡，只好取消前议，但心中很是不平，意欲伺隙害诩。（设心如此，全是憸人行径。）会闻朝歌贼宁季，聚众数千，攻杀长史，猖狂日甚，州郡不能制，乃即命诩为朝歌长，促令指日到任。（竟欲借刀杀人。）故旧都为诩加忧，同时往吊，诩反笑说道："志不求安，事不避难，乃是人臣的职分！若不遇盘根错节，如何得见为利器呢？"（早有成算。）说罢，当即束装就道，直抵朝歌，先谒河内太守马棱，棱叹息道："君系儒生，应在朝就职，参赞谋犹，为何奉使到此？"诩答说道："诩奉遣时，士大夫俱来吊诩，也道是诩无能为，诩既为人臣，何敢避难？诩思朝歌为韩、魏郊野，背太行，（山名。）临大河，去敖仓只百里，青、冀人民，流亡万数，贼不知开仓招众，劫库兵，守城皋，断天下右臂，可见他实无大志，不足为忧。惟目前贼势新盛，未可争锋，兵不厌权，愿明府宽假辔策，勿与拘牵，诩自然有法平贼呢！"棱慨然许诺。（此公也特具青眼。）

诩即告别就任，悬赏购募壮士，分列三等：上等是专行攻劫；中等是好为偷盗；下等是不事家产，游荡失业。这三等莠民，令掾吏以下，各举所知，招罗得数百人，由诩亲自挑选，汰弱留强，尚得百余。当下设酒与宴，许贷前罪，嘱使投入贼中，诱令劫掠，一面伏兵待着。等到贼众前来，便由伏兵突出，并力兜拿，得擒斩数百人；余贼经此巨创，不敢出头。诩又想到别法，潜召缝纫为业，家况贫穷的男妇，叫他佣作贼衣，缝就记号，另许优给工资，遣令依计办理。百姓已恨贼切骨，得了诩命，自然往觅贼巢，替贼缝衣。贼众不知秘谋，待衣缝就，便往市里游行，不意为捕役所察，辄被拿住。捕役尚未肯与他说明，顿令贼犯莫名其妙，惊为神明，于是贼皆骇散，朝歌复安。小子有诗赞道：

不经盘错不成材，功业都从患难来；
试读升卿虞氏传，一回叹赏一惊猜。

诩既平贼，上书报功，邓骘至此，也无可如何了。欲知后事，且看下回再表。

邓骘统兵征羌，逾年两败，何功足言？及召之使归，反擢为大将军。任尚既失西域，复衄平襄，乃赏以侯封，汉廷之赏罚倒置，莫如此时！夫当日之号为良将者，无过梁慬，慬连败羌人，复制服南单于，功无与比，委以专阃，游刃有余；且胡人既服，正可调彼征羌，削平叛寇，奈何满朝将相，仓皇失措，反欲轻弃凉州耶？虞诩为国宣猷，保全西土，邓骘反视若仇敌，徙治朝歌，非诩之智能平贼，则陷谋士于群贼之中，天下皆引以为戒，不敢复闻朝廷事矣。吾嫉邓骘，吾尤不能无慊于邓太后云。

第三十九回　作女诫遗编示范　拒羌虏增灶称奇

却说永初四年九月，邓太后母新野君患疾，（新野君见前文。）太后亲往省母，连日留侍，未见还宫。三公上表固请，方才返驾。（安帝此时已十有七岁，何不共请还政？）既而新野君病剧，再去送终临丧，极尽悲哀，棺殓时给用长公主赤绂，特赠东园秘器，玉衣绣衾，（东园秘器，注见前。）使司空张敏持节护丧，仪比清河王临终遗制，谥曰敬君，（清河王临终，见第三十七回。）又赐布三万匹，钱三千万。邓骘等辞还钱布，并乞退位守制，还居里第。太后尚未肯许，询诸曹大家班昭，昭因上疏复陈道：

> 伏惟皇太后陛下，躬盛德之美，隆唐虞之政，辟四门而开四聪，采狂夫之瞽言，纳刍荛之谋虑。妾昭得以愚朽，身当盛明，敢不披露肝胆，以效万一！妾闻谦让之风，德莫大焉！故典坟述美，神祇降福。昔夷、齐去国，天下服其廉高；太伯违邠，孔子称为三让。所以光昭令德，扬名于后者也。《论语》曰："能以礼让为国，于从政乎何有！"由是言之，推让之诚，其旨远矣。今四舅深执忠孝，引身自退，而以方陲未靖，拒而不许，如后有毫毛加于今日，诚恐推让之名，不可再得。缘见逮及，故敢昧死竭其愚情，自知言不足采，聊以示虫蚁之赤心，伏冀鉴察。

邓太后素师事班昭，因即听从，许令骘等还第终丧，且封昭子曹成为关内侯。昭此时续著汉史，已经垂成，（昭续《汉书》，见第三十四回。）出示士大夫，多半未解。故伏波将军马援从孙融，与昭同郡，得为校书郎，至阙下从昭受读。融兄名续，少甚敏慧，七岁通《论语》，十三明《尚书》，十六治《诗》，博览群经，又通《九章算术》。邓太后闻续才名，亦召入东观，使他参考《前汉书》，再为校正。故《前汉书》百二十卷，除班氏兄妹编著外，续亦略有损益，然后大成。（见《曹大家传》。）班昭复作《女诫》七篇，作为内训：第一篇标目，是卑弱二字，第二篇是夫妇，第三篇是敬慎，第四篇是妇行，第五篇是专心，第六篇是曲从，第七篇是和叔妹，总计不下数千言，流传后世，近俗呼为“女四书”。小子无暇尽述，但记得她有一序文，照录如下：

鄙人愚暗，受性不敏，蒙先君之余宠，赖母师之典训。年十有四，执箕帚于曹氏，于今四十余载矣。战战兢兢，常惧黜辱，以增父母之羞，以益中外之累；夙夜劬心，勤不告劳，而今而后，乃知免耳。吾性疏顽，教导无素，恒恐子穀负辱清朝，（《后汉书》引《三辅决录》注云：“子穀即曹成字”。）圣恩横加，猥赐金紫，（即授封关内侯事。）实非鄙人庶几之望也。男能自谋矣，吾不复以为忧也。但伤诸女方当适人，而不渐训诲，不闻妇礼，惧失容他门，取耻宗族。吾今疾在沉滞，性命无常，念汝曹如此，每用惆怅。闲作《女诫》七章，愿诸女各写一通，庶有补益，裨助汝身。去矣，其勖勉之！

校书郎中马融，见了七篇《女诫》，特为抄录，归示妻女，嘱令讲习，所以逐渐流传，千古不磨。此外尚有赋颂铭诔问注哀辞书论上疏遗令，凡十六篇。至昭殁后，由子妇丁氏编成全集，自撰《大家赞》一则，附入集中，姑媳能文，可作彤史佳话。昭有夫妹曹丰生，亦有才慧，尝作书与昭论难，辞亦可观。当昭逝世时，年已七十有余，邓太后且素服举哀，厚加赙赠，特派使臣监护丧事。这真好算作士女班头，生荣死哀了！（才德如曹大家，应该褒扬。）

当时尚有广汉人姜诗妻，河南人乐羊子妻，也有贤名，并垂不朽。姜诗为广汉人，事母至孝，妻为同郡庞盛女，奉事尤谨。姜母好饮，江水去家约六七里，庞氏随时往汲，携归奉母。一日适遇大风，归家较迟，致母渴不能耐，诗因怒责庞氏，将她斥归。庞氏涕泣出门，借寓邻舍，日夕纺绩，托邻媪转遗姜母，数月间馈问不绝。姜母不免惊异，详问邻媪，邻媪始据实相告。姜母且感且惭，忙嘱诗召还庞氏，格外怜爱。庞氏益曲体母心，始终无违。有子少长，为姑汲流，竟致溺死，庞氏恐姑哀伤，未敢相告，但托言出外求学，未便常归。姜母更好嗜鱼鲙，又不愿独食，夫妇尝合力勤作，得资买鱼，为鲙供母，并令邻媪作陪，冀博母欢。既而孝感动天，有涌泉流出舍侧，每旦必双鲤跃起，使供母膳。庞氏亦再得生子，不致绝嗣。地方官吏，因举诗为孝廉，入拜郎中。寻复出宰江阳，颇有治绩，居官数年，病殁任所。人民为诗立祠，并将诗妻庞氏，一并绘像供奉。姜门双孝，流播千秋。（举此可以劝孝。）

乐羊子妻，姓氏失传。羊子尝出外游行，拾得遗金一饼，还家示妻，妻瞿然道："妾闻志士不饮盗泉水，廉士不受嗟来食，（齐黔娄赈饥，见饿者，与语曰："嗟！来食！"饿者以其无礼，竟不食死。）奈何贪利拾遗，自污清行哩?"羊子大惭，亟将遗金还掷原地，一面寻师求学。逾年还，妻跪问归家理由，羊子道："久别怀思，并无他故。"妻起身取刀，趋近机前，指示羊子道："此织生自蚕茧，成自机杼，积缕累寸，积寸累尺，积累不已，方成丈匹；今若割断，便是自弃前功，终至无成。夫子既出外求学，应该学成乃归；若中道辍业，便与断机无异了！"羊子慌忙拦阻，情愿再出求学，妻始将刀放下。羊子遂去，七年不返。羊子尚有老母，妻殷勤奉养，又尝远馈羊子。会有邻鸡误入园中，羊子母竟盗鸡宰食，妻对鸡不餐，潸然泪下。母怪问何因，妻答说道："自伤居贫，使食有他肉。"母方有惭色，将鸡弃去。嗣有盗贼入门，逼妻受污，妻操刀趋出，盗见她执刀，便把羊子母劫住，且威吓道："汝若释刀从我，当使两全；否则先杀汝姑！"羊子妻举首仰天，长叹一声，竟举刀刎颈，流血毕命。盗也觉惊愕，舍去羊子母，扬长自去。羊子母报闻太守，太守捕盗抵罪，赐她缣帛，依礼安葬，号曰贞义。（举此可以劝节。）

后来尚有汉中人程文矩继妻，表字穆姜，生有二男，前妻亦有四子。文矩出为安众令，在任病故，穆姜与诸子携榇归葬。四子以穆姜本非生母，每有憎嫌；穆姜却慈爱温仁，加意抚养，衣食一切，比亲子还要加倍。邻人语穆姜道："四子不孝，可谓已甚，何不与他分居，免得受嫌?"穆姜答说道："我方欲以仁义相导，令他自知迁善，奈何反与分居呢?"邻人乃怀惭退去。嗣因前妻长子程兴，遇疾甚笃，穆姜亲调药食，昼夜探问，不厌烦劳。好几月始疗兴疾，兴方才感悟，起呼三弟道："继母仁慈，出自天授，我兄弟不识恩养，行同禽兽，虽母德从此益隆，我辈过恶，也从此益深了!"（使他自悟，方为善教。）说着，遂挈三弟诣南郑狱中，具陈母德，且述自己从前不孝，乞许就狱治罪。县令却暗暗称奇，往白郡守。郡守提讯四子，四子陈述如前，郡守乃劝谕道："汝等既自知不孝，革面洗心，此后可在家侍奉，格外孝谨，借赎前愆，既往不咎，权从贷免罢了!"四子方相引归家，共至穆姜前跪下，愿受家法。穆姜道："知过能改，还有何言?"说着，那郡中已遣吏至门，代为旌表，且免除全家徭役；穆姜率诸子拜谢。嗣是兴等悉遵母训，并为良士。穆姜年至八十余乃殁，遗命薄葬，不得好奢，诸子奉行惟谨，见称乡曲。（举此可以劝慈。）

这三妇的德性，与曹大家相较，看似贵贱不同，行为互异；但试看古今妇女，能有几人懿言美行，得如三妇？怪不得史册流芳，推为贤媛呢！这且按下不提。

且说邓太后为母服丧，逾年乃毕。复因天时久旱，亲幸洛阳狱录囚，理出死罪三十六人，余罪八十人，方才还宫。至永初七年正月，率命妇等往谒宗庙，与安帝交献亲荐，礼毕乃还，诏省时物二十三种。古礼，天子入祭宗庙，与后并献。此时皇后尚未册立，所以母子交献如仪。待到安帝二十二岁，方册立贵人阎氏为后。阎氏母为邓弘姨，故得册立，后文自有交代。

惟屡年羌寇不绝，边警频闻，汉中太守郑勤，战死褒中，（郑勤出屯褒中，见前回。）主簿段崇，与门下史王宗、原展，奋身捍勤，并皆斗死。骑都尉任仁，出援三辅，战无一胜，（亦见前回。）部下兵又不守纪律，乃由朝廷派遣缇骑，将仁絷归，下狱处死。护羌校尉段禧病殁，接替乏人，不得不再起侯霸，使他出屯张掖，防御羌人。（侯霸见黜，俱见前回。）羌众转寇河内，百姓多南奔渡河，络绎不绝。北军中侯朱宠，奉命率五营兵士，往守孟津；（屯骑，越骑，步兵，长水，射声为五营。）并有诏令魏郡、赵国、常山、中山数处，缮筑坞堠六百十六所，分段御边。偏是沿边长吏，多籍隶内郡，不愿在外战守，纷纷请徙郡县人民，暂避寇难；朝廷亦弄得没法，乃令陇西徙治襄武，安定徙治美阳，北地徙治池阳，上郡徙治衙县。这令一下，四郡长吏，当然大喜，急促人民徙居，自己也好避开虎口。（我能往，寇亦能往，岂趋避所能了事?）无如百姓多恋居故土，不愿徙去，惹动官吏怒意，饬吏役刈去禾稼，撤去墙屋，毁去营堡，除去积聚，硬迫百姓移徙。可怜百姓流离分散，颠沛道旁，老弱转沟壑，妇女踬山谷，一大半送命归阴；只有一小半壮丁，还能勉强支撑，随官流徙，侥幸生存。（比羌寇还要厉害。）前征西校尉任尚，已经免官，再奉召为侍御史，出击叛羌。至上党羊头山，与羌众交锋数次，幸得胜仗，羌众散走，河内少安。乃撤回孟津屯兵，仍戍洛阳。

俄而汉阳贼杜琦，及弟季贡，与同郡王信，聚众通羌，夺据上邽城，自称安汉将军。散布伪檄。汉阳太守赵博，潜遣刺客杜习，混入上邽，枭得杜琦首级，还献郡守。赵博以闻，诏封习为讨奸侯，赐钱百万；再令侍御史唐喜，领兵往讨杜季贡、王信。信等据住樗泉营，被唐喜一鼓攻破，斩首六百余级，信亦伏诛。惟季贡逃脱，奔依滇零。适滇零病死，子零昌继为羌酋，年尚幼弱，未知大计，但使季贡为将军，别居丁奚城。这统是永初五、六、七年间的事情。

到了永初八年，改号元初，又出了一个羌豪号多，为当煎、勒姐诸羌总帅，抄掠武都、汉中。巴郡有一种蛮人，当前汉开国时，曾受高祖恩诏，免输租赋，蕃息多年，因闻羌人屡扰汉中，所以奋然投效，愿为汉助。蛮俗好用板楯与敌相斗，时人号为板楯蛮。这板楯蛮约有数千，与汉中五官掾程信会师，出击号多，号多败走，退屯陇道，与零昌合。护羌校尉侯霸，率同骑都尉马贤，复掩击号多，杀羌二百余人，号多复遁。越年侯霸病终，即令前谒者庞参接任。参招诱号多，恩威并用，号多乃率众请降。参遣号多入朝，蒙给侯印，使还原镇。参亦移治令居，专顾河西通道，防御零昌。

既而屯骑校尉班雄，（即班超子。）出屯三辅。左冯翊司马钧，奉命行征西将军事，督率右扶风仲光，安定太守杜恢，北地太守盛包等，合兵八千余人，与庞参分道出讨零昌。参部下亦有七八千，行至勇士县东首，为杜季贡所邀击，失利引还。独司马钧等进攻得胜，乘虚入丁奚城。季贡方击退庞参，回至城下，见城上已插汉帜，并不返攻，便即窜去。（明明有诈。）钧令仲光、杜恢、盛包三人，领兵数千，出刈羌禾，临行时亦嘱他谨慎，不得分兵。光等违钧节度，四处刈禾，只管深入，被季贡伏兵掩杀，不能相救。钧恨光等不遵号令，虽有所闻，也不赴援，终至光等败没。季贡复乘胜杀来，钧见孤城难守，又复走还。（光等有应死之咎，钧坐视不救，罪亦相同。）事为朝廷所闻，敕将司马钧、庞参，一并逮系狱中。又因北地、安定、上郡三处，并遭羌害，特使度辽将军梁慬，遣发边兵，救拔三郡吏民，徙入扶风界内。慬即遣南单于兄子优孤涂奴，引兵往徙，事毕回来，慬以涂奴有劳，先给羌侯印绶，然后报闻。哪知朝廷责他专擅，也召慬还都下狱。还亏校书郎中马融，力请赦免庞参、梁慬二人，始蒙贷死；惟司马钧无人救解，自尽狱中。于是诏令马贤为护羌校尉，且将班雄调回，迁任尚为中郎将，督屯三辅。（始终不忘此人。）

朝歌长虞诩，已调为怀令，进谒任尚，乘便献议道："《兵法》有言：'弱不攻强，走不逐飞。'这乃自然定理。今叛羌类皆骑马，日行数百里，来如风雨，去似断弦，若欲使步兵追击，如何能及？故虽屯兵二十余万，旷日持久，毫无效用。为使君计，莫如罢诸郡兵，各令出钱数千，就二十人兵饷，移买一马，可得万骑；万骑兵逐虏数千，尾追掩击，不患无功。这岂不是利民却敌，一举两得么？（此议尚无甚奇特，如何他人未曾想着？）尚大喜道："君言甚是。"当即令诩主稿，奏达京师，复诏尽如诩议。尚汰兵买马，选得轻骑万人，袭击丁奚城。

杜季贡仓猝出御，终不能支，尚军得斩首四百级，获马牛羊数千头，回营报攻。尚复上书奏捷，邓太后乃器重虞诩，擢诩为武都太守。

诩率吏属赴任，行近陈仓崤谷间，探得前面有羌众数千，截住要道，遂停车不进，扬言须请兵保护，方可前行。羌众信以为真，分掠旁县，诩得乘虚冲过。星夜急走，每日驰行百余里，且每一驻足，必令吏士各作两灶，逐日加倍，好容易至武都。属吏私下怀疑，至是方向诩启问道："古时孙膑行军，逐日减灶，今公乃令逐日加增；且《兵法》尝云：'日行不过三十里，所以防备不虞。'今乃日行至二百里，究为何因？"诩笑答道："寇众我寡，徐行必被追及，速行方可远害；我令汝曹增灶，无非示虏不测，虏见我灶日增，总道是郡兵来迎，众多行速，不宜追我，因此我得无忧。从前孙膑减灶，故意示弱；我今却欲示强，情势不同，虚实互异，汝等何必多疑？"属吏方才省悟，慑然退出。嗣闻羌人因诩脱走，果来追诩，及见诩逐日增灶，然后却还，吏士越佩服诩谋。诩查阅郡兵，不满三千，又费踌躇，外面又传入警报，谓有羌众万人，围攻赤亭。诩急令军士操演箭法，约阅二三旬，技射并精，乃令羸兵至赤亭诱敌，有退无进。羌众踊跃追来，将到城下，诩因发出弓弩手数百名，先用小弩，后用强弓。小弩不能及远，只有数十步可射，羌众以为矢力甚弱，不足为惧，遂猛扑城壕，并力急攻；诩再发号令，使弓弩手各用强弩，且命二十人专射一羌，发无不中，中无不踣，羌众前队多死，当然骇退。诩复亲率吏士，出城奋击，毙羌甚多，余羌退至数里外下营，诩亦收兵还城。翌日大开城门，环列士众，从东郭门入北郭门，复自北郭门入东郭门，回转数周，屡换军装。（仍与增灶法同意，先后用一疑兵计。）羌人遥望诩兵，不知有多少，士卒互相惊吓，仓皇夜走。到了浅水滩边，跃马乱渡，忽听得一声鼓号，有许多官兵杀出，齐声大呼道："羌奴快留下头来！"正是：

一呼已破群羌胆，百变尤奇太守谋。

欲知浅水滩旁的官兵，从何而来，容待下回说明。

本回叙述曹大家遗事，并录《女诫》序文，实为《列女传》增一色彩。至若姜、乐、程三妇，亦随笔叙入，并非画蛇添足，殆有鉴夫人心不古，女教益衰，不得不胪述前型，为女界留一榜样，作者之寓意甚深，其用心亦良苦也。《后汉书·列女传》中，尚有一周郁妻，不能谏夫，竟致自尽，盖犹有遗憾存焉；略而不记，去取从严，比“范史”且更进一层矣。虞诩增灶，千古称奇，厥后之奇谋迭出，更见智能。自永初元年，羌人为乱，连扰至十余年，将士络绎，不绝于途，求一谋略如虞诩，不可再得，汉亦可谓无人，而诩之名乃益盛。谁谓白面书生，不可与语行军哉？

第四十回 驳百僚班勇陈边事 畏四知杨震却遗金

却说羌众奔渡浅水滩，被官军一声呼喝，已是心惊胆落；再加夜色昏暗，辨不出官兵若干，但觉得刀槊纵横，旌旗错杂，吓得羌众拼命乱跑，所有辎重，尽行弃去，命里该死的，统做了滩中水鬼，余皆逃散，再不敢还寇武都。其实这班官军，只有四五百名，由虞诩遣伏滩旁，料知羌众必从此返奔，正好乘夜掩杀，果然不出所料，大获胜仗，官军奏凯还城。诩犒劳已毕，复出巡四境，审视地势，添筑营垒百八十所，招还流亡，赈贷贫民，疏凿水道，开垦荒田。初到郡时，谷每斗千钱，盐石八千，户口只一万三千，及任职三年后，米斗八十，盐石四百，民增至四万余户，家给人足，一郡大安。（此之谓为政在人。）

邓太后特简从兄邓遵为度辽将军。邀同南单于檀，及左谷蠡王须沈，合兵万骑，同至灵州，击破羌豪零昌，斩首八百级，有诏封须沈为破虏侯，并赐南单于以下金帛有差。至元初三、四年间，中郎将任尚，也遣兵击破丁奚城，乘势招募敢死士，往攻北地，得捕诛零昌妻孥，搜得零昌父子僭号文书，把庐帐尽行毁去。尚再买结当阗种羌榆鬼等五人，使他投入杜季贡寨中，伺隙刺死季贡，携首归报。由尚替榆鬼请封，得受封破羌侯。（季贡遇鬼，安得不死？）三辅一带，羌势少衰。惟余羌流入益州，势尚蔓延，朝廷曾使中郎将尹就往讨，好多日不能荡平，乃将就征还坐罪，改命益州刺史张乔代领就军。乔剿抚并用，羌众或降或逃，渐归平靖。任尚已进为护羌校尉，再购募效功种羌号封，刺杀零昌，号封得受封为羌王。零昌虽死，尚有谋主狼莫，拥兵北地，未肯降附。于是尚与骑都尉马贤，合击狼莫，相持至两月余，与狼莫大战富平河畔，斩首五千，狼莫乃遁。诸羌自是知惧，次第诣邓遵营，缴械投降，陇右始平。惟狼莫在逃未获，由邓遵募得羌人雕何，伪寻狼莫，幸与相遇，狼莫引为腹心，终被刺死，将首级献与邓遵。遵报称大功垂成，且具陈雕何劳绩，诏封遵为武阳侯，食邑三千户；雕何亦得为羌侯。惟任尚与遵争功，互有龃龉，遵劾尚虚报虏首，并受赃至千万以上，邓太后偏信遵言，赫然震怒，竟派大员拘拿任尚，用槛车囚入都中。有司仰承风旨，锻炼成狱，即将尚推出市曹，枭首示众，家产俱籍没充公。（尚有罪时，可诛而反赏，此次平羌，不为无功，且反弃市，真正令人不解！）看官听说！自从羌人叛乱十余年，调兵遣将，岁时不绝，军需用去二百四十余亿，兵士死亡，不可胜数。至零昌、狼莫刺死，群羌瓦解，三辅、益州，方得不闻寇警；但并、凉二州，从此耗敝，就是国家府库，亦用尽无余，汉廷元气，已渐就消磨了。

到了元初七年间，立皇子保为太子，复改年号为永宁元年。皇子保为后宫李氏所生，安帝本欲立李氏为后，嗣因阎姬入宫，（阎氏名姬。）饶有姿色，专宠后房，且与邓太后戚谊相关，遂得由贵人进为皇后。（阎姬为邓弘姨妹所生，已见前回。）事在元初二年。阎后素性妒忌，视李氏如眼中钉，竟将李氏鸩死，惟保得仅存。安帝待后生男，五六年不得一产，乃立保为太子。阎后无法谏阻，只得由他册立。内外臣僚，方入宫庆贺，忽由敦煌太守曹宗，呈入奏章，请发兵击北匈奴，并取西域。原来西域为汉廷所弃，各国复为北匈奴所制，连兵寇边。敦煌太守曹宗，曾奏荐掾吏索班，使行长史事，出屯伊吾，招抚西域。车师前王及鄯善王，复闻风请降。永宁元年，车师后王军就，连结北匈奴兵马，攻杀索班，并击走车师前王，略有北道。曹宗乃表请北征，报怨雪耻。邓太后以事关重大，不得不召集群臣，会议进止。群臣以羌寇初平，疮痍未复，不如闭住玉门关，免得劳师。太后犹豫未决，继思前西域军司马班勇，为前定远侯班超次子，颇有父风，不妨召令与议。勇奉召入阙，独与众议未合，别伸己见，大略说是：

昔孝武皇帝患匈奴强盛，兼总百蛮，以逼障塞，于是开通西域，离其党与，论者以为夺匈奴府藏，断其右臂。嗣遭王莽篡逆，征求无厌，胡夷忿毒，遂以背叛。光武中兴，未遑外事，故匈奴负强，驱率各国；及至永平，再攻敦煌，河西诸郡，城门昼闭。孝明皇帝独抒庙策，命虎臣出征西域，故匈奴远遁，边境得安；及至永元，莫不内属。间者羌人叛乱，西域复绝，北虏遂遣责诸国，备其逋租，高其价值，严以期会，鄯善、车师，皆怀愤怨，思乐事汉，其路无从；前所以时有叛者，皆以牧养失宜，还为其害故也！今曹宗徒耻于前负，而不寻出兵故事，犹未度当时之宜也。夫徼功塞外，万无一成，若兵连祸结，悔无所及。况今府藏未充，师无后继，是示弱于远夷，暴（音仆。）短于海内，臣愚以为不可许也！旧敦煌郡有屯兵三百人，今宜复之，复置护西域副校尉，居于敦煌，如永元故事。又宜遣西域长史，将五百人屯楼兰，西当焉耆、龟兹径路，南强鄯善、于阗心胆，北扞匈奴，东近敦煌，然后可徐图招怀，服西域而却北虏也！臣勇谨议。

这议既上，便由各尚书诘问道："今立副校尉，如何称便？但置长史屯楼兰，有何利益？"勇答说道："从前永平末年，始通西域，初遣中郎将居敦煌，复置副校尉住车师，既足节度胡虏，又禁止汉军侵扰，所以外域归心，匈奴畏威。今鄯善王尤还，为汉人外孙，若匈奴得志，尤还必死。彼等虽行同鸟兽，也知趋利避害，若使长史出屯楼兰，楼兰与鄯善相近，自足使尤还安心。故愚见以为便利呢！"道言甫毕，又有长乐卫尉镡显，廷尉綦毋参，司隶校尉崔据，同声出驳道："朝廷前弃西域，无非因西域无益中国，反多糜费，所以决计弃去。今车师已属匈奴，鄯善未可保信，一旦反复，试问班司马能保北虏不为边害么？"（口亦厉害。）勇复答道："朝廷分建郡国，各置州牧，岂不是防寇诘奸，安民利国么？若州牧能长保治安，勇亦愿拼此身首，长保匈奴不为边害！试想今日能通西域，北虏势必衰微，自不致常为我害。若再不遣置校尉，分屯长史，西域诸国，更觉绝望；望绝必屈就北虏，合兵窥我，恐沿边诸郡，将屡为所侵，河西城门，终日长闭，不能复开了！照此看来，为了目前惜费，反令北虏势盛，难道是长久计策么？”（驳得好。）镡显等理屈词穷，只好默然。忽又有一人出诘道：“今若更置校尉，西域必络绎遣使，要索无厌。若一概给与，必致耗费无穷；不与便启彼异心；一旦为匈奴所迫，又要向我求救，徒致烦扰，有损无益，何必多此一举哩？”（此说更属牵强。）班勇瞧着，乃是太尉掾属毛轸，便开口辩难道：“今若将西域让与匈奴，匈奴果肯感念汉恩，不再犯边，倒也罢了；否则匈奴得西域租赋，养兵蓄锐，来犯我境，是适为仇雠增富，暴夷增势，如何可行？勇请再置校尉，意在令西域内向，杜北虏外侵，免得费财耗国，常为我忧！且西域诸国，无他需求，不过使节往来，稍费廪饩；若为此拒绝，俾归北虏，北虏必与西域并力，入寇并、凉，那时不能不防，不能不御，劳师縻饷，不可胜计！何止千亿百亿呢？”（仍是引伸前意。）毛轸听了，也只得哑口无言。邓太后见班勇所议，确有至理，因复敦煌郡营兵三百人，置西域副校尉，使居敦煌。鄯善诸国，始无异志。惟匈奴与车师国，尚是连兵入寇，抄掠河西，待至班勇出屯，方见战功，后文再表。

且说前大将军邓骘，自母丧还第后，与诸兄庐墓守制，还算勉尽孝思。季弟阊哀恸过甚，竟至骨立，尤得时誉。及服阕后，邓太后召令复职，仍授前封，骘等固辞，乃止令并奉朝请，遇有大议，方诣阙参谋。已而邓弘病逝，邓太后亲服齐衰，安帝亦服缌麻，并往吊丧。有司请追赠弘骠骑将军，封西平侯，太后因弘有遗言，不愿加赠，但赐钱千万，布万匹。骘等复辞还不受，乃诏令大鸿胪持节，就弘灵前，封弘子广德为西平侯。嗣因弘曾为帝师，备有劳绩，复封广德弟甫德为都乡侯。都乡由西平分出，名为两侯，食邑实未尝加增，不过虚示显荣罢了。旋复封邓京子珍为阳安侯，兼职黄门侍郎。不意邓弘殁后，未及三年，邓悝、邓阊，相继谢世，皆遗言薄葬，不受爵赠。（早死为幸。）太后并如所言，惟封悝子广宗为叶侯；阊子忠为西华侯，自是邓氏兄弟五人，惟骘尚存。（何不速死？

免有后责！）骘子凤官拜侍中，尝与尚书郎张龛书，极称郎中马融才能，说他应居台阁。又复受中郎将任尚赠马，尚坐罪弃市，（见上文。）凤惧连坐，先在骘前自首，骘髡妻及凤，以谢天下，舆论称贤。邓太后尝征和帝弟济北、河间王子女，（济北王寿，河间王开，俱见第三十四回。）凡四十余人，又邓氏近亲子孙三十余人，为开邸第，教学经书，亲自监试，威爱兼施。且诏敕从兄河南尹邓豹，越骑校尉邓康等云：

吾所以引纳群子，置之学官者，实以方今承百王之敝，时俗浅薄，巧伪滋生，五经衰缺，不有化导，将遂陵迟，故欲褒崇圣道，以匡失俗。《传》不云乎："饱食终日，无所用心，难矣哉！"今末世贵戚，食禄之家，温衣美食，乘坚驱良，而面墙无术，不识臧否，斯故祸败之所从来也！永平中，四姓小侯，皆令入学，所以矫俗厉薄，返诸忠孝。先公既以武功书之竹帛，兼以文德教化子孙，故能束身修心，不触刑网。诚令儿曹上述祖考休烈，下念诏书本意，则足矣。其勉之哉！

邓氏子弟，素承训诫，虽似保泰持盈，有所顾忌，但声势已是赫耀，宫廷内外，无不曲意趋承。时三公已皆易人，太尉李修，已经去世，后任为大司农司马苞，不久又殁，代以太仆马英；司空张敏罢职，改任太常刘恺为司空；未几司徒夏勤免官，进刘恺为司徒，用光禄勋袁敞为司空。（三公为汉廷重官，故每有沿革，备叙不遗。）敞为故司徒袁安子，廉正不阿，与邓氏子弟有嫌。尚书郎张俊，有私书与敞子，述及省中秘议，当时尚无人知晓。俊有同僚朱济、丁盛，品行不修，为俊所嫉，意欲上书弹劾，偏两人得悉风声，转浼同官陈重、雷义，代为缓颊。陈、雷俱豫章人，向系好友，并有义行，陈重得举孝廉，让与雷义，义当然不受，两人交让数次，太守张云，因相继并举，均得入为尚书郎。乡里有谣传云："胶漆自谓坚，不如雷与陈。"（随笔叙入雷、陈交谊，是消纳法。）此次为朱济、丁盛所托，两人不知他品行失检，只因同僚相委，不便固却，乃转告张俊，乞免奏弹。俊年少气盛，怎肯听从？雷、陈亦乐得辞退，复告朱济、丁盛。济与盛越加衔恨，遂私赂侍史，使求俊短，得俊与敞子书稿，便即封好上奏。朝廷因他漏泄省事，拘俊下狱，且责袁敞教子不严，交通郎官，策免司空官职。敞愤急自尽，俊坐罪论死。亏得他文艺素优，在狱上书侃侃论辩，邓太后爱他文辞，特驰诏赦免死刑。俊已被刑官推出都门，引颈待戮，死里逃生，可谓侥幸万分。敞子亦得免死，并赐复敞官，仍用三公礼殓葬，继任为太常李郃。郃未几罢官。复另任卫尉陈褒。司徒刘恺，与李郃同时罢免，特简太常杨震为司徒。

震字伯起，弘农郡华阴县人。父名宝，习欧阳尚书，（注见前。）隐居不仕。相传宝年九岁时，出游华阴山北，见一黄雀为鸱鸮所伤，坠落树下，被蝼蚁困住，宝心怀不忍，将雀取归，置巾笥中，饲食黄花，百余日毛羽丰满，纵令飞去。是夕有黄衣童子入见，向宝再拜道："我乃西王母使者，蒙君仁爱，拯我灾厄，谨酬白环四枚，令君子孙清白，位登三公，有如此环！"说毕，将环呈上，宝方才接受，转眼间童子已杳，诧为奇事。后来娶妻生子，取名为震。震少年丧父，能承遗志，博通经籍，家贫无资，课徒为生，暇辄亲植菜蔬，供养老母，门生替他种植，震却不愿，特拔起更种，免得弟子服劳，诸儒交口相赞道："关西孔子杨伯起。"嗣复有鹳雀衔三鳣鱼，飞集讲堂前，有都讲取鱼进说道："蛇鳣为卿大夫服，鳣数有三，便是三台预兆，先生当从此升迁了！"（酬环衔鳣事，趁手叙明。）时震年已至五十，果由大将军闻名辟召，得举茂才。四迁至荆州刺史。调任东莱太守，道经昌邑，县令王密，本由震举荐茂才，至是乘夜进谒，献金十斤。震勃然道："故人知君，难道君不知故人么？"密答说道："暮夜进馈，何人知晓？"震摇首道："天知地知，汝知我知，共有四知，何谓无知？"说着，举金掷还，密怀惭引退。震就任年余，又转为涿郡太守，持身廉介，不受私谒，子孙常蔬食步行。或劝震少营产业，留贻子孙，震正色道："使后世称我为清白吏，便是贻泽子孙，比较贻金积产，好得多哩！"（四世贵显，赖此余泽。）元初四年，征入为大司农，永宁元年，升任司徒，朝野无不钦慕，就是邓太后亦另眼相看。

惟安帝年将及壮，邓太后尚未还政，临朝如故。先是郎中杜根，奏请归政嗣皇，语甚切直，惹动太后盛怒，令用缣囊盛根，下杖扑死。（刑罚亦奇。）弃尸城外，竟得复苏，逃奔宜城山中，为酒家保，埋名避难。还有平原郡吏成翊世，亦奏请太后归政，坐罪系狱。越骑校尉邓康，因宗族盛满为忧，屡劝太后恬退深宫，太后不从，康谢病不朝。太后使侍婢探视，侍婢本由康家入宫，服事太后多年，当时老年内侍，多称"中大人"，所以侍婢奉命视康，及门通名，亦以"中大人"自呼，康召婢入内，厉声呵叱道："汝出自我家，敢自称'中大人'么？"说得侍婢满面羞惭，回宫复命，便诬康心存怨望，诈称有疾。太后不禁怒起，竟将康罢免官职；但存夷安侯旧封，遣令就国，削绝属籍。（若非邓氏支裔，性命休矣。）及永宁二年仲春，太后不豫，欬逆唾血，尚力疾起床，乘辇出殿，召见侍中尚书，顺便至太子宫中监视。还宫后大赦天下，赐诸园贵人，及王侯公主钱帛有差。到了春暮，病势日笃，竟尔归天，享年四十一岁，临朝至十有八年。小子有诗咏道：

屈指临朝十八年，母仪虽美总贪权；

千秋书法留遗憾，何若含饴马氏贤？（马氏指明帝后。）

欲知邓太后临终后事，待至下回再详。

黩武穷边，古有明戒！然既已奏功于当日，不应隳绩于后时！试思班超以二三十年之劳苦，得定西域，而却北虏，乃以后任非才，一旦轻弃，岂不可惜？勇承父志，再议屯边，朝臣多以为非计，即史家亦谓其复图西域，致贻河西以寇虏之忧。不知西域不通，河西亦未必免寇，勇之驳斥群僚，并非强词夺理。且观其后来出屯，终复父业，坐言起行，勇固为定远肖子乎！杨震不受遗金，四知之言，可质天地；并欲清白传子孙，卒能贻泽后人，休光四世。后之为子孙计者，何其熏心富贵，但知贻殃，未知贻德耶？而关西夫子杨伯起，卒以此传矣。

第四十一回　黜邓宗父子同绝粒　祭甘陵母女并扬威

却说安帝永宁二年三月，邓太后驾崩，安帝方得亲政。尊谥邓太后为和熹皇后，与和帝合葬慎陵。自从邓太后临朝以来，连年水旱，四夷外侵，盗贼内起，几至岌岌不安。还亏邓太后宵旰勤劳，知人善任，每闻民饥，辄达旦不寐，减膳撤乐，力救灾厄，故天下复安，岁仍丰穰。平时施恩布惠，常有所闻，就是废后阴氏家属，本已由和帝诏命，充戍日南，（见第三十六回。）邓太后不念旧恶，仍令赦归，给还资财五百万。这都是太后宽仁，非寻常妇女可及。平望侯刘毅，尝上书安帝，请令史官著《长乐宫圣德颂》，虽不免献谀贡媚，却也非全出虚夸。不过临朝日久，未肯还政，邓氏外戚，总不免加恩太厚，遂致见讥当世，贻祸母家，下文便见叙明。小子且说安帝亲政，已将太后梓宫，奉葬慎陵，当即有一班希旨承颜的大臣，请追上安帝本生父母尊号。奏疏有云：

> 昔清河孝王至德淳懿，（孝王即清河王谥法，见第三十七回。）载育明圣，承天奉祚，为郊庙主。汉兴高皇帝尊父为太上皇，宣帝号父为皇考，序昭穆，置园邑，太宗之义，旧章不忘。宜上尊号曰孝德皇，皇妣左氏曰孝德后，孝德皇母宋贵人，追谥曰敬隐后，以存《春秋》"母以子贵"之大义，并彰陛下孝思维则之隆规，谨此奏闻。

安帝得奏，当然准议，遂告祠高庙，使司徒持节，与大鸿胪奉策书玺绶，至清河追上尊号；并添置园邑，号孝德皇墓为甘陵；又追封敬隐后父宋杨为当阳侯，予谥曰穆，杨四子皆封列侯，孝德皇元妃耿姬尚存，尊为甘陵大贵人。（嫡母为贵人，生母为皇后，嫡庶倒置，究属不宜。）耿贵人为牟平侯耿舒孙女，舒即故好畤侯耿弇弟，两姓袭封；孙耿宝尚嗣侯爵，为耿贵人兄，乃召使监羽林军，侯封如故。又封帝妹侍男等四人，皆为长公主，锡类推恩，备极优渥。（句中有刺。）惟因中常侍蔡伦，前承窦后意旨，附会成狱，逼令宋贵人自尽，（即敬隐后事，见前文。）此时回溯前冤，特令伦自诣廷尉，追究罪状。伦料难免辱，即沐浴整衣，饮药毕命。伦与鄛乡侯郑众，皆为邓太后所宠，尝受封龙亭侯，众已早死，伦尚为长乐太仆，时人因他功足抵罪，颇为叹惜。原来伦有才学，并有巧思，在宫中监作器械，无不精工；且有一种特别的制造，流行后世，就是古今通用的字纸。古时书契，多用竹简编成，笔或用铁，或用竹木，蘸墨为书。自秦蒙恬用兽毛作笔，柔软耐用，于是竹简亦改为缣帛。但简重缣贵，总嫌未便，经伦独出心裁，采用树皮麻头，及破布鱼网，捣煮如法，摊晒成纸，遂为后人所利用，时称为蔡侯纸。嗣伦且奉诏校书，监同通儒谒者刘珍，与博士良史等，并诣东观勘正经籍，功亦颇多。只为了屈死宋贵人一案，遂至不得令终，咎虽自取，但宦官中却也不能多得呢！（褒贬得当。）一蟹不如一蟹，果有中常侍江京、李闰等，相继并起，取悦安帝，得窃政权。还有安帝乳母王圣，蟠踞宫掖，亦得肆行无忌，与江京等朋比为奸，遂致兴起大狱，要推翻那邓氏外戚，乘间徼功。

先是安帝兄平原王胜，多病伤生，殁后无嗣，邓太后令千乘王伉孙得过继。（伉系和帝长兄。）得父宠已改封乐安王，得因过继与胜，袭封平原王。未几得又病逝，亦无子息，乃再命河间王开子翼为平原王，仍奉胜祀。翼容止翩翩，温文尔雅，邓太后爱他韶秀，留住京师。安帝少时，亦号聪明，所以得立。及年既逾冠，喜昵群小，失德颇多，转为邓太后所嫌。乳母王圣，常恐安帝被废，密与江京、李闰等，伺察太后颜色，报闻安帝，语中免不得带着蹊跷，叫安帝预先加防。安帝还道他是好人，引作心腹，暗中却怨邓太后寡恩。及太后既崩，加封宋、耿二族，尚先封邓骘为上蔡侯。嗣由王圣等妄想图功，屡谈邓氏短处，再加后宫女寺，从前受过邓太后责罚，正好乘此报怨，遂诬告邓悝、邓弘、邓阊，曾从尚书邓访，查取废帝故事，谋立平原王。王圣与江京、李闰，复从旁煽惑，不由安帝不信，况安帝素有心迹，自然一齐发作，便嘱令有司追奏邓氏兄弟，尝图废立，罪坐大逆。当日即有复诏批准，废去邓弘子西平侯广德，都乡侯甫德，邓京子阳安侯珍，邓悝子叶侯广宗，邓阊子西华侯忠，一古脑儿俱为庶人。（邓氏子弟封侯，俱见前回。）

邓骘本应连坐，因前时未曾与谋，但徙封罗侯，遣令就国；宗族一体免官，勒归原籍。并抄没邓骘等资财田宅，充戍尚书邓访，及访妻子等至远方。郡县官吏，更仰承上意，迫令广宗及忠，并皆自尽。惟广德兄弟，与阎后有中表谊，因得不死，寓居都中。（阎后母为邓弘姨，见第三十九回。）邓骘见家族被诬，无从诉枉，又闻王圣等从中媒孽，料知将来亦多凶少吉，一时忧愤交并，索性不饮不食，由他饿死了事。子凤见乃父绝粒，也即断食，一同毕命。骘从弟河南尹邓豹、度辽将军舞阳侯邓遵，将作大匠邓畅，得知同宗并坐大罪，吓得心绪不宁，辗转图维，还是速死为上，免得逮系取辱，因皆服毒而终。只前越骑校尉邓康，前被太后削去属籍，徙往夷安，此时却得特邀宠命，征为太仆。（邓康被黜，见第四十回。）平原王翼，也坐贬为都乡侯，遣归河间。亏得翼闭门谢客，不再与闻政事，方得幸免。朝臣自三公以下，莫敢进谏，惟大司农朱宠痛骘无辜遇祸，不忍不言，乃舆榇诣阙，肉袒上书。书中说是：

> 伏惟和熹皇后，圣善之德，为汉文母。兄弟忠孝，同心忧国，宗庙有主，王室是赖；功成身退，让国逊位，历世外戚，无与为比，当享积善履谦之祐。而横为宫人单词所陷，利口倾险，反乱国家，罪无申证，狱不讯鞫，遂令骘等罹此酷滥，一门七人，死非其命，（骘父子及豹、遵、畅与广宗、忠，并死七人。）尸骸流离，冤魂不返，逆天感人，率土丧气。宜收还冢次，宠树遗孤，奉承血祀，以谢亡灵。臣自知言出必死，但愿陛下俯纳臣言，臣虽碎首，亦无遗恨矣！舆榇待罪，生死惟命。

这封书奏，却是激切得很，安帝颇为动容。偏故司空陈宠子忠，劾宠党同邓氏，竟致免官。从前和熹皇后初正中宫，三公欲追封后父训为司空，陈宠时亦在朝，谓无故事可援，打消廷议，因此邓氏与宠有嫌。宠子忠素有才誉，父殁后浮沉郎署，不能得志，所以朱宠上言，忠不愿为邓氏洗罪，竟将朱宠劾去。（统是器小不堪。）哪知人心未死，公论犹存，百姓也为邓氏呼冤，连上封章，吁请公卿代陈。安帝不得已加谴郡县，责他逼迫广宗等人；且令骘等遗榇，还葬洛阳，派使致祭，祠以中牢；邓氏宗戚，亦使还居都中，这且无庸细叙。惟邓氏既除，安帝得报复私嫌，遂改永宁二年为建光元年，大赦天下，封江京、李闰为列侯，且令阎后兄弟阎显、阎景、阎耀，入为卿、校，并典禁兵。中常侍樊丰、刘安、陈达，皆为京、闰羽翼，互作党援；乳母王圣，权势甚盛，甚至圣女伯荣，亦得出入宫掖，交通贿赂。妇女阉寺，互相炀蔽，累得安帝昏迷日甚，耳目不聪。太尉马英，已经病逝，再起前司徒刘恺为太尉。恺与司空陈褒，不过以资格充选，无甚材能；独司徒杨震，看得妇寺干政，忍不住热忱上进，即抗疏上奏道：

臣闻政以得贤为本，治以去秽为务。是以唐、虞俊乂在官，天下咸服，以致雍熙。方今九德未事，嬖幸充庭。阿母王圣，出自贱微，得遭千载，奉养圣躬，虽有推燥居湿之勤，前后赏惠，过报劳苦，而无厌之心，不知纪极，外交嘱托，扰乱天下，损辱清朝，尘点日月。《书》诫牝鸡牡鸣，《诗》刺哲妇丧国。昔郑严公（即郑庄公，明帝讳庄，故改庄为严。）从母氏之欲，恣骄弟之情，几至危国，然后加讨，《春秋》贬之，以为失教。夫女子、小人，近之喜，远之怒，实为难养。《易》曰："无攸遂，在中馈。"言妇人不得与于政事也。宜速出阿母，令居外舍，断绝伯荣，莫使往来，令恩德两隆，上下俱美。尤愿陛下绝婉娈之私，割不忍之心，留神万机，戒慎拜爵，减省献御，损节征发；令野无《鹤鸣》之叹，朝无《小明》之悔，《大东》不兴于今，《劳止》不怨于下。（《鹤鸣》《小明》《大东》《劳止》俱诗名，并见《小雅》。）拟踪往古，比德哲王，岂不休哉？

这疏呈入，安帝竟取示王圣。圣略通文墨，看到这奏，自然忿懑得很，佯至安帝面前，自陈被诬，且泣请出宫。安帝正加宠遇，怎肯听她出去？反用好言劝慰，待遇益优；圣女伯荣，当然照常出入，毫无禁忌。时有泗水王刘歙从曾孙瓌，久居京师，生成一副媚骨，专与王圣母女交通。（泗水王歙，为光武族父，传国至孙护，无子国除。）伯荣年已及笄，见瓌放诞风流，惹动情窦，免不得与他笑谑。瓌正欲挑逗伯荣，凑巧针锋相对，自然不待媒妁，先偷试雨意云情，枕畔密盟，愿与偕老，然后向王圣说明，再行六礼。（好一个自由结婚，若生今之世，必称她为文明女子。）一对野鸳鸯，变作真鹣鲽，卿卿我我，越觉情浓。伯荣遂替瓌入宫乞封，居然得邀恩准，使袭故朝阳侯刘护封爵，并官侍中。（可谓妻荣夫贵。）护为刘歙曾孙，且年龄比瓌为轻，不过早殁无嗣，因致绝封；瓌为护再从兄，怎得牵合过去？司徒杨震，又不禁愤激，再行上疏道：

臣闻高祖与群臣约，非功臣不得封，故经制，父死子继，兄亡弟及，以防篡也。伏见诏书，封故朝阳侯再从兄瓌，袭护爵为侯；护同产弟威，今犹见在。臣闻天子专封，封有功；诸侯专爵，爵有德。今瓌无他功行，但以配阿母女，一时之间，既位侍中，又至封侯，不稽旧制，不合经义，行人喧哗，百姓不安。陛下宜鉴镜既往，顺帝之则，勿使贻讥将来，则表率先端，垂誉无穷矣。

奏入不报。安帝既沉湎酒色，委政外戚内阉，及王圣母女，就是边疆有事，亦置诸度外，不愿与闻。烧当羌酋麻奴，自奔徙出塞后，虽伏居不动，终未肯向汉投诚。护羌校尉马贤，亦因他首鼠两端，不甚抚恤，遂致麻奴党羽忍良等，俱有怨言，于是怂恿麻奴，并寇湟中，转攻金城诸县。还算马贤引兵剿抚，解散诸羌，杀败麻奴。麻奴穷蹙饥困，方至汉阳太守耿种处乞降。耿种据实奏闻，安帝也无心详察，但令有司援照前例，假给金印紫绶，并赐金银彩缯，算作了事。嗣由鲜卑寇居庸关，云中太守成严，及功曹杨穆，同时战殁；鲜卑复移掠雁门、定襄，并及太原。警报传达京师，亦未闻发兵防讨，只晦气了边疆百姓，被他掠去若干，饱载而去。安帝置若罔闻，反至宠臣冯石家内，连日留饮，经旬方归。（也好算是无愁天子。）石为故阳邑侯司空冯鲂孙，（冯鲂为司空，见前文。）鲂子柱曾尚明帝女获嘉公主，石得袭爵获嘉侯，兼官卫尉。生平无他伎俩，专能逢迎上意，取悦一时，（却是希宠梯荣的好手段。）所以安帝格外加宠，时有赏赐；且进石子世为黄门侍郎，世弟二人并为郎中。是年秋冬二季，郡国水灾，多至二十七处，地震至三十五处，安帝反令翌年改元，号为延光元年。接连又是京师雨雹，或如斗大，损及室庐；未几京外郡县，又报地震，又报大水，安帝仍然不理，耽乐如故。

高句骊为武帝时所灭，夷作郡县，东道始通。（见《前汉演义》。）至王莽篡位，发高句骊人伐匈奴，高句骊人不愿西行，亡奔塞外，遂为寇盗。东汉初兴，复遣使朝贡，因得赐复王封。明、章以来，贡使不绝；及安帝嗣立，四方多难，高句骊亦停止贡献，抄掠辽河东西。建光元年，高句骊王宫，复率马韩、濊貊诸部落，进攻辽东，太守蔡讽，出战阵亡，宫复往围玄菟城，几被陷没，幸亏城北有扶国，与汉廷通好有年，急遣子尉仇台领兵二万余人，来救玄菟，才得与郡守姚光，合破高句骊兵，宫乃遁还。既而宫死，子遂成立，姚光请乘丧往讨，朝议多半赞成，惟陈忠已擢任尚书仆射，援据《春秋》大义，不伐人丧，谓宜遣使往吊，且责让前罪。安帝巴不得疆场无事，遂从忠请。幸喜事还顺手，去使西归复命，谓高句骊嗣王遂成，情愿降汉，将前时所掠人口，一并放还，当即驰诏赦罪，东陲少安。（招抚高句骊事，却还办理合宜，不得为陈忠咎。）只姚光素性憨直，专喜纠发奸慝，幽州刺史冯焕，也与姚光相类，怨家遂伪造玺书，谴责两人；又矫诏传饬辽东都尉庞奋，叫他收系光、焕，就地取决。奋不知有诈，遽令属吏赍诏杀光，复往幽州治焕。焕闻得光已被戮，连及自己，不如先时自尽，免得受刑。焕子绲却颖悟过人，劝父忍待须臾，察视真伪。待至辽东使人持诏到来，细阅诏书，果有疑窦，乃拒诏不受，竟上书自讼冤屈。朝廷果不知此事，立征庞奋到京，下狱抵罪。看官试想！庞奋所接的伪诏，想总由宫廷奸慝，主使出来，否则奋亦有口，岂能不辩？为何但将奋坐罪，并未究及主名哩？（显见是安帝糊涂。）

安帝嫡母耿姬，居守甘陵，乳母王圣，及瓌妻伯荣，奉诏往祠陵庙，并省视耿大贵人。当即备齐车马，召集仆从，凡宫中大小宦官，及屯卫兵士，多半随行。王圣算是正使，高坐车中，威仪烜赫；伯荣算作副使，乘车先驱，绣帷高卷，故意露出娇容。但见他巧蟠凤髻，淡扫蛾眉，满头珠翠，遍体绫罗，上身披着全红猩氅，下面系着五彩蝶裙，仿佛是出塞昭君，可比那入吴西子。沿途经过郡县，所有当差官吏，都是望风伺候，先日绸缪。道里不平，发民缮治；驿传未足，派吏补充。一切供张，统皆安排妥当，专待二贵使到来。好容易盼到使车，便不管命官体统，就在石榴裙下，屈膝叩头。伯荣首先承受，竟尔端坐不动，由他拜跪。甚至河间王开，及列侯二千石，俱出郊迎谒，甘拜下风。（莫非想作刘瓌么？）等到伯荣母女，驱车过去，又取出许多金帛，献作赆仪，此外千乘万骑，亦统有馈赠。及行至甘陵，清河嗣王延平，（是时清河王庆子虎威已殁，无嗣，由乐安王宠子延平过继。）亦已在陵旁恭候，见了伯荣母女，也是望车拜倒，执礼甚恭。待祭过陵庙，谒过耿大贵人，徐徐地回京复命。那伯荣母女，已是出尽风头，贮满私囊，这正是一场好差事哩！小子有诗叹道：

骏奔宗庙贵钦承，淫女如何使祭陵？
浊乱如斯君不悟，履霜宁特兆坚冰！

伯荣母女，回朝复命，当有一个朝右大臣，闻知伯荣母女路上的威风，出头弹劾。欲知此人为谁，容待下回报明。

炎炎者灭，隆隆者绝，高明之家，鬼瞰其室。是为莽大夫扬雄遗言。雄之行谊不足称，但其言确有至理，豪宗贵戚，往往不能逃出数语。试观邓骘兄弟，守祖宗遗训，尚知敛抑，而卒为妇寺所诬，横罹大狱，七人毙命，全族遭殃。骘且如此，遑论窦宪、耿宝诸人乎？王圣以乳养之劳，竟得干政，淫女伯荣，尤为骄横，连结中官，交通外戚，安帝不加检束，反令其出祭园陵，清河贤王地下有知，度亦不愿享此淫妇之主祭也！而清河王延平，与河间王开等，奴膝婢颜，尤为可耻。悍妪淫女，且大出风头，汉之为汉可知矣！

第四十二回　班长史捣破车师国　杨太尉就死夕阳亭

却说伯荣母女，奉命祭陵，骄纵不法，上干天变，下致人怨。尚书仆射陈忠，也不禁激发天良，缮疏上奏道：

臣闻位非其人，则庶事不叙；庶事不叙，则政有得失；政有得失，则感动阴阳，妖变为应。陛下每引灾自厚，不责臣司；臣司狃恩，莫以为负，故天心未得，灾异屡臻。青、冀之域，淫雨决河；徐、岱之滨，海水盆溢；兖、豫蝗蝝滋生；荆、扬稻收俭薄；并、凉二州，羌戎叛戾；加以百姓不足，府帑虚匮，自西徂东，杼柚将空。臣闻《洪范》五事，一曰貌，貌思恭，恭作肃；貌伤则狂，而致常雨。春秋大水，皆为君上威仪不穆，临莅不严，臣下轻慢，贵幸擅权，阴气盛强，阳不能禁，故为淫雨。陛下以不得亲奉孝德皇园庙，遣中使致敬甘陵，朱轩骈马，相望道路，可谓孝至矣。然臣窃闻使者所过，威权翕赫，震动郡县，王、侯、二千石，至为伯荣独拜车下，仪体上僭，侔于人主；长吏惶怖谴责，或邪谄自媚，发民修道，缮理亭传，多设储跱，征役无度，老弱相随，动有万计，赂遗仆从，人数百匹，颠踣呼嗟，莫不叩心。河间托叔父之属，（河间王开为安帝叔父。）清河有陵庙之尊，（指清河王延平。）及剖符大臣，皆猥为伯荣屈节车下。陛下不问，必以为陛下欲其然也！伯荣之威，重于陛下，陛下之柄，在于臣妾，水灾之发，必起于此。昔韩嫣托副车之乘，受驰视之使，江都误为一拜，而嫣受欧刀之诛。（刑人之刀谓欧刀。）臣愿明主严天元之尊，正乾纲之位，职事巨细，皆任贤能，不宜复令女使，干错万机。重察左右，得无石显泄漏之奸；尚书纳言，得无赵昌谮崇之诈；公卿大臣，得无朱博阿傅之援；外属近戚，得无王凤害商之谋。（自韩嫣以下故事，并见《前汉演义》。）若国政一由帝命，王事每决于己，则下不得逼上，臣不能干君，常雨大水，必当霁止，四方众异，亦不能为害矣！

安帝得疏，并不知悟，反封乳母王圣为野王君。有识诸徒，俱为扼腕。忠尝因安帝亲政，奏请征聘贤才，宣助德化，又荐引杜根、成翊世等，入朝录用。杜根因请邓太后归政，扑死复苏，为宜城山中酒保，至是乃为忠所闻，派吏征召，入为侍御史。成翊世亦与杜根同罪，系狱有年，也亏陈忠保救，得为尚书郎。此外尚有几个隐士，曾由内外臣工荐举，特下征车，偏数人志行高洁，不愿投身危乱，相率固辞，史家播为美谈，垂名后世。

相传汝南人薛包，年少失恃，父娶后妻，不愿抚包，把他逐出，包日夜号泣，不忍远离。后母怂恿乃父，横加鞭挞，不得已在户外栖宿，每旦复入内洒扫。谁知又触动父怒，不准他栖宿户外，乃至里门旁暂居，晨昏定省，依然如故。父母倒也感惭，仍使还家同住。及父母相继亡故，诸弟求分产异居，包不能止，因将家财按股照分，惟自己情愿认亏，瘠田敝器老奴婢，悉归自取；后来诸弟屡次破产，辄复赈给，因此人人称他孝友。名达朝廷，安帝召为侍中，包誓死不肯就职，乃许令归里，在家考终。

同时汝南尚有黄宪，表字叔度，父为牛医，宪少年好学，履洁怀清，年方十四，与颍川人荀淑相遇，淑目为异器，相揖与语，终日方去，临别握手道："君真可为我师表哩！"郡人戴良，才高性傲，独见宪必正容起敬，别后归家，尚惘然如有所失。良母辄已料着，便问良道："汝复见牛医儿么？"良答道："儿不见叔度，自谓相符；及既相见，毕竟勿如，叔度原令人难测哩！"还有同郡陈蕃、周举，亦常相告语道："旬月不见黄生，鄙吝心又复发现了！"太原人郭泰，少游汝南，先访袁阆，不宿即去，转访黄宪，累月乃还。或问泰何分厚薄，泰与语道："奉高器量，（奉高系袁阆字。）譬诸氿滥，质非不清，尚易挹取；叔度汪洋，若千顷波，澄不见清，淆不见浊，这才是不可限量了！”宪初举孝廉，旋辟公府，友人劝他出仕，宪亦未峻拒，到了京师，不过住了一二月，便即告归。延光元年病终，只四十八岁，天下号为徵君。

黄宪以外，又有周燮，也是汝南人氏，学行深沉，隐居不仕，郡守举他为贤良方正，均以疾辞。尚书仆射陈忠，更为推荐，安帝特用玄纁羔币，优礼致聘，燮仍不起，宗族俱劝令就征，燮慨然道：“君子待时而动，时尚未遇，怎得轻动呢？”他如南阳人冯良，少作县吏，沉滞多年，三十岁奉县令檄，往迎督邮，途次忽然幡悟，裂冠毁衣，遁往犍为求学，十年不归，妻子都以为道死。替他服丧，不意他学成归来，励节隐居，朝廷亦遣使往征，始终谢病，不入都门。这虽是甘心肥遁，别具高风，但也是有托而逃，所以为此避人避世呢！（类叙高人，仍是箴励末俗。）

且说南单于檀降汉后，北方幸还少事，就是前单于屯屠何子逢侯，与师子构衅，奔往北塞，（见前文。）至此亦部众分散，无术支持，仍然款塞请降。汉廷从度辽将军计议，徙逢侯居颍川郡。（时度辽将军尚为邓遵。）免得复乱。独北匈奴出了呼衍王，收集遗众，得数万人，又复猖獗，常与车师寇掠河西。（亦见前文。）朝议又欲闭住玉门关，专保内地。敦煌太守张珰，独上书陈议，分作上、中、下三策，上策请即发酒泉及属国吏士，先击呼衍王，再发鄯善兵讨车师，双方并举，依次讨平，为一劳永逸的至计；中策谓不能发兵，可置军司马将士五百人，出据柳中，令河西四郡供给军糈，尚得相机进行，安内攘外；下策谓弃去西域；亦应收鄯善王等徙入塞内，省得借寇赍粮，树怨助虏。这三议却是有条有理，毫不说谎，安帝将原奏颁示公卿，令他酌定可否。尚书仆射陈忠，拟采用张珰中计，因上疏说明道：

臣闻八蛮之寇，莫甚北虏。汉兴，高祖窘平城之围，太宗屈供奉之耻，故孝武愤怒，深惟久长之计，命遣虎臣，浮河绝漠，穷破虏庭。当斯之役，黔首陨于狼望之北，财币糜于卢山之壑，（狼望、卢山，皆匈奴地名。）府库单竭，杼柚空虚，算至舟车，赀及六畜，夫岂不怀？虑久故也。遂开河西四郡，以隔绝南羌，收三十六国，断匈奴右臂。是以单于孤特，鼠窜远藏！至于宣、元之世，遂备藩臣，关徼不闭，羽檄不行。由此察之，戎狄可以威服，难以化狎。西域内附日久，区区东望扣关者数矣，此其不乐匈奴慕汉之效也。今北虏已破车师，势必南攻鄯善，弃而不救，则诸国从矣。若然，则虏财贿益增，胆势愈殖，威临南羌，与之交连，恐河西四郡，自此危矣。河西既危，不得不救，则百倍之役兴，不訾之费发矣。议者但念西域绝远，恤之烦费，不见先世苦心勤劳之意也。方今边境守御之具不精，内郡武卫之备不修，敦煌孤危，远来告急；复不辅助，内无以慰劳吏民，外无以威示百蛮，蹙国减土，经有明诫。臣以为敦煌宜置校尉，案旧增四郡屯兵，以西抚诸国，庶足折冲万里，震怖匈奴。谨此上闻。

这疏经安帝批准，且因前时班勇所陈，与忠议相合，遂令勇为西域长史，率兵五百人，出屯柳中。（勇议见前文。）勇受命即行，既至楼兰，即因鄯善诚心归汉，传诏奖勉，特加该王三绶。复派吏招抚龟兹。龟兹王白英，尚怀疑未服，勇再开诚示信，加意怀柔，白英乃自知悔罪，约同姑墨、温宿二王，自行面缚，向勇乞降。勇亲为解缚，好言慰抚；令各处发步兵骑士，共讨车师。白英等既已投诚，自然从命，当下凑集万余人，受勇调度，直入车师前庭。前庭已归后王军就占领，军就仍居后庭，由北匈奴伊蠡王守住伊和谷，（回应前文。）被勇冲杀过去，不到多时，便捣破虏营，伊蠡王遁去；尚有军就留戍的兵士，及前庭被胁诸降卒，约有六七千名，见匈奴兵尚被击走，哪里还敢抵敌？当即逃去了一二千人，余皆跪伏军前，稽颡听命。勇全数收抚，共得五千人，仍令住居车师前庭，自至柳中屯田。柳中距前庭只八十里，呼应甚便，可以无虞。勇拟暂从休养，筹备刍粮，俟至士饱马腾，再击车师后王。

好容易已越一年，（系延光四年。）春光和煦，塞外寒消，草木已渐生长，正好乘此兴师。勇遂发敦煌、张掖、酒泉三郡兵马，共六千骑，又征鄯善、疏勒及车师前部兵，亦不下五六千，由勇亲自督率，往攻车师后王军就。军就亦领兵万余人，出庭迎敌，不意班勇部下，统是勇壮得很，一阵交锋，已被杀得人仰马翻，军就连忙退回，部众已丧失了好几千名。一时惶急失措，欲向北匈奴求援，又恐道远难及，没奈何硬着头皮，再图守御。偏来兵厉害得很，乘胜直入，锐不可当，部众出去招架，不是惊散，就是杀死。霎时间庭中大乱，只见外面大刀阔斧，一齐杀来，此时欲逃无路，还想拼死再战，蓦听得一声箭响，仔细审视，那箭镞已到面前，慌忙把头一偏，右肩上适被射着，痛不可耐，竟致晕倒。待至苏醒转来，四肢早经捆住，不能动弹；还有匈奴使人，也在旁边陪绑，束作一堆。俄而有数人驰至，把他两人扛抬了去，好似牛羊一般，直至汉前长史索班死处，作为祭品。号炮两振，军就与匈奴使人，头皆落地，魂灵儿从头中飞向鬼门关上挂号去了。（不愿同生，但愿同死，两语可为两人写照。）班勇既枭斩军就，传首京师，露布报捷。自是车师前后庭，又得开通，西域各国，复震慑汉威，陆续归附。真个是父作子述、两世重光呢！（好肖子。）

安帝闻得西域复通，心又放宽，乐得逍遥自在，倒把那班勇功绩，搁置一旁，并没有什么赏赉。且当时廉直大臣，第一个要算司徒杨震。延光二年秋季，迁震为太尉，似乎知人善任，偏是小人道长，君子道消，结果是易明为昏，崇邪黜正，终落得朝廷柱石，化作尘沙，说来既觉可痛，尤觉可叹！太尉刘恺，因病免官，由震继为太尉，另用光禄勋刘熹为司徒。帝舅耿宝，已拜大鸿胪，特为宦官李闰兄弟说情，托震录用。震不肯相从，宝一再往候，且与震语道："李常侍为国家所重，欲令公辟除乃兄，主上亦曾允许，宝唯有传达上命罢了！"震正色道："如朝廷欲令三府辟召，应先敕下尚书，但凭私嘱，不敢闻命！"宝见震定意拒绝，悻悻自去。后兄阎显，亦进任执金吾，向震有所荐托，震亦不许。司空陈褒，已经罢去，后任为宗正刘授。他想讨好贵戚，一得风声，不待请托，便辟召李闰兄，及阎显意中的私亲，旬日间并见超擢。嗣复有诏为野王君造宅，（王圣为野王君，见前文。）大兴工役，中常侍樊丰，及侍中周广、谢恽等，更相煽惑，倾动朝廷。震为汉家首辅，实属忍无可忍，因再上书力谏道：

臣闻古者九年耕，必有三年之储，故尧遭洪水，人无菜色。臣伏念方今灾害滋甚，百姓空虚，不能自赡，重以螟蝗，羌虏抄掠，三边震扰，战斗之役，至今未息，兵甲军粮，不能复给，大司农帑藏匮乏，殆非社稷安宁之时！伏见诏书为阿母兴起第舍，合两为一，（合两坊为一宅里。）雕修缮饰，穷极巧技；今盛夏土王，而攻山采石，转相迫促，为费巨亿。周广、谢恽兄弟，与国无肺腑枝叶之属，依倚近幸奸佞之人，与樊丰、王永等，分威共权，属托州郡，倾动大臣，宰司辟召，承望旨意，招徕海内贪污之人，受其货赂，至有赃锢弃世之徒，复得显用；黑白混淆，清浊同源，天下喧哗，为朝结讥。臣闻师言，上之所取，财尽则怨，力尽则叛。怨叛之人，不可复使。故曰："百姓不足，君谁与足？"惟陛下度之！

这书呈入，好似石沉大海一般，并不见答。樊丰、周广、谢恽等，统皆切齿，就是野王君王圣母女，亦视若仇雠，恨不将震即日捽去。且因安帝不从震言，越好肆无忌惮，匪但王圣第宅，造得非常工巧，连樊丰等一班权阉，也胆敢捏造诏书，调发司农钱谷，大匠现徒材木，各起冢舍园池，役费无数。遂致变异相寻，京都地动。杨震因屡谏不从，愤闷已极，（何不引退？）因岁暮不便陈词，勉忍至次年正月，申上直言道：

臣备台辅，不能奉宣德化，调和阴阳；去年十二月四日，京师地动。臣闻师言："地者阴精，当安静承阳。"而今动摇者，阴道盛也。其日戊辰，三者皆土，位在中宫，此中臣、近官持权用事之象也！臣伏惟陛下以边境未宁，躬自菲薄，宫殿垣屋倾倚，支柱而已，无所兴造，欲令远近咸知政化之清流，商邑之翼翼也。而亲近幸臣，骄溢逾法，多发徒士，盛修第舍，卖弄威福，道路喧哗，众听闻见。地动之变，近在城郭，殆为此发！又，冬无宿雪，春节未雨，百僚焦心，而缮修不止，诚致旱之征也。《书》曰："僭恒阳若，臣无作威作福玉食。"惟陛下奋乾刚之德，弃骄奢之臣，以掩妖言之口，奉承皇天之戒，无令威福久移于下，则阳长阴消，天地自无不交泰矣！

震言虽然激切，怎奈安帝已为群小所蒙，任他如何说法，始终不理。且嬖幸愈加侧目，往往在安帝旁谤毁杨震，安帝已渐觉不平。惟震为关西名儒，群望所归，若一时将他除去，免不得物议沸腾，摇动大局，所以群小尚有畏心，未敢无端加害。（尚知畏清议么？）会有河间男子赵腾，诣阙上书，指陈时政得失，安帝不禁怒起，说他无知小民，也来多嘴，当即诏令有司，捕腾下狱。中官最恨谤言，私下嘱托有司，谳成"讪上不道"的罪名，处腾死刑。杨震身为太尉，怎能坐视不救？乃复上疏谏诤，略云：

臣闻尧、舜之世，谏鼓谤木，立之于朝；殷、周哲王，小人怨詈，则还自敬德。所以达聪明，开不讳，博采负薪，极尽下情也。今赵腾所坐，激讦谤语，为罪与手刃犯法有差。乞为加恩，全腾之命，以诱刍荛舆人之言，则国家幸甚！

安帝得疏，仍然不听，竟把赵腾处死，伏尸市曹。（伯起！伯起！何不起身亟去？）是年为延光三年，安帝想往外面游览，借着望祀岱宗的名目，出都东巡。文武百官，多半扈行，独太尉杨震，及中常侍樊丰等，却都留住京都，未尝随去。丰等因乘舆外出，越好擅用帑藏，移修第宅。（原来为此，故未随行。）偏被太尉掾高舒，召大匠令史等，底细考核，查出丰等前时捏造伪诏，呈与杨震。震因安帝东巡，未便举发，只好待回銮后，然后奏闻。（何不飞使驰奏？）丰等闻信，很是慌张，日夕与党与密商，意欲先发制人，为自保计。也是杨伯起命运该绝，不先不后，竟有星变逆行的天象，被阉党作为话柄，构成邪谋。一俟安帝回来，将到都门，急忙先去迎谒，伪言还宫须待吉时，请安帝至太学中，暂时休息，应吉乃入。安帝还道他是真心爱主，当即依议。及驾入太学，丰等得乘间密奏，说是太尉杨震，袒庇赵腾，前因陛下不从所请，心怀忿怼，意图构逆，所以上见星变，显示危机，请陛下先行收震，方可入宫。安帝尚未肯信，踌躇半晌，方语樊丰道："震为名士，难道也如此不法么？"丰应声道："震为邓氏故吏，邓氏既亡，怪不得震有异心了！"（谗口可畏，震由邓骘辟举，见前文。）安帝愕然点首，便夜遣中使，往收太尉印绶，策免震官。震不防有此一举，既被权阉占了先着，悔亦无益，当将印绶交出，坦然归第，闭门韬晦，谢绝交游。哪知安帝还宫以后，擢耿宝为大将军，宝与震挟有宿嫌，又由樊丰等从旁煽构，竟奏称震不服罪，仍怀怨望。有诏遣震归里。震奉诏即行，至夕阳亭，慨然语诸子、门人道："人生本有一死，死不得所，也是士人常事。我叨居宰辅，明知奸臣狡猾，不能驱除；嬖女倾乱，不能禁遏，有何面目再见日月？我死后可用杂木为棺，粗布为被，盖形掩体，已自知足，不必归就墓次，添设祭祠了！"说毕，即饮鸩而死，时已七十余岁。小子有诗叹道：

拼死何如预见机，网罗陷入已难飞；
夕阳亭下沉冤日，应悔当年不早归！

杨震已死，樊丰等尚不肯甘休，还要设法摆布。欲知他如何逞毒，待至下回叙明。

西域诸国，势如散沙，各酋长亦皆庸鄙，无一有为，但得中国良将一人，出而镇抚，便得制驭各国，使之帖服，非若冒顿父子之桀骜难驯也！试观班氏父子之出使，不待劳师费财，即此用夷攻夷之一策，已能指挥如意，无往不宜，谁谓外域之不可以驭乎？惟安内之谋，比攘外为尤亟，安帝有一杨震而不能用，反且听信群小，黜逐正人，汉之纲纪，自此紊矣！惟震为关西名士，当知以道事君之义，合则留，不合则去，胡为乎剌剌不休，坐听谗人之构陷，而未能自拔也？彼薛包、黄宪、周燮、冯良诸人，则倜乎远矣。

第四十三回　秘大丧还宫立幼主　诛元舅登殿滥封侯

却说樊丰等闻杨震已死，还不肯甘休，密遣心腹赴弘农郡，嘱令太守移良，派吏至陕，阻住震丧，不准他携榇归葬；并令震诸子充当苦役，走驿传书。路人共知冤情，代为流涕。野王君王圣，与大长秋江京，（大长秋中官名。）连结樊丰等一班权阉，复要寻事生风，谋易储位，见好中宫。先将太子保乳母王男，厨监邴吉，构成死刑，流徙家属；然后与阎皇后串同一气，谗毁太子，及东宫属下的官僚。阎后尝鸩死太子生母李氏，（见前文。）只恐太子长成以后，察悉毒谋，必图报复，因此处心积虑，欲将太子除去。且太子保已逾十龄，为了王男、邴吉两人，无端致死，时常叹息。阎后及王圣、江京等，见太子已有知识，越觉情急，遂日夜至安帝前，诉说太子过恶。

安帝本爱宠阎后，再加他三寸妙舌，一副娇容，装出许多泪眼愁眉，就使明知架诬，也要顾妻舍子，（枕席之言，最易动听。）况又有乳母王圣，幸臣江京、樊丰，从旁证实，几把那十龄童子，当作枭獍一般。看官试想这糊涂皇帝，尚能不入他彀中么？（妇寺之所以可畏者，如此。）当下召集公卿，拟废太子。大将军耿宝，首先赞成。惟太仆来历，与太常桓焉，廷尉张皓，同声梗议道："经有常言，人生年未满十五，过恶尚不及身；且王男、邴吉，果有逆谋，亦未肯与童年说知，皇太子怎能预闻？应亟选贤良保傅，辅导礼义，自能弼成储德。若遽欲废立，事关重大，请圣恩且从宽缓，不可速行！"安帝不省，竟废太子保为济阴王，使居德阳殿西钟下。于是太仆来历，邀同光禄勋祋讽，（祋，丁外反，姓也。）宗正刘玮，将作大臣薛皓，侍中间丘弘、陈光、赵代、施延，及太中大夫朱伥等十余人，共诣鸿都门，力白太子无过，吁请收回成命。安帝闻知，勃然变色，竟使中常侍草就诏旨，至鸿都门宣读道：

父子一体，天性自然；以义割恩，为天下也！歷、讽等不识大典，而与群小共为喧哗，外见忠直，而内希后福，饰邪违义，岂事君之礼？朝廷广开言事之路，故且一切假贷；若怀迷不返，当显明刑书，毋贻后悔！

这诏读罢，除太仆来歷外，统皆失色，薛皓更汗流浃背，慌忙叩首道："诚如明诏！"语才说毕，即由来歷从旁呵叱道："薛君近作何言，奈何遽先背约？大臣处置国事，难道好这般反复么？"皓又惧又惭，觑隙自去。祋讽、刘玮等，料知谏诤无益，依次引退。（实是首鼠两端。）来歷独居宿阙下，好几日不肯退回，惹动安帝懊恼，使中常侍往谕尚书，叫他共劾来歷。诸尚书不敢不遵，遂推陈忠领衔，劾歷迹近要君，失人臣礼。（陈忠奈何复为此举？）安帝有词可借，便将歷褫去官职，削夺国租，且黜歷母武安长公主，不准入宫。原来歷字伯珍，为故征羌侯来歙曾孙。歙子名褒，褒子名棱，皆袭侯爵。棱且尚明帝女武安公主，殁后公主尚存。子歷既得嗣封，复因帝室姻戚，入朝登仕，由侍中迁至太仆，平素刚方持正，与权阉杜绝往来，至是因言得罪，闭户伏居，不与亲友交通，亲友亦无敢过问，可见得群阴交沍，天地晦盲了！

是年京师及郡国地震，共二十三次，大水雨雹，共三十六次，安帝毫不知儆，反于延光四年二月，趁着和风丽日，鼓动游兴，挈了娇娇滴滴的阎皇后，带同国舅阎显兄弟，并及宠竖江京、樊丰等人，出都南巡。六龙并驾，五凤齐飞，驺从如云，旗旄如雨，说不尽的繁华烜赫，看不完的锦绮罗丛，沿途官吏，盛设供张，忙个不了。只是百姓又都遭殃，把卖男鬻女的血钱，供作龙舆凤辇等行乐费。（藻不妄抒。）好容易到了宛城，安帝忽然不豫，饮食无味，寒热交侵，（乐极生悲。）忙令御医诊视，服药罔效。那时不便再行，只好中途折回，才抵叶县，已是病入膏肓，不可再救，眼睁睁地看着阎后，及阎显兄弟等人，想传下两三句遗嘱，怎奈痰已上壅，不能出口，一刹那间，两目上翻，呜呼归天。在位一十九年，年止三十有二。阎后记得雨露深恩，不禁大哭，阎显兄弟，与江京、樊丰等在旁，连忙向后摆手，叫令休哭。待后收泪，即密语道：“今皇上晏驾途中，济阴王尚在京师，倘被大臣拥立，必为所害，我等将身无死所了！”阎后听着，也觉着忙，急向大众问计。到底三五权阉，有些奸计，劝阎后秘不举哀，但言安帝病剧，移乘卧车，至入都后，方可发丧。阎后依计施行，便将帝尸置入卧车内，兼程还都，路上仍省问起居，及朝夕进食。鬼鬼祟祟地过了四日，方得驰入都中，尚佯遣司徒刘熹，往祷郊庙社稷，吁天请命。俟至晚间，方由宫中传出哀耗，令即治丧；一面迎立济北王寿子北乡侯懿为嗣，尊阎后为皇太后，授阎显为车骑将军，仪同三司。

济阴王保，闻丧入哭，却被内侍阻住，不得上殿，但许在梓宫外面，遥望举哀。可怜保有冤莫白，有口难言，徒向那灵帷前大恸一场，几致晕倒地上，好多时方才趋出，接连不饮不食，约有数日。内外群僚，见他童年负屈，又能曲尽孝思，莫不唏歔流涕，代抱不平。（为后文迎立张本。）北乡侯懿，尚在冲龄，阎太后贪立幼君，所以与阎显等定策禁中，迎立幼主。既已即位，然后奉安帝梓宫，出葬恭陵。阎太后即日临朝，阎显揽政。显却阴忌大将军耿宝，及野王君王圣，中常侍樊丰等人，于是交欢三公，密图进行。时卫尉冯石，迭经超迁，已代杨震为太尉，（冯石见第四十一回。）阎显且奏闻太后，擢石为太傅，进司徒刘熹为太尉，参录尚书事，起前司空李郃为司徒。石本是个唯唯诺诺的人物，又蒙显一力保举，当然惟命是从。刘熹、李郃，也得拔茅连茹，感激不遑，何人再与阎氏反对？阎显遂与三公同奏一本，弹劾大将军耿宝，中常侍樊丰，侍中谢恽、周广，乳母野王君王圣，结党营私，罪俱难逭云云。阎太后立即下诏，饬拿樊丰、谢恽、周广下狱，严刑拷讯，三人受不起痛苦，并皆毙命。贬耿宝为辛侯，宝服毒自尽；王圣母女，流徙雁门。（当日威风，而今安在？）于是擢阎景为卫尉，耀为城门校尉，耀弟晏为执金吾，兄弟并处权要，威福自由。（前车覆，后车鉴，奈何仍然不知？）

过了数月，幼主懿冒寒得病，病且日剧。中常侍孙程，前曾为邓太后服役，与樊丰、江京等志趣不同，因见樊丰虽死，江京尚存，要想自己出头，总非容易，朝思夜想，不如迎立济阴王，把阎显、江京等一概推倒，乃是绝好机会，稳取侯封。主见已定，即往语济阴王谒者长兴渠道："济阴王本系嫡统，并无失德，先帝误信谗言，遂致废黜。若北乡侯一病不起，正好将王迎入，捽去江京、阎显，事必可成！"渠喜答道："此计甚善，幸亟安排！"孙程即退约私党，秘密筹备。先是中黄门王康，曾为太子保府史，太子被废，康常叹愤；又长乐太官丞王国，与程素来莫逆，彼此会商，各愿效劳。十月二十七日，幼主懿竟尔殁世，阎显替太后划策，再征诸王子弟，择为帝嗣。诸王俱在外藩，中使往返需时，未能骤至，孙程忙连络十八人，约于十一月二日，共诣德阳殿西钟下。届期十八人俱到，姓氏官职，备录如下：

王国（长乐太官丞。） 王康 黄龙 彭恺 孟叔 李建
王成 张贤 史汎 马国 王道 李元 杨佗
陈予 赵封 李刚 魏猛 苗光（以上并为中黄门。）

十八人聚集一处，与孙程议定密谋，截衣为誓。待至次日夜间，各持利械，闯入章台门，直登崇德殿。内侍江京、刘安、李闰、陈达四人，守卫殿中，蓦见孙程等拥入，不知何因。京仗着累年威势，出来呵止，才说一语，已被孙程拔出短刀，砍落京首。刘安、陈达、李闰，惊慌得了不得，连忙向内逃入。偏是心下愈急，脚下愈慢，走了几步，即为孙程、王康追及，一刀一个，杀毙刘安、陈达。（凶狡何益？）只有李闰还是活着，抖做一堆，众人又欲将他杀死，独孙程向众摇手，但用刀搁住闰肩，厉声与语道："今日当迎立济阴王，汝若赞成，无得摇动，否则立诛！"闰已吓倒地上，浑身乱颤，忙应了几个诺字。原来闰在宫中，颇有权术，为内外所畏服，所以程胁使同事，不愿加刃。既得闰连声允诺，乃扶闰起来，共至德阳殿西

钟下，迎入济阴王保，拥他登位。保年才十一，是为顺帝。孙程等宣传诏命，遍召尚书令、仆射以下，扈从帝驾，转幸南宫云台。程等留守省门，捍蔽内外。

阎显时在禁中，听报顺帝即位，惊愕失措，不知所为。（实是没用的东西。）小黄门樊登，见显双眉紧蹙，跼蹐不安，便向前献计，劝即用太后诏旨，传入越骑校尉冯诗，虎贲中郎将阎崇，守住朔平门，调兵御变。显如言颁诏，当即来了校尉冯诗，阎太后授诗符印，且与语道："能得济阴王，封万户侯；得李闰封五千户侯。"诗受印即出。显尚虑诗兵寥寥，特使樊登与诗偕行，至左掖门外号召吏士。哪知诗阳奉阴违，一出禁门，遽将樊登格杀，扬长自去。卫尉阎景闻报，急从省中还至外府，召集卫兵数百人，欲进盛德门。孙程传顺帝诏敕，令尚书郭镇，引羽林军出捕阎景。镇方卧病，闻命跃起，立刻点齐值宿羽林军，趋出南止车门，兜头碰着阎景，便扬声说道："阎卫尉下车听诏！"说着，即一跃下马，持节宣读诏书。景不肯下车，且怒叱道："这诏从何而来？"一面说，一面即拔剑出鞘，来斫郭镇。镇眼明手快，早已闪过一旁，掣出佩剑，刺入车中，喝一声着，景即从车中扑出，一个斤斗，仰堕地上。镇左右各持长戟，双管齐下，叉住景胸，因即将景擒住。景兵统皆溃散。当由郭镇送景入狱，景已受重伤，夜分即死。越宿辰刻，复遣使入宫，向阎太后索取玺绶。阎太后无可如何，不得不将玺绶交出，转呈顺帝。顺帝既得玺绶，便出御嘉德殿，使侍御史持节收系阎显，及显弟耀、晏，一并下狱，各处死刑；并将阎太后迁居离宫。（又是一贵戚推翻，报应何速？）尚书令刘光等，乘机上奏道：

> 昔孝安皇帝圣德明茂，早弃天下。陛下正统，当奉宗庙，而奸臣交构，遂令陛下龙潜藩国，群僚远近，莫不失望。天命有常，北乡不永；汉德盛明，福祚孔章。近臣建策，左右扶翼，内外同心，稽合神明。陛下践祚，奉遵鸿绪，为郊庙主，承续祖宗无穷之烈，上当天心，下餍民望。而即位仓猝，典章多缺，请条案礼仪，分别具奏，臣等不胜待命之至。

未几即有复诏颁出，准如所请，令有司参考旧议，规定新制。一面开南北宫门，撤销屯兵，大封功臣。诏书有云：

夫表功录善，天下之通义也。故中常侍长乐太仆江京、黄门令刘安、钩盾令陈达，与故车骑将军阎显兄弟，谋议恶逆，倾乱天下。中黄门孙程、王康、长乐太官丞王国等，怀忠愤发，戮力协谋，遂扫灭元恶，以定王室。《诗》不云乎："无言不雠，无德不报。"程为谋首，康、国协同，其封程为浮阳侯，食邑万户；康为华容侯，国为郦侯，各九千户；中黄门黄龙为湘南侯，食邑五千户；彭恺为西平昌侯，孟叔为中庐侯，李建为复阳侯，各四千二百户；王成为广宗侯，张贤为祝阿侯，史汎为临沮侯，马国为广平侯，王道为范县侯，李元为褒信侯，杨佗为山都侯，陈予为下隽侯，赵封为析县侯，李刚为枝江侯，各四千户；魏猛为夷陵侯，食邑二千户；苗光为东阿侯，食邑千户。朝廷量功加赏，无偏无私，尔众侯其因功加懋，毋忽朕命！

看官记着：这就叫做十九侯。前时窦氏伏法，封侯唯一郑众，食邑只千五百户，已为有识所忧；此次多至十九人，推孙程为首功，封邑竟至万户，阉人得志，无逾此时。从此汉朝与宦官共天下，眼见得贻祸无穷，不亡不止了！（扼要语。）李闰先未预谋，故不得加封。孙程且迁官骑都尉，并得了许多金银钱帛的赏赐；就是王康以下，亦量予金帛有差。（做着一注大买卖。）又诏谕司隶校尉，除阎氏兄弟及江京等私亲外，悉从宽贷。用王礼葬北乡侯，起来歴为卫尉。赦免王男、邴吉等家属，尽令还京，各给钱币。光禄勋袡讽、宗正刘玮、侍中闾丘弘等，均已去世，诸子皆选入为郎。侍中施延、陈光、赵代，及太中大夫朱伥等，皆见拔用，后至公卿。

安平人崔瑗，前由阎显辟为掾吏，见显迎立北乡侯，有失众望，免不得代为寒心，意欲乘间谏显，劝他改立济阴王，捕诛江京、刘安、陈达等人。怎奈显终日沉醉，始终不得进言，乃告长史陈禅，邀与共入求见。禅恐难挽回，迟疑未决，遂致瑗孤掌难鸣。迁延了好多日，阎氏果败，瑗亦坐斥，门人苏祗，欲上书陈述前情，替瑗解免，瑗止令勿为。陈禅已进署司隶校尉，召瑗与语道："君何不听门生上书，乃自甘坐废呢?"瑗答说道："前时虽有此论，未曾举行，譬如儿女子屏人私语，怎得当真？愿使君不复出口，瑗从此告辞了!"说毕遂行，还至安平，杜门绝迹。州郡闻他狷介，再行辟举，屡征不起，韬晦终身。惟杨震门人虞放、陈翼，闻知樊丰、周广等诛死，却回忆师恩，诣阙陈书，追讼震冤。朝右亦共称震忠，乃下诏除震子牧、秉为郎，（震有五子，牧、秉最为著名，事见后文。）赐钱百万，许将遗柩改葬华阴潼亭，远近亲友，俱来会葬。先期十余日，有大鸟高约丈余，飞集柩前，俯仰悲鸣，泪下沾地，及安葬已毕，方才飞去。会葬诸人，都为称奇，郡吏亦举状上闻，可巧天灾不已，朝廷愈惜震枉死，因敕郡守致祭墓前，祠以中牢，且用诏书代策道：

> 故太尉震，正直是与，俾匡时政；而青蝇点素，同兹在藩，（《诗》云："营营青蝇，止于樊。"樊藩同义。）上天降威，灾眚屡作，尔卜尔筮，惟震之故。朕之不德，用彰厥咎，山崩栋折，我其危哉！今使太守丞以中牢具祠，魂而有灵，傥其歆享。

震冤既雪，舆论益伸，时人更为立石墓旁，图刻大鸟形状，留作纪念。忠臣义士，到底流芳，比那一班权戚幸臣，死且遗臭，相去不啻天渊呢！（后人其听之。）就是如阎后一流妇女，位正椒房，身为国母，也算巾帼中的第一领袖，只为了贪心不足，弄得声名两败，徙居离宫。司隶校尉陈禅，更指斥阎太后生性妒忌，与顺帝无母子恩，请再徙居别馆，不当复行朝见礼。此议一倡，群臣相率赞成，好好一位太后娘娘，几乎要贬入冷宫，不见天日了。小子有诗咏道：

> 乾道主刚坤道柔，骄痴妒悍总招尤；
> 机关算尽徒增慨，十载雌风一旦休。

究竟阎太后再徙与否，容至下回再表。

安帝嗣子，只一济阴王，阎后先鸩死其母，复及其子，明明立为储君，乃交谮而废之，彼且自诩为得计，庸讵知阎氏赤族，已隐兆于此耶？《传》有之："众怒难犯，专欲难成。"阎后之构废济阴王，众怒之所由丛也；迎立北乡侯，专欲之所由败也。欲巧反拙，转利为害，而阎氏亡矣！孙程之谋立济阴王，即为阎氏专政之反动力。阎氏兄弟，固有可诛之罪，特惜其诛阎氏者，不出于三五公卿，而出于十九宦官，宦官得志，祸比外戚为尤烈。十九人同日封侯，汉家之气运已尽。幸而顺帝幼聪，尚能驾驭，故其祸不致遽发耳。然贻谋不臧，终为后世大患，读史至十九侯受封，已不禁为之长太息矣。

第四十四回　救忠臣阎党自相攻　应贵相佳人终作后

却说阎太后既徙居离宫，复被陈禅一疏，又将别徙，累得阎太后愁上加愁，悲复增悲。（谁叫你有势行尽?）还亏司徒掾周举，替她斡旋，进语司徒李郃道："昔瞽瞍尝欲杀舜，舜事瞍愈谨；郑武姜谋杀严公，严公誓决黄泉；秦始皇怨母失行，与母隔绝，后来终从颍考叔、茅焦谏议，复修子道；书传播为美谈。今诸阎新诛，太后幽居离宫，若悲愁生疾，一旦不讳，主上将如何号令天下？陈禅所议非是，倘误从禅议，后世将归咎明公，恐明公亦无从解免了！今宜密表朝廷，仍率群臣朝觐太后，上餍天心，下副人望，方不失国家治道呢！"郃被他感动，因即上书陈述，毋从禅言，且请顺帝往朝太后。时已岁暮，倏忽逾年，改元永建，下诏大赦，顺帝乃率百官往朝阎太后。阎太后未免惭沮，并因母族衰亡，忧伤不已，害得花容憔悴，病骨支离，夜间梦寐不安，辄见顺帝生母李氏，前来索命，免不得悔恨交并，妇人心肠，能容得几多惆怅？顿致病体日重，一命呜乎。（不死何为?）顺帝仍援据旧典，为阎太后成服发丧，奉柩出葬，与安帝合瘗恭陵，谥曰安思皇后。

司隶校尉陈禅，因前次上议不合，把他免官，召前武都太守虞诩，入朝代任司隶校尉。诩莅任仅及数月，即奏劾太傅冯石，太尉刘熹，阿附权贵，不宜在位。（应该举劾。）顺帝准奏，便将冯石、刘熹免官，改用太常桓焉为太傅，大鸿胪朱宠为太尉。司徒李郃，亦患病乞休，另命长乐少府朱伥接任。朝廷为了虞诩一言，竟致三公并免，群臣已不禁心寒；诩又续劾中常侍程璜、陈秉、孟生、李闰等，私受货赂，虽数人未遭严谴，终惹起同僚侧目，讥诩过苛。

会当盛暑，狱中罪囚甚多，当由公卿劾诩不审天时，至盛夏且多系无辜，为吏人患。诩闻自己被劾，亟上书自讼道：

臣闻法禁者俗之堤防，刑罚者人之衔辔。今州曰任郡，郡曰任县，更相诿责，百姓怨穷；以苟容为贤，尽节为愚。臣所发举赃罪，不止一二，三府以下，恐为臣所奏，遂加诬劾。臣将从史鱼死，即以尸谏耳！

顺帝看了，也知诩心怀忠贞，不复加罪。惟中常侍张防，时方用事，每有请托受取等情弊，诩屡次案验，屡次不报。惹动诩忿懑不堪，竟自系廷尉，上书待罪道：

昔孝安皇帝任用樊丰，遂交乱嫡统，几亡社稷。今者张防复弄威柄，国家之祸，将重至矣！臣不忍与防同朝，谨自系以闻，无令臣袭杨震之迹，则不胜幸甚。

这书呈入，张防当然着忙，亟至顺帝前哭诉，说是虞诩加诬。顺帝也为所迷，派有司从严鞫讯，二日中传考四狱，狱吏劝诩自裁，诩奋然道："宁伏欧刀，表示远近，不愿轻自捐生！"（硬头子。）会宦官孙程、张贤等，颇怜诩直言获谴，相率入宫，为诩营救。（想是忌防夺权，故借题发挥。）既见顺帝，即由孙程面奏道："陛下与臣等谋事时，常恨奸臣误国，今首正大位，乃自蹈此辙，如何得轻议先帝呢？司隶校尉虞诩，为陛下尽忠，反受拘系。常侍张防，赃罪确凿，转得法外逍遥。今上天已经垂象，客星守羽林，占主宫中有奸臣，宜急收防下狱，借塞天变，毋致贻殃！"顺帝听着，面向后顾，防正在背后，面有愠色。孙程已瞧入眼中，竟大声叱防道："奸臣张防，何不下殿！"防虽承帝宠，究竟拗不过孙程，只好趋就东厢。程又向顺帝催促道："陛下宜急收防，毋使从阿母求情！"看官阅至此语，应疑阿母何人？原来乃是顺帝乳母宋娥。顺帝入立，娥亦与谋，故得干预政权，程备悉内情，故有此语。（前有王圣，后有宋娥，真是无独有偶。）顺帝尚犹豫未决，再召问尚书，以便决议。尚书贾朗，素与防善，竟答称防实无辜，诩独有罪。顺帝因谕孙程等道："汝等且出，容我再思！"程等不得已趋退。

诩子颛率同门生百余人，各举白幡，在宫门外候着。凑巧中常侍高梵，乘车出来，颛等遂向他陈冤，甚至叩头流血。（向宦官叩头流血，阉人之势力可知。）梵下车劝慰，并愿为诩申冤，大众同声道谢。梵乃折回宫中，竭力谏诤，乃赦诩出狱，徙防戍边。贾朗等六人，罪坐阿党，贬谪有差。孙程再上言诩有大功，不应废置，顺帝因复征诩为议郎，越数日。迁诩尚书仆射。诩又举荐议郎左雄，雄南郡涅阳人，以抗直闻名，故诩荐表中有云：

> 臣见方今公卿以下，类多拱默，以树恩为贤，尽节为愚，至相戒曰："白璧不可为，容容多后福。"伏见议郎左雄，数上封事，至引陛下身遭难厄，以为儆戒，实有王臣蹇蹇之节。周公谟成王之风，宜擢在喉舌之官，必有匡弼之益。臣非敢援引私人，实为国家进一忠臣，以广言路，而成至治，伏惟垂鉴。

顺帝采用诩议，进拜雄为尚书，嗣又擢为尚书令。雄有犯无隐，所言皆明达政体，顺帝颇知嘉纳，无奈为阉竖所把持，不能尽用，多半为纸上空谈罢了。孙程等十九侯，自恃功高，往往上殿相争，不守臣节，顺帝已积不能容，当由有司仰承风旨，奏称孙程等干乱悖逆，久留京都，必为大患。顺帝即诏令程等免官，徙封远县，促令就国。司徒掾周举，独向司徒朱伥进言道："主上在西钟下时，若非孙程等协力定谋，怎能入承大统？今遽忘大德，苛录微疵，如或道路夭折，转使主上滥杀功臣，贻讥后世！明公何不乘他未去，亟为上表转圜？"（前劝李郃奏请朝后，尚有情理可说，此时却替阉人解免，太自失资格了。）伥沉吟道："今诏旨方有怒意，我独上表谏阻，必致罪谴，如何可行？"举又说道："明公年过八十，位为台辅，不乘此时竭忠报国，尚有何求？就使因言得罪，犹不失为忠臣。若以举言为不足采，请从此辞！"（保全几个阉人，怎得为忠？怎能报国？）伥乃如言上表，果得顺帝依从，还十九侯原封，不过遣使就国的命令，仍然照行。过了年余，复召还十九侯，后文再表。

且说顺帝即位以后，尚未知生母何人，至永建二年夏月，方得左右陈明，乃知生母李氏，曾藁葬洛阳城北。当下因感生哀，亲至瘗所致祭，用礼改葬，追尊李氏为恭愍皇后，号园寝为恭北陵。已而司徒朱伥老病侵寻，不能任事，太尉朱宠却因事免官，顺帝乃进太常刘光为太尉，光禄勋许敬为司徒。惟司空一职，自宗正刘授接任后，（见第四十二回。）中经顺帝入嗣，又换易了两人：刘授免职，另用少府陶敦；陶敦免职，又另用廷尉张皓。皓与许敬俱有重名，敬历任三朝，从未昵近贵戚，所以窦、邓、耿、阎四族，迭起迭仆，士大夫辄被牵连，独敬素守清洁，毫不污染；皓为安帝废储一事，与桓焉、来歷等相率廷争，为士论所推重，（见前回。）至此擢为司徒，也是顺帝回忆前情，特加倚畀。皓籍隶武阳，敬籍隶平舆，地以人传，毋容琐叙。

顺帝又欲征求隐士，闻得鲁阳人樊英，遁居壶山，屡征不起，乃更用策书、玄纁，优礼敦聘。英尝习《京氏易》，（京氏及京房见《前汉演义》。）得通星算，善能推步灾异，远方人士，往往负笈从游。尝有暴风从西方吹来，英语门人道："成都市必有大火，非禳解不可！"说着，遂汲水含口，向西喷去，并令门人记录日时。后有蜀客到来，传言某日大火，幸东方起一黑云，须臾大雨，火乃得灭。门人考证时日，果属相符，因此奉若神明。州郡礼请不应，安帝初召为博士，亦不就征，及顺帝备礼聘英，英仍然病辞。郡吏奉诏逼迫，硬把他载入车中，驰诣京师，英坚称病笃，不肯下舆。朝命连舆推入，直抵阙廷，英尚偃蹇不拜。顺帝瞧着，却也动怒，作色与语道："朕能生君，能杀君；能贵君，能贱君；能富君，能贫君！君何故敢慢朕命？"英从容答道："臣由天授命，命当死即死，陛下怎能生臣？怎能杀臣？臣见暴君如见仇雠，入朝尚且不愿，求什么贵官？平居环堵自安，南面王不易真乐，怕什么贱役？陛下怎能贵臣？怎能贱臣？禄不以道，虽万钟不受，独行己志，虽箪食不厌，陛下怎能富臣？怎能贫臣？"（倔强语恰有至理。）这一席话，说得顺帝无词可驳，怒亦渐平，乃令出就太医，服药疗疾，月致羊酒。

过了两年，顺帝复为英设坛席，令公车导入阙中，尚书持奉几杖，视若宾师，英不得已退就臣礼，受职五官中郎将。未几又称病告辞，有诏命为光禄大夫，许得归养。朝廷遇有灾异，尝遣使致问，英所言必验；惟在朝应对，无甚奇猷，故时人或讥他纯盗虚声，不堪大用。独闻英家居时，偶然患疾，妻使奴婢拜问所苦，英必下床答拜。颍川陈实，少从英学，免不得暗暗称奇，便向英问明答拜的原因，英答说道："夫妻共奉祭祀，取义在齐，奈何可不答礼呢？"后英至七十余岁，在家考终。

同时又有处士杨厚、黄琼，就征入朝。厚字仲宣，广汉郡新都县人，通术数学，入阙进谒，预陈汉至三百五十年，当有厄运，不可不戒，顺帝命为议郎。黄琼字世英，就是江夏人黄香子。香博学能文，世称江夏黄童，（见前文。）后官终魏郡太守。琼承父荫，拜为太子舍人，丁忧归里，服阕不起。及与杨厚并下征车，琼未便违慢，登车至纶氏县，称疾不进，有诏命县吏敦迫，不得已再行就道。前司徒李郃子固，少年好学，改名求师，得为通儒，平时雅慕琼名，因从琼途中贻书道：

> 闻公车已度伊、洛，近在万岁亭，岂即事有渐，将顺王命乎？先贤谓伯夷隘，柳下惠不恭，故《传》曰"不夷不惠，可否之间"，盖圣贤居身之所珍也。诚遂欲枕山栖谷，拟迹巢、由，斯则可矣；若当辅政济民，今其时也！自生民以来，善政少而乱俗多，必待尧、舜之君，此为志士，终无时矣。尝闻语曰："峣峣者易缺，皦皦者易污。"《阳春》之曲，和者必寡，盛名之下，其实难副。近鲁阳樊君，（即指樊英。）被征初至，朝廷特设坛席，如待神明，虽无大异，而言行所守，亦无所缺；乃毁谤布流，应时折减者，岂非以观听望深，声名太盛乎？自顷征聘之士，功业多无所采，是故俗论皆言处士纯盗虚声。愿先生弘此远谋，令众人叹服，一雪此言耳！

琼得书后，入朝拜官，亦为议郎，屡因灾异上书，颇邀采用，未几迁任尚书仆射，秉忠如故。顺帝时尚童年，独能虔心翕受，亦好算作东汉明君。惟西域长史班勇，平番有功，安帝时未曾加赏，顺帝永建二年，反因他出击焉耆，后期坐罪，逮系狱中，这却未免薄待功臣，太觉寡恩了！先是班勇勘定车师，更立后庭故王子加特奴为王，再使别校捕诛东且弥王，亦另立新主，车师等六国悉平。勇复大发诸国兵，击北匈奴，逐走呼衍王，虏众二万余人皆降，车师一带，无复虏迹，城郭皆安。独焉耆国王元孟，未肯降服，由勇拜表奏闻，汉廷特遣敦煌太守张朗，率领河西四郡兵三千人，助勇进讨。勇征集诸国兵马，得四万余人，分为两路，往攻焉耆。使朗从北道进行，自率部众驰入南道，约会焉耆城下。朗先尝坐罪，意欲邀功自赎，遂星夜前进，直抵爵离关，焉耆兵开关搦战，被朗驱杀一阵，斩获至二千余人，残众败奔国都。焉耆王元孟，当然惊慌，急遣使至朗营求降，朗不待勇至，先期入焉耆国，受降而还。（实是失信。）勇在途次接得张朗军报，只好折回，据实上奏。偏有诏责他后期，召还系狱，好多日才得释出。还是因他前功足录，加恩贷罪，但官职已经褫免。勇郁愤成疾，返至家中，不久即殁。父子累建大功，徒落得身后萧条，岂不可叹？

还有一种冤屈的事情，说来尤令人生愤。勇兄班雄，袭父遗封，曾为屯骑校尉，迁官京兆尹，病殁任所，子始袭爵，得尚清河孝王女阴城公主。公主为顺帝姑母，恃贵生骄，因骄思淫，竟引少年入帷，与他交欢。班始不愿做元绪公，自然与有违言，那公主却放胆横行，竟挈姘夫同坐帷中，召始进去，叱令跪伏床下。男儿总有一些气骨，看到这般情形，怎肯忍耐？顿时无名火高起三丈，立即出帷取刀，把一对奸夫淫妇，砍作四段。（恰是快事。）当有人报知顺帝，谁知顺帝不咎公主，单责始持刀行凶，立将始拿交诏狱，腰斩东市！甚至始同产兄弟，亦皆处死。惨乎不惨？冤乎不冤呢？这是永建五年间事。（明明是导以纵淫。）

且说顺帝年至十五，举行冠礼，转眼间已是一十八岁，应该册立皇后。时后宫已有四位贵人，并得承宠，顺帝左右为难，意欲祷神探筹，卜定后位。尚书仆射胡广，与尚书郭虔、史敞等，联名进谏道：

> 窃见诏书，以立后事大，谦不自专，欲假之筹策，决疑灵神。篇籍所记，祖宗典故，未尝有也。恃神任筮，既不必当贤；

就使得人，犹非德选。夫岐嶷形于自然，俔天必有异表，（俔天之妹，见《诗经·大雅》。俔，譬喻也。）宜参良家，简求有德，德同以年，年钧以貌，稽之典经，断之圣虑。政令犹汗，往而不返，诏文一下，形诸四方。臣等职在拾遗，忧深责重，是以焦心竭虑，冒昧陈闻。

顺帝阅过谏章，也觉得所言有理，乃决诸已意，特就四贵人中，选出一位梁氏女来，册作中宫。梁女名妠，就是和帝生母梁贵人的侄孙女，父名商，袭父乘氏侯雍遗爵，（雍为梁谦次子，见前文。）官拜黄门侍郎。永建三年，选商女及妹，并入掖庭，俱为贵人，擢商为屯骑校尉。商女降生时，有红光发现室中，阖家称为奇事；及女粗有知识，便喜习女工，并好读书，九岁能诵《论语》，治《韩诗》，（即韩婴所传之诗。）颇知大义，常将列女图画，置诸座右，作为鉴戒。父商尝语诸弟道："我先人全济河西，活人无算，虽大位不继，积德必报；若庆流子孙，当就在此女身上呢！"（不望子而望女，所见亦谬，故女可兴家，子卒赤族。）已女年十三，与姑同充选后宫，相工茅通，见女容止过人，便向顺帝前再拜称贺道："这所谓日角偃月，相法上应当极贵，臣相人颇多，未见有这般贵相哩！"顺帝令太史卜兆，亦得吉占，因即封为贵人，特加宠遇，屡命侍寝，梁女尝从容辞谢道："妾闻阳道以博施为德，阴道以不专为义；螽斯衍庆，百福乃兴。伏愿陛下普施雨露，俾得均泽，使小妾得免罪谤，已是深感皇恩了！"顺帝闻言，深以为贤，乃于永建七年正月，特在寿安殿中，册立梁贵人为皇后，赐后父商安车驷马，并增国土，迁官执金吾，布诏大赦，改永建七年为阳嘉元年。过了一载，又封商子冀为襄邑侯，连顺帝乳母宋娥，亦得受封山阳君。尚书令左雄，一再进谏，语甚切至。疏中有云：

臣闻人君莫不好忠正而恶谗谀，然而历世之患，莫不以忠正得罪，谗谀蒙幸者，盖听忠难，从谀易也。夫刑罪，人情之所甚恶，贵宠，人情之所甚欲，是以时俗为忠者少，而习谀者多；故令人主数闻其美，稀知其过，迷而不悟，以至于危亡。

臣伏见诏书，顾念阿母旧德宿恩，欲特加显赏。案尚书故事，无乳母爵邑之制，惟先帝时阿母王圣为野王君，圣造生谗贼废立之祸，生为天下所咀嚼，死为海内所欢快。今阿母躬蹈俭约，以身率下，群僚蒸庶，莫不向风；而与王圣并同爵号，惧违本操，失其常愿。臣愚以为凡人之心，理不相远，其所不安，古今一也。百姓深惩王圣倾覆之祸，民萌之命，危于累卵，常惧时世复有此类，怵惕之念，未离于心；恐惧之言，不绝于口。乞如前议，岁以千万给奉阿母，内足以尽恩爱之欢，外可不为吏民所怪。梁冀之封，事非机急，宜过灾厄之运，然后平议可否，封冀未迟。幸陛下裁察焉！

自左雄有此奏牍，梁商乃为子冀辞封，顺帝尚未肯遽允，章至数上，乃收回封冀成命。独山阳君宋娥，不闻让还，适值京师地震，缑氏山崩，那謇謇谔谔的左伯豪，又不能不乘机进谏，再贡忠忱。（左雄字伯豪。）小子有诗咏道：

野王以后又山阳，徒顾私恩乱旧纲；
独有名臣持大体，不辞苦口砭膏肓。

欲知左雄如何进言，顺帝曾否从谏，请看官续阅下回，便见分晓。

孙程之迎立济阴王，并非持正，实欲邀功；厥后之保全虞诩，指斥张防，并非怜忠，实欲沽直。小人未尝无为善之时，但其所以为善者，亦不免为营私计耳。及观其上殿争功而肺肝具见，微顺帝之童年聪颖，徙封就国，遽削其权，孙程等宁能终安乎。周举号称正士，乃反请朱伥救解，甚矣！其徒知小节，不顾大体也！梁后具有贵相，与窦后略同，正位以后，虽不若窦后之妒悍，然其后临朝专政，不能裁抑兄弟，终酿成梁冀之祸。梁商谓庆流子孙，应兴此女，庸讵知兴宗在此，覆宗亦即在此耶？夫贤德如马皇后，而马氏且未尽令终，如商所言，徒见其鄙陋而已，何足道哉？

第四十五回　进李固对策膺首选　举祝良解甲定群蛮

却说尚书令左雄，因见梁冀辞爵，宋娥独不让封，乃复借着地震山崩的变异，再上封章，略云：

先帝封野王君，汉阳地震，今封山阳君，而京城复震，专政在阴，其灾尤大。臣前后瞽言，封爵至重，王者可私人以财，不可以官，宜还阿母之封，以塞灾异。今冀已高让，山阳君亦宜崇其本节，毋蹈愆尤，则所保者大，国安而山阳君亦安矣。

宋娥闻得左雄再三谏诤，亦有畏心，乃向顺帝辞还封号；偏顺帝专徇私恩，不肯照准，于是山阳君封号如故，左雄所言，依然无效，但雄名由此益著。雄尝因州郡荐举，类多失实，特奏请察举孝廉，必年满四十，诸生试家法，（即一家之学。）文吏课笺奏，乃得应选；若有茂才异行如颜渊、子奇，方可不拘年齿。（子奇齐人，年十八，齐君使宰东阿，阿县大化。）顺帝依议，颁诏州郡。会广陵郡有孝廉徐淑，应举入都，年未四十，台郎诘以违格，淑答说道："诏书有如颜渊、子奇，不拘年齿，故本郡以臣充选！"郎官无言可驳，转告左雄，雄召淑入见，莞尔与语道："昔颜渊闻一知十，孝廉能闻一知几呢?"说得淑无从对答，默然退归。尚书仆射胡广，曾与雄议不合，出为济阴太守，所举数人，并皆失当，坐是免官。此外尚有牧守滥举，亦遭罢黜。惟汝南人陈蕃，颍川人李膺，下邳人陈球等三十余人，才足应选，得拜郎中。安丘人郎𫖮，素有声誉，由顺帝特征入阙，面问灾异，𫖮详上条陈，大要在修德禳灾，且荐举议郎黄琼，茂才李固。顺帝命𫖮为郎中，𫖮辞病不就，飘然竟去。忽由洛阳令奏报宣德亭边，平地无故自裂，阔约八十五丈，顺帝乃令公卿所举各士人，入朝对策。峨峨髦士，挟策干时，遂皆摛藻扬华，发挥已见。就中名士颇多，如扶风人马融，南阳人张衡，亦俱在列。所上策文，由顺帝亲自展览，内有一篇佳作，系详言时政得失，不涉虚浮，当即拔为第一。看官欲赏识此文，由小子抄录如下：

臣闻王者父天母地，宝有山川，王道得，则阴阳和穆；政化乖，则崩震为灾，斯皆关诸天心，效于成事者也。夫化以职成，官由能理。古之进者，有德有命；今之进者，唯财与力。伏闻诏书务求宽博，嫉恶严暴，而今长吏多杀伐致声名者，必加迁赏，其存宽和无党援者，辄见斥逐。是以淳厚之风不宣，雕薄之俗未革。虽繁刑重禁，何能有益？

前孝安皇帝变乱旧典，封爵阿母，因造妖孽，使樊丰之徒，乘权放恣，侵夺主威，改乱嫡嗣，至令圣躬狼狈，亲遇其艰。既拔自困殆，龙兴即位，天下喁喁，属望风政。积敝之后，易致中兴，诚当沛然，思惟善道，而论者犹云，方今之事，复同于前。臣伏从山草，痛心伤臆！诚以汉兴以来，三百余年，贤圣相继，十有八主，岂无阿乳之恩？岂忘爵赏之宠？然上畏天威，俯案经典，知义不可，故不封也。勤谨之德，但加赏赐，足以酬其劳苦；至于裂土开国，实乖旧典。闻阿母体性谦虚，必有逊让，陛下宜许其辞国之高，使成万安之福。夫妃、后之家，所以少完全者，岂天性当然？但以爵禄尊显，专总权柄，天道恶盈，不知自损，故至颠仆。先帝宠遇阎氏，位号太疾，故其受祸，曾不旋时。老子曰："其进锐者，其退速也。"今梁氏戚为椒房，礼所不臣，尊以高爵，尚可然也；而子弟群从，荣显兼加，永平、建初故事，殆不如此；宜令步兵校尉冀，及诸侍中还居黄门之官，使权去外戚，政归国家，岂不休乎？

又，诏书所以禁侍中、尚中、中臣子弟，不得为吏，察孝廉者，以其秉威权，容请托故也。而中常侍在日月之侧，声势振天下，子弟禄任，曾无限极。虽外托谦默，不干州郡，而谄伪之徒，望风进举。今可为设常禁，同之中臣。昔馆陶公主为子求郎，明帝不许，（见前文。）赐钱千万。所以轻厚赐、重薄位者，为官人失才，害及百姓也。窃闻长水司马武宣、开阳城门候羊迪等，无他功德，初拜便真，此虽小失，而渐坏旧章。先圣法度，所宜坚守，政教一跌，百年不复。《诗》云："上帝板板，下民卒瘅。"刺周王变祖法度，故使下民将尽病也。

今陛下之有尚书，犹天之有北斗也。斗为天喉舌，尚书亦为陛下喉舌。斗斟酌元气，运平四时；尚书出纳王命，敷政四海，权尊势重，责之所归，若不平心，灾眚必至。诚宜审择其人，以毗圣政。今与陛下共理天下者，外则公、卿、尚书，内则常侍、黄门，譬犹一门之内，一家之事，安则共其福庆，危则通其祸败。刺史、二千石，外统职事，内受法则。夫表曲者影必邪，源清者流必洁，犹叩树本而百枝皆动也。《周颂》曰："薄言振之，莫不震叠。"此言动之于内，而应之于外也。由此言之，本朝号令，岂可蹉跌？间隙一开，则邪人动心；利竞暂启，则仁义道塞。刑罚不能复禁，化导以之寖坏。此天下之纪纲，当今之急务也。

陛下宜开石室，陈图书，招会群儒，引问得失，指摘变象，以求天意。其言有中理，即时施行，显拔其人。以表能者，则圣听日有所闻，忠臣尽其所知。又宜罢退宦官，去其权重，第置常侍二人，方直有德者，省事左右；小黄门五人，才智闲雅者，给事殿中。如此，则论者厌塞，升平可致也。

臣所以敢陈愚瞽、冒昧自闻者，倘或皇天欲令微臣觉悟陛下。陛下宜熟察臣言，怜赦臣死。臣言有尽而意不尽，伏惟垂鉴。

看官道这篇策文，是何人所作？原来就是南郑人李固，即故司徒李郃的令子。固五察孝廉，再举茂才，皆不应召，至是为卫尉贾建所举，乃诣阙献词。顺帝特加鉴赏，置诸高第。即日令乳母宋娥，出居外舍，并责诸常侍干预政权。诸常侍悉叩头谢罪，朝廷肃然，因拜固为议郎。马融前曾为校书郎中，因上《广成颂》，隐寓讥刺，忤旨被黜，及此次对策，乃复使与固同官。张衡，南阳人，表字平子，素善机巧，更研精天文阴阳历算，尝作浑天仪，著《灵宪》《算罔论》，造候风地动仪，为前人所未有。当日已为太史令，衡不慕荣利，故累年不迁，好几载才得为侍中。这都由阉人当道，排摈清流，虽有名士，终致沉抑下僚，不获大用。浮阳侯孙程等，就国年余，仍复召还京师，命与王道、李元，同拜骑都尉。（回应前回。）嗣复迁程为奉车都尉，程竟病死，追赠车骑将军印绶，赐谥刚侯。程临终遗言，愿将封邑传与弟美，顺帝将封邑中分一半畀孙美承受，一半使程养子寿袭封，这也是汉朝特别的创格。到了阳嘉四年，居然垂为定例，诏令宦官养子，俱得为嗣，承袭封爵。御史张纲，就是司空张皓子，皓为留侯张良六世孙，居官正直，至阳嘉元年病殁。纲少通经学，砥砺廉隅，即受任为御史，目睹顺帝宠遇宦官，引为已忧，慨然叹息道："秽恶满朝，不能致身事君，扫清宫禁，虽得幸生，也非我所愿哩！"当下缮就奏折，入朝进呈，奏中说是：

> 《诗》曰："不愆不忘，率由旧章。"溯自大汉初隆，及中兴之世，文、明二帝，德化尤盛，观其理为易循易见，但恭俭守节，约身尚德而已。中官常侍，不过两人，近幸赏赐，裁满数金，惜费重民，故家给人足。夷狄闻中国优富，任信道德，所以奸谋自消，而和气盛应。顷者以来，不遵旧典，无功小人，皆有官爵，富之骄之，而复害之，非爱人重器，承天顺道者也！伏愿陛下少留圣恩，割损左右，以奉天下，则治道其庶几矣！

书入不报。是时三公已换易数人，太傅桓焉，太尉朱宠，司徒许敬，皆相继罢去；用大鸿胪庞参为太尉，录尚书事，宗正刘崎为司徒，又因司空张皓出缺，进太常王龚为司空。太傅本非常职，暂从缓设。太尉庞参，就职至三年有余，最号忠直，内侍等不便舞弊，屡加谮毁，司隶亦党同阉竖，上书纠弹，独广汉郡上计掾段恭，力为庞参洗刷，请顺帝专心委任，顺帝乃任参如故。不料参后妻嫉妒，竟将前妻子推入井中，猝遭溺死，洛阳令祝良，与参有隙，当即入太尉府查勘属实，立时报闻，参因坐免，改任大鸿胪施延为太尉。

越二年，施延免职，又起参为太尉。参年老多病，逾年寿终，司空王龚，继参后任。太常孔扶，迁官司空，未几又改用光禄勋王卓。司徒刘崎，亦坐事免官，特擢大司农黄尚为司徒。惟梁后父执金吾梁商，奉命为大将军，独不愿就任，托疾固辞，顺帝使太常奉策，就第册拜，商不得已诣阙受命。汉阳人巨览，上党人陈龟，并有才行，当由商辟为掾属；李固、周举，亦由商特召，入为从事中郎。固见商谦和有余，刚断不足，乃上笺讽商道：

昔《春秋》褒仪父以开义路，贬无骇以闭利门；夫义路闭则利门开，利门开则义路闭也。前孝安皇帝，内任伯荣、樊丰之属，外委周广、谢恽之徒，开门受赂，署用非次，天下纷然，怨声满道。今上初立，颇存清静，未能数年，稍复堕损。左右党进者，日有迁拜；守死善道者，滞涸穷路，而未有改敝立德之方。又，即位以来，十有余年，圣嗣未立，群下继望。可令中宫博简嫔媵，兼采微贱宜子之人，进御至尊，顺助天意。若有皇子，母自乳养，无委保妾医巫，以致飞燕之祸。明将军望尊位显，当以天下为忧，崇尚谦省，垂则万方，而新营祠堂，费工亿计，非以昭明令德，崇示清俭。自数年以来，灾怪屡见，比无雨润，而沉阴郁泱，宫省之内，容有阴谋。孔子曰："智者见变思刑，愚者睹怪讳名。"天道无亲，可为祇畏。加近者月食既于端门之侧，（既，尽也。）月者大臣之体也，夫穷高则危，太满则溢，月盈则缺，日中则移，凡此四者，自然之数也。天地之心，福谦忌盛，是以贤达功遂身退，全名养寿，无有怵迫之忧。诚令王纲一整，道行忠立，明公踵伯成之高，（唐虞时为诸侯，至禹即位，弃官归耕，事见《庄子》。）全不朽之誉，岂与此外戚凡辈，耽荣好位者，同日而论哉？固狂夫下愚，不达大体，窃感古人一饭之报，况受顾遇而容不尽言乎？愚者千虑，必有一得，幸赐裁览！

梁商亦知固效忠，但素性优柔，终不能用。宦官十九侯中，孙程早死，王康、王国、彭恺、王成、赵封、魏猛等，亦陆续病亡，惟黄龙、杨佗、孟叔、李建、张贤、史汎、王道、李元、李刚九人，与乳母宋娥，交相蛊蔽，贿赂公行。太尉王龚，每恨宦官揽权，志在匡正，因极陈诸阉过恶，请即放斥。阉党不免惊惶，各使宾客诬奏龚罪，顺帝竟偏听谗言，命龚自白。李固闻知，即进告梁商，为龚辩诬，且谓三公望重，不应赴廷对簿，请即代为表明，毋令王公蒙冤。商乃入白顺帝，才得无事。商子冀，鸢肩豺耳，两眼直视，口吃不能明言，少时游荡无行，酒色自娱，凡博弈蹴鞠诸技，却是般般精通，又喜臂鹰走狗，骋马斗鸡，此外却无甚材能，不过略通书计。为了椒房贵戚，得列显阶，初为黄门侍郎，转迁侍中虎贲中郎将，及越骑步兵各校尉，至父商为大将军，冀竟代任执金吾。阳嘉五年，改号永和，调冀为河南尹。冀居职暴恣，多为不道。洛阳令吕放，进见梁商，偶然谈及冀过，商当然责冀，冀恨放多嘴，竟遣人伏候道旁，俟经过时，把他刺死。且恐乃父察悉，伪言放为仇家所刺，请使放弟禹为洛阳令，严行捕讯。禹接任后，总道是与冀无干，但将宗亲宾佐，逐加拷问，冤冤枉枉死了一百多人。（冀一出手，便冤死多人，怪不得后来要杀皇帝。）梁商尚被冀瞒过，顺帝更不必说了。

是年武陵蛮叛乱，幸得新任太守李进，领兵讨平，且简选良吏，抚循蛮夷，郡境乃安。过了一年，象林蛮区怜等，纠众为乱，攻县廨，戕长吏，骚扰得了不得。交阯刺史樊演，发交阯、九真兵二万余人，往救象林，兵士不愿远行，倒戈返攻，还亏樊演乘城拒守，觑隙出击，得将叛兵驱散，城郭无恙。但叛兵投入蛮帐，蛮众益盛。适侍御史贾昌，出使日南，闻得叛蛮猖獗，亟与州郡官吏，并力合讨，怎奈岭路崎岖，蛮众负嵎自固，官兵不能与敌，战辄失利，反为所围。贾昌等飞书乞援，诏令公卿百官，会议方略，群臣等请特简元戎，大发荆、扬、兖、豫兵马，往讨叛蛮；独大将军属下从事中郎李固，力驳众议，独献良谟，大致说云：

> 蛮荒辽远，用兵最艰，若荆、扬无事，发之可也。今二州盗贼，盘结不散，武陵、南郡，蛮夷未辑，长沙、桂阳，数被

征发，如复扰乱，必更生患，其不可一也。又兖、豫之人，猝被征发，远赴万里，无有还期，诏书迫促，必致叛亡，其不可二也。南州水土温暑，加有瘴气，致死亡者，十必四五，其不可三也。远涉万里，士卒疲劳，此至岭南，不复堪斗，其不可四也。军行日三十里，而兖、豫去日南九千余里，三百日乃到，计人禀五升，用米六十万斛，不计将吏驴马之食，但负甲自致，费便若此，其不可五也。军之所在，死亡必众，不足御敌，当复更发，其不可六也。九真、日南，相去千里，发其吏民，犹且不堪，何况苦四州之卒，以赴万里之艰哉，其不可七也。前中郎将尹就，讨益州叛羌，益州谚曰："虏来尚可，尹来杀我。"后就征还，以兵付刺史张乔；乔因其将吏，旬月之间，破殄寇虏。此发将无益之效，州郡可任之验也。宜更选有勇略仁惠任将帅者，以为刺史、太守，悉使共住交阯。今日南兵单无谷，守既不足，战又不能，可一切徙其吏民，北依交阯，还募蛮夷，使自相攻，转输金帛以为其资；有能反间致头首者，许以封侯裂土之赏。前并州刺史祝良，性多勇决；又南阳张乔，前在益州，有破虏之功，皆可任用。昔太宗就加魏尚为云中守，哀帝即拜龚舍为泰山守；今宜师其遗意，拜良等便道之官，则不待劳师，自可收效，而蛮疆之绥辑不难矣。

这议一创，公卿等却多以为然，不复坚持成见。于是拜祝良为九真太守，张乔为交阯刺史，即日就道，同赴岭南。乔至交阯，开示恩信，解散胁从，叛众或降或归，不复生乱。良到九真，单车入蛮穴中，晓谕祸福，示以至诚，蛮众亦俯首贴耳，愿遵约束，投降至数万人，俱为良筑造府舍，仍复前观，岭外复平。朝廷未接捷音，尚使公卿等各举猛士，选为将帅。尚书令左雄，时已调任司隶校尉，独将前冀州刺史冯直，保举上去。偏尚书周举，谓冯直尝坐赃免官，如何得列入荐牍？因此劾雄所举非人，免不得有阿私情弊。雄以周举得为尚书，也由自己推荐，此次恩将仇报，太觉不情，当下往诘周举道："我素重君才，故敢进言，谁知反害及自身！"举慨然答道：

“昔赵宣子任韩厥为司马，厥反戮宣子仆，宣子语诸大夫道：‘可以贺我！’今君不以举为不才，谬升诸朝，举不敢向君阿谀，致贻君羞。不料君意与古人不同，举始自知得罪了！”雄听了举言，忙改容称谢道：“吾过，吾过！幸勿介意！”遂拱手别归。时人称举为善规，雄为善改，统是当时贤士，名不虚传。还有一班窃权揽势的宦官，乘机举用私人，竞卖恩势。独大长秋良贺，清俭退厚，一无所举，顺帝暗暗诧异，召问原因。贺直答道：“臣生自草莽，长居宫禁，天下人才，臣未知悉，又与士类素乏交游，怎敢滥举？昔卫鞅因景监介绍，得见秦王，智士已料他不终，若使臣妄举数人，恐士人不以为荣，反且因此见辱了！”顺帝闻言，也为叹息不置。但内侍如贺，实是不可多得。此外多招权纳贿，往往酿成祸阶，永和四年元月，中常侍张逵，竟矫诏捕人，险些儿构兴大狱，连累无辜。小子有诗叹道：

刑余腐竖总难容，蟠踞宫廷定兆凶；
亦有驯良堪任使，古今能有几人逢？

欲知张逵矫诏情事，容至下回分解。

顺帝亦中智之君，观其召试群儒，能举李固为首选，退乳母，责阉人，宫禁肃然，其与乃父之庸暗不君，似不可同日语矣。然一时之明察，终不敌群小之欺蒙，虽有直臣，挽回无几。意者其尚有遗传性之留存，明于初而昧于终欤？梁商以谦退称，亦卒蹈优柔之失，有子如冀，不能教以义方，遑问他事。李固讽商之言，尚未能直揭其弊，而商且不用，时人称商为顺帝贤辅，其然岂其然乎？及固荐引祝良、张乔之抚蛮，而四府均赞成固议，卒得成功。度其时商为首弼，且握兵权，必有为之主宰其间者，况固为从事中郎，亦由商所辟召，盖亦一邓骘之流亚而已。语有之：“善善从长，恶恶从短”，则商、固非无一长之足采之。

第四十六回　马贤战殁姑射山　张纲驰抚广陵贼

却说中常侍张逵，素行狡黠，善能希旨承颜，得邀主眷。只是汉宫里面的宦官，多至千百，几不胜数，彼争权，此夺宠，所以互相奔竞，迭起不休。当时张逵以外，尚有小黄门曹节，及曹腾、孟贲等，俱为顺帝所昵爱，揽权用事。甚至后兄梁冀，及冀弟不疑，常与往来，结为至交。大将军梁商，亦未尝禁止，反令儿辈通好权阉，作为护符，朝臣莫敢与抗。只张逵相形见绌，满怀不平，遂串同山阳君宋娥，及黄龙、杨佗、孟叔、李建、张贤、史汎、王道、李元、李刚等九侯，诬奏大将军梁商，与曹腾、孟贲等阴图废立，请即加防。顺帝却正容答道："必无此事！朕想汝等共怀妒忌，故有此言！"逵等都不禁失色，当即退出。只逵因妒生恨，因恨生惧，自思一不做，二不休，不如冒险一试，先除曹腾、孟贲，再作后图。当下捏造伪诏，收捕腾、贲下狱。（好大胆子，想是活得不耐烦，故有此举。）顺帝闻知，勃然大怒，立饬拿住张逵，交付法司，一经拷讯，水落石出，便将逵推出市曹，一刀两段。乳母宋娥，夺爵归田；黄龙等九侯，遣令就国，削去国土四分之一；释出曹腾、孟贲，守职如故。自是阉党十九侯中，除已死及被黜外，只有广平侯马国，下隽侯陈予，东阿侯苗光，总算保全爵邑，富贵终身。（也是这三人，不欲争权，故得幸免。）这且搁过不表。

且说陇西塞外的杂羌，自经麻奴降服后，幸得少安。（见前文。）既而麻奴病死，弟犀苦嗣为烧当羌酋，阴有贰心，又嗾动锺羌叛汉，寇掠凉州。护羌校尉马贤，引兵出击，斩首千余级，余众多降，贤得进封都乡侯。嗣贤坐事征还，代以右扶风韩皓；皓不久复罢，由张掖太守马续继任。锺羌酋良封等，又复为乱，入寇陇西、汉阳，有诏再起马贤为谒者，前往镇抚。贤至陇西，马续已击败良封，再由贤调发陇西吏士，及羌胡各骑兵，追封出塞，斩首千八百级。封穷蹙失势，被贤击毙，亲属俱降。贤复进剿锺羌支族且昌等，亦获大胜，且昌等率诸种十余万众，诣梁州刺史处投诚。汉廷乃仍使贤为护羌校尉，调马续为度辽将军。续莅任四年，恩威两济，颇得民心。独南匈奴左部句龙王吾斯、车纽等，恃强不法，竟率三千余骑，入寇西河，复煽惑右贤王，合兵七八千人，进围美稷，杀死朔方、代郡各长吏。度辽将军马续，因与中郎将梁并，乌桓校尉王元，发边兵及羌胡骑士，共二万余人，掩击吾斯、车纽等联兵，斩馘颇多。吾斯、车纽虽然败衄，却是屡散屡聚，随处骚扰。汉廷遣使赍诏，往责南单于，单于休利，本未预谋，不得已脱帽避帐，至中郎将梁并处谢罪。并却好言抚慰，遣令归庭。未几并因病乞休，后任为五原太守陈龟。龟以南单于不能驭下，外顺内叛，逼令自杀。又欲徙单于近亲，入居内郡，遂致胡人生贰，各有违言。朝廷因他办理不善，逮还都中，下狱免官。大将军梁商，拟招降叛胡，不欲多劳兵戎，乃上表申议，略云：

> 匈奴寇叛，自知罪大，穷鸟困兽，犹图救死，况种类繁炽，不可殚尽。今转战日增，三军疲苦，虚内给外，非中国之利。窃见度辽将军马续，素有谋谟，且典边日久，深晓兵要，每得续书，与臣策合。宜令续深沟高垒，以恩信招降，宣示购赏，明其期约，如此，则丑类可服，国家无事矣。

顺帝依言，诏令马续招降叛虏，毋得一意用兵。梁商又致书与续道：

> 中国安宁，忘战日久。良骑野合，交锋接矢，决胜当时，此戎狄之所长，而中国之所短也；强弩乘城，坚营固守，以待其衰，此中国之所长，而戎狄之所短也。宜务所长，以观其变，设购开赏，宣示反悔，勿贪小功，以乱大谋，是所至要！

马续既接朝旨，复得商书，当然专心招抚，敛威用恩。南匈奴右贤王部抑鞮等，率领万三千口，诣续乞降，惟吾斯、车纽，仍然未服。吾斯且推车纽为单于，东引乌桓，西收羌胡等数万人，攻破京兆虎牙营，戕上郡都尉及军司马，转掠并、凉、幽、冀四州。（未曾大挫强虏，徒欲一意主抚，亦为启寇之阶。）朝廷尚主张退守，但徙西河治离石，上郡治夏阳，朔方治五原。待至寇势日迫，警报时闻，乃遣中郎将张耽，招集幽州、乌桓诸郡营兵，出讨叛虏。耽有胆略，善抚士卒，军中乐为效死，行至马邑，与虏兵相值，一阵横扫，枭得虏首三千级，生擒无算。车纽与诸豪帅骨都侯等，心惊胆落，匍匐请降。惟吾斯窜去，嗣复收拾余烬，再来寇边。耽与马续合兵奋击，追至谷城，大破吾斯；吾斯遁入天山，与乌桓兵依险自固。耽穷兵深入，逾涧攀崖，猱升而上，连斩乌桓渠帅，夺还被掠人畜，不可胜计。吾斯复遁，虏势乃衰。

偏是北寇渐稀，西羌复炽，甚至蹂躏三辅，烽火连天。原来且昌羌等投降以后，余羌亦多被马贤击走，陇右却安静了年余。已而烧当羌酋那离等复叛，又为马贤所诛。贤奉调为弘农太守，另任来机、刘秉为并、凉二州刺史。机与秉出都时，往辞大将军梁商，商与语道："古称戎狄荒服，蛮夷要服，是说他荒忽无常，全在镇抚得人，临事制宜，毋拂彼性。今二君素性嫉恶，太分黑白，孔子所谓人而不仁，疾之已甚，必致激乱，何况蛮夷戎狄哩？愿二君务安羌胡，防大赦小，方可无虞！"（既知二君性刻，何勿上表谏诅？）机等虽然应命，但本性难移，怎能遽改？到任以后，苛待群羌，多所扰发，于是且冻、傅难、锺羌等复叛，攻掠金城、湟中，入寇三辅，杀害长吏，毒虐生民。朝廷闻警，急将机、秉二人逮还，特拜马贤为征西将军，使骑都尉耿叔为副，带领左右羽林五校士，及诸郡兵十万人，出屯汉阳。大将军梁商虑贤年老难任，请改用太中大夫宋汉，顺帝不从。贤在途稽留，多日不进，时马融为武都太守，上书进谏道：

今杂种诸羌，转相钞掠，宜及其未并，亟请深入，破其支党，而马贤等处处留滞。羌胡百里望尘，千里听声，今逃匿避回，漏出其后，则必侵寇三辅，为民大害。臣愿请贤所不可，用关东兵五千，裁假部队之号，尽力率厉，埋根行首，以先吏士；三旬之中，必克破之。臣少习学艺，不更武职，猥陈此言，必受诬罔之辜。昔毛遂厮养，为众所嗤，终以一言，克定从要。（从读如纵。）臣又闻吴起为将，暑不张盖，寒不披裘；今贤野次垂幕，珍肴杂沓，儿子侍妾，事与古反。臣惧其将士将不堪命，必有高克溃破之忧也！（高克，郑人，见《左传》）

书入不报。安定人皇甫规，闻马贤不恤军事，料其必败，亦据实上闻，顺帝既不从融言，怎肯听信皇甫规？当然搁置不理，惟遣使催促马贤进兵。贤进抵汉阳，尚是无心进战。至永和六年正月，且冻羌分道入寇，掠武都，烧陇关，蔓延甚盛，贤不得已挈领二子，及骑士五六千名，出御姑射山。羌众设伏以待，诱贤入谷，四面趋集，把贤困在垓心，贤与二子左冲右突，终不得脱，徒落得父子同殉，暴骨沙场。败报传达京师，顺帝未免叹息，特赐马贤家布三千匹，谷千斛，封贤孙为舞阳亭侯；更遣侍御史督录征西营兵，抚恤死伤。惟羌众得了大胜，势焰益张。向来羌人分作两派，居住安定、北地、上郡、西河边境，号为东羌；居住陇西、汉阳、金城边境，号为西羌。至是东西连合，愈聚愈多，就中有一班巩唐羌，更是蛮野，趁着汉兵败衄，长驱深入，自陇西直抵三辅，焚园陵，扰关中，杀伤长吏。郃阳令任頵，引兵截击，因寡不敌众，竟至阵亡。独武威太守赵冲，击败巩唐羌，斩首四百余级，收降二千余人，有诏令护羌校尉，总督河西四郡兵马，便宜行事。安定时亦被兵，郡将因皇甫规智略过人，命为功曹，使率甲士八百人，出遏叛羌。规首冒锋刃，挥兵杀敌，斫死羌人前驱数名，羌众骇退，安定解严，乃举规为上计掾，诣都报册。规乘便上疏，自请效力，疏中有云：

臣比年以来，数陈便宜。羌戎未动，察其将反；马贤始出，知其必败，误中之言，皆可考据。臣每惟贤等拥众四年，未有成功，悬师之费，且百亿计，出于平民，回入奸吏，故江湖之人，群为盗贼。青、徐荒饥，襁负流散。夫羌戎溃叛，不由承平，皆由边将失于绥御，乘常守安，则加侵暴，苟竞小利，则致大害，微胜则虚张首级，军败则隐匿不言。军士劳怨，困于猾吏，进不得快战以邀功，退不得温饱以全命，饿死沟渠，暴骨中原；徒见王师之出，不闻振旅之声。酋豪泣血，惊惧生变，是以安不能久，叛则经年，臣所以搏手叩心而增叹者也。愿假臣两营、二郡，屯列坐食之兵五千，出其不意，与护羌校尉赵冲，共相首尾。土地山谷，臣所晓习；兵势巧便，臣已更之；可不烦方寸之印，尺帛之赐，高可以涤患，下可以纳降。若谓臣年少官轻，不足用者，凡诸败将，非真由官爵之不高，年齿之不迈也！臣不胜至诚，没死自陈，翘首待命。

顺帝览疏，因规资轻望浅，不肯委任，规乃出都归郡。会巩唐羌复寇北地，北地太守贾福，与赵冲合兵出讨，失利退还，羌众复转寇武威。顺帝闻羌寇充斥，凉州震惊，乃复徙安定、北地吏民，入居扶风、冯翊；一面使执金吾张乔，行车骑将军事，引兵万五千人，屯守三辅。既而护羌校尉赵冲，招降罕种羌五千余户，复连败烧何、烧当等羌，羌众乃散匿塞外，边患少纾。诏罢张乔屯兵，仍使还都。

适大将军梁商得病，医治无效，顺帝亲往省问，见商卧不能起，料知危险，因问及后事，商且喘且答道："尚书周举，从前坐事免官，由臣召为从事中郎，此人清高中正，可以重任，愿陛下留意！"（周举免官复起，借商口中补叙，但商知举之忠，奈何不知子之恶？）顺帝允诺，嗣见商无他言，便即辞去。商更召嘱诸子道："我实不德，享受多福，生不能辅益朝廷，死或致耗费帑藏，如衣衾、饭含、玉匣、珠贝等类，何益朽骨？况边境不宁，盗贼未息，岂尚可为我一人，虚糜国库？俟我气绝，即当载至冢舍，当即殡殓；殓已开冢，冢开即葬。祭食如我生存时，毋用三牲。孝子当善述父志，不宜违我遗言！"说毕即逝。诸子呈报遗命，顺帝不听，特赐东园寿器，涂以朱漆，饰以银镂，并玉匣什物二十八种，钱三百万，布三千匹，予谥忠侯。及出葬时，命兵车甲士护丧，皇后亲送，顺帝至宣阳门遥望灵輀，并作诔云：“孰云忠侯，不闻其音？背去国家，都兹玄阴；幽居冥冥，靡所宜穷。”这诔文派员往读，即令商长子冀嗣封乘氏侯，并承父职为大将军，冀弟不疑为河南尹，且进周举为谏议大夫，一是报商旧绩，一是从商遗言。

偏梁冀贪婪骄恣，与乃父大不相同，所有正人君子，俱为冀所不容。会值荆州盗起，连年不安，顺帝使李固为荆州刺史。固妥为慰抚，赦过宥罪，许贼更新，贼目夏密等自缚归罪，由固遣令晓示，群贼一律反正，全州肃清。独南阳太守高赐等，受赃惧罪，恐为固所按考，特派心腹，使载金入都，重赂梁冀。冀爱财如命，悉数收受，即替他千里移檄，嘱固从宽。固不阿权贵，纠察愈严，高赐等复向冀乞怜，冀竟左迁固为泰山太守。泰山亦多盗贼，郡守尝屯兵千人，随处防剿，终不能平；固到任后，却将屯兵罢遣归农，但留战士百余人，嘱令四处招诱，不到一年，贼皆弭散。惟他处牧、守，多是贪污阘茸，但知巴结上官，不知安辑百姓，因此流离载道，半为盗贼。可恨这班牧、守，讳无可讳，剿不胜剿，又只好归咎人民，奏报朝廷。顺帝特改永和七年为汉安元年，大赦天下，分遣侍中杜乔，及光禄大夫周举、郭遵、冯羡、栾巴、张纲、周栩、刘班等八人，巡行州郡，宣谕威德，表举贤良。如刺史、二千石有贪污不法，即驰驿举劾；二千石以下，许得便宜收系。乔等拜命即行，惟张纲年齿最少，气节独高，出京不过里许，至洛阳都亭，竟将车轮埋藏地下，慨然说道：“豺狼当道，安问狐狸？”当下缮好奏疏，还都呈入，弹劾大将军梁冀，及河南尹梁不疑，开篇即云：

> 大将军冀，河南尹不疑，蒙外戚之援，荷国厚恩，以刍荛之资，居阿衡之任，不能敷扬五教，翼赞日月，而专为封豕长蛇，肆其贪叨，甘心好货，纵恣无厌，多树谄谀，以害忠良，诚天威所不赦！大辟所宜加也！

后文又条陈冀等十五罪，说得淋漓透彻，慷慨激昂。（史传中，止言无君之心，十五事未曾详叙故事，故本书亦只从略。）时梁冀妹为皇后，内宠方盛，诸梁姻族，布满内外，纲却不顾利害，言人未言，廷臣都为震栗。幸顺帝知他忠直，未尝加谴，但不过将原奏搁起，置诸度外罢了。冀因此恨纲，辄思借端中伤。适广陵贼张婴，聚众数万，攻杀刺史、二千石，寇乱徐、扬间，非常猖獗。前任郡守，只求兵马卫护城廨，无一敢讨。冀乃嘱使尚书，举纲为广陵太守。

纲单车赴任，但率郡吏十余人，径诣婴垒。婴不知何因，闭垒拒纲，纲手书谕婴道："我奉诏宣慰，并非征讨，汝等不必惊慌，且容我入垒明言，从与不从，悉听汝便，何必闭门拒我，自示张皇呢？"婴见纲来意和平，乃开门出迎，拜伏道旁。纲亲为扶起，偕行入垒，延令就座，问所疾苦。婴答言官吏暴虐，不得不变计逃生。纲随机晓谕道："前后二千石，多肆贪暴，致君等怀愤相聚，二千石原是有罪，但君等所为，亦属非义。今主上仁圣，欲以文德服人，特遣我来此抚慰，意在荣以爵禄，不愿迫以刀锯，这正是君等转祸为福的时会了！苦闻义不服，天子必赫然震怒，征调荆、扬、豫、兖大兵，云集垒前，岂不危甚？试想用弱敌强，怎得为明？弃善取恶，怎得为智？去顺效逆，怎得为忠？身死嗣绝，怎得为孝？背正从邪，怎得为直？见义不为，怎得为勇？利害得失，关系非轻，请君自择去就便了！"婴听纲说毕，不禁泣下道："荒裔愚民，不能自达朝廷，坐遭侵枉，遂致啸聚偷生，譬诸鱼游釜中，喘息须臾，不遑后顾。今明府开诚晓谕，使婴等再见天日，尚有何言？但恐既陷不义，一经投械，终不免拿戮呢！"纲与婴指天为誓，必不爽约，婴乃决计投诚。俟纲别去，遂遍告部众万余人，至次日齐至郡廨，与妻子面缚归降。纲再单车入垒，置酒大会，遣散叛党，任他自去。又亲为婴卜居宅，视田畴，凡子弟欲为郡吏，皆量材召用，众情悦服，南州晏然。

纲论功当封，偏被梁冀从中阻挠，因此罢议。惟顺帝尚器重纲才，将加擢用，张婴等闻知消息，上书乞留，乃任纲如故。纲在郡一年，忽然抱病，竟至告终，年才三十有六。百姓扶老携幼，俱至府舍哭临。张婴等五百余人，并身服缞绖，执杖送葬，奉榇至武阳归葬，即由婴等负土为坟，顷刻即成。（莫谓盗贼中，必无善人！）事为朝廷所闻，也下诏叹息，拜纲子续为郎中，赐钱百万，小子有诗赞道：

敢弹首恶竟埋轮，出守防奸独布仁；

柔亦不茹刚不吐，宽严两济是能臣！

同时尚有几个好官，政声卓著，待小子下回报明。

兵不可常用，常用必败；将不可久任，久任必亡。如汉之马贤，防边有年，屡破羌人，未始非一时名将；但功多则易起骄心，位高则易生佚志，观马融之劾奏马贤，谓其野次垂幕，珍肴杂沓，儿子侍妾，事与古反，是何莫非骄佚之所酿而成？天下有骄且佚者，而尚能胜敌徼功乎？姑射一役，父子俱死，非不幸也，宜也！张纲埋轮，力劾梁冀，虽未足扫除豺狼，而直声已流传千古。至徙纲为广陵守，单车谕贼，不杀一人，而万贼归降，梁冀本欲借贼以害纲，而纲反得收贼以愧冀，乃知天下事总在人为，直道而行，艰险固不必计也！惟忠贤如纲，而不使永年，天若无知而实有知，观于李固、杜乔之枉死，而纲之早殁，实为幸事；天之保全名臣，固不在命之修短间欤。

第四十七回　立冲人母后摄政　毒少主元舅横行

却说顺帝时代的名吏，却也不少，除张纲抚定广陵外，尚有洛阳令任峻，冀州刺史苏章，胶东相吴祐。峻能选用人才，各尽所长，发奸如神，爱民如子，洛阳大治。章为冀州刺史，有故人为清河太守，贪赃不法，俟章行巡至郡，当然迎谒，章置酒与宴，畅叙甚欢，太守喜说道："人皆有一天，我独有二天。"章微笑道："今夕苏孺文与故人饮酒，乃是私恩；（孺文系苏章表字。）明日为冀州刺史案事，却是公法，公私原难并论呢！"这一席话，说得太守忸怩不安；果然到了次日，即被挂入弹章，罢官论罪。州吏闻章秉公无私，自然不敢枉法，全境帖然。

吴祐政从仁简，民不忍欺。啬夫孙性，私赋民钱，市衣奉父，父怒说道："汝尚敢欺吴公么？快去向吴公伏罪，还可恕汝！"性惶惧自首，具述父言，祐与语道："汝以亲故受污名，还可原谅，古人所谓观过知仁，便是为此。但汝父确系老成，汝当归谢，所有衣服，仍奉遗汝父便了！"性乃拜谢而去。祐遇民事讼，往往闭阁自责，然后讯问两造，多方晓谕，不尚典刑，或身自至乡，曲为和解，因此闾阎悦服，囹圄空虚。（苏章宴友，吴祐还衣，后人或讥为好名，但试问后世有几多贤吏？）

就是巡行州郡的八使，当时号为"八俊"。只张纲中道折还，出守广陵，病终任所；余如杜乔、周举等人，亦皆不避权贵，所上弹章，统是梁氏姻亲，及宦官党羽。可奈宫廷里面，都由宵小把持，任他如何弹劾，只是搁置不理。嗣经侍御史种暠，复行案举，方得黜去数人。杜乔到了兖州，表奏泰山太守李固，政绩为天下第一，因召入为将作大匠，再迁为大司农。太尉王龚，因病告归，太常桓焉，及司隶校尉赵峻，相继为太尉。司空王卓病终，光禄勋郭虔继任，嗣又改用太仆赵戒。就是司徒黄尚卸任后，亦接连换易两人，一是光禄勋刘寿，一是大司农胡广。惟当时梁冀用事，三公九卿，统唯唯诺诺，无所可否。惟前太尉王龚子畅，入为尚书，倒还有些乃父风规，不偏不党。

汉安二年，匈奴句龙王吾斯，复率众寇并州，畅荐茂陵人马寔为中郎将，出使防边。寔募人刺杀吾斯，送首洛阳；越年又进击余党，收降乌桓余众七十余万口。朝廷下诏褒美，赐钱十万；一面册立南匈奴守义王兜楼储为单于，使他还镇南庭。兜楼储前时入朝，留居洛阳，至是由顺帝临轩，亲授玺绶，特赐车服，并命太常、大鸿胪等，祖饯都门，作乐侑酒，待至饮毕，兜楼储乃拜辞还国。南庭有此主子，自然不忘汉恩，较为恭顺，北顾幸可无忧。惟西陲一带，经护羌校尉赵冲出镇，剿抚并用，连破烧何、烧当诸羌，羌种前后三万余户悉降。后来护羌从事马玄，忽生异图，背冲出塞，羌众亦叛去不少。冲追击叛羌，遇伏战殁，诏封冲子义为义阳亭侯。但冲虽阵亡，羌亦衰耗，再加梁并为左冯翊，招降叛羌离湳、狐奴等，陇右少安。（回应前回。）

到了汉安三年，顺帝年已及壮，尚未立嗣，梁皇后以下，多半不育，只后宫虞美人，生下一子，取名为炳，年才二岁，顺帝乃立炳为太子，改汉安三年为建康元年，颁诏大赦。适侍中杜乔，还京复命，遂拜为太子太傅；又命侍御史种暠为光禄大夫，在承光宫中监护太子。一夕由中常侍高梵，单车迎太子入见，杜乔等向梵索诏，梵答言由帝口授，并无诏书，乔惶惑失措，不知所为，种暠独拔剑出鞘，横刃当车道："太子为国家储贰，民命所系，今常侍来迎，不持诏书，如何示信？暠宁死不从此命！"梵起初尚恃有帝谕，倔强不服，及见暠色厉词严，倒也理屈词穷，无从辩驳，因即驰还复奏。顺帝颇称暠持重，更用手诏往迎太子，太子乃入。杜乔出宫赞叹道："种公可谓临事不惑呢！"种暠字景伯，河南洛阳人，杜乔字叔荣，河内林虑人。两人都被举孝廉，致身通显，并号名臣。未几出嵩为益州刺史，乔却迁官大司农，再迁为大鸿胪。是年八月，顺帝不豫，数日即崩，年终三十，在位与安帝相同，也是一十九年。群臣奉太子炳即位，尊梁后为皇太后。两龄嗣主，如何亲政？当然援照前例，由皇太后梁氏临朝。进太尉赵峻为太傅，大司农李固为太尉，参录尚书。越月奉顺帝梓宫，出葬宪陵，庙号敬宗。是日京师及太原、雁门地震，三郡水涌土裂。有诏令举贤良方正，并使百僚各上封事，极陈时政得失。前安定上计掾皇甫规，奉诏奏对道：

伏惟孝顺皇帝初勤王政，纪纲四方，几以获安；后遭奸伪，威分近习，畜货聚马，戏谑时闻，又因缘嬖幸，受赂卖爵，轻使宾客，交错其间，天下扰扰，从乱如归，故每有征战，鲜不挫伤，官民并竭，上下穷虚。臣在关西，窃听风声，未闻国家有所进退，而威福之来，咸归权幸。陛下体兼乾坤，聪哲纯茂，（指梁太后。）摄政之初，拔用忠贞，（指用李固。）其余纲维，多所改正，远近翕然，望见太平。而地震之后，雾气白浊，日月不光，旱魃为虐，大贼纵横，流血丹野，庶品不安。谴诫屡至，殆以奸臣权重之所致也。其常侍尤无状者，亟使黜遣，披扫凶党，收入财贿，以塞民怨，以答天诫。今大将军梁冀，河南尹不疑，处周、邵之任，为社稷之镇，加与王室世为姻族，今日立号，虽尊可也！惟宜增修谦节，辅以儒术，省去游娱不急之务，割减庐第无益之饰。夫君者舟也，民者水也，群臣乘舟者也，将军兄弟，操楫者也。若能平志毕力，以度元元，所谓福也；如其怠弛，将沦波涛，可不慎乎？夫德不称禄，犹凿墉之趾，以益其高，岂量力审功，安固之道哉？凡诸宿猾、酒徒、戏客，皆耳纳邪声，口出谄言，甘心逸游，倡造不义，亦宜贬斥，以惩不轨；令冀等深思得贤之福，失人之累。又在位素餐，尚书怠职，有司依违，莫肯纠察，故使陛下专受谄谀之言，不闻户牖之外。臣诚知阿谀有福，直言贾祸，然岂敢隐心以避诛责乎？臣生长边远，希涉紫庭，怖慑失守，言不尽意，昧死以闻。

这篇奏对，是专从权戚嬖幸上立言，梁冀瞧着，先已忿恨，即黜规下第，授官郎中，规知不可为，托疾辞归。州郡望承意旨，常欲陷害皇甫规，规深居韬匿，但以《诗》《易》教授门徒，幸得不死。时扬、徐盗贼复盛，扬州贼范容等，据住历阳；九江贼马勉，攻入当涂。居然自称皇帝，也建立年号，封拜百官，号党羽徐凤为无上将军。就是广陵降贼张婴，自张纲病殁后，又生变志，仍然号召党羽，扰乱堂邑、江都。梁太后正拟会集公卿，选将出讨，只因年残春转，朝廷改元永憙，百僚连日庆贺，无暇问及军情。待至庆贺事毕，幼主忽罹重疾，一瞑不醒，年才三岁，宫中忙乱得很。梁太后因扬、徐盗盛，恐国有大丧，愈致惊扰，特使中常侍诏谕三公，拟征集诸王列侯，然后发丧。太尉李固进言道："嗣皇虽幼，犹是天下君父，今日崩亡，人神感动，岂有身为臣子，反可互相隐讳？从前秦始皇病崩沙丘，胡亥、赵高，隐匿不发，卒至扶苏被害，秦即乱亡。近北乡侯病逝，阎后兄弟及江京等，亦共隐秘，致有孙程推刃等事。这乃天下大忌，不可不防！"（实是防备梁冀，故有此言。）梁太后乃依固议，即夕发丧。

惟顺帝只有嗣子一人，嗣子已殁，不得不别求旁支，入承大统。因征清河王蒜，及渤海王子缵，同入京师。蒜系清河孝王庆曾孙，缵乃乐安王宠孙，（宠即千乘王伉子，见前回。）蒜年已长，缵尚只八岁。太尉李固欲立长君，特语大将军梁冀道："今当立嗣君，宜择年长有德，及躬与政事，夙有经验的人才，方可主治国家，愿将军审详大计，如周、霍立文、宣，毋效邓、阎二后，利立幼君！"冀不肯从，与梁太后秘密定议，竟迎缵入南宫，授封建平侯，即日嗣位，是谓质帝，仍由梁太后临朝，遣蒜还国。于是议为前幼主安葬，卜兆山陵。李固又进谏道："方今寇盗充斥，随处都宜征剿，军兴用费，势必加倍，况新建宪陵，劳役未休，前帝年尚幼弱，可即就宪陵茔内，从旁附筑，费可减去三分之一。从前孝殇皇帝奉葬康陵，也是这般办法，今何妨依据前制呢。"梁太后复从固言，将前幼主梓宫出葬，谥为冲帝，墓号怀陵。

固遇事匡正，辄见信用，黄门内侍，多半黜遣，天下都想望承平。独梁冀专欲好猜，每相忌嫉，再加阉人从中播弄，共作蜚语，架诬固罪。梁太后却不肯听信，因得无事。固又与太傅赵峻，司徒胡广，司空赵戒等，荐举北海人滕抚，有文武才，可为将帅。有诏拜抚为九江都尉，往讨扬、徐诸贼。抚连战连胜，破斩马勉及徐凤、范容等，因进抚为中郎将，都督扬、徐二州军事。抚又进至广陵，击毙张婴，尚有历阳贼华孟，自称黑帝，亦为抚领兵击死，东南乃平。越年改元本初，诏令郡国各举明经，诣太学受业，岁满课成，拜官有差。自是公卿皆遣子入学，生徒多至三万余人，学风称盛。扬、徐一带，又已平靖。西北两隅，也还安宁，正好偃武修文，日新政治。偏是贵戚梁冀，挟权专恣，恃势横行，甚至大逆不道，公然做出弑君的事情来了。

原来质帝年虽幼冲，却是聪明得很，常因朝中会议，公卿满廷，独目顾梁冀道："这正是跋扈将军呢！"（聪明反被聪明误。）冀听了此言，大为忿恨，暗想如此少主，已是这般厉害，若待至长成，如何了得！不如除去了他，另立一人。乃暗嘱内侍，置毒饼中，呈将进去，质帝吃了数枚，才阅片时，便致腹中作怪，烦闷不堪，因召问太尉李固道："食饼腹闷，得水尚可活否？"冀在旁接口道："恐饮水后或致呕吐，不如不饮为是！"语尚未毕，那质帝已捧住胸腹，直声大叫，霎时间晕倒地上，手足青黑，呜呼哀哉。李固伏尸举哀，大哭一场。少顷梁太后到来，亦泪下潸潸。固停住了哭，面奏太后，请彻底查究侍臣，梁太后含糊答应。固欲再与梁冀说明，左右旁顾，并不见冀踪迹，乃退了出去。适司徒胡广，司空赵戒，闻丧哭临，固待他哭毕，出外与商善后事宜，且恐冀更另立幼主，因邀二人一同署名，致书与冀道：

> 天下不幸，仍遭大忧，皇太后圣德临朝，摄统万机，明将军体履忠孝，忧存社稷，而频年之间，国祚三绝。今当立帝，膺天下重器，诚知太后垂心，将军劳虑，必详择其人，务存圣

明；然愚情眷眷，窃独有怀。远寻先世废立旧仪，近见国家践祚前事，未尝不询访公卿，广求群议，令上应天心，下合众望。且永初以来，政事多谬，地震宫庙，彗星竟天，诚是将军忧劳之日。《传》曰："以天下与人易，为天下得人难。"昔昌邑之立，昏乱日滋；霍光忧愧发愤，悔之折骨。自非博陆忠勇，延年奋发，大汉之祀，几将倾矣！至忧至重，可不熟虑？悠悠万事，唯此为大；国之兴衰，在此一举，惟明将军图之！（博陆，即霍光封邑，事见《前汉演义》。）

梁冀得书，方召百官入议。李固与胡广、赵戒，及大鸿胪杜乔，都请立清河王蒜，说他谊属尊亲，德昭中外，正好入主宗祧。冀默不一答，仍无成议。先是平原王翼，被贬为都乡侯，遣归河间，（见第四十一回。）翼父开时尚生存，愿将蠡吾县为翼封邑，上表请命，朝廷准议，乃改封翼为蠡吾侯。翼殁后，由子志袭封。志酷肖乃父，面目清扬，（可惜是个皮相。）当顺帝告崩时，曾入都会葬，为梁太后所亲见，太后尚有女弟，意欲与志为婚，合成佳偶，只因国有大丧，一时未便与议，所以遣令归国。迁延至两年有余，志年已十五，乃由梁太后召令入朝，与商婚事。适值质帝暴崩，议立新主，梁冀意中，即欲将志拥立，好做那双料国舅，永久擅权。（国舅也有双料，真是奇语。）不料三公会议，多主张清河王蒜，与己意殊不相合，急切又未便开口，只得闷闷无言。及公卿等退出后，时已天暮，冀吃过夜膳，正在踌躇，忽由中常侍曹腾等入见，希旨说冀道："将军累代为椒房姻戚，秉摄万机，宾伍如云，免不得稍有过失。清河王夙号严明，若果得立，恐将军必致受祸！不如立蠡吾侯，富贵当可长保哩！"冀皱眉道："我亦有此意，但公卿等未肯赞成，奈何？"腾复说道："将军据有重权，令出必行，何人敢违？"冀不待说毕，奋然起座道："我……我意决了！"（冀本口吃，两"我"字形容毕肖。）腾等欣然辞去。

翌晨冀重集公卿，倡议立蠡吾侯志，怒目轩眉，语甚激切，胡广、赵戒以下，俱为冀所震慑，同声接应道："惟大将军命！"独固与杜乔，坚持初议，尚有辩驳，冀不令多言，竟厉声喝道："罢会！……罢会！"语毕竟入。固亦趋出，尚望冀舍志立蒜，再贻冀书，反复申论。冀略略一阅，掷置地上。先向梁太后请下诏书，将固策免，然后至夏门亭迎入蠡吾侯志，即夕即位，（夏门系洛阳西北门，门外有万寿亭。）是为桓帝。梁太后犹临朝政，安葬质帝于静陵，追尊河间王开为孝穆皇，蠡吾侯翼为孝崇皇；孝穆皇陵号乐成陵，孝崇皇陵号博陵。帝生母匽氏，本蠡吾侯翼媵妾，至是在园守制，亦得尊为博园贵人。越年改元建和，正月朔日，便报日食，诏令三公九卿，各言得失；到了四月，京师地震，又诏大将军公卿等，荐举贤良方正，及直言极谏各一人。看官试想！豺狼久已当道，欲要纠正时政，必为所噬，有几个肯拼出性命，去膏豺狼口吻？如果有贤良方正，也不愿出仕乱世。至若直言极谏，更不必论了！司徒胡广，已代李固为太尉，会因盛夏日食，将广策免，进杜乔为太尉。且追论定策功勋，益封梁冀食邑万三千户；冀弟不疑为颍阳侯；不疑弟蒙为西平侯；冀子胤为襄邑侯。又封中常侍刘广等，皆为列侯。太尉杜乔，守正不阿，独上书谏阻道：

> 陛下越从藩臣，龙飞即位，天人属心，万邦攸赖，不急忠贤之礼，而先左右之封，伤善害德，兴佞长谀！臣闻古之明君，褒罚必以功过，末世暗主，诛赏各缘其私。今梁氏一门，宦者微孽，并带无功之绂，裂劳臣之土，其为乖滥，胡可胜言？夫有功不赏，为善失其望；奸回不诘，为恶肆其凶。故陈资斧而人靡畏，班爵赏而物无劝。苟遂斯道，岂伊伤政为乱而已，丧身亡国，可不慎哉！

书奏不省。从前乔为大司农时，永昌太守刘君世，铸黄金为文蛇，拟献梁冀，事为益州刺史种暠所劾，致将金蛇没入国库，归与大司农收管。梁冀尚欲索取，伪与乔言，借观金蛇，乔知冀不怀好意，婉词拒绝，冀因此挟嫌。冀有小女病死，公卿都前往吊丧，乔独不赴，又为冀所衔恨。至迎立桓帝时，又与李固等反抗冀议，冀更觉切齿。不过梁太后素知乔忠，乃进乔为太尉。乔抗直如故，复谏阻冀等加封，言不见听，徒增冀恨。桓帝由梁氏得立，自然允从婚议，愿纳冀妹为后。冀想乘此大出风头，拟令桓帝特备隆仪，迎娶乃妹，偏杜乔据执旧典，只准照前汉时惠帝纳后故事，毫不增饰。冀因乔为首辅，也不便硬与争论，惟心中芥蒂益深。及冀妹既纳为皇后，冀势力益张。适都中又复地震，遂归咎首辅杜乔，将他策免，进司徒赵戒为太尉，封厨亭侯；司空袁汤为司徒，封安国侯；（汤由太仆升任。）起前太尉胡广为司空，封安乐侯。三公各得侯封，遂皆党同梁氏，唯命是从，只有李固、杜乔，不肯附梁，免不得为所倾陷，要同时绝命了。小子有诗叹道：

邪正由来不并容，保身何若且潜踪；
先机未悟终罹祸，过涉难逃灭顶凶！

欲知李固、杜乔，如何毕命，且看下回续叙。

顺帝告崩，子炳嗣立，梁皇后援例临朝，犹可说也。但不当专信乃兄，委以重任，冀本一浮荡子耳，梁后关系同胞，岂无所闻？皇甫规首先进谏，言之甚详，奈何顾恋亲谊，不为国家大局计乎？夫以明德，和熹两后之贤，而母族犹不免中落，梁后夙号知书，尝引《列女图》以为鉴戒，吾未闻古今列女，好为是以私废公也！冲帝夭折，莫如迎立长君，乃偏听冀言，舍蒜立缵，其贪权固位之心，已可想见！至质帝遇毒，顷刻暴崩，若使梁后未知冀谋，奈何不从李固之言，彻底查究？晋赵穿弑灵公于桃园，赵盾归不讨贼，史以赵盾弑君书之。例以《春秋》大义，梁后亦与有罪焉！况为妹联婚，复立桓帝，李固、杜乔，同时抗谏，卒不见从；冀固首恶，试问谁纵之而谁使之耶？吾以是知妇人之仁，终无当于大体云。

第四十八回　父死弟孤文姬托命　夫骄妻悍孙寿肆淫

却说李固、杜乔，虽相继免职，尚在都中居住；（何不速归？）外戚中宦，统因他平素抗直，引为大患。桓帝即位以后，宦官唐衡、左悺等，共入内进谗道："陛下前当即位，李固、杜乔，首先抗议，谓陛下不应奉汉宗祀，真正可恨！"桓帝听了，也不禁愤怒起来。会值甘陵人刘文，与南郡妖贼刘鲔交通，讹言清河王当统天下，意欲立蒜邀功，当下劫住清河相谢暠，持刀胁迫道："我等当立王为天子，君当为公，否则与君不便！"暠不肯听从，怒目相叱，致被刘文等杀死。清河王蒜，素来严重，颇有纪律，闻得国相被劫，忙令王宫卫兵，出去救护。卫士等见暠被杀死，当然奋力与斗，刘文、刘鲔，部众无多，一时抵敌不住，立即遭缚，推至清河王面前，还有何幸，自然奉命伏诛。偏朝廷不谅苦衷，反信奸人蜚语，劾蒜不能无罪，坐贬为尉氏侯。蒜本无反意，遭此冤诬，愤不欲生，竟仰药自尽。（死得冤苦，但亦等诸匹夫匹妇之为谅，不足成名。）

梁冀趁此机会，诬称李固、杜乔，与刘文、刘鲔通谋，请逮捕治罪。梁太后素知乔忠，不许捕乔，冀即收李固下狱，迫令诬供。固怎肯承认？固有门生王调，贯械上书，替固讼冤；还有河内赵承等数十人，亦自伏斧锧，诣阙通诉。梁太后诏令赦固，固得释出狱；行至都市，百姓统欢呼万岁。梁冀闻报大惊，复入白太后，极言固买服人心，必为后患，不如趁早伏法。梁太后尚未允许，冀竟擅传诏命，复将固捕入狱中。固自知不免，因在狱中缮好手书，托狱吏转交太尉赵戒，司空胡广，书中略云：

固受国厚恩，是以竭尽股肱，不顾死亡，志欲扶持王室，比隆文、宣。何图一朝梁氏迷谬，公等曲从，以吉为凶，成事为败乎！汉家衰微，从此始矣。公等受主厚禄，颠而不扶，倾覆大事，后之良史，岂有所私？固身已矣，于义得矣，夫复何言！

赵戒、胡广得了固书，明知固是当代忠臣，为冀所害，但若出头救固，也恐触忤权奸，非惟富贵不保，连身家亦且难存，因此不敢代讼，只是心中悲愧，长叹流涕罢了。（千古艰难惟一死。）此外公卿大臣，名位较卑，乐得袖手旁观，免遭横祸。可怜一位为国尽忠的李子坚，（子坚即李固字。）竟就此死于非命，年五十有四。

冀既杀李固，复使人胁迫杜乔道："请早裁决，尚可保全妻子！"乔未受明诏，怎肯为了梁冀私言，便去就死。到了次日，冀遣骑士至乔第探视，并不闻有哭声，乃入白太后，极言乔怨望不道，也不待太后命令，即捕乔下狱，当夜暴亡。并将固、乔二尸，置诸城北，榜示四衢，说他串通叛逆，故加死刑，并下令有人哭临，一并同罪。固弟子郭亮，年始成童，游学洛阳，闻得固遭枉死，即左执章钺，右执铁锧，诣阙上书，乞收固尸。朝廷不许，亮即往哭固丧，守尸不去。夏门亭长呵叱道："李、杜二公，身为大臣，不知安上纳忠，乃反构造逆谋，君何为敢犯诏书，轻试刑法呢？"亮慨然道："皇天畀亮生命，使得戴乾履坤；李、杜二公，何人不替他称冤？亮惟义是动，不计生死，何必大言吓我？"说得亭长亦为叹息，顾亮再说道："人生既处今世，天虽高，不敢不跼，地虽厚，不敢不蹐，耳目甚近，幸毋妄言！"（亭长亦有心人。）既而南阳人董班，亦至固尸旁恸哭，留连不去。杜乔故掾杨匡，自陈留奔丧，星夜入都，犹著前时赤帻，托为夏门亭吏，守卫尸丧，驱逐蝇虫。三人守至十有二日，由司隶察状奏闻，梁太后也为垂怜，尽加赦宥，且听令收葬二尸。董班送固丧还汉中，杨匡送乔丧还河内，家属都随榇归里。

先是李固策免太尉时，已遣三子基、兹、燮还乡，燮年才十三，有姊文姬，嫁与同郡赵伯英为妻，贤慧过人，因见兄弟回里，便即过问情由，且叹且泣道："李氏恐从此灭亡了！自从祖考以来，积德累仁，奈何至此?”遂密与二兄基、兹熟商，豫匿季弟，托言遣往京师，里人都信以为真。未几难作，郡守接得冀书，收固三子，基、兹被捕，并死狱中；独燮由文姬藏匿，幸免毒手。文姬尚忧难保，因召父门生王成入室，流涕与语道：“君在先公门下，素有义声，今当以孤子相托；李氏存亡，系诸君身，愿君勿辞!”成即应声道：“夙受师恩，敢不如命?”（好义徒!）文姬乃将燮交与王成，成偕燮沿江东下，入徐州境，使变姓名为酒家佣，自己卖卜市中，仍与燮相往来。燮有暇即从成受学，朝夕不懈。酒家知非常人，意欲以女妻燮；女年已及笄，也料燮不居人下，情愿委身相事，于是择吉成礼，伉俪甚谐。（却是一出奇缘记。）燮勤学如故，遂得淹通经籍。后来梁冀伏辜，赦书屡下，并求李固后嗣，燮始将本末详告酒家，酒家具礼遣归，方得为父追服，重会姊弟，复入朝拜为议郎，事且慢表。

且说建和二、三年间，国政虽出权门，内外尚幸无事，惟灾异常有所闻；二年五月，北宫掖廷中德阳殿，及左掖门被火，车驾仓猝奔徙，避居南宫；三年六月，洛阳地震，宪陵寝屋，俱被震坍；七月间廉县雨肉，形似羊肺，或如手掌，远近称奇；八月中有孛星出天市垣，京都大水；九月地震二次，山崩五处。太尉赵戒，因灾免官，迁司徒袁汤为太尉，大司农张歆为司徒。梁太后下诏自责，令有司赈恤流民，掩埋饿莩，务崇恩施，禁止苛刻。越年正月，太后不豫，乃归政桓帝，大赦天下，改元和平。小子因将归政诏书，录述如下：

曩者遭家不造，先帝早世。永惟大宗之重，深思嗣续之福，询谋台辅，稽之兆占；既建明哲，克定统业，天人协和，万国咸宁。元服已加。（桓帝于建和二年行冠礼。）将即委付，而四方盗窃，颇有未靖，故假延临政，以须安谧。幸赖股肱御侮之助，残丑消荡，民和年稔，普天率土，遐迩洽同；远览“复子明辟”之义，近慕先姑归授之法，（阎皇后被迁离宫，本非自愿，诏文中曲为转圜。）及今令辰，皇帝称制。群公卿士，虔恭尔位，戮力一意，勉同断金。“展也大成”，则所望矣！

梁太后既经归政，即在长乐宫养疴，迭召侍医诊治，多日无效，反致增剧，勉强起床，出幸宣德殿，召见宫省官属，及诸梁兄弟，本拟面加嘱咐，因痰喘未平，只得令左右草诏，用纸代言道：

朕素有心下结气，近且加以浮肿，逆害饮食，寝至沉困。比（读若毗。）使内外劳心请祷，私自忖度，日夜虚劣，不能复与群公卿士，共相终竟，援立圣嗣，恨不久育养，见其终始。今以皇帝及将军兄弟，委付股肱，其各自勉焉！

颁诏后还宫，越二日即致逝世，享年四十有五，尊谥顺烈皇后，合葬宪陵。桓帝生母匽贵人尚存，当由桓帝仰报慈恩，遣司徒张歆持节奉策，往诣博园，尊匽贵人为孝崇皇后，号住室为永乐宫，得置太仆、少府等官，如长乐宫故事。所有朝廷政治，名为桓帝亲政，实仍在梁冀掌握中。

当时颍川郡有两大耆儒，一个就是荀淑，表字季和，出为当涂长；一个乃是陈寔，表字仲弓，出为太丘长。两人并有令名，又相友善。淑有八子，俭、绲、靖、焘、汪、爽、肃、專，并承家学，克肖乃父，时人号为“八龙”。颍阴令苑康，比诸古时高阳氏才子八人，因名荀氏居里曰高阳里。寔亦有六子，长次最贤，长名纪，字元方，次名谌，字季方，齐德同行，与父寔并称三君；郡人谓元方难为兄，季方难为弟。元方子群，幼亦颖慧，寔尝过访荀淑，使长子御车，次子执杖，嫡孙年小，并载车中。淑闻寔至，令三子靖应门，六子爽行酒，俭、绲等相继进食，孙彧亦在稚年，引坐膝前。两家合宴，当然尽欢。不意上感天文，德星并集，朝中太史，即奏称五百里内，有贤人相聚。大将军梁冀，但知作威作福，管什么贤人不贤人？嗣由光禄勋少府等，举淑为贤良方正，入朝对策，淑策文中多讥刺贵幸，为冀所忌，徙补朗陵侯相，莅事明理，世号神君。既而弃官归隐，家居数年，至六十七岁病终，时为桓帝建和三年。从前李固、杜乔，尝师事荀淑，还有同郡人李膺，亦奉淑为师，淑殁时，膺已为牧守，自表师丧，郡县均为立祠。寔尚生存无恙，惟因权幸擅权，志不苟合，所以一官小试，终就沉沦，后文再当表见，姑从缓叙。（类叙荀淑、陈寔，不没名士。）

梁冀嫉忠害良，终不少改，和平元年，且得增封食邑万户，连前封合三万户。弘农人宰宣，巧为迎合，上言大将军功比周公，应加封妻孥，今既封诸子，妻亦宜加号邑君。有诏依议，遂封冀妻孙寿为襄城君，兼食阳翟租，岁入五千万，加赐赤绂，仪比长公主。这位襄城君孙寿，却是一个非常淫悍的妇人，面貌却很是艳冶，善为妖态。眉本细长，却故意蹙损，作曲折形，叫做愁眉；目本莹澈，却轻拭眼眶，作泪眦状，叫做啼妆；（不似愁而似愁，不必啼而似啼，也是不祥之兆。）发本黑软，却半脱不梳，成一懒髻，使它斜欹半偏，叫做堕马髻；腰本轻柔，行动时却摆动莲钩，好似瘦弱不禁，叫做折腰步；齿本整齐，巧笑时却微涡梨颊，好似牙床作痛，叫做龋齿笑。（龋音矩，齿痛貌。）引得梁冀格外怜爱，格外宠惮，稍一忤意，便装娇撒痴，吵得全家不安。冀本好色，为妻所制，未能自由纵欲，也不免心存芥蒂。可巧父死丁忧，托言城西守制，与妻异居，其实同一美人友通期，日夕肆淫，借居丧庐，为藏娇屋，任情取乐。

看官欲问友通期的来历，乃是一个歌妓，由冀父商购献顺帝，（事君当进贤士，奈何购献美人？商之行为可见一斑。）顺帝留住后宫，时因通期有过，仍然发还梁家，梁商遣令出嫁。偏冀心爱通期，待至商殁，便嘱门下食客，暗将通期诱来，借偿夙愿。怎奈艳妻独处，已有所闻，俟冀他出，竟率健奴，突入丧庐，搜索通期；通期未曾预防，竟被寿揪住云髻，先赏他几个耳光，然后交与家奴，把他牵归。通期本生得一头美发，由寿用剪截去，再将他花容玉面，用刀刮开，更迫令脱去外衣，笞掠至数百下，打得通期无从申诉，痛苦不堪。冀归庐闻报，吃一大惊，慌忙趋至岳家，向妻母叩头似蒜，请她至妻前说情，饶放通期。寿母乃往与缓颊，寿始将通期放归，冀急去探视，见他创痕累累，鬓影星星，禁不住肉痛起来。当即替他抚摩，婉言谢过，并延名医调治，外敷内补，好几日才得告痊。通期感冀厚意，仍然与冀续欢，亲昵如故。未几私生一男，取名伯玉，匿不敢出，偏又为孙寿所探悉，竟令子胤带着家奴，各持刀械，闯入友氏家内，不论男女老幼，一概杀死。只有冀私生子伯玉，平时常藏匿复壁中，幸得漏网，不致污刃。梁胤已灭尽友氏，扬长归报。独冀亲往勘视，惨不忍睹，忙着人买棺收殓，一一埋葬；心中虽衔恨妻孥，但畏妻如虎，未敢返家诘责，只把那私生子格外珍惜，重价雇一乳媪，育养民间，时令藏匿。自己也不愿回家，另在外舍居住。

孙寿见冀挟嫌不归，也去另寻主顾，为娱乐计。可巧有个太仓令秦宫，曾在冀家充过奴仆，面目俊俏，口齿伶俐，因为冀所怜爱，荐为县令。他却并未赴任，仍在冀家出入往来，甚至深房密室，也得进出无阻。孙寿竟垂青眼，有所役使，往往令宫充当。宫小心伺候，曲尽殷勤，寿见他体心贴意，越加喜欢，有时辄屏去左右，与宫私谈，耳环厮磨，情绪密切。看官试想！这秦宫是个有名的狡徒，岂有不瞧透芳衷，欢颜相接？又况寿华色未衰，阃威又盛，这种主顾，真是毕世难逢，乐得放大了胆，趁这四目相窥的时候，将孙寿轻轻搂住，寿故作娇嗔，叱他无礼，那娇躯却全不动弹，一任秦宫拥入罗帏，解带宽衣，成就好事。（好一场桃花运。）

嗣是宫内作情郎，外为宠竖，几乎大将军门下，要算他一人最出风头；且刺史、二千石入都，求见大将军，必先谒赂秦宫，然后得通姓氏。宫又为冀夫妇互相调停，仍归和好，且劝他夫妇对街筑宅，穷极精工，左为大将军府，右为襄城君第，堂寝皆有阴阳奥室，连房洞户，曲折通幽，四围窗壁，统是雕金为镂，绘彩成图，此外尚有崇台高阁，上触云霄，飞梁石磴，下跨水道，差不多与秦朝阿房宫相似。又复广开园囿，采土筑山，十里九坂，取象崤函，山上罗列草木，驯放鸟兽，葱茏在望，飞舞自如。冀与寿共乘辇车，游观第内，前歌童，后乐妓，鸣钟吹管，铿锵盈路，或且连日继夜，恣为欢娱。既而府第冶游，尚嫌不足，再至近畿一带，广拓林囿，周遍近畿；又在河南城西，增设兔苑，绵亘数十里，移檄各处，调发生兔，刻毛为志，人或误犯，罪至死刑。冀二弟尝私遣门役，出猎上党，冀侦得消息，恐他杀伤生兔，立派家卒往捕，杀死至三十余人。另在城西构造别墅，收纳奸亡，或取良家子女，悉为奴婢，名曰“自卖人”。

寿又向冀谮毁诸梁，黜免外官数人，阴令孙氏宗族补缺。孙氏宗亲，都是贪婪不法，各遣私人调查富户，诬以他罪，捕入拷掠，令出金钱自赎，稍不满意，辄予死徙。扶风富豪孙奋，性最悭吝，冀遗以乘马，向他贷钱五千万，奋只出三千万缗借冀，冀竟大怒，移檄太守，冒认奋母为府中守藏婢，说她盗去白金十斛，紫金千斤，应该追缴。太守奉命惟谨，即拘孙奋兄弟，逼令缴出原赃，奋等并无此事，怎肯承认，活活地被他敲死，资产悉被籍没，数至一亿七千余万缗，（乱世时代，原不应拥资自豪。）一大半献与梁冀，冀方才泄恨。嗣复派使四出，远至塞外，广求异物。去使多恃势作威，劫夺妇女，殴击吏卒，累得吏民痛心疾首，饮恨吞声。侍御史朱穆，本系梁氏故吏，因贻书谏冀道：

古之明君，必有辅德之臣，规谏之官，下至器物，铭书成败，以防遗失。故君有正道，臣有正路，从之如升堂，违之如赴壑。今明将军地有申伯之尊，位为群公之首，一日行善，天下归仁，终朝为恶，四海倾覆。顷者官民俱匮，加以水虫为害，京师诸官，费用增多，诏书发调，或至十倍，各言官无现财，皆出诸民，搒掠敲剥，强令充足。公赋既重，私敛尤深，牧守长吏，多非德选，贪聚无厌，遇民如虏，或绝命于箠楚之下，或自贼于迫切之求。又掠夺百姓，皆托之尊府，遂令将军结怨天下，吏民酸毒，道路叹嗟。昔秦政烦苛，百姓土崩，陈胜奋臂一呼，天下鼎沸；而面谀之臣，犹言安宁，讳恶不悛，卒至灭亡。又永和之末，纲纪少弛，颇失人望，四五岁耳，而财空户散，下有离心，马勉之徒，乘敝而起，荆、扬之间，几成大患；（见前回。）幸赖顺烈皇后，初政清静，内外同力，仅乃讨定。今百姓戚戚，困于永和，内非仁爱之心，所得容忍，外非守国之计，所宜久安也。夫将相大臣，均体元首，共舆而驰，同舟而济，舆倾舟覆，患实共之。岂可去明即昧，履危自安，主孤时困而莫之恤乎？宜时易宰守非其人者，减省第宅园池之费，拒绝郡国馈遗，内以自明，外解人惑；使挟奸之吏，无所依托，司察之臣，得尽耳目。宪度既张，远迩清壹，则将军身尊事显，德耀无穷。天道明察，无言不信，惟垂省览！

冀得书不省，但援笔批答道："如君所言，难道仆果无一可么？"（何事为可，请汝说来。）穆知冀怙过，不便再谏，只好付诸一叹。越年元旦，桓帝御殿，受文武百官朝贺，冀竟带剑入朝，忽左班闪出一人，大声叱冀，不令趋入，且使羽林、虎贲诸将，把冀佩剑夺下，冀倒也心惊，跪伏阶前，叩头谢罪。正是：

殿上直声应破胆，阶前权威也低头。

欲知冀曾否受谴，待至下回说明。

李固、杜乔，号称忠直，而于质帝遇毒之时，既不能拼生讨贼，复不能避祸归田，得毋忠有余而智不足者耶？然无辜被害，远近呼冤，彼苍亦隐为垂怜。特生郭亮、董班、杨匡诸义士，拼死收骸，复有李女文姬，智能料事，明足知人，托孤弟于王成之手，而遗嗣得全。待至梁氏族灭，而李、杜之后裔犹存，为善者其亦可无惧欤？梁冀凶悍无比，而独受制于艳妻，先贤所谓身不行道，不行于妻子，有明征焉。且冀私诱友通期，而冀妻即私通秦宫，我淫人妻，人亦淫我妻，报应之速，如影随形。冀至此犹不知悟，反穷极奢侈，愈逞凶威，是殆所谓天夺之魄，而益其疾者，朱穆一谏，亦宁能挽回乎？

第四十九回　忤内侍朱穆遭囚　就外任陈龟拜表

却说梁冀带剑入朝，突被殿前一人，叱令退出，夺下佩剑，这人乃是尚书张陵，素有肝胆，故为是举。冀长跪谢过，陵尚不应，当即劾冀目无君上，应交廷尉论罪。桓帝未忍严谴，但令冀罚俸一年，借赎愆尤，冀不得不拜谢而退。河南尹梁不疑，尝举陵孝廉，闻陵面叱乃兄，即召陵与语道："举公出仕，适致自罚，未免出人意外！"陵直答道："明府不以陵为不才，误见擢叙，今特申公宪，原是报答私恩，奈何见疑？"（与周举同一论调。）不疑听了，未免生惭，婉言送别。独冀因不疑举荐张陵，致被纠弹，当即迁怒不疑，嘱令中常侍入白桓帝，调不疑为光禄勋。不疑知为兄所忌，让位归第，与弟蒙闭门自守，不闻朝政。冀便讽令百官，荐子胤为河南尹。胤一名胡狗，年才十六，容貌甚陋，不胜冠带，都人士见他毫无威仪，相率嗤笑，惟桓帝特别宠遇，赏赐甚多。和平二年，又改号元嘉。春去夏来，天时和暖，桓帝乘夜微行，竟至梁胤府舍，欢宴达旦，方才还宫。是夕大风拔树，到了天明，尚是阴雾四塞，曙色迷离。故太尉杨震次子秉，已由郎官迁任尚书，上书谏帝微行，未见信用。俄而天旱，俄而地震，诏举独行高士。安平人崔寔（即崔瑗子，崔瑗见第四十三回。）被举入都，目睹国家衰乱，嬖幸满朝，料知时不可为，乃称病不与对策，退作《政论》数千言，隐讽时政。小子特节录如下：

自尧、舜之帝，汤、武之王，皆赖明哲之佐，博物之臣。故皋陶陈谟而唐虞以兴，伊、箕作训而殷周用隆。及继体之君，欲立中兴之功者，曷尝不赖贤哲之谋乎？凡天下所以不理者，常由人主，承平日久，习乱安危，或荒耽嗜欲，不恤万机；或耳蔽箴诲，厌伪忽真；或犹豫歧路，莫适所从；或见信之佐，括囊守禄；或疏远之臣，言以贱废；是以王纲纵弛于上，智士郁伊于下。

悲夫！自汉兴以来，三百五十余岁矣，政令垢玩，上下怠懈，风俗雕敝，民庶巧伪，百姓嚣然，咸复思中兴之救矣。且济时拯世之术，岂必体尧蹈舜，然后乃理哉？期于补绽决坏，譬犹枝柱邪倾，随形裁割，要措斯世于安宁之域而已！夫为天下者，自非上德，严之则治，宽之则乱。何以知其然也？近观孝宣皇帝，明于君人之道，审于为政之理，故严刑峻法，破奸宄之胆，海内清肃，天下密如，荐勋祖庙，享号中宗。及元帝即位，多行宽政，卒以堕损，威权始夺，遂为汉室基祸之主。政道得失，于斯可鉴！

盖为国之法，有似理身，平则养疾，疾则攻焉。夫刑罚者，治乱之药石也，德教者，兴平之粱肉也，以德教除残，是以粱肉理疾也，以刑罚治平，是以药石供养也。方今承百王之敝，值厄运之会。自数世以来，政多恩贷，驭委其辔，马骀其衔，四牡横奔，皇路险倾，方将钳勒鞬辀以救之，（以木衔口，曰钳；辀，为车辕，鞬，犹束也。）岂暇鸣和鸾，清节奏哉？昔高祖令萧何作九章之律，有夷三族之令，黥、劓、斩趾、断舌、枭首，故谓之具五刑。文帝虽除肉刑，当劓者笞三百，当斩左趾者笞五百，当斩右趾者弃市。右趾者既殒其命，笞挞者往往至死，虽有轻刑之名，其实杀也。当此之时，民皆思复肉刑。至景帝元年，乃下诏曰："加笞与重罪无异，幸而不死，不可为民。"乃定律，减笞轻捶，自是之后，笞者得全。以此言之，文帝乃重刑，非轻之也，以严致平，非以宽致平也。

必欲行若言，当大定其本，使人主师五帝而式三王，荡亡秦之俗，振先圣之风，弃苟全之政，蹈稽古之踪，复五等之爵，立井田之制，然后选稷契为佐，伊吕为辅，乐作而凤皇仪，击石而百兽舞，若不然，则多为累而已。

这篇《政论》，并非劝朝廷尚刑，不过因权幸犯法，有罪不坐，贪吏溺职，有过不诛，所以矫时立说，主张用严。看官若视为常道，便变成刻薄寡恩了。（揭出宗旨，免为暴主借口。）高平人仲长统，得读寔《政论》，喟然叹道："人主宜照录一通，置诸座右！"这也是规戒庸主的意思。惟儒生清议，怎能遽格君心？梁冀是当道豺狼，顺帝还当他麟凤相待，意欲再加褒崇，特令公卿议礼。时赵戒、袁汤、胡广，迭为太尉，光禄勋吴雄为司徒，太常黄琼为司空。胡广本模棱两端，因见梁氏势盛，遂称冀功德过人，应比周公，锡以山川土田。独司空黄琼进议道："可比邓禹，合食四县！"（这八字，亦硬逼出来。）于是有司折衷申议，奏定加冀殊礼，入朝不趋，履剑上殿，谒赞不名，礼比萧何，增封四县，礼比邓禹，赏赐金钱奴婢彩帛车服甲第，礼比霍光，每朝会与三公异席，十日一评尚书事。梁冀得此荣宠，还是贪心不足，心下怏怏。会桓帝生母匽氏病终，（即孝崇皇后。）桓帝至洛阳西乡举哀，命母弟平原王石为丧主，王侯以下，悉皆会葬，礼仪制度，比诸恭怀皇后，（即顺帝生母梁贵人，事见前文。）惟匽氏子弟，无一在位，这全由梁冀擅权，心怀妒忌，因此不令匽氏一门，得参政席。

至元嘉三年五月，复改元永兴，黄河水涨，经秋愈大，冀州一带，河堤溃决，洪水泛滥，田庐尽成泽国，百姓流亡，至数万户。有诏令侍御史朱穆，为冀州刺史。穆奉命即行，才经渡河，县令邑长，只恐穆举劾隐慝，解印去官，约有四十余人。及穆到郡后，果然纠弹污吏，铁面无私，有几个惶急自杀，有几个锢死狱中。宦官赵忠，丧父归葬，僭用玉匣，穆因他籍隶安平，属己管辖，特遣郡吏按验情实。吏畏穆严明，不敢违慢，竟发墓剖棺，出尸勘视，果有玉匣佩着，乃将赵忠家属逮捕下狱。谁知赵忠不肯认错，反向桓帝前逞刁，奏称穆擅发父棺，私系家眷；再加梁冀恨穆进规，也为从旁诬蔑，顿致桓帝大怒，立遣朝使拘穆入都，交付廷尉，输作左校。（左校，署名，属将作大匠管理，凡官吏有罪，令入左校工作，亦汉朝刑罚之一种。）当时激动太学生数千人，共抱不平，推刘陶为领袖，诣阙上书，代讼穆冤，（学生干政自此始。）略云：

伏见前冀州刺史朱穆，处公忧国，拜州之日，志清奸恶。诚以常侍贵宠，父兄子弟，布在州郡，竞为虎狼，噬食小人，故穆张理天纲，补缀漏目，罗取残祸，以塞天意。由是内官咸共恚疾，谤讟烦兴，谗隙仍作，极其刑谪，输作左校。天下有识，皆以穆同勤禹、稷，而被共、鲧之戾，若死者有知，则唐帝怒于崇山，重华忿于苍墓矣！（舜葬于苍梧之野，故曰苍墓。）当今中官近习，窃持国柄，手握王爵，口衔天宪，运赏则使饿隶富于季孙，呼噏则令伊、颜化为桀、跖；而穆独亢然不顾身害，非恶荣而好辱，恶生而好死也，徒感王纲之不摄，惧天网之久失，故竭心怀忧，为上深计。臣等愿黥首系趾，代穆校作，不愿使忠臣之抱屈蒙冤也！谨此上闻，无任翘切。

桓帝得书，方将穆赦出，放归南阳故里。穆即故尚书令朱晖孙，表字公叔，年五岁，便以孝闻，后由孝廉应举，入为议郎，再迁侍御史，廉直有声，尝作《崇厚论》以儆世，称诵一时。至是罢归乡里，太学生刘陶等，又奏称朱穆、李膺，履正清平，贞高绝俗，实是中兴良佐，国家柱臣，应召使入朝，夹辅王室，必有效绩可征云云。原来颍川人李膺，为故太尉李修孙，（在安帝时，见前回。）操守清廉，与朱穆齐名，也是由孝廉进阶，累迁至青州刺史，嗣复转调渔阳、蜀郡诸太守，更任乌桓校尉。鲜卑屡兴兵犯塞，膺率步骑，临阵出击，亲冒矢石，裹创迭战，得破强虏万余，斩首至二千级，鲜卑始不敢窥边。寻因事免官，退居纶氏县中，教授生徒，及门常不下千人。刘陶等素重膺名，故与朱穆一同举荐，偏桓帝不肯听从，遂致名贤屈抑，沉滞至好几年。惟是君子道消，小人道长，上干天怒，灾异相寻，下丛民怨，盗贼四起。陈留贼李坚，自称皇帝；长平贼陈景，自号黄帝子；南顿贼管伯，自称真人；扶风人裴优，亦自称皇帝。尚幸徒众乌合，不足有为，一经郡县发兵围捕，先后伏诛。只泰山、琅玡贼公孙举、东郭窦等，聚众较多，叛官戕吏，连年不平。到了永兴三年正月，复改号为永寿元年，大赦天下，与民更新。公孙举等顽抗如故，还有南匈奴左奥鞬台耆，及且梁伯德，（左奥鞬、且渠，皆匈奴官名。）纠合虏骑，入寇美稷，东羌亦举种相应，亏得安定属国都尉张奂，东抚北征，收群寇，破奥鞬，降伯德，羌胡始定。

过了一载，鲜卑都酋檀石槐，率同虏骑三千名，入寇云中。相传檀石槐生时，很是奇异，父为投鹿侯，尝从匈奴军，三年始归，妻竟生下一子，就是檀石槐。投鹿侯向妻诘责，妻谓昼行闻雷，仰视天空，有雹入口，吞而成孕，乃生此男。投鹿侯似信非信，决意将婴儿弃去，因即投掷野中。（我亦不信，有此异闻。）妻私语家令，仍然收养。年至十四五岁，勇健有智略，别部酋长，抄取檀石槐母家牛羊，檀石槐单骑追击，所向无前，尽将牛羊夺回，由是各部畏服。待至壮年，越加智勇，施法禁，平曲直，莫敢违犯，遂共推为大人。檀石槐乃立庭弹汗山，招兵买马，逐渐强盛。及寇掠云中，警报似雪片一般，传达京师，桓帝乃再起李膺为度辽将军，使他防御鲜卑。鲜卑素惮膺威，望风震慑，当将所掠男女牲畜，尽行弃置，出塞自去。膺也不复穷追，安民设障，塞下自安。

独公孙举等骚扰青、徐，尚未平靖，嬴县地当要冲，贼踪出没，大为民害。朝廷闻警，由诸尚书简选能员，得了一个颍川人韩韶，使为嬴长。韶贤名卓著，一经到任，贼皆远徙，相戒不敢入境；流民万余户，仍得安然还乡，只是庐舍已空，一时无从得食，免不得待哺嗷嗷。韶即开仓赈饥，主吏谓未得上命，力争不可，韶慨然道："能起沟壑中人，复得生活，就使因此伏罪，也足含笑九泉了！"（为民忘身，是谓好官。）流民得粟疗饥，生全无算，郡守亦素知韶贤，并不加罪。时称"颍川四长"，一是荀淑，一是陈寔，（见前回。）一是锺皓，还有一人就是韩韶。皓初为本郡功曹，后迁任林虑长，不久即去。李膺尝将皓比诸荀淑，往往语人道："荀君清识难尚，锺君至德可师，两贤原无分轩轾呢！"皓兄子瑾，亦好学慕古，有退让风。瑾母就是膺姑，膺祖修累言瑾有志操，邦有道不废，邦无道得免刑戮，因复将膺妹配瑾为妻。瑾迭被州郡辟召，始终不起。膺谓瑾太无皂白，瑾转告诸皓。皓叹息道："昔齐国武子好招人过，终为怨本；诚欲保身全家，原不如守真抱璞，何必就征？"嗣是叔侄并皆隐处，不复出山，终得抱道自重，高尚终身。

惟韩韶为嬴县长，只能保全县境，不能顾及他县，贼众飘逸山东，往来莫测，良民辄被劫掠，怨苦异常，地方长官，不得已申奏朝廷，请派大员督剿。是时太尉胡广，因日食免官，进司徒黄琼为太尉，光禄勋尹颂为司徒。颂因东方多盗，特举议郎段颎，拜为中郎将，引兵东讨。颎本故西域都护段会宗从曾孙，（前汉元帝时，会宗为西域都护。）世传武略，技击称长，又能洞明兵法，善抚士卒，此次出剿群贼，正如虎入羊群，连战皆捷，先毙东郭窦，继斩公孙举，累年逋寇，一鼓荡平。颎得受封列侯，长子亦进拜郎中。

光阴易过，倏又为永寿四年，仲夏日食，太史令陈授，上言日食变异，咎在大将军梁冀。冀不禁大愤，立将陈授下狱，搒死杖下。已而飞蝗为灾，遍及京师，桓帝不知返省，但务改元，到了夏尽秋来，还要改年号为延熹元年，（真是多事。）且将太尉黄琼策免，再起胡广为太尉。已而南匈奴及乌桓、鲜卑，连同入寇，度辽将军李膺，已调入为河南尹，乃使京兆尹陈龟为度辽将军，出镇朔方。龟临行时，曾上疏白事道：

> 臣龟蒙恩累世，驰骋边陲，虽展鹰犬之用，顿毙胡虏之庭，魂骸不返，荐享狐狸，犹无以塞厚责，答万分也！臣闻三辰不轨，擢士为相；蛮夷不恭，拔卒为将。臣无文武之才，而忝鹰扬之任，上惭圣明，下惧素餐，虽殁躯体，无所云补。今西州边鄙，土地塉埆，鞍马为居，射猎为业，男寡耕稼之利，女乏机杼之饶，守塞候望，悬命锋镝，闻急长驱，去不图返。自顷年以来，匈奴数攻营郡，残杀长吏，侮略良细。战夫身膏沙漠，居民首系马鞍，或举国掩户，尽种灰灭，孤儿寡妇，号哭空城，野无青草，室如悬磬，虽含生气，实同枯朽。往岁并州水雨，灾螟互生，老者虑不终年，少壮惧于困厄。陛下以百姓为子，

百姓以陛下为父，焉可不日昃劳神，垂抚循之恩哉？唐尧亲舍其子，以禅虞舜者，是欲民遭圣君，不令遇恶主也！故古公杖策，其民五倍；文王西伯，天下归之。岂复舆金辇宝，以为民惠乎？近孝文皇帝感一女子之言，除肉刑之法，体德行仁，为汉贤主。陛下继中兴之统，承光武之业，临朝听政，而未留圣意。且牧守不良，或出中官，惧逆上旨，取过目前。呼嗟之声，招致灾害，胡虏凶悍，因衰缘隙；而令仓库殚于豺狼之口，功业无铢两之效，皆由将帅不忠，聚奸所致！前凉州刺史祝良，初除到州，多所纠罚，太守令长，贬黜将半，政未逾时，功效卓然。实应赏异，以劝功能；改任牧守，去斥奸残；又宜更选匈奴乌桓护羌中郎将、校尉，简练文武，授之法令；除并、凉二州今年赋役，宽赦罪隶，扫除更始；则善吏知奉公之祸，恶者觉营私之祸，胡马可不窥长城，塞下自无候望之患矣！

这疏呈入，桓帝倒也有些省悟，改选幽、并二州刺史，并自营郡太守、都尉以下，亦多所变更；蠲除并、凉一年租赋，俾民少苏。及陈龟到任，州郡震栗，鲜卑也不敢犯塞，节省费用，岁约亿万。偏大将军梁冀与龟有隙，说他沮毁国威，沽取功誉，不为胡虏所畏，龟因坐罪征还，免官回里。嗣复征为尚书，累劾梁冀罪状，请即加诛，（也是个倔强汉。）桓帝始终不报。龟自知忤冀，必为所害。索性绝粒不食，七日乃殁。西域胡夷，并、凉民庶，统为举哀，吊祭龟墓。那匈奴、乌桓等虏兵，闻得陈龟去职，复来寇边，朝廷乃调安定属国都尉张奂，为北中郎将，往御匈奴、乌桓。奂至塞下，正值虏众焚掠各堡，烽火连天，戍兵无不惊惶，独奂安坐帐中，谈笑自若，暗中却派人离间乌桓，使他掩击匈奴，捣破营帐，斩得匈奴别部屠各渠帅。再由奂统兵进讨，匈奴大恐，悔罪请降。奂因南单于车居儿（即兜楼储子。）叛服无常，将他拘住，奏请改立左谷蠡王。桓帝不许，仍使放还车居儿，征归张奂，命锺皓为度辽将军。皓招携怀远，赏罚分明，羌胡相率效命，四境帖然。皓乃去烽燧，除候望，绥静中外，化光天日，连年抢攘的朔方，至此始得扫尘氛了。小子有诗叹道：

防边尚易用人难，要仗臣心一片丹；
果有忠贤司阃外，华夷何患不同安？

欲知后事如何，且看下回分解。

崔寔《政论》，为桓帝失刑而设，然或误会其意，则为祸愈烈。桓帝之误，非不知用刑，误在当刑不刑，不当刑而刑耳。试观朱穆掘尸，见忤中官，立被逮归，输作左校，微刘陶等之上疏申救，则直臣蒙垢，常为刑徒，虽欲免归而不可得矣。然则桓帝之犹有一得者，在用刑之尚未过暴耳，若误会崔寔之言，几何而不为桀纣耶？李膺、段颎、陈龟、张奂、锺皓诸人，皆文武兼才，相继任用，无不奏功，可见桓帝当日尚有一隙之明；陈龟临行上疏，而桓帝亦颇采用，是未始不可与为善。惜为权戚宦官所把持，以致忠贤之不得久任耳。桓帝固失之优柔，而欲以严刑救之，毋乃慎欤？

第五十回　定密谋族诛梁氏　嫉忠谏冤杀李云

却说桓帝皇后梁氏，专宠后庭，靠了姊兄荫庇，恣极奢华，所有帷帐服饰，统是光怪陆离，为前代皇后所未备。及乃姊顺烈皇后告崩，帝眷渐衰。后既无子嗣，复好妒忌，每闻宫人怀孕，往往设法陷害，鲜得保全。桓帝不免衔恨，只因心惮梁冀，未敢发作，不过足迹罕至中宫，惹得梁后郁郁成疾，至延熹二年七月，一命归阴，当依后礼殡殓，出葬懿陵。惟梁氏一门，前后七人封侯，三女得为皇后，六女得为贵人，父子俱为大将军，夫人、女食邑称君又有七人，子尚公主又有三人，外如卿、将、尹、校，共五十七人，真是一时无两，备极尊荣。（盛极必衰。）

梁冀专擅威柄，独断独行，无论大小政治，统归他一人裁决，宫卫近侍，都是梁家走狗，莫不希旨承颜。凡遇百官迁召，必先进谒冀门，上笺谢恩，然后敢转诣尚书，受命赴任。下邳人吴树，得除宛令，向冀辞行。冀宾戚多在宛县，因即向树嘱托，树答说道："小人奸蠹，比屋可诛。明将军为椒房懿戚，位居上将，应该首崇贤善，借补朝阙，宛邑夙号大都，名士甚众，今树进谒明将军，得蒙侍坐，承诲多时，未闻称一名士，乃徒以私人相托，树不敢闻！"（逆耳之言，独不畏死么？）冀默然不答，面有愠色，树即辞去。既至宛邑，便调查梁氏宾戚，好几个贻害民间，竟饬属吏收捕下狱，按法处治，百姓统皆戴德，独梁冀怀恨益深。后来迁补荆州刺史，又复向冀谒辞，冀佯为设宴，暗地里置毒酒中，树饮罢出门，须臾毒发，竟致倒毙车中。又有辽东太守侯猛，不去谒冀，冀诬以他罪，腰斩市曹。朗中袁著，年甫十九，见冀凶横日甚，不胜愤闷，乃诣阙上书道：

臣闻仲尼叹凤鸟不至，河不出图，自伤卑贱，不能致也。今陛下居得致之位，又有能致之资，而和气未应，贤愚失序者，势分权臣，上下壅隔之故也！夫四时之运，功成则退，高爵厚宠，鲜不致灾。今大将军位极功成，可为至戒；宜遵悬车之礼，高枕颐神。《传》曰："木实繁者，披枝害心。"若不抑损盛权，将无以全其身矣！左右闻臣言，将侧目切齿；臣特以童蒙见拔，故敢忘忌讳。昔舜、禹相戒，无若丹朱，周公戒成王，无如殷王纣，愿除诽谤之罪，以开天下之口，则臣等幸甚！天下幸甚！

梁冀得悉此书，气冲牛斗，即遣属吏捕著。著托病伪死，结蒲象人，买棺出葬，偏被冀察破诈谋，嘱吏四处侦缉，竟被拿获，立即笞死。太原人郝絜、胡武，与著友善，冀竟屠武家，枉死至六十余人，絜自知不免，仰药毕命。安帝嫡母耿贵人殁后，从子耿承，得封林虑侯，冀向承求贵人遗珍，不得如愿，即杀死承家族十余人，涿郡崔琦，善属文，为冀所重，因作《外戚箴》讽冀，冀召琦入责，琦奋然道："琦闻管仲相齐，乐闻谤言，萧何佐汉，令吏书过。今将军累世台辅，位比伊、周，乃德政未闻，黎民涂炭，尚不思结纳忠良，自救祸败，还要钳塞士口，杜蔽主聪，难道必欲使玄黄改色，鹿马易形么？"说得冀无言可对，但遣琦归里。琦匆匆就道，中途为骑士所捕，杀死了事。这骑士的来历，不必细猜，便可知梁冀所遣了。（不如是，何致赤族？）

桓帝闻冀累杀无辜，也为惋惜；再加冀声色过人，每经朝会，只有冀可以发言，天子且不好抗议，因此桓帝积畏生忿，常抱不平。和熹皇后从子邓香，生女名猛，秀丽动人，香中年病殁，妻宣再嫁梁纪。纪系冀妻孙寿母舅，寿见猛色美，引入掖庭，得封贵人。冀欲认猛为己女，使他改姓为梁，又恐猛姊夫邴尊，方为议郎，或有漏泄情事，因使门客刺死邴尊，且欲将猛母宣一并刺死，才好灭口。（真是无法无天。）宣家在延熹里，与中常侍袁赦毗邻，冀遣刺客夜登赦屋，越入宣家，赦闻屋上有声，疑是盗至，立即鸣鼓会众，围捕刺客，好容易拿住一人，面加讯问，方知由梁冀差来，意在刺宣。

赦急往宣家报明，宣因己女得为贵人，便入宫与语。贵人即转告桓帝，桓帝怒不可遏，起身如厕，有小黄门唐衡相随，因顾问道："宫中左右，何人与梁氏不和？"衡答说道："中常侍单超，小黄门左悺，前至河南尹梁不疑家，稍稍失礼，便被不疑拘他兄弟，收入洛阳狱中，超与悺踵门谢罪，才得释放。中常侍徐璜，黄门令具瑗，亦与梁氏有嫌，不过口未敢言，容忍至今。"桓帝不待说毕，便摇手道："我知道了！"（写出慌张情状。）当下由厕还宫，即召超、悺入室，低声与语道："梁将军兄弟，专柄多年，胁迫内外，公卿以下，无人敢抗，朕意欲将他除去，常侍等意下如何？"（要除即除，奈何向阉人问计？）超、悺齐声道："祸国奸贼，当诛已久，臣等才皆庸劣，还乞圣裁！"桓帝又道："常侍等以为可诛，与朕同意，但须秘密定谋，方无他患！"超、悺又答说道："果欲除奸，亦非真是难事，但恐陛下不免狐疑！"桓帝道："奸臣胁国，理应伏辜，还有何疑？"乃更召徐璜、具瑗入内，与定密议，且由桓帝亲啮超臂，出血为盟。超复申说道："陛下既已决计，幸勿再言，梁氏耳目甚多，一或败露，祸且不测！"说罢，便即退去。为此一番密议，果有人报知梁冀，惟所谋情事，尚未宣露。

冀已心疑超等，亟使中黄门张恽入省宿卫，预备不虞。具瑗饬吏收恽，说他无故入省，欲图不轨，当即拥帝御殿，召诸尚书入谕密谋，即使尚书令尹勋，持节出勒丞、郎以下，使皆执械守住省阁，尽收符节，缴入省中。一面由黄门令具瑗，招集左右厩驺，及虎贲、羽林剑戟士，合得一千余人，会同司隶校尉张彪，往围冀第。并令光禄勋袁盱，收冀大将军印绶，降封冀为都乡侯。冀仓皇失措，仰药自杀；（实是无用。）妻孙寿，亦无路逃生，也即将鸩酒饮下，一同毙命。（愁眉啼妆，悉成幻影，只可惜丢下秦宫。）冀子河南尹梁胤，与叔父屯骑校尉梁让、亲从卫尉梁淑、越骑校尉梁忠、长水校尉梁戟等，尽被拘入；还有孙寿内外宗亲，亦皆连坐，无论老幼，全体诛戮，弃尸市曹。冀弟不疑及蒙，先已病死，幸免追究，余如公卿、列校、刺史、二千石，坐死数十人。太尉胡广，司徒韩缜，（尹颂病殁。由缜继任。）司空孙朗，并因阿附梁冀，一并坐罪，减死一等，免为庶人。四府故吏宾客，黜免至三百余人，朝廷为空。这事起自仓猝，中使交驰，官府市里，鼎沸数日，才得安定，百姓莫不称庆。有司隶冀家产，变卖充公，合得三十余万万缗。诏减天下税租半数，所有梁冀私园，悉令开放，给与贫民耕植，普及隆恩。就是安葬懿陵的梁皇后，亦追加贬废，降称贵人冢。封单超为新丰侯，食邑二万户；徐璜为武原侯，具瑗为东武阳侯，各万五千户；左悺为上蔡侯，唐衡为汝阳侯，各万三千户，这便叫作五侯。尚书令尹勋以下，计有功臣七人，皆封亭侯，勋为都乡亭侯，霍谞为邺都亭侯，张敬为曲亭侯，欧阳参为仁亭侯，李玮为金门亭侯，虞放为吕都亭侯，周永为高迁乡亭侯。策文有云：

> 梁冀奸暴，浊乱王室。孝质皇帝聪敏早茂，冀心怀忌畏，私行弑毒；永乐太后（即匽皇后。）亲尊莫二，冀又遏绝，禁还京师，使朕离母子之爱，隔顾复之恩，祸深害大，罪衅日滋。赖宗庙之灵，及中常侍单超、徐璜、具瑗、左悺、唐衡、尚书令尹勋等，激愤建策，内外协同，漏刻之间，桀逆枭夷，斯诚社稷之祐，臣下之力。宜班庆赏，以酬忠勋，其封超等五人为县侯，勋等七人为亭侯；其有余功足录，尚未邀赏者，令有司核实以闻。

这诏下后，单超复奏称小黄门刘普、赵忠等，亦并力诛奸，应加封赏，乃复封刘、赵以下八阉人为乡侯，（与十九侯相去未远。）从此宦官权力，日盛一日，势且不可收拾了。贵人邓猛，因色得宠，一跃为桓帝继后；后母宣得受封长安君。桓帝尚未知邓后本姓，还道他是梁家女儿，只因梁氏得罪，特令他改姓为薄。后来有司奏称后父邓香，曾为郎中，不宜改易他姓，于是使皇后复姓邓氏，追赠香为车骑将军，封安阳侯，香子演为南顿侯。演受封即殁，子康袭爵，徙封沘阳侯；长安君宣，亦徙封昆阳君，食邑较多，赏赐以巨万计。进大司农黄琼为太尉，光禄大夫祝恬为司徒，大鸿胪盛允为司空；初置秘书监官。黄琼首举公位，志在惩贪，特劾去州郡赃吏，约十余人；独辟召汝南人范滂，使为掾吏。

滂有清节，尝举孝廉，得受命为清诏使，按察冀州。滂登车揽辔，有志澄清，行入州郡，墨吏不待举劾，便已辞去。滂还都复命，迁官光禄勋主事。时陈蕃为光禄勋，由滂入府参谒，蕃不令免礼，滂怀愤投版，（笏也。）弃官径归。黄琼嘉他有守，故既登首辅，当即辟召。适有诏令三府掾属，举奏里谣，借核长吏臧否。滂即劾奏刺史、二千石，及豪党二十余人，尚书嫌滂纠劾太多，疑有私故，滂答说道："农夫去草，嘉禾乃茂；忠臣除奸，王道乃清。若举劾不当，愿受显戮！"尚书见他理直气壮，也不能再诘，只所劾诸人，未尽黜免。滂知时未可为，仍然辞去。

光禄勋陈蕃，转任尚书令，荐引处士徐稺、姜肱、韦著、袁闳、李昙五人，有诏用安车、玄纁，征令入朝，五人皆辞不就征。说起五人品行，俱有贞操，名重一时。徐稺字孺子，南昌人氏，家素寒微，稺力田自赡，义不苟取，持身恭俭，待人礼让，乡民统皆翕服。屡辟不起，陈蕃为豫章太守，聘稺入幕，使为功曹，稺一谒即退，不愿署官。蕃越加敬礼，与他结交，每邀稺入府叙谈，至暮未散，特设一榻留宿，待稺去后，便将榻悬起，他客不得再眠，及朝廷礼聘人至，声价益高。姜肱为广戚人，表字伯淮，平居以孝友闻，尝与二弟仲海、季江，同被共寝。一日与季弟偕赴郡县，途中遇盗，持刃相逼，肱与语道："我弟年幼，父母所怜，又未聘娶，若杀我弟，宁可杀我！"季江亦急说道："我兄齿德在前，驰誉国家，怎可轻死？我愿受戮，聊代兄命！"（真是难兄难弟。）盗见他兄弟争死，不由得发起善心，收刀入鞘，但将两人衣服褫去。两人到了郡中，郡守见肱无衣服，当然惊问，肱托言他故，终不及盗。盗闻风感悟，俟肱归家，即踵前谢罪，送还衣服。肱却用酒食相待，好言遣去。郡县举肱有道方正，并皆不就。韦著字休明，籍隶平陵，隐居讲授，不闻世事。袁闳系故司徒袁安玄孙，家世贵盛，惟闳洁身修行，耕读自安。李昙世居阳翟，少年丧父，继母酷烈，服事益恭，常躬耕奉母，所得四时珍味，必先进母前，母亦化悍为慈，乡里共称为孝子，惟不求仕进，高隐以终。

还有安阳人魏桓，亦以狷洁著名，由桓帝下诏特征，友人多劝他入都。桓反诘问道："士子出膺仕版，必须致君泽民，今试问后宫千数，可遽损否？厩马万匹，可遽灭否？左右权豪，可遽去否？"友人徐徐答道："这却未必！"桓嚣然道："使桓生行死归，与诸君有何益处呢？"遂却还征车，终不就官。（阐发幽元。）桓帝征求名士，本没有什么诚意，来与不来，由他自便，只对着故旧恩私，却是不吝爵赏，广逮恩施。中常侍侯览，献缣五千匹，便赐爵关内侯，又将他列入诛冀案内，进封高乡侯。览本无功，尚且借端影射，得受荣封，何况单超、具瑗等五侯，自然格外贵显，因宠生骄，倾动中外。白马令李云，露布上书，移副三府，内有数语最为激切，略云：

梁冀虽恃权专擅，流毒天下，今以罪行诛，犹召家臣搤杀之耳，而猥封谋臣至万户以上，高祖闻之，得毋见非？西北列将，得毋懈体？古者有云："帝者，谛也"，今官位错乱，小人谄进，财货公行，政化日损；尺一拜用，（尺一，指诏书。）不经御省，是帝欲不谛乎？

桓帝看到"帝欲不谛"四字，震怒异常，立命有司逮云下狱，使中常侍管霸，与御史、廷尉，共同审讯，将处严刑。弘农五官掾杜众，闻云因忠谏获罪，也不禁鼓动侠肠，即向朝廷请愿，与云同死。桓帝愈怒，并饬将众拘送廷尉。陈蕃已改官大鸿胪，与太常杨秉，洛阳市长沐茂，郎中上官资，并上疏乞赦云罪，有诏切责，免蕃、秉官，降茂、资官秩二等。管霸见人心未顺，也在桓帝前跪请道："李云草泽愚儒，杜众郡中小吏，情词狂戆，不足加罪。"桓帝呵叱道："帝欲不谛，是何等语？常侍乃欲曲恕彼罪么？"说至此，复顾令小黄门传谕狱吏，将李云、杜众处死，于是嬖宠益横。太尉黄琼，自思力不能制，乃称疾不起，桓帝尚未许休致，越二年始令免官，进太常刘矩为太尉。司徒祝恬已殁，代以司空盛允，不久复罢，可巧度辽将军种暠，召入为大司农，遂令暠继为司徒。司空一职，由太常虞放继任，又擢中常侍单超为车骑将军。超得握兵权，势焰益盛。前大鸿胪陈蕃，免归逾年，又由朝廷征为光禄勋。蕃见桓帝封赏逾制，内宠日多，更不禁愤然欲言，因上疏进谏道：

臣闻有事社稷者，社稷是为；有事人君者，容悦是为。今臣蒙恩圣朝，备位九卿，见非不谏，则容悦也。夫诸侯上象四七，（谓二十八宿。）垂耀在天，下应分土，藩屏上国；高祖之约，非功臣不侯。左右以无功传赏，至乃一门之内，侯者数人，故纬象失度，阴阳谬序，稼用不成，民用不康。臣知封事已行，言之无及，诚欲陛下从是而止！又此年收敛，十伤五六，民不聊生；而采女数千，食肉衣绮，脂油粉黛，不可赀计。鄙谚云"盗不过五女门"，以女贫家也；今后宫之女，岂不足贫国乎？是以倾宫嫁而天下化，（纣作倾宫，藏纳美女，武王克殷，乃归倾宫之女于诸侯。）楚女悲而西宫灭；（鲁僖公废楚女，居西宫，因兆火灾。）且聚而不御，必生忧悲之感，以致水旱之困。夫狱以禁止奸违，官以称才理物；若法亏于平，官失其人，则王道有缺，天下人民，皆将谓狱由怨起，爵以贿成。伏思不有臭秽，则苍蝇不飞。陛下宜采求失得，择从忠贤，尺一选举，悉委尚书三公，使褒责诛赏，各有所归，岂不幸甚！

这篇奏疏，总管蒙桓帝采用一二条，放出宫女五百余人，降邑侯邓万世、黄儁为乡侯，（仍旧是无关轻重。）复起前太常杨秉为河南尹。秉莅任未几，又与权阉单超相忤，竟致得罪。先是超弟匡为济阴太守，受赃枉法，为兖州刺史第五种所闻，（种即第五伦曾孙。）使从事卫羽案验，查出赃五六十万缗，因即上书劾匡兄弟。匡未免惊惶，阴嘱刺客任方刺羽。羽早已防着，把方捕获，囚系洛阳。匡复恐杨秉出头，再加穷究，乃密令方突狱逃亡。尚书召秉责问，秉直答道："方本无罪，罪在单匡，但教逮匡入都，下狱考治，自然水落石出，无从逃隐了！"这一番议论，本来是公正无私，偏单超在内把持，反诬秉私放任方，嫁祸单匡，竟将秉免官坐罪，输作左校，且将第五种构成他罪，充徙朔方。会值天气久旱，秉得遇赦，独第五种奉诏流徙，险些儿死于非命，不得生还。小子有诗叹道：

直臣报国敢偷生，被害阉人太不平；

留得一丝残命在，好教忠义两成名！（末句为下文伏案。）

欲知第五种何故濒死，下回自当叙明。

梁冀之恶，比窦宪为尤甚，而其受祸也亦最烈，窦宪伏法，未及全家，阎显受诛，尚存太后；若梁冀一门骈戮，即妻族亦无一孑遗，甚至三公连坐，朝右一空，设非平时稔恶，何由致此？天道喜谦而恶盈，福善而祸淫，观诸梁冀夫妇，而为恶者当知所猛省矣！惟前有十九侯，后有五侯，权戚之伏辜，必假诸阉人之手，汉廷其尚有人乎？桓帝经此大变，犹不自悟，复滥逮恩私，厌闻谠论，李云语稍激切，即置之死地；杜众吁请代死，又加毒刑，有帝如此，宁非“帝欲不谛”耶？虽有善者，其如帝之不谛何哉？

第五十一回　受一钱廉吏迁官　劾群阉直臣伏阙

却说第五种见忤权阉，被徙朔方，已是冤屈得很，哪知单超更计中有计，叫他前往朔方，实是一条死路，不使生归。（蛇蝎心肠。）原来朔方太守董援，乃是单超外孙，一闻第五种将到，自然摩厉以须，即欲将种处死。种前为高密侯相，尝优待门下掾孙斌，斌此时已入京当差，侦知超谋，亟语友人闾子直、甄子然道："盗憎主人，由来已久；今第五使君当投裔土，偏有单超外孙，为彼郡守，是明明前去送死哩！我意欲追援使君，令得免难；若我奉使君回来，计惟付汝二人，好为藏匿，方可无虞！"闾、甄二人齐声应诺。于是斌率侠客数人，星夜追种，行至太原，幸得相遇，当然格毙送吏，由斌下马让种，斌随后步行，一昼夜行四百里，才得脱归，就将种交与闾、甄二家，匿处数年。至单超已死，徐州从事臧旻，为种讼冤，始得邀赦还乡，正命考终。（幸有义友。）

惟单超于延熹二年病死，诏赐东园秘器，及棺中玉具。到了出葬时候，复发五营骑士，与将作大匠，筑造坟茔，更令将军、侍御史护丧，备极显赫。嗣是左悺、具瑗、徐璜、唐衡等四侯，越觉骄横，统皆起第宅，筑楼观，穷工极巧，备极繁华；又多取良人美女，充作姬妾，衣必绮罗，饰必金玉，几与宫中妃嫔相似，（假夫妻有何乐趣？）所有仆从婢媪，亦皆乘车出入，倚势作威。都中人为作短歌道："左回天，具独坐；徐卧虎，唐两堕。"（两堕，谓随意所为，不拘一格，或作"两"为"雨"者，误。）四侯权焰熏天，只苦不能生育，于是收养螟蛉，或取自同宗，或乞诸异姓，甚且买奴为子，谋袭封爵。兄弟姻戚，都得乘势攀援，出宰州郡。单超弟安，得为河东太守；弟子匡，得为济阴太守；左悺弟敏，得为陈留太守；具瑗兄恭，得为沛相；徐璜弟盛，得为河内太守；兄子宣，得为下邳令。这班权阉家属，统是无德无能，但知作威作福，可怜那无辜百姓，枉受折磨，无从呼吁。就中有下邳令徐宣，尤为暴虐，莅任以后，有所需求，定要弄他到手，不管什么理法。故汝南太守李暠，籍隶下邳，生有一女，却是美貌似花，守身如玉。宣早闻她德容兼工，求为姬妾。李暠虽已去世，究竟是故家世族，怎肯将黄堂太守的女儿，配做阉人子弟的次妻？当然设词谢绝。哪知宣怀恨在心，既做了下邳令，就潜遣吏卒，闯入暠家，竟将暠女劫取了来，暠女宁死不从，信口辱骂，惹得徐宣性起，指挥奴仆，将暠女褫去外衣，赤条条地绑于柱中，要她俯首受污，暠女倔强如故，宣反易怒为笑，取出一张软弓，搭住箭杆，戏把暠女作为箭靶，接连射了好几箭，断送了名媛性命；反掷弓地上，大笑不止；当下将女尸拖出，藁葬城东。（令人发指。）

暠家失去娇女，自然向太守鸣冤；偏太守惮宣威势，不敢案验，一味地延宕过去，经暠家再四催请，终无音响。可巧有个东海相黄浮，刚正著名，不畏强御，当由暠家具词申控，果然朝进冤词，夕蒙批准。下邳为东海属县，浮正好秉公办理，立饬干吏传到徐宣，面加讯鞫，宣尚狡词抵赖，再将宣家属一并拘入，无论老少长幼，各自审问，免不得有人招认，一经质对，宣亦无从狡展；惟还仗着乃叔势力，不肯服罪，浮竟命左右褫宣衣冠，将他反翦，喝令推出斩首。掾史以下，争至浮前谏阻，浮奋然道：“徐宣国贼，淫凶无道，今日杀宣。明日我即坐罪，死亦瞑目了！”（好一个铁面官。）说着，即起座出辕，亲自监斩，榜罪通衢，暴尸市曹，都中无不称快。

独徐璜得宣死耗，大为怨恨，便入白桓帝，捏造谎言，只说黄浮得了私贿，妄害侄儿；桓帝信以为真，即将浮革职论罪，输作左校。嗣复令左悺兄胜，为河东太守，皮氏县长赵岐，耻为胜属，即日弃官归里；岐为京兆人氏，总道归田守志，可以无虞，哪知京兆尹换一新官，乃是唐衡兄玹，与岐有隙，诬称岐窃帑逃回，饬吏收捕；岐先得风声，走匿他处，吏役无可报命，索性把岐家族，尽行拘去，迫令将岐交出，岐闻全家被系，奔窜益远，哪里还敢投案？唐玹即将岐家族数十人，一体骈戮，只有岐隐姓埋名，逃至北海市中，卖饼为生。北海人孙嵩，见岐仪容雅秀，料非凡品，因即载与俱归，藏置复壁中。后来诸唐失势，岐乃复出，再拜并州刺史。事见后文。

且说太尉黄琼，因病免官，继任为太常刘矩。矩系沛人，前为雍丘令，以礼化民，民有争讼，辄传引至前，提耳训告，说是忿恚可忍，县署不可入，使他归家自思，两造闻言感悟，往往罢去，因此狱讼空虚，循声卓著；累迁为朝中首辅，颇号得人。未几，司空虞放，亦因事免归，再召黄琼为司空，琼固辞不获，勉强就职，月余复乞休归去；乃进大鸿胪刘宠为司空。宠籍隶东莱，曾出守会稽，除烦苛，禁非法，郡中大治，被征为将作大匠，襆被起行，途遇五六老叟，各赍百钱，奉作赆仪。宠慰谕道："父老远来送行，得毋太苦？"诸老叟齐声道："山谷衰民，未识朝仪，但知前时太守，专务苛征，郡吏奉令催迫，日夜不绝，无人敢安；今自明府下车以来，吏不追呼，犬不夜吠，小民何幸，得遇使君？乃闻朝廷征公内用，无从挽留，不得已来此送公，明知百钱不足为赆，惟思公两袖清风，不愿多受，区区奉敬，聊表诚意罢了！"宠温颜答道："我政何能尽如叟言？只是烦劳父老，未便却情。"说至此，即将诸老叟所奉各钱，选出大钱一枚，总算收受，余皆却还，遂与诸老叟拱手告别。后人称为刘宠一钱，便是为此。（可传不朽。）宠入都为将作大匠，转调大鸿胪，超迁司空，与刘矩同为东汉良辅，且当时司徒种暠，亦有重名，三人齐心辅政，阉竖等稍稍敛迹，号称清平。

故太尉李固幼子燮，奉诏征入，（见第四十八回。）向姊文姬辞行，文姬戒燮道："我家血食将绝，幸存我弟，得延一脉，重见天日，此去不患不得官，惟得官以后，宜杜绝交游，勿妄往来，更不可恨及梁氏，或有怨言。否则牵连主上，祸且重至了！"（好姊姊。）燮唯唯而去，入朝得为议郎。已而王成病逝，燮追忆旧恩，依礼奉葬，每遇四节，必特设上宾位置，虔诚奉祀，（王成保护李燮，亦见前文。）这也可谓以德报德，不负恩人了。

延熹三四年间，西羌复叛，护羌校尉段颎，屡次出讨，无战不捷；可奈羌众刁顽，出没无常，此去彼来，彼仆此起，累得河西一带，鸡犬不宁。烧当、烧何诸羌，先寇陇西、金城，已被段颎击退；嗣又有先零羌、零吾羌等，进寇三辅，转入并、凉二州，段颎复调集湟中义从诸兵，前去堵截。偏凉州刺史郭闳，贪功忌能，多方牵掣颎军，使不得进，义从诸兵，役久思归，陆续溃叛；郭闳且上书劾颎，反咎他不能抚下，遂致朝廷震怒，逮颎下狱，输作徒刑。河西失一长城，羌众愈炽。时皇甫规为泰山太守，平定剧贼叔孙无忌，威震一方，他本家居安定，熟悉羌情，因闻叛羌猖獗，志在奋效，乃即慨然上疏道：

自臣受任，志竭愚钝，实赖兖州刺史牵颢之清猛，中郎将宗资之信义，得承节度，幸无咎誉。今猾贼就灭，泰山略平，复闻群羌并皆反逆，臣生长邠岐，年已五十有九，昔为郡吏，再更叛羌，预筹其事，有误中之言；臣素有痼疾，恐犬马齿穷，不报大恩，愿乞冗官，备单车一介之使，劳来三辅，宣国威泽，以所习地形兵势，佐助诸军。臣穷居孤危之中，坐观郡将，已数十年矣，自鸟鼠山至东岱，其病一也。力求猛敌，不如清平，勤明吴、孙，未若奉法。前变未远，臣诚戚之；是以越职，尽其区区，伏赐垂鉴。

这疏呈入，有诏令规为中郎将，使持节监关中兵，往讨诸羌。规受命西行，既至凉州，立即部署兵马，出击羌众，斩首至八百级，羌众乃退；规复晓谕威信，随机招抚，相率畏怀，互为劝降，投诚至十数万人。到了次年，沈氏羌又入寇张掖、酒泉，规发降羌往御，适值暮春霪雨，疫气熏蒸，军中陆续传染，十死三四，规亲至营帐，巡视将士，三军感奋，壁垒一新，羌人望风震慑，遣使乞降。安定太守孙儁，属国都尉李翕，督军御史张禀，贪残狼藉，多杀降羌；凉州刺史郭闳，汉阳太守赵熹，又皆倚恃权贵，不遵法度，规按罪条奏，或免或诛，羌人更不胜感激，翕然听命。沈氏羌豪滇昌、饥恬等，带领十余万口，共诣规营，长叩请罪；当由规善言抚慰，扶令起身，延入座中，晓示祸福利害，滇昌等应声如响，欢跃而去。看官试想！如皇甫规这番功绩，应该从优议叙，晋锡崇阶；谁知朝中腐竖，因他劾去私党，且没有什么私赠，竟在桓帝面前，交相谗构，反谮规贿嘱群羌，虚词降服。桓帝糊涂得很，遽下玺书责规。规忧愤交并，因复上书自讼道：

四年之秋，戎丑蠢戾，爰自西州，侵及泾阳，旧都惧骇，朝廷西顾，明诏不以臣愚驽，急使军就道；幸蒙威灵，得振国命，羌戎诸种，大小稽首，所省之费，约一亿以上。以为忠臣之义，不敢告劳，故耻以片言自及微效。然比方先事，庶免罪悔。前践州界，先奏郡守孙儁，次及属国都尉李翕，督军御史张禀；旋又劾凉州刺史郭闳，汉阳太守赵熹，陈其过恶，执据大辟。凡此五臣，支党半国，下至小吏，所连及者，复有百余。吏托报将之怨，子思复父之耻，载贽驰车，怀粮步走，交构豪门，竞流谤讟。云臣私贿诸羌，雠以钱货。若臣以私财，则家无担石；如物出于官，则文簿易考。就臣愚惑，信如言者，前世尚遗匈奴以宫姬，镇乌孙以公主。今臣但费千万，以怀叛羌，则良臣之才略，兵家之所贵，将有何罪负义违理乎？自永初以来，将出不少，覆军有五，动资巨亿。有旋车完封，输入权门，而名成功立，厚加爵赏；今臣还督本土，纠举诸郡，绝交离亲，戮辱旧故，众谤阴害，固其宜也！臣虽污秽，廉洁无闻，今见覆没，耻痛实深。《传》称“鹿死不择音”，谨冒昧略上！

桓帝得书，虽然免谴，但仍将规召还都中，使为议郎。中常侍徐璜、左悺，尚欲向规求赂，屡遣私人问规功状，规终不一答；璜等恼羞成怒，再将前案提起，迫规就吏。规毅然对簿，词不少屈。亲友属僚，多劝规从权贬节，且各欲为规醵资，馈遗权阉，规誓死不从。于是罗织成狱，说是余寇未绝，坐系廷尉，罚令至左校署充工。（可悲，可叹！）幸亏三公从中解救，又有太学生张凤等三百余人，诣阙陈书，代规鸣冤，规始得赦罪，罢遣归家。会南中变起，长沙、零陵一带，盗贼啸聚，进攻桂阳；艾县贼又相继响应，焚长沙，掠益阳；零陵、武陵诸蛮，复乘势蠢动，四出劫掠。御史中丞盛修，奉诏往讨，反为贼败。南郡太守李肃，弃城逃生；主簿胡爽，叩马谏诤，被肃杀死。朝廷捕肃处斩，荫恤爽子，特令太常冯绲为车骑将军，督兵剿贼。绲见前时所遣将帅，往往被宦官陷害，因请中常侍一人偕行，监察军费，乃命张敞监军；前武陵太守应奉，有德及民，舆情翕服，绲又调令同往。及抵长沙，便使奉晓谕贼众，贼果释械请降；进击武陵蛮，斩首四千级，受降十余万，荆州平定。绲归功应奉，荐为司隶校尉，自乞骸骨归里，有诏不许。惟宦官向绲索赂，不得如愿，遂嗾使监军张敞，奏称绲挈美婢二人，戎服从军，又至江陵勒石纪功，妄为夸张，请下吏案验；尚书令黄儁，谓绲无罪，才得罢议。越年桂阳复乱，由太守陈奉讨平，绲终坐此免官。（狐鼠凭城，难为功狗。）前冀州刺史朱穆，复起为尚书，目睹宦官骄横，不忍缄默，因申疏力谏道：

案本朝故事，中常侍参选士人。建武以后，乃悉用宦者，自延平以来，浸益贵盛，假貂珰之饰，处常伯之任，天朝政事，一更其手，权倾海内，宠贵无极，子弟亲戚，并荷荣任，故放滥骄溢，莫能禁御。凶狡无行之徒，媚以求官，恃势怙宠之辈，渔食百姓，穷破天下，空竭小民。愚臣以为可悉罢省，遵复往初，率由旧章；更选海内清淳之士，明达国体者，以补其处，则陛下可为尧、舜之君，众僚皆为稷、契之臣，兆庶黎民，蒙被圣化矣！

疏入不省，朱穆待了数日，未见批答，乃入朝进见，伏阙面陈道："臣闻汉家旧典，尝置侍中、中常侍各一人，省览尚书事，又有黄门侍郎一人，传发书奏，这三人统用士族。自和熹太后临朝，不接公卿，始用阉人为常侍，小黄门通命两宫。嗣是以后，权倾人主，穷困天下。今宜一律罢遣，博选耆硕，与参政事，方可追复前规，再臻盛治。愿陛下勿疑！"桓帝听着，默不一答，面上且现出怒容。

穆伏不肯起，当由左右传旨令退，好多时方才起来，徐徐退去。宦官恨穆切直，屡加诋毁，穆愤不得伸，疽发背上，未几病终，享年六十有四。总计穆居官数十年，蔬食布衣，家无余产，公卿共表穆立节忠清，虔恭机密，守死善道，宜蒙旌宠。桓帝乃下诏褒叙，追赠穆为益州太守。先是穆父颉为陈相，修明儒术，颉殁后，由穆与诸儒考依古义，谥为贞宣先生。及穆病逝，陈留人蔡邕，复与门人述穆体行，谥为文忠先生。前太尉黄琼，家居二年，老病益剧，自思权阉当道，未能力除，常引为己憾。特草成遗疏千言，使人赍至阙廷，由小子节录如下：

陛下初从藩国，爰升帝位，天下拭目，谓见太平；而即位以来，未有胜政。诸梁秉权，竖宦充朝，重封累职，倾动朝廷；卿校牧守之选，皆出其门，羽毛齿革明珠南金之宝，殷满其室，富拟王府，势回天地；言之者必族，附之者必荣，忠臣惧死而杜口，万夫怖祸而木舌；塞陛下耳目之明，更为聋瞽之主。故太尉李固、杜乔，忠以直言，德以辅政，念国忘家，殒殁为报，而坐陈国议，遂见残灭，贤愚切痛，海内伤惧。又前白马令李云，指言宦官罪秽宜除，皆因众人之心，以救积薪之敝；弘农杜众，知云所言宜行，惧云以忠获罪，故上书陈理之，乞同日而死，所以感悟国家，庶云获免。而云既不辜，众又并坐，天下尤痛，益以怨结，故朝野之人，以忠为讳。尚书周永，昔为沛令，素事梁冀，借其威势，坐事当罪，越拜令职；及见冀将衰，乃阳毁示忠，遂因奸计，亦取封侯；又黄门协邪，群辈相党，自冀兴盛，腹背相亲，朝夕图谋，共构奸宄；临冀当诛，无可设巧，复记其恶，以要爵赏。陛下不审别真伪，复与忠臣并时显封，使朱紫共色，粉墨杂蹂，所谓抵金玉于沙砾，碎珪璧于泥涂，四方闻之，莫不愤叹。臣至顽驽，世荷国恩，身轻位重，勤不补过；然惧于永殁，负衅益深，敢以垂绝之日，陈不讳之言，庶有万分，无恨三泉。

这本奏章，也是自知必死，尽言规主；怎奈桓帝沉迷不醒，看了这班刑余腐竖，好似再造恩人，无论他如何凶横，总是不忍撵逐，坐使赤胆忠心的黄世英，（琼字世英。）饮恨以终。讣闻朝廷，总算予谥忠侯，追赠车骑将军。小子有诗叹道：

临死犹闻上谏章，良言未用志难偿；

臣躯虽逝忠常在，赢得千秋一字香。

黄琼既殁，四方名士，争往会葬，多至六七千人；独有一儒生前来吊丧，举动行止，与众人迥不相同。欲知此人来历，待至下回表明。

东汉时代，循吏颇多，往往升任三公，匡辅王室，而朝政未闻有起色者，君失其明，内蔽群小，而三公不能久任故也。试观刘宠之卸任会稽，仅受一钱，其生平之廉洁可知；及擢任司空，与刘矩、种暠等同心辅政，应不难坐致太平，然而庸主之昏迷如故，虽有良辅，无能为力；况置三公如弈棋，不久而皆闻罢免耶？段颎、皇甫规、冯绲等，并有功加罪，朱穆力诤而不用，黄琼死谏而不从，汉之为汉，大势可知。宁待党锢祸起，正士一空，而始见东京之沦替欤？

第五十二回　导后进望重郭林宗　易中宫幽死邓皇后

却说黄琼殁后，会葬至六七千人，就中有一儒生，行至冢前，手携一筐，从筐中取出絮包，内裹干鸡，陈置墓石，再至冢旁汲水，即将干鸡外面的絮裹，漉入水内，絮本经酒渍过，入水犹有酒气，当下取絮酬墓，点点滴滴，作为奠礼；复向筐内探出饭包，借用白茅，然后拜哭尽哀，起身携筐，掉头竟去。会葬诸人，先见他举动异常，不便过问，惟在墓旁敛坐默视，到了该生去后，方交头接耳，猜及姓名。太原人郭泰，首先开口道："这定是南昌高士徐孺子呢！"陈留人茅容，素善高谈，便应声道："郭公所言，想必无讹；容当追往问明便了！"说着，即据鞍上马，向前急追，约行数里，果得追及，问明姓氏，确系徐稺，表字孺子。容便沽酒设肉，与为宾主，两人小饮颇酣，性情款洽。容乘间谈及国事，稺微笑不答；惟问至稼穑，方一一相告。待至饮罢，彼此起身揖别，稺始与语道："为我谢郭林宗，（泰字林宗。）大树将颠，非一绳所能维，何必栖栖皇皇，不遑宁处呢？"（见识独高。）容即返告郭泰，泰不禁叹息。或向泰进言道："茅生非不可与言，孺子乃未肯与谈国事，岂非失人？"泰摇首道："孺子为人，清廉高洁，饥不可得食，寒不可得衣，今为季伟饮食，明是视为知己，刮目相看；若不答国事，便所谓智可及，愚不可及哩！"

看官听说，这季伟就是茅容表字，容家居陈留，年至四十余，在野躬耕，与同侪避雨树下，众皆蹲踞，惟容整襟危坐，郭泰适过道旁，见容造次尽礼，就揖容与语，借着寻宿为名，意欲寓居容家；容坦然允诺，留泰归宿。黎明即起，杀鸡为黍，泰总道是饷客所需，未免过意不去，哪知容是杀鸡奉母，及与泰共餐，只有寻常菜蔬，未得一跕。泰食毕与语道："君真高士，郭林宗尚减牲缩膳，储待宾客，君乃孝养老母，好算是我良友了！"因劝令从学，终成名士。泰明能知人，素好奖引士类，后进多赖以成名。钜鹿人孟敏，尝负甑堕地，不顾而去，可巧泰与相值，召问敏意，敏直答道："甑已破了，回顾何益？"泰见他姿性敏快，亦劝令游学，果得成名。陈留人申屠蟠，九岁丧父，哀毁过礼，服阕犹不进酒肉，约十余年；当十五岁时，闻得同郡孝女缑玉，为父报仇，杀死夫从母兄李士，被系狱中，他即邀集诸生，替玉讼冤道："如玉节义，足为无耻子孙，隐加激励；就使不遇明时，尚当旌表庐墓，况一息尚存，遭际盛明，怎得不格外哀矜呢？"（颇有侠气。）外黄令梁配，览书感动，乃减玉死罪，但处轻刑。乡人称为义童。惟因家世贫贱，不得已佣作漆工，泰闻蟠义侠有声，特往与相见，假资勉学，蟠遂得以经艺名家。此外教授子弟，不下千人，惟不愿出仕，故太尉黄琼等，屡次辟召，泰终不应。有人从旁劝驾，泰喟然道："我夜观乾象，昼察人事，天已示废，如何再能支持呢？"话虽如此，但尚周游京邑，诱掖后进，不遗余力。

时有蒲亭长仇香，以德化民，尝令子弟就学，期年大化；有顽民陈元不孝，被母告发。香亲至元家，为陈人伦孝行，反复晓谕，元不禁感泣，立誓悔过，终为孝子。考城令王涣，闻香贤名，召为主簿，且与语道："君在蒲亭，使陈元不罚而化，政绩可嘉；但古人有言：'嫉恶如鹰鹯。'君得毋尚少此志么？"香答说道："鹰鹯究不若鸾凤，香所以不愿出此哩！"涣叹息道："枳棘非鸾凤所栖，百里非大贤所驻；今日太学诸生，曳长裾，蜚声誉，皆不若主簿，何苦郁郁居此，埋没一生？"香辞以无资，涣持捐俸一月，遣令入都。（栽培名士，当效郭、王。）香既进太学，与同郡符融毗舍邻居。融性喜交游，宾客不绝，见香闭门自处，便乘暇过语道："京师为人文渊薮，英雄四集，君奈何不与结交？"香闻言正色道："天子设太学，难道使诸生徒骋游谈么？"说得符融嗒然若丧，俯首趋出。既而融转告郭泰，泰投刺往访，与谈数语，当即起拜道："君足为泰师，不止为泰友哩！"嗣香学成归里，仍然杜门谢客，无心仕进，隐居终身；惟泰往来如故，虽系屠沽卒伍，向他问业，无不收受。陈国童子魏昭，慕泰重名，踵前相请道："经师易遇，人师难求，愿为先生供给洒扫！"泰即令为弟子，随时指导，旋即成材。扶风人宋果，行为粗暴，太原人贾淑，性情险恶，皆经泰曲示裁成，化为善士。因此远近景仰，无不归怀。泰尝至陈、梁间，途中遇雨，巾坠一角，时人乃故意仿效，号为"林宗巾"，可见得人心向慕，远近从同了。前光禄勋主事范滂，与泰相识，或问范滂道："郭林宗究系何等人？"滂应声道："隐不违亲，贞不绝俗；天子不得臣，诸侯不得友。此外非我所敢知呢！"

后来泰丁母忧，悲戚过甚，竟至呕血，杖而后起，出视庐前，见有生刍一束，置诸地上，因即问明旁人，才知有人吊丧，置刍自去。当下因感生慨道："这又是徐孺子所为！《诗经》有云：'生刍一束，其人如玉。'我有何德，足以当此？"其实徐穉寓意，仍教他蛰居空谷，毋致絷维的意思，就是徐穉前祭黄琼，亦无非追怀旧谊，自表余情，并不是慕琼勋名，来赶这场热闹。从前琼在家授徒，穉辄过访经义，及琼备历显阶，却绝迹不赴，琼遣吏辟召，亦俱谢绝。

他如陈蕃为豫章太守时，悬榻待穉，穉间或往来；（见前文。）嗣闻蕃入为尚书令，也不复往谒；蕃将穉名登诸荐牍，又屡征不起，蕃却在朝多年，屡退屡进，平时辄因事匡谏，往往未见施行。（无道则隐，何不效徐孺子？）先是侍中爰延，在宫值差，桓帝尝问延道："卿视朕为何如主？"延以中主相对，桓帝又问为何因，延复说道："尚书令陈蕃，任事即治；中常侍黄门，与政即乱；臣故知陛下可与为善，可与为非。"（论颇平允。）桓帝虽随口称善，进延为五官中郎将，但究不能重任陈蕃。会因客星经犯帝座，延又劝桓帝任贤去邪，终不见从，延称病引去；蕃仍守原职，未闻乞休。及调任光禄勋，正值车驾出幸河南，校猎广成苑中，陈蕃上疏谏阻，略言时当"三空"，不应畋游，"三空"是田野空、朝廷空、仓库空，却是确中时弊，并非虚言；偏桓帝游兴方浓，未肯中止，再加一班左右近臣，巴不得乘舆出幸，好乘此予取予求，自饱欲壑。于是奉驾南行，沿途需索，不可胜计，到了罢猎回宫，已皆贪物，喜跃而归。（小人无一不贪财。）

太尉刘矩，司空刘宠，俱因灾异相寻，坐谴免官，司徒种暠，又复病殁，桓帝特进太常杨秉为太尉，卫尉许栩为司徒，周景为司空。秉即杨震次子，父子相继为太尉，士论称荣；周景在卫尉任内，正直无私，素与杨秉气谊相投，至同列台阶，遂联名上奏，请将中官子弟，悉数罢斥，桓帝总算依从，黜免使匈奴中郎将燕瑗，青州刺史羊亮，辽东太守孙谊等五十余人，再起皇甫规为度辽将军，往镇朔方。规莅任数月，即奏举武威太守张奂，才略兼优，宜为主帅，自已愿为奂副。朝廷准如所请，乃迁奂为度辽将军，规为使匈奴中郎将。奂本酒泉人氏，曾为梁冀故吏，坐党梁氏，致遭禁锢；皇甫规常与友善，荐牍七上，乃得起为武威太守。武威僻处西陲，民多愚野，经奂严加赏罚，济以教养，风俗一新，百姓无不悦服，为立生祠；至迁任度辽将军，并得皇甫规为辅，爱威并用，夷夏归心，幽、并二州，安静了好几年。

惟桓帝耽情游乐，屡思南巡，自广成苑校猎以还，倏忽一载，乃复鼓动游兴，托言至章陵祭祖，启跸出都，（章陵即舂陵县，事见前文。）翠华一出，扈从万计，比前此校猎广成时，热闹加倍，途次征求费役，更形骚扰；独护驾从事胡腾，看不过去，上言天子无外，乘舆所幸，即为京师，臣请以荆州刺史，比司隶校尉，臣自同都官从事。桓帝依议施行，腾乃得严申约束，遇有阉宦私索等情，立令州县报闻，州县如有徇隐，罪与同科，得此一举，才觉纪律肃然，莫敢干扰。车驾到了章陵，谒祭园庙，颁赐守、令以下，多寡有差；再启行至云梦泽，临览汉水，复还幸新野，遍祀湖阳、新野两公主各祠，（两公主，系光武帝祠。）然后返驾入都，时已为延熹八年的残腊了。

越年正月，诏遣中常侍左悺，前往苦县，致祭老子。（真是多事，且由宦官主祭，老子有灵，岂肯就飨?）待至左悺复命，凑巧权阉得罪，悺亦被劾，声势隆隆的左回天，到此亦无术求生，只好自寻死路了。说起权阉得罪的祸根，起自益州刺史侯参。参为中常侍侯览亲弟，倚兄势力，贪暴横行，凡民间财产丰富，即诬以大逆，诛灭全家，没入财物，前后得赃无数，怨积全州。事为太尉杨秉所闻，因即据实纠弹；有诏用槛车逮参，参在道自杀。京兆尹袁逢，至旅舍阅参行李，共有三百余车，统载金银珍玩，光耀满目，特上书报闻，秉乃再劾侯览，请一并放黜，语云：

臣案国旧典，宦竖之官，本在给使省闼，司昏守夜，而今猥受过宠，执政操权，其阿谀取容者，则因公褒举，以报私惠；有忤逆于心者，必求事中伤，肆其凶忿；居法王公，富拟国家，饮食极肴膳，仆妾盈纨素，虽季氏专鲁，穰侯擅秦，（穰侯即秦昭王舅。）何以尚兹？案中常侍侯览弟参，贪残元恶，自取祸灭，览固知衅重，必有自疑之意，臣愚以为不宜复见亲近；昔齐懿公刑邴歜之父，夺阎职之妻，而使二人参乘，卒有竹中之难，《春秋》书之，以为至戒。盖郑詹来而国乱，（事见《公羊传》。）四佞放而众服；（四佞，即四凶。）以此观之，容可近乎？览宜即屏斥，投畀豺虎，若斯之人，非恩所宥，请免官送归本郡，全其余生，则忧足弭而为德亦大矣。

桓帝览奏，还是不忍罢览，再令尚书召秉掾属，用言诘问道：“公府外职，而奏劾近官，经典、汉制，曾有此故事否?”掾吏答道：“春秋时，赵鞅兴甲晋阳，入除君侧，经义不以为非，传谓‘除君之恶，惟力是视’汉丞相申屠嘉，面责邓通，文帝且为请释。本朝故事，三公职任，无所不统，怎说不能奏劾近官呢?”（理由充足。）尚书无词可驳，还白桓帝；桓帝不得已罢免览官。司隶校尉韩缜，复奏列左悺罪恶，及悺兄太仆左称；悺与称胆怯心虚，自恐不能逃罪，并皆仰药毕命。悺又劾具瑗兄恭，历任沛相，受赃甚多，亦应按赃治罪，诏即征恭下狱。瑗入宫陈谢，缴还东乡侯印绶。桓帝令瑗免官，贬为都乡侯，瑗归死家中。时单超、唐衡早卒，徐璜亦死，子弟本皆袭封，至此并降为乡侯，这就是五侯的结局。（只有左悺自尽，余皆令终，不可谓非幸遇。）

皇后邓氏，专宠后庭，母族均叨恩宠，兄子康已早封淮阳侯，康弟统复袭后母封邑，得为昆阳侯，（邓后母宣，曾封昆阳君，至是，宣殁，故令统袭封。）统从兄会，却袭后父香封爵，得为安阳侯，统弟秉，又受封淯阳侯，就是后叔父邓万世，尝拜官河南尹，与桓帝并坐博弈，宠幸无比。约莫有六七年，邓后色已寖衰，桓帝又别选丽姝，充入后宫，先后不下五六千人。就中总有几个容貌超群，赛过邓后，桓帝得新忘旧，自然把邓后冷淡下来；邓后不免怀忿，时有怨言，又因桓帝所宠，莫如郭贵人，因与她积成仇隙，互搬是非。郭贵人甫承宠眷，一言一语，皆足移情，桓帝素来昏庸，怎能不为所蛊敝？那郭贵人乐得媒孽，遂把那邓后行止，随时谮毁，说得她如何骄恣，如何妒忌，惹动桓帝怒意，于延熹八年正月，废去皇后邓氏，撵往暴室，活活幽死。河南尹邓万世，及安阳侯邓会，并连坐下狱，相继瘐死；邓统等亦逮系暴室，褫夺官爵，黜归本郡，财产俱没入县官，邓氏复败。

前度辽将军李膺，再起为河南尹，适值宛陵大姓羊元群，自北海郡罢官归来，赃罪狼藉，膺表陈元群罪状，欲加惩治；哪知元群行赂宦官，反说膺挟嫌中伤，竟将膺罢官系狱，输作左校。前车骑将军冯绲，复入为将作大匠，迁官廷尉，按验山阳太守单迁，因他情罪从重，笞死杖下；迁为故车骑将军单超亲弟，中官与有关系，遂飞章构成绲罪，亦与李膺同为刑徒。中常侍苏康、管霸，霸占良田美产，州郡不敢诘，大司农刘祐，移书州郡，将二阉占有产业，悉数没收。二阉当然泣诉桓帝，桓帝大怒，亦将刘祐下狱论罪，输作左校。太尉杨秉，正欲为三人讼冤，不意老病侵寻，竟致不起。秉中年丧妻，不复续娶，居官以清白见称，绰有父风，尝自谓我有三不惑，酒、色与财，及病殁时，年已七十有四。桓帝赐茔陪陵，特进陈蕃为太尉，蕃奉诏固辞道："不愆不忘，率由旧章，臣不如太常胡广；齐七政，训五典，臣不如议郎王畅；聪明亮达，文武兼资，臣不如弛刑徒李膺；愿陛下就三人中，简贤授职，臣却不敢滥厕崇阶！”桓帝优诏不许，蕃乃受命就任，入朝白事，屡言李膺、冯绲、刘祐三人冤屈，应即日赦宥，赐还原职，桓帝置诸不答；蕃复跪请再三，反复陈词，备极恳切，仍未见桓帝允许，乃流涕起去。司隶校尉应奉，见蕃屡请不准，独上疏申讼道：

昔秦人观宝于楚，昭奚恤莅以群贤；梁惠王玮其照乘之珠，齐威王答以四臣。夫忠贤武将，国之心膂。窃见左校弛刑徒前廷尉冯绲，大司农刘祐，河南尹李膺等，执法不挠，诛举邪臣，肆之以法，众庶称宜。昔季孙行父亲逆君命，逐出莒仆，于舜之功二十之一，今膺等投身强御，毕力致罪，陛下既不听察，而猥受谮诉，遂令忠臣同愆元恶。自春迄冬，不蒙降恕，遐迩观听，为之叹息。夫立政之要，记功忘失，是以景帝舍安国于徒中，（景帝时，韩安国为梁大夫，坐法抵罪，后复起为梁内史。）宣帝征张敞于亡命。（敞为京兆尹，杀人亡命，会冀州乱，复征为刺史。）绲前讨蛮荆，均吉甫之功；（周尹吉甫征服猃狁。）祐数（读若朔。）临督司，有不吐茹之节；膺威著幽、并，遗爱度辽；今三陲蠢动，王旅未振。《易》称“雷雨作解，君子以赦过宥罪”。乞原膺等，以备不虞。是臣等所无任翘望者也。

经此一疏，却蒙桓帝听从，便将三人赦罪。（陈蕃屡言不听，应奉一疏即行，为蕃计已可引身退去。）已而桓帝拟立继后，意在采女田圣，圣家世微贱，独生得妖娆艳冶，姿态绝伦，桓帝得了此女，又将郭贵人撇诸脑后，日夕与田圣同处，相猥相倚，如漆投胶；因此欲将圣册立为后。司隶校尉应奉，伏阙固诤，力言田氏单微，不足为天下母。太尉陈蕃，亦申言后宜慎选，不如册立窦贵人，却是世家旧戚，足配圣躬。桓帝无可如何，乃立窦贵人为继后。后为窦融玄孙窦武女儿，即章帝后从祖弟的孙女，入宫未几，得为贵人，既已正位中宫；父武得进任城门校尉，受封槐里侯。惟窦后姿色，不及田圣，桓帝因公论难违，勉强册立，所以御见甚稀，有名无实；那桓帝的爱情，仍然专属田圣一人。小子有诗叹道：

溺情无过绮罗丛，欲海沉迷太不聪；

二十年来昏浊甚，徒教妇寺乱深宫！

欲知后事如何，且看下回续叙。

隐不讳亲，贞不绝俗，乃郭林宗一生确评。林宗生遭衰世，已知大局之不可复支，惟悲天悯人之衷，始终未恝，不得已栽培后进，使之成材，为斯文留一线之光；孔孟之辙环天下，教授生徒，犹是志耳。彼陈蕃、李膺诸人，知进而不知退，毋乃昧机。且于邓后之废死，蕃正在朝辅政，不闻出言谏诤，延至继立中宫，方谓田氏微贱，不如选立窦贵人，夫邓后何罪？不过为儿女私嫌，竟遭幽死；窦后何德？乃请立为后；厥后北寺之冤，已隐伏于后位之废立时矣。徐孺子尝诫郭林宗，而于下榻之陈蕃，反未闻预为规谏，抑独何也？

第五十三回 激军心焚营施巧计 信谗构严诏捕名贤

却说桂阳太守陈奉，前已剿平长沙贼党，（见第五十一回。）复破灭桂阳贼李研，桂阳乃安。惟余贼卜阳、潘鸿等，逃入深山，伏处年余，觑得兵防少弛，又四出劫掠，蹂躏居民；还有艾县残贼，亦与卜、潘二贼连合，大为民患。荆州刺史度尚，颇有胆略，招募蛮夷杂种，悬赏进讨，大破贼众，连平三寨，夺得珍宝甚多。卜、潘二贼，仍窜入山谷间，党羽犹盛，尚欲穷捣贼巢，殄绝根株；只士卒已腰囊满盈，不愿冒险再入，彼此逍遥自在，各无斗志。尚乃想出一法，向众扬言道："卜阳、潘鸿，乃是多年积贼，能战能守，未易驱除，我兵已经劳苦，且与贼相较，还是彼众我寡，一时不便轻进。今宜征发诸郡兵马，并力击贼，方可图功。尔等可随时习劳，出外射猎，毋使游惰，待至诸郡兵到，大举进剿，岂不是一劳永逸么？"士卒闻言，很是喜悦，当即成群结队，共出游猎，每日获得禽兽，充入庖厨，足供大嚼，众情愈加踊跃，遂至倾寨俱出，四处弋射，尽兴始归。不意到了营旁，统是惊心怵目，叫苦连天。原来那几座营盘，都已变做灰烬，所有平时珍积，被祝融氏收拾尽净了。（却是奇绝。）

看官阅此，还道是营中失火，谁知却是度尚的秘计。尚见军心懈弛，无非为骄富所致，因特诱他出猎，密令心腹将士，暗地纵火，毁去各营，使他失所凭借，然后可以再用。大众未知尚谋，正在自悔自恨，涕泪交并，可巧尚来营巡视，故意顿足道："我令汝等出猎习劳，实为平贼起见，今营中无故被毁，致失汝等蓄积，怕不是由贼狡计，前来放火么？这都是我失防闲，致遭此害，我定要向贼求偿呢！”说至此，见大众并皆感泣，又继续宣言道：“卜、潘二贼的财货，足富数世，诸君若能努力击贼，便可悉数取来，区区小失，不足介意，明日就进捣贼巢便了！”（虽是一番权谋，但欲驱策骄兵，亦不得不尔。）众皆应声道：“愿如尊命！”尚心中大喜，饬各军秣马蓐食，待旦即发。

未几已是黎明，便传出号令，全军启行，自己亦披挂上马，扬鞭急进，驰抵贼寨。卜阳、潘鸿等贼，甫经起食，一些儿没有防备，被官军长驱杀入，如削瓜刈草一般，卜、潘二贼，弃食出奔，由吏士抢步赶上，乱刀交挥，任他两贼如何凶悍，已剁得有头无尾，血肉模糊。余贼大半饮刀，剩了几个脚长的毛奴，虽得侥幸逃生，也已心胆交碎，情愿改过自新，变做平民。荆州大定，群寇悉平。尚以功得封右乡侯，调任桂阳太守；越年征还京师，改命任胤为桂阳太守。

荆州兵目朱盖等，戍役日久，财赏不足，复愤恚作乱，与桂阳贼胡兰等合并，共计三千余人，进攻桂阳，焚掠郡县。任胤胆小如鼷，弃地逃走；贼众辗转迫胁，多至数万，移扰零陵。太守陈球，婴城拒守，掾吏向球进说道：“贼势甚盛，明公不如挈家避难，尚可自全！”球勃然发怒道：“太守分国虎符，受任一方，岂可顾全妻孥，折损国威？如敢再言奔避，立斩勿贷！”掾吏乃咋舌退去。球即削木为弓，断矛为矢，引机扳发，射死贼党多人。贼攻城不下，因决城外流水，灌入城中，球相视地势，据高屯兵，反引水淹贼，贼众惊骇，乃将流水泄去。内外相拒十余日，全城无恙。

朝廷再授尚为中郎将，使率幽、冀、黎阳、乌桓步骑二万六千人，往救零陵，尚连败贼众，又与长沙太守抗徐等，调集各郡士卒，合力讨击，大破胡兰。兰急不择路，骤马乱奔，尚督兵追及，张弓搭箭，射倒兰马，兰颠仆地上，当由眼快脚快的军士，赶出一刀，了结贼命。余贼失去头颅共约三千五百级，朱盖等窜往苍梧。诏赐尚钱百万，抗徐等亦受赏有差。尚系山阳人，徐系丹阳人，两人为同时名将。至朱盖等入苍梧境，复被交阯刺史张磐击退，仍还荆州，后来为零陵太守杨璇讨平，这且毋庸细表。

且说李膺遇赦后，复起为司隶校尉，他本生性刚直，不肯诡随，虽已迭经挫折，仍然风裁严峻，执法不阿。小黄门张让弟朔，为野王令，贪残无道，甚至刑及孕妇，一闻膺为校尉，便即惧罪入京，匿居乃兄第舍。果然膺闻风往捕，亲率吏卒至让家，四处搜寻，不见形影，及见室有复壁，即令吏卒毁壁入视，得将张朔觅着，一把抓住，押赴洛阳狱中，讯鞫得供，立即处斩。让遣人说情，已经无及；没奈何入诉桓帝，谓膺专擅不法。桓帝召膺入殿，当面诘责，问他何故不先奏请，便即行诛？膺从容答说道："昔晋文公执卫成公，归诸京师，《春秋》不以为非；《礼》云公族有罪，虽加三宥，有司尚可执宪不从。且孔子为鲁司寇，七日即诛少正卯。今到官已越一旬，自恐稽迟获罪，不意反欲速见讥；就使臣罪至死，还望陛下宽限五日，使臣得殄除元恶，然后退就鼎镬，也所甘心了！"（元恶何能尽除？徒使权阉侧目，膺亦可以休矣！）桓帝听着，因他理直气壮，不能再诘，乃旁顾张让道："这是汝弟有罪，应该加戮，不得专咎司隶呢！"遂令膺退去，张让亦只好趋出。

嗣是黄门常侍，皆屏足帖息，虽经休沐，不敢复出宫省；桓帝怪问原因，众阉并叩头泣语道："畏李校尉！"是时朝廷日乱，纲纪颓弛，惟膺不屈不挠，好似中流砥柱，士人或得邀容接，辄相欣庆，号为登龙门。（龙将烧尾，奈何？奈何？）太尉陈蕃，荐引议郎王畅，进为尚书，出任河南太守，奋厉刚猛，与李膺齐名；太学诸生三万余人，常钦慕陈蕃、李膺、王畅等人，交口赞美，编出三语道："天下楷模李元礼，不畏强御陈仲举，天下俊秀王叔茂。"元礼、仲举、叔茂，便是李膺、陈蕃、王畅三人的表字。自从太学生有此标榜，遂致中外承风，竞相臧否，孰忠孰奸，孰贤孰不肖，往往意为褒贬，信口歌谣。于是君子小人，辨别甚清，君子与君子为一党，小人与小人为一党，小人只知为恶，党派却结得牢固，不至分争。君子与君子，有时为了学说不同，政见不同，却互生龃龉，又从一党中分出两党来，两党相诽，久持不下，反被小人从旁窃笑，乘隙攻入，得将党人二字，加到君子身上。暗君不察，疑他结党为非，听信谗言，滥加逮捕，闹得一塌糊涂，这就叫做党祸。（小人原属可恨，君子亦不能无咎。）

看官听着，待小子叙明东汉党祸的源流。（一朝大狱，应该特别叙明。）先是桓帝为蠡吾侯时，曾向甘陵人周福受业，及入承大统，便擢福为尚书；又有甘陵人房植，曾一任河南尹，也有重名。福字仲进，植字伯武，乡人替他作歌道："天下规矩房伯武，因师获印周仲进。"据此两语，似乎房植的名望，驾过周福，惟两人既相继通显，自然各置宾僚；福门下无不助福，往往优福劣植，植门下无不助植，又往往优植劣福，两造互争优胜，积不相容，免不得各树党徒，寖成仇隙，党人的名号，就从甘陵的周、房两家，发生出来。

既而汝南太守宗资，用范滂为功曹，南阳太守成瑨，用岑晊为功曹，并委他褒善纠违，悉心听政，二郡又有歌谣道："汝南太守范孟博，南阳宗资主画诺；南阳太守岑公孝，弘农成瑨但坐啸。"宗资南阳人，成瑨弘农人，孟博系范滂表字，公孝系岑晊表字，歌中寓意，是归美范滂、岑晊二人，名为功曹，实与太守无二，冤冤相凑，衅启南阳。宛县人张汜，为桓帝乳母外亲，拥有资财，工雕刻术，尝琢玉镂金，私贿中官，中官与为莫逆交，往来甚密，汜得恃势骄横，肆行无忌，宛吏不敢过问。南阳功曹岑晊，因宛县为南阳属地，特劝太守成瑨，捕汜入狱，汜慌忙通讯中官，乞为救护，中官即为代请，颁下赦文，晊又促瑨诛死张汜。然后宣诏施赦。小黄门赵津，家居晋阳，贪残放恣，太原太守刘瓆，亦将津捕入狱中，遇赦不赦，把津处死。

中常侍侯览，时已复官，即使张汜妻上书讼冤，并向桓帝前谮诉瑨、瓆，说他不奉诏命，罪同大逆。桓帝顿时大怒，立征瑨、瓆下狱，饬令有司审谳，有司仰承中旨，复称两人俱当弃市。同时山阳太守翟超，使张俭为督邮，巡视全境。侯览家在防东，残害百姓，大起茔冢，俭举奏览罪，被览从中搁置，壅不上闻，惹得俭容忍不住，竟督吏役，毁去览冢，籍没资财，览怎肯罢休？泣诉桓帝，归罪太守翟超，超又被逮下狱，当由有司定案，与前东海相黄浮同科，并输左校。（黄浮事，见第五十一回。）司空周景，时已免官，由太常刘茂代任，太尉陈蕃，邀茂一同入谏，请赦瑨、瓆、超、浮四人，桓帝不从，中常侍复从中媒孽，茂恐为所构，不敢复言。独陈蕃不甘隐默，再上疏力谏道：

臣闻齐桓修霸，务为内政；《春秋》于鲁，小恶必书，宜先自整饬，后以及人。今寇贼在外，四肢之疾，内政不理，心腹之患；臣寝不能寐，食不能饱，实忧左右日亲，忠言以疏，内患渐积，外难方深。陛下超从列侯，继承天位。小家蓄产，百万之资，子孙尚耻愧失其先业，况乃产兼天下，受之先帝，而欲懈怠以自轻忽乎？诚不爱己，不当念先帝得之勤苦耶？前梁氏五侯，毒遍海内，天启圣意，收而戮之，天下之议，冀当小平；明鉴未远，覆车如昨，而近习之权，复相煽结。小黄门赵津，大猾张汜等，肆行贪虐，奸媚左右；前太原太守刘瓆，南阳太守成瑨，纠而戮之。虽言赦后，不当诛杀，原其诚心，在乎去恶。至于陛下，有何悁悁？而小人道长，荧惑圣听，遂使天威为之发怒，各加刑谪，已为过甚；况乃重罚，令伏欧刀乎？又前山阳太守翟超，东海相黄浮，奉公不挠，嫉恶如仇，超没侯览财物，浮诛徐宣之罪，并蒙刑坐，不逢赦恕；览之骄纵，没财已幸；宣犯衅过，死有余辜！昔丞相申屠嘉，召责邓通，洛阳令董宣，折辱公主，而文帝从而请之，光武加以重赏，未闻二臣有专命之诛。而今左右群竖，恶伤党类，妄相交构，致此刑谴。闻臣是言，当复啼诉。陛下深宜割塞近习预政之源，引纳尚书朝省之事，公卿大官，五日一朝，简练清高，斥黜佞邪。如是天和于上，地洽于下，休祯符瑞，岂远乎哉？陛下虽厌恨臣言，臣但知为国效忠，冀回上意，用敢昧死奏闻！

桓帝览疏，非但不从蕃请，并且下诏责蕃；黄门中常侍等，恨蕃加甚，只因蕃为名臣，一时未敢加害，故蕃尚居官如故。平原人襄楷，诣阙陈书，力为瑨、瓆讼冤，终不见报；会因河水告清，楷以为清属阳，浊属阴，河水当浊而反清，是阴欲乘阳之兆；又桓帝尝就濯龙宫中，亲祀老子，用郊天乐，楷书中亦曾提及，谓黄老清虚，好生恶杀，省欲去奢，今陛下厉行诛罚，博采妇女，全与黄老相反，祭祀何益？词意很是激切，桓帝惟置诸不理。楷复上书纠劾宦官，文中有云："殷纣好色，妲己是出；叶公好龙，真龙游廷。今黄门常侍，并犯天刑，陛下乃宠遇日甚，臣愚以为继嗣未兆，实坐此弊！"这数语激动一班阉竖，大起哗声。桓帝已逾壮，未得一子，也不免触起懊恼，即召楷入朝，令尚书问状。楷直答道："古时本无宦官，自武帝末年，屡游后宫，始令阉人侍从，设置官职，这乃先朝弊政，不足为法！"尚书等斥楷违经诬上，应即论罪，竟把楷收送洛阳狱中，还是桓帝搁置不提，才免死刑。符节令蔡衍，议郎刘瑜，表救成瑨、刘瓆，言亦切直，并坐罪免官；瑨与瓆竟搒死狱中，惟岑晊、张俭，在逃未获。（瑨、瓆毕命，事由晊、俭二人启衅，乃瑨、瓆死，而晊、俭逃生，以义相绳，未免负友。）

俭有清名，望门投止，辗转至东莱，匿李笃家。外黄令毛钦，闻风往捕，笃与语道："张俭知名天下，所为无罪，明府素行清正，何忍拘及名士？"钦抚笃背道："蘧伯玉耻独为君子，足下如何自专仁义？"笃又答道："笃虽好义，明府今日，也分得一半了！"钦叹息自去，笃复送俭出塞，方得幸存。晊窜往齐、鲁，亲友亦竞为收容，惟前新息长贾彪，闭门不纳；彪曾有重望，在新息长任内，见贫民多弃子不育，特严令禁止，有犯与杀人同科，数年间户口蕃庶，民间称为贾父。至不纳岑晊一事，为众所疑，彪喟然道："《传》云：'相时而动，无累后人！'公孝要君致衅，自贻伊戚，我岂可私相容隐么？"（足令岑晊自愧。）后来晊走匿江夏山中，得疾乃终。

一案未了，一案又起，河内有术士张成，颇善占验，预料朝廷当赦，纵子杀人。司隶校尉李膺，收捕成子下狱，越日果有诏大赦，成子应当脱罪，膺独援杀人抵命的故例，不肯轻恕，竟将成子加诛。成尝挟术干时，交通宦官，宦官便替成报怨，嗾使成弟子牢修上书，劾膺交结太学游士，共为部党，诽谤朝廷，败坏风俗。桓帝误为听信，严旨逮捕党人，班行郡国，布告天下，案经三府，当由太尉陈蕃，展览党人名籍，俱系海内闻人，便皱眉捻须道："今欲逮捕诸人，统是忧国忠公，驰誉四海的名士；就使子孙有过，尚应十世加宥，况本身未著罪状，奈何无端收捕呢?"说着，遂将党人名籍却还，不肯署名。桓帝越加动怒，索性将司隶校尉李膺，罢官系狱；辞连太仆杜密，御史中丞陈翔，及陈寔、范滂等，共二百余人，陆续捕入；或已闻风避匿，经有司悬金购募，务获到案。（党人并非大盗，为何这般严酷?）

杜密颍川人，累迁北郡、泰山太守，调任北海相，监视宦官子弟，有恶必惩；及去官还家，每见守令，多所陈托。同郡刘胜，亦自蜀郡告归，闭门扫轨，不复见客。颍川太守王昱，尝向密称美刘胜，说他清高绝俗，密知昱讽己，奋然说道："刘胜位为大夫，见礼上宾，乃知善不荐，闻恶无言，隐情惜己，自同寒蝉，这乃是当世罪人！密却举善纠恶，使明府赏罚得中，令闻休扬，岂非有裨万一么?"（无道则隐，奈何不知?）昱闻言怀惭，待遇加厚。嗣入朝为尚书令，迁官太仆，嫉恶甚严，与李膺名行相次，时人号为李杜；膺既得罪，密自然不能脱身，与同连坐。陈翔系汝南人，官拜议郎，出任扬州刺史，尝举发豫章太守王永，私赂中官，吴郡太守徐参，倚兄中常侍徐璜权势，在职贪秽，永与参因此被黜，宦竖与他结嫌，亦将他列名党案，逮入狱中。陈寔本与宦官无仇，不过因名盛遭忌，致被罗织。有人劝寔逃亡，寔叹息道："我不就狱，众无所恃。"乃挺身入都，自请囚系。范滂本反对检人，一闻逮捕，便昂然入狱，狱吏谓犯官坐系，应祭皋陶，滂正色道："皋陶为古时直臣，若知滂无罪，且当代诉天帝；如或不然，祭亦何益?"众闻滂言，并皆罢祭。度辽将军张奂，已就征为大司农。由中郎将皇甫规升任度辽将军，闻朝廷大兴党狱，遍拘名士，自耻不得与列，径拜表上陈道："臣前荐大司农张奂，便是附党，又臣输作左校时，由太学生张凤等为臣讼冤，便是党人所附；臣应同入党案，受罪坐罚！"桓帝得书，却搁置一旁，并不批答。（想是宦竖与规无嫌。）就中恼了一位大臣，复毅然申奏，力为党人辩诬，正是：

谗口嚣嚣真罔极，忠言谔谔总徒劳。

欲知何人出为辩诬，容至下回再表。

国家设兵，原以防盗，盗去不击，乌用兵为？观度尚之计激军心，似以诈谋使人，不足为法，然尚之所用以击贼者，乃蛮夷杂种耳；平素未曾训练，第因一时之募集，驱使从戎，若非设法以鼓动之，安能令其再接再厉，捣平贼巢耶？故尚之所为，权道也，非正道也！孔子所谓可与权者，尚其有焉。若李膺等虽素怀刚正，而当国家无道之秋，不如洁身远害，天地闭，贤人隐，古有明言，乃以一时之矫激，祸及海内，宁非愚忠？徐孺子谓大木将颠，非一绳所能维；郭林宗谓天之所废，不可复支，正洞明权变之言，故卒能超然于党祸之外；刘胜甘作寒蝉，亦比物此志云尔。李、杜虽忠，其如未识权宜何也？

第五十四回　驳问官范滂持正　嫉奸党窦武陈词

却说桓帝延熹八年，大兴党狱，缉捕至二百余人，恼动了一位大臣，不忍坐视，因复上疏极谏，这人为谁？就是太尉陈蕃。疏中有云：

臣闻贤明之君，委心辅佐，亡国之主，讳闻直辞；故汤武虽圣，兴于伊吕，桀纣迷惑，亡在失人。由此言之，君为元首，臣为股肱，同体相须，共成美恶者也。伏见前司隶校尉李膺、太仆杜密、太尉掾范滂（滂曾为太尉黄琼掾吏。）等，正身无玷，死心社稷，以忠忤旨，横加考案，或禁锢闭隔，或死徙非所。杜塞天下之口，聋盲一世之人，与秦焚书坑儒，何以为异？昔武王克殷，表闾封墓；今陛下临政，先诛忠贤，遇善何薄？待恶何优？夫谗人似实，巧言如簧，使听之者惑，视之者昏；然吉凶之效，存乎识善，成败之机，在于察言。人君者，摄天地之政，秉四海之维，举动不可以违圣法，进退不可以离道规，谬言出口，则乱及八方，何况髡无罪于狱、杀无辜于市乎？昔禹巡狩苍梧，见市杀人，下车而哭之曰："万方有罪，在予一人！"故其兴也勃焉。又青、徐炎旱，五谷损伤，民物流迁，茹菽不足；而宫女积于房掖，国用尽于罗纨，外戚私门，贪财受赂，所谓"禄去公室，政在大夫"。昔春秋之末，周德衰微，数十年间，无复灾眚者，天所弃也；天之于汉，悢悢无已，（悢悢犹眷眷也。）故殷勤示变，以悟陛下，除妖去孽，实在修德。臣位列台司，忧责深重，不敢尸禄惜生，坐观成败。如蒙采录，使身首分裂，异门而出，所不恨也！

桓帝已信任宵小，决除党人，看了陈蕃奏疏，也疑他是党中魁硕，大为拂意；再加阉竖乘隙进谗，交毁陈蕃，遂传出一道诏旨，责蕃辟召非人，将他罢免，再起周景为太尉。景颇持躬亮直，但见蕃因言获戾，未敢再陈；此外更乐得置身局外，钳口避灾。迁延过了一年，党人尚未邀赦，当由前新息长贾彪，义愤填膺，在家叹语道："我不西行，大祸不解！"因即辞家入都，进谒城门校尉窦武，及尚书霍谞，请为党人申理。武乃缮疏进奏道：

> 臣闻明主不讳讥刺之言，以探幽暗之实；忠臣不恤谏争之患，以畅万端之事；是以君臣并熙，名奋百世。臣幸得遭盛明之世，逢文武之化，岂敢怀禄逃罪，不竭其诚？陛下初从藩国，爰登圣祚，天下逸豫，谓当中兴；自即位以来，未闻善政，梁、邓诸恶，虽或诛灭，而常侍黄门，续为祸虐，欺罔陛下，竞行谲诈，自造制度，妄爵非人，朝政日衰，奸臣日盛。伏寻西京，放恣王氏，佞臣执政，终丧天下。今不虑前事之失，复循覆车之轨，臣恐秦二世之难，必将复及，赵高之变，不朝则夕！近者奸臣牢修，造设党议，遂收前司隶校尉李膺、太仆杜密、御史中丞陈翔、太尉掾范滂等逮考，连及数百人，旷年拘系，事无左证。臣惟膺等建忠抗节，志在王室，此诚陛下稷、契、伊、吕之佐，而虚为奸臣贼子之所诬枉，天下寒心，海内失望。惟陛下留神澄省，即时理释，以厌人鬼喁喁之心！臣闻古之明君，必须贤佐，以成政道；今台阁近臣陈蕃、胡广，及尚书朱寓、荀绲、刘祐、魏朗、刘矩、尹勋等，皆国之贞士，朝之良佐；尚书郎张陵、妫皓、苑康、杨乔、边韶、戴恢等，文质彬彬，明达国典；内外之职，群材并列；而陛下委任近习，专树饕餮，外典州郡，内干心膂。宜以次贬黜，案罪纠罚，抑夺宦官欺国之封，案其无状诬罔之罪，信任忠良，平决臧否，使邪正毁誉，各得其所，则咎征可消，天应可待矣！

窦武既将疏呈入，复缴上城门校尉及槐里侯印绶，自愿罢官，桓帝不许，仍将印绶发还。尚书霍谞，又表请释放党人，桓帝亦稍稍感悟，乃使中常侍王甫，就狱讯问。（时党人皆锢住北寺狱中，为黄门所管辖。）一应人犯，类皆三木囊头，奄立阶下，王甫依次传入，逐加诘问，有几个略为辩白，有几个不愿多谈；滂独数次前进。王甫启口诘滂道："君为人臣，不知忠国，反勾结部党，自相褒举，评论朝廷，虚词交构，究竟意欲何为？宜供出实情，不得欺饰！"滂答说道："孔子有言：'见善如不及，见恶如探汤。'滂欲使善善同清，恶恶同污，不料朝廷反目为朋党，难道善反为恶，恶反为善么？"甫又诘问道："如君等互相推举，迭为唇齿，稍有不合，即加排斥，这是何意？"滂仰天长叹道："古人修善，自求多福，今日修善，反陷大戮；身死以后，愿将尸首埋葬首阳山侧，上不负皇天，下不愧夷、齐！"（慨当以慷。）甫听了滂言，也愍然改容，乃命并解桎梏，返报桓帝。李膺等又多引入宦官子弟，说他同党，宦官亦不禁惶惧，乃向桓帝进言，以为天时当赦，桓帝才将狱中二百余人，一概释放；但尚留名三府，禁锢终身。一面下诏改元，号为永康。

范滂出狱后，往候尚书霍谞，并不为谢，或咎滂何不谢谞，滂答语道："春秋时叔向坐罪，祁奚入援，未闻叔向谢恩，祁奚炫惠，滂亦效法古人，何必称谢？"（叔向、祁奚皆晋人。）说毕，即出都还至汝南。南阳士大夫，在道欢迎，有车数百辆，滂叹息道："这乃反使我速祸哩！"遂从间道还乡，不复见客。余人亦统皆归里。从前钩党诏下，郡国都希旨举奏，多至百数；惟平原相史弼，不奏一人，诏书前后迫促，髡笞掾吏，且使从事坐待传舍。弼往见从事，谓平原实无党人。从事作色道："青州六郡，五郡有党，敢问平原有何治化，独无党人？"弼亦峻词相拒道："先王疆理天下，划界分境，水土异宜，风俗不同，他郡有党，平原自无，怎得相比？若徒知趋承上司，诬害良善，是平原民居，户户可入党籍了！弼宁死不敢从命！"（也是个硬头子。）从事且惭且恨，回朝复旨。将加弼罪名，会因党禁从宽，只令弼罚俸一年；平原士人，幸免牵连，这都是史弼的厚惠，保全甚多。会稽人杨乔，由城门校尉窦武荐引，入朝为郎。乔容仪伟丽，奏对详明，桓帝爱他才貌，欲将公主配乔。乔见群阉当道，正士一空，料知将来无甚善果，因即上书固辞。桓帝不许，定要将爱女嫁乔为妻，且令太史择吉成婚，乔竟誓死相拒，绝粒数日，一命告终。好一个现成帝婿，弃去不为，反且如此拼生，真是奇闻！（无非是想做夷、齐。）

是年仲夏，京师及上党地裂；到了仲秋，东方大水，渤海溃溢，郡国官吏，转受中官嘱托，讹言瑞应：巴郡报称黄龙现，西河报称白兔来，魏郡报称嘉禾生、甘露降，种种虚诬，无一非贡谀献媚，取悦上心。大司农张奂，因鲜卑、乌桓复叛，受命为中郎将，再出督幽、并、凉三州，及度辽、乌桓二营。乌桓素闻奂威名，不战即降；独鲜卑大酋檀石槐，恃勇不服，虽然引兵暂退，仍复觊觎边疆。朝廷虑不能制，遣使封檀石槐为王，拟与和亲。檀石槐不肯受命，自分属地为东、中、西三部，各置酋长管领，有时辄出掠幽、并、凉诸州。

桓帝方耽恋酒色，宠幸佥壬，私幸天下无事，只有西北一带，稍闻寇患，无庸多忧，不如及时行乐，与采女田圣等，朝夕纵欢，享受温柔滋味；待至精髓日涸，疾病交侵，尚封田圣等九女为贵人，勉与绸缪，结果是脾肾皆亏，无可救药，好好一个三十六岁的皇帝，竟至德阳前殿，奄卧不起，瞑目归天。（淫荒之主，怎得延年？）总计桓帝在位，改元多至七次，为东汉时所仅见，历数亦不过二十一年。三立皇后，无一嫡嗣，此外贵人数十，宫女百千，也不闻诞育一男。（寡欲方可生男，否则，多妻何益？）窦皇后情急失措，急召乃父窦武，入议立嗣，武复转问侍御史刘儵，拟向宗室中选立贤王，儵沉吟良久，方答出一个解渎亭侯宏。宏系河间王开曾孙，祖名淑，父名苌，世封解渎亭侯，母为董氏，宏袭封侯爵，年才十二。儵举宏为对，明明是奉承窦后，好教她援引故例，借口嗣君幼弱，亲出临朝。窦武告知窦后，果然隐合后意，即使儵持节迎宏，偕同中常侍曹节，与中黄门、虎贲、羽林兵千人，星夜驰往河间，迓宏入都。

先是桓帝初年，京师有童谣云：“城上乌，尾毕逋。公为吏，子为徒。一徒死，百乘车。车班班，入河间。河间姹女工数钱，以钱为室金为堂。石上慊慊舂黄粱，梁下有悬鼓，我欲击之丞卿怒。”当时有人听此童谣，无从索解。及窦氏定策禁中，迎宏至夏门亭，由窦武带领群臣，奉宏入宫，即皇帝位，才将童谣起头的八语，逐条推测，有迹可寻。“城上乌”二句，是譬喻桓帝高居九重，专知聚敛；“公为吏”二句，是言蛮夷叛逆，父为军吏，子为卒徒，同时外征；“一徒死”二句，是前一人出征死事，后又遣兵车继讨；“车班班”二句，是刘儵至河间迎宏，更明白易解了；尚有后五语未曾应验，仍留作疑团，无人剖晰。后来宏即位二年，母董氏进为太后，喜积金钱，鬻官得贿，充满堂室，才知“姹女”“数钱”两语，已为谶兆；至“石上慊慊”三语，乃指董太后贪心未足，常使人舂黄粱为食，忠臣义士，欲击鼓谏阻，反被丞卿怒斥。可见得自古童谣，俱非无因，但不知由何人创造，成此预谶哩！（半属后人附会，不能援作铁证。）闲文少表。

且说桓帝告崩，已是永康元年的残冬，及解渎亭侯宏入宫即位，已在次年正月，是为灵帝，当即改元建宁。窦后已早自尊为皇太后，临朝称制；不待桓帝出葬，便将贵人田圣等一并处死，泄除宿忿，（开手即杀宫妃，怪不得后来多难。）一面授窦武为大将军，首握朝纲。太尉周景，因病乞休，旋即逝世；司徒许栩，已先罢职，由太常胡广继任；司空刘茂，亦已免官，代任为光禄勋宣酆。窦太后追溯前事，忆及自己得正位中宫，全赖陈蕃、周景两人。（见第五十二回。）景已病殁，无可报德，乃特进陈蕃为太傅，使与大将军窦武，及司徒胡广，参录尚书事；复将司空宣酆免职，迁长乐卫尉王畅为司空；奉葬桓帝于宣陵，追尊嗣皇祖淑为孝元皇，夫人夏氏为孝元皇后，父苌为孝仁皇，墓号慎陵，母董氏生存无恙，号为慎园贵人，又加封窦武为闻喜侯，武子机为渭阳侯，从子绍为鄠侯，靖为西乡侯，一门四人，同沐侯封。当由涿郡人卢植，代为寒心，特献书讽武道：

植闻嫠有不恤纬之事，漆室有倚楹之戚，（“嫠不恤其纬，而忧宗周之陨。”语见《左传》。漆室女倚柱悲吟，忧国伤怀，事见《列女传》。）忧深思远，君子之情。夫士立诤友，义贵切磋，《书》陈“谋及庶人”，《诗》咏“询于刍荛”，植诵先王之书久矣，敢爱其瞽言哉！今足下之于汉朝，犹旦、奭之在周室，建立圣主，四海有系。论者以为吾子之功，于斯为重；天下聚目而视，攒耳而听，谓准之前事，将有景风之祚。窃绎《春秋》之义，王后无嗣，择立亲长，年均以德，德均则决之卜筮；今同宗相后，披图按牒，以次建之，何勋之有？岂可横叨天功，以为己力乎？宜辟大赏，以全身名；又比世祚不竞，仍外求嗣，可谓危矣！而四方未宁，盗贼伺隙，恒岳、渤碣，尤多奸盗，将有楚人胁比，尹氏立朝之变。（并见《春秋》。）宜依古礼，置诸子之官，征王侯爱子，宗室贤才，外崇训导之义，内息贪利之心，简其良能，随用爵之，是亦强干弱枝之道也！

窦武得书，总道嗣君新立，大权在握，一时断不至变动，何必听信植言，自弃富贵？当下将来书搁置，不复留意。窦太后更封太傅陈蕃为高阳乡侯，中常侍曹节为长安乡侯。节当然乐受，惟蕃累疏固辞，章至十上，竟不受封。但与大将军窦武，同心辅政，征用前司隶李膺，太仆杜密，宗正刘猛，庐江太守朱寓等，并列朝廷；又引前越巂太守荀昱为从事中郎，前太丘长陈寔为掾吏，共参政事；志在除奸，窦太后也却悉心委任，言听计从。不过妇女见识，容易动摇，往往喜人谀言，厌闻正论。灵帝有乳母赵娆，随帝入宫，宫中号为赵夫人，性情狡黠，善揣人意，镇日里入侍太后，话长论短，深得太后欢心；还有一班女尚书，（系内官总名。）也俱受赵娆笼络，串同一气，日夕营私，中常侍曹节、王甫等，复谄事太后，与赵娆等朋比为奸，交相煽蔽。太后反皆视为好人，有所请求，无不允许，因此屡出内旨，封拜多人。（以阴遇阴，更易相惑。）

看官试想，如女子小人的荐引，何有贤才？太后误为听信，不待窦武、陈蕃商量，便即授命，武与蕃不便封驳，又不忍坐视，自然懊怅异常。蕃嫉恶尤甚，尝与武会晤朝堂，私下语武道：“曹节、王甫等，在先帝时，已操弄国权，浊乱海内，百姓匈匈，无不痛心。

今若不设计诛奸，后必难图！”武点首称善，蕃心下大喜，推席而起，欢颜别去。武乃复引同志尹勋为尚书令，刘瑜为侍中，冯述为屯骑校尉，密商大计。适值五月朔日，日食告变，有诏令公卿以下，各言得失，蕃即前往语武道：“昔御史大夫萧望之，为一石显所困，竟致自杀，况今有石显数十辈呢？近如李、杜诸公，祸及妻子，皆由权阉煽乱，正士罹殃，蕃年将八十，尚有何求？但欲为朝廷除害，佐将军立功，所以暂留不去；今正可为了日食，斥罢宦官，上塞天变，且赵夫人及女尚书，摇惑太后，亦宜屏绝。请将军从速措置，毋贻后忧！”武依了蕃言，便进白太后道：“向来黄门常侍，只令给事省内，看守门户，主管近署财物，今乃使干预政事，谬加重任，子弟布列，专为贪暴，天下恟恟，都为此故，宜一概诛黜，扫清宫廷！”窦太后徐答道：“汉朝故事，世有宦官，但当稽察有罪，酌量加惩，怎可同时尽废呢？”武乃先讦中常侍管霸、苏康，挟权专恣，应即加诛，太后总算依议，当由武收捕管霸、苏康，下狱处死。武又请诛曹节等人，偏太后犹豫未忍，迁延不报，陈蕃不暇久待，即上疏申请道：

臣闻言不直而行不正，则为欺乎天而负乎人；危言极意，则群凶侧目，祸不旋踵。钧此二者，臣宁得祸，不敢欺天也！今京师嚣嚣，道路喧哗，竞言曹节、侯览、公乘昕、王甫、郑飒等，与赵夫人、诸女尚书，并乱天下，附从者升进，忤逆者中伤。方今一朝群臣，如河中木耳，泛泛东西，耽禄畏害。陛下前始摄位，顺天行诛，苏康、管霸，并伏其辜。是时天地清明，人鬼欢喜；奈何数月，复纵左右？元恶大奸，莫此之甚！今不急诛，必生变乱，倾危社稷，其祸难量。愿出臣章宣示左右，并令天下诸奸，知臣嫉恶，不敢为非，则宫禁清而治道可冀矣！

蕃上此疏，满望太后感念旧惠，如言施行，谁知太后仍然搁起，并不听用。（去恶宜速，岂空言所可济事？况太后是个女流，难道能纤手除奸吗？）那一班油头粉面的妖娆，及口蜜腹剑的腐竖，已是愤恨异常，竟与这窦武、陈蕃，势不两立了！俗语说得好："和气致祥，乖气致戾。"为了朝局水火，遂致上苍示儆，发现端倪。小子有诗叹道：

天变都从人事生，吉凶悔吝兆先呈；

漫言冥漠无凭证，星象高悬已著明。

欲知天变如何，待至下回详叙。

观范滂对簿之词，原足上质鬼神，下对衾影；即其不谢霍谞，非特自白无私，且免致中官藉口，谤及谞身，滂之苦衷，固可为知者道，难为俗人言也；然时当乱世，正不胜邪，徒为危言高论，终非保身之道，此范滂之所以终于不免耳。及桓帝告崩，窦后临朝，陈蕃有德于窦后，而进列上公，窦武更位极尊亲，手握兵柄，二人同心，协谋诛奸，似乎叱嗟可办；然必不动声色，密为掩捕，使妇寺无从预备，一举尽收，然后奏白太后，声罪加诛，吾料太后亦不能不从，肃清宫禁，原反手事耳！计不出此，乃徒向太后絮聒，促令除奸，何其寡谋乃尔？且陈蕃疏中，固尝云危言极意，则群凶侧目，祸不旋踵，彼既明知诛恶之宜速，处事之宜慎，奈何尚请宣示左右耶？谋之不臧，语且矛盾，识者已知其无能为矣。

第五十五回 驱蠹贼失计反遭殃 感蛇妖进言终忤旨

却说灵帝元年八月，太白星出现西方，侍中刘瑜颇知天文，暗思星象示儆，危及将相，免不得瞻顾彷徨，因即上奏太后道："太白侵入房星，光冲太微，象主宫门当闭，将相不利，奸人为变，宜亟加防！"一面又致书窦武、陈蕃，略言星辰错谬，不利大臣，请速决大计，毋自贻祸。武与蕃乃再协商，筹定计议，先令朱寓为司隶校尉，刘祐为河南尹，虞祁为洛阳令，然后奏免黄门令魏彪，另用小黄门山冰代任，且使冰入白太后，收捕长乐尚书郑飒，送入北寺狱中。陈蕃向武进言道："若辈既经收捕，便当处死，何必送他入狱，多烦考讯哩？"（蕃言甚是，但徒杀一郑飒，何足济事？）武不肯从，即使山冰会同尚书令尹勋，侍御史祝瑨，就狱讯飒；飒供词连及曹节、王甫，勋与冰即据词复奏，使侍中刘瑜呈入。

武踌躇满志，总道曹节、王甫等有权无力，唾手可取，不必防备他变，遂放心出宫，归府待信。（蜂虿尚且有毒，况权阉蟠踞有年，怎可不为之备？）刘瑜呈入奏章，也即退出。不料出纳奏章的内官，持了奏本，先去告知长乐宫内的五官史朱瑀。瑀闻郑飒被收，已怀疑惧，且与曹节、王甫等人，素相亲善，彼此互为倚托，自然时刻留心；当下索取奏本，私自展阅，看了数行，已经怒起，及阅毕后，更觉忍耐不住，自言自语道："中官不法，自可诛夷；我辈何罪？乃尽欲加诛呢？"说着，眉头一皱，计上心来，便大声喧呼道："陈蕃、窦武，奏白太后，将废帝为大逆，此事如何了得？"一面说，一面遍召长乐宫从吏，夤夜入商。当时应召驰至，计得共普、张亮等十七人，歃血共盟，谋诛窦武、陈蕃，然后报告曹节、王甫。节仓猝惊起，入语灵帝道："外间喧呶，将不利圣躬，请速出御德阳前殿，宣诏平乱！"（宵小诡谋，煞是可畏！）灵帝年才十三，怎知内外隐情？当即依了节言，出御前殿。节与阉党拔剑相随，踊跃趋出，乳母赵娆，亦从至殿中，在旁拥护，传令闭诸禁门，召入尚书官属，取出亮晃晃的白刃，胁作诏书；尚书官属，无不贪生，就使心恨阉人，到此亦为威所迫，不敢不依言缮写。节也托称帝意，拜王甫为黄门令，使他持节至北寺狱，收系尹勋、山冰。冰等时已就寝，闻有中使到来，急忙披衣出迎，兜头一看，乃是王甫，且见他张目宣诏，声势汹汹，心下不禁怀疑，返身复入；甫即抢上一步，厉声吆喝道："山冰汝敢不奉诏么？"道言未绝，手中已拔出佩剑，竟向山冰背后劈去，刀光一闪，冰已倒地。尹勋也从梦中惊醒，出外接诏，又被王甫手起剑落，结果性命。

甫即就狱中放出郑飒，还入长乐宫，竟去劫迫太后，索取玺绶，窦太后尚未起床，玺绶已被人取出，献与王甫。（汝不忍人，人将忍汝！）甫令谒者守住南宫，扃阁门，断复道，令郑飒等持节，及侍御史谒者，往捕窦武、陈蕃。武闻变驰入步兵营，与兄子步兵校尉窦绍，张弓拒使，射死数人，且召集北军五校士数千人，屯守都亭，向众宣令道："黄门、常侍等造反，汝等能尽力诛奸，当有重赏！"军士尚将信将疑，勉听武命。郑飒慌忙奔还，报知曹节、王甫；节复矫诏令少府周靖行车骑将军，使与护匈奴中郎将张奂，率五营兵士讨武。奂方自北方受征，还都不过二三日，未知底细，一闻宫中急诏，当即奉命出来，与靖会合。王甫又招集虎贲、羽林诸将士，出来应奂，途中遇着陈蕃，与官属诸生八十余人，持刀入承明门，将至尚书门前，（八十余人，何足济事？此来意欲何为？）因即摆开兵马，将蕃截住；蕃等攘臂奋呼道："大将军忠心卫国，黄门胆敢叛逆，怎得反诬窦氏呢？"甫应声诟詈道："先帝新弃天下，山陵未成，武有何功，乃父子兄弟，并得侯封，时常设乐张宴，妄取掖庭宫人，私下纵欢，旬日间积资巨万？（这四语是诬陷窦武。）大臣若此，尚得说是有道么？公为宰辅，且与相阿党，岂非不忠？此外更不必说了！”说着，即指挥军士，将蕃围住，蕃拔剑叱甫，词色愈厉，甫悍然不顾，竟令军士一拥齐上，拘拿陈蕃；蕃年已垂老，又没有什么武力，所领官属诸生，多是文质彬彬，如何敌得住军吏？眼见是束手就缚，无策逃生。总计蕃等八十余人，一大半被他捕去，押送北寺狱中。

黄门从官，统是权阉羽翼，见了陈蕃捕到，便奋拳伸足，相率殴蹋道："死老魅，尚敢减损我等人员，剥夺我等廪饩么？"蕃怎肯忍气，自然反唇相讥，恼动这班狐群狗党，报告曹节、王甫，索得伪诏，将蕃害死。时已天明，张奂引兵出屯朱雀掖门，王甫领军继至，差不多有数千人，与窦武两下对垒；甫又使军士大呼武军道："窦武为逆，汝等皆系禁兵，应当宿卫宫省！为什么从逆抗命？如肯翻然如悟，反正来降，朝廷自当加赏，毋得多疑！"营府素畏服中官，且见张奂、王甫等，自内出来，持节指麾，总应亲受帝命，方得如此张皇，因此心怀顾虑，不愿助武。张奂领兵多年，善觇敌势，遥望武军懈弛，就麾军进攻，气势甚锐；武军既已疑武，复遭奂军压迫，料知情势不佳，不如见机往降，还可免罪受赏，于是彼弃甲，此倒戈，纷纷投入奂军。自朝至暮，武手下只剩百余骑，怎能支持？不得已拍马逃走；武从子绍亦即随奔。奂与王甫驱军追击，到了洛阳都亭，得将武等围住。武与绍惶急万分，自思无路可脱，先后拔剑自刎。奂即将二人枭首，缴与王甫，甫令悬首都亭，示众三日；（奂有重名，应知窦武忠正，奈何助奸戮忠？本编以追杀窦武，归咎张奂，具有良史书法。）随即还兵收捕窦氏宗族，及亲戚宾佐，一体骈戮；惟将窦武妻妾贷死，徙往日南。

先是窦武生时，与一蛇同出母胎，家人未敢杀蛇，送往林中；及武母殁后，举棺出葬，有大蛇蜿蜒到来，用首触柩，泪血并流，历时乃去；智士已目为不祥，至是始验。武有孙辅，年只二岁，亏得掾吏胡腾，闻风先至武家，将辅抱匿他处，才得幸存。他如侍中刘瑜，与屯骑校尉刘述，均被捕戮，家族诛夷。曹节、王甫，复迫窦太后徙往南宫；且乘隙报怨，诬称虎贲中郎将刘淑、暨前尚书魏朗，俱与窦武等通谋，遣吏捕拿，二人皆愤急自尽。余如公卿以下，前经窦武、陈蕃荐举，尽行黜免，甚至两家门生故吏，无一逃罪，悉数禁锢。

议郎巴肃，本与武等同谋，曹节等未明情迹，但因他为武等荐引，免官归里，后来查悉肃与通谋，复派朝使前往拘戮；肃得知消息，不待朝吏到家，便诣县投案。县吏素重肃名，解去印绶，欲与俱亡。肃慨然道："既为人臣，有谋不敢隐，有罪不逃刑；肃本与谋除奸，不幸失败，何敢逃罪？愿随窦、陈二公于地下，使后世知有渤海巴肃，如君盛情，死且感念，今实不愿相累呢！"（可谓义士。）县令很是叹息，将肃交与朝使。朝使宣诏诛肃，肃引颈就刑，毫无惧容。铚令朱震，为太傅陈蕃故友，弃官入都，收葬蕃尸。蕃家属或死或徙，只有蕃子逸在逃，向震投依，震尚恐被捕，嘱逸隐姓埋名，避匿甘陵县境。后来果被发觉，系震下狱，一再考讯，胁令供逸所在，震抵死不肯承认，甚至全家被拘，连日搒掠，仍然不得实供，方得将案情延搁；直至黄巾贼起，朝廷大赦，震始得释，逸亦安归。就使窦武遗骸，亦由胡腾收埋。武孙辅，赖腾保护，与令史张敞，遁入零陵，诈云已死，自己改名谋生，以辅为子，费尽许多辛苦，养辅成人，替他娶妇，及赦诏屡颁，尚未敢遽言本姓。至献帝建安年间，荆州牧刘表，辟辅为从事，方知辅为窦武后裔，使还窦氏，仍奉武祀。这也是天鉴孤忠，不使绝后，所以有朱震、胡腾诸义士，极力保全；虽是颠连困苦，终得一线留遗。试看那宦官后来结果，究竟还是忠臣子孙，垂亡不亡，勿谓乱世时代，果可怙恶不悛哩！（苦口婆心。）

且说曹节、王甫等害尽忠良，扬扬得志，节迁官长乐卫尉，封育阳侯；甫迁官中常侍，仍守黄门令如故；朱瑀、共普、张亮等，皆为列侯；张奂仍拜大司农，亦受侯封。嗣奂悔悟前失，深恨为曹节等所卖，上书固让，缴还侯印，有诏不许。（悔已迟了。）越年三月，灵帝尊母董贵人为孝仁皇后，由慎园迎入都中，特置永乐宫奉养，如皇太后仪。过了月余，有青蛇从空坠下，蟠绕御座，历久方去；翌日又遇大风雨雹，霹雳四震，拔起大木百余株；有诏令群臣直言。大司农张奂因乘机上疏道：

臣闻风为号令，动物通气；木生于火，相须乃明；蛇能屈伸，配龙腾蛰；顺至为休征，逆来为殃咎，阴气专用，则凝精为雹。故大将军窦武，太傅陈蕃，或志宁社稷，或方直不回，前以谗胜，并伏诛戮，海内默然，人怀震愤。昔周公葬不如礼，天乃动威。（周成王葬周公于成周，天大雷电，以风偃禾拔木，乃改葬于毕，示不敢臣，语见《尚书大传》。）今武、蕃忠良，未邀明宥，妖眚之来，皆为此也。宜急为改葬，徙还家属；其从坐禁锢，一切蠲除。又皇太后虽居南宫，而恩礼不接，朝臣莫言，远近失望，宜思大义顾复之报，以全孝道而慰人心，则国家幸甚！

灵帝看到此疏，却也感动，转语中常侍等，欲亲往南宫定省，中常侍等并皆色变，慌忙拦阻；究竟灵帝年纪尚轻，胸无主宰，又复延宕过去。司徒胡广，已代陈蕃为太傅，录尚书事。广一任司空，再任司徒，三登太尉，又迁太傅，居官三十余年，颇能练达故事，熟悉朝章，只是素性优柔，专知和颜悦色，取媚当时，所以同流合污；任令宫廷如何变乱，一些儿不遭迁累。京师有俚语云："万事不理问伯始，天下中庸有胡公。"伯始即胡广表字，万事不理，却是胡广一生的确评；若中庸二字，乃是圣贤至德，难道逢迎为悦的胡广，也能当此美名？可见舆论悠悠，非真足信。此外如宗正刘宠，代王畅为司空，进任司徒，再继刘矩为太尉；平素清廉有余，刚断不足，故虽忧心时事，究未敢直言贾祸，匡正朝廷。至若许栩、许训等，相继为司徒，刘嚣、桥玄等，相继为司空，才具不过平常，在任又属不久，更无容赘述了。（表明四府沿革，免致渗漏。）张奂见四公在位，各无建白，因又与尚书刘猛等，共荐李膺等足备三公，曹节、王甫，闻言衔恨，当即请旨谴责；奂与猛自囚廷尉，数日始得释出，尚令罚俸三月，聊示薄惩。郎中谢弼，蒿目时艰，满怀愤懑，特上书奏谏道：

臣闻和气应于有德，妖异生乎失政。上天告谴，则王者思其愆；政道或亏，则奸臣当其罚。夫蛇者阴气所生；鳞者甲兵之符也。《鸿范传》曰：“厥极弱，时则有蛇龙之孽。”又荧惑守亢，（荧惑与亢，皆星名。）徘徊不去，在有近臣谋乱，发于左右；不知陛下所与从容帷幄之内，亲信者为谁，宜急斥黜，以消天戒。臣又闻“惟虺惟蛇，女子之祥”；伏惟皇太后定策宫闼，援立圣明。《书》云：“父子兄弟，罪不相及。”窦氏之诛，岂宜咎延太后？幽隔空宫，愁感天心，如有雾露之疾，陛下当有何面目以见天下？昔周襄王不能敬事其母，夷狄遂致交侵；孝和皇帝不绝窦氏之恩，前世以为美谈。礼为人后者为之子，今以桓帝为父，岂得不以太后为母哉？《援神契》曰：（《援神契》纬书名。）“天子行孝，四夷和平。”方今边境日蹙，兵革蜂起，自非孝道，何以济之？愿陛下仰慕有虞蒸蒸之化，俯思《凯风》慰母之念！臣又闻爵赏之设，必酬庸勋，开国承家，小人勿用；今功臣久疏，未蒙爵秩，阿母宠私，乃享大封；大风雨雹，亦由于兹。又故太傅陈蕃，辅相陛下，勤身王室，夙夜匪懈，而见陷群邪，一旦诛灭，其为酷滥，骇动天下，门生故吏，并罹徙锢；蕃身已往，人百何赎！宜还其家属，解除禁网。夫台宰重器，国命所系，今之四公，惟刘宠断断守善，余皆素餐致寇之人，必有折足覆餗之凶，（《易》曰：“鼎折足，覆公餗。”餗，鼎实也。折足覆餗，喻不胜任。）可因灾异，并加罢黜！亟征故司空王畅，司隶李膺，并居政事，庶灾变可消，国祚惟永。臣山薮顽暗，未达国典，伏见陛下因变求言，明诏令公卿以下，无有所隐；用敢不避忌讳，冒死渎陈，惟陛下裁察。

这书呈入，阉党大哗，即欲将弼加罪；但因灵帝为了邪妖天变，下诏求言，若遽至收弼，不免与前诏相背，乃只说他党同罪人，不宜在位，出谪为广陵府丞。弼不愿就职，辞官回家。阉宦尚未肯甘休，查得弼家居东郡，特简曹节从子绍为东郡太守，前往监束。绍即诬构弼罪，将他拘系，几次讯鞫，硬要他供认罪状；弼明明无辜，怎肯自诬？终落得刑杖交加，枉死狱中。（暗无天日。）故太尉杨秉子赐，方进为光禄勋，灵帝常令他侍讲殿中，问及蛇妖征验，赐博通经术，因即据经奏对道：

臣闻和气致祥，乖气致灾；休征则五福应，咎征则六极至。夫善不妄来，灾不空发；王者心有所惟，意有所想，虽未形颜色，而五星以之推移，阴阳为其变度。以此而观，天之与人，岂不符哉？《尚书》曰："天齐乎人，假我一日。"（我，指君主言，此为《尚书》中语。）是其明征也。夫皇极不建，则有蛇龙之孽，《诗》云："惟虺惟蛇，女子之祥。"故春秋两蛇斗于郑门，昭公殆以女败；（昭公之立，由于祭仲女之泄谋，逐去厉公，故得入立，至蛇斗见兆，昭公遇弑，故云以女败。）康王一朝晏起，《关雎》见机而作。（佩玉晏鸣，《关雎》叹之。事见《鲁诗》，今已佚亡。）夫女谒行则谗夫昌，谗夫昌则苞苴通，故殷汤以之自戒，终济亢旱之灾。（商初七年大旱，汤祈天自责，卒得大雨。）惟陛下思乾刚之道，别内外之宜，崇帝乙之制，受元吉之祉，（见《易·泰卦》。）抑皇甫之权，割艳妻之爱，（《见《诗·小雅》。）则蛇变可消，祯祥立应。殷戊、宋景，其事甚明，（殷王太戊时，桑谷共生于朝，太戊修德，而桑谷死；宋景公时，荧惑守心，景公修德，而星退舍。并见《史记》。）幸垂察焉。

看赐奏对，也是隐斥权奸；不过语从含混，未尝指明阉党，但就妇女上立说。此时灵帝尚未立后，只有乳母赵娆，一介女流，未能周知外情，因此赐尚得无恙；惟所请各条，终归无效，徒付诸纸上空谈罢了。小子有诗叹道：

衰朝谁复重忠贤？主暗臣邪总不悛！
尽有良言无一用，何如刘胜作寒蝉？

内政虽乱，外事还幸顺手，当由边疆传入捷报，乃是东西羌一律讨平。欲知功出何人，待至下回再表。

窦武之死，其失在玩；陈蕃之死，其失在愚。彼曹节、王甫等，蟠踞宫廷，根深蒂固，太后嗣主，俱在若辈掌握之中；即使谋出万全，尚恐投鼠忌器，奈何事已发作，尚出轻心耶？武之误事不一端，而莫甚于出宫归府，不先加防；蕃与武密谋已久，仍不能为万全之计，至闻变以后，徒率官属诸生，持刃入承明门，岂寥寥八十余人，遂足诛锄阉党乎？诛阉不足，送死有余，何其愚也？然则二族之横被诛夷，迹固可悯，而实由自取。刘瑜、尹勋以下，更不足讥焉，张奂为北州豪杰，甘作阉党爪牙，罪无可恕；至妖异迭见，乃请改葬蕃、武，朝谒太后，欲盖已往之愆，宁可得耶？谢弼官卑秩微，犯颜敢谏，虽曰徒死，不失为忠，是又不得以张奂例之矣。

第五十六回　段颎百战平羌种　曹节一网殄名流

却说并、凉外面的羌种，叛服无常，自从段颎、皇甫规等，依次出讨，屡破羌人，西境少安；至段颎、皇甫规先后被谗，征还受罪，羌众复炽。（见第五十一回。）规已起任度辽将军，独颎尚输作刑徒，未得起复。会西州吏民，陆续诣阙，为颎讼冤，颎乃得免罪入朝，拜为议郎，出任并州刺史。会有滇那等羌，入寇武威、酒泉、张掖诸郡，焚掠庐舍，势甚猖狂，凉州几被陷没。朝廷闻警，乃复命颎为护羌校尉，乘驿赴任，滇那等素惮颎威，不待交锋，便即请降。还有当煎、勒姐诸羌种，互相勾结，抗拒如故，颎连年出击，屡破诸羌；当煎、勒姐诸羌人，并皆败北；再由颎率兵穷追，转战山谷间，大小经数十次，共斩首二万三千级，获生口数万人，马牛羊八百万头，收降部落万余，西羌瓦解；颎因功得封都乡侯。既而鲜卑诱引东羌，与共盟诅，使寇河西，中郎将张奂，方出督幽、并、凉三州，（见第五十四回。）主张招抚；东羌或率种愿降，惟先零羌不肯从命。再由度辽将军皇甫规，遣使宣谕先零；先零朝降暮叛，狡黠异常，嗣复进掠三辅；奂乃遣司马尹端、董卓出击，阵斩虏首万余人，三辅少安。（董卓始此。）

时尚为桓帝末年，有诏问颎以驭羌方略，颎独驳去规、奂两人计划，力主征讨，朝廷准如所议，听令出兵。颎即率兵万余人，赍半月粮，进剿先零羌；自彭阳直指高平，行抵逢义山，望见前面布满羌人，辎重牲畜，累累不绝，颎众不免惊惶。独颎神色自如，下令军中，分为数队，前张强弩，次持长矛，又次挟利刃，共列三重，再用轻骑分驻两旁，成左右翼，然后召语将士道："今去家已数千里，进可图功，退必尽死！各应努力向前，祸福安危，决在今日了。”（亦一激将法。）随即向众大呼，麾令杀敌，众皆应声腾跃，逐队奋进，先驱为强弩队，扯弓并射，箭如飞蝗，羌众纷纷避箭；阵势已动，当由长矛、利刃两队，乘隙杀入，一番乱搅，好似虎入羊群，无坚不破；再由颎亲率左右两翼，包抄过去，虏众大骇，顿时大溃，颎从后追剿，斩首至八千余级，获牛羊二十八万头，乃收兵回营，露布告捷。

适灵帝即位，窦太后临朝，进拜颎为破羌将军，赐钱二十万，召颎子一人为郎中；敕中藏府颁给金钱彩物，犒赏军前，颎既奉诏，复领轻骑追羌，驰出桥门谷，进抵走马水，侦知败羌屯集奢延泽中，即倍道兼行，一昼夜行二百余里，果见羌众在前，麾骑突上，喊杀声震动天地，羌众不意颎至，无暇抵敌，都是回头就跑，略略迟慢，便把性命丢脱；及逃至落川，距奢延泽已数十里，方见颎军止追，乃收集溃羌，暂图休息。颎又遣骑司马田晏，率五千人出羌东，假司马夏育，率二千人出羌西；东西并进，夹攻逃羌。羌人也已预防，持械待着，可巧田晏先至，便兜头拦住，与晏鏖斗，晏部下只五千人，未及羌众半数，致为羌人所围。两下里拼死力争，正杀得难解难分，那西路已驰到，夏育攻入围场，援应晏军，晏趁势杀出，与育驱击羌众，羌众复败，窜至令鲜水上，倚流自固。晏使人飞报颎营，颎自往接应，会同晏、育两军，再向前行。到了令鲜水旁，军士已皆饥渴，水为羌众所据，无从汲饮，当由颎勒众齐进，驱虏过水，虏连败心惊，因复却走，颎军才得取水解渴，炊饭疗饥；饥渴既解，精神又振，更逾水击羌，且战且追，直抵灵武谷。羌众背山为阵，拟决一死战；颎见他立住不动，已料透羌人心意，索性披甲先登，怒马突阵，（又是一激将法。）将士无不感奋，相率随上，一当十，十当百，杀得羌众弃甲曳兵，四处奔散。颎复穷追至三日三夜，斩馘无算；到了泾阳，军士皆脚下生茧，方停足不追，余羌俱窜入汉阳山谷间，颎拟休养数旬，再进军荡平余羌。适中郎将张奂，奏称东羌虽破，余种难尽，段颎性轻志急，胜负无常，不如用恩济威，庶无后悔，朝廷乃止颎再进，谕令审慎。颎已决志平羌，复书申请道：

臣本知东羌虽众，而软弱易制，所以比陈愚虑，思为永宁之算；而中郎将张奂，谓虏强难破，宜用招降。圣朝明鉴，信纳瞽言，故臣谋得行；奂计不用，事势相反，遂怀猜恨，信叛羌之诉，饰辞润意，云臣兵累见折衄，又言羌一气所生，不可诛尽，山谷广大，不便穷搜，血流污野，伤和致灾。臣伏念周、秦之际，戎狄为害，中兴以来，羌寇最盛，诛之不尽，虽降复叛。今先零杂种，累以反复，攻没县邑，剽掠人物，发冢露尸，祸及生死，上天震怒，假手行诛。昔邢为无道，卫国伐之，师兴而雨。臣动兵涉夏，连获甘澍，岁时丰稔，人无疵疫；上占天心，不为灾伤；下察人事，众和师克。自桥门以西，落川以东，故官县邑，更相通属，非为深险绝域之地，车驰安行，无应折衄。案奂为汉吏，身当武职，驻军二年，不能平寇，徒欲修文戢戈，招降犷敌，诞辞空说，僭而无征，何以言之？昔先零为寇，赵充国徙令居内；煎当乱边，马援迁之三辅，始服终叛，至今为鲠；故远识之士，以为深忧。今旁郡户口单少，数为羌所创毒，而欲令降徒，与之杂居，是犹树枳棘于良田，养虺蛇于内室也！故臣奉大汉之威，建长久之策，欲绝其根本，不使能殖，本规三岁之费，用计五十四亿；今适期年，所耗未半，而余寇残烬，将向殄灭。臣每奉诏书，军不内御，愿卒斯言，一以委臣，临时量宜，不失权便，务使羌虏殄而西徼常安，则臣庶足报国恩于万一，区区此意，不尽欲言。

时朝廷方有内变，宰辅权阉，互相私斗，至有窦、陈骈戮等事，未遑顾及外情，所以颎虽复奏，不闻详细批答；但遣谒者冯禅，抚慰汉阳散羌，羌众正在穷蹙，情急愿降，受抚约四千人。段颎闻报，复上言春令方交，百姓甫在野农耕，羌虽暂降，县官无廪粟济给，必当复为盗贼，不若乘虚进兵，一鼓平羌等语，朝廷又搁置不报。颎竟自发兵，再击东羌；行至凡亭山，与羌垒相距四五十里，即命田晏、夏育，率五千人屯据山上，羌人率众来争，蚁聚山下，仰首大呼道："田晏、夏育曾否在此？可来与我决一死生！"（无非是恐吓伎俩。）晏、育听了，当然动愤，便鼓励将士，下山力战，卒破群羌；羌众向东奔溃，走入射虎谷中，分守诸谷上下门。颎欲乘此殄虏，先遣千人，截羌去路，结木为栅，广二十里，长四十里，又命晏、育等率七千人，衔枚夜上西山，结营穿堑，俯临羌垒，更使司马张恺等，率三千人上东山，与为犄角。羌酋望见山上旗帜，才觉惊慌，亟引众来攻东山，断截水道，颎自领步骑往援，杀退羌众，乘胜会集东西山将士，进攻射虎谷上下门，一鼓捣破，遍搜深岩穷谷，屠戮殆尽，共诛羌酋以下万九千级，夺得牛马驴骡毡裘庐帐，不可胜计，（未免太酷，颎之不得令终，当亦由好杀所致。）单剩冯禅所抚四千人，尚获生全，分置安定、汉阳、陇西三郡，于是东羌乃平。

统计段颎两年用兵，先后经百八十战，斩首凡三万八千六百余级，获牲畜至四十二万七千五百余头，费用四十四亿，军士只死亡了四百余人。朝廷论功行赏，进封颎为新丰县侯，食邑万户。颎驭军仁恕，士卒罹伤，辄亲自省视，手为裹创，在营数年，未尝一日安寝，上下甘苦同尝，故人人感德，乐为效死。当时皇甫规、张奂，并以防边著名，颎与他鼎足并峙。规字威明，奂字然明，颎字纪明，三人皆籍隶凉州，世称为"凉州三明"，这且待后再表。

且说李膺、杜密等人，自经陈、窦失败，复致连坐，一体废锢。偏是声名未替，标榜益高，前此尝号窦武、陈蕃、刘淑为三君，三君皆死，海内无不痛惜。此外尚有八俊、八顾、八及、八厨诸名称：八俊就是李膺、杜密、荀昱、王畅、刘祐、魏朗、赵典、朱寓，俊字的意义，无非说他是人中英杰；八顾系是郭泰、宗慈、巴肃、夏馥、范滂、尹勋、蔡衍、羊陟，顾字的意义，谓能以德引人；八及乃是张俭、岑晊、刘表、陈翔、孔昱、苑康、檀敷、翟超，及字的意义，谓能导人追宗；八厨便是度尚、张邈、王考、刘儒、胡母班、秦周、蕃向、王璋，厨字的意义，谓能仗义疏财。这三十二人，除尹勋、巴肃被戮外，统尚留存，士人竞相景慕；惟阉竖视为仇雠，每下诏书，辄申党禁。中常侍侯览，为了张俭毁家一事，衔怨甚深，（见第五十三回。）嘱使乡人朱并上书告俭。并素奸邪，为俭所弃，当然仰承览意，诬称俭与同乡二十四人，私署名号，图危社稷，封章朝上，诏令夕颁，即饬有司严捕俭等。长乐卫尉曹节，复讽朝臣奏发钩党，请将故司空虞放，及李膺、杜密、朱寓、荀昱、刘儒、翟超、范滂诸人，一并逮治。灵帝年方十四，召问曹节等道："如何叫做钩党？"节应声道："就是私相钩结的党人！"灵帝又问道："党人有何大恶，乃欲加诛？"节又答道："谋为不轨！"灵帝更问道："不轨欲如何？"节直答道："欲图社稷！"灵帝乃不复言，准令逮治。（看他所问数语，好似痴呆，怪不得为宵小所迷。）

李膺有同乡士人，得知风声，急往语膺道："祸变已至，请速逃亡！"膺慨然道："事不辞难，罪不逃刑，方不失为臣；我年已六十，死生有命，去将何往？"乃径诣诏狱，终被掠死；妻子徙边，门生故吏，并被禁锢。侍御史景毅子顾，为膺门徒，尚未及谴，毅独叹息道："本谓膺贤，遣子师事，怎得自幸漏名，苟安富贵呢？"遂自表免归，时人称为义士。汝南督邮吴导，奉诏往捕范滂，滂家居征羌县中，导至驿舍，闭户暗泣。滂闻声即悟道："这定是不忍捕我，为我生悲哩！"当下赴县诣狱。县令郭揖，见滂大惊，出解印绶，引与俱亡，且与语道："天下甚大，何处不可安身？君何故甘心就狱？"滂答说道："滂死方可杜祸，何敢因罪累君？况母年已老，滂若避死，岂不是更累我母么？"揖乃遣吏迎滂母子，使与诀别。滂向母拜辞道："季弟仲博，素来孝敬，自能奉养，儿愿从我父龙舒君共入黄泉，（滂父显，曾为龙舒侯相。）存亡并皆得所，望母亲割舍恩情，勿增悲感，譬如儿得病身亡罢了！"母闻言拭泪，复咬牙徐语道："汝今得与李、杜齐名，死亦何恨？若既获令名，又求寿考，天下事恐未必有此两全呢！"（此母亦一奇妇人。）滂长跪受教，起身嘱子道："我欲使汝为恶，恶岂可为？使汝为善，我生平原不为恶！"说至此，不禁呜咽，挥手令去，遂随吴导入都，亦即被掠死狱中。余如前司空虞放、司隶校尉朱寓、沛相荀昱、任城相刘儒、山阳太守翟超等，并皆被捕，一并冤死，妻子皆流往边疆。

更可恨的是权阉肆毒，任意株连，平日稍有嫌隙，即把他名列党籍，非锢即戮，或与宦官素无仇怨，但有重名，播闻远近，亦就指为党人，一网打尽。因此党狱连坐，共死百余人。再令州郡捕风捉影，辗转钩连，或死或徙，或废或禁，又不下六七百人。惟郭泰名列八顾中，却能和光同尘，不为危言激论，所以怨祸不及，幸得免累，但探闻正人名士，枉死甚众，不由得悲从中来，私自挥泪道："《周诗》有言：'人之云亡，邦国殄瘁。'今汉室亦蹈此辙，灭亡恐不远了！但未知瞻乌爰止，究在谁屋呢？"（"瞻乌爰止，于谁之屋？"亦《诗经》中语。）独张俭亡命未归，始终不得捕获，侯览定欲杀俭，令郡国严缉到案，如有收匿，与俭同罪。郡国官吏，应命侦查，四处搜缉，遇有前时留俭的人家，便即收讯，笞杖交下，往往至死。

鲁人孔褒，与俭为至交，俭曾亡奔褒门，褒适外出，有弟融年才十六，出门应客。俭询知褒不在家，面有窘色，融转叩行踪，俭又因他年轻，未便遽告，免不得言语支吾。融即笑语道："兄虽外出，难道我不能为君作主么？"乃留俭居宿，数日方去。郡吏闻风往捕，俭已脱走，遂将褒、融二人，系狱就讯。融首先认罪道："俭来融家，原有此事，今已他去，未知何往。惟融兄在外，融实留俭，若要坐罪，融愿承当，与兄无涉！"褒待融说毕，当即接口道："彼来求我，弟本不知，罪当坐褒。"郡吏得供，反致疑惑不定，因复传讯孔母。孔母答道："妾夫已殁，应为家长，家事处分，应归家长担任，妾甘心认罪！"郡吏见他一门争死，仍难定谳，乃将供词申奏朝廷，有诏竟令褒坐罪，释母及融；融由是显名。

史称融为孔子二十世孙，表字文举，父名伷，曾为泰山都尉。融幼有异禀，年四岁时，与诸兄食梨，舍大取小，家人问为何因？融答说道："我乃小儿，法当取小梨。"家属便呼奇童。（不愧为孔氏子孙。）及年十岁，随父诣京师，适李膺为河南尹，严肃门禁，除当代名士，及通家世好外，概不接见。融欲往视膺，独至膺府门前，顾语门吏道："我是李公通家子弟，特来求见，敢烦通报！"门吏见他年幼有仪，料非凡品，因即入内白膺。膺以为通家子弟，不能不许他进见，特令门吏引入；及见面后，并不相识，惟觉融趋承尽礼，举止大方，却也暗暗称奇，乃开口问融道："童年到此，定必高明，但未识令祖令父，与仆果有恩旧否？"融从容道："先祖孔子，与明公先祖李老君，同德类义，相为师友，可见得是累世通家了！"（虽似辩言，却有至理。）膺不禁叹赏，宾佐亦啧啧称羡。太中大夫陈炜后至，阖座便将融言转告，炜顺口说道："小时了了，大未必奇！"融应声道："如君所言，少小时宁可呆笨，勿可聪明么？"炜不能答。膺却大笑道："高明若此，他日必为伟器！"融乃辞去。越三年，即丁父忧，哀恸逾恒，扶而后起，乡里又称为孝子；至与兄褒争死法庭，孝且兼悌，自然名誉益隆。（孔融少年履历，随笔叙过。）

惟张俭已出塞远扬，终得免戮，只晦气了几个亲友。陈留人夏馥，（即前八顾中之一。）闻俭亡命，牵累多人，不禁窃叹道："孽由己作，空污良善；一人逃死，祸及万家，还要求什么生活呢？"遂剪须发，逃入林虑山中，自隐姓名，为冶家佣，日亲烟炭，形容毁瘁，阅二三年，无人知为夏馥。馥弟静载送缣帛，反惹动馥怒，愤然与语道："弟奈何载祸相饷？幸速携还！"静乃退归。汝南人袁闳，恐遭党累，意欲投迹深山，只因老母尚存，未便远遁，乃筑土室，不设门户，但开一小窗，孑身伏处室中，从窗间纳入饮食；母或思闳，有时往视，闳方开窗应答，母去便将窗掩住；虽兄弟妻孥，不得相见，如是历十有八年，竟在土室中病终。故太丘长陈寔，家居颍川，也是一时名士，与中常侍张让同乡，让遭父丧，郡吏并皆会葬，惟名士裹足不前，寔却屈节往吊，让因此感寔，所有颍川名士，赖寔解免，多得全身。陈留人申屠蟠，前闻李膺、范滂等，非议朝政，为世所重，独引为深忧道："昔战国时代，处士横议，国君且拥彗先驱，后来终有焚书坑儒的大祸；今日恐复见此事了！"遂避迹梁砀间，因树为屋，自同佣人，及钩党狱兴，蟠得脱然无累，徜徉终日。小子有诗咏道：

箕山颍水尚逃名，乱世如何反自鸣？

多少英雄流血后，才知智士善全生。

蹉跎过了二年，灵帝行加冠礼，颁下赦文，惟党人不赦。阉人凶焰，横亘神州。欲知后事变迁，且看下回续叙。

西羌之为汉患，历有年所，诚能举兵荡平，未始非一劳永逸之计；然吾闻圣王之待夷狄，叛则讨之，服则舍之，非好为姑息养奸，实体上天好生之德，不忍芟夷至尽也。张奂主抚，段颎主剿，皆属一偏之见；虽后来颎得平羌，然斩首至三万八千余级，得无所谓血流污野，伤和致灾乎？况外侮可平，内蠹不可去，钩党狱兴，名流尽殄；曹节、王甫等之斫丧国脉，比羌患不啻倍蓰，豺狼当道，安问狐狸？张纲可作，吾知其愤且益甚矣。惟李膺、杜密、范滂诸人，不知韬晦待时，徒以一朝之标榜，祸及身家，株连亲友，是岂不可以已乎？而郭林宗、申屠蟠辈，则倜乎远矣。

第五十七回 葬太后陈球伸正议 规嗣主蔡邕上封章

却说窦太后徙居南宫，已经二年，灵帝并未往省，张奂、谢弼，相继进谏，俱为阉人所阻，事见前文。会灵帝选定皇后宋氏，朝廷称贺，宋氏为执金吾宋酆女，由建宁三年选入掖庭，册为贵人，越年正位中宫，晋封酆为不其乡侯。后既正位，当然至永乐宫朝见灵帝生母孝仁皇后，（即董贵人，见第五十五回。）独未闻过谒南宫。既而灵帝天良发现，暗思自己入承帝统，全仗窦太后从中主持，大恩究不可忘，因于十月朔日，率群臣往朝南宫，亲至窦太后前，奉馈上寿；窦太后亦改忧为喜，畅饮尽欢。黄门令董萌，素受窦太后恩眷，至此见灵帝省悟，乐得乘间进言，屡为窦太后诉冤；灵帝乃常遣董萌过省，一切供奉，比前加倍。偏曹节、王甫等，引为深恨，反诬萌谤讪永乐宫，下狱处死，窦太后又失一臂助。灵帝复为阉党所迷，将南宫置诸脑后，不再往朝。越年颁诏大赦，改元熹平。中常侍侯览，调任长乐宫太仆，骄奢益甚，夺人妻女，破人居屋，怨满通衢，甚至同党亦被他侵迫，互生嫌疑；有司始得举劾览罪，策收印绶，下狱自杀。（多行不义，必自毙。）

惟曹节、王甫揽权如故，窦太后为节、甫所排，频年抑郁，饮恨不休，嗣闻生母复流死日南，连尸骸都不得归葬，益觉得哀思百结，无限酸辛。（也是自贻伊戚。）古人有言，女子善怀，况如窦太后的始荣终悴，不堪回首，怎能不恹恹成疾，促丧天年？熹平元年六月，竟在南宫中病逝。阉竖积怨窦氏，但用衣车载太后遗骸，出置城南市舍；曹节、王甫，居然入白灵帝，请用贵人礼殡殓。灵帝摇首道："太后亲立朕躬，统承大业，朕方自愧不孝，怎得反降太后为贵人哩？"（还算有些良心。）于是棺殓如仪，举哀发丧。曹节等复欲别葬太后，进冯贵人配祔桓帝，灵帝未以为然，因诏令公卿集议朝堂，特派中常侍赵忠监议。（仍用阉人监议，可见曹节等势力。）时太傅胡广已死，太尉刘宠早经免职，后任又掉换数人，继起为太仆李咸。咸自超迁太尉后，屡患疾病，告假养疴，闻得朝廷集议，欲将窦太后别葬，因即力疾起床，令家人捣好椒毒，取纳袖中，便与妻子诀别道："若窦太后不得配食桓帝，我誓不生还了！"说着，遂乘舆入朝，遥见群僚已萃集一堂，差不多有数百人，乃下车徐进，按席坐着。好一歇不闻人声，彼此面面相觑，无敢先言，因也暂忍须臾。少顷由赵忠开口道："诸公既已到齐，应该即时定议！"坐旁方有人起立道："皇太后以盛德良家，母临天下，宜配先帝，何必多疑？"咸闻言正中心坎，忙视发言的大臣，乃是廷尉陈球，正思接口赞成，那赵忠已微笑道："陈廷尉既有此意，应即操笔立议！"球并不推辞，就取过纸笔，随手草成数行，遍示大众。但见纸上写着：

> 皇太后自在椒房，有聪明母仪之德；遭时不造，援立圣明，承继宗庙，功烈至重。先帝晏驾，因遇大狱，迁居空宫，不幸早世，家虽获罪，事非太后；今若别葬，诚失天下之望。且冯贵人冢，尝被发掘，骸骨暴露，魂灵污染，生平固无功于国，何足上配至尊？臣球谨议。（冯贵人冢，尝为盗所发，事在建宁三年。）

大众览毕，都无异词，惟赵忠面色陡变，强颜语球道："陈廷尉创建此议，可谓胆略独豪。"球应声道："陈、窦已经受冤，皇太后尚无故幽闭，臣常痛心，天下亦无不愤叹。今日为国直言，就使朝廷罪臣，臣也甘心！"这数语更拂忠意，顿时扬眉张目，欲出恶声。咸至是不能再忍，便起语道："臣意与廷尉陈球相同，皇太后不宜别葬。"群僚听着，方才同声附和道："应如此言！"（公等碌碌，所谓因人成事者也。）忠自觉势孤，未便多嘴，乃悻悻入内；李咸、陈球等也陆续退归。偏是曹节、王甫，尚在灵帝前力争，说是梁后家犯恶逆，别葬懿陵，（即桓帝后。）武帝尝黜废卫后，以李夫人配食，今窦氏罪深，怎得合葬先帝等语。李咸探知消息，因复抗疏力谏，略云：

臣伏惟章德窦后，虐害恭怀，安思阎后，家犯恶逆，而和帝无异葬之议，顺朝无贬降之文；（事并见前文。）至于卫后，孝武皇帝身所废弃，不可以为比。今长乐太后，尊号在身，亲尝称制，且援立圣明，光隆皇祚，太后以陛下为子，陛下岂得不以太后为母？子无黜母，臣无贬君，宜合葬宣陵，一如旧制！臣咸谨昧死以闻。

灵帝览奏，决计依议，始奉窦太后梓宫，合葬宣陵，追谥为桓思皇后。既而朱雀阙下，发现无名揭帖，有“曹节、王甫，幽杀太后，公卿皆尸位苟禄，莫敢忠言，天下当大乱”云云。曹节、王甫，慌忙报知灵帝，自白无辜。有诏令司隶校尉刘猛，从严查缉，十日一比，猛因谤书切直，不愿急捕，迁延至一月有余，未得主名。节、甫遂劾猛玩宕，左迁为谏议大夫。适护羌校尉段颎，班师东归，入为御史中丞，阉党素与往来，颇相友善，因此奉诏代猛，受任司隶校尉。当下派吏四出，捕得太学游生等千余人，拘系狱中，逐日考讯，亦无左证；徒累得一班士子，冤苦吞声。曹节等又嘱颎追劾刘猛，摭拾他罪；猛因此落职，罚作左校刑徒。（颎为平羌功臣，何苦作阉人走狗？）大司农张奂，调任太常，因与宦官屡有违言，致为所忌，且与段颎争论羌事，积不相容；（并见前两回中。）又有前司隶校尉王寓，依倚权阉，向奂有所请托，奂谢绝不允，遂由寓设词构陷，劾奂曾阿附党人，罪坐废锢。段颎更欲投井下石，逐奂回籍，授意郡县，迫令自裁。奂不胜惶惧，因致书谢颎道：

小人不明，得过州将，（司隶管辖河南、洛阳、三辅、三河、弘农七郡，奂回籍经过，故书称州将。）千里委命，以情相归。足下仁笃，照其辛苦，使人未返，复获邮书。恩诏分明，前已写白，而州期切迫，无任屏营，父母朽骨，孤魂相托，若蒙矜怜，壹惠咳唾，则泽流黄泉，施及冥寞，非奂生死所能报塞。夫无毛发之劳，而欲求人丘山之用，此淳于髠所以拍髀仰天而笑者也。诚知言必见讥，然犹未能无望。何者？朽骨无益于人，而文王葬之；死马无所复用，而燕昭宝之；党同文、昭之德，岂不大哉？凡人之情，冤则呼天，穷则叩心；今呼天不闻，叩心无益，诚自伤痛，俱生圣世，独为匪人；孤微之人，无所告诉。如不哀怜，便为鱼肉，企心东望，无所复言。

颎得书后，也觉得心生恻隐，不忍害奂，乃饬州郡好意看待，送奂西归。奂既返敦煌，闭户著书，不闻世事，才得幸全。未几又由中常侍王甫，察得渤海王悝，与同党郑飒、董腾交通，密告段颎，使他从速查究；颎又奉命唯谨，再兴大狱，惨戮多人。这渤海王悝，系是恒帝亲弟，前曾袭封蠡吾侯，（桓帝系蠡吾侯翼长子，入嗣帝位，故令弟悝袭封，事见前文。）嗣因渤海王鸿，身后无子，乃令悝过继，承鸿遗封，得为渤海王。（鸿为质帝生父，即千乘王伉孙。）桓帝延熹八年，有司奏悝有邪谋，因降悝为瘿陶王，只食一县；悝潜谋复国，尝使人入都钻营，贿托中常侍王甫，代为申请，得能仍复旧封；当谢钱五千万缗，王甫满口应许。既而桓帝驾崩，遗诏赐复悝封，悝喜如所望；惟探得复封原因，乃是桓帝顾念亲亲，有此遗命，并非由王甫代为转圜，于是将五千万钱的原约，视为无效。哪知甫贪婪得很，屡遣心腹吏向悝索钱，始终不得如愿，乃阴伺悝过，为报怨计。

先是朝廷迎立灵帝，道路曾有流言，谓渤海王悝，恨不得立，蓄有异图，当时亦无暇详究；后来中常侍郑飒，与中黄门董腾，串通渤海，常有书信往来，为王甫所侦知，遂令段颎出头告发，收郑飒等，送北寺狱，锻炼周章。尚书令廉忠，也是王甫爪牙，阿附甫意，诬奏郑飒等谋迎立悝，大逆不道；再经曹节从旁证实，不由灵帝不信，立即诏饬冀州刺史，拘悝下狱；复遣大鸿胪、宗正、廷尉三官，同赴渤海，逼悝自尽。悝有妃妾十一人，子女十七人，伎女二十四人，皆系死狱中。就是傅、相以下诸僚属，亦责他辅导不忠，冤冤枉枉地杀死多人。郑飒、董腾，既由廉忠指为祸首，哪里还能生活，自然一并受诛。（飒应处死，余实可怜。）甫得进封冠军侯，曹节亦增邑四千六百户；宫廷内外，要算曹、王二宦官权势最盛，父兄子弟，并为公卿列校，牧守令长，布满天下。节弟破石为越骑校尉，贪淫骄纵，探得营吏妻有美色，即胁令献入，营吏怎敢违抗？只好与妻诀别，嘱使前往。哪知妻却有烈性，晓得三从四德，执意不行，结果是服毒自尽，完名全节。（可哀可敬，惜乎姓氏失传。）破石闻知，尚责营吏防守不严，革去职使。看官你道是冤不冤呢？惨不惨呢？（艳福原难消受，况是一个寻常营吏。）

熹平二年，春季大疫，病死甚多，夏季地震，海水四溢；灵帝不知反省，往往归咎大臣，太尉李咸免官，进司隶校尉段颎为太尉，司徒桥玄、许栩，司空许训、来艳、杨赐，先后任免，命大鸿胪袁隗为司徒，太常唐珍为司空，颎与宦官通同一气，故得超迁。隗系故太尉袁汤第三子，承父遗荫，少历显宦，中常侍袁赦，认与同宗，常相推重，所以隗得进列三公。珍乃故中常侍唐衡弟，显是宦官亲党，台辅诸公，并作群阉耳目，国事更不问可知了。（堂堂宰辅，援系腐竖，可耻孰甚！）会稽人许生，首先发难，自称越王，传檄四方，指斥时政，不到月余，聚众万数，东攻西略，占夺了好几座城池。诏令扬州刺史臧旻，丹阳太守陈夤，并力剿贼，好多日不能扫平。许生反僭号阳明皇帝，连败官军，还是吴郡司马孙坚，具有智勇，召募壮士千余人，作为臧旻、陈夤的先驱，才得一再破贼，捣入会稽，枭下了许生头颅，勘定东南。（孙坚始此。）但已是两年扰乱，被难的人民，害得十室九空，试问从何处求偿呢？灵帝方宠信宦官，听令横行，管什么民间疾苦？四府三公，又多仰阉人鼻息，专严党禁；且议出一种钳制吏职的规条，叫做三互法。凡世俗有姻谊相关，及两州人士，不得交互为官，名为革除情弊，实是杜绝朋党。自是选用牧、守以下，辄多禁忌，辗转需时。幽、冀二州，屡有寇患；鲜卑骑士，出没塞下，庸吏被黜，狡吏乞休，往往悬缺不补，防务更坏。议郎蔡邕上书进谏道：

> 伏见幽、冀旧壤，铠马所出，比年兵饥，渐至空耗；今者百姓虚悬，万里萧条，阙职经时，吏人延属，而三府选举，逾

月不定，臣窃怪之！论者每云当避三互，不得不出以审慎，愚以为三互之禁，禁之薄者，今但申以威灵，明其宪令，在任之人，岂不戒惧？顾斤斤然坐设三互，自生留阂耶？昔韩安国起自徒中，朱买臣出于幽贱，并以才宜，还守本邦；又张敞亡命，擢授剧州，岂宜顾循三互，继以末制乎？三公明知二州之要，所宜速定，当越禁取能，以救时敝，而不顾争臣之义，苟避轻微之科，选用稽滞，以失其人。臣愿陛下上则先帝，蠲除近禁，其诸州刺史器用可换者，无拘日月三互，以差厥中，则责成有属，而边境可期宁谧矣！

书奏不省，邕亦不便再谏，只好容忍过去。惟邕字伯喈，籍隶陈留；六世祖勋，前汉时曾为郿令，嗣因王莽篡位，弃官入山，高隐以终；及邕父棱亦素行清白，殁谥为贞定公。邕事母至孝，与叔父从弟三世同居，不分财产，乡里交相推美，名重一时。又平居博览书史，兼及术算、音律诸学，雅善鼓琴，桓帝时五侯骄恣，征邕入都，欲命他鸣琴悦耳，邕行至偃师，称疾折回，不肯赴召；至桥玄为司徒，辟为掾属，方才应命。未几受官郎中，校书东观；又未几迁为议郎。邕因五经文字，拾自烬余，沿讹袭谬，疑误后学，乃与五官中郎将堂谿典、光禄大夫杨赐、谏议大夫马日磾等，奏请正定六经文字；灵帝本好经学，当即依议。邕即手录五经，用古文篆隶三体，依次缮成，镌碑刻石，竖立太学门外，使后学得所取正；于是中外士子，多来摹写，每日车马杂沓，填塞街衢。（通经所以致用，徒正书法，实为末事。）灵帝亦自造《皇羲篇》五十章，颁示天下；又使能文善赋的生徒，待制鸿都门。嗣且如能工尺牍，（书板为牍，长一尺，所以抄录辞赋。）及善书鸟篆，亦引召至数十人。侍中祭酒乐松、贾护，又招徕了许多俗士，使他奏陈闾里趣闻，冀动上听。果然灵帝年少好奇，看了这班俗士奏本，好似燕书郢说，无奇不搜，乐得朝披暮阅，消遣闲情；一面饬使源源续陈，优给廪饩。还有几个市贾小民，不知他如何运动，得称为宣陵孝子，名闻廊庙，居然受拜郎中，暨太子舍人。（好造化。）永昌太守曹鸾，痛心时事，以为收揽俗子，何如赦宥名流？乃特为党人申讼，书中有云：

夫党人者，或耆年渊德，或衣冠英贤，皆宜股肱王室，左右大猷者也。而久被禁锢，辱在涂泥；谋反大逆，尚蒙赦宥；党人何罪，独不开恕乎？所以灾异屡见，水旱荐臻，皆由于斯；宜加恩赦宥，以副天心！不胜万幸。

鸾将此书呈入，还望灵帝俯首采纳，立赦党人；不意赦书并未下降，缇骑却已到来，竟令鸾缴出印绶，褫去冠带，平白地加上锁链，牵入槛车，送至槐里狱中。槐里令且奉诏审问，阴承风旨，刑讯了好几次，打得曹鸾皮开肉绽，体无完肤。鸾又气又痛，绝食数天，一道忠魂，遽归冥府。灵帝还说应该处死。更下诏州郡，重申党禁，坐及五族，连门生故吏的父子兄弟，亦须免官禁锢，不准起复。这真是错中加错，冤上添冤了！古人说得好："天视由民，天听由民。"当此政刑两失，民情愤郁，怎能不上感天心？俄而疾风暴雨，俄而震雷陨雹，禾稼受害，大木皆拔；最奇的御殿后面，槐树被风掀起，又复倒竖；灵帝也觉惊心，下诏引咎，且令群臣各陈政要，俾见施行。蔡邕因复上封事道：

臣伏读圣旨，虽周成遇风，询诸执事；宣王遭旱，密勿祗畏，无以或加。臣闻天降灾异，缘象而至，霹雳数发，殆刑诛繁多之所生也。风者天之号令，所以教人也。夫昭事上帝，则自怀多福；宗庙致敬，则鬼神以著；国之大事，实先祀典，天子圣躬所当恭事。臣自在宰府，及备朱衣，迎气五郊，而车驾稀出；四时至敬，屡委有司，虽有解除，犹为疏废。故皇天不悦，显此诸异。《洪范传》曰："政悖德隐，厥风发屋折木。"坤为地道，《易》称安贞，阴气愤盛，则当静反动，法为下叛。夫权不在上，则雹伤物；政有苛暴，则虎狼食人；贪利伤民，则蝗虫损稼；且本年六月二十八日，太白与月相迫，兵事恶之，鲜卑犯塞，所从来远矣，今之出师，未见其利。上违天文，下逆人事，诚当博览众议，从其安者。臣不胜愤懑，谨条陈七事以闻。

七事大纲：一肃祭祀，二纳忠谏，三求贤才，四去谗人，五屏浮士，六严考课，七惩诈伪，通篇约有数千言，不及细录。灵帝积迷不返，怎能悉见施行？但至初冬迎气北郊，总算车驾亲行；此外如宣陵孝子等，已授太子舍人，到此乃出为丞、尉罢了。小子有诗叹道：

信谗愎谏最堪忧，七事徒陈愿莫酬；

果使见机宜早作，多言无益反招尤。

是年秋日，更发兵北讨鲜卑，蔡邕又伸前议，谏阻北征。欲知灵帝是否肯从，且至下回再叙。

窦太后徙居南宫，虽由自取，然于窦武、陈蕃之欲诛权阉，太后固未尝与谋；曹节、王甫非不知太后之无能为，但既杀窦武，不能不归狱太后，为斩草除根之计；其所以逼徙南宫，不即害死者，尚恐清议难逃耳。然灵帝为太后所援立，应知感念旧恩，入宫一谒，又复绝迹不朝。至于太后殁后，且因阉竖之议为改葬，瞻顾彷徨，微陈球之抗议于先，李咸之赞同于后，几何不令太后之遗恨无穷也！蔡邕一文学士，所陈奏议，未始非守正之谈，然或嫌迂远，或涉虚浮，才有余而忠不足，吾于邕犹有余憾焉。但曹鸾一言而即遭掠死，国家无道之秋，固未足与陈谠论者。邕之所失，在可去而不去耳，文字之间，固无容苛求也。

第五十八回　弃母全城赵苞破敌　蛊君逞毒程璜架诬

却说鲜卑大酋檀石槐，自恃强盛，未肯服汉，且连年寇掠幽、并诸州；朝廷以田晏、夏育两人，曾随段颎破灭诸羌，勋略俱优，特任田晏为护羌校尉，夏育为护乌桓校尉，分守边疆。既而晏坐事论刑，意欲立功自赎，特使人入托王甫求为统将，愿击鲜卑；夏育亦有志徼功，上言鲜卑寇边，自春至秋，不下三十余次，请征幽州诸郡兵马，出塞往讨，大约一冬二春，便可殄灭鲜卑等语。灵帝乃召群臣会议，或可或否，聚讼纷纷。议郎蔡邕，前曾谓不宜用兵鲜卑，至此仍坚持前议，再行申说道：

自匈奴遁逃，鲜卑强盛，据其故地，称兵十万，才力劲健，意智益生；加以关塞不严，禁网多漏，精金良铁，皆为贼有，汉人逋逃，为之谋主，兵利马疾，过于匈奴。昔段颎良将，习兵善战，有事西羌，犹十余年；今育晏才策，未必过颎，鲜卑种众，不弱于曩时，而虚计二载，自许有成，若祸结兵连，岂得中休？当复征发众人，转运无已，是为耗竭诸夏，并力蛮夷。夫边陲之患，手足之疥癣，中国之困，胸背之痈疽；方今郡县盗贼，尚不能禁，况此丑虏，而可伏乎？昔高祖忍平城之耻，吕后弃嫚书之诟；方之于今，何者为甚？天设山河，秦筑长城，汉起塞垣，所以别内外，异殊俗也。苟无蹙国内侮之患则可矣，岂与群蚁较胜败，争往来哉？虽或破之，岂可殄尽？夫专胜者未必克，挟疑者未必败。众所谓危，圣人不任；朝议有嫌，明主不行也。昔淮南王安谏伐越曰："天子之兵，有征无战。"言其莫敢校也，今欲以齐民易丑虏，皇威辱外夷，就如其言，犹已危矣；况乎得失未可量也？臣闻守边之术，李牧善其略；保塞之论，严尤申其要。遗业犹在，文章俱存。循二子之策，守先帝之规，臣曰：“可矣！”幸垂察焉。

灵帝见了邕议，竟不肯从。（王甫在内，蔡邕何能抗争？）即拜田晏为破鲜卑中郎将，使领万骑出云中，作为正师；再令夏育出高柳，中郎将臧旻出雁门，作为偏师，三路并进，约有三四万人，出塞二千余里，方与鲜卑兵相遇。鲜卑大酋檀石槐，召集东西中三部头目，来敌汉军，汉军远行疲乏，不堪一战。那檀石槐以逸待劳，尽锐争锋，叫汉兵如何招架？眼见得纷纷败下，为虏所乘，晏、育、旻三将，各自顾全生命，回头乱跑，所有辎重车徒，尽行弃去，甚至所持汉节，也并抛失；三路人马，十死七八，只剩得残骑数千，零零落落，奔回原营。朝廷闻报，拘还晏、育、旻三将，并下诏狱；由三将倾家出资，赎为庶人。

鲜卑既得胜仗，寇掠尤甚。广陵令赵苞，素有清节，政教修明，蒙擢为辽西太守，地当虏冲，由苞缮治城堡，训练士卒，战守有资，屹为重镇；就职逾年，乃遣使至甘陵故里，迎接老母妻孥，好多日不见到来，未免系念。忽有候吏入报道：“鲜卑兵万余人，突来犯边，前锋已经入境，不久要到城下了！”苞闻报大怒道：“蠢尔鲜卑，敢来犯我疆界么？我当前去截击，使他片甲不回，方免后患！”说着，即召齐将士，慷慨晓谕，饬令为国效忠，将士等皆踊跃从命；当下调集兵马二万骑，由苞亲自督领，出城搦战。约行了一二十里，便见前面尘头大起，虏兵蜂拥前来。于是倚险列阵，截住虏踪，那虏众被苞阻住，也即停止。苞正拟麾兵突上，不料敌阵中驱出囚车，约有数具，左右各押着虏兵，持刃大喝道：“赵苞快下马受缚，免得诛灭全家！”苞闻声出马，举目一瞧，好似万箭穿胸，险些儿晕倒地上。原来囚车里面，不是别人，正是白发毵毵的老母，与那娇颜稚齿的妻儿。自从苞饬迎家眷，母妻等相偕赴任，路过柳城，遇着鲜卑游骑，把他们掠去，询知为辽西太守眷属，即挟为奇货，号召骑士万余人，进攻辽西，意欲借此胁苞。

苞见家眷被劫，怎不惊心？况母子恩情，何等深重？此时为虏所缚，惨同羊豕，若要不降，必致杀母；若要遽降，岂不负君？进退彷徨，激出了许多涕泪，凄声遥语道：“为子无状，本欲将所得微禄，奉养朝夕，不意反为母祸！昔为母子，今为王臣，至我不得顾私毁公，罪当万死！如何塞责？”说至此，即听母声遥应，呼己小字道：“威豪！人各有命，怎得相顾自亏忠义？从前王陵母陷入楚中，对着汉使，伏剑勉陵；我愿效陵母，尔亦当如陵忠汉便了！”苞待母说罢，竟打定主意，回首大呼道：“大小将士，幸与我努力杀贼，上雪国耻，下报家仇！”道言未绝，即由军吏一齐杀出，骤马上前；虏兵凶横得很，一声喊起，把苞母及妻子等，立刻杀死，取首级掷入苞军，苞军虽然急进，已是不及救护，但抢得数具囚车，及车内的无头尸骸。（苞母原是贤烈，苞亦未免太忍。）苞至此悲愤填膺，还顾什么利害，当即挺刃当先，与虏拼命，部下二万人，也个个激动义愤，执着大刀阔斧，冒死捣入鲜卑阵中，霎时间摧破虏阵，剁死虏兵无算，虏众不可支持，自然四溃；苞赶至数十里外，见残虏已鼠窜出境，只得收兵还城；随将母妻子各尸，买棺殡殓，上表阵述军情，且请辞职归葬。

灵帝得表，忙即遣使吊慰，加封苞为鄃侯，准令还葬母尸，厚赐赙恤。苞奉诏回乡，已将母尸等葬讫，顾语乡人道：“食禄避难，不得为忠；杀母全义，亦不得为孝。我还有什么面目偷息人世呢？”乡人欲上前劝解，不料苞骤然心痛，用手椎胸，呕出紫血数升，突至仆倒地上，乡人忙将他舁入家中，奄卧床间，只呼了几声母亲，便即灵魂出窍，驰往冥途去寻那老母妻孥了。（阅至此，令人酸鼻。）苞本为中常侍赵忠从弟，与忠素不相协，耻谈门族，就官以后，从未致忠一书；所以苞既病殁，忠亦不为请谥，但教自己威福，不致损失，管什么兄弟宗亲？

灵帝亦只宠左右，不看重内外臣工。太傅一职，悬缺不补，太尉、司徒、司空三官，一岁数易，段颎为太尉后，复由陈耽、许训、刘逸、孟臧数人互为交替；只刘宽尚知自好，廉慎有余。到了熹平七年间，日食地震，相继不绝，反无缘无故地下诏改元，号为光和，大赦天下。太尉孟𨶜罢免，竟授常山人张颢为太尉。颢为中常侍张奉弟，因兄得官，出为梁相，适有喜鹊飞翔府前，由役吏与鹊为戏，用竿拨鹊，便致堕落，役吏忙去拾取，哪知鹊滚地一变，化成圆石，役吏非常惊愕，取石献颢，颢命将圆石椎破，内有金印，印上有“忠孝侯印”四个篆文，因此喜出望外，便致书兄奉，夸为瑞征。（鹊何能变石？想俱由张颢捏造出来。）奉入侍时，觑隙与灵帝谈及，又托永乐宫门吏霍玉，代为揄扬，灵帝竟为所惑，召颢入都，使为太常；未几即迁官太尉，想他做个太平宰相。余如司徒、司空，亦换去袁隗、唐珍、杨赐、刘逸、陈球、袁滂、来艳等人，更迭就任，多约数月，少只数旬。看官试想，世上能有这般大材，速成治道么？（无非依宦官为进退。）

光和元年四月，都中又闻地震，侍中署内，有雌鸡变作雄鸡；到了五月，有白衣人入德阳殿内，与中黄门桓贤相遇。贤喝问何事，白衣人却厉声道：“梁伯夏叫我上殿，汝为何阻我？”贤不知梁伯夏为何人，正要将他扭住，详讯来历，偏赶到白衣人身前，一手抓去，落了个空，白衣人也不知去向了；贤不胜骇异，查问宫廷内外，亦不闻有梁伯夏，只好约略奏报，留作疑案。至六月间，又有黑气堕入温德殿东庭中，长十余丈，形状似龙，好一歇方才散去；再过一月，有青虹出现玉堂殿庭，种种怪异，人相惊扰。灵帝乃召光禄大夫杨赐，谏议大夫马日磾，议郎蔡邕、张华，太史令单飏等，诣金商门，引入崇德殿，使中常侍曹节、王甫两人，就问灾异原因，并及消变方法。惟杨赐、蔡邕，引经据谶，奏对较详，节与甫还白灵帝，灵帝又特诏问邕，使他直陈得失，许用皂囊封上。（汉制惟奏闻密事，得用皂囊封入。）邕见灵帝推诚下问，不必再有忌讳，乃直揭时弊，密上封章道：

臣伏惟陛下圣德允明，深悼灾咎，褒臣末学，特垂访及，斯诚输肝沥胆之秋，岂可顾患避害，使陛下不闻至戒哉？臣伏思诸异，皆亡国之怪也；天于大汉，殷勤不已，故屡出妖变，以当谴责，欲令人君感悟，改危即安。今灾眚之发，不于他所，远则门垣，近在寺署，其为监戒，可谓至切。霓堕鸡化，皆妇人干政之所致也；前者乳母赵娆，贵重天下，生则资藏侔于天府，死则丘墓逾于园陵，（此时赵娆已死。）两子受封，兄弟典郡；续以永乐宫门史霍玉，依阻城社，又为奸邪。今者道路纷纷，复云有程大人者，察其风声，将为国患，宜严为堤防，明设禁令，深惟赵、霍，以为至戒。今圣意勤勤，思明邪正。而闻太尉张颢，为玉所进；光禄勋姓璋，有名贪浊；又长水校尉赵玹，屯骑校尉盖升，并叨时幸，荣富优足；宜念小人在位之咎，退思引身避贤之福！伏见廷尉郭禧，纯厚老成；光禄大夫桥玄，聪达方直；前太尉刘宠，忠实守正，并宜为谋主，数见访问。夫宰相大臣，君之四体，委任责成，优劣已分，不宜听纳小吏，雕琢大臣也。又尚方工技之作，鸿都辞赋之文，可且消息，以示惟忧。《诗》云："畏天之怒，不敢戏豫。"天戒诚不可戏也。宰府孝廉，士之高选，近者以辟召不慎，切责三公；而今并以小文超取选举，开请托之门，违明王之典，众心不餍，莫之敢言。臣愿陛下忍而绝之，思惟万机，以答天望。圣朝既自约厉，左右近臣，亦宜从化；人自抑损，以塞咎戒，则天道亏满，鬼神福谦矣。臣以愚戆，感激忘身，敢触忌讳，手书具对。夫君臣不密，上有漏言之戒，下有失身之祸。愿寝臣表，无使尽忠之吏，受怨奸仇，则臣虽万死，感且不朽矣。

灵帝启封展阅，却也不胜叹息。曹节适立在后面，早已眈眈注视，只恨相距太远，一时看不清楚，又未便抢前明视，正在心中躁急；凑巧灵帝起座更衣，乃即趋近一瞧，已知大略，虽于自己无甚关碍，但据蔡邕劾奏诸人，统是自己同党，总不免暗里怀嫌；当下传告左右，遂将蔡邕表奏的内容，宣扬出去。（咎在灵帝一人。）邕与大鸿胪刘郃，素不相平，叔父蔡质，方为卫尉，又与将作大匠阳球有隙，球即中常侍程璜女夫。（想系程璜的干女婿，否则璜为阉人，怎得有女?）璜因邕章奏中，曾有程大人将为国患等语，恐他指及己身，不如先发制人，免被劾去；乃阴使人飞章发密，诬称蔡邕叔侄，屡将私事托郃，郃不肯相从，遂致邕怀怨望，谋害郃身。灵帝又为所迷，即令尚书向邕诘状，邕上书自讼道：

臣被召，问以大鸿胪刘郃前为济阴太守，臣属吏张宛休假百日，（汉制吏休假百日，例当免职。）郃为司隶，又托河内郡吏李奇为州书佐，及营护故河南尹羊陟，侍御史胡母班，郃不为用，致怨之状。臣征营怖悸，肝胆涂地，不知死命所在。窃自寻案，实属宛、奇，不及陟、班，小吏进退，无关大体；臣本与陟姻家，岂敢申助私党？如臣叔侄欲相伤陷，当明言台阁，具陈恨状所缘。内无寸事，而谤书外发，宜以臣对与郃参验。臣得以学问特蒙褒异，执事秘馆，操管御前，姓名貌状，微简圣心。今年七月，召诣金商门，问以灾异，赍诏申旨，诱臣使言。臣实愚戆，唯识忠尽，出言忘躯，不顾后害；遂讥刺公卿，内及宠臣，实欲以上抒圣虑，救消灾异，规为陛下建康宁之计。陛下不念忠臣直言，宜加掩蔽，诽谤猝至，便用疑怪，尽心之吏，岂得容哉？诏书每下，百官各上封事，欲以改政思谴，除凶致吉，而言者不蒙延纳之福，旋被陷破之祸，今皆杜口结舌，以臣为戒，谁敢为陛下尽忠孝乎？臣季父质，连见拔擢，位在上列，臣被蒙恩渥，数见访逮；言事者因此欲陷臣父子，破臣门户，非复发纠奸伏，补益国家者也。臣年四十有六，孤特一身，得托名忠臣，死有余荣；恐陛下于此不复闻至言矣！臣之愚冗，职当咎患，而前者所对，质不及闻。而衰老白首，横见引逮，随臣摧没，并入坑陷，诚冤诚痛！臣一入牢狱，当为楚毒所迫，促以饮章。（饮，犹隐也，言原告姓名，无可对问。）辞情何缘复闻？死期垂至，冒昧自陈。愿身当辜戮，丐质不并坐，则身死之日，犹更生之年也。惟陛下加餐，为万姓自爱！

邕书虽似详明，可奈程璜在内反对，定要将邕加害，坚请灵帝收邕下狱，彻底查讯。灵帝本来糊涂，因即依议，邕遂被拘至洛阳狱中，连蔡质一并逮治。有司不敢忤旨，且受程璜暗中嘱托，锻炼成谳，奏称邕私怨废公，谋害大臣，罪坐大不敬，应该弃市。幸亏邕命不该绝，得着一个大救星，从中缓颊，才得起死回生。这大救星不属公卿，却仍出自中常侍间，姓吕名强，表字汉盛，与程璜同为阉人，同作内官，偏生性与璜等不同，倒是一个清正公忠的好侍臣。（鹤立鸡群，应加褒扬。）他知蔡邕无罪，不忍坐视，便挺身出来，至灵帝前叩首保邕，力为诉冤；灵帝乃使强传诏，减邕死罪一等，受髡钳刑，充戍朔方，质亦坐徙，家属同科。将作大匠阳球，得知此信，忙使刺客预伏要路，待邕出都就戍，将他刺死。哪知刺客颇感邕义，佯为受命，索给路费，至钱财到手，却一溜烟似的逃向他处，竟不返报。球候久不至，料知无成，再遣使人赍着金帛，追赂戍所监守官。监守官得了贿赂，反将详情告邕，教他戒备；因此邕与质等幸得生存。

偏宫闱中又起风波，帝后间且遭谗构，好好一位宋皇后，并无什么大过，竟为逆阉王甫所谮，遽致身死家灭，说将起来，更觉令人发指。宋后不过中姿，且简言寡笑，未善趋承，因此正位以后，并不得宠，后宫妃妾，各思乘机夺嫡，互播蜚言，灵帝已不免怀疑。渤海王悝妃宋氏，系是宋后的姑母，悝被王甫陷害，夫妇同死，（见前回。）甫恐宋后报怨，趁机下手，约同太中大夫程阿，捏言宋后听信左道，咒诅皇上；再经妃嫔等从旁诬证，构成冤狱，遂由灵帝下诏废后，收还玺绶，徙居至暴室中，活活幽死，后父酆及兄弟等，并皆被诛。后来宫内侍臣，怜后无辜，各出私囊，凑集钱物，收葬后尸，及酆父子遗骸，归葬宋氏旧茔皋门亭。小子有诗叹道：

历朝废后总伤伦，况复谗言出寺人；
汉季外家多赤族，冤如宋氏最酸辛！

宋后枉死，王甫等权焰益张。当有一位公正的尚书，上书进规，欲知尚书姓名，容至下回再详。

赵苞之弃母全城，后人多悯其全忠，而惜其昧义；夫君与亲一也，亲不可弃，犹之君不可忘，为赵苞计，不如退兵守城，徐为设法，或啗以重利，或佯为乞降，务使母得生还，然后再谋却敌；万一不能如愿，则为君弃母，亦为后人所共谅，奈何锐图杀贼，忍视老母之遽膏锋刃乎？故苞之失不在于昧义，而在于少智；设令智士处此，当不若是之冒昧进战也。蔡邕之屡谏不从，已可引去；乃尚徘徊于廊庙之间，致为奸人所陷害。微吕强，身家已夷灭矣，邕其亦有才无智欤？若曹节、程璜诸人，罪不容于死，何足责焉。

第五十九回　诛大憝酷吏除奸　受重赂妇翁嫁祸

却说涿人卢植，前曾献书窦武，劝令辞封让贤，武不能用，遂致枉死，（见第五十四回。）嗣由朝廷征为博士，出拜九江、庐江各郡太守，并有政绩，入补议郎，转为侍中，进授尚书。植身长八尺二寸，声如洪钟，少时与北海人郑玄，并师事马融，博古通今，能识大义。融为明德皇后从侄，（明德皇后，即明帝后马氏。）家富才豪，不拘小节，居处服饰，好尚奢华，常在高堂中悬绛纱帐，前授生徒，后列女乐，弟子依次讲授，免不得纷心靡丽，窥及声色。独植受学数年，未尝转眄，（却是难能。）融以是另眼相看。及学成辞归，亦阖门教授生徒，秉性刚毅，有志济时，光和元年，已迁擢为尚书，见宋氏无辜遭祸，与各种秕政相寻，不由得触动热诚，因上陈八事，请即施行。语繁不及备录，由小子撮要如下：

一、用良，谓宜使州郡核举贤良，随方委用。二、原禁，谓历届党锢，多非其罪，应悉加赦宥。三、御疠，谓宋后家属，无罪横尸，致成疫疠，当一律妥埋，以安游魂。四、备寇，谓侯王之家，赋税减削，愁穷思乱，必致非常，宜使给足，以防未然。五、修礼，应征有道之人，若郑玄诸徒，陈明《洪范》，禳解灾咎。六、遵尧，谓郡守、刺史，一月数迁，宜依黜陟，以彰能否，纵不九载，可满三岁。（尧帝时，九载考绩，故植以尊尧为条目，但当时三公屡易，不止郡守、刺史，植言尚失之偏见。）七、御下，谓请谒、希荣诸敝习，概宜禁塞，迁举之事，责成主者。八、散利，谓天子之体，理无私积，宜弘大务，蠲略细微。

这八事陈将进去，灵帝竟无一采行；惟宋后家属，听令内侍收葬，不再过问。太尉张颢，任职半年，无甚建树，且因天灾迭见，把他免官，用太常陈球为太尉；又司空来艳病殁，进屯骑校尉袁逢为司空。逢即前司徒袁隗胞兄，承父袁汤遗荫，袭爵安国亭侯，灵帝入嗣，逢曾居官太仆，预议迎立，故尝增封三百户。隗先为司徒，逢继为司空，虽是世家显宦，实由中常侍袁赦推荐，故先后超迁。（附阉宦以增荣，行谊可知。）隐士袁闳，就是逢、隗从子，常私语家人道："我先公福祚留贻，后世不能修德承家，乃好慕荣利，与乱世争权，恐不免为晋三郤了！"（三郤，并为晋厉公所杀，事见《春秋左传》。）为此居安思危，所以蛰居土室，久伏不出；遇有从父馈遗，一介不受，甚至母殁丁忧，亦未闻出室送葬；乡人目为狂生。哪知他无穷感慨，激成畸行，从前箕子佯狂，接舆避世，都操这种主意，看官幸勿视同怪物呢！（回应第五十六回。）

陈球夙怀忠直，做了两个月太尉，便被阉党排挤，借着日食为名，坐致策免，更任光禄大夫桥玄为太尉。玄亦有重名，历任司徒、司空，均因朝廷昏乱，无力挽回，自劾求去。灵帝因他素孚物望，屡罢屡召，及升任太尉，就职月余，又复托病乞休，有诏赐假养疴；又逾两月，仍以衰病告辞，乃再起段颎为太尉，使玄食大中大夫禄俸，就医里舍。玄有十龄幼子，独游门外，猝有三盗持杖，把玄子执登门楼，向玄求货。玄不肯照给，遣使往报司隶校尉，促令捕盗。时将作大匠阳球，调任司隶，接得玄报，忙率河南尹、洛阳令等，围守玄家，但恐盗杀玄子，未敢过迫。玄瞋目大呼道："奸人无状，玄岂为了一子性命，轻纵国贼么？"遂迫令进攻，阳球乃驱众入室，将要登楼，盗已将玄子杀死，然后下楼拼命，被众格毙。玄因上书奏请，凡天下有掳人勒赎等情，并当严捕治罪，不准以财货相赎，开张奸路。于是盗贼无从要挟，劫质罕闻，都下粗安。

偏灵帝因内帑未充，尝嫌桓帝不能作家居，特想出一条敛钱的方法，就西园开张邸舍，卖官鬻爵，各有等差，二千石官阶，定价二千万；四百石官阶，定价四百万；如以才德应选，亦须照纳半价，或三分之一；令、长等缺，随县好丑，定价多寡；富家先令入钱，贫士至赴任后，加倍输纳。（明明是叫他剥民。）这令一下，无论何种人物，但教有钱可买，便可平地升官，一班蝇营狗苟的鄙夫，乐得明目张胆，集资买缺；将来总好在百姓身上，取偿厚利。因此西园邸内，交易日旺，估客如林。（好一座贸易场。）灵帝见逐日得钱，盈千累万，自然喜欢。还有永乐宫中的董太后，嗜钱如命，闻得灵帝有这般好买卖，也即出来分肥，且令灵帝扩张生意，就是三公九卿，亦可出卖。灵帝却也遵教，不过少存顾忌，暗令左右私下贸易，公价出钱千万，卿价五百万。约阅数月，内库牣，永乐宫中，亦满堆金钱。灵帝大喜，召问侍中杨奇道："朕比桓帝何如?"奇系杨震曾孙，（震长子牧孙。）颇有祖风，承问即答道："陛下与桓帝，亦犹虞舜比德唐尧!"（答得甚妙。）灵帝作色道："卿真强项！不愧杨震子孙，他日死后，必复致大鸟了!"（大鸟事，见前文。）遂出奇为汝南太守，奇亦不愿在内，拜命即去。过了一年，（即光和二年。）春令大疫，遣中常侍等出施医药，接连是暮春地震，孟夏日食，灵帝专归咎大臣，策免司徒袁滂，司空袁逢，另任大鸿胪刘郃为司徒，太常张济为司空；惟太尉段颎，独得内援，不致免官。

谁知天下事多出人料，往往求福得祸，乐极生悲。颎所恃惟王甫，甫恶贯满盈，伏法受诛，连颎也因此坐罪，一并送命。甫有养子二人，一名萌，曾为司隶校尉，转任永乐少府；一名吉，亦为沛相，平时皆贪暴不法，吉尤残酷，凡杀人皆磔尸车上，榜示大众，夏月腐烂，用绳穿骨，传示一郡，臭气熏途，远近俱为疾首。吉却靠甫声势，任至五年，杀人万计。阳球为将作大匠时，尝闻报发愤道："若阳球得为司隶，断不令此辈久生!"（阳球亦酷吏之一，且陷害蔡邕，罪恶亦甚，惟为吉动愤，尚算秉公。）已而果为司隶校尉，方拟举劾王甫父子，适甫使门生王翘，至京兆境内，辜榷官财物七千余万，多受私赇，为京兆尹杨彪所发。（彪系杨赐子。）甫正休沐里舍，颎亦方以日食自劾，还府待命。阳球闻彪已上弹章，又乘甫、颎等不在宫廷，当即入阙面陈，极言甫、颎等种种罪状；灵帝也觉动怒，即命阳球查究此事。球受命出朝，立派全班吏役，先拿王甫、段颎，再拘甫养子永乐少府萌，并将沛相吉，一并逮至，收系洛阳狱中，亲加审讯，严词逼供。王甫等怎肯招认，狡赖异常。那阳球是著名酷吏，从前历任守令，理奸惩恶，动辄骈诛，至是积愤多时，怎肯轻轻放过？当下喝令左右，取出多少刑具，加上甫身，甫熬刑不住，甚至晕绝，良久始苏。萌仰首语球道："我父子果当伏诛，也请顾念先后任使，稍为宽假，贷我老父！"（萌前为司隶，故有此语。）球拍案叱道："尔等罪大恶极，死有余辜！尚欲论及先后，想我宽假么？"萌乃对骂道："尔前事我父子，不啻奴仆；奴仆敢反侮主人，临厄相挤，恐尔亦将自及了！"（无瑕者，乃可戮人，球未能免疚，故遭此反詈。）球怒上加怒，再令左右将萌拖倒，用泥塞口，棰楚交至，立即挞死；甫与吉亦同毙杖下，颎亦自杀。球令将甫尸露置夏城门，大书揭示道："贼臣王甫。"一面籍没甫产，家属尽徙南方。

甫既伏辜，球尚欲劾去曹节等人，因敕中都官从事道："且先去权贵大猾，然后议及余子。若公卿豪右如袁家儿辈，从事自能办理，何烦校尉费心！"（既欲尽除宵小，不宜先自泄谋。）这数语传达出去，权臣莫不震惧，连曹节也不敢出宫。会冲帝母虞贵人病逝，发丧出葬。（冲帝为虞美人所出，事见前文，惟加封贵人，系灵帝时事。）百官送殡往还，曹节等亦曾在列。节见甫尸暴露，不禁洒泪道："我辈自可相食，奈何使犬舐其汁哩？"说着，又嘱诸常侍勿留里舍，亟相引入殿，面白灵帝道："阳球乃有名酷吏，不宜使作司隶，纵令毒虐！"灵帝点首，即命节传诏，徙阳球为卫尉。球方因虞贵人安葬，奉命祭陵，节托尚书令即日召球，促就卫尉职任。球闻召驰回，进见灵帝，叩首陈请道："臣原无奇才，猥蒙陛下委为鹰犬，得诛王甫、段颎诸奸，但尚是狐狸小丑，未足宣示天下。愿再假臣一月，必令豺狼鸱枭，各服其辜！"说至此，更叩头流血，但闻殿上呵声道："卫尉敢抗诏不从么？"球尚不肯止，至呵叱再三，不得已受职拜谢，怏怏趋出。曹节等又不必避忌，横行如故，中常侍朱瑀，与节相类。郎中审忠，不忍缄默，乃抗疏上奏道：

臣闻理国，得贤则安，失贤则危；故舜有臣五人，而天下治，汤举伊尹，不仁者远。陛下即位之初，未能亲揽万机，皇太后念在抚育，权时摄政，故中常侍苏康、管霸，应时诛殄。太傅陈蕃，大将军窦武，考其党羽，志清朝政。朱瑀、曹节等，知事觉露，祸及其身，遂兴造逆谋，作乱王室，撞蹋省闼，执夺玺绶，迫胁陛下，聚会群臣，离间骨肉母子之恩，遂诛蕃、武及尹勋等。因共割裂城社，自相封赏，父子兄弟，备蒙尊荣，素所亲厚，布在州郡，或登九列，或据三司；不惟禄重位尊之责，而苟营私门，多蓄财货，缮修第舍，连里竟巷。盗取御水，以作渔钓，车马服玩，拟于天家。群公卿士，杜口吞声，莫敢有言，州牧郡守，承顺风旨，故虫蝗为之生，夷寇为之起。天意愤盈，积十余年。故频岁日食于上，地震于下，所以谴戒人主，欲令觉悟。昔高宗以雊雉之变，故获中兴之功；近者神祇启悟陛下，发赫斯之怒，诛及王甫父子，路人士女，莫不称善，若除父母之仇。诚怪陛下复忍孽臣之类，不悉殄灭。昔秦信赵高，以危其国；吴使刑人，身遘其祸；（春秋时，吴子余祭，使阍守舟，为阍所弑。）今以不忍之恩，赦夷族之罪，奸谋一成，悔亦何及？臣为郎十五年，皆耳目闻见，瑀等所为，诚皇天所不复赦；愿陛下留漏刻之听，裁省臣表，扫灭丑类，以答天怒，与瑀考验，有不如言，愿受汤镬之诛，虽妻子并徙，亦臣所甘之如饴者也！谨不胜翘切待命之至。

忠将此疏呈入，早已拚生待诏，不意似石沉大海一般，多日不见复报。（还是大幸。）中常侍吕强，与曹节等志趣不同，由灵帝封为都乡侯，强固辞不受，因闻审忠陈言不省，也续陈一疏道：

臣闻高祖立约，非功臣不侯，所以重天爵，明劝戒也。中常侍曹节等，品卑人贱，谗谄媚主，佞邪徼宠，有赵高之祸，未受镮裂之诛；陛下不悟，妄授茅土，开国承家，小人是用。又并及家人，重金兼紫，交结邪党，下吡群佞，阴阳乖刺，稼穑荒芜，民用不康，罔不由兹。臣诚知封事已行，言之无及，所以冒死干触，进陈愚忠者，实愿陛下损改既谬，从此一止。臣又闻后宫采女，数千余人，衣食之费，日数百金；近时谷虽贱，而户有饥色。案法当贵，而今更贱者，由赋发繁数，以解县官，寒不敢衣，饥不敢食。民有斯厄，而莫之恤，宫女无用，填积后庭，天下虽复尽力耕桑，犹不能供。昔楚女悲愁，西宫致灾；（注见前。）况终年积聚，岂无愁怨乎？又承诏书，当于河间故国，起解渎之馆，陛下龙飞即位，虽从藩国，然处九天之高，岂宜有顾恋之意？且河间疏远，解渎邈绝，而欲劳民殚力，未见其便。又今外戚四姓之家，及中官公族无功德者，造起馆舍，约有万数，楼阁相接，丹青素垩，不可殚言，丧葬逾制，奢丽过礼，竞相仿效，莫肯矫正。《穀梁传》曰："财尽则怨，力尽则怼。"此之谓也。又闻前召议郎蔡邕，对问于金商门，邕不敢怀道迷国，而切言极对，毁刺贵臣，讥呵竖宦，陛下不密其言，至令宣露，群邪青唇拭舌，竞欲咀嚼，造作飞条。陛下回受诽谤，致邕刑罪，室家徙放，老幼流离，岂不负忠臣哉！今群臣皆以邕为戒，上畏不测之难，下惧刺客之害，臣知朝廷不复得闻忠言矣。故太尉段颎，武勇冠世，习于边事，垂发服戎，功成皓首，历事二主，勋烈独昭。陛下既已式序，位登台司，而为司隶校尉阳球所见诬胁，一身既毙，而妻子远播。天下惆怅，功臣失望。宜征邕更加授任，返颎家属，则忠贞路开，众怨以弭矣！

灵帝得疏，仍然不省。前太尉陈球，方为永乐少府，志在除奸，特与司徒刘郃结交，秘密筹谋。郃兄儵尝为侍中，因与大将军窦武同党，连坐致死，郃为兄衔怨，故亦欲诛灭权阉，冀销宿恨。事未及发，球复致书劝郃道：

公出自宗室，位登台鼎，天下瞻望，社稷镇卫，岂得雷同容容，无违而已？今曹节等放纵为害，而久在左右，又公兄侍中，受害节等，永乐太后所亲知也。今可表徙卫尉阳球为司隶校尉，以次收节等诛之。政出圣主，天下太平，可翘足而待也！

郃见球书，意亦相同，但恐节等势大，未敢遽决。会有尚书刘纳，触忤宦官，被贬为步兵校尉，因闻郃欲报兄仇，特向郃进谒，谈及曹节等贻祸国家，不可不除。郃皱眉自叹道：“我亦常作此想，只因宦竖耳目甚多，一或不慎，事尚未成，反恐受祸。”纳慨然道：“公为国栋梁，倾危不持，焉用彼相？”（焉，作何字解，本出《论语》。）郃方答说道：“承君勖我，敢不勉力？但君亦须为我臂助！”纳应声道：“这却不待公嘱，纳已愿为效死了！”（死期原是将至。）郃忆陈球来书，拟使阳球复职，阳为诛奸能手，理应先与说明，乃乘暇会球，表明情意；球本有此志，自然极口赞成。

怎奈屏后有一小妻，在内悄立，已听得明明白白。这小妻正是中常侍程璜女儿，待球送客入内，方才回房，两人面色，都与常时不同，球本偏爱小妻，料已被窃听了去，不如和盘说出，叫她先报程璜，说明诛死节等，与璜无干；倘能相助，事后当共享富贵。（计非不妙，惟与妇寺会商，多难成事。）那小妻满口答应，即托词归宁，转告乃父。程璜虽与曹节同党，但节等果死，内政可以自专，未始非利，乐得卖个情面，由他做去；因嘱女儿返报阳球，许守秘密。偏被曹节闻风，自去见璜，先说了一派兔死狐悲的话儿，感动璜心，再从袖中取出黄金，置诸几上，作为赠礼；随后复用虚词恫吓，说得程璜又惊又惧，又感又惭，不由得倾吐肺腑，竟将阳球所报的密谋，一一告知。（女夫也不管了。）节且邀同程璜，及党与等入白灵帝，齐声奏请道：“刘郃等常与藩国交通，声名狼藉，近又与步兵校尉刘纳，永乐少府陈球，卫尉阳球，私遗书疏，谋为不轨，若非从速捕治，旦夕必有祸变！臣等死不足惜，恐有碍圣躬，所以急切奏闻！”灵帝见他人多语合，谅非虚诬，不禁大发雷霆，命节等带领卫士，往拿刘郃、刘纳、陈球、阳球，四人无从抗辩，各束手受缚，同入狱中，眼见是棰楚交施，依次毕命。小子有诗叹道：

外言入阃本非宜，秘策如何嘱爱姬？
弄巧不成终一跌，杀身害友悔嫌迟！

过了一年，灵帝又要册立皇后了。欲知何人为后，待至下回报明。

汉季之中常侍，谁不曰可杀？惟庸主如桓、灵，方信而用之。虽阉党亦有自相残灭之时，但与正士相抗，则一致同谋，曹节所谓我辈自相残食，不使犬得舐汁，即此意也。阳球之欲歼阉党，未始非志士所为，观其严鞫王甫父子，五毒交加，虽曰酷虐，而施诸凶竖，尚为相当之报应，不足为阳球责也。独球既嫉视权阉，乃纳程璜之女，列作宠姬，卒至事机不密，终为小妻所误，而轻丧生命，是宁非自作自受乎？且刘郃、陈球诸人，亦横遭牵累，同时毕命，可慨孰甚？《传》有之，谋及妇人，宜其死也，璜女不欲害其夫，而其夫卒因此致毙，此女子、小人所以不可与谋也夫！

第六十回　挟妖道黄巾作乱　毁贼营黑夜奏功

却说宋皇后被废后，忽忽间已过两年，尚未册立继后，六宫无主，当由内外臣工，一再申请，乞立继后，以宣阴化。灵帝乃立贵人何氏为皇后。后出身微贱，本是一个屠家女儿，父名真，家居南阳，营业积资，每思攀援权贵，博些微名，凑巧宫中招选采女，遂囊金出都，赂遗中官，得将女儿充选。也是这女应该大贵，生成一副花容玉貌，比众不同，身长七尺一寸，肌肤莹艳，骨肉婷匀。灵帝素来好色，瞧着这个美人儿，哪有不喜欢的道理？衾裯使抱，列作小星，几度春风，含苞结种，十月满足，生下一男，取名为辩。时后宫常生子不育，灵帝恐再蹈覆辙，特令乳媪抱辩出宫，寄养道人史子眇家，号曰史侯。（名为皇帝，何亦做村妪思想？）因即册何女为贵人，甚有宠幸，至是竟得立为皇后，征后兄进为侍中，嗣复追封后父真为车骑将军，兼舞阳侯，号后母兴为舞阳君。

后性刚多忌，既得正位，尚恐他人夺宠，随时加防。偏有赵国佳人王氏，为前五官中郎将王苞孙女，也得应选入宫，姿色与何后相同，才具比何后较胜，能书能算，应对尤长，灵帝又不肯放过，再令她入侍巾栉，好几次鸾颠凤倒，更种成欢叶爱苗，灵帝因她身怀六甲，晋号美人。（汉制宫中妃媵，贵人以下为美人。）何皇后略有所闻，侦察愈严，常图陷害；还是王美人生性聪敏，备豫不虞，有时进谒正宫，往往用帛束腰，不令大腹宣露。无如胎中儿日大一日，美人腹亦日胀一日，累得王氏朝夕不安，只恐隐瞒不住，当下购服堕胎药，饮将下去，满望胎得堕落，还可保全性命；哪知药竟无灵，胎终不动，夜间复得梦兆，屡次负日前行，心中暗想：莫非应生贵子，未便使堕？于是不再服药，听天由命，也是这个胎中儿该有三十年帝号，所以安居腹中，无论如何刺激，总得保存过去。好容易过了十月，不坼不劈，脱离母胎，侍女报知灵帝，灵帝自然心欢，替他取下一名，是一协字。协既产出，王美人身尚未健，须服药调治；那何后阴谋设计，密遣心腹内侍，赍着鸩毒，走至王美人宫内，觑隙置入药中，王美人虽然伶俐，究竟防不胜防，服毒以后，呜呼毕命！（可怜。）

灵帝闻丧，亲往验视，看她四肢青黑，料是中毒，禁不住泪下潸潸；再经查究起来，察出何后下毒情由，顿时怒不可遏，即欲将何后废去。慌得何后又惊又惧，急忙贿嘱曹节、张让等人，代为缓颊，竭力斡旋。果然钱可通神，奸能蒙主，曹节等从中吁请，得使何后位置，仍然稳固，毫不动摇。惟灵帝预防一着，令将王美人所生子协，寄居永乐宫，请董太后留心抚养；董太后却一口应承，协始安然无恙，免遭暗算。灵帝尚悼亡心切，凭着生平才学，撰成《追德赋》《令仪颂》两篇，词旨缠绵，如泣如诉。但身为天子，不能庇一妇人，终觉得乾纲失纽，薄幸贻讥，虽有哀词，无从共谅；因此遗制失传，徒有篇名流播罢了。

惟灵帝不但好色，并且好游，特在洛阳宣平门外，筑起两座大花园，署名罼圭苑，分列东西，东罼圭苑，周一千五百步，西罼圭苑，周三千三百步。又在两苑旁增造灵昆苑，规制与两苑相同，苑中布置，备极繁华，小子也无暇细述。灵帝尚嫌不足，更在阿亭道筑造台观，高至四百尺，又特置园圃署，用宦官为令，再就后宫中设市列肆，使诸采女相率贩卖，由灵帝自作肆主，易服为商，握算持筹，估赢较绌。其实灵帝究非商人，怎知情伪？所有肆中货物，辄被诸采女窃去，甚至彼多此少，人有我无，弄得暗争明斗，吵闹不休，只瞒过灵帝一双眼睛。灵帝反自鸣得意，昼督诸女贸易，夕拥诸女酣宴，把朝政置诸不顾，一味儿纵乐寻欢。宫女以外，尚有一班阉人子弟，入宫服役，玩弄狗马，灵帝俱赏赐爵禄，使著进贤冠带绶。（进贤冠，系汉朝文官服饰。）又往往用四驴驾车，由帝亲自执辔，驰驱苑中，京师互相仿效，驴价与马价相齐。有时郡国贡献方物，必令先输例钱，纳入中署，叫作“导行费”，一人聚敛，四海沸腾。中常侍吕强，夙具忠诚，因上疏进规道：

天下之财，莫不生之阴阳，归之陛下，本无公私之别；而今中尚方敛诸郡之宝，中御府积天下之缯，西园引司农之藏，中厩聚太仆之马；而所输之府，辄有导行之财；调广民困，费多献少，奸吏因其利，百姓受其敝；又阿媚之臣，好献其私，容谄姑息，自此而进。旧典选举，委任三府，三府有选，参议掾属，咨其行状，度其器能，受试任用，责以成功；若无可察，然后付之尚书；尚书举劾，请下廷尉，复按虚实，行其诛罚。今但任尚书，或复敕用。如是，三公得免选举之负，尚书亦复不坐，责赏无归，岂肯空自苦劳乎？夫立言无显过之咎，明镜无见玼之尤，如恶立言以记过，则不当学也；不欲明镜之见玼，则不当照也。愿陛下详思臣言，不以记过见玼为责，则圣德懋而天下安矣！

灵帝沉迷不醒，怎肯听从？四府三公，又多凭宦官好恶，随势进退，还有什么公是公非？自从太尉段颎，与司徒刘郃，相继诛死，后任为刘宽、杨赐，两人皆负重望，足谐舆论。惟司空张济，趋奉权阉，赃私狼藉。哪知宽与赐任职年余，并皆罢去，独张济居位如故，另用许馘为太尉，陈耽为司徒。馘品行贪鄙，不亚张济；惟陈耽尚有清操，不久免职，再起袁隗为司徒，三公并系阉人党与，浊乱可知。天变人异，历年不绝，日食星孛，河决山崩，最奇怪的是洛阳女子，生下一个婴儿，两头四臂，似人非人，为此种种妖异，遂引出无数妖人来了。

时钜鹿郡有张氏弟兄三人，长名角，次名宝，又次名梁。角读书不成，误入左道，自号大贤良师，诱惑愚民，设坛讲授，所谈一切，无非是假托黄老，以伪乱真。会值民间大疫，十病九危，角得乘间行私，查得几个医疫古方，斢合成药，用水煎汁，倾入瓶内，为人治病，病人踵门求药，他便将药水取出，假意烧符持咒，令病人跪拜坛前，然后给药与饮，有数人命不该死，饮下药水，果得病退身安，于是奉角为神，辗转称扬；每日至角处求医，多约百余人，少亦数十。角复自称为太平道人，另遣门徒周游四方，转相诱惑，大约过了十多年，凡青、徐、幽、冀、荆、扬、兖、豫八州人民，无不知有张大贤良师，交相倾慕，甚且弃卖财产，争赴张门，奔波跋涉，虽死不辞。因此十余年间，徒众多至数十万名，郡县未识角意，反誉角善道教化，为民所归。独司徒杨赐引为深忧，尝与掾吏刘陶相语道："张角等诳惑百姓，必为后患，现今势已蔓延，若即令州郡捕讨，恐反激成速变。我意欲饬刺史、二千石，简别流人，各使归籍，待至邪党散去，贼目自孤，那时派吏往捕，不劳可获！卿以为此法善否?"（果行是言，何至骚扰八方?）陶应声道："这正如孙子所云'不战屈人'，怎得谓非善策呢?"赐即将所拟计策，列入奏章，条陈上去，多日不见施用，赐乃因病乞休。刘陶更申前议，乞请照行，略言张角阴谋日甚，四方谣言，谓角等潜入京师，觇视朝政，欲图不轨，州郡互相忌讳，不欲上闻，宜亟下明诏，购捕角等，赏以国土，有敢回避，与贼同科。灵帝仍不以为意，将原疏留中不报。

角逍遥法外，私置三十六方，大方万余人，小方六七千，各立渠帅，位等将军；（何不尽称道人?）讹言"苍天当死，黄天当立，岁在甲子，天下大吉"。（老天也有生死语，真奇怪。）阴令徒党混入京中，夜用白土为书，自京城寺门，以及大小官署，皆写成"甲子"二字。甲子岁次，就是灵帝光和第七年，大方贼帅马元义，先收荆、扬无赖徒数万人，与张角约期起兵，自己辇运金帛，至京师贿通中常侍，约为内应。中常侍曹节已死，赵忠、张让、夏恽、郭胜、段珪、宋典、孙璋、毕岚、栗嵩、高望、张恭、韩悝等十二人，皆得封侯，贵盛无比；又有封谞、徐奉，亦得邀宠，但不及赵忠、张让的威权。灵帝尝谓张常侍是我父，赵常侍是我母，所以两人势焰直同皇帝。（阉人可呼为父母，张角等应不愧为祖师。）封谞、徐奉虽是赵忠、张让的羽翼，但因势力不及两人，也未免阳奉阴违；既得马元义私赂，遂不顾灵帝恩眷，竟与他订定私约，愿为内援。元义大喜，立即报知张角，约期三月五日，内外并起。角有门徒唐周，独上书告变，于是遣吏密捕元义，一鼓擒住，就在洛阳市中，处以轘刑，且诏令三公司隶，查究宫省直卫，及内外吏民，遇有与角交通，当即处死，诛杀至千余人；并敕冀州刺史，严拿张角兄弟。

角等闻事已败露，星夜举兵，自称天公将军，号弟宝为地公将军，梁为人公将军，所有徒众，统令头上包裹黄巾，作为标记，因此时人呼为黄巾贼。角党三十六方，同时响应，燔烧官府，劫掠州郡，遂致烽火连天，中外俱震。灵帝迭接警报，也觉得焦急起来，乃命何皇后兄进为大将军，加封慎侯，使率左右羽林兵五营，出屯都亭；复就函谷、大谷、广成、伊阙、轘辕、旋门、孟津、小平津八关，派员扼守，赐名八关都尉，严遏黄巾。

偏是贼势浩大，官军多望风披靡，莫敢争锋，警信传达京师，几乎一日数至；灵帝不得已大会群臣，共议讨贼方法。北地太守皇甫嵩，方述职还都，入朝与议，力请赦除党禁，并发中藏私钱，西园厩马，班赐军前，鼓励士心。这两事为灵帝所厌闻，但到此无可如何的时候，也不便固执成见，因再询诸中常侍吕强。强乘势进言道："党锢久积，人情怨愤，若再不赦宥，将与张角合谋，为患滋甚，后悔无及！今请先考核左右，诛贪惩浊，复大赦党人，察量二千石、刺史能否拨乱致治，虽有盗贼，亦无虑不平了！"灵帝乃颁下赦书尽弛党禁，凡从前坐罪被徙诸徒，一体放还；独张角不赦。遂诏求列将子孙，大发天下精兵，使尚书卢植为北中郎将，督领北军五校士，往讨张角；再进皇甫嵩为左中郎将，谏议大夫朱儁为右中郎将，共发五校、三河骑兵，并募壮丁四万余人，分讨颍川黄巾贼。

三将俱晓畅戎机，热心报国，一经简选，当即分道进兵；途次探悉盗贼诡谋，尚有勾通内侍消息，自然据实奏陈。封谞、徐奉，曾私交贼党马元义，元义诛死，两人慌忙得很，只恐谋泄并诛，因将所得金帛，转赠张让，求他代为转圜；让即为入白，寥寥数语，便把封、徐两人的逆谋，刷洗净尽。（阿父训令，为皇儿的应该服从。）至三将奏报到京，灵帝复诘责诸常侍道："汝等常谓党人欲危社稷，概令禁锢，今党人且为国用，汝等反敢通贼，应斩与否，可令汝等自说！"诸常侍连忙跪下，叩头流涕道："这皆是王甫、侯览等所为，臣等实未知情，乞陛下恩宥！"（好一条推诿法。）灵帝见他们哀求情状，又不禁心中怜惜，谕令起身；但将封谞、徐奉两人，下狱治罪。诸常侍尚怀疑惧，陆续求退，各自诏还京外子弟，不令为吏。灵帝还要温语慰留，叫他安心守职。独吕强看不过去，劝灵帝速惩逆党，毋再养奸，灵帝才诛封谞、徐奉，余皆不问。赵忠、夏恽，与封、徐交谊颇深，遂共谮吕强，谓与党人共毁朝廷，屡读《霍光传》，志在废立，且强兄弟出为郡吏，并贪秽不法，应即究治。灵帝不察真伪，便令小黄门持剑召强。强不觉动怒道："我死，内乱不可复止！大夫欲尽忠国家，怎能坐对狱吏，枉受棰楚呢？"说着，便取过小黄门手中持剑，向颈一挥，流血毕命。（死得可惜。）小黄门见强已自杀，当即返报。赵忠等又进谗言道："强未知所问，便即自尽，显系情虚畏罪，惶急轻生！尚有强亲族留存，须再加明审，休使漏网！"灵帝因复收强亲属，没入财产。侍中向栩，上书论事，讥刺阉党，又为张让所诬，说他与张角通谋，欲为内应，即收送黄门北寺狱，把他处死。郎中张钧，复上书指斥宦官，有云：

> 窃惟张角所以能兴兵作乱，万民所以乐附之者，其源皆由十常侍，多放父兄子弟、婚亲宾客，典据州郡，辜榷财利，侵掠百姓；百姓之冤，无所告诉，故谋议不轨，聚为盗贼，宜斩十常侍，悬首南郊，以谢百姓！又遣使者布告天下，方可不烦师旅，而大寇自消矣。

灵帝得书，取示张让等人，叫他们自阅。（又要断送张钧性命了。）让等看毕，统吓得形色仓皇，各免冠徒跣，叩首谢罪，乞自诣洛阳诏狱，并出家财补助军饷。（何不依他？）灵帝又心怀不忍，谕令起著冠履，照常办事，且愤然道："钧真狂奴，难道十常侍中，竟无一善人么？"张让等始谢恩而退。钧却不管死活，申疏如前，益惹动权阉怒意，阴嘱御史构成钧罪，拘系狱中，指为学黄巾道，搒死杖下。前司徒杨赐，复起拜太尉，代许馘后任，灵帝召赐入问，商及讨贼事宜，赐上言欲禁外寇，先黜内奸，（明明是救时良策。）偏灵帝心怀不悦，竟将赐免官，改用太仆邓威为太尉，并罢去司空张济，特遣大司农张温为司空；一面诏饬三中郎将，限期平贼。左中郎将皇甫嵩，右中郎将朱儁，各统一军，驰赴颍川。儁与黄巾贼波才相遇，两下交锋，儁军败退。波才进攻皇甫嵩，嵩暂避贼锋，退保长社，凭城自固。各处黄巾贼，闻得官军败退，越加猖狂，南阳黄巾贼张曼成，攻杀太守褚贡；汝南太守赵谦，又被黄巾贼杀败；幽州刺史郭勋，及太守刘卫，均为黄巾贼所杀。

那颍川黄巾贼波才，复乘胜进围长社，皇甫嵩婴城拒守。部下兵不过数千，俯瞰城下贼众，约有数万，不由得相顾失色。嵩下令军中道："贼势虽盛，我自有计破他，汝等但能静守，听我号令，包管破贼！"军士闻知，稍稍安定，协力守城。波才攻扑数次，因城上矢石交下，不能得手。时当仲夏，天气溽暑，贼众多结草为营，罢战乘凉，嵩乃召语军吏道："兵有奇变，不在多寡，今贼众依草结营，正好用计破灭了！"军吏问是何计，嵩不慌不忙，说了一条火攻的计策，且嘱咐道："贼众借草自蔽，一遇火烧，必致四延，延烧以后，还有不惊乱么？我若乘势出兵，四面绕击，定可大胜，灭贼建功，就在今夜哩！"军吏听着，齐称好计。嵩即令军士各束草炬，每人一扎，待至黄昏将静，俱执炬登城；可巧大风四起，天昏如墨，各军士用火爇炬，齐向贼营中抛去，草遇火燃，火随风炽，霎时间烟焰冲天，贼众大惊。嵩复使锐士开门出城，四逼贼营，再纵火大呼，声彻郊野，城上亦举燎相应，慌得贼众骇愕万分，不知所措；嵩又从城中鼓噪而出，麾动部兵，驰突贼阵，贼皆股栗，觅路乱奔。经嵩驱兵进击，杀得群贼尸横遍野，血落成渠。转眼间已是天明，忽又有一彪军杀到，截住贼众去路，为首一员将弁，细目长须，仪容不俗。看官欲问他来历，乃是一位汉末枭雄，特奉朝命，来此杀贼。正是：

欲平贼党非难事，且看枭雄已出场。

欲知此人为谁，且待下回报明。

黄门用事，引出黄巾，以内贼召外贼，古今来衰乱之征，大都如是，何疑乎张角？角之所为，殆亦一篝火狐鸣之小智耳。封谞、徐奉，与贼相应，灵帝既已察觉，应立申国宪，置诸死刑，顾必待诸内外之奏请，晚矣！且张让等日侍左右，亦有通贼之嫌，乃姑息勿诛，使之反噬正人；吕强为内侍中之忠且直者，而迫之使死，向栩、张钧，皆以直言受戮，昏愦如此，天下宁有不乱乎？皇甫嵩用火攻计，燔烧贼众，此为兵法上之所易知者；但施诸乌合之贼，即此已足。波才小丑，原不足道；而张角之破灭，亦藉此为先声之举，莫谓皇甫非良将才也！

第六十一回　曹操会师平贼党　朱儁用计下坚城

却说黄巾贼波才，被中郎将皇甫嵩击败，觅路乱奔，途次又为官军所阻；为首将领，乃是骑都尉曹操。（奸雄发轫。）操字孟德，小名阿瞒，系沛国谯郡人，本姓夏侯氏，因父嵩为中常侍曹腾养子，故冒姓为曹；少时机警过人，长好游猎，放浪无度，不治生产。有叔父恨操无行，尝白诸曹嵩，嵩因即责操，操心中记着，偶与叔父相值，即翻身倒地，状若中风；叔父忙向嵩报明，嵩急往抚视，操已起立。嵩问操道："汝病已痊愈否？"操答言无病，嵩复问道："汝叔谓汝中风，怎说无病？"操佯作惊疑道："儿并未中风，想系叔父恨儿，乃有是言！"（父可欺，何人不可欺？）嵩信以为真，遂听令放荡，不复过问。乡人见他斗鸡走狗，行同无赖，相率鄙夷，独梁人桥玄，（曾为太尉。）南阳人何颙，不同俗见，视操为命世才，尝语操道："天下将乱，非人才不能济事，将来欲安天下，所赖惟君！"何颙亦言汉室将亡，惟操可安天下。（未免高视阿瞒。）操因此自负，常与两人往来。桥玄复嘱操道："君尚未有名，可交许子将，当得蜚声，幸勿自误！"操应命自去。

这许子将系许劭表字，劭为前司徒许训从子，籍隶汝南，具知人鉴，与从兄靖，俱负重名，凡乡里人物，一经评骘，往往垂为定论，他且性好褒贬，每月一更，故汝南人称他为"月旦评"。及操往见劭，劭正为郡功曹，延操入室，互谈世事，操却应对如流，惟劭随便酬酢，或吐或茹，累得操烦躁起来，禁不住质问道："操奉桥公训诲，特来访君，君素善衡鉴，请看操为何如人？"劭微笑不答。（已经瞧透。）操愤然道："见善即当称善，见恶即当言恶，奈何善恶不分，徒置诸不答呢？”劭为操所逼，方应声道：“汝系治世能臣，乱世奸雄！”（确是至论。）操毫不动怒，反大喜道：“君真可谓知己了！”（操亦自认为奸雄。）遂别劭还里。年二十，得举孝廉，进拜郎官，调任洛阳北部尉，甫入廨舍，即缮治四门，特设五色棒十余条，悬挂门首，一面张示立禁，如有违犯，不论贵贱，一体棒责；小黄门蹇硕，方得灵帝宠眷，有叔父提刀夜行，适犯禁令，操饬左右将他拿住，用棒打死。嗣是豪贵敛迹，无人敢犯，操遂扬名中外，迁顿丘令，复受征为议郎。

黄巾贼起，朝廷授操骑都尉，使率军士数千人，往助皇甫嵩、朱儁，讨颍川贼。操引兵驰抵长社，正值贼众败走，乐得乘贼危急，截杀一阵，贼众心慌意乱，哪里还敢对敌？但得冲开死路，连忙抱头窜去，操挥兵杀贼多人，夺得旗鼓马匹，不可胜计。待至残贼尽遁，皇甫嵩亦领兵赶到，与操相会，自然欢洽，当下合兵追贼，长驱直进，朱儁亦到来会师，三路兵联成大队，逐贼出境；波才等收众再战，复为官军所败，击毙至数万人，颍川乃平。皇甫嵩上表告捷，有诏封嵩为都乡侯，嵩益加感奋，邀同朱儁、曹操，进讨汝南、陈国诸贼；贼目波才，方逃至阳翟，打家劫舍，抢夺民粮，一闻嵩等又到，慌忙集众对敌，已是不及，嵩、儁、操三面兜拿，得将残贼剿灭净尽，波才无路可奔，眼见是妻子就戮了。（幺幺小丑，有什么好结果？）嵩等再驰抵西华，适有贼目彭脱，在该地猖獗害民，未曾经过大敌，冒冒失失，来与嵩等接仗，交战至一二时，已被嵩等捣破阵势，纷纷溃散，嵩下令招降，贼多匍匐乞命，彭脱见不可支，夺路遁去；汝南、陈国诸贼众，俱至嵩营投诚，两郡又平。嵩上书白状，将首功让诸朱儁，并言操亦杀贼有功，（这是皇甫嵩好处。）朝廷加封儁为西乡侯，赐号镇贼中郎将，迁操为济南相；复令嵩讨东郡，儁讨南阳，操赴济南任事，于是三人受诏，分途告别。

是时北中郎将卢植，连破张角，斩获至万余人，角走保广宗，由植追至城下，筑围凿堑，造作云梯，正拟誓众登城，为歼贼计；不意都中来了小黄门左丰，赍着诏书，来视植军，植瞧他不起，勉强迎入，淡淡地酬应一番，丰含有怒意，匆匆辞行，或劝植厚送赆仪，植摇首不答，听令还都。丰星夜驰归，入白灵帝道：“广宗贼容易破灭，可惜卢中郎固垒息军，连日不动，臣看他是要留待天诛了！”灵帝听了，不禁怒起，立派朝使带着槛车，拘植入都，另调河东太守董卓为东中郎将，代植后任。

说起这个董卓，本是陇西郡临洮县人，表字叫作仲颖，素性粗猛，兼有膂力，平时能带着两鞬，左右驰射。（鞬即弓袋。）陇西一带，羌胡杂居，卓尝往来寨下，交结羌豪，羌豪见卓多力，并皆畏服。桓帝末年，曾入为羽林郎，从中郎将张奂征羌，得为军司马，转战有功，（见前文。）迁拜郎中，赐缣九千匹。卓慨然道：“我得叙功，全靠军士。”乃将缣分赏军士，一无所私。（后来如何专欲自恣？）嗣出任并州刺史，转为河东太守，至是奉诏为东中郎将，持节至广宗军营。军中因卢植被拘，心怀不服，再加卓颐指气使，满面骄倨，越使军心生贰，不愿效劳；张角却从城中突出，来攻董卓，卓麾兵与战，兵皆退走，卓亦禁遏不住，只好返奔；却被张角追至下曲阳，夺去许多辎重，满载还城，留弟张宝屯守，与卓相拒。卓自知不敌，没奈何上表乞师，灵帝严旨谴卓，勒令罢职，特遣皇甫嵩进兵讨角。

嵩正进剿东郡，生擒黄巾贼卜已，斩首七千余级，荡平郡境，既接朝廷诏命，移讨张角，便兼程驰诣广宗。角得了重病，不能起床，（既善符水，何不自医？）但遣季弟梁出城迎战。梁部下多系剧贼，且新得战胜，气焰甚张，嵩军虽亦精锐，但两下里旗鼓相当，接战多时，兀自不分胜负；嵩鸣金收军，退至十里外下寨，闭营休士，静觇贼变。翌日令谍骑往探，见城外贼营如昨，惟众心惶惶，似有大故，仔细侦查，才知张角已死。当即向嵩报知，嵩喜出望外，传令军士，三更造饭，五更攻贼，军士依令部署，待至鸡鸣，一拥齐出，由嵩亲自督领，直抵贼阵。贼未肯让步，出营厮杀，约莫战到午后，贼党渐渐疲乏，阵势少乱，嵩急鸣战鼓，驱兵向前，兵士各猛力齐进，冲破贼阵，东斫西剁，滚落许多贼头。贼众骇奔，张梁也欲逃回，偏被官军杀至，不及回马，拼着死命，左右遮拦，百忙中一着失手，已为官军搠倒，从马上跌落马下，已经死去，再经兵刃交加，立成糜烂；只首级由快手割去，尚是完全无缺，向嵩报功。嵩见张梁已死，乘势抢城，城中贼夺门出走，又由嵩分兵追杀，赶至河滨，贼忙不择路，齐投河中，河水方涨，湮没了好几万人，嵩得入广宗；见署中摆着棺木，料是张角尸骸，即令破棺戮尸，传首京师；惟角弟宝尚驻守下曲阳，未曾伏诛，乃复邀同钜鹿太守郭典，往击张宝，连战连捷，阵斩宝首，余贼多降，差不多有十余万众。（事见《皇甫嵩传》。罗氏《三国演义》谓宝由贼党严政所杀，不知何据？）

三张并了，贼渠已歼，首功应推皇甫嵩，当由灵帝论功行赏，进嵩为左车骑将军，领冀州牧，封槐里侯。嵩请减免冀州一年田租，暂苏民困，有诏依议。百姓为嵩作歌道："天下大乱兮市为墟，母不保子兮妻失夫，赖得皇甫兮复安居。"嵩在军中，善能抚循士卒，故甚得众心；及治理民政，恩威兼济，莫不畏怀。独有一前信都令阎忠，挟策干时，劝嵩入清君侧，创建奇功，大略说是：

昔韩信不忍一餐之遇，而弃三分之业，利剑已揣其喉，方发悔恨之叹者，机失而谋乖也。今主上势弱于刘、项，将军权重于淮阴，指㧑足以振风云，叱咤可以兴雷电，赫然奋发，因危抵颓；崇恩以绥先附，振武以临后服；征冀方之士，动七州之众，羽檄先驰于前，大军响振于后，蹈流漳河，饮马孟津，诛阉官之罪，除群凶之积，虽僮儿可使奋拳以致力，女子可使褰裳以用命，况厉熊罴之卒，因迅风之势哉！功业已就，天下已顺，然后请呼上帝，示以天命，混齐六合，南面称制，移宝器于将兴，推亡汉于已坠，实神机之至会，风发之良时也。夫既朽不雕，衰世难佐，若欲辅难佐之朝，雕朽败之木，是犹逆坂走丸，迎风纵棹，岂云易哉？且今竖宦群居，同恶如市，上命不行，权归近习，昏主之下，难以久居，不赏之功，谗人侧目，如不早图，后悔无及矣！（议虽不经，却是奇论。）

嵩见了这种议论，未敢遽从，因召忠面语道："嵩实庸才，不足与语此举，且人未忘主，天不祐逆；若妄想大功，转致速祸，不如委忠本朝，谨守臣节，就使遭谗，也不过放废而止；死有令名，犹且不朽。如君所言，乃系反常，嵩不敢闻命！"（嵩犹足为社稷臣，非操、卓所得比。）忠见计议不用，因即亡去。后来凉州贼王国等，劫忠为主，号为车骑将军，忠感恚致疾，竟致毕命，这且搁过不提。

且说镇贼中郎将朱儁，往略南阳，南阳黄巾贼张曼成，屯众宛下，约百余日，为南阳新任太守秦颉击毙。贼党更推赵弘为帅，余焰复盛，攻陷宛城，有众十数万。朱儁到了南阳，与太守秦颉，及荆州刺史徐璆，合兵万八千人，围攻赵弘，两月不下。廷臣闻儁日久无功，奏请征儁问罪，司空张温进谏道："古时秦用白起，燕任乐毅，并皆旷年历岁，方得克敌；中郎将朱儁，前讨颍川，已著功效，今引师南指，必有方略，将来自足平贼，臣闻临军易将，兵家所忌，何若宽假时日，责令成功？"灵帝乃止，但传诏军前，促令急攻。

儁慷慨誓师，定期歼贼。可巧赵弘领众出城，前来劫营，被儁军一鼓杀出，并力上前，将弘刺死。余贼逃回城中，又推了一个贼目，叫作韩忠，婴城固守；儁探得城中贼党，尚有数万，自恐兵少难敌，乃张围结垒，特筑土山，高出城头，俯瞰城内动静。儁登高凝视，沉吟良久，忽得了一条奇计，便返入垒中，擂鼓发兵，使攻城西南隅，贼帅韩忠，忙率众守御西南，儁却悄悄地带领亲兵，约有四五千人，绕至东北，架梯命攻，佐军司马孙坚，奋勇先登，引兵入城；韩忠闻东北失守，吓得魂驰魄散，忙弃去西南隅，退保内城，遣人乞降。徐璆、秦颉，及儁部下司马张超，俱欲收降息兵，儁独不许，且表明意见道："行军要诀，须察时宜，往往有形同势异，不可拘执。从前秦项纷争，民无定主，故高祖尝纳降赏附，劝示群雄；今海内一统，唯黄巾贼胆敢造反，若乞降即纳，如何劝善？贼急乃请降，缓复图变，纵敌长寇，终非良策，不若讨平为是！"说着，即将贼使叱去，更督兵力攻内城，贼众料无生路，冒死抵拒，无懈可乘。儁再登土山，默视城中，司马张超，随侍在侧，儁回顾张超道："我已想得破城的方法了：贼因外围周匝，内城逼急，乞降不受，欲出不得，没奈何与我死战；试想万人一心，尚不可当，况多至数万呢？我意在暂时撤围，纵敌出城，贼既得出，必无心恋战，势散心离，方容易破灭了！"（儁颇知兵法。）张超听了，很是赞成，当下传令撤围，退出外城。

贼帅韩忠，不知是计，还道儁军有变，因此退去，于是号召贼众，倾城出追，儁且战且行，诱忠离城十余里，然后翻身杀转，与贼鏖斗，且更分兵抄出贼后，断贼归路。韩忠正在厮杀，回望后面亦有官军旗帜，才知中了儁计，急忙拍马退回，偏儁军不肯放松，步步紧逼，无法脱身；后面的官兵，也来夹攻，害得腹背受敌，进退两难，不得已横冲出去，觅路逃生。怎奈贼势愈蹙，官军愈张，待至有路可奔，已是遍地贼尸，惨不忍睹；有一大半奔去韩忠，各走各路，忠只好落荒狂窜，飞马乱逃。约走了数十里，身已疲困，马亦劳乏，手下不过数百骑，正拟下马休息，不意官军从后追到，一霎时围裹拢来，四面八方，都是黑森森的旌旗，亮晃晃的刀械，就使韩忠背上生翼，也是无从飞去，眼见得存亡呼吸，命在须臾；忠尚想求生，凄声乞降。当有军吏报知朱儁，儁许令投诚，解围一面，放出忠马；忠至儁前叩首悔过，儁还恐忠有狡谋，令左右将他缚住，牵至城下。城内已虚若无人，任令官军进去，忠亦随入，甫过城闉，突有一将兜头拦住，手起剑落，把忠劈作两段。

看官道是何人杀忠？原来是南阳太守秦颉，颉恨忠前次固守，多费兵力，所以不从儁令，将忠杀死。（无故杀降，亦属非理。）儁未免叹息，但因颉从征有功，不便发作，只好含忍过去。哪知溃贼多闻风生疑，仍然啸聚，再拥孙夏为头目，还屯宛境，要想夺回城池。儁接得探报，趁着贼心未固，急引兵往攻孙夏；夏复败走，窜入西鄂城南的精山中。儁未敢轻纵，追蹑贼踪，穷搜山谷，斩首至万余级，贼乃骇散，不复成群，宛城始安。儁一再奏捷，受封右车骑将军，振旅班师。先是护军司马傅燮，随嵩、儁等出讨黄巾，尝在营中抒发说论，上陈阙廷，及转战南北，屡歼贼渠，积功甚多，应加懋赏；偏中常侍赵忠，嫉燮直言，从中谗毁，不但掩没燮功，还要将燮治罪。幸灵帝尚有微明，回忆燮奏牍中，曾有预言，因此不欲罪燮，模糊过去；但如傅燮的汗马功劳，却已搁过一旁，也不复提及了。小子有诗叹道：

国家赏罚有明经，宵小谗言怎可听？

功罪不分昏愦甚，不知灵帝本无灵！

欲知傅燮所陈何词，容至下回补叙。

黄巾之平，皇甫嵩为首功，朱儁其次焉者也。曹操虽奉命出讨，往助嵩、儁，但不过因人成事，略有微劳，而本回标目，特举操名者，殆因操之发迹，实始于此；他日之挟天子、令诸侯，为三国时代之第一奸雄，不得不大书特书，预为揭示耳，非真主宾倒置也。朱儁与皇甫嵩齐名，而谋略不及皇甫嵩，颍川之役，微皇甫嵩，儁且一蹶不振矣；若汝南、陈国之平贼，亦赖嵩为主帅，而儁得分功，至移讨宛城，两月不下，必待朝廷之督促，方苦心焦思，用谋破贼，然亦幸遇赵弘、韩忠之犷悍无谋，乃得为儁所算耳。惟罗氏《三国演义》，演写张角等种种妖术，且将刘、关、张三人，亦夹入嵩、儁二军中，语多臆造，不足为据；本回概不阑入，所以存其真也。

第六十二回　起义兵三雄同杀贼　拜长史群寇识尊贤

却说护军司马傅燮，系北地灵州人氏，本字幼起，嗣慕南容三复白圭，（南容，春秋时鲁人，事见《鲁论》。）乃改字南容。身长八尺，仪表过人，郡将举燮为孝廉，因得出仕；后闻郡将丁忧，也弃官行服，借报知遇；及为护军司马，独谓国家大患，不在贼寇，实在阉人，所以从军出征，尚在营中拜表道：

> 臣闻天下之祸，不由于外，皆兴于内；是故虞舜升朝，先除四凶，然后用十六相。明恶人不去，则善人无由进也。今张角起于赵、魏，黄巾乱于六州，此皆衅发萧墙，而祸延四海者也。臣受戎任，奉辞伐罪，始到颍川，战无不克，黄巾虽盛，不足为庙堂忧也。臣之所惧，在于治水不自其源，末流弥增其广耳。陛下仁德宽容，多所不忍，故阉竖弄权，忠臣不进，诚使张角枭夷，黄巾变服，臣之所忧，甫益深耳。（是扼要语。）何者？夫邪正之人，不宜共国，亦犹冰炭不可同器；彼知正人之功显，而危亡之兆见，皆将巧辞饰说，共长虚伪。夫孝子疑于屡至，市虎成于三夫，若不详察真伪，忠臣将复有杜邮之戮矣。（秦白起死于杜邮亭。）陛下宜思虞舜四罪之举，速行谗佞放殛之诛，则善人思进，奸凶自息。臣闻忠臣之事君，犹孝子之事父也，子之事父，焉得不尽其情？使臣身备鈇钺之戮，陛下稍用其言，国之福也。

自燮有此奏，方得感动灵帝，幸免谴罚，惟有功不封，只命为安定都尉。还有豫州刺史王允，与讨黄巾，搜得贼中文件，有中常侍张让宾客私书。允将原书奏报，灵帝召让诘责，让叩头陈谢，且言“书从外来，安知非诈，不能作为确证”云云。说得灵帝也起疑心，竟被他花言巧语，瞒骗过去。让既得免罪，索性诬允欺君罔上，应该逮治，灵帝竟偏信让言，逮允下狱。及朱儁班师回朝，授为光禄大夫，宫廷内外，庆贺贼平，灵帝不胜喜慰，诏改光和七年为中平元年。（时将岁暮，还要改元，真是多此一举。）惟颁出一道赦文，却便宜了好几个罪犯：王允亦遇赦得释，就是前北中郎将卢植，囚解进京，减死一等，也因此释放出狱，还复自由。（回应前回，笔不渗漏。）再经皇甫嵩上书举植，盛称植行师方略，乃复起植为尚书。植有一个高足弟子，与植同郡，乘乱起兵，出讨黄巾余孽，立了一些功劳，由校尉邹靖，登名荐牍，使列仕版，就职安喜县尉。

这人为谁？乃汉景帝子中山靖王刘胜裔孙，名备字玄德。（特笔提出，表明汉裔。）胜子贞尝封涿县陆城亭侯，因酎金欠佳，坐谴革爵，（汉武时宗庙祭祀，命宗藩献金，号为酎金，酎金不佳，例当夺封。）贞遂留居涿县，好几传生出刘备。备祖雄与父弘，世为郡县吏，弘早病逝，单剩下妻子二人，家乏遗资，寡妇孤儿，形影相吊，不得已贩履织席，权作生涯。住宅东南角上，有大桑树，高约五丈余，浓荫满地，好似车盖一般，往来行人，互相诧异，里民李定，颇知相法，谓此家必出贵人。备幼时尝与村儿共戏树下，指树与语道：“我将来当乘此羽葆盖车。”（少成若天性。）叔父刘子敬，闻言相戒道：“汝勿妄语，恐灭我门！”（何胆小乃尔？）备乃不复言。年至十五，母使游学，因与同宗刘德然、辽西公孙瓒，俱往拜卢植为师。德然父元起，独怜备家贫，出资赒给。元起妻劝阻道：“我与彼各自一家，为何不惜钱财，时常给与？”（不脱村妇心性。）元起叹道：“我同宗中有此佳儿，定非凡器，奈何不分财济贫呢？”既而备年力渐强，身体日壮，长至七尺五寸，耳大垂肩，手垂过膝，目能自顾两耳，性喜狗马，又爱音乐；惟与人相接，宽厚和平，语言不烦，喜怒不形。豪侠少年，往往乐与交游，备亦好士不倦，休休有容。

当时有两大壮士，同至备家，得备欢迎，遂结为生死交，始终不渝。一个是河东解县人，姓关名羽，初字长生，改字云长，朱颜赭面，凤眼蚕眉，美须髯，擅膂力，在本县杀死土豪，逃难亡命，奔至涿郡，适与刘备相遇，谈论甚欢，遂成至友；一个是世居涿郡，姓张名飞，表字翼德，（《三国志》作益德。）豹头环眼，燕颔虎须，平素粗豪使酒，直遂径行，独见了刘备、关羽，却是沆瀣相投，格外莫逆。（莫非前缘。）相传三人尝结义桃园，誓为异姓兄弟，不愿同日生，只愿同日死。备年最长，次为关羽，又次为张飞，依序定称，不啻骨肉，食同席，寝同床，出入必偕，不离左右。会闻黄巾贼起，意欲仗义起兵，为国讨贼，只苦粮草马匹，无从筹办；三个异姓弟兄，单靠着六条臂膀，如何成事？正愁虑间，凑巧有豪贩两人，引着伙伴，驱马前来，刘备眼快心灵，即向两人问讯，彼此互答，才知两人是中山大商，贩马为业，一叫张世平，一叫苏双。当由备延入庄中，置酒相饷，殷勤款待，两人申说沿途多贼，不便贩卖，所以奔投僻处，为避寇计；备即与语道："我正欲纠集义徒，前往杀贼，可惜手无寸铁，无财无马，甚费踌躇。"两人便同声接入道："这有何难？我等当量力相助便了！"少顷饮毕，即取出白金数百两，良马数十匹，慨然持赠。（也是侠客。）备乐得领受，谢别二客，就招集乡勇，铸造兵械。备自制双股剑，关羽制青龙偃月刀，张飞制丈八蛇矛，各置全身盔甲，配好马匹，领着徒众，往投校尉邹靖。靖见三人气宇轩昂，不禁起敬，因即留居麾下，待至黄巾入境，便率三人同去截击。云长的宝刀，翼德的利矛，初发新硎，连毙剧贼，就是刘玄德的双剑，也得诛寇数人，发了一回大利市。（句法新颖。）邹靖得了三雄，立将黄巾贼驱出境外，上书奏闻，不没备功；朝廷因备起自布衣，只予薄赏，但命备为安喜县尉。

备奉命就职，辞了邹靖，带着关、张二人，同诣安喜。约有数月，忽由都中颁下诏书，凡有军功得为长吏，当一律汰去。备也为惊心，转思县尉一职，官卑秩微，去留听便，何妨静候上命。又过了好几日，闻郡守遣到督邮，已入馆舍，县令忙去迎谒，备亦不得不前往伺候；哪知督邮高自位置，只许县令进见，不准县尉随入，备只得忍气退回。翌日又整肃衣冠，至馆门前投刺求谒，待了多时，才有一人出报，说是督邮抱病，不愿见客。备明知督邮藐视县尉，托词拒见，一时又不便发怒，勉强耐着性子，懊怅回来。

关、张两人，见备两次空跑，问明情由，禁不住愤急起来。张飞更性烈如火，便欲至馆舍中抓出督邮，向他权借头颅，刘备一再禁阻，飞阳为顺从，觑得一个空隙，竟抢步趋出，与督邮算帐去了。俄而备查及张飞，不见形影，料他必去闯祸，慌忙带着关羽等人，驰往督邮馆舍；将至门前，已听得一片喧闹，声声骂着害民贼。（老张声音，初次演写。）备急走数十步，才见督邮被张飞揪住，且骂且打，放开巨掌，在督邮头上乱捶，当即高声喝住。督邮又痛又愤，已是神志昏迷，及闻备喝阻声音，方将灵魂儿收转躯壳，喘息一番，复要拉着架子，向备叱问道："这……这个野奴！乃是由汝差来么？"备尚未及答，督邮又说道："我奉命到此，正要黜逐汝等狂夫，汝却目无尊长，反且差人打我，敢当何罪？"这数语激动备怒，也不禁接口道："我也奉府君密教，特来拿汝！"（此君也要使诈了。）张飞在旁，闻备亦这般说法，胆气又壮，仍将督邮一把抓去，遥望左近有一系马桩，便牵过督邮，攀落马桩旁边的柳条，当作绳索，将督邮缚住桩上，再用柳条为鞭，尽力扑打，差不多有一二百下；（快人快事。）备又上前阻住张飞。飞大嚷道："兄长积功甚大，只得了一个小小官儿，不做便罢，我今杀死这贼！却为民间除一污吏，有何不可？"说至此，竟回取佩刀，要将督邮结果性命。吓得督邮浑身发抖，不能不改口哀求道："玄德公恕我无知，乞饶性命！"（何前倨而后恭？）备方转怒为笑道："汝早知如此，我等自然好好伺候，何必受此一顿痛打哩？"说至此，便取出印绶，系督邮颈上，且与语道："烦汝交还印绶，我也不愿在此为官，当与汝长辞了！"言已即回。张飞正取刀来杀督邮，当由备将他拦转，共返署中，草草收拾行装，飘然引去。

那督邮手下，非无从卒，但看了张飞虎威，统皆自顾性命，不敢向前；等到张飞已经去远，才敢走至桩旁，解放督邮，督邮满身疼痛，由从卒扶至馆舍，医治了好几日，方得少痊，还报郡守。郡守详申省府，遣人捕拿，刘、关、张三人早已远扬他方，无从拘获了。(《三国志·蜀书·先主传》谓先主入缚督邮，杖二百；罗氏《三国演义》属诸张飞，较为合理，姑从之。)

且说中平二年二月，南宫云台，忽然失火，毁去灵台、乐成等殿，延及北阙，复向西燃烧，如嘉德殿、和欢殿等，尽被毁去，宫中宿卫，竭力抢救，四面沃水，偏似火上添油，越浇越猛；等到火势渐息，已是大半乌焦，所有龙台凤阁，尽变做瓦砾荒场，残焰熊熊，尚是不绝，半月后始火尽烟消。灵帝不知修省，仍拟兴工再筑，规复原状，可奈国库告罄，一时腾不出这般巨款，未免忧劳。中常侍张让、赵忠，为帝设法，请加征天下田赋，每亩十钱，积少成多，已足修复宫室，更铸铜人。灵帝当即依议，颁诏郡国，按亩加征。乐安太守陆康，上疏谏阻，略言春秋时代，鲁宣税亩，即生蝝灾；哀公增赋，孔子以为非理，怎可聚夺民物，妄兴土木，违弃圣训，自蹈危亡？这数语原是激切，与张让、赵忠等大相反对。让与忠即谮康谤毁圣明，等诸亡国，应以大不敬论罪。有诏用槛车征康，囚诣廷尉；还亏侍御史刘岱，力为解免，方得贷罪归田。于是诏发州郡材木文石，令内侍督工监造，内侍贪得无厌，往往向州郡索赂，稍不如意，便说他材木文石，不能合用，强令折价贱卖，另行购办；至第二次解到都下，又不肯即受，终致材料朽腐，宫室连年不成。又遣西园驺从，分道四出，督促州郡。州郡官吏，欲免罪谴，不得不贿托朝使，乞为转圜，一面却克剥百姓，私加赋税，作为挹注；暗地里还想中饱若干。

看官试想，百姓已困苦不堪，那上供朝廷的款项，实行报解，十成中不过四五成，朝廷尚嫌不足，令牧守荐举茂才孝廉，俱当责助修宫钱；甚至简放官吏，亦必使先到西园，议定缴价，然后得赴任供职。新简钜鹿太守司马直，素有清名，西园允许减价，但尚索钱三百万，直怅然道："为民父母，顾可剥夺人民，上应时求，这却非我所忍为呢！"遂辞疾不行，迭经朝廷催迫，没奈何单车就道。到了孟津，复上书极谏时弊，并致书家人，与他永诀，竟服药自杀。（衰乱时代，原是速死为幸。）灵帝得直遗疏，稍稍感动，乃暂罢修宫钱，惟大小官吏，仍须纳资西园，方得到任。司徒袁隗因事免官，继任为廷尉崔烈。烈本冀州名士，至是因宫中傅母程夫人，纳钱五百万，才得超迁，但名誉因此骤衰。灵帝尚嫌价值太廉，顾语左右道："悔不少靳诏命，若昂价求沽，定可得千万钱！"（亏他说出。）程夫人从旁应声道："崔公名士，怎肯买官？赖我设法张罗，方能得此，难道尚嫌不足么？"灵帝听了，也不加责，一笑作罢。（市侩家也不应如此，堂堂帝室，乃有这般笑话，真是古今罕闻。）

惟是朝政日非，吏民交怨，免不得流为盗贼，一倡百和，所在横行，盗目各有绰号，不可殚述，大约声如雷震，便号为雷公；骑坐白马，便号为白骑；多须号为氐根，或号髭丈八；大眼就号作大目；他如浮云、白雀、杨凤、眭固、苦蝤等名目，各有所因，传为绰号；大群约二三万，小群亦六七千。常山贼褚燕，轻勇趫捷，贼党呼为飞燕，互相惮服，陆续趋附，依黑山为巢穴，愈聚愈众，多至百万人，时号黑山贼。河北郡县，无不受害，朝廷不能讨，遣使饵以官爵，诱令投诚；褚燕乃上表乞降，诏授燕为平难中郎将，使领河北诸山谷事。燕虽尝拜命，仍旧纵众殃民，未肯帖然就范，朝廷也无可如何，得过且过，置作缓图。

惟陇西一带，驻守非人，湟中杂胡，乘势图变，推胡人北宫伯玉为将军，勾结先零羌种，与枹罕、河关诸盗，一同作乱。金城人边章、韩遂，素有胆略，著名西州，群盗劫入寨中，使主军政，攻掠州郡，戕杀金城太守陈懿，及护羌校尉泠徵。陇右刺史左昌，拥兵不救，长史盖勋，极言力谏，反触动昌怒，但给勋数百人，使他出屯阿阳，抵御贼锋；更派从事辛曾、孔常，与勋同往，阳为助守，阴实监制，意欲伺勋偾绩，然后加罪。哪知勋素孚物望，连盗贼都不敢相侵。边章等绕出阿阳，竟至冀城攻昌。昌忙使人移檄，召还辛曾、孔常、盖勋。曾等疑不肯赴，勋怒说道："古时庄贾后期，穰苴奋剑，（本列国时齐国故事。）公等不过位居从事，难道还比古时监军权力更重么？”（庄贾曾为齐监军，故勋言若是。）曾等闻言知惧，乃与勋还兵救昌。勋至城下，见边章指挥群盗，猖獗异常，因高声呼章道：“汝本望重西州，奈何反联合寇贼，违叛朝廷？”章答说道：“左使君若早从君言，发兵临我，庶可自改，今负罪已重，势难再降，计惟退避三舍，权谢高贤！”说罢，即引军撤围，扬长自去。

既而左昌玩寇坐罪，革职去官；后任刺史，叫作宋枭。（或作宋泉。）枭见陇右多盗，拟令民讲读经书，使知大义，（想是一个迂儒。）乃召勋与语道：“凉州人民寡学，故屡致叛乱，今不如多写《孝经》，遍使诵习，待至家喻户晓，乱自可弭了！”勋答说道：“昔太公封齐，崔杼弑君；伯禽侯鲁，庆父篡位。齐、鲁岂乏士人，何为至此？今不亟求靖难方法，徒欲济以文治，恐不止结怨一州，反将取笑朝廷，勋以为决不可行！”枭不以为然，竟将己意申奏，果被诏书诘责，召令还京。会新任护羌校尉夏育，为羌人所围，勋率州兵往援，终因众寡不敌，败退下来；羌众随后尾追，勋部下多半溃散，单剩得百余骑兵，还算跟着。勋结阵自固，怎奈羌人四蹙，孤弱难支，百余骑又战死一半，勋亦身中三创，马又负伤，不能再战，索性下马危坐，指着木表道：“我当就死此地，为国殉身，也不足惜了！”羌众见勋已力尽，各欲上前杀勋，独有一羌渠跃马拦阻道：“盖长史乃系贤人，汝等若将他杀死，岂非负天？”（羌人也知重贤。）勋闻言审视，系是够就种羌帅滇吾，向曾相识，但此身已拼着一死，不愿向滇吾说情，因瞋目叱骂道：“死反虏，晓得什么天道？快来杀我罢了！”滇吾毫不动怒，反趋近勋旁，下马相见，且愿让马与勋；勋仍不肯允，滇吾乃挥动徒众，把勋拥去，到了自己寨中，请勋上坐，呼众罗拜，再出酒肴相待，备极殷勤。转瞬间已是旬日，方拨羌骑数十人，送勋入塞，回至汉阳。朝廷闻勋忠义动人，征为讨虏校尉。小子有诗咏道：

羌虏猖狂也畏天，持刀未敢害忠贤；
一营罗拜申诚意，赢得名臣姓氏传。

勋虽生还，寇终未平，满朝公卿，又为了凉州乱事，会议征讨事宜。欲知如何定议，请看下回便知。

刘先主起自寒微，以一贩履织席之贫民，独能具有大志，交结英雄，为国讨贼，较诸曹阿瞒之已为朝吏，奉遣出兵，其难易固属不同，其忠义亦自有别，正不特一为汉裔，一为阉奴已也。关、张两人，或刚或暴，而与刘先主交游，偏能沆瀣相投，誓同生死，此正可见刘先主之驾驭英雄，自有令人倾倒、乐为用命者，怒鞭督邮一事，阅者称快，安得举天下后世之贪官污吏，尽付英雄之鞭笞乎？盖勋位不过长史，独能远谐物望，为世所钦；边章已入寇党，避而远之；滇吾本为虏帅，敬而礼之。盗贼夷狄，犹向慕贤者若此，人生亦何苦纵恶，而自丧声名，甘为此万年遗臭也？

第六十三回　请诛奸孙坚献议　拼杀贼傅燮捐躯

却说凉州乱事，连年未平，朝臣奉诏会议，又觉得聚讼盈廷，莫衷一是；司徒崔烈，且欲弃去凉州。时安定都尉傅燮，已入为议郎，亦得与议，听了崔烈言论，不由得鼓动热肠，正色厉声道："司徒可斩！斩了司徒，天下乃安！"（好大胆！）三语说出，四座皆惊，烈亦为变色；尚书欲顾全崔烈面目，不得不劾燮妄言。灵帝召燮问状，燮从容答道："凉州为天下要冲，国家藩卫，今牧御失人，乃使一州叛逆，烈为宰辅，不思弭寇，反欲轻弃万里疆场；若使虏众得居此地，士劲甲坚，入寇内地，试问国家将如何抵御？这岂不是社稷深忧么？"灵帝乃依了燮言，诏令左车骑将军皇甫嵩，回镇长安，相机讨贼。贼党边章、韩遂等，入掠三辅，嵩引兵出战，得将贼党击退。偏中常侍张让、赵忠，与嵩有嫌，反说他屡战无功，徒糜军饷；灵帝竟不分皂白，收还嵩左车骑将军印绶，降嵩为都乡侯。

原来嵩讨张角时，路过邺中，见赵忠宅居逾制，奏请没收，张让又向嵩求赂钱五千万，嵩亦不许，两人由此生恨，屡谋害嵩；且因嵩平张角，称为首功，若把嵩捽去，好将功劳夺归内廷，自己可以受赏。果然阴谋得遂，嵩被排斥，昏昏沉沉的汉灵帝，坐受群小荧惑，说是前讨张角，内侍参议有功，竟封张让、赵忠等十三人为列侯。（独不记张让通贼书么？）一面使司空张温，代为车骑将军，并召前中郎将董卓，使为破虏将军，归温节制，出讨凉州诸贼。温调集诸郡兵马，约得十余万人，进屯美阳，边章引众来攻，温与战失利，卓亦败退。已而时届仲冬，天气严冷，夜间有流星如火，光长十余丈，照彻贼营，贼众疑为不祥，欲归金陵；卓得此消息，心下大喜，复邀同右扶风鲍鸿等，向晨攻贼；贼皆有归志，不愿力战，一哄儿弃营西走，倒被卓等驱杀一阵，斩首数千级，还营报功。温令卓往讨叛羌，另派荡寇将军周慎，追击边章。章方败走榆中，据城固守，慎即欲进攻。前佐军司马孙坚，方由温奏调至军，参议军事，坚因向慎献策道："贼新入榆中，必无粮储，定当由外输入；坚愿得万人，截贼粮道，将军率大兵为后应，贼不能久守，自然骇走；若窜入羌中，并力往讨，便可荡平，凉州得从此安靖了！"慎不从坚议，遂引兵围榆中城。边章闻慎军将到，先拨分贼党，往驻葵园；待至慎军攻城，坚守勿战，却密令葵园贼众，断慎粮道。慎乏食生惊，弃去辎重，狼狈遁还。

就是董卓一路人马，行抵望垣北隅，突遇羌胡大队，蜂拥前来，急切不能退避，致为所围，兵既被困，饷又不继，急得董卓彷徨终日，左思右想，幸得了一条良策，立命军士照行。卓本倚水立营，就从水旁筑起一坝，佯为捕鱼，暗中却将水势堵塞，腾出淤地，乘着宵深更静，拔寨潜走，悄悄地从坝下过军。待贼闻知，出来追击，卓军已经过尽，决塞放水，反将贼众淹死多人，贼慌忙走还；卓得全师引归，反屯扶风。适边章与韩遂争功，两不相协，章致书张温，自请投降，（实是一缓兵计。）温乐得应允，收兵退回长安，并将前后军情，奏报阙廷。灵帝览奏，见战功多出董卓，因特封卓为斄乡侯，食邑千户，调任并州牧；当下颁诏付温，使温转告董卓。卓已得知封侯消息，便即志高气盈，睥睨一切，及温使人往召，竟不奉命。温待久不至，再遣属吏赍诏召卓，卓方徐徐到来，入帐见温，并未谢及奏叙的惠德，且满面露着骄容，居然有压倒张温的气象。（已是跋扈。）温看不入眼，出言谯让，卓竟反唇相讥，并谓西征诸将，全属无用，若非我董卓功劳，怎能使贼畏服？温又愤然与语道："边章等名虽乞降，心实难恃，将军既智勇兼全，还当再接再厉，扫平群贼，方得上报国恩！"卓亦抗声说道："贼已降我，无故往攻，岂不是自失威信么？卓志在杀贼，却不愿师出无名！"说着便起座自去。

温见卓如此倨傲，也不起送，但闷闷地坐在帐中。旁边恼了一位参军，向前密语道："将军奈何放卓出营？"温见是孙坚，便屏去左右，问为何因？坚答说道："卓不自知罪，反敢大言不惭，将军何不申明军法，说他不肯应召，有违节度，立命斩首？"温惊顾道："卓颇有威名，若将他杀死，西行何依？"坚慨然道："明公亲率大军，威震天下，何恃一卓？况卓有三罪，不杀何待？卓抗辞不逊，慢言无礼，便是一罪；边章、韩遂，跋扈经年，理当按时进讨，卓反谓不宜往攻，沮军疑众，便是二罪；卓受任无功，应召稽留，乃尚趾高气扬，妄自尊大，便是三罪。古时名将，杖钺临众，往往先斩悍将，借示威名；如穰苴斩庄贾，魏绛戮杨干，故事可征，并非创例。今明公不忍诛卓，纵令骄恣，自亏威重，后悔恐无及了！"（温若果听坚言，何至养痈贻患？）温终不能决，挥坚使退，坚乃趋出，叹惜不已。未几有诏书颁到长安，进温为太尉，三公在外拜命，由温为始。温虽不能除卓，但颇重坚才，荐为议郎。坚为将来东吴始祖，小子应将他出身履历，补叙详明：

坚字文台，系吴郡富春县人，就是孙武子后裔，世为郡吏，历代祖墓，并在富春城东，墓上辄有五色云罩住，光延数里。乡父老少见多怪，常互相告语道："这非寻常云气，看来孙氏子孙，必将兴旺了！"及坚母怀妊，梦有人剖腹出肠，取绕吴郡阊门，不禁失声大呼，突致惊寤，回忆梦境，尚觉可怖；翌日出告邻母，邻母劝慰道："安知非将来吉征？何必多忧？"既而生子名坚，头角峥嵘，状貌伟岸。好容易长大成人，出为县吏。十七岁时，与父共载船至钱塘，遥见有海贼数十人，掠得商人财物，在岸上分赃，坚即白父道："速击海贼！"父摇手阻坚，嘱勿妄动。哪知坚已取得一刀，划船近岸，耸身跃上，大呼杀贼，手中刀东西指挥，如招人状；（壮哉文台！）贼惊出意外，还道坚招呼官军，当即抛弃财物，分头窜散；坚尚持刀追去，剁死一贼，携首还船。嗣是扬名郡县，由郡守召为郡尉，迁官司马。会稽贼许生造反，逾年未平，亏得坚召募勇士，会合州郡兵马，阵斩许生父子。（见前文，《三国志》作许昌。）刺史臧旻，上奏坚功，朝命未尝加赏，但使他做了三任县丞。至黄巾乱起，始由右中郎将朱儁保荐，历年从军，前文中已经叙及，无庸小子絮述了。惟自张温出征后，司空一职，悬缺不补，会灵帝查阅案牍，得杨赐、刘陶所上奏章，曾云遣散张角党羽，然后诛及渠魁，（事见第六十回。）当时置诸不理，遂致蔓延。此时张角虽平，前言俱在，灵帝也自觉悔悟，因加封赐为临晋侯，使代张温为司空；且封刘陶为中陵乡侯，使任谏议大夫。赐就职不过月余，便即病殁，灵帝也为辍朝三日，素服举哀，优加赙赠，令公卿以下会葬，予谥文烈。长子杨彪袭爵。那谏议大夫刘陶，既入为言官，常思补衮尽职，因复上疏言事道：

> 臣闻事之急者，不能安言，心之痛者，不能缓声。窃见天下前遇张角之乱，后遭边章之寇，每闻羽书告急之声，心灼内热，四体惊悚。今西羌逆类，私署将帅，皆多段颎时吏，晓习战阵，识知山川，变诈万端；臣常惧其轻出河东、冯翊，抄西军之后，东之函谷，据厄高望。今果已攻河东，恐遂转更豕突上京。如是则南道断绝，车骑之军孤立，关东破胆，四方动摇，威之不来，呼之不应，虽有田单、陈平之策，亦计无所施。况三郡人民，皆已奔亡，南出武关，北徙壶谷，冰骇风散，唯恐在后。今其存者尚十之三四，军吏士民，悲愁相守，民有百走退死之心，而无一前斗生之计；西寇浸前，去营咫尺，胡骑分布，已至诸陵。将军张温，天性精勇，而主者旦夕迫促，军无后殿，假令失利，其败不救。臣自知言数见厌，而言不自裁者，以为国安则臣蒙其庆，国危则臣亦先亡也。谨复陈当今要急八事，乞须臾之间，深垂纳省，则国家幸甚，臣等幸甚！

书中所陈八事，不能尽述，大旨无非归罪宦官，说他欺君害民，酿成大乱。中常侍张让、赵忠等，得悉陶书，无不切齿，遂共白灵帝道："前因张角事发，诏书晓示威恩，臣等并皆改悔。今四方安静，陶乃嫉害圣政，专言盗贼。试想州郡并未上闻，陶何由得知底细？显见他与贼通情，所以先来恫吓，要想把臣等尽置死地，方好任所欲为。愿陛下勿为所欺！”（是为肤受之诉。）灵帝视让、忠如父母，总道他痛痒相关，不至诬妄，遂下诏谴陶，收系黄门北寺狱。狱为黄门所掌，当然归阉人鞫问，横加搒掠。陶自知必死，张目顾问宦官：“朝廷已经省悟，加恩臣身，今为何又误信谗言？陶恨不与伊、吕同俦，反与三仁并命！”（殷有三仁，即微子、箕子、比干。）说至此，竟用手扼吭，气闭身亡。前司徒陈耽，亦尝反抗宦官，张让、赵忠，索性将他罗织在内，拘系狱中，亦被掠死。赵忠反超任车骑将军。忠欲位置私人，更追论讨贼功臣，凡从前并未从军，只教是阉党走狗，多纳贿赂，便说他与讨黄巾，奏请授官。执金吾甄举，往见赵忠道：“傅南容前在东军，有功不侯，天下失望；今将军亲当重任，应该进贤理屈，下副众心！”忠也为点首，待甄举辞去后，即遣弟城门校尉赵延，往访傅燮，乘间与语道：“南容肯稍答我常侍，万户侯便可立致了！”燮正色道：“人生通塞，乃是命中注定，若有功不赏，何莫非命？燮岂可妄求私赏哩！”说得赵延无言可答，返报乃兄。乃兄忠越加衔恨，惟因燮为众所推，未敢加害；但将他调任汉阳太守。

燮抵任数月，已是中平三年。贼帅韩遂，杀死同党边章，及北宫伯玉，纠众十余万，进围陇西，太守李相如，不能御贼，反与贼连和，猖獗益甚。汉阳贼王国，又自号合众将军，起应韩遂，四出寇掠。凉州刺史耿鄙，号召六郡兵马，进讨贼众，令治中程球为先驱。球素性贪婪，为民所怨，鄙亦未协舆情。傅燮知鄙出必败，乃向鄙进谏道：“使君统政日浅，民未知教。孔子有言：‘以不教民战，是谓弃之。’今若率平素不教诸人，越陇讨贼，恐十举十危。且贼闻大军将至，必万众一心，与为对垒，锋不可当。使君又统领新兵，上下未和，万一内变，虽悔何追？愚意不若息军养威，明赏必罚，阴加训练，贼得逍遥境外，必谓我决不能战，自致骄盈，由骄生衅，同恶相残；使君率已教人民，讨已离盗贼，尚患不能奏功么？今不为万全计策，反自就危途，窃为使君不取呢！”鄙自恃兵多，不从燮言，即日引军起行。甫经狄道，果有别驾应贼，先杀程球，后杀耿郿。郿司马扶风人马腾，亦拥兵不救，自主一方。王国、韩遂等，遂进围汉阳；城中兵少粮尽，燮尚拼死守住。贼党中有北地胡骑数千，与燮同里，夙受燮恩，见燮登城抵御，各跪叩城下，愿送燮还乡；燮将他叱退。

燮子幹年甫十三，从父在任，知父性刚气锐，恐不能免，因向燮跪谏道："国家昏乱，致令大人不容朝廷；今天下已叛，孤城决难自守，乡里羌胡，夙怀恩德，欲送大人弃城归里，大人不如从权允许，还乡以后，率厉义徒，俟至天下有道，再出未迟！"燮听得数语，便慨叹道："汝难道知我必死么？古人有言：'圣达节，次守节。'我闻暴如殷纣，伯夷且不食周粟，饿死首阳；今朝廷昏德，尚不如纣，我岂可自绝伯夷？况前时不能高隐，居位食禄，怎得见危即去？我已决死此地，汝有才智，后当自勉！主簿杨会，便是我程婴，可以托孤，我死亦瞑目了！"（程婴保孤事，见列国晋时。）幹流涕哽咽，不能复言，左右亦皆泣下。忽由故酒泉太守黄衍，叩城求见，燮传令放入，幹乃起入帐后，待衍进来。燮延令入座，问明来意，衍实为王国所遣，来作说客，因开口语燮道："成败事已可预知，君能先机起事，上可为霸王事业，下亦不失为伊、吕，看来天下终非汉有，明府如果有意，衍等当奉为君师，愿受驱策，幸勿失此时机哩！"燮不禁变色，拔剑置席道："汝亦做过大汉臣吏，反为贼来下说词么？本当斩汝，徒污我刃，我权寄汝头颅，回报叛贼，毋再妄想！"衍怀惭自去。燮即传齐将士，开城搦战，与贼众接仗多时。贼众自恃势盛，上前围燮，环绕数匝，燮尚冒死冲突，格毙贼党数十人；怎奈兵残力竭，外无援应，终落得捐躯殉国，毕命沙场。燮子幹由杨会护出，得归故里。朝廷闻燮阵亡，赐谥壮节，且予幹世荫。后来幹已长成，具有才名，仍得出仕，官至扶风太守。可见得忠臣有后，食报非迟。

当时还有一位名贤，在家寿终，大将军何进，遣使吊祭，海内赴丧，多至三万余人。这人为谁？就是前太丘长陈寔。寔为太丘长后，隐居不出，党锢狱兴，寔亦连坐，系狱得释，嗣因中常侍张让父丧，屈节往吊，故颍川党人，幸得全宥。（见前文。）寔居乡有年，平心率物，遇有争讼，辄求判正，无不悦服；里人多感叹道："宁为刑罚所加，毋为陈公所短。"会遇岁歉民饥，有窃贼夜入寔家，隐踞梁上，寔已瞧见，故意不言，但呼子孙训戒道："人不可不自勉，恶人非生性使然，传染恶习，遂致不返；试看梁上君子，便可了然！"贼在梁上听着，大惊投地，叩头谢罪。寔徐语道："看君状貌，不似恶人，若能改过迁善，自可不虑贫困了！"乃令子孙取绢二匹，赠与窃贼，贼拜谢而去；（非陈仲弓，不能为此。）于是一县无复盗窃。前太尉杨赐及司徒陈耽，入朝拜官，群僚毕贺，赐等以寔未为相，自己反先登台辅，尝引为惭恨；大将军何进等，屡次派人敦聘，寔终不肯出，婉谢来使道："寔久谢人事，饰巾待终罢了，幸君善为我辞！"嗣后闭门悬车，栖迟养老，至中平四年夏季，考终家中，享寿八十四岁；吊祭诸徒，共至墓前瞻拜，代为刊石立碑，谥曰文范先生。遗有六子，纪、谌最贤，孙群亦有盛名，事见后文。小子有诗赞道：

到底仁人克善终，光前裕后子孙隆；
宣城书法今犹在，千古争传陈仲弓。

（《后汉书》为宋宣城太守范晔所著。）

老成凋谢，丧乱弘多，欲知后来变端，且至下回胪叙。

董卓曾受朝命，归车骑将军张温节制，温召卓不至，显违主帅，其跋扈情形，已见一斑。孙坚劝温诛卓，温独不从，虽若谨守臣道，不敢专诛，但阃以外将军制之，汉文曾有明训，温果能为国除奸，就使得罪被戮，较诸他日之受害于卓，为益多矣。哀哉温之临事寡断，卒酿成无穷之祸也。傅燮困守孤城，可去不去，迹亦近拘；然城存与存，城亡与亡，本人臣之大义，幼子泣请而不从，虏使进言而被斥，见危授命，大义凛然，虽死且不朽矣！语云："板荡识忠臣！"信然！

第六十四回　登将坛灵帝张威　入宫门何进遇救

却说灵帝中平年间，朝政日紊，国势愈衰，灵帝只知信任阉人，耽情淫乐。今岁造万金堂，明岁修玉堂殿；铸铜人四具，分置苍龙、玄武门外；制黄钟四架，分悬云台及玉堂殿前；又特在平门左右，用铜范成天禄、虾蟆，（天禄兽名。）中设机棙，口中喷水，谓可除秽辟邪。种种构造，统系掖庭令毕岚监工。就是一班刑余腐竖，亦无不建筑第宅，侈拟皇宫。灵帝常登台顾景，为消遣计。赵忠等恐他望见私第，向前进言道："人主不宜登高，登高恐百姓乖离！"（出自何典？是即赵高指鹿为马之类。忠亦姓赵，总算善承世德。）灵帝遂不敢登台，阉党益肆行无忌，但教瞒过一人耳目，还怕什么百官万民？

哪知内蠹不休，适召外侮，西羌连年扰攘，未曾告平，鲜卑豪酋檀石槐，虽已病死，部落犹众，仍然出没塞下，屡寇幽、并诸州。他如腹地的盗贼，真是群起如毛，几难尽述。江夏散兵赵慈，戕杀南阳太守秦颉，纠众作乱，幸亏荆州刺史王敏，发兵破灭，得诛赵慈。未几中牟令落皓，及主簿潘业，又被荥阳贼杀死，当由河南尹何苗督师往剿，毙贼多人，暂时告靖。长沙贼区星，零陵贼观鹄，又相继造反，朝廷命议郎孙坚出守长沙，先斩区星，后斩观鹄，荆、湖始平。偏渔阳人张纯、张举，接连发难，攻杀右北平太守刘政，辽东太守杨终及护乌桓校尉公綦稠；举自称天子，纯号弥天将军，同掠幽、冀二州。外如休屠各胡，亦乘隙为变，入寇西河，击杀郡守邢纪，转攻并州，刺史张懿与战，不幸败亡。黄巾余孽郭太等，因西河为胡所掠，也在白波谷揭竿，联络胡人，分扰太原、河东。

左屠各胡复胁迫南单于，一同叛命，骚扰朔方。

冀州刺史王芬，因见乱端四起，日夜戒备，累得寝食不安；适故太傅陈蕃子逸，自戍所赦归，往谒王芬，谈及天下大乱，俱由阉竖专权所致，芬亦为叹息。旁有术士襄楷在座，奋袖起谈道："天文不利宦官，看来黄门常侍，均要族灭了！"陈逸大喜道："果有此事，不但国家可安，即如我先人埋冤地下，亦得从此伸雪，含笑九泉！"芬亦接口道："若果天象有凭，芬愿为国家驱除阉贼！"襄楷指手划脚，力言阉人夷灭，不出一二年。（语颇不谬，但未识何人能除阉党？为术终疏。）芬乃召集豪俊，筹备饷械，上书言盗贼日滋，攻劫郡县，宜厚蓄兵马，分途剿平。灵帝不加理会，且欲北巡河间旧宅，指日起行。芬等闻信，遂欲用兵劫驾，尽诛黄门、常侍，乘势废立。

济南相曹操，已入拜议郎，与芬本系相知，芬因操足智多谋，遂使人与言秘计，乞为内援。操摇首道："废立二字，乃天下最不祥的名目；古人惟伊尹、霍光，行过此事。伊、霍位居首辅，诚能动众，所以事出有成。今诸君未及古人，漫思造作非常，期在必克，这岂不是求安反危，图福得祸么？"（阿瞒毕竟性灵。）遂嘱来使还白王芬，务求慎重，切勿卤莽从事。芬尚未信操言，又召平原人华歆、陶丘洪，共定大计。洪欲应召前往，歆急为劝阻道："废立大事，伊、霍不过幸成，芬才疏望浅，怎能成事？不如勿行！"洪乃中止。会北方有赤气亘天，夜半愈盛，横贯东西，太史奏言北方有阴谋，不宜出巡，灵帝乃无心北幸，并敕王芬罢兵。俄而征芬还都，芬疑是秘谋泄露，不敢应命，当即解去印绶，私走平原；尚恐朝廷拘拿，仓皇自尽。陈逸、襄楷，幸得免累，就是议郎曹操等，亦毫不牵连，这都是芬谋未泄，故俱得无恙；徒断送王芬一命罢了。（死得无名。）

且说太常刘焉，本前汉鲁恭王后裔，（鲁恭王名余，系景帝子。）徙居竟陵，因属汉朝宗室，得通仕籍，由中郎迁至太常。他见朝政多阙，祸乱相寻，乃建言"刺史、太守，由赂得官，刻剥百姓，乃致离叛，应急选清名重臣，出任牧伯，剿抚兼施，方可削平世乱"等语。这计议尚未得行，有侍中董扶与焉友善，私下与语道："京师将乱，闻益州分野，却有天子气，未知属诸何人?”焉含糊对答，心下却觊觎非常，恨不得即赴益州。可巧益州乱起，刺史郄俭苛敛害民，为黄巾余党马相所杀，相僭称皇帝，抄掠巴蜀，警耗连达都中。刘焉得复申前议，进白灵帝，灵帝即命焉为益州牧，封阳城侯，出平蜀郡，焉喜如所望，受命即行。到了荆州东界，前途多盗，不便西进，逗留了好多日；也是他时来福凑，官运亨通，益州伪皇帝马相，被益州从事贾龙起兵，连战皆捷，诛戮无遗，因遣吏卒迎焉入蜀，奉为州主。益州治所，本在洛县，焉以郄俭被杀，恐多不利，乃徙治绵竹，招携纳叛，笼络人心。侍中董扶，闻焉既得志，亦求为蜀郡西部属国都尉，灵帝准令赴蜀，扶便西往，为焉参谋，不必细述。

同时宗正刘虞，也是汉家支派，为东海王强后人，（强为光武帝子。）以孝廉被举，累迁至幽州刺史，恩信及民，内外翕服，后来因事去官；至黄巾作乱，复起为甘陵相，亦善抚绥，进为宗正，奉职无阙。自张纯、张举作乱渔阳，幽州大扰，灵帝已遣骑都尉公孙瓒往讨，复因虞前在幽州，为民所服，乃特命为幽州牧，持节赴镇。汉制设州统郡，州有刺史，位置在郡守上，但比郡国守相，尚差一等。汉成帝时，方改称州牧，位次九卿，权同守相。光武中兴，又规复旧制，仍改州牧为刺史。自经刘焉、刘虞两人任命，于是复有州牧，得操重权，中原分裂，就从此开端了。（为群雄割据张本。）

灵帝迭闻寇警，也不免忧从中来，默思小黄门蹇硕，身材壮健，具有武略，比诸车骑将军赵忠，强弱不同，不如令他专任戎事，保护宫廷；乃将赵忠撤销兵权，特授蹇硕为上军校尉，屯卫西园。蹇硕以下，更设校尉七人。虎贲中郎将袁绍，为中军校尉；屯骑校尉鲍鸿，为下军校尉；议郎曹操，为典军校尉；赵融为助军左校尉；冯芳为助军右校尉；（赵、冯并为议郎。）谏议大夫夏牟为左校尉；淳于琼为右校尉，（琼亦为谏议大夫。）俱归蹇硕调度，共称西园八校尉。（七人为宦官爪牙，俱不值得。）

会由术士望气告变，说是京师将有大兵，恐致两宫喋血，灵帝意图厌禳，特征四方兵会集京师，就平乐观作讲武场，观中筑一大坛，上建十二重华盖，高约十丈，坛东北另设小坛，复建九重华盖，高约九丈。四面张着赤帜，分列步骑数万人，结成方阵，借壮外观。灵帝亲擐甲胄，跨马临军，使大将军何进为前驱，秉旄杖钺，直抵坛前，御驾就大坛驻足，自立大华盖下；复用手挥进，令趋就小坛，在小华盖下立着，然后传令各军，操演阵法，军士一齐应令，万马齐奔，东驰西驱，前后继进，形色上似甚整齐；映入灵帝眼中，但觉得五花八门，赏心夺目。（你要张幕看戏！大众即演戏一出与你看看。）当下想入非非，竟自称一个徽号，叫做无上将军；就令左右书在旗上，作为大纛，向前导引，随即纵辔离坛，跃马四驰，就阵中绕行一周。只听得军吏喧声，齐呼万岁，不由得兴致越高，精神越奋，再兜了两个圈子，方将兵符交付何进，返驾入宫。讨虏校尉盖勋随着，即回首顾语道："朕今日讲武，规模如此，卿以为善否？"勋应声道："臣闻先王曜德不观兵，今寇贼远距京师，陛下乃在都中列阵，臣恐未足扬威，徒自黩武罢了！"灵帝听着，忽觉感悟道："卿言甚是！朕见卿恨晚，群臣从未有此言呢！"勋拜谢而退，途遇中军校尉袁绍，略述问答情形，且与语道："主上聪明过人，但为左右所蔽，不免荧惑，真是可惜！"绍即前司空袁逢庶子，素好游侠，目睹阉寺擅权，素加愤恨，至是听得勋言，便邀至私宅，谋诛阉党，彼此约定，待机乃发。

太尉张温，时已征还，左迁为司隶校尉；温举勋为京兆尹；灵帝方欲使勋内任，随时顾问，不愿相离，偏蹇硕等忌勋正直，劝灵帝依从温言，乃拜勋为京兆尹。勋既被外调，所有机谋，眼见得不能如约了。忽闻凉州贼警，日甚一日，陈仓为贼渠王国所围，危急异常，灵帝复拜皇甫嵩为左将军，并使董卓为前将军，受嵩节制，同救陈仓。嵩与卓合兵四万人，行至中途，屯兵不进，卓请速赴陈仓，嵩独未许，卓愤然道："卓闻智士不后时，勇士不留决；将军受命前来，无非为陈仓起见，速救方可保城，否则必为贼有了！"嵩驳斥道："君言错了！从来百战百胜，不如不战屈人。陈仓虽小，城守完固，王国虽强，未必能攻下坚城。我待贼疲敝，然后出兵往击，贼乃骇溃，这乃所谓不战屈人哩！”卓拗他不过，只得静待。约莫过了八十多日，陈仓尚是守住，王国却解围退去。嵩闻国退去，便下令军中，从速追击。卓又入请道：“兵法有言，穷寇勿追，今我兵追国，便是与兵法相背了！试想困兽犹斗，况国尚势盛，怎可穷追哩？”嵩复驳说道：“我前不速击，是避贼锐气；今欲往追，是乘贼势衰；国众已走，莫有斗志，不得以穷寇相比。君且为后拒，试看我前驱追贼，必能成功，不怕王国不死哩！”（已操胜算。）说罢，即麾军前进，使卓为后应，果然连得胜仗，斩首万余级，国竟窜死；卓自愧无功，遂与皇甫嵩有嫌。

越年，征卓为少府，令将部曲归嵩管辖；卓诡词乞留，迁延不赴。嵩兄子郦在军中，向嵩进言道：“本朝失政，天下倒悬；若欲安危定倾，责在叔父，次为董卓。今叔父与卓有怨，势不两容。卓奉诏委兵，乃上书抗辩，已是逆命，又因京师浊乱，踌躇不进，更是怀奸；且卓凶戾无亲，将士不附，叔父现为元帅，何妨声罪致讨，上显忠义，下除凶害，岂不是桓文盛业么？”嵩叹息道：“专命有罪，专诛亦未尝无罪；为今日计，不如据实陈奏，请主上自行裁夺便了！”遂不从郦言，但上了一篇弹文。灵帝颁诏责卓，卓恨嵩益深；嵩原不能讨卓，灵帝也不能制卓，卓坐是专恣，要从此斫丧汉室了！（张温可诛卓而不诛，皇甫嵩可讨卓而不讨，虽是两人胆怯，亦关汉朝气数。）

惟王国窜死，凉州略平，幽州由两张作乱，尚未平定。自称弥天将军的张纯，曾做过中山守相，失官以后，因凉州叛乱，致书前车骑将军张温，愿督同乌桓突骑，往徇凉州，温置诸不答，纯遂与同郡张举，攻杀校尉、太守，霸占一隅。就是张举亦尝任泰山太守，失职生怨，谋为不轨，居然想身登九五，南面称尊。（上文用总叙法，略而不详，故此处再用补笔。）骑都尉公孙瓒，奉使出征。瓒本前中郎将卢植门徒，（见第六十二回。）由小吏起家，辽西侯太守奇瓒状貌，妻以爱女，瓒从此发迹，随军有年。至是往讨两张，引兵至蓟，适值张纯攻略蓟中，由瓒一马当先，率军直上，奔入贼阵，贼皆披靡，瓒追杀至数十里外，方才安营。纯既败走，复去诱同乌桓部酋丘力居等，再寇渔阳、河间、渤海，进入平原，瓒更引兵往击，至石门山，大破贼虏，纯等远走塞外，连妻子尽行弃去；张举亦立脚不住，随纯同奔。瓒却未肯回马，追贼出塞，向北深入，进至辽西管子城，反为丘力居等所围，相持至二百余日，粮尽食马，马尽食弩楯，险些儿饿死全军，犹幸天降大雪，虏亦饥寒，撤围远去，直奔柳城，瓒乃得驰归。有诏进瓒为降虏校尉，封都亭侯。可巧幽州牧刘虞，亦持节到任，与瓒相见，瓒再拟扫虏，虞独欲招降，探得张纯、张举两人，遁入鲜卑，因遣使至鲜卑中，晓谕利害，劝令送两张首级。鲜卑酋步度根，（檀石槐孙。）犹豫未决，纯客王政，却将纯刺死，枭首送虞，丘力居素慕虞名，亦遣使请降；公孙瓒独心怀忮忌，阴使人邀截胡使，胡使探悉情由，绕道诣虞。虞乃上书请罢屯兵，但留瓒率万人驻守右北平。瓒始终未惬，遂与虞结下怨仇，连年不解了。（与董卓相去不远。）

灵帝因虞有功，拟加重赏；会值太尉马日磾免官，乃超拜虞为太尉。自从张温降职司隶，后任太尉，两年中改换四五人，如司徒崔烈、大司农曹嵩、永乐少府樊陵，以及射声校尉马日磾，迭升迭降，好似弈棋一般；就是光禄大夫许相，继杨赐为司空，再代崔烈为司徒，也不过历职年余，终致罢免；惟光禄勋丁宫，迁任司空、司徒，还算任职较长；司空刘弘，也是由光禄勋超迁，才略都不过平庸。且当群阉擅权时候，三公俱若赘疣，窃位苟禄，备员全身，乃是当日三公的避灾总诀，无庸一一絮述了。（语虽简略，意仍周匝。）

且说中平六年四月，灵帝有疾，卧床数日，不能视朝，公卿以下，各请册立太子，杳无复音；待至旬余，不闻召入大臣，宣扬末命。只上军校尉蹇硕，却出入寝宫，得与灵帝商决后事。（始终信任宦官。）正想依旨宣布，不料灵帝病变，仓猝归阴。硕秘不发丧，矫诏召大将军何进，入受顾命。进接了诏旨，匆匆入宫；甫至宫门，正与硕司马潘隐相遇。隐举手示意，叫他休入。进与隐本系故交，慌忙退归营中，隐亦随至，向进报告道："御驾已崩，蹇硕欲杀将军，迎立皇子协为帝，愿将军另图至计！"进不觉大惊，亟引兵往屯百郡邸，（汉时郡国百余，皆置邸，京师总邸，叫作百郡邸。）静听后命。俄而何后又派人召进，进详细问明，方敢驰入。究竟宫内有何隐情，由小子直道其详：原来灵帝长子辩，为何后所生，轻佻无仪，灵帝意欲舍嫡立庶，又恐何后与兄，共有违言，所以迟延未发。上军校尉蹇硕，为灵帝所亲信，早已窥透上意，密劝灵帝遣进西征，灵帝当即依议，命进西击韩遂；进亦知灵帝不怀好意，未肯轻出，乃奏遣袁绍募兵徐、兖，俟绍还都，方可西行。蹉跎了一二年，灵帝病竟不起，自知顾命难宣，没奈何与蹇硕密商，叫他拥护次子。硕欲先诛何进，然后立皇次子协，偏又为潘隐所败露，不能逞谋，乃只好听命何后，立皇长子辩为嗣主。

进既已问明原委，自然放胆入宫，奉皇子辩即位，尊何后为皇太后。辩年才十四，未能亲政，当由何太后临朝，大赦天下，改元光熹；（灵帝尚未发丧，如何便要改元？）封皇弟协为渤海王，命后将军袁隗为太傅，与何进同录尚书事。进既秉朝政，遂思除去蹇硕，为报怨计，可巧袁绍还京，为进参谋，不但欲将硕加诛，且拟尽诛宦官，扫清宫禁。进因袁氏累世贵宠，引绍为助，且征何颙为北军中侯，荀攸为黄门侍郎，郑泰为尚书，与同心腹，期在必成。蹇硕亦暗地加防，因致中常侍赵忠、宋典等密书，使同党郭胜投递；胜与进同籍南阳，素相关照，竟趋至大将军府，出书示进。进展书一阅，不由得吃了一惊。正是：

外戚内阉争死命，败家亡国兆凶机。

欲知书中所说何事，容至下回叙明。

整军经武，本人主之要图，况盗贼四起，寇乱相寻，宁尚可不修武备耶？但如灵帝之所为，则以兵事为儿戏，张威不足，召辱有余；蹇硕一阉竖耳，遽授为上军校尉，袁绍以下，皆归节制，试思天下有义勇之将士，肯听阉人之驱策欤？袁绍辈不足道，智如曹操，乃甘就职，正其所以为奸雄也。若平乐观中之讲武，设坛张盖，夸示威风，灵帝自以为耀武，而盖勋乃以“黩武”为对，犹非知本之谈。“黩武”二字，惟汉武足以当之，灵帝岂足语此？彼之所信任者，妇寺而已，如皇甫嵩、朱儁诸才，皆不知重用；甚至一病不起，犹视蹇硕为忠贞，托孤寄命，“范史”谓灵帝负乘，委体宦孽，征亡备兆，《小雅》尽缺，其亦所谓月旦之定评也乎？

第六十五回　元舅召兵泄谋被害　权阉伏罪奉驾言归

却说何进见了郭胜，就胜手中取书展览，顿致惊惶失色。书中约有数百言，有数语最足惊人，略云：

大将军兄弟秉国专朝，今与天下党人，谋诛先帝左右，扫灭我曹，但知硕典禁兵，故且沉吟。今宜共闭上阁，急捕诛之！

进踌躇多时，方问郭胜道："赵常侍等已知悉否？"胜答说道："彼虽知悉，亦未肯与硕同谋；大将军但嘱黄门令，收诛蹇硕，片语便可成功了。"进依了胜言，即使胜转告黄门令，诱硕入宫，当即捕戮，一面宣示硕罪。所有硕部下屯兵，概不干连，移归大将军节制，屯兵得免牵累，自然愿听约束，各无异言。

惟骠骑将军董重，为永乐宫中董太后从子，本与何进权势相当，两不相下；再加皇次子协，寄养永乐宫，颇得董太后宠爱，所以董太后与重密谋，拟劝灵帝立协为储，将来好挟权自固。偏与灵帝说了数次，灵帝始终为难，不便遽决，终致所谋无成；及何后临朝，何进秉国，只恐董氏出来干政，辄加裁抑。董太后很是不平，东宫愤詈道："汝恃乃兄为将军，便敢鸱张怙势，目无他人？我若令骠骑断何进头，势如反掌，看他如何处置呢？"（大言何益？）语为何太后所闻，即召进入商，叫他除去董氏，免致受害。进即出告三公，及亲弟车骑将军何苗，共奏一本，略言孝仁皇后常使故中常侍夏恽、永乐太仆封谞等，交通州郡，婪索货赂，珍宝尽入西省，败坏国纪，向例藩后不得留居京师，舆服有章，膳羞有品；今宜仍遵祖制，请永乐后仍还本国，不得逗留云云。这奏章呈将进去，立由何太后批准，派吏迫董太后出宫；何进且举兵围骠骑府，勒令董重交出印绶；

重惶急自杀，董太后亦忽然暴崩。或谓由何进使人下毒，事关秘密，史笔未彰，大约是不得善终，含冤毕命。（一双空手见阎王，何苦生前作恶？）中外人士，多为董氏呼冤，才不服何进所为了。何太后乃为灵帝发丧，出葬文陵；总计灵帝在位二十一年，寿只三十有四。（补叙灵帝历数，笔不少漏。）就是董太后遗柩，亦发归河间，与孝仁皇合葬慎陵；渤海王协，却被徙为陈留王。

校尉袁绍，复向何进献议道："前窦武欲诛内竖，反为所害，无非因事机不密，坐堕忠谋；当时五营兵士，俱畏服中宫，窦反欲倚以为用，怪不得自取灭亡。今将军兄弟，并领劲兵，部曲将吏，又皆系英俊名士，乐为效命，事在掌握，这真是天赞机缘呢！将军宜为天下除患，垂名后世，幸勿再迟！"进也以为然，遂入白太后，请尽黜宦官，改用士人。何太后沉吟半晌，方答说道："中官统领禁省，乃是汉家故事，何必尽除？且先帝新弃天下，我亦未便与士人共事，得过且过，容作缓图。"（妇人之仁，往往误事。）进不敢再争，唯唯而出。袁绍迎问道："事果有成否？"进皱眉道："太后不从，如何是好？"绍急说道："骑虎难下，一或失机，恐将遭反噬了！"进徐答道："我看不如杀一儆百，但将首恶加罪，余何能为？"绍又说道："中官亲近至尊，出纳号令，一动必至百动，岂止杀一二人，便可绝患？况同党为恶，何分首从？必尽诛诸竖，方可无忧！"进本是优柔寡断的人物，终不能决。

哪知张让、赵忠等已微闻消息，忙用金珠玉帛，赂遗进母舞阳君及进弟何苗，与为结好。天下无难事，总教现银子。当由舞阳君母子，屡至太后宫中，替宦官善言回护，曲为调停，并言大将军专杀左右，权力太横，非少主福。（得了金银，连骨肉都可不顾，阿堵物之害人如是。）说得太后也为动容，竟与进渐渐疏远，不复亲近。进越觉失势，未敢遑谋；独袁绍在旁着急，又为进划策，请召四方猛将，及各处豪杰，引兵入都，迫令太后除去阉人。（失之毫厘，谬以千里。）进依了绍计，即欲檄召外兵，主簿陈琳谏阻道："谚云'掩目捕雀'，是讥人自欺！试想捕一微物，尚且不宜欺掩，况国家大事呢？今将军仗皇威，握兵权，龙骧虎步，高下在心，若欲诛宦官，如鼓洪炉燎毛发，容易得很；但当行权立断，便可成功，乃今欲借助外臣，嗾令犯阙，这所谓倒持干戈，授人以柄，非但无功，反且生乱呢！”进置诸不睬，竟令左右缮好文书，遣使四出。典军校尉曹操，闻信窃笑道：“自古以来，俱有宦官，但世主不宜假彼权宠，酿成祸乱；若欲治罪，当除元凶，一狱吏便足了事，为何纷纷往召外兵，自贻伊戚？我恐事一宣露，必致失败呢！”（见识原高，乃不去进谏，其奸可知。）

已而前将军董卓，自河东得檄，即嘱来使返报，指日入京；进闻报大喜，侍御史郑泰入谏道：“董卓强忍寡义，贪欲无厌，若假以政权，授以兵柄，将来必骄恣不法，上危朝廷；明公望隆勋戚，位据阿衡，欲除去几个权阉，何须倚卓？且事缓变生，殷鉴不远，但教秉意独断，便可有成。”进仍不肯听。泰出语黄门侍郎荀攸道：“何公执迷不悟，势难匡辅，我等不如归休了！”攸尚无去意，独泰毅然乞归，退去河南故里，安享天年。（所谓见机而作，不俟终日。）尚书卢植，亦劝进止卓入都，进愎谏如故；且遣府掾王匡、骑都尉鲍信，还乡募兵，并召东郡太守桥瑁，屯兵成皋，武猛都尉丁原，率数千人至河内，纵火孟津，光彻城中。就是董卓也引兵就道，从途中遣使上书，请诛宦官，略云：

> 中常侍张让等，窃幸承宠，浊乱海内；臣闻扬汤止沸，莫若去薪，溃痈虽痛，胜于养毒，昔赵鞅兴晋阳之甲，以逐君侧之恶，今臣鸣钟鼓如洛阳，请收让等，以清奸秽，不胜万幸！

何太后得了此书，还是游移观望，不肯诛戮宦官；（实是不能。）何苗亦为诸宦官袒护，慌忙见进道：“前与兄从南阳入都，何等困苦？亏得内官帮助，得邀富贵。国家政治，谈何容易？一或失手，覆水难收，还望兄长三思！现不若与内侍和协，毋轻举事！”进听了弟言，又累得满腹狐疑，忐忑不定。乃使谏议大夫种劭，赍诏止卓，卓已至渑池，抗诏不受，竟向河南进兵。劭晓谕百端，劝他回马，卓疑有他变，令部兵持刃向前，竟欲害劭，劭也无惧色，瞋目四叱，且责卓不宜违诏；卓亦觉理屈，才还驻夕阳亭，遣劭复命。袁绍闻知，惧进变计，因向进胁迫道："交构已成，形势已露，将军还有何疑，不早决计？倘事久变生，恐不免为窦氏了！"进乃令绍为司隶校尉，专命击断，从事中郎王允为河南尹，绍使洛阳武吏，司察宦官；且促董卓等驰驿上书，谓将进兵平乐观中。何太后乃恐慌起来，悉罢中常侍小黄门，使还里舍；惟留进平日私人，居守省中，诸常侍小黄门等，皆诣进谢罪，任凭处置。进与语道："天下汹汹，正为诸君贻忧。今董卓将至，诸君何不早去？"众闻言，默然趋退。绍复劝进从速决议，进又不肯从。一个是多疑少决，逐日迁延；一个是有志求成，欲速不达；两人虽是同谋，不能同意。直至绍再三怂勇，仍激不起懦夫心肠。（如何干事。）绍竟私行设法，诈托进命，致书州郡，使捕中官亲属，归案定罪。（越弄越坏。）

中官得此消息，遂至惊慌。张让子妇，系何太后女弟，让急不暇择，跑回私第，一见子妇何氏，便匍匐地下，向她叩头，（奇极。）慌得他子妇连忙跪下，惊问何因。让流涕说道："老臣得罪，当与新妇俱返故乡；惟自念受恩累世，今当远离宫殿，情怀恋恋，愿得再见太后，趋承颜色，然后退就沟壑，死亦瞑目了！"（原来为了此事，俗语谓"欲要好，大做小"，想即本此。）子妇见让这般情形，自然极力劝慰，情愿出头转圜，让乃起身他去。让子妇匆匆出门，亟往见母亲舞阳君，乞向太后处说情，仍令张让等入侍，太后毕竟女流，难拂母命，不得不任事如故。偏何进为袁绍所逼，入白太后，面请答应下去，于是尽诛中常侍以下。并选三署郎官，监守宦官庐舍；何太后不答一言，进只得退出。（有其兄，必有其妹，始终误一疑字。）

张让、段珪等见进入宫，早已动疑，潜遣私党蹑踪随入，伏壁听着，具闻何进语言，当即返告让、珪。让、珪遂悄悄定计，又令私党数十人，各怀利刃，分伏嘉德殿门外，且诈传太后诏命，召进议事。进还道太后依议，贸然竟往，甫入殿门，已由张让等待着，指进发言道："天下扰扰，责在将军，怎得尽归罪我侪？从前王美人暴殁，先帝与太后不协，几致废立，我等涕泣解救，各出家财千万为礼，和悦上意始得挽回；（事见前文。）今将军不忆前情，反欲将我等种类悉数诛灭，岂非太甚？现在我等也不能再顾将军，赌个死活罢了！”（无瑕者，乃可戮人，进亦太不自思。）进无言可对，瞿然惊起，离座欲出。让哪里还肯放过，招呼伏甲，汹汹直上，尚方监渠穆，拔刀争先，奋力砍进，进手无寸铁，如何招架，竟被渠穆砍倒地上，再是一刀，枭落首级。（自寻死路，怎得不死？）段珪就擅写诏敕，命故太尉樊陵为司隶校尉，少府许相为河南尹，罢去袁绍、王允两人；这伪诏颁示尚书，各尚书不免生疑。卢植与进有旧，更为惊愕，急至宫门外探信，且请大将军出宫共议，不料宫内有人大呼道：“何进谋反，已经伏诛！”声才传出，即掷出一个鲜血淋淋的头颅，植慌忙审视，正是进首，当即俯首拾起，驰入大将军营中，取示将士，将吏吴匡、张璋，且悲且愤，挥兵直指南宫；就是袁绍亦已闻变，立遣从弟虎贲中郎将袁术，往助吴匡、张璋。宫门尽闭，由中黄门持械守阁，严拒外兵，袁术等在外叫骂，迫令宫中交出张让等人，好多时不见影响，天已垂暮，索性在青琐门外，放起火来，火势猛烈，照彻宫中。张让等也觉惊心，入白太后，只言大将军部兵叛乱，焚烧宫门，太后尚未知进死，惊惶失措，当被让等掖住，并劫少帝、陈留王，及宫省侍臣，从复道往走北宫。

尚书卢植，早已料到此着，擐甲执戈，在阁道窗下守候，遥见段珪等拥逼太后，首先入阁，便厉声呼道：“珪等逆贼，既害死大将军，还敢劫住太后么？”珪乃将太后放松，太后急不择路，就从窗外跳出，植急忙救护，幸得免伤。（始终难免一死，何如死在此时？）是时袁术、吴匡、张璋等，已攻入南宫，搜诛阉竖，止得小太监数名，杀死了事，独未见常侍、黄门等人。适值袁绍趋至，术等具述情形，绍即与语道：“逆阉虽众，今日已无生路，逃将何往？惟樊陵、许相两人，甘为逆党，不可不除！”说着，即矫诏召入樊陵、许相，一并处斩，可巧车骑将军何苗，也闻警驰来，绍即与潜赴北宫。行抵朱雀阙下，兜头碰见中常侍赵忠，立由绍麾众拿下；忠自北宫前来探视，冤冤相凑，被绍拘住，自然叱令枭首。忠见何苗在旁，还想求救，凄声呼语道："车骑忍见死不救么？"苗虽未答说，却已侧目向绍，似有欲言不言的苦衷，（无非为他平日馈遗。）待至忠首砍落，更不禁露出惨容。吴匡等素怨何苗不与乃兄同心，且见他形色惨沮，越觉可疑，遂传语部兵道："车骑与杀大将军，吏士能为大将军报仇否？"道言未绝，众皆应命，当即把苗抓去，砍作两段，弃尸苑中。（兄弟同死，可谓两难。）绍尚想拦阻，已是不及，乃引众突入北宫，关住大门，分头搜寻阉党，见一个，杀一个，见十个，杀十个，无论老少长幼，但看他颏下无须，尽行杀毙，接连杀至三千余人；有几个本非宦官，只因年轻须少，也被误杀，同做刀下鬼奴。（想是与阉党同命，应该同日致死。）只张让、段珪诸权阉，尚未伏诛，料他伏处内宫，守住太后、少帝、陈留王，于是引兵再进，深入搜查；惟何太后孑身留着，余皆不见，至问及太后，太后亦不甚明悉，但言尚书卢植，救我至此，卢尚书向我说明，皇帝兄弟，被张让等劫出宫外，不知何往，现卢尚书已保驾去了。绍乃仍请何太后摄政，并派官吏往追少帝、陈留王。

究竟少帝、陈留王两人，被张让等劫往何方？原来张让、段珪，因外兵已入北宫，势难再留，乃与残兵数人，劫迫少帝兄弟，步出北门，夜走小平津；公卿无一相从，连传国玺都不及携取。到了夜半，才由尚书卢植，及河南中部掾闵贡，相继赶来，贡手下带得步卒数人，既谒过少帝兄弟，便叱责张让、段珪道："乱臣贼子，尚想逃生，我今日却不便饶汝了！"说着，即拔剑出鞘，信手乱挥，劈倒了几个阉奴；独张让、段珪，陪立少帝左右，急切无从下手，因用剑锋指示，勒令自杀；让与珪无力抗拒，没奈何向帝下跪，叩首泣辞道："臣等死了，愿陛下自爱！"语罢起身，见前面便是津涯，因急走数步，一跃入水，随波漂去。（这真叫做浊流了。）

贡见让、珪等皆死，乃与卢植扶住少帝兄弟，觅路趋归。少帝与陈留王向在宫中抚养，年龄尚稚，从未走过夜路，并且满地荆棘，七高八低，天色又黑暗得很，虽是有人扶着，尚觉得步步为难；幸有流萤三五成群，透出微光，飞到身旁好似前来导引，因此尚见路影，踯躅南行。约走数里，路旁始有民家，门外置有板车，下有轮轴。闵贡瞧着，便令随卒取车过来，也无暇敲门问主，就请少帝兄弟，并坐车上，由步卒在后推轮，慢慢儿行到洛驿，听得驿中柝声，已转五更，天空中雾露迷蒙，少帝等又皆困倦，料难再行，才就驿舍中留宿。俄顷便已天明，卢植先起，面白少帝，愿赴召公卿，来此迎驾，少帝当然依议，植即辞去。

闵贡以驿舍不便久留，也即动身，驿舍中只有两马，一马请少帝独坐，贡与陈留王共坐一马，出舍南驰；方有朝中公卿，陆续趋到，扈驾同趋。经过北邙山下，忽见旌旗蔽日，尘土冲天，有一大队人马到来，截住途中，百官统皆失色，少帝辩更觉惊慌，吓得涕泪交流，不知所措。（惊弓之鸟。）嗣见旌旗开处，突出一员大将，眉粗眼大，腰壮体肥，穿着满身甲胄，径至驾前，群臣惊顾，并非别人，乃是前将军董卓，稍稍放心。（慢着。）卓本在夕阳亭候命，经袁绍伪书敦促，因引兵再进，至显阳苑，望见都中火起，料有急变，便夤夜趱程，驰抵都城西偏，天已破晓，探悉公卿前去迎驾，因亦移兵北向，往迓少帝；可巧在北邙山前相遇，就跃马进谒。陈留王见帝有惧色，传诏止卓，当由侍臣向前，高声语卓道："有诏止兵！"卓张目道："诸公为国大臣，不能匡正王室，至使乘舆摇荡，卓前来迎驾，并非造反，为什么反要禁阻呢？"侍臣无语可驳，乃引卓谒帝。帝惊魂未定，好似口吃一般，不能详言，还是陈留王从容代达，抚慰以外，并略述祸乱原因，自始至终，无一失言。（小时了了，大未必佳。）卓暗暗称奇，隐思废立，面上尚不露声色，即请御驾还宫。先是京师有童谣云："侯非侯，王非王，千乘万骑上北邙。"至是果验。及少帝还宫后，即日颁诏，大赦天下，改光熹年号为昭宁，只传国玺已经失去，查无下落。（汉已垂危，还要什么传国玺？）

骑都尉鲍信，前奉何进差遣，从泰山募兵还都；既见时局大变，就往白袁绍道："董卓拥兵入都，必有异志，今不早图，必为所制，可乘他新至疲劳，乘隙捕诛，除去此獠，国家方有宁日呢！"绍惮卓多兵，且因国家新定，未敢遽发，免不得语下沉吟，信长叹数声，拱手告退，仍引还所招新兵，弃官归里。小子有诗咏鲍信道：

良谋不用便还乡，智士见机幸免殃；
若使后来常匿采，沙场未必致身亡。
（鲍信战死兖州，事见后文。）

袁绍不敢诛卓，卓遂肆行无忌，欲逞异图。究竟卓如何横行，待至下回再表。

何进之谋诛宦官，反为所害，其事与窦武相同，而情迹少异。武之失，在于轻视宦官；进之失，则又在重视宦官，轻视宦官，故有临事出阁之疏，为人所制而不之觉；重视宦官，故有驰檄召兵之误，被人暗算而不之防，要之皆才略不足，优柔寡断之所致耳。且与武同谋者为陈蕃，蕃以文臣而致败，败在迂拘；与进同谋者为袁绍，绍以武臣而致败，败在粗豪。然蕃死而绍不死，卒得歼灭阉竖二千人，此由若辈恶贯已盈，必尽歼乃可以彰天罚，天始假手绍等，使之屠戮，非真视蕃为少优也，况引狼入室，绍实主谋，鲍信进诛卓之方，犹不失为中计，而绍又不能信从；绍非特害进，并且覆汉，其罪亦弥甚矣！若太后、少帝及陈留王，被劫宦官，几濒于死，妇人小子，知识愚蒙，任人播弄，尚不足怪焉。

第六十六回　逞奸谋擅权易主　讨逆贼歃血同盟

却说董卓引兵入都，步骑不过三千人，自恐兵少势孤，不足服众，遂想出一法，往往当夜静时，发兵潜出，待至诘旦，复大张旗鼓，趋入营中，伪言西兵复至，都中人士，竟被瞒过，还道日夜增兵，不知多少。既而何进兄弟所领部曲，均为卓所招徕，卓势益盛。武猛都尉丁原，表字建阳，有勇善射，何进曾令他屯兵河内，威吓宫廷；（见前回。）及众阉伏诛，少帝还驾，乃征原为执金吾。原麾下有一主簿，少年英武，力敌万人，姓吕名布，字奉先，籍隶九原，为原所爱，待遇极优。卓欲笼络吕布，特遣心腹吏李肃，与布结交，赠他名马一匹，叫作赤兔，浑身如火，每日能行千里，此外尚有许多珍宝，作为送礼，引得布心花怒开，非常感激。肃却说出一种交换条件，叫他刺杀丁原，转投董卓。（可恶。）布竟为财物所卖，不管什么主仆情义，觑个空隙，将原刺死，携首送入卓营。卓盛筵相待，备极殷勤，面许布为骑都尉，布大喜过望，屈膝下拜，愿认卓为义父。（主仆不可恃，父子果可恃么？）卓复取出金帛若干，令布招诱丁原旧部，尽归麾下；因此卓声焰益横。

会天雨不止，卓讽有司上奏，劾免司空刘弘，即由自己代任；又闻得蔡邕才名，征令入都。邕为中常侍程璜所谗，流戍朔方，（见第五十八回。）嗣遇赦得还，尚恐不免，亡命江湖十二年，取柯亭竹为笛，得焦尾桐为琴，倘佯山水，倒也放浪自由；偏董卓派吏征召，与邕相遇，迫令就道，邕称疾不赴。卓得吏返报，不禁大怒道："我力能诛人家族，蔡邕敢违我命，是自寻灭门大祸，休想再逃！"说着，又檄令州郡召邕，即日诣府，否则逮狱问罪。邕不得已入都见卓，卓使为祭酒，敬礼有加，阅日迁官侍御史，又阅日转补持书御史，又阅日擢拜尚书，三日间周历三台，荣宠得了不得。旋有诏出邕为巴郡太守，复由卓留为侍中。

卓已得握大权，遂有心废立，自思袁氏四世三公，可倚为党援，压服人心，因擢举前司徒袁隗为太傅，且召司隶校尉袁绍，婉颜与语道："今上冲暗，不合为万乘主，每念灵帝昏庸，令人愤悒；今陈留王年虽较稚，智却过兄，我意欲立他为帝，卿意以为何如?"绍直答道："汉家君临天下，垂四百年，恩泽深厚，兆民仰戴；今上尚值冲年，未有大过宣闻天下，公欲废嫡立庶，恐众心未服，还请三思!"卓勃然道："天下事操诸我手，我欲废立，谁敢不从?"绍又答道："朝廷岂无公卿？公亦不宜专断，且绍亦须禀明太傅，方可报命。"卓闻言愈怒，拔剑置案道："竖子敢尔！岂谓董卓刃不利么?"（全无大臣体态。）绍亦奋然道："天下健夫，岂独董公?"一面说，一面也横引佩刀，作揖而去，匆匆趋至上东门，解去印绶，悬诸门首，当即跨马加鞭，自奔冀州去了。（引狼入室，不为狼吞，还是幸事。）

卓尚不肯罢议，遂召集百僚，会议大事，公卿以下，不敢不至。卓首先开口道："皇帝 弱，不足奉宗庙，安社稷，今欲仿伊尹、霍光故事，改立陈留王，可好么?"大众听了，彼此相觑，莫敢发言。卓又继说道："我闻霍光定策，延年按剑，如有人敢阻大议，应该军法从事!"忽有一人出答道："昔太甲既立不明，伊尹乃放诸桐宫，昌邑王嗣位仅二十七日，罪过千余，故霍光将他废去，改立宣帝。今皇上春秋方富，行未有失，怎得以前事相比呢?"卓不禁大愤，怒目瞋视，乃是尚书卢植，当即拔剑起立，恶狠狠地向植扑去，植离席趋避，百官皆散。卓尚未肯干休，追植出来，旁边走过侍中蔡邕，将卓拦住，劝他息怒。议郎彭伯，亦趋前谏卓道："卢尚书海内大儒，有关人望，若先加害，反使天下不安!"卓乃止步不追；惟怒尚未解，趋入朝堂，迫令他尚书草诏，罢免植官。植匆匆出都，恐卓遣人行刺，绕道还乡。果然卓派吏往追，长途未见植踪，方才退归。

卓复将废立草议使人持示太傅袁隗，隗不敢反抗，报称如议。

九月甲戌日，卓至崇德前殿，会同太傅袁隗等，胁何太后策废少帝，说是皇帝在丧不哀，无人子礼，不宜为君，应该废立，当由太傅袁隗，扶出少帝，解去玺绶，使就北面，何太后为威所迫，未敢发言，只有珠泪两行，滔滔不绝。（妇人只此伎俩。）哪知董卓厉害得很，不但废去少帝，还要幽禁太后，因复当众宣议道："太后尝逼死永乐太后，背妇姑礼，无孝顺心。古时伊尹放太甲，霍光废昌邑王，著在典册，后世称扬。今太后宜如太甲，皇帝宜如昌邑，方可上追成宪，下慰舆情！"百官闻言，虽然意中反对，但畏卓凶横，只好唯唯从命。卓即令尚书缮好册文，在朝宣读道：（董卓敢颁册文，莫非汉祖宗不戚？）

孝灵皇帝，不究高宗眉寿之祚，早弃臣子，皇帝承绍，海内侧望；而帝天姿轻佻，威仪不恪，在丧慢惰，缞如故焉，凶德既彰，淫秽发闻，损辱神器，忝污宗庙；皇太后教无母仪，统政荒乱，永乐太后暴崩，众论惑焉，三纲之道，天地之纪，而乃有阙，罪之大者。陈留王协，圣德伟茂，规矩邈然，丰下兑上，有尧图之表；居丧哀戚，言不及邪，岐嶷之性，有周成之懿；休声美称，天下所闻，宜承洪业，为万世统，可以承宗庙，兹废皇帝为弘农王，皇太后还政，徙居永安宫；谨奉陈留王为皇帝，应天顺人，以慰臣民之望。

尚书读毕，即由卓率领百僚，拥出陈留王协，奉上皇帝玺绶，掖登御座，南面受朝；就是废帝辩，亦使列朝班，以兄拜弟，陈留王协年才九岁，睹此情形，很觉不安，但已为董卓所制，不得不权示镇定，拱手受成，史家称为献帝，就是汉家的末代主儿。当下颁诏大赦，改昭宁元年为永汉元年。（少帝于四月嗣位，九月被废，相距仅五月间，改元两次。至献帝既立，又复改元，一岁中有四个年号，也是奇闻。）朝贺既毕，献帝还宫，卓即勒令弘农王辩，带同宫妃唐姬，出居外邸；一面迫何太后迁居永安宫。何太后只得迁移，但满腔悲愤，无处发泄，免不得带哭带骂，口口声声，咒诅董卓老贼。

（亲手铸成大错，骂卓何益？徒自速死。）当有人报知董卓，卓派吏赍着鸩酒，至永安宫中，胁令何太后饮下；何太后求生不得，一吸立尽，毒发而亡。（你要害死王美人、董太后，自然有此惨报。）计自献帝登基，相距不过三日，卓令献帝至奉常亭举哀，公卿但白衣会葬，不成丧礼；惟与灵帝尚得合墓，追谥为灵思皇后。

董卓且因永乐太后，与己同姓，力为报怨，既将何太后鸩死，复查得何苗遗骸，已经有人棺殓，索性再令剖发，把尸支解，抛掷道旁；又拘苗母舞阳君，一并处死，裸弃枳棘中，不准收葬。（《后汉书·何皇后纪》，舞阳君为乱兵所杀，惟《三国志》及《纪事本末》皆云由卓杀死，今从之。）卓自为太尉，奉老母为池阳君，令太尉刘虞为大司马，太中大夫杨彪为司空，进豫州刺史黄琬为司徒；凡公卿以下，至黄门侍郎子弟，各得选一人为郎，服役省禁，补前时宦官遗缺；至若承宣帝命，伺候皇后，专委侍中给事黄门侍郎，分充职使，共计得一十二人。又追理陈蕃、窦武，及诸党人宿冤，悉复爵位，遣使吊祭，擢用子孙。所有宦官家产，一体抄没，纤毫不遗。卓复自封郿侯，加斧钺、虎贲；未几又晋位相国，入朝不趋，赞拜不名，剑履上殿。使司徒黄琬为太尉，司空杨彪为司徒，光禄勋荀爽为司空。

爽为前当涂长荀淑子，幼年好学，十二岁能通《春秋》《论语》；至桓帝时，入拜郎中，陈言不用，弃官自去；嗣因钩党狱兴，遁居海上十余年。董卓入朝废立，虽然凶暴，尚欲牢笼物望，要结人心。尚书周毖，城门校尉伍琼，因劝卓力矫前弊，征用天下名士；卓乃命召荀爽及陈纪、（即陈寔子。）韩融、（系前嬴县长韩韶子。）郑玄、申屠蟠，蟠与玄谢病不至。爽为吏所迫，受命为平原相，行至宛陵，复调回都中，迁官光禄勋，视事只阅三日，即超拜司空。陈纪、韩融，皆不得已就征，纪为侍中，融为大鸿胪。卓又举尚书韩馥为冀州牧，侍中刘岱为兖州刺史，孔伷为豫州刺史，张邈为陈留太守，张咨为南阳太守，数人皆非卓亲旧，得邀简放，总算是推贤进士，冀博美名。惟回忆袁绍抗命，尚有余恨，特悬赏购拿，严令迭下；周毖、伍琼，却与绍为故交，乘间说卓道：“废立大事，原非常人所能为；袁绍不达大体，因惧出奔，并无他志。今若购拿过急，反至激成变乱，袁氏树恩四世，门生故吏，充满天下，万一与公相拒，收豪杰，聚徒众，独霸一方，恐山东非公所有了，不如从宽赦宥，拜为郡守，绍喜得免罪，必且感公，何至再生他变呢?”卓乃拜绍为渤海太守，封邟乡侯，又使袁术为后将军，曹操为骁骑校尉。

术终恐罹祸，奔往南阳；操亦不愿事卓，出都东归。（罗氏《三国演义》中有曹操献刀事，史传不载，恐系附会。）行至成皋，过故人吕伯奢家，适伯奢外出，家中留有五子，与操素相认识，当然接待，留操食宿；操本是个多心人，夜卧床中，不遑安枕，忽闻宅后有磨刀声，不禁跃起，侧耳细听，又模模糊糊的有“快杀”两字，更觉动疑，暗想我背卓潜逃，莫非卓已派人到此，叫他杀我？不如速走为是，当下启扉欲行，偏被吕子闻知，出来挽留，形色似觉慌张，益足令人生怖，于是不问虚实，竟拔出佩刀，劈死吕子；转思一不做，二不休，索性闯入后宅，杀个净尽，吕家未曾防着，见操持刀进来，不及逃避，被操一阵乱斫，除伯奢五子外，又杀死妇女三人，搜至厨下，却见一猪被缚，尚未宰割，才知自己错疑，误杀好人，不由得凄然泪下，嗣又转念道：“宁我负人，毋人负我!”（操之奸由此二语。）遂掉头不顾，夤夜出奔。道出中牟，正遇亭长巡逻见操夜行带刀，疑为匪类，把他拦住；问讯姓氏，操不肯自说姓名，语多支吾，亭长疑上加疑，便将操执送县中。县廨有一功曹，曾与操见过一面，知为乱世英雄，因向县令前代为缓颊，始得释放。（罗氏《三国演义》指县令为陈宫，史无实据，故亦从略。）操侥幸脱身，匆匆东去。

卓因操不别而行，也曾行文缉拿，但自恃威权，以为无人敢抗，就使操等不服，潜踪自去，也是无关轻重，不足为忧；所以拿获与否，未尝严究。且因得志以后，恋及财色，尝纵兵搜索豪富，见财便取，见色便掳，号为“搜牢”。洛中贵戚甚多，往往积有资财，拥娇妻，蓄美妾，坐享荣华，一经搜牢令下，都害得倾家荡产，连床头的美人儿，也被掠入相国府中，不知生死。董卓在府中坐待，每遇兵士抢掠回来，必亲自查验，最贵的珍宝，输入内藏，最好的妇女，充入下陈；余皆散给将士，令得分尝一脔。（也算是与众同乐。）卓尚嫌不足，又从宫中取出采女，无论已幸未幸，但教姿色可人，便即牵归；甚至娇娇滴滴的公主，亦被他掠回，每日逼令侍寝，轮流取乐。可怜这妙年女郎，含苞未吐，枉遭那硕大无朋的淫贼，恣情蹂躏，求生不得，求死不能，岂不是无辜招殃么？（总是怕死之故。）

转瞬间已是年暮，有诏除光熹、昭宁、永汉三个年号，仍称中平六年，越年元旦，乃改号初平，百官俱先至相国府贺谒，然后由董卓带领入宫，朝见献帝。及退班散去，卓回至府中，召集一班粉面油头，通宵筵宴，醉赏升平。约莫过了旬余，又要安排元宵灯席，大庆团圞。忽由外面递入警报，乃是关东牧守，合兵声讨，公然要他身家性命，取谢国人；卓也不禁着忙，再令干吏往探消息，原来事起东郡，由太守桥瑁发生。

瑁为故太尉桥玄族子，曾为兖州刺史，颇著循声；及调任东郡太守，正值董卓废立，逆恶昭彰，海内豪雄，多欲起兵讨卓，只因先发无人，未敢轻举，瑁有志讨逆，亦恐势孤力弱，不足济事，乃诈作三公密敕，移书州郡，陈卓罪恶，征兵赴难。时冀州牧韩馥，由卓推举，到任数月，探得渤海太守袁绍，日夕募兵，有图卓意，自思渤海隶属冀州，正好遣吏监束，使绍不得妄动，方得报卓知遇；主见已定，偏接到桥瑁移文，展阅一周，又累得满腹狐疑，乃召问诸从事道："今果当助董氏呢？还是助袁氏呢？"语尚未毕，即有治中从事刘子惠，挺身出答道："起兵为国，何论袁、董！"（两言可决。）馥被他提醒，面有惭色，乃致书与绍，听令起兵。绍得韩馥赞成，越加胆壮，遂派使四出，约同举义。东郡太守桥瑁，与冀州牧韩馥，当然如约。绍从弟后将军袁术，山阳太守袁遗，也即响应；还有豫州刺史孔伷，兖州刺史刘岱，陈留太守张邈，广陵太守张超，河内太守王匡，均复书答绍，同时并举。前典军校尉曹操，逃归陈留，散家财，募义徒，为讨卓计，又得孝廉卫兹，出资帮助，集成了五千人，一闻袁绍起事，即率兵往会。就是前骑都尉鲍信，引兵还里，并未遣散，反多招了万余名，合得步兵二万，骑兵七百，辎重五千余乘，与弟鲍韬督练成军，援应各州郡义师。袁绍引军至河内，与王匡合兵；韩馥留驻邺城，督运军粮；袁术屯鲁阳，余军屯集酸枣，设坛祭天，歃血为盟。各牧守互相推让，莫敢先登，突有广陵郡功曹臧洪撩衣登坛，操盘歃血，当即向众宣言道：

汉室不幸，皇纲失统，贼臣董卓，乘衅纵害，祸加至尊，虐流百姓。大惧沦丧社稷，翦覆四海。今由渤海太守袁绍等，纠合义兵，并赴国难。凡我同盟，齐心戮力，以致臣节，殒首丧元，必无贰志。有渝此盟，俾坠其命，无克遗育。皇天后土，祖宗明灵，实共鉴之！

洪字子源，系广陵人，为故匈奴中郎将臧旻子，前曾举孝廉为郎，因乱弃官，还隐家中；太守张超，延为功曹，起兵向义，实由洪怂恿出来。洪身长八尺，状貌魁梧，声如洪钟，当登坛宣众时，说得慷慨激昂，声泪俱下，大众听了，无不动容。歃血既毕，遂由各牧守推选盟主，群言袁绍四世三公，应为领袖；绍辞让至再，经大众合词要求，然后应允。（徒以门生推举，未免失真。）绍自号车骑将军，领司隶校尉，使曹操行奋武将军，一面传檄天下，历数董卓罪恶，杀有余辜。于是长沙太守孙坚，承檄起兵，袭杀荆州刺史王叡，直指南阳；前西园假司马张杨，回籍募兵，道经上党，接得绍檄，也即在上党发难，纠合义徒数千人，进趋河内。共计讨卓人马，先后得十有四路，陆续会集，伐鼓渊渊，振旅阗阗，也好算得一场豪举了。（反衬下文。）小子有诗叹道：

仗义联盟德不孤，为王讨逆效前驱；
当年若果同心力，元恶何忧不立诛？

既而檄文传入京师，连董卓亦得瞧着，卓又惊又愤，复想出一条逆谋，嘱使郎中令李儒照行。欲知他如何行逆，下回再当说明。

少帝之废，谁致之？何太后致之也！何太后以屠家女，得为国母，可称万幸，假令知足不辱，谦尊而光，则衅隙无自而生，祸难即可不作；何至母子兄弟，同归于尽，而国祚且为之阴移欤？夫惟其鸩死王美人，逼死董太后，念念为嗣子计，又念念为母族计，而后苍苍者乃嫉恶之。千里草。何青青？正天之巧为驱集，所以死悍后而彰恶报也。董卓为汉末乱贼，人人得而诛之；关东各路之兴师，名正言顺，谁曰不宜？独惜各牧守有讨贼之举，而无讨贼之才；且推袁绍为牛耳长，使主齐盟，绍固一引卓祸汉者，奈之何以门望相推也？当时之智勇较优，厥惟曹操、孙坚二人，然观于后来，皆非汉家柱石，韩馥以下无讥焉。罗氏《三国演义》，乃更以孔融、陶谦、马腾、公孙瓒羼入之，四子并未讨卓，安能与列？虽曰小说，亦不应穿凿失真，一至于此也。

第六十七回　议迁都董卓营私　遇强敌曹操中箭

却说郎中令李儒，受了董卓的密嘱，依言行事。看官道是何谋？原来卓因关东兵起，檄文指斥罪恶，第一件便是废去少帝。暗思少帝虽已废为弘农王，但尚留居京邸，终为后患，不如斩草除根，杀死了他，免得他虑；乃嘱李儒往鸩弘农王。儒即携鸩酒至弘农王邸中，托词上寿，举酒献王道："请饮此酒，可以辟邪！"弘农王摇手道："我无疾，何须饮此酒？想是汝来毒我呢！"儒逼令取饮，弘农王皱眉不答，儒竟张目道："董相国有令，怎得不从？就使不饮此酒，难道还想延年么？"（为虎作伥，可恨可杀。）时王妃唐姬在侧，情愿代饮，儒又叱道："相国并不令汝死，怎得相代？"弘农王自知难免，遂与唐姬永诀，涕泣作歌道：

天道易兮我何艰，弃万乘兮退守藩！

逆臣见迫兮命不延，逝将去汝兮适幽玄！

歌罢，且令唐姬起舞。唐姬且舞且泣，且泣且歌道：

皇天崩兮后土颓，身为帝兮命夭摧；

死生路异兮从此乖，奈我茕独兮心中哀！

弘农王闻歌悲咽，相向失声。李儒在旁催逼道："相国立等回报，岂一哭便能了事么？"弘农王乃取过鸩酒，顾语唐姬道："卿为王妃，不能再为吏民妻，幸此后自爱！"唐姬泣不能仰，弘农王已将鸩酒饮下，须臾毒发，晕死地上，年只一十五岁。（或云十八岁。）李儒见王已死，当即返报董卓。唐姬抚尸枕股，大哭一场，待至棺殓粗毕，复有吏人前来，迫姬出邸，姬对柩拜别，归赴颍川母家。父瑁曾为会稽太守，见女青年守嫠，意欲改嫁，姬矢志靡他，因听令居住，后文慢表。

且说董卓既鸩死弘农王，乃召百僚会议，欲大发兵马，出击关东各路义师，突有一人插嘴道："为政在德不在众！"卓才听得一语，便怒目注视，见是尚书郑泰，便叱问道："如卿所言，兵果无用么？"泰答说道："泰非谓兵可勿用，但以为山东诸牧守，虽然发难，不必烦劳大兵。试想光武以来，中国无警，百姓安逸，忘战日久。仲尼有言：'不教民战，是谓弃之。'今山东州郡连结，看似强盛，实皆乌合，不能为害，这是第一件不烦大兵；明公起自西州，出为国将，练习兵事，屡践战场，名振当世，人怀慑服，这是第二件不烦大兵；袁本初（绍字本初。）系公卿子弟，生长京师，张孟卓（邈字孟卓。）乃东平长者，坐不窥堂，孔公绪徒清谈高论，嘘枯吹生，并无什么韬略，足为公敌，这是第三件不烦大兵；山东将士，素少精悍，勇不若孟贲，捷不若庆忌，但教偏师一出，即可成功，这是第四件不烦大兵；就使果有健将，也是尊卑无序，王命不加，徒然恃众怙力，星分棋峙，胜不相让，败不相救，怎肯同心共胆，持久不敝？这是第五件不烦大兵；（泰虽诡词对卓，但此条实为泰所料，不幸多言而中。）关西诸军，夙习兵事，近来又屡与羌斗，妇女尚能戴戟操矛，张弓发矢，况为勇夫壮士，使当关东散卒，定可全胜，这是第六件不烦大兵；现在天下所畏，无过并、凉人及羌胡义从，公得收作爪牙，遣使拒敌，譬如驱虎赴羊，一可当百，何庸多兵自扰？这是第七件不烦大兵；且明公将吏，统是干城腹心，周旋日久，恩信相结，忠诚可任，智谋可恃，少许足胜人多许，这是第八件不烦大兵；泰闻战有三亡，以乱攻理者亡，以邪攻正者亡，以逆攻顺者亡，今明公秉国平正，讨灭阉竖，忠义卓著，有此三德，待彼三亡，奉辞伐罪，何人敢当？这是第九件不烦大兵；东州郑玄，学赅古今，北海邴原，清高直亮，众望所归，足为儒生矜式，彼诸将若就询计划，非不可虑，但燕赵六国，终为秦灭，吴楚七国，卒败荥阳，成败利害，凭诸理势，如郑玄、邴原诸人，怎肯赞成逆谋，造乱长寇？这是第十件不烦大兵。明公若因刍议所陈，稍有可采，正不必四出征发，惊动天下；否则弃德恃众，反损威望，非徒无益，反且有害呢！”这一番话，说得董卓呵呵大笑，满口夸奖道：“公业（泰字公业。）真不愧智士呢！”遂面授泰为将军，使统诸军，出击关军，泰也觉暗喜，拜谢而出。

看官阅过前文，应知郑泰已经归里，为何又出任尚书？（回应第六十五回。）原来董卓搜罗名士，征泰入朝，泰不得已，应召而至，受职尚书。他见卓凶横不道，也想设法除奸，一时无从下手，巧遇关东兵起，乐得乘间进言，好教卓倚作股肱，可以联络外人，暗中摆布。及卓使为将军，正中心坎，当即部署兵马，即拟起行；谁知有人窥透泰意，向卓效忠道：“郑公业智略过人，尝思结谋外寇，今反资以兵甲，令就党与，窃为明公担忧呢！”卓乃止泰出兵，留为议郎，嗣是格外加防，特擢义子吕布为中郎将，侍卫左右，行止不离。（难道就靠得住么？）侍御史扰龙宗，诣卓白事，未解佩剑，即由卓叱他无礼，呼布击死。越骑校尉伍孚，代为不平，尝在朝服内，披着小铠，怀着利刃，意欲伺便刺卓。一日入阁启事，交代明白，便即辞出；卓因孚素有重望，特别敬礼，起送数步，孚见卓孑身相送，还道命该断绝，就故意回头拦阻，乘隙取出藏刀，向卓砍去；卓眼明手快，立即侧身闪过，再仗着两臂气力，牵住孚腕，不使再动；那吕布早已瞧着，抢着救卓，将孚揿倒地上。卓怒问道：“谁教汝反？”孚亦回詈道：“汝非我君，我非汝臣，有什么反不反呢？汝乱国弑主，罪大恶极，天下孰不想食汝肉，寝汝皮！今日是我死日，故来诛汝。可惜可恨，不能磔汝市朝，以谢天下！”卓闻言益怒，立命将孚牵出，置诸极刑。（或说即伍琼，但史称琼与周毖同死，当是两人。）

孚既杀死，警报日急，不但关东军事，日有所闻；还有白波贼帅郭太，连年骚扰，聚众至十余万，寇太原，破河东，气焰甚盛。（白波贼见第六十四回。）卓亟遣女夫中郎将牛辅往讨白波贼，另派中郎将徐荣等，带领重兵，出屯近畿，阻遏关东各路人马。会都中有童谣云：“西头一个汉，东头一个汉，鹿走入长安，方可无斯难。”

卓偶有所闻，证诸图谶，亦是汉运将终，因即思迁都长安，借避兵锋。当下与公卿商议，公卿等皆不欲西迁，只是惮卓凶威，未敢反抗，大都默默无言。

时车骑将军朱儁，方为河南尹，卓因儁多年宿将，外示亲昵，阴实嫉忌，恐他交通关东，乃表迁儁为太仆，使副相国，即日派出朝使，赍诏召儁。儁辞不肯受，且语朝使道："国家西迁，必辜民望，且反足示弱，使关东益张声势，殊属非宜。"朝使诘问道："召君受拜，君乃谢绝，不问迁都事宜，君偏龈龈有词，这是何故！"儁答说道："臣本不才，怎堪为相国副手？若迁都计议，须公诸舆论，何妨直言？"朝使又问道："迁都尚未决定，事不外闻，君果从何处得来？"儁微笑道："董相国已商诸公卿，且与臣亦曾说过，所以得闻。"朝使不能再诘，乃返报董卓，取消太仆成命。

卓复大集百僚，再议迁都事宜，太尉黄琬、司徒杨彪、司空荀爽等，并皆列席，卓先倡议道："昔高祖都关中，计十有一世，及光武帝都洛阳，至今也十有一世；我看天运循环，应仍还都长安，方为适宜。"大众仍面面相觑，莫敢发言。惟司徒杨彪起语道："移都改制，事关重大，即如盘庚迁亳，实避河患，殷民尚且胥怨，必待再三晓谕，始无异辞；今无故迁都，必致百姓惊动，糜沸蚁聚，反且增忧，不如仍旧为是！"卓驳说道："《石苞室谶》曾云汉终十一帝，若非速迁，难道就此罢休么？"彪复说道："《石苞室谶》语，多属邪言，不可凭信，况关中经王莽祸乱，未曾修复，所以光武帝改都洛邑，今历年已久，百姓安乐，何必迁乔入谷，自蹈危机？"卓作色道："关中物产丰饶，形势利便，故秦得并吞六国；若因宫阙残破，陇右材木甚多，运输最便，杜陵南山下，有瓦窑数千处，并工营造，指日可成，百姓何足与议！尽管西迁便了！"彪又说道："关东方起乱兵，若闻我迁都，必更西进，不可不防！"卓狞笑道："这更可无虑了！我既迁居长安，居高临下，势若建瓴，且有陇西劲旅，驱逐乱众，可令他出沧海之外，请君不必劳心！"彪尚将易动难安，宁逸毋劳，絮絮地说了数语，惹得董卓性起，扬眉张须道：“公欲阻挠大计么？”太尉黄琬从旁婉劝道：“这系国家大事，杨公所言，未始无见，还请三思！”卓斜目视琬，忿然不答。司空荀爽，见卓声色逼人，恐害及彪等，乃从容进言道：“相国本意，想亦不愿多劳，无非因山东兵起，未可立平，所以迁地为良，据关自固，这也是秦、汉开国的至计呢！”（聊为解嘲。）卓听得此说，意乃少解，面色渐平。黄琬、杨彪、荀爽等，也即退出。卓竟借灾异为名，奏免黄琬、杨彪二人，另进光禄勋赵谦为太尉，太仆王允为司徒。

适尚书周毖，与城门校尉伍琼，同至卓前，谏阻迁都，卓并不一睬，二人又复力谏。卓不觉触起前恨，拍案痛叱道：“卓入朝时，二君劝用善士，故卓辄依议；今韩馥等受官赴任，反举兵图卓；袁绍为二君所保荐，今且为戎首，若再听二君计议，恐卓命要从此断送了！卓不负二君，二君负卓太甚！”说至此，竟翻转脸皮，叱令左右牵出两人，同时斩首。（二人虽是枉死，不得与伍孚并论。）复使司隶校尉宣播，率领吏士，往杀太傅袁隗，及太仆袁基；（系袁术兄。）所有两家眷属，无论男女老小，全体骈戮，共死五十余人，把一大堆尸骸，载至青城门外，同埋一穴。黄琬、杨彪，尚留寓都中，只恐连坐被诛，慌忙至相国府中，自谢前时失言；卓嘉他悔过，复表琬、彪为光禄大夫。（琬为黄琼孙，彪为杨震曾孙，畏死媚贼，俱未免有愧祖风。）

随即决计西迁，先使文武百官，扈跸出都，再驱洛阳人民数百万口，尽徙长安；宫廷内外，没一人情愿西行，只为董卓所迫，不敢不草草整装，准备起程。哪知董卓凶恶得很，严定限期，不准挨延时日，豪家富室，总有若干财产，匆匆不及安排，吁请宽限，卓却斥他违命不道，派吏收捕，斩首示威，并将财产籍没，充作军糈。可怜官民人等，弃其田园庐舍，只带得些须细软物件，扶老携幼，仓皇就道；随着献帝车驾，陆续前行，途中步骑驱蹙，更相践踏，再经道旁盗窃乘隙偷夺，无论贫富贵贱，都害得颠沛流离，饥苦冻馁，甚至饿莩载道，暴骨盈途。（谁为为之？孰令致之？）卓尚拥着兵马，屯驻洛阳毕圭苑中，饬令军士纵火。尽毁宫庙民庐，二百里内，统成赤地，鸡犬不留。（于己无益，何苦为此？）又使吕布发掘诸陵，及公卿以下坟墓，收取珍宝，充入私囊。（难道自己好长生不老，受享终身？）一面再遣将士，出击关东诸军，会闻河内太守王匡，进兵河阳津，窥取洛阳；卓用疑兵前往挑战，潜使锐卒从小平津偷渡，绕出匡军背后，前后夹攻，大破匡军，拿住许多军士，各将布帛缠束，外用膏油浇灌，然后引火焚身，从下至上，好多时才得烧死，号声震地，臭气熏天，真是耳不忍闻，目不忍睹。

那王匡败还河内，报知袁绍，绍正得悉隗、基族灭，很是悲愤，檄令各军猛进，不料匡军败还，各路夺气，连袁绍也不胜彷徨。（本初原是无能。）奋武将军曹操宣言道："举义兵，诛暴乱，大众已合，还有何疑？设使董卓挟持天子，据守旧京，东向以临天下，虽无道横行，尚足为患，今乃焚烧宫阙，劫迁车驾，海内震动，不知所归，这真是天怒人怨、诛锄首恶的时机。若能并力西讨，一战就可平定了！"（到底还是曹阿瞒。）各军帅皆虎头蛇尾，莫敢先进，绍亦逡巡不发。（国仇家怨，不思急报，做什么盟主？）只陈留孝廉卫兹，本来与操同志，至此亦欲与操同行，商诸太守张邈，得兵数千，愿为操助。操毅然独进，自率部曲为先锋，使卫兹为后进，经成皋，达荥阳，一路顺风，所向披靡。

董卓闻操为先锋，西向进兵，沿途连破数垒，劲气直达，不由得惶急起来，暗想关东人马，不下数十万，若随操继进，人多势盛，如何抵敌？不若用缓兵计，使人修和，乃遣大鸿胪韩融，少府阴循，执金吾胡毋班，将作大匠吴循，越骑校尉王，东出宣慰，劝令罢兵。袁绍等当然不从，拘戮胡毋班、吴循、王瓌，袁术亦执杀阴循，惟韩融素有名德，释令西归。卓闻报大怒，飞饬中郎将徐荣，扼住汴水，不准放过关东一卒；又拨锐兵助荣。荣奉卓命，在汴水旁严行防守，可巧曹操驰至，即开营搦战，两军对阵，荣兵比操兵约多数倍，操兵突遇劲敌，一见便惊，各有退志，还是操慷慨誓师，引兵突出，与荣大战一场，自午前杀至日昃，兀自支撑得住。荣见部兵战操不下，抽出锐骑，专攻操阵中坚，又使余众开张两翼，包围操军。操军已经战乏，禁不住荣军围裹，只好各顾生命，分头乱跑；惟有几个曹氏亲将，如曹仁、曹洪、夏侯惇、夏侯渊等，还算保住曹操，舍命冲突。操料不能支，拍马返奔，偏后面追军，喊杀不绝，天时又至昏暮，路黑难行，正在危急万分的时候，猛听得弓弦声响，连忙闪避，已是不及，项下已中了一箭，接连又是一声，马随声倒，把操倾翻地上；当有敌兵数人，竟来杀操。亏得曹洪驰至，抡刀赶散，复一跃下马，将操扶起，拔镞裹创，掖令坐上己马，自愿步行。操顾洪道："我弟岂可无马？倘或追兵到来，如何厮杀！"洪应声道："天下可无洪，不可无公！"（从兄弟尚且如此，同胞当如何？）操正在叹息，后面喊声复至，乃加鞭急走；行约里许，前面忽火炬通明，又有一军趋至，操与洪俱不胜惊忙，及仔细审视，乃是后军卫兹，方才放心。兹到了操前，见操狼狈得很，也不暇多说，拥操回马，连夜趋还酸枣。

酸枣屯兵，共有数路，差不多有十数万人，张邈、刘岱、桥瑁、袁遗诸太守，均按兵不动，镇日里置酒高会，快活消遣。操目睹情形，向众愤语道："诸公在此屯留，莫非待贼坐毙不成？如肯听我计，最好请袁本初引河内众士，移至孟津、酸枣间，诸公分守成皋，据敖仓，塞轘辕、大谷，制贼死命；再使袁公路（术字公路。）率南阳兵甲，攻入武关，耀威三辅，然后可深沟高垒，勿与彼战，但用疑兵左出右入，使彼自相惊乱，必亡无疑；今兵以义动，专在此徘徊观望，惹人耻笑，窃为诸公不取哩！"张邈等微哂道："孟德新败，锐气方挫，只好休养数日，再作良图。"（全然不关痛痒。）操闻言益愤，掉头径出，自与曹洪、夏侯惇等，东赴扬州，进见刺史陈温，及丹阳太守周昕，勉以忠义，共讨董卓。二人亦庸碌无奇，只因碍着情面，拔给兵士四千人。操乃还至龙亢，夜宿帐中，忽帐外哗声四起，急忙起视，但见烟尘缭乱，火势炎炎，一时不暇细问，想必是营兵谋变，当下拔剑在手，冲将出去，砍倒了十数人；可巧曹洪、夏侯惇等亦执械进护，才得将乱兵驱散，扑灭余火。彻底调查，只有五百人不动，由操用言奖勉，乘夜起行，沿途复招得壮士千余人，仍至河内。闻得刘岱、桥瑁，互相仇杀，瑁竟被岱刺死，改任王肱为东郡太守，操不禁嗟叹道："逆恶未除，先自推刃，如何得成事呢?"

好容易过了残年，关东诸将，发生一种议论，要推立幽州牧刘虞为帝，虞为汉室支裔，已见前文，（应第六十四回。）自莅任幽州后，招携怀远，课农劝耕，开上谷胡市，通渔阳盐铁，民安物阜，颇称小康。青、徐士庶，避难归虞，约有百万余口，经虞收视抚恤，各得重生，董卓尝拜虞为大司马，且进加太傅，只因道路梗塞，使命难通，所以虞仍守原任，安镇一方。关东牧守，因闻洛都西迁，天子幼冲，未卜存亡，乃拟奉虞为主。袁绍却也乐从，转询曹操，操慨然道："我等举兵西向，远近莫不响应，无非因师出有名，乃得致此；今幼主微弱，受制贼臣，非有昌邑亡国的罪孽，乃一旦改易，是我等亦将为董贼了！诸君如欲北面，我却仍然西向，不改初心。"说得袁绍哑口无言，再使人致书袁术，术答书不从。看官阅此，几疑袁术、曹操，宗旨相同，其实术已阴图自立，操尚有志效忠，试阅后文，自见分晓。小子有诗叹道：

谋国只应定一尊，如何横议欲分门？

袁曹抗辩非无理，心迹犹难共比论。

究竟袁绍等曾否立虞，待至下回再详。

山东兵起，董卓遣将出御，未闻败衄，而忽议西迁，意者其即由贼胆心虚，有以慑其魄而夺其气欤？然于伍孚行刺，则杀之；于周毖、伍琼之进谏，则亦杀之；于袁隗、袁基之有关绍、术，则又杀之；穷凶极恶，何其残忍乃尔？且屠戮富人，焚毁宫室，二百里内，不留鸡犬，虽如秦政、项羽之暴虐，亦未有过于是者。诚使袁绍等同心戮力，联镳西进，则以顺攻逆，何患不胜？乃貌若相合，心实相离，口血未干，私争已启，徒赖一气盛言宜之曹操，亦何能济？汴水之败，非操之罪，乃诸牧守之罪耳！寡不可敌众，弱不可敌强，愚夫犹且知之，且牧守逗留不进，任令操之孤军深入，不败何待？操虽败犹奋，尚欲募兵再往，此时之曹阿瞒，固不可骤然加责也。若袁绍诸人，其固所谓尸居余气者乎？

第六十八回　入洛阳观光得玺　出磐河构怨兴兵

却说袁绍等欲推戴刘虞，虽经曹操、袁术二人梗议，但尚未肯罢休，即遣故乐浪太守张岐，赍书至幽州劝进。虞厉声叱责道："今天下崩乱，主上蒙尘，我受国厚恩，恨未能扫清国耻，诸君各据州郡，正宜戮力王室，同诛首恶，奈何反造作逆谋，来相垢污呢?"说着，便掷还来书，拒绝张岐。岐扫兴还报，袁绍、韩馥再遣使诣幽州，请虞领尚书事，承制封拜；虞复不听，并将使人斩首，（杀使亦未免过甚。）于是众议乃息。但袁绍等始终不进，渐至兵疲粮尽，陆续解散。

独长沙太守孙坚，豪气逼人，自荆州至南阳，有众数万，向太守张咨借粮，咨不肯发给。坚即假称急病，愿将部众交咨接管，咨也恐有诈，率五六百骑至坚营，坚令部将佯与周旋，自从后帐突出，直至咨前，举剑一挥，剁落咨首。咨部下五六百人，无不股栗，情愿投诚。坚至城内取得军粮，即转赴鲁阳城，与袁术相见，术表坚行破虏将军，领豫州刺史。坚乃向术约定，自往冲锋，由术输粮接济，当下引兵急进，所向无前。董卓闻报，忙调中郎将徐荣，截击坚军；荣素有勇略，先引轻骑驰抵梁县，令大队从后继进。坚方屯兵梁东，探得荣兵不多，未以为意；谁知到了夜间，营外火起，竟有敌兵前来劫营。坚也曾防着，一闻有变，便披挂上马，引众出战，既至营外，从火光中望将过去，但见四面八方，统是敌军旗号，也不禁暗暗生惊，自思营垒已陷入围中，万难保守，不如令部兵各自为战，得能杀出重围，再作计较。于是下令军中，分队冲杀，坚亦自当一队，驱率亲兵，拼命杀出；待至跳出围外，只有亲将祖茂，及残骑数十人随着。那敌兵尚不相舍，在后急追，茂劝坚脱下赤帻，与自己盔帽掉换，让坚先走，留身断后，坚急驰得脱。独茂为敌骑所蹙，情急智生，把赤帻挂在冢间柱上，悄悄下马，走伏草中，敌骑望见赤帻，四面绕集，环至数匝，想就此活捉孙坚；有几个胆大的军士，奋拳张臂，抢步前拿，一声怪响，倒把拳头爆回，血染淋漓，仔细辨认，才知是个石柱，并不是个孙坚，只得叹声晦气，转身引去。（这是黑夜中贪功之失。）

茂亦得脱逃，归见孙坚，坚很是喜慰，夤夜收集败卒，尚得一二万人；次日复部署成军，移屯阳人聚。徐荣闻报，又领兵往攻；坚此时已惩着前辙，不敢浪战。先令亲将程普、韩当、黄盖诸人，三伏以待，看到敌军近攻，方亲出诱敌，战至数合，便拍马返奔。徐荣部下有一骁将，叫做华雄，平时出入敌阵，无人敢当，至此见坚已败逃，就不顾得失，挺身出追，部军自然随上，荣见坚军寥寥，也道是众可制寡，挥军直上。坚引敌入伏，一声号令，程普、韩当、黄盖先后杀出，围住华雄。雄仗着一柄大刀，左招右架，还是勉强支持，不防箭声四起，利镞攒飞，一刀如何敌百矢？眼见得附贼骁雄，身受重创，倒毙马下。（罗氏《三国演义》中谓为关羽所杀，真善附会。）雄既射死，所领部兵，也被坚军杀尽。待至徐荣到来，得知前军覆没，慌忙退回，累得自相践踏，辙乱旗靡，再经坚军驱杀一阵，十死五六，匆匆逃归。

败报传入洛阳，董卓亟使陈郡太守胡轸为大督护，义子中郎将吕布为骑督，领兵东出，助荣击坚。轸自恃年长，瞧布不起，预在军中扬言道："今日出军，须先斩一青绶，方可使士卒效命，杀敌扬威。"布不胜愤懑，待行至广成，去阳人聚约数十里，遂不愿再进，让轸先往。轸因人马困乏，也拟休息一宵，待旦进攻，夜间在旷野安营，不及设栅，军士远来疲倦，统皆解甲就寝。约莫睡了片刻，蓦听得有人大呼道："贼来了！快走！"各军从梦中惊起，四散狂奔，甲不及披，马不及乘，统皆弃去；就是胡轸也觅路乱跑。急走了十余里，并不闻有敌军影响，究竟声从何来？实是吕布欺轸的诡计。

好容易等到天明，再至原处，拾取兵械，不意尘头大起，果有敌兵杀到，为首大将，正是破虏将军孙坚。轸军都皆失色，回头就逃，稍迟一步，便被坚军杀死，轸复仓皇窜还，直至数十里外，后面才无追兵。最奇怪的，吕布一军，不知去向；待了多时，方有溃军趋集，十成中已丧失四五成，惟吕布仍然不见。那时轸垂头丧气，自思不能再战，只好奔回洛阳。及入报董卓，见布已在侧，方知布早趋还，连忙叩头谢罪，好在布亦投鼠忌器，但言坚军势盛，未尝指斥轸过，轸始得免谴；由卓说了“且退”二字，好似皇恩大赦，再磕了几个响头，起身出外去了。(大是幸事。)

孙坚既两得胜仗，遣人报知袁术，且催术运粮济师。术误听谗言，惟恐坚得洛阳，不能再制，遂靳粮不发。坚得去使归报，即乘夜驰白袁术，用杖画地道：“坚与董卓，本无怨隙，所以挺身前来，不顾生死，一是为国家讨贼，二是为将军报仇！今大勋垂捷，将军乃听人谗构，不发军粮，无怪吴起抱恨西河，乐毅转投赵国呢！”术面有惭色，不得已拨粮给坚。坚还屯阳人聚，可巧卓遣将军李傕，来求和亲。坚勃然大怒道：“卓逆天无道，荡覆王室，若不夷他三族，悬首示众，我虽死不能瞑目，尚欲向我和亲么？”说罢，传令将傕撵出。(何不将他枭首？也可预除一贼。)

傕回洛复命，卓尚欲张皇威武，镇定人心，乃遣兵往阳城。适值民间结社祀神，男女毕集，兵士突然闯进，尽杀男子，枭首系住车辕，并将妇女全数掠归，歌呼入城，只说是攻贼大获；卓令将首级焚去，所掠妇女分赏兵士。忽有军吏入报道：“孙坚兵入大谷，距此止九十里了！”卓当然着急，顾见长史刘艾在旁，便与语道：“关东各军。屡次败衄，皆无能为；独孙坚颇能用人，与我为难，当传语诸将，小心对敌；我当亲出督战，与决雌雄！”说着，即命吕布为先锋，自为元帅，出城迎敌。行抵诸皇陵间，见坚军奋勇杀来，气势甚锐，当令布持戟出战。坚使程普、韩当等，敌住吕布，自率精骑直捣中坚，来攻董卓。卓将李傕、郭汜，慌忙拦阻，统被坚一人杀退。卓看坚骁勇异常，也为震悚，当即策马回走；帅旗一动，全军皆乱，吕布虽然多力，不能不舍敌保卓，踉跄西奔；卓不愿入洛，竟与布同走渑池。坚得驰入洛阳，扫除宗庙，祠以太牢，凡董卓所掘陵寝，饬军吏一体掩护，使复原状；又分兵出新安、渑池间，追击卓兵。卓使中郎将董越、段煨等，分守要隘，自与吕布径赴长安。

孙坚闻卓西去，也不亲追，但在洛阳城内，四面巡逻，筹备修筑。怎奈满城瓦砾，到处荒凉，教坚从何着手，徘徊凭吊，禁不住流涕唏嘘。忽见城南有一道豪光，向空冲起，凝成五色，不知是何物作怪；因即驰将过去，凝神细视，乃是井口发光，如釜中蒸气一般，袅袅不绝，井栏上面镌有“甄官井”三字；再从井中俯瞩，尚有流水停住，深不见底，无从辨明。当下饬令军士，先将井水汲干，然后用一辘轳，载兵入井，须臾复出，取得一匣，捧呈与坚。坚启匣看视，乃是一方玉玺，回圆四寸，上有五龙交纽，下有篆文，镌着“受命于天，既寿永昌”八字，惟旁缺一角，用金镶补。坚料是秦、汉二朝的传国宝，不由得玩弄一番。但不知如何缺角，如何投井。及仔细追查，才知王莽篡位时，由孝元皇后掷给玺绶，致缺一角；至少帝为张让所逼，由北宫出走小平津，仓猝间不及携玺，那掌玺的内侍，只恐被人夺去，索性投入井中；（应第六十五回。）后来内侍被杀，无人得知，因此久沉井底，延至孙坚入洛，方始发现。坚既得了传国玺，顿生异想，当即携玺还营，住了一宿，便令军士拔寨齐起，趋回鲁阳。（欲知无限意，尽在不言中。）

袁绍久屯河内，探知孙坚入洛，也想乘势进兵，无如各路兵马已多散归，再加冀州牧韩馥，阴持两端，措粮不发，又致绍进退两难。绍客逄纪献议道：“将军欲举大事，乃徒仰人资给，如何自全?”绍答说道：“我亦虑此，但冀州兵强，我亦无法与争。”纪复说道：“何不致书公孙瓒，叫他进攻冀州？韩馥乃一庸才，若遇瓒相攻，必然骇惧，公可遣一辩士，为陈祸福，不患馥不让位呢!”绍依计而行，果得公孙瓒允许，兴兵攻冀州。

馥遣兵出御，俱为所败，正焦急间，有两人踉跄趋入道：“车骑将军袁绍，已从河内退兵，还驻延津了！”馥注视两人，乃是荀谌、郭图，曾为门下宾客，便启问道："两君如何知晓？"谌答道："现由袁甥高幹，前来报闻，因此知晓。"馥惊喜道："莫非他前来救我么？"谌又说道："公孙瓒率燕、代健士，乘胜南下，锋不可当；袁车骑亦乘此东向，不先不后，居心亦属难料。谌等颇为将军加忧！"馥皱眉道："如此奈何？"谌接入道："袁绍为当世人杰，岂肯为将军下？若瓒攻北面，绍攻西面，区区孤城，亡可立待！但思袁氏与将军有旧，且系同盟，今不如举州相让，归与袁氏；袁氏得冀州，必感将军德惠，厚待将军，还怕什么公孙瓒呢？"馥性本怯懦，又听他说得天花乱坠，便即依议，拟遣使往迎袁绍。长史耿武、别驾闵纯、治中李历等，相率进谏道："冀州带甲百万，支粟十年，真好算做天府雄国；今袁绍孤客穷军，仰我鼻息，譬如婴儿，在股掌中，一绝哺乳，就可立毙，奈何反举州相让呢？"馥摇首道："我本袁氏故吏，才又不及本初，让贤避位，古人所贵，诸君何必多疑？"耿武等只得退去。从事赵浮、程涣，又入谏道："袁本初军无斗粮，势必离散，浮等愿出兵相拒，不出旬月，定可退敌，将军但当闭阁高枕，自可无忧！何用拱手让人？"馥又不听，竟遣子赍着印绶，送与袁绍，迎他入城；自挈家眷出廨，徙居前中常侍赵忠旧宅。

袁绍引兵直入，自领冀州牧，使韩馥为奋威将军，但只畀他虚衔，并没有什么兵吏。所有馥部下旧属，一律撤换，另用从事沮授为监军，田丰为别驾，审配为治中，许攸、逢纪、荀谌、郭图为谋主，分治州事。好好一位冀州牧韩馥，弄得无权无柄，反致寄人篱下，事事受人监束，始悔为荀谌、郭图所卖，悄悄地逃出州城，往投陈留太守张邈。后有绍使至陈留，与邈屏人私语，馥疑是图己，竟至惶急自尽，这真叫作自诒伊戚了。（人生原如幻梦，一死便休，试看袁绍结果，亦未必胜过韩馥。）

惟曹操屯兵河内，已有多日，见绍引众自去，各路人马，亦皆解散，料知讨卓无成，也只得自寻出路。鲍信与操为莫逆交，虽由绍表为济北相，仍然随操。至是与操计议道："袁绍名为盟主，因权专利，将自生乱，恐一卓未除，一卓又起；为将军计，若急切除绍，恐亦难能，不如进略大河以南，静待内变，再作计较。”操叹为至言。可巧黑山贼党十余万，（即褚燕党羽事，见第六十二回。）寇掠东郡，太守王肱，不能抵敌，弃城逃生。操即引兵往击，至濮阳杀败贼众，收复东郡，尚向袁绍处报捷；绍因表操为东郡太守。

颍川荀彧，为荀淑孙，少时便有才名，何颙尝称为王佐才；及天下大乱，彧率宗族奔冀州，欲依韩馥，馥已避位，乃进见袁绍，绍却优礼相待，视若上宾。彧见绍才疏志鄙，料不能成大业，乃转投曹操，操迎入与语，见彧应答如流，不禁大喜道：“君真可为我子房哩！”（居然以高祖自居。）遂令彧为奋武司马，事必与商。操复尽驱黑山贼出境，东郡咸安。

右北平屯将公孙瓒，前由袁绍嗾使，出击冀州牧韩馥；至绍夺馥位，瓒亦退兵。幽州牧刘虞，与瓒宗旨未合，积有宿嫌，（见第六十四回。）但表面上还彼此含容，互相往来。虞子和方为侍中，随献帝迁至长安，献帝仍思东归，使和潜出武关，绕道诣虞，令虞率兵迎驾。（远道求援，也是妄想。）和道出南阳，得见袁术，与语帝意，术竟将和留住，嘱令作书与虞，愿与虞会师西行。及虞得和书，拟遣数千骑南下，适为公孙瓒所闻，以为术有异志，劝虞留兵不发。虞不肯听信，竟促骑兵登程，瓒又恐术闻风生怨，亦遣从弟越引兵诣术，阴教术拘和仇虞。（太觉取巧。）和得知风声，觑隙北遁，行至冀州，又被袁绍截住，绍因术不肯戴虞，复书无礼，已觉不平；（见前回。）术又与公孙瓒书，谓绍非袁氏子，于是兄弟相构，仇隙越深。绍使部将周昂为豫州刺史，与孙坚争领豫州。术令公孙越助坚攻昂，坚将昂击走；惟越身中流矢，竟至毙命。术乃发回越丧，并怂恿公孙瓒，令就近图绍。瓒得书愤愤道：“我弟越死，祸由袁绍；且绍赖我得冀州，未闻割地相酬，今反害死我弟，此仇不报，枉为丈夫！”（谁叫你听人唆使？且不怨袁术独怨袁绍，意亦太偏。）当下出屯磐河，为攻绍计。绍未免心虚，尚想与瓒释怨，特将渤海太守印绶，授瓒从弟公孙范，遣令赴任。范抵郡后，反率渤海兵助瓒，与瓒破灭黄巾余贼，夺取甲仗资粮，不可胜计；瓒威震河北，遂决计攻绍。且先上表长安，数绍十罪，文云：

臣闻皇、羲以来，君臣道著，张礼以导人，设刑以禁暴。今车骑将军袁绍，托承先轨，爵任崇厚，而性本淫乱，情行浮薄。昔为司隶，值国多难，太后承摄，何氏辅朝。绍不能举直措枉，而专为邪媚，招徕不轨，疑误社稷，至使丁原焚烧孟津，董卓造为乱始，绍罪一也；卓既无礼，帝主见质，绍不能开设权谋，以济君父，而弃置节传，迸窜逃亡，忝辱爵命，背违人主，绍罪二也；绍为渤海太守，当攻董卓，而默选戎马，不告父兄，至使太傅一门，累然同毙，不仁不孝，绍罪三也；绍既兴兵，涉历二载，不恤国难，广自封殖，乃多引资粮，专为不急，刻剥无方，百姓嗟怨，绍罪四也；逼迫韩馥，窃夺其州，矫刻金玉，以为印玺，每有所下，辄皂囊施检，文称诏书，昔亡新僭侈，渐以即真，观绍所拟，将必阶乱，绍罪五也；绍令星工伺望祥妖，赂遗财货，与共饮食，克会期日，攻钞郡县，此岂大臣所当施为？绍罪六也；绍与故虎牙都尉刘勋，首共造兵，勋降服张杨，累有功效，而以小忿，枉加酷害，信用谗慝，济其无道，绍罪七也；故上谷太守高焉，故甘陵相姚贡，绍以贪婪，横责其钱，钱不备毕，二人并命，绍罪八也；《春秋》之义，子以母贵，绍母亲为傅婢，地实微贱，据职高重，享福丰隆，有苟进之志，无虚退之心，绍罪九也；（此三条借此补叙。）又长沙太守孙坚，前领豫州刺史，遂能驱走董卓，扫除陵庙，忠勤王室，其功莫大，绍遣小将盗居其位，断绝坚粮，不得深入，使董卓久不服诛，绍罪十也。昔姬周政弱，王道陵迟，天子迁徙，诸侯背叛，故齐桓立柯亭之盟，晋文为践土之会，伐荆楚以致菁茅，诛曹卫以彰无礼；臣虽阘茸，名非先贤，蒙被朝恩，负荷重任，职在铁钺，奉辞伐罪，誓与诸将州郡，共讨绍等！若大事克捷，罪人斯得，庶续桓、文忠诚之效，攻战形状，当前后续闻。

此表上后，即进攻冀州，各州郡不能御瓒，多半服从；瓒乃令部将严纲为冀州刺史，田楷为青州刺史，单经为兖州刺史。还有前安喜尉刘备，奔走有年，当山东讨卓时，亦思仗义从军，嗣闻各军解散，乃与关羽、张飞走依公孙瓒。（回应第六十二回。）瓒与备本系同学，自然欢迎，且使为平原相。备见瓒部下有一少将，身长八尺，相貌堂堂，武力与关、张相类，遂密与结纳，引为至交。正是：

英雄独有赏心处，豪杰应当刮目看。

欲知少将姓名，待至下回再叙。

讨卓一役，惟曹孟德与孙文台，挺身犯难，尚足自豪。曹以孤军致败，虽败犹荣；孙文台返败为胜，卒能逐走董卓，攻克洛阳，观其祠宗庙，修陵寝，遣将西进，何其壮也！迨得玉玺于甄官井中，即拔营东归，而其志乃骤变矣。夫关东各军，非不欲诛卓徼功，特以卓势犹盛，惮不敢发；有孙文台之三战三克，得播先声，则懦夫亦当知奋，诚使再为号召，联镳齐进，诛卓亦易易耳。乃得玺即还，卷甲无言，谓非阴怀异志，谁其信之？惜乎坚之有初鲜终也。彼公孙瓒之与袁绍，忽合忽离，合不为公，离益营私，其性情之反复，殊不足道。然袁绍身为盟主，不能雪国耻，复家仇，徒为欺人夺地之谋，其罪比瓒为尤甚。瓒虽不足讨绍而数绍十罪，并非虚诬，本回备录全文，所以诛绍之心，而于瓒固不屑播扬也。

第六十九回 骂逆贼节妇留名 遵密嘱美人弄技

却说公孙瓒部下的骁将，姓赵名云，表字子龙，乃是常山郡真定人氏。本属冀州管辖，袁绍据住冀州，士多趋附；独云往依公孙瓒。瓒且喜且嘲道："闻贵州人多愿从袁氏，君独何心，乃来依我？"云答说道："天下汹汹，未知孰是，百姓方苦倒悬，但得仁政所在，便当依托，正不必计及远近呢！"瓒闻言大悦，留居麾下，款待颇优。嗣云见瓒行同市井，不足图成，也自悔进身太急；凑巧来了刘备，气谊相投，遂与结好，就是关、张两人，亦视为知己，常相往来。（惺惺惜惺惺。）至备赴平原，邀云同行，且代白瓒前，乞云为助，瓒允如所请，备与云即同赴平原去了。（不但赵云不宜放去，即刘、关、张三人，亦不宜轻离，以是知瓒之失人。）袁绍闻瓒军来攻，郡邑多叛，已有戒心，又恐他约同袁术，南北并举，更不可当，乃遣使至荆州，说通刺史刘表，使他牵制南阳，免得双方夹攻。

表字景升，籍隶高平，少有才名，列入八俊，（八俊见前文。）灵帝末年，曾为北军中侯，至荆州刺史王叡为孙坚所杀，坚向西行，表奉诏为荆州刺史，乘虚入城，略定江表，因通使袁绍，愿合兵讨卓，出屯襄阳，作为后应。后来绍赴冀州，表终按兵不发，惟与绍仍使命不绝，绍因此托他防术。术也恐为表所袭，致书孙坚令攻荆州，坚即进兵往攻。表遣部将黄祖逆战，被坚杀得大败亏输，奔还襄阳，坚驱兵大进，竟将襄阳城围住。表夜遣黄祖等出袭坚营，坚当先迎敌，亲斩敌兵百余人；程普、韩当等挥军继进，杀获甚多，黄祖不获回城，却引了残骑数百，窜入岘山。坚恃勇轻进，驰至山下，见黄祖等已进山坳，尚不肯住马，猛力赶上，后军尾随不及，只有轻骑数十人，与坚同行。黄祖遁匿林间，从月光下望见坚马，便令骑将吕公等，弯弓射坚，杂以巨石，坚尚用槊拨箭，且拨且进，不料顶上来一巨石，不及闪避，竟被压下，一声怪响，脑浆迸流，死于非命，年止三十七岁。（好勇者往往不得其死。）坚已惨死，黄祖等即拥出林外，把坚骑一律杀尽，舁去坚尸，下山驰回。程普、韩当等正率军寻坚，不料城中亦杀出蒯越、蔡瑁等人，来援黄祖，两下里争杀一场，互有死伤。黄祖、蒯越、蔡瑁竟合兵自去，程普、韩当再至岘山中寻视，只有各骑兵尸首，独不见有孙坚，料知凶多吉少，还营休息。未几天明，襄阳城上，已将坚首悬出，吓得程普诸人，没法摆布；还是孝廉桓階，与表相识，自愿入城请尸，费了一番唇舌，得将坚尸首领回，归葬曲阿，程普等亦皆退归，下文再表。

且说袁绍既南连刘表，牵制袁术，遂督领全军，出拒公孙瓒。行至界桥，正与瓒军相遇，瓒众约三万人，列成方阵，又分突骑万匹，为左右翼，军容甚盛，绍令部将麹义，领精兵八百人，左挟楯，右挟弓，作为前驱。瓒见来军寥寥，纵骑冲击。义令军士用楯为蔽，屹立不动，待至瓒军将近，将楯撇开，弯弓竞射，呼声动地，瓒军多被射倒，自然退却。义麾军猛进，兜头碰着严纲，正是瓒所新命的冀州刺史，两马并交，被义舞动大刀，劈落马下。绍将颜良、文醜，俱是有名的猛将，望见义前驱得胜，怎肯落后？当即拍马继进，双槊并举，搅入瓒阵，钩倒帅旗，瓒军大乱，纷纷遁去。绍在后尚有数里，闻瓒军已溃，料无他虑，乐得下马暂憩，只有亲兵数百骑随着，不防瓒引步卒二千人，从间道抄至面前，将绍围住，矢如雨下。绍有别驾田丰，时在绍侧，欲扶绍入短墙中，暂避敌锋，绍脱鍪投地道："大丈夫当向前斗死，怎得入墙内偷生呢？"说着，也麾军对射，与瓒相持。可巧麹义亦还军相救，将瓒击退，瓒始引去。既而瓒复出兵龙湊，与绍再战，又复失利，乃退还蓟城，不复亲出。

那时穷凶极恶的董卓，却早已安安稳稳地到了长安，在陕公卿，统已出城恭候，拜迎车下。先是左将军皇甫嵩，屯兵扶风，与京兆尹盖勋，共谋讨卓。卓预先防备，征嵩为城门校尉，勋为议郎。嵩长史梁衍，劝嵩不必就征，嵩惧卓势盛，未敢违抗，乃入都就职；勋不能独立，也只可应征还都。嗣嵩任御史中丞，勋迁任越骑校尉，并扈跸西迁，履任逾年，闻得董卓将至，不能不随同百官，共出迎卓。卓与嵩积有微嫌，（见第六十四回。）见嵩亦拜谒车前，禁不住志得气骄，呼嵩表字道："义真可服我否？"嵩惭谢道："凡夫肉眼，但顾目前，不图明公竟得至此！"卓捻髯说道："鸿鹄本有远志，燕雀怎能知晓？"嵩又答道："嵩与明公皆为鸿鹄，只明公今日变成凤凰，怪不得鸿鹄落后呢？"（变正为谀，太无气节。）卓乃对嵩一笑，总算释嫌。惟与卫尉张温，结恨如故，（见第六十三回。）一入长安，便诬温交通袁术，拘系狱中，且胁朝廷下诏，加官太师，位在诸侯王上，车服僭侈，不亚乘舆；进弟旻为左将军，兼封鄠侯；兄子璜为侍中，领中军校尉，并典兵事，外如宗族亲戚，多居显要，子孙虽在髫龀，俱得拜爵，男受侯封，女号邑君。会闻孙坚战死岘山，更以为大患已除，无人敢侮，乃在长安城东隅，择一隙地，构造大厦，作为太师邸第；再至郿县依山筑垒，叠石为城，内造宫室府库，积谷可支三十年，号为郿坞，亦称万岁坞；自云事成，当雄据天下，万一不成，退守坞中，也足娱老。

卓生平本来好色，至老益淫，特派亲吏四出，采选民间少女八百人，入居坞中，尚有九十岁的老母，与一班妻妾子孙，悉数迁入坞内，坐享奢华；此外金玉珍宝，锦绣绮罗，逐日运积，不可胜数。故度辽将军皇甫规，去世有年，遗有寡妇孤儿，还居安定原籍。规元配早卒，继妻颇有才名，工草书，善属文，又生得天然秀媚，历久未衰，不知何人报知董卓，令卓艳羡异常，遽用軿辎百乘，马二十四，奴婢钱帛，充途塞道，往聘规妻；规妻毅然拒绝，不愿就聘。卓怎肯罢议？再三催逼，先啗重利，继迫淫威，规妻自知不免，索性毁容易服，自诣卓门，长跪陈情，词甚凄切。卓出视规妻，虽是黯淡无华，仍然姿容未减，一双色眼，惹起淫魔，恨不即刻搂来，与同欢乐，当下开言劝解，说出许多好处，使她心动。偏规妻不肯从命，任卓舌吐莲花，只是峻颜相拒，顿时惹动卓怒，令左右拔刀围住，且与语道："孤令出必行，四海风靡，难道汝一妇人，敢不相从么？"规妻听了，突然起立，指卓叱骂道："汝本羌胡遗种，毒痡天下，尚以为未足么？我先人清德奕世，皇甫氏文武上才，为汉忠臣，岂若汝人面兽心，行同狗彘！汝死在旦夕，还敢向汝君夫人前，欲行非礼，真正妄想！我若怕汝，也不敢前来了！"（读至此，可浮一大白。）卓被她一骂，无名火高起三丈，即使左右揪住规妻发髻，系住车轭，横加鞭挞。规妻顾语道："何不从重下手，速死为惠？"俄顷气绝，弃尸野外。当有人悯她贞节，私为殡葬，后世绘成图像，号为礼宗。（千古不朽。）卓尚余恨未消，无从排解，因特赴郿坞消遣，出都启行。

郿坞与长安相隔，约二百六十里，亦须三五日可到。卓临行时，百官俱至横门外饯别，设帐置筵，备极丰腆，饮至半酣，适有北地降卒数百人，前来报到，卓即号令卫士，把降卒为下酒物，先截舌，次斩手足，又次凿眼目，再用大镬烹煮，呼号声震彻都门。座中与宴诸官僚，吓得魂不附体，或至战栗失箸，卓独当筵大嚼，谈笑自如。忽又记起卫尉张温，在狱未死，竟命吕布诣狱提温，将他笞死市曹，然后起座撤席，向司徒王允拱手，嘱托朝事，登车自去。

允字子师，为太原祁县人，尝与同郡人郭泰友善，泰许允为王佐才；后以军吏进阶，出刺豫州，与左中郎将皇甫嵩，右中郎将朱儁等，剿抚黄巾贼党，立有巨勋；嗣为权阉所陷，下狱遇赦，起为从事中郎，转河南尹；（回应第六十二回。）寻且入拜太仆，代杨彪为司空。董卓迁都关中，允悉收聚兰台、石室诸书，随驾入关，故经籍俱存，不致被毁。时卓尚留住洛阳，朝政大小，委允主持，允亦曲意取容，事多白卓，卓因结为密友，无嫌无疑。其实允是买动卓心，好教卓不复加防，暗地里得设法图卓。前太尉黄琬，复为司隶校尉，与允同志，还有尚书郑泰，也尝朝夕过从，决定密谋，表请护羌校尉杨瓒，行左将军事，执金吾士孙瑞为南阳太守，并率兵出武关，托名往攻袁术，乘间取卓，然后奉驾还洛，仍复旧都。哪知卓却刁猾得很，不准举兵，遂致允计无成。（一挫。）允乃荐瓒为尚书，瑞为仆射，引作臂助，徐为后图。会河南尹朱儁，移守洛阳，潜与山东诸将交通，东出中牟，移书州郡，招兵讨卓。徐州刺史陶谦，遣兵助儁，推儁行车骑将军事，他郡亦稍有资给。允在内闻警，亟遣使至郿坞，报知董卓，卓即日入朝，允欲使杨瓒等出征，又复为卓所疑，只调亲将李傕、郭汜等，领兵拒儁。允尚望儁杀败傕、汜，乘胜入关，自己可作内应，偏偏不如所料，儁竟败退，卓得大安。（二挫。）司空荀爽，本意亦欲除卓，未遂而殁。从孙荀攸，少有智略，入拜黄门侍郎，潜与尚书郑泰、长史何颙、侍中种辑等，同谋刺卓；就是允亦曾预闻，事机将成，又被卓略悉风声，收系颙、攸，颙忧愤自杀，攸却无惧色，在狱仍言论自如，卓查无实据，故得缓刑。惟郑泰却逃出关外，东奔袁术，术举泰为扬州刺史，泰就道得病，竟致暴亡，图卓事又致失败。（三挫。）允日思除奸，历久不能得志，累得形神憔悴，眠食彷徨，幸喜卓只疑他人，未曾疑到自己身上，还好留待时机，再行设策。

卓见允面色尫瘠，总道是为己分劳，格外体恤，表封允为温侯，食邑五千户，允固辞不受。仆射士孙瑞进言道："执谦守约，须依时宜，公与董太师并位俱封，乃欲独崇高节，怎得称为和光呢？"允闻言感悟，乃受封二千户，并至卓府中称谢。卓很自喜慰，又欲自号尚父，问诸左中郎将蔡邕。（邕已由侍中迁官中郎将。）邕劝阻道："昔周武受命，太公为师，辅佐周室，翦除暴商，故尊为尚父，今明公功德，非不巍巍，但欲比诸尚父，还当少待，宜俟关东平定，车驾仍还旧京，庶几名足称实，无人非议了！"卓乃罢议。会遇夏季地震，卓又向邕咨询，邕复答说道："地震乃阴盛侵阳，臣下逾制的现象，公平时所乘青盖车，远近以为非宜，宜从简省！"卓亦依邕议，改乘皂盖车。但卓甚刚愎，邕恐因言取祸，常欲避去，卒因无路可奔，延宕了一两年。（当决不决，终归于尽。）

初平三年春季，霪雨至六十余日，尚未晴霁，司徒王允与士孙瑞、杨瓒等，登台祈晴，觑着一息空隙，再提前谋。瑞进说道："自从岁暮至今，太阳不照，霖雨积旬，昼阴夜阳，雾气交侵，此时若不除奸，后患无穷。愿公速图，毋再迟延！”允点头会意，回至府中，踌躇多时，只有从董卓义子吕布着手，方好进步。乃取家藏珠宝馈送吕布，布当然拜谢，嗣是互相往来，结成好友。允又想到少年心性，一喜财，二喜色，有了财物作饵，还须得一美人儿，献示殷勤，才可笼络吕布。主见已定，随时物色，可巧有一歌妓貂蝉，秀外慧中，非常伶俐，允即召入府中，厚意接待，视若已女。（貂蝉不见史传，但证诸稗史，传闻凿凿，谅非无稽。）好容易已有数月，貂蝉感念允恩，阴图报答，见允常皱眉不乐，欲言不言，因乘左右无人的时候，向允探问。允正欲与她言明，便引至密室，与谈密谋，貂蝉慨然道：“贱妾蒙大人厚恩，恨无以报，今既有此谋，就将贱妾献与吕布，叫他刺杀董卓便了！”允复叹道：“布与卓情同父子，岂肯为汝一言，便去行刺？事若不成，我王氏且灭门了！”貂蝉听了，也不禁沉吟。允徐徐说道：“我有一计，可以使布杀卓，但未知汝能照行否？”貂蝉应声道：“愿听尊命，虽死不辞！”允乃附耳与语，说明如此如此，惹得那貂蝉花容，忽红忽白，待至说毕，方毅然答道：“果与国家有益，贱妾亦何惜一身？谨从钧命便了！”（却是一位女英雄。）允又恐她轻自泄谋，再三叮嘱，经貂蝉对天设誓，才向貂蝉下拜，（为国家而拜。）貂蝉惊伏地上，待允起身，方才告退。

越日即由允特设盛筵，邀布夜宴，酒至数巡，即召貂蝉侍席，貂蝉满身艳装，冉冉出来，行同拂柳，翩若惊鸿，到了吕布座前，先道万福，然后轻抬玉手，提壶代斟。布见她一双柔荑，已是消魂，再睁眼看那芳容，真个国色天姿，见所未见，更厉害的是秋波一动，竟把那吕奉先的灵魂儿，摄了过去；待听到王允语音，有“将军请酒”四字，方觉似梦初醒，魂返躯壳。饮过一杯，又是一杯，接连是两三杯，统觉得沁人心脾，迥异寻常。（匪酒之为美，美人之贻。）允再令貂蝉歌舞侑觞，貂蝉振娇喉，运轻躯，曼声度曲，长袖生姿，尤引得吕布耳眩目迷，心神俱醉；铿然一声，歌罢舞歇，竟至布座前告辞，凝眸一笑，返身即去。（神仙归洞府。）布目送归踪，尚是痴望，好一歇方顾问王允道："此女何人？"允答言义女貂蝉。布又问及曾否字人，允又答言未字。布尚赞不绝口，允竟直说道："将军如不嫌鄙陋，谨当使侍巾栉！"布跃起道："司徒公是否真言？"允微笑道："淑女当配英雄，英雄莫如将军，还恐小女无才，不合尊意，怎得说是虚言呢？"布倒身下拜道："果承司徒公见赐，恩德无量，誓当图报！"允即与约定吉期，然后送女，布喜跃而去。

过了两三日，允伺布外出，请卓过宴；卓盛驾赴约，由允朝服出迎，大排筵席，水陆毕陈。卓高坐正位，允在旁相陪，且饮且谈，说了许多谀词，哄动卓意，俟卓已微醺，仍令貂蝉出堂歌舞，脆生生的歌喉，娇怯怯的舞态，倾倒一时。卓本是个色鬼，见了这般好女郎，怎不心爱？便问及此女来历，允直称歌妓，不言义女。卓赞美道："这真可谓绝无仅有了！"允即答道："既蒙太师见赏，便当上献！"卓不禁大喜，待至酒阑席散，便命貂蝉随卓同去。（一详一略，笔不板滞。）嗣为吕布所知，跑至王允府中，责允负约，允却佯说道："太师谓允有义女，配与将军，特亲来接取，允怎敢推阻？只好使小女随行，想是太师看重将军，故有此举，将军奈何怪允？且去问明太师，与小女结婚便了！"布似信非信，返入太师府中，探听下落，那心上人竟被董卓占住，布怒气填胸，复去问允。允尚劝解道："这恐是府中人误传，太师望重一时，怎肯奸占子妇？莫非因吉期未到，因此迟留，请将军再去探明为是。"

布是个有勇无谋的人物，听了允言，又回去探问；可巧董卓入朝，便大踏步入凤仪亭，正与貂蝉相遇。貂蝉见了吕布，便泪下如丝，哽咽不止；布看他泪容满面，好似带雨梨花，复惹动一副情肠，替她拭泪。貂蝉且泣且语道："将军休污贵手，妾身已为太师所占，只望得见将军一面，死也甘心。今幸如妾愿，从此永诀！妾为王司徒义女，许侍将军箕帚，生平愿足，不意堕入诈谋，被人强占，此身已污，不能再事将军，罢！罢！"说到第二个"罢"字，竟撩起衣裾望荷花池内便跳。布忙抢前一步，抱住纤腰，曲意温存；貂蝉若迎若拒，似讽似嘲，急得布罚起咒来，非取貂蝉，誓不为人。正絮语间，突有一人趋入，声如牛吼，布转身一看，不是别人，正是那义父董卓，慌忙向外逃走；卓顺手取得一戟，挺矛刺布，布手快脚快，把戟格开，飞步跑出，卓身肥行慢，追赶不上，乃用戟掷布，布已走远，戟亦不及。卓怒责貂蝉，又被貂蝉花言巧语，说是布来调戏，亏得太师救了性命，卓为色所迷，由她哄骗过去。（这便是女将军兵谋。）布却趋至司徒府中，一五一十，告知王允。允低头佯叹，仰面佯视，说出几句抑扬反复的话儿，挑动布怒，竟致拍案大呼，拟杀老贼，继又转念道："若非关系父子，布即当前往！"允微笑道："太师姓董，将军姓吕，本非骨肉，掷戟时岂尚有父子情么？"这数语提醒吕布，奋身欲行，即想去杀董卓；还是允把他拦住，与他耳语多时，布一一应允，定约而去。小子有诗咏道：

帷中敌国笑中刀，纤手能将贼命操；

虽是司徒施巧计，论功首属女英豪。

欲知如何诛卓，容待下回表明。

本回标目，以两妇为总纲，皇甫妻固烈妇也，拼生骂贼，足愧须眉；若貂蝉者，其亦一奇女子乎？司徒王允，累谋无成，乃遣一无拳无勇之貂蝉，以声色为戈矛，反能制元凶之死命，红粉英雄，真可畏哉！或谓妇女以贞节为大防，如皇甫妻之宁死不辱，方为全节；彼貂蝉既受污于董卓，又失身于吕布，大节一亏，虽有他长，亦不足取。庸讵知为一身计，则道在守贞，为一国计，则道在通变，普天下之忠臣义士，猛将谋夫，不能除一董卓，而貂蝉独能除之，此岂尚得以迂拘之见，蔑视彼姝乎？或谓貂蝉为他人所捏造，故不见史传，然观唐李贺《吕将军歌》云："搕搕银盘摇白马，傅粉女郎大旗下。"可见当时必有其人。貂蝉！貂蝉！吾爱之重之！

第七十回 元恶伏辜变生部曲 多财取祸殃及全家

却说初平三年，献帝有疾，好多日不能起床，至孟夏四月，帝疾已瘥，乃拟亲御未央殿，召见群臣。太师董卓，也预备入朝，先一日号召卫士临时保护，复令吕布随行。布趋入见卓，卓恐他记念前嫌，好言抚慰，布亦谢过不遑，唯唯受教。（并非遵卓命令，实是遵允计议。）是夕有十数小儿，立城东作歌道："千里草，何青青？十日卜，不得生！"当有人传报董卓，卓不以为意。次日清晨，甲士毕集，布亦全身甲胄，手持画戟，守候门前。骑都尉李肃，带领勇士秦谊、陈卫、李黑等，入内请命，布与肃打了一个照面，以目示意，肃早已会意，匆匆径入；未几，复出语布道："太师令肃等前驱，肃在北掖门内，恭候驾到便了！"布向肃点首，肃即驰去。原来布与肃为同郡人，前次说布归卓，未得重赏，不免怏怏，（见第六十六回。）惟与布交好如故，布因引做帮手，同谋诛卓。

及肃既前去，又阅多时，这位恶贯满盈的董太师，内穿铁甲，外罩朝服，大摇大摆，缓步出来，登车安辔，驱马进行，两旁兵士，夹道如墙。吕布跨上赤兔马，紧紧随着，忽前面有一道人，执着长竿，缚布一方，两头书一"口"字，连呼"布！布！"卓从车中望见，叱问为谁；声尚未绝，已由卫士驱去道人。卓虽觉诧异，但以为陈兵夹护，自府中直至阙下，防卫周匝，谅无他虞，乃放胆再进。将至北掖门前，马忽停住，昂首长嘶，卓至此不禁怀疑，回语吕布，意欲折回。布答说道："已至阙前，势难再返，倘有意外，有儿在此，还怕什么？"（正怕是你。）说着，即下马扶轮，直入北掖门。卫兵多在门外站住，只布驱车急进，蓦见李肃突出门旁，觑准卓胸，持戟直搠，谁料卓衷甲在身，格不相入；肃连忙移刺卓项，卓用臂一遮，腕上受伤，堕倒车上，大呼“吕布何在?”布在后厉声道：“有诏讨贼!”卓怒骂道：“庸狗也敢出此么?”（以狗嗤贼，正合身份。）道言未绝，布戟已刺入咽喉，李肃又复抢前一刀，枭取首级。布即从怀中取出诏书，向众宣读，无非说是卓为大逆，应该诛夷，余皆不问。内外吏士，仍站立不动，齐呼万岁。看官道诏书何来?乃是尚书士孙瑞，早已缮就此诏，密授与布，布得临时取出，宣告大众；大众都怨卓残暴，无人怜惜，所以视死不救，反共欢呼。还有一班百姓，恨卓切骨，闻得卓已伏诛，交相庆贺，舞蹈通衢。

司徒王允，喜如所望，即使吕布回抄卓家；又令御史皇甫嵩，率兵往屠郿坞。布跨马急去，驰入太师府内，所有董氏姬妾，一概杀死，单剩一个美人儿貂蝉，载回私第。（总算如愿以偿，可惜已变做残脔。）皇甫嵩到了郿坞，攻入坞门，先将董旻、董璜剁毙，再领兵杀将进去，遇着一个白发皤皤的老妪，携杖哀诉道：“乞恕我死!”嵩定睛一瞧，乃是卓母，便赏她一刀，分作二段。他如董氏亲属，不分男女老幼，尽行处斩，只所藏良家妇女，一体释放。再将库中搜查，得黄金二三万斤，银八九万斤，珍奇罗纨，积如丘山，当由嵩指挥兵士，一古脑儿搬入都中。时已天暮，见市中有一尸横路，脂膏涂地，尸脐中用火燃着，光明如昼，嵩惊异得很，问明守尸小吏，才知是贼臣董卓的遗骸。先是袁隗等为卓所害，埋尸青城门外，（见第六十七回。）至卓造郿坞，恐尸骨为他人所盗，复搬至坞中；卓既诛灭，袁氏门生故吏，得往坞中拾骨收葬，且将董氏亲属的尸骸，取至袁氏墓前，焚骨扬灰，不使再遗。（报应更惨。）

献帝命司徒王允录尚书事，进吕布为奋威将军，加封温侯，共秉朝政。允再查究董氏党羽，或黜或诛。左中郎将蔡邕，在座兴嗟，为允所闻，便勃然怒叱道：“董卓逆贼，几亡汉室，今日伏诛，普天称庆；君为王臣，乃顾念私恩，反增伤痛，岂不是同为逆党么?”邕起谢道：“邕虽不忠，颇闻大义，怎肯背国向卓?但卓族骈诛，并及僚属，一时生感，遂致叹惜；自知过误，还乞见原!倘得黥首刖足，俾得续成‘汉史’，皆出公惠，邕亦得稍赎愆尤。”允闻言益怒，竟令左右系邕下狱，众官为邕救解，皆不见从。太尉马日磾亦谏允道：“伯喈（蔡邕字，见前文。）旷世逸才，多识汉事，当令续成‘汉史’为一代大典；今坐罪尚微，若遽处死刑，恐失人望。”允摇首道：“昔武帝不杀司马迁，使作谤书，留传后世；今国祚中衰，四郊多垒，若再使佞臣伴侍幼主，执笔舞文，不但无补圣德，并使我辈亦蒙讪议，我所以不便轻恕哩！”日磾退语同僚道：“王公恐将无后呢！善人足为国纪，制作乃是国典，今欲灭纪纲，废典章，怎能长久？眼见是为祸不远了！”（邕非无罪，但处死未免太甚，日磾之言不为无见。）允竟嘱令狱吏，将邕逼死狱中。

是时卓婿牛辅，方移兵陕州，防御朱儁，校尉李傕、郭汜、张济等，击败儁军，大掠陈留、颍川诸县，所过为墟。吕布使骑都尉李肃，先讨牛辅，辅出兵与战，将肃杀败，肃竟遁还。布怒责道：“汝如何挫我锐气？敢当何罪！”肃因诛卓有功，仍不得迁官，亦怀怨望，免不得反唇相讥，布怎肯忍受？竟命左右推肃出辕，枭首军门；（可为丁原泄忿。）遂欲亲往击辅。辅素惮布勇，阴有戒心，手下兵士，亦皆惶惧，一夕数惊，辅知不可留，收拾金宝，带得家奴胡赤儿等数人，弃营夜走。赤儿贪辅财物，竟将辅刺死，献首长安。布既得辅首，复商诸王允，拟传诏河南，尽诛李傕、郭汜诸将，允怃然道：“此辈未尝有罪，不宜尽诛！”布又请将董卓私财，颁赐公卿将校，允又不从。允与布虽同执朝政，但看布是一介武夫，未娴文事，所以国家政事，往往独断独行，不与布商。布又意气自矜，未肯相下，遂致两人生隙，意见不同。允与仆射士孙瑞商议，拟下诏赦卓部曲，继复自忖道：“彼既党逆，不应轻赦，且俟将来再说。”嗣又欲悉罢李、郭等军，或劝允委任皇甫嵩出统各部，俾镇陕州，允亦迟疑不决。（当断不断，反受其乱。）

李傕、郭汜等部兵，俱系凉州丁壮，当时有讹言传出，谓朝廷将尽诛凉州人，李、郭、张三将，互相告语道：“蔡伯喈为董公亲厚，尚且坐罪。今我等既不见赦，复欲使我解兵，今日兵解，明日即尽被鱼肉了！”当下议定一法，使人诣长安求赦，允仍不许，傕等益惧，不知所为，意欲各自解散，逃归乡里。讨虏校尉贾诩，本在牛辅麾下，辅死后，奔投傕军，因即献议道：“诸君若弃军东走，一亭长便足缚君，不如相率西进，攻扑长安，为董公报仇，事得幸成，奉国家以正天下；否则走亦未迟。”（一言丧邦，诩实祸首。）傕等遂传谕部曲道：“京师不下赦文，我等总难免一死，今欲死中求生，计惟力攻长安，战胜可得天下，不胜当抄掠三辅，夺取妇女财物，西归故乡，尚可延命。”（全是盗贼思想。）大众听着，应声如雷，随即一拥齐出，倍道西行。

王允闻警，召入凉州弁目胡文才、杨整修二人，忿然与语道：“关东鼠子，果欲何为？卿等可呼与同来，听我发落！”（片语可慑群虏么？）胡、杨虽受命东往，心下很是不平，到了傕等营内，反言允、布异心，劝他急进。傕等沿路收兵，所有牛辅部下诸散卒，悉数趋附，还有董卓旧将樊稠、李蒙等，亦同时会合，数约十余万人，直抵长安。吕布登城拒守，相持八日，部下有蜀兵生变，潜开城门，纳入外兵，傕等纵兵四掠，阖城鼎沸，吕布仗戟与战，自辰至午，虽得刺死多人，怎奈乱兵甚众，并且拼死进来，前仆后继，越战越勇，布亦禁遏不住，部兵又多散去；不得已杀开血路，出走青琐门，使人招王允同奔。允长叹道：“若蒙社稷威灵，得安国家，乃允所素愿，万一无成，允惟有一死以谢。主上幼冲，所恃惟允，临难苟免，允不忍为，请为允传语关东诸公，努力国家，易危为安，允死亦瞑目了！”（人之将死，其言也善。）布乃将卓头悬诸马下，带领残骑数百人，东出武关，投奔袁术去了。

傕等逐走吕布，遂率众围攻宫门，卫尉种拂愤然道：“为国大臣，不能禁暴御侮，反使乱徒白刃向宫，去将安往？”说着，即带着卫士，出宫力战，终因寡不敌众，受创捐躯。傕与汜突入南掖门，杀死太仆鲁馗、大鸿胪周奂、城门校尉崔烈、越骑校尉王颀，此外吏民约死万人。王允扶献帝上宣平门楼，俯瞰外兵，几如排墙相似，势甚汹汹。献帝尚有主宰，呼语傕等道：“卿等放兵纵横，究怀何意？”傕等望见帝容，还算尽礼，即伏地叩头道：“董卓为陛下尽忠，乃为吕布所杀，臣等前来，系是替卓报仇，非敢图逆；待事毕以后，当自诣廷尉受罪！”献帝又说道：“布已出走，卿等如欲执布，尽可往追，奈何围攻宫门？”傕等又答道：“司徒王允，与布同谋，请陛下遣允出来，由臣等面问底细！”允得闻此言，拚生下楼，出语傕等道：“王允在此，汝曹有何话说？”傕等皆起指斥王允道：“太师何罪，被汝害死？”允张目道：“董卓罪不胜诛，长安士民，一闻卓死，无不称庆，汝等独不闻么？”傕等复驳说道：“太师就使有罪，与我等无干，何故不肯赦免？”允复叱道：“汝等党逆害民，怎得说是无罪？即如今日称兵犯阙，岂非大逆？尚有何说？”傕等不与多言，竟挥兵将允拥去，且逼献帝大赦天下，并自署官职，表请除授。献帝不得已，颁下赦书，授傕为扬武将军，汜为扬烈将军，樊稠、张济等皆为中郎将。傕既得志，遂收司隶校尉黄琬，与王允并系狱中；复召左冯翊宋翼，右扶风王宏，入朝听命。

翼、宏皆太原人，与允同郡，允使镇三辅，倚为外援，宏不愿应召，遣使语宋翼道：“李傕、郭汜，因我二人在外，故尚未害王公，若今日就征，明日俱族，计将安出？”翼答说道：“祸福原是难料，但朝命亦究不可违。”宏使又语翼道：“山东兵起，无非为了董卓一人，今卓虽伏诛，党羽益横，若举兵声讨，入清君侧，料山东亦必响应，这乃是转祸为福的良谋呢！”翼不从宏言，便即入都，宏不能独立，也只好诣阙。甫进都门，便被军吏拘住，交付廷尉，先杀黄琬，继杀王允，又继杀宋翼、王宏。宏与司隶校尉胡种有隙，种欲修旧怨，促令处斩。宏临刑时，望见宋翼在侧，向他唾詈道：“宋翼竖儒，不足与议大计。胡种幸灾乐祸，宁得久存？我死且不饶此人！”及宏死仅数日，种辄见宏在旁，用杖扑击，不胜痛楚，未几遂死。（全是心虚所致。）李傕恨允最深，将允尸陈诸市曹，并杀允妻子，及宗族十余人；惟兄子晨、陵，得脱身亡归。天子感恸，百姓丧气。平陵令赵戬，本允故吏，独弃官至京，收葬允尸，后亦无恙。仆射士孙瑞，前曾与谋诛卓，口不言功，故幸得免祸。傕、汜追寻卓尸，已无余骨，只有残灰尚在，收入棺中，移葬郿坞。墓门方启，突有狂风暴雨，吹向墓中，霎时间水深数尺，变穴成潭，经工役将水泄去，然后下窆；哪知风雨复至，水势又涨，仍把棺木漂出，一连三次，由工役抢堵墓门，草草封讫；哪知天空中又起霹雳，一声怪响，震开墓穴，接连又是一声，棺亦劈碎，连残灰俱被卷去，无从寻觅了。（天道难容。）

太尉马日磾，与傕等无甚嫌怨，由傕等推为太傅，录尚书事，傕迁车骑将军，领司隶校尉，汜为后将军，樊稠为右将军，张济为镇东将军，并受封列侯。济出屯弘农，傕、汜、稠共握朝政，令贾诩为左冯翊，拟给侯封，诩推让道："诩不过为救命计，幸得成事，何足言功?"乃改授诩为尚书典选，诩方才就职。李傕恐关东牧守，声罪致讨，特表请简派重员，东行宣慰。乃遣太傅马日磾，及太仆赵岐，出赴洛阳，宣扬国命。百姓不知内容，望见朝廷使节，却额手相庆道："不图今日复见朝使冠盖呢!"

时兖州刺史刘岱，出讨黄巾余孽，战败身死，黄巾复盛，号称百万；东郡太守曹操，从郡吏陈宫计议，乘虚入兖州，自为刺史。济北相鲍信，会同曹操，迭击黄巾，黄巾众盛，操兵寡弱，战辄失利；嗣经操抚循激励，乘间设奇，方转败为胜，终得击退黄巾。惟鲍信战死，尸无下落，操四觅不得，刻木为像，亲自祭奠，哭泣尽哀；（实是笼络众心。）众志益奋，追黄巾至济北，大杀一阵，黄巾败却，一大半弃械投降，操得降卒三十万众，汰弱留强，随时训练，号为青州兵。至赵岐奉诏东行，操出城远迎，备极殷勤。就是袁绍、公孙瓒两人，争夺冀州，转战不息，一经岐代为和解，便两下罢兵。岐又与约奉迎车驾，期会洛阳，更南行至陈留，往说刘表；偏偏途中得病，累月不痊，勉强到了荆州，病益加剧，缠绵床褥，于是洛阳期会的预约，竟至无效。（也是献帝该遭巨劫。）那太傅马日磾，行抵南阳，招诱袁术，术阴怀异志，将他留住，诈言借节一观，竟致久假不归；日磾一再求去，始终不允，气得日磾肝阳上沸，呕血而亡。

独曹操既领兖州，颇思效法桓、文，徐图霸业。平原人毛玠，素有智略，由操辟为治中从事，玠亦劝操西迎天子，号令诸侯。操即遣使至河内，向太守张杨借道，欲往长安，杨不欲遽允。定陶人董昭，曾为魏郡太守，卸任西行，为杨所留，因劝杨交欢曹操，毋阻操使；并为操代作一书，寄与长安诸将，令操使赍往都中。李傕、郭汜得书后，恐操有诈谋，拟将操使拘住。还是黄门侍郎锺繇，谓关东人心未靖，惟曹兖州前来输款，正当厚意招徕，不宜拘使绝望，于是傕、汜优待操使，厚礼遣归。

操乃搜罗英俊，招募材勇，文武并用，济济一堂，自思有基可恃，理当迎养老父，共叙天伦。因遣泰山太守应劭，往琅琊郡迎父曹嵩。嵩为中常侍曹腾养子，官至太尉，当然有些金银财宝，储蓄家中，自从去官还谯，复避卓乱，移迹琅琊，家财损失有限，此时接得操书，不胜喜欢，便挈了爱妾，及少子曹德，并家中老少数十人，押着辎重百余辆，满载财物，径向兖州前来。道出徐州，又得牧守陶谦派兵护送，总道是千稳万当，一路福星，不料变生意外，祸忽临头，行抵泰山郡华、费间，竟被谦将张闿杀死，全家诛戮，不留一人。

究竟是否陶谦主使，还是张闿自己起意呢？谦字恭祖，籍隶丹阳，少时尝放浪不羁，及长乃折节好学，以茂才见举，得为卢令，再迁至幽州刺史，居官清白，著有廉名。嗣调任徐州刺史，剿灭黄巾余党，下邳贼阙宣作乱，僭号天子，又由谦督兵剿平，且屡遣使，间道入贡，谨守臣节，朝廷加谦为安东将军、徐州牧，封溧阳侯。（陈寿作《陶谦传》语多不慊，寿推尊曹操，故叙谦多诬，实难尽信。）及李傕、郭汜诸将，兴兵入关，挟主怙权，谦特推河南尹朱儁为太师，并传檄牧伯，约同讨逆；偏儁就征入朝，任官太仆，遂致谦计无成，事竟中止。嗣闻曹操有志勤王，正欲向他结交，可巧操父过境，乐得卖个人情，特派都尉张闿，领兵护送。闿系黄巾贼党，战败降谦，毕竟贼心未改，看了曹嵩许多辎重，暗暗垂涎，至夜宿旅舍间，觑隙下手，先将曹德杀毙；曹嵩闻变，亟率爱妾逃至舍后，穿墙欲出，怎奈妾体肥胖，一时不能脱身，那张闿已率众杀入，逃无可逃，没奈何扯住爱妾，避匿厕旁，结果是为闿所见，左劈右剁，同时毕命。（为财而死，为色而死，可见财色最足误人。）曹氏家小，亦被杀尽，只有应劭逃脱，不敢再复曹操，便弃官投依袁绍。张闿劫得曹家辎重，也奔赴淮南去了。

曹操方因袁术北进，有碍兖州，特督兵出拒封丘，击败术军。术还走寿春，逐去扬州刺史陈瑀，自领州事。操尚想乘胜进击，适值一门骈戮的信息，传入军中，险些儿将操惊倒，顿时哭了又骂，骂了又哭，口口声声，要与陶谦拼命。待至哭骂已毕，遂在军中易服缟素，誓报父仇。留谋士荀彧、程昱等，驻守鄄、范、东阿三县，自率全部人马，浩浩荡荡，杀奔徐州。小子有诗叹道：

杀父仇难共戴天，如何盛怒漫相迁？

愤兵一往齐流血，到底曹瞒太不贤！

欲知徐州战事，待至下回再详。

以千回百折之计谋，卒能诛元恶于阙下，孰不曰此为司徒王允之功？顾王允能除董卓，而不能弭傕、汜诸将之变者，何也？一得即骄，失之太玩耳。傕、汜诸将，助卓为虐，必以王允之不赦为过，亦非至论。但允若能出以小心，如当日除卓之谋，溃其心腹，翦其爪牙，则何不可制其死命？乃目为鼠子，睥睨一切，卒使星星之火，遍及燎原。允虽死，犹不足以谢天下，而酿祸之大，尤甚于董卓怙势之时；然则天下事岂可以轻心掉耶？若曹嵩之被害，亦何莫非由嵩之自取？嵩若无财，宁有此祸？然吕伯奢之全家，无故为操所屠，则曹氏一门之受害，谁曰不宜？杀人之父，人亦杀其父，杀人之兄，人亦杀其兄，古人岂欺我哉？观诸曹嵩而益信云。

第七十一回 攻濮阳曹操败还 失幽州刘虞絷戮

却说曹操为父复仇，亲督全队人马，直入徐州。徐州自陶谦就任后，扫平贼寇，抚辑人民，百姓方得休息，耕稼自安。不意曹兵大至，乱杀乱掠，连破十余城，不问男女老小，一律屠戮，可怜数十万生灵，望风奔窜，尚难逃生；结果是同入泗水，积尸盈渠。陶谦连得警报，只好发兵拒敌，才出彭城，已遇操兵杀来，两下相见，便即奋斗，操麾众直上，势如潮涌，叫陶谦如何抵挡，没奈何退保郯县。郯城虽小，势颇险固，操追至城下四面猛扑，终不能入；乃往攻睢陵、夏丘等邑，焚掘一空，连鸡犬都无遗类，总算是为父报仇。（断笔冷隽。）谦急得没法，遣使至青州求救。

青州刺史田楷，意欲赴援，但恐操兵势大，独力难支，乃致书于平原相刘备，嘱令同行。（田楷与刘备俱由公孙瓒委任，事见第六十八回。）备方东援北海相孔融，往讨黄巾余孽管亥。说来又有一段遗闻，不得不随笔补叙。孔融履历，已见前文。弱冠以后，当由州郡荐举，屡征不就，寻由三府辟召，乃入为司空掾，迁官虎贲中郎将；会董卓废立，因融不愿阿附，出为北海相，立学校，讲儒术，礼贤下士，禁暴安良。适有黄巾贼管亥，纠众侵掠，猖獗异常，融出拒都昌，为贼所围。东莱人太史慈，尝避难赴辽东，有母家居，由融随时赡给，融在都昌城被困，可巧慈还家省母，母因嘱慈往赴融急，借报夙惠。慈即徒步前往，突围入城；复奉融命，再出至平原乞援，慈素来娴习骑射，箭无虚发，因此出入围中，贼不敢近。既至平原，即入见刘备道："慈系东莱鄙人，与孔北海亲非骨肉，谊非乡里，但因北海高义，当与分灾，故特来乞师。今贼目管亥，围攻都昌，北海危急万分，好义如君，谅不忍袖手旁观，坐听成败呢！”（措词亦善。）备敛容答说道：“孔北海也知世间有刘备么？”（慨然自负。）乃与关、张两人，率同精兵三千，往救北海。关、张本来骁勇，太史慈亦武力过人，三条好汉，杀入贼垒，好似虎入羊群，纵横无敌，管亥走死，余贼尽散，都昌当然解围。孔融出城迎接，邀备入宴，犒赏备军，不消细说。待至备还平原，青州使人，已待守了两三天，相见后，交付田楷书信，由备阅毕，毫不推辞，便率军至青州，与田楷会师，共救陶谦。

曹操攻郯不下，粮食将尽，又探得田楷、刘备，合军来援，自知不能取胜，引兵退去。田楷闻操兵已还，当即折回。独刘备至郯城会谦，谦见备仪表出群，格外敬礼，且留备同居，表为豫州刺史；备一再告辞，经谦殷勤劝阻，使屯小沛，作为声援。备难却盛意，只得依言，引兵至小沛城，修葺城垣，抚谕居民，百姓也爱戴。备屡丧嫡室，至此得了一个甘家女儿，作为姬妾。那甘氏生得姿容绰约，妩媚清扬，艳丽中却寓端庄，袅娜间不流轻荡，尤妙在肌肤莹澈，独得天成，尝与玉琢美人，并座斗白，玉美人尚逊色三分；刘备虽具有大志，不在女色上计较妍媸，但有此丽姝，自然欢爱，遂令她摄行内事，视若正妻。（语有分寸，不涉猥亵。）好容易过了数旬，闻得曹操又进攻陶谦，来夺徐州，备感谦厚待，不得不引兵往援；行至郯城东隅，正值操兵杀来，千军万马，势不可当。备恐为所围，麾众亟退，操追了一程，见备军去远，便移兵再攻郯城。陶谦很是焦灼，拟欲出走丹阳，勉强守了一宵，操军忽然退去，到了天明，城外已寂静无人了。

原来陈留太守张邈，本与操相友善，从前关东兵起，邈列同盟，操亦相从，盟主袁绍，尝有骄色，邈正议责绍，绍不甘忍受，使操杀邈；操独谓天下未定，不宜自相鱼肉，因此邈得安全，遇操益厚。操攻陶谦时，以死自誓，曾语家属道：“我若不还，可往依孟卓。”（即张邈字。）哪知张邈竟弃好背盟，私下结交吕布，使布潜入兖州，进据濮阳。说来也有原因，自吕布奔出武关，往依袁术，术留居幕下，款待颇优，布不安本分，恣兵抄掠，乃为术所诘责，转投河内太守张杨，嗣复舍杨赴冀州，助袁绍击褚燕军，恃功暴横，又遭绍忌，乃再遁还河内。（反复无常，终非大器。）路过陈留，由张邈遣使迎入，宴叙尽欢，临别时尚把臂订盟，缓急相救。（邈亦多事。）待布去后，又闻九江太守边让，为了讥议曹操一事，被操捕戮，连妻子一并杀死，邈自是不直曹操，且怀着兔死狐悲的观念，未免心忧。可巧兖州从事陈宫，也因让有才名，无辜遭害，见得曹操有我无人，不能常与共事，意欲乘隙离操，另择他主；适操再攻徐州，嘱宫出屯东郡，宫即密书致邈道："方今天下分崩，豪杰并起，君拥众十万，地当四战，抚剑顾盼，也足称豪，乃反受制人下，岂非太愚。近日州军东出，城内空虚，君不若迎入吕布，使作前驱，袭取兖州。布系天下壮士，善战无前，必能所向摧陷。兖州既下，然后观形势，待世变，相机而动，也不难纵横一时呢？"（背操则可，迎布也可不必。）邈依了宫计，遂与弟广陵太守张超，联名招布。布正东奔西走，无处安身，一得邈等招请，仿佛喜从天降，立即带着亲从数百骑，直赴陈留。邈接见后，更拨千人助布，送往东郡。当由陈宫迎入，推布为兖州牧，传檄郡县，多半响应，惟鄄、范、东阿三城，由操吏荀彧、程昱等扼守，坚持不动。彧亟使人报知曹操，操乃收军急回，途次复接警报，系是吕布已夺去濮阳，陈宫且进攻东阿，一时忧愤交集，恨不得即刻飞归，星夜遄返，得驰入东阿城，幸有程昱守住，尚然无恙。

昱向操慰语道："陈宫叛迎吕布，事出不意，几至全州尽失，今惟三城尚得保全，昱已遣兵截住仓亭津，料宫不能飞渡，想此城当可无虞了！"操忙执昱手道："若非汝固守此城，我且穷无所归呢！"遂令昱为东平相，移屯范城；嗣又得荀彧军报，谓已守住鄄城，击退吕布，布仍还屯濮阳，请急击勿失。操掀髯微笑道："布有勇无谋，既得兖州，不能进据东平，截断亢父、泰山通道，乘隙邀击，乃徒屯兵濮阳，有何能为，眼见是不足虑呢！"（布原失策，但操为此语，要先在镇定军心。）遂引兵往攻濮阳。

吕布出城拒操，仗着一枝画戟，直奔曹军。曹军素知布勇，未战先怯，及见布左挑右拨，果然厉害得很，当即纷纷返奔。操还想禁遏，不意势如山崩，自相践踏，反将操马挤倒。那吕布更骤马直前，挺戟刺操，还亏曹洪、曹仁、夏侯惇等，拼命抵敌，才得挡住吕布，救起曹操。（第一次死里逃生。）当下且战且行，直退至十里外，布方收兵还城。

操始好择地安营，到了夜间，由操想出一法，立下军令，要去袭击濮阳西偏的屯营；这屯营是吕布预先设置，与城内为犄角，操遣侦骑探悉情形，所以乘夜前往，欲使布恃胜无备，折彼羽翼。当下悄悄出寨，仍由操亲自督领，直抵濮阳城西，一声喊呐，杀入营中，果然营内未曾预防，得被操军捣破，逐去守军，占了营垒。部署未定，突由布将高顺，驱军杀来，操不得不麾兵抵敌，两下混战，将及天明，东方鼓声大震，吕布亲引兵杀到，急得操不能再留，只好弃寨走还。偏偏布截住归路，不肯放行，曹仁、曹洪等虽然敢战，却非吕布敌手，连番冲突，均被吕布击退；自清晨斗至日昃，已有数十百回合，伤亡甚众，仍无出路可寻，操不禁性起，拍马先进，自去突阵。不料布阵内梆声骤响，发出许多硬箭，射住操马，任你如何大胆，也未敢冒险再进。正在进退彷徨的时候，忽跃出一员猛将，手持双戟，驰出操前，顾语从人道："虏来十步然后呼我。"兵士听罢，看到敌已近前，便向韦大呼道："十步到了。"韦仍然不动，复与语道："五步乃呼我。"兵士又呼称五步已到。韦手中已取得十余戟，连番掷刺，一戟一人，应手而倒，无一虚发，当下戮死十余人，余皆惊走。韦再执着双戟，冲杀过去，布军并皆恟惧，纷纷避开，连布亦禁遏不住；顿被韦荡开血路，引着后军，奋勇杀出，曹仁、曹洪、夏侯惇等，保住曹操，并力向前，好容易突过布阵，天色已暮。布也无心恋战，听令过去，操得匆匆走脱，驰回营中。（第二次死里逃生。）当下重赏典韦，加官都尉，引置左右。韦系陈留人氏，勇悍无敌，本在太守张邈部下，充当牙役，嗣因不得升官，转投夏侯惇，战必居先，杀敌有功，得拜司马，至是更为操所擢用，自然感激驰驱，为操效死。（隐伏后文。）

那吕布返入濮阳，与陈宫再行商议，设法破操；宫查得濮阳城中，田氏最富，口丁数百，僮仆数千，乃教布捏造书信，托名田氏，诈降曹操，愿为内应。布即依计办理，使人投书操营。操因两次失败，愤无可泄，一得田氏愿降书报，便不察虚实，立即重赏使人，约期夜间，里应外合，使人喜跃而出，返报吕布，布即四置伏兵，悄悄待着。

是夜，月色朦胧，星月掩映，操带着将士，衔枚疾进，直至城下，但见东门大开，不禁暗喜，当命典韦为前导，夏侯惇为后劲，自率曹仁、曹洪诸将，居中驱入，一进城闉，前面并无一人，才觉可疑；意欲叫转典韦，不令轻进，偏韦已冒冒失失，不管前途利害，有路便走，与操相距颇远，急切无从招回，操恐失一爱将，不得已驰马再进。突听得一声炮响，鼓角齐鸣，四面喊声，同时俱起，仿佛如江翻海沸一般，操料知中计，忙拨回马头，急转东门，不料前面烟焰冲霄，火光骤起，截住去路，敌骑复围绕拢来，喧声聒耳，不是杀操，就是擒操。急得操五内如焚，眼见得东门难出，只好觑隙他走，跑往北门，偏途次遇着敌兵，不放操行，操手下的将士，又多失散，不能上前厮杀；没奈何转趋南门。南门也有敌兵守住，又是不能出去，乃再向北门狂窜，兜头碰着一员大将，挺戟过来，火光中隐约辨认，不是别人，正是吕布。（为操急杀。）操情急智生，反从容揽辔，低头趋过，布因东门里面，不见曹操，便疑操往奔别门，所以回马寻捉，既与曹操相遇，应该一戟刺死，偏见他揽辔徐行，又在昏夜中间，看不清曹操面目，总道操没有这般大胆，定是别人；乃横戟喝问道："曹操何在？"操用手遥指道："前面骑黄马的，想是曹操。"（真聪明！真灵变！）道言未绝，布便纵马前去。（当面错过，可见得吕布卤莽。）操亟返奔东门，恰好与典韦相遇，引操杀出，路旁统是残薪败草，余焰未消，韦用双戟拨开火堆，冒险冲出，操紧紧随着，亦得驰脱。曹仁、曹洪、夏侯惇等，正在门外待着，拥操回营。（第三次死里逃生，真是万幸。）操欲安定人心，当夜检点人马，丧失了一二千名，尚幸将吏无伤，余外焦头烂额的兵士，却也不少，由操亲自抚慰，并笑语道："我急欲灭贼，以致误中诡计，此后誓必攻下此城，方消我恨。"将士见操谈笑自若，才各自安心，陆续归帐。

次日操复早起，饬营中亟办攻具，连夜制造，三五日已得完备，复督众攻城。吕布督众拒守，矢石交下，操军亦无隙可乘，嗣是一守一攻，相持至三阅月，彼此俱精疲力尽，勉强支持。会值蝗虫四起，食尽禾稻，军中无从得食，操乃退回鄄城。濮阳城内，也是十室九空，布亦只好往山阳就食，权且罢兵。

是时，大司马幽州牧刘虞，与公孙瓒嫌怨越深，瓒纵兵四掠，由虞上表陈诉，瓒亦劾虞掯粮不给，互相诋毁。朝廷方有内忧，李傕、郭汜等互争权势，管什么牧守相争。瓒愈欲图虞，特在蓟城东南，筑一小城，引兵驻扎，为逼虞计。虞愁恨交并，屡邀瓒面论曲直，瓒竟不肯往；虞乃征兵十万，出城讨瓒。瓒不意虞兵猝至，拟弃城东奔，及登陴俯视，见虞兵行伍不整，旗帜错乱，料知虞无能为，因留守不出。虞又爱民庐舍，不令焚毁，且申禁部众道："毋伤民兵，但诛一伯珪罢了！"（瓒字伯珪。）部众虽是遵令，但丝毫不得掠取，已是兴味索然，再经城下逗留，屡攻不下，更觉得疲惰不堪，各有归志。瓒却连日登城，窥望敌容，起初虽不甚严肃，还有些雄赳赳的气象，后来逐渐倦怠，暮气日深；乃决意出击，简募壮士数百人，缒城夜出，因风纵火，慌得虞军东逃西窜，不战先溃，瓒趁势出城，直捣虞营，虞营已经自乱，怎经得瓒军捣入，霎时四散，只剩得一座空垒。虞率亲从狼狈逃回，谁料瓒军追至，突入城闉，没奈何挈同妻子，出奔居庸关，瓒尚不肯舍，乘胜追攻；虞众逃散殆尽，只有残兵数百，如何防守，相拒三日，关城被陷，虞也受擒。所有全家眷属，一古脑儿做了俘囚。

瓒收兵还蓟，将虞锢住一室，尚使他管领文书，署名钤印，适有朝使段训，奉诏到来，加虞封邑，监督六州。又拜瓒为前将军，晋封易侯，瓒捺定诏书，诬虞与袁绍通谋，欲称尊号，且请训矫诏斩虞。训尚不肯从，瓒用兵威胁迫，不问训应允与否，遽令兵士把虞牵出，硬邀训同往市曹，号令一下，虞首落地，又将虞妻子，尽行骈戮，即遣使人携虞首级，解往长安。虞素有仁声，北州吏民，无不感叹。故常山相孙瑾，幽州掾张逸、张瓒等，忠义奋发，愿与虞同死。瓒竟令交斩，孙瑾等骂不绝口，至死方休。尚有虞故吏尾敦，在途潜伏，要截瓒使，夺去虞首，用棺埋葬。

瓒留训为幽州刺史，上书奏报，其实是借训出面，要他做个傀儡；所有幽州措置，全由瓒一人主持，瓒意气益豪，复想出图冀州。袁绍也曾防着，因欲南连曹操，与同攻瓒，乃派吏至鄄城，劝操徙居邺中，互相援应。操新失兖州，军食又罄，颇思将计就计，应允下去。东平相程昱闻报，忙驰至见操道："将军欲与袁绍连和，迁家居邺，此事果已决断否？"操答说道："原有此事。"昱接口道："将军此举，大约是临事而惧，昱以为未免太怯了！试想袁绍据有燕、赵，志在并吞天下，力或有余，智却不足。将军今迁家往邺，自思能北面事绍否？昔田横为齐壮士，犹不甘为高祖臣，难道将军聪明英武，反情愿为绍下么？"操徐答道："我何尝甘心事绍，但兖州已大半失去，恐难存身，所以暂与连和，再图良策。"昱又说道："兖州虽然残缺，尚有三城，战士且不下万人，智勇如将军，若再招罗智士，募集壮丁，合谋并力，再图大举，不但可规复兖州，就是霸王事业，也是计日可成哩！"操不禁鼓掌道："汝言甚是，我便依汝。"说着，即召入绍使，与言迁居不便，叫他回去复绍，绍使辞归。操于是购粮募兵，招贤纳士，休养数旬，再拟与吕布决一雌雄。小子有诗咏道：

寄人篱下本非谋，暂挫其锋未足忧；
善战不亡垂古训，桑榆尚可望重收。

欲知操、布复战情形，待至下回再叙。

曹操虽智略过人，而经验未深，遂至事多失败。观其为父复仇，不问其父之为何人所杀，徒逞毒于徐州百姓，任情屠戮，是谓忿兵，忿兵必败。陶谦兵微将寡，原不能与操敌；然有陈宫之内变，与吕布之外入，几比败军之祸为尤甚。微荀彧、程昱二人，则兖州尽失，操且穷无所归矣！此而不悛，尤复力攻濮阳，三战三败，可见忿兵之不足恃，操得幸免，乃天意不欲亡操，非操之智略果优也。刘虞为汉室名裔，恩信夙孚，乃以战略之未娴，谬思讨瓒，卒至身死家亡，为天下笑！盖以楚得臣之忿，兼宋襄公之愚，其不至为人禽戮者几希，区区小惠，不足道焉。

第七十二回　糜竺陈登双劝驾　李傕郭汜两交兵

却说曹操欲再攻吕布，移屯东阿，进袭定陶。济阴太守吴资，已与吕布连合，急引兵保守南城，一面向布乞援；布率军驰至，被曹操扼险要击，输了一阵。操复攻定陶，连日不下。布将薛兰、李封，留屯钜野，与定陶相距不远，操恐他援应定陶，因分兵围定陶城，自引健将典韦等，往攻钜野，捣破薛、李屯营；及吕布闻信驰救，又被曹军击退，薛兰、李封，先后战死，操得占住钜野，复至乘氏县追击吕布。忽由徐州传来消息，乃是陶谦病殁，把徐州让与刘备，禁不住大怒道："刘备不劳一兵，坐得徐州，天下事有这等容易么？况陶谦是我仇人，我不得手刃谦头，亦当往戮谦尸，今且移捣徐州，报复大仇，然后再来灭布，也是不迟。"道言甫毕，即有一人入谏道："不可不可！"

操闻声瞧视，乃是谋臣荀彧，便问他何故不可？彧即答道："昔高祖保关中，光武帝据河内，类皆深根固本，方得经营天下，进足胜敌，退足坚守；故虽有困败，终成大业。今将军首事兖州，得平山东，河、济为天下要地，仿佛关中、河内，怎得因一时小失，便弃置不顾呢？（操以子房比旬彧，彧亦以高祖、光武拟曹操。）况我军已破薛兰、李封，先声已振，再勒兵收麦饷军，进击吕布，无虑不克；布既破灭，便可南占扬州，共讨袁术，临兵淮、泗，不怕徐州不为我有；若今日舍布东行，布必乘虚进袭，我多留兵，便不足取徐，我少留兵，又不足守兖，兖州尽失，徐州未取，岂不是一举两失么？"操尚愤愤道："陶谦已死，刘备新任，民心未定，兵力又虚，我若往取徐州，势如反掌，有何难事？"彧微笑道："只恐未必，陶谦虽死，刘备继起，彼惩去年覆辙，自惧危亡，势且辗转结援，合力抗我，现在时当仲夏，东方麦已收入，一闻敌至，必坚壁清野，固垒坐待，攻不能克，掠无所得，不出旬日，全军皆困，况前攻徐州，遍加威罚，子弟念父兄遗耻，拼死相争，胜负更难预料；就使得破徐州，人心未服，待至我军一移，亦必反侧，这真叫做舍本逐末，易安就危，图远忽近，愿将军熟思后行。”（洞中利害。）

操乃不复移军，专与吕布对垒，且令兵士四处割麦，作为军粮。（百姓晦气。）蓦有探马入报，吕布与陈宫等，率兵万余，前来攻城。操因兵士四出，一时不及召回，忙驱百姓登城，无论男妇，一齐充役，自率守兵出城拒敌。好多时不见布至，又有探骑入报道：“布军至西面大堤旁，探望许久，又复退去了！”操大笑道：“这是吕布恐我有伏，故欲进又止，彼见堤南多林，容易伏兵，所以动疑；哪知是太觉多心了！明日布必来烧林，然后再进，我却偏要设伏，看他能逃我计中么？”（是谓知彼知己。）待至夜间，便召曹仁、曹洪道：“汝两人可至堤旁，约距林南里许，引兵下伏，俟我亲去挑战，诱布赶来，两下杀出，休得有误。”曹仁、曹洪领命去讫。

到了翌晨，西面烈焰冲天，果然吕布前来烧林，操喜语道：“不出我所料，今日定当破布了！”遂麾军出营，前往搦战，行至堤畔，布已将林木遍焚，并无一人杀出，即放胆再进，才越半里，正与操军相遇，两下交战，操佯败急走。布以为前面无林，驱军急进，不意伏兵从堤下突起，竟将布军冲成两撅。布顾前失后，当然着忙，再加操引军杀转，猛将典韦，双戟很是厉害，除吕布无人敢当，布已心慌意乱，也不暇与韦赌胜，当即拍马退回，仓皇中杀开走路，部兵已折去多人。操军直追至布营，天色已晚，方才引归。布经此一败，锐气尽丧，便夤夜遁去。（是不及曹操处。）

陈留太守张邈，闻得布军败走，料知操必来报怨，乃使弟超保着家属，守住雍丘，自向袁术处求救。操攻拔定陶，就移攻雍丘城，城内守备单微，持援不至，竟至失陷，超惶急自尽，家小等均被操军杀死。邈至扬州，亦为从吏所杀，一门殄绝，情状惨然。（实是陈官害他。然亦可为轻率者戒。）嗣是兖州复归曹操，操自称兖州牧，不过上了一道表文，声明情迹罢了。

吕布失去兖州，又害得无地自存，只好挈着家眷，奔投徐州。徐州刺史陶谦，殁时已六十三岁，临终这一夕，嘱语别驾糜竺道：“我死以后，非刘备不能安此州，汝曹可迎他为主，毋忘我言。”说毕遂瞑。竺为谦棺殓，即率州人至小沛，迎备入刺徐州；备辞不敢当。下邳人陈登，表字元龙，夙具大志，弱冠后得举孝廉，除授东阳长，养老恤孤，视民如伤，陶谦表登为典农校尉，劝民耕桑，广兴地利，至是亦随竺迎备。见备不肯受任，便向前力劝道：“今汉室陵夷，海内倾覆，立功立业，莫如今日，徐州殷富，户口百万，欲屈使君抚临州事，使君正可借此发迹，奈何固辞？”备尚推让道：“袁公路（术字公路。）近据寿春，此君四世三公，众望所归，何妨请他兼领徐州。”登答说道：“公路骄豪，不足拨乱，今欲为使君纠合步骑十万，上足匡主济民，创成霸业，下足割地守境，书功竹帛，若使君不见听许，登等却未敢轻舍使君哩！”备还有让意，（真耶假耶？）可巧北海相孔融到来，由备延入，谈及徐州继续事宜；融便说道：“我此来正为此事，诚心劝驾，君今欲让诸袁公路，公路岂是忧国忘家的大臣！我看他虽据扬州，不过一冢中枯骨，何足介意，今日徐州吏民，俱已爱戴使君，天与不取，反受其咎，将来恐悔不可追了！”备乃勉从融议，由小沛移居徐州，管领州事。适值吕布来奔，备因他进袭兖州，得解徐围，与徐州不为无功，所以出城迎入，摆酒接风，席间互道殷勤，颇称欢洽；罢席后送居客馆。

过了两三日，布设宴相酬，备亦赴饮，酒至数巡，布令妻妾出拜，格外亲昵，（想貂蝉应亦在列。）到了醉后忘情，就呼备为弟，有自夸意；备见布语无伦次，未免不谐，但表面上仍然欢笑，不露微隙，及宴毕告辞，方令布出屯小沛。布意虽未惬，究属不便争论，越宿即与备叙别，自往小沛去了。（为下文袭取徐州张本。）

且说李傕、郭汜等，在朝专政，已越二年，献帝加行冠礼，改元兴平，追谥本生妣王氏为灵怀皇后，改葬于文昭陵，时献帝已十有六岁了。四府三公，换易数人，太尉迭更四次，乃是皇甫嵩、赵忠、朱儁、杨彪，相继承受。司徒迭更三次，若赵谦，若淳于嘉，若赵温，有名可稽。司空更换了四次，系是循资超迁，先为淳于嘉，次为杨彪，又次为赵温，温进职司徒，后任叫作张喜，由卫尉升任，统共得十余人，大都无从建树，只好随俗浮沉，与时进退，一切军国重权，俱归李傕、郭汜等掌握。傕欲招抚陇西，特使人买嘱马腾、韩遂等，饵以重赏，征令入朝；（马腾、韩遂见前文。）腾与遂各贪厚利，乃率众共诣长安，朝廷命遂为镇西将军，遣还凉州，腾为征西将军，留屯郿县。

腾虽得官爵，心尚未足，更向李傕索赂，傕不肯照给，遂致触动腾怒，与傕有嫌。谏议大夫种劭，为故太常种拂子，前次傕等犯阙时，拂曾遇害，（亦见前文。）劭欲报父仇，恨傕甚深；且见傕等拥兵逼主，为国大患，乃与侍中马宇，左中郎将刘范，共拟招腾入都，为诛傕计，（腾亦与盗贼无异，招腾诛傕即得成功，未必遽安，劭等所见亦误。）密使往返；腾即允诺，进兵至长平观中。傕料有内应，先行搜查，种劭等情虚出走，同奔槐里；樊稠、郭汜及傕兄子李利，由傕遣攻腾军，腾交战失利，奔走凉州。樊稠督兵追赶，驰马疾行；李利既不力战，又致落后，被稠促召至军，怒目叱责道：“人欲枭汝父头颅，还敢这般玩惰，难道我不能斩汝么？”利无奈谢罪，随稠再进。行抵陈仓，凑巧韩遂兵至，来援马腾，韩见腾等军败绩，乃勒马相待，至樊稠先驱追来，便上前拦阻道：“我等所争，并非私怨，不过为王室起见，遂与足下本属同乡，何苦自相残杀，不若彼此罢兵，释嫌修好为是。”稠听他说得有理，乐得息事，与遂握手言别，还入都中。傕又遣他再攻槐里，种劭、马宇、刘范等并皆战死，于是迁稠为右将军，郭汜为后将军。稠复请赦韩遂、马腾二人，安定凉州，方好一意东略，免得西顾。有诏依议，免韩、马二人前罪，使腾为安狄将军，遂为安降将军，惟出关东略的计议，傕尚在踌躇，未肯遽允；稠却再三催促，自请效力，反令傕疑窦益深。李利记着前嫌，复向傕密报，述及韩、樊共语事，傕不禁大怒道："军前密谈，定有私意，若不速除此人，后必噬脐。"遂与利商定计划，借会议军事为名，邀稠入室，稠还道他是准议发兵，欣然前往。谁知入座甫定，即由傕呼出健卒，持刀直前，把稠劈死。一面宣告稠罪，说他私通韩、马，与有逆谋，诸将似信非信，互生疑谤，连郭汜亦内不自安。

傕欲交欢郭汜，屡请汜入室夜宴，或请留宿，汜妻甚妒，只恐汜有他遇，从旁劝阻。一夕傕复邀汜饮，汜被妻牵住，设词婉谢。偏傕格外巴结，竟遣人携肴相赠，汜妻即捣豉为药，置入肴中，待至汜欲下箸，妻便说道："食从外来，怎得便食。"当即用箸拨肴，取药示汜道："一栖不两雄，妾原疑将军误信李公。"说着，向汜冷笑。（妒态如绘。）汜才知妻含有妒意，力自辩诬，妻却带笑带劝道："总教将军不往李府，妾自然无疑了。"汜应声许诺。转瞬间已是兼旬，又将前言失记，至傕家饮得大醉，踉跄归来，一入室门，呕哕满地。汜妻泣语道："将军尚不信妾言么？明明中毒，奈何奈何！"说着，汜亦焦急起来，捶胸言悔，还是汜妻替他设法，忙用粪绞汁，令汜饮下。汜顾命要紧，没奈何掩鼻取饮，未几心中作恶，复吐出若干秽物，稍觉宽怀；（你不肯听从阃命，就要罚你吃屎。）随即愤然说道："我与李傕共同举兵，每事相助，奈何反欲害我，我不先发，还能自全么？"越宿就检点部曲令攻李傕。

傕闻汜无故来攻，更怒不可遏，出兵拒战，辇毂以下，居然大动干戈，无法无天。傕且遣兄子李暹，率数千人围住宫门，胁迁车驾，太尉杨彪，出语李暹道："自古帝王不闻有徙居臣家，君等举事，当合人心，为何轻率若此！"暹抗声道："我家将军，恐郭汜入宫为逆，故遣我迎驾，暂避凶焰，君敢来相阻，莫非与汜通谋不成？"彪不便再言，入白献帝。献帝新立皇后伏氏，甫越三日，便遭此变，急得无法可施。李暹用车三乘，入宫促逼，一乘载献帝，一乘载伏后，一乘由傕吏贾诩、左灵共载，监押帝、后至李傕营，天子已成傀儡，由他播弄，余如宫廷侍臣，还有什么主意？只好随着乘舆，步行同出。暹复纵兵入宫，掠妃妾，掳财物，所有御库金帛，悉数搬至李傕营中；更可恨的是放起火来，把宫阙一律毁尽。（董卓毁洛阳宫阙，李傕毁长安宫阙，两京为墟，呜呼炎汉。）

献帝到了傕营，虽由傕另设御幄，供奉衣食，但比那宫中安养，迥不相同，累得献帝寝食不遑，日夕担忧。乃命太尉杨彪、司空张喜、尚书王隆、光禄勋邓渊、卫尉士孙瑞、太仆韩融、廷尉宣播、大鸿胪刘部、大司农朱儁等，至郭汜营内讲和。汜不肯依议，反将群臣留住，逼令同攻李傕，杨彪勃然道："群臣共斗，一劫天子，一拘公卿，古今曾有是理么？"（还讲什么道理？）汜闻言起座，拔剑指彪，凶威可怖，彪却无惧色，正容答语道："卿尚不念国家，我亦何敢求生！"中郎将杨密，忙上前劝止，汜才罢手。但尚未肯放还群臣，仍与李傕相争不息。傕召羌胡数千人，分给御物缯彩，令他攻汜，且谓诛汜以后，当加赏宫人、妇女。汜亦阴贿傕党中郎将张苞，约为内应，自率众夜攻傕营，矢及御幄。傕慌忙出拒，仓猝间闻有箭声，亟向右侧闪过，那左耳上已中了一箭，忍痛拔去，血流如注，忽又有烟焰从营后出来，料知有人图变，更觉惊惶；幸亏部将杨奉，引兵援应，方将汜兵杀退，再查及营后火光已经销灭，独不见中郎将张苞，才知苞阴通郭汜，纵火未成，奔投汜营去了！

傕经此一吓，免不得顾前防后，遂将献帝迁居北坞，使校尉监守坞门，隔绝内外，饮食不继，侍臣均有饥色。献帝向傕求米五斗，牛骨五具，分给左右。傕怒说道："朝夕上饭，何用米为？"乃只把臭牛骨送入。献帝见了，不胜懊恨，便欲召傕责问。侍中杨琦急奏道："傕自知所为悖逆，欲劫车驾往池阳，愿陛下暂时容忍，静待后机。"献帝乃低头无语，用巾拭泪罢了！（末代皇帝，实是难做。）司徒赵温，见献帝为傕所制。因致书与傕，语多责备。傕又欲杀温，经傕弟李应劝解，才得罢议。惟傕迷信鬼怪，常使道人及女巫，击鼓降神，诳惑部兵，又为董卓作祠北坞，屡往祷祭。每当祭后，顺道省视献帝，不释甲械，奏对时亦言语不伦，或称帝为明陛下，或呼作明主；且言郭汜种种不道，应该加诛。献帝只好随他意旨，面为敷衍。傕欣然出语道："明陛下真贤圣主！"嗣是无害帝意。

献帝复遣谒者皇甫郦，往与两造解和，郦先诣郭汜营，用言婉劝，汜颇有允意。转至李傕处调停，傕独不肯从，悻悻与语道："我有讨吕布的大功，辅政四年，三辅清静，为天下所共闻，郭多（汜小名为多。）系盗马虏，怎敢与我抗衡，且擅劫公卿，罪在不赦，我所以定欲加诛，君为凉州人，看我方略士众，足胜郭多否？"郦听他语言不逊，也忍无可忍，便应声道："古时有穷后羿，自恃善射，不思患难，终归灭亡，近如董公强盛，亦致身亡族灭；可见得有勇无谋，反足取祸。今将军身为上将，持钺仗节，子孙宗族，多居显要，国恩亦岂可遽负？且郭多劫质公卿，将军胁迫至尊，孰轻孰重，不问可知，张济、杨奉诸人，尚知将军所为非是，将军若再不悔悟，恐一旦众叛亲离，虽悔无及了！"（语虽切直，究非和事佬声口。）傕怎肯听服，呵令出去。郦趋出营中，遇着侍中胡邈，前来探信，郦即呼语道："李傕不肯奉诏，词多悖逆。"邈急摇手道："毋为此言，徒自取辱。"郦瞋目道："胡敬才，（邈字敬才。）汝亦国家大臣，奈何也作此语，郦累世受恩，得侍帷幄，君辱臣死，义所当然！今若为李傕所杀，莫非天命，何惧之有！"邈不待说毕，匆匆还白献帝，献帝恐郦得罪李傕，急遣人召还。傕果遣虎贲将王昌呼郦，昌鉴郦忠直，纵令还报，只说是追郦不及，入报李傕，且劝傕不宜多戮直臣，傕乃无言。及郦还白献帝，诏令他免官归里。郦与故太尉皇甫嵩同族，嵩已病殁；郦以忠直闻名，幸得不死，这未始非天眷忠诚，才得脱离虎口呢！（寓劝于褒。）献帝尚恐傕怀怒，特擢傕为大司马，位重三公。傕归功诸巫，重赏金帛，独不及将士。部将杨奉，至是越不愿事傕。潜与傕军吏宋果，谋杀傕奉还天子，不幸谋泄，果为傕所杀，奉得逃脱，傕众亦陆续叛去。

可巧镇东将军张济，引兵入都，进谒献帝，请宣诏谕和傕、汜，并愿奉驾东幸弘农，献帝自然乐从，当下遣使持诏，分谕傕、汜两人，傕、汜尚有异言。经使臣仆仆往来，直至十次，方得言和，汜乃释放群臣，杨彪等并皆告归。惟朱儁因愤成病，已先释出，回家便死。（何不早死数年，免丧英名。）张济促驾登程，择定兴平二年七月甲子日，启跸就道。偏有羌胡数千人，窥探御帐，喧声杂呼道：“李将军尝许我宫人，今可蒙颁给否？”献帝听着，心上加忧，因遣侍中刘艾，商诸贾诩。诩由李傕荐举，已拜为宣义将军，既奉上命，乃召语羌胡酋帅，许予封赏，叫他禁止部属，不得啰唣；羌胡方皆引去。既而启跸期届，由群臣拥护帝、后，登车出宣平门，将过吊桥，突有骑士数百人，拦住桥上，不许乘舆过去，惹得献帝又惊又恼，大费踌躇。正是：

困龙失势遭虾戏，毒蟒回头遣蝎来。

毕竟献帝能否出险，容至下回再详。

陶谦识刘备为英雄，愿让徐州，不可谓非知人。备之一再谦让，或谓其故为谦饰，亦岂真能知备者！徐州为曹操所必争，只因吕布入兖，不得已回顾根本，彼固未尝须臾忘徐州也！备知兵力之不足敌操，故不愿承受。迨经陈登、孔融等之力为劝驾，方许兼领，而于吕布之奔至，欢然迎入，仍为合力拒操起见，备之用心亦艰且苦矣。李傕、郭汜之乱，始误于王允，继误于种劭，允与劭皆图报君亲，而计划未良，不但杀身，并且祸国。厥后乃因一汜妻之播弄，遂致两贼寻仇，兵争不已，一劫天子，一质公卿，汉室纪纲，扫地尽矣！宣圣有言，女子小人，最为难养，斯固千古不易之定论矣。

第七十三回 御跸蒙尘沿途遇寇 危城失守抗志捐躯

却说献帝出宣平门，突被乱兵阻住，当由护驾诸臣，探问来因。兵士齐声道："我等奉郭将军令，把守此桥，不准吏民自由往来。"侍中刘艾出诘道："吏民不得往来，天子也不得往来么？"兵士尚云须亲见天子，方可取信。侍中杨琦，便高揭车帷，刘艾又大呼道："天子在此，快来见驾。"兵士乃向前审视，献帝亦面谕道："诸兵何敢迫近至尊，快快退去。"兵士乃却，让车驾过桥东行。夜抵霸陵，从臣皆饥，由张济分给干粮，才得一饱。李傕不愿随驾，已出屯池阳。郭汜仍引兵追上，献帝命张济为骠骑将军，郭汜为车骑将军，杨定为后将军，（定亦董卓旧部。）杨奉为兴义将军，皆封列侯；又使牛辅旧将董承为安集将军，同赴弘农。郭汜独不愿东往，请献帝转幸高陵，献帝遣人谕汜道："弘农与洛都相近，容易奉祀郊庙，幸卿勿疑。"汜不肯受诏。献帝遂终日不食，懊怅异常。汜乃云可幸近县，及行至新丰，汜又欲胁帝还郿。侍中种辑，密告杨定、董承、杨奉，约与抗阻。汜见人众我寡，乃弃军径入南山，余党夏育、高硕等，还想承汜遗意，劫帝西归，遂在营外纵火图乱。杨定、董承拥帝、后入杨奉营。夏育等便来劫驾，还是杨定、杨奉，内应外护，杀退夏育等众，才得无恙。

越宿复奉驾起行，到了华阴，宁辑将军段煨，出营迎谒，供献帝、后服御，及公卿以下资粮，且请乘舆过幸营中。偏杨定与煨有隙，联结董承、杨奉等人，诬煨交通郭汜，希图劫驾。（挟天子为奇货，故以小人之腹，度君子之心。）献帝疑信参半，未加煨罪，定与奉遽引兵攻煨，煨亦出兵相拒，连战十余日，未分胜负。惟煨遣使供奉，仍然不绝，并上书自陈心迹，不敢生贰。当由献帝遣令侍臣，替他和解，方得息争。（这叫做和事皇帝。）

不意一波才平，一波又起，那李傕、郭汜二人，又复连合，来追乘舆。（忽离忽合，是谓小人之交。）杨定闻傕、汜又至，恐不能敌，索性弃去帝、后，走还蓝田。中途被郭汜截击，落荒逃窜，单骑走亡荆州。（本欲扶主逞强，反致弃君逃命，贪心不足者，可引以为鉴。）还有张济亦生贰心，谋至杨奉营内，夺还乘舆。杨奉窥知情状，即与董承夜奉车驾，潜走弘农。及张济闻知，尾追不及，竟会合李、郭两军，一同赶来。杨奉、董承不得不督兵力战，毕竟众寡不敌，杀得大败亏输，从臣卫侍，纷纷挤入东涧，多半溺死，所有御物国籍，抛弃垂尽，单剩得帝、后两车，由董承拼死保护，方得走脱。射声校尉沮儁，受伤坠马，为傕所执，傕问左右道："此人尚可活否?"儁大骂道："汝等为逆，劫迫天子，使公卿遭害，宫人流离，自来乱臣贼子，未有这般凶恶，将来不被人诛，必遭天殛，我为主效命，死且留名，不似汝等遗臭万年哩!"傕闻言愤甚，掣出佩剑，将儁杀死。再纵兵大掠弘农，鸡犬一空。

献帝挈了伏后，仓皇东走，窜入曹阳境内，天已垂暮，无处栖身，没奈何露宿一宵。杨奉收集败兵，与董承会议道："我军已败，不堪再战，只好向他处乞援，方可抵敌追兵。"董承也以为然。两人想了多时，远处不及呼救，只河东一隅，尚有故白波贼帅李乐、韩暹、胡才，及南匈奴右贤王去卑等，可以招抚，叫他速来救驾；一面用缓兵计，遣人与傕等议和，佯为周旋。既而李乐等陆续趋至，共约得骑士数千，董承、杨奉令他充当先锋，往攻傕等。傕等遥望旗帜，乃是河东援兵，顿觉心惊，不由得退却下去。李乐、韩暹、胡才诸人，并辔追击，再加董承、杨奉，从后继进，大破傕等，斩获无算，待傕等逃至数十里外，始收军还营。诘旦再奉驾东驱。约行数里，后面尘头大起，傕、汜、济三路人马，又分头赶到，原来傕等探得河东援兵，不过数千，更知白波贼众，向系乌合，不足深虑，因复驱兵来追。董承、李乐，忙保驾先走，杨奉、韩暹、胡才，及匈奴右贤王去卑，率兵断后。谁料傕、汜、济三面夹攻，横冲直扫，把杨奉等截作数撅；奉等队伍大乱，伤毙甚多。傕、汜、济乘胜肆威，见人便杀，光禄勋邓渊，廷尉宣璠，少府田芬，大司农张义，奔避不及，俱为所害。司徒赵温，太常王绛，卫尉周忠，司隶校尉管郃，被傕截住，几遭毒手，还亏贾诩竭力解免，方幸重生。（也有幸有不幸。）

董承、李乐，随献帝走不数里，背后追兵大至，李乐狂呼道："事急了！请天子上马速行。"献帝哽咽道："不可，百官何辜，朕怎忍舍去。"（还不失为仁主之言。）李乐等且战且走，彼此兵士，前奔后追，连缀至四十里，才得至陕。日光又暮，追兵少缓，乃结营自守；将士十丧七八，虎贲羽林军，不满百人，傕、汜、济三路叛兵，辄绕营叫呼，侍从等相惊失色，各谋散去。李乐请献帝乘夜渡河，东走孟津，投依关东诸牧守。太尉杨彪道："夜渡岂可无船，且从人尚多，何能一一尽渡。"李乐道："且待我前去寻船，如有船可渡，当举火为号，请君等保帝同来。"彪应声许诺。待乐去后，约历更许，见河滨火光冲起，料知船已备就，乃拥帝出营，徒步夜走。伏皇后云鬓蓬松，花容惨淡，从未经过这般苦楚，至此也只好跟着献帝，踯躅同行。后兄伏德，一手扶后，一手尚挟绢十四。（也是个死要财帛。）被董承瞧入眼中，心下不平，竟使符节令孙徽从卒，上前争夺，格毙一人，连伏皇后衣上，也为血迹所污。伏皇后吓得发抖，亟牵住献帝衣裾，涕泣求救，献帝出言呵止，争端方息。及至河滨，河中只有船一艘，泊住岸边，天寒水涸，岸高数丈，叫帝、后如何下去。亏得伏德手中，残绢尚存，乃将绢裹住帝身，用两人拽住绢端，轻轻放下。伏德尚有勇力，背负皇后，一跃下船。杨彪以下，依次下投，船中已有数十人，不能再容，董承、李乐，即跳落船头，解缆欲驶，吏卒等多不得渡，争扯船缆。承与奉用戈乱击，剁落手指，不可胜计。早有侦骑报知李傕，傕等出兵往追，见帝、后已经东渡，不能截回，惟将岸上未渡士卒，一并掠去。卫尉士孙瑞，亦不得从渡，徘徊岸上，突被乱兵杀死。尚幸李傕等专务劫掠，不遑东追，帝、后始得渡到彼岸，踉跄登陆。步行数里，才抵大阳，天色已大明了。董承、杨奉各至民间搜取车马，毫无所得，只有牛车一乘，取载帝、后，余皆联步相随。

趋至安邑，河内太守张杨，河东太守王邑，方得车驾蒙尘的消息。杨使人奉米，邑使人奉帛，献帝拜杨为安国将军，邑为列侯。李乐、韩暹、胡才等，又举荐党徒数十人，各授官职，印不及刻，但用锥划石，粗成字迹，便即颁发；帝、后居棘篱间，门无关闭，群臣议事，就借茅舍作为朝堂，简直是不成体统了。献帝尚恐傕等渡河，特使太仆韩融，西赴弘农，与他讲和。傕等掠得子女玉帛，颇已满欲，乃许从融议，放还所掠吏士，及乘舆器物等类。杨奉、韩暹，便欲就安邑建都，太尉杨彪等，俱拟东还洛阳，文吏拗不过武弁，只好暂时驻驾，徐待后图。献帝命韩暹为征东将军，李乐为征北将军，胡才为征西将军，使与董承、杨奉，并秉朝政。适值蝗虫四起，岁旱无禾，从官无从得食，但取菜果为粮；眼见是不能安居，可巧张杨自野王来朝，也请献帝还都洛阳，杨奉等仍有违言，杨乃复回野王去了。

是时关东重望，首推二袁，袁术复蓄异图，隐然有帝制自为的思想，怎肯西向救主；袁绍虽未敢称帝，但因冀州新定，也不愿轻离。从事沮授进谏道："将军累代辅政，世笃忠贞；今朝廷播越，宗庙残毁，为将军计，正应西迎帝驾，安宫邺中，挟天子足以令诸侯，蓄士马足以讨不庭，名正言顺，事必有成，愿将军勿失此机。"（原是最好机会。）绍颇被感动，有出兵意，偏有两人入阻道："汉室久衰，势难再兴。且英雄并起，各据州郡，连徒聚众，动辄万计。这好似嬴秦失鹿，先得可王的时势了！今若迎入天子，动须表闻；从命即失权，违命即被谤，不如勿行。"授见是同僚郭图、淳于琼出来阻挠，即驳说道："今奉迎天子，既合大义，又得时宜，若不早图，必落人后。授闻权不失机，功在速捷，请将军急自裁断，毋惑人言。"绍听了三人议论，各执一是，又累得迟疑不决。（即此可见袁、曹之成败。）会闻东郡太守臧洪，背绍自主，绍遂将迎驾问题，搁置不顾；竟发兵围攻东郡，数月不下。东郡本属冀州管辖，臧洪得为太守，也是由绍简放出去；当曹操围雍丘时，（见前回。）张超曾向洪乞救，洪尝为超功曹，因联兵往讨董卓，慷慨宣言，（见前文。）得邀袁绍赏识，留参帷幄，嗣即使领青州，盗贼屏息；乃复调任东郡。他本生有侠气，好济人急，一闻张超求援，便徒跣号泣，向绍请师。绍与操尚无怨隙，不愿援超，超竟被灭族，洪由是怨绍，绝不与通。绍恨他背惠，驱兵往攻，偏洪誓死固守，历久相持，绍尚爱洪多才，不忍遽迫，乃令里人陈琳，作书晓谕，力劝洪悔罪投诚；洪竟执意不屈，复书约千余言，略云：

仆本因行役，谬窃大州，恩深分厚，宁乐今日；自被兵接刃，登城望主人之旗鼓，感故友之周旋，抚弦搦矢，不觉流涕之满面也。何者？自以辅佐主人，无以为悔，主人相接，过绝等伦，盖幸赞襄大事，共尊王室。乃者本州见侵，（洪系广陵人，故称雍丘为本州。）郡将遘厄，杖策乞师，一再见拒，使洪故君遂至沦灭；区区微节，无所获申，斯所以忍悲挥戈，收泪告绝者也。昔张景明（超字景明。）亲登坛歃血，奉辞奔走，卒使韩牧让印，主人得地，（指韩馥让位时。）曾几何时？不蒙观过之贷，反受赤灭之祸；足下试思，景明负主人乎？抑主人负景明乎？吾闻之，义不背亲，忠不违君，故东宗本州以为亲援，中扶郡将以安社稷，一举二得以徼忠孝，未敢为非。足下乃欲使吾轻本忘家，倾向主人，主人之于我也；年为吾兄，分为笃友，道乖告去以安君亲，亦可谓顺矣！若吾子之言，则包胥宜致命于伍员，不应号哭于秦庭也？足下或者见城围不解，救兵未至，感亲邻之义，推平生之好，以为屈节而苟生，胜于守义而倾覆也。昔晏婴不降志于白刃，南史不曲笔以求生，故身著图像，名垂后世。主人苟鉴谅苦衷，正当返旆退师，治兵邺垣，西向迎驾，岂可徒盛怒暴威于吾城下哉？行矣孔璋，（琳字孔璋。）足下徼利于境外，臧洪投命于君亲，吾子托身于盟主，臧洪策名于长安。子谓余身死而名灭，仆亦笑子生死而无闻焉！

悲哉本同而末离，努力努力！夫复何言。

陈琳得了复书，当即呈示袁绍。绍阅书中来意，已知洪倔强到底，不肯再降；乃增兵急攻东郡。臧洪昼夜督守，害得力竭身疲，不得已遣二司马，缒城夜出，南赴徐州，向吕布处告急。看官！你想吕布方寄食小沛，自顾不遑，怎能往救臧洪？洪待了旬余，毫无影响，更兼粮尽矢穷，朝不保暮；因召集吏士，涕泣与语道："袁氏无道，所图不轨，且不救洪郡将。洪为义所迫，不得不死；诸君与洪有别，毋与此祸，可就城未陷时，挈眷逃生，洪从此与诸君永诀了！"吏士皆垂泪答道："明府与袁氏本无嫌怨，只为了本州郡将，自致困迫。明府不忍舍故主，我等也何忍遽舍明府呢？"于是同心誓死，守一日，算一日。初尚掘鼠为食，煮筋充饥；及至鼠无可掘，筋亦俱尽，内厨只有粝米三升，由主簿据实启闻，谋为饘粥。洪叹息道："我何甘独食？可作薄粥，分饷众人。"至粥已煮就，召众共饮，须臾立尽；洪复取出爱妾，亲自下手，把她杀死，烹肉啖众。众皆涕泗滂沱，莫能仰视。（可为唐张巡先声，但与巡相较，亦有微异。）结果是人人枵腹，同为饿莩。等到城池陷没，男妇七八千名，已皆死尽，无一叛亡；洪亦气息奄奄，坐被擒去。

绍盛设帷帐，大会诸将，令将洪推至面前，拈须与语道："臧洪何相负如此，今日可服我否？"洪据地瞋目道："诸袁事汉，四世三公，可谓受恩深重！今王室衰乱，不能急往扶翼，反且觊觎非望，屈害忠良。可惜洪兵少势孤，不能推刃乱臣，为国报仇，有什么服不服呢？"（责绍无君，却有至理。）绍不禁怒起，叱令左右推出斩首。忽有一人出阻道："将军首举大义，本欲为天下除暴；今乃先诛忠义，上违天心，下乖人望，且臧洪抗命，实为故将效节，将军应该格外鉴原，奈何加戮？"绍闻声瞧着，乃是前东郡丞陈容，与洪同籍，便怒叱道："汝已被臧洪遣出，寄居我侧，怎得尚私袒臧洪？"容顾绍道："人生只凭仁义，不徇爱憎，蹈义为君子，背义为小人，容宁与臧洪同死，不愿与将军同生！"（也是硬汉。）绍怒上加怒，亦令左右牵容出帐，与臧洪同受死刑。列席诸将，无不叹惜，或私相告语道："奈何一日杀二烈士。"还有臧洪遣往求救的两司马，自小沛还报，探得城陷洪死，亦皆自杀。可见得汉末士人，尚重气节，得失利害，在所不计，要死就死罢了！（言下有感慨意。）

绍既杀死臧洪，又欲进图幽州。幽州为公孙瓒所据，日渐骄矜，记过忘善，黜正崇邪。（八字是致亡原因。）前幽州从事鲜于辅，潜集州兵，欲为刘虞报仇，州民多怀虞恨瓒，乐为效死。燕人阎柔，素有恩信，为胡人所悦服；辅即推为乌桓司马，令他招诱胡骑，一同攻瓒。瓒所置渔阳太守邹丹，闻风防御，被辅、柔连兵进攻，把丹击死。又探得刘虞子和，留居袁绍幕下，尚然存在，（见前文。）乃相率至冀州，欲将刘和迎归；袁绍当然允许，并遣大将麴义，领兵十万，护送刘和，长驱入幽州境。公孙瓒连忙出阻，麾下兵却也不少，但与麴义等交锋，一边是劲气直达，一边是观望不前，眼见是有败无胜，鲍丘一战，瓒军大败，好头颅被敌斫去，约有二万余颗，瓒遁还蓟城，不敢出头。代郡、上谷、右北平等处，皆响应鲜于辅、刘和等军，戕吏叛瓒，瓒越觉孤危。

先是幽州有童谣云："燕南垂，赵北际；中央不合大如砺，惟有此中可避世。"瓒得闻歌谣，暗想燕赵交界，莫如易地；因即由蓟徙易，缮堑自固。复设围堑十重，就堑筑室；内分数层，每层高五六丈，悬梯相接，中层最高，由瓒自居，熔铁为门，屏除左右。但令姬妾旁侍，凡男子七岁以上，不准擅入，遇有文书往来，辄悬緪上下，以免需人传递；又饬妇女习为大声，宣扬教令。一切谋臣猛将，罕得接见，嗣是群下懈体，雍隔不通。或问瓒何故为此？瓒喟然道："我北驱群胡，南扫黄巾，方谓天下可一麾而定；哪知海内愈乱，兵革迭兴，看来非我所能荡平，不如休兵息民，静待时变。兵法有云：'百楼不攻。'今我设楼橹数十重，积谷三百万斛，可以安食数年，食尽此谷，再作后图便了。"看官阅此，应无不笑瓒为愚，只是命未该绝，还有两三年的运数，所以麴义等捣入境内，为了粮运不继，引军退去；反被瓒追击一阵，夺得许多车仗，满载而回。麴义还报袁绍，只言瓒势尚盛，未可遽灭。袁绍乃暂缓进兵，但心中总想并吞幽州，方肯罢手；那迎驾勤王的大计划，反拱手让诸别人。这真叫做一着弄错，满盘尽输，岂不是大可惜么？小子有诗叹道：

欲图大业在乘时，一念蹉跎便觉迟；

尽有机宜甘自误，袁曹从此判雄雌。

欲知迎驾大功，属诸何人，且看下回续叙。

李傕、郭汜，贼也；张济、杨奉、董承，亦无一非贼；至如李乐、韩暹、胡才，则固以贼自鸣，更不足道矣。堂堂天子顾委身于贼臣之手，尚有何幸？其所以间关跋涉，苟延残喘者，贼胆尚虚，未敢公然篡逆也。当时之力，与勤王足成大业者，莫如袁绍。向使从沮授之计，西向迎驾，光复东京；则上足媲齐桓、晋文，下亦不失为曹阿瞒，何至身名两败，死且无后乎？若臧洪之所为，迹同小谅，未足与语大受。但观其复琳一书，与责绍数语，辄以未安王室为咎，是固犹以忠义为切劘，安汉不足，愧绍则固有余也。后人以烈士称之，不亦宜哉？

第七十四回　孟德乘机引兵迎驾　奉先排难射戟解围

却说董承、杨奉等，护着献帝车驾，驻扎安邑，一住过年，改元建安。太尉杨彪等，名为三公，毫无政权，行止进退，俱由武夫作主，文臣不得过问。杨奉等拟就安邑定都，独董承欲奉驾还洛，与杨奉等更生龃龉，奉竟遣将军韩暹，袭击董承。承奔往野王，投依张杨，杨决意调兵迎驾，使归旧都；乃令董承先赴洛阳，修筑宫室，并致书荆州刺史刘表，请他为助。表却履书如约，陆续派遣兵役，输送资粮，总算是有心王室，戮力从公。杨奉、韩暹等闻信知惧，出屯险要，拒绝张杨、董承；还是献帝下谕譬解，令他扈跸入洛，奉与暹方才奉诏，还至安邑，护驾东行。惟胡才、李乐，仍留居河东，不愿相随，时已为建安元年秋季了。（建安年号最久，且为汉朝末代正朔，故一再提明。）

七月初旬，献帝驾至洛阳，宫阙尚未修成，暂借故中常侍赵忠第宅，作为行宫；郊祀上帝，大赦天下。张杨在中途迎驾，一同至洛，先就南宫督修殿宇，半月告竣，号为杨安殿，自志己功；便请帝、后迁居杨安殿，且语诸将道："天子当与天下共戴，朝廷自有公卿大臣，不劳我辈干涉，杨当出御外难便了。"乃辞归野王。杨奉亦出屯梁地，韩暹、董承，并留宿卫。献帝封赏功臣，命张杨为大司马，兼安国将军，杨奉为车骑将军，韩暹为大将军，领司隶校尉，皆假节钺。惟洛阳宫府，已被董卓毁尽，急切不能修复，除杨安殿外，尚是瓦砾成堆，荆榛满目。（八字写尽荒凉。）百官无处安身，暂就破壁颓垣，作为栖处；并且无粮可因，遣人向州郡征求，十无一应。自尚书郎以下，往往亲出采稆，（野谷曰稆。）煮食充饥，甚至朝夕不继，往往饿死；或被兵士沿途劫夺，辄遭格毙。

这消息传到兖州，雄心勃勃的曹阿瞒，遂欲托名勤王，挟主称雄。（见识原高人一等。）部下将吏，多言山东未定，不宜轻出，且韩暹、杨奉，负功恣睢，未可猝制，不如从缓为是。独荀彧进说道："昔晋文公纳周襄王，终成霸业；高祖为义帝缟素，天下归心，近自董卓倡乱，天子播越，将军首举义兵，徒因山东扰乱，未敢远赴关右，但尚分遣将吏，冒险通使，上达朝廷，是将军志在效忠，人所共晓。今乘舆旋轸东京，义士思汉，人民怀旧，诚因此时上奉帝驾，下从物望，便是大顺，内秉至公，外服雄杰，便是大略，首持仁义，旁招英俊，便是大德；四方虽有逆节，亦何能为？韩暹、杨奉，出身盗贼，更不足虑了。若一失此机，让人占先，将来恐无此机会呢！"曹操大喜道："文若所言，正合我意。"遂遣中郎将曹洪，引兵西进。将至洛阳，偏为董承等所阻，用兵扼险，不许交通。时骑都尉董昭，方由河内至安邑，随驾入洛，迁职议郎；他本与曹操结交，（见前回。）因复为操设法，冒名作书，寄与杨奉，略云：

> 操与将军闻名慕义，便推赤心；今将军拔万乘之艰难，反之旧都，翼佐之功，超世无俦，何其休哉！方今群凶猾夏，四海未宁，神器至重，事在维辅；必须众贤以清王轨，诚非一人所能独建。心腹四肢，实相恃赖，一物不备，则有阙焉！将军当为内主，操为外援，操有粮，将军有兵，有无相通，足以相济，死生契阔，相与共之。

奉得书甚喜，即表荐操为镇东将军，袭父嵩爵，为费亭侯。操正在汝南、颍川一带，征剿黄巾余党；斩贼目黄邵，收降贼党何义、何曼，回军驻许，接到洛阳诏使，得袭侯爵，尚不过循例拜命，无甚惬意。过了数日，又接得董承来书，邀令速诣洛阳，方喜如所望；即日引兵起程，与曹洪中途会合，直抵东都。董承本欲拒操，阻洪西进，此次为了韩暹专恣，遇事牵掣，所以变易初心，召操入卫。（何进召董卓，董承召曹操，统是引狼入室，自速危亡。）操既至洛阳，先将大队人马，驻扎都城内外；然后登殿朝谒，三呼如仪，献帝赐操平身，宣谕慰劳，操拜谢而退。出见董承，承与语韩暹罪状，操并忌张杨，连章劾奏；暹惧诛即走，奔往大梁。献帝因暹、杨扈跸有功，不愿加惩，诏令免议；（张杨无罪可言，操之劾杨，全是私心。）独假操节钺，领司隶校尉，录尚书事。操得揽政权，严核功罪，有罪请诛，有功请赏。于是杀三人，封十三人，追赠一人，胪述如下：

尚书冯硕、侍中壶崇、议郎侯祈并处死刑。卫将军董承、辅国将军伏完、侍中丁冲、种辑、尚书仆射锺繇、尚书郭溥、御史中丞董芬、彭城相刘艾、左冯翊韩斌、东郡太守杨众、议郎罗邵、伏德、赵蕤并封列侯。故射声校尉沮儁追赠为弘农太守。

看官听说！这辅国将军伏完，便是伏皇后的父亲，籍隶琅玡，八世祖就是伏湛，系东汉开国功臣，官终大司徒，完得袭世爵为不其侯；曾尚桓帝女阳安公主，生子女二人，子即议郎伏德，女即伏皇后。（伏后履历，就此补叙明白。）卫将军董承，从驾有功，献帝又选董女为贵人，选承为车骑将军；伏、董两家，统算是皇家贵戚了。（缀此一笔，为下文两家诛夷伏案。）议郎董昭，已迁官符节令，操与他情好甚深，遂引与同坐，向他问计。昭答说道："将军兴义师，诛暴乱，入朝天子，辅翼王室，这真所谓当代桓、文，功业无比哩！但昭看诸将异心，未必服从，今若留此匡辅，诸多未便，不若移驾都许，方为上策；但朝廷播越有年，新还旧京，方冀少安，今复徙驾，必滋众议。昭闻行非常事，乃有非常功，愿将军临事果断，勿涉迟疑。"操拈须道："我意也是如此，惟杨奉在梁，拥有重兵，可无他变否？"昭又答道："奉虽拥众，素乏党援，尝思与将军交好；镇东费亭侯的封典，全是奉一手造成，将军可随时遣使，厚为馈谢，慰悦奉心；一面明告内外，但言京都无粮，只好奉驾迁许，往彼就食，奉为人有勇寡谋，必不遽疑，待他出师相阻，将军已好奉驾至许了！"操欣然称善，遣使诣奉，厚遗金帛，自己入朝面奏，请献帝东幸许城，免致乏粮。献帝不得不从，群臣皆畏操兵威，莫敢异议。

当即指日登程，道出轘辕，东向进行。操预恐有人劫驾，步步为营，且使曹洪等分领锐卒，往伏阳城山谷中，专防杨奉前来。

奉得操馈赠，倒也无心劫驾；惟韩暹奔梁依奉，从旁怂恿，乃出兵邀击，才抵阳城，被曹洪等发伏并起，左右夹攻，杀得大败而回。操得安然抵许，筑宫殿，立宗庙社稷，奉帝居住；进操为大将军，封武平侯。太尉杨彪，司空张喜，见操大权独揽，并皆辞职。操复请献帝下诏，严责袁绍，说他地广兵多，不务勤王，专自树党，擅相攻伐。（自失时机，便被他人借口。）绍乃上书申辩，且请献帝转幸鄄城；献帝出书示操，操当然批驳，但请授绍为太尉。诏使到了冀州，绍怒说道："曹操已濒死数次，赖我救活，今反挟持天子，敢来令我么?"（谁叫你不先迎驾。）遂拒诏不受。操得使人归报，恐绍兴兵来争，乃请将大将军一职，暂让与绍，并封绍为邺侯，绍仍辞还侯封，惟与操不复争论。操自为司空，行车骑将军事，当即声讨杨奉，责他出兵阳城，敢图犯驾，罪同大逆，应坐诛夷等语。诏檄先传，兵马继发，张旗鸣鼓，直捣大梁。杨奉、韩暹开营逆战，俱被曹军杀败；惟奉有部将徐晃，骁勇过人，驰突无前，操诱令归降；奉既失良将，复丧士卒，弄得势孤力竭，只好弃营东走。韩暹恃奉为主，当然与奉同行，奔往扬州，投归袁术去了。（为后文联合袁术，合攻吕布伏案。）

曹操最忌杨奉，既得除去，很是喜慰，乃表荀彧为侍中，守尚书令；彧从子修为军师，郭嘉为司空祭酒。两荀皆颍川名士，智略俱优；郭嘉字奉孝，也是颍川人氏，少有远图，往投袁绍幕下，乃见绍多谋少决，乃去绍还乡。操令彧访求才俊；彧即荐嘉才能，召与操语，相见恨晚，操谓嘉必佐成大业，嘉亦谓操真吾主，两荀一郭，参谋帷幄，真是如虎生翼，势力益张。（句中有刺。）余如曹洪、曹仁、夏侯惇、夏侯渊，（惇族弟。）及典韦、李典、乐进、于禁、徐晃等，皆为操属下猛将，各得封官；又征前北海相孔融，为将作大匠。

融在北海，喜交宾客，尝自叹道："座上客常满，樽中酒不空，我亦可无忧了!”在郡六年，颇得民心，惟与袁、曹不相往来。绍子谭为青州刺史，引兵攻融，自春及夏，战无虚日，兵士大半伤亡，所存只数百人，流矢雨集，戈矛内接；融尚隐几读书，谈笑自若；及城被陷没，乃奔往东山。（迂疏士，实不中用。）操素闻融名，乃征融为将作大匠。融尝师事北海人郑玄，特替他另立一乡，号为郑公乡，会因黄巾入境，玄避居徐州，数年乃还。融既入许，操亦征玄为大司农；玄托病不至，在家考终。（却是高士。）玄尝笺注经书，凡百余万言，齐、鲁间称为经师；所以身虽没世，遗籍流传。

操复令羽林监枣祗为屯田都尉，骑都尉任峻为典农中郎将。祗本姓棘，由先人避难易姓，至祗始出仕；曾为东阿令，助操守城，不为吕布所陷，操因此亲信。祗见岁旱荐饥，军食不足，乃创议屯田许下，为固本计。任峻为河南中牟人，操起兵时，峻为县中主簿，劝中牟令杨原举城应操，得操欢心，操将从妹许与为妻，引为戚侣。峻与祗戮力劝耕，才阅数年，得积谷数百万斛，且令州郡各置田官，所在丰饶。操因此得用兵四方，不劳输运，卒能战胜攻取，兼并群雄；曹氏功臣，祗、峻当居首列呢！（比诸两荀一郭，殊不相让，可惜都为虎作伥。）话分两头。

且说刘备管领徐州已阅年余，仍用麋竺、陈登为辅，并引北海人孙乾为从事，韬甲敛兵，与民休息。不意袁术自扬州起兵，来与刘备争夺徐州，术自得扬州后，号称徐州伯，专务张皇。时当李傕等挟权秉政，欲结术为外援，特请旨授术为左将军，封阳翟侯。术阳为受命，阴欲代汉为帝，取快一时，且少年时已见谶文，谓当涂高应当代汉；（当涂高，系是魏字。《魏志·文帝纪》载:“故白马令李云遗言，当涂高者，魏也。魏阙当道高大。”谶文所云阴寓，以魏代汉之意。）暗思自己名字，适应谶文，古者百家为里，里十为术（術），术（術）为邑中大道，可作涂字解释；路亦为涂，名与字俱相暗合。（术（術）字公路。）又因袁氏系出陈国，为帝舜后；舜以土德王天下，土德属黄，黄可代赤。（汉秉火德五行，火生土，故云，以黄代赤。）遂常思代汉，僭号称尊。前时孙坚得玺，为术所闻；（见第六十八回。）坚死岘山，丧归曲阿。玺为坚妻吴氏所藏，术乘她奔丧还里，拘留坚妻，索交玉玺。玺既到手，便拟称帝，为主簿阎象等所阻，权就迁延；惟思徐、扬二州，壤地毗连，能得并吞徐州，拓地较广，庶几僭号天子，较为有名，于是调遣将士，侵入徐州界内。

刘备闻术兵犯境，不得不亲出抵御；乃令张飞留守下邳，（即徐州治所。）自与关羽等往屯盱眙，交战数次，未分胜负。不料袁术致书吕布，令他袭取下邳，许助军粮。布素好反复，竟不顾地主情谊，反颜从术，悄悄地引兵东下，由小沛进袭徐州。守将张飞，性喜嗜酒，醉后又不免使性，怒责徐州旧将曹豹，鞭笞数十。豹为此挟嫌，开城迎布，飞仓猝迎敌，已是不及，只好杀出东门，奔往盱眙，连刘备的家眷，都失陷城中。（酒之误事也，如此。）备正与术军相持，突见张飞狼狈奔来，问明情由，才知下邳被吕布夺去。那时顾家情急，只好引兵退回，与布争论。偏偏距城数里，全军皆溃，不得已转走广陵，收集散卒，再作后图。可巧糜竺、孙乾等，从下邳逸出，仍来依备。

竺本饶家产，尝至洛阳为贾，归遇美妇，求竺同载，经竺慨然允许，令妇上车，行及数里，并未斜睇妇人；妇感谢下车，临别语竺道："我为天使，当往烧东海糜竺家，感君共载，故特相告。"竺惊问道："可禳免否？"妇人道："天命难违，君当亟归，搬徙人财，一过日中，便无及了！"言讫不见。竺慌忙还家，挈眷出门，所有财物，约略搬出；果然日中火发，屋宇尽焚，唯遗资尚存，不致大损。（好义之报。）此次本与张飞同守，飞为布所袭，仓猝走脱，竺收拾细软，带领眷属，混出城门，追寻刘备，至广陵相遇。备询及眷属，竺言在城内尚安，但有布兵监护，无法解救，故不能偕来；备当然叹息。竺携有一妹，年已及笄，遂进奉巾栉，为备解忧；且将随身所带的金银，一律取出，充作军资。备赖以不困，孤军复振，乃寄书与布，略述旧情，请他送还家眷，互释嫌疑。布与备本无仇隙，为了一时贪念，遂致背好起兵，既入徐州，究竟天良未泯；所以刘备家小，仍令兵士保护，不得入犯。嗣复遣使诣术，索取军粮。术竟欲悔约，谓必须擒获刘备，方可践言。布得了此报，恨术无信，仍拟与刘备讲和。适得备书递到，乐得照允，且许备还屯小沛，备乃驰回小沛城，布亦派吏送出甘夫人。甘、糜相见，却也情同姊妹，式好无尤。一番挫折的刘玄德，虽失去下邳，反得了两美并头，不可谓非转祸为福了。（语意隽永。）

独袁术探得布复和备，复思设计离间，又遣使驰至徐州，愿为子求婚布女，结作姻亲，且助布米麦各若干斛；布又复大喜，礼遣来使，愿如所约。（仍是贪心未泯。）术得使人返报，即命部将纪灵等，领兵数万，进攻小沛，备使孙乾，向布求援，布不愿援备；经乾揭破术谋，说是小沛不保，徐州亦必不独存；布又被提醒，亲往救备。纪灵正引兵大进，直抵小沛城下，不防吕布亦骤马趋至，与纪灵相对安营，纪灵不知布助何人，派吏问明。布答说道："我与袁公路既结姻好，理当相助，明日请纪将军过叙便了。"

纪灵得报甚喜，待至翌日，径诣布营，甫入营门，蓦见刘备在座，不禁大惊，转身退回；谁知营中趋出吕布，一把扯住，不得动弹。便骇问道："将军是否欲杀纪灵？"布答言非是，又问是否邀灵杀备，布亦说非是，害得纪灵莫名其妙，只是发愣。但听布呵呵大笑道："布性不喜斗，专喜解斗，玄德乃是我弟，今为将军所攻，布愿代为调停，各息兵争！"说至此，即将纪灵拉入帐中，令与刘备相见。备也由吕布邀至，故先在座，见了纪灵，不由得惊诧起来。布偏叫他行相见礼，彼此没法，勉强作揖，只心中俱忐忑不定，各怀猜疑。布顾语二人道："我劝两君罢兵讲和，恐两君尚不见信，待我决诸天命，天意倘使汝两君息争，两君不得有违。"二人含糊答应，尚未知他如何处置，布却令左右搬出酒肴，与二人共宴，左纪灵，右刘备，自己居中。饮过三巡，布令左右取过画戟，至辕门外面插定。因笑语纪灵、刘备道："两君可看我射戟，如或射中，君等应各自罢兵；否则，安排厮杀，与布无涉，如不从布言，布即视作仇敌，不能以亲友相待了！"纪灵、刘备均无异言。布便起座取弓，搭上雕翎，就从座旁射将出去，飕的一声，那箭镞如鹰隼腾空，远飞至百数十步外，不偏不倚，正中画戟小枝；帐内帐外，无一不高声喝采。（我亦喝采。）小子有诗赞道：

一箭能销两造兵，温侯也善解纷争。

辕门射戟传佳话，如听当年嚆矢声。

布射中画戟，便掷弓地上，笑顾纪灵、刘备，要他们罢兵。究竟两人是否乐从，待至下回详叙。

迎驾入许，为汉魏兴衰之一大关键；魏因此而兴，汉即因此而亡。然观于当日之时势，微曹操迎驾之举，则建安正朔，尚不能延至二十余年。杨奉、韩暹等，但知劫驾，不知佐治，若令其长此秉政，其亡汉也益速！袁绍资望独优，不能上法桓、文，尊王定霸；袁术且有异图，妄思代汉。刘备本为汉胄，而兵少势孤，不足有为，余子碌碌，均非英杰，所差强人意者，惟一曹操。操之迎驾入许，彼时尚第欲为五霸，固未尝有心篡汉也。立宗庙，定社稷，光复汉室，诚能守此不变，操亦何愧为汉室功臣乎？若吕布为反复小人，始依备，继袭备，后复和备，始终误一“贪”字，安望有成？但观其保护备家，不屑淫掠，至射戟一事，更为刘备排难，此亦未始非豪侠所为。后之朝亲暮仇者，且不布若，可胜慨哉！

第七十五回 略横江奋迹兴师 下宛城痴情猎艳

却说吕布掷弓地上，笑顾纪灵、刘备道："这是天意令汝罢兵呢！"备即起座献觞，向布道谢；惟纪灵面有难色，既不便悔赖前言，又不好满口应允，沉吟半晌，方对布道："将军天威，令人敬服，灵自当遵命，但如何回报主人？"布应声道："这有何难！由布修书一函，即烦将军带回便了。"纪灵不能不允，起身告辞；布且与两造约定，明日续宴，并与纪灵饯行。纪灵因未得布书，只好留屯一宵。到了次日，复与刘备共集布营，两下宴叙，比昨日稍为欢洽；待至饮罢，布乃出书给与纪灵，彼此揖别，纪灵拔营自归。备迎布入城，免不得盛筵相待，伸谢德惠，宾主尽兴，布乃辞了刘备，回下邳城。那纪灵回报袁术，呈上布书，术阅书大怒，拟亲自攻布；还是纪灵力为谏阻，谓吕布只可计取，不可力敌，且与他联成姻好，务令除去刘备，方可图布。（借婚姻为吞并，古今军阀如出一辙。）术方才忍耐，仍与吕布通使，虚作应酬，一面从孙策计议，使策出定江东。策即孙坚长子，表字伯符，本居寿春，少年英达，喜结交游。舒人周瑜，字公瑾，与策同年，亦具大志，闻得策慷慨好友，遂自舒城至寿春，一见倾心，约为昆仲。策长瑜两月，瑜便事策如兄；劝策徙家至舒，并让道南大宅，俾策全家居住，登堂拜母，有无与共。

及策年十七，方思出立功名，不意凶信传来，策父坚败殁岘山；（坚死岘山见前文。）策哀恸异常，即偕母吴氏，迎榇东归。策舅吴景，方为丹阳太守，因拟将父榇安葬曲阿；曲阿为丹阳所辖，道过扬州，偏被袁术截住，胁令策母交出玉玺，策母无奈取交，才得释去。策有从兄孙贲，将叔父坚遗众数千，也交与袁术接管，术使贲为丹阳都尉。广陵人张纮，避难江东，博通经术，策屡次往访，具述志趣，且殷勤询问道："方今汉祚中微，天下扰扰，四方枭杰，各拥众营私，不务大义，先君与袁氏共破董卓，功业未就，偏为黄祖所害。策虽庸稚，有志复仇，欲往从袁扬州，求得先君余众，东据吴会，西略荆襄，报怨雪恨，为朝廷外藩；君若以为可行，幸乞赐教。"纮方丁母忧，婉词逊谢；再由策呜咽陈词，声泪俱下，纮才为感动，慨然作答道："卓荦少年，有此大志，何患不成？最好先投丹阳，收兵吴会；然后据长江，奋威德，复仇洗耻，匡君泽民，功业且高出桓、文，岂止守藩了事？待纮服阕，当与君同好，共图南济，君却先往建功便了！"策复说道："策有老母，并弱弟三人，可否相托，使策不致忧家？"纮毫不推辞，当即许诺。（也是季布流亚。）策乃径诣寿春，入谒袁术道："亡父曾从长沙入讨董卓，与明使君共会南阳，同盟结好，不幸遇难，勋业不终；策感念先人遗志，欲自凭结，还请明使君垂察微诚，济师雪恨。"术见他英姿豪爽，语言明达，禁不住暗暗称奇，但尚未肯将策父旧部，直捷拨还，因语策道："我已用贵舅为丹阳太守，贤从兄为都尉；丹阳为三吴要地，不乏健儿，汝可往彼招募便了。"

策乃与汝南吕范，族人孙河，同往丹阳。策舅吴景，当然接纳，且嘱策归迎母弟，同至丹阳。策遂返至舒城，奉母吴氏，及弟权、翊、匡，与一幼妹，共抵曲阿，依父庐墓旁居住；辗转召募壮士，得数百人，寻为泾县贼帅祖郎所袭，丧失过半。没奈何再往见术，涕泣拜求，愿给还亡父部曲，术始将孙坚遗众拨出千余人，交策收领。（仍然不肯全给。）表拜策为怀义校尉，且谓当迁任九江太守。策拜谢而出，收集乃父旧部，自立一营，故将程普、韩当、黄盖等，亦归麾下。有一骑士犯令私逃，奔入术营，匿居内厩，策察知情隐，率吏掩捕，牵出斩首；因诣术谢罪。术答说道："叛兵应当共恨，不杀何待，毋庸言谢！"（术此语又似明白。）策乃趋退。军中始知策胆略，不敢轻视，就是术部将乔蕤、张勋，亦皆服策英明，互相敬礼。

术尝自叹道："使我有子如孙郎，死亦无恨了！"话虽如此，惟心中总不免怀忌。九江太守出缺，仍不肯使策代任，另用丹阳人陈纪接任。后向庐江太守陆康，征米三万斛，不得如愿，乃遣策攻康；临行与语道："日前错用陈纪，致负前言，今烦卿攻拔庐江，便当令卿为庐江守了！"策领兵往攻，力战数次，得将陆康逐去。据有全城，向术报捷。谁知术又召策回郡，另委故吏刘勋为庐江太守；策自是恨术，不过因兵力未充，勉从术命，将庐江城交与刘勋，怏怏引归。适朝廷遣侍御史刘繇，东下为扬州刺史，州治本在寿春，因寿春为袁术所据，乃改至曲阿，逐去丹阳太守吴景，及都尉孙贲，景与贲退居历阳，报知袁术。术愤不可遏，即使故吏惠衢为扬州刺史，更命吴景为督军中郎将，与孙贲共击刘繇。（心目中已无汉帝。）繇令部将樊能、于糜东屯横江津，张英屯当利口，分头防守。吴景等屡攻不克，丹阳人朱治，前为孙坚校尉，此时复归孙策，劝策往助吴景，收取江东。策因进白袁术道："亡父前在江东，本有旧惠，今愿助舅氏共略横江，横江得下，可招募土著人士，能得三万兵甲，上佐明公，天下可不难平定了！"术知策隐怀怨望，但闻刘繇据住曲阿，兵力不弱，且有会稽太守王朗，为繇后援，总道策未能与敌，乐得听他出去，败死无怨。（好良心！）遂令策为折冲校尉，行殄寇将军事。策部下兵只千余人，马只数十匹，容易部署，即日启行，途中招徕宾从，陆续趋集；及抵历阳，差不多有五六千人了！策母吴氏，及子女五人，已随吴景至历阳，策谒母即行，乘便寄书周瑜，请他出师；瑜有从父周尚方为丹阳太守，由瑜前往省视，途次接得策书，遂向丹阳贷粟借兵，顺道迎策。策大喜道："公瑾远来，我事必谐了！"遂进攻横江，捣入当利口，击走守将张英，与吴景、孙贲等会师；再破樊能等军，渡江入牛渚营，尽得粮谷战具，军势大振。（一鸣惊人。）

时有彭城相薛礼，下邳相笮融，俱走依刘繇，推繇为盟主；礼据秣陵城，融屯县南，策先领兵攻融，融出营交战，被策击败，伤亡五百余人，奔入营中，不敢再出。策移攻秣陵，日夕猛扑，慌得薛礼手足无措，乘夜溃走。策得入秣陵城，安抚居民，禁兵侵掠，忽有探马入报，乃是樊能、于麋等，复袭夺牛渚营，断策归路；策奋然起座，当即督兵回攻，大破樊能、于麋，擒获万余人，能、麋等统皆遁去，因复转击笮融。融令弓弩手分伏营门，待策趋近，一声号令，万矢齐飞，策尚用槊拨箭，不肯遽退，百忙中不免一疏，股上突然中箭，翻身落马；左右忙将策救起，用车载策，驰还牛渚营。将佐俱入帐问安，策已拔去箭镞，用药敷搽，笑语诸将道："我伤未及重，何至落马？此中寓有深谋，汝曹可说我已死，举哀退兵，笮融必来追我，我就好设法擒融了！"诸将俱拍手称善。策即遣将置伏，一一办妥，然后令军士佯哭，拔寨齐起。

早有细作报知笮融，融果遣部将于兹，率兵追策；策军尚是伪退，诱兹入伏，四面攒击，立将于兹射死，扫尽余军。（于兹却是个替死鬼。）策乘胜复逼融营，融正想接应于兹，出兵就道，忽有一彪人马杀到，首领为一赳赳少年，厉声大呼道："孙郎在此，叫笮融速来受死！"（自称孙郎，趣甚。）融不意孙策复生，驱军亟遁，策追杀数里，得了许多甲胄，方才还军；（本编皆采自《吴志》，与罗氏《三国演义》情事略殊。）于是破海陵，陷湖孰、江乘，直指曲阿。刘繇闻策军将至，急忙整备兵械，为守御计。可巧太史慈前来省繇，繇因太史慈与己同郡，不得不传入相见。慈入帐行礼，繇自居前辈，不过欠身作答，且问慈道："闻汝曾依孔北海，今日何故到此？"慈答说道："北海早已解围，现闻明公亦至受敌，故特来效力，愿为前驱！"（北海事见第七十一回。）繇却淡淡地相答道："我亦知汝忠勇，可惜少未更事；既来助我，可为侦察敌情，待破敌后，迁擢未迟！"（不识英雄，怎能破敌？）慈失望而出。或谓慈英武过人，不防使为大将，繇摇首道："我若重用子义，（子义即太史慈字。）许子将能无笑我么？"（子将即许劭，善操月旦评事，见前文。）待至策军已经近城，驻营神亭，慈只率骑卒二人，前往侦探，突与孙策相遇，将慈阻住。策有从骑十三人，就是韩当、黄盖诸宿将；慈本未识策，但看他青年威武，料知不是常人，便喝问道："谁为孙策？"策见慈独饶胆量，也觉称奇，即应声道："只我便是！"（好汉识好汉。）慈又说道："人人皆怕汝孙郎，我太史慈独不怕汝！可能与我交战百合否？"策笑答道："要战就战，我岂怕汝？且愿与汝独身自斗，免得说我恃多欺寡哩！"说着，即令韩当等退后，自己纵马向前，与太史慈大战数十合，不分胜负。慈喝采道："好孙郎，名不虚传。"一面说，一面拍马便走。策怎肯舍慈，且追且呼道："休得用诈败计诱我，我总要擒汝方回！"慈尽管前走，策尽管后追，彼此跑了数里，慈忽兜回马头，与策再战；大约又是数十合，策觑隙刺慈，慈眼明手快，纵辔一跃，槊中马首，马忍痛一俯，慈亦把头一低，背上短戟，被策掣去。策正在得意，不防慈又复跃起，竟将策兜鍪取去。两人正在相持，韩当等已经赶到，刘繇亦遣将觅慈，又复混战。俄而两下俱有大军驰至，天色垂暮，始各鸣金收军。太史慈还见刘繇，繇反责他轻战启衅，禁令再出。不但慈灰心懈体，连他将也觉不平，于是人人生贰，不愿替繇尽力，终致城池失守，繇奔丹徒，太史慈亦西走泾县。

曲阿遂由孙策占住，入城安民，秋毫无犯。又檄告诸县，凡刘繇、笮融等部曲来降，不究既往，人民愿来从军，一门得免徭役，否亦听令自便。才阅旬日，趋附甚众，约得现兵二万余人，马千余匹，威震江东。策遣吏迎接家眷，还居曲阿，自引兵出徇会稽。吴景欲先平吴中群盗，然后南下。策慨然道："吴中盗贼，只有严白虎最强，但素无大志，容易成擒；一俟会稽平定，还扫鼠辈，好似拉朽摧枯，值得什么费力呢？"遂引众渡浙江，进取会稽。会稽太守王朗，意欲出拒；功曹虞翻，谓策起兵东来，无人敢当，不如暂避为是。朗未肯听从，发兵拒敌，一再败衄，索性弃城夜遁，浮海至东冶。策又从后大破朗军，朗乃请降。策遂自领会稽太守，仍用虞翻为功曹，待以客礼，惟王朗不得复职，留居幕下。再引兵还讨严白虎，白虎料不能敌策，坚守勿出，且使弟舆至策营请和。策闻舆有勇名，意欲面试短长，乃延舆入帐，与谈和约，且待以酒肴；酒至半酣，策故作醉状，拔剑斫席，舆吓得一跳，耸身欲走，策笑语道：

“闻君矫健异常，聊以戏君，非有他意！”舆答说道：“白刃当前，不得不尔。”（实自献丑。）策不待说毕，便取过手戟，向舆掷去，应手刺倒，当即鸣鼓进兵。白虎所恃惟弟，弟舆一死，如失左右臂，勉强开营搦战，哪里敌得过策军，遂北走余杭，终至窜死。（虎遇狮儿，不死何为？）策乃使吴景为丹阳太守，孙贲为豫章太守，朱治为吴郡太守；礼聘广陵人张纮，彭城人张昭等为参谋，居然与袁术抗衡，不复再承术命。术闻报大愤，便欲兴兵攻策。部将纪灵、桥蕤等入帐劝阻，谓宜先取徐州，后伐江东。术问取徐方法。纪灵答道：“吕布、刘备，同在徐州，必为大患；今仍须履行前计，使吕布攻杀刘备，自翦羽翼，那时一鼓掩击，便可稳取徐州。”术乃依议，再派使人往说吕布，提及婚议，且谓刘备在小沛城，招军买马，如何不防？布着人探听，果闻备集兵万余人，遂率兵往围小沛。备自知难敌，索性带领家小，与关羽、张飞两人，杀出重围，竟奔许都，投依曹操。操方礼贤下士，笼络人心；一闻刘备来奔，便即迎入，待若上宾。备具述吕布逼迫情形，操慰语道：“布本无义信，徒恃勇力；将来当助君擒布，尽请纾忧。”备起座称谢。操复置酒宴备，至晚方罢，送备出居客馆。程昱进言道：“备亦一当世英雄，志不在小，今不早图，必为后患。”操默然不答。待昱退出，适值郭嘉入见，操即与述昱言。嘉接口道：“昱所见未尝不是，但明公提剑起义，为百姓除暴，推诚仗信，招罗豪健，犹恐未逮；今备有英名，穷蹙来归，若遽行加害，是使智士各启危疑，别图择主，试问公将与何人共定天下呢？”（也是备不该死，故有郭嘉相救。）操喜答道：“卿言正合我心。”翌日即举备为豫州牧，拨兵数千人助备，令至沛城就任，东击吕布；备即日辞行，挈眷引兵，出赴沛城。

操还想亲出接应，与备共灭吕布，忽由南阳传来军报，乃是张济南攻穰城，中箭身死；从子绣代领遗众，屯兵宛城，用贾诩为谋士，连结刘表，意图犯阙。操大怒道：“幺么小丑，也想跳梁，我当先除此竖，然后讨布便了！”遂大兴兵马，亲督诸将，出讨张绣。绣闻操督军自至，颇有惧色，即与贾诩商议；诩亦谓操兵方强，挟主令众，未易抵敌，不如遣使求和。绣乃令诩至操营通款，诩夙长应对，见了曹操，不过三言两语，便使曹操倾心。操欲留诩为辅，便与语道："卿尝为尚书，迁拜宣义将军，今何不随我入朝？我当表卿复任。"诩答说道："自从御驾东迁，诩即缴还印绶，西走华阴，转投南阳；今得张绣厚待，不忍遽弃，蒙公厚惠，愿以他日为期。"（隐伏下文。）操允从和议，送诩出帐，殷勤嘱别。诩还报张绣，绣即亲至操营，当面投诚，操自无异言，温语遣归。惟一时未曾退兵，尚在宛城驻扎。一日挈着长子昂，与从子安民，跨马出营，游览形势。遥见一轻车徐徐过来，中坐淡妆妇人，缟衣素袂，飘飘若仙，再瞧那一副芳容，红白相间，真个是桃腮杏靥，秀色可餐。操生平本来好色，弱冠前已娶妻丁氏，纳妾刘氏；嗣见娼家女卞氏有姿，复购作媵姬，大加宠爱，携入洛都。董卓为乱，操避难东行，不及挈回卞氏，洛中讹传操死，或劝卞氏图欢，卞氏不从，誓以死殉；（莫谓娼女无节。）乱事少定，卞氏得出都归操，操敬爱有加。及见了宛城少妇，比卞氏更增妩媚，禁不住色眩神迷。最厉害的是少妇秋波，也把操瞬了又瞬，更觉得脉脉含情，勾魂动魄。少顷间车行已过，操犹用目注送，看她入城自去，才回营中，心下未肯舍割，密使从子安民，探听该妇下落。安民去了半日，当即返报。原来是张绣叔母，张济继妻，操喟然叹惜，拟作罢论。偏安民逢迎操意，谓济死已久，寡妇何妨取来，谅绣亦无可如何。说得操怦怦心动，待至日光垂暮，令安民带着数十骑士，往取该妇。（全是为色所迷，遂致不顾利害。）好容易将该妇取到，引入后帐，拜倒操前。操起座相扶，挽住该妇玉腕，该妇全然不避，一任操牵引柔荑，低首无语。及操问明名姓，果系济妻邹氏。当下在帐后开筵，与邹氏相坐欢饮，灯光旁映，四目相窥；男有情，女有意，不由得痴心倦倦，软语喁喁。到了酒阑灯灺，肴撤席空，一对宿世冤家，居然就军营中，作了洞房，相偎相抱，并枕同衾，彻夜的凤倒鸾颠，几不知东方既白了！小子有诗咏道：

女色原为肇祸媒，倾城倾国不胜哀；

谁知一代奸雄魄，也被孀姝勾引来。

露水情缘，欢娱无限，当有人报知张绣，绣不禁大怒，欲与操拼命。究竟如何争闹，待至下回说明。

孙伯符以章稚之年，即能结交名士，奋志功名；其锐气之特达，原不在乃父下。及乞师进取，攻略江东，袁术非不加忌，卒之纵虎出柙，俾得横行。或谓术不先害策，酿成尾大不掉之弊，吾意以为策非负术，实术之不能用策，有以致之也。曹操为乱世奸雄，乘机逐鹿，智略过人。袁绍、袁术诸徒，皆不足与操比，遑论一张绣乎？乃宛城既下，遽为一孀妇所迷，流连忘返，几至身死绣手，坐隳前功。董卓之死也，衅由妇人；操之不死于妇人之手，盖亦仅耳！谚云："色上有刀。"诚哉是言！

第七十六回 第十胜郭嘉申议 劝再进贾诩善谋

却说张绣既降曹操，闻得操奸占叔母，不由得怒气上冲，便与贾诩密议，谋袭操营。操为色所迷，日夕与邹氏取乐，竟至忘归。惟邹氏自觉情虚，只恐为绣所闻，前来干涉，因此喜中带忧，劝操加防。操笑说道："我有大将典韦，守卫营门，就使千军万马，也所不惧；况我非长久居此，过了三五日，就要动身，卿随我回去，安享荣华便了！"（何不速行?）话虽如此，但亦隐有戒心。探得绣麾下健士，首推胡车儿，特使左右暗地结交，馈赠巨金，叫他乘间刺绣。不意车儿受金以后，反向绣报知。绣迫不及待，就在夜间号召将士，往攻操营。

操令典韦夜守营门，总道是一夫当关，万夫莫入，将与邹氏安心作乐，别无他忧。黄昏已过，重效于飞，殢雨尤云，倍觉缱绻；渐觉得神情疲倦，魂梦迷离，竟吁吁地睡熟了！典韦虽奉令守门，因见夜静更深，也已解甲就寝。蓦听得一声呐喊，急忙跃起，驰至门首，已是光火四彻，有无数人马刀械，杀入营门。韦即挺身出阻，仗着双戟，挡住许多兵器，还有余隙可刺敌兵，戮倒了数十人，敌众不敢前进；却从旁栅攻入，累得韦不及兼顾，狂呼乱跳，回旋阻拦；随身尚有十数壮丁，亦皆拼死角斗，以一当十。偏敌人愈来愈多，又用长矛攒刺，几与芦苇相似。韦身无片甲，上下被数十创，兀自死战，一战辄摧数矛，两战辄摧数十矛，待至戟已残缺，不堪复用；左右又死伤殆尽，敌众得环近韦身，四面攻击，韦索性掷去双戟，徒手搏人；提起两个敌卒，代作双戟，抵御敌军，又打倒了八九人，敌复退却，再掣出短刀，向前乱劈，砍下好几十个头颅；

身上受伤益重，不能复支，乃大吼一声，血流如注，倒地而亡。敌军尚不敢近，及见韦全然不动，方上前枭取首级，搗入后营。此时的曹操，早已惊醒，与邹氏一同起床，慌忙从营后跨马，逃了出去。长子曹昂，与从子曹安民，也飞马赶上，保护曹操。至敌兵搜寻帐后，只有一张合欢床，并不见曹操踪迹；料他由营后逃走，遂并力追赶。驰至淯水河边，遥见前面有数人急奔，定是曹操无疑。当下用弓搭箭，接连射去，曹安民中箭先亡，曹操马亦受伤，不能再驰。还是曹昂让马与操，操得跃马渡河，好好的一个爱子，一个情妇，抛弃对岸，从此死别，不复相见了！（不肯与情妇同死，终嫌薄幸！）看官阅此，恐不免惹起疑团：曹操引军至宛，想总有几万人马，为何张绣劫营，独有一典韦守着，他将并未往援呢？原来操得邹氏，昼夜宣淫，也防军中异议，特遣各将巡视他处，慰谕旁县；就使尚有余兵，亦令散驻宛下，未尝相聚，只留着亲子亲侄，与猛将典韦，带领亲兵千人，守住本营。到了张绣掩袭，营兵从睡梦中惊起，俱已骇走，所以无人抵敌。单有典韦挡住营门，死战多时，终至送脱性命。但当日若无典韦，曹操万难逃脱，恐早与邹氏同入冥途了。闲话休表。

且说曹操渡过淯水，方由诸将闻风驰至，护操还都。行至舞阴，才闻典韦丧生，不禁流涕。便募间谍往觅遗骸，幸得取回，厚加棺殓，亲自祭奠，恸哭一场，乃派吏送丧，归葬襄邑；授韦子满为郎中，自引军驰回许都，再拟整顿兵马，攻绣复仇。忽闻袁术在寿春僭号，置六宫，设百官，祠南北郊，自称仲氏。操不禁微哂道："此子也配做皇帝么？"（乐得揶揄。）道言未绝，又由军吏呈上一书，当即启视；署名系是大将军、冀州牧袁绍，语多傲慢。顿时触动操怒，把书藏下，默不一言，左右见操有愠色，未敢进问。约莫有两三天，尚觉操心神未定，坐立不安；侍中锺繇，私问同僚荀彧道："曹公近日似患心疾，莫非为了征宛失利么？"彧摇首道："胜败乃兵家常事，曹公决不为此；近日必有他虑，待我往询，自见分晓！"说罢，即别繇谒操。操不待彧言，便出袁绍书示彧。（心心相印，不劳问答。）俟彧阅毕，便与语道："我欲往讨不义，恐兵力未敌，如何是好？"彧欲作答，巧值祭酒郭嘉进来，抢先接入道："古今成败，但视智愚，不在强弱；刘、项存亡，公所深知。今绍有十败，公有十胜，绍虽称强，何足深虑？绍繁礼多仪，公纯任自然，便是道胜；绍以逆动，公以顺取，便是义胜；绍失之过宽，公能济以猛，便是治胜；绍用人多疑，专任私人，公立贤有方，不问远近，便是度胜；绍多谋少决，坐失机宜，公能断大事，应变无穷，便是谋胜；绍高谈揖让，徒务虚名，公至诚待人，实事求是，便是德胜；绍见人饥寒，非不知恤，但往往顾近略远，公与绍相反，近事或有所忽，远虑却无不周，便是仁胜；绍大臣争权，谗言惑乱，公御下以道，浸润不行，便是明胜；绍不识是非，赏罚失当，公洞察贤否，黜陟咸宜，便是文胜；绍自大好夸，未知兵要，公以少克众，用兵如神，便是武胜。据此看来，胜负已分，怕他什么？"操闻言喜慰道："如卿所言，绍必败，孤必胜，但孤方自愧无德，何足当此？"（老奸巨猾。）嘉又说道："明公不必过谦，惟徐州吕布，实心腹大患；今绍方与公孙瓒相持，我当乘他远出，东取吕布。否则我欲攻绍，布必袭我，为害正不浅哩！"彧亦接说道："吕布未除，河北亦必难图。"操皱眉道："我所虑尚不止此！倘绍更侵扰关中，西略羌胡，南诱蜀汉，是彼势益强，我势益弱；区区兖、豫，还能保守得住么？"（有此心事，怪不得坐立不安。）彧答说道："关中将帅，惟马腾、韩遂最强，今若抚以恩德，与彼连和，虽未能长久相安，目前总可无虑！彧知侍中锺繇，夙具智略，若托付西事，定能弭兵，公可免西顾忧了！"操点头道："此议甚善。"当即令左右缮表，荐举锺繇为司隶校尉，持节出督关中诸军；献帝惟言是从，即遣繇往镇长安，繇贻书腾、遂，为陈祸福；腾、遂俱遣子入侍，暂无贰心。操得安心东略，拟出兵先攻吕布。

嗣闻布与袁术结亲，又恐术为布援，未易攻下；乃改用反间计，特使奉车都尉王则，赍奉诏书，往拜吕布为左将军。且由操备书与布，令王则一同带去。王则尚未至徐州，袁术已遣使韩胤，向布求婚，布当即应允，连夜备办妆奁，送女前往。韩胤自然偕行。布既遣女出嫁，入廨休息，忽由沛相陈珪，扶病求见；布不知何因，延入与语，珪开口道："袁术叛汉称帝，将军奈何与彼和亲？"布瞿然道："这……这也何妨？"珪申说道："孙策借兵袁术，得取江东，今尚不肯帝袁，抗词拒绝，（策拒袁术借口叙明。）试想骄侈如术，可成得大事么？况曹公方奉迎天子，翊赞国政，一旦奉诏讨逆，海内响应，术必灭亡！将军与彼结婚，显系从逆，能勿因此及祸么？"（数语已足吓布。）布不禁变色，俯首沉吟。珪复说道："为将军计，最好是通使朝廷，协同曹公；既足保名，复足安身，比诸与术结婚，祸福利害，相差甚远哩！"布蹙额道："我女已去，怎得复回？"珪急答道："去尚未久，尽可追还！"布听了此语，立遣轻骑往追；才阅半日，已得将女追回，并拘住韩胤，监禁狱中。珪复劝布解胤入许，即举子陈登为使。（原来就是登父，可谓举不避亲。）布尚在踌躇，可巧朝使王则到来，开读诏书，赍给左将军印绶，布欣然拜受；则又出操私书，交布展阅，内容多敬慕语，喜得布手舞足蹈，厚待王则，优礼饯归，并遣陈登持了谢表，随则入都。临行时与登密谈，要他代白曹操，荐为徐州牧；登谓宜解胤入都，自得所望，布亦乐允，就将胤推入槛车，令登带去。登至许都，呈入谢表，谒见曹操，操闻韩胤一并解到，立命处斩。（真是枉死。）登因白操道："吕布有勇无谋，轻于去就，明公宜早图为是！"操喜答道："我素知布狼子野心，不宜久养，卿父子善察情伪，幸为我从中代谋。"登应声如命，操即表增珪秩为二千石，登为广陵太守；且留登数日，方许告归。尚握登手叮咛道："东方事尽行付卿，卿勿相忘！"登喏喏受教，驰回徐州，报知吕布，具述父子邀恩，独不及徐州牧事。布不觉怒起，拔剑斫几道："汝父劝我协同曹操，绝婚公路，今我所求不得，汝父子乃得叨显贵，是明明为汝父子所卖，还敢回来见我么？"（始终不脱孩儿气，怎得成事？）登夷然自若，从容答说道："登见曹公，原为将军进言，谓养将军譬如养虎，当令食肉得饱，不饱且将噬人；曹公独批驳登言，比将军如养鹰，饥可为用，饱即扬去，所以未肯实授州牧，将军自思，究竟何如?”布转怒为笑道：“曹操竟视我为鹰么?”一语甫毕，当有探卒入报道：“袁术遣大将张勋、桥蕤，与韩暹、杨奉连兵，步骑数万，分作七道，来攻徐州了!”布大惊道：“我兵不逾万，马不满千，如何敌得住袁术?”说着，复瞋目视登道：“都是汝父教我绝婚，惹出此祸，汝速去叫父前来，为我敌术；如不能敌，休想活命!”登大笑道：“将军为何这般懦弱，登看袁术七军，好似七堆腐草，立可扫平。”（是谓元龙豪气。）说到此语，那陈珪已经趋至，复由布问及御敌方法。珪即说道：“珪正为此事前来，今袁术虽起七军，势同乌合，韩暹、杨奉，未必果为术用；但教将军作书相招，定可倒戈，若术果亲至，保为将军擒术哩!”布乃说道：“作书通使，仍须烦卿父子，幸勿推辞。”珪答说道：“我子登一人能为，毋烦老朽。”说罢即去。登即为布缮就书牍，当先交布阅过，大略说是：

> 二将军拔大驾来东，有元功于国，当书勋竹帛，万世不朽。今袁术造逆，当然诛讨，奈何与贼联兵攻布？布有杀董卓之功，与二将军俱为功臣，可因今共击破术，建功于天下，此时不可失也!

布览毕大喜，便遣登持书前去。过了数日，登趋回报布道：“韩暹、杨奉，愿为内应，专候将军进兵，会同击术，不致有误!”布因即起兵，带同张辽、高顺、陈宫、臧霸等一班将吏，出城迎敌。行至数十里外，与术将张勋相遇，勋未敢交锋，闭营自守，静待各军接应；布即压营结垒，相去仅数百步。俄而喊声大起，韩暹、杨奉两军杀到，勋望见两路旗帜，总道他前来相助，当即开营出战，不意暹与奉反招呼吕布，三面夹击，杀得张勋叫苦连天，慌忙引兵奔还。逃至汝滨，士卒堕水溺死，不可胜计。布与暹、奉二军，乘胜南下，直指寿春，水陆并进，沿途大掠。行抵锺离，见有重兵把守，乃投书讥术，还渡淮北。术接得败报，方率健卒五千，亲至淮上，与布等隔水相望。布令部兵辱骂一场，班师径归。韩暹、杨奉欲与布同至徐州，布将所掠财物，分赠二人，令他留屯徐、扬交界，防御袁术，二人乃依言分驻，免不得纵兵四出，劫掠平民。豫州牧刘备，方在沛城，闻得暹、奉为殃，诱令入宴；阴嘱关羽、张飞，突至席间，把他两人杀死，余众闻变骇散，民得少安。当时与暹、奉挟帝东行，尚有胡才、李乐，留屯河东，乐自病死，才被怨家所害；就是李、郭、张、樊四将，同时作乱，樊稠为李傕所杀，张济战死穰城，郭汜入居郿坞，也由部将伍习刺死，但剩得李傕一人，收拾残众，混迹关西，宁辑将军段煨，奉诏往讨，阵斩李傕，诛及三族。可见天道昭彰，无恶不报，人生何苦作奸行暴，累得身家绝灭，宗族凌夷呢？（当头棒喝。）

惟曹操得知袁术败耗，方拟东图吕布，忽又接到陈国警信，乃是陈王刘宠（明帝子，敬王羡的曾孙。）与陈相骆俊，俱为刺客所伤，相继殒命。这刺客系由袁术差遣，术向陈乞粮不获，故有此举。操想术如此不道，乐得声罪致讨，先灭淮南，再攻徐州。乃表请东征，即日检阅三军，亲出讨术。术闻操大举东来，弃军急走，但留部将桥蕤、李丰、梁纲、乐就等，居守蕲阳。操引众围城，一鼓突入，把桥蕤等尽行擒斩，再追术至淮上，术渡淮窜去，操乃还师。途次遇一壮士许褚，挈众来归，自称沛国谯人，与操同籍。操见他身逾八尺，腰大十围，容貌壮伟，气象粗豪，料他必有勇力，便问他所长何技？许褚答道："生平无他技能，但力能任重，足举百钧，从前汝南多贼，褚尝倒曳牛尾，行百余步，才得将贼吓退，故乡族党赖褚保全。闻明公礼罗豪俊，故挈众归诚，投效麾下。"操尚恐他所言未实，令他曳牛试技，果如所言；乃喜抚褚背道："卿真可为我樊哙哩！"（又想做汉沛公了。）当下面授褚为都尉，引入宿卫，就是与褚同来的武夫，亦因他各具膂力，仍令归褚管辖，号为虎士。自从典韦死后，得褚为继，也算是无独有偶，视亡若存，操复得高枕无忧了！（可惜邹氏不能复生。）及行抵叶县，闻得张绣结合刘表，谋袭许都，操便令许褚为先锋，移军至宛，就在淯水旁追祭亡将，哭至失声；将吏都上前劝慰。操流涕道："他将尚可恝置，惟典韦在此捐躯，令我余哀未忘哩！"（还有一位邹夫人更觉可哀。）正唏嘘间，探马报刘表将邓济，进据湖阳，为绣声援。操即下令将士，速击湖阳。许褚奉令先行，操亦继进，将至湖阳城下，许褚已擒济还报，操录褚为首功，将济斩首。湖阳城不攻自降，再分兵略舞阴，也即攻下。乃进围穰城，穰城由张绣亲守，见操军声势甚盛，不敢出战，惟飞使向刘表求援。表遣兵救绣，截操后路。操正拟分兵抵御，突接许都来函，系由侍中荀彧所发，内称袁绍有袭许意，不如速归；但归途务请小心。操复彧书道："刘表屯兵安众，断我归路，我若一退，绣追我后，表扼我前，原是危道。我已定有良策，一到安众，必能破绣，愿君勿忧！"此书既发，立即撤围西归。到了安众地界，果然后有追兵，前有阻卒，操却令军士夤夜凿险，作伪遁状，暗中用部兵分伏两旁，自率骑士待着。绣、表两军，联合入险，为尾追计，不防伏兵突发，左右夹攻；再加操纵骑迎击，大败联合军，伤亡无数，余众遁还。先是绣欲追操，贾诩曾预为谏阻，绣不肯从，果致败回，绣始悔不用诩言；诩却劝绣道："今可再往追操，必获大胜。"绣颓然道："我军已败，奈何复追？"诩答说道："兵有变通，此番往追，如若不胜，诩甘坐罪！"绣乃收集散卒，亲自追去。操兵果不敢回战，尽将辎重抛弃，仓皇遁去；绣尚驱众追赶，突有一彪人马，前来截住，为首将弁，大呼李通在此，休得逞威。绣见有援军，方才退回。李通也即还军，送操入许。

通系江夏人氏，表字文达，以勇侠得名；建安初，归依曹操，操令他为中郎将，出屯汝南西境。及闻操出攻张绣，正引兵来会大军，凑巧操军退归，为绣所追，便从刺斜里突出，截住绣兵，操方得全师入都，通得超拜裨将军，封建功侯。惟张绣夺得许多辎重，还至穰城，由贾诩郊迎贺捷。绣笑问道："前用精兵追退军，公云必败；后用败卒追胜兵，公谓必胜；今果尽如公言，究竟从何料着？"诩答说道："这也是容易知晓，将军虽善用兵，究非操敌；操未尝败衄，急急退兵，必因许都有事，所以驰回，他防我军追击，定使劲兵断后，严堵我军；故诩知我军必败。及操已得胜，总道我军不至复追，安心回去；将军掩他不备，追杀过去，就使不能擒操，败操自有余了！故诩知我军必胜。”（一经道破，人人易知。）绣乃省悟，很加佩服。荆州兵仍然还镇，毋庸细表。

且说曹操既归许都，使人探视袁绍行踪，未曾出发，才觉放心。忽由沛地驰到急足，呈上要书，乃是刘备为吕布所攻，飞乞援师；操问明来使，方知吕布复通好袁术，进攻刘备。当下遣夏侯惇领兵数千，往援沛城。原来备与布失和后，互生嫌怨，彼此相图。布在徐州，使人诣河内买马，运至中途，被备略夺了去。布当然动愤，立遣部将高顺、张辽等，率兵攻沛，备自恐不支，因向许都求救。惇行至沛城，尚未安营，不防高顺部下，有锐骑七百余人，叫做陷阵营，所向无前，乘隙攻惇。惇慌忙接战，不到数合，已被高顺踏破行阵，部兵四散，急得惇脚忙手乱。正拟拍马返奔，左目上突然中箭，鲜血直流，一时忍痛不住，险些儿堕落马下，幸亏亲兵拥护出险，始得逃生。那高顺既击走夏侯惇，又还攻沛城，适值刘备带着关、张出城，接应夏侯惇。谁知惇已败退，正与高顺相遇，只好逆战。偏张辽袭备背后，竟将关、张二人冲散，单剩得刘备一军，寥寥无几，如何支持？且前后俱无去路，不得已骤马斜奔，窜往梁地。沛城里面只有孙乾、糜竺等，几个文人，哪里还能固守？眼见得全城被陷，署舍一空，好好两位甘、糜二夫人，束手遭囚，由高顺派兵监押，送往徐州去了。（前只甘氏被掳，此次又添一糜氏，为英雄妇却亦甚难。）小子有诗叹道：

不经险难不艰贞，多少英雄血铸成；
只是娉婷双弱质，迭遭兵祸可怜生。

欲知刘备后事，且至下回再详。

曹操之所虑者，惟一袁绍；然献帝播迁，绍不先迎驾，反让操之挟主争雄，其无能为可知矣！十胜十败之说，原多谀语。而操之必胜，绍之必败，自在意中，虽非郭嘉、荀彧，犹能料及，即操亦何尝不自知之明，其所以徘徊瞻顾者，恐张绣、刘表之掎其左，吕布、袁术之掣其右也。攻张绣，攻袁术，再攻吕布，看似闲着，实是要算；诸子得除，然后可专力河北，锐攻袁绍。诸葛公谓曹操用兵，仿佛孙、吴，固有见而云然尔。然一攻绣而濒死宛城，再攻绣而几厄贾诩；以操之智，且不免百密一疏，为敌所乘，彼吕布辈何足道焉！

第七十七回　愎谏招尤吕布殒命　推诚待士孙策知人

却说刘备奔至梁地，仓皇穷蹙，几无所归；忽见前面来了无数人马，张着曹字旗号，飘飘前来。备暗想道："莫非曹操自来救我吗？"及军已行近，走马过问，果由曹操亲来讨布。备即自述姓名，叫曹兵引往见操。操与备相晤，便亲握备手道："孤督兵来迟，致令玄德受惊，幸勿见怪！"（权术可爱。）备拜谢盛情，且言败状。操复说道："我接夏侯惇败报，方知吕布势盛，沛城难免失守，所以督兵亲来；但吕布是一无谋匹夫，必为我败，玄德放心，看我指日擒布。"（说得到，做得到。）说着，遂与备并辔齐进，直指彭城。时夏侯惇伤目未痊，已由操召回许都，令他调养。惟余兵在途中接着，仍然随操东行。既至彭城，守将侯谐，不顾好歹，竟敢开城出战，操将许褚，上前接斗；约有数合，便将侯谐活捉了来。彭城无主，自然被陷，操令将彭城兵民，一体屠戮；（何亦残虐至此？）再引军进攻下邳。广陵太守陈登，挈众迎操，为操先驱；浩浩荡荡，杀到下邳城下。布亲出交锋，战辄失利，乃回保城中，不敢再出。操军四面设栅，昼夜围攻；关羽、张飞，也收合残兵，来会刘备，与操军并力攻城。布登城督守，俯视操兵如蚁，不免惊心。可巧有一箭飞上，箭镞中贯着一书，由军吏取视吕布。布拆开细阅，系是操劝已投降，不失侯封。布执书下城，商诸陈宫，意欲出降。宫因前时背操迎布，恐无生路，乃极力劝阻，且为布定策道："操军远来，势难久持，将军可率步骑出屯城外，宫率余众闭守城内，操若攻将军，宫即出攻操背；若转来攻城，将军即引兵回救，互相呼应，作为犄角，不出旬日，操兵粮尽，自然退去。那时好并力追击，无虑不胜了！”（未始非计。）高顺亦接说道：“公台所言甚善！（宫字公台。）将军出屯，非但可作为犄角，并可截操粮道；操若乏粮，不走何待？”说得布易惧为喜，即令高顺助宫守城，自己收拾戎装，即拟出城立营。

到了晚间，入语妻妾，妻严氏劝阻道：“宫与顺素不相和，若将军一出，两人岂肯同心守城？倘有差失，将军如何自立？且曹氏尝厚待公台，不啻骨肉，公台尚舍彼归我；今将军待遇公台，未必出曹氏右，乃欲委全城，托妻子，孤军远出，一旦有变，妾岂得复为将军妻么？”（妇人从一而终，难道吕布有失，便好作他人妇？）布听了妻言，又觉沉吟。严氏复流泪道：“妾前在长安，已为将军所弃，亏得庞舒匿护妾身，才幸与将军再聚；不料今日又欲弃妾，妾始终难免一死，尽听将军自便，毋以妾为念！”（补述前事，意在反跌，比上文还要厉害！）布怎忍割舍，只好用言温存，决不他去，一面使属吏许汜、王楷，缒城夜出，悄悄地混过敌垒，至袁术处乞援。术怒问道：“布不与我女，反将我使人致死，理当失败；我且欲向他问罪，他还想我往救么？”汜、楷齐声道：“这为曹操反间计所误，今已知悔，故向明上求援！（术已僭号，故呼为明上。）明上若不援布，与自败何异？布为操所破，明上恐亦不免了！”术面色渐平，乃与语道：“布既自知前误，可送女前来，我当遣兵救他便了！”汜与楷不便再言，只好返报吕布。布情急无奈，不得不将女遣嫁；但城外满布敌兵，如何送去？想了又想，得了一计，俟至夜半，用绵缠住女身，背负上马，提戟出城。（好一条送亲方法，但严氏不肯令布出城，此时何故漫许？）才行数十步，已被曹军察觉，上前截住。布挺戟当先，后面又有张辽等将，跟杀上去，倒也冲破了好几重。怎奈操军变计，不用兵刃接斗，但用弓矢攒射，飞矢雨集，无缝可钻；布虽多力，究竟没有避箭方法，且恐爱女中箭，无益有损，没奈何退入城中。

河内太守张杨，素与布善，闻布为操所围，出兵东市，遥为声援。不意部将杨醜，谋叛张杨，竟将杨刺死，拟传首送操；他将眭固，替杨复仇，复纠众杀毙杨醜，北通袁绍，屯驻射犬，终未敢东出援布。布只得振作精神，与陈宫等拼死拒守。约莫过了月余，操攻城不下，也有归志。荀攸、郭嘉入谏道："吕布屡败，锐气已挫，陈宫虽智，性多迟疑；今布气未复，宫谋未定，乘此急攻，自可擒布，奈何无故退兵呢?"操拈须说道："顿兵城下，积久必疲，奈何?"郭嘉道："可决沂泗两河，灌入城中。"操欣然道："此计甚善，应即照行。"说着，即分拨将士，令他决水灌城，不到一日，城内外变作水乡，滔滔不绝，操军尽徙居高阜，坐待内变。布日夕守城，幸尚不致疏忽，至城被水淹，禁不住惶急起来；登城四望，遍地汪洋，当然愁眉双锁，露出惧容。操军在高阜瞧着，且笑且呼道："吕布何不速降!"布答语道："卿曹幸毋困我，我便当自首明公。"陈宫在侧，独怒目视布道："逆贼曹操，怎得称为明公?今若出降，如卵投石，尚能自全么?"布无奈下城，与妻妾饮酒解闷。过了翌晨，揽镜自照，形容已消瘦许多，不由得失惊道："我瘦损至此，想是为酒所误，此后应严禁为是。"遂下令城中，不得酿酒。（自己戒酒，却禁别人酿酒，一何可笑。）会有部将侯成，失去名马数匹，连忙查究，幸得取回，诸将向侯成道贺，各馈酒肉；侯成恐有违军令，先将酒肉分献与布。布大怒道："我方禁酒，汝等偏酿酒入献，藐我太甚！无非欲谋我不成?"一面说，一面令将成处斩。还是他将宋宪、魏续等，代为跪求，方许贷死，尚命杖责数十下。侯成惭愤交并，潜与宋宪、魏续密谋，待至夜间，竟率众为乱，突把陈宫、高顺拘住，开城出降。

吕布闻变，慌忙趋登白门楼。待至天色熹微，楼下已遍集操军；剑戟声与哗噪声，杂作一团。布自觉势穷，见左右尚有数人，便顾语道："汝等从我无益，不如取我首级，往献曹操，尚可邀功。"左右不忍杀布，却劝布下楼降操，或可保全身家；布急得没法，依议下楼。操军见了，都七手八脚，来捉吕布；布已经求降，不便动手，只好由他绑缚，军士尚恐吕布力大，格外缚紧，牵送至曹操座前。操已引军入城，泄去水势，升帐高坐，诸将侍立两旁，布被军士牵入，望见曹操，便大呼道："布被缚太急，请赐从宽。"操笑语道：

"缚虎不得不急。"布复说道:"明公所患,当莫如布;布今已心服了,天下不足忧,公为大将,布为公副,何事不能成功哩!"操素知布勇,意欲收用,免不得心下踌躇。凑巧刘备进来,即欠身延坐。布复顾备道:"玄德公!汝为座上客,布为阶下囚,何不代布一言,从宽发落?"(大丈夫视死如归,何必向人乞怜?)备闻言微笑。操语备道:"公意如何?"备且笑且答道:"公不见丁原、董卓事么?"(一语已足。)操不禁点首。布戟手指备道:"大耳儿最无信义,令人可恨!"(汝亦知有信义否?)忽有一人入呼道:"要死就死!何必多言?"布见是高顺,徒呼负负。原来高顺屡次谏布,布不肯听,因此及难。操亦知顺忠勇,劝顺投降。顺复大呼道:"宁死不降!"(倒是烈士。)布又见高顺左右,站着宋宪、魏续两人,复指语曹操道:"布待诸将不薄,若辈叛布负德,明公何不加诛?"操驳说道:"闻君听妻妾言,违诸将计,怎得称为不薄呢?"布默然不答。(悔已迟了。)操即命将布、顺牵出,一同缢死,然后枭首。及陈宫推至,操与语道:"公台!卿尝自谓智计有余,今果如何?"宫叹恨道:"吕布不从宫言,所以致此;若肯从我计,何至成擒!"操又说道:"今日当如何处置?"宫大声道:"为臣不忠,为子不孝,应该受死!"(双关语。)操又道:"卿不惜死,可记得老母否?"宫慨然道:"宫闻以孝治天下,不害他人父母;宫母存亡,听诸公命。"操又问宫妻子如何?宫复答道:"圣王施仁,罪不及孥,妻子存否,亦惟公命。"说罢,即欲趋出。操问宫何往?宫毅然道:"出去就死,尚有何言?"操不禁起座,流涕相送。(猫哭老鼠,假慈悲。)至宫受戮后,操使人抚恤宫母妻子,不使失所;就是吕布妻小,亦载回许都,免令连坐。(不知貂蝉曾否在内?)布将张辽、臧霸皆降,前尚书令陈纪子群,在布军中,亦为操所录用;还有吴敦、尹礼、孙观等,并命臧霸招致,各授官职,令守青、徐沿海诸境。刘备妻妾甘、糜二夫人,幸尚无恙,复得重会,悲喜兼并。独操邀备回许,只留将军车胄,居守徐州,权任刺史,加封陈登为伏波将军,仍守广陵;自与备率军西归,饮至犒赏,不消细叙。

且说孙策既略定江东，即与袁术分张一帜，为独立计。至袁术僭号，策致书与术，责他不忠。术大失所望，愁沮成疾，但未肯取消帝制；终致策与术绝交，上表献帝，自陈心迹。曹操称策为猘儿，欲加笼络；特使议郎王铺，赍诏东行，拜策为骑都尉，袭爵乌程侯，领会稽太守，使讨袁术。策受命后，复遣张纮赴许，贡献方物。操又表策为讨逆将军，进封吴侯；留张纮为侍御史，且征还前会稽太守王朗，使为谏议大夫。策已得荣封，声望日隆，江东人士，陆续趋附，得众数万；因令周瑜还镇丹阳。适袁术令从弟胤为丹阳太守，接替周尚后任。尚为瑜从父，既已卸职，便邀瑜同返寿春，瑜不得不从。尚引瑜见术，术看他仪表非凡，欲令为将；瑜独固辞，但自求为居巢长，术未识瑜意，当即依允。瑜即日辞行，到了居巢，闻得临淮人鲁肃，慷慨好施，就率数百人往访，乘便贷粮。（实是试肃。）肃一见倾心，便指家中储米两囷，分赠与瑜，每囷约三万斛；瑜以为与肃初会，便得他一囷厚赠，益信肃名不虚传，遂握手论交，订为知己，方才告辞。肃别瑜后，忽接袁术使命，令署东城县长，他阳为拜受，潜挈家中老幼，及同志少年百余人，竟诣居巢，就瑜商议。瑜问明来意，即呼肃表字道："子敬与我同意，我亦知术终无成，故乞得此差，以便东行。"说着，即弃官整装与肃渡江，使肃家留居曲阿旧宅，自偕肃往见孙策。策闻瑜复至，亲出迎瑜；瑜导肃相见，策与谈数语，亦知肃非常人，改容敬礼，且授瑜为建威中郎将，给兵二千人，骑五十匹，使偕肃出屯牛渚营；自领兵往讨丹阳贼帅祖郎，亲与搏战，活擒归营。郎匍匐谢罪，策微笑道："我前在曲阿，被尔无端掩袭，砍破马鞍，今被我擒来，本应处死；但自念创军立业，不宜记嫌，尔诚能自知前过，我当赦汝！不必惊慌。"郎接连叩头，情愿投诚。策即命释缚，署为门下贼曹。（缉贼之官。）

会闻刘繇旧将太史慈，窜居芜湖山中，结众数千人，自称丹阳太守，出略泾县，号召山越，欲与刘繇复仇，策复提兵往讨，连战数次，未能得手；嗣至勇里设伏，诱慈入险，才得将慈执住。策亲与解缚，笑握慈手道："尚记得神亭时么？若尔时为卿所获，可相害否？”慈亦笑答道：“也未可知。”策大笑道：“今当与君同休戚，幸卿毋嫌！”说着，即携慈入，延令上坐，咨问进取方法。慈谦让道：“破军之将，何足论事？”策婉驳道：“昔韩信得李左车，咨询大计，终得成功；今策欲向卿决疑，愿卿勿辞！”（惟能虚心用人，才为英雄。）慈乃说道：“刘军新破，士卒离心，若至四散，恐难复聚，愚意欲出抚余众，引为公助，未知公可相信否？”策起谢道：“这正为策所深愿，明日日中，望卿归来。”慈应声即去。诸将进谏道：“太史慈如何纵去？恐明日必不复还。”策摇首道：“子义乃青州名士，素尚信义，决不相欺。”（能知人，方能用人。）诸将似信非信。到了次日，策预备酒食，立竿候影，影至日中，太史慈果挈众归报。策下座相迎道：“卿真信人，不负策一番赏识呢！”遂命左右搬出酒肴，与共欢饮，至暮方散。越宿即署为门下督，使与祖郎同作前驱，班师还吴。嗣闻刘繇转奔豫章，得病身亡，余众万余人，欲奉豫章太守华歆为主，歆尚未敢受；策即进太史慈为折冲中郎将，遣令前往招安。且语慈道：“刘繇受命朝廷，名正义顺，我非敢与繇相抗，只因我先君遗众数千，尽属袁公路，不得不借此索兵，进据曲阿；我本遣从兄贲往守豫章，终因朝廷简授华子鱼，留贲不遣。（子鱼即华歆字，孙贲为豫章太守，由策所授，事见第七十五回；至此借策叙明前后，方不至矛盾。）公路僭逆，我即与绝交，可见我非真叛汉，不守臣节。今刘繇遽亡，恨我不及与他面辩；今繇子在豫章，未知华子鱼待遇如何，亦未知旧部肯否相依？卿可往宣我意，慰谕该部。该部愿来，便与同来，不愿来亦听彼自便，并看华子鱼能否抚民？一切劳卿裁夺，需兵若干，也由卿自酌罢！”慈答说道：“将军量同桓、文，宥慈死罪，慈当尽死报德；今奉命往抚，并非与争，兵不宜多，多兵反使滋疑，数十人便足敷用了！”说罢，即出外治装，隔宿起行。程普等进言道：“慈若出使，必北去不还！”策慨然道：“子义舍我，将依何人？”（知彼知己。）翌晨为慈送行，亲至昌门饯别，把腕与语道：“何时可还？”慈答称约六十日。两下分手，一出一归，左右尚谓遣慈非计。策作色道：“诸君勿复言，我知子义不轻然诺，行必践言，何至负我？”已而两月届期，慈果回吴，报称华子鱼无他方略，但期自守。策拊掌大笑道：“我亦料子鱼不过如此。”

转眼间已是建安四年，策正拟出兵西略，可巧袁术病死江亭，策扬眉吐气道：“袁皇帝也病死么？”（不意上下数千年，有两个袁皇帝。）究竟袁术如何病死，当时由策使人探明；小子也正好随笔补叙。自袁术僭号称尊，骄盈益甚，后宫数百，皆服绮罗，餍粱肉，独未肯赡给穷民。故司隶冯方家眷，避乱扬州，有女甚美，为术所羡，就令吏士强取入宫，列作嫔嫱，宠幸无比。后宫诸妇，各相妒忌，竟将冯女扼死，悬诸厕梁。术还道她别怀抑郁，投缳毕志，当即恸哭一场，厚礼丧葬。嗣是悼亡益甚，酿成心疾；又因孙策不肯相助，引为深忧，再加将士屡败，粮食告空，不得已毁去宫室，走向灊山，奔依部将雷薄、陈兰。谁知两将已有贰心，把他拒绝，士卒又沿途离散，害得他忧惶迫切，不知所为；乃遣使至冀州，愿将帝号让与袁绍。绍子谭方为青州刺史，寄书迎术。术改辕北往，道出徐州，偏有大军截住；探明何事，乃是刘备奉曹操令，在此邀击，自知不足敌备，慌忙退还。那后军辎重，已被备军夺去，没奈何欲南归寿春，行至江亭，距寿春尚八十里。时当盛暑，粮饷皆绝，只剩麦屑三十斛，分给随从，供不敷求，自己但食粗粝，不能下咽，欲乞蜜浆止渴，又无所得，不由得大呼道：“袁术袁术！奈何至此？”说到此语，胸前作恶，“哇”的一声，呕出许多狂血，接连不已，竟至斗余，倒毙床上。（一场皇帝梦至此告终。）妻子等抚尸哭罢，草草棺殓，携榇奔庐江，欲依太守刘勋。

前广陵太守徐璆，闻得术有传国玺，纠众还截，迫将玉玺缴出，方准过去。术妻无法，出玺付璆。（一报还一报。）璆始引众退去，自赴许都献玺，得拜高陵太守。一代国宝，总算是仍还故主，可惜也不能久有了！（为曹氏篡汉伏笔。）庐江太守刘勋，本为袁术部将，术家来奔，当然收纳，又招集袁术部曲，得数万人，兵势颇盛，苦未足食。事为孙策所闻，正好乘间西略；便召周瑜为中护军，部署兵马，即日起行。瑜献计道：“刘勋新得术众，若与交战，必费兵力；最好是劝他往取上缭；上缭豪民，各自举帅，拥粮甚多，勋必垂涎。待他往取，我借出讨黄祖为名，乘虚掩入，一举可得庐江了！”策闻言大喜，即遣使赍书与勋，加赠珠宝。果然勋利令智昏，出攻上缭，策与瑜倍道进兵，行抵石城，令从兄贲、辅两人，率兵八千，往屯彭泽，截勋归路；自偕瑜领兵二万人，往袭皖城。皖城为庐江治所，因勋他出，守兵不多，蓦闻策兵到来，并皆骇散。策得长驱入城，掳住刘勋妻子，就是袁术家属，亦尽作俘囚。部众除溃走外，统皆投降；惟策素严军律，不许残掠，所有术、勋两家妻小，均令释放，仍加抚养，余如子女玉帛，概不妄取。独访得乔公二女，皆有国色，因遣人礼聘，得邀乔公允许，送入一对姊妹花。策纳大乔，瑜纳小乔。小子有诗咏二乔道：

两英雄配两婵娟，作合天成算有缘。

可惜郎君皆不寿，红颜自古福难全。

郎才女貌，谐成伉俪，当然两情相惬，恩爱缠绵。嗣复接得孙贲捷报，已经击走刘勋，真是喜气重重，无求不遂了！欲知孙贲战胜后事，待至下回叙明。

吕布之勇，足以敌曹操，而智谋之不逮操也远甚！操之图布也久矣！督师东来，目无吕布；但布若能用陈宫之计，内外呼应，犄角相援，则操亦未必有成；就使挫失，布在城外，亦可远走，何至为操所擒乎？乃始则被惑于妇人，继则见嫌于部将，虎为人缚，摇尾乞怜，嗟何及哉！刘备之劝操杀布，亦知布之反复图己，终为后患，故借丁原、董卓事以晓操；而布乃死，而备乃得去一害，是固非徒为操计也。孙策继承父志，略定江东。而于祖郎之不报宿嫌，已昭大度；至擒太史慈于勇里之间，更能释缚周咨，坦然相与。一遣慈而不疑，再遣慈而仍不疑，慈固信士，然何莫非由策之推心置腹，有以致之。用人如策，乃足使人效死，袁术反是，宜其失猘儿之心，身死江亭，终为人笑也。

第七十八回　穿地道焚死公孙瓒　害国戚勒毙董贵妃

却说刘勋为孙策所欺，出攻上缭，上缭土豪，皆坚壁清野，敛守城中，勋竟无所得，屯兵海昏，为攻城计。忽闻孙策袭击皖城，慌忙退回；路过彭泽，被孙贲、孙辅截击一阵，败走流沂，遣使至夏口，向江夏太守黄祖处求援；祖遣舟师五千人援勋。当由孙贲申报孙策，策督兵亲往，大破勋军；勋逃往许都，勋部兵二千余人，及黄祖所遣战船数百艘，俱为策军所获。策得乘胜西进，锐击黄祖，祖率水军迎敌，并向刘表乞师。表遣从子虎，及部将韩晞，率长矛队五千人，助祖拒策；一场交绥，晞竟战死，虎亦逃回。黄祖孤立无助，也即退走，船械尽失，连妻子一概抛去，士卒杀溺至数万人。策乃回徇豫章，屯营椒丘，使功曹虞翻，招降华歆；歆有文无武，怎能御策？当即派吏欢迎，待策至豫章，自服葛巾出谒。策因歆素有才望，执子弟礼，待若上宾。于是实授孙贲为豫章太守，且分豫章为庐陵郡，增置郡守，即令孙辅任职，留周瑜镇守巴丘，旋师入吴。

小子叙到此处，不得不将刘备事迹，赶紧接入。（是用笔过峡处。）先是备随操入许，得见献帝，献帝与叙宗系，应呼备为叔，当然慰劳有加；操且表举备为左将军，出同车，坐同席，待遇甚优。惟备见操揽权逼主，隐怀不平，只因兵力甚微，无法报国，不得不容忍过去。操更诬称故太尉杨彪，私通袁术，收系狱中；还亏将作大匠孔融、侍中荀彧、许令满宠等，力为解救，始得赦出。议郎赵彦，恨操专横，上书劾操，为操所杀。操请献帝出猎许田，操射得一鹿，群臣错疑为献帝所射，齐呼万岁，操直受不辞。刘备与关羽等，随驾同猎，羽见操如此无礼，愤欲杀操，经备从旁阻止，方才住手；献帝也为怏怏，罢猎回宫。默思盈廷大臣，只有车骑将军董承，位兼勋戚，尚可与言，但无端宣召，又露形迹；不得已密令董贵人制就玉带一条，把手书藏入带中，用线缝好，赐与董承。承心知有异，剖视带中，得见密诏，乃与将军吴子兰、王服，及长水校尉种辑等，阴谋诛操。并邀同左将军刘备，共预密盟，备因谊关宗室，不能不允，但因操势方强，应从缓图，不可欲速，一面恐操生疑，就寓宅后园种菜，韬晦待时。会操邀备小宴，并坐饮酒，谈及四方枭杰，掀髯笑语道："今天下英雄，唯有使君与操。"话未说完，备不觉一惊，竟将手中所执的匕箸，失落席下。（方图韬晦，忽被曹操叫破，怎得不惊？）可巧天公做美，空中起了一个霹雳，响震厅堂；备即借此语操道："天威如此，怪不得圣人有言：迅雷风烈必变呢！"为此一语，得将自己失惊的情状，轻轻瞒过。及袁术欲奔往青州，备遂向操讨差，愿率关、张等，前去邀击。操遣裨将朱灵、路招，偕备同行，名为帮助，实使监制。哪知备既离虎口，得遂鸿飞，岂是朱、路两庸将所得牵掣？一到徐州，截得袁术若干辎重，即使朱灵、路招返报；自与关、张抵下邳城，伪传操令，诱刺史车胄出迎。（车胄刺徐州及刘备截袁术，俱见前回。）车胄不知是计，开城迎备，兜头碰着关羽，手起刀落，把胄劈做两段；当即枭首入城，只言车胄谋反，所以处死，余众无辜，一律免罪。兵民也未识真假，但教保全生命，自无异言。

备省视家属，甘、糜二夫人相安如故，却也放心。（插叙一笔，为下文再失妻小张本。）便留关羽守下邳城，自往小沛招集散兵，约得万人；复恐曹操遣兵来攻，特遣从吏孙乾，通好袁绍，倚为外援。绍方击死公孙瓒，得并幽州，原想南下攻操，既由刘备使命，乐得与他连和；即遣孙乾归报，备稍稍纾忧。但回忆公孙瓒为同学旧友，一跌赤族，不免伤心；且自别瓒以后，南救陶谦，正值赵云丧兄，辞归常山，好几年不与相见，亦未知他寄身何处？（八九回不及赵云，恐致阅者怀疑，故此处急忙补叙。）死别生离，俱劳感念，不得不北向唏嘘。究竟公孙瓒如何战死？亦应就此叙明。瓒徙居易城，高处层楼。（见第七十三回。）袁绍屡攻不克，贻书慰解，欲与释憾连和，瓒独不答，增修守备。且语长吏关靖道："当今四方虎争，无一能坐我城下，袁本初虽强，亦奈何我不得呢。"绍得闻此语，便大举攻瓒，各守将接连告急，瓒并不赴援，反语左右道："我若往救一人，人人都想我救，不肯力战了。"（全是呆话。）守将待援不至，或降或溃，绍军长驱直进，竟抵城下。瓒又急得没法，遣子续求救黑山，待久不至，乃欲自领突骑，出迎黑山援军，侵入冀州，横断绍后，偏经关靖谏阻，说是："主将一出，城必失陷，不如坚守待援，可却绍军。"瓒因即罢议。

已而黑山贼帅张燕，（即褚燕改姓为张。）使人诣瓒，报称起兵十万，来救易城，瓒当然大喜。过了旬日，仍然不至，乃复使人赍书促燕，且嘱子续引兵速来，举火为号，以便内应。不意瓒使出城，被绍军擒去，搜得瓒书，将计就计，便分兵埋伏北郊，纵火诱瓒。瓒还道由续举火，忙开北门，引军出应，哪知伏兵突起，奋击瓒军，瓒慌忙奔还，部众已伤亡大半，剩得残骑数百，逃回城中。绍督兵合围，暗凿地道，通瓒城下，瓒重楼寂处，未曾知晓。嗣由绍军在地穴内，用柱燃楼，楼辄倾倒，瓒始知难免，先缢死妻子姊妹，然后引火自焚，一道冤魂，随了祝融回禄，同往南方；部将田楷战死。关靖叹道："我若不阻将军出城，或得济事，今乃至此，我闻君子陷人危地，必与同难，将军既死，我岂尚可独生么？"遂拍马赴敌，力战而亡。（史称靖本酷吏，谄事公孙瓒，乃得邀宠，但观其甘与同殉，尚有忠忱。）黑山贼帅张燕，闻易城已破，当然罢兵。瓒子公孙续无家可归，流离朔方，旋为屠各胡所杀。

绍送瓒首入许都，曹操暗中加忌，对着绍使，说他未奉朝命，擅取幽州。绍使归报，触动绍怒，即欲兴兵攻操。监军沮授进谏道："近讨公孙瓒，师出历年，百姓疲敝，仓廪空虚，未可轻动。不如务农息民，养足锐气；然后进屯黎阳，规划河南，作舟楫，缮器械，分兵四出，令彼不得安，我乃用逸待劳，方可得志。"从事田丰，亦与授言相同。独郭图、审配，希承绍意，主张出兵。授又说道：“授闻救乱诛暴，方为义兵；恃众凭强，乃为骄兵。义兵无敌，骄兵必败。今曹操奉天子，令天下，若我军往攻，名义既乖，且曹氏法令既行，士卒精练。比那公孙瓒安坐受敌，全然不同。若不察敌情，驱众求胜，胜未可必，败实可忧！窃为明公不取哩。”郭图等仍然抗辩，决计南下。且谮授不从主意，未便监军，绍竟为所惑，分设三督，使授与郭图、淳于琼，各典一军，调兵十万，选马万匹，指日南行，为攻操计。

操正使曹仁、史涣诸将，出略河北，击毙张杨，遣将眭固，攻下射犬城。（眭固北通袁绍，屯驻射犬，见前回。）操亦自至河上，遥助军威。嗣闻绍将南来，乃还驻敖仓，与诸将会议进止，诸将恐绍军势盛，难与争锋。操奋然道：“我知袁绍为人，志大而智小，色厉而胆薄，忌克而少威，兵多而分划不明，将骄而政令不一；土地虽广，粮草虽丰，徒为我资，何惧之有？”（虽是安定众心，但袁绍之失，实尽此数语。）乃使臧霸等东进青州，防御袁谭，留于禁屯河上，复因官渡为南北要冲，派兵严堵，自还许都，安排粮械，准备敌绍。一面分遣辩士，招抚张绣、刘表。绣与操有隙，见了操使，听他一番词辩，却也有些动情，因此迟疑不决。

适袁绍亦遣使招绣，绣无所适从，特召贾诩入商。诩未曾申议，便顾语绍使道：“劳汝归谢袁本初，兄弟尚不相容，怎能容天下国士呢?”说得绍使无言可对，匆匆别去。绣惊诧道：“奈何拒绝袁氏?”诩直答道：“袁本初怎能成事，将军往从，徒自取祸。”绣接说道：“难道便投曹操么?”诩接说道：“不如往从曹公!”绣皱眉道：“袁强曹弱，操又与我有仇，怎可往从?”诩申说道：“正惟如此，所以宜从。曹氏方奉承天子，一宜从；袁氏方强，即去从彼，必不见重，曹氏尚弱，得我必喜，二宜从；曹氏既来招将军，岂尚记嫌，必且格外加亲，昭示大度，三宜从。将军勿再怀疑，即日往从便了!”（诩既劝绣降操，前日何不玉成邹氏，吾恐邹氏有知，死不瞑目。）绣乃带领亲从，与诩同赴许都，投降曹操。操见绣大喜，亲握绣手，欢颜抚慰，并开筵接风，殷勤款待。越日即引绣朝见献帝，面举绣为扬武将军，诩为执金吾，献帝自然依议；待朝退后，复愿与绣结婚，聘绣女为庶子均妇，绣也觉乐从，安居都下。（前日失去一位叔母，此时复赔了一个女儿，种种吃亏，尚有何乐？）

惟刘表观望不前，未肯遽与操合，操因刘表多疑少决，不足深虑，乃待诸后图。适孔融表荐一人，姓祢名衡，字正平，系平原少年，说他淑质贞亮，英才卓荦，见善若惊，嫉恶若仇，有鸷鸟累百，不如一鹗等语。操即使人召衡，衡素刚傲，不肯事操，一再托病，谢绝操使，并有狂言讥操。操闻报后，未免愤怒；但因衡素有才名，不便加刃，惟遣兵吏迫衡入府。衡无可再辞，昂然趋至，长揖不拜。操亦不命坐，由他站立，衡仰天叹道："四海虽大，恨乏人才。"操瞋目道："许都新建，贤士四集，怎得谓尚乏人才？"衡抗答道："大儿孔文举，（即孔融。）小儿杨德祖，（系弘农人杨修。）尚有才名。余子碌碌，皆不足数！"操狞笑道："想汝甫入皇都，未识朝中才士，就是我幕下文武，何一非才。"衡微哂道："公以为才，何人敢说是不才；但据衡看来，统是一姓家奴，毫无干济。荀彧但可使吊丧；荀攸但可使守墓；程昱但可使关门闭户；郭嘉但可使白词念赋；张辽但可使击鼓鸣金；许褚但可使牧牛放马；乐进但可使取状读诏；李典但可使传书送檄；吕虔但可使磨刀铸剑；满宠但可使饮酒食糟；于禁但可使负版筑墙；徐晃但可使屠猪杀犬；夏侯惇可称完体将军；曹子孝可呼要钱太守（子孝即曹仁字。）。此外更不必说了！"（痛快淋漓！）操怒问道："汝有何能？"衡答说道："上期致君，下期泽民，不似那庸夫坐食，但务逢迎！"操怒说道："闻汝纯盗虚声，徒善击鼓，可在我门下做一鼓吏罢！"衡也不推辞，应声趋退，操不容外出。

待至次日，即大集宾佐，置酒宴会，使鼓吏在阶下挝鼓。鼓吏例当易服，皆改装而入，衡独蹀躞登阶，见鼓便击，迭成渔阳三挝，章节悲壮，如骂如讽，座上客听入耳中，俱为动容。三挝已毕，衡进至操前，为吏所阻，且叱衡道："鼓吏何不改装？乃敢轻进！"衡并不答言，竟将衣服脱去，裸体立着，孔融也在座间，只恐衡得罪曹操，麾令下堂。衡退至鼓旁，徐徐更衣，又复三挝，声愈激越，挝罢自去。操笑语宾佐道："本欲辱衡，衡反辱孤。"阖座并皆不欢，席终散归。惟孔融心下未安，出责祢衡道："正平，大雅君子，可如是么?"衡默不一语，融再述操礼贤诚意，嘱衡往谢，衡沉吟半晌，方才允诺。融乃复入见操，谓衡有狂疾，现已清醒，当来谢罪，操点头会意；待融去后，饬门吏不得阻客，专望衡至。等到日暮，由门吏踉跄入报道："大胆祢衡，敢在营门外面，用杖棰地，呼号叫骂，语多狂悖，请收案治罪!"操艴然道："祢衡竖子，我欲杀他，不啻雀鼠，惟此人颇有虚名，人将谓我不能容物，所以加诛，今我有一法，叫他往谕刘表便了。"（却是一条好法儿。）于是传令出去，叫衡前往荆州，招降刘表，限他越宿起行，且预嘱门下谋士，在城南饯行。到了翌晨，便命骑士促衡登程，衡尚不欲往，经骑士再四催逼，乃草草收拾行李，上马出城。但见南门外摆着酒肴，有一簇人马待着，只好下骑相见，哪知一班衣冠楚楚的人物，名为饯行，俱端然坐着，并不起迎。衡用目四顾，失声大哭，大众不能不问，衡挥泪道："坐为冢，卧为尸，我与尸冢相对，怎得不悲?"说罢，仍然上马，加鞭径去。大众还报曹操，操笑说道："我不杀衡，自然有人杀衡，看他狂生能活到几时?"

言未已，忽有人入报道："刘备在徐州勾通袁绍，谋袭都城。"操愤愤道："备前遣还朱灵、路招，擅杀车胄，我正要讨伐，他还敢前来谋我么?"长史刘岱，方在操侧，听了操言，即自请效力，东出击备。（此刘岱与前兖州刺史同名异人，兖州刺史刘岱已死，罗氏《三国演义》并作一人，实是误会。）操乃令与中郎将王忠，引兵万人，往攻徐州。岱、忠两人，本来是没甚智略，一到徐州境内，便已遇着备军，当下摆好阵势，请备答话，备纵马出见，岱责备忘恩负义，难逃一死。备从容答道："我非敢有背曹公，实因车胄谋害，不得不将他杀死，请二将军返报曹公，免伤和气。"岱、忠齐声道："何人信汝谎言，快快下马受缚，免得我等动手!"备不禁失笑道："曹公自来，胜负或未可知，如汝等碌碌庸才，就是来了一百个，我也不怕。”（当面嘲笑。）岱、忠听着，双槊并举，上前攻备，备背后已突出关羽、张飞，把他截住，四将四骑，绕场厮杀，岱、忠哪里是关、张敌手，不到数合，便即败走，关、张驱杀一阵，由备鸣金收军，方才退回。岱、忠窜至数十里外，方敢下营；遣人至许都报操，再请济师。操因残腊已届，勉强忍耐，拟在许都度过新年，乃亲出攻备，好容易已是建安五年。

车骑将军董承，见操专横日甚，潜使人致书刘备，使作外援，自为内应，一面与吴子兰、王服等，暗地安排，日夕筹备。谁知事机不密，竟为操所探悉，立即遣派兵吏，把董承等一并拿下，拘系狱中。操带剑入宫，竟向献帝索交董贵人，献帝方与伏后闲坐，谈及曹操弄权，互相叹息，蓦见操抢步趋入，满面怒容，不由得大惊失色。操开口道：“董承不道，竟敢谋反，请陛下即日治罪。”献帝嗫嚅道：“董承系朝廷勋戚，如何也至谋反呢？”操又说道：“老臣迎驾至此，并未尝有负陛下，董承自恃国戚，竟想害死老臣，臣若被害，陛下恐亦连及，岂不是谋反么？”献帝道：“果有实据否？”操张目道：“证据昭然，并非诬陷，陛下如袒护董承，莫非教他杀臣不成？”（全是无赖徒口吻。）献帝本有密诏谕承，至此越觉心虚，只好说是：“董承有罪，当依法惩治。”操厉声道：“尚有董承女儿，在宫伴驾，应该连坐。”说着，即喝令卫士往拿董贵人，卫士不敢不依，去了半晌，便将董贵人牵出。操复向献帝道：“此女应即处死。”献帝呜咽道：“董女方怀妊数月，俟分娩后，治罪未迟。”操悍然道：“无论董女尚未生育，就使已生子嗣，亦当尽戮，怎得留下种子，为母报仇？”（竟欲绝龙种耶？与弑逆何异？）献帝听了此语，吓出一身冷汗，连话儿都说不出来。看那董贵人的惨容，更似万箭穿胸，异常痛苦，再听得一声呼叱，竟将董贵人拖出宫去，急得献帝说出数语道：“曹公！汝若能相辅，幸勿过甚，否则不妨相舍。”操掉头不顾，趋出宫外，令将董贵人勒死！再至朝堂，晓示刑官，令将董承、吴子兰、王服、种辑等，一并斩首，并夷三族。可怜一班奉诏图奸的大臣，竟至全家诛戮，惨不忍闻！小子有诗叹道：

敢将毒手逞宫闱，凄绝孱皇空泪挥；

为语古今名阀女，生生莫作帝王妃！

曹操既杀死董承等人，复督兵出攻刘备。欲知刘备能否敌操，且至下回详叙。

公孙瓒之致死，其失与袁术相同。术死于侈，瓒亦未尝不由侈而死。观其建筑层楼，重门固守，妇女传宣，将士解散，彼且诩诩然自夸得计。一则曰吾有积谷三百万斛，食尽此谷，再觇时变；再则曰当今四方虎争，无一能坐吾城下。谁知绍兵骤至，全城被围，鼓角鸣于地中，柱火焚于楼下，有欲免一死而不可得者，较诸袁术之结局，其惨尤甚！《传》有之，“侈为恶之大。”非虚言也！若张绣、刘表，亦皆碌碌不足道，以视祢正平之渔阳三挝，俱有愧色。正平虽狂，骂曹一事，却是痛快！曹操犹不知悛！竟诛夷国戚，勒毙皇妃，操之目无汉帝，至此尽露。而陈寿作《三国志》，尚事事回护操贼，操得为忠，王莽如何为逆乎？

第七十九回　袁本初驰檄疗风疾　孙伯符中箭促天年

却说曹操整缮军马，出攻刘备。诸将恐袁绍南下，乘虚袭许，多有异言。操独谓刘备人杰，定宜早除；还有祭酒郭嘉，亦赞成操意，说是绍性多疑，来必迟缓，不如先击刘备，较为得计。操遂督兵出都，直达徐州，刘备闻报，自知寡不敌众，急遣从事孙乾，驰往冀州，向绍乞援。

绍因幼子有疾，无意进兵。别驾田丰进谏道："曹、刘相争，未可猝解，何不乘机袭许，既可杀备，又可灭操。"绍唏嘘道："我三子中，惟少子尚最中我意，今不幸罹疾，累我忧劳，尚有何心再谈军事。"说着，即遣归孙乾，但言子疾得痊，才可出救，乾无奈别归。田丰趋退，用杖击地道："欲图天下，乃因婴儿得病，坐失机会。岂不可惜么？"（此机一失，袁、曹成败从此分了！）绍终不变计，敛兵如故。

刘备日夕待援，至孙乾归报，方知绍无心出救，只好督率张飞，引众出敌。操兵约数万人，比备兵多过数倍，就使张飞骁勇，究竟敌不住操兵；操且令部众分作数路，前后左右，四面杀入，顿致刘备、张飞，不能相顾，及两人杀出重围，彼此失散，又被操军遮断归路，不能再回小沛城。飞向芒砀山窜去，备竟走青州。

操得攻下小沛，复移军转攻下邳，下邳由关羽把守，就是甘、糜二夫人，也居住城中。操军漫山遍野，奔至城下，把全城团团围住，关羽屡次杀出，均被操军截回。操令张辽招降关羽，羽想自己单刀匹马，尚可突围，惟二嫂俱系女流，如何得脱？没奈何与张辽定约，只降汉，不降曹；且与刘备义同生死，若闻备投向何方，即当往依云云。（为关公保全身份，故采入稗史中语。）张辽返报曹操，操一一允许；再由辽告知关羽，羽乃出降。操挈羽归许，羽偕二嫂同行，沿途寄宿馆驿，操令羽与二嫂同室，羽秉烛达旦，坐读《春秋》，彻夜不倦。操自此重羽，回都以后，拜羽为偏将军，待遇甚厚，五日一大宴，三日一小宴；并将吕布遗下的赤兔马，转赠予羽。羽虽然拜谢，心下总不忘刘备。操尝使张辽探试羽意，羽慨答道："我亦感曹公厚惠；但与刘将军誓同生死，义不可忘，我终不能常留此地，但须立功报效曹公，方敢辞去。"（两面顾到，情至义尽。）辽闻言叹息，回报曹操。操不禁赞美道："好义士！事主不忘本，恨不能叫他久留呢！"辽答道："羽受公恩，谓必当立功以报，想一时总不至遽去。"操点首道："我所以称他义士呢。"（足令奸雄心服。）

过了旬余，操患头风痛，卧病床上。忽由左右呈入一纸，由操取阅，乃是一篇檄文。但见纸上写着：

盖闻明主图危以制变，忠臣虑难以立权。是以有非常之人，然后有非常之事；有非常之事，然后立非常之功。夫非常者，固非常人所拟也。曩者强秦弱主，赵高执柄，专制朝命，威福由己，终有望夷之祸，污辱至今。及臻吕后，禄、产专政，擅断万机，决事省禁，下陵上替，海内寒心，于是绛侯、朱虚，（绛侯周勃；朱虚侯刘章。）兴威奋怒，诛夷逆暴，尊立太宗，故能道化兴隆，光明融显，此则大臣立权之明表也。司空曹操祖父腾，故中常侍，与左悺、徐璜，并作妖孽，饕餮放横，伤化虐民，父嵩乞丐携养，因赃假位，舆金辇璧，输货权门，窃盗鼎司，倾覆重器。操赘阉遗丑，本无令德，僄狡锋侠，好乱乐祸。幕府董统鹰扬，扫夷凶逆，续遇董卓，侵官暴国，于是提剑挥鼓，发命东夏，广罗英雄，弃瑕录用，故遂与操参咨策略，谓其鹰犬之才，爪牙可任。至乃愚佻短虑，轻进易退，伤夷折衄，数丧师徒。幕府辄复分兵命锐，修完补辑，表行东郡太守，兖州刺史，被以虎文，授以偏师，奖就威柄，冀获秦师一克之报。（引用《春秋》秦孟明事。）而操遂乘资跋扈，肆行酷烈，割剥元元，残贤害善。故九江太守边让，英才俊逸，天下知名，以直言正色，论不阿谄，身被枭悬之戮，妻孥受灰灭之咎。自是士林愤痛，人怨天怒，一夫奋臂，举州同声，故躬破于徐方，地夺于吕布，彷徨东裔，蹈据无所。幕府惟强干弱枝之义，且不登叛人之党，（指吕布。）故复援旌擐甲，席卷赴征，金鼓响振，布众破沮，拯其死亡之患，复其方伯之任。是则幕府无德于兖土之民，而有大造于操也。会后銮驾东返，群虏乱政，时冀州方有北鄙之警，匪遑离局，故使从事中郎徐勋，就发遣操，使缮修郊庙，翼卫幼主。（是袁绍自己回护之笔。）而便放志专行，胁劫省禁，卑侮王僚，败法乱纪，坐召三台，专制朝政，爵赏由心，刑戮在口，所爱光五宗，所怨灭三族，群谈者受显诛，腹议者蒙隐戮，道路以目，百辟钳口，尚书记期会，公卿充员品而已！故太尉杨彪，历典二司，元纲极位，操因睚眦，被以非罪，搒楚并兼，五毒俱至，触情放慝，不顾宪章。又议郎赵彦，忠谏直言，议有可纳，故圣朝含听，改容加锡，操欲迷夺时明，杜绝言路，擅收立杀，不俟报闻。又梁孝王为先帝母弟，坟陵尊显，松柏桑梓，犹宜恭肃，而操率将校吏士，亲临发掘，破棺裸尸，掠取金宝，至令圣朝流涕，士民伤怀！（操攻徐州，焚庐发墓，连及梁孝王冢，操知而不问。）又特署发丘中郎将、摸金校尉，（亦是深文之笔。）所过毁突，无骸不露，身处三公之官，而行桀虏之态，殄国虐民，毒施人鬼。加以细政苛惨，科防互设，缯缴充蹊，坑阱塞路，举手挂网罗，动足蹈机陷；是以兖、豫有无聊之人，帝都有呼嗟之怨。历观古今书籍所载，贪残虐烈无道之臣，于操为甚！幕府方诘外奸，未及整训，加绪含容，冀可弥缝。而操豺狼野心，潜包祸谋，乃欲摧挠栋梁，孤弱汉室，除灭忠正，专为枭雄。往岁伐鼓北征，讨公孙瓒，强御桀逆，拒围一年。操因其未破，阴交书命，欲托助王师，以相掩袭，故引兵造河，方舟北济。会其行人发露，瓒亦枭夷，故使锋芒挫缩，厥图不果。今复屯据敖仓，阻河为固，乃欲运螳螂之斧，御隆车之隧！幕府奉汉威灵，折冲宇宙，长戟百万，骁骑千群，奋中黄、育、获之士，骋良弓劲弩之势，并州越太行，青州涉济、漯，大军泛黄河以角其前；荆州下宛、叶而掎其后。雷震虎步，并集虏廷，若举炎火以焚飞蓬，覆沧海而注熛炭，有何不消灭者哉？方今汉道陵迟，纲弛纪绝，圣朝无一介之辅，股肱无折冲之势，方畿之内，简练之臣，皆垂头搨翼，莫所凭恃，虽有忠义之佐，胁于暴虐之臣，焉能展其节。操又以精兵七百，围守宫阙，外托宿卫，内实拘执，惧其篡虐之萌，因斯而作。此乃忠臣肝脑涂地之秋，烈士立功之会，可不勖哉！（未及董承父女事，想袁绍尚未闻知。）今操矫命称制，遣使发兵，恐边远州郡，过听给与，违众旅叛，（旅，助也。）举以丧名，为天下笑，则明哲不取也。即日幽、并、青、冀，四州并进，郡邑亦各整义兵，罗落境界；举武扬威，并匡社稷，则非常之功，于是乎著。其得操首者，封五千户侯，赏钱五千万！部曲偏裨将校诸吏降者，勿有所问。广宣恩信，班扬符赏，布告天下，咸使知圣朝有拘迫之难，如律令！

操阅罢檄文，不由得汗流浃背，连头风病都皆发散，一跃而起。顾问左右道："这想是袁绍传来的檄文，文笔却佳，可惜武略不足呢！"遂遣侦骑四出，往探绍军动静。

绍因幼子患病，不愿援备，及备奔至青州，由刺史袁谭迎入。谭系绍长子，曾由备举为茂才，至是格外敬礼，作书报绍；绍亲至邺中，迎备入冀州，便拟起兵攻许。田丰复入谏道："曹操既破刘备，班师回许，许都已不复空虚，未便进攻，且操善用兵，更难轻敌，今将军据有四州，依山带河，诚能外结英雄，内修农战，然后简选精锐，作为奇兵，乘虚迭出，分扰河内，彼救左，我击右；彼救右，我击左。我尚未劳，彼已大困，不出三年，操可坐灭了！"（亟肆以疲之，多方以误之，确是古今良策。）绍不肯依言，丰再三强谏，致忤绍意，竟将丰械系狱中；特令记室陈琳，草就檄文，数操罪恶，颁行远近。琳前为大将军主簿，避乱至冀州，由绍用为记室，本来是一支大手笔，所以传檄至许，能令操头风忽痊，叹为奇文。

绍即调齐四州人马，共十余万，进攻黎阳；特遣大将颜良，攻白马城。监军沮授，预料绍不能胜操，只因田丰得罪，未敢再谏，临行时取出家资，分给宗族道："主骄卒惰，轻出必败，扬雄有言：'六国蚩蚩，为嬴弱姬。'今日情势，却是相似，我此行恐不复返了！"至绍遣颜良攻白马城，乃进谏道："良虽骁勇，但性情促狭，不宜专任。"绍仍不听。东郡太守刘延，因白马被围，向操告急。操已探得袁绍出兵，正拟亲往拒敌，一闻刘延告急，当即倍道趋救；关羽亦辞过二嫂，随操同行。（意在报操。）将至白马，军师荀攸白操道："敌众我寡，宜遣偏将西出延津，作为疑兵，待绍西向防堵，我乃直达白马城，掩他不备，定能擒住颜良了。"操依计而行，果闻绍中计西往，当即进逼颜良，压营立阵。良不意操兵骤至，仓猝接战，甫经出营，在麾盖下指挥兵士；不料突来了一位大刀将军，骤马直前，冲开甲仗，手起一刀，向颜良面上劈入，良措手不及，竟被他砍落马下，枭取首级；回马出阵，如入无人之境。看官道是将为谁？原来就是立功报曹的关云长。河北兵士，失了主将，当然大乱，操军乘势追杀，斩获甚多，余众皆遁，白马解围。操见了颜良首级，即录关羽为首功，表封汉寿亭侯，一面移屯河西。

绍闻颜良战死，顿时大怒，亟渡河来追操军。沮授又谏绍道："胜负变化，不可不详，今宜留驻延津，分守官渡，量敌后进，方为善策。"绍哪里肯从？还有骑将文醜，与颜良并名河北，并相友善，誓为颜良报仇，愿作先锋；且闻颜良为关羽所杀，特邀刘备同往一行，验明虚实。绍即令先往，并使刘备继进，备毫不推辞，欣然同去。（也欲探听关公消息；且若不与文醜同行，更足惹疑取祸。）绍亦督领大军，随后渡河。沮授行至河滨，望流兴叹道："上骄下贪，不败何待？悠悠黄河，奈何遽渡呢！"说罢，即托称有疾，向绍辞职。绍又不肯许；惟裁减沮授属部，归入郭图管领，授无奈渡河，至延津南岸，方由绍下令安营，专待前军消息。文醜领兵急进，遥见操军在南陂驻扎，不过数千人，惟马匹散放甚多，（明是诱敌。）当下纵兵抢马。操军大呼道："贼军来了！请急收马匹。"操独不顾，（好狡猾。）荀攸向前摇手道："这正是诱敌计，何必收回?"说到此句，回顾操容，作微笑状，乃退不复言。（荀攸亦乖。）说时迟，那时快，文醜兵已争抢马匹，行伍错乱；操却麾军进击，大破醜军。醜自恃有力，还想拼命力战，不防操军中突出一将，提刀截住，交战数合，又将醜劈下马来，这人就是新任汉寿亭侯关羽。（史传只称羽斩颜良，不及文醜，但稗史俱归功关公，今从之。）刘备尚在后部，因文醜被杀，操兵追赶过来，也只得退回。绍连失大将二员，不禁夺气，待至刘备回军，起初尚没甚话说，及探闻颜良、文醜俱死关羽手中，禁不住怒气冲冠，欲向刘备问罪。还是刘备能言善辩，谓当招回关羽，共灭曹操，说得绍又心动，便令备致书相招，自屯军阳武县境，与操相持。

操还想再战，会闻黄巾余党刘辟，起兵汝南，响应绍军，连下河南诸郡县，许都戒严，那时不得不回顾根本，只好退军官渡，令将士等闭垒固守，自率关羽等回许。羽至许都，方接到刘备来书，乃告知二嫂，将累次所得赏赐，封置库中，送还汉寿亭侯印绶，作书辞操。操将印绶发还，遣使慰留；羽亲往告辞，操托故不见。于是羽迫不及待，竟备车载好甘、糜二嫂，带了十余名旧役，即日起行，把印绶悬挂堂上，余物一概不取；但将赤兔马乘坐了去。当有人报知曹操，操很是叹惜。诸将请引兵追还，操摇首道："不忘故主，来去分明，真是天下第一义士，我前已许约，未便失信，听他自去，不必追还了！"（是奸雄过人处。）羽奉二嫂驰出都门，一路无阻。（稗史中有过关斩将事，未免附会，操既不愿追还，自无阻碍，故不从稗史。）

途次有一骑士奔来，叩马拦阻，羽勒缰视明，并非别人，乃是刘备亲吏孙乾。因问他何故到此？乾答说道："刘将军投奔袁绍，颇见优待；惟因绍性多疑，部将又互相猜忌，恐将来未必有成，所以向绍讨差，往会汝南刘辟，恐公未知情迹，误投绍军，或反被害，特使乾前来关照，今幸得相遇，请转往汝南便了！"羽乃与乾拍马南行，路过古城得见张飞。飞还道羽降曹操，挺着长矛，恶狠狠地与羽拼命，亏得甘、糜二夫人，从旁劝解，并述历来艰苦，飞始掷矛至地，向羽哭拜，（是谓莽将。）导入城中，设宴话旧。羽令飞保护二嫂，暂住古城，自与孙乾同赴汝南，往会刘备。哪知备又还赴绍军，原来操遣曹仁为将，往击刘辟，辟众究系乌合，战败即奔，备无可依止，只好仍投袁绍，累得关公奔走南北，白费艰辛，没奈何再向北行，待至后文再表。

且说孙策吞并江东，通好曹操。操方经营河北，无暇顾及江南，又因策英武迈众，特加笼络，许将弟女配策季弟匡，又为次子章娶孙贲女，礼辟策弟权、翊。策亦知操为奸雄，虚与酬应，通使往来。嗣闻操出拒袁绍，也想进袭许都，奉迎献帝，乃密治军马，届期待发，忽由巡江将吏，拿住细作一名，密书一封，解送策前。策披书阅毕，不禁大怒，看官道是何书？由小子略述如下：

> 孙策骁勇，与项籍相似，宜加贵宠，召还京邑，彼若被诏，不得不还；否则常留外镇，必为后患！

书末署名，乃是吴郡太守许贡。策怒问细作，才知贡阴通曹操，故有是书。当下派吏召贡，托名议事；贡尚未知使人被获，便即趋至，策取书示贡，贡还想抵赖，即与寄书人对质，贡无从再辩，呆如木偶。策呵叱道："汝欲断送我性命么？"遂顾令左右，将贡牵出，绞死了事。

策性喜微行，更好游猎，功曹虞翻，常为谏阻，策亦知翻忠，终未能改。一日带了骑士数名，出猎西山，突有一鹿趋过马前，急驰而去。策即纵马逐鹿，马甚雄骏，捷足如飞，从骑都不能及，偏鹿亦向前腾跃，窜入林中。（此鹿亦孙策冤家。）策尚不肯舍，向林探望，鹿却不知去向，只有三人持弓立着，策便疑问道："汝等何人？"三人答系韩当部兵，在此射鹿。策还有疑意，且行且顾，不意一箭飞来正中面颊，当下忍痛拔箭，取弓回射，一人应弦倒地。尚有两人大呼道："我等是许贡家客，特来与主人报仇！"说着，即用箭乱射，策用弓抵拒，一箭未了，又是一箭，正危急间，从骑已到，一拥上前，把两人砍作肉泥。策面上受伤，流血不止，忙纵马归来，命医调治。医称箭头有毒，必须静养，不宜动怒，过了百日，方可无虞。

看官试想，这孙伯符年少气锐，怎肯百日不出，安养府中？勉强休息数天，觉得创痕渐愈，遂召集将佐，出阅城楼。凭眺良久，闻得城下有喧哗声，当即俯首一瞧，见有许多士民，绕住道人，团围下拜，不由得忿怒起来，正要顾问将佐，不料将佐亦纷纷下楼，迎拜道人。策勃然怒道："是何妖人？惑众至此，左右快与我擒来！"左右齐声道："这道人叫做于吉，普施符水，救人百病；地方上呼为于神仙，未可轻拿。"策愈怒道："汝等敢违命令么？"一语说出，左右不敢不遵，只得下城去拿于吉，策亦回至府舍，专待于吉拿到。未几已将于吉拥至，策拍案道："汝敢妖言惑众，罪应斩首！"于吉答道："贫道在曲阳泉上，得神书百余卷，依方疗病，并未惑人，何致坐罪？"策叱道："想汝就是张角余党，若不加诛，贻害无穷。"说至此，即欲将吉处斩，将吏各上前劝阻，惹得策怒上加怒，喝令立斩于吉。忽有屏后趋出内侍，口传太夫人命令，召策入语，策乃命将于吉暂系狱中，入谒母夫人吴氏。

吴太夫人语策道："于先生亦助军作福，医护将士，不宜加害。"策懊恨道："于吉妖妄，煽惑众心，儿方阅城楼，将佐等多弃儿下楼，往拜妖道。母亲试想儿为城主，号令不行，反使妖道逞志，还当了得么？"言未已，外面又有连名保章递入，乞赦于吉。策盛怒复出，又欲杀吉。还是将吏想出一法，说是天方干旱，可令于吉祈雨，如若不应，再杀未迟。策乃命从狱中提出于吉，令他祷雨，缚置地上，就烈日中晒了多时。吉念念有词，果然黑云四合，大雨滂沱。（于吉若果能祷雨，何至不能逃生？这恐是史乘误传，不足尽信。）将士等无不腾欢，争至吉前，释缚称谢。策瞧入眼中，越加忿恨，竟抢步趋出，拔剑在手，喝开众人，把于吉挥作两段，且命将吉尸陈诸市曹，不准收殓；越宿复使人往视吉尸，报称不知所在。（想是由将士偷葬。）策又欲追究，可巧母夫人吴氏趋至，向策泣语道："汝连日瘦损，奈何尚不知静养呢?”策乃揽镜自照，一声惊呼，金疮迸裂，晕倒地上。小子有诗叹道：

暴虎冯河死亦宜，圣人垂戒不吾欺；
猘儿逐鹿犹遭厄，才信躬行贵自持。

欲知孙策性命如何，并至下回再详。

陈琳一檄，原是杰作，后世尚脍炙人口，无惑乎曹操之惊为绝倒，一跃而起也。惟他人处此，必怒不可遏，而操独目笑存之，操之所以过人者无他，即此不动声色，处变如常耳！至若关羽既降，立功白马，即决然舍去，羽之义原足以服操，操之信亦足以孚羽，盖不失信于一人，乃足以驭千万人。操固人杰，惜乎其心术不纯，终至播恶也。若孙策之少年盛气，虽若可以有为，而意气未平，卒遭仇人之暗算，或谓其冤杀于吉，被祟而亡。夫于吉亦何能祟策，策之死实受伤于许贡之三客耳。然于吉之戮非其罪，究不得谓策之明刑。古人云：“有容德乃大。”如策之度量褊浅，虽天假之年，亦未必能建大功，故舍德论才，吾不能不首推阿瞒云。

第八十回 焚乌巢曹操屡施谋 奔荆州刘备再避难

却说孙策揽镜照形，遂致晕倒，究竟为着何事？原来镜中现出于吉，令策生惊，所以倒地。及经左右舁置床上，竭力施救，方得复苏。自知不能再起，乃召长史张昭等入嘱道："中国方乱，不能遽平，我得据有吴越，地控三江，（吴淞江，钱塘江，浦阳江。）根本既立，本思与卿等共图大业，不意天不永年，无可挽回，卿等可善辅我弟，静观成败。"说至此，顾见弟权在侧，便将印绶取交，且语权道："决机战阵，与天下争衡，卿不如我；举贤任能，各使尽心，安保江东，我不如卿。卿宜念父兄创业艰难，毋自贻误。"权涕泣拜受。策又与母吴氏、妻乔氏等诀别，瞑目竟逝，年止二十六岁。（难为大乔。）

权见策已殁，哭倒床前，张昭从旁劝止道："这时非一哭所能了事，应勉承先志为是。"乃使权易服，扶他上马，使出巡军；且率僚属上表朝廷，下饬内外文武百官，照旧供职。周瑜在巴丘闻讣，星夜奔丧，驰入吴会，权令与张昭共掌国事，一面料理丧葬，措置如仪。时权年方冠，各属地未尽服从，幸亏张昭、周瑜，悉心辅弼，招贤求治，始得复安。太夫人吴氏，亦明达事机，在内筹划，诸政毕理。

既而许都遣回张纮，令为会稽东部都尉，且赍奉诏书，授权为讨虏将军，领会稽太守。纮前为孙策所遣，入贡方物，曹操留他为侍御史，差不多有两三年。至袁、曹相争，策欲袭许，颇有风声传入都中，自操以下，俱有戒心；独郭嘉料策轻佻无备，必为匹夫所制，未足深忧，果然不出所料，策即殒命。操得策凶耗，便欲乘丧东略。侍御史张纮，谓乘丧非义，倘或不克，反致弃好成仇，不如羁縻为是。（名为曹氏，实助孙权。）操乃表权为讨虏将军，即使纮东还辅权，劝权内附，纮因此奉诏归吴，权母吴太夫人，因权尚年少，委纮与张昭共事，纮随时献替，知无不言。

周瑜复荐入鲁肃，说他才足匡时，权即引为宾佐。又有琅玡人诸葛瑾，表字子瑜，避乱江东，敏达有识，权亦闻名延入，待若上宾，嗣即令为长史，转中司马。他如汝南人吕蒙，擅长军事，令为别部司马，教练甚勤。会稽人骆统，素孚物望，令为功曹，行骑都尉事。统尝劝权尊贤接士，勤求民隐。下蔡人周泰，寿春人蒋钦，余姚人董袭，庐江人陈武，皆随策有年，转战立功。泰字幼平，曾随权居守宣城，突遇山贼围攻，权几为所害，亏得泰翼权出围，身中数十创，死里逃生，因此权倚若心膂，待遇较优。尚有吴人陆绩，年六岁往谒袁术，术出橘为饷，绩怀藏三枚，至拜别时，橘竟堕地。术笑语道："陆郎来此作客，乃怀橘引去么？"绩跪谢道："欲归遗老母。"术乃叹为奇儿。至孙策在吴，与张昭、张纮等共谈武治，绩年少末坐，起身遥答道："管仲相齐桓公，九合诸侯，不用兵车，孔子亦谓远人不服，须修文德，今闻诸公徒尚武力，绩虽童蒙，未敢赞同，还请诸公三思！"（名论不刊。）说得张昭等俱为动容，策亦另眼相看，后来绩博览群书，兼通历数，事权为奏曹掾，以忠直闻。此外一班旧将，如程普、韩当、黄盖、太史慈等，并勠力辅权，江东基业，得从此渐固了。（总叙一段，见得孙权守业，全赖得人之力。）

且说曹操既表封孙权，羁縻东方，乃复出临官渡，与袁绍决战。绍屯兵阳武，探得操再出督师，也欲引军前进。沮授进谏道："我军虽众，勇猛不若彼军；彼军虽精，粮储不若我军，彼军利战，我军利守。最好是坚持不动，待至彼军粮尽，不战亦溃，还怕不能制胜么？"绍怒叱道："汝怎得屡沮士心，看我前去破操，再来问汝！"说着，便麾军大出，进逼官渡，择地立营，绵亘至数十里。操亦分营抵御，发兵挑战。绍军锐气方盛，并力杀出，无人可当，曹军招架不住，且战且退，还丧失了好多人马，操亲率精兵援应，方得战退绍军，收军回营。过了两日，整军再出，又复失利，乃还营静守，徐觇敌变。绍却至操营外面，四筑土山，上设高橹，令弓弩手登楼射箭，飞入操营。操兵大惊，慌忙用盾蔽身，尚有数人中箭毕命。操见军心慌乱，忙集谋士商议，想出一种御敌器械，连夜制造，叫作发石车，车中储石，扳机发动，能击空至数丈以上，车既造成，便向着土山，冲击上去，石势激射，毁坏楼橹，绍军无处藏躲，多被打得头破血流，因骇呼为"霹雳车"。（此即后世用炮之滥觞。）嗣是绍军不敢登高放箭，操营少安。绍又令军士夜凿地道，欲通操营，操命在营内四面掘堑，环水自固，绍亦计无所施。两下里持至月余，操军渐疲，粮又不继，各将士多有归志，累得操亦踌躇莫决，自思侍中荀彧，留守都中，不如派人往询，令决进退，乃使人赍书致彧。数日即得彧复书，操急忙展览，书中略云：

> 绍悉众聚官渡，欲与公决胜负，公以至弱当至强，若不能制，必为所乘，是天下之大机也。且绍布衣之雄耳！能聚人而不能用，以公之神武明哲，而辅以大顺，何向而不济。今谷食虽少，未若楚、汉在荥阳、成皋间也。是时刘、项不肯先退者，以为先退则势屈也。公以十分居一之众，划地而守之，扼其喉而不得进，已半年矣，情见势竭，必将有变，此用奇之时，不可失也，惟明公图之！

操阅书后，决计不退，但令侦骑四探敌踪。忽由徐晃部将史涣，拿住绍谍一人，问明敌情，得知绍遣将韩猛，至冀州运粮，即日可至，因报知徐晃。晃转白曹操，荀攸在旁进议道："绍将韩猛，恃勇轻敌，若使良将绕道往击，定可得胜。"操问何人可使？攸即举徐晃。晃亦自愿效力，便率史涣等往截韩猛。猛押粮车数千乘，将到官渡，适被徐晃截住，两下厮杀，倒也是个敌手，不防史涣潜至猛后，放起一把火来，焚毁粮车，遂致猛心慌意乱，拍马返奔。晃驱军杀上，与史涣合烧辎重，数千辆粮车，统化劫灰，乃引兵回报，得操奖叙，自不必说；独韩猛剩了一双空手，回见袁绍，绍即欲斩猛，经众官一再劝解，才得免死。

绍复遣兵运粮，特选大将淳于琼，带领万骑，驻扎乌巢，保护运兵来往。（也算惩前毖后，可惜仍遣醉汉。）琼领命自去。沮授复入白道：“琼出屯乌巢，尚系孤军，未足深恃，可另遣偏将蒋奇，作为支队，巡弋乌巢，既可防操，又可援琼，庶不致误。”绍摇首不答，授怅怅趋出。又由谋士许攸入谏道：“操兵本来不多，今悉众拒我，许都必虚，若遣军袭许，幸得攻克，可奉帝讨操，操必成擒，就令未下，亦好使操首尾奔命，破操也不难了！”（确是妙计。）绍仍然不从。攸尚欲有言，忽由统军审配趋入，报称攸家属犯法，应拘系论罪，绍遂怒目顾攸道：“汝不能正家，还敢向我饶口么?”说得攸且惭且愤，奋然出帐，自思与操有旧，径奔操营。操闻攸来奔，跣足出迎，抚掌笑语道：“子远肯来，事无不济了!”子远即攸表字，操延攸入座，殷勤问计。攸先说道：“我曾劝绍轻兵袭许，首尾夹攻。”操不等说毕，便惊顾道：“子远奈何施此毒计?”攸接入道：“公不必惊惶，袁绍无知，未肯听我，反将我家属收系，所以背绍来奔。”操喜答道：“绍不能用君，怎得不败?”攸复反诘道：“公今尚有几何粮饷?”操答言可支一年，攸冷笑道：“这怕未必?”操又言足支半年，攸拂袖遽起，向操作色道：“公不欲破袁氏么？奈何相欺！攸当告辞。”操忙将攸挽住，低声与语道：“军中不便明言，实告子远，军粮只有一月了！”攸又笑道：“我料公粮食垂尽了！内无粮草，外无救援，危急在目前了！”操皱眉道：“子远既不弃旧交，惠然肯来，应当为我设法。”攸乃说道：“绍有辎重万余，屯积乌巢，派淳于琼把守，琼嗜酒无备，公可用轻骑掩袭，焚彼积聚，不出三日，绍军自乱，尚有不败么?”操闻言大喜，优待许攸。

操即选马步兵五千人，密制袁军旗帜，乘夜至乌巢劫粮；留曹洪、荀攸守营，使许攸同住营中，自己披甲上马，带同许褚、徐晃等一班猛将，及五千人马，至黄昏后起行，人负薪，马衔枚，打着袁军旗号，从间道急走，直指乌巢。乌巢距绍营约四十里，淳于琼虽奉令把守，但恃有大营为蔽，自谓无虞。且酷嗜杯中物，喝得酩酊大醉，高枕卧着。四更将尽，陡闻寨外有哔剥声，方才惊醒，起视全营，已是火光四射，如同白昼。慌忙召兵迎敌，兵士皆脚忙手乱，毫无纪律，如何敌得住曹军？曹军四面杀入，捣破琼营。琼尚有三分醉意，气力不加，勉强上马出战，兜头碰见许褚，接住厮杀，约有六七回合，手臂一松，便被许褚劈落马下，部众亦斗死千人，余皆溃散。操令将士焚毁积谷，烈焰熊熊，光彻百里，绍营中亦得瞧着，便有巡兵入报，绍恐乌巢有失，急欲遣将往援。郭图献议道："操军若攻乌巢，寨内必空，我何勿往劫彼寨哩？"绍喜说道："此计甚妙。就使操能破琼，我已拔彼大寨，彼亦穷无所归。"遂命部将张郃、高览，往袭操营。郃进说道："操善用兵，营内必然预备，不如先往救琼，若琼被一破，粮被焚劫，我等俱束手成擒了。"绍答说道："我自有区处，汝等尽管往袭操营，我当遣蒋奇往援乌巢便了。"郃乃与高览同行，才至操营外面，一声号炮，左有曹洪，右有荀攸，各引兵两路杀来，郃与览分头抵敌，尚是不能支持，只好败回。郭图闻信，自愧失计，遂进白袁绍道："郃等以败为喜，不肯效力，现已报称退回。"绍顿时大怒，立派营弁召回二人，从重治罪。营弁驰告郃、览，郃、览俱恐受诛，索性返奔操营，自请投降。曹洪正收兵回营，闻得郃、览来降，疑不敢受。荀攸道："郃等战败惧诛，故来乞降，尚有何疑？"洪乃开营纳入，专待操自来发落。操尚在乌巢，焚粮未尽，正值蒋奇引兵趋至，操军见援兵到来，忙请分兵迎敌。操大喝道："贼至背后，回战未迟！"及蒋奇进攻，乃麾兵返斗，许褚、徐晃，双马突出，夹击蒋奇。蒋奇措手不及，立被杀死，众又骇奔，操也不追赶，但看辎重焚尽，方令将绍兵尸骸，各割一鼻，牛马各割唇舌，引军自归。

到了营中，由曹洪引见张郃、高览。操好言抚慰，留居麾下；并使人将人鼻兽舌，取示绍军。（原来为此！）绍军恟惧，自相惊扰，操又四布谣言，谓将驱兵攻邺，绝绍归路，绍军疑为实事，纷纷溃归，连绍亦惊惶失措，与长子谭微服跨马，单骑渡河，操接得侦报，督兵追去，已不及擒绍父子。但截住残兵数万，呼令归降，残兵无路可走，无奈降操。操见他未出真诚，悉数坑毙。（残虐得很！）又擒得绍监军沮授，操与授本系相识，令左右替他释缚，授大呼道："我非降将，既已受擒，情愿一死！"操慰语道："本初无谋，不知用君，今丧乱未定，方当与君共图大事，幸毋执迷！"授抗声道："叔父母弟，悬命袁氏，或蒙公惠，速死为福！"操又说道："我若早能得君，天下已平定了！"因厚礼相待，使留帐下。授在营中盗马，仍欲奔还，被操将察出破绽，当即白操。操见授终不为用，方命处斩，仍为礼葬。（是笼络士心处。）操驰入绍营，见有文书一束，多系都人交通信札，即令一律焚去，且语大众道："当绍强盛时，我尚不能自保，何况众人？"又收得财物等件，尽赏将士，众皆欢跃；惟操营内粮食已尽，绍营中亦无粮可因，乃移军至安民就食，休养疲兵，再图进取。

那袁绍渡河奔归，神色沮丧，走入黎阳北岸屯营，戍将蒋义渠出帐迎接，绍握手与语道："兵败至此，今日当以首领付卿！"义渠力为劝解，并避帐居绍，使得传宣号令，招谕溃卒，兵士稍稍趋集，寻觅父子兄弟，多半散亡，渠且泣且语道："向若从田别驾言，当不至此！"这语为袁绍所闻，绍亦自悔，顾语护军逢纪道："我前日不听田丰，致有此败，我今归去，羞见此人。"逢纪即进谗道："丰在狱中，闻主公败还，抚手大笑，自谓不出所料。"绍大怒道："竖儒竟敢笑我么？"遂遣吏杀丰。丰羁狱已久，由狱吏入报绍军败状，丰太息道："我今死了！"狱吏惊讶道："主公败回，必自悔前事，释君出狱，大加重用。"丰摇首道："军若得胜，主公心喜，或将赦我，今战败自惭，我有何望？"说着，果有绍使到来，传命杀丰，丰因即自刭。（人之云亡，邦国殄瘁。）是时冀州城邑，相率生贰，绍收集散卒，分道四略，稍得平定。

独刘备南北驱驰，两次投绍，复两次离绍，道出鄚城，得与赵云相遇，阔别有年，重复聚首，当然喜如所望。再至汝南招寻刘辟，途中始会见关羽，又是一番悲喜交并。再由羽述及甘、糜二夫人，与张飞同住古城。乃亟诣古城相见，夫妇团圆，弟兄欢聚。再加糜竺、孙乾等亲从毕集，仿佛重光日月，再造家乡。好容易过了几宵，备因古城狭小，不堪久住，决计挈家引侣，偕往汝南，四觅刘辟，不见下落；惟刘辟余党龚都，却占住汝南，迎备入城。未几，得袁绍败信，备语关、张二人道："我见绍外宽内忌，党与纷歧，已料非曹操敌手，前次到了汝南，已欲与绍脱离，适值曹军到来，不得已再往依绍；嗣见绍不听良谋，败亡在迩，我所以再与绍言，叫他南连刘表，乘机乞使，复得南来。绍不必虑，所虑惟操，只恐此地亦未能安居哩！"（借备口中，叙离绍始末。）正在踌躇未定，便有侦骑入报道："曹操部将蔡阳，领兵入境，想是来攻此城。"张飞跃起道："我愿去取蔡阳首级！"关羽、赵云亦愿同往，备允他出敌，三员虎将，连镳并出，不到半日，便取得蔡阳头颅，欣然回城。备又喜又惊道："我斩蔡阳，操必自至，彼方胜袁绍，锋不可当，不如径投刘表为是。"张飞道："操果到来，何妨再战！难道操能必胜么？"关羽却说是："频年依人，终非了局，且待操果亲至，再作计较。"备乃留居汝南，使人专探曹军举动。过了数旬，果有急报传至，乃是曹操亲督大军，杀奔前来。备忙令束装起行，张飞还要出战，经备阻止，匆匆带领家小，及关、张、赵等将吏，驰出南门，直抵荆州。汝南城内，只剩了龚都一人，亦知不能拒操，仓皇避去。至曹操到了城下，已是虚若无人，由他进城，操总算禁止侵掠，出榜安民，当即顺道还许，与荀彧商议道："我本想渡河灭绍，偏被刘备据住汝南，拊我背后，不得不移军往讨。今闻备往奔刘表，我意欲乘势南下，攻取荆州，君意以为何如？"彧答道："袁绍新败，部众离心，不乘此时略定河北，乃欲移军江汉，倘绍收合余烬，乘虚出袭公后，公将如何对待呢？"操乃罢议，就在许都过年。至建安七年正月，复进军官渡，规图河北。

袁绍已还冀州，惭愤成疾，吐血不止，顿时惶急了一个继妻，借着侍疾为名，日夜进言，劝立少子，累得绍益增愁闷，病势日增。原来绍有三子，长名谭，次名熙，幼名尚。尚为继妻刘氏所出，面目清扬，为绍所爱。刘氏早请立尚为嗣，绍因舍长立幼，恐遭物议，特使谭出继兄后，为青州刺史；当时沮授等已有异言，绍却向众解释道："我欲令诸子各镇一州，试验才能，方好择立后嗣。"乃又使次子熙为幽州刺史；独留尚不遣，还有并州刺史一缺，派外甥高幹赴任。至官渡一役，绍将谭、熙等尽行调集，不幸为操所算，败回河北，命谭、熙等回镇本州；且令河上各戍营，坚壁勿战。残年将尽，忽病呕血，娇妻爱子，涕泣床前，已是愁上增愁，闷中加闷。谁料曹操又进军官渡，捣破仓亭，急得绍鲜血直喷，昏倒床上；妻子等慌忙呼唤，虽得苏醒片时，但已时气喘声嘶，不能详嘱，少顷间两眼一翻，呜呼归阴！（枉费一生心血。）绍妻刘氏，亟召入审配、逢纪，托称遗命，立尚为嗣。配与纪皆与谭有隙，情愿事尚，即奉尚主丧，颁谕四州。绍有宠妾五人，并来举哀，刘氏不禁动恼，指挥卫士，把五妾一并杀害；且令髡发毁面，指尸叱骂道："汝等生前献媚将军，恃色邀宠，今在我掌握，教汝死且无颜，免得再去卖俏了！"（如此妒悍，安能有后。）袁谭闻丧奔至，不得为嗣，很是怏怏。尚使谭为车骑将军，出屯黎阳，并令逢纪监军。谭因黎阳为拒操要冲，请尚拨添重兵，尚但给数千人马，并传语逢纪，催谭速行，遂致谭忍无可忍，索性杀死逢纪，自往黎阳去了。小子有诗叹道：

> 兄弟如何竟阋墙？外兵未入内先伤；
> 追原祸变非无自，乃父贻谋太不臧！

谭至黎阳，正值操军进攻。究竟谭能否敌操，待至下回再表。

曹操处处能用谏，袁绍处处是愎谏，即此已见袁、曹之兴亡，不待战而始决耳！况粮饷为行军之根本，军若无粮，败可立待。袁绍一失之韩猛，再失之于淳于琼，用人不明，贤否倒置，是尚能与操争胜乎？刘备能知绍之必败，其智识远出绍上；操亦目备为英雄，故绍败而不急追，反于势孤力弱之刘备，却郑重视之，蹙之于汝南之间，使备不得息肩。操之窘备，亦甚矣哉！彼袁绍既自误其身，复遗误其子，身死以后，两子相争，卒致覆祚，以坐跨幽、冀之袁本初，反不若奔走南北之刘玄德，善败不亡，卒能创业垂基，与曹氏抗衡终古也！才与不才之判，固如是欤？

第八十一回　守孤城审配全忠　嫁二夫甄氏失节

却说袁谭出屯黎阳，才阅数日，即闻曹军杀到。谭手下不过数千人马，如何抵得住大队曹军？只好向袁尚处告急。尚本不欲救谭，只因黎阳一失，关系非轻，乃自率兵往援，与谭共战曹军；连败数次，没奈何闭城固守。另遣河东太守郭援，会同并州刺史高幹，共向平阳进兵，意图牵制曹军；且阴与关中将马腾通书，使他遥应。腾颇有允意。司隶校尉锺繇，方出督关中，（见第七十六回。）探闻消息，也亟遣使往抚马腾，极陈利害，并约腾同御敌兵，腾乃遣子超领兵万人，与繇相会。繇即偕超出发，行抵汾河，适值郭援渡河西来。援本为繇外甥，繇专心助曹，不暇顾及私谊，便麾兵急击，掩他不备。校尉庞德，素有勇力，执刀前驱，兜头遇着郭援，当即交锋，不到十合，已将援首级取去。援众大乱，无论已渡未渡，一古脑儿逼入水中，溺死过半；高幹闻败，也即退回。庞德携着郭援首级，向繇报功，繇见了援首，不禁下泪。德深为诧异，嗣知繇与援有甥舅谊，复入帐谢罪。繇怃然道："援虽我甥，今为国贼，理应加诛，何故言谢？"（繇徒知援为国贼，不知操亦一国贼。徒忠于操，殊不足道。）遂驰书告操，请操免忧。

操接得捷音，不必西顾，便猛攻黎阳，谭、尚两人保守不住，走还邺城。操督兵追击，刈麦为粮，还想乘胜攻邺，会闻祢衡为黄祖所杀，且喜且愤，召语将佐道："祢衡狂士，我能容受，他人怎肯相寄？我已料他必死了！（明是借刀杀人。）但衡是由我遣去，黄祖敢杀我使，也是藐我；我总要前去问罪，免致小视。"（衡赴荆州，见第七十六回。）郭嘉即乘间进说道："何不就移讨荆州？"语尚未毕，诸将谓谭、尚将灭，奈何移师？嘉又说道："谭、尚本不相睦，急乃连兵，缓必生变，我正好乘此退去，南向荆州；待他兄弟阋墙，然后再进，庶一鼓可灭了。"（家必自毁，然后人毁之。）操拈须称善。但留部将贾信，屯守黎阳，自率大军还许，搜乘补卒，南攻刘表。表前时接见祢衡，也知衡为北方才士，优礼相待；嗣因衡傲慢不恭，乃遣往江夏，使见黄祖；祖亦慕衡名，命掌文牍。长子射（音亦。）尤好文辞，尝托衡作《鹦鹉赋》，文不加点，援笔立成，词旨甚是典赡，大为射所赞赏，视衡如宾师一般。后来黄祖在舰中宴客，衡亦与座，酒后抢白起来，衡骂祖为死幺，祖性褊急，欲令军士挞衡；谁知衡骂詈不休，惹动祖怒，竟将衡一刀杀死，年止二十六。祖子射，徒跣来救，已是不及；祖亦酒醒知悔，厚加棺殓。但死已无知，有何益处？衡原自取，祖亦贻讥。（八字公评。）

曹操计毙祢衡，反得借衡为名，进攻刘表，正是妙策；军至西平，忽由袁谭遣使辛毗，叩营求见。操召毗入问，毗答言谭、尚相攻，谭败奔平原，事关危急，情愿向公投诚，乞公援助；操乃召将佐会议。群下多谓谭、尚衰乱，已不足忧，刘表方强，应趁早平定，免为后患。独荀攸进说道："天下多事，群雄逐鹿；刘表坐拥江汉，不能展足四方，无志可知；袁氏据有四州，带甲数十万，若使二子和睦，共守成业，势且永固不摇；今兄弟构衅，理难两全，我不乘隙相图，待他并合为一，力雄势厚，也难制服，机不可失，幸即移师！"（见识高人一等。）操也以为然，允即援谭，遣毗先归，自督兵再至黎阳。

谭、尚本同走邺中，及曹操南还，谭意欲追操，请尚举兵相从，尚又觉动疑，不肯依议，谭当然怀愤；再加郭图、辛评两人，在旁撺掇，就不遑后虑，引兵攻尚。尚兵较多，谭兵较少；一场冲突，谭又败走。别驾王修，自青州援谭，谭更欲还军攻尚，修谏阻道："兄弟犹左右手，譬如与人将斗，自断右手，尚能向人争胜么？况兄弟不亲，何人可亲？彼谗人离间骨肉，为害甚大，愿将军立诛谗佞，讲信修睦，自足安内攘外，横行天下！"（语亦激切。）谭终执定已见，率兵回攻。哪知尚却已赶来，就南皮城外接仗，谭复失利，败奔平原，尚追至平原城下，督兵围攻。郭图等又劝谭降操，向操求救，谭更为所惑，乃使辛毗乞师；待毗既归报，操亦进兵。尚自然得知消息，忙撤围还邺；部下闻操军大至，俱有惧色，吕旷、高翔两将，竟叛尚降操。偏谭谋招致旷、翔，阴刻将军印信，使人赍给二人。二人既诚心归操，反取印白操。操微笑不答。（欲知言外意，尽在不言中。）且派吏至平原，令为子整说婚，愿聘谭女，谭不敢不从；操又借口乏粮，引军暂退。（好狡诈。）尚总道是操已还军，可以无虑，但留审配守邺，复督军往攻平原。审配更献书与谭道：

配闻良药苦口利于病，忠言逆耳便于行，愿将军缓心抑怒，终省愚辞！盖《春秋》之义，国君死社稷，忠臣死君命，苟图危宗庙，剥乱国家，亲疏一也。是以周公垂涕以毙管、蔡之狱，季友唏嘘而行叔牙之诛，何则？义重人轻，事不获已故也。昔先公出将军以续贤兄，立我将军以为嫡嗣，上告祖灵，下书谱牒，海内远近，谁不备闻？何意凶臣郭图，妄画蛇足，曲辞谄媚，交乱懿亲。致令将军忘孝友之仁，袭阏、沈之迹（阏伯，实沈为高辛氏子，日寻干戈，以相征讨。语见《春秋·左传》。）放兵钞突，屠城杀吏，冤魂痛于幽冥，创痍被于草棘。我州君臣，若拱默以听执事之图，则惧违《春秋》死命之节，且诒太夫人不测之患，损先公不世之业，岂不痛哉？伏惟将军至孝蒸仁，发于岐嶷，友于之性，生于自然，章之以聪明，行之以敏达，览古今之举措，睹兴败之征符，何意奄然迷沈，堕贤哲之操；积怨肆忿，取破家之祸；翘企延颈，待望仇敌，委慈亲于虎狼之牙，以逞一朝之志。言之伤心，闻者流涕。若乃天启尊心，革图易虑，则我将军匍匐悲号于将军股掌之上，配等亦当敷躬布体，以听斧锁之刑。如又不悛，祸将及之。愿熟详吉凶，以赐环玦！配再拜以闻。

看官试想，谭与弟尚，已经势不两立，怎肯为了审配一言，幡然变计？于是再向操乞援，催令进兵攻邺，牵制尚军。操原要待谭求救，然后再进，既接谭使，便麾动人马，直指邺城。审配闻操兵复至，急忙整缮守具，为御敌计，一面使武安长尹楷，屯兵毛城，接济粮饷。配将冯礼，阴蓄异志，开门待操，操兵前队千余人，踊跃趋入；才有一小半进城，城上大石如飞，没头没脑地掷击下来，操兵闪避不及，正想退去，猛听得豁喇一声，放下闸板，将门掩住，把操兵内外隔断。操兵陷入城内，约有三百多名，无路可奔，立被守兵围裹，杀得一个不留，连冯礼也因此毕命。原来审配闻变，赶急登城，指挥士卒，掷石下堑，所以操兵虽入，并不慌张，反结果了三百人性命。（配亦能军。）至操随后赶到，奋怒攻城，但见矢石齐下，无缝可钻，乃令大小三军，绕城驻扎，且攻且围，好几日不能得手；因想出许多方法，筑土山，掘地道，仰瞰俯临，伺隙掩击。那审配却是能耐，日夕严防，一些儿没有疏虞；再加尹楷随时运粮，源源不绝，所以全城镇定，累日坚持。（极写审配忍耐，反衬曹操智计。）

操连攻不下，特留曹洪等围邺，自引兵往击毛城；正值尹楷输粮赴邺，被操在途截夺，大破楷军。又分兵拔邯郸，降易阳、涉县，剪去邺城羽翼，仍然还军邺城，索性将土山地道，一律毁撤，专命军士凿堑城外，周回四十里，广约丈许，深只数尺。审配在城上遥望，见他开壕甚浅，不以为意。谁知操计中有计，到了夜间，却使军士掘深壕堑，竟至二丈有余，沟通漳水，灌入城中。配至此悔不早争，误中操计，但已是无及，不得已悉众登陴，聊避洪流。又阅数日，粮食垂罄，饿死多人。可巧袁尚率兵回援，前锋已至阳平亭，距邺城只十七里，探马报入操营，诸将谓尚军驰归，必将死斗，不如避彼锐气，再作计较。操扬言道：“尚若从大道趋至，我当避彼；若由小路至此，心已先怯，一战便可成擒了！”（料敌甚明。）嗣经探马续报，尚果从小路还援，操大喜道：“我料尚是无能为呢！”遂令曹洪等堵住守兵，自去对敌袁尚。尚已至阳平亭，就夜间举火为号，遥示城中，城中亦举火相应，两下里得通消息，满望内应外合可破曹军；偏偏待至天明，曹军却杀到阳平亭，并不闻审配影响。尚将马延、张颤，望见曹操势盛，未战先降，他将统皆骇走，尚亦只好返奔；所有辎重器械，尽行抛弃，甚至印绶节钺，亦为操兵所得。操也不穷追，引还邺下。

审配曾出兵城北，想去接应袁尚，适被曹洪截回，退守城中；及操又还攻，将阳平亭所获物件，取示守兵，兵心大沮。审配尚誓众固守道："操军已疲，料难久持；且幽州必来相援，何患无主？汝等但坚守死战便了！"操再拟猛攻，正值袁谭遣使辛毗，复来操营，操令毗招降审配。毗至城下，呼配与语，配大怒道："袁氏兄弟，全由汝兄辛评，与郭图党同挑拨，以致失和，甘召外侮，今汝兄家属已系狱中，他日拿住汝曹，当一并枭首，上谢先君！尚敢向我招降么？"说着弯弓欲射，慌得辛毗连忙退回。原来袁谭去邺时，郭图、辛毗等家眷，俱得随行，独辛评妻子迟走一步，为尚所收，所以系住狱中，无从逃脱；及辛毗返报曹操，操知配决计不降，冒矢督攻，箭彻车盖，指挥如故，入夜不休。审配自守东南隅，令兄子审荣抵御西北；荣不愿坐毙，竟献门迎操，操军当然拥入。配在东南角楼上，遥见西北失守，亟遣人驰诣狱中，杀毙辛评全家，自率残兵下城巷战，战到兵尽力穷，倒地受擒。时辛毗入救兄家，已嫌太晚，回到操营，巧巧碰着审配，被兵士押解过来，冤冤相见，格外眼红，即举起手中马鞭，乱挞配首道："死奴也有今日么？"配亦反詈道："狗辈破我冀州，恨不诛汝！"及入见曹操，操颇怜配忠壮，有意劝降，乃故意问配道："汝知献门为谁？"配答言未知。操说是审荣所献，配愤愤道："儿辈无行，乃竟至此！"操又说道："孤至城下督兵，何箭多乃尔？"配厉声道："恨少恨少！"操尚慰语道："卿为袁氏尽忠，不得不然；今已成擒，还有何说？"配直答道："城亡与亡，何必多言？"（语可屈铁。）操犹豫未忍，辛毗在旁号哭道："兄家一门遭戮，乞速杀此贼，借慰冤魂！"配瞋目视毗道："汝为降虏，配作忠臣；生不如死，可速杀我！"操方令左右牵出，置诸死刑。配叱刑士道："我主在北，不应南面受诛！"乃听令北向引颈受戮。（虽死犹生。）操命将遗尸棺殓，茔葬城北，然后出营入城。

次子曹丕，年方十八，随父从军，当即跃马先驱，径诣府舍。府中已由操兵监守，见了曹丕进来，当然让入。丕提剑下马，径入后堂，但见一中年妇人，兀坐垂泪，膝下有一少妇跪着，用首枕膝，乱发蓬头，作颤动状。丕瞧入眼中，见少妇发光可鉴，已是动情，遂按剑问道："汝等为谁？"中年妇人答说道："我为袁将军妻刘氏。"又用左手遮少妇玉颈，右手指着道："这是次男熙妻甄氏，年轻胆怯，幸乞垂怜！"（妒妇也不能不丢脸了。）丕和颜道："既系刘夫人，我当代为保全；可令新妇举头，不必惊慌。"刘氏乃推起少妇，嘱令道谢。丕留心注视，已哭得花容狼藉，脂粉模糊，但一种娇羞情态，已是欲盖弥彰，动人怜惜。当下揽袖近前，替她拂拭，一经去垢，露出庐山真面，端的是桃腮杏脸，妖艳绝伦。（烈妇被人牵臂，且断腕全贞，熙妻任令曹丕拭面，其不贞可知。）丕即自述姓名，叫她放心，刘氏闻是曹操世子，忙令甄氏下拜敛衽，且与语道："此后可不至忧死了！"（总教人尽可夫，何致遽死？）甄氏含羞拜毕，偷觑丕容，正是一位翩翩少年，英姿潇洒，仪表风流，不由得勾动芳心，含情脉脉。

丕痴立多时，忽听外面人声嘈杂，乃掉头趋出，往迎乃父。适曹操已入府厅，升帐上坐，问及袁氏家属，丕抢步上前道："袁家只有姑媳两人，尚存内室，狼狈相依，幸乞怜恕！"操点首道："我与本初起兵讨逆，誓同患难，不幸为好不终，致兴兵革；如果全家投顺，应该一视同仁，何况妇女呢？"（奸雄狡词。）这数语正中曹丕心坎，更入内引出袁氏姑媳，使见曹操。操见甄氏花貌雪肤，也为叹赏，便问刘氏道："汝家如何止留二人？"刘氏答道："子妇等并皆远出，惟次媳愿侍妾身，所以尚留在此。现蒙世子曲意保全，实为万幸。"操已闻言知意，旁顾曹丕，见他两目盯住甄氏，几不转瞬，益知丕暗里寓情，遂嘱丕引还二妇，安心居住；一面下令安民，豁免租赋一年，百姓自然喜悦，相率安堵。操遂置酒高会，宴集将佐，就是袁氏姑媳，也并馈酒肉，一例看待。将佐饮毕，均向操申谢，独许攸醉意醺醺，顾操大言道："阿瞒若非我相助，恐未能坐得此州！”操不禁动怒，强颜为笑道：“汝言亦是，当录汝首功！”攸狂笑自去。（死期将至，还在梦中。）操复上表奏捷，有诏授操为冀州牧，操拜受诏命，愿将兖州让还。将佐俱入帐道贺，惟曹丕却尚怏怏。俗语说得好：“知子莫若父。”当由操使人作伐，愿娶熙妻甄氏为子妇，刘氏不敢不从，商诸甄氏，也无异言，当下就府舍为礼庐，择吉成婚。待至洞房合卺，并蒂谐欢，柳絮随风，轻狂乏力；桃花逐浪，含笑无言。两口儿枕席绸缪，不消絮述。只委屈了幽州刺史袁熙，叫他去做死乌龟，未免不甘。还有将作大匠孔融，已调任大中大夫，闻得操为子娶妇，就是袁熙妻室，因戏致操书道：“昔武王伐纣，尝以妲己赐周公，想明公有心希古，敢不拜贺？”操得书后，还道融博学多闻，定有所见。后来与融晤谈，问及前书来历，融笑答道：“这是由愚衷揣度得来，当时武王明圣，谅不致戮及美人，赐与周公，岂不是两美相谐么？”（语足解颐，可惜招尤。）操方知融语带讥嘲，蓄恨谋害，事见下文。

且说曹操既得冀州，复想并吞幽、并诸州；幽州刺史高幹，闻风纳款，自请归降，操仍令幹守原职。会闻袁尚窜入中山，为谭所攻，复走幽州，谭收得尚众，还屯龙凑，有自主意；乃遣使贻书责谭背约，与他绝婚，当即出兵进击。谭不能敌操，退保南皮；操追至城下，围攻了一两月，尚未能拔。时已为建安十年正月，腊尽春来，残雪初霁，操为议郎曹纯所激，亲执桴鼓，促兵登城，兵士并力直上，搴旗斩将，齐集城楼。谭下城出走，甫离北门，突被曹洪截住，心慌力怯，由洪大喝一声，劈落马下；郭图、辛评尚在城内，俱为操军所擒，操命把郭图斩首，但将辛评贷死。青州别驾王修，正从乐安运粮回来，得知谭已被杀，便下马号哭道：“无主何归？”乃径诣操营，乞收葬谭尸；操嘉修忠义，准如所请，仍使修至乐安运粮。乐安太守管统，不肯降操，操嘱修取统首级，修不忍杀统，执统诣操，代请赦罪，操也即依从，且留修为司空掾。郭嘉劝操延揽名士，借孚众望。操因随处招致，但有才艺可称，即辟为掾属，独不赦袁绍记室陈琳，悬赏购缉，竟得擒来。小子有诗叹道：

下笔千言气亦雄，冀州一破术皆穷；

若非曹氏怜才切，颈上难逃剑血红。

欲知陈琳性命如何，容至下回表明。

审配为袁氏旧臣，始不闻以立长之经劝袁绍，继不闻以友于之义谏袁尚，亡袁之咎，配亦难辞；但观其誓守孤城，死不降曹，亦有足多者。本回于配之守邺，叙述独详，盖即善善从长之意，不忍没其忠也。独于甄氏之再适曹丕，却未肯下一曲笔，可褒则褒，可贬则贬；古称妇人从一而终，夫死尚当守节，胡为袁熙未亡，甄氏即背夫改适耶？至若曹丕之霸占人妻，与曹操之妄纳子妇，皆为名教罪人，贬甄氏，正所以贬操、丕也。人情孰不贪生而恶死，况属妇人？而迫命改醮者，实由操、丕，操、丕之不道可知矣。

第八十二回 出塞外绕途歼众虏 顾隆中决策定三分

却说陈琳被曹军擒住，解至操前，操盛怒相待；及见琳温文尔雅，不禁起了怜才的念头，即霁颜问琳道："卿前为本初作檄，但可罪状孤身，奈何上及祖父呢?"琳答说道："箭在弦上，不得不发，公今罪琳，琳亦知罪了；活琳惟公，杀琳亦惟公。"操听了琳言，怒意益平，遂赦免琳罪，使与陈留人阮瑀，同为记室。袁氏旧臣崔琰，曾劝绍守境述职，不宜用兵，绍不肯听，终败官渡；后来谭、尚交争，各欲用琰，琰托疾并辞，为尚所囚，亏得陈琳营救，才释归河东；至是琳与操说及，操遂召琰为别驾从事。琰应召到来，操与语道："孤查本州户籍，可得三十万甲兵，故向称大州。"琰从容道："今天下分崩，九州幅裂，二袁兄弟，日寻干戈，冀民暴骨原野，未闻王师布德，存问风俗，救民涂炭，乃先估计甲兵，似非鄙州士女想望明公的本意，望明公见察!"操乃改容称谢，视若上宾，使为世子丕师傅，留居邺城。（不为丕求淑女，虽有贤傅，恐亦寡效。）自己部署人马，欲往攻幽州；忽由袁熙部将焦触、张南，使人投递降书，内称慕风归义，已将袁尚、袁熙，逐奔乌桓，特此报闻。操当然大喜，特派吏宣慰，表封焦触、张南为列侯。已而并州刺史高幹，举兵守壶口关，复与操绝。操遣部将乐进、李典，率兵往攻，多日不下。河内人张晟，河东掾卫固、范先等，又纠众应幹，转寇渑、峭间。操用荀彧计，议调西平太守杜畿，为河东太守。畿抵任后，阳与固、先联络，暗中却解散叛众，使不相连；再由操遥结马腾，使击固、先，里应外合，便将固、先擒斩，再移兵讨灭张晟，河东复安；独高幹据住并州，负嵎如故。

建安十一年正月，操亲率大军，出击壶口关，围攻至两月有余，关上守兵，不堪疲敝，因开关纳入曹军。高幹闻壶口失守，无险可恃，不得已留吏守城，自诣匈奴求救。匈奴久已服汉，不愿与操构衅，当即拒绝高幹。幹率数骑驰回，途次闻知并州降操，害得无家可归，乃南奔荆州。道过上洛，被都尉王琰截住，斩首献操，并州又为操有了。（袁绍属地，至此悉亡。）先是山阳人仲长统，游学至并州，得幹优待，屡问世事，统直答道："君具有雄志，惜乏雄才，也知好士，未能择贤；愚颇为君代虑，愿预先戒慎，勿务高深！"幹闻言不乐，微露愠意，统即辞去；及幹已败死，果如统言。荀彧素知统才名，特举为尚书郎，操便即引用。操复顺道东略边疆，黑山豪帅张燕，率众十万人来降，受封列侯；独海贼管承，不肯归附。操使李典、乐进为先锋，击走承众，承窜入海岛，操乃还师，至邺城度过残冬。经春行赏，奏封功臣二十余人为列侯，且特陈荀彧功状，彧已受封万岁亭侯，至此更增封千户；又欲进爵三公，彧使荀攸再三辞让，方才停议。操尝谓忠正密谋，抚宁内外，莫如文若，次为公达。文若即荀彧字，公达即荀攸字。彧封侯后，攸亦得封陵树亭侯，叔侄并荣，一时称最。操且将爱女嫁彧长子，联为姻娅，好算是相得益欢了。（彧妻为中常侍唐衡女，今得操女为子妇，比妻尤荣。）

且说袁尚、袁熙，奔往乌桓。乌桓部酋蹋顿，为故王丘力居从子，占住辽西偏隅，素与袁氏相往来，袁绍曾立他为单于，使家奴冒充己女，遣嫁蹋顿，蹋顿未知真假，遂认绍为妇翁，聘问不绝；及尚、熙往奔，当然迎纳，拨众相助，使复故土。早有幽州边吏报达曹操，操更拟北伐，先凿平虏、泉州二渠，作为运道，然后指日出师。诸将皆有疑议，或谓尚、熙垂亡，蹋顿未必有用；或谓大军北征，刘表、刘备、将乘间袭许，不可不防。独郭嘉与操同意，排斥众议道："袁氏厚待乌桓，蹋顿不忘旧惠，必为效力；若袁尚兄弟，号召华夷，大举入寇，青、冀、幽、并随在可危；彼刘表不过一坐谈客，自知才不足驭刘备，未肯重任，备亦未必乐为表用，两人异心，断难成事，公虽虚国远征，亦可无忧，但放心前往便了。"

操因即起行，既至易城，欲下令休息，郭嘉又进议道："兵贵神速，况千里袭人，更宜掩彼不备，最好是留住辎重，只令轻骑速进，猝临乌桓，必可破虏，愿公勿疑。"操接说道："卿言甚是！但北路崎岖，无人引导，却也难行。"嘉又答道："公若留心访察，何至无人？"操如言探访，果得右北平人田畴。畴曾为幽州牧刘虞从事，虞为瓒所杀，畴适自长安北还，哭祭虞墓，险遭拘戮，嗣有人替他解免，始得脱归；（见前文。）袁绍灭瓒，遣使招畴，授将军印，畴辞不就。操使传命，一召即来，当由操延入咨问，畴直答道："畴志不在官，所以愿见明公，实因乌桓不道，害我乡贤，畴早思往讨，苦未能逮；今得公北征，为民除害，畴敢不前来，勉献刍言。"操相见恨晚，即拜畴为蓨县令，畴不愿就职，但引操军进次无终。时方溽暑，大雨时行，海滨污下，泞滞不通，虏众又分扼蹊径，无路可通，操乃复向畴问计，畴献策道："此路原未易交通，水浅时不通车马，水涨时不载舟船，若要向前进兵，处处为难，惟旧北平郡治在平冈，道出卢龙，可达柳城。自从建武以来，行人稀少，尚有一径可通，今虏众无知，总道大军就此北进，但教守住要口，便可无虞；若使改道从卢龙口，潜越险阻，直捣虏巢，蹋顿虽强，不怕不为公所掳了。"操自然乐从，扬言退军，且在路旁署木为表，上刻数语道："今当夏暑，道路不通，且俟秋冬，乃复进军。"（欺虏已足。）随即令田畴为向导，改从卢龙口进兵，堑山堙谷，潜行五百余里，乃通白檀，历平冈，涉鲜卑庭，东指柳城。

蹋顿得侦骑还报，总道操军已退，不必严防；偏操军悄悄进行，距柳城仅百余里，才得闻知，当下仓皇部署，带同袁尚兄弟，领数万骑，出截操军。操正抵白狼山，与敌相遇，遥见虏众甚盛，部下多有惧色。操登山望虏，顾语部将张辽道："虏众不整，虽多无益，卿可为我先驱擒虏！"辽应声下山，当先突阵，许褚、徐晃、于禁等，随后继进，立将敌阵捣破。蹋顿正在惊惶，不防张辽杀到，兜头一槊，刺落马下，眼见得不能活命了。尚、熙早知曹兵厉害，又见蹋顿落马，慌忙返奔，虏众大溃。操下令招降，胡汉兵民，先后投诚，共得二十余万口。遂整军驰入柳城，表封田畴为亭侯，畴向操固辞，操乃中止。嗣探得袁尚兄弟，奔投辽东太守公孙康，诸将请进击辽东，操微笑道："不必不必！尚与熙自投死路，管教康送首到此，还费什么兵力呢？"大众将信将疑，操却分兵屯守柳城，自率诸将还师。将士伤亡无几，只郭嘉不服水土，竟至得病，返至易城，病重而亡，年只三十有八。操亲为祭奠，哭泣尽哀，荀攸等从旁劝解，操与语道："诸君年龄，与孤相等，惟奉孝最少，我欲托彼后事，不期中年夭折，岂非天命？"乃表述嘉功，请加封谥，嘉已受封洧阳亭侯，至是复追增封邑八百户，予谥曰贞，令子郭奕袭爵。

正拟由易还邺，忽由辽东遣使到来，献上首级二颗，一是尚首，一是熙首，（未知甄氏闻之，曾否泪下。）诸将俱服操先见，但尚未知操如何料着，因齐声问操，请操析疑。操笑说道："公孙康素畏尚、熙，今尚、熙穷蹙往投，我若急击，彼且并力拒我，惟我已退兵，免彼后虑，彼乐得杀死尚、熙，向我示惠，这是情理上应有事件，诸君但未细思哩！"众将方皆拜服。

究竟公孙康杀死尚、熙，是何意见，应该就此表明：康父名度，本系辽东人氏，由董卓举为辽东太守，乘乱自主，号称辽东侯，领平州牧；东伐高句骊，西击乌桓，又越海收东莱诸县，独霸一方。操因辽东路远，但欲奉诏羁縻，拜度为武威将军，封永宁乡侯，度怒说道："我已自王辽东，还要什么永宁乡侯？"遂将所赐印绶，搁置武库中。既而度死康嗣，就将永宁乡侯封，转给弟公孙恭。袁绍据冀州时，尝欲并吞辽东，未得如愿；及尚、熙败走，途中私相谋议道："我兄弟为操所攻，致失四州，今不如投奔公孙康，康若出见，就好把他格毙，得了辽东，尚可借地容身哩！"（四州且一并失去，还欲窥伺辽东，真是妄想。）不意公孙康比他狡诈，待至二人报到，预先埋伏甲士，然后延令入见。二人佩剑进去，才至中门，便由甲士突出，把他抓住，连拔剑都来不及，只好束手受缚，牵置门外。时已初冬，塞外早寒，尚为风所吹，求给坐席，熙怅然道："头颅且远行万里，要席何用？"（爱妻已向人送暖，自可死心塌地。）果然席不得给，反赠他一碗刀头面，同时毕命。康即将两首献入曹军。操表封康为襄平侯，拜左将军；并将尚首悬竿示众，下令敢哭者斩。袁氏故吏牵招独设祭举哀，操却叹为义士，举作茂才；田畴也往吊祭，操亦不问，（不顾前令，全是奸雄手段。）惟仍欲封畴为侯，畴以死自誓，决不就封，但挈家族三百余人，随操同返邺中。操见畴志决词坚，乃不予封邑，使为议郎；（何不并议郎辞去。）一面养兵蓄锐，再图南略。会闻荆州牧刘表，遣刘备出屯新野，为北伐计；乃遣部将夏侯惇、于禁等，率兵万人，南行拒备。备自汝南奔依刘表，光阴易过，倏忽五年。（建安六年九月，备奔荆州，此时已建安十二年了。）曹操北攻袁氏，即劝表乘虚袭许，表素无大志，不愿远图。（果不出郭嘉所料。）及袁氏败亡，操回邺城，表复觉生悔，乃邀备与宴道："前日不用君言，坐失机会，很觉可惜！"备反慰语道："今天下分裂，干戈四起，前失机会，怎知日后不得再逢？但教后此毋误，就不必追恨了。"话虽如此，心中总不免惆怅。少顷起座如厕，自视髀肉复生，不觉潸然泪下，回至席间，面上尚有泪痕，为表所见，向备诘问。备实告道："备尝身不离鞍，髀肉皆消，今久不骑马，髀里肉生，日月如流，老已将至，功业却毫无建树，所以不能无悲呢！"表乃遣备出屯新野，备宴毕即行。既至新野，得与颍川人徐庶相遇，延为宾佐，凑巧操将夏侯惇、于禁，引军来攻，庶为备划策，自烧屯粮，出城南走。惇与禁疑备怯战，麾兵急追，不意伏兵四起，掩击一阵，杀得夏侯惇等七零八落，收拾残众，逃回邺中。

备复至新野，待庶益厚，庶语备道："南阳有诸葛孔明，世称卧龙，将军亦愿相见否？"备忙说道："既有这般名士，怎不愿见？但比君才具何如？"庶答说道："孔明尝自比管仲、乐毅，如庶不才，怎得相拟？"备又说道："君既与彼相知，请即劳君一行，邀与俱来！"庶摇首道："此人可就见，不可屈致，将军宜枉驾相顾，或可出来预谋；否则虽厚礼招聘，恐卧龙未必出山呢！"备听了庶言，乃留庶与赵云等守城，自偕关、张二人轻车简从，径往南阳。一时访不着孔明，只遇一襄阳名士司马徽，两造叙述姓名履历，才知徽字德操，隐居不仕。备虽与徽初次会面，但见他道貌清癯，料非庸俗，因叩问世事，并乞相助，徽答语道："山野鄙夫，未识时务，识时务须求俊杰，此间有卧龙、凤雏，皆济世才，得一人便可定天下。"备问卧龙、凤雏，姓甚名谁？徽答称诸葛孔明、庞士元。备即说道："此来正欲访卧龙先生，可惜未遇。"徽答说道；"卧龙高卧隆中，若果诚心相访，当肯出见，幸勿轻视此人。"备唯唯谢教，方才告别。越日又往隆中，访问孔明。隆中系是山名，在襄阳城西二十里，为南阳属地。孔明名亮，本系琅琊郡阳都县人，就是故司隶校尉诸葛丰后裔，父珪早卒，亮与弟均随叔父玄，徙居南阳。玄与刘表有旧，旋亦病殁，亮遂就隆中，结一草庐，躬耕陇畔，好为《梁父吟》。平居与博陵人崔州平，汝南人孟公威，颍川人石广元，常相往来；就是徐庶，亦与为知友。徐庶等学务精纯，惟亮独持大体，尝与庶等晤叙道："君等出仕，可至刺史、郡守。"及庶等问亮志趣，亮微笑不答。（自命不凡。）他知刘备过访，未肯遽见，第二次复谢绝，直至备三次往顾，方才出迎。

备见亮身长八尺，貌秀神怡，头戴纶巾，（纶音关。）身披鹤氅，飘飘然如神仙中人，不由得肃然起敬，便向亮拜手道："久闻先生大名，如雷贯耳；前已两次晋谒，留告姓名，今日得蒙接见，不胜荣幸。"亮从容答礼，亦自道歉衷，彼此谦逊一番，各归坐位。备始自述本意，请亮出山，亮推辞道："素性愚野，无志功名，将军如忧国忧民，还请另访高士。"备慨然道："德操、元直，并极称扬，先生不出，如何安国？如何定民？"亮乃笑问道："将军意欲如何？"备移坐密告道："汉室倾颓，奸臣窃命，主上蒙尘已久，备不度德量力，欲为天下申明大义；只恨智浅术短，迄无所成。惟私心耿耿，不甘作罢，所以敬候先生，幸乞赐教。"亮因说道："自从董卓构乱以来，豪雄并起，跨州连郡，不可胜数；曹操比诸袁绍，名微众寡，乃竟并吞袁氏，转弱为强，虽赖天时，亦借人谋。今操已拥众百万，挟天子令诸侯，此实不可与争锋。孙权据有江东，已历三世，国险民附，贤能乐为彼用，根基已固，不可轻图，只能与他结好，恃为外援。荆州北据汉、沔，利尽南海，东连吴会，西通巴、蜀，自古称为用武之地，主不得人，决难坐守，天今留待将军，将军可有意否？还有益州险塞，沃野千里，向号天府，高祖尝得此以成帝业。今刘璋暗弱，张鲁在北，民殷国富，不知存恤，草野智士，望得明君。将军为帝室之胄，信义著闻四海，总揽英雄，思贤如渴，若跨有荆、益，保守岩阻，西和诸戎，南抚夷越，外结孙权，内修政理，待天下有变，可命一上将，自荆州出向宛、洛，将军自率益州众士，出向秦川，百姓必且箪食壶浆，欢迎将军，岂不是霸业可成，汉室可兴么？”（规划分明，了如指掌。）备喜答道：“先生所言，足开茅塞，但愿不弃庸陋，出山相助，俾备得随时领教。”亮又推让道：“将军雅意，本当敬从，但亮疏懒已久，恐多废事，未敢应命。”备黯然道：“先生具此大才，不肯为备屈驾，备原不幸，汉且垂亡。”说至此，语带哽咽，竟至泪下。（肝胆如揭。）亮不禁感激，因即允诺。备乃命关、张入拜，留赠玄纁束帛，亮不肯受，经备再三诚恳，方才收下。

亮有妻黄氏，为沔南耆士黄承彦女，发黄面黑，才德独优，亮不嫌丑陋，竟纳为妇。南阳人有谣言云：“莫作孔明择妇，止得阿承丑女。”亮听人嘲笑，独谐伉俪，毫无闲言。（梁孟以后，应推诸葛夫妇。）至是令弟均，奉嫂家居，自与刘、关、张三人，同至新野，当由徐庶等接入，故人聚首，当然相亲；（徐庶走马荐诸葛，出自罗氏《三国演义》，按《蜀志·诸葛亮传》中，庶尚留新野，未曾诣操，今从之。）备更待亮若师，情好日密。关、张二人，颇有疑议，备独与语道：“我得孔明，仿佛如鱼得水，幸勿复言。”关、张乃止。可见得才如诸葛，唯刘备方能揽用，自是君臣相得，言听计从，三分天下的政策，就此开始了。小子有诗咏道：

茅庐三顾感情真，前席才将伟略陈；

未届壮年才冠世，知公不是等闲人。（亮出山时，年方二十七岁。）

过了数日，备与亮方商议整军，忽由刘表遣人致书，邀备至荆州议事。欲知备曾否应召，且至下回再详。

田畴不肯事袁绍，独于曹操之北伐，一召便来，虽为乡里报怨，愿诛蹋顿，然蹋顿为汉虏，操亦一汉贼耳。就使蹋顿可诛，而袁氏二子，不应迫之同毙！畴曾得袁氏之征辟，知己之感，宁独无之？岂可因前日之未往，即视袁氏如眼中钉，必歼灭之而后快乎？然则袁尚兄弟之毕命。下手者为公孙康，实则畴实使之。吾不知畴何憾于袁氏，何德于曹操也。及尚首揭竿，向之吊祭，侯封所及，誓死固辞，此特矫情干誉之为，有识者固已齿冷矣。必如诸葛孔明之隐处南阳，不屑轻出，待至刘备三顾，勤勤恳恳，方效驱驰，名士之出处，如此慎重，岂田畴辈所得望其项背乎？三国人才众矣，如孔明者，其固超类轶群哉！

第八十三回　入江夏孙权复仇　走当阳赵云救主

却说刘备接得荆州来书，即与诸葛亮商议行止，亮答说道："想是因黄祖败死，故请将军，往议抵御东吴，将军不妨前去。亮愿随行。"备闻言甚喜，便偕亮出城，同诣荆州。看官欲知黄祖败死情形，还须从源至委，补叙一番。先是孙权继承先业，安踞江东，（见第七十九回。）曹操恐权强盛，责令遣子入侍，为抵质计。权与张昭等会议，犹豫未决，独周瑜入白吴太夫人，极言送质非计，吴太夫人乃嘱权道："公瑾与伯符同年，相差只有一月，我视公瑾如子，汝当事公瑾如兄，不得违议！"（慧眼识人。）权唯唯受教，遂不应操命。惟权弟孙翊，出任丹阳太守，好酒渔色，未洽众心；督将妫览，郡丞戴员，尝为翊所责，阴怀不平，密与翊亲吏边鸿结为心腹，有害翊意。可巧孙权为父报仇，出攻黄祖，览、员两人趁势发作，嘱使边鸿行刺，适丹阳属县令长，诣郡大会，翊出见后，送客至门，被鸿在后刺死。翊妻徐氏，秀外慧中，颇善数理，曾卜得一卦，爻象大凶，劝翊不宜会客，翊不听妻言终遭奇祸。徐氏抚尸大恸，并饬将佐等速拿凶手。妫览、戴员，便将边鸿拿住，不待问讯，当即处斩。览遂入居军府中，强取翊家姬妾，及左右侍御；并因徐氏姿色可人，亦思占为己妾。徐氏阳为许诺，但言须俟至晦日，设祭除服，方可成婚；暗中却召入旧将孙高、傅婴，授与密计。到了晦日，设祭堂上，尽哀易服，沐浴薰香，浓装艳裹，好像另做新人模样，且派侍婢出室邀览。览喜如所望，也即盛服进去，徐氏从容迎入，待览坐定，一声暗号，突出孙高两将，双刃并举，剁落览首。一面伪传览命，邀员入宴，也即处死。徐氏再著丧服，持得两贼首级，往祭翊墓，军士方共称为智妇。（实是烈妇。）

孙权在椒丘闻报，急回丹阳，见二贼已经授首，索性尽诛逆党，擢孙高两人为牙门将，令守丹阳；接归徐氏，及孤儿松，厚加抚养，保全节孝。独权母吴太夫人，悼翊非命，积哀成疾，奄忽一两年，终至不起，弥留时召见张昭等，托付后事，悠然而逝。权依礼丧葬，守制逾年，复议往伐黄祖。还有少年都尉凌统，因父操从征江夏，为黄祖部将甘宁射死，志在复仇，自请冲锋效力；权即亲督军马，克期出发。适由都尉吕蒙，引一降将进见，问及姓名，就是凌统仇人甘宁，表字兴霸，他本巴郡临江人，少好游侠，杀人亡命，奔走江湖间；后来折节读书，往投刘表，表不能用，因是东行入吴。道出夏口，被黄祖留住军中，一再立功，不见重赏，祖部下军将苏飞，替宁保举，反为祖所呵斥，飞乃更为设法，调宁为鄂县长，使他自图去就，宁始得脱身入吴。因恐前时射杀吴将，求荣反辱，故先见吕蒙，探问凶吉，蒙一力担承，决无他害，乃引宁见权。权亦开诚相见，谈及江夏情形，宁进策道："今汉祚日微，曹操擅权，必为篡窃。荆南为操所必争；刘表素无远虑，诸子又劣，万难保守，将军若不早图，恐操将捷足先得了！今请先取黄祖，祖年已昏耄，专嗜货利，不修战备，有船无兵，有兵无律，将军往攻，必能灭祖；祖既破灭，鼓行西进，楚关一下，巴蜀亦可规取了！"（宁策恍似诸葛孔明。）权大喜道："复仇雪恨，就在此举呢！"（权志但在复仇上，故下文得半而止。）

当下命周瑜为大督，率同吕蒙、董袭、凌统诸将，充作先驱，即使甘宁为前导，溯江上行。至沔口前面，有两大艨艟，挡住要隘，鼓声一响，艨艟中千弩齐发，箭如雨集。吴军不得前进，董袭、凌统，分募敢死士各百人，令被重甲，乘舟执刀，冒矢冲入，斫断艨艟缆索，艨艟分流，吴军便得大进。黄祖忙令都督陈就，带领水军，鼓棹迎战，被吕蒙、甘宁等，一阵驱杀，就军大败，蒙亲枭就首，进攻江夏，祖将苏飞，开城出战，又为所擒；黄祖挺身出走，由吴军追杀过去，斫死祖身，取首报功。于是周瑜、孙权，先后入江夏城，函盛祖首，拟归祭孙坚墓前；尚有一函制就，将盛苏飞首级。飞向甘宁求救，宁传语道："彼若不言，宁岂忘心？"会权为诸将犒劳，置酒大会，宁下席泣拜道："宁若不得苏飞，早死沟壑，怎能效命麾下？今飞罪当夷戮，乞将军开恩一线，为宁赦飞！"（以德报德，不愧义士。）权动容道："今为卿赦飞，飞若逃去，卿肯受责否？"宁又答道："飞已蒙赦，感恩不浅，还肯逃走吗？如果逃走，宁头当代入函中！"权乃命将飞释出槛车，且召令与宴。飞入谢权恩，正欲随宁就坐，忽席间有一人跃起，拔剑出鞘，竟刺甘宁，宁慌忙趋避，连苏飞亦窜一隅；诸将忙起座拦住。权亦起身惊视，仗剑的并非别人，就是凌统，因即出言劝解道："兴霸射死卿父，彼时各为其主，不得不尔；今同聚一堂，只好不念旧仇，愿卿息怒！"统叩头大哭道："父仇不共戴天，统岂可与仇人共席？"说得权也为唏嘘，因令宁领兵五千，带着苏飞，出屯当口，宁拜谢自去，席亦遽撤。权未免扫兴，掳得男女万余口，班师径回。

这时候正是刘表着忙，邀入刘备同议拒吴，诸葛亮早已料着，劝备模糊对付。备见了刘表，只言宜详探军情，再图抵敌。表因使人再探，返报权已回军，表乃放下了心；但邀备与宴，酒至半酣，表叹息道："我年已老，诸子又皆不才，看来我死以后，此州非君莫属了！"备惊起避席道："公何出此言？备怎敢当此重任？况公子皆贤，幸勿过忧！"表再欲有言，听得屏后有环珮声，乃不复出口。备亦从旁窥透，起身告辞，退至客馆，与亮述及，亮笑语道："将军何不承认下去？"备摇首道："景升（刘表字。）待我颇厚，我若夺彼位置，岂非薄情？我决不忍出此！"亮喟然道："将军仁厚过人，但恐将来多费谋力了！"（料定后文。）正谈论间，外间来了表子刘琦，因即延入，琦说了几句套话，便请屏人密谈。亮不待备命，立即趋出。琦乃向备泣拜，悄悄地谈叙片时，备眉头一皱，计上心来，因与琦附耳数言，琦始别去。原来琦为刘表长子，少年失恃，表娶继室蔡氏，生子名琮，蔡氏因琦非己出，常劝表舍长立幼，且并娶侄女为琮妇。表溺爱后妻，免不得被他人蛊惑，所以立嗣问题，始终未定。

这位蔡夫人，又硬要干政。每遇表会见宾客，往往隔屏窃听，所以备入宴时，有环珮声，传出外庭，便是蔡氏私听秘言。（释明上文。）琦年已长成，恐为后母所害，日夜危疑，因此向备求计。备嘱他转问诸葛，又知亮小心慎重，未肯代谋，乃特为设法，令琦照行。次日备佯称未适，使亮答拜刘琦，琦延入密室，自述苦况，求亮指教。亮默然不答，琦乃邀亮游览后园，共上高楼，琦复长跪求计，亮尚辞谢道："这乃公子家事，外人怎敢与谋?"说着便欲下楼，哪知楼梯已经撤去，（此非亮中备计，实防外人窃听，故有是举。）琦复哀请道："今日上不至天，下不至地，言出君口，但入琦耳，先生奈何尚未赐教?"亮乃低语道："公子应阅史事，独不闻申生在内而危，重耳在外而安么?"这两语将琦提醒，当即拜谢，便取梯接楼，送亮出去。

亮返告刘备，备已知秘计，就拟向刘表辞行，凑巧表复来邀备，备闻召即入。表蹙额道："江夏重地，必须得人接守，我欲遣长子往镇，未识可否?"备已知琦从中运动，因即怂恿道："黄祖性暴，所以致祸，长公子宽厚仁恕，必能爱民，况有亲子弟为外藩，更足免虑，有何不可?"表又说道："闻曹操在邺中整兵，意将南下，如何是好?"备即答道："备愿出屯樊城，幸请免忧!"表当然乐允。备即起辞，回馆整装，顺便接取家眷，是时甘夫人已生有一儿，取名为禅，表字公嗣；甘夫人尝梦吞北斗，故又为禅取一乳名，叫做阿斗。阿斗生于建安十二年，至是已将周岁了。（特志年岁。）备见他体质壮伟，恰也心欢，当下使他母子乘坐一车，又用一车，载着糜夫人，自与亮跨马同行。至新野召集关、张等人，一古脑儿移入樊城。才阅数旬，忽由荆州来了急使，说是主公病重，请将军速临一诀。备欲召问孔明，偏值孔明外出，迫不及待，只好带了赵云，匆匆至荆州。趋入刘表寝室，见表病已垂危，不禁泪下，表亦感动流涕，与语道："前与君谈及后事，谅君尚未忘怀!"备接入道："备当竭力辅佐公子，不敢负托!"表复说道："我子不才，奈何奈何?"备又劝慰道："公子并能守城，何必多虑?"表拱手道："全仗贤弟教导，愚兄就要长别了！”（郑重托孤，未始无见，其如疏不间亲何?）说罢，痰喘不止，备不便多坐，当即辞退。偏由表妻舅蔡瑁，及他将蒯越，邀备会议善后事宜，备只好暂留外厅，与他议事。瑁、越二人，佯与备商及立嗣问题，备沉吟无语。

俄有一人入语道：“曹操已发兵邺中，来取荆州！”说至此，以目视备。备见是山阳人伊籍，素在刘表幕下，相识有年，此时两目相对，料知有异，乃伪起如厕。籍亦随往，低声语备道：“蔡瑁心怀不良，公宜急走！”备不禁着忙，亏得籍导至后园，开门引出。备尚忧无马，籍答说道：“籍已将公坐骑，牵到此处，请公上马速行。”备又言赵云在外，尚未得知，恐遭毒手，籍复说道：“籍当往报赵将军，请公先行一步！”备乃加鞭疾驰，直出西门，再经里许，前面有一檀溪，阔约数丈；清流激湍，映带潆洄，备所乘马，叫作的卢，颇甚雄骏，惟额边生有白点，相马家谓不利主人，备却听诸命数，仍然乘坐。及至檀溪，眼见是不能飞越，回顾后面，又见尘头大起，想有追兵到来，一时情急无奈，只好跃马下溪，马足陷入淤泥，几乎蹶倒，备惊惶道：“的卢的卢，今日果要害我了?”话才说完，那马竟一跃三丈，跳过彼岸。（殆有神助。）备惊魂未定，似醉似痴，猛听得夹岸大呼道：“使君何故遽去?”这一声方将备叫醒，遥顾对岸，是蔡瑁人马，也不暇答话，纵马驰去。瑁亦暗暗诧异，收军自回，途次遇见赵云，问及刘备，瑁答言已经回去。云已得伊籍通报，故无心详问，策马自行。到了檀溪，又为备吃一大惊。返问守门军士，各言刘使君跃过檀溪，千真万确，云乃绕道至樊城，果然备已早归，安然无恙。既而伊籍亦至，报称表已病殁，刘琦省疾被拒，仍回江夏；蔡瑁、蒯越，已立表次子刘琮为主了。（从伊籍口中叙过，省却许多文字。）诸葛亮在旁叹息道：“刘琮竖子，怎能守此荆州?若不早图，必为操有！”伊籍接口道：“何不借吊丧为名，袭取荆州?”亮拍手赞成，备独不愿，但派吏至荆州吊丧罢了。（此时却失之过厚。）

且说曹操既平河北，即思南取荆州，因恐朝右大臣，从中牵掣，索性奏罢三公，自为丞相。用崔琰为西曹掾，毛玠为东曹掾，司马朗为主簿，司马懿为文学掾。懿即朗弟，系河内温县人，朗字伯达，懿字仲达，崔琰尝谓朗不及懿，故操特引用。懿佯称风痹，不肯就职，经操察知懿诈，欲加收禁，懿始出就职。（懿甫出现，即怀诈意，曹操何必定要使诈？）操安排已定，便拟整军南下，适太中大夫孔融，奏称王畿以内，不宜封建诸侯，又谓天下粗定，疮痍未复，不宜兴师。明明与曹操反对，操当然怀恨。御史大夫郗虑，与融有隙，竟诬融在北海时，招合徒众，图为不轨，入朝后暗通孙权，讪谤朝廷，且与祢衡互相赞扬，衡谓仲尼不死，融答颜回复生，大逆不道，应坐诛夷。操有词可借，便令廷尉系融下狱。融有二子，并在幼年，闻父被收，尚对坐弈棋，左右劝令急走，二子说道："覆巢下何有完卵!"道言甫毕，缇骑已至，把融妻及二子，一并拘去，与融同斩东市，暴尸示众。京兆人脂习为融故友，尝戒融刚直太过，恐遭奇祸，融终因此遇害。习往抚融尸，嚎啕大哭，有人报知曹操，操命人执习，习长叹道："文举（融字文举。）已死，我亦不愿求生了!"操又偏不使习死，将他释放。习遂将融全家尸首，收殓埋葬。操亦不复问，便督率大队人马，疾驱南来。才抵宛城，荆州大震，蔡瑁、蒯越，慌张失措，掾属傅巽、王粲等，想出一条乞降的末策，入内白琮。琮庸稚无能，有何主见？琮母蔡氏，至此也急得没法，不得不顾全性命，情愿将荆州全土，献与曹操；（痴心立爱，终归无效。）遂命王粲缮好降表，派吏送去。

刘备留屯樊城，闻得操军南下，亟使人问琮，琮尚讳言降曹，未肯详告；直至操军已到新野，方遣掾吏宋忠，诣备报命，备才知琮已降操，且惊且怒道："汝曹既欲降操，何不早告？今曹军已至，方来报我，可惜可恨!"说着，复拔剑指忠道："今虽断汝首级，尚未足泄恨，但大丈夫已经临别，杀人何为？汝可速去，教刘琮自思罢了。"忠抱头出去。备急与诸葛亮等，会议行止，亮进言道："上策莫如取襄阳，下策只好走江陵；若待操军大至，区区樊城，如何能保守哩？"备踌躇半晌，方开口道："据宋忠言，刘琮已赴襄阳，迎候曹操，今往取襄阳，势必害琮；刘荆州临殁时，向我托孤，我不能保护彼子，反去加害，他日死后，有何面目再见刘荆州？我意不如径往江陵。”（备之失机在此，备之留名亦在此。）乃悉众尽行。路过襄阳，在城下驻马呼琮，琮惧不敢出，蔡瑁等且登城拒备，乱箭射下，备不得已，至襄阳城东，拜辞表墓，涕泣而去。荆襄士民，见备如此仁慈，不愿相舍，竟陆续赶上，随备同行。备抵当阳，众至十余万，辎重数千辆，不能急走，每日只行十余里，将佐多向备进议道：“此去江陵，程途尚远，急宜倍道疾趋，方能速至，况士民相随，不能争战，虽多无益；若还要兼顾，恐曹操兵到，免不得玉石俱焚了。”备流涕道：“欲济大事，全赖人心，人愿归我，我何忍弃去？”诸葛亮接说道：“将军既不忍弃民，应遣云长先赴江夏，借得战船数百艘，速来接应，方可无虞！”备依言遣羽，羽即驰去，（亏有此着。）备仍徐行如故。忽有探马走报道：“曹操已亲率大军，长驱追来了！”备因使张飞断后，赵云保护家小，孙乾、糜竺、伊籍等，照顾百姓，自与诸葛亮、徐庶，缓辔同行。

哪知曹操煞是厉害，既由刘琮迎入襄阳，便调琮为青州刺史，勒令东往，所有蒯越以下，悉数截留，阳封蒯越等为列侯，阴实翦琮羽翼，不使相从；一面自率轻骑万人，兼程追备。一日一夜，得越三百余里，径达当阳。备正在前进，猝闻曹军从后追到，还想保全百姓，挥令同行，诸葛亮着急道：“祸在眉睫，奈何迟延？”遂促备疾驰，自与徐庶护备同进。哪知曹军已从后掩至，单靠一张飞截击，也是拦阻不住。曹军冲入前面，顿将大众驱散，连甘、糜二夫人，也只好各走各路，不能相顾。赵云仗着一杆长枪，左挑右拨，杀开一条血路，已不见甘、糜二夫人，再从乱军中杀入，得将甘夫人觅着，引回长坂坡。可巧张飞已走至坡上，据桥立马，见赵云送到甘夫人，便让令过桥，问及婴儿阿斗，知由糜夫人抱去，云不顾死活，再回旧路，一枝枪神出鬼没，无人敢当，好多时杀散曹军，救出糜夫人。糜夫人身已受伤，尚抱住阿斗，不肯释手，见了赵云，方将阿斗交付与云，一跃入枯井中，竟至殉难。（史传中未见载明，姑从罗氏《三国演义》。）云不遑捞尸，即将阿斗裹入怀中，单骑走回。张飞尚立在长坂桥上，等候赵云。云方至桥畔，后面追兵又至，忙呼飞求援，飞应道："有我在此，请君放心！"遂让开一步，令云过桥，须臾，曹军大至，飞令手下二十余骑，在桥后伏着，自己横矛桥上，瞋目大呼道："我是燕人张翼德也，可来与我决一死战！"这声呼喝，好似空中起一霹雳，吓得曹军纷纷倒退，没一人敢上桥与争。小子有诗咏道：

一声叱咤敌先惊，长坂桥头独著名；

身是燕人张翼德，好凭七字作长城。

张飞既吓退曹军，乃拆断桥梁，拍马见备。欲知备再走与否，试看下回便知。

黄祖本无才智，而孙坚死于祖手；孙策又不能亲复父仇，命为之，势为之也。坚阻于命，策限于势；至权承父兄之业，用瑜、蒙诸将，一出再出，方举黄祖而枭夷之，《春秋》之义大复仇，如孙仲谋者，其固不愧为令子乎？曹操谓生子当如孙仲谋，若刘景升诸儿，与豚犬等，原非虚言。但刘景升亦非杰出才，偷息荆襄，不思展足，其无能已可概见；至如惑后妻，远长子，卒至身死未几，全州归曹；而于真诚坦白之刘玄德，若即若离，反使其仓皇奔走，濒死当阳，玄德不负景升，景升实负玄德耳。赵云百战长坂坡，保全甘夫人母子，可谓忠臣；而糜夫人甘心殉难，亦可谓贤妻。孙徐氏以不死报夫仇，刘糜氏以宁死全夫嗣，俱足为彤史生光云。

第八十四回　召周郎东吴主战　破曹军赤壁鏖兵

却说刘备奔走途中，幸有张飞断后，始得脱难。及见赵云救回甘氏母子，又闻糜夫人伤亡，禁不住百感交萦，潸然泪下。到了张飞驰至，报称毁桥拒敌，备失声道："桥梁不断，曹军尚恐有伏，未敢追来，今已拆去，彼料我胆怯，必然追我，不如速走罢！"遂带领残众，从小路斜投汉津。行抵沔口，后面果有追兵驰至。正在惊惶，那江中有许多船只，扬帆驶到，船头立一大将，披甲横刀，正是云长关羽；（名字并举，乃是特笔。）备转忧为喜，忙率众人登舟。羽留心审视，独不见糜夫人，便向备问明，备太息道："甘氏母子，尚亏是子龙救回，子龙入围数次，或说他北投曹操，我料子龙必不弃我，果然仗着百战，救回妻孥，糜氏已经殉难了！"羽悲愤道："往日猎许田时，若从羽言，可不至有今日的困厄！"备答道："当时投鼠忌器，所以劝止，若天道辅正，怎知不转祸为福呢？"说着，遥见追兵将到，急命开船；羽说是不妨，江夏太守刘公子，悉众来援，就在后面。道言未绝，果由刘琦引船千艘，顺流来会。羽索性挥兵登岸，要与曹军决个胜负。就是张飞、赵云，亦跃至岸上，与羽驱杀过去，曹军又皆吓退，反被关、张、赵三将，夺取许多甲仗，方才回船。当下招集溃众，次第趋集，备等稍稍安心。独徐庶未见老母，很是担忧，备欲遣将往寻，有归卒禀报道："徐母已被曹军拘去了！"庶不禁流涕，即起身辞备道："本欲与将军共图大业，今失去老母，方寸已乱，不能为谋，请从此别！"备亦唏嘘道："卿莫非往投曹营么？"庶泣答道："欲全老母，不得不尔；但此心仍属将军，决不为操设谋！"说至此，又与诸葛亮告辞道："孔明大才，必能弼成王业，庶虽去，亦得放怀了。”于是舍舟登陆，由备、亮等送至十里外，始与诀别。（《三国志·诸葛亮传》详载此事。庶归曹操，系在备当阳败后，且庶母亦不闻自杀，与罗氏《三国演义》不同。）庶径诣曹营，幸母未死，乃留住曹操麾下，后由操表为御史中丞，这且搁过不提。（庶母若死，庶亦不肯依操，可见罗氏附会之失。）

且说刘备等返至船中，方命解缆行驶。到了夏口，适与东吴使人鲁肃相遇，彼此接见，互道殷勤。肃本来请命孙权，欲与刘备联络，共拒曹操，因借吊问荆州为名，乘便见备。可巧备自当阳败走，在途晤谈，肃即探试备意，问欲何往，备佯答道：“前与苍梧太守吴巨有旧，拟即往投。”（以假应假。）肃素忠厚，便直说道：“苍梧僻处岭南，何足为助？愚意不如东投孙氏，孙讨虏聪明仁惠，敬贤礼士，江左英豪，都愿归附；（曹操表权为讨虏将军，见前文。）今为君计，最好是与他联络，共御曹军。”（说到拒曹是鲁肃一生宗旨。）备尚未及答，诸葛亮即从旁插嘴道：“刘使君与孙将军，素未会面，如何轻投？”肃笑答道：“令兄子瑜，现为江东长史，与肃友善，肃愿偕君同至江东，既可与令兄聚首，复可与孙将军共议大事。”亮乃语备道：“事机已急，愿奉命往见孙将军，合谋拒操。”（本有此意，偏待鲁肃相邀，才肯说出。）备点首允诺，亮即偕肃登舟，共赴江东。时曹操已进据江陵，复拟东下，孙权出屯柴桑，观望成败。肃引亮入见，权起座相迎，延亮入座。亮见权方颐大口，目有精光，料非庸主可比，因开口说权道：“海内大乱，将军起兵据有江东，刘豫州亦收众汉南，与曹操并争天下，两主志趣相同，真所谓无独有偶了。”（徐徐引入。）权皱眉道：“今曹操拥兵百万，顺流东来，或为我主战，或为我主和，究竟和为是，战为是呢？”亮又答道：“曹操芟夷群雄，平河北，破荆州，威震四海，虽有英雄，无从用武；故刘豫州遁逃至此，将军请自为计！若能举吴、越兵众，与中国抗衡，不如早与操绝；否则按兵束甲，北面事操，尚可偷息苟安。今将军外似服从，内实犹豫，当断不断，祸至无日了！”（用反激语。）权不禁作色道：“刘豫州何不降操？”亮续说道：“田横一青齐壮士，犹守义不辱，况刘豫州为汉室胄裔，英才盖世，众士并皆仰慕；事若不济，也是天命使然，怎肯卑躬屈节，甘心事操呢？”（再激再厉。）权至此亦勃然道：“我不能举全吴土地十万甲兵，俯首事人，计已决了！非刘豫州莫与敌操，但刘豫州新遭败衄，如何能抵制操军？”亮申说道：“刘豫州虽新败当阳，尚有关羽水军，不下万人，刘琦合江夏战士，亦在万人以上，操众远来疲敝，闻他追刘豫州，日夜行三百余里，古所谓强弩之末，势不能穿鲁缟，就是此意；《兵法》亦垂诫云：‘必蹶上将军。’且北方人士，不习水战，荆州百姓，为操所迫，并非心服，可见操非真不可敌呢！将军诚能督选猛将，统兵数万，与刘豫州协力同心，必能破操；操破亦必北返，荆吴势盛，鼎足形成，就在此举了。”（仍是三分决策。）权大喜道：“先生伟论，令人敬服，孤当与刘豫州合拒曹军。”遂命肃引亮出帐，使与诸葛瑾相见。瑾字子瑜，就是鲁肃所说的江东长史，本为亮兄，避乱东吴，因即臣事孙氏。（补前文所未及。）兄弟重逢，自有一番密谈，不消絮述。惟孙权既闻亮言，便召群下，会议出兵；适曹操遣使致书，由权展阅，书中略云：

> 近者奉辞伐罪，旌麾南指，刘琮束手；今治水军八十万众，愿与将军会猎于吴，将军其留意焉！（已露骄态。）

权览毕后，取示群下，大众统皆失色，长史张昭说道：“曹操挟天子威望，用兵四方，若欲拒绝，名不正，言亦不顺；况将军足以拒操，惟赖长江，今操得荆州，据有艨艟战舰，沿江东来，是长江天险，已无所用，不如往迎为便。”余众亦多附和昭言，独鲁肃不发一语，嗣见权入内更衣，当即随入，权已知肃意，握手与语道：“卿意如何？”肃答说道：“众议专欲误将军，众可降操，独将军不应迎操！”权更问何因，肃又答道：“如肃等降操，名位未必遽失，就使失位，也得安然还乡；将军降操，将归何处？愿早定大计，毋惑众言！”权叹息道：“子敬所言，正合我意；但欲敌操军，须用何人督师？”肃接口道：“莫如周瑜。”权从肃议，立即使人至鄱阳，召瑜入商。瑜方在鄱阳湖督练水军，奉召即至。权与言和战情形，瑜奋然道："操名为汉相，实是汉贼，将军承父兄遗烈，奄有江东，地方数千里，兵精粮足，当为汉家除残去害，奈何往迎汉贼哩？"（快人快语。）权徐答道："我并不欲迎操，只恐众寡不敌，故召卿一商。"瑜扬眉说道："操今东来，实犯数忌，北土未平，马腾、韩遂，尚在关西，为操后患，操乃一意东略，就是一忌；南人善水战，北人善陆战，操竟舍鞍马，仗舟楫，弃长用短，与吴、越争衡，就是二忌；时值隆冬，天气盛寒，马无藁草，就是三忌；驱中原士众，远涉江湖，不习水土，必生疾病，就是四忌。操犯此数忌，多兵何益？将军擒操，正在今日，瑜愿将精兵数万人，出屯夏口，保为将军破贼，将军勿忧！"（慨当以慷。）权听了瑜言，投袂起说道："老贼久欲篡汉，只忌二袁、吕布、刘表与孤数人，今数雄已灭，惟孤尚存，孤与老贼，势不两立，卿言当击，甚合孤意，这是皇天以卿授孤哩！"瑜又说道："将军可决意否？"（再逼一句。）权拔剑斫案，剁去一角，向众宣言道："诸将吏如再言迎操，可视此案！"张昭等在侧，并皆失色，瑜乃辞去。当由鲁肃见瑜，具述诸葛亮求援情事，瑜即令肃邀亮，亮与瑜相见，寒暄已毕，谈及军事，亮笑语道："一傅众咻，恐孙将军尚有疑虑，应该替他剖解，使知操军虚实，了然无疑，方可成事！"瑜闻言称善。待亮别后，日已垂暮，吃过夜餐，乃复入见孙权道："诸人劝将军迎操，无非因操虚张声势，说有八十万众，所以惊惶；其实操军断无此数，操所得北方兵士，不过十五六万，且久战成疲，至若荆州降兵，至多不过七八万，尚怀疑贰，试想以疲兵疑卒，沿江东来，人数虽多，实不足惧；瑜得精兵五万，便可制操了！"权起抚瑜背道："公瑾所言，足释我疑。张子布等，（子布即张昭字。）各顾妻孥，毫无远见，大失孤望，独卿与子敬，与孤同心。孤已选得三万人，备齐粮械，烦卿与子敬、程普，即日先发，孤当再集军马，为卿后应；卿前军倘不如意，便还兵就孤，孤誓与操亲决一战，更无他疑！"（至是始决计主战了。）瑜乃告退。

翌日即命周瑜、程普为左右督，鲁肃为赞军校尉，领兵三万，往会刘备，并力敌操。程普在诸将中，年齿最长，乃反为瑜副，未免怏怏；及见瑜调署人马，井井有条，才为叹服。瑜见诸葛亮智出己上，欲招与同事，特向孙权陈明，令诸葛瑾留亮仕吴。权当然告瑾，瑾奉命留亮，亮反邀瑾同行，瑾乃返报道："瑾弟亮已委质刘氏，义无贰心，弟不留吴，亦犹瑾不往刘；且彼此既合力拒操，也不必计及亲疏了。"权因复告瑜，瑜便与亮同行，辞过孙权，联樯西进，行至樊口，刘备已守候多日，既见东吴水军，便使糜竺犒军致意。瑜语糜竺道："我本欲见刘豫州，共议良策，只因身统大军，不便轻离；若刘豫州肯屈驾来临，深慰所望。"竺应声还报，备即单舸往会，问瑜带得若干兵马，瑜答称三万人，备尚嫌太少，瑜微笑道："兵不在多，恃在将才；刘豫州但看瑜破操便了！"（自负语。）备赞了数语，当即辞回，自去安排将士，助瑜攻操。

瑜统军再进，舟抵赤壁，与操军前驱相遇，两下交锋，操军败退，瑜收军结营，屯驻南岸；操亦驻军北岸，夹岸相持。惟操军多系北人，不服南方水土，动辄呕吐，筋疲力软，未堪争锋，所以逗留不战；瑜亦未得胜算，静觇敌变。转眼间已阅旬余，操见江中波浪，时作时止，舟军一经颠簸，便患晕眩，因此想出一法，把各舰连环锁住，免得动摇。（罗氏《三国演义》谓为庞统献计，亦系附会。）吴将黄盖，探知曹军动静，便向周瑜献计道："寇众我寡，难与久持，操军方钩连船舰，首尾相衔，但教用火一烧，不怕不走。"瑜微笑道："我亦早有此意，但操军沿江巡弋，恐不容我舰过去，如何纵火？"盖跃起道："何勿用诈降计！"瑜鼓掌道："此计非公复（盖字公复。）不行，可先使人献书曹操，操若中计，便可成功！"盖奉令修书，交与周瑜阅过，待至夜静，乃派人送去。（史传中未及阚泽，故不羼入。）是夜寒月横空，水天一色，操对月感怀，与将佐痛饮数杯。乘着三分酒兴，出寨登舰，眺览夜景，忽见乌鹊一丛，向南飞去，不由得取过一槊，横搁船头，信口作歌道：

> 对酒当歌，人生几何？譬如朝露，去日苦多。慨当以慷，忧思难忘；何以解忧？惟有杜康。（杜康作酒。）青青子衿，悠悠我心；但为君故，沉吟至今。呦呦鹿鸣，食野之苹。我有嘉

宾，鼓瑟吹笙；明明如月，何时可辍？忧从中来，不可断绝；（迭言忧字，便是不吉之兆。）越陌度阡，枉用相存。契阔谈宴，心念旧恩；月明星稀，乌鹊南飞，绕树三匝，何枝可依？山不厌高，海不厌深。周公吐哺，天下归心。

歌方罢唱，蓦有军吏入报，谓东吴有人献书，操即将吴使召见，由吴使呈上书信，就阅灯下。书中系吴将黄盖署名，但见纸上写着：

盖受孙氏厚恩，常为将帅，见遇不薄；然顾天下事，当知大势，用江东六郡山越之人，以当中国百万之众，众寡不敌，海内所共见也。东方将吏，无有愚智，皆知其不可，惟周瑜、鲁肃偏怀浅戆，意未解耳。今日归命，志在择主，乞保吴民。瑜所督领，自易摧破。交锋之日，盖为前部，因事变化，效命在近。书不尽言。（此书本《吴志·周瑜传》。）

操看了又看，回环数次，方问吴使道："汝由黄盖遣来，莫非诈降不成？"吴使极言黄盖诚意，操又说道："黄盖如果愿降，当授高爵，我处不必答复，但烦汝口述便了。"吴使自然归报，黄盖大喜，即转告周瑜，瑜令盖预先筹备，待令乃发。盖选得轻舸十艘，预备燥荻枯柴，满载船中，灌以火油，上覆赤幔，船头插一青龙旗，船尾各系走舸，布置停当，专待周瑜号令。瑜却未敢遽发，只因隆冬时候，常有西北风，独少东南风，操军在北，非东南风如何纵火？所以迁延不决，特请诸葛亮密商。亮素知天文，已料定冬至节边，有东南风，便起座道："亮不才，颇能祈风，当为君借助一帆，可好么？"（风安可借？故先叙明来历。）瑜大喜过望，便请亮择地设坛，自去祈祷。过了一日一夜，果然东南风渐起，瑜不胜诧异，使人视亮，亮已轻舟一叶，自往樊口，回见刘备去了。于是瑜即下令，悉众夜发，使黄盖再致书曹操，说是待夜来降，但看船上有青龙幡，便是降船。操得书后，尚信为真情，俟至黄昏，亲率将佐出营，眼巴巴地望盖来降。（智谋如操，也为所愚，可见行军不易。）约阅片时，星光闪烁，月色迷蒙，江中刮起一阵大风，扑面生寒，侵入肌骨；操尚不以为意。忽见对岸有许多军舰，顺风前来，隐约有青龙旗飘动，操迎风开颜道："黄盖果来降了！"程昱、贾诩等在侧，齐声语操道："来船甚众，不可不防，且东南风刮得厉害，倘彼因风纵火，如何抵敌？"操不禁省悟，（已经迟了。）传令各船将弁，小心戒备，且派巡船出探虚实。号令才下，那敌船已经驶近，相距不过二里，霎时间火焰冲天，被狂风卷火过来，烧及曹军各舰，军士连忙援救，已是无及。但见得火趁风威，风助火势，烧了这船，延及那船，船又被铁环锁住，急切里无从奔避，再加来船乘风突入，接连放火，不但北船被毁，甚至岸上营寨，亦皆延烧。可怜操军焦头烂额，扑通扑通地都投入水中。

操见不可支，还想从岸上逃走，幸亏张辽驾一小舟，上前救操，操得跳入舟中，如飞遁去。黄盖从火光中瞧着，连忙追操，不防一箭飞来，正中肩窝，翻身落水。后面便是韩当水军，盖在水中大呼求救，为当所闻，急令军士将盖捞起，拔箭易衣，送回大营医治。当代盖追操，操部下尚有残舰，随操遁走。哪知东吴舟师，相继驶集，就是吴大都督周瑜，亦乘船擂鼓，从后追来，操军十死七八，余亦多半受伤。赤壁山成火焰国，扬子江作死人堆，曹操在水路中，逃了数十里，方敢登岸，百忙中寻了一匹快马，扳鞍上坐，向北急奔；吴兵也上岸紧追，还亏操部下诸将陆续赶到，保护操身，且战且走。谁料刘备也遣到关、张、赵诸将，沿路追截，杀开一重，又是一重，等到重围杀透，东方已明，检点残兵，不过数千骑了。操拟奔南郡，就华容道小路进行，较为近便，偏偏疾风未息，暴雨又来，一阵淋沥，害得曹操等拖水带泥，不堪狼狈，路上泥淤马足，蹇滞难行，操令羸兵负草填堑，骑乃得过。羸兵已尽疲乏，等到堑坑填满，不能再进，往往卧倒道旁。操等只恐追兵又至，跃马前奔，也不管羸兵死活，蹀躞过去。（罗氏《三国演义》中，有关公放操一段，史传中并无其事，故亦从略。）好多时才到南郡，操兵已寥寥无几了。操仰天长叹道："今日若郭奉孝犹存，当不使孤至此！"说着复大哭道："哀哉奉孝！痛哉奉孝！惜哉奉孝！"诸将佐统皆惭沮，勉强安息一宵，越日由操升帐，命征南将军曹仁、横野将军徐晃，留守江陵，折冲将军乐进，出守襄阳，布置已毕，乃下座跨马，自回许都。这一番赤壁鏖兵，若非孙、刘合力，瑜、亮并智，哪里杀得过曹军？可见得曹军一熸，乃有吴、蜀，虽曰天命，亦赖人谋。小子有诗咏道：

一火延烧百里军，神州从此定三分；

老天有意存刘裔，权把东风借使君。

周瑜等追至南郡，曹仁已备好兵马，与瑜对敌。欲知后来胜负。且至下回说明。

予幼时阅《三国演义》，至赤壁一战，联篇叙述，多至七八回，每叹罗氏演写此役，最为刻意经营之作；及年稍长，得见陈寿《三国志》与各种史籍，乃知罗氏所述，多半附会，虽未始不足餍阅者之目，空中楼阁，总觉太虚，且反足滋后人之疑窦，毋亦所谓得半失半欤？祈风之说，尤为荒诞。诸葛公犹是人耳，宁有幻术？假使诸葛公有此神奇，则当阳长坂之时，何至为操所追，使刘玄德之抛妻撇子，奔走仓皇乎？即此以观，罗氏且自相矛盾，无从自解矣。本编简而不漏，信而有征，虽不若罗氏之烘云托月，而实事求是，不等虚诬。盖借说部以传真，非假辞说以斗靡，亦何苦荒诞为也？至若赤壁一役，为三分鼎足之所由始，书中已详言之，不赘述焉。

第八十五回 续嘉偶老夫得少妻 上遗笺壮年悲短命

却说周瑜引兵至南郡，与曹仁夹江相持，曹仁固守勿战，瑜亦未便急攻。甘宁独请进取夷陵，瑜乃拨兵三千，付宁带去，驶至夷陵，一鼓即下。曹仁闻夷陵失守，分兵往援，竟将夷陵城围住，宁向瑜求救，瑜欲统兵救宁，又恐曹仁出击。累得进退两难。吕蒙进说道："但留凌公绩在此，（凌统字公绩。）蒙与都督往援，当可从速解围。蒙保公绩，能十日固守，不致有误。"瑜乃令凌统守住营寨，自与吕蒙等赴援；到了夷陵城下，击退曹兵，夺得战马三百匹，当即驰回；凌统果然无恙，遂屯兵北岸，相机进攻。孙权闻瑜大捷，亦引兵自攻合肥，连日不克。曹操遣将军张喜，率众驰援，许久未至，扬州别驾蒋济，伪言援至，遣使赍书语城中，为孙权巡兵所获，得书呈阅，权信为真情，撤围退去。那刘备却用诸葛亮计议，表举刘琦为荆州刺史，分遣关、张、赵三将，往取武陵、长沙、桂阳、零陵，嗣经三将先后略定四郡。就中有一段却婚轶闻，为赵云生平亮节，可法可传，不应从略。

云奉刘备命令，往略桂阳，桂阳太守赵范，开城迎降，邀云入宴。云坦然直入，与范对饮，彼此虽非同族，却是同姓，杯酒言欢，很觉融洽。到了兴酣意畅，复由范邀入后园游览，片时洗盏更酌，接连如是数觥。范托词更衣，既入复出，引着一少年美妇，姗姗前来，行至赵云座旁，嫣然含笑，替云斟酒。云连忙避席，辞不敢当。再举目看那丽姝，淡妆浅抹，缟衣綦巾，恰似一枝秋后海棠，愈白愈艳，但究不知她为谁眷属，是何意见？一时又未便遽问，只好拱手为礼。那妇人却斜送秋波，把云上下打量一回，方才辞去。（文君原是多情，怎奈武夫不比文人，空负那一片雅意。）云方才就座，问及该妇来历，范答说道："这是家嫂樊氏，青年寡居，令人怅惜。"云听这数语，越加诧异。（原是怪事。）正要出言责范，范又说道："守节为妇人难事，范探明家嫂意见，亦思他适，但必择一出色英雄，方肯改嫁。天缘凑巧，幸遇将军，又与范为同姓，如将军不嫌寒陋，愿为玉成。"云不禁动恼，勉强答语道："云与卿同姓，卿兄即我兄，卿嫂即我嫂，奈何使我乱伦？这事断不敢闻命。"说得范无词可答，满面生惭。云当即辞出，尚恐范心下芥蒂，暗中为变，乃命部兵昼夜加防，并遣急足，往迎刘备。及刘备闻信到来，范竟先逃去，云具白辞婚情事，备笑语道："这也无妨！"云应声道："赵范新降，情未可测，云怎敢遽应彼请？况彼令寡嫂改嫁，既使失节，又甘背兄，无礼无义，心迹可知！天下不少美女人，云岂可为此堕行哩？"备当然赞叹，遂授云为偏将军，领桂阳太守。云将赵范家眷，及寡嫂樊氏，遣兵护送回籍，自在桂阳就职。备又尊诸葛亮为军师，兼职中郎将，使督零陵、桂阳、长沙三郡，量收赋税拨充军实。长沙太守韩玄，零陵太守刘度，武陵太守金旋，自降备后，仍使为官。又有攸县守将黄忠，年老力强，亦来请降，由备录用。就是庐江营帅雷绪，也率部曲数万人归备，备乃得所借手，开创初基。偏是好事多磨，悲歌又起，似玉似花的甘夫人，竟为了长坂一役，受惊成疾，缠绵床缛，好容易延过一年，竟致不起，玉殒香消。备迭次悼亡，无限伤感，不在话下。（为后娶孙夫人伏笔。）

且说吴督周瑜，围攻江陵，积久未下。瑜年壮气盛，定欲力破此城，反被曹仁用诱敌计，佯开城门，与瑜厮杀，瑜恐军士未肯尽力，跃马当先，亲自掠阵。仁诈败回城，等到瑜追至城旁，却预使部将伏住城楼，觑准瑜身，飕的一箭，中瑜右胁，翻身落马，仁复从城中杀出，意欲擒瑜。幸由韩当、徐盛一班吴将，截住仁军，救瑜回营。吴兵自相践踏，伤亡甚多，江陵城却不损分毫。瑜拔出箭头，虽然用药调治，却是肿痛难消，好多日不能督军。仁闻瑜不能起，屡来挑战，瑜力疾上马，突出阵前，大声呼道："曹仁匹夫，可认得周郎么?”仁军大惊，俱皆骇退，倒被瑜驱杀一阵，毙敌无数。从此曹仁气沮，待援不至，没奈何弃城北走，瑜得入江陵城，报捷至吴。孙权命瑜领南郡太守，屯兵江陵；程普领江夏太守，寄治沙羡；吕范领彭泽太守；吕蒙领寻阳令；召鲁肃等还吴。曹操得江陵败报，不胜惭恨，适因九江人蒋幹，雅擅口才，谓与瑜为故交，可以招降，操即令前往。幹布衣葛巾，至江陵投刺见瑜，瑜出厅迎幹，笑呼幹字道：“子翼远来良苦，但莫非为曹氏作说客么?”（一语道破。）幹只好设词道：“幹与足下，相别有年，遥闻芳烈，特来叙阔，并观盛仪，奈何疑我为说客呢?”瑜又笑道：“我虽未及夔、旷，（夔，舜臣；师旷，晋国人。）闻弦赏音，已知雅曲了。”原来瑜少精音律，乐有阙误，瑜一闻即知，既知必顾，幹与瑜有旧，当然识瑜有顾曲癖，故瑜即说此解嘲。既而留幹共饮，引观仓库军资，及服饰器玩，更向幹笑语道：“丈夫处世，既得人主知遇，名为君臣，实同骨肉，言行计从，祸福与共，就是苏、张更生，郦、贾复出，亦无从容喙，足下幸不为说客，否则岂能移人，恐反致绝交了。”这一席话言，弄得幹有口难宣，因即告别。（罗氏《三国演义》载此事于赤壁战前，证诸《周瑜传》，应在战后。）返报曹操，称瑜雅量高致，非言辞所得招徕。操亦无法，只得休养疮痍，徐图报怨，江东得以无事。

孙权闻鲁肃还吴，与诸将出城迎肃，及肃既相见，向权下拜，权亦下马答礼，因与语道：“子敬劳苦，孤今日出城迎卿，卿以为显扬否?”肃直答道：“尚未！尚未！”大众俱为愕然，肃举鞭徐说道：“愿将军威德，旁讫四海，总括九州，得成帝业，再用安车蒲轮，迎肃入辅，肃始觉显扬了！”权抚掌大笑，偕肃入城，欢宴竟日。肃具言赤壁大捷，也亏刘氏相助，所以成功，此后应当始终并力，方可拒曹，权也以为然。会值刘琦病殁，权乃使备领荆州牧，且使周瑜分南岸地，属备管辖；备乃得移屯油口，改名公安。权有妹年已逾笄，尚未字人，闻备连丧妻妾，因拟将妹嫁备，作为继室。备亦有意联吴，乐从婚议，待至两造说妥，应由备至东吴亲迎。诸葛亮语备道："将军此行，忧喜参半；亮不怕孙权，但怕周瑜，瑜非真心愿和，还是鲁肃从中调停，才议和亲，将军如必欲赴吴，往返皆须从速，且宜择人护卫，方保无虞。"遂将赵云调回，随备同行。备既至江东，由权迎入，两人初次会面，自有一种特别酬酢，无容细叙。但彼此统是汉末英雄，谈到投机时候，也觉心心相照，欢洽逾恒。（惺惺惜惺惺。）权代择吉期，留备在东吴成婚，备亦只好应允。转瞬间便已届吉，就把客馆中铺设停当，准备行礼。等到万灯齐灿，双炬联辉，便有一班乐府仙仗，引入鸾舆，恭请新人登堂，与备交拜。百余侍婢，簇拥了一位珠围翠绕的佳人，步上红毯，立在右侧；备亦整肃衣冠，至左首参拜天地，大礼告成，同入洞房。堂上客犹未散，免不得由备复出，与为周旋。大约酒阑席散，已是斗转月横的时候，备送客出馆，返入房中。新夫人当然未寝，惟两旁刀枪森竖，杀气腾腾，侍婢等俱佩剑侍立，仿佛娘子军出征气象，（原是一座好战场。）吓得备大惊失色，忙问何因。侍婢答道："郡主少好武事，随身不离兵器，故有此布置。"备又说道："今夕不妨暂去。"侍婢转告孙夫人，孙夫人微哂道："厮杀半生，尚畏兵器么？"（此夜武事，却是有别。）乃命侍婢撤去刀枪，并脱佩剑，自己也卸了华服，改作浅汝。灯光交映，四目相窥，一个是英气未衰，丰神奕奕，一个是雌威已敛，态度雍雍，是过来人合解温存，为奇女子不加羞涩。（写孙夫人处，自得身分。）等到三敲更鼓，四屏娇鬟，两人便携手入帏，谐成燕好，阳台巫峡，乐趣可知，接连住了月余，备虽身入温柔乡，却也记起荆州来了，一日过见孙权，说起荆州故吏，多半相依，所得分土，还恐未足容众，加承厚惠，乞借荆州全土云云。权不及深思，慨然许诺，备起座称谢，且欲即日辞归，经权一再挽留，尚未得返。已被江陵太守周瑜闻知，飞使上书道：

> 刘备以枭雄之姿，有关、张、赵诸将，更得诸葛为谋，必非久屈人下者。愚意宜留备在吴，为筑宫室，多给美女玩好，以娱其耳目；分此数人，各置一方，然后使如瑜者，得挟与攻战，大事可定矣。今猥割土地，以资业之，且纵令西归，恐蛟

龙得云雨，终非池中物也。愿将军熟图之！

权得瑜书，出示鲁肃、吕范诸人，范谓宜从瑜言，独肃驳说道："将军虽神武命世，势力尚不及曹操。操志在报败，仍思夺还荆州，今不若将荆州借备，遣彼归抚，令当操军要冲，外足拒曹，内足蔽吴，方为上计。"（计固甚是。）权听了肃言，又觉他说得有理，遂不坚留备。备稍有所闻，遂商恳孙夫人，即欲乘隙西归，孙夫人却也豪爽，执定嫁夫随夫的主意，收拾细软，当即起程。备但留书辞权，自与赵云等轻舟西去。待至权得览备书，亟乘飞云大船，亲率鲁肃、张昭等十余人，追送备行，竟得相及。备从容见权，具言曹操方眈视荆州，不能不返，权亦未尝诘责，惟置酒饯别，且邀孙夫人过宴。鲁肃等未便列席，避入后仓。酒至半酣，备低声语权道："公瑾文武兼全，为万人杰，只恐他器量远大，未必肯久为人臣，愿公预防为是。"（也欲谮毁周瑜耶？）权含笑无言，待至宴罢，备夫妇仍出登轻舸，扬帆径去；权亦退归。（事见《周瑜传》，罗氏《三国演义》向壁虚造，究属不经。）及备至公安，由诸葛亮等接入，备语亮道："天下智士，所见略同，前日先生虑孤东行，也是为此；若仲谋信从周瑜，恐孤不能与卿等再见哩！"诸葛亮等并皆起贺，一面开筵庆赏，喜气盈庭。备复重赏赵云，留居麾下，不复再回桂阳；且作书寄吴，索借荆州。适周瑜自江陵诣吴，问权何故纵备，权以防操为辞。瑜复说道："曹操新败，忧在腹心，未能遽与将军构衅，刘备方结姻好，一时当不致失和；但备不窥吴，必将图蜀，最好是先发制人，瑜愿偕奋威将军仲异，（名瑜，系孙坚弟静次子，时为丹阳太守。）同取巴蜀，即留仲异居守彼地，与马腾子超结援，瑜再还与将军夺据襄阳，向北蹙操，方可图功。操若得破，刘备更可无虑了。"权应声称善，即使瑜归整军马，为取蜀计。瑜返至江陵，途中得病，尚力疾至巴丘阅操，且嘱孙瑜速赴夏口；并请孙权致书刘备，预为关照，免受牵制。权乃使人至公安，赍书与备，略云：

刘璋不武，不能自守；若使曹操得蜀，则荆州危矣。今欲先攻取璋，次取张鲁，一统南方，虽有十操，无所忧也。

看官，这刘璋、张鲁，究是何人？璋即益州牧刘焉少子，曾任奉车都尉，留居京师，献帝使璋抚焉，焉不愿报命，索性使璋随侍蜀中；沛人张鲁，系五斗米道张陵孙，世承祖业，流寓蜀中，鲁父衡早殁，鲁母颇有姿色，兼通鬼道，出入焉家，得焉亲信，（恐不免暗作鬼戏。）焉遂令鲁为督义司马，出屯汉中。既而焉生背疽，竟致暴亡，璋得袭职为益州刺史。张鲁积渐骄恣，不服璋命，璋竟杀鲁母，与鲁成仇。（鲁母始实通鬼道。）鲁就据住汉中，自号师君，大行鬼道，号学徒为鬼卒，学道有年，进号祭酒，所行制度，约略与黄巾相似。璋屡与争战，互有杀伤，因此双方对峙，未分胜负。刘备与璋，统是汉室苗裔，既得权书，便出示诸葛军师，诸葛亮进议道："要取益州，何劳东吴？今且作缓兵计，复书相报，再作计较。"备即令亮缮好复书，交与吴使带回。吴使归报孙权，由权展阅，但见书中说是：

> 益州民富地险，刘璋虽弱，足以自守。今将军出师蜀汉，转运万里，欲使战克攻取，举不失利，此孙、吴之所难也。（孙膑、吴起为古良将。）议者见曹操失利于赤壁，谓其力屈，无复远志；试思操三分天下，已有其二，将欲饮马于沧海，观兵于吴会，何肯守此坐老乎？若转攻蜀汉，授操以隙，使得乘间东下，甚非计也。且备与璋，托为宗室，冀凭英灵，以匡汉朝；今璋即得罪于左右，备独悚惧，非所敢闻，愿加宽贷，谨布腹心。

权将来书阅毕，即寄示周瑜，瑜怎肯罢手，仍催孙瑜引兵就道。孙瑜颇谙韬略，与周瑜又相契合，（两人同名，应该投契。）当即由丹阳发兵，溯江至夏口，遥见前面排列战舰，阻住去路，不得不向他问明。忽有一人遥呼道："请吴将答话！"孙瑜望将过去，乃是荆州牧刘备，便与言奉命取蜀，备朗声答道："君欲取蜀，请从他道，备已贻书孙将军，劝他得休便休，若必欲取蜀，备当披发入山，决不敢为天下失信哩！"孙瑜再欲有言，备竟退入船中，累得孙瑜无法再进，又不好与他交战，自伤和气；只得麾舟退回，报知周瑜。瑜正想督军继进，接得此信，不由得忿怒异常，俗语说得好："怒气伤肝。"周瑜得病未愈，哪禁得一番盛怒？顿致口吐狂血，晕倒地上，经左右舁瑜至床，已是气息奄奄，延医调治，始终无效。自知病终不起，因令书记草一遗笺，口授数语道：

> 瑜以凡才，昔受讨逆将军殊特之遇，（指孙策。）委以腹心，遂荷荣任，统御兵马，志执鞭弭，自效戎行。规定巴蜀，次取襄阳，凭赖威灵，谓若在握；至以不谨，道遇暴疾，延医疗治，有加无已。人生有死，修短命也，诚不足惜；但恨微志未展，不得复奉教命耳。方今曹操在北，疆场未静；刘备寄寓，有似养虎；天下事尚未知终始，此朝士旰食之秋，至尊垂虑之日也。鲁肃忠烈，临事不苟，可以代瑜。人之将死，其言也善，倘或可采，瑜虽死不朽矣。

口授至此，已喘急得了不得，复大呼道："既生瑜，何生亮？"呼罢即亡，寿止三十六岁。（毕竟美人薄命，小乔又复丧夫。）当由部将替他棺殓，并将遗书飞报孙权。权流泪叹惜道："公瑾有王佐才，今忽短命，孤赖何人？"及阅瑜遗笺，举肃自代，因即命肃为奋武校尉，使至巴丘，代领瑜营。瑜有两子一女，奉榇还吴，权加意抚恤。后来女配权子登，长子循得尚权女，拜骑都尉，颇有父风。循又早卒，弟胤官兴业都尉，封都乡侯，这且慢表。且说鲁肃往代瑜任，道出寻阳，晤见寻阳令吕蒙。蒙系汝南人，少年好武，不读经书，经孙权勖令求学，方专心攻习，手不释卷。肃与蒙相见，蒙置酒款待，谈论古今时事，各中窍要，肃起抚蒙背道："吕子明，（蒙字子明。）我不意卿才如此，竟非复吴下阿蒙了！"蒙笑答道："士别三日，当刮目相看，大兄何轻事觑人？"肃乃进拜蒙母，珍重言别。及抵江陵，仍执定前意，请暂将荆州，借与刘备，权复书依议，于是召孙瑜还守丹阳，把江陵、南郡等地，借备管领。备令诸葛亮守南郡，关羽守江陵，张飞守秭归，自驻孱陵。曹操闻周瑜死耗，心下甚喜，正拟亲颁手书，嘱曹仁等再取荆州，忽又接到探报，乃是孙权将荆州借备，不觉转喜为惊，举笔投地，乃将进取荆州问题，暂从搁置。自就邺中，造一铜雀台，随时游赏，且更迭下令，访求才士，不计名节，但尚智谋。（此为曹阿瞒意中之才士。）嗣复让还三县，故意鸣谦，自称出仕本意，但望为国家讨贼立功，得一侯爵，他日死后，题志墓道，号为“汉故征西将军曹侯之墓”，于愿已足；适值国家多难，举兵四讨，幸得削平群慝，位至宰相，贵显已极，尚复何望？但若今日无孤，正不知几人称王，几人称帝？或见孤兵势强盛，疑有异志，实为大谬，周文王三分有二，尚服事殷，私心耿耿，每怀古人，本拟解职就国，但恐兵柄一解，为人所害，慕虚名，受实害，窃所未甘；（如果人人心服，何必防害？）惟封邑可得辞去，今且上还阳夏、柘、苦三县，只食武平万户，少减孤责，且期免谤云云。说来似属娓娓可听，一经明眼人瞧着，早已知他饰辞欺人，欲盖弥彰了。小子有诗叹道：

心同王莽口周文，汉贼何曾知有君？

怪底后人多踵智，好将伪语诳同群。

曹操虽自言无他，但拓土争雄的思想，日甚一日，免不得又要动兵了。欲知他何处用兵，待至下回续叙。

孙权以妹妻刘备，详阅史传，并非计出周瑜，而罗氏《三国演义》，谓瑜使用美人计，弄假成真，说得周瑜如何刁狡，诸葛亮如何神奇，褒之太过，毁之亦太甚。虽系小说，究不应如是雌黄，得是书以矫正之，则足以存史之真，而不至为野乘所误耳。周瑜年第逾壮，方可有为，乃以意气之未除，遽致短命，不无可惜。至若三气周瑜之说，亦属无稽，尽信书不如无书，况燕谈郢说乎？

第八十六回　拒马儿许褚效忠　迎虎主刘璋失计

却说关西一带，向由马腾、韩遂驻扎，两人本相和好，结为异姓弟兄，嗣因部曲相侵，竟成仇敌。曹操奉承诏命，替他和解，征马腾为卫尉，使腾子超代领部众。操欲往攻汉中，先遣亲将夏侯渊，发兵河东，与关中督军锺繇相会。关西诸将，闻事生疑，马超少年好勇，更恐操征父入朝，不怀好意，又复联同韩遂，及侯选、程银、李堪、张横、梁兴、成宜、马玩、杨秋八部兵马，会师十万，进攻潼关。操得知警报，便加罪马腾，阖家下狱；（据《马超传》中，超起兵后，为操所败，操始灭马家。可见罗氏《三国演义》所叙无据。）当即命曹仁率同诸将，驰往守关，嘱使坚壁勿战，然后亲督大军，从后继进。建安十二年七月，出发邺中，使子丕为五官中郎将，与奋武将军程昱等，留守邺城，此外谋臣猛将，统皆从操西行。

好容易到了潼关，与超夹关立营，或谓关西兵士，多习长矛，非精选前锋，不能与敌，操掀须微笑道："战与不战，主权在我，贼众虽持长矛，我若使他无所用处，怎能便刺诸君？但看我破贼便了。"乃但令将士固守，潜遣朱灵、徐晃二将，率步骑兵四千人，渡蒲坂津，沿河屯扎。马超闻曹军分扎河滨，料操必将北渡，来袭背后，乃急向韩遂献议道："操军若得至河北，势难与敌，超愿引兵截住渭河，使他不得北渡，彼远来乏粮，不消二十日，河东粮尽，怎能不走？到那时我军追击，必获全胜。"遂答说道："何必如此？待他半渡时，出兵奋击，岂不更快么？"（遂计未始不是，但不若超计之完善。）超意虽未惬，但也以为不失中计，专探听南岸消息。翌晨得探马走报，曹操已带领全军，将要渡河了，超亟率部众万余人，驰往截击。遥见操踞坐南岸，麾兵渡河，便即纵马过去，直前奔操。操尚端坐不动，（好胆略。）旁由许褚大叫道："贼来了，请丞相赶紧下船！"操还说贼至无妨，回头一瞧，相距不过百余步，倒也心惊，因即起身离座。许褚忙将操拖了过去，正要登舟，超已杀到，亏得操手下亲从，拼命敌住，操才得下船。岸上余兵，半被超军杀死，剩得若干残卒，逃回河边，争欲上船避敌，船重将覆，许褚竟执刀乱砍，把船旁危立的兵士，都劈落水中，急命水手开船西驰。哪知南岸的马超，麾兵攒射，箭如飞蝗，曹操船上的水兵，尽被射死；连船中士卒，亦多中箭倒毙。许褚恐操受伤，左手举马鞍蔽操，右手握木篙撑船，再用两足夹舵，向西摇去。操至此也叹息道："马儿不死，我无葬地了！"适有渭南县令丁斐，在南岸散放牛马，作为敌饵，超众不免贪利，都去夺取牲畜，无心追操，操方得安抵北岸。

至蒲坂下营，（割须弃袍事，不见史册，故亦不载。）将士等各来请安，操大笑道："我今日几为小贼所困，幸得许仲康救我！"（仲康即许褚字。）许褚接说道："还幸南岸有牛马四放，贼争取牛马，始得渡河。"操亟问牛马为何人所放，褚亦不知，至派人访问，才知由丁斐所为，当即擢斐为典军校尉，并加厚赐。一面饬诸将带同兵役，就河岸筑起甬道，由北至南，甬道外多张旌旗，作为疑兵，暗中却用舟载兵，偷过渭水，筑造浮桥，便在渭南结营立栅。偏又为马超所闻，屡来冲突，营不得立，地又多沙，栅树便倒，害得操无计可施。忽来了一个娄子伯，黄冠野褐，向操献计，（不知此是何人?）说是秋尽冬来，天气骤冷，但教夜间起沙为城，用水灌沃，凌晨凝冱，一日可成；操依言施行，果得奏功。超急来攻击，已是不及，乃与韩遂会计，夤夜劫营。不防曹操预先设伏，反把超军围住，经超奋力杀出，已伤折了许多人马。超经此一败，锐气顿挫；又见韩遂等不肯努力，专靠自己一人厮杀，越觉怏怏。（此反间计之所由来也。）韩遂本来无能，更欲易战为和，向操议款，超怀着满腔懊闷，不愿争议，听令遣人求和，遂即派人至操营，自请割地纳质，各息兵戈。操不肯遽允，独贾诩进言道："彼来求和，何妨慨许？明日与韩将军相见便了！”说着，以目视操，操已经会意，即遣来使返报。至来使去后，又问贾诩道：“计将安出？”诩附耳语操，说是如此如此，操鼓掌称善，越日排队出营，专请韩遂会叙。操与遂父同举孝廉，又与遂同时出仕，两下相见，只把旧事重谈，并不提起军情。超在遂后面，相距颇远，听不出什么问答，惟欲乘间刺操，骤马向前，蓦见操背后立着一人，怒目持刀，好似地煞星一般，因不敢率尔举手，但向操问道：“汝军中虎侯为谁？”操回顾许褚，褚厉声道：“即我便是！”超不复多言，勒马便回；遂亦与操罢谈。正要话别，遂军各上前观操，操扬鞭与语道：“汝等欲观曹公么？曹公与人无异，并非四目两口，不过智识较多呢！”说至此便向遂拱手，径回营中，遂亦自归。超不能再忍，就问操有何言，遂答称操无他说，止叙旧谊，说得超越起疑心。过了一宵，又由操贻书与遂，书中多半改窜，遂展书阅毕，正在惊讶，忽由超入帐索书，取过一看，越看越疑，总道是韩遂有心改抹，悻悻趋出；越宿与成宜、李堪两军，率军攻操。操先令轻骑接战，约阅多时，一声鼓响，发出两翼，抄击超军。超支持不住，向后倒退，成宜、李堪，被操军包裹了去，先后战死，操军愈奋，超军愈怯，韩遂又不肯援超，超只好西奔，遂亦遁去。操麾兵追超，至数十里外方回，关中复安。操下令班师，凉州参军杨阜，进见曹操道：“马超骁勇，不亚吕布，羌胡等并皆畏服，若大军遽归，不复设备，恐陇上诸郡，终非国家所得有哩！”（以曹操为国家，都是被欺。）操闻阜言，不免迟疑，会得河间警信，乃是土豪田银、苏伯等作乱，乃决计还军，令阜辅翼州刺史韦康，镇守河北，留夏侯渊屯长安，使为援应，自引兵还邺中。遣将讨平田银、苏伯，然后上书奏报，且请诛马腾家族，于是马腾阖门一二百口，并受诛夷，虽由超私忿忘亲，毕竟是曹瞒毒手杀人，如刘草芥呢！（一语断定。）

且说益州刺史刘璋，袭父遗业，因与张鲁屡年战争，也恐人心未服，特向朝廷上表，且遣使致意曹操。操承帝命，令璋领益州牧，加封振威将军。璋庶兄瑁，为平寇将军，瑁忽发狂疾，竟致殒命。

（为下文刘备纳瑁妻伏笔。）既而璋复遣别驾张松，向操修好，操方击破马超，还兵至邺，见了张松，颇有骄态，傲不为礼。松即日回蜀，劝璋绝操，璋疑虑道："我若绝操，操兵必来进攻，如何抵敌？"松答说道："将军如何舍近图远？好好一个宗亲，不去结交，却要去孝敬曹操，真令人不解了！"璋问为何人，松即把刘备大名，陈说出来，璋又虑无人可使，松又举荐一人，叫作法正。正籍隶扶风，曾为益州军议校尉，有所陈请，不得施行，所以居常抑郁，每与松谈及世事，互相叹息。至此由松推举，叫他出使，他却故意推让，经璋面命至再，方赴荆州。好多时才得归来，具言刘备宽仁长厚，足为外援，又退见张松，独谓备雄武过人，可以奉作州主，松亦怀有此意，乐得与正定谋，待时乃动。

会值曹操命锺繇发兵，进逼汉中，张松即乘机说璋道："操兵西来，势不可当，若既据汉中，必入巴蜀，将军将如何抵御呢？"璋怆然说道："我正为此担忧，未知卿有无良策？"松答说道："莫若先迎刘豫州，刘豫州为将军宗室，且与曹操有仇，必能帮辅将军，同心并力；今趁操军未入汉中，亟请刘豫州来蜀，使讨张鲁，鲁必破灭；鲁灭以后，益州无虞，操军虽来，也是无能为呢！"（拒狼引虎，终要噬人。）说得刘璋喜出望外，即命正调兵四千人，往迎刘备。正奉命欲行，突有一人趋入道："不可不可！刘备素有英名，岂肯屈居人下？今招令入蜀，视若部曲，彼必不服，待以客礼，免不得喧宾夺主，客得安如泰山，主人却危如垒卵，决不可从！"璋见是主簿黄权，进来谏阻，便怫然道："曹操若长驱入境，试问汝能抵拒否？"权答说道："益州不少将士，宁独一权？倘曹兵入境，权愿与诸将深沟高垒，据险固守，也未必定为操胜呢！"璋摇首道："单靠本州将士，怎能敌操？待至兵败地失，还有何幸？"权再欲有言，璋竟不令多说，叫他出任广汉长，权只好去讫。又有从事王累，亦阻璋迎备，璋亦不听，遂使法正起行。正到了荆州，刘备、诸葛亮以下，很表欢迎，比初次还要优待。正即向备献策道："如明公大才，何必局促居此？益州天府，刘牧庸愚，公若不取，必为操有；现宜从速进行！

张别驾又为内应，何患不成？”备踌躇道：“刘季玉（璋字季玉。）与我同宗，我不忍夺取，还须从长计议。”

正谈话间，有文吏趋入，扬眉与语道：“天与不取，反受其咎，愿将军勿疑！”刘备瞧着，乃是副军师庞统，便欠身邀坐。庞统就是庞士元，号为凤雏，籍出襄阳。（见第八十二回。）吴督周瑜，尝契重统才，当夺取江陵时，曾荐统为南郡太守；未几瑜殁，统送丧至吴，吴人陆绩、顾劭、全琮等，皆与统交结，引统入见孙权，权见他面貌不扬，淡漠相待，仍令还守原职。统返至南郡，适荆州借与刘备，由诸葛亮前来接取，（见前回。）亮与统本来熟识，且关亲谊，（统为庞德公从子，德公尝娶亮姊为妻，故云亲谊。）当即代作荐书，使统诣备。统复向鲁肃辞行，肃正欲与备结好，许令前去。及备得见统，也与孙权一般思想，但使他为耒阳县令，统到任后，高卧不治，被备下令免官。可巧鲁肃使至，遗书通问。书中询及庞士元，谓士元非百里才，当使为治中别驾，方得展彼骥足等语。备尚以为疑，及诸葛亮面与备言，详述统历来闻望，备始猛忆道：“彼就是司马德操所说的凤雏么？”亮答言正是，且谓德操雅善知人，世因称他为“水镜先生”。（补前文所未及。）备忙邀入庞统，亲自谢过，进为治中从事，嗣且拜为副军师中郎将，待遇与亮相同。及法正愿献益州，备尚迟疑未决，因即入帐怂恿，劝备速行。备尚拟从缓，统申说道：“荆州荒残，人物凋敝，且东有孙吴，北有曹操，如何得志？今益州户口百万，土广财富，可资大业，奈何不往？”备半晌方说道：“我与曹操，常相水火，操以急，我以宽，操以暴，我以仁，操以谲，我以忠；今若贪利忘义，食言背信，不但操将笑我，天下亦且叛我，如何行得？”（非虑曹操，实怕孙权。）统微笑道：“将军但知守经，未知达变；方今四海流离，不能拘守一道，汤武尝兼弱攻昧，不失为顺，若事机顺手，得取益州，封璋大国，亦不失为信义；今日不取，徒为人利，将军原是有损，刘璋岂真有益吗？”备不禁心动，乃遣法正归报刘璋，约期相见。待正既去，复请诸葛亮决议，亮所说略如统言，因留亮居守荆州，关、张、赵三将为辅；自己带同庞统，及黄忠、魏延诸将，令步卒数万人，西赴益州。

刘璋先得法正归报，已知备即日将至，便令地方官吏，沿途供张，不得有慢，至备既入境，官吏都出郊迎接，馈遗不绝。行抵巴郡，太守严颜，独拊膺叹息道："这叫做独坐深山，引虎自卫呢！"话虽如此，但既奉璋命，不得不照例供给。备得一路无阻，直抵涪城，刘璋亲率步骑三万余人，至涪城迎备。黄权又复力阻，璋终不从。王累且倒悬州门，俟璋出城，抗声强谏，璋仍置诸不理，累竟用刀割绳，跌毙城下。璋使法正为先驱，驰白刘备。正已与张松筹定密计，见备后，便劝备乘会袭璋，备摇首不答。庞统进说道："今若在会所执璋，一举便可得益州了！"备蹙然道："初入他国，恩信未著，仓猝欲行此事，莫谓益州无人？"遂不用正谋。既而刘璋已到涪城，与备会面，叙及世系，应该兄弟相称，当下略迹言情，备极欢洽，今日合宴，明日会饮，差不多有数十天。璋推备行大司马，领司隶校尉，备亦推璋行镇西大将军，领益州牧，互相标榜，互相敬重，几比同胞兄弟，还要亲昵三分。璋乃请备出击张鲁，备毫不推辞，由璋厚加资给，握手送行。

备北至葭萌关，接到荆州报信，乃是孙夫人由吴迎去，备子禅本与偕行，幸由张飞、赵云，将禅截回云云；未几又得孙权致书，说是曹操攻吴濡须坞，兵锋甚盛，乞备还援。原来孙权从张纮议，由吴会徙居秣陵，改号建业，筑造石头城；（即金陵，为六朝建都之始基。）又用吕蒙计策，就濡须水口，创设船坞，预备拒曹。旋闻刘备西入益州，自背前言，权不禁大怒道："猾虏乃敢如此么？"（妹婿为猾虏，妹亦可呼为猾妹。）遂潜遣舟船迎妹。赵云受刘备嘱托，管理家事，此时巡弋江面，便截住孙夫人，又得张飞为助，夺还刘禅，但放孙夫人过去。权既将妹迎还，便想进袭荆州，不防曹操已乘隙东来，进攻濡须坞口，（权与备失和被操利用，可见鲁肃之主张和备实为上计。）权急出师堵御，与操对垒多日。操见权军伍整齐，防堵严密，也极口称赞道："生子当如孙仲谋，若刘景升诸子，真是豚犬，有何用处？"既而得权来书，内言春水方生，公宜速去；又云足下不死，孤不得安。操笑语诸将道：“权不欺我！”遂撤军西归。

权本欲移攻荆州，恐曹操以退为进，乃寄书刘备，致意乞援，令备不得安取益州。备得信生怒道：“彼无故劫我妻孥，尚敢向我求援么？”庞统道：“吴不欲我得益州，故借求援为名，促我还师，我既到此地，怎肯空回？现在却有三计，请将军自择。”备当然愿闻，统便说道：“今若潜遣精兵，昼夜兼道，径袭成都，璋既不武，又无预备，我军猝至，一举便定，这是上计；杨怀、高沛，为璋名将，现方据守白水关，曾闻他上书谏璋，毋纳我军，我正好因孙、曹相争，伪言还顾荆州，即日东归，杨、高二将，喜我退师，必来送行，我就将他擒住斩首，长驱捣入，乃是中计；若退还白帝城，空回荆州，徐作后图，便变做下计了！”备答说道：“愿从中计。”当下贻书刘璋，只言曹操东攻孙吴，荆州地处要冲，也属可危，备不得不还兵自顾，幸借精兵万人，粮万斛，返击曹操，俟操退兵，再讨张鲁未迟。这书到了成都，璋展览后，自思迎备入蜀，本为灭鲁拒操起见，今备还援荆州，与己无益，还要借索如许兵粮，殊属不情；且除张松、法正外，无论文武官吏，多言备不可亲，也未免有所感动，因止给羸兵四千人，劣米五千斛，交与刘备。备怒对来使道：“我为益州讨御强敌，师劳力殚，今汝主靳财吝赏，如何得使将士效死哩？”来使返报刘璋，张松在旁听着，还道备真要东归，忙遣法正驰告道：“今大事将成，如何舍此他去？请亟进兵为要。”哪知备尚未进兵，松谋已为乃兄所泄，乃兄叫作张肃，曾为广汉太守，一闻松谋，恐灭门遭累，竟去报告刘璋。璋至此如梦初醒，捕系张松，立命斩首，且令关隘守将，不得复与刘备交通，但已是无及了。小子有诗咏张松道：（张松献西川地图，亦属后人附会，概不羼入。）

食禄应思勉效忠，如何卖主妄邀功？

西川未去头先落，奸猾由来少善终。

张松方死，刘备已进赚杨怀、高沛，把他们拘戮。欲知被戮情形，下回再行详叙。

马超猛将，韩遂庸奴，两人皆非曹操敌手。但操先轻视马超，当引兵北渡时，危坐不动，惟许褚之翼操下船，几已为马超所毙矣。及已知超勇，始用贾诩计议，立马语遂，抹书间超，超刚而遂愚，适堕操计，此用兵之所以尚谋也。刘璋暗弱，即使不迎刘备，亦未必常能守成；益州不为备有，亦必为曹操所取耳。但张松、法正并为璋臣，璋可辅则辅之，不可辅则去之；必卖主而求荣，殊非人臣之道，松之受诛宜也！法正特幸而脱祸耳，是可为后世之不忠者戒焉。

第八十七回 失冀城马超奔难 逼许宫伏后罹殃

却说刘备用庞统中计，佯欲东归，即遣人至白水关，报告杨怀、高沛二将；杨、高巴不得刘备东归，亲出送行，突被备军擒住，说他居心不良，立命斩首，遂占据白水关，进拔涪城。是时法正才到，始知备系诈言东归，当即入贺。备留住法正，探听成都消息，得悉张松被诛，关隘不通，益州从事郑度，向璋献计，教他坚壁清野，固垒勿战。免不得心下担忧，因即转问法正，正慰解道："刘璋无谋，终不能用此计，请将军放心！"果然璋不从度言，但遣部将刘璝、冷苞、张任、邓贤等，引兵拒备，累战皆败，退保绵竹。备置酒大会，宴集将士，饮至半酣，顾语庞统道："今日宴会，不可谓不乐了！"统直答道："伐人家国，反以为乐，仁主用心，不宜如此。"备已酒意醺醺，听得统言，很觉逆耳，便作色道："武王伐纣，前歌后舞，难道不算为仁主么？卿言殊不合理，可速退去！"统大笑而出；备亦因醉入寝，一睡竟夕。翌旦方起，自觉前言未忘，深加后悔，遂延统入厅，向他谢过；统却不答谢，谈笑自若。备复说道："昨日言论，我为最失。"统方答道："君臣俱失，何必追忆？"（善于分谤。）备乃开颜大笑，欢叙如恒。

既而刘璋复遣吴懿、李严、费观诸将，出御备军，先后败挫，反皆降备，备军益强；分遣诸将略定蜀地。冷苞、邓贤战死，张任、刘璝，退至洛城，璋子循奉了父命，至洛助守。任素有胆力，屡出冲围，虽屡被击退，气不少衰；备与庞统商定计策，诱任出城，引过雁桥，把桥拆断，前后夹攻，害得任进退无路，为备所擒。备劝任投降，任抗声道："忠臣岂肯复事二主？速死为幸！"

备始令推出斩首，收尸礼葬；（任死雁桥，在庞统未死之前，史可复按；罗氏《三国演义》指为任之受擒出自诸葛，且雁桥上加一“金”字，不知何据。）且命诸军四面筑垒，并力围城。刘循、刘璝，不敢再出，但从严防守，积久未懈，城中所需粮食，又由刘璋源源接济，故相持逾年，尚得守住。备正在焦急，忽接到葭萌关来书，乃是守将霍峻，报称张鲁诱降，已经叱退；现由璋将扶禁、向存等来攻，正由峻设法抵御等语。原来备自葭萌关还袭益州，留中郎将霍峻守关，部兵不过千人，张鲁遣将杨帛招峻，峻怒叱道：“我头可得，城不可得！”帛乃退出。嗣由刘璋遣兵万余人，从阆水上攻，统将就是扶禁、向存，亏得峻战守有方，尚得以少制众。惟备得了此信，越觉加忧，既不便分兵援峻，又恐巴东有警，截断后路；不得已致书荆州，请诸葛亮派兵相助。独庞统急欲邀功，亲出督军，猛攻洛城，城上矢如雨下，竟将统射中要害，回营毕命。（落凤坡诸说，亦属无稽。）

备失去庞统，如断右臂，飞使邀请诸葛军师，入蜀参谋。诸葛亮已遣张飞西行，至此闻庞统又殁，不得不亲身入蜀；乃将荆州全权，尽委关羽，自率赵云等，溯江西进。时张飞已至巴郡，为太守严颜所遏，不得前往。飞用诱敌计，擒住严颜，瞋目呵叱道：“大军到此，汝何故不降，反敢拒战？”颜亦抗语道：“汝等不道，侵犯我州，我州只有断头将军，没有降将军！”飞闻言愈怒，顾令左右道：“快把这老匹夫，砍下头来！”颜神色不变，向飞笑语道：“要砍便砍，盛怒何为？”说得飞也为心软，竟下座释颜，延诸上座，优礼相待；颜感飞厚遇，乃许投诚。（莽张飞也有奇谋。）飞遂令颜为前导，畅行无阻，直抵洛城，与备会师。诸葛亮亦令赵云先驱，从外水经过江阳、犍为，所至皆降，也得至洛城相会。洛城固守年余，已经力乏，怎禁得备军大至？不由得慌乱起来。刘循开城夜遁，刘璝为乱军所杀，洛城遂为备有了。备正思进攻成都，有人报知张鲁援蜀，特遣骁将马超，领兵西来。超素有勇名，为备所知，当即与商诸葛亮，亮笑答道：“将军勿忧，但遣一辩士往说，便可招降。”乃留意简选，得了一个建宁人李恢，前为郡中督邮，方来投备，雅善口才，遂遣令前往。究竟马超如何投依张鲁，又如何助鲁援蜀，说来又是话长，不得不从简补叙。

超自为曹操所败，西奔凉州，果如杨阜所料，略夺陇上诸郡，（回应前文。）又复进攻冀城；刺史韦康，忙遣别驾阎温，告急长安。不料温出水关，被超擒斩，急得韦康没法，只好请降，杨阜哭谏不从，竟开门迎超，超却将韦康杀死，独用杨阜为参军，自称征西将军，领并州牧，督凉州军事。长安屯将夏侯渊，闻信驰救，反为超所杀败，只好退还。会阜遇妻丧，乞假归葬，路过历城，得见抚夷将军姜叙，叙与阜为中表弟兄，当然延入。阜面有戚容，叙还道他是悼亡心切，不便多问。及进谒叙母，索性泪下不止，叙忍不住诘问道："妻殁不妨续娶，何必过哀？"阜摇首道："何从为此？"叙复问何因，阜凄然道："守城不能完，主亡不能死，恨无面目再见尊亲；但阜无权无勇，不能力讨超贼，独怪兄拥兵历城，忍心坐视，咎亦难辞，《春秋》书赵盾弑君，便是此意。"叙慨叹道："我非不欲讨超，实恐超勇悍过人，急切难图。"阜又说道："超强暴无义，非真难除。"叙母亦接口道："汝不早图，尚待何时？即如韦使君遇难，亦岂尽由义山负责？（阜字义山。）汝亦与有过失呢！人谁不死？死得有名，奈何不为？汝若虑我年老，我已将生死置诸度外，毋劳汝忧！"（叙母亦一女丈夫，可惜见理未明。）叙乃与校尉赵昂、尹奉等，合谋讨超。又由阜致书冀城，潜结军吏梁宽、赵衢，使为内应，安排已定。惟赵昂有子名月，在超麾下，昂引为己忧，归语妻室，妻厉声道："为君父雪耻，殒首亦属无妨，何况一子呢！"（又一奇妇人，但究不知谁为君父。）昂意乃决，遂据住祁山，与姜叙、杨阜，同声讨超。叙、阜两人，进兵冀城，超听赵衢诡议，亲出拒战，留衢与梁宽守城。及与叙、阜交锋，不能得利，引兵退归；哪知城门紧闭，连呼不应，但掷出头颅数枚，超不瞧犹可，瞧了一遍，险些儿坠落马下。看官！这是何故？原来是娇妻爱子的首级。（有勇无谋，如何保家?）当下越悲越怒，恨不把城池踏破；可奈姜叙、杨阜及赵昂等，两面杀到，只好回头就走。赵昂子月，由超带着，就将他一刀两段。复悄悄的掩袭历城，竟得冲入，搜获姜叙老母，用刀搁颈，逼令召叙回来，叙母大骂道："汝乃背父逆子，杀君恶贼，为天地所不容！尚敢横行人世么?"说到末句，头已落地。

杨阜闻历城失守，忙引兵还援，与超交战城下，拼死力斗，身中五创，尚不肯退。嗣由姜叙、赵昂等，一齐杀到，方将超众杀败；超乃南走汉中，投依张鲁。鲁令超为都讲祭酒，且因超妻子被戕，欲把爱女嫁为继室。或谓超不知爱亲，怎能爱人？鲁乃罢议。超从鲁乞师，往围祁山。姜叙等又向夏侯渊告急，渊使偏将张郃，率五千军先行，自督万人继进，击走超军；复移兵长离，大破韩遂残众，然后还师。超败回汉中，鲁以为超无能为，礼貌浸衰。鲁将杨白等，更欲害超，超当然愤悒。适刘璋失去洛城，急不暇择，反使人向鲁求救。鲁与璋本系世仇，怎肯赴急？偏马超欲乘此图功，愿去取蜀。鲁乐得遣超一行，阳助刘璋，阴图刘璋。超有部将二人，一系从弟马岱，一系南安人庞德，并皆勇敢。德适遇疾，不能从军，留居汉中养疴。超只偕岱西进，由鲁拨兵数千，给令同行。到了武都，正值李恢奉刘备命，前来招降。恢本来善辩，再加超乞得此差，原为避祸起见，一经恢巧言说合，自然语语投机，当下随恢同进，直指成都。刘备已自洛城进发，先至成都城下，既得马超来降消息，便欣然说道："我定可得益州了!"乃潜分兵数千，使会超军，嘱令屯驻城北，交逼刘璋。璋还道马超来援，登城俯问，哪知超扬鞭仰指，口口声声，叫璋出降刘豫州，吓得璋面色如土，几乎跌倒。经左右扶璋下城，璋长叹道："不听忠言，悔无及了!"（庸主往往如此。）会由刘备遣从事中郎简雍，入劝璋降。璋城中尚有兵士三万人，谷帛足支一年，吏民多欲死战。璋流涕道："我父子在州二十余年，并无恩德，加及百姓，百姓为璋攻战数年，已害得膏血涂野，璋何忍再令死斗，使无孑遗？不如出降为民罢了!"说得群下都为流泪，璋无可奈何，只得与简雍并舆出城，径诣备营。备开门迎璋，面加抚尉，复偕璋入城安民，所有璋私储财物，一并检还，令佩振威将军印绶，徙居公安。一面大开筵宴，遍飨士卒，取库中金银，分赏将吏，多寡有差。

备自领益州牧，进诸葛亮为军师将军，黄忠为讨虏将军，魏延为牙门将军，糜竺为安汉将军，简雍为昭德将军，孙乾为秉忠将军，伊籍为左将军从事中郎，马超为平西将军，法正为蜀郡太守，兼扬武将军；旧益州太守董和，得掌军中郎将，并署左将军府事，旧广汉长黄权得为偏将军；尚有严颜、吴懿、费观、李严、秦宓、许靖、费诗、孟达、彭羕等一班降官，约数十人，并皆录用。独零陵人刘巴，夙负才名，曾由备具书招致，巴不肯从，反自交阯入蜀，奔依刘璋；及璋迎备，巴一再谏阻，拟备为虎，终不见听，乃闭门称疾。备攻成都，即下令军中，谓有人害巴，诛及三族。故成都既下，得巴甚喜，令为左将军西曹掾，巴无奈受命。璋将扶禁、向存，前尝围攻葭萌关，逾年不克，至成都围危，两将当然撤还，被守将霍峻，追击一阵，向存授首，扶禁遁去。备因霍峻有功，授峻为梓潼太守，全蜀悉平。惟刘璋家眷，已俱随璋东徙，只有璋寡嫂吴氏，为刘瑁妻，即吴懿妹，依兄居住，仍在成都。吴氏少时，有相士谓当大贵，璋父刘焉，因娶为子妇。偏偏结缡未几，竟丧所天，相士所言，似乎未验。（想由相士未便详说，留此缺陷。）到了备据益州，独少内助，孙夫人已经还吴，备恨她迹同专擅，且与孙夫人虽为夫妇，仿佛一闺中敌国，随时加防，故由她大归，不愿再迓。于是左右从吏，竟将懿妹吴氏，向备关说。备使人觇视，华颜未老，丰韵犹存，却也有些合意；但自思与瑁同族，未免含嫌，（何必定纳嫠妇？不但同宗有嫌！）乃更问法正。正答说道："晋文且纳怀嬴，比诸将军，相去何如？将军尽可从权呢。"（恐是逢君之恶。）备乃决纳吴氏，重整鸾凤，领略温柔滋味。这且不必絮谈。

且说法正得掌重任，外统都畿，内参帷幄，无德不酬，无怨不报。尝擅杀仇人数名，或请诸葛亮转达刘备，预加抑制，亮独驳说道："主公在公安时，北畏曹操，东惮孙权，内复为孙夫人所制，日夜不安，幸得法孝直入为羽翼，导引西翔，今主公已得高飞，难道孝直独应下降么？”但口中虽有此论，心下也不无微嫌，遂改订治蜀条例，概从严峻。法正语亮道：“昔高祖入关，约法三章，公初至益州，亦应缓刑弛禁，借慰民望，奈何反从严峻呢？”（正要你知法守正！）亮正色道：“君但知一不知二，秦尚苛法，高祖不得不从宽；今刘璋暗弱，德政不举，威刑不肃，蜀土人士，无法已久，我今以法率民，法行然后知恩，以爵限吏，爵加然后知荣，恩荣并济，上下有节，方可挽回宿弊，否则恐复蹈故辙了！”法正也为佩服，渐自敛戢，不敢犯禁。吏民亦各守法规，比那前时的上疲下玩，已好得许多，这就叫作乱国用重典呢！

且说曹操攻吴不克，撤兵还邺，休息了一两年，但时常示意左右，表扬功德；有诏令操剑履上殿，入朝不趋，赞拜不名。既而长史董昭，复谓操宜进爵国公，加九锡礼。侍中荀彧，独向昭驳说道：“曹公本仗义兴师，匡朝宁国，岂徒为安富尊荣起见？君子当爱人以德，不宜谄谀若此！”昭怀惭而退；偏被曹操闻知，暗生忿恨。会值彧有小恙，乞假数日，操竟借馈食为名，使人持送一盒；及彧揭视，乃系一个空器，并没有什么珍馐，遂长叹数声，服毒自尽。（死得迟了。）彧子恽讣告曹操，操佯为举哀，予谥曰敬，令恽袭爵为侯。越年（建安十八年。）由御史大夫郗虑，赍奉册书，命操为魏公，兼加九锡。策文有云：

朕以不德，少遭愍凶，越在西土，迁于唐、卫。当此之时，若缀旒然；幸天诱厥衷，诞育丞相，保义我皇家，弘济于艰难，朕实赖之。今将授君典礼，其敬听朕命。昔者董卓不道，挠乱王纲，赖君首启戎行，得平大憝；后及黄巾，反易天常，侵我三州，延及平民，君又翦之，以宁东夏，此则君之功也。韩暹、杨奉，专用威命，君则致讨，克黜其难，遂迁许都，造我京畿，设官兆祀，不失旧物，此又君之功也。袁术僭逆，肆于淮南，慑惮君灵，用丕显谋，蕲阳之役，桥蕤授首，稜威南迈，术以陨溃，此又君之功也。回戈东征，吕布就戮，乘辕将返，张杨殂毙，眭固伏罪，张绣稽服，此又君之功也。袁绍逆乱天常，谋危社稷，凭恃其众，乘兵内侮，君奋其武怒，运其神策，致屈官渡，大歼丑类，俾我国家，拯于危坠，此又君之功也。济师洪河，拓定四州，袁谭、高斡，咸枭其首，海盗奔迸，黑山顺轨，此又君之功也。乌桓三种，崇乱二世，袁尚因之，逼据塞北，束马悬车，一征而灭，此又君之功也。刘表背诞，不供贡职，王师首路，威风先逝，百城八郡，交臂屈膝，此又君之功也。马超、成宜，同恶相济，滨据河、潼，求逞所欲，殄之渭南，献馘万计，遂定边境，抚和戎狄，此又君之功也。鲜卑、丁零，重译而至，箄于、白屋，请吏率职，此又君之功也。君有定天下之功，重之以明德，班叙海内，宣美风俗，旁施勤教，恤慎刑狱，吏无苛政，民无怀慝；敦崇帝族，表继绝世，旧德前功，罔不咸秩。虽伊尹格于皇天，周公光于四海，方之蔑如也。（我为阿瞒羞死。）朕以眇眇之身，托于兆民之上，永思厥艰，若涉渊冰；非君攸济，朕无任焉！今以冀州之河东、河内、魏郡、赵国、中山、常山、钜鹿、安平、甘陵、平原凡十郡，封君为魏公；锡君玄土，苴以白茅，其以丞相领冀州牧如故；又加君九锡。其敬听朕命，简恤尔众，时亮庶功，用终尔显德，对扬我高祖之休命。

当时九锡典礼，一是车马，（大辂、戎辂各一。）二是衣服，（兖冕之服，赤舄副焉。）三是乐悬，（王者之乐。）四是朱户，（户用朱色。）五是纳陛，（所以登阶。）六是虎贲，（三百人。）七是斧钺，八是弓矢，九是秬鬯、圭瓒。操既得此异数，应思如何报答，哪知他愈贵愈横，愈荣愈恶，不但建宗庙，立社稷，置尚书、侍中、六卿，僭拟皇家；甚且一朝国母，也被曹操害死，连二子也送入黄泉，说来尤令人发指。先是董贵人遇害，伏皇后内不自安，尝与父伏完手书，数操罪恶，乞完伺隙密图。完虽尝授职辅国将军，却是性甘恬退，不愿与曹操争权，所以接得后书，始终未发。至操为魏公，伏完已殁过三四年了。操有三女，长名宪，次名节，又次名华，长、次俱纳入皇宫，惟季女尚幼，在闺待年，拟及笄时，续行送入。（莽只献入一女，操却纳入三女，总算忠心。）献帝并封为贵人。甫越期年，不意伏后致父书信，竟被伏家怨仆，偷献曹操，操不禁大怒，立入宫中，胁迫献帝，废去伏后。献帝踌躇未忍，操不待许可，便使尚书令华歆，代草诏书，逼帝盖印。书中有云：

皇后寿（伏后名寿。）得由卑贱，登显尊极，自处椒房，二纪于兹。既无任、姒徽音之美，（文王母太任，武王母太姒。）又乏谨身养己之福，而阴怀妒害，包藏祸心，弗可以承天命，奉祖宗；今使御史大夫郗虑持节策诏，其上皇后玺绶，退避中宫，迁于他馆。呜呼伤哉！寿自取之，未致于理，为幸多焉！

诏至中宫，伏皇后惊出意外，不敢不将后玺缴出，正想出徙别馆，忽闻外面人声嘈杂，好似来捕大盗一般，吓得伏后三脚两步，急至复壁间躲避。谁知助操为虐的华歆，引兵入宫，四觅不见，竟由歆破壁得后，麾兵动手。兵士尚有难色，歆竟亲揪后发，拖至外殿。适值献帝与郗虑坐谈，见后披发跣足，状甚凄惨，不禁泪下。伏后泣语道："竟不能复相活么？"献帝呜咽道："我亦不知命在何时！"又顾语郗虑道："郗公！天下果有是事么？"那华歆不由分说，竟牵伏后入暴室中，与后所生二皇子，一体鸩死。小子叙至此处，随书一绝句道：

诛奸无力反招灾，巾帼拼生剧可哀；

前有董妃后伏后，魂兮可向许宫来！

伏后已死，伏氏家族，骈戮至百余人，华歆方向操复命。欲知歆为何等人物，待至下回表明。

马超多勇无谋，卒致上害父母，下及妻孥；设非投入刘备，则其身尚不能保，遑问与曹操为敌乎？姜叙母及赵昂妻，名为劝忠，实则知其一不知其二，仍不过为妇人女子之见，无足取焉。刘备之取成都，势固难已，而情究未安；至纳刘瑁妻为继室，尤足贻讥后世，"操以暴，我以仁"之说，殆亦未免欺人欤？若操之所为，黯无天日，贵妃可杀，皇后可弑，其与篡逆相去，能有几何？假令老而不死，吾知其繁阳受禅，固不待曹丕也！

第八十八回 见外使奸雄代捉刀 察重伤功臣邀赐盖

却说华歆弑了伏后，并戮伏氏家族，然后复报曹操。操当然心喜，录为首功，寻且表歆为军师。说起华歆履历，本来是有些名望，曾与北海人管宁、邴原，为同学友，时号三人为一龙，歆为龙头，原为龙腹，宁为龙尾。但歆佯为高尚，阴实贪婪。宁尝在园种蔬，锄地见金，掉头不顾，歆却在旁拾视，然后掷下。宁见歆如此举措，已怀鄙薄。一日同坐观书，闻户外有车马声，宁不为所动，独歆弃书出观，自是宁与歆割席，不复与友；后来宁庐居山谷，终身不仕。邴原虽由曹操辟召，入为丞相征事，但仍闭门自守，非公事不出，两人志趣，俱有足称。惟歆得为豫章太守，已归服孙吴，嗣复得曹操征命，往投许都，参司空军事。荀彧死后，竟代彧为尚书令，竭诚事操，居然为虎作伥，弑起皇后来了。（比操尤恶。）惟献帝自伏后死后，悲怀未释，操却进言道："臣女已并邀宠御，次女最贤，可立为中宫。"献帝无奈，遂于建安二十年正月，册立曹贵人节为皇后。百官因是魏公操女儿，格外谀颂，且并至魏公府中拜贺，自不消说。（只难为了曹操长女，名为阿姊，却要向妹子朝参。）

操复起兵西征，命夏侯渊、张郃为先锋，自率诸将为后应，往图汉中。张鲁闻报，忙与弟张卫商议，鲁谓操兵势大，不如出降；独卫以为汉中险阻，可以拒操，遂号召兵马，据守阳平关。关在丛山峻岭中，却是天然险要，居然有一夫当关，万夫莫开的形势。操连攻旬月，竟不能下，欲引兵退归。西曹掾郭谌入帐谏阻，略言："鲁兄弟同守异心，必有内变，不如缓待时机，总可得志。"操却想出一计，扬言退军，拔寨齐起。张卫闻得操兵引回，即出关追击，哪知行至半途，突有野鹿数千头，掩入卫军，卫军自相惊溃，阵势遂乱。不意操将后军变做前军，蜂拥杀来，卫如何抵挡？当即奔回。操兵复乘胜进逼，四面围攻，守兵已无斗志，纷纷遁去，卫亦只好夜走，与张鲁窜入巴中。鲁临行时，左右请尽毁仓库，免为敌资，鲁独慨然道："我本欲归命国家，只苦意不得达，今不得已出奔巴中，仓廪府库，应归国有，奈何毁去？"当下一律封藏，方才西走。操既入阳平关，一路无阻，直抵南郑，见鲁封库自去，料有降意，便遣人慰谕张鲁，叫他前来投诚，不失侯封。鲁复书愿降，操便派吏往迎，待以客礼，拜鲁为镇南将军，封阆中侯；鲁五子及部将阎圃等，亦各得封爵，还有马超遗将庞德，也降操受封。操乃令鲁就国，留夏侯渊、张郃，同守汉中，即日下令班师。主簿司马懿献议道："刘备以诈力虏刘璋，蜀人尚未归心，今公已得汉中，益州必然震动，若乘胜进攻，定致瓦解，圣人不能违时，亦不应失时哩！"操笑答道："人生苦不知足，既得陇，还望蜀么？"遂不听懿言，起行还邺。（即此可见懿之贪狡更过于操。）

先是操妻丁氏无出，妾刘氏生子昂，殉难宛城。（见第七十五回。）操复纳娼女卞氏，生子丕、彰、植、熊，遂得专宠。操竟以妾为妻，废黜丁氏，进卞氏为继室。（操本来不知礼义。）植性机警，才又敏赡，尝作《铜雀台赋》，援笔立就，彬彬可观，操独加宠爱，欲立植为嗣子。问诸贾诩，诩默然不答，及操再三诘问，诩始微笑道："适有所思，思袁本初、刘景升父子呢！"（一语足矣。）操大笑而止。已而丁仪、杨修等，复屡誉植才，劝操立嗣，操又觉动疑，密书问及百官，尚书崔琰独露板作答道："《春秋》大义，立子以长，五官将（指丕。）仁孝聪明，宜承正统，琰愿誓死守道，不敢违经。"操得书后，未免叹息。且因植为琰侄婿，不私所亲，更加推重。琰尝荐举钜鹿人杨训，辟为丞相属掾；至操自汉中引归，群吏复议进操为王，杨训更发表称颂，备极阿谀，琰览表不悦，即贻书责训道："省表事佳耳，时乎时乎！会当有变！"操竟令左右入白献帝，取得诏命，晋爵魏王。可巧南匈奴单于呼厨泉，遣使入朝，并谒贺魏王操。操恐仪容不足服众，特使琰作为替身，自己执刀旁立，琰眉目疏朗，须长四尺，甚有威重，所以操有此举。及外使谒毕自归，单于呼厨泉，问及魏王德仪，使人笑答道："魏王原非凡姿，但捉刀人，却是真正英雄！"（独具只眼。）呼厨泉乃亲自入朝，为操所留，岁给钱帛刍米，如列侯例。但使右贤王去卑，监管匈奴。嗣且分匈奴为五部，令呼厨泉子弟，皆作部长，选汉人为司马，充作部监，意在分铩虏势，不令猖獗。但胡人多散居内地，无复防闲，华夷界限，逐渐溃裂，不可谓非曹操作俑哩！（特笔提叙。）操自以为威德及远，无人可比。嗣探得崔琰书语，说是会当有变，遂目为怨谤，收琰下狱，罚充徒隶。一夕登台玩赏，（想是铜雀台上。）望见植妻乘车出游，满身衣绣，装束得非常艳丽，心下不禁愤恨，竟罢赏归家，逼令自尽。复因植妻为琰兄女，迁怒及琰，亦将琰赐死，时人无为琰呼冤。东曹掾毛玠，伤琰无辜，作文哀吊，亦被逮系；幸由僚佐桓阶和洽，代为申理，始得释出，免官归里。

操因南匈奴已服，忽记起故中郎将蔡邕，有女名琰，陷入匈奴，乃特遣使赍金北去，将琰赎归。琰字文姬，博学多才，兼精音律，邕尝夜坐鼓琴，琴弦忽断，琰知为第二弦，邕疑琰偶然猜着，再鼓再绝，琰复答称第四弦，并无差谬。嗣嫁与河东卫仲道为妻，不幸夫死无子，归宁母家。及邕为王允所杀，家室流离，琰竟被胡人掳去，没入右贤王帐下，生得二子，作《胡笳十八拍》，流传远近。操与邕素相善，故特赎琰归国，令再嫁屯田都尉董祀为继妻。（有才无节，终留遗憾。）祀甫得才妇，竟致犯法，当坐死罪。（文姬太无帮夫运。）琰蓬头跣足，诣操乞免，操正大会宾客，冠笏盈堂，有属吏入白数语，操因顾语宾客道："蔡伯喈女在外，诸君亦愿一见否？"宾客齐称愿见。操即令吏引琰入厅，琰至阶前下跪，为夫乞免，措词甚哀，满座皆为改容，操语琰道："情实可矜，但文状已去，如何是好？"琰泣答道："明公厩马万匹，虎士成林，何惜一快足，不为援手哩？"操也被感动，乃即饬属吏，驰递赦书，贷祀死罪。且嘱琰起身入厅，赐琰头巾履袜，因即顾问道："令先人遗传文籍，可曾留藏否?”琰答说道：“昔亡父赐书四千余卷，流离涂炭，所存无几，今所诵忆，只四百余篇。”操又说道：“今当派文吏十人，就夫人处录述。”琰接口道：“妾闻男女有别，礼不亲授，乞给纸笔，真草惟命。”操乃遣琰归家，使琰随时录送。琰将曹娥碑文一并录入。碑文为邯郸淳所撰，独文后有八字云：“黄绢幼妇，外孙齑臼。”为琰父邕所题。操瞧这八字，不解所谓。查及曹娥履历，乃是顺帝年间的孝女，女父盱为巫祝，在上虞江迎婆婆神，堕水溺死，捞尸不获。曹娥年仅十四，沿江号哭，阅十有七日，也投入江中，背负父尸，同浮江面，里人因为埋葬。（事在顺帝建安二年。）后来县长度尚，复为改葬，就在墓道旁立碑，使弟子邯郸淳为文。邕南游吊古，就在碑后续题八字，时人都莫名其妙，连足智多谋的曹阿瞒，也被难倒。转问左右文吏，独有主簿杨修，能识邕意，谓黄绢系由丝染色，色旁加丝，便是“绝”字；幼妇即少女，少女拼成一字，便是“妙”字；外孙为女之子，女旁加子，便是“好”字；齑味属辛，臼受辛器，便是受旁辛字，合成“辞”字；总计是“绝妙好辞”一语。操不禁叹服，但亦未免忌修多才，阴为加防。（不脱奸雄故智。叙入此段，实为二女写照。）

好容易已是建安二十六年，操因孙权不服，复出师东下，进至居巢。权先遣部将吕蒙，攻拔皖城，擒住庐江太守朱光；嗣又由权亲率大军，进围合肥。合肥在皖城北，由操将张辽、李典、乐进居守；操预防孙权进攻，致与密函，谓待敌至乃发。及吴军大至，张辽等始敢发书，书中只有三语云：“若孙权到来，张、李将军出战，乐将军守城，勿得同出。”李典、乐进，尚以众寡不敌为疑，辽独慨然决战，典与进始无异言。当下募得敢死士八百人，椎牛夜饮，诘旦开城猝发，辽挺戟先驱，陷入权营，直至权麾盖前面。权走登高阜，挥兵围辽，绕至数匝。辽十荡十决，无人敢当，再加李典引兵援应，也是踊跃无前。自清晨战至日中，吴人夺气，辽与典乃徐徐引归，登城固守，众心始安。权围城逾旬，竟不能拔，撤兵东归，自与诸将断后；尚在逍遥津北，不意被辽察悉，遽率步骑掩至，权将吕蒙、甘宁，急忙抵敌，还是招架不住。张辽仗戟突入，领兵围权，幸亏权亲将凌统，翼权出围，再回马与辽接战，不使再进，权得驰上津桥，放马过去。哪知桥南已被辽军拆断，相隔丈余，慌得权仓皇失措，进退两难；牙将谷利，请权退后数步，自在马后扬鞭一击，马始奋足腾跃，飞过桥南。凌统截住张辽，血战多时，左右尽死，统亦身受数创，料知权已走脱，方才奔回。吕蒙、甘宁，也都败退，沿津逃生。权得部将贺齐舟师，下船避敌，遥见将士等绕河散走，急令贺齐划船接下，方得渡回。贺齐流涕谏权道："此后，主公须当自重，不可轻敌，今日几危险不测了！"权答说道："谨当铭心，不但书绅！"乃收军回保濡须，抚视疮痍，缓图报复。

适为了荆州问题，龃龉多日，方得解决；（详情见下。）忽报曹操亲督大兵，来到居巢，权不得不整军迎敌。操兵号称四十万，权兵只七万人，客主异形，吴人多有惧色。（何不记及赤壁时耶？）甘宁独挺身效命，愿为前锋，权拨精兵三千人，随宁先进。宁选得健儿百人，俟夜与饮，各尽一觞，当即披甲上马，引百骑潜袭曹营；到了营旁，拔开鹿角，呐喊而入。曹军惊惶失措，被甘宁等左劈右斫，斩首至数十级，宁尚欲冲突进去，里面却用车仗穿连，排若铁桶，无隙可钻，（操真能军。）宁只得左右驰逐，喧噪了好多时；及见曹营中举火如星，兵马汇集，便领兵还寨，百骑中不折一人，因即夜报孙权。权喜说道："孟德有张辽，孤有兴霸，足与相敌了。"遂赐宁绢十匹，刀百口。既而两军大战，水陆分争。吴将徐盛、董袭，督领舟师，至水口鏖斗，盛杀得性起，登岸冲锋；袭守船击鼓，陡有暴风刮来，荡覆数舟，兵士请袭避去，袭仗剑大喝道："将受君命，在此防贼，怎得弃船自去？敢有复言者斩！"说至此，狂飙尤甚，白浪滔天，袭坐船被覆，竟致溺死。徐盛孤军深入，幸得陆军接应，不致陷没。但操军究竟势大，东一支，西一队，把吴军冲作数截，权数被围住，幸有周泰保护，脱围退走。偏将军陈武，竟致战死，各将纷纷引还，驰入濡须坞中；操亦收军引去。权检点士卒，伤失颇多，自思战虽失利，还亏诸将努力，得免大损，乃设宴犒劳；行酒至周泰前，权令泰解衣，见泰创痕累累，问及所苦，泰迭述前后受创，约数十处，并言为主效力，虽死不恨。权不禁流涕道："卿为孤兄弟，不惜身命，被创数十，肤如刻划，孤亦何心，敢不视卿如骨肉呢？从此当与卿同休戚，借报战功！"说着，亲起把盏，连酌三大觥，泰且饮且谢，尽醉方休。待泰回营时，命将自己麾盖，移与护送；越日复另制青盖为赐，特示宠荣。惟与操相拒月余，不能取胜，乃从张昭等计议，令都尉徐详，至操营请和。操亦因江东难下，许从和议，留夏侯惇、曹仁、张辽三将，屯守居巢，自回邺中。权亦进周泰为平虏将军，使督濡须；引兵还都。才阅数旬，即由陆口屯将鲁肃，报称病重求代，权派吏问疾，赍给医药，一时尚未令卸职，叫他在任养疴。

时肃年未满五十，本是服官从政的时候，因平居为国经营，煞费心力，所以未老即老，病不能兴。他始终主张联刘，荆州借备，谋出一人。当备取益州时，权令诸葛瑾索还荆州，关羽不允，几至失和，还是肃出为周旋，请羽单刀相会，面述权命，请羽把荆州缴还。羽勃然道："乌林一役，（赤壁在江南，乌林在江北，故不妨互言。）左将军身在行间，戮力破敌，难道独无一块土相酬，乃尚来索地么？"肃亦正色道："前与刘豫州相遇长坂，豫州为操军所败，计穷力竭，将图远窜，当由肃转报吾主，特加矜愍，不爱土地兵甲，力却曹军；又因刘豫州无地可容，权借荆州，今刘豫州既已得蜀，仍将荆州占住，背德失好，恐难免天下耻笑！肃闻贪而弃义，必为祸阶，今君身当重任，奈何不以义相辅，反欲以力相争，有伤和气呢？"（两人所说，俱非无理。）羽尚未及答，旁有为羽握刀的随将，叫做周仓，瞋目大呼道："天下土地，惟德所与，难道必归汝东吴么？"羽佯叱周仓道："这是国家大事，汝有何知？乃亦来多言，可速出去！"仓已会意，立即出外，驾舟迎羽。羽即与肃告别，说是当转达左将军，从长商议，语毕即行。肃复与刘备直接交涉，备乃许分荆州，就湘水为界，自长沙、江夏、桂阳以东属吴，自南郡、零陵、武陵以西，仍为备有，权亦允议，再使诸葛瑾与备订约，始得息争。肃竟于建安二十二年病殁，权亲自临丧，赙赠甚厚。荆州人士，俱为叹息；连诸葛亮亦为发哀。后任为吴左护军吕蒙。蒙生性狡诈，与鲁肃心术不同，于是孙、刘和谊，渐致破裂。那曹阿瞒反得一意西略，幸而天意三分，不使曹氏混一，所以汉中地已得复失，反被刘备夺去。操本使夏侯渊为都护将军，督同张郃、徐晃诸将，屯守汉中，且命丞相长史杜袭，为驸马都尉，留督汉中事，张郃奉操军令，进略三巴；刘备方令张飞驻守巴西，与郃相拒至五十余日，飞用了一计，袭破郃营，郃败还南郑，飞乃向备告捷。法正乘间说备道："曹操西降张鲁，得定汉中，不乘此入图巴蜀，乃留夏侯渊、张郃屯守，匆匆北返，这非由操智不及，力尚未足哩！今观渊、郃才略，未必能胜我将帅，我正好进取汉中，为蜀屏蔽，此机不可再失了！"备乃留诸葛亮居守成都，即用法正为参谋，率诸将进兵汉中。行过巴西，由张飞出迎大军，备即命飞移屯下辨，且遣马超、吴兰为助，自率诸将，进次阳平关。操闻刘备东出，亟命夏侯渊等拒备，另遣曹洪领兵，往争下辨。张飞使马超、吴兰出战，兰竟阵亡，超收军入城，与张飞合力拒守。备在阳平关上，遣将攻夏侯渊等，亦未得大捷，乃再贻书诸葛亮，促令济师。亮再拨兵二万人赴关，特遣老将黄忠为统帅，往助刘备。自经黄忠一行，遂使曹氏大将，就此丧元。正是：

倚老不妨重卖老，妙才未必果多才。（夏侯渊字妙才。）

欲知后来交战情形，待至下回再表。

捉刀一事，见得曹操浑身诡谲。即如接见外使，本在无足重轻之例，乃必令崔琰为代，岂非多事？琰敢代操，操已隐忌之矣；置琰于死，岂仅为书语之不逊耶？且赎文姬所以沽名，妒杨修所以嫉才，操之举措，纯然为老奸伎俩；欺一时尚可，欺后世固不可也！孙权不能敌张辽，安能敌曹操？一败于逍遥津，再败于濡须口，仅赖周泰等之拼生翼护，才得脱围，可见赤壁之战，微孙、刘之合力，则东吴未必幸存。云长之拒索荆州，非真强词夺理，而鲁肃以联刘为本旨，始终不变，盖诚有见乎大者。鲁肃殁而孙、刘之好破；孙、刘失好，而曹氏篡汉之局成；故鲁肃之存亡，不第关系吴、蜀已也。

第八十九回 得汉中刘玄德称王 失荆州关云长殉义

却说黄忠率领援师驰至阳平关，备与夏侯渊相拒，已经逾年，既得黄忠来助，遂命为先锋，出关南行，渡过沔水，择得定军山要隘，安营下寨。夏侯渊闻报，当即引兵来争，一面奉书曹操，请速接应。操遂亲督全军，西指汉中，先遣使诫渊道："为将当有怯弱时，不可徒恃勇力；勇为体，智为用，有勇无智，一匹夫敌。还宜谨戒为是！"（老瞒未始不知人，可惜垂诫太迟。）渊不肯少改，定欲争踞定军山。法正劝备坚壁不动，徐俟敌变。那心粗气暴的夏侯渊，麾动部众，一再进搏，俱被备军射退；待至日昃，渊军锐气已衰，势将退去。法正语备道："敌兵已懈，可乘间进击了！"备即令黄忠，登高临下，一鼓作气，忠骤马当先，跃下山来，突入夏侯渊阵中，敌皆披靡。渊正思亲出抵敌，陡与忠马相值，砉然一声，便将渊首劈落马下。益州刺史赵颙，急来救渊，已是不及，遂接住黄忠，交战数合，又被黄忠劈死。备见忠已经得手，策军继进，杀得曹军东逃西散，好似天崩地塌一般。还是张郃引军援应，才得收拾败卒，奔回营中。督军杜袭，与渊司马郭淮，因军中骤失主帅，莫由禀命，势且益危，乃权推郃为军主，勒兵按阵，军心稍定；一面飞报曹操，敦请进兵。备已得大胜，临兵汉水，意欲东渡；只因夹岸有曹兵守住，恐他半渡截击，只好从缓。忽见汉水对面，尘头大起，有许多人马到来，料知曹操亲至，不禁笑语道："操虽自来，也无能为，我此番定得汉川了！"（已有把握。）遂敛众据险，不与交锋。操亦未敢进逼，但与备军隔水相持，约阅旬余，未分胜负。黄忠探得操军运粮，多在北山下屯聚，便欲引军袭取，备乃令黄忠先进，赵云后继。忠自欲邀功，但与云约定期间，过期方令云进援。

看官试想，曹操专喜劫人粮草，岂有自己运粮，不加重防的道理？黄忠恃勇轻进，悄悄地渡过汉水，直抵北山，果见粮车蚁聚，一声呐喊，杀将过去，看守兵当然骇走，忠正拟向前夺取，不防连珠炮响，曹军两面杀到，一是张郃，一是徐晃，统是曹操手下的猛将。还亏黄忠一柄大刀，左招右架，冲开一条走路，且战且行。赵云在营中候信，已过黄忠所约的期间，尚未见还，乃出营瞭望，遥见黄忠为操将所追，败奔回来，当即怒马直前，让过黄忠，截住操兵。操兵虽众，却被赵云挺枪突入，搅乱阵势，驰骤了好多时，方才退回。张郃、徐晃，怎肯相舍？仍然从后追来，云还至营中，令兵士掩旗息鼓，大开营门，但令两旁伏住弓弩手，静待敌军，自己匹马单枪，伫立营外。郃与晃追至云营，见云孤身独立，不觉称奇，好一歇方敢向前，望云奔来。云仍然不动，惟把手中枪从后一挥，箭如雨注，攒射曹兵，曹兵统皆骇走。再加天色昏黄，不知云有多少伏兵，免不得自相践踏，仓皇奔命。云更鸣鼓尾追，吓得曹兵纷纷投水，溺毙无数。云将曹兵驱过汉水，夺得许多甲械，乃收兵回营。越日由备至云处亲视战处，不禁赞美道："子龙一身都是胆呢！"（胆大还须心小，子龙非仅胆大。）

乃复搜乘补卒，与操坚持。操军不得一胜，又遇疫气传染，十死二三，不由得怀着退志。忽由许中传到急警，乃是少府耿纪，司直韦晃，太医令吉本，猝然生变，射伤督军王必；必与典农中郎将严匡，合兵讨平等语。原来操在邺中，尝留长史王必，督领许中军事。必与京兆人金祎友善，互相通问；祎系前汉宰辅金日磾后裔，慷慨任侠，自思世为汉臣，不愿事魏，所以谋夺必军，暗结耿纪、韦晃、吉本诸人，拒操迎备。待至建安二十三年的元夜，许中悬灯庆贺，王必亦在营中宴饮，席尚未终，变忽骤起，营外一片火光，照彻营内，必慌忙上马，出营逃生；忙乱中遇着一箭，正中左肩，忍痛逃往金祎家门，意图躲避。祎家闻有叩门声，还道祎等成功归来，漫然相应道："王长史已杀死了么？"必才知祎实同谋，忙转身投入严匡营内，匡即号召兵马，出攻乱党。耿纪等本无军士，只带了家仆数百名，东冲西突，哪里敌得过严匡？金祎、吉本，相继战死，耿纪、韦晃被擒，枭首市曹；诸家老小，尽坐诛夷，匡与必乃联名报操。操心虽慰，总尚不能无忧；嗣复得知王必病死，更加系念，于是拟班师退去。但从此弃掉汉中，心又不甘，因复欲与刘备大战一场，才定行止。当下使人约战，夹水列阵。备用法正计议，使黄忠、赵云等，潜渡上流，绕出曹军旁面，冲击过去，一面用舟渡兵直攻操阵。操只顾前面，不防两旁有敌军杀入，只得分兵对敌，自己徐徐引退，备得安渡汉水，进逼操军。操再整军出战，备遣养子刘封出马，向前突阵，操即令徐晃截住厮杀，且扬鞭指语道："卖履儿惯使假子冲锋，若叫我黄须儿来，看汝假子能相敌否？"语尚未毕，封已退去。

操正思麾兵追击，忽闻备营中金鼓齐鸣，又未便轻进，因使人往召黄须儿。黄须儿系操子彰，膂力过人，能手格猛兽，不避险阻；惟颏下生须如铁，色却纯黄，故呼为黄须儿。及黄须儿奉命西来，操已退入长安了。原来操因屡战无功，退至斜谷时，当晚餐庖人呈入鸡汤，由操且食且饮，适由帐下弁目，入请夜间口号，操随口说出"鸡肋"两字，弁目不敢细问，便传令出去，将士不知所谓。独主簿杨修，连夜束装欲归，旁人惊问何因，修答说道："鸡肋两字，寓有深意，弃之不甘，食之无味，据此看来，是必归无疑了！"将士等听到此言，便各整归装。事为曹操所闻，查诘大众，俱言由杨修所教，操忌修益甚。但看众情已有退志，料难再战，不若弃去汉中，即日旋师，于是拔寨齐起，退还长安。途中与曹彰相遇，嘱令同回，黄须儿难违父命，也即折还。刘备遂得据有汉中，并得降将王平，乃是曹操麾下的署理校尉，素知汉中地理，遂引备将刘封、孟达，攻破房陵，再进略上庸，收降太守申耽，汉中大定，群僚遂表请备为汉中王。备再三推辞，嗣经群臣固请，方才勉允，即于建安二十三年七月，在沔阳筑设坛场，陈兵列众，由群佐拥备登坛，备戴王冠，披王服，佩王玺绶，受群下谒贺。礼成以后，立夫人吴氏为王后，子禅为王太子，进许靖为太傅，法正为尚书令，关羽为前将军，张飞为右将军，马超为左将军，黄忠为后将军，赵云为翊军将军。此外文武百僚，俱进位有差，留镇远将军魏延，留守汉中，兼领汉中太守，自引大军，还治成都。军师诸葛亮，当然出迎，备握手道故，具极欢洽。（据《诸葛亮传》中，亮并未随攻汉中，故本回从正史，不从罗氏《三国演义》。）亮劝备表奏献帝，缴还左将军宜城亭侯印绶，备自然照行。亮复进言道："黄忠名望，与关、马不同，从前马超来降，云长尚欲与较优劣，今使忠与彼同列，彼必不服，宜从斟酌。"备笑答道："我自能向彼解说，军师勿忧！"

先是关羽尝与亮书，谓马超人才，可比何人，亮尝答书道："孟起（马超字。）兼资文武，雄烈过人，也不愧为一时人杰；但却是黥（英布。）彭（越。）流亚，只可与翼德等并驾齐驱，尚未能及髯公的绝伦超群呢！"羽素美须髯，故亮称为髯公。自羽得此书后，始无异言，至是由司马费诗，奉使荆州，授羽印绶。羽见了费诗，问及他将爵位，知黄忠得授职后将军，与己并肩，不由得愤愤道："大丈夫岂可与老兵同列？请君将印绶赍还！"（这是云长傲气。）诗从容道："君侯也太固执了。从前萧、曹与高祖并起，最为亲旧，及韩信亡命后至，却擢为统帅，嗣且封王爵，位出萧、曹上，萧、曹并不以为嫌。今汉中王与君侯，譬犹一体，休戚相关，不过按功行赏，宜擢黄忠，并无他意，君侯当体王苦衷，不宜以名位高下，爵禄多少，心存芥蒂呢！"羽闻言感悟，因即受命，且愿乘势攻取襄樊，面托费诗归报。刘备壮羽忠奋，准如所请，羽乃部署人马，慷慨誓师，使糜芳守江陵，傅士仁屯公安，责令输粮济师，不得有违；当下自督将士，往攻樊城。

樊城为操将曹仁所守，探得关羽兵至，即飞书报操，请即济师。操遣于禁为统将，庞德为先锋，带领七队人马，星夜援樊。既至樊城，与仁相见，仁令于禁等屯兵樊北，作为声援。及羽兵进迫城下，内有曹仁守住，外有于禁、庞德等接应，羽急切不能取胜，也觉愁烦；可巧秋凉水涨，霖雨连宵，汉江一带，两岸泛滥，羽登高瞭望水势，默有所会，计上心来，便令部兵筹备舟筏，暗遣子平往堵江口，灌决樊城。樊北地势较低，首当水冲，于禁、庞德，全未防及，一夕风雨大作，洪水暴涨，于禁所领七军，都不知水从何至，仓皇乱窜，吓得于禁魂胆飞扬，急往堤上避水。独庞德跃马水中，尚无惧色，时已黎明，忽听得鼓声大震，来了许多战船，顺水杀来，德据住堤上，未肯退去。哪知来舰上一齐放箭，状若飞蝗，操兵多被射倒，德尚张弓挟矢，向他对射，相拒了好多时。日已亭午，水势益高，连堤上亦将淹没，魏将董衡、董超，劝德降敌，德大怒道："我受魏王厚恩，怎肯降人？"说着即将二董劈分四段，（德亦非曹魏故吏，奈何甘殉曹氏？）复顾语督军成何道："我闻良将不怕死，烈士不毁节，今日是我死日了；卿亦当努力死战，勿负国恩！"成何依令向前，立被射落水中，余众大骇，都向敌舰中奔入，弃械请降。连于禁亦偷生乞命，匍匐长堤，束手受缚。独庞德提着大刀，跃入堤边一小船，砍倒船中军士，用刀作橹，意欲驶往樊城，偏兜头遇一大筏，竟被撞翻，德随船落水，方为所擒。关羽大获全胜，升帐讯囚，于禁跪伏乞怜，由羽发往江陵，系狱待刑；及讯至庞德，德兀立不跪。羽与语道："汝兄柔现在汉中，汝旧主马超，亦在蜀中为大将，汝何不早降？"德怒目答道："匹夫敢叫我投降么？魏王方带甲百万，威振天下，汝刘备乃系庸才，怎能与敌？我今日死，明日汝亦不得生了！"羽当然愤起，遂命将德推出斩首，给棺埋葬。复乘水势未退，麾令大小将校，分坐战船，进薄樊城。

是夕暂宿舟中，恍惚有野猪进来，啮住左足，忍不住失声叫痛，因致惊醒，方觉是南柯一梦。旁有关平在侧，问及何因，羽自述梦状，且因足上余痛犹存，亦知凶多吉少，不免叹息。平请羽退还荆州，羽慨然道："我年近六旬，死亦何憾？况樊城将下，奈何遽归？"（过刚必折。）待至天明，即挥兵攻城，城中已变成泽国，内外水溢，垣墙逐渐摧陷，守兵搬土运石，填塞罅隙，尚忧不逮；再加羽军进攻，累得守吏日夜不安，或语守将曹仁道："危城难保，恐将不支，不若乘舟夜走，尚可全身。”仁也觉自危，转语参军满宠，宠谏阻道：“洪水骤至，岂能久存？不数日自当退去，且魏王以此城托付将军，正望将军力当冲要，若弃城北走，恐黄河以南，皆非国家所有了！”这一席话，说得曹仁亦为感奋，毅然誓众，与城存亡，大众始有固志。羽连攻数日，竟不能克，乃分兵往取襄阳，收降刺史胡修，及太守傅方；再命襄阳兵进扰郏下。河南土豪，望风响应，警报连达邺中。曹操先闻于禁败降，庞德被杀，不禁长叹道：“我于于禁，三十年故交，奈何反不及庞德呢？”因封德二子为列侯。及闻关羽进兵至郏，威震河南，遂与将吏会商，拟移徙许都，避羽锐气。（这是曹操狡诈处。）忽有二人闪出道：“于禁等为水所没，并非力竭败亡，不足深惧，臣等以为刘备、孙权，外亲内疏，若使关羽得志，权必不愿，今何勿致书孙权，叫他潜蹑羽后？且许割江南地封权，权当必乐从；彼既起兵，羽回救不遑，何敢再争樊城呢？”曹操瞧着，一是司马懿，方为军司马，一是蒋济，方为西曹掾，操掀须笑道：“两卿所见甚是，应即照行！”遂使人致书东吴，并令宛城屯将徐晃，引兵援樊。嗣接孙权复书，愿依操命，攻羽自效，操当然放心。

先是孙权从鲁肃计议，与羽结好，至吕蒙代肃后任，尝欲图羽，（回应前回。）权尚欲先取徐州，后据荆州，蒙谓徐州易取难守，不如取羽为宜。权还有疑意，又遣使至江陵，为子求婚羽女，羽不肯许婚，反将吴使叱回，（毕竟太傲。）权因动怒。及曹操致书相约，便即依允，密饬吕蒙进图荆州。蒙复疏道：“羽往攻樊城，仍留重兵驻守江陵，无非为防蒙起见，蒙常有病，请召还建业，托名养疴，另遣他人代任，羽以为东顾无忧，必调兵尽赴襄樊，蒙却潜军直进，攻彼无备，一举便可成功了。”权依了蒙言，即召蒙还都；蒙复举陆逊自代。逊系吴人，字伯言，为权侄婿，官拜定威校尉，年少多才，未经大任，权虑他望轻资浅，未足代蒙。蒙面答道：“正惟逊未有远名，非羽所忌，故特为荐举；蒙知逊外敛内明，必能任重，幸勿多疑。”权乃令逊为偏将军，任右都督，代蒙守陆口。逊奉命到任，即作书贺羽，备极谦恭。（言甘者心必苦。）羽竟为所欺，不加后防，且调江陵兵，合攻樊城。是时操将徐晃，已出援曹仁，屯兵阳陵坡。

羽闻徐晃将至，急围樊城，尽力督攻。正指挥间，不料城上偷放一箭，正中左臂，箭头敷有毒药，镞虽拔去，毒已入骨，遂致肿痛未消，不能运动。幸亏得沛人华佗，夙长医术，延请调理。佗谓毒陷骨中，必须割骨去毒，方可无恙。羽便伸臂令治，毫无难色。将吏都入帐探视，由羽邀与共饮，右手执杯，左手剖臂，一任华佗刲刮，血满盘器，仍然引酒举截，谈笑自如。及刲刮已毕，用药敷治，缝裹合口，臂即自能展舒，痛苦自消。羽欢然道谢，留佗夜宴，酬以百金。越宿佗即告辞，劝羽息怒静养，方可复原。羽志在讨曹，怎肯中止？且因天晴水退，樊城仍未能克，越觉焦灼，营中兵士日众，粮食不继，屡向糜芳、傅士仁催索，未见时至，禁不住大怒道："他二人敢慢我军令，他日回军，定当尽法惩治。"遂行文再催，反至杳无影响。

羽不得已，拨兵至湘关截取吴米，聊济军需，谁知米虽截得，那吕蒙已潜领舟师，扮作商船，使白衣人摇橹过江，掩至江陵，招降糜芳、傅士仁，竟将南郡、公安，一并取去。（云长之后路已断。）羽尚未闻知，仍想力攻樊城，城几垂陷，忽由徐晃统兵杀来。羽与晃本系故交，当即拍马往迎，既与徐晃见面，各在马上寒暄数语，晃突然回顾将卒道："谁能取得云长首级，当重赏千金！"羽惊讶道："公明（晃字。）何骤出此言？"晃朗声答道："晃为国家大事，怎敢因私废公？况素知云长效忠刘备，今南郡、公安已被吴将吕蒙袭入，云长且进退无路，不死将何待呢？"（恶极。）说罢，即挥兵齐进。羽亦引军抵敌，约有几个回合，羽部下都系念江陵，并皆溃退；任你力敌万人的关云长，也只好且战且走。不料樊城里面的曹仁，又复冲出，与徐晃合兵夹攻，羽兵大乱，引将士急奔襄阳。就是偃城、四冢的屯兵，已由晃射入军书，说明荆州失守，纷纷记念家室，相率奔还。羽退至沔口，尚疑晃摇惑军心，下令驻营，探听荆州确耗。

偏接侦骑回报，果然糜芳、傅士仁，挟嫌降吴，荆州尽失，顿致悔恨交并，箭疮复裂；急切无从设法，勉依将吏计议，使人致书吕蒙，责他背盟夺地。及去使还报，谓由蒙格外优待，所有关公全眷，及从军将士诸家属，无不周恤，秋毫无犯，惟言荆州本是吴地，所以收还。（愈甘愈毒。）说得羽恨上加恨，奋髯张目道："好奸贼！我虽死尚不饶汝！"遂遣使至刘封、孟达处乞援，一面引兵渡江，再欲夺还荆州。

行至半途，正值吕蒙、陆逊，分兵邀击，把羽军困在垓心，经羽奋力杀出，部众多被荆州士兵招诱回去，单剩数百骑亲从将吏，走保麦城。再使人催召刘封、孟达，两人竟不奉羽命，托言山郡初附，未便出师。眼见得这位关公，势穷援绝，没奈何弃去麦城，夜出西奔，随身只有子关平及周仓等十余人。行至临沮，伏兵骤发，吴将朱然、潘璋，左右杀出，羽不能再战，夺路急走。前面山径丛杂，夜色昏蒙，一脚踏空，跌入陷坑，潘璋部下马忠，领兵追至，竟将关公父子，一并擒去。看官试想，关公是一位忠肝义胆的丈夫，岂肯临危怕死？孙权虽欲劝降他，却誓不承认，遂致杀身成仁，父子同尽；周仓等亦皆为主捐躯。（罗氏《三国演义》谓关平为关公养子，史传但言子平，今从之。）小子有诗叹道：

赤胆忠心誓报刘，越江讨贼死方休；
东吴不念东风惠，万古江潮咽恨流。

欲知关公殁后情形，待至下回便知。

刘玄德据荆、益，定汉中，智谋如曹阿瞒，且敛锋避锐，此正蜀汉全盛时代。及关羽北击樊城，锐意讨曹，正应妥选良将，代守南郡，使羽得免后顾之虑；况当时蜀中安堵，赵云、黄忠，并在左右，何一不可遣往？乃令羽孤军无继，卒致败亡，此其误非尽在关公，玄德实尸其咎，诸葛孔明亦与有责焉。或谓孔明预知天数，未便救羽，此则为罗氏《三国演义》所荧惑，不足取信。荆州为巴、蜀下游，关系甚大，若果如罗氏所言，则孔明尤为忍人，不为预筹良策，坐令父子捐躯，荆土全失，何其忍心若是？君相有造命之权，宁可如常人之徒诿天数乎？若关公之败，失之过刚，吕蒙虽胜，不能无罪；亲汉贼而仇汉裔，蒙亦何心？此后人之所以深嫉吕，而不能忘怀于鲁子敬也。

第九十回 济父恶曹丕篡位 接宗祧蜀汉开基

却说吴王孙权，闻报荆州得手，也亲至江陵，犒赏军士。至关公父子遇害，大功告成，乃大会将士，置酒称庆，并释出魏将于禁，令共列席。（禁亦知愧否？）吕蒙为首功，陆逊为次，分坐权侧。权进酒数觥，欢然与语道："孤自嗣业以来，幸得公瑾、子敬及子明诸人，公瑾破孟德，拓荆州，雄才大略，不幸早亡；子敬初见孤时，便谓宜逆击孟德，力排众议，劝孤重任公瑾，后开霸业，这是第一件快事，（既知孟德宜拒，此时何反投孟德？）后虽劝借荆州与玄德，未免计短，但不能掩彼所长；子明少时，孤即知他具有胆略，可比公瑾，今果能夺还荆州，不负孤言，孤当与子明共保富贵，进爵铭功！"蒙离席谢奖，拜跪下去。权正起座相扶，不意蒙陡然倒地，满口谵言，自骂吕贼，惊得权缩手倒退，忙令左右，掖起蒙身，舁入内室，一团高兴，化作冰消，草草终席。入内探视，蒙尚胡言乱道，不省人事。权亟宣召医官，多方诊治，仍未见效。入夜且叫骂益甚，权连夜出令，谓有人能疗蒙疾，赏赐千金。偏是阴灵缠绕，药石无灵。好容易过了一宵，才觉蒙有些知觉，当即拜蒙为南郡太守，封孱陵侯，赐钱一亿，黄金五百斤。蒙自知不久，俟权入视时，当面固辞，权教他静心保养，幸勿纷心。至亭午颇能下食，权更为欣慰。哪知他到了黄昏，病又发作，忽痛詈，忽惨呼，比昨宵尤为喧闹，权再自临视，被蒙厉声叱出，不得已使巫祝请命。延至夜半，蒙竟七窍流血，呜呼毕命，年止四十有二。大小将士，统猜是关公索命，连权亦将信将疑。（莫谓无神！）一面为蒙棺殓发丧出埋，一面将关公尸骸，用侯礼安葬；只首级已经往献曹操，不能追回。

操已督军出驻摩陂，援应樊城，既闻关羽败退，乃还屯洛阳。会值吴使至洛，献上羽首，操举首一瞧，见他英灵未泯，面色如生，不由得吃一大惊，乃令刻木为身，葬用侯礼。但经此一吓，头风复作，好几日卧床不起。访得名医华佗，疗疾如神，急忙派人召至，佗用针砭治，随手即瘥，瘥后又发，佗谓非剖洗不可，操愤然道："头可劈么?"佗申答道："大王如不愿剖洗，针治只能救一时，不能救数年。"操但令针治，佗知不可愈，诈言家中妻病，须归视再来，及归去后，竟不复往。操屡呼不应，饬吏拘佗下狱，拟成死罪。或谓佗善医人，不宜处死。操怒说道："彼欲斫我头，怎可再留？且天下亦何至少此鼠辈呢!"（到死尚且疑人。）遂催吏杀佗。佗临死时，出书一卷与狱卒道："感君善事，愿将此持赠，可以活人。"狱卒畏法不敢受，佗竟索火毁书，服毒自尽。或谓狱卒受书回家，被妻取焚，经狱卒上前抢救，已只剩得一两页，就是阉鸡阉猪等小法，所有解剖诸术，尽成灰烬，不复流传，这真所谓千古遗恨呢！（操不但杀佗，并致良方俱毁，即此已为千古罪人。）

佗既死后，操头风终不得痊，反且加剧，自思主簿杨修，依附子植，且为袁氏外甥，将来我死，他必导植为非，乱坏我家，因诬修泄漏机密，勒令自杀。既而吴使又至，呈入孙权书笺，劝操为帝。操阅书毕，颁示属僚，且语众道："是儿欲使我居炉火上么?"当有侍中陈群，尚书桓阶，盛称曹操功德，宜应天顺人，速正大位。（陈群为仲弓孙，何亦如此龌龊?）操笑说道："孔子有言：'施于有正，是亦为政。'若天命果当属我，我就做周文王罢了。"（明是教子篡逆。）遂表授孙权为骠骑将军，封南昌侯，领荆州牧，遣吏赍敕，偕吴使同赴荆州。看官！你道孙权何故媚操？他自占取荆州，只恐刘备出师报复，自己抵敌不住，所以向操献媚，求他援助；操亦狡猾得很，给他高爵，使拒刘备，两下私意，无非是叫人出头防御刘备起见。

究竟刘备西据成都，作何举动？备与关羽情同骨肉，岂有闻羽败亡，不加痛愤？当下与大小将士，一体举哀，追谥羽为忠义侯，令羽子关兴袭封。即日部署人马，讨吴报仇。惟自诸葛亮以下，多言是先当伐魏，然后讨吴，一时议论纷纭，尚难解决。蹉跎逾年，由洛阳传到消息，乃是曹操病死，于是备一意恨吴，无心及魏。魏且横行无忌，公然做出篡逆的事情了。

建安二十五年正月，（是年为后汉末年，故大书特书。）曹操病倒洛阳，不遑回邺，镇日里心绪不宁，精神恍惚，一夕梦见有马同槽共食，醒来不知主何吉凶，（阿瞒虽智，要亦难详。）转问许多谋士，或说是禄马吉兆，应受天禄，（无非谄媚。）操也不复疑。但一经合眼，往往看见男女冤魂，环立床侧。（想是伏后、董妃等出现。）因疑及洛阳故宫，未便寄住，特使大匠苏越，另造建始殿，以便移居。越素知濯龙祠旁有一极大梨树，高十余丈，可建栋梁，当即禀明曹操，督工采伐，才砍数斧，树中忽漂出血来，众工不敢再斫，越亦大为诧异，匆匆返报。操尚未信，力疾乘车，自去看验，拔剑试斫，树血飞溅身上，淋漓满体，打了好几个寒噤，慌忙返车，易衣奄卧，从此不能再起。到了病笃，方密嘱近臣，谓安葬以后，须置七十二疑冢，免人发掘；又遗命后宫姬妾，分取名香，此后须勤习女工，卖履自给。说到此处，已是口舌蹇涩，不能再言，少顷即逝，年终六十有六。

从前方士左慈，自言为庐江人，尝入见曹操，列坐末席，与客共饮，席间珍馐俱备，惟少松江鲈鱼，慈独索铜盘，使贮清水，自用短竿钓取，连得数尾。操又谓恨乏蜀姜，慈向西举手一挥，姜即从空落下，座客无不喝彩。偏操满怀猜忌，目顾左右，欲就座上执慈，慈却避入壁中，倏忽不见。操更觉惊忙，派兵侦缉，明明见慈在市上，追将过去，慈向人丛中一混，市人统变做慈状，不辨真假，及仔细审视，真左慈已经走远，扬长自去。嗣复在阳城山头，得见左慈，兵役又急忙追逐，慈走入群羊，由兵役牵住群羊，归操自讯，操知不可得，令就群羊中宣告道："我本无意杀君，聊试君术，幸勿隐身！"（还想骗他。）道言甫毕，空中忽现一左慈，拍手大笑道："土鼠随金虎，奸雄一旦休！"操命左右射慈，慈又不见，此后遂不知所往。操死时正当子年寅月，适如慈言。

操子丕留守邺中，接到丧讣，即欲嗣位，侍臣谓须俟诏命，方可嗣立，尚书陈矫大声道："王薨于外，爱子在侧，倘或生变，岂非摇动社稷么？"遂传王后卞氏慈命，立丕为魏王，（操嘱及分香卖履，而于继统大事，反不提及，实是乖刁。）尊卞氏为王太后，然后报答献帝。（先立后奏，目已无君。）御史大夫华歆，本操私党，立逼献帝下诏，命丕袭封，仍为丞相魏王，领冀州牧。丕既受诏命，乃出郊迎丧，奉操遗榇，安葬西陵，追谥曰武。（何不谥为文王？）丕弟彰、植、熊等，俱来奔丧，彰已受封鄢陵侯，植亦受封临淄侯，与丕、熊均为同母弟；（熊不久即逝。）此外尚有异母弟十余人，一并会葬。（史传载操有二十五子，数子早殇。）彰多力，植多文，二人素为操所爱，丕恐他夺位，蓄猜已久，甫经丧毕，便欲遣令就国。彰本期大用，一闻消息，便怏怏自去；植待遣乃行。丕留华歆为相国，进太中大夫贾诩为太尉，大理王朗为御史大夫，侍中陈群为尚书。群请立九品法，分贤愚为九等，使州郡各置中正，（官名。）区别等第，借便黜陟，丕即依议施行。（上品无寒门，下品无贵族，弊由此起。）又选主簿贾逵为豫州刺史。逵明经知兵，受操宠眷，尝护操丧还邺，主持丧务。曹彰问及先王玺绶，被逵正色拒绝。丕因此德逵，授任豫州，锄强抑暴，兴利除弊，为吏民所称仰。丕复布告天下，令以豫州为法，封逵为关内侯。

丕即欲篡汉，特仿汉高祖、光武故事，率领甲士数十万，南巡谯城，遍召故乡父老，各给宴饮，（谯城为曹氏故里。）并设伎乐百戏，欢宴终宵。可巧蜀将孟达，遥奉降书，愿举上庸城属魏，丕授达为新城太守。武都氐王杨仆，挈种内附，丕使入居汉阳郡。一面亲笔下令，自陈威德，于是谐子媚臣，或报称黄龙出现，或报称凤凰来仪。丕即授意左中郎将李伏，太史丞许芝，令与华歆、贾诩、陈群、王朗等，先入许都，胁令献帝禅位。献帝以为曹操已死，可望亲政，因改建安二十五年为延康元年，与民更始。哪知一班新朝走狗，竟来逼令让国，要他拜献江山，献帝大吃一惊，不禁泪下。

李伏即抗声奏请道："孔子《玉版》中，已有预言，谓定天下，出魏公子桓。今魏王表字，适合谶文，（丕字子桓。）所以祯祥毕集，嘉应显然，陛下即宜应天顺人，仿行圣朝禅让故事！"说到此语，许芝也接说道："臣职司天象，默察星纪，魏当代汉，就是证诸图谶，语却尽符。《春秋·汉含孳》云：'汉以魏，魏以徵。'《春秋·佐助期》云：'汉以许昌失天下。'故白马令李云上书，曾言许昌气见诸当涂高，当涂高便是魏阙，魏当代汉，自许昌始。《易运期》又云：'鬼在山，禾女连，王天下。'鬼女禾三字，拼成魏字，天数如此，陛下亦怎可违天？"（种种佐证，不知如何捏造出来。）献帝无言可答，只是两袖拭目，泪湿龙袍。还有华歆等更疾言厉色，几乎要将献帝吞噬下去。（皇后可弑，皇帝自然可废。）献帝尚未肯承认，忽外面有许多甲士，持械入殿，气焰很是厉害，慌得献帝起座返奔。华歆等竟抢步追入，直至中宫，曹皇后闻声出迎，见献帝形色慌张，惊问何事，献帝泣说道："汝兄欲夺我帝位呢！"曹后听着，禁不住竖起柳眉，让过献帝，阻住华歆等人，开口叱骂道："汝等希图富贵，敢造逆谋，试想我父功盖寰区，尚且始终事汉，我兄嗣位未几，便思攘窃神器，应不至此，总是汝等撺掇出来！"华歆听了，也无惧色，只因曹后是魏王丕妹，不得不略顾面目，权将天命人事的套话，敷衍数语。（若非曹丕之妹，又要动手拖发了。）曹后全然不睬，歆等不得已，暂退。越日闻曹丕已将到许，又会合群臣，力请献帝出殿，献帝被逼不过，勉强出来。华歆等已草就禅诏，硬迫献帝颁行，献帝含糊答应，当即遣御史大夫张音，赍诏送丕。丕行至曲蠡，接诏展读道：

朕在位三十有二载，遭天下荡覆，幸赖祖宗之灵，危而复存；然仰瞻天文，俯察民心，炎精之数既终，行运在乎曹氏。是以前王既树神武之绩，今王又光曜明德，以应其期，是历数昭明，信可知矣。夫大道之行，天下为公，选贤与能，故唐尧不私于厥子，而名播于无穷。朕羡而慕焉，今其追踵《尧典》，禅位于魏王，王其勿辞！

丕读诏毕，心下甚喜，但形式上未便遽受，不得不上表推辞，即遣张音返报。华歆等忙驰书劝进，一面胁献帝交出玺绶。献帝流涕道："玺绶由皇后收藏，不在朕身。"歆等因再向曹后求玺，曹后仍然不与，乃转报曹丕，丕竟遣曹洪、曹休两族人，引兵入宫，劫取玺绶。曹后料不能坚持，将玺绶掷抵轩下，且泣且语道："天不祚尔！"曹洪得玺，未便亲交曹丕，再由华歆等续缮诏书，仍使张音持玺献丕。更可恨的，是硬要帝女二人，充作魏嫔，一齐献去。（好算是善法《尧典》。）丕在曲蠡待诏，见张音奉玺到来，并有娇娇滴滴的两帝女，随玺同至，真是喜气重重，大快所望。但见禅诏有云：

惟延康元年十月乙卯，皇帝曰：咨尔魏王，夫命运否泰，依德升降，三代卜年，著于《春秋》，是以天命不于常，帝王不一姓，由来尚矣。汉道陵迟，为日已久，安、顺以降，世失其序，冲、质短祚，三世无嗣，皇纲肇亏，帝典颓沮。暨于朕躬，天降之灾，遭无妄厄运之会，值炎精幽昧之期。变兴辇毂，祸由阉竖，董卓乘衅，恶甚浇、豷，（逄蒙子，见《夏纪》。）劫迁省御火扑宫庙，遂使九州幅裂，强敌虎争，华夏鼎沸，蝮蛇塞路。当斯之时，尺土非复汉有，一夫岂复朕民？幸赖武王德膺符运，奋扬神武，芟夷凶暴，清定区夏，保乂皇家。今王缵承前绪，至德光昭，声教被四海，仁风扇鬼区，是以四方效珍，人神响应；天之历数，实在尔躬。昔虞舜有大功二十，而放勋禅以天下；大禹有疏导之绩，而重华禅以帝位。汉承尧运，有传圣之义，加顺灵祇，昭天明命，釐降二女，以嫔于魏。使使持节行御史大夫事太常音，奉皇帝玺绶；王其永君万国，敬御天威，允执其中，天禄永终。敬之哉！

丕得此诏，即欲老实接受，还是太尉贾诩等，叫他再还玺绶。丕乃将帝女二人留住，先行受用；（丕妹为帝后，则帝女应为丕甥，丕可谓善效楚成王了。）再使张音将玺奉还。至第三次下诏，内有天不可违，众不可拒，重华不逆尧命，大禹不辞舜位等语，仍由音赍玺奉丕，丕不复再让，命在繁阳亭，筑受禅坛，择于十月庚午，代汉登基。公卿列侯，及大小将吏，届期至坛下候驾等候；片时由侍从拥着魏王，乘舆到了坛前，由丕徐徐下车，升坛受玺，南面称尊。文武百官，拜倒坛下，齐称万岁。即位礼成，丕下坛祭告天地，望燎乃返。顾语群臣道："舜禹受禅，我今方知道了！"（恐不像汝所为。）遂驰入许都，改延康元年为黄初元年，国号魏，废献帝为山阳公，曹后为山阳公夫人，勒令出宫就封；惟仍得用汉天子礼乐，算做另眼看待。追尊父操为武皇帝，庙号太祖，称母卞氏为皇太后。改号相国为司徒，御史大夫为司空，余官亦多易旧名。就是郡国县邑，亦陆续改称，许县变作许昌县，算是魏国首都。又在洛阳大营宫室，作为陪都。这消息传入蜀中，但言曹丕篡汉，未及汉帝下落，或且谓汉帝已经遇害。汉中王刘备，即为发丧成服，遥谥献帝为孝愍皇帝，蜀中一班将佐，遂劝备绍承汉统，即日正位，备不从所请。将佐等又援引谶讳，摭拾嘉符，再三怂恿，仍未见从。会由刘封奔还成都，谓孟达、申耽，并皆叛去，反引魏兵袭封，封寡不敌众，只好奔回。备怒叱道："汝知荆州危急，并不往救，今反敢来见我么？"封答说道："孟达从中挠阻，孤身不能赴援，所以中止。"备不待说毕，即喝声道："我闻汝与孟达不和，故达敢阻挠，汝当思食人禄，忠人事，怎得复听达言？我若贷汝，如何服人？"封跪伏求饶，适诸葛亮在侧，备顾语道："封罪当诛否？"亮答称"凭王裁夺"四字，备乃赐封自尽。封临死自叹道："我悔不听孟子度言！"子度就是达字，这语传入备耳，才知达降魏后，曾有书招封，封毁书斩使，致为所逐，备不免生悔，懊怅了好几天。封本姓寇，为长沙刘氏外甥，备至荆州时，尚未生禅，因留封为养子。封颇有膂力，随诸葛亮入益州，转战有功，乃得受职副中郎将。诸葛亮虑封刚暴，后终难制，故不为请免，听令加诛。（封之罪固不免于死。）转瞬月余，亮与许靖等，会衔上笺，申请正位。略云：

比闻曹丕篡位，湮没汉室，窃据神器，劫迫忠良，酷烈无道，人鬼忿毒，咸思刘氏。今上无天子，海内惶惶，靡所式仰。群下前后上书者八百余人，咸称述符瑞，图谶明征，吁称绍德。

伏惟大王出自孝景皇帝中山靖王之胄，本支百世，乾祇降祚，圣姿硕茂，神武在躬，仁覆积德；爱人好士，是以四方归心焉。宜即帝位，以纂二祖，绍嗣昭穆，光复旧物，天下幸甚！（录劝进书，与专言符谶、一味虚谀者不同。）

刘备览笺，尚欲固辞，再经诸葛亮等，进陈兴灭继绝的大义，乃准如所请，令博士许慈，议郎孟光，订定礼仪，就在成都武担山南，筑坛登位，并昭告天地，由祝礼官代读祝文道：

惟建安二十六年四月丙午。（延康改元，备尚未接诏，故文中仍用建安年号。）皇帝备敢用玄牡，昭告皇天上帝后土神祇：汉有天下，历数无疆。曩者王莽篡盗，光武皇帝震怒致诛，社稷复存。今曹操阻兵安忍，戮杀主后，滔天泯夏，罔顾天显。操子丕，载其凶逆，窃居神器，群臣将士，以为社稷堕废，备宜修之，嗣武二祖，恭行天罚。备惟否德，惧忝帝位，询于庶民，外及蛮夷，佥曰“天命不可以不答，祖业不可以久替，四海不可以无主”。率土式望，在备一人。备畏天明命，又惧汉阼将湮于地，谨择元日，与百僚登坛，受皇帝玺绶。修燔瘗，告类于天神，（类系祭名。）惟神飨祚于汉家，永绥四海，垂于无穷！

祝告既毕，受百僚朝贺，颁诏大赦，改元章武，仍称汉帝。史家号为蜀汉，示与后汉有别。且因刘备殁后，庙谥昭烈，又沿称昭烈皇帝。惟陈寿作《三国志》，但称为蜀。寿本魏人，出仕晋朝，晋受魏禅，不得不微辞寓意，惟始终称备为先主，与《吴志》直呼孙权不同，是寿亦隐以正统予蜀，与朱子《纲目书法》名异实同。小子此后演述，就沿称备为先主。自是中土三分，势成鼎足。未几吴亦改年黄武，寻且称帝，居然是三帝并峙了。惟蜀承汉统，幅员虽小，名号最正。刘先主既已正位，进诸葛亮为丞相，许靖为司徒，置百官，立宗庙，祫祭高祖以下诸世系；立夫人吴氏为皇后，子禅为皇太子。典制粗定，便欲兴师东下，讨吴雪耻。忽有一将进谏道：“国贼曹操，并非孙权，陛下不应置魏先吴。”先主听着，默然不悦，那将军又继续陈词，讲出一段绝大的理由。小子录述至此，即随写一诗道：

君父仇深兄弟轻，后先应自辨分明；

忠臣伏阙陈言后，英主如何不听行？

欲知何人进谏，申明理义，请看下回再详。

司马温公退居洛阳，阅陈寿《三国志》，识破一事，谓操留遗嘱，下至分香卖履，如家人婢妾，莫不处置详尽，独无一语及禅代之事，其意以为禅代乃子孙所为，吾固未尝教之也，此正为操之大奸处。然操尝以周文王自拟，亦何曾不教丕篡汉乎？且温公既知操之奸，不应有帝魏寇蜀之书法，陈寿尚称刘备为先主，温公何嫌何疑，乃必以正统予魏也？本回就事论事，未尝明辨，而于魏、蜀之称帝，前后写来，自觉邪正之不同，文人手笔，具有阳秋，岂必断断然评论善恶哉？

第九十一回 陆伯言定计毁连营 刘先主临危传顾命

却说刘先主筹备军马，意欲伐吴，有一将军伏阙谏阻，谓当先行伐魏。看官！这是何人？原来是翊军将军赵云。云先言魏为国贼，比吴为重，未见先主听从，乃复申谏道："曹操虽死，子丕篡位，陛下宜出图关中，扼住河、渭上流，声讨逆贼；臣料关东义士，必将裹粮策马，欢迎王师。待魏既讨灭，吴亦可不劳而服了！"（至理名言。）先主终不肯从，再经诸葛亮联名奏阻，稍有回意。忽有一大将，踉跄趋入，拜伏先主座前，抱足大哭。先主瞧着，乃是车骑将军张飞，（飞已由右将军升任车骑将军。）不由得潸然泪下。飞且哭且语道："桃园盟誓，陛下奈何遽忘，不为二兄报仇！"先主答道："朕早欲讨吴，百官谓先宜讨魏，是以稽迟。"飞急说道："陛下不去，臣愿自往！"（确是急性子。）先主道："朕怎忍令卿独去？卿可速回阆州，起兵来会，惟有一语相诫，幸勿嗜酒，迁怒部下；既加鞭挞，不得再令在左右，至要至嘱！愿卿勿忘！"飞奉命即去。先主乃决计兴师，无论何人进谏，统皆拒绝。留丞相诸葛亮辅太子禅，居守成都，（先主譬亮为鱼水。水不并行，鱼安得活？）自率诸军东下。

是时黄忠已殁，（罗氏《三国演义》谓忠曾随军东出，中箭阵亡。按诸史志，忠殁在建安二十五年，可知罗氏附会之误。）马超出镇凉州，只有赵云，是老成宿将，先主因他谏阻东征，不使前驱，但令他督运军粮，作为后应。此外所率将士，多系新进，毅然出都。益州从事秦宓，叩马力谏，面陈天时不利，违天行师，恐防有失；说得先主怒从心起，竟将宓下狱羁囚，俟回师时再行定罪，遂麾兵东下，直指秭归。途次接得阆州来表，总道是张飞遣至；及取阅表文，乃是飞营内都督署名，不禁惊诧道："难道飞已死了么？"忙展开一阅，果系飞怒挞左右，为帐下将张达、范彊所害，携首投吴。顿时放声大哭，更触起关公遗痛，号恸不休，将佐等从旁力劝，方才收泪，追谥飞为桓侯。查得飞长子苞，已经早亡，乃令次子绍袭爵。（史传载苞早夭，罗氏《三国演义》无稽可知。）正在下诏抚恤，忽由东吴来了使人，呈上一笺，系由南郡太守诸葛瑾差来，先主已有愠色，撕开函封，但见笺中有数语云：

陛下以关羽之亲，何如先帝？荆州大小，孰与海内？俱应仇嫉，谁当先后？若审此数，易于反掌矣。

先主阅到此处，即掷笺委地，喝将来使斩讫，还是将佐援引古义，奏言两国相争，不斩来使；且诸葛瑾为丞相兄，更宜曲为顾全，从宽贷宥。先主才命赦死，喝将来使逐回。原来吴主孙权，闻刘先主督师东来。兵势甚盛，料他志切报复，不能轻敌，因命诸葛瑾作书求和。或谓瑾不可恃，恐将借此降蜀，权摇首道："孤与子瑜，为生死交，从前孔明来吴，孤使子瑜留住孔明，子瑜谓弟不留吴，犹瑾不往刘，此言可贯神明；今难道反有贰心么？"嗣得瑾遣人报命，果言蜀无和意。已而张达、范彊，复献到张飞首级，权只好收纳，但自思越弄越坏，万难言和，乃亟遣部将李异、刘阿等，率兵四万，往御秭归。一面向魏上表，称臣纳贡，并送魏将于禁等还魏，为乞援计。魏王曹丕，当即受降，群臣皆贺，独侍中刘晔进谏道："孙权无故求降，必因蜀兵大举，自恐难敌，又虑我乘隙进攻，国将不保，所以委地称藩，今不若出师渡江，进袭江东，蜀攻外，我攻内，吴必不支；吴亡蜀孤，怎能久持？这便是一举两得的至计。"丕答说道："彼既来降，我反加讨，是适令天下疑沮，如何能怀柔远人？"遂不听晔言，遣归吴使，并使太常邢贞，赍册至吴，封孙权为吴王，加九锡礼。

贞到了江东，孙权亲率百官，出城迎接。（甘心事魏，便是逆党。）贞昂然前来，见了孙权，并不下车，恼了吴长史张昭，厉声叱责道："礼无不敬，法无不肃，君乃敢自尊大，藐我江南，莫非我江南果无寸刃么？"（争此小节，抑何太晚？）贞乃下车相见，偕权入城，宣读魏诏，取交封印，由权北面拜受，中郎将徐盛在侧，且愤且泣道："盛不能奋身致命，为国家取魏吞蜀，反令吾主屈身受封，岂不可耻么？"贞听得盛言，不禁叹语道："江东将相如此，当不至久居人下呢！"权盛筵待贞，留居三日，贞乃辞归。权复遣中大夫赵咨报谢，咨入谒曹丕，丕即向问道："吴王为何等主？"咨便答道："聪明仁智，雄略兼优。"丕微笑道："这也太觉过夸了！"咨又答道："并非由臣过夸，能用鲁肃，不失为聪；能拔吕蒙，不失为明；既获于禁，终未加害，不失为仁；安取荆州，兵不血刃，不失为智；据有三州，虎视四方，乃竟能屈身陛下，岂非雄略兼优么？"丕复问道："吴王亦曾学问否？"咨便答道："吴王任贤使能，志存经略，有暇即熟览经史，但不似书生寻章摘句，徒事咿唔。"丕又问："吴可征否？"咨正色道："大国有征伐雄师，小国亦有备御良策！"丕谓："吴不畏魏么？"咨答言："吴国带甲百万，江汉为池，何必畏人？"丕改容道："吴如大夫才辩，能有几人？"咨应声道："聪明特达，约有八九十人，若以臣为例，却是车载斗量，不可胜数。"丕乃说道："如卿可谓不辱使命了。"当下待遇如礼，越日遣归。惟丕仍不欲助吴，坐观成败，只是按兵不动。那吴将李异、刘阿等，军行至秭归，与蜀将吴班、冯习等相遇，一场交战，吴军败退。

孙权闻报，不免彷徨，默思盈廷将佐，只有陆逊才略过人，乃特授逊为大都督，面授节钺，使督同朱然、潘璋、韩当、徐盛、宋谦、鲜于丹、孙桓诸将，领兵五万，出拒蜀兵。逊以年轻望浅为辞。权令他便宜从事，先斩后奏，于是逊受命启行。孙桓为权族子，父名河，出继姑母俞氏，嗣仍复姓为孙，年方二十有五，得拜安东中郎将；状貌魁梧，饶有勇略，权尝称为宗族颜渊。至是随逊西行，愿充前锋，逊慨然允诺，桓即带领偏师，驰至彝陵。适来了蜀将吴班，便与交锋，当先突阵。班见桓气势凶猛，引军便退，诱桓至彝道间，骤鸣鼓角，号召伏兵。但见蜀兵四起，弥山盈谷，向桓杀来。桓虽然骁勇，究竟寡不敌众，被蜀军困在垓心。桓率部下竭力冲围，竟由桓杀得性起，掷去长槊，拔出短刀，冒险冲突。可巧吴将朱然，引兵来援，才得杀透重围，奔回彝陵。吴班引军再进，把城围住，桓使朱然向逊求救，逊独不肯发兵。诸将俱上帐前请道："孙安东系是公族，今为敌所困，奈何不救?"逊徐答道："彝陵城高粮足，孙安东又得士心，定能坚守，不致疏虞；待我出军破备，安东自然解围了。"诸将复道："都督欲与备交锋，请即传令，末将等便当前往。"逊微笑道："且慢。"诸将道："既不救彝陵，复不击刘备，难道待蜀兵自毙么?"逊变色道："我自有计破蜀，诸君但当各守营垒，阻敌前进，毋得违我号令。"诸将乃退。韩当、徐盛等，统是夙将，心已轻逊，又见他逗留不进，越觉愤闷，俱相率私叹道："用此书生为都督，江东休了!"（反跌下文。）

且说刘先主已到秭归，连接捷报，当然欣慰。嗣闻吴用陆逊督军，统兵五万，在猇亭东南屯营，料知必有剧战，因令各军严行加防，准备厮杀。待了旬余，不见动静，乃拟亲出攻逊；治中从事黄权进谏道："吴人耐战，我军又沿流直下，易进难退，况吴、魏近时通和，陆逊多智，未始非待魏进兵，为夹攻计。臣愿效力前驱，抵当吴寇，陛下宜为后镇，静守要隘，方无他虞。"先主不从，但命权为征北将军，督守江北，防御魏人，自率诸将东进，直抵猇亭。吴将闻先主亲至，各向陆逊前请战，逊与语道："刘备举军东下，锐气方盛，不宜急攻，待他日久敝生，一举且可破灭了。"诸将不信，还欲争辩，逊拔剑置案道："备为天下枭雄，曹操尚且生畏，今与我交兵，正是劲敌；诸君并受国恩，当思计出万全，共翦此虏；仆虽书生，受命主上，正惟仆能忍辱负重，故托付全权；军法如山，不应轻犯，如有妄言生事，立当斩首!"说至此，面色如铁，非常森严，诸将不敢再言，悻悻退出。好多日不闻战令，那蜀军却遍地扎营，自巫峡延至猇亭，约有数十万屯，前部督叫作张南，大督就是冯习，且由刘先主调回吴班，引兵数千，就吴营面前立寨。吴将忍耐不住，又复请战，陆逊只是不允。韩当、徐盛等齐声道："如若不胜，愿按军法！"逊引诸将出营，遥望多时，扬鞭西指道："前面山谷中，隐笼杀气，必有伏兵，彼欲诱我入伏，可以掩击，我岂肯堕他诡计?故不允诸君出战！"诸将听了，尚暗暗冷笑，不得已，随逊回营。过了三日，班竟退兵，山谷间果有蜀兵，拥着主子，徐徐回去，吴将方知逊先见。

惟相持数月，未见逊出一谋，总不免笑他庸懦，逊却上表孙权，指日破蜀。诸将闻悉，不知他葫芦里卖什么药，互有疑言；蹉跎蹉跎，逊与蜀军相拒，差不多过了半年，（好坚忍。）时阅盛暑，红日炎炎，蜀军大营，移至树林间屯驻，借便纳凉，逊也未尝发兵截击。到了翌晨，忽召入诸将道："今日方可破蜀了！愿大家努力！"诸将道："破蜀当在初时，今令蜀兵深入五六百里，连营相望，又持久至七八月，彼已固守要隘，怎能破得?"逊笑说道："备转战一生，更事甚多，今率锐东来，初至时必思虑周详，未易与敌；及屯留多日，未得逞志，兵疲意沮，计不复生，欲破此虏，正在此时。"遂命鲜于丹引兵往攻，韩当、徐盛为后应，陆续前去，不到半日，三将败回，入帐禀报道："蜀兵势大，难与争锋，末将等攻他一营，各营齐至，首尾相应，因此致败。"逊答道："我已有破蜀计策，今夕定可成功，诸君可早食晚餐，入帐授计。"未几，日已西昃，将士等饱食一餐，入听号令，逊方说出"火攻"二字，分拨诸将，各执火具，往烧蜀营。刘先主在营夜坐，正与将佐等谈论军机，从事程畿道："近日军营上面，有黄气罩住，长十余里，广数十丈，恐与全军有碍，不可不防！"先主道："吴军屡战屡败，怕他什么?"（骄必败！）畿答说道："陆逊多谋，恐有狡计！"先主道："朕使侍中马良，安抚五谿蛮夷，昨得奏报，谓已一体响应，俟他毕集，与陆逊大战一场，看他如何敌我?"（营上黄气，与安抚谿蛮，俱借口叙过。）

正谈论间，忽由军吏入报道："吴兵来攻，各屯火起。"先主忙说道："快快传语冯习、张南等将，小心迎敌。"军吏方出，又有一人趋入道："冯、张二营，已被吴兵毁破了！"先主大惊，忙披甲上马，出营瞭望，四面八方，火光燎绕，连树木俱被延烧，渐渐地侵及御营，并且喊声四震，不知有多少吴兵，前来劫营。蓦见将军傅彤，踉跄前来，报称冯习、张南，并皆阵亡，吴兵很是厉害，请速回銮。先主即使傅彤断后，自率亲军西走，一面令从事程畿，往谕水师，上岸援应。程畿自去，傅彤随驾徐行。到了马鞍山，吴军四面环集，进退无路，不得已上山驻扎，令傅彤据住山口，堵御吴兵。遥见火势燎原，熊熊不绝，好容易俟至天明，望得长江一带，尸骸重叠，随流而下。先主且愤且惭道："我乃为陆逊竖子所折辱，岂非天数？"（不能尽诿诸天。）言未已，又有军弁趋至道："吴军放火烧山，傅将军危急万分，请御驾速行裁夺！"先主乃决意再走，领兵杀下，冲突了好几次，仍然不能出围。未几，又是傍晚，吴兵各去晚餐，稍稍宽缓，傅彤拼命杀出山口，让过先主，请他前行，自率残兵，截住吴军。吴军竞来环击，彤与他力战多时，看看手下垂尽，还是挺枪死斗，吴兵叫他投降，彤呵声道："吴狗！大汉将军，岂肯降汝？"说着，复格死吴兵数人，身受重创，力竭捐躯。（死且不朽。）先主仓皇西奔，后面吴兵穷追，又复大至，乃令将士脱甲塞路，纵火焚甲，断住追兵。吴兵拨去残甲，仍然追赶。蜀兵沿路溃散，只剩得骑士百余，尚随先主，先主长叹道："我命休了！"道言甫毕，前面有蜀兵趋至，为首大将，乃是翊军将军赵云，先主方转忧为喜，忙令他截住吴兵，自引百余骑，入白帝城。云本在江州督粮，因见东南火光冲天，不知前军胜败，因领兵前来，亏得有此一举，方得杀退敌兵，保回主驾。此外蜀中将士，多半伤亡。从事程畿，奉命往招水军，水军已被吴兵掩击，逃得精光；畿乘得孤舫，溯江徐退。从吏催畿道："追兵将至，何不速驶？"畿慨然道："君辱臣死，我岂可畏死偷生？"既而吴兵果到，围住畿船，畿拔剑自刎。（足与傅将军并光蜀史。）尚有蛮王沙摩柯，挈众从蜀，亦至战死。余如蜀将杜路、刘宁等，穷蹙投吴；镇北将军黄权，被吴兵截断，却引兵投魏去了。

魏主曹丕，闻蜀兵连营七百里，知蜀必败，群臣问为何因，丕与语道："刘备不晓兵机，岂有连营七百里，尚可拒敌？兵法有言：'苞原隰险阻而为军者，为敌所禽。'江东捷书将至了。"过了七日，吴果呈入捷书，丕却令吴送子入质，吴置诸不答。丕即命曹休等出洞口，曹仁出濡须，曹真等围南郡，三路兵约有数万，同时攻吴。（前可攻而不攻，至此乃欲攻吴！丕亦徒知料人，不能察己。）吴兵既得胜蜀，欲进攻白帝城，陆逊独下令班师，适值彝陵围解，孙桓来见陆逊，逊慰劳一番，桓语逊道："前因公连日不救，未免滋疑，今始知公调度有方，终得破蜀，但何故不乘胜进攻呢？"逊答语道："曹丕外托助我，内实谋我，我若穷兵入蜀，必有所算。"乃收军东归。将返荆州，果闻魏兵三路进攻，当即飞报孙权，遣将防堵。权已闻知消息，使将军吕范等，率水师拒曹休，诸葛瑾拒曹真，朱桓拒曹仁，决意与魏绝好，改元黄武，临江把守。曹丕闻吴抗命，也自许昌督师南下，接应三路兵马，刘晔复谏阻道："吴方破蜀，上下齐心，况复襟江带湖，到处可守，不如缓攻为是。"丕不肯从，竟引军至宛城，忽接得探马来报：曹休出兵洞口，颇得胜仗，嗣由吴军援应，休被杀败，只好退回。丕方才惊讶，旋又有人报称曹仁败还，部将常雕阵亡，王双被擒，丕更觉心惊。只有曹真一路，围攻江陵，尚无音响，丕方遣夏侯尚督领水军，往助曹真。江陵守兵，适患疫病，吴将诸葛瑾等，不能却敌，险些儿支持不住。可巧陆逊遣到朱然，带着舟师万人，与夏侯尚鏖斗一场，尚兵败溃。曹真孤军失势，不得不报告曹丕，丕乃懊怅道："悔不用刘晔言，多事劳师！"说着，即遣使召还曹真及曹休、曹仁两军，并还洛阳。吴主孙权，尚恐蜀人报怨，未敢追击魏兵；且将王双送还。曹丕乐得示惠，虚言慰谕，自回许昌去了。

且说刘先主奔回白帝城，还想收合余烬，再行讨吴。可奈七万余人，死亡大半，溃卒虽然渐集，不过一二万名，还是焦头烂额，疲敝不堪，一时如何成军？惹得先主又悔又恨，又恨又悲。嗣由东吴传来耗闻，乃是孙夫人得知兵败，误传先主被害，竟濒江遥祭，投江殉节。（说本《枭姬传》。）先主本因她无故归吴，置诸度外，不料她有这般贞烈，未免有情，谁能遣此？遂至恹恹成病，起居不适。赵云等请回成都，又不见许；且因白帝城为鱼复县治所，就改县名为永安，馆舍为永安宫。会由吴使至白帝城，报称孙夫人丧信，并请罢兵息争。（无非因与魏绝交，故有是使。）先主含糊答应，也遣太中大夫宗玮，赴吴报命。惟心中总不能无嫌，终日里郁郁寡欢，忘餐废寝。看官试想！刘先主年逾六十，怎能禁得起这般神伤？迁延半年，终致不起，遂召丞相诸葛亮，及尚书令李严等，到永安宫，听受遗命。章武三年二月，亮等到了永安，尚有先主庶子鲁王刘永，梁王刘理，一同随至，俱到先主榻前问安。先主见了诸葛亮，唏嘘与语道："朕不能用丞相言，悔已无及了！"亮劝慰道："陛下须善自珍摄，幸勿再忆故事！"先主道："命数已终，看来是无可挽回；惟与丞相契合有年，深蒙辅导，乃智短命穷，将成长别，奈何奈何！"说至此，泪流满面。亮亦不禁涕下，但见先主精神未敝，不致遽危，故尚忍泪劝解，率众暂退；只留二王侍侧。嗣是逐日入省，就是留居成都的官僚，亦陆续到来请安。成都令马谡，系侍中马良弟，良有兄弟五人，并有才名。良字季常，谡字幼常，余亦以常字为号，惟良眉中有白毛，里谚谓马氏五常，白眉最良。良奉命抚慰五谿，及猇亭败后，归路遽断，竟至遇害。诸葛亮尝器重马谡，特荐为成都令。至是请安已毕，退出行宫，越宿由亮入视，先主顾语道："马谡言过其实，不可大用，君宜留意！"亮应命而退，到了孟夏，先主病已垂危，乃召诸葛丞相等，托孤寄命。正是：

覆辙自知由智短，托孤尚幸得人贤。

欲知刘先主顾命如何，且至下回详叙。

曹操之败于赤壁，一"骄"字致之；刘先主之败于猇亭，亦未始非误于一"骄"耳。夫献帝之为魏所篡，与关公之为吴所害，皆先主之大仇也。然权其轻重，则仇魏为先，而仇吴为后，赵云之谏，最明大义。就使志欲报吴，但命一二将东出可也。乃孤注一掷，连营七百里，旷日持久，卒败于陆逊之手，虽曰天命，岂非人事？且无猇亭之败，先主或尚得永年，亦未可知。或谓诸葛公坐守成都，既不能出救关公，又不能出救先主，陈寿谓其将略非所长，并非刻论；是说也，余亦疑之。

第九十二回　尊西蜀难倒东吴使　平南蛮表兴北伐师

却说刘先主病到弥留，宣扬遗命，丞相诸葛亮、尚书令李严等，并侍榻前。先主顾亮道："君才十倍曹丕，必能安邦定国，终成大事。嗣子可辅，劳君匡辅；若不可辅，君可自取！"（先主亦知嗣子禅不才。）亮慌忙拜倒道："臣敢不竭股肱、效忠贞，誓死毋贰，勉报圣恩！"先主乃命李严代作遗诏，留嘱嗣君。且唤永、理二兄弟至前，叫他父事丞相，不得有违。又与翊军将军赵云，叮咛数语，无非是托他辅国，说至此，长叹一声，瞑目竟逝，享寿六十三岁。诸葛亮主持丧事，棺殓如仪，使李严为中都护，留镇永安，自率百官奉丧还成都。太子禅年方十七，在都留守，不遑奔丧，但出都门，守候梓宫；及灵榇已到，迎入正殿，举哀行礼。礼毕展读遗诏，诏云：

朕初疾但下痢耳，后转杂他病，殆不自济。人五十不称夭，年已六十有余，何所复恨？不复自伤，但以汝兄弟为念。勉之，勉之！勿以恶小而为之，勿以善小而不为！惟贤惟德，乃可服人！汝父德薄，不足效也！汝兄弟当父事丞相，更求闻达，无替朕命！

太子禅拜受遗诏，亮即请禅嗣位，改元建兴，是为后主。崇谥先主为昭烈皇帝，奉葬惠陵；尊皇后吴氏为皇太后，颁诏大赦。益州从事秦宓，已得释狱，由亮选为益州别驾。宓少有才名，也是法正一流人物。亮因法正早殁，尝叹为孝直若在，必不令主上东征，就使东行，也不致一败若此；故秦宓因谏得罪，亮甚为叹惜，至赦免后，随即录用。后主封亮为武乡侯，开府治事；嗣复使领益州牧，政无巨细，皆归裁决，后主惟拱手受成。亮约官职，修法制，信赏必罚，风化肃然。忽闻益州耆帅雍闿，戕杀益州太守，叛蜀附吴，亮因新遭大丧，未便动兵，且意在和吴伐魏，故决计缓征。广汉太守邓芝，方入为尚书，窥知亮意，请向东吴修好。亮欣然道："我早有此意，一时苦乏使才，今始幸得人了！"芝问为谁，亮答言莫如使君，芝亦不辞，奉命即行。吴王孙权，正再迁鄂县，改名鄂为武昌，作为吴都。（百忙中补叙此文。）闻蜀中遣使到来，心下狐疑，不肯即见。芝待了两日，作书致权道："臣今到此，非但为蜀，并且为吴，若大王不愿见臣，臣就去了。"权得阅此书，即召芝入见，芝行礼毕，便开口问权道："大王，今日欲与魏和呢？抑与蜀和呢？"权答说道："孤非不欲和蜀，但恐蜀主幼国小，不足敌魏，所以怀疑。"芝应声道："大王为命世英雄，诸葛亮亦一时俊杰，蜀有重险，吴有三江，若互为唇齿，进可兼并天下，退可鼎足峙立；今大王甘心事魏，魏必征大王入朝，索王子入侍，一不从命，便当奉辞伐叛，蜀亦顺流进取，臣恐大王两面受敌，江东地不能复有了！请大王熟思！"权沉吟良久道："君言亦是，孤当与蜀连和，烦君先归通报，孤当遣使订盟便了。"芝乃辞归。

倏忽间已过一年，吴乃遣中郎将张温报聘。温至成都，后主当即接见，并由诸葛丞相等，优礼相待，与申盟好。温谈笑自若，颇有傲容，过了两日，便辞行东还。丞相亮带领百官，亲与饯行；独秦宓不至。亮屡使人敦促，好多时未见到来，温疑问道："尚待何人？"亮答言益州学士秦宓。既而宓至，温即笑问道："君为益州学士，究竟所学如何？"宓正色道："蜀中三尺童子，尚皆就学，何况我辈？"温接问道："君既宿学，必知天文，天可有头否？"（问得无谓。）宓随口答一"有"字。温问在何方？宓答言："在西方。《诗》云：'乃眷西顾。'可知西方有头。"温问："天有耳否？"宓又答道："天处高听卑。《诗》云：'鹤鸣于九皋，声闻于天。'若天无耳，如何得闻？"温问："天有足否？"宓复引《诗》言"天步艰难"一语，证明有足。温又问："天有姓否？"宓答言姓刘。温问宓："如何知晓?”宓答称天子姓刘，可以推知。（随口道来，都成妙谛。）温复说道：“日生于东，……”宓不待说毕，就接口道：“日虽东升，至西必没。”说得温瞠目结舌，不敢再言。宓却把天道盈虚，转诘张温，温无词可答，急得汗流浃背，满面生惭。还是诸葛亮替他排解，方勉强饮了数杯，逡巡告别。亮复令邓芝偕行，既至武昌，请温先报孙权，然后进见，权与语道：“两国通好，若得同心灭魏，天下太平，从此可二主分治，岂非快事?”芝直答道：“天无二日，民无二王，如得灭魏，尚未识天命所归；但使君各茂德，臣各尽忠，那时势均力敌，或当再起战争，必待统一以后，方得太平致治哩!”权大笑道：“臣何诚款乃尔!”因厚礼送归。嗣是吴、蜀又往来如初了。（总结一笔。）

惟魏主曹丕，闻得吴、蜀联盟，自知不妙，便召群臣商议，即欲起兵伐吴。侍中辛毗进谏道：“天下新定，土广民稀，骤欲劳师，未必果利；为今日计，不若养民屯田，待十年后，足食足兵，方可吞吴并蜀，混一天下。”（十年为期，并非迂言。）丕雄心勃勃，十个月且不肯待，怎肯待至十年以后？当下叱退辛毗，进司马懿为尚书仆射，留镇许昌。（此为司马氏篡魏之兆。）看官！听说丕多亲弟，又有长子，为何不嘱子弟监国，却叫司马懿留守？说来又有特因，不得不就此补叙：丕弟彰、植，同为卞太后所生，因丕素性猜忌，为魏王时，就将二弟遣往就国。（见第九十回。）丕妻甄氏，容既绝世，发尤美观，尝将万缕青丝，挽就云鬟，号灵蛇髻，光泽可鉴。她本为袁熙妇，当再嫁曹丕时，植也为艳羡，只因丕捷足先得，无奈让兄，惟心中未免失望，颇有怨言，丕益加妒恨。植既出封临淄，监国灌均，阴承丕意，劾植使酒悖慢，遂由丕征植入朝，意欲加诛，还亏卞太后从中保护，才得不死。但尚限令七步成诗，即以兄弟为题，不准直说，植随口答咏道：“煮豆燃豆萁，豆在釜中泣，本是同根生，相煎何太急?”丕听了此诗，心稍知感，恨终未除，特贬植为安乡侯。会因丕多内宠，除献帝二女外，（见前文。）尚有郭、李、阴三贵人，最宠爱的乃是郭氏。郭氏为安平人郭永女，少即秀慧，永号为女王；长成后艳名愈噪，为丕所闻，遂纳为姬妾，格外爱怜。郭氏不特善媚，并且善谋，丕得立为太子，也是受教阃中，所以宠郭尤甚。至丕既篡汉，进郭氏为贵嫔，本想立她为后，只因甄氏尚存，一时未便发表。郭氏却谋夺后位，多方谗间，丕竟为所迷，将甄氏留置邺中，且说她心怀怨望，平白地将她赐死。（何若早死邺中，为袁熙殉节。）郭氏无出，独甄氏有一子名叡，为丕所爱，丕立郭氏为后，就将叡交与郭氏，令她抚养。叡生性聪颖，明知母死由后，但不得不勉承后颜，谨问起居。到了十五岁时，随丕出猎，见有大小二鹿，由丕一箭射去，大鹿即毙，丕令叡射小鹿；叡凄然道："陛下已射死鹿母，怎忍再杀鹿子?"丕不禁心动，将弓掷下，罢猎回宫。未几即封叡为平原王，但终不使为太子。就是彰、植二弟，虽照例增封，彰为任城王，植为鄄城王，毕竟不见亲信。所以丕亲出伐吴，独使司马懿居守许昌，这也是天心播弄，特令他亲疏倒置呢!

丕复特置龙舟，亲自乘坐，督率大小战船数千艘，由蔡、颍二水入淮，越过寿春，直至广陵。吴将徐盛，奉命防御，故意把战舰匿入港中；至曹丕舟达江北，远远眺望，并不见一船，未免诧异，一时不敢轻进，就在江北停泊一宵。翌日起视，忽见江南一带，连城绵亘，城楼上插满旗械，遍列士卒，丕不觉大惊，且望且叹道："魏虽有武骑千群，至此都成无用；江南人物如此，未可进图呢!"语尚未毕，蓦有巨风刮起，白浪滔天，龙舟在水中狂簸，险些儿不能支持；丕急改乘小舟，仓皇北返，各战舰亦没命逃归。（一场兴作，空去空来，风师原巧弄曹丕。）惟江南一带城楼，究从何来？原来是吴将徐盛，乘着夜色迷蒙的时候，放舟出港，排列江滨，舟中预备假城疑楼，沿江张设，士卒统是芦苇缚成，外罩军衣，惟旗械是真；可巧秋江盛涨，岸阔雾浓，魏自曹丕以下，都不能仔细端详，遂至吓退，吴得不劳一卒，安堵依然。蜀相诸葛亮，闻知吴、魏相攻，料他无暇侵蜀，乃筹足军饷，定议南征。适永昌功曹吕凯，府丞王伉，接连上书，报称雍闿势盛，屡次入寇；更有牂牁太守朱褒，与越嶲夷王高定，皆叛应雍闿，随处骚扰。亮因调齐兵马，辞别后主，督兵南下。成都令马谡，已由亮署为参军，送亮出都，亮与语道："与君共谋数年，今可更惠良规，免得误事！"谡答说道："南中蛮人，自恃险远，不服王化，就使兴师入境，所向皆捷，窃恐今日得破，明日复叛，若必杀尽遗种，永除后患，亦非仁人所忍为；且须连年积月，或可奏功。谡闻用兵伐人，攻心为上，攻城为下，心战为上，兵战为下；丞相此次南征，最好使他心服，方可一劳永逸呢！"（却是高见。）亮笑答道："君言甚是，我亦有此意呢！"谡送行至数十里外，亮始遣还成都，自率大军径进。蛮人素无纪律，怎能敌得过王师？再加诸葛亮用兵有方，事事占人先着，因此所向无阻，势如破竹。当下自越嶲进兵，斩雍闿，诛高定，传檄诸郡，剿抚兼施。门下督马忠，隶籍牂牁，自请效力，亮便拨兵与忠，叫他前往。才阅半月，即得忠捷书，谓朱褒已经受戮，牂牁复安，叛虏头目，诛灭已尽。

本来是大功告成，可以旋师，偏有一蛮酋孟获，收合雍闿余众，出拒蜀兵。亮探得孟获生平，虽无智略，却甚骁悍，为夷汉所畏服，因此打定主意，决将孟获收为己用，使他死心塌地，庶无后虞。孟获不识军谋，一味蛮抗，战了一次，便由亮诱他入伏，一鼓擒住，亮问他心服否？获抗言不服；亮却藏过精兵，故意使羸卒站列，令他周视。获更笑说道："向不知汝兵虚实，被汝诱获，今看汝兵，不过如此，有何难胜呢？"（蛮子蛮语。）亮因纵使回去，整军再战。获返至蛮寨，纠众来劫亮营，又被亮预设机谋，四面兜拿，复擒孟获。获仍然不服，亮更纵还。获渡过泸水，负险自固。时当五月，溽暑熏蒸，水中又无船只可行，蜀兵俱畏难欲退，亮下令道："我兵若归，虏必再出，我去彼来，我来彼去，何时始得平定？今惟有再接再厉，渡泸进去，捣穴平蛮，就在此举，愿大众努力，后当重赏。"兵士听了，方才踊跃起来，亮即命将士潜造木筏，至夜间悄悄渡泸，直抵蛮峒；孟获自恃险固，并不加防，待至蜀兵深入，仓猝迎敌，好容易又被蜀军擒去。亮仍不加诛，令获还峒，获更避入深巢，又为蜀兵所破。直至七纵七擒，获无处可容，方才拜服。亮尚欲遣归再战，获泣谢道："丞相天威，无坚不摧，南人誓不复反了！"（是谓攻心。）遂引蜀兵入滇池，奉亮如神，无论蛮子蛮妇，并来拜谒。亮好言抚慰，仍令孟获管理蛮众，听蜀政令，众皆欢跃去讫。（罗氏《三国演义》满纸捏造。什么朵思大王，什么木鹿大王，什么祝融夫人，好像《封神传》《西游记》一般，看似五花八门，实则十虚九幻，不值识者一噱。）或请亮留置官吏，与孟获同守蛮方，亮慨然道："设官有三不易，留官必当留兵，兵无所食，必将生变，是一不易；蛮人屡败，父兄伤亡，免不得记恨官兵，互生衅隙，是二不易；汉蛮易俗，当然异情，留官抚治，怎肯相信？是三不易。今我不留人，不运粮，但使他相安无事便了，若欲令彼同化，容待他年。"于是下令凯旋，孟获率众拜送，并献金银丹漆耕牛战马，作为军用。

亮分犒将士，一无所私。唯途中往返，辄患暑疫，经亮采查药物，合锉为末，用瓶收贮，每人各给一瓶，遇有中暑中疫等症，吹鼻即解，故盛暑行军，奔波万里，得免死亡。今药肆所售"诸葛行军散"，就是当时留下的秘方，这且无庸絮述。且说诸葛亮班师回国，饮至行赏，人人欣悦，朝野清平。南中复按时进贡，各呈方物。亮复与民休息，安养两年，国富民饶，乃拟出师北伐，规复中原。时魏主曹丕，已经病殁，遗嘱中军大将军曹真、镇军大将军陈群、抚军大将军司马懿等，立平原王叡为太子，即日嗣位。叡谥丕为文帝，尊太后卞氏为太皇太后，皇后郭氏为太后，即用一班顾命大臣，秉持国政，统驭四方。吴主孙权，乘丧进攻，围江夏城。魏太守文聘，登陴拒守，坚持不下。吴将诸葛瑾，转击襄阳，也被司马懿击退；权乃收军东归。诸葛亮却缓了一年，然后兴师。外使中都护李严，移屯江州，护军陈到驻永安，作为东防；内使中部督向宠，典宿卫兵；尚书陈震，侍中郭攸之、费祎，侍郎董允，长史张裔，参军蒋琬，分治宫府诸事。乃上《出师表》一篇，陈明宗旨。表云：

臣亮言：先帝创业未半，而中道崩殂。今天下三分，益州疲敝，此诚危急存亡之秋也。然侍卫之臣不懈于内，忠志之士忘身于外者，盖追先帝之殊遇，欲报之于陛下也。诚宜开张圣听，以光先帝遗德，恢弘志士之气；不宜妄自菲薄，引喻失义，以塞忠谏之路也。宫中府中，俱为一体，陟罚臧否，不宜异同。若有作奸犯科及为忠善者，宜付有司，论其刑赏，以昭陛下平明之理；不宜偏私，使内外异法也。侍中、侍郎郭攸之、费祎、董允等，此皆良实，志虑忠纯，是以先帝简拔以遗陛下。愚以为宫中之事，事无大小，悉以咨之，然后施行，必能裨补阙漏，有所广益。将军向宠，性行淑均，晓畅军事；试用于昔日，先帝称之曰能，是以众议举宠为督。愚以为营中之事，事无大小，悉以咨之，必能使行阵和穆，优劣得所也。亲贤臣，远小人，此先汉所以兴隆也；亲小人，远贤臣，此后汉所以倾颓也。先帝在时，每与臣论此事，未尝不叹息痛恨于桓、灵也。（数语最关紧要，谁知后主他日，又用黄皓。）侍中、尚书、长史、参军，此悉贞良死节之臣，愿陛下亲之信之，则汉室之隆，可计日而待也。

臣本布衣，躬耕于南阳，苟全性命于乱世，不求闻达于诸侯。先帝不以臣卑鄙，猥自枉屈，三顾臣于草庐之中，咨臣以当世之事。由是感激，遂许先帝以驱驰。后值倾覆，受任于败军之际，奉命于危难之间，尔来二十有一年矣。先帝知臣谨慎，故临崩寄臣以大事也。（此诸葛自述要语。）受命以来，夙夜忧叹，恐托付不效，以伤先帝之明。故五月渡泸，深入不毛。今南方已定，兵甲已足，当奖帅三军，北定中原，庶竭驽钝，攘除奸凶，兴复汉室，还于旧都。此臣所以报先帝，而忠陛下之职分也。至于斟酌损益，进尽忠言，则攸之、祎、允之任也。愿陛下托臣以讨贼兴复之效；不效，则治臣之罪，以告先帝之灵。若无兴德之言，则责攸之、祎、允等之慢，以彰其咎。陛下亦宜自谋，以咨诹善道，察纳雅言，深追先帝遗诏。臣不胜受恩感激，今当远离，临表涕零，不知所言。

这表上陈，系在建兴五年三月间，后主禅年已逾冠，立故车骑将军张飞女为后，生男育女，年富力强；只是生性庸懦，未识大体，一切军国重事，幸由诸葛丞相处理。诸葛既表请北伐，后主自然依从，当下催趱人马，次第出发，振旅阗阗，伐鼓渊渊，由阳平关进兵，往驻汉中。（写得堂堂皇皇，不愧为北伐之师。）小子有诗咏道：

三分鼎足早纡筹，受托讨曹志更遒；

史笔煌煌称北伐，紫阳书法足千秋。

蜀兵出驻汉中，当有探马报达许昌。欲知魏主叡如何抵敌，且看下回说明。

欲承汉不得不伐魏，欲伐魏不得不和吴，诸葛公之所以出此者，全为时势所迫，非真不欲报先主之耻也。为吴使则遣邓芝，难吴使则命秦宓，折冲樽俎，用当其才，此尤为诸葛公之妙算。至若南征孟获七纵七擒，盖不如是不足以服蛮人之心。南蛮不服，终无由专心北伐耳。然必如罗氏《三国演义》之荒诞成文，几似诸葛公之具有神术，毋乃惑人？中国小说，往往谈仙说怪，酿成近世义和团之乱；救国不足，病国有余，罗氏其流亚也！《前出师表》一篇，内外兼顾，备极殷勤，录此可见诸葛公之仗义，阅此益知诸葛公之效忠。

第九十三回　失街亭挥泪斩马谡　返汉中授计戮王双

却说诸葛亮领兵伐魏，已出汉中，屯驻石马城。魏主曹叡，甫经嗣位，改元太和，闻得蜀兵进攻，即欲亲出御敌。散骑常侍孙资，谓南郑斜谷，险阻异常，不宜劳师进取，但命大将据守要害，自足震慑寇敌，静镇疆场，叡乃罢议。但进抚军将军司马懿，为骠骑大将军，都督荆、豫二州诸军事，屯兵宛城，堵御东西。大将军曹真，都督关右，专拒蜀兵。新城太守孟达，本来由蜀投魏，（孟达降魏事，见第九十回。）与魏侍中桓阶，将军夏侯尚友善，尚、阶相继病殁，达心不自安。事为诸葛亮所闻，嘱中都护李严招达，达复书如命；偏魏兴太守申仪，与达有隙，时常侦伺，一闻达阴通蜀使，即报知曹叡，叡令司马懿相机进讨。懿佯为慰解，暗中却调动兵马，潜赴新城。达得懿书，迟疑未决，因遣人访问诸葛亮。亮令达赶紧加防，毋堕懿计。达尚复书与亮道："宛城距洛阳八百里，至新城且一千二百里，若司马懿前来，亦当表闻魏主，往返须一月间事。达城池已固，自足拒懿，幸请放怀。"这书递至石马城，亮阅毕惊叹道："达必为司马懿所擒了！"果然不到半月，便由达飞书乞援，内称达举事八日，懿兵即到城下，神速异常，请即发兵相救。亮又叹为无及，不得已派遣偏师，往援新城。兵方就道，孟达败死的消息，便即传到，亮乃将偏师调回，合力北向。

行至南郑，镇北将军魏延出迎，亮即使延为丞相司马，统领前军，延即献议道："魏令夏侯楙都督长安，楙系惇子，曾娶操女为妻，年少志骄，毫无谋略。延愿得精兵五千，取道褒中，沿秦岭东进，绕出子午谷，不过旬日，可到长安。楙闻延掩至，必不敢持久，弃城东走。丞相可从斜谷，进与延会合，并力一举，咸阳以西，便可平定了！”（计却甚是。）亮摇首道：“此计甚危，不如安从坦道，方保万全。”延又说道：“丞相从大道进兵，彼必沿路防守，旷日持久，何时得取中原？”亮慨叹道：“天若祚汉，何患不胜？”遂不从延计，延怏怏退出。（暗伏下文。）亮佯言由斜谷取郿，却使赵云为镇东将军，邓芝为扬武将军，据住箕谷，作为疑兵；一面亲率诸军，进攻祁山，队伍整齐，号令严肃。南安、天水、安定三郡，闻风请降。惟天水太守马遵，正与参军姜维，功曹梁绪等，案行属县，闻得蜀兵已至祁山，郡县响应，料知无路可归，拟往投上邽。维劝遵仍归郡治，遵疑维有异志，夤夜自去。维还至天水郡中，吏民已相率降蜀，闭门拒维，害得维进退维谷，没奈何奔投蜀营。维本天水郡冀县人，字伯约，少读兵书，熟谙韬略。亮引与共语，皆中机要，当然心喜，遂举维为仓曹掾，加号奉义将军。（事依《姜维本传》，不同罗氏《三国演义》。）

魏大将军曹真，方督兵守郿，哪知蜀兵却西出祁山，连下南安、天水、安定三郡，急切无分身法，只好飞报魏主，请派将扼守关西。魏主叡遂起兵五万，使右将军张郃为前驱，自为后应，同至长安，并调司马懿由东会师，共击蜀兵。蜀将马超，时已早殁，（不略马超。）只有超从弟马岱，从军出征，岱勇略不及马超，虽为蜀将，未堪大任，故亮得三郡，不复令再镇凉州。会亮闻张郃、司马懿合兵来攻，遂召诸将与语道：“魏兵两路前来，必攻街亭，街亭为汉中咽喉，非得大将把守，不能无虞。”参军马谡，正随亮北伐，便向前请命道：“谡愿往守街亭！”魏延、吴懿，亦愿前往，亮因谡素有智略，不致误事，遂使谡统兵二万人，出屯街亭。临行时再三叮嘱，叫他坚守城寨，毋得疏忽；且使王平为偏将军，与谡同往；又遣魏延等往驻阳平关，遥应马谡。（也算严密。）谡与王平行至街亭，见街亭前面有山，便欲引兵登冈，据山立寨。平独谓宜据城守栅，阻住敌锋，不宜屯兵山上，谡傲然不从。平复说道：“倘敌兵前来围山，计将若何？”谡笑答道：“居高临下，势若建瓴，敌若来围，我即麾兵四下，还怕不能杀退么?”平又说道：“倘敌兵断我水道，又将若何?”谡大笑道：“我既能杀退敌兵，还怕他断什么水道?”平还要苦谏，谡瞋目道：“丞相行事，尚且每事问我，汝怎得挠我兵谋?”（也是误一“骄”字。）平知不可阻，乃请分军相应，作为犄角。谡恨平违令，只拨兵千人给平，平引兵据城听令。马谡上山，平遣人走报祁山大营。哪知司马懿、张郃两军，夤夜杀到，谡尚据住山顶，扬旗招飐，自鸣得意。待至翌晨，魏兵已环集山麓，把山围住，谡麾兵杀下，魏兵全然不动，惟用强弩仰射，蜀兵多被射倒，只好退回。谡尚欲与敌拼命，驱兵再下，一连冲杀数次，毫无效力。张郃更堵住水道，不放蜀兵汲水，蜀兵无从饮食，当然自乱。嚷至夜半，竟纷纷下山，投降魏营，谡禁遏不住，尚望王平救应。看官试想：平手下只有千人，哪里杀得过十多万魏兵?他也曾努力相救，半途被魏兵截回，没奈何坚壁自持，保全危寨。谡待援不至，无法把守，只得率兵窜出山谷，向西逃走。魏兵截杀一阵，二万人所存无几，还亏魏延从阳平关杀来，方得将谡救出。延见魏兵气势甚盛，不敢恋战，忙与谡退保阳平关。王平自知难守，在城中佯鸣鼓角，作进兵状，暗中却收集溃卒，徐徐退去。魏将张郃，疑他诱敌，不敢进逼，平得全师引归。（好王平。）

司马懿不去追谡，却统兵径趋祁山，来攻诸葛亮大营。亮接王平军报，已知马谡误事，急忙退回西城，且檄令天水诸郡守吏，齐回汉中，并饬赵云、邓芝，收军还阳平关。忽报司马懿统兵十余万，蜂拥前来，城中留兵不多，欲趋往阳平关，已是不及，将士等并皆失色，亮独谈笑自若，但说无妨。（如此镇定，方可将兵。）待懿兵将到，传令城上偃旗，城中息鼓，大开四门，每门令军役洒扫，不准妄动，自引小僮两人，携琴登城，在城楼上焚香操琴。（有胆有识。）司马懿当先跃马，来攻西城，遥见诸葛亮如此布置，不禁大疑，端详了好多时，一些儿没有破绽，乃麾令退兵。部将问为何因，懿与语道：“我闻亮不入子午谷，煞是谨慎；今大开城门，岂肯这般疏略?明明是诱我入城，为掩杀计。我宜速退，休为所算!”说毕自去。亮见司马懿退兵，不由得鼓掌大笑。参佐问亮道："司马懿号称能军，为何忽来忽去？"亮笑说道："懿知我谨慎，不肯弄险，他见我如此模样，必疑有伏，所以退去；我料他不走大路，必沿北山遁去，今还要送他一程，截留一些辎重，也不负他一番奔走哩！"说着即派部将吴懿等，速赴北山，只准在山谷中呐喊，不准厮杀，如敌有辎重，即可夺取，运回阳平关便了。吴懿等奉命即行，亮率参佐等出了西城，赶归阳平关。那司马懿果为亮所料，绕走北山，蓦闻后面喊声大震，总道是蜀兵追来，慌忙抛弃辎重，没命跑去。吴懿等谨依将令，不敢追袭，但将辎重运回阳平关。亮已退入阳平关内，由魏延、马谡等接着。谡跪伏请罪，亮作色道："汝违我节度，几至倾覆全师；若非明正军法，何以服众？"谡泣答道："丞相视谡如子，谡亦视丞相如父，今自知偾事，罪该万死。但愿丞相思殛鲧兴禹故事，谡虽死，亦感深恩。"亮不禁挥泪道："汝若早听王平计议，何致此败？今事已至此，不能挠法，汝家小自当抚恤，汝子与我子相等，不必挂怀！"说至此，即令左右将谡推出，斩首徇众；仍令缝合尸骸，具棺埋葬；且亲自临祭，月给谡家钱米，抚养遗孤。（先公后私。）亮更太息道："先帝尝谓谡言过实，不可大用，今果应此言，自愧不明，致误军事！谡果有罪，我亦难辞。"遂拟上表自劾。可巧赵云、邓芝，自箕谷退归，缴还军令。云自言无功，应受惩戒。亮问明邓芝，芝言魏将曹真，率兵追袭，幸由云亲身断后，步步为营，始得全军归来。亮唏嘘道："街亭军退，兵将不复相顾。箕谷军退，兵将并不相失，可见用兵在人，原不在多寡呢！"云尚有军资带还，亮使分赏将士。云答称军事无利，何为有赏？且暂贮库中，作为冬赐；亮点首称善。因即表请自贬，云亦附表请惩。

后主得表，召问蒋琬、费祎，祎等谓应从亮言，暂行降职，乃贬亮为右将军，行丞相事；降赵云为镇军将军，使蒋琬赍诏至营。亮受诏后，留琬共饮，琬语亮道："昔楚杀得臣，晋文公然后心喜；今天下未定，遽杀马谡，自失智士，岂不可惜？"亮流涕答道："孙武所以能制胜天下，全赖法严。今四海分裂，兵交方始，若复废法，何以治军?”琬劝亮回成都。亮摇首道：“奉诏讨贼，奈何罢休?”琬复说道：“如再欲伐魏，必须增兵。”亮怅然道：“街亭败退，非由兵少，实由亮误用马谡，致有此败；(不肯讳过。)今当减兵省将，明罚思过，惩覆辙，慎将来，且望在朝诸公，勤补吾阙，然后事可定，贼可灭，功可翘足而待了!”琬当然佩服，旋即辞去。亮乃考劳勚，扬壮烈，引咎责躬，厉兵讲武，再作后图。

既而吴鄱阳太守周鲂用诈降计诱魏攻皖，魏扬州牧曹休，误听鲂言，当即发兵。魏王曹叡，又使司马懿向江陵，建威将军贾逵向东关，三道俱进。吴用陆逊为大都督，朱桓、全琮为副，领兵击休。休恃众深入，被吴兵邀击石亭，大破休军，休奔回夹石。又由吴兵追及，险些儿不能脱身，还亏贾逵兼道援休，才得幸免；所有军士粮械，丧失垂尽。司马懿中道折还，休惭愤成疾，疽发背上，不久即死。继任为魏将满宠，老成持重，控御有方，遂成重镇。独诸葛亮闻吴人败魏，复欲乘隙北伐。正要调动军马，不料镇军将军赵云病亡，亮大为恸惜，后主禅亦甚悲悼，(两次救护，安得不悲?)追谥云为顺平侯，令云长子统袭封。群臣谓失一大将，不宜兴师，独诸葛亮锐意北伐，未肯中止，乃更上表奏闻道：

先帝虑汉、贼不两立，王业不偏安，故托臣以讨贼也。(慷慨激昂。)以先帝之明，量臣之才，故知臣伐贼才弱敌强也。然不伐贼，王业亦亡；惟坐待亡，孰与伐之?是故托臣而勿疑也。臣受命之日，寝不安席，食不甘味，思惟北征，宜先入南，故五月渡泸，深入不毛，并日而食。臣非不自惜也，顾王业不得偏全于蜀都，故冒危难以奉先帝之遗意也，而议者谓为非计；今贼适疲于西，又务于东，兵法乘势，此进趋之时也。谨陈其事如左：高帝明并日月，谋臣渊深，然涉险被创，危然后安。今陛下未及高帝，谋臣不如良、平，而欲以长计取胜，坐定天下，此臣之未解一也。刘繇，王朗，各据州郡，论安言计，动引圣人，群疑满腹，众难塞胸，今岁不战，明年不征，使孙策坐大，遂并江东，此臣之未解二也。曹操智计殊绝于人，其用兵也，仿佛孙、吴，然困于南阳，险于乌巢，危于祁连，逼于黎阳，几败北山，殆死潼关，然后伪定一时耳；况臣才弱，而欲以不危而定之，此臣之未解三也。曹操五攻昌霸不下，四越巢湖不成，任用李服，而李服图之，委任夏侯，而夏侯败亡；先帝每称操为能，犹有此失，况臣驽下，何能必胜？此臣之未解四也。自臣到汉中，中间期年耳；然丧赵云、阳群、马玉、阎芝、丁立、白寿、刘郃、邓铜等，及曲长屯将七十余人，突将无前，賨、叟、青羌散骑、武骑一千余人，此皆数十年之内，所纠合四方之精锐，非一州之所有；若复数年，则损三分之二也，当何以图敌？此臣之未解五也。今民穷兵疲，而事不可息，事不可息，则住与行劳费正等，而不及早图之，欲以一州之地与贼持久，此臣之未解六也。夫难平者，事也。昔先帝败军于楚，当此时，曹操拊手，谓天下已定。然后先帝东连吴越，西取巴蜀，举兵北征，夏侯授首，此操之失计，而汉事将成也。然后吴更违盟，关羽毁败，秭归蹉跌，曹丕称帝。凡事如是，难可逆见。臣鞠躬尽瘁，死而后已，（注重在此二语。）至于成败利钝，非臣之明所能逆睹也。

这道表文，蜀人称为《后出师表》，后主惟亮是从，随即批准。亮复引兵数万，道出散关，进围陈仓。魏大将军曹真，使将军郝昭，守陈仓城。昭字伯道，太原人氏，知兵善战，智勇兼全。（智能敌蜀，勇足保城，故特详叙履历。）既至陈仓，当即缮城修郭，筹足守具，及亮兵攻城，已是坚固得很。亮累攻不下，特遣郝昭乡人靳详，诣城下招降，昭在城楼上应声道：“魏家科法，君所深知，我已为魏臣，誓死毋惑，请君不必多言！”但教回报诸葛，能攻即攻，不能攻即退。详知不可动，便还营告亮。亮再遣详至城下，与语顺逆利害，毋贻后悔，昭奋然道：“前言已定，何劳再说！我与君原是相识，恐箭头无眼，不能识君呢！”说至此，即拈弓搭箭，欲射靳详。详慌忙退回，亮也觉动怒，麾兵猛攻。城上矢石如雨，无隙可乘，亮特制云梯数十具，四面攀登。昭用炙箭注射，梯被烧断，兵皆坠死。亮再用火冲车攻城，昭又用绳索穿石，猛力掷下，冲车皆折。亮更遣人运土填堑，暗掘地道入城，昭内筑重濠，横截地穴，使蜀兵无从钻入。好容易已越兼旬，城完如故。曹真遣将军费曜援昭，魏主叡亦使张郃驰救。亮正虑军食不继，又闻魏兵大至，乃撤围引归，但授魏延密计，使他领兵断后。延徐徐退回，忽后面扬起飞尘，喊声逼紧，料有魏兵追来，延令部兵张旗先行，自率锐骑数十，伏林箐中，静候魏将。魏将乃是王双，望见前面旗帜，挥兵急追。延待他骤马跑过，却握刀突出，大喝一声，不俟王双回头，便从他背后劈去，连肩带头，砍落马下。魏兵见主将毕命，当然骇散。延得驱杀一阵，枭得许多首级，然后返入汉中，向亮缴令。亮休养月余，又是冬尽春来，（时为建兴七年。）乃再遣部将陈式，出攻武都、阴平二郡。魏雍州刺史郭淮，引兵驰援，与陈式相持数日。亮用奇兵助式，击退郭淮，遂得攻下二郡城池，留将把守，自回汉中。后主禅复拜亮为丞相，亮尚固辞，经诏使费祎相劝，然后受命。

嗣闻吴主称帝，遣使至蜀，拟与蜀平分中原。蜀臣聚讼纷纭，多主绝交，亮仍拟和吴，入都觐见后主；后主正因吴事未决，向亮咨问。亮陈议道："孙权意图僭号，非自今始，我朝与他修好，无非为声援起见；今若加显绝，仇我必深，更当移兵东戍，与彼角力，彼贤才尚多，将相辑睦，划江自固，守御有余，我却屯兵上游，坐而待老，反使北贼得计，甚非良图；故不如仍与周旋，俟北伐得志，东略未迟。"后主唯唯受教，遂使卫尉陈震，往吴庆贺，权依礼相待，与申盟誓，约定平魏以后，豫、青、徐、幽四州归吴，兖、冀、并、凉四州归蜀，惟司州以函谷关为界，震如约西归。

当时三国鼎峙，魏地最大，有州十三，除上文所说九州外，尚有荆、扬、秦、凉四州，但只得片土，未据全境。吴只有荆、扬、交、广、郢五州，荆、扬且与魏分据。蜀土最小，仅得遂州，惟分益为梁；又得凉、交二州边隅，算作四州。从前汉武帝时，分中国全土为十三郡，不列郢、广，郢、广二州名，乃是由吴分置出来。（详明地理，万不可少。）吴孙权久欲称帝，因畏魏东下，所以迟迟；

及见魏兵东西致败，乃放胆称尊。吴臣趁势献谀，谓有黄龙出现武昌，因即改黄武八年，为黄龙元年，追尊父坚为武烈皇帝，兄策为长沙桓王，立子登为太子，进陆逊为上大将军，诸葛恪为太子左辅，张休为太子右弼。休为张昭少子，昭已年老，入朝贺权，褒赞功德。权笑说道："假使如张公计，早为魏仆，恐今已乞食了。"（指赤壁事。）说得张昭伏地惭汗，谢罪而出。当即上书乞休，由权封为娄侯，食邑万户，归家不起，又得享寿八年，至八十一岁乃终。权复还都建业，留上大将军陆逊，辅太子登，驻守武昌。这消息传入蜀都，诸葛亮因权还江东，更可免忧，复欲北向讨魏。部署了好几月，已是建兴八年的夏季，忽有警报传入，乃是魏将曹真、司马懿两路进兵，来夺汉中。正是：

西陲方见三军集，北寇先闻两道来。

欲知魏兵如何寇蜀，且看下回再详。

甚矣哉，知人之难也！以诸葛孔明之才识，犹且失之马谡，况他人乎？谡前进攻服南蛮之议，为孙、吴兵法所未详，乃独出己见，卒如所言，是谡固非不足行军者；且在营参议，语多扼要，而于街亭一役，偏不从孔明之节度，王平之计议，上山被困，坐失要区，论者几目为天命使然。然刘先主尝谓谡言过实，不可大用；孔明误用而偾事，咎有攸归，固不能尽诿诸天也。空城计一事，史传中列入小注，疑为未确。但故老相传已久，不便略去，果有此役，诸葛其亦危矣哉。及再攻陈仓，遇郝昭之善守，累攻不下。惟退兵之时，得斩王双。魏将多才，而蜀仅得一诸葛，至鞠躬尽力而后已。北伐，北伐，名称虽正，其如将佐之乏人何也？

第九十四回　木门道张郃毙命　五丈原诸葛归天

却说魏大将军曹真，收复南安、天水、安定三郡，自恃有功，尚想出师报怨，乃上书曹叡，请由斜谷攻蜀，数道并进，可以大克。（真是贪心不足。）叡依了真言，便命大将军司马懿，溯汉西上，与真会攻汉中。司空陈群上言，斜谷险阻，转运为难，不宜遽从真议。（实系不欲攻蜀。）叡转询曹真，真又表从子午谷进兵，群又言未便，真却不待复诏，当即启行。蜀丞相诸葛亮，接得警报，即引兵出汉中，分屯成固、赤阪，严营待敌。一面召李严率兵二万，至汉中会师，表严子丰为江州都督，继严后任。（东顾无忧，故可调严并力。）会值秋雨兼旬，山谷水溢，曹真自长安出发，随在阻滞，就途月余，尚不能度子午谷。当由魏太尉华歆、少府杨阜、散骑常侍王肃等，迭请班师，魏主叡乃召还曹真。司马懿本来乖刁，当然借天雨为名，按兵不进。亮却遣司马魏延，西入羌中，招抚羌众，与魏雍州刺史郭淮，大战阳溪，斩获甚众，奏凯而还。

时长史张裔病殁，亮迁蒋琬为长史。琬字公琰，籍隶湘乡，尝随先主入蜀，受命为广都长，沉湎不治；先主意欲加诛，独亮器重琬才，代为请免。及后主嗣立，亮遂举琬为参军，进任长史。琬尝筹足饷糈，供给军用，故亮每出师，馈运无阙。亮每言公琰托志忠雅，可属大事。到了建兴九年仲春，亮复兴师伐魏，进攻祁山。魏曹真已升任大司马，抱病甚重，不能督军，乃调司马懿西屯长安，未几，真即去世，由子曹爽袭爵。（为后文懿杀曹爽伏笔。）懿得握军事全权，即使部将费曜、戴陵，率精兵四千，保守上邽，自偕将军张郃等，往救祁山。张郃请分守雍、郿，懿谓兵分势散，适为敌擒，因悉众西行。亮闻懿亲来援应，偏不去迎战，但留王平攻祁山，自率魏延、姜维等，从间道往攻上邽。守将费曜、戴陵，仓皇出战，哪里是蜀兵对手？四千人几被杀尽，还亏雍州刺史郭淮，领兵援应，才得救回。二将闭城静守，天气清和，陇上麦熟，亮令军士四散割麦，作为兵粮。郭淮等不敢出争，只遣人飞报司马懿，促令还援，懿急忙回军。行抵上邽城东，适值蜀将魏延、姜维等，分路杀来，当即下令军中，结阵自固，只许放箭，不许出战。魏延、姜维，左右夹攻，都被魏兵射退，不得已收军回营。（司马懿能军。）懿却敛兵依险，坚壁拒蜀，蜀将一再挑战，只是不出。亮引军还抵卤城，懿反从后追逼，亦至卤城东偏下寨。亮使魏延、高翔、吴班等将，分头埋伏，自往懿营搦战，懿仍然不出。蜀兵在懿营外百般辱骂，懿置若罔闻。恼动了大将张郃，入帐语懿道："蜀兵远道来攻，请战不得，知我利在不战，必将变计困我；为今日计，不如与彼一决，如得胜仗，彼自退去，祁山亦可解围了。"懿摇首道："诸葛亮军孤食少，便要退兵，我兵将来追击，自可得胜，何必定要急斗哩？"郃又说道："正惟敌军将退，越好追击，且众志皆奋，何患不胜？"懿终是不从，反且依山掘壕，为久屯计。（以守为战，却是好计。）忽有二将趋入道："蜀兵又来挑战了！"懿接口道："由他挑战，我总固垒不动，看他有何妙法？"二将齐声道："人言公畏蜀如虎，岂不可耻？况我军比蜀较多，难道竟不能一战么？"懿被他一激，也有些忍耐不住，乃语二将道："既如此说，可传语各营，指日决战！"二将得令趋出，便向各营通报。

这二将叫作贾栩、魏平，年少气盛，既已分头传令，便即摩拳擦掌，专等厮杀。过了两日，懿召诸将入议道："欲击蜀兵，必须两道并进，一路攻卤城，一路救祁山，使他不得相顾，方可奏功。"张郃出应道："郃愿往祁山！"懿乃拨兵万人，令郃引去，自率大军出战。亮闻懿营中有鼓角声，料他发兵前来，便授计与魏延、高翔、吴班三将，使他分头行事，自率大队出城，就城外布成阵势，从容待着。（好整以暇。）约阅片时，便见懿兵过来，亮却令前军用连臂弓，射住懿兵。连臂弓由亮特制，一弓能连射十箭，懿兵虽然锐悍，究竟禁不住许多箭镞，一再冲激，都被射回。待至锐气少衰，忽蜀阵内一声鼓号，万军潮涌，猛扑过来，懿忙督众截住。甫经交锋，刺斜里杀到一支人马，乃是蜀将高翔的旗号，当即分兵对敌，抵死不退。谁知后面喊声大震，蜀将吴班，又复杀到，懿始大惊，麾兵退回。蜀兵三路追击，懿且战且行，才经半途，蓦见一彪军横截路中，为首一员大将，拍马舞刀，大呼魏延在此，吓得懿魂驰魄散，几乎坠马，幸亏骁将贾栩、魏平等，保住懿身，奋力夺路，才得走脱。这番交战，蜀兵大捷，斩获甲首三千级，衣铠五千领，战具不可胜计。懿得脱归营，埋怨部将好战，致有此败。

嗣是决计坚守，不敢再出。张郃闻懿兵败，却也即退还，两下又相持旬月。魏将郭淮，调集雍、凉劲卒，拟从间道往袭剑阁，偏被蜀营探卒侦知，飞报大营，诸葛亮便派兵守险，使姜维、马岱等，带领前去。长史杨仪，报称现存八万人，四万人应该更替，现因来兵未到，新旧难继，只得暂从权变，留屯一月，方可遣归。亮微笑道："我自统兵以来，未曾失信，今既到了更替的时候，理应如约遣还，且应归军士，想已束装待返，家中父母妻子，并皆悬望，就使大敌当前，我却不能临危失信，乃令他如期归去便了！"（欲留故纵。）仪出传亮命，军中偏不愿速行，共称丞相大恩，死且难报，愿留营再战，誓扫魏兵。正持论间，忽由李平差到，参军狐忠，督军成藩，呈上平书，请亮即日还师。亮不免惊疑，但想李平是老成宿望，当必另有所见，且平方督主粮运，粮若不继，亦难行军，因决意退归。先遣狐忠、成藩还报，一面召集将士，示以归意，且谓魏兵追来，须努力退敌。将士等都想再战，听到班师命令，尚觉失望，欲要他力敌追兵，巴不得杀敌多人，借报恩遇；所以军令一下，齐声相应。亮复说道："诸君肯努力杀敌，还有何说？但死战也是无益，我当诱彼至木门道，并力围攻，就使他有千军万马，也不能脱逃了！"当下遣人至祁山，嘱令老将王平，乘夜潜退；自在卤城拔寨齐起，却是堂堂皇皇，还向汉中。

早有魏谍报知司马懿，懿再使探明虚实，果然卤城内外，不见蜀兵，乃笑语诸将道："蜀兵已退，何人敢去追击?"部将都称愿往，惟张郃默不一言，懿目视张郃道："将军意见，莫非是不宜追去?"郃答说道："兵法有言：'归军勿追。'"（语见《张郃传》。）懿微哂道："公亦未免前勇后怯了!"为此一语，激得张郃性起，竟奋然道："郃临阵至今，向不落后，要追就追，岂肯怯敌?"懿复语道："公为前驱，我为后应，但教兵多将奋，不怕诸葛诡计!"说罢即令轻骑万人，随郃先行，自率三万人继进。郃长驱直往，追及蜀兵，蜀将魏延，回马与战，约有数十回合，方才徐退。郃步步紧逼，不肯相舍，延又回战数次。及见张郃后面尘沙飞起，料有魏兵踵至，索性引兵急奔，甚至兵士弃甲抛戈，塞满道路。郃亦恃有后军接应，放心再赶。延驰入木门道中，道路逼狭，佯作人马蹴乱的情形，诱郃追来。郃骤马急进，已入窄径，两旁统是高阜，一声炮响，万矢齐下，可怜张郃不及回马，已被飞矢射中右膝，倒毙马下。魏兵跟入道中，都被射死；只有后队仓皇逃回，又被蜀兵驱杀多名，幸由司马懿驰至，让过败卒，截住蜀兵。蜀兵如熊如虎，锐不可当，懿知是难敌，翻身急退，已丧失了千余人。蜀将魏延，依着亮命，不复穷追，收兵自归。亮已早入汉中，会晤李平。看官！这李平为谁?原来就是中都护李严，严改名为平。自亮调入汉中，叫他督运，他因夏天多雨，恐粮不能继，拟劝亮还军；及与亮相见，又满口支吾，反欲归咎狐忠、成藩。亮不屑与辩，径入成都，面奏后主。后主方得平表，谓亮佯退诱贼，亮乃取呈李平手书，劾他颠倒迷罔，居心不良，因黜平为庶人，徙置梓潼；惟仍用平子丰为中郎将，参赞军事。（罪不及孥，纯然王道。）亮乃劝农讲武，推演兵法，作八阵图，立石为表，俾便练习。又命军吏采办材木，制成牛马，内用机捩转旋，自能行动，可运粮米，叫做木牛流马；预约三年以后，再行出征。魏将司马懿，返入长安，当然不敢寇蜀，但敕诸将，严守要害罢了。

且说魏主叡即位以后，仍守乃父遗志，专任异姓，不重同宗。

任城王曹彰，在曹丕黄初二年，便已暴亡；独鄄城王曹植尚存，徙封雍丘，再徙浚仪，很不满意。会因入朝许昌宫，得见金缕玉带枕，为甄夫人故物，更不免触动旧怀，格外悲悼，（回应第九十二回。）还经洛水，作《感甄赋》，可歌可泣。（何劳阿叔这般多情?）魏主叡嗣位时，虽已追谥生母甄夫人为文昭皇后，但于甄夫人冤死情形，尚未详悉。相传甄夫人死不成殓，甚至披发覆面，用糠塞口，就中都由郭后暗地安排，一手掩住，不令叡知。叡虽郭后抚养成人，但尚有李贵人暗受丕嘱，从中监护，所以叡得无恙，安然嗣位。哪知天下事若要不知，除非莫为，郭后害死甄夫人种种情弊，却被曹植一一侦悉。

太和四年，太皇太后卞氏病殁，植还都奔丧，乘间白叡，述及甄夫人惨死情状，叡尚疑信参半，密询庶母李贵人，才知植言非诬，不胜悲愤。因命甄夫人兄子甄像，以中郎将兼代太尉，持节赴邺，改葬甄夫人，号朝阳陵，且改封植为陈王。植虽得增封，仍然不获大用，就国以后，得病即亡，谥曰思王。叡复搜植遗著，得赋颂诗铭杂论百余篇，内有一篇《感甄赋》，迹近嫌疑，改名《洛神赋》，这且毋庸细表。惟叡尝立毛氏为皇后，出入同辇，伉俪甚谐。嗣复得河西大族郭氏女，美丽无双，拜为夫人，宠逾毛后。郭氏生女名淑，数月而夭，叡哀痛异常，适甄后从孙甄黄，亦致幼殇，因特替他阴配，取棺合葬，为女子谥立庙，并追封甄黄为列侯，且令举朝素服。司空陈群，少府杨阜，联名谏阻，均不见听。（溺爱至此，古今罕闻。）既而为避灾计，与郭夫人出幸摩陂，特筑景福、承光殿，作为行宫。忽闻摩陂井中，出现青龙，便挈郭夫人往观，井中果隐见鳞甲，（蛇耶？龙耶?）遂号摩陂为龙陂，改太和七年，为青龙元年。寻且想入非非，命郭夫人从弟郭悳，过继甄黄，承袭亡女淑封爵，淑为平原懿公主，悳即袭封平原侯。（悳为郭夫人从弟，即为帝女淑从舅，从舅可为甥女继子，真是荒谬。）并常至郭太后前，诘问甄后死状，郭太后忿然道："先帝自赐彼死，与我何干？况汝为人子，何必追仇死父，为前母逼死后母呢?"叡更加气愤，凡郭太后饮食服用，故意裁减，气得郭太后有口难言，郁郁致死。叡令内侍棺殓，使如甄后故事，惟表面上治丧如仪。郭太后生平，颇知守俭，不好音乐，又能抑损母族，力戒骄奢，只因谗妒甄氏，终至结局不良，天道好还，莫谓善恶无报呢！（暮鼓晨钟。）会因山阳公病逝，魏主叡总算尽礼，素服举哀，仍许用天子礼丧葬，墓号禅陵，追谥为孝献皇帝。东汉自光武帝起，至献帝止，共历八世，凡十二主，得国一百九十六年；献帝在位三十一载，被篡后，又阅十四年，寿终五十有四。孙康，嗣为山阳公，再传二世，至晋怀帝永嘉年间，五胡乱华，山阳公秋被杀，祚绝国亡。（总结汉事，笔无渗漏。）

献帝方葬，忽有军报传入许昌，乃是蜀相诸葛亮，与吴主孙权，东西进攻，两国各兴兵十万，浩荡前来。魏主叡亟使护军秦朗，督兵二万，往长安会合司马懿，一同拒蜀，自率将士东行，抵敌吴师。吴主权正出兵巢湖，进攻合肥、新城，并遣陆逊等入江夏、沔口，西指襄阳；孙韶等入淮北，向广陵、淮阴。魏主叡也遣将分堵，惟自乘龙舟东下，直达寿春，援应合肥。合肥守将满宠，欲设一欲取姑与的计策，佯弃合肥、新城，诱敌至寿春城下，合兵围攻，叡却不从，但使宠饬众坚守，静待援应。会陆逊献策孙权，愿出奇兵，截叡归路，不幸使人被魏逻骑所得，计不得行。吴将诸葛瑾闻知，忙即报逊。逊方催人栽种菜菽，自与诸将弈棋，闲暇如常，瑾不胜惊异。逊见他慌张情状，不待详说，便与语道："军机漏泄，我已探知，但若遽退，敌必来追，岂非危道么？"说罢，复邀瑾入后帐，密嘱数言，瑾欣然趋出，仍督舟师，向襄阳城；逊亦催动陆军，与瑾并进。襄阳守将刘劭，本已接到叡令，出兵攻瑾，一闻陆逊亲出，慌忙退还。逊至白河口潜遣部将周峻等，分略江夏、新市、安陆、石阳；魏兵俱不敢出，任他来去自由。（极写逊才。）那吴主权督攻新城，反被满宠招募壮士，毁去攻具，权失利退归。逊闻吴主已退，然后徐徐引还，毫无损失，安然抵镇。孙韶等也即回军。魏王叡素闻逊名，还恐他截击后路，既闻吴兵东返，也不愿进逼，回棹西行；诸将请径赴长安，合兵击蜀。叡独说道："吴既却兵，蜀自丧胆，司马大将军，自足制敌，无烦我亲往了！”遂遄返许昌。嗣接司马懿军报，谓蜀兵出屯五丈原，未分胜负，现惟以守为战，彼若粮尽，自然退师等语。叡揣知懿意，饬令懿约束诸将，坚壁拒敌。

原来懿与诸葛亮战过数次，败多胜少，此次闻亮进攻，当然打定主意，但守勿战。当亮出军渭南时，懿即引兵渡渭，背水立寨，且语诸将道：“亮若出武功，依山东进，却是可忧；若西出五丈原，便可无虑了！”（这也是安定军心的巧言。）嗣闻亮果屯五丈原，乃使郭淮据住北原，为犄角计，及蜀兵到了北原，已由郭淮扼守，进击无效，因即退去。亮已命运粮军士，用着木牛流马，运米集斜谷口，尚恐日久告罄，特派兵屯田，散处渭滨；惟严申禁令，不准侵扰居民，兵民相安无事，亮亦欣慰，满望就地得粮，好与司马懿坚持到底，免得奔波往返，再致徒劳。一面使人迭下战书，促懿出战，无论斗将斗兵斗阵，任懿自择。懿只是不出，经亮催逼不过，方才出斗阵法。亮布成八卦阵，懿亦认识，及遣戴陵等攻打，按着兵书，嘱令前往。哪知戴陵等一入阵中，辨不出什么方向，没头乱撞，终被蜀兵个个擒住，亮命把魏兵剥去衣甲，一律放回，叫他转语司马懿，要懿自来攻阵。懿佯约明日，收兵还营，竟不复出。亮使人责懿背约，懿始终忍辱，置诸不答。及亮贻懿巾帼女服，懿假意笑说道：“孔明竟视我作妇女么？”（好一番忍耐功夫。）说着，厚待来使，问及孔明寝食，及事情烦简，使人答道：“诸葛公夙兴夜寐，凡罚在二十以上，皆须亲览，日食不过数升。”懿闻言大喜。及使人辞去，即顾语将佐道：“孔明食少事烦，不能长久了。”诸将以为遗我女服，受辱太甚，俱请一战泄忿，懿禁遏不住，故意表请出战。魏主叡见了表文，询及卫尉辛毗，毗谓懿志在拒守，恐将佐违言，欲得诏旨压服，方免群议，叡也以为然，（统是司马知己。）乃令毗持节传诏，只准守，不准战。事为蜀护军姜维所闻，入告诸葛亮道：“敌营内有辛毗到来，定是如懿所愿，不复出战了！”亮叹息道：“懿本无战志，不过佯为请战，借此服众。古称将在外，君命有所不受，若果能制我，何必千里请战呢？”

嗣是懿竟不出，相持至三月有余，亮郁愤成疾，渐致不起。后主闻信，忙遣仆射李福省视，并咨大计，亮略与谈论，遣福返报。福已经辞去，数日复来，亮病愈加重，见了福面，便与语道："我知君来意，后事不暇细谈，可尽问蒋公琰。"福又说道："公琰后谁可大任？"亮答言费文伟。福再问其次，亮却不答，（汉祚已终，不消再说。）惟召入杨仪、姜维，密嘱后事，并及退军方法，且令左右扶起榻中，出营四望。时正黄昏，夜色沉沉，忽有一大星，自东北来，色赤有芒，流至西南，欲向营中坠下，亮不禁失色，哇的一声，呕出了一口鲜血，接连尚带着喘声。左右见不可支，扶令返寝。亮顾杨仪、姜维道："天象如此，命已难延，只恨不能与诸君讨贼了！"遂口授遗表，令仪写讫。挨至夜半，竟尔奉终，享年五十有四，时为蜀汉建兴十二年八月二十三日。（详志月日，遗恨无穷。）小子有诗叹道：

危厦徒凭一木支，明知艰险且驱驰；
臣心未已臣躬瘁，遗表流传两出师。

杨仪、姜维，遵嘱办事。欲知如何措置，请看下回再叙。

木门道之射死张郃，可为马谡泄恨；谡非死于诸葛，实死于张郃之手。郃为魏著名大将，街亭一役，郃实主之；诸葛公计毙此獠，马谡有知，能无快意？至若吴、蜀联盟，东西夹攻，本为一时之胜算，乃吴兵无功而退，蜀与司马懿相持数月，天丧诸葛，赍恨而终，此非天之佑魏，实天之阴欲启晋也。不然，如曹操父子之篡汉，曹叡之举措乖谬，宁反能仰邀天眷乎？惟罗氏《三国演义》演写诸葛之六出祁山，说成许多奇诞，与七擒孟获相同，按诸史事，十虚七八；且诸葛尝六出汉中，并非六出祁山，褒扬失实，何若存真之为愈也！

第九十五回　王子均昌言平乱　公孙渊战败受擒

却说杨仪、姜维，依着诸葛亮遗嘱，秘不发丧，但将尸骸安载车上，拔营徐退。当有魏谍，报知司马懿，懿闻诸葛亮已死，放胆追来，将及蜀兵，忽见蜀兵回旗鸣鼓，前来截击，并有一派喧声，齐呼："司马懿休走，此番中计，快来受死！"司马懿听着，拍马便奔，魏兵都弃甲曳兵，仓皇逃命，跑了好几十里，不见后面动静，方才停住。再使人探听蜀兵虚实，回报蜀兵尽退入斜谷，扬起白旗，为亮发丧。懿再转身往追，驰至赤岸，毫无影响，料知蜀兵去远，只得退还。（越乖越丑。）途人有歌谣云："死诸葛走生仲达。"懿听见后，却也不恼，但宣言解嘲道："我能料生，不能料死。"（忍辱含垢，却是司马懿一生特长。）及回视蜀兵营垒，无一不布置有方，因即叹美道："孔明真天下奇才哩！"又顾语诸将道："国家有福，丧敌良才，从此可高枕无忧了！"遂引回长安，表陈魏主，不消细说。

且说蜀兵已入斜谷，扬旛举哀，全体素服，方将故丞相遗骸，妥为棺殓，然后扶榇南归。将登阁道，遥见前面火光冲天，喊声盈路，杨仪、姜维不知何因，急忙令人探问，返报前军帅魏延，截住去路，不放杨长史过去。原来魏延自恃才勇，藐视杨仪，只因仪为丞相长史，不得不稍从含忍，及丞相病殁，仪欲令延断后，先令司马费祎，往探延意，延勃然道："丞相虽亡，难道就不去击贼？杨仪等为丞相官属，尽可奉丧还葬，我仍当留此讨虏！且杨仪何人？敢令魏延断后哩！"祎劝解道："这是丞相遗命，不宜有违。"延瞋目道："丞相若依我计，已早至长安；我今官居前军帅征西大将军，受封南郑侯，应继丞相后任，杨仪不必托名丞相，使君诳我，可即将兵符缴来！”祎知不可说，支吾对付，飞马回报。仪乃与姜维商议，维想出一法，从槎山小路进发，绕出栈道，昼夜兼行，抄到魏延背后。延闻仪等已至南谷，亟往谷口迎击，并奏称杨仪造反；仪亦劾延作乱。两表递入成都，后主方得李福还报，说是丞相亮寿终，免不得悲恸逾恒；忽又接得延、仪二人的讦奏，心下大惊，急召侍中董允，留府长史蒋琬，入示二人表文，询明顺逆。允与琬齐声道："臣等愿保杨仪，不保魏延！”后主道：“丞相新亡，两人便自相争杀，岂非大患？”蒋琬答道：“丞相非不知魏延骄戾，只因他勇力过人，妥为驾驭；臣料丞相必有遗策，授与杨仪，请陛下勿忧！”（蒋琬料事如见，不负诸葛所托。）后主稍稍放心，专待延、仪二人消息。

仪等到了南谷，令王平为先行。平至谷口，适与魏延相遇，彼此各摆开兵马，互相答话，平叱延道：“汝何敢造反？”延亦叱平为叛党，挥兵击平。平扬鞭指语道：“丞相待汝军士，何等厚恩？今丞相骨尚未寒，汝等为何从逆？况汝等俱系蜀人，不乘此时回家团聚，静候赏赐，反且助延为乱，自取灭门，汝等试想，该不该呢？”道言甫毕，延部下同声应响，纷纷散去，魏延大怒，挥刀出战。平接住厮杀，未及数合，又有马岱，来助王平，延虽多力，终因部卒尽散，不敢恋战，拍马返奔。马岱从后追去，王平留报杨仪。（史鉴或称何平，按诸《王平传》中，平本养外家何氏，后复姓王，且传文载入前屯祁山，及迎击魏延诸事，故本编独书王平。）仪闻魏延败窜，乃偕平西进。未几，即由马岱回军，持入延首，仪用足蹴踏道：“贼奴！尚敢作恶么？”遂表请夷延三族。（仪亦过甚，怎能善终？）先是延梦头上生角，问诸占梦赵直，直诈言麟角呈祥，必主吉兆，及退语密友道：“角字上从刀，下从用，头上用刀，必遭大凶。”至是果验。延并非欲反，实因与仪有隙，妄思除仪代亮，哪知舆情不服，害得势孤力竭，身败家亡，这也可谓自作孽不可活呢！留府长史蒋琬，欲分主忧，特出宿卫各营，出都赴难，行约数十里，得接杨仪军报，延已受诛，乃退回成都。过了两日，仪等奉亮遗榇，已至都门。后主带领百官，亲出迎丧，哭声载道，当下扶榇入城，暂停丞相府中。亮子瞻，年尚幼弱，一切丧葬，尽由蒋琬等监理。杨仪呈亮遗表，即由后主展阅，略云：

伏闻生死有常，难逃定数；死之将至，愿尽愚忠。臣亮赋性愚拙，遭时艰难，分符拥节，专掌钧衡；兴师北伐，未获成功。何期病入膏肓，命垂旦夕，不及终事陛下，饮恨无穷。伏愿陛下清心寡欲，约己爱民，达孝道于先皇，布仁恩于宇下；提拔幽隐，以进贤良，屏斥奸邪，以厚风俗。臣家有桑八百株，薄田十五顷，子孙衣食，自有余饶。至于臣在外任，无别调度，随身所需，悉仰于官，不别治生，以长尺寸。臣死以后，不使内有余帛，外有赢财，以负陛下也。

后主阅罢，复潸然泪下，随即传旨卜葬，杨仪面奏道："丞相已有遗言，命葬汉中定军山，因山为坟，但足容棺罢了。"后主依议，择期奉葬，又拟定谥法，加予册文道：

惟君体资文武，明叡笃诚，受遗托孤，匡辅朕躬，继绝兴微，志存靖乱；爰整六师，无岁不征，神武赫然，威镇八荒，将建殊功于季汉，参伊、周之巨勋。如何不吊？事临垂克，遘疾殒丧！朕用伤悼，肝心若裂。夫崇德序功，纪行命谥，所以光昭将来，刊载不朽。今使使持节左中郎将杜琼，赠君丞相武乡侯印绶，谥君为忠武侯。魂而有灵，嘉兹宠荣。呜呼哀哉！呜呼哀哉！

后来朝野官民，追念亮恩，屡请立庙致祭，乃筑祠沔阳，四时享祀。诸葛瞻年至十七，拜为骑都尉，得尚公主，后文再表。后主谨从亮议，进蒋琬为尚书令，总统国事；吴懿为车骑将军，出督汉中。忽闻吴增兵巴丘，数约万人，后主不胜惊疑，亟问蒋琬，琬请一面添兵永安，防备不测；一面保举右中郎将宗预，出使东吴，探明动静。后主一律依从，遂遣宗预东行。预至吴都，吴主权反诘他添兵永安，是何意见？预答说道："江东增戍巴丘，西蜀增戍白帝城，无非为事势所迫，不劳细问。"权欣然道："卿真不亚邓伯苗；（芝字伯苗。）我闻诸葛丞相病殁，恐魏人乘丧侵蜀，故就巴丘增兵，遥为蜀援，并无他意。”预又答道：“东西联盟，和好已久，当然彼此相关；陛下且增戍援蜀，难道蜀可不增戍应吴么？”权乃优礼待预，并使预代达己意，决不负约。预拜谢西归，报知后主，后主当然喜慰，蜀中亦闻信咸安。独杨仪返成都后，虽得进拜中军师，却已撤销兵权，有名无实，仪自谓才逾蒋琬，资望又比琬为优，乃反位出琬下，未免怨望；后军师费祎，暇时过谈，仪慨然道：“曩时丞相初亡，我若举军就魏，何至落寞如此？”祎假意劝慰，及辞退后，密将仪言入告，后主遂废仪为庶人，徙置汉嘉郡。仪至徙所，心愈不平，还要上书诽谤，结果是一道诏旨，收系郡狱，仪惭愤自杀。（不至夷族，还算幸事。）于是迁蒋琬为大将军，即授费祎为尚书令。琬举止不苟，喜怒不形，祎应事敏速，识悟过人，两人同心辅政，力守诸葛成规，故蜀安如故，魏与吴亦敛兵守境，好几年不动刀兵。（百姓之福。）

独魏主叡坐享承平，恣意淫乐，既作许昌宫，又治洛阳宫，起昭阳、太极殿，筑总章观，高十余丈，徭役不休，农桑失业。司空陈群等，上书力谏，辄不见从，且欲铲平北邙，上筑台观。卫尉辛毗，中书侍郎王基，少府杨阜，交章谏诤，方才罢议。魏青龙三年秋季，洛阳崇华殿被焚，叡问太史令高堂隆道：“汉柏梁殿失火，尝大起宫殿，作为厌胜，卿可识此义否？”高堂隆道：“这乃越巫所为，不合古训，愿陛下毋惑邪言！”叡不以为然，立命博士马钧，征发民夫数万，昼夜督造，穷极技巧，殿前有九龙环绕，号为九龙殿。又引穀水，通过殿前，旁设玉井绮栏，神龙吐出，蟾蜍合受。马钧更仿造指南车，叫作司南车，俾叡得随意游幸。并在殿北设立八坊，专选美貌妇女，序居坊中，最上封贵人，次封夫人，就中有数人知书识字，特任为女尚书，出纳章奏。他如歌姬舞妓，采女宫娥，不可胜计。殿外特造芳林园，搜罗奇花名卉，珍禽异兽，中凿陂池，编列画舫，每舫贮佳丽数人，教以楫棹越歌，俱臻灵妙。叡随时游幸，遇有中意的美人儿，当即召御，未有虚夕。谁知连宵跨凤。累岁绝麟，叡已越壮年，未得一子。廷尉高柔，请叡简省侍女，育精养神，方可“螽斯衍庆”云云。叡虽然优诏报闻，却仍是肆淫不已，寻且就宗室中，取得二儿，一名芳，一名询，充作己子，即立芳为齐王，询为秦王。

皇后毛氏，性颇端淑，与叡向无闲言，自郭夫人专宠后，遂将毛后爱情渐渐移到郭后身上；（回应前回。）后来贵人以下，承接甚多，更将毛后撇置中宫，不复过问。一日叡游芳林园，郭夫人等并皆随行，独毛后不与，郭夫人问叡道：“何不一请皇后同行?”（恐是故意诘问。）叡频频摇首，且嘱左右，不得通报中宫。及既至园中，赏花饮酒，备极欢娱，直至日落西山，方才回宫。毛皇后怆怀失宠，郁郁寡欢，镇日里望断乘舆，免不得嘱托宫娥，探听魏主行止，适有人得知游园消息，走报毛后，毛后益觉怏怏，甚至一宵废寝。翌日早起，特至西宫外候着，等到日上三竿，方见叡乘辇出来，当即迎前笑问道：“陛下昨游北园，可极乐否?”说尚未毕，但见叡勃然变色，满脸怒容，禁不住吓退三步。叡掉头径去。到了傍晚，竟由宫宦赍入谕旨，劝令毛后自尽。可怜毛皇后又悲又愤，又愤又悔，想到无可奈何的时候，竟取过鸩酒，一口吸干，转瞬毒发，便致暴亡。（前有甄后，后有毛后，可谓两次同命。）叡尚恨左右违旨，擅敢漏泄，不问他是否通报，竟杀死了十余人。不过表面上说不过去，伪言毛后暴崩，依礼丧葬，加谥曰悼，号后墓为愍陵，是年为魏青龙五年。茌县（茌音仕。）报称黄龙出现，（青变为黄，已寓死兆。）有司乐得献谀，说是魏得地统，宜改正朔，易服色，一新观听。叡遂改元景初，建丑为正，服色尚黄，牺牲尚白。又用太史令高堂隆奏议，在南北郊，营方圜二丘，圜丘祀天，方丘祀地，诏称曹氏系出有虞，应以虞帝舜配天，皇祖武皇帝配地。（武皇帝即曹操，见前文。）已而徙长安诸钟簴，及秦始皇所铸铜人，汉武帝所制承露盘，尽至洛阳。铜人重不可致，留置霸城，承露盘在途折断，声闻数十里，叡乃另采他铜，铸成铜人二个，号为翁仲，分列司马门外；更铸铜龙铜凤，置内殿前，龙高四丈，凤高三丈余。（有何用处?）还要在芳林园中，增筑土山，限令三日告就。土役无暇，即令公卿群僚，荷畚担土。好容易堆成高阜，上植松竹杂木，作为美观。司徒掾董寻，太子舍人张茂，陆续奏谏，始终无效。高堂隆得病将死，口占遗疏，请叡黜奢崇俭，亲亲任贤，也徒博得区区褒赠，赍志以终。只有大将军司马懿，进官太尉，位高责重，却是片言不发，噤若寒蝉。（数语已足诛心。）嗣由幽州刺史毌丘俭，报称公孙渊僭号燕王，改元绍汉，置官吏，诱胡虏，纠众入寇，骚扰北方。叡乃亟召司马懿入朝，与议讨渊。渊为辽东太守公孙度孙，父名康，曾斩袁尚、袁熙首级，献与曹操，操表封为襄平侯。（见前文。）康死时，渊尚幼弱，官属立康弟恭。恭庸劣不能治事，及渊年渐长，胁夺恭位，上表曹丕，丕意在羁縻，拜渊为扬烈将军，领辽东太守。未几，渊与魏有贰，遣使至吴，愿为吴藩，吴主权乃使太常张弥，执金吾许晏等，赍着金宝珍货，航海授渊，且封渊为燕王。渊又恐魏人讨伐，收没货赂，诱杀张弥、许晏，传首至魏，魏进渊为大司马，封乐浪公。（刁狡至此，宁能久存？）吴主权，闻渊反复，即欲督兵讨渊，陆逊、薛综，连章谏阻，权方中止。谁知渊又贪心不足，复欲背魏，对着魏使，时出恶声。幽州刺史毌丘俭，奉魏王命，赍玺书征渊，渊竟发兵抗俭，俭因众寡不敌，退还幽州。渊遂自称燕王，屡寇魏境，毌丘俭乃表请济师。太尉司马懿为了讨渊一事，奉召入都，谒见曹叡，叡问及方略，懿答言得兵四万，自足破贼。叡又问道："卿料渊行动若何？"懿又答道："渊若弃城预走，乃是上计；据守辽东，抗拒大军，乃是中计；若坐守襄平，便成下计，必为臣所擒了！"叡问渊能行上计否？懿谓渊徒凶狡，不知兵谋，定出下计；叡复问大军往还，应需几时？懿预约往百日，攻百日，还百日，又须休息六十日，大约满足一年，就可了事。（武侯已殁，应让司马争雄。）叡闻言大喜，便令懿带兵启程。

公孙渊闻懿出讨，也觉心惊，又遣使向吴称臣，谢罪乞援。吴主权欲戮渊使，嗣经谋臣羊衜等计议，（衜即古道字。）阳为许援，阴图乘隙，所以发兵驻境，静观成败。那司马懿驱兵大进，再指辽东，渊令部将卑衍、杨祚，分率步骑数万，屯踞辽隧，设堑二十余里，堵遏懿兵。懿用胡遵为先锋，引兵挑战。渊令衍、祚守寨，自出交锋，被遵杀退，自是坚守不出。（也想学袭司马懿旧法么？）懿笑语诸将道："贼不与我战，欲我老师縻饷，粮尽退兵，我岂肯为贼所料？且贼众多在此处，巢穴必虚，我不如潜攻襄平，一举破贼哩！"乃多张旗帜，佯作南行，卑衍等尽锐南追。懿却潜济水，北趋襄平。至衍等察觉，转向北进，却被懿用伏兵掩击，杀得七零八落，窜往首山。懿兵追入山中，卑衍战死，杨祚乞降，于是懿得进围襄平。公孙渊出战失利，退守危城。会值秋雨兼旬，辽水暴涨，运粮船直达城下，平地水深三尺，懿兵行立不便，各欲移营，懿反下令军中，敢言移营者斩。都督令史张静，入帐固请，竟被斩首，悬竿示众，军人乃不敢再动。城中见懿营阻水，乐得出外樵牧，魏军司马陈珪，请出兵截击，懿独不从。珪疑问道："太尉前攻上庸，昼夜兼进，故能立拔坚城，擒斩孟达；今远来反缓，又纵贼樵牧，究是何意？"懿笑答道："孟达兵少粮多，我粮少兵多，若非急进，出彼不意，怎能取胜？今贼众我寡，贼饥我饱，何必速攻？正当任彼内乱，然后纵兵合击，可以聚歼，倘或掠彼牛马，截彼樵采，是驱令远走，反为不妙。"陈珪听了，方才拜服。

既而天雨晴霁，懿乃分兵合围，四筑土山，登高俯攻，矢石不绝。守兵死伤甚多，并且粮食垂尽，不能再支，只得遣使请和。懿怒斩来使，送还首级，檄令渊自缚来营。渊窘急无法，再令亲臣卫演求降，愿送子入质，懿忿然道："军事大要有五，能战当战，不能战当守，不能守当走，不能走当降，不能降当死；何必遣子为质，多来絮聒！"说罢即叱演使归。（司马大出风头。）先是渊家有犬，冠帻绛衣，上屋驰行，民居午炊，有小儿蒸死甑中；襄平北市，土中生肉，周围数尺，头目口鼻俱全，独无手足；占验家已预知凶兆，说是有形不成，有体无声，国必灭亡。至是围城紧急，夜有流星数十丈，从首山东北，坠下襄平城东南，自公孙渊以下，并皆惊骇。又值卫演返报，无术图存，不得已挈子公孙修等，突出南门。懿早已防着，预令先锋胡遵，屯兵梁水，等到渊父子逃来，便即截住，后面又由大兵追上，立把渊父子擒住。司马懿已攻入城中，搜获公孙渊家族，及吏士七千余人。可巧渊父子解到，懿即喝令斩首，并将所获人犯，一体诛夷，筑成京观；（狠甚。）惟渊首传送洛阳。渊叔恭为渊所囚，许得释放，俾存一脉。凡中原人流寓辽东，听令还乡，辽东遂平，懿亦班师。途次接得朝旨，喻令回镇长安。及行到河内，偏来了宫使辟邪，叫懿速至洛阳。正是：

内旨两歧成柄凿，外臣一入据钧衡。

究竟懿行止如何，待至下回续表。

魏延、杨仪，心术相同，延不过早为发作，自速其死耳。若仪之与费祎言，谓不若前时就魏，是延之所未及设想者；而仪欲为之，其居心尤出延下。微诸葛丞相之善为驾驭，几何而不先作乱也？曹叡奢淫无度，违理蔑伦，种种荒谬，俱足亡国，而反得平定辽东，擒斩公孙渊父子，是所谓天夺之鉴，而益其疾也。司马懿为莽、操流亚，功不显，位不高，乌得擅权窃国？公孙死而司马益崇，魏之不亡亦仅矣。谁谓荒淫之主，能贻厥子孙哉？

第九十六回　承遗诏司马秉权　缴印绶将军赤族

却说魏主叡淫荒过度，酿成疾病，年仅三十有五，已害得骨瘦如柴，奄奄不起；当下立郭夫人为皇后，命燕王宇为大将军。宇为曹操庶子，与叡素来亲善，故叡欲嘱咐后事。又使领军将军夏侯献，武卫将军曹爽，（曹真子。）屯骑校尉曹肇，（曹休子。）骁骑将军秦朗等，与燕王共同辅政。偏有中书监刘放，中书令孙资，意图揽权，不愿燕王等入辅，每思乘间进谗，苦未得隙。会接司马懿班师奏报，燕王宇便向叡请旨，令懿仍回镇长安。叡已不能治事，任令燕王主持。一夕叡气喘不休，宇恐有急变，自去宣召曹肇等，与谋大计。独曹爽侍侧未退，刘放、孙资，急排闼泣奏道："陛下若有不讳，后事果付托何人？"叡惨然道："卿尚不闻朕用燕王么？"放申奏道："先帝有诏，藩王不得辅政，且陛下方病，曹肇、秦朗等，托词入省，辄与宫人戏言，燕王并不监束，反拥兵宫外，不令臣等进奏，这与古时的竖刁、赵高，尚有何异？况太子幼弱，未能亲政，外有强寇，内有佥壬，恐国家从此多事了！臣久叨恩宠，不忍漠视，故敢冒死入陈。"（所谓肤受之诉。）叡不禁怒起，急问刘放道："卿以为谁可大任？"放见曹爽在旁，不便立异，便举爽代宇；资亦随口赞同。叡即顾爽道："卿自思能胜任否？"爽汗流浃背，不能措词，放急伸足蹑爽，爽才逼出一语道："臣……臣愿死奉社稷！"（曹真生此庸儿，何能保家？）放、资又接入道："太尉懿才略过人，可参大政。"叡点首称善，放便欲请旨召懿。

适值曹肇趋入，放、资乃避出殿外，叡与语及召懿情事，肇涕泣固谏，引董卓事为戒，（何不即引曹操？）叡又觉心动，不愿召懿。

待至肇退，放、资又即趋进，极言肇有异心，叡复依放言，嘱令草诏，放答说道："请陛下自作手书。"叡唏嘘道："我已病重，不能执笔。"放竟取过文具，握住叡手，勉强书诏，草草告成，便赍出大言道："有诏免燕王等官，不得再停殿省中！"燕王宇性本温和，当即出去，献、肇、朗三人，亦无法可施，流涕归第。放即令内使辟邪，驰召司马懿。懿见前后诏旨两歧，料知宫中有变，星夜赶至洛阳，入宫求见。叡握懿手与语道："朕忍死待君，今得相见，托付后事，我无遗恨了。"（否则，懿怎得揽权？）懿顿首受命。叡复召入齐、秦二王，与懿相揖；又指齐王芳语懿道："这就是他日储君，请卿审视，勿误勿忘！"（懿非目盲，应早认识。）又教芳前抱懿颈，懿流涕道："陛下放心！难道不忆及先帝临崩，曾将陛下嘱臣么？"叡开颜道："如此甚好。愿卿与爽，共辅此子便了！"乃即立芳为皇太子，曹爽为大将军，懿仍守官太尉，辅导东宫。越宿叡即告终，曹爽、司马懿，奉太子芳即位。芳年才八岁，或谓系任城王曹楷子。（楷即彰子。）尊皇后郭氏为皇太后，追谥叡为明皇帝，葬高平陵。加爽、懿侍中职衔，并假节钺，都督中外诸军事，录尚书事。一切兴作，皆托称遗诏，即令罢免。（便是懿笼络人心的手段。）爽、懿各领兵三千人，轮流宿卫，权势相埒；惟爽年轻望浅，常事懿如父，每事咨访，不敢专行，懿亦佯为谦抑，故尚得相安。

时有东平人毕轨，南阳人何晏、邓飏、李胜，沛人丁谧，并有才名，挟策干进。魏主叡在位，曾说他浮华躁竞，屏黜不用，偏爽引为僚佐，一经秉政，便相继录用，视若腹心。晏等即为爽划策道："国家重权，不宜轻委异姓，今可入白天子，加懿为太傅，外示推重，内慎防维，此后尚书奏事，先白大将军，免为懿所牵掣，大权庶不致旁落了。"（为爽划策，看似尽心，实欲以傀儡待爽。）爽闻言称善，遂推懿为太傅，且举弟羲为中领军，训为武卫将军，彦为散骑常侍。又徙吏部尚书卢毓为仆射，即令何晏代任，进邓飏、丁谧为尚书，毕轨为司隶校尉，李胜为河南尹，拔茅连茹，交相庆贺。黄门侍郎傅嘏，密语爽弟曹羲道："何平叔（晏字平叔。）外静内躁，铦巧好利，将来必摇惑君门；幸转达大将军，毋轻委任。”羲即将嘏言告爽，爽方恃晏为心膂，怎肯信嘏？反说嘏从中谗构，把他黜免。嗣复出卢毓为廷尉，寻且罢官；众论多为毓讼冤，乃更用毓为光禄勋。大将军长史孙礼，亮直不挠，为晏等所嫉忌，出为扬州刺史，司马懿冷眼旁观，早已窥透情隐，但因爽尚存礼貌，姑与周旋，不加干涉。（这是郑庄公待段秘诀。）越年改元正始，迁中书监刘放为左光禄大夫，中书令孙资为右光禄大夫。（定是司马懿荐举。）

又越年孟夏，爽与何晏等选色征歌，饮酒作乐，正在兴高采烈的时候，忽由门吏入报道：“吴兵三路入寇，警报已到过数次！”爽不禁失色道：“有这等事么？”看来只好请太傅主张，（急来抱佛脚。）何晏等亦计无所出，但促爽入朝，与司马懿会议军情，爽不得已，离席出门。趋至朝堂，朝中侍臣，亟向爽问计，爽谓须待太傅计事，当下遣人往迎司马懿。谁知懿托辞有疾，不肯到来。爽惶急无措，忙入见少主芳，请旨召懿。懿尚诿诸曹爽，谓俟臣疾少愈，便当入朝；（乐得摆点架子。）爽更觉着急，再使光禄勋卢毓，赍诏向懿问计，懿才出答道：“芍陂为淮南要冲，现由将军王凌把守，可以无忧，惟樊城、柤中两处，（柤读为祖。）必须大将往援，方能却敌！”毓还朝复旨，朝臣瞩望曹爽，劝令东征。爽未经大敌，不敢出师。转眼间已越数日，樊城被吴将朱然围住，柤中亦为诸葛瑾所攻，连章告急，许、洛两都，人心惶惶，司马懿乃自称病愈，出议军事。（时乎？时乎？）适值王凌报捷，击退吴将全琮，淮南解严。（吴兵三路分写，又是一种笔墨。）懿进议道：“柤中民夷十万，流离无主，樊城被围逾月，紧急万分，大将军方握兵权，奈何坐视不救哩？”（还要推与曹爽。）爽无词可答，只好自说无才，特候太傅定夺。何晏在旁发言道：“樊城坚固，易守难攻，敌众屯兵城下，不战亦疲，但用长策制御，自足屈人！”懿微哂道：“疆场骚动，主少国疑，不乘此时出师却贼，如何安定社稷？大将军能往则往，如若不能，懿年虽老，愿督军一行！”（明明是奚落曹爽。）朝臣闻懿愿出师，当然赞成，懿即调动人马，克日南征。少帝芳亲率百官，送至津阳城门外。

懿拜别而去，才经旬月，便得捷书，樊城解围，吴兵夜遁，租中亦击退吴人，于是宣诏班师。太傅司马懿振旅而还，献俘行赏，又有一番张皇气象，毋庸细述。独曹爽相形见绌，未免减色，邓飏、李胜，劝爽相机立功，方足敌懿。事有凑巧，闻得蜀大将军蒋琬，进任大司马，出屯涪城，谋袭魏境。爽即听飏、胜等言，自请伐蜀。司马懿谓蜀未进兵，何用劳师？因复迁延了两三年。

是时蜀后张氏已殁，更立后妹为继后，长子璿为太子，次子瑶为安定王，改建兴十六年，为延熙元年。车骑将军吴懿，又病亡出缺，诸军皆归蒋琬节制，监军姜维为副。琬与维分驻汉中及涪城。至延熙六年，琬抱病甚重，因令姜维屯涪城，另简镇北大将军王平，往守汉中。魏曹爽得此消息，复拟攻蜀。还有征西将军夏侯玄，为爽姑子，附和爽议，怂恿兴师。司马懿再出劝阻，爽不肯从，乃于魏正始五年，即蜀延熙六年，春日发兵，与玄会师长安；计得十余万众，逾骆谷，逼汉中，声焰甚盛。蜀兵在汉中驻守，不满三万，诸将各有惧色，拟婴城固守，静待涪城援军。镇北大将军王平，独宣言道："此去涪城约千里，援兵怎能骤至？倘贼众攻入阳平关，就为大患，不可不防。"说罢，即遣护军刘敏，引兵万人，往据兴势山，多张旗帜，绵亘百里，兴势山为关口保障，与关内互相呼应，便成重镇。魏兵为兴势所阻，不能前进；长安运饷多艰，沿途跋涉，非但役夫奔命，辄致道亡，甚至牛马亦相继僵仆。爽与玄屯兵月余，粮食将尽，寸筹莫展；玄复接懿手书，内称《春秋》责大德重，兴势至险，已为蜀兵所据，万难进兵，若再不知退，恐必致覆军，究由何人负责？故先咨照等语。（明见万里，究竟要算此老。）玄即将懿书转告曹爽。爽未肯遽归，忽由探马入报，蜀已任尚书费祎为大将军，统兵来援，爽知不可敌，方与玄议决退师。还至三岭，（沈岭、衙岭、分水岭，为汉中入骆谷通道。）岭间已满布蜀兵，旗帜上面，表明汉大将军"费"字样，吓得魏兵人人胆怕，个个心寒。爽到此无路可走，只得令玄为先锋，自为后应，硬着头皮，麾兵过去，接连冲突数次，才得杀开血路，越岭奔回；所有辎重甲仗，抛弃殆尽，十万人丧亡过半，狼狈还都。（徒为司马懿所笑。）蜀大将军费祎，奏凯还朝，受封成乡侯。蒋琬本兼益州刺史，因见祎才略冠时，固让州职，乃令祎兼刺益州，侍中董允，代祎为尚书令，佐祎辅政。越年，蜀太后吴氏寿终，接连是大司马蒋琬，尚书令董允，得病去世。蜀人称诸葛亮、蒋琬、费祎、董允，为四圣相，亦号“四英”，至是惟祎尚存。祎用选曹郎陈祗为侍中，祗多技巧，好行小智，与黄门丞黄皓相昵。皓素来便佞，见宠后主，惟畏一公忠体国的董休昭；（休昭即董允字。）董殁后，皓无所忌惮，又由陈祗入侍，遂得朋比为奸。且后主从此亲政，擢皓为中常侍，亲小人，远贤臣，诸葛公苦口垂箴，终成空论，免不得日就倾颓了。（令人三叹。）

且说曹爽旋师后，不知引咎，仍任首辅。少主芳虽已加元服，立后甄氏，究竟年龄尚稚，不过十五六岁，未识贤愚。郭太后深居宫中，守着曹丕遗诏，不预外事，（魏黄初三年，诏令群臣不得奏事太后，后族不得辅政。）所以曹爽丧师，无人纠劾。爽越得专恣，植党营私，骄奢无度。郭太后稍有违言，爽即徙太后，居永宁宫，派人管束。且至宫中搜寻美女，见有姿色可人，不论她曾否召幸，便即取去。魏主叡身后遗妾，封过才人，也被爽强取数名，藏入窟室，轮流奸淫。（好算得内无怨女。）他如饮食衣服，僭拟天子尚方，珍玩充牣府中；又建重楼画阁，雕宇峻墙，昼与私党纵饮，夜与姬妾交欢，真个是事事称心，无求不遂。爽弟羲深以为忧，屡次泣谏，爽终不从。有时与弟训、彦等，出外游畋，日暮不归。司农桓范进谏道：“将军总万机，典禁兵，不宜与兄弟并出；若有人闭城拒绝，谁为纳入？还乞三思！”爽瞋目道：“何人敢为此事？汝太多心！”范无奈趋退。独太傅司马懿，又复称疾，累月不出。河南尹李胜，欲回官故乡，求爽表荐，爽即表胜为荆州刺史。胜向懿辞行，见懿拥被卧着，令二婢左右分侍，目眊口蹇，似乎不省人事，胜连叫数声，才应响道：“汝为何人？”胜答语道：“河南尹李胜，今奉诏命，调为荆州刺史，特来拜辞；不意太傅竟病体至此！”懿为喘息道：“并州么？君……君受屈此州，地近朔方，须好好防备！”胜急说道：

"当刺本州，并非并州。"懿故意错说道："君从并州来么？"胜复答道："现奉调为荆州刺史！"懿才大笑道："年老耳聋，未解君言，君今还官本州，威德壮烈，好建奇勋。可惜我死在旦夕，不得复见了！"胜复以吉人天相为解，懿唏嘘道："人生总有一死，只我子师、昭两儿，才浅识短，还望君等念我旧情，代为照拂；且请将我意，代达大将军。"说至此，声带呜咽，旁顾二婢，用手指口，似作渴状，（亏他装做。）一婢取汤与饮，懿将口就汤，不能尽吸，流下沾襟；一婢忙取襟揩拭，累得懿不堪疲乏，气竭声嘶。（活像将死情状。）胜不便再说，因即告辞，当由懿子师、昭二人，送出门外。

胜飞马至曹爽家，向爽报告道："司马公尸居余气，形神已离，可无再虑了！"爽亦大喜。胜别过曹爽，自去赴任。何晏、邓飏等，闻懿病笃，无不开怀。平原人管辂，雅善卜《易》，远近著名，晏延至家内，与辂论《易》，邓飏亦闻声趋至，列座倾听，约阅片时，便问辂道："君自谓善易，何故语中不及《易》义？"辂应声道："善易不言《易》。"晏含笑赞辂道："可谓要言不烦。但我有疑虑，烦君一卜！"辂问有何疑，晏与语道："我位可至三公否？且连日梦见青蝇聚鼻，究为何兆？"辂接口道："这亦何必卜《易》？从前元、恺辅舜，周公佐周，并皆和惠谦恭，享受多福。今君侯位尊势重，人鲜怀德，徒多畏威，恐非小心求福的道理。且鼻为天柱，与山相似，高而不危，贵乃长守，今梦集青蝇，适被沾染，亦非吉兆。位峻必颠，轻豪必亡，愿从此裒多益寡，非礼勿履，然后三公可至，青蝇可驱了！"（煞有至理。）飏嘲笑道："这也不过是老生常谈。"辂复应声道："老生见不生，常谈见不谈！"说罢便拂袖径去。路过舅家，为述与何、邓二人语意，舅惊问道："何、邓方握重权，汝奈何出言唐突？"辂怡然道："与死人语，何必避忌？"舅又问道："何谓死人？"辂详解道："邓飏行步，筋不束骨，脉不制肉，起立倾倚，若无手足，此为鬼躁。何晏视候，魂不守宅，血不华色，精爽烟浮，容若槁木，此为鬼幽。眼见得死期将至，怕他什么？"（一目了然。）舅尚是不信，斥辂为狂，辂亦自归。哪知过了残年，果然应验，竟如辂言。

魏正始十年正月，少主芳出谒高平陵，曹爽兄弟，及私党并随驾出都，独司马懿称病已久，未尝相从，爽总道是懿病将死，毫不加防。哪知懿与师、昭二子，已经伺隙多日，此番得着机会当即发难，勒兵闭城，使司空高柔，假节行大将军事，据曹爽营；太仆王观行中领军事，据曹羲营，然后入白郭太后，只言爽奸邪乱国，应该废斥。郭太后为了迁宫一事，颇恨曹爽，当即允议。太尉蒋济，尚书令司马孚，为懿草表，由懿领衔劾爽，使黄门赍出城外，往奏少主；懿自引亲兵，诣武库取械授众，出屯洛水桥。爽有司马鲁芝，留住大将军府中，蓦闻变起，即欲出城见驾。商诸参军辛敞，敞狐疑不决，转询胞姊辛宪英，宪英为太常羊耽妻，秀外慧中，谈言多中，既见敞踉跄进来，便问何事？敞急说道："天子在外，太傅谋变，我姊尚未闻知么？"宪英微笑道："太傅此举，不过欲杀曹大将军呢！"敞又问道："太傅可能成功否？"宪英道："曹将军非太傅敌手，成败可知！"（明于料事，可谓女诸葛。）敞复问道："如姊言，敞可不必出城？"宪英道："怎得不出？职守为人臣大义，常人遇难，尚思顾恤，况为人执鞭，事急相弃，岂非不祥？我弟但当从众便了！"敞即趋出，与鲁芝引数十骑，夺门径去。早有人报知司马懿，懿因司农桓范，素有知略，恐他亦出从曹爽，乃托称太后命令，召范为中领军，范欲应命，独范子谓车驾在外，不可不从。范遂出至平昌城门，门已紧闭，守吏为范旧属司藩，问范何往？范举手中版相示，诈称有诏召我，幸速开门。蕃欲取视诏书，范怒道："汝系我旧吏，怎得阻我？"蕃不得已，开门纵范，范顾语蕃道："太傅谋逆，汝可速随我去！"蕃闻言大惊，追范不及，方才退回。司马懿闻范出走，急语蒋济道："智囊已往，奈何？"济笑答道："驽马恋栈豆，怎肯信任智囊？请公勿忧！"懿即召侍中许允、尚书陈泰，使往见爽，叫他速自归罪，可保身家。待许、陈二人去后，又召殿中校尉尹大目，婉言相告道："君为曹将军故人，烦为致意曹将军，免官以外，别无他事；如若不信，可指洛水为誓！"（无非是牙痛咒。）大目亦依言去讫。那曹爽尚随着少主，射鹰走犬，高兴得很；忽有黄门驰至驾前，下马跪呈，少主芳接受后，启封览表，但见上面写着：

臣懿言：臣昔从辽东还，先帝诏陛下、秦王及臣，升御床，把臣臂，深以后事为念。臣谓太祖（操）高祖（丕）亦属臣以后事，皆为陛下所见，无所忧苦，万一有变，臣当以死奉明诏。今大将军爽，背弃顾命，败乱国典，内则僭拟，外专威权，破坏诸营，尽据禁兵，群官要职，及殿中宿卫，皆易用私人；又以黄门张当为都监，伺察至尊，离间二宫，伤害骨肉。天下汹汹，人怀疑惧，此非先帝诏陛下及臣升御床之本意也！臣虽朽迈，敢忘往言？太尉臣济，尚书令臣孚等，皆以爽有无君之心，兄弟不宜典兵宿卫，奏永宁宫。皇太后令敕臣如奏施行。臣因敕主者及黄门令罢爽、羲、训吏兵，以侯就第，不得逗留以稽车驾；否则即以军法从事！臣力疾出屯洛水浮桥，伺察非常，谨此上闻！

少主芳阅罢，交与曹爽，爽目瞪口呆，面如土色。俄而鲁芝、辛敞到来，报称城门四闭，太傅懿出屯洛水桥，请大将军速定大计。爽与兄弟等商议，俱无良策，可巧桓范亦到，下马语爽道："太傅已变，大将军何不请天子幸许都，调兵讨逆？"爽惶然道："如卿言，我家属尽在城中，必遭屠戮了！"（真是驽马。）范见爽当断不断，又顾语羲道："若不从范言，君等门户，岂尚能保全？试想匹夫遇难，还想求生，今君等身随天子，号令四方，谁敢不应？奈何自投死地呢？"羲亦默然。范复进议道："此去许昌，不过一宿可至；关南有大将军别营，一呼即应，所忧惟有谷食，幸范带有大司农印章，可以征发。事在急行，稍迟便要遇祸了！"道言甫毕，许允、陈泰又至，传达懿言，请爽兄弟归第，可保身家。爽更觉滋疑。未几，又由尹大目驰至，谓太傅指洛水为誓，但要大将军免去兵权，余无他意。爽信为真言，稍展愁眉。时已天晚，便留宿伊水南岸，发屯田兵数千名，聊充宿卫，自在帐中，执刀徘徊，直至五鼓，尚无把握。范入帐催逼道："事已燃眉，何尚未决？"爽举刀投地道："我虽免官，尚不失为富家翁！”（休想。）范大哭出帐道：“曹子丹（即曹真。）也算好人，奈何生汝兄弟，愚同豚犊！我不意到了今日，坐汝族灭哩！”待至天明，爽竟白少主，自愿免官，并把大将军印绶，解付许允、陈泰，赍还洛阳。主簿杨综，慌忙谏阻道：“公挟主握权，何事不可为？怎可轻弃印绶，徒就东市呢？”爽尚自信道：“太傅老成重望，谅不食言！”（呆极。）遂将印绶付给许、陈自去。爽兄弟奉主还宫，懿当然迎驾，且听令爽等还家。是夕即由懿遣兵围住爽第，越日即由廷尉奏称，谓已拿讯黄门监张当，却将先帝才人，私送爽第，且与爽兄弟三人，及何晏、邓飏、丁谧、毕轨、李胜等，一同谋反，约于三月间举事，司农桓范，知情不报，应该连坐。于是分头拿捕，结果是一同下狱，陆续斩首，并夷三族。（桓范之死，实由替爽划策，并非出城之过。）鲁芝、辛敞、杨综三人，亦为有司所收，谳成重罪，懿独慨然道：“彼三人各为其主，不必处刑！”（仍是笼络人心。）当下释出三人，使复旧职。辛敞出狱自叹道：“我若不谋诸我姊，险些儿陷入非义了！”小子有诗赞辛宪英道：

变起争权事可知，教忠仍使守纲维；

羊家智妇辛家姊，留播千秋作女师。

还有一位烈妇，也是扬名彤史，千古流芳。欲知烈妇为谁，下回再当报明。

曹爽一庸奴耳，不度德，不量力，竟以一时之侥幸，入为首辅，就使小心谨慎，犹难免覆饣束之凶；况淫奢无度，酒色是酖。何晏、邓飏诸人，毫无伟略，引为谋士。兄弟中仅一曹羲，犹有一隙之明，而爽不肯从，其能保家保国乎？当日即无司马懿，吾知爽亦未必不亡也。惟懿之奸雄，不亚曹操，始则纵爽，继则赚爽，终则拒爽，玩爽于股掌之上，卒使爽无噍类，何居心之阴鸷若是！然回忆操之欺人，与懿略符，天生一操，又生一懿，正冥冥中之巧为安排，于爽乎何恤也？而后世之机械变诈者，可知所返矣！

第九十七回 猛姜维北伐丧师 老丁奉东兴杀敌

却说曹爽被诛，祸及宗族，无论男妇老幼，一概丧生。惟爽从弟文叔早亡，妻夏侯氏，青年无子，乃父夏侯文宁，欲令女改嫁。女名令女，号泣不从，甚至截耳出血，誓不他适；及爽被诛，令女适归宁母家，不致累及。文宁方为梁相，上书与曹氏绝婚，又使家人讽女改嫁。令女佯为允诺，悄悄地趋入寝室，取刀割鼻，蒙被自卧，女母迭呼不应，揭被审视，血满床席，不禁大骇。家人忙为敷药，且劝解道："人生世上，如草上轻尘，何苦出此？况夫家夷灭已尽，尚与何人守节呢？"令女泣语道："仁人不以盛衰改节，义士不以存亡易心；曹氏盛时，尚欲保终，及今衰亡，便思背弃，这与禽兽何异？我宁死不肯出此！"（贞节可风）家人闻言，无不感动，乃听令守节。事为司马懿所闻，也觉起敬，因使令女乞子自养，为曹氏后。（烈女足怵奸雄。）还有晏妻金乡公主，系是操女，为操妃杜夫人所出，性情端淑，夙有贤名。晏自诩风流，雅好修饰，粉白不去手，行步顾影，无丈夫气，时人号为傅粉何郎。惟性亦渔色，又尝嗜酒，日与曹爽等为长夜饮，不问家事。金乡公主归语母杜夫人道："晏为恶日甚，恐难保身家！"杜夫人还疑公主妒忌，笑言诘责；谁料晏阅时无几，竟至杀身。晏有一男，年才五六岁，由杜夫人取匿宫中，遣人向司马懿缓颊，请勿连坐。懿素闻公主贤明，并看公主同母兄沛王林情面，乃赦他母子，不复加诛。但晏好清谈，与夏侯玄、荀粲、王弼等，引为同调，虽身已受戮，尚煽余风，魏晋清谈的流弊，实自晏始。（特志祸根。）这且慢表。

且说司马懿计杀曹爽，得专政权，光禄大夫刘放、孙资等，咸称懿有大功，应升任丞相，并加九锡。少主芳不敢违议，便使太常王肃，赍册授命，懿固辞不受，方将册命收回。是年改元嘉平，即蜀汉延熙十二年，后主禅进监军姜维为卫将军，与费祎并录尚书事。维具有胆略，尝欲继丞相亮遗志，北伐中原，独费祎不以为然，隐加裁制，但使维统兵万人，不令逾限。且与维相语道："我等才智，远不及丞相，丞相尚未能戡定中原，何况我辈？不如保国安民，静待能人，今不可希冀侥幸，轻举妄试，一或挫失，后悔无及了！"（未始非持重之言。）维因权在祎手，不便与争，只好蹉跎过去。会有一魏将奔入蜀境，叩关请降，自述姓名，叫作夏侯霸，当由关吏报知姜维。维惊疑道："霸系夏侯渊次子，与蜀有仇，何故前来乞降；莫非怀诈不成？"（渊死于定军山，事见前文。维系魏人，应该知霸履历。）遂嘱关吏严行盘诘，嗣接关吏复报，才知霸为曹爽外弟，官拜护军，归魏征西将军麾下。爽被诛后，玄奉诏入朝，改派雍州刺史郭淮代任。霸与淮有隙，又恐坐爽亲党，必将及祸，不得已奔入蜀中。路过阴平，仓皇失道，甚至随身粮尽，杀马为食，步行荆棘，履穿足破，千辛万苦，始得入蜀逃生。既已情真语确，当然由维召入，霸跪伏地上，泣诉前情，维亲为扶起，用言抚慰。复引霸入见后主，后主亦慰劳一番，令为维参军，霸拜谢而出。维问霸道："司马懿专政，未知他来窥我国否？"霸答说道："懿方营立家门，无暇顾及外事，惟锺士季年少有才，他日得志，必为蜀患！"维问锺士季为谁？霸谓故太傅锺繇子，现为秘书郎。维听到此语，乃欲先机伐魏，遂上表固请，奉诏出师。

夏侯霸随维同行，到了雍州境内，审视地势，见有麹山可据，即引兵占住，分筑二城，使部将句安、李韶居守，自募羌胡遗众，往略诸郡。魏征西将军郭淮，急令雍州刺史陈泰往攻二城。泰发雍州兵前往，把二城团团围住，令他水汲不通，城中无水可取，将士枯渴；亏得初冬下雪，融作饮料，尚得苟延残喘。维闻二城被困，引兵趋救，方至牛头山，即被陈泰阻住，泰才识练达，料知维军来援，必过此山，故就山设垒，亲自守候。维连日攻扑，终不能克，突有探骑入报道："魏将郭淮，前来援泰，先驱已渡过洮水了！"维亟与夏侯霸商议道："郭淮进至洮水，定来截我归路，如何是好？"霸皱眉道："看来不如速退，免得丧师！"维乃令霸先行，自为断后，星夜退归。那麴山二城，待援不至，守将句安、李韵，无术图存，只好降魏。（姜维初次出师，便丧二将，不利可知。）独维还入汉中，心下未惬，因拟约吴夹攻，遣使东下。

吴主孙权，年已昏耄，为了许多内宠，遂致嫡庶争权，内政尚且丛脞，还有何心外略？所以对着蜀使，模糊应付，当即遣归。自从吴主权称帝以来，差不多有二十余年，初次纪元黄龙，越三年改号嘉禾，又越六年，改号赤乌，又越十三年，改号太元。权元妃谢氏无出，纳妾生子，长名登，次名虑，登已立为太子，虑未冠而亡。权有外弟徐琨女新寡，貌美无双，为权所羡，复纳为妃。（琨父名真，真妻为权姑母，琨女初稼陆尚，尚卒，乃为权妃，事见史传。）谢氏恚恨成病，不久即殁。权使徐氏抚养子登，登得为太子，群臣请立徐氏为后。偏后宫又有步氏、袁氏，及王氏两夫人，步氏亦有姿色，与徐氏可称伯仲，徐氏性妒，步氏量宏，故权复右袒徐氏，终至后位不定。步氏无子，只生二女，长名鲁班，小字大虎，前配周瑜子循，后适全琮；次名鲁育，又字小虎，前配朱据，后适刘纂。（何孙氏多再醮妇？）至徐氏病殁，步氏因未曾生男，亦不得为后。袁氏即袁术女，品性最良，也无子嗣，步氏又不幸疾终，权欲立袁氏为后，袁氏以无子固辞。两王夫人，一生和、霸二子，一生子休。后来权复得一犯女潘氏，娇小玲珑，使充妾媵，几度春风，生子名亮。赤乌四年，太子登卒，和依次立为太子；和弟霸受封鲁王，群臣谓母以子贵，应立和母王氏为后，权颇欲依议。哪知全公主（即鲁班。）与和母有嫌，屡进谗谤，权竟信女言，常责和母，和母王夫人无从辩白，忧郁致死，和亦因此失宠。和弟霸为权所爱，与和同居东宫，礼秩如一，群臣多上书谏诤，权乃命分宫别僚，二子自是生嫌。霸阴谋夺嫡，交结朝臣杨竺、全寄、吴安、孙奇等人，谗构乃兄，权渐为所惑，嫉和益甚。上大将军陆逊，已代顾雍为丞相，仍守武昌，闻得太子兄弟，不相和协，因上书切谏，略言："太子正统，鲁王藩臣，当使宠秩有差，然后上下得安。"权置诸不理，逊书亦数上，仍无影响。太子太傅吾粲，请遣鲁王出镇夏口，并出戍杨竺等，不准留京，词尤激切，反触权怒。霸、竺乘间谮粲，粲愤无可诉，致书陆逊，自鸣不平，偏又被霸、竺所闻，诬他交通外臣，蓄谋不轨，竟致下狱毙命。权复遣使责逊，逊年已垂老，禁不住连番愤闷，也即病终。逊子抗为建武校尉，代领逊众，送葬东还；权召抗入问。抗陈乃父苦衷，声泪俱下，权稍稍感悟，才知霸、竺所言，不情不实，于是霸宠亦衰。后宫里面的潘夫人，尚在华年，独承恩宠，眼见和、霸二子，俱已失爱，乐得乘机献媚，为子谋储；且与全公主往来日密，并纳公主侄孙女全氏为子妇。（权可纳姑母孙女为妃，亮亦何妨娶阿姊之侄孙女为妻？）于是彼此益亲，日在吴主权面前，谗毁和、霸，劝立幼子孙亮。权内惑宠妃，外信爱女，遂欲废和立亮，密语侍中孙峻道："子弟不睦，恐将蹈袁氏覆辙；（指袁谭、袁尚。）若使朕不为变计，后患且无穷了！"峻为权叔父孙静曾孙，有姊为全尚妻，尚女嫁亮，亲上加亲，当然袒亮母子，赞成权议。惟权虽有此言，尚因废储事大，难免众谤，复延宕了好几年。

赤乌十二年间，右大司马全琮病殁，全公主又致守孀，年近四十，还是好淫，因孙峻壮年伟岸，即多方勾引，与他私通。（乃母步氏以仁惠称，不意生此坏女。）两下里暗地绸缪，密商长策，决拟将太子和捽去，改立孙亮，方好久图富贵，安享欢娱。（未必。）峻入侍吴主时，遂肆意诬蔑太子，惹动吴主宿嫌，竟将太子和幽锢别室。骠骑将军朱据、尚书仆射屈晃固谏不听，两人泥首自缚，连日伏阙，请赦太子，终不见许。无难营军督陈正，五营军督陈象，（吴置左右无难营，又置五营，各设军督。）上书切谏，反致族诛。据与晃且被牵入殿，各杖百下，谪据为郡丞，斥晃归里；太子和被废为庶人，徙置故鄣。鲁王霸亦同时赐死。霸党杨竺、全寄、吴安、孙奇等，一体受诛。遂立少子亮为太子，亮母潘氏，居然被象服，著翚衣，进位皇后，统掌吴宫。吴王改年太元，便是为了册立潘后，有此特举。惟潘后得如所望，免不得恃宠生骄，比那前时的柔媚情形，迥不相同。吴主权亦瞧透三分，始悟太子和无辜，转生怜惜。是年八月朔日，天空中忽起大风，江海汹涌，平地水深八尺，吴主先陵所种松柏，尽被拔起，直飞到建业城南门外，倒插路旁，权因此受惊成疾，月余不能视事。到了仲冬，才觉少瘥，乃亲祀南郊，途次又冒风寒。乃还宫后，复至患肿，意欲召和入侍，全公主及侍中孙峻，中书令孙弘，力言不可，方才罢议。

好容易挨过残年，权病不能起，命立故太子和为南阳王，使居长沙；王夫人子休为琅琊王，使居虎林；还有一子名奋，乃是后宫中仲姬所出，年比太子亮少长，授封齐王，使居武昌。过了月余，权稍有起色，有司奏称凤凰来仪，乃复改年神凤。不料皇后潘氏，遽尔暴亡，权力疾往视，见潘项下有痕，舌不能藏，料有他故，因令左右秘密调查。嗣得察出破绽，乃是潘后待下甚暴，各有怨言，她见权老病垂危，即使宫人出问中书令孙弘，考察汉吕后称制故事。宫人因潘后临朝，必好残杀，不如先机下手，俟她夜间熟睡，竟将她项中扼死。权亦知她咎由自取，但看到惨死情状，不免悲愤交并，乃将与谋行凶的宫人，杀死数名。嗣是心绪不宁，病益沉重，又拖延了两三月，气绝身亡，寿已七十有一。太子太傅诸葛恪，太常滕胤，中书令孙弘，侍中孙峻，将军吕据，并受顾命，立太子亮为嗣主，夹辅朝政。弘与恪积不相容，意欲矫诏诛恪，商诸孙峻，峻反向恪报知，恪遂诱弘议事，把他杀死。然后为权发丧，追谥权为大帝。亮既嗣位，改元建兴，进恪为帝太傅，胤为卫将军，领尚书事，孙峻以下，俱进爵有差。

恪为诸葛瑾长子，少年颖悟，词辩过人，权闻名召见，欲试恪才，特遣人牵入一驴，用笔题面云："诸葛子瑜"。子瑜就是瑾表字，瑾面似驴，故以此为戏。（天子无戏言，权以驴戏瑾，亦太失体。）恪即跪请道："乞赐笔更添二字！"权将笔给恪，恪在诸葛子瑜下，添入"之驴"二字，举座称奇，权亦为称赏，便把驴赐恪。恪年甫弱冠，便拜为骑都尉，为太子登宾友，已而升任抚越将军，出平山越，更擢任威北将军，封都乡侯，望重一时。惟瑾谓恪非保家子，引为深忧。及瑾病殁，恪自矜才智，好陵上位，丞相陆逊，辄贻书相诫，恪不少悛。既而逊又去世，恪竟得为大将军，代领逊众，驻节武昌。吴主权病笃，召恪受遗，恪遂为首辅，欲收时望，缓逋责，除关税，宣布惠泽，远近腾欢，乃修筑东兴堤，左右倚山，夹筑两城。堤在巢湖东面，久废不治，恪恐湖水泛滥，并为吴、魏冲道，故集众兴修，使全端、留略二将，分守二城。复因休、奋二王，封地濒江，关系重要，恐他据境谋变，特将琅玡王休，徙封丹阳，齐王奋徙封豫章。奋不肯遵行，由恪致笺恫吓，然后迁往。恪有族叔诸葛诞，仕魏为征东将军，闻吴修堤筑城，当即详报魏廷，请先机伐吴。

时司马懿已死，长子师进任抚军大将军，代父执政，颇善诞言；再加征南将军王昶，征东将军胡遵，镇东将军毌丘俭，各献军谋，力主东征，师遂令诸葛诞集兵七万，会同胡遵，直攻东兴。又遣王昶攻南郡，毌丘俭攻武昌，三路进发，探报驰达江东。诸葛恪忙率同将士，昼夜兼行，往救东兴，吴冠军将军丁奉，老成练达，愿为前驱，恪令他将吕据、留赞、唐咨三人，引兵二万，与奉并进；自率二万人为后应。奉向吕据等申议道："兵多行缓，若被贼据险，难与争锋，我宜速往，君等随后接应，方可无虞！"说着遂率麾下三千人，轻舸前行，顺风扬帆，两日余即达东关，据住徐塘。魏将胡遵，已在湖滨，筑造浮桥，渡过军士，结营东兴堤上，分兵攻扑两城，三日不下。适值天寒雨雪，未便急攻，遵高坐营中，与将佐置酒豪饮。闻得吴兵来援，乃遣将探望，返报吴兵寥寥，不过二三千人，遵不以为意，仍然畅饮；（仿佛酒鬼。）但命兵士数百人，守住营门。丁奉见魏兵未出，即拢船近岸，顾语部众道："取封侯爵赏，正在今日，愿诸君努力！"说着，即脱去战袍，轻装持刀，一跃登堤。兵士亦相率解甲，甚至袒裼露臂，左执盾，右执刀，随奉上岸。魏兵瞧着，以为天寒至此，不战先僵，相率大笑。谁知丁奉用刀一挥，众皆踊跃，直扑魏营，魏兵始仓皇入报。魏前部督韩综、桓嘉，起座出战，摇头摆脑地趋至营外，（曲摹醉态。）可巧碰着丁奉，一刀砍来，正中韩综头颅，倒毙地上。综系东吴叛将，屡为吴害，奉正欲枭取首级，不防桓嘉一戟刺来，亏得奉眼明手快，用刀格开。嘉酒尚未醒，倒退了两三步，被奉趋前一刀，砍伤左肩，又复倒地。魏兵见两将毕命，统皆逃入营中，奉得从容枭首。麾兵再进，三千吴兵，冲入魏营。胡遵即上马对敌，哪禁得吴兵厉害？所向无前，慌忙弃去前屯，退入后寨。可巧吴将吕据、留赞、唐咨等，陆续杀到，眼见得魏兵骇走，连后寨都不能保守，你贪生，我怕死，纷纷向浮桥渡回，人多桥坏，溺死了好几万人。胡遵飞马先走，幸得逃命，所有辎重甲仗，尽被吴兵搬归。魏将王昶、毌丘俭，接得胡遵败报，也烧屯退回。诸葛恪行至东兴，赏劳诸将，奏凯还朝。特将叛将韩综首级，献入大帝庙中，声罪报功。恪得加封阳都侯，领荆、扬二州牧，都督中外诸军事。

越年，恪复欲出兵伐魏，群僚固谏不从，当即遣司马李衡，西行至蜀，约同举兵。蜀大将军费祎，方被降将郭脩刺死，将佐多不愿出师；独卫将军姜维，有志北伐，以为有机可乘，不行何待？乃率数万人出石营，经董亭，进围狄道。诸葛恪得李衡归报，也领兵入淮南，环攻新城。魏大将军司马师，用主簿虞松计，使毌丘俭等堵御吴兵，坚壁勿战；另檄征西将军郭淮，雍州刺史陈泰，尽发关中士卒，速援狄道。淮与泰奉檄驰援，甫抵洛门，那姜维已探知消息，自恐粮食不继，撤围引去。诸葛恪却尚屯兵新城，连日督攻。城将陷落，守将张特，佯为乞降，只言魏法须守城百日，方可出降，家族免罪，今被围已九十余日，乞恩许满限，然后开城拜纳等语。恪信为真言，饬兵缓攻。不意特乘夜修城，补阙完残，至次日登城大呼道："我情愿斗死，岂肯降汝吴狗？"（特为一牛之称，牛固不宜事狗。）恪闻言大怒，再饬攻城，竟不能克，军士锐气已衰，更兼天气蒸闷，多半遇疫，死亡相继。恪尚虐待将士，说他不肯尽力，众益离散。魏将毌丘俭等且乘敝进援，吴兵大恐，不战自溃，恪也只好逃归。沿途散失军械，不可胜计，于是吏民失望，怨讟交乘，恪不自引责，反苛求将吏过失，或诛或黜，累日不绝。且恐他人暗算，累得精神恍惚，寝食不安。先是恪也兵淮南，整装将行，忽有一人满身素服，趋入阁中，内吏问为何事？那人谓至寺院迎僧，为亲超荐，不意误走至此内。吏将他叱出，转语外门守卒，俱言持械把门，并不见有一人进来，大众都为诧异。及出行后，舟车左右，时有白虹环绕，家中厅屋栋梁，无故自断，家人都目为不祥，替恪担忧，恪却安然归家，总算幸事；但与恪语及，恪也觉惊心。一日早起盥洗，闻水中有血腥气，连易数盆，血腥如故，待至戴冠加衣、衣冠上亦有腥气，正惊疑间，忽侍中孙峻，赍诏到来，召恪入宴。恪亦防有他变，诈言腹疾，不便饮酒，峻忙说道："天子设宴宣召，欲与太傅共议大事，请太傅力疾一行；若因御酒不便下饮，尽可自赍药酒，随身带去！"（以诈应诈。）恪因峻素来亲信，计划周到，料无他谋，乃令峻先行，自易朝服出门。门内豢有黄犬，突至恪前，衔住恪衣，恪愕然道："犬不欲我出门么？"乃还坐片刻，少顷复出，犬衔衣如故，恪不禁动怒道："犬亦敢来戏我么？"遂令卫士将犬赶出，登车入朝。散骑常侍张约、朱恩，为恪爪牙，呈递密书，劝恪毋入。恪省书欲归，适遇太常滕胤，问将何往？恪以腹痛甚剧为辞，胤答说道："既已到此，应该一见主上，方可告归！"恪踌躇多时，又由孙峻出来敦促，乃剑履上殿。这一番有分教：

　　列席未终头已落，覆巢以下卵无完。

恪既入殿，究竟有无祸变，试看下回便知。

　　姜维之主张北伐，欲继诸葛遗志，非不足嘉，所惜者有志乏才耳。费祎阴加裁制，不令兴师，亦为知己知彼之论。然伐亦亡，不伐亦亡，诸葛武侯之《后出师表》，详哉言之。天不祚汉，武侯殂于中寿，姜维才不逮武侯，而又辅佐无人，此北伐之所以寡效也。牛头山一役，未得寸土，既丧二将，先声已挫，后事可知，蜀其尚能长存乎？孙权承父兄遗业，任才尚计，史谓其有勾践遗风，乃内宠相寻，晚年益愦，废长立幼，乱本已成；诸葛恪、孙峻诸徒，皆不足托孤寄命，而权则倚为心膂，嘱令辅政。恪修缮湖堤，筑城自固，尚为保境之良策；东兴破敌，功由丁奉，班师东返，遽沐侯封，恪之幸也。乃小胜即骄，穷兵不已，至于新城顿挫，犹且不知引咎，作福作威，虽欲不亡，乌可得耶？语有之："小时了了，大未必佳。"观诸葛恪而益信，若孙峻则更不足齿矣。

第九十八回　司马师擅权行废立　毌丘俭失策致败亡

却说诸葛恪剑履上殿，见过吴主孙亮，列席饮酒，恪辞不能饮，（无非防他下毒。）孙峻即进言道："太傅有药酒带来，何勿敢取饮？"恪即命从人取入，放心酌饮。酒至数巡，亮托称更衣，起座入内，峻亦如厕，脱去长袍，改著短服，怀刃趋出，大声说道："有诏收诸葛恪！"恪惊起拔剑，尚未出鞘，峻已一刀斫至，剁落恪首。散骑常侍张约，坐在恪旁，急掣恪剑砍峻，峻向右一闪，稍伤左手，右手亟持刀劈约，约趋避不及，右臂中断，殿侧已先伏甲士，一齐突出，把约杀死。座上诸官，统皆惊走。峻复宣言道："恪谋逆已诛，余人无罪，尽可归座！"大众听着，乃复留片刻，旋即辞去。峻令甲士舁出二尸，用苇席包裹，竹篾扎缚，投诸城外石子冈；一面遣令甲士往收诸葛恪妻孥。恪妻正在室中，见有一婢进来，带着血腥，禁不住掩鼻诘问，婢忽跃起道："诸葛公乃为孙峻所杀，冤乎不冤？"道言甫毕，恪子竦、建，踉跄趋入，哭报乃父被诛，捕吏将至，请母亟奔。恪妻听了，也不及举哀，慌忙出门登车，与二子逃出都门；偏被骑督刘承追至，把他们围住，尽行拿下，押还都市，一齐枭首。恪甥都乡侯张震，及常侍朱恩等，连坐处死，并夷三族。临淮人臧均，表请收葬恪尸，辞多凄恻，乃听令收埋。当时建业有童谣云："诸葛恪，芦苇单衣篾钩落，于何相求成子阁？"成子阁，即石子冈别名，钩落就是钩络带，至是谣言果验。这谋杀诸葛恪的计议，出自孙峻，峻得受拜丞相大将军，都督中外诸军事，加封富春侯。太常滕胤，本未预谋，且为恪子竦妇翁，因乞辞职。峻笑语道："鲧禹犹不相及，滕公为何出此？"遂仍使守位，且进爵高密侯。南阳王和妃张氏，为恪甥女，峻为此收和印绶，且逼和自尽。（胤可免罪，和何故受诛？）和接到朝命，与张妃泣别，张妃凄然道："吉凶当相随，妾终不独生！"遂与和一同服毒，相继毕命。和妾何氏，独叹息道："若皆从死，何人抚孤？"乃留育和子皓、德、谦、俊四男。皓即为东吴末主，后文再表。

且说魏主曹芳嗣位已十余年，（正始九年，嘉平六年，共十有五年。）仍用夏正，一切政事，俱归司马氏裁决。司马懿前杀曹爽，威震朝野，到了临死这一年，尚杀扬州都督王凌，及凌甥兖州刺史令狐愚，说他谋立楚王彪，请旨赐彪自尽，并将诸王公锢置邺中，派人管束，不准与郡国交通。（补叙之笔。）及司马师继懿辅政，权过乃父，魏主芳年已逾冠，一些儿没有主权，当然不乐。嘉平三年，芳后甄氏病逝，越年立光禄大夫张缉女为继后，缉不得与政，反令避嫌家居，亦怀怨望。太仆李恢，有子名丰，少有清名，为世所称，独恢严令约束，饬令闭门谢客。（与诸葛恪父子情迹相同。）恢既去世，丰遂出为尚书仆射，司马师且擢他为中书令。丰与夏侯玄亲善，玄自被召入都后，因为曹爽亲属，致削兵权，但得了一个太常职衔，居常怏怏，辄与丰秘密商议，诛司马氏，为爽复仇。丰子韬得尚齐长公主，官拜给事中，父子常入侍宫廷，参预机要，魏主芳亦视为心腹，与语司马氏专横情状，往往流涕。丰虽为司马氏所拔擢，但心常属夏侯玄，隐恨司马师，更兼魏主涕泪相嘱，因即一力担承，愿除权蠹；且使韬转告后父张缉，联为指臂，缉当然相从。嘉平六年二月，魏主芳拟封后宫王氏为贵人，丰暗与黄门监苏铄、永宁署令乐敦、冗从仆射刘贤等，私下定谋，拟俟魏主临轩，召诛司马师，即令夏侯玄代为大将军，张缉为骠骑将军。（就使司马师被诛，尚有昭在，计亦未周。）

谁知事机不密，为师所闻，立遣舍人王羕，引兵召丰；丰也知谋泄，不敢不往。既与司马师相见，一再盘诘，丰不禁动恼道："汝父子包藏祸心，将图篡逆，可惜我无力诛汝，死亦当为厉鬼以击贼！"师勃然大怒，便令武士执着刀环，猛击丰腰，丰即刻晕毙。师遂遣吏收捕夏侯玄，及后父张缉，交付廷尉锺毓。毓亲自讯玄，玄正色道："我有何言？随汝定谳罢了！"毓乃令玄系狱，自作谳词，流涕示玄，玄不加辩论，当即点首。待至谳词呈入，公卿等都惮师威权，不敢异议，遂将玄、缉二人，斩首东市，玄颜色不变，引颈就刑。玄子韬以尚主，赐死。再执苏铄、乐敦、刘贤等，一体交斩，并夷三族。师意未足，带剑入宫，见了魏主芳，便瞋目道："张女何在？"芳战栗道："谁为张女？"师厉声道："就是张缉女儿！"芳起揖道："张缉有罪，该女并未知情，乞大将军宽恕！"（皇帝丢脸，但亦忆及乃祖逼宫时候？）师又说道："逆犯女儿，就使未尝知情，亦岂可为国母？应该即日废置！"芳俯首无言，师竟逼令张后出宫，可怜张后毁妆易服，哭辞魏主，由内侍拥出宫门，幽锢别室。（与伏皇后何异？）师方才趋出，始令词臣草诏，废去皇后张氏，不到数日，张氏暴亡，想是被司马师谋死了。（毒逾乃父。）魏主曹芳，无法可施，只得册王氏为贵人，即将王氏续立为后。后父奉车都尉王夔，迁官光禄大夫，受封广明乡侯。但芳虽不能制师，始终怀嫌，师亦心下忌芳，潜谋废立。

适蜀将姜维，复出陇西，收降魏狄道长李简，进拔河关、临洮诸县。司马师接得警耗，拟调亲弟安东将军司马昭，引兵拒蜀。当即入白魏主，请旨召昭。昭留守许昌，奉召入见，魏主芳至平乐观劳师。中领军许允，与魏主左右侍臣，欲乘间杀昭，勒兵收师。当下密奏曹芳，芳亦允议。及昭入辞行，芳见他威风凛凛，不由得胆战心惊，因将密谋搁起，未敢遽发。偏昭乖刁得很，微有所觉，退白乃兄司马师，师嘱暂留洛阳，觇察内外动静。一时查不出什么确音，只有许允屡次入内，与魏主背地私议，乃即诬他擅散官物，谪戍乐浪郡，且遣壮士夤夜追上，把允刺死。（手段真辣。）会接陇右守将徐质军报，与蜀兵连战数次，击死蜀将张嶷，蜀兵已退，（姜维三次无功，即从魏将口中叙过。）师乐得表留亲弟，与议废立事宜。昭狠戾不亚乃兄，极口赞同，师遂入朝，大会群臣，首先倡议道："今主上荒淫无道，亵近娼优，听信谗言，闭塞贤路，几与汉昌邑王相同，若长此守位，必危社稷，敢问诸公意见何如？”群僚并皆畏师，只好随声附和道：“伊尹放太甲，霍光废昌邑王，俱为安定社稷起见；今日事亦惟公命！”师欣然道：“诸公既以伊、霍望师，师亦何敢避责呢？”说着，即从袖中取出奏稿，令众署名。众见奏稿，是请命太后，说得曹芳如何昏愚，如何淫乱，明明是十有九虚，但欲违师命，必致诛夷，乃依次署讫。使人呈入永宁宫，郭太后本不预外政，看到这般奏本，默不一言。师在朝候信，且与群僚议定，将迎立彭城王据为嗣君，惟太后复命好多时不见颁到，因再遣大鸿胪郭芝入问。芝驰至永宁宫，见太后与魏主芳对坐，并带愁容，芝竟顾芳道：“大将军欲废陛下，改立彭城王！”太后道：“待我面见大将军，从容决议！”芝作色道：“太后有子不能教，今大将军已与群臣商决，勒兵坐待，尚有何言？”（简直似太上皇训令。）太后无词可答，不禁泪下，俄而复有人驰入，手持齐王印绶，交与曹芳，令他退就旧藩。芳知不可留，拜辞太后，与郭芝同至殿中，别过百僚，出乘王车，竟赴故邸。（为主无权，不如勿为。）有几个忠厚官员，送了一程，太尉司马孚，悲不自胜，余亦未免唏嘘；独司马师昂然自若，复使郭芝往索玺绶，太后与语道：“彭城王据是武帝庶子，为先皇季叔，若果迎立，试问将我置诸何地？且明帝从此绝嗣，大将军想亦未安，我意不如迎立高贵乡公髦，髦系文帝长孙，明帝从子，准诸古礼，小宗应继大宗，可与大将军谨议，再来报我。”芝听了此言，倒也不便驳斥，便出告司马师。师也觉正论难违，只好依命，使芝再白太后，仍取玺绶。太后道：“高贵乡公小时，即由我见过他，既入嗣，我当亲交玺绶便了！”（徒保玺绶，也是无益。）芝复出告师，师乃遣使持节，往迎高贵乡公髦，一面肃清宫禁，降王皇后为齐王妃，勒令出宫就邸，专待曹髦到来。

髦系明帝弟东海定王霖子，正始五年，受封高贵乡公，年才十四，既至洛阳，群臣迎拜西掖门，髦下车答拜，礼官谓不必答礼，髦正色道：“我亦人臣，今奉太后征召，未知何事，怎得见了群僚，便不答拜呢？”（十四岁便能如此，聪慧可知。）说着，即步行入殿。

郭太后早已闻知，在太极殿东堂坐待，及髦拜见后，嘱咐数语，交与玺绶。髦固辞不获，方受玺易衣，御殿登座，朝见百官，即改嘉平六年为正元元年，大赦天下。假大将军司马师黄钺，入朝不趋，奏事不名，剑履上殿，其余文武百官，亦封赏有差。（废立既得增封，何妨篡弑？）

未几，已是一年上元，庆贺方才告毕，忽报扬州都督毌丘俭，与刺史文钦，托名讨逆，渡淮前来。司马师方病目瘤，延医割治，在府养病，闻得此报，急召河南尹王肃，尚书傅嘏，中书侍郎锺会等，入议军情，且与语道："我本欲亲征叛乱，可惜目瘤未愈，不能出行。"锺会起答道："此事非大将军亲出，恐一时未能荡平！"王肃等亦赞成会议，师蹶然跃起道："诸君既勉我亲征，我亦顾不得目疾了！"遂命弟昭兼中领军，暂摄朝政，自乘软舆督军，命荆州刺史王基为监军，向东进发。基向师献议道："淮南人民，非真思乱，不过为俭等胁迫而来，若大军一临，必然瓦解，基愿统率前军，速往平乱！"师欣然依议，基即星夜进兵，先将南顿城据住。毌丘俭因王凌死后，代督扬州，素与夏侯玄、李丰友善，玄、丰受诛，俭亦不安，因与刺史文钦结交。钦本与曹爽同乡，为爽所爱，乃得擢用。爽与玄、丰二人，同为司马氏所害，故钦、俭并恨司马氏。曹芳被废，俭子甸请父兴师，乘机讨逆，俭乃矫托郭太后密诏，移檄州郡，号召兵马，讨司马师；自率州兵渡淮，行至项城，探悉王基据守南顿城，乃就项城驻扎，使健足赍书至兖州，往招刺史邓艾。艾字士载，籍隶棘阳，口吃不能急言，尝自呼"艾艾"，少年丧父，为人牧牛，每见高山大泽，辄留心形势，时人笑他为痴；独同郡吏见他聪慧，给资使学，终得成材。初入为太尉掾，继迁尚书郎，出参征西军事，任南安太守，调擢兖州刺史，有所规划，无不合宜，因此与锺士季齐名。（为锺、邓二人入蜀张本。）此次接着俭使，看罢来书，竟随手扯碎，且将俭使斩讫，立率万余人，趋乐嘉城，与师相应。师命镇南将军诸葛诞，由安风出取寿春，征东将军胡遵，由青州出谯、宋地，截俭归路，自引兵往就邓艾。

适文钦进袭乐嘉城，猝与师遇，不战即却。钦子鸯年方十八，骁勇绝伦，独无惧色。且请与钦夜袭师营，分兵夹攻，钦从东进，鸯从西入。父子计议已定，待到夜半，鸯率壮士，至师营前，鼓噪杀入。师本善行军，自有预备，当即传令坚守营门，不准妄动。将士虽遵令守住，怎奈营外的喧声，愈响愈震，师病卧帐中，惊愤交并，急得目睛突出，痛不可耐，但又未便呻吟，强为镇定，啮被皆破，好容易挨至黎明，营尚未陷。那文鸯专待父至，两路进攻，哪知钦竟不到，日已高升，只得引兵退去。行未里许，后面来了许多追兵，统将乃是司马班，鸯匹马单枪，回头杀入，无人敢当，纷纷倒退，鸯乃复去。司马班又麾兵追鸯，鸯返战六七次，杀死班兵六七百名，班不敢再进，鸯乃徐徐引还。途次始遇见乃父，问明情由，系是夜间失道，不得已觅路归来，鸯很是叹惜。（父不及子，奈何？）及还抵项城，毌丘俭已经遁去。原来吴丞相孙峻，闻俭出兵逾淮，料知扬州空虚，乘间进攻寿春，再加诸葛诞亦出安风津，向寿春进发，俭闻得此信，慌忙走还。钦父子孤军无继，也只得弃了项城，奔回寿春。背后忽有一人追呼道："文刺史何不暂留数日，乃如此急走呢？"钦回顾来骑，乃是尹大目，便骂他负爽旧恩，助师为逆，大目尚欲有言，钦竟弯弓欲射，大目且却且语道："罢了罢了！幸各努力！"说毕即返。其实大目是有心曹氏，来报师目突出，教他留守项城，静心待变；偏钦闻言不悟，竟致大目白走一遭。（心粗胆怯，怎能成事？）至行近寿春，闻得城中已溃，无家可归，没奈何投降孙峻去了。

毌丘俭遁出项城，意欲南归，被胡遵截杀一阵，部兵四散，乃北走慎县，随身已无一卒，独至水草中暂憩，适为安风津民张属所见，把他射死，献首军前。俭子甸未曾随父，逃往新安，终被捕诛。尚有甸子弟数人，亦奔投吴军。吴军方至橐皋，诸葛诞已入寿春，孙峻料已无及，也即引还。司马师已平定淮南，即令诞都督扬州，自率大军还都。甫抵许昌，目痛愈剧，一经蒙眬，便见夏侯玄、李丰、张缉等，立在面前，自知性命不保，不能至洛。可巧司马昭前来省疾，便即嘱咐后事，语尚未毕，眼中一声怪响，鲜血直流，顿致毕命。昭取得乃兄印绶，即总督人马，上表讣闻。魏主髦令昭留屯许昌，援应内外。昭询诸中书侍郎锺会，会劝昭回驻洛南，昭不待朝命，便即引归。魏主髦无可奈何，只得使昭继承兄职，嗣是大权复归昭有了。（也可谓兄终弟及了。）

且说蜀将姜维，探知司马师已死，复议乘间伐魏，大将军张翼，以为国小民劳，不宜黩武，劝维守险自固，为休养计。维不肯依议，竟请准朝命，与车骑将军夏侯霸等，率兵数万，进兵枹罕。魏征西将军郭淮已殁，由雍州刺史陈泰升任，新刺史姓王名经，轻率寡谋，引兵出拒，两军会战洮西。维令夏侯霸绕出经后，前后夹攻，经军大败，丧师无算，乃退保狄道城。维欲进攻狄道，张翼又谏阻道："大功已立，可止则止；若再行进兵，恐如画蛇添足，将堕前功！"维反恨他阻挠，驱军径进，魏征西将军陈泰，夤夜往援，就狄道城东南山上，鸣鼓举烽，张皇声势；再加兖州刺史邓艾，也受了朝旨，迁官安西将军，领兵来助陈泰，维闻两路兵到，急收兵退驻锺堤。（四次无功。）泰与邓艾相会，置酒谈兵，将佐毕集，俱谓蜀军却退，未敢再来。艾独笑说道："洮西方败，彼必思乘胜再举，是一当来攻；彼屯兵汉中，容易出发，且知我将易兵新，更思乘隙，是二当来攻；彼用船行，我从陆行，我劳彼逸，是三当来攻；狄道、陇西、南安、祁山，皆为边境，我须四处把守，彼得一路直进，是四当来攻；彼出南安、陇西，可资羌谷，若出祁山，可就食陇麦，是五当来攻。我料他不出一年，就要前来了！"（知己知彼，百战百胜。）将佐始服艾远虑，交口称善。艾往屯祁山，逐日练兵，专待敌至。

越年魏主髦改元甘露，就是蜀汉后主禅延熙十九年，蜀将姜维，进位大将军，又自锺堤出兵，北向祁山，途中探得祁山有备，乃改趋南安。偏为邓艾所料，引兵往据武城山，截住蜀兵去路。山势险峻，蜀兵连攻不克，维又欲移攻上邽，檄令镇西大将军胡济会师，就留夏侯霸屯武城山，自率部众，夤夜渡渭，潜向上邽进发。走至天明，见两面山路崎岖，不便驰骤，正在疑虑，前驱已返报道："此处名为段谷，谷后旗帜飘扬，恐有伏兵！”维变色道：“段谷名称未佳，不如退师！”遂掉头回走，不料邓艾却挥兵杀来，兜头拦住，蜀兵已经心慌，更加道途逼窄，不能成列，被艾军一阵截击，杀得七零八落。维还望胡济来援，哪知待久不至，只好向前冲突。艾却纵兵兜围，不令窜逸。维兵越战越少，幸亏夏侯霸前来救应，才得拔出，姜维奔回汉中。这番姜维败回，丧失甚多，实皆被邓艾占了先着，处处设防，所以维有此败。（第五次又失败了。）嗣是蜀人怨维，维亦上表自贬，降为后将军，仍行大将军事。过了一年，魏扬州都督诸葛诞，又起兵讨司马昭，于是吴、蜀两国，亦各东西出兵。小子有诗叹道：

阵云扰扰起神州，未壹舆图战不休；

汉土三分数十载，可怜尸血满江流。

欲知诸葛诞何故讨昭，且看下回分解。

有曹操之废伏后，乃有司马师之废张后。操废后而止，至废帝一事，留待其子曹丕；而师独以一身兼之，既废张后，复废魏主芳，乱贼效尤，比前为甚。无怪后事之愈出愈凶。然使前无曹操父子，后亦必无司马师兄弟；天鉴不远，加倍相偿，世人欲为子孙计，亦何勿稍留余地乎？毋丘俭等之讨司马师，史笔尝嘉予之，然才不逮志，终致覆灭。俭子甸知讨贼之义，而不能为父先驱，坐致赤族；文钦有子，似胜毋丘俭，然子有勇而父无谋，其曷能济？此所以倏起倏仆也。然天欲覆曹而生司马氏，岂容毋丘俭之讨贼有成乎？

第九十九回　满恶贯孙綝伏诛　竭忠贞王经死节

却说诸葛诞驻节寿春，坐镇扬州，他本与夏侯玄、邓飏诸人，互相标榜，号为八达，至玄等夷灭，诞力不敌司马氏，乃隐忍不发。及毌丘俭等发难，复助司马师平乱，因得代俭位置，且进封高平侯，加官征东大将军。但自思王凌、毌丘俭，相继诛夷，恐不免再蹈覆辙，乃赦罪犯，蓄死士，散财赡众，收结人心，且借口防吴，更请添兵筑城，为自固计。（初志已出毌丘俭下。）司马昭方秉国政，颇有疑意，长史贾充，请借慰劳为名，遣使观变，昭即使充至寿春，与诞相见。诞留充宴饮，与语时事，充用言探试道："洛中诸贤，皆愿禅代，君以为何如？"诞不禁作色道："君非贾豫州嗣子么？（充系豫州刺史贾逵子。）世受国恩，奈何出此妄言？"充惭沮道："充不过将人言告公。"诞不待词毕，又厉声道："洛中有变，我当效死报国，身为人先。"（何不与毌丘俭等同时报国。）充已知诞意，饮罢告辞，返报司马昭，并向昭献议道："诞在扬州，颇得众心，不如征令入都，免为后患！"昭蹙眉道："恐诞未必肯来。"充又说道："充亦知他未肯应召，但召他不至，反速祸小，否则反迟祸大，愿明公裁察！"昭乃请旨，征诞为司空。诞果然迟疑，且见诏书中云，可将兵符，交与扬州刺史乐綝，更觉得乐綝从中倾轧，不由得愤嫉交乘，当即带领数百骑，径赴扬州，佯言将奉诏入洛，与綝辞行。綝不知有诈，迎诞入厅，诞便指挥骑士，一拥上前，吓得綝逃至楼上，终被杀死，于是诞征兵聚粮，准备起事；且遣长史吴纲，送少子靓入质东吴，称臣乞援。

吴相孙峻，骄淫无道，国人侧目，司马桓虑，将军孙仪等，先后谋峻，俱被杀死。全公主与峻私通，往来日久，因前曾谮害太子和，妹夫朱据，与妹朱公主，均有异言。据已贬死，惟妹尚存。全公主余恨未消，竟诬妹与孙仪通谋，朱公主复致坐死。（是何戾气，出此淫悍残忍之妇人?）峻年未四十，恶贯满盈，忽患心痛，自称为诸葛恪所击，半日即毙。后事属诸从弟孙綝，綝已为偏将军，至是进任侍中，拜武卫将军，领中外诸军事。骠骑将军吕据，素嫉孙綝，遂与诸督将连衔，表荐卫将军滕胤为丞相，綝独奏调胤为大司马，使他出镇武昌。胤尚未行，据已由江都回来，使人告胤，共黜孙綝。綝得知消息，遣从兄孙虑，引兵御据，且促胤即日赴镇。胤不肯依言，反勒兵自卫，綝遂奏称胤谋反，率军攻胤，将胤杀死，并夷三族。（胤不自量力，死亦自取。）据既失内应，复为孙虑所阻，害得进退两难，或劝据北行奔魏，据慨然道："我若为叛臣，有何面目对我先人?"遂服毒自尽。据为故大司马吕范次子，自杀以后，由綝奏为叛首，亦夷三族。吴主亮下诏改元，号为太平，（亮嗣位时，改元建兴，越二年改元五凤，五凤三年，又改号太平。）进綝为大将军，封永宁侯。綝从兄宪引兵还都，未得升迁，且见綝倨傲无礼，心甚怏怏，因与将军王惇，同谋诛綝，不幸事泄，惇即受诛，宪亦自杀。过了一年，正值诸葛诞遣子入质，称臣请救，綝方欲图功耀威，当然乐从，便命将军全端、全怿、唐咨等，与降将文钦父子，领兵三万，往救寿春。

魏大将军司马昭，闻得诸葛诞起兵，急忙入宫面奏，逼令魏主髦亲征，且请郭太后慈驾同行。（挟天子并挟太后，无非防有内变。）郭太后及魏主髦，不敢不从，当由昭调集大兵二十六万，陆续东下，自拥两宫车驾，出屯丘头，使镇东将军王基，与安东将军陈骞，领兵十万，进图寿春。基等方至城下，吴将全端、全怿等，已先入寿春城中，助诞固守；基挥兵围城，再向司马昭请兵十万，把寿春四面环住，围得水泄不通，文钦等屡出犯围，均被击退，吴又遣将军朱异率三万人至安丰，为寿春外援。魏亦令将军石苞，督同兖州刺史周泰，徐州刺使胡质等，击败朱异。异走报孙綝，綝乃大发士卒，出屯镬里，仍使异同将军丁奉、黎斐等，引兵五万，再救寿春。异将辎重留屯都陆，自出黎浆，不意魏将石苞等，又复杀来，异与战失利，仍然败回。还有魏泰山太守胡烈，潜引精兵五千，从间道绕出都陆，把朱异所留的辎重，一炬成灰；异兵丧粮尽，不得已仍回见孙綝。綝怒责道："汝两次失败，何颜见我？"异以魏兵势大为辞，綝复叱道："再去决一死战，不必向我饶舌！"异答言有兵无粮，不能再往。綝拍案道："谁叫汝辎重被毁？到此还敢违我令么？"（一味蛮话。）异尚欲再辩，綝竟拔剑起座，把异劈为两段。异为东吴名将，骤被杀死，将士都有违言，綝自知支持不住，索性退归吴都。适吴将全怿兄子炜、仪，因讼得罪，奉母奔魏，可巧司马昭亲来督攻，即收纳炜等，且伪作炜书，嘱祎从人，赍送寿春，递与全怿。书中大意，说是孙綝还都，责诸将救诞无功，罪及家族，因此奔魏逃命。怿得书惶急，即与全端，带领部众，出城降魏，寿春城内，兵力益孤。诞部将蒋班、焦彝，劝诞背城一战，诞又不从，二人料诞必败，也出降魏军。

寿春自被围后，差不多已有半年，勉强过了残冬，粮食垂尽，诞屡次突围，终不能脱。文钦向诞献议，请将北兵尽行驱出，但留吴兵，与诞坚守，方可省食。诞不禁起疑，钦说至再三，诞勃然大怒道："汝教我尽去北军，连我也好送死了！"说着即拔刀砍死文钦。钦子文鸯、文虎，闻乃父被杀，当然痛愤，便逾城奔投魏营，军吏请按他前罪，一并加诛，司马昭独解说道："钦敢叛国，应受族诛，但今却不应出此！钦子穷迫来降，若将他诛戮，反使城内守兵誓死拒我，岂不可虑？"乃召入鸯、虎二人，面加抚慰，更表为偏将军，封关内侯。（能收能放，奸谲不亚老瞒。）一面使骑士数百人，绕城大呼道："文钦子尚不见诛，反加封赏，汝等何不早降，同受爵禄呢？"守兵听着，俱被诱动，往往缒城出降。昭乘势攻城，一日一夜，便得登陴，杀入城中。诸葛诞率亲兵数百人，开城欲走，被魏司马胡奋追及，一刀毕命，奋指挥部曲，将诞亲兵，一齐缚住，劝令投诚。谁知他都不肯降，杀一个，劝一个，随劝随杀，竟至杀尽，并将诸葛诞全家诛戮，夷及三族。吴将唐咨降魏，惟偏将军于诠，慨然太息道："大丈夫受命行军，不能救人，反甘屈节，我所不为!"说罢，竟免胄突阵，致为乱军所杀。（可见吴大帝于地下。）司马昭安民已毕，查点吴兵，乞降不下一二万人。或谓吴兵家小，尽在江南，将来必有他变，不如坑死了事，昭摇首道："古时良将出师，全国为上，但教元恶歼除，何必多戮他人?"遂令降卒分布三河，听令安处，拜唐咨为安远将军，咨以下有裨将数人，亦各予名位，众皆悦服。（司马昭子孙得为帝数年，未始非这件阴功。）惟昭欲乘胜伐吴，由镇东将军王基谏阻。又闻蜀将姜维，复出汉中，乃留基都督扬州，自率大军西归。途次接得邓艾军报，乃是蜀兵已经却退，昭得放心，还抵丘头，奉着两宫车驾，回到洛阳，群臣又称昭功德应授荣封，魏主髦乃令昭为相国，封晋公，加九锡，昭尚推辞再四，方将成命收回，这且待后再表。

且说吴大将军孙綝，引兵还都，威名虽挫，骄横如故。吴主亮年已十六，亲揽政事，见綝专权好杀，未免不平，往往因綝入朝，设词问答，綝辄为所窘，乃托疾不朝。使弟据为威远将军，入宫宿卫，恩为武卫将军，幹为偏将军，闿为长水校尉，分屯诸营，为自固计。吴主亮尝翻阅旧案，得见朱公主死状，疑有冤诬，乃召问全公主，全公主胆虚心怯，反谓朱公主罪证，是由朱据二子熊、损所言。熊已督虎林，损亦督外部，亮责他有心害母，立使将军丁奉，赍诏赐死。损妻为孙峻妹，綝因上书谏阻，亮独不从。全公主恐祸及己身，故意讨好亮前，叙述孙綝兄弟罪恶，（被孙峻奸污有年，乐得借此出气。）亮遂与她谋诛孙綝，且引将军刘承，密商计划。亮妃为全尚女，时已立为皇后，尚子纪为黄门侍郎，亮召入与语道："孙綝遇事专擅，藐我太甚，若不早图，必将及祸；卿父为中军都督，烦为密告，叫他严整军马，我当亲率各营，围取孙綝，但切勿使卿母闻知，妇人不晓大事，且为綝从姊，倘或漏泄，贻误非轻。"纪唯唯受教，出告父尚。尚素无远虑，竟向妻孙氏漏泄，孙氏即使人报綝。（但顾母家，不顾夫族，妇人误事，往往如此。）綝闻报大怒，夜使弟恩袭执全尚，并在苍龙门外，诱杀刘承，然后引兵围宫。亮亦愤不欲生，上马带鞬，持弓欲出，且语近侍道："我为大帝嫡子，在位已五年，中外大臣，孰敢不从？贼綝敢这般放肆么？"（也是一厢情愿。）近侍等向前拦住，极力谏阻，全后也已闻知，与亮乳母一同趋至，牵住亮衣，不令外出，亮叱全后道："汝父糊涂，败我大事！"全后本有姿色，更兼泪容满面，令人生怜，惹得亮欲行又止，将弓掷地，一面使人召纪。纪对来使道："臣父奉召不谨，负上实甚，臣无颜再见陛下。"说至此，竟拔剑自刎。（可谓烈士。）使人当即返报，亮不胜叹息，尚想设法解围，哪知孙綝敢作敢为，嘱使光禄勋孟宗，往告太庙，废亮为会稽王，且列亮罪状，班告远近。尚书桓彝，不肯署名，被綝当场杀死，又遣中书郎李崇，带兵入宫，夺取玺绶，追亮夫妇出宫，由将军孙耽，押送就国，亮始终无法，只好挈眷去讫。綝复徙全尚至零陵，全公主至豫章；尚在途中，又被綝使人刺死。（独不刺全公主，莫非尚为亡兄顾全私爱么？）綝欲自立为主，恐众情不服，商诸典军施正，正劝綝迎立琅玡王休，綝乃令宗正孙楷，与中书郎董朝，迎休入都。休尝梦见乘龙上天，有首无尾，惊为奇事。（是不得传子之兆。）至是启行至曲阿，有老人于休前请道："事久变生，愿大王速行！"休乃兼程入都，留驻便殿。孙恩奉上玺绶，三让乃受，即日登正殿嗣位，下令大赦，改元永安。孙綝自称草莽臣，缴还印绶节钺，乞避贤路。（死期将至，何必做作？）休特旨慰谕，命綝为丞相荆州牧，恩、幹、闿皆晋爵加官，余亦封赏有差。

先是丹阳太守李衡，因休徙封丹阳，（见第九十七回。）屡加侵侮，衡妻习氏，劝谏不从。休上书乞徙他郡，乃改迁会稽；至休入嗣位，衡惧休报怨，意欲奔魏。习氏复谏道："君本布衣，荷蒙先帝拔擢，未曾报德，乃反虐待诸王，自贻嫌衅，一误已足，奈何再叛主降虏呢？"（义正词严。）衡皱眉道："今将奈何？"习氏道："琅玡王素有好声名，当不至肆行报复，但为君计，须先诣狱请罪，妾料君不但免祸，并可复官。"衡听了妻言，自诣建业，入狱待罪。果然奉诏赦免，说他在君为君，不必多疑，仍令还郡治事，并加威远将军职衔。（辛敞有姐，李衡有妻，并录之以示女界。）后来衡欲治产，习氏又屡次加诫，但在武陵，种橘千株，故卒得令终。惟孙綝一门五侯，并典禁兵，权倾人主；吴主休阳示恩宠，内实加防。綝尝奉牛酒入宫，向休上寿，休谦谢不受，綝乃持酒至张布府中，与布共饮。酒后触起私忿，便向布直告道："我前废少主，朝臣多劝我自立，我为今上贤明，故迎他为君，今我奉酒上寿，反致见拒，莫非疑我不成？看来只好变计呢！"布方超任左将军，为休心腹，与綝别后，即入宫密报。休很是不安，没奈何优给赏赐，遇綝请求，无不勉从。綝佯请出屯武昌，调兵给仗，擅取武库兵器。将军魏邈，与武卫士施朔，便入奏道："綝必将谋变，不可不防！"休因急召张布密议，布举荐老将丁奉，可任大事，休乃再征奉入宫，与谋诛逆。奉答说道："丞相兄弟，支党甚多，不易猝制；好在腊日将到，大会群臣，待綝入席，便可下手，内属左将军布，外属老臣便了！"休闻言大喜，即嘱布、奉两人，秘密行事，并令魏邈、施朔为助。

未几已届腊会，先一夜间大风拔木，飞石扬沙，（杀一孙綝，何干天怒？想是适逢其会。）綝也觉惊心，托言有疾，不愿赴会，偏中使屡来敦促，只好应召。家人从旁劝阻，綝勃然道："朝命已至，何惮不往？万一有变，可令府中放火为号，我自当速归！"言讫遂行，到了朝堂，百官统皆待着，迓綝入殿，连吴主休亦起座相迎。綝行过了礼，昂然高坐，当即开宴聚饮。酒至半酣，望见殿外浓烟冲起，即诧言何处失火，起座欲归。休忙劝止道："外兵甚多，何劳丞相出视？"綝不肯应命，离席便行。张布举杯一掷，便有武士突出，立将孙綝拿下。吴主休喝声道："斩！"綝慌忙跪叩道："乞贷一死，愿徙交州。"休怒叱道："汝何不徙滕胤、吕据等人？"綝复碰头道："愿没为官奴。"休又叱道："汝何不使胤、据为奴？"（两诘甚妙。）布即将綝押出殿门，一刀斩讫，持首示众道："罪止孙綝，余皆不问！"殿内外听了此言，俱肃静无声。俄而丁奉牵入孙恩、孙幹，亦由休叱令枭首；惟孙闿乘船北走，由魏邈、施朔追去，终得擒诛；

孙綝兄弟家属，一概骈戮；追夺孙峻官爵，剖棺戮尸；改葬诸葛恪、滕胤等家。廷臣或请为恪立碑，吴主休驳说道：“盛夏出师，徒丧士卒，不可谓能；受遗辅政，身死贼手，不可谓智；怎得无端立碑呢？”（驳得甚是。）惟休妃为朱据女，母即休姊朱公主。（以甥女为妻，亦太悖谬。）朱公主为峻所杀，埋尸石子冈，无从辨识，惟有老宫人尚记主衣，再使两巫至乱冢前祷祝，夜见有一妇人，从冈上来，冉冉入冢，因即开验，果如宫人所言，乃得改葬。册朱妃为皇后，立子𩅦为太子，（𩅦读如弯。）封南阳王和子皓为乌程侯，皓弟德为钱塘侯，谦为永安侯。所有与谋诛綝诸将，如张布、丁奉等，并膺懋赏，江东乃安。惟吴得诛逆臣孙綝，魏却反弑嗣主曹髦，下手是舍人成济，主使实大将军司马昭。（语似老吏断狱。）先是魏宁陵井中，两现黄龙，群臣上表称贺，魏主髦独叹息道：“龙为君象，上不在天，下不在田，乃屈居井中，有何祥瑞可言？”遂作《潜龙诗》以自讽云：

伤哉龙受困，不能跃深渊；上不飞天汉，下不见于田；蟠居于井底，鳅鳝舞其前；藏牙伏爪甲，嗟我亦同然！

这诗为司马昭所闻，很是不悦，乃复阴图废立。每见魏主曹髦，辄用言讥嘲，惹得髦忍无可忍，乃召侍中王沈，尚书王经，散骑常侍王业，私下与语道：“司马昭居心叵测，路人皆知，我不能坐受废辱，今当与卿等共讨此贼！”经当即谏阻道：“昔鲁昭公不忍季氏，败走失国，为天下笑；今大权久归司马氏，内外公卿，俱为彼爪牙，不顾顺逆，陛下宿卫空虚，甲兵单弱，如何能出讨权臣？还乞慎重三思！”髦愤然起座道：“我已决意出讨，虽死不惧，况未必遽死哩！”说着，即从袖中取出诏书，投诸地上，自往永宁宫禀白太后了。（太觉卤莽。）王沈等踉跄趋出，沈即语王经道：“此事只好往白司马公，免致同尽！”业也以为然，独王经不从，二人径走告司马昭。昭即通告中护军贾充，叫他整兵防备。那魏主髦自永宁宫出来，竟不顾利害，但集殿中宿卫，及苍头官童数百人，鼓噪出宫，自己拔剑升辇，当先押队，直奔止车门。门外有屯骑校尉司马伷，系是昭弟，当即引兵拦住；髦厉声喝退，向前再行。方至南阙，见贾充带着兵士数千，前来迎战，髦呼喝不住，两下竟厮杀起来。太子舍人成济，颇有勇力，随充军前，便问充道："此事究应如何处置？"充悍然道："司马公养汝何用？正为今日！"济复问道："当杀呢？当缚呢？"充复答道："杀死便了，何必多问！"济遂挺矛趋进，驰至辇前，髦尚大喝道："我为天子，贼臣怎得无礼？"济并不答话，横矛直刺，髦用剑招架，挡不住成济的长矛，霎时间胸际受伤，撞落辇下。济再顺手一刺，刃透背上，呜呼毕命。（这叫做螳臂挡车，自不量力。）卫士童仆等，统皆逃散，充竟往报司马昭，昭假意大惊，自投地上。

太傅司马孚闻变奔往，手枕髦股，且哭且语道："陛下被杀，实由臣罪！"（身为太傅，不能事前调护，徒哭何益？）当下命从吏棺殓髦尸，舁入偏殿。司马昭趋至殿中，召群臣会议，百官皆至，独陈泰已为尚书仆射，在都不入。昭令泰舅荀顗往召，泰唏嘘道："时人谓泰可比舅，今舅反不如泰呢！"泰子弟俱劝泰一行，泰素服入朝，先至灵前，恸哭一番，然后见昭。昭佯为流涕道："今日事该如何办理？"泰泣答道："独斩贾充，稍可以谢天下！"昭沉吟半晌，又复问道："再思及次。"泰朗声道："只有比此更进，何次可言？"昭乃不复问，令左右为太后作诏，诬髦忤逆不孝，意图弑母，宜废为庶人；尚书王经，敢逢君恶，亦应重惩等语，当即使人至永宁宫，迫令太后钤印，即日颁发。昭却与司马孚等联衔，请用王礼葬髦，（吾谁欺？欺天乎？）惟拘王经全家入狱。经尚有老母，亦被囚系，经因向母叩谢道："不孝子累及慈亲，奈何奈何？"母反破涕为笑道："人谁不死？但恐死不得所！今因此并命，死亦何恨呢？"（比滂母更胜一筹。）越日王经全家就诛，满城士民，无不泪下。司马昭见人心未死，乃归罪成济，派兵收捕。济不肯就拘，裸体登屋，丑诋司马昭，把他主使贾充，及所有弑君阴谋，和盘说出。（却是痛快，但汝何故从逆？）嗣经兵士四面放箭，济无从逃避，当然射倒，临死尚骂不绝口，昭竟夷济三族。小子有诗叹道：

王经报主甘从死，成济弑君亦受诛；

等是身家遭绝灭，流芳遗臭两悬殊。

欲知嗣立何人，且至下回续表。

孙綝出救诸葛诞，弃师而归，犹且骄横如故，安能久存？吴主亮若能濡忍以待，则如休之所为，未必不能为之。盖綝之怀逆，与司马昭相同，而才力之不逮昭也远甚。昭父兄累建功勋，为人畏服，綝无是也；昭之智不让父兄，倾动内外，朝臣俱受彼牢笼，綝又无是也。綝兄孙峻，作恶多端，及身幸得免诛，而綝则丧师辱国，众怨交乘，捽而去之，固易事耳。亮所托非人，因致失败，非綝之不易诛也。魏主髦卤莽从事，仿佛孙亮，亮且不能诛綝，髦亦安能诛昭？南阙遇弑，莫非其自取耳。惟王经见危授命，始则进谏，继则抗逆，身虽被戮，名独流芳，而经母亦含笑就刑，贤母忠臣，并传千古，以视成济之为虎作伥，亦夷三族。其相去为何如乎？

第一百回　失蜀土汉宗绝祀　篡魏祚晋室开基

却说司马昭既诛成济，遂议另立嗣君，决迎燕王宇子璜为魏主；使长子中垒将军司马炎，行中护军事，持节至安次县常道乡，迎璜入都。璜为常道乡公，年方十五，既入洛阳，即至永宁宫，谒过太后，登殿嗣位，更名为奂，改号景元，进司马昭为相国，封晋公，加九锡礼，昭仍然固辞。（何必做作?）是年，故汉献帝夫人曹节病殁，追谥为献穆皇后，丧葬礼仪，皆依汉朝故例。（特笔书此，以志曹女之犹不忘汉。）越年，又命司马昭晋爵，昭谦让如故。又越年十月，洮阳递入军报，乃是蜀姜维复为大将军，出兵攻魏。昭令征西将军邓艾，过意严防。先是蜀汉主禅延熙二十一年，改元景耀，正值魏兵出攻寿春，蜀将姜维，欲乘虚北伐，特率数万人，通道骆谷，进攻长城。（此长城系是县名，非秦所修筑之长城。）魏安西将军邓艾，与长城都督司马望，坚壁拒维，相持不下。及魏平寿春，司马昭还师，维乃引还。（是补前回未详之阙。）但自姜维执掌军政，主张北伐，至此已经过六次，差不多是连年兴师，蜀民当然愁苦。中散大夫谯周，曾作《仇国论》讽维，维尚无回意。尚书令陈祗，与中常侍黄皓，在内用事，扰乱国政。已而祗死，后主禅用仆射董厥为尚书令，尚书诸葛瞻为仆射；嗣且进厥、瞻为将军，共平尚书事，命侍中樊建为尚书令。厥本义阳人，曾仕丞相府中令史，诸葛亮尝称为良士。瞻即亮子，得尚公主，位兼勋亲，但两人素性慎重，未能力除黄皓。独樊建不与皓往来。皓累承宠眷，蒙蔽后主，伐异党同。右将军阎宇，与皓亲善，皓欲黜去姜维，以宇为代。维察知阴谋，入白后主道：“皓奸巧专恣，将败国家，请陛下速诛此人！”后主笑答道："皓一趋走小臣，有何能为？从前董允嫉皓，朕常以为过甚，卿幸勿介意！"说着，复呼皓出谢姜维，维不便多言，当即趋出。（好一个和事天子。）至景耀五年，维又欲伐魏，车骑将军廖化，劝阻不从，退语亲属道："兵不戢，必自焚，伯约（姜维字。）恐难逃此语呢！（上语本《左传》。）智既未优，力又未足，乃用兵无厌，何以自存？"果然维进攻洮阳，前锋夏侯霸中箭阵亡；维与邓艾交战侯和城下，又复失利，只得退还。（姜维七伐中原，至此才了，罗氏《三国演义》添入计赚王瓘一回，称作八伐，不知何指？）黄皓遂乘间进谗，请令阎宇代维，后主虽未依言，心下却有疑意。维在途中，得知消息，乃自请种麦沓中，不复还都。才阅两月，即得魏人窥蜀消息，上表后主，请遣左右车骑将军张翼、廖化，督领兵马，出镇阳平关，及阴平桥头，防备不虞。

后主接得此表，乃与黄皓计议，皓复奏道："这又是姜维贪功，故有此表！臣料蜀中天险，魏人亦未必敢来，陛下如尚怀疑，都中有一师巫，能知未来，可传旨问明。"后主遂令皓往问师巫，未几返报，谓巫已请得神言，说是陛下后福无穷，何来外寇？（全是捣鬼。）后主信以为真，乐得耽情酒色，坐享太平，所有姜维表文，置诸不理。适有都乡侯胡琰妻贺氏，美丽绝伦，因入宫朝见皇后，被留经月，方许还家。琰疑贺氏与后主私通，竟呼家卒至贺氏前用履挞面，差不多有数十百下。看官试想！好好一张俏庞儿，能禁得这般糟蹋么？琰俟家卒挞罢，将妻驱出。可怜贺氏哭哭啼啼，竟至宫中面诉冤情；后主见她面目青肿，不禁大怒，立命左右拘琰下狱，饬有司从重定谳，谳文有云："卒非挝妻之人，面非受履之地，罪当弃市！"于是琰处斩。时人因琰罪轻法重，越生疑议，遂致舆情失望，怨谤交乘，后主似痴聋一般，全无知觉。且自姜维上表后，过了半年，并不见魏兵入境，益觉得黄皓忠诚，远过姜维。

谁知霹雳一声，震动全蜀，魏兵竟三路杀到，势如破竹，管教那岩疆失守，全蜀沦亡。魏大将军司马昭，因蜀人屡次犯边，意欲遣客入蜀，刺死姜维，从事中郎荀勖道："明公当堂堂整整，出师讨蜀，奈何令刺客西行，无名无望呢？”说得司马昭跃然心动，遂拟大举攻蜀。朝臣多以为未可，独锺会竭力赞成，昭即令会为镇西将军，都督关中，部署人马，再使邓艾为征西将军，与会并进。艾以蜀未有衅，屡陈异议，昭遣主簿师纂，为艾司马，再三劝勉，艾无奈奉命。（本非情愿，已为后文埋根。）约阅数月，锺会已筹足饷械，便统率十余万人，分从骆谷、斜谷、子午谷，直趋汉中。邓艾督三万余人，自狄道入沓中，牵掣姜维。再令雍州刺史诸葛绪，督三万余人，自祁山往武卫、桥头，绝维归路。

三路魏兵，同时出发，又由昭遣廷尉卫瓘，持节监军。瓘行过幽州，由刺史王戎出迎，与瓘宴叙。席间谈及行军得失，戎与语道：“道家有言，为而不恃，可见得成功不难，保守为难呢！”瓘复述参军刘实微言，谓锺、邓二人，必能破蜀，但皆不得生还。戎微笑道：“我意亦然，君应守秘密，且看将来！”瓘乃尽兴而去。从前刘先主手定汉中，曾在阳平关外，分置边戍，严防外寇；至姜维用事，谓不如敛兵聚谷，退守汉寿及汉、乐二城，较为简省；寇若攻关，势难遽拔，待他粮尽引还，可由诸城并出搏击，自足歼敌等语，后主依议施行。因将各边戍撤退，惟饬将军傅佥，守住关隘，王含、蒋斌，分戍汉、乐二城。（外户不守，撤屯引敌，这是姜维第一失计。）此次锺会进兵，遂得长驱无阻，直达阳平关下。自督诸军攻关，使前将军李辅，与护军荀恺，各率万人，往围汉城、乐城，使他隔绝不通。阳安关本来险峻，守将傅佥，扼住关口，任凭锺会有十万大军，一时总难飞越。惟佥恐寡不敌众，忙遣使飞报成都，乞师相助。未几来了一个蒋舒，本为武兴军督，由后主调他助佥。佥意在坚守，舒偏要出战，两人各执一是，结果是佥仍守关，舒出迎敌。谁料舒出关以后，竟向魏营乞降，反引魏先锋胡烈，同来叩关。佥在关上俯瞩，明明是蒋舒还军，当然开关接入。关门甫辟，魏兵如潮涌进，乱杀守兵，佥始知为舒所卖，下关格斗，力杀魏兵数十人，自己身受重伤，血满袍铠，当下用剑拟颈，忍痛力挥，一道忠魂，往寻乃父傅彤去了。（父子同为蜀死节，足光汉乘。）

魏已入关，锺会率队进来，得了许多粮草甲仗，很是喜慰，便即犒赏军士，就在关上休息一宵。越日得李辅、荀恺军报，乃是汉、乐二城，已经归降，会就放胆前进，行经定军山，忽见阴云布合，愁雾迷蒙，几乎连前面路径，都不可辨。会亟问降将蒋舒道："山上有无神庙？"舒答言并无庙宇，只有蜀故丞相诸葛亮墓，（全蜀将亡，怪不得阴云愁惨。）会恍然道："诸葛公遗惠及民，理应致祭。"遂谨备牲醴，亲往墓前祷祀，且誓言入蜀以后，决不妄杀一人，待至祷毕，云雾徐开，然后再进。

后主闻汉中失守，急遣左右车骑张翼、廖化，及辅国大将军董厥，领兵拒魏，（迟了！迟了！）且遣使向吴求援，一面下令大赦，改景耀六年，为炎兴元年。姜维尚在沓中，闻得魏兵进攻，慌忙调兵抵御，可巧邓艾引兵杀到，便与对垒，相持了好几日。忽由探马来报，汉中失守，傅佥战死，维大惊道："汉中一失，我无归路，只好速退罢！"当下拔寨齐退。行至强川口，后面追兵又至，维无心恋战，且斗且走，丧失部兵多人。将抵阴平，后有探马走报道："魏将诸葛绪，进据桥头，截我去路！"维闻言沉吟，想命军士改向北行，扬言将截击绪后。绪果为所绐，退兵三十里，四面窥探，并无蜀军，哪知维已还向桥头，趋回剑阁去了。蜀将廖化、张翼、董厥等，奉命拒魏，正与姜维相遇，维谓剑阁险阻，必可固守，不如并力扼住，待敌粮尽退归，再可规复汉中。廖化等也以为然，遂合兵同至剑阁，依险分屯。果然锺会兵至，无隙可乘，就是邓艾、诸葛绪，一齐趋集，也是屡攻不克，徒费奔波。会知难欲退，偏邓艾冒险进取，引兵自行，惟诸葛绪仍与会合军。会因艾不受节制，迁怒及绪，密奏绪畏懦无功，竟将他槛车送归，所有绪兵三万人，悉归会管辖。会且留攻剑阁，专探邓艾消息。艾却率领部曲，就阴平僻道，趋入前面，都是丛山峻岭，渺无人迹。艾不顾艰险，勒令军士逢山开道，遇水架桥，到了危崖峭壁的地方，却用毡裹住身体，先滚下去，将士等不敢落后，如法遵行，及至无毡可裹，各用绳索束腰，攀木挂树，鱼贯而进。（艾不久即死，何苦为此。）途次尚有二废垒，虚无一人，艾指示将佐道：“此间空垒尚存，想诸葛孔明在日，定必派兵把守，今已废置，是天使我成功了！”及行近江由，路渐平坦，总计所经路险，约有七百余里，部众在途伤亡，亦不下数千人，自是有进无退，只好拼死杀人。江由守将马邈，漫不加防，一闻艾兵已到城下，吓得魂飞胆落，慌忙开城迎降。蜀卫将军诸葛瞻，方守涪城，闻得江由被陷，忙调兵抵御；尚书郎黄崇，劝瞻急出据险。瞻因兵尚未集，不便遽出，才阅两日，魏兵已将险要占去，眼见得涪城难守，不得已退保绵竹。艾令子忠及司马师纂，引兵追瞻，被瞻一鼓击退，还见邓艾，报称敌未可击。艾大怒道：“存亡利害，在此一举，若非冒死进击，难道还有生路么?”忠与纂乃复驰去，与瞻再战。这番接仗，与前次迥不相同，魏兵俱怀死志，锐不可当。瞻正虑招架不住，偏又有大队杀来，乃是邓艾自来接应，两军杀至日暮，蜀兵四散，瞻与尚书郎黄崇，并皆阵亡。瞻子尚年将弱冠，登城遥望，见父瞻陷入阵中，不禁恸哭道：“我父子荷国重恩，应该效死，只恨朝廷不早斩黄皓，致有此祸！今我父已死，我何生为?”遂策马杀出，格毙魏兵数名，也即捐躯。（父死忠，子死孝，不愧为武侯子孙。）艾遂杀入绵竹城，守兵尽溃。绵竹距成都，只百余里，败报早发夕至，急得后主禅束手无策，忙召朝臣商议，或谓宜东出奔吴，或谓且避往南中七郡，惟光禄大夫谯周，谓不如降魏，后主迟疑未决，流涕还宫。（何不叫师巫退敌?）

是时吴太后与梁王理，皆早殁，鲁王永徙封甘陵，不在都中，余如张后及太子璿等，毫无主见，只有在旁陪泪。忽有一人趋入道：“如果势穷力屈，祸败必及，便当父子君臣，背城一战，同死社稷，方好见先帝于地下！奈何遽欲出降呢?”后主瞧着，乃是第五子北地王刘谌。（刘禅庸主，不意有此奇儿。）原来后主有七子，长名璿，已立为太子，次为安定王瑶，又次为西河王琮，（时已去世。）又次为新平王瓒，第五子就是北地王谌，六子恂，封新兴王，七子虔，封上党王，谌最号英明，故有此谏。后主怒说道：“童子何知？也来多言！”谌大哭道：“先帝创业艰难，一旦拱手让人，岂不可惜？谌宁死不受辱呢！”后主将他叱退。俄而谯周复入报道：“魏兵将到城下，陛下若依臣言，还可保全爵禄，必无他虞，臣愿至魏营力争，决不使陛下罹灾！”后主听到此语，心下稍宽，（总教性命可保，何惜屈膝？）乃使周缮就降表，与侍中张绍，驸马都尉邓良，同赴艾营请降。艾方至洛城，得表大喜，答书有“微子归周，当为上宾”等语。因遣绍、良持书返报，自率部兵，径诣成都，后主面缚舆榇，出城降艾。艾令焚榇释缚，好言抚慰，仍令还宫安民。是日北地王刘谌，挈妻子至昭烈庙中，哭拜一番，起拔佩剑，先杀妻子，然后自杀，（虽死犹生。）汉至此乃亡。总计蜀汉自先主开基，称帝三年，后主禅嗣位四十年，合得四十三年，（独详蜀汉历数，隐宗紫阳书法。）三汉共二十六主，总计得四百六十九年。（再加一笔。）

邓艾既入成都，禁止将士掳掠，独收锢黄皓，意欲加诛，皓赂艾左右，终得免死。（奈何不诛此竖？）艾依东汉邓禹故事，承制拜后主为骠骑将军，太子诸王，各有封职；但使后主驰书剑阁，饬令姜维降魏。维闻诸葛瞻败死，还援成都，行至郪县，接得后主敕书，踌躇多时，乃令部兵还降锺会，就是廖化、张翼、董厥诸将，亦偕维同降，将士统皆愤激，拔刀斫石，尚欲与魏兵决一死战，经维密为晓示，方随至会营。会素闻姜维才名，开营迎入，莞然笑语道：“伯约来此何迟？”维流涕道：“维不能保主，本当一死，因闻将军仁明英武，故不惜来降，今日至此，尚为太速呢！”会听了此语，忙起握维手，引置上座，与谈心腹，并使维依旧领兵，维自然暗喜，遂导会至涪城驻扎。会闻艾恃功专断，心甚不悦。艾又上书司马昭，请乘胜伐吴，并封降王刘禅父子，使吴人望风畏服云云。昭表封艾为太尉，会为司徒，独未肯遽从艾请。特檄监军卫瓘谕艾，叫他事须先报，不得专行。艾奋然道：“大夫出疆，苟利社稷，何妨专命？艾惟知《春秋》大义，怎得无端牵掣呢？”说得瓘无词可答，走白锺会。蜀将姜维，得此知信，便进语锺会道：“公自入蜀以来，算无遗策，今反位出艾下，已伏内疑；维闻陶朱沼吴，泛舟绝迹；张良召众，顷刻便集至万人，杀入殿中。会方与姜维共坐内殿，密商出兵事宜，蓦闻殿外有鼓噪声，会惊起道：“莫非是外兵变乱么?”维答说道：“就使有变，一击便了!”语尚未毕，乱兵已经趋入。会急拔剑出御，忽被一箭射着，仓猝倒地；维尚欲救会，忽觉心痛难当，乃仰天大呼道：“我计不成，岂非天命?”说至此，就举剑自刎，须臾毕命。（人定不能胜天。）乱兵将会杀死，再剖维腹，胆大如卵，并皆咋舌，于是乘势杀掠，骚扰全城。胡烈等也穿屋驰出，一同行凶，不但姜维家属，尽遭屠戮，甚至蜀太子璿，及蜀将数人，也为所害；蜀民死亡无数，积尸盈途，（想是百姓应该遭劫。）还亏卫瓘出来弹压，好几日才得平安。邓艾旧部将吏，飞骑追艾，幸得相遇，忙将艾父子，放出槛车，仍向成都回来。将至绵竹，见有一彪军驰至，艾仔细审视，先驱为部将田续，当即拍马相迎。续忽手起一刀将艾劈落马下，艾子忠向前救父，又被续顺手杀死。看官！这是何因！原来续前越阴平，畏难不进，被其叱辱一番，心中记恨，此次为卫瓘所遣，叫他袭杀邓艾父子，免得艾还蜀报仇，续只说是奉诏诛逆，无人敢抗，当即持首还报。既而贾充入蜀，遂将后主禅等，共徙洛阳。蜀臣惟秘书令郤正，及殿中督张通，随禅北行。司马昭已奉主回洛，待禅到来，封他为安乐公。昭邀禅与宴，命奏蜀乐，郤正等并皆感伤，禅乃嬉笑自若。昭乃语贾充道：“此人可谓无心，就使诸葛亮尚存，亦难保护，何况是一姜维呢?”乃复问禅道：“颇思蜀否?”禅答说道：“此间乐，不思蜀了!”（安乐公名副其实。）待至宴毕，禅辞别回邸，郤正入语道：“主公前次失言，倘他日再如前问，应流涕相答，说是先人坟墓，远在蜀中，怎能不思?”禅点首记着。后来果由昭再问，禅依郤正言答昭，只苦一时无泪，乃闭目作态。昭忽问道：“此语何似郤正所言?”禅开目惊视道：“诚如尊命!”昭不禁失笑，左右亦吃吃有声。禅乃惘然告退，但亦得使人不疑，安享余生。至晋泰始七年，方才病终，倒也活得六十有五岁，这且搁过不提。（呆人呆福。）

且说吴主休嗣位六年，因蜀使告急，曾遣大将军丁奉向寿春，偏将丁封、孙异向沔中，为蜀声援；嗣闻蜀已入魏，乃令各军退回，惟心中不能无忧，奄忽成疾，猝致不起。遂召丞相濮阳兴入宫，嘱咐后事，休已不能言，但握住兴手，使太子𩅦出拜，算是托孤的遗命，是夕遂殁。兴却与左将军张布商议，谓蜀已新亡，势将及吴，太子𩅦年尚幼弱，恐难保国，不如迎立乌程侯皓，较为得计，布也即赞成，遂入宫禀白朱后。朱后是一柔顺的女流，潸然答道："我一寡妇人，何知大虑？但凭卿等裁决罢了。"（妇道尚柔，此处似因柔召祸，但误在兴、布，不能为朱氏咎。）兴等趋出，便迎皓嗣位，改年元兴。当即为休发丧，奉葬定陵，追谥休为景皇帝。皓为休从子，既已入嗣休位，例应尊休后朱氏为太后，且群臣已将太后玺绶，送入宫中。偏皓将玺绶夺还，但号朱氏为景皇后，独崇谥父和为文皇帝，尊庶母何姬为太后，封休子𩅦为豫章王，勒令就国，立妃滕氏为后。后系是故卫将军滕胤族女，父名牧，得封高密侯，拜卫将军。皓初次颁发优旨，如发仓廪，赈贫乏，放宫女，出苑禽等事，倒还有些贤明；后来骄淫不道，沉湎酒色，丞相兴与将军布，未免生悔，轮流进谏。皓竟目为怨谤，杀毙两人，寻且逼死朱后及后二子，残虐如此，怎得久存？

那魏大将军司马昭，平蜀有功，始受封相国晋公，及九锡典礼。太尉王祥，司徒何曾，司空荀顗，又请加封昭为晋王，昭亦直受不辞。（至此已无庸做作了。）一班趋炎附势的臣僚，就将禅让的典礼，争先呈入，昭因东吴未平，还想少待，唯命长子炎为副相国；百官又趁势逢迎，表进炎为抚军大将军。越年，为魏主曹奂咸熙二年，昭已立炎为世子，复进称太子。未几昭死，炎嗣为相国晋王，迁魏司徒何曾为晋丞相，令骠骑将军司马望，为晋司徒。魏主奂名为人君，早与傀儡无异，左右侍臣无一非司马氏爪牙。好容易在位六年，还是司马昭不肯受禅，才得迁延时日。（无非想学曹操。）及炎承父爵，不肯再缓，端的要帝制自为了！（与曹丕何异？）是年秋季，襄武县中，报称有大人出现，身长三丈余，迹长三尺二寸，白发黄巾，拄杖自呼道："我乃民王，传语兆民，国运将改，从此太平！"言讫破楚，辟谷全身。公何不上效古人，保功立名呢？”（故意反激。）会笑答道：“君言错了！我年强仕，何能行此？”维接口道：“公若不愿高蹈，凭公智力，何事难为？无烦老夫陈策了！”（明是逼他谋反。）会乃屏去左右，与维议定秘谋，即与卫瓘联名上书，白艾反状。

司马昭既防邓艾，复防锺会，先请魏主下诏，囚艾解京，一面使锺会进兵成都，一面令贾充将兵入斜谷，自奉魏主出屯长安。（着着防到，昭才实过锺、邓。）会接到诏敕，便欲麾兵直进，维急劝会道：“艾若拒公，必且劳动兵戈，不如先遣监军卫瓘，前去收艾，然后进兵不迟！”会极口称善，立遣卫瓘引兵百骑，往拘邓艾，自率全军继进。瓘却也乖巧，明知前去收艾，危险异常，他却就夜间驰往成都，待晓入城，托言有要事密商，径至邓艾卧室中，艾尚高卧未起，瓘竟叱从兵将艾缚住，艾子忠起身入问，亦为所执，因厉声大呼道：“奉诏收邓艾父子，余皆不问！”当下牵艾父子入槛车。待至艾部众齐集，意欲阻挠，偏城外已由锺会大军，一拥直入，众乃不敢再动，听锺会处置，会入城谕众，各守专职，但派遣将吏将艾父子押送洛阳。忽由魏廷颁到哀诏，乃是郭太后病亡，会乘机谋变，佯召诸将举哀，驱置一室，待至哀毕，突从怀中取出一纸，向众宣言道：“太后有遗诏颁来，使会入讨司马昭。”诸将问昭有何罪？会拔剑置案道：“南阙弑君，罪状昭然，诸君如甘心从逆，请试吾剑！”众皆惊愕，勉强应命。会却将诸将锢住室中，不准私出，独卫瓘诈称有疾，得居外廨。会因瓘手下无兵，许令自由；复与维密议起兵，使为先驱，维一口应承，但言诸将未服，不可不防。会即举剑示维道：“有此物在，何必多忧！”维大喜趋出，往报后主禅道：“愿陛下忍辱数日，便可使社稷复安，日月重明了！”哪知汉祚已终，不能再挽，才隔一宵，就起变端。

魏护军胡烈，亦被锢禁室中，独子渊尚在外面，烈使亲兵出外取食，嘱他寄语，伪言锺会已作大坑，并办就大杖数千，将驱众尽死坑中。渊闻语大惊，传告诸军，一夕皆遍，到了日中，由渊击鼓不见。(真耶？伪耶？)何曾等遂推为晋瑞，向炎劝进，炎佯为推辞，偏朝臣已逼令魏主，就南郊筑受禅坛，择于咸熙二年十二月壬戌日禅位。

转眼间已是届期，百官至晋王府前，请炎受禅，炎居然戴冕旒，服衮衣，乘辇出来，由大众拥至南郊下车登坛。早有黄门官捧着皇帝玺绶，敬谨上献。炎接受后，当燔柴告天，一如魏受汉禅故事。(真好报应。)礼毕还朝，御殿受贺，国号晋，改元泰始。废魏主奂为陈留王，即日徙居金墉城。奂含泪别去，太傅司马孚，拜辞故主，流涕唏嘘道："臣年老将死，尚不失为大魏纯臣哩！"(自称自赞。)未几，又徙奂至邺城，直至晋太安元年寿终，追谥为元皇帝。废主曹芳，由齐王降封为邵陵公，殁时追谥为厉。余如魏氏诸王，皆降封为侯，魏历五主而亡。独吴至太康元年，方为晋灭，事见《晋史演义》中，汉事已完，墨干笔秃。小子只有绝诗两首，作为本编的煞尾声。诗曰：

春陵起义汉重光，后嗣昏庸又致亡；
赢得蜀中延一线，谁知宦竖且贻殃？
妇寺原为乱国媒，群雄扰攘亦堪哀；
试看两汉同三国，多少兵民付劫灰！

姜维才不逮诸葛，而欲与魏争胜，连岁出师，致民劳苦，不可谓非失计。然如后主之昏愚，亲小人，远贤臣，就使维不伐魏，蜀亦宁能久存乎？况维闻魏人窥蜀，即表请遣将守险，而为一黄皓所误，卒至魏兵三路，长驱直入；是咎在黄皓，于维无尤也。剑阁守险，锺会屡攻不克，而邓艾从阴平进兵，直趋涪城，诸葛瞻不依黄崇之议，让敌深入，猝至战死，是咎在诸葛瞻，于维亦无尤也。成都虽危，尚堪背城借一，后主宁从谯周，不从北地王谌，面缚出降，坐丧蜀土，是咎在后主，于维更无尤也。至大势已去，维尚诈降锺会，意图规复，乃不幸失败，一死谢国，维之报主，至矣尽矣！天不祚蜀，何维之足尤乎？若夫司马氏之篡魏，实为天道之循环，不有曹操父子之作俑于前，何有司马昭之效尤于后？故篡魏者晋，实则魏自诒之也。而晋之亡，当于《晋史》中寻其源，故不赘云。